W0358608

Martin Andersen Nexö

Ditte Menschenkind

Bibliothek der Weltliteratur

Martin Andersen Nexö

DITTE MENSCHENKIND

Aufbau-Verlag Berlin und Weimar
1990

Martin Andersen Nexö

DITTE MENNESKEBARN

Aus dem Dänischen übersetzt von Hermann Kiy
Mit einem Nachwort von Erika Kosmalla

ISBN 3-351-01587-9

8. Auflage 1990
Alle deutschsprachigen Rechte Aufbau-Verlag Berlin und Weimar
Einbandgestaltung Heinz Hellmis
Karl-Marx-Werk, Graphischer Großbetrieb, Pößneck V15/30
Printed in the German Democratic Republic
Lizenznummer 301. 120
Bestellnummer 610 634 5
00800

Meiner Mutter

Erster Teil
Eine Kindheit

I

Dittes Stammbaum

Es hat allzeit als Zeichen einer guten Abstammung gegolten, wenn man seine Ahnen bis weit zurück aufzählen konnte. Und danach ist Ditte Menschenkind ein sehr vornehmes Wesen. Sie gehört dem ältesten und verbreitetsten Geschlecht im Lande an, dem Geschlecht Mann.

Eine Stammtafel der Familie findet sich nicht, und sie wäre auch nicht leicht auszuarbeiten, da die Familie zahlreich ist wie der Sand des Meeres. Alle anderen Geschlechter lassen sich auf dieses zurückführen; hier tauchten sie auf im Laufe der Zeiten – und sie kehrten wieder dahin zurück, wenn ihre Kraft verbraucht und ihre Rolle ausgespielt war. Das Geschlecht Mann gleicht gewissermaßen dem großen Meer, von wo die Wasser in lichtem Flug zum Himmel aufsteigen – und wohin sie schwer rinnend zurückkehren.

Der Überlieferung nach soll die Stammutter des Geschlechts eine Feldarbeiterin gewesen sein, die mit dem nackten Gesäß auf der feuchten Erde ausruhte. Davon wurde sie schwanger, und sie brachte einen Knaben zur Welt. Dies blieb später ein eigentümlicher Zug des Geschlechts: seine Frauen trugen nicht gern Unterzeug und bekamen Kinder für nichts und wieder nichts. Noch heißt es von ihnen, daß sie bloß in einer Tür im Zugwind zu stehen brauchen, um ein Mädchen unterm Herzen zu tragen. Um einen Knaben zu bekommen, brauchen sie bloß an einem Eiszapfen zu lutschen. Wunderlich ist's nicht, daß ein zahlreiches, abgehärtetes Geschlecht entstand, dessen Hände Wachstum schufen. Es wurde das eigentümlichste Kennzeichen des Geschlechts Mann, daß alles, was es anrührte, lebte und gedieh.

Der Knabe trug lange das Merkmal der lehmigen Erde; als kleines Kind war er ein klammes Würmchen mit krummen Beinen. Aber er wuchs sich heraus und wurde ein tüchtiger Erdarbeiter; mit ihm nimmt die Beackerung des Landes ihren Anfang. Der Umstand, daß er keinen Vater hatte, beschäftigte ihn sehr und wurde das große, fruchtbare Problem seines Lebens. In seinen Mußestunden machte er eine ganze Religion daraus.

Es war draußen im Freien nicht gut mit ihm auszukommen; in der Arbeit hatte er nicht seinesgleichen. Aber seinem Weibe unterlag er. Der Name Mann soll daher rühren, daß er, wenn sein Weib ihn mit ihrem scharfen Mundwerk aus dem Hause getrieben hatte, fluchend umherzugehen und zu schwören pflegte, er sei Mann im Hause. Noch heutigentags fällt es manchen aus dem Geschlecht Mann schwer, sich ihren Frauen gegenüber zu behaupten.

Ein Zweig des Geschlechts ließ sich an der öden Küste am Kattegatt nieder und gründete das Dorf. Das war in jenen Zeiten, als noch Wald und Sümpfe das Land unwegsam machten; und dieser Zweig kam seewärts heran. Das Felsenriff, wo die Männer mit dem Boot anlegten und Frauen und Kinder von Bord hoben, liegt noch da; weiße Seevögel bezeichnen abwechselnd Tag und Nacht die Stelle – und haben das durch Jahrhunderte getan.

Dieser Zweig hatte in hervorragendem Grade die typischen Kennzeichen des Geschlechts: zwei Augen und eine Nase mitten im Gesicht, einen Mund, der küssen und beißen konnte, und ein Paar Fäuste, die gut am Schaft saßen. Außerdem glich er dem Geschlecht darin, daß die meisten seiner Mitglieder besser waren als die Verhältnisse. Man konnte die Manns überall daran erkennen, daß ihre schlechten Eigenschaften sich meist auf bestimmte Ursachen zurückführen ließen, während das Gute in ihnen sich nicht begründen ließ, sondern angeboren war.

In eine öde Gegend waren sie gekommen. Aber sie nahmen sie, wie sie war, und ließen sich unverdrossen mit dem Dasein ein, bauten Hütten, zogen Gräben und schlugen Wege. Sie waren genügsam und hart und hatten den unersättlichen Drang der Manns, sich fleißig zu tummeln; keine Arbeit war ihnen zu mühselig oder zu schwer, und bald war es in der Gegend zu merken, daß sie sich dort niedergelassen hatten. Aber sie waren nicht geschickt darin, den Ertrag ihrer Arbeit festzuhalten, und ließen andere damit davonlaufen; so kam es, daß sie trotz all ihrem Fleiß nach wie vor arm blieben.

Vor gut fünfzig Jahren, noch bevor die Nordküste von den Kurgästen entdeckt wurde, bestand das Dorf immer noch aus einigen krummrückigen, stockfleckigen Hütten, die recht wohl die ursprünglichen sein konnten, und es glich überhaupt einem uralten Wohnplatz. Gerät und an Land gezogene Boote füllten den Strand; das Wasser in der kleinen Bucht stank nach weggeworfenen faulenden Fischen, Seehasen, Aalmüttern und anderem Meeresgetier, das auf Grund seines seltsamen Aussehens als von Geistern bewohnt galt und darum nicht gegessen wurde.

Eine Viertelstunde Wegs vom Dorf, draußen auf der Landspitze, wohnte Sören Mann. Er war in seinen jungen Jahren wie alle anderen zur See gefahren und hatte sich später daheim als Fischer niedergelassen – wie es Sitte und Brauch war. Aber eigentlich war er Bauer. Er gehörte zu demjenigen Zweig des Geschlechts, der sich daran gemacht hatte, das Land zu bestellen, und der dadurch über das Übliche hinaus zu Ansehen gelangt war. Sören Mann war Hüfnerssohn; als er aber das Mannesalter erreichte, heiratete er ein Fischermädchen und begann neben dem Ackerbau wieder Fischerei zu treiben, wie es die ersten Bauern des Geschlechts getan hatten.

Mit dem Ackerbau hatte es nicht viel auf sich: ein paar Tonnen Dünenland, wo einige Schafe kümmerliche Nahrung fanden, das war alles, was von dem großen Hof übriggeblieben war, der dort gelegen hatte, wo jetzt die Möwen schreiend über der weißen Brandung umherirrten. Das übrige hatte das Meer verschlungen.

Es war Sörens und besonders Marens armseliger Stolz, daß seine Vorfahren Hofbesitzer gewesen waren. Vor drei, vier Generationen lag der Hof gut und wohl da, mit vollwertigen Ländereien, ein ins Meer vorgeschobener Lehmknoten. Mit vier Flügeln, aus angetriebenem Eichenholz erbaut, lag er da und war weithin zu sehen, ein Bild der Dauerhaftigkeit. Aber da begann plötzlich das Meer an dieser Stelle zu nagen. Drei Generationen hintereinander mußten den Hof weiter landeinwärts rücken, um ihn nicht im Meer verschwinden zu sehen, und jedesmal machte man ihn um einen Flügel kleiner, um sich die Übersiedlung zu erleichtern; man hatte ja doch keine Verwendung für soviel Räumlichkeiten, wenn das Meer die Äcker wegfraß. Nun war nur noch das alte Wohngebäude aus Fachwerk übrig, das man aus Vorsicht an der Innenseite des Küstenwegs angelegt hatte, und dann ein paar Dünen.

Hier fraß das Meer nicht weiter. Es hatte den Boden des Geschlechts Mann satt bekommen, da das Beste genommen war, und suchte sich anderswo seine kostbare Nahrung; hier fing es obendrein an zuzulegen. Es warf Sand an Land, der sich wie ein breiter Vorstrand um den Hang legte und an windigen Tagen zu stieben und den Rest der Felder zuzudecken begann. Unter der dünnen, struppigen Pflanzenwelt der Dünenerde konnte man noch die Züge alten Pfluglandes erkennen, das draußen am Abhang quer abgebrochen war, und alte Räderspuren, die nach draußen liefen und jäh in der blauen Luft überm Meer verschwanden.

Viele Jahre lang war es, nach bösen Nächten mit Sturm von See her, der regelmäßige Morgenspaziergang der Manns gewesen, hinauszugehen und zu schauen, wieviel das Meer nun wieder genommen hatte. Es kam vor, daß ganze Stücke Ackerland mit Saat darauf auf einmal abbrachen und mit den Merkmalen von Eggen und Walzen und einem grünen Wintersaatschimmer darüber dort unten lagen in dem mahlenden Meer.

Den Manns griff es ans Herz, Zeugen des Unabwendbaren zu sein. Denn sooft ein Stück ihres Landes mit ihren Anstrengungen und ihrem täglichen Brot auf dem Rücken ins Meer wanderte, wurden sie selbst auch kleiner. Mit jedem Zollbreit, den das Meer sich näher an ihre Türschwelle heranfraß, ihre gute Ackererde benagend, verringerten sich ihr Ansehen und ihr Mut.

Sie wehrten sich bis aufs äußerste, hingen am Boden mit harten Fäusten und fuhren nur notgedrungen wieder aufs Meer hinaus. Sören war der erste, der sich ganz ergab; er nahm sich eine Frau aus dem Dorf und wurde selber Fischer. Aber an der guten Stimmung fehlte es stets. Maren konnte nicht vergessen, daß ihr Sören einem Geschlecht angehörte, das einen Hof besessen hatte; und das steckte auch den Kindern im Kopf. Die Söhne machten sich nichts aus der See; in den Fäusten saß ihnen der Drang, den Acker zu bestellen, und sie strebten nach den Höfen hin. Sie wurden Tagelöhner und Grabenarbeiter; und als sie nach und nach etwas Geld erübrigen konnten, wanderten sie nach Amerika aus. Vier Söhne arbeiteten drüben in der Landwirtschaft. Sie ließen selten etwas von sich hören; das Familiengefühl schien während des Niedergangs verbraucht worden zu sein. Die Töchter gingen in Dienst, und allmählich verloren Sören und Maren auch sie aus den Augen. Nur die jüngste, Sörine, blieb zu Hause über die Zeit hinaus, wo sonst bei den armen Leuten die Jungen das Nest zu verlassen pflegen. Sie war schwächlich, und die Eltern hielten sie – als die einzige, die ihnen geblieben war.

Es war eine weite Reise für Sörens Geschlecht gewesen, vom Meer vorzudringen zum bestellten Acker; verschiedener Generationen hatte es bedurft, den Hof auf der Landspitze zu schaffen. Die Fahrt bergab ging, wie immer, schneller; Sören mußte das schlimmste Stück davon auf sich nehmen. Als er hinzukam, waren nicht nur die Äcker, sondern auch die letzten Reste ersparten Erbguts draufgegangen; nun waren nur noch Armeleutereste übrig.

Das Ende war in mancher Hinsicht dem Anfang gleich. Sören glich den ursprünglichen Manns auch darin, daß er wie sie ein Amphibium war. Er verstand sich auf alles, Landwirtschaft, Fischfang und Handwerk. Und doch war er nicht geschickt genug, seinen Lebensunterhalt zu verdienen, und nie behielt er etwas übrig. Es war eben ein Unterschied, ob man im Aufstieg war oder sich am letzten Ende der Dinge befand. Überdies fiel es ihm – wie so vielen der Manns – schwer, die Hand auf das zu legen, was ihm zukam.

Es war ein Geschlecht, das gewohnt war, daß andere den ersten Ertrag ihrer Arbeit ernteten. Von den Manns heißt es, sie seien wie die Schafe: je kürzer man sie schöre, desto mehr wüchse auf ihnen. Der Niedergang hatte Sören nicht tüchtiger darin gemacht, sich zu behaupten.

War das Wetter nicht danach, auf See zu fahren, und war in der kleinen Dünenackerwirtschaft nicht genug zu tun, so saß er zu Hause und flickte Seestiefel für die Kameraden unten im Dorf. Aber Geld für die Arbeit bekam er selten. „Es kann wohl bis zum nächsten Mal stehenbleiben?" sagten sie. Und Sören hatte nicht viel einzuwenden gegen diese Regelung der Sache; die war für ihn so gut wie ein Sparschweinchen. „Dann hat man etwas für seine alten Tage", sagte er. Maren und das Mädchen schalten deswegen oft mit ihm, aber Sören änderte sich in diesem Punkt sowenig wie auf anderen Gebieten. Er kannte die Frauenzimmer; die wollten am liebsten alles sofort aufessen.

2

Die Geschwulst

Nun hatte man die Kinder vom Hals – alle acht. Sören und Maren waren nicht mehr jung. Zeit und Mühsal begannen in den Gliedern zu spuken, und es wäre recht schön gewesen, wenn man etwas gehabt hätte, um Widerstand leisten zu können. Auch Sörine, die Jüngste, hatte man insofern von der Hand, als sie erwachsen war und längst aus dem Nest hätte wippen müssen; wenn sie trotzdem zu Hause blieb und von den beiden Alten zehrte, so hatte das seine besonderen Gründe.

Es war nicht wenig verwöhnt, das Mädel – wie das Jüngste es leicht werden kann; verzärtelt war es, offen gesagt, und furchtsam vor Fremden. Na, und dann war es doch auch schön, wenn einer soviel Leben zur Welt gebracht hatte, selber eine kleine Probe davon zu behalten, fand Maren. Ein Nest ohne Junge wird leicht kalt! Sören war im Grunde derselben Ansicht, wenn er auch etwas brummte und feststellte, *ein* Frauenzimmer im Hause sei mehr als genug. Sie waren beide gleich kinderlieb; und weil sie sowenig von den anderen hörten, klammerten sie sich an das letzte. Das eine kam zum anderen, Sörine blieb zu Hause und übernahm nur hin und wieder etwas Arbeit im Dorf oder auf den benachbarten Höfen hinter der Dünenreihe.

Sie galt für ein schönes Mädchen, und dagegen konnte Sören nichts einwenden; so viel aber sah er, daß sie nicht richtig gedieh. Das rote Haar umgab wie ein Brand die reine, leicht sommersprossige Stirn, die Arme waren die reinsten Puppenarme, und es war nichts Festes an ihr. Ihr Blick wollte den nicht fassen, mit dem sie sprach, sondern wich ängstlich aus. Sie konnte gut aus einem Herrschaftswagen gefallen sein.

Die jungen Burschen des Fischerdorfes schwärmten um die Hütte in den Dünen – meist in den warmen Nächten; aber Sörine verbarg sich angstvoll vor ihnen. „Sie artet nach der verkehrten Seite", sagte Sören, der bemerkte, wie fest sie ihr Fenster geschlossen hielt.

„Sie artet nach der vornehmen Seite", sagte dann die Mutter. „Du sollst sehn, sie bekommt gewiß einen Sohn vornehmer Leute zum Mann."

„Plappermaul!" höhnte Sören giftig und ging seiner Wege. Wie konnte man nur sich und dem Mädel so dummes Zeug einreden!

Gewiß hatte er Maren lieb, aber ihre Geistesgaben hatten ihm nie Respekt eingeflößt. Machte eins der Kinder in der Jugend irgend etwas verkehrt, so sagte Sören stets: „So ein Einfaltspinsel – das hat er von seiner Mutter!" Und Maren fand sich die Jahre hindurch geduldig in diese Charakteristik; sie wußte wohl ebensogut wie Sören, daß es zu guter Letzt nicht der Verstand ist, worauf es ankommt.

Ein paarmal in der Woche ging Sörine mit einer Tracht Fische zur Stadt und brachte Waren mit nach Hause. Für den Fußgänger war's ein weiter Weg, und er führte zum Teil durch Nadelwald, wo es abends dunkel war und wo sich oft Vagabunden herumtrieben.

„Ach was", sagte Sören. „Der Dirn tut's gut, von allem was zu probieren, wenn ein Mensch aus ihr werden soll."

Aber Maren wollte ihr Kind hüten, soweit es ihr möglich war. Und so ordnete sie es so, daß die Tochter mit dem Wagen vom Sandhof nach Hause fahren konnte, der gerade in diesen Tagen Hefe in der Brennerei zu holen hatte.

Diese Regelung war insofern gut, als Sörine nicht länger in Angst vor Vagabunden zu leben brauchte und vor sonstigen Begegnungen, denen ein verschüchtertes junges Mädchen ausgesetzt sein kann; in anderer Hinsicht aber entsprach sie nicht den Erwartungen. Sörine hatte nicht nur keinen Schaden von den langen Fußwanderungen gehabt, sondern es stellte sich jetzt heraus, daß sie ihr gut getan hatten. Sie wurde zarter als früher und konnte dies und jenes nicht vertragen.

Das stimmte gut überein mit dem übrigen vornehmen Wesen des Mädchens; und obwohl Maren schwer zu schaffen hatte, war es doch, als ob dieses Neue eine Erleichterung für sie bedeutete. Es beseitigte den letzten Rest von Zweifel in ihrem Herzen, und es stand damit endgültig und unwiderruflich fest: Sörine war ein Feineleutekind, natürlich nicht der Zeugung nach – denn Maren wußte ja recht wohl, wer Vater und Mutter der Dirn waren, falls Sören auf solche Gedanken kommen sollte –, es war vielmehr ein Gnadengeschenk. Es kam vor, daß solche Kinder dem armen Mann in die Wiege fielen, und sie waren immer dazu ausersehen, den Eltern Freude zu bringen. Heringe und Kartoffeln, Flundern und Kartoffeln und zwischendurch ein bißchen Speck – war das etwa eine Kost für eine, die sozusagen ein Fräulein war? Maren verwöhnte sie, und wenn Sören es sah, spuckte er aus, als hätte er etwas Widerwärtiges in den Mund bekommen, und ging seiner Wege.

Aber man kann auch zu vornehm werden; und als es so weit kam, daß das Mädchen nicht einmal Eierkuchen bei sich behalten konnte, da wurde es selbst Maren zuviel des Guten. Sie ging mit der Tochter zu einer weisen Frau, die draußen im Vorland wohnte. Dreimal schlug die weise Frau die Luft durch sie hindurch; und als das nichts half, mußte

Sören Pferd und Wagen beschaffen und die beiden zum Homöopathen fahren. Er tat es ungern. Nicht daß er das Mädchen nicht gern gehabt hätte; und es konnte auch sein, daß Maren recht damit hatte, wenn sie sagte, das Kind habe das im Schlaf bekommen, ein Tier oder irgend etwas Teuflisches habe seinen Weg durch den Mund gefunden und sitze nun da und puste Sörine das Essen aus dem Hals. Dergleichen hatte man schon früher gehört. Sich aber aus diesem Grunde so töricht anzustellen – mit Pferd und Wagen zum Homöopathen zu kutschieren wie eine Herrschaft und sich vor dem ganzen Dorf lächerlich zu machen, wo eine Dosis Regenwasser dieselbe Wirkung hatte –, das paßte Sören denn doch nicht.

So selbstverständlich aber die Entscheidung für gewöhnlich in Sören Manns Händen lag, es gab Gelegenheiten, wo Maren ihren Willen durchsetzte – namentlich wenn es sich um das Mädchen handelte. Dann konnte sie plötzlich wie behext aus all ihrer Gutherzigkeit herausfahren, Sörens Einwände als Unsinn beiseite fegen und wie eine Mauer dastehen, über die man nicht hinüber- und um die man nicht herumkam. Hernach traf es sich oft, daß er ägerlich war, weil das Zauberwort, das Maren von ihren Höhen herabholen sollte, im entscheidenden Augenblick versagte. Denn sie *war* ein Plappermaul – namentlich wenn es um das Kind ging. Aber verkehrt oder richtig, wenn sie so ihre großen Augenblicke hatte, dann sprach das Schicksal durch ihren Mund, und Sören war klug genug zu schweigen.

Diesmal schien Maren das Richtige getroffen zu haben, denn die Kur, die der Homöopath verschrieb, Brausepulver und frische Milch, hatte eine wunderbare Wirkung. Sörine gedieh und entfaltete sich, daß es eine Freude war, sie anzusehen.

In allem soll man Maß halten. Sören Mann, derjenige, der fürs tägliche Brot zu sorgen hatte, war der erste, der das fand; aber selbst Maren mußte sich eines schönen Tages gestehen, daß das Mädel jetzt wirklich gut im Stande sei. Sörine aber fuhr fort anzuschwellen. Sie und die Mutter sprachen viel hin und her, was es wohl sein könne. Wassersucht?

Oder vielleicht Fettsucht? Sie hatten viel zu bereden und steckten die Köpfe zusammen; sobald aber Sören in die Nähe kam, schwiegen sie.

Sören war ganz unausstehlich geworden, er knurrte und murrte immerzu. Als ob es nicht sowieso schwer genug zu ertragen war, besonders für das arme Mädchen! Schonung gegenüber einem Kranken kannte er nicht, der Tropf; und eines Tages entfuhr es ihm so recht böse und gallig: „Sie ist wohl guter Hoffnung, die Dirn – was andres ist es wohl nicht?"

Aber Maren war über ihm wie ein Unwetter. „Was redest du da, du altes Plappermaul? Hast *du* vielleicht acht Gören gekriegt, oder hat das Mädchen sich dir anvertraut? Eine Sünde und Schande ist's, sie so schmutziges Gerede hören zu lassen; aber nun ist es geschehen, und da magst du sie ebensogut selber fragen. Antworte deinem Vater, Sörine – kriegst du was Kleines?"

Sörine saß am Ofen, leidend und verängstigt. „Das müßte ja mit der Jungfrau Maria sein", flüsterte sie, ohne aufzublikken. Und plötzlich sank sie schluchzend zusammen.

„Da siehst du selber, was du für ein Plappermaul bist", sagte Maren hart. „Das Mädchen ist wahrhaftig so rein, als läge sie noch im Mutterleib. Sie leidet an einer Geschwulst, das ist es, siehst du. Und du machst uns hier das Haus zur Hölle, während das Kind vielleicht den Tod in sich trägt."

Sören Mann senkte den Kopf und lief schleunigst in die Dünen. Puh, das Gewitter war gerade über ihm gewesen. Plappermaul hatte sie ihn genannt – zum erstenmal während ihres ganzen Zusammenlebens; er verspürte Lust, ihr stehenden Fußes dieses Wort heimzuzahlen, ehe es sich richtig festfraß. Aber sollte er sich zu einem wütenden alten Weib und einer flennenden Dirn hineinwagen – er konnte sich beherrschen!

Sören Mann war ein halsstarriger Bursche; wenn er erst einmal etwas in seinem dreieckigen Kopf hatte, war es nicht wieder hinauszuklopfen. Er äußerte nichts, ging nur mit einer Miene umher, die soviel besagte wie: Ja, man muß sich wohl hüten, mit Weibern in Zank zu kommen! Maren war sich nicht im unklaren über seine Ansicht. Wenn er sie nur wenigstens für sich behalten würde! Da quälte sich das Mädel, trank Petroleum und aß grüne Seife wie eine Verrückte, weil sie gehört hatte, daß das gut für innere Krankheiten sein sollte – vom eigenen Vater.

In dieser Zeit hielt Sören sich am liebsten außerhalb des Hauses auf, und Maren hatte nichts dagegen, dann ärgerte er sich wenigstens nicht über sie beide. War er nicht auf See, so schlenderte er auf dem Acker umher und machte sich irgend etwas zu schaffen oder er saß oben auf der Schwatzbank der Männer auf der hohen Düne, wo man jedes Segelboot beobachten konnte, das den Sund verließ oder einlief. Meistens hatte er dort seine Ruhe; ging es aber Sörine allzu schlimm, so kam Maren gerannt, ganz elend anzusehen in ihrem mütterlichen Kummer, und bettelte ihn an, doch ja mit dem Mädchen nach der Hauptstadt zu fahren und sie untersuchen zu lassen, ehe es zu spät sei. Dann kam es leicht vor, daß er aus der Haut fuhr und – ohne sich darum zu kümmern, daß es jeder hören konnte – rief: „Der Teufel soll dich holen, alte Scharteke – hast selber acht Kinder gekriegt und kannst nicht sehen, was dem Mädchen fehlt!“

Gleich darauf bereute er es, denn ganz konnte er ja darum Haus und Heim nicht entbehren, und sobald er den Fuß zur Tür hineinsetzte, ging der Lärm los. Aber es war nicht auszuhalten; er mußte Luft haben, wenn er von all dem Weibergewäsch nicht ganz verrückt werden wollte. Mochte es sich verhalten, wie es wollte, er war in der rechten Stimmung dazu, sich auf die oberste Düne zu stellen und seine Meinung über das Dorf hin auszurufen, bloß um die beiden Weibsleute unterzukriegen.

Eines Tages, als er drüben auf dem Trockenplatz saß und an den Netzen arbeitete, kam Maren im Unterrock die Düne heruntergelaufen. „Nun mußt du doch nach dem Doktor schicken“, sagte sie, „denn sonst krepiert uns die Dirn. Sie wehklagt ganz gottsjämmerlich.“

Sören, der selber oben einen Laut aus der Hütte aufgefangen hatte, fuhr vor Wut aus der Haut und warf einen kleinen Stein nach ihr. „Plagt dich denn der Teufel ganz und gar, oder bist du auch taub geworden, daß du nicht hören kannst, was der Laut da zu bedeuten hat?“ schrie er. „Willst du machen, daß du zur Madam hinüberkommst – und zwar ein bißchen hurtig, sonst werd ich dir Beine machen.“

Als Maren ihn aufstehen sah, machte sie kehrt und lief nach Hause. Sören zuckte mit den Achseln und ging selber die Madam holen. Dann wanderte er den ganzen Nachmittag vor der Hütte umher, ohne hineinzugehen, und gegen Abend suchte er das Wirtshaus auf. Er setzte selten seinen Fuß an diesen Ort; das konnte er sich nicht leisten, wenn Haus und Heim bekommen sollten, was ihnen zukam. Er hielt den ungewohnten Türgriff zögernd in der zitternden Hand, öffnete mit einem Ruck die Tür und stand mit einem vieldeutigen Ausdruck auf der Schwelle.

„Nun kam die Geschwulst doch aus dem Tier“, sagte er jämmerlich verwegen. Und diesen Satz wiederholte er den ganzen Abend, bis er nach Hause stolperte.

Maren erwartete ihn draußen auf der Düne; als sie sah, in welcher Verfassung er war, brach sie in Tränen aus. „Nun kam die Geschwulst doch ...“, begann er, mit einer Miene, die voll grimmigen Hohnes sein sollte, schwieg aber plötzlich. Marens Tränen griffen ihm so wunderlich ans Herz, tief unter allem andern; er mußte sie um den Hals fassen und mitweinen.

Die beiden Alten setzten sich in die Dünen und hielten einander umfaßt, während sie sich ausweinten. Es war schon mancherlei Böses auf den Weg des neuen Wesens gefallen; nun fielen die ersten Tränen.

Als sie nach Hause gekommen waren, sich mit Mutter und Kind beschäftigt hatten und nun in dem großen Doppelbett lagen, suchte Maren nach Sörens Hand. So war sie immer in den jungen Tagen eingeschlafen, und jetzt war es, als ob etwas von der Süße der jungen Tage wieder in ihr erwacht sei – mochte nun das plötzliche Auftauchen des Liebeskindes schuld daran sein oder sonst etwas.

„Vielleicht wirst du jetzt zugeben, daß das Mädel ein Kind kriegen sollte?“ sagte Sören, als sie schon im Begriff waren einzuschlafen.

„Ja, das sollte sie", sagte Maren. „Aber ich kann doch nicht verstehen ... denn Männer ..."

„Ach, halt den Mund", sagte Sören. Und dann schliefen sie ein.

So mußte Maren sich denn endlich ergeben, „obschon", meinte Sören, „es doch recht gut sein kann, daß sie eines schönen Tages behauptet, es wäre doch eine Geschwulst gewesen. Denn Weiber kann kein Teufel überzeugen."

Nun, Maren war zu klug, zu leugnen, was selbst ein Blinder mit dem Krückstock sehen konnte; und es war um so leichter für sie, die bittere Wahrheit zu erkennen, als trotz der vielen Tränen und heiligen Versicherungen des Mädchens doch ein Mann mit im Spiel war, und obendrein ein Hüfnerssohn. Es war der Sohn vom Sandhof, derjenige, mit dem Sörine aus der Stadt heimgefahren war, weil sie Furcht vor dem finsteren Wald gehabt hatte. „Du hast das Mädel wahrhaftig auf eine schöne Art von den Vagabunden befreit", sagte Sören und schielte nach dem Neugeborenen hinüber.

„Was schwatzt du da für Zeug? Ein Hüfnerssohn ist doch wohl immer besser als ein Vagabund", entgegnete Maren stolz.

So behielt sie dennoch recht; hatte sie nicht immer gesagt, daß Sörine etwas Vornehmes an sich habe? Es war Fräuleinblut in dem Mädchen!

Eines Tages mußte Sören seinen guten Anzug anziehen und zum Sandhof gehen.

„Ja, seht mal, nu hat die Dirn doch was Kleines gekriegt", sagte er und steuerte geradewegs auf die Sache los.

„So, hat sie das!" sagte der Sohn vom Sandhof, der mit seinem Vater auf der Dreschdiele stand und ausgedroschenes Stroh schüttelte. „Ja, das ist dann wohl so!"

„Ja, aber sie sagt doch, du wärst der Vater."

„So, das sagt sie. Kann sie's denn auch beweisen?"

„Sie kann einen Eid drauf leisten, das kann sie. Und da ist es wohl das beste, du heiratest die Kröte."

Der Sandhofsohn lachte schallend.

„Also du lachst, du!" Sören Mann ergriff eine Heugabel

und ging auf den Burschen zu, der hinter die Dreschmaschine zurückwich. Er war grauweiß geworden.

„Hör mal", griff da der Sandhofbauer ein, „laß uns beide Alten lieber hinausgehen und die Sache besprechen, Sören – die Jugend ist heutzutage zu einfältig. – Siehst du, ich glaube nicht, daß mein Sohn das Mädchen heiraten wird, mag er nun mit der Sache zu tun haben, was er will", begann er, als sie draußen waren.

„Das wird er wohl müssen", erwiderte Sören drohend.

„Ja, sieh mal, das einzige, was ihn dazu zwingen könnte, ist das Gesetz – und das tut es nicht, wenn ich es recht kenne. Aber eine andre Sache ist, daß – daß er dem Mädel vielleicht zu einer ordentlichen Heirat verhelfen könnte. Willst du zweihundert Taler haben, ein für allemal?"

Sören fand im stillen, daß das eine Menge Geld sei für ein elendes Menschenwurm, und beeilte sich einzuschlagen, damit dem Sandhofbauer sein Angebot nicht leid würde.

„Aber dann dürfte freilich nicht hinterm Rücken geredet und auf Verwandtschaft gepocht werden und dergleichen", sagte der Sandhofbauer, während er Sören zum Tor hinausbegleitete. „Das Kind bekommt den Namen des Mädchens und hat keinerlei Ansprüche an uns!"

„Nein, gewiß nicht!" sagte Sören, der bestrebt war, schnell wegzukommen. Er hatte die zweihundert Taler in der Innentasche und hatte Angst, daß der Sandhofbauer sie zurückverlangen würde.

„Ich schicke dir in den nächsten Tagen ein Papier zu, um deine Unterschrift wegen des Geldes zu kriegen", sagte der Sandhofbauer. „Es ist schon das beste, wir setzen es gesetzmäßig auf." Er sprach das Wort „gesetzmäßig" so breit und vertraut aus, daß Sören ein bißchen zusammenschrak.

„Ja, ja", sagte Sören bloß und trat in den Torweg, die Mütze zwischen den Händen. Es kam nicht oft vor, daß er vor jemand die Mütze zog, aber die zweihundert Taler hatten ihm Respekt vor dem Sandhofbauer eingeflößt. Die Leute vom Sandhof gehörten einem Schlag an, der sich nicht damit begnügte, über den Zaun weg ins Gebiet des Nachbarn einzubrechen, sondern der auch Ersatz leistete für den Schaden, den er anrichtete.

Sören rannte über die Felder dahin. Soviel Geld hatten er und Maren noch nie besessen. Wenn er's nun bloß fertigbrächte, die Scheine ein bißchen hübsch vor sie hinzulegen, so daß sie nach etwas aussahen! Denn Maren hatte sich ja nun einmal die Sache mit dem Hüfnerssohn fest in den Kopf gesetzt.

3

Ein Kind ist geboren

Es gibt anderthalb Milliarden Sterne im Himmelsraum und, soviel man weiß, anderthalb Milliarden Menschenwesen auf der Erde, gleich viele von beiden! Man sollte fast glauben, die Alten hätten recht, die meinten, ein jeder Mensch werde unter seinem Stern geboren. Ringsum, in Hunderten von kostbaren Observatorien, die auf der ganzen Erde angelegt sind, bald in der Ebene, bald auf hohen Bergen, sitzen hochbegabte Gelehrte, ausgerüstet mit den feinsten Instrumenten, und spähen Nacht für Nacht in den Himmelsraum hinaus. Sie schauen und photographieren, ihr ganzes Leben lang beschäftigt mit dem einen: unsterblich zu werden durch die Entdeckung eines neuen Sterns. Noch ein Himmelskörper – zu den anderthalb Milliarden, die schon da draußen umherwirbeln.

Jede Sekunde wird eine Menschenseele in die Welt geboren. Ein neues Licht wird angezündet, ein Stern, der vielleicht ungewöhnlich schön brennen wird, der jedenfalls sein eigenes, nie gesehenes Spektrum hat. Ein neues Wesen, das vielleicht Genialität, vielleicht Schönheit um sich ausstreuen wird, küßt die Erde; das Niegesehene wird Fleisch und Blut. Kein Mensch ist eine Wiederholung anderer Menschen oder wird je selber wiederholt werden, jedes neue Wesen gleicht den Kometen, die nur einmal in aller Ewigkeit die Bahn der Erde berühren und eine kurze Spanne Zeit ihren leuchtenden Weg über ihr dahinziehen – ein Phosphoreszieren zwischen zwei

Ewigkeiten von Finsternis. Dann herrscht wohl Freude unter den Menschen ob jeder neu angezündeten Seele? Sie stehen wohl mit fragenden Augen um ihre Wiege, begierig darauf, was diese neue bringen wird?

Ach, der Mensch ist kein Stern, durch dessen Entdeckung und Benennung man Ruhm gewinnt. Häufiger ist er ein Schmarotzer, der friedliche, nichtsahnende Leute überfällt und sich in die Welt einschleichen muß – durch ein neun Monate langes Fegefeuer. Gott helfe ihm, wenn er obendrein seine Papiere nicht in Ordnung hat.

Sörines Kleine hatte sich tapfer zum Licht des Tages durchgekämpft. Wie ein Lachs gegen den Strom springt, hatte sie alle Hindernisse genommen: Ableugnungen, Tränen und Abtreibemittel. Nun lag sie im hellen Licht da, rot und runzlig, und sollte versuchen, Herzen zu erweichen.

Die bürgerliche Gesellschaft war schnell mit ihr fertig, sie war schlecht und recht ein Schmarotzergast. Ein neugeborener Mensch ist eine Zahl im Umsatz, die ordnungsgemäße Voraussetzung für ihn sind Hochzeit und Gründung eines Hausstandes mit dem daraus folgenden Umsatz, das heißt Wiege und Kinderwagen und – wenn der Mensch heranwächst – Verlobungsringe, Ehe und wieder Kinder. Das meiste von all diesem geht in die Brüche, wenn man wie Sörines Kleine so armselig ist, sich außerhalb der Ehe zur Welt bringen zu lassen.

Vom ersten Augenblick an wurde sie danach behandelt, ohne weichliche Rücksichtnahme auf ihre zarte Hilflosigkeit. „Unehelich“ stand auf dem Schein, den die Hebamme dem Lehrer ablieferte, nachdem sie der Kleinen auf die Welt geholfen hatte, „unehelich“ kam auf den Taufschein zu stehen. Es war, als ob sie alle ihre Macht an etwas ausließen, die „Madam“, der Lehrer und der Pfarrer; sie waren die ersten gerechten Rächer der Bürgerschaft und schlugen aus guter Gesinnung auf das Neugeborene los. Was half es, daß das kleine Wesen von einem Hüfnerssohn gezeugt worden war, wenn er sich nicht zu der Handlung bekannte, sondern sich loskaufte von Hochzeit und allem! Ein Unding war es, ein Flecken auf der wohlgeordneten Gesellschaft.

Der Mutter kam das Kind ebenso ungelegen wie allen anderen. Als das Wochenbett überstanden war, entdeckte Sörine, daß sie ebensogut wie ihre Geschwister aus dem Hause gehen und dienen könne. Ihre Angst vor Fremden war völlig verschwunden; sie nahm eine Stelle ein Stück landeinwärts an. Das Kind blieb bei den Großeltern.

Niemand auf der ganzen weiten Welt war entzückt von der Kleinen, die Alten im Grunde auch nicht. Aber Maren ging doch auf den Speicher und suchte eine alte Holzwiege hervor, die viele Jahre lang zum Aufbewahren von Netzen und allerlei Gerümpel gedient hatte, Sören setzte neue Klötze unter die Gängel, und Maren trat mit ihren alten, geschwollenen Beinen die Wiege.

Ein Flecken war die Kleine ja auch für die beiden Alten – vielleicht alles in allem nur für sie. Sie hatten sich so Großes von dem Mädchen versprochen, und da lag nun der ganze Staat – ein uneheliches Kind – in der Wiege! Es wurde genug gestichelt gegen sie – von den Frauen, die gelaufen kamen und zu Maren sagten: „Na, wie gefällt dir das denn, auf deine alten Tage wieder was Kleines zu kriegen?“, und von den anderen Fischern, wenn Sören Mann in den Hafen oder ins Wirtshaus kam. Die alten Kameraden machten in aller Gutmütigkeit ihre Anspielungen und sagten: „Der kann's – er hat noch die Kraft seiner Jugend! Sören muß eine Runde geben!“

Aber das mußte hingenommen werden – und war ja zu ertragen. Und das Kleine war – wenn man erst die alte Geschicklichkeit wiedererlangt hatte – ein kleines Geschöpf, das an soviel der Vergangenheit Angehörendes erinnerte. Es war wirklich, als ob man selber dieses Kind bekommen hätte – es brachte Jugend ins Haus.

Rein unmöglich war's, so ein hilfloses kleines Geschöpf nicht liebzuhaben!

4
Dittes erste Schritte

Es ist oft wunderlich damit: der eine muß dem Kind den Schoß geben, der andre das Herz. Leicht war es nicht für die alte Maren, wieder Mutter zu sein, um so weniger, als die Gesinnung die rechte war. Das Mädchen selber war über alle Berge – drüben in einem anderen Kirchspiel diente sie; und hier lag das Kleine und schrie.

Maren sorgte für das Kind, so gut sie konnte, verschaffte ihm gute Milch und kaute gute Zulpe zurecht – aus Butterbrot mit Zucker drauf; richtige Brustnahrung aber konnte sie ihm ja nicht geben. Oft, wenn das Kleine auf ihrem Arm saß, kam es vor, daß es mit seinem Saugmund über ihren welken Hals hin suchte, sein Händchen hinter den Brustsaum steckte und sie so sonderbar eindringlich ansah. „Sieh mal, wie der Trieb in ihr steckt", sagte Sören. „Die Natur ist doch großartig!" Maren aber begann zu weinen, so alt und vernünftig wie sie war.

Sie hatte acht hintereinander an der Brust gehabt; und so lange das auch schon her war, jetzt tauchte es in der Erinnerung wieder auf. Sie erinnerte sich zu gut an alles: wie schön das gewesen war, wenn das Kleine dalag und mit der Brustwarze spielte, wie das Kätzchen mit der Maus spielt, sich mit ihr um die Nase kitzeln ließ, tat, als ob sie ihm entschwände – und sich plötzlich mit atemlosem Eifer darauf stürzte und in sich hineingluckste mit Augen, die immer trunkener wurden von Schlaf und Süße. Bis es dann auf einmal hintenüber sank, während die kleinen Glieder schlaff wurden, und schlief – satt und müde. Nichts in ihrem ganzen langen Leben hatte sie so beglückt, fand sie jetzt – auch nicht der Tanz der jungen Nächte und das Schwärmen mit der übrigen Jugend aus der Gegend –, wie dies: einem hilflosen kleinen Wesen Wärme, Sättigung und den süßen Schlaf zu geben. Noch konnte sie das eigentümliche Saugen im Rücken spüren, wenn die Kleinen ihr alle Milch weggetrunken hatten, und wenn es dann plötzlich wieder aus verborgnen

Quellen in ihre Brüste strömte. Es saß noch als Gefühl guter Schwere in den Händen, wie sie von ihrer Milch schwollen und wuchsen; und Maren wünschte brennend, daß sie noch jung wäre, das Hemd zurückstreifen und das Kleine anlegen könnte.

Sie begriff ihre Tochter ganz und gar nicht. Sörine kam selten nach Hause und am liebsten gegen Abend, wenn niemand es sah; aus dem Kinde schien sie sich nicht das geringste zu machen. Sie war kräftig und rank geworden, glich gar nicht mehr dem sommersprossigen, schmächtigen Mädchen, das nichts vertragen konnte. Ihr Blut war gereift und ihr Wesen sicher geworden; aber es war ja nicht das erstemal, daß eine kränkelnde Frau dadurch, daß sie ein Kind bekam, verwandelt, sozusagen von der Verzauberung befreit wurde.

Ditte selbst schien die Mutterliebe nicht zu entbehren, sie wuchs gut heran trotz der künstlichen Ernährung und wurde bald so groß, daß sie die Holzschuhe an ihren kleinen Füßen behalten und an der Hand des alten Sören in die Dünen gehen konnte. Und da war sie gut aufgehoben.

Sonst sah es manchmal schlimm genug aus. Denn Maren hatte ja ihre Arbeit, die unter keinen Umständen vernachlässigt werden durfte, und die Kleine war überall. Es war nicht so einfach, alles hinzuwerfen, was man in den Händen hatte, die Milch überkochen und die Grütze anbrennen zu lassen, um hinter dem Kind herzustürzen. Maren war in ihrem Hause sehr ehrgeizig, und manchmal fiel die Wahl schwer. Die Kleine mußte dann in Gottes Namen ihre Beule hinnehmen.

Ditte ließ es sich nicht anfechten. Sie konnte froh sein, daß sie bei den Großeltern war. Sie war ein neugieriges Ding und mußte an allem herumbasteln; oft war es ein Gotteswunder, daß kein Unglück geschah. Mißgeschicke hatte sie hundert am Tage, unbedacht und unüberlegt, wie sie war. Sie stürmte drauflos; war etwas da, worauf sie treten konnte, so war's ein Glück, sonst fiel sie hin. Ihr kleiner Kopf war voller Beulen und Schrammen; sich in acht nehmen lernte sie nicht, trotz all der Püffe, die sie abbekam. Es fehlte bloß, daß sie obendrein Schläge bekommen sollte. Wenn es richtig weh tat, mußte Großvater darauf pusten, oder Großmutter drückte die kalte Klinge des Brotmessers gegen die Beule. Dann verging der Schmerz.

„Es vergeht wieder", sagte sie und lächelte Großmutter zu; die Tränen hingen ihr noch in den langen Wimpern, und die Wangen waren nach und nach ganz rauh von den Tränen geworden.

„Ja, gewiß", erwiderte Maren. „Aber Närrchen muß achtgeben."

Das war ihr Name in jenen Tagen, und eine richtige kleine Närrin war sie, vierschrötig und spaßig. Man konnte ihr nicht böse sein, obwohl sie es zuweilen den beiden Alten zu bunt trieb. Es wollte gar nicht in ihren kleinen Kopf hineingehen, daß es etwas gab, was man nicht durfte; sobald ihr irgend etwas einfiel, waren die Händchen sofort da. „Sie hat keine Überlegung", sagte Sören bedeutungsvoll, „sie ist eben ein Frauenzimmer. Möchte wissen, ob ein Klaps auf die Finger nicht doch ..."

Aber Maren überhörte das, zog die Kleine an sich und erklärte wohl zum hundertstenmal, das dürfe Närrchen nicht tun. Und eines Tages blieb es trotzdem haften. Ditte machte wie gewöhnlich irgend etwas verkehrt, ohne es sich anfechten zu lassen, wie immer. Als sie aber fertig war, reichte sie den beiden Alten ihr spitzes Mündchen hin. „Küß mich – ich bitte um Verzeihung", sagte sie. Man konnte ihr nicht widerstehen.

„Vielleicht wirst du nun zugeben, daß sie recht gut den Unterschied zwischen recht und verkehrt lernen kann?" sagte Maren.

Sören lachte. „Ja, zuerst tut sie's, und dann muß sie überlegen, ob es auch recht war. Sie wird ganz gewiß ein richtiges Frauenzimmer werden."

Mit der Reinlichkeit haperte es. Ditte war sehr gedankenlos und nahm sich nicht beizeiten zusammen – sie hatte immer keine Zeit; und dann war das Unglück geschehen. Doch auf diesem Gebiet ließ Maren nicht mit sich spaßen. Sie wartete ihre Zeit ab, um nicht unvernünftig genannt zu werden; eines Tages aber nahm sie sich die Kleine vor, trug sie zum

Brunnen hinunter und tauchte sie resolut in einen Zuber mit Wasser, der gerade aus dem Brunnen heraufgezogen worden war. Das eiskalte Bad half, und von nun an vergaß Ditte nicht wieder, sich sauberzuhalten.

Die Frauen im Dorf hatten alle ihre Not damit, die Kinder an Reinlichkeit zu gewöhnen. Sie sahen, welche Fortschritte Ditte gemacht hatte, und nahmen Marens Hilfe in Anspruch. Maren war der Ansicht, daß sie damit ebensogut selber fertig werden könnten; einen Kinderpopo in kaltes Wasser zu tauchen, dazu gehörte keine große Kunst. Aber das wollten sie nicht glauben – Maren mußte kommen und es tun, wenn es wirken sollte. Na, dann mußte sie also heran, und in der Regel half es. „Du bist klug", sagten sie und steckten ihr zum Dank etwas Speck oder ein paar Fische zu – „aber du hast es ja auch nicht von fremden Leuten gelernt." Diesen Hinweis darauf, daß ihre Mutter eine weise Frau gewesen sei, hörte Maren gar nicht gern. Aber der Speck und die Fische kamen auf eine kahle Stelle, und – wie Sören sagte – der Arme mußte soviel anderes zusammen mit dem täglichen Brot hinunterbeißen.

Das schlimmste war, daß Ditte eine Zeitlang so groß im Herunterreißen und Zerschlagen war. Sie mußte ihre kleine Stupsnase in alles stecken, und da sie zu winzig war, um übersehen zu können, was auf dem Tisch stand, zog sie das Ganze zu sich herunter. Sören mußte sich einen Drillbohrer verschaffen und nieten lernen, um die ärgsten Zerstörungen wiedergutzumachen. Ditte fiel manches auf den Kopf, ohne daß es sie abgeschreckt hätte. „Nichts kann ihr etwas anhaben – sie ist ein richtiges Frauenzimmer", sagte Sören. Heimlich war er stolz auf ihre Widerstandsfähigkeit. Aber Maren mußte ein Auge auf jeden Finger haben und lebte in ewiger Angst, wegen der Sachen und wegen des Kindes.

Eines Tages warf sie eine Schüssel mit heißer Milch herunter und verbrühte sich ordentlich; seitdem war sie von ihrer Neugier kuriert. Maren mußte sie zu Bett bringen und mit Öl und Scheiben von rohen Kartoffeln behandeln; und es dauerte eine Zeitlang, bis Ditte sich ganz erholte. Aber dann stand sie auch ohne die geringste Narbe da. Man erzählte sich später weit und breit von Marens Tüchtigkeit im Heilen von Brandwunden, und die Leute kamen mit ihren Schäden zu ihr.

Ditte aber schoß empor wie eine junge Pflanze. Tag für Tag entfaltete sie neue Blätter. Wenn sie mitten in einer schwierigen Periode war und die Großeltern bekümmert beratschlagten und sich zuletzt vielleicht auf strenge Maßnahmen einigten – ja, dann war sie schon wieder heraus und in irgend etwas anderem drin. Es war, als segelte man über flachen Grund, meinte Sören, fortwährend zog es unter einem vorüber und machte etwas Neuem Platz. Die Alten mußten sich fragen, ob es ihnen und ihren Kindern ebenso ergangen sei. Früher hatten sie nie darüber nachgedacht, sie hatten keine Zeit gehabt, sich über das unbedingt Notwendige hinaus mit den Nachkommen zu beschäftigen; der eine hatte genug damit zu tun, für das tägliche Brot zu sorgen, der andere damit, die Brocken zusammenzuhalten. Aber jetzt *konnten* sie einfach nicht anders, sie mußten nachdenken, wie tief sie auch in der Arbeit stecken mochten, und sie mußten sich über so mancherlei wundern.

„Es ist doch sonderbar, daß ein kleines Kind einem die Augen öffnen soll, so alt wie man ist und so vieles man wissen müßte", sagte Maren.

„Plappermaul", sagte Sören. Und das bedeutete in dem Ton, in dem er es hervorbrachte, daß er selbst etwas Ähnliches gedacht hatte.

Ditte war wirklich ein eigentümliches kleines Wesen. So wenig verschwenderisch sie von allen Seiten bedacht worden war, so war sie doch reich ausgerüstet; ihr erstes Lächeln brachte Freude, ihr zartes Schluchzen Kummer. Ein Geschenk war sie, von der Leere geboren und zwei verbrauchten Alten an den Strand geworfen. Keiner hatte etwas geleistet, um sich um sie verdient zu machen, im Gegenteil, alle hatten sich die größte Mühe gegeben, sie vom Dasein auszuschließen. Und doch lag sie eines Tages da und blinzelte gegen das Licht mit Augen, die wie der Himmel selber waren, so blau und unschuldig. Spannung brachte sie von der ersten Stunde an, um ihre Wiege wurden viele Schritte getan, fragende Gedanken so mancherlei Art umkreisten ihren Schlaf. Noch spannender wurde es, als sie anfing zu erkennen; schon als sie eine Woche alt war, konnte sie die Gesichter auffangen; und mit drei Wochen lachte sie Sören an. An diesem Tage war er ganz närrisch und mußte am Abend in den Krug hinunter und es erzählen. Hatte einer je so ein Kind gesehen, sie lachte schon! Und als sie erst anfing, Spiel zu verstehen, da war es nicht leicht, sich etwas anderes vorzunehmen – namentlich für Sören. Jeden Augenblick mußte er hinein und sie mit seinen krummen Fingern am Bauch tätscheln. Es gab nichts Herrlicheres, als wenn man sie dahin brachte, die Stube mit ihrem Gezwitscher zu erfüllen, und Maren mußte ihn mindestens zwanzigmal am Tage von der Wiege vertreiben. Und als sie dann anfing zu laufen! – Das hilflose uneheliche kleine Wesen, das sich ins Dasein hineintrotzen mußte, dankte dafür, daß es lebte, indem es den Tagen der beiden alten Menschen Glanz verlieh. Es machte wieder Spaß, am Morgen zu einem neuen Tag zu erwachen; das Leben war wieder wert, gelebt zu werden.

Ihr tolpatschiger Gang war an sich spaßig; und mit dem nach innen gekehrten Ernst, mit dem sie sich vorsichtig über die Schwelle hinwegarbeitete, wenn sie etwas in der Hand hatte, und mit gesenktem Kopf die Landstraße entlangtrabte, geradeaus, als gebe es überhaupt nichts hinter ihr, war sie unwiderstehlich. Dann schlich sich Maren um den Giebel herum und winkte Sören, daß er schleunigst kommen solle, und Sören warf auf der Stelle die Axt oder Tüderkeule hin und kam über das Dünengras gerannt, mit der Zunge zwischen den Lippen überlegend. „Gott mag wissen, was sie sich nun in den Kopf gesetzt hat!" sagte er, und die beiden schlichen sich hinter ihr den Weg entlang. War sie dann ein Stück weit getrabt, ganz versunken in ihr Tun, so entdeckte sie plötzlich, daß sie allein war, und begann zu brüllen, grenzenlos unglücklich in ihrer Verlassenheit. Dann brachen die beiden Alten in ihr Gesichtsfeld ein, und sie stürzte in ihre Arme, glücklich über das Wiedersehen.

Und ganz plötzlich war es dann vorbei damit, daß etwas aus ihrer Welt glitt, wenn es nur zehn Schritt entfernt war.

Sie begann den Blick nach außen zu richten und die Gesichter der Leute zu suchen; bisher hatte sie nur die Füße der Menschen gesehen, die in ihren Gesichtskreis kamen. Eines Tages lief sie richtig von zu Hause fort, sie hatte die Häuser unten im Dorf erspäht. Jetzt mußte man allen Ernstes auf sie achtgeben, das da draußen lockte sie. „Wir sind ihr nicht mehr genug, wir zwei", sagte Sören mißmutig, „das Unbekannte hat sie schon gepackt." Es war das erstemal, daß sie sich von ihnen wegwandte, und Sören erkannte darin etwas wieder von dem, was er früher sooft erlebt hatte, und fühlte sich einen Augenblick einsam. Aber Maren wußte auch hier Rat, klug, wie sie durch die Kleine geworden war. Sie warf ein Tuch um den Kopf und ging mit Ditte ins Dorf hinunter, damit die Kleine mit andern Kindern spielen konnte.

5

Großvater rührt von neuem die Hände

Aller Besitz Sörens – außer dem Hause – bestand in einem Drittel Anteil an einem Boot mit dem dazugehörigen Gerät. Schon bevor Ditte zur Welt kam, hatte er seinen Bootsanteil an einen jungen Fischerburschen aus dem Dorf verpachtet, der nicht die Mittel dazu hatte, sich in eine Bootsmannschaft einzukaufen; der junge Fischer gab Sören die Hälfte seines Fanganteils ab. Viel war es nicht, aber er und Maren aßen wenig, und was Sörine betraf, so verdiente sie sich ja ihren Putz, indem sie aus dem Hause arbeiten ging. Sie schlugen sich recht und schlecht durch mit ihrem Sechstel vom Fang – und mit dem, was Sören durch seine Bastelei zu Hause zusammenbekam.

Aber nun war wieder Kleinvolk da, für das Nahrung und Kleider zu beschaffen waren. Vorläufig brauchte Ditte ja keine großen Dinge, aber ihr Kommen eröffnete neue Ausblicke in die Zukunft. Jetzt konnte man nicht mehr die Zeit in Genügsamkeit hinschleißen, bis man seine Kirchhofsecke erreichte, und sich damit beruhigen, daß die Hütte gewiß die

Begräbniskosten decke. Es genügte nicht, die alten Kleider aufzutragen, getrockneten Fisch zu essen und der Gemeinde nicht zur Last zu fallen, bis man ordentlich unter der Erde lag. Sören und Maren standen nicht länger am letzten Ende der Dinge, drüben in der Wiege lag ein Menschenkindlein, das verlangte, daß das Ganze wieder von vorn begonnen werde, und das zu neuen Anstrengungen mahnte. Es konnte nichts nützen, die Hinfälligen zu spielen oder das Altenteil zu beziehen von dem sechsten Teil dessen, was ein Boot zufällig heimbringen mochte. Die Pflicht gebot, von neuem Hand anzulegen.

Und die alten Tage hatten das Ihre zu erzählen, ihm und ihr. Die Kleine brachte das mit sich. Allein das Kinderschluchzen unter der niedrigen Decke rückte die beiden Alten um ein Vierteljahrhundert in der Zeit zurück, zu Tagen, da man das Gewicht der Jahre noch nicht fühlte, sondern das Ganze halten konnte. Und war man erst dort, so war der Sprung nicht weit zu noch ferneren Tagen – zu der schönen Zeit, da man Müdigkeit überhaupt nicht kannte, da Sören nach hartem Tagewerk die Meile Wegs ins Hinterland zurücklegte, dorthin, wo Maren diente, bis zum Morgengrauen bei ihr blieb und wieder die Meile nach Hause ging, um der erste bei der Arbeit zu sein.

Aber jetzt waren sie ja wieder jung! Hatten sie etwa kein Kleinvolk im Hause? Da drinnen lag ein kleiner Schmollmund und schrie und grunzte nach Milch. Sören erwachte aus seinem Greisen-Winterschlaf und sah wie früher nach dem Meer und den Wolken. Er übernahm selber seinen Bootsanteil und fuhr wieder auf See.

In der ersten Zeit ging es leidlich. Es war Sommer, und Ditte hatte alte Schichten wieder ans Licht gehoben; es war, als sollte sie wirklich den beiden Alten die zweite Jugend bringen. Aber es war nicht leicht, mitzukommen, mit den anderen das Ruder zu nehmen und stundenlang das Netz einzuziehen. Und im Herbst, als der Hering sich tiefer im Wasser aufhielt und die Netze so tief hinunter mußten, daß sie in dem schweren Unterwasser oft in die Klemme gerieten, konnte Sören es beim Ziehen nicht mit den anderen aufnehmen, sondern mußte sich dareinfinden, daß ihm die leichtere Arbeit zugeteilt wurde. Das war demütigend; und noch demütigender war es, bei den Nachtwachen und in der Nachtkälte zusammenzubrechen, wenn man selber wußte, daß man einmal ein kräftiger Kerl gewesen war.

Sören nahm seine Zuflucht zu den Erinnerungen aus den alten Zeiten, um sich aufzurichten und sich den anderen gegenüber zu behaupten. Er erzählte überall von seinen Burschentagen, einem jeden, der ihm zuhören wollte. Damals waren die Gerätschaften schlecht und die Kleider dünn – und der Winter war strenger als jetzt. Der schloß alle Gewässer ab; und um etwas zu essen zu bekommen, mußten sie weit übers Eis gehen, die Geräte auf einem Schlitten mitziehen, bis hin zur großen Strömung, und Löcher zum Fischen schlagen. Wollenes Unterzeug kannte man nicht, und Ölzeug konnte man sich nicht leisten; ein Paar schwere Leinenhosen war alles, was man an den Beinen hatte – und Strümpfe und Holzstiefel. Oft plumpste man hinein – und arbeitete weiter in den nassen Kleidern, die so steif froren, daß sie nicht herunterzubekommen waren.

Hierbei zu verweilen bedeutete eine besondere Genugtuung für Sören, wenn er den Strapazen nicht gewachsen war, wenn es zum Beispiel hieß, bis zur Schwedenküste hinüberzurudern, ehe der Fang seinen Anfang nehmen konnte. Dann saß er auf der Achterducht, klein und überflüssig, hantierte leise mit den Segeln, auch wenn kein Wind sich regte, und schwatzte drauflos. Die Gefährten, die die schweren Ruder handhabten, hörten ihm nur mit halbem Ohr zu. All das war ja gewiß wahr, sie kannten es von ihren Vätern her; es wurde nur nicht bedeutsamer durch die Wiederholung aus Sörens zahnlosem Mund. Sein Prahlen machte das Ziehen des Bootes nicht leichter; der alte Sören war wie ein Stein im Schleppnetz.

Maren war wohl die einzige, die es sich leisten konnte, ihm auf eigene Kosten hilfreich die Hand zu bieten. Sie sah, wie leicht er müde wurde, obwohl er versuchte, es vor ihr zu verbergen – und faßte ihren Entschluß; mochte es mit dem täglichen Brot werden, wie es wollte. Er hatte Mühe, sich mitten in der Nacht vom Lager zu erheben, wenn die Fischer herausgetrieben wurden; die alten Glieder waren wie Blei, und Maren mußte mit der Hand seinen Rücken stützen, um ihn im Bett aufzurichten.

„Bleib du diesmal lieber zu Hause und ruh dich ordentlich aus", sagte sie. „Die See geht heut nacht schwer." Und in der nächsten Nacht beredete sie ihn wieder, mit anderen Gründen. Ihm vorzuschlagen, die See ganz aufzugeben, davor hütete sie sich wohl; Sören war halsstarrig und ehrgeizig. Konnte sie ihn nur von Mal zu Mal daheim halten, so würden die Gefährten schon dafür sorgen, daß die Frage endgültig geklärt wurde.

So blieb Sören den einen wie den anderen Tag zu Hause; Maren sagte, er sei krank. Und als einige Zeit auf diese Weise vergangen war, bekamen die Gefährten die Sache satt und nötigten ihn, seinen Anteil am Boot und an den Gerätschaften zu verkaufen. Nun war er ja gezwungen, zu Hause zu bleiben; er knurrte und schalt darüber und fand sich doch recht gut darein. Er machte sich um die Hütte herum zu schaffen, flickte Ölzeug, beschlug Holzstiefel für die Fischer und wurde wieder ganz übermütig. Maren merkte die Besserung daran, daß er wieder anfing, sie in aller Gutmütigkeit aufzuziehen.

Am wohlsten war ihm, wenn er, Ditte an der Hand, in den Dünen herumging und nach den Schafen sah. Sören konnte die Kleine schlecht entbehren; hielt er sie nicht an der Hand, so war ihm zumute wie einem Krüppel, dem man den Stab weggenommen hat. War er denn nicht der, den sie, drei Wochen alt, mit ihrem ersten Lächeln erkoren hatte? Und als sie vier, fünf Monate alt war, ließ sie den Lutschbeutel fahren und wandte den Kopf, wenn sie seine stolpernden Schritte hörte.

„Du hast es leicht", sagte Maren halb verdrießlich, „mit dir spielt sie bloß. Unsereins muß ihr Nasses und Trocknes besorgen; das macht lange nicht soviel Vergnügen." In ihrem Herzen aber gönnte sie ihm den ersten Platz bei der Kleinen; war er doch der Mann für das Ganze, und er brauchte ein wenig Sonnenschein.

Es gab niemanden, der Ditte so gut verstand wie der Großvater. Die beiden konnten stundenlang zusammen umhergehen und plaudern. Sie sprachen von den Schafen, den Schiffen und Bäumen, die Ditte nicht leiden konnte, weil sie Wind machten. Sören erklärte ihr, daß der liebe Gott den Wind machte – damit die Fischer sich beim Rudern nicht so anzustrengen brauchten. Die Bäume dagegen täten gar nichts, und zur Strafe habe der liebe Gott sie festgetüdert.

„Wie sieht der liebe Gott aus?" fragte Ditte.

Die Frage kam für Sören wie ein Überfall. Da hatte er nun ein langes Leben gelebt und sich immer zur Lehre seiner Kindheit bekannt; hier und da hatte er auch den Herrgott angerufen, wenn es recht bunt zuging; und doch war er nie soweit gekommen, sich klarzumachen, wie der gute Gott eigentlich aussah. Ein kleines Kind beschämte ihn – genauso, wie es in der Bibel der Fall war.

„Der liebe Gott?" sagte Sören und dehnte das Wort sehr, um nach Auswegen zu suchen. „Ja, sieh mal, er hat beide Hände voll zu tun, das hat er. Und doch kann es uns manchmal scheinen, als hätte er mehr übernommen, als er bewältigen kann. – Sieh, so sieht er aus!"

Da war Ditte zufrieden.

Anfangs sprach meistens Sören, und das Kind hörte zu. Aber bald führte sie das Wort, und der Alte war der bewundernde Zuhörer. Alles, was das Mädel sagte, war einfach wunderbar, alles war wert, wiederholt zu werden, wenn man's nur hätte behalten können. Sören erinnerte sich an ein gut Teil, ärgerte sich aber nicht wenig, wenn ihm etwas entfiel.

„Nein, so ein Kind war noch nie da", sagte Sören zu Maren, wenn er mit Ditte vom Spaziergang zurückkam. „Das ist denn doch was ganz andres als die eignen Mädels."

„Da kannst du sehn, es liegt eben doch daran, daß sie von einem Hüfnerssohn stammt", erwiderte Maren, die nie die größte Niederlage ihres Lebens verwinden konnte und sie immer noch ein wenig wiedergutmachen wollte.

Aber da lachte Sören sein altes ungläubiges Lachen und sagte: „Du bist und bleibst doch ein Plappermaul, Maren."

6
Sören Manns Tod

Eines Tages kam Sören Mann über die Schwelle gekrochen, sozusagen auf allen vieren. Er richtete sich drinnen am Kachelofen auf, stand da und klammerte sich mit beiden Händen an die blanke Kugel, schwankte hin und her und stöhnte jämmerlich. Maren kam aus der Küche herein, als er gerade wieder im Begriff war umzufallen; sie zog ihn schnell aus und brachte ihn zu Bett.

„Nu is es doch schlecht um mich bestellt", sagte Sören, als er ein Weilchen gelegen hatte.

„Was ist mit dir geschehn, Sören?" fragte Maren besorgt.

„Ach, nichts andres, als das, was in mir drin gesprungen is", antwortete Sören verdrossen.

Mehr wollte er nicht sagen, aber Maren brachte nach und nach aus ihm heraus, daß es gekommen war, als er den Tüderpflock aus der Erde ziehen wollte. Der saß sonst ziemlich lose, aber heute rührte er sich nicht; es war, als hielte ihn jemand da unten in der Erde fest. Da legte Sören den Strick über den Rücken und stemmte sich aus Leibeskräften dagegen, und das da unten mußte nachgeben; aber da war es, als ob etwas in ihm zersprang. Es wurde ihm schwarz vor den Augen, und in der Erde klaffte ein großes schwarzes Loch.

Maren starrte ihn entsetzt an. „War es viereckig?" fragte sie.

Sören meinte, es sei wohl viereckig gewesen.

„Und das Mädel?" fragte Maren plötzlich.

Ja, sie war Sören aus den Augen gekommen, als er ohnmächtig wurde.

Maren lief auf die Düne hinaus, mit starren Augen. Da draußen saß Ditte mitten in einem Büschel Stiefmütterchen, und ein Loch in der Erde konnte Maren glücklicherweise nirgendwo wahrnehmen. Die Schafe gingen frei umher, und der Tüderpflock steckte noch in der Erde; aber das alte, morsche Seil war unter Sörens Händen gerissen. Da war er wohl hintenübergestürzt, hinfällig, wie er war, und war aufgeschlagen. Maren knüpfte den Strick wieder zusammen und ging auf die Kleine zu. „Komm, Dittchen", sagte sie, „nun müssen wir hinein und Großvater eine Tasse guten Kaffee machen." Auf einmal stutzte sie. War das nicht ein Kreuz, das das Kind aus Sandhaargras geflochten und mitten in den Blumenbüschel aufgestellt hatte? Stumm nahm Maren das Kind bei der Hand und ging hinein. Nun wußte sie, was sie wissen mußte.

Sören blieb im Bett. Es war kein sichtbarer Schaden an seinem Körper, aber er hatte keine Lust aufzustehen. Er schlief fast gar nicht, tastete nur fortwährend an der Bettquaste herum und starrte geradeaus.

Ab und zu stöhnte er, und dann war Maren sofort bei ihm. „Wenn du nur Bescheid geben könntest, was dir fehlt!" sagte sie eindringlich.

„Fehlt? Es fehlt einem wohl nichts andres, als daß man nicht länger leben kann", erwiderte Sören. Maren wollte es gern mit ihrem Doktorspielen versuchen, aber sie konnte ihre Künste für bessere Gelegenheiten sparen; Sören hatte das schwarze Loch in der Erde gesehen, und dafür gab es keinen Rat.

So verhielt es sich! Maren verstand ebensogut wie er, wie die Dinge lagen; aber sie war eine starke Natur, die ungern die Hoffnung aufgab. Sie fürchtete sich nicht, es mit dem Herrgott selber um Sören aufzunehmen – wäre nur ein handgreifliches Übel dagewesen, gegen das sie hätte angehen können. Aber dies war die Seuche, und dagegen konnte kein Rat helfen. Wenn sie wenigstens die kranken Säfte aus ihm heraustreiben könnte, so daß die Lebenskraft wieder zu wirken vermochte!

„Soll ich nicht wenigstens zum Bader schicken, daß er dein unreines Blut wegnimmt?" fragte sie. „Vielleicht steht dir das im Körper und macht dich krank."

Aber Sören wollte nicht, daß man ihn zur Ader ließ. „Man krepiert auch ohne das", sagte er und lachte, ungläubig, wie er immer gewesen war. Da schwieg Maren und ging seufzend an ihre Arbeit. Sören glaubte doch wirklich an nichts, er war genau derselbe gottlose Kerl wie in seinen jungen Tagen. Wenn nur der Herrgott es nicht zu genau mit ihm nahm!

In der ersten Zeit sehnte sich Sören fortwährend nach dem Kinde, und jeden Augenblick mußte Maren Ditte ans Bett holen. Der machte es keinen Spaß, artig auf dem Stuhl an Großvaters Bett zu sitzen; und sie nahm die erste beste Gelegenheit wahr, Reißaus zu nehmen. Dann wurde Sören traurig, er fühlte sich einsam und überflüssig – es war ein Jammer.

Allmählich aber verlor er das Interesse für das Kind und überhaupt für die Dinge um sich herum. Sein Sinn glitt fort von dem Gegenwärtigen und blieb dafür mehr an Entfernterem haften; Maren verstand recht gut, was das zu bedeuten hatte. Er vergrub sich in die Vergangenheit, erinnerte sich seiner Jugend und arbeitete sich immer weiter zurück; ganz eigentümlich war es, auf wieviel er sich besinnen konnte. Es fiel ihm so mancherlei ein aus den frühen Jahren der Kindheit, die sonst im verborgenen lagen; ganz unfaßbar war es, daß jemand sich an Dinge erinnern konnte, die er im Alter von zwei, drei Jahren erlebt hatte! Es war auch kein Unsinn und nichts Erdichtetes, was er von sich gab; aus dem Dorf kamen Leute, die älter waren als er, um nach ihm zu sehen, und sie bestätigten jedes Wort. Wunderlich war es anzusehen, wie er sich zurückfraß durch sein Leben und alles verzehrte, so daß nur Leere hinter ihm blieb. Sören vergaß Jahre um Jahre, so spurlos, als hätte er nie darin gelebt, während er allmählich in der Erinnerung in seine früheste Kindheit zurückkehrte.

Maren war ärgerlich darüber. Sie hatten zusammen ein langes Leben gelebt und soviel miteinander gemeinsam gehabt; es hätte ganz schön sein können, noch einmal bei diesem und jenem zu verweilen, bevor sie schieden. Aber Sören war stocktaub, wenn es sich um ihre gemeinsamen Erinnerungen handelte. Nein, auf den Hof auf der Landspitze und den Garten, den die See wegnahm, als Sören fünf Jahre alt war, auf *den* konnte er sich besinnen! Wo der und jener Baum stand – und was für Früchte er trug.

Und als sein Gedächtnis nicht weiter zurückreichte, kehrte er wieder um und begann zu phantasieren und redete irre, war Hütejunge und Seemann und Gott weiß was alles.

In unruhigen Träumen wurde all das Erlebte miteinander vermengt, die hellen Fahrten der Jugend, die Arbeit und die Anstrengungen. Bald war er auf See und zog die Segel im Sturm ein, bald mühte er sich mit dem Boden ab. Maren stand über ihm und lauschte mit Grauen all dem, womit er sich herumschlug; es war, als müsse er sein ganzes Leben in weitem Ritt durchqueren. Bekreuzigen mußte man sich vor all dem, was er durchgemacht hatte, ohne daß sie davon wußte – Gutes und Böses. Wenn er dann wieder zu sich kam, stand ihm der helle Schweiß auf der Stirn, und er war müde.

Die alten Gefährten kamen und sahen nach ihm; und dann geschah immer dasselbe – Sören *mußte* alte Zeiten auffrischen. Es kam nur zu wenigen Worten, da er zu schwach war; aber dann fuhren die anderen fort. Maren flehte sie an, nicht bei zu vielem zu verweilen, Sören finde nachher keine Ruhe, er reibe sich in Träumen auf.

Das schlimmste für ihn war der Hof auf der Landspitze. Ein Jammer war es, mit anzusehen, wie er gegen die Gier des Meeres ankämpfte und mit den mageren Fingern raffend in die Bettdecke griff. Er nahm mühsamen Abschied vom Dasein, ebenso mühsam, wie das Dasein selber gewesen war.

Eines Tages, als Maren beim Krämer eingekauft hatte, kam Ditte ihr schreiend entgegen. „Großvater ist tot!" rief sie schluchzend. Sören lag auf der Schwelle zur Küche, verletzt und bewußtlos. Er war auf die große Truhe gestiegen und hatte an den Zeigern der Uhr herumhantiert. Maren schleppte ihn ins Bett und wusch seine Hüfte, und dann lag er still da und folgte ihr mit den Augen. Ab und zu fragte er mit leiser Stimme, ob die Zeit verstreiche. Und daher wußte Maren, daß es mit ihm zu Ende ging.

An dem Morgen des Tages, an dem er starb, war er wieder ganz verändert. Es war, als wäre er wieder heimgekehrt, um einen letzten Abschied von den Dingen zu nehmen; er war schwach, aber bei Besinnung. Es gab so vieles, woran er noch einmal rühren mußte, er sprang in seiner Rede von einem zum anderen und war ganz lebhaft. Zum erstenmal seit langer Zeit konnte er aufrecht im Bett sitzen und den

Morgenkaffee trinken, und er versetzte Maren einen leichten Klaps, sooft sie ans Bett kam. Genau wie ein großes Kind war er, und Maren mußte seinen alten Kopf an sich ziehen und ihn streicheln. „Wie gut du dich gehalten hast, Sören", sagte sie und strich ihm durch das Nackenhaar – „dein Haar ist beinah so weich wie damals, als wir jung waren."

Sören fiel hintenüber und lag und hielt ihre Hand; lange lag er so da und sah sie schweigend an, in seinen welken Augen stand stille Anbetung. „Willst du dein Haar für mich lösen, Maren?" flüsterte er schließlich verschämt; es kam heraus, als fiele es ihm schwer, es zu sagen.

„Nein, was dir einfällt!" sagte Maren und verbarg ihr Gesicht an seiner Brust – „wir sind jetzt alt, du, Sören."

„Löse dein Haar für mich!" flüsterte er, diesmal eindringlicher, und versuchte es mit seinen steifen Fingern aufzuknüpfen. Maren entsann sich eines Abends, der weit zurücklag, eines Abends hinter einem an den Strand gezogenen Boot, und schluchzend löste sie ihr graues Haar und ließ es um Sörens Kopf herabfallen, so daß es ihre Gesichter einschloß. Sören rührte behutsam daran. „Es ist lang und dicht", flüsterte er still, „es verbirgt uns beide." Die Worte kamen hervor wie das Echo einer fernen Jugend.

„Nein, nein", sagte Maren weinend, „es ist grau und dünn und struppig. Aber wie froh warst du damals darüber!"

Sören lag mit geschlossenen Augen da und hielt Marens Hand fest umschlossen. In der Küche wartete so vieles auf sie, und sie versuchte, langsam ihre Hand aus der seinen zu stehlen; aber jedesmal schlug er die Augen auf. Sie mußte sich auf den Strohstuhl setzen und den Dingen ihren Lauf lassen. Da saß sie und sank zusammen, während die Tränen über ihr faltiges Gesicht liefen. Sie und Sören hatten es gut gehabt; zwar hatten sie aufeinander gestichelt und gescholten, aber das hatte nichts zu bedeuten gehabt. Sobald es ernstlich darauf ankam, gönnten sie einander das Beste; keiner von ihnen hatte um seiner selbst willen gelebt und sein Tagewerk verrichtet. Es war so seltsam, daß sie sich nun trennen sollten, Maren konnte es nicht verstehen. Warum konnten sie nicht weiter beisammen bleiben? Wo Sören war, da war auch Maren zu Hause. Vielleicht brauchte er dort, wohin er jetzt kam, niemanden, der ihm seine Kleider ausbesserte und für trockene Strümpfe sorgte. Aber dann konnten sie doch einander bei der Hand fassen und einen Spaziergang im Garten Eden unternehmen. So oft war davon die Rede gewesen: sie wollten eine Wanderung ins Land hinein machen und sehen, was sich wohl hinter den großen Wäldern verbarg. Aber es war nie etwas daraus geworden: immer kam etwas dazwischen, so daß Maren nicht abkommen konnte. Es wäre schön gewesen, Sören dorthin zu begleiten, wohin er jetzt zog; Maren hätte nichts dagegen gehabt, diesen Ausflug mit ihm zusammen zu unternehmen und zu sehen, was sich wohl auf der anderen Seite verbarg – wenn nicht Ditte gewesen wäre. Stets war es ein Kind, das sie fesselte, so auch jetzt. Marens Zeit war noch nicht gekommen; sie mußte warten und Sören allein ziehen lassen.

Jetzt schlief Sören ruhiger, und sie zog ihre Hand aus der seinen. Als sie sich aber erhob, um an ihre Arbeit zu gehen, schlug er die Augen auf. Sein Blick heftete sich auf Marens aufgelöstes Haar und ihr verweintes Gesicht.

„Du sollst nicht weinen, Maren", sagte er, „du und Ditte, ihr werdet euer Auskommen haben. Aber willst du etwas tun, so mach dir das Haar so wie damals – in der Kirche. Willst du das, Maren?"

„Aber das kann ich ja nicht allein, Sören", erwiderte die alte Frau und begann wieder zu weinen; alles überwältigte sie jetzt. Sören beharrte bei seiner Bitte.

Da lief Maren eilig, weil sie den Kranken nicht lange sich selbst überlassen konnte, ins Dorf hinab und ließ sich von der Frau, die die Bräute der Gegend schmückte, ihr dünnes graues Haar bräutlich zurechtmachen – in drei Krönchen. Sören war unruhig, als sie heimkam, beruhigte sich aber gleich wieder; lange lag er da und sah sie an, während sie weinend am Bett saß und seine Hand in der ihren hielt. Seine Brust arbeitete jetzt mühsam.

Dann sagte er plötzlich, mit einer so kräftigen Stimme, wie er sie seit vielen Tagen nicht gehabt hatte: „Wir haben Böses und Gutes geteilt, wir zwei, Maren – und nun ist es vorbei. Willst du mir treu sein die Zeit über, die du noch vor dir hast?" Er hatte sich auf den Ellbogen aufgerichtet und sah sie eindringlich an.

Maren trocknete ihre Augen, die von den Tränen geblendet waren, und blickte in die seinen. „Ja", sagte sie langsam und fest, „es ist nie jemand anders in meinem Sinn gewesen, und es wird auch nie einer hineinkommen. Dafür rufe ich den Herrn Jesum zum Zeugen an, und du kannst es glauben, Sören."

Da fiel Sören zurück und schloß die Augen – und bald darauf glitt seine Hand aus der ihren.

7

Witwe und Waise

Nach Sörens Tod brach eine schwere Zeit an für die beiden in der Hütte auf der Landspitze. Wie schwach er auch gewesen war, etwas hatte er doch immer verdient; und er war der feste Punkt in dem Ganzen gewesen. Nun standen sie da ohne Mann im Hause, ohne Versorger. Maren mußte den Verdienst nicht nur soweit wie möglich strecken und versuchen, damit auszukommen; sie mußte ihn herbeischaffen. Diese Last hatte sie früher nie gehabt.

Alles, was sie seinerzeit für den Anteil an Boot und Geräten bekommen hatten, war draufgegangen; das Begräbnis verschlang das letzte. Jedermann konnte ihren Nachlaß aufnehmen, und in der Zeit vor und nach Sörens Begräbnis wurde rings in den Familien zusammengerechnet und abgezogen. Nur ein einzelner Posten wollte nicht stimmen; was war aus den zweihundert Talern geworden, die seinerzeit ein für allemal für Ditte bezahlt worden waren? Ja, wo waren die geblieben? Etwas Neues hatten die beiden Alten sich damals nicht angeschafft, und Sören hatte sich entschieden geweigert, sie in einem sogenannten Bodennetz anzulegen – einer neuen Erfindung, die an anderen Orten ausprobiert worden war und die ganz unvergleichlich sein sollte. Es verlautete, daß es Fischer gebe, denen der Fang einer einzigen

Nacht das Netz wieder eingebracht habe. Aber Sören wollte nicht; und da es in einer Generation nicht zweimal geschah, daß soviel Geld ins Dorf kam, schlug man sich weiter mit dem alten Gerät durch.

Nutzen brachte das Geld, wie gesagt, nicht, und aufgegessen wurde es auch nicht, soviel man wußte. Die beiden Alten lebten genau wie früher; und man hätte es doch wahrhaftig riechen müssen, wenn zweihundert Reichstaler durch den Schornstein hinauswanderten. Es gab keine andere Erklärung als die, daß Maren sie beiseite gesteckt haben mußte; vermutlich, damit Ditte nicht ganz auf dem trocknen sitzen sollte, wenn die beiden Alten tot waren.

Rings in den Hütten wurde viel über die zwei gesprochen, und namentlich darüber, wie sie wohl das tägliche Brot bekommen sollten. Aber darüber ging das Interesse nicht hinaus. Es waren ja auch erwachsene Kinder genug da, von denen man sagen mußte, daß sie die Nächsten dazu seien, die Sache in die Hand zu nehmen. Ein paar von ihnen fanden sich auch zum Begräbnis ein, aber die kamen wohl hauptsächlich, um zu sehen, ob nicht etwas zu erben sei; und sie reisten wieder ab, sobald Sören wohlbehalten in der Erde lag. Es war nicht zu leugnen, daß sie die Spuren hinter sich verwischten; eine Einladung fiel jedenfalls nicht ab, und Maren bekam kaum richtig zu wissen, wo sie wohnten. Nun, Maren tat es nicht leid, daß Aussicht war, sie würden wegbleiben. Sie wußte so einigermaßen, welche Absichten man Kindern zutrauen konnte, wenn sie die Nase heimwärts kehrten; ihr war es recht, wenn auf dem Heimatpfade Gras wuchs – wenn sie nur Ditte behalten durfte. Von jetzt an waren sie nur noch zu zweit auf der Welt.

„Sie könnten dir doch recht gut etwas unter die Arme greifen", sagten die anderen Frauen aus dem Dorf. „Es sind doch deine Kinder."

„Nein, warum denn!" sagte Maren. Sie hatten ihren Schoß als Durchgang ins Dasein benutzt – und leicht war das nicht immer gewesen; aber vielleicht waren sie nicht so sehr froh darüber, hier auf der Erde zu weilen, da sie meinten, ihrer Mutter nichts schuldig zu sein. „Eine Mutter kann acht Kinder versorgen, wenn's sein muß; aber hat schon jemand gehört, daß acht Kinder eine Mutter haben versorgen können?" Nein, Maren freute sich, daß sie wegblieben und die Hütte nicht umschnüffelten.

Um sich einige Mittel zu verschaffen, versuchte sie, die Hütte und das Stück Land zu verkaufen; und als sich für keins von beiden ein Käufer fand, vermietete sie die Hütte an eine Arbeiterfamilie und behielt nur eine Stube und einen kleinen Küchenraum an dem einen Ende. Als das in Ordnung war, machte sie sich daran, ihre eigenen und des Kindes Holzschuhe mit Nägeln zu beschlagen. Dann suchte sie Sörens Knotenstock hervor, wickelte sich und die Kleine gut ein und wanderte ins Land hinaus.

Tag für Tag, mochte das Wetter sein, wie es wollte, gingen sie in der Morgenstunde fort und suchten Hütten und Höfe heim. Maren wußte so ungefähr, für wen Sören gearbeitet hatte; nun war es an der Zeit, daß das Geld gezahlt wurde. Sie mahnte die Leute nicht geradezu, stellte sich vielmehr innerhalb der Tür auf, die Kleine vor sich, rasselte mit einem großen Lederbeutel, wie die Fischer ihn haben, und sagte ihr Sprüchlein, das an jeder Tür ungefähr gleich lautete: „Gott segne euer täglich Brot und eure Arbeit – einem jeden! Denn die Zeiten sind hart – ja, und alles kostet Geld – ja! Das Leben ist teuer, und man wird alt! Und alles will gekauft sein – Fett und Malz und alles, ja, jedes bißchen! – Die Alte braucht Geld!"

Wenn Maren aus diesem Anlaß kam – wenn sie betteln ging, wie man es nannte, obschon sie an den meisten Stellen noch Geld zu bekommen hatte –, dann wurden sie und das Kind danach behandelt. Oft ließ man sie stehen und warten, im Brauhaus oder in der Wohnstube, während jeder an seine Arbeit ging. Kein Mittel ist so geeignet, die Menschen zu ducken und sie auf ihren Platz zu verweisen, wie dies: sie dastehen und ohne nachweisbaren Grund warten zu lassen. Empfinden sie dann ihre Abhängigkeit nicht, so muß etwas nicht in Ordnung mit ihnen sein.

Maren empfand ihre Abhängigkeit, daß es in ihr brannte; aber mürbe wurde sie nicht – sie stand und wurde innerlich böse. Sie war zu klug, es zu zeigen, legte jedoch ganz still Erfahrung zu Erfahrung, so alt sie war. Vielleicht war es doch das Kind, das ihren Sinn jung genug machte, sich nach den Verhältnissen richten zu können. Also so behandelten die andern sie, wenn sie sie brauchte! Waren sie aber in Bedrängnis oder Ungelegenheiten gekommen und brauchten sie irgendwie Marens Hilfe, dann pfiffen sie meistens aus einem andern Loch. Dann kamen sie gefahren, was das Zeug hielt, oft mitten in der Nacht, und klopften mit dem Peitschenstiel ans Fenster, sie müsse unbedingt sofort mitkommen.

Maren konnte recht gut buchstabieren und addieren, sie war nicht dumm. Sie hatte bloß das, wofür sie keine Verwendung hatte, liegengelassen; solange Sören ihr zur Seite stand und die Führung hatte, war es ja zwecklos gewesen, nachzudenken. Es war nicht gut, wenn mehr als einer die Ruderpinne anfaßte – das wußte sie als Fischertochter, und nur bei ganz seltenen Gelegenheiten – wenn irgend etwas auf dem Spiel stand – legte sie mit Hand an, am liebsten so heimlich, daß Sören es nicht merkte.

„Plappermaul" hatte er sie gewöhnlich genannt – bis er krank wurde. Eine Woche vor seinem Tod hatten sie von der Zukunft gesprochen, und Sören hatte Maren getröstet und gesagt: „Du sollst sehn, es wird schon gehen, Maren! Wenn du nur nicht so ein Plappermaul wärst!"

Da protestierte Maren zum erstenmal, und Sören mußte auf Sörine verweisen: „Hast du etwa damals gesehn, was jedem andern ins Auge fiel? Bist du nicht gelaufen und hast das Mädel mit grüner Seife und Petroleum gefüttert und hast geglaubt, es sei eine Geschwulst?"

„Das war es ja auch", erwiderte Maren unentwegt.

Sören sah überrascht nach ihr hin. Da sollte denn doch . . . Aber hinter ihrer einfältigen Miene schimmerte etwas, was ihn schwindlig machte. „So, so", sagte er, „so, so! Das hätt leicht mit dem Zuchthaus ablaufen können, das hätt es."

Maren blinzelte harmlos mit den schweren Lidern. „Man ist gewiß zu einfältig, dahin zu kommen", erwiderte sie.

Damals war es Sören kalt über den Rücken gelaufen. Da

hatte er fünfundvierzig Jahre neben Maren gelebt und sie für nichts anderes als ein gutmütiges Plappermaul gehalten – und wäre beinahe mit dieser Ansicht ins Grab gegangen. Und nun war sie vielleicht sein und des Ganzen Meister gewesen. Dicht am Rand des Abgrunds hatte sie mit ihm balanciert und das ganze Pfeifengeschirr auf dem Nacken gehabt – und obendrein die Einfältige gespielt!

8

Die kluge Maren

Von der See her trieb der Schneesturm nach dem Lande hin. In großen, nassen Flocken kam der Schnee und schlug sich klatschend nieder auf Büschen und Sandhaargras; was nicht aufgefangen wurde von der hohen Küste, gefror in der Luft zu Eis und jagte mit dem Sturm landeinwärts.

Draußen über der See herrschte ein einziger Aufruhr. Die Luft war grau wirbelnde Finsternis, und darunter kochte die Brandung. Es war wie der Abgrund selbst, der aus seinem unerschöpflichen Wanst Kälte und Bosheit ausspie. Endlos stieg es herauf aus dem brüllenden Abgrund da draußen, ein dichtes Gestöber, gegen das man anzukämpfen hatte wie gegen Schermesser, das wie Höllenfeuer einzuatmen war.

Zwei vermummte Gestalten arbeiteten sich über die Seehügel vorwärts, eine Alte mit einem kleinen Mädchen an der Hand. Sie waren so eingebündelt und vermummt, daß sie beinahe eins waren mit dem Gestöber über der See.

Rings in den Hütten beobachtete man sie eifrig. In jeder Hütte in den Dünen stand eine Frau, das Gesicht flach gegen die Scheibe gedrückt. „Die kluge Maren reitet draußen auf dem Sturm“, sagten sie in die Stube hinein, zu Alten und Kranken. Dann kroch zum Fenster, was kriechen konnte. Man mußte sehen, wie das vor sich ging.

„Es ist das rechte Wetter für eine Hexe“, sagte lachend das junge Volk. „Aber sie hat ja keinen Besenstiel.“

Die Älteren schüttelten den Kopf. Mit Maren sollte man

nicht scherzen; ihr war die Gabe verliehen, und sie tat viel Gutes. Mochte sie sich auch das eine oder andere Mal haben verleiten lassen, ihre Fähigkeiten zu mißbrauchen – wer hätte das an ihrer Stelle nicht getan? Heute waren die Kräfte in ihr richtig rege, heute würde es klug sein, sich ihrer zu bedienen. Uha, uha! Wie sie Luft unter den Flügeln hatte!

Die beiden hielten sich auf dem Pfad, der ganz außen auf dem hohen Küstenhang hinlief und an vielen Stellen von der See ausgehöhlt war. Unter ihnen donnerte die Brandung. Wasser, Luft und Sand bildeten da unten einen einzigen gelben Wirbel; darüber schrien Möwen und andere Meervögel und peitschten die Luft mit hartem Flügelschlag. Wo eine Woge brach, fielen sie nieder und kamen wieder mit Futter im Schnabel empor – mit Fischen, die die Herrschaft über sich verloren hatten und dort unten im Gischt umherrollten. So töricht es schien, daß die beiden draußen auf dem Hang liefen, so war da draußen doch am meisten Schutz. Der Sturm wurde gegen den hohen Hang emporgestoßen und fiel erst ein Stück weiter einwärts auf das Land nieder. Wo der Pfad draußen längs des Hanges hinlief, da konnte die Alte sich und der Kleinen den Mund frei machen, und sie schnappten ein wenig Luft. Einander zuzurufen, daran war nicht zu denken.

An einer Stelle führte der Pfad durch ein Dornengebüsch, das schräg landeinwärts emporstieg; der Seewind hatte es zusammengestutzt. Dort suchten sie eine Weile Schutz vor dem Unwetter und verschnauften sich. Ditte wimmerte, sie war müde und durchgefroren.

„Nur jetzt hübsch groß sein", sagte die Alte, „wir sind ja jetzt gleich zu Hause." Sie zog die Kleine an sich unter den Schal, zupfte ihr mit ihren zitternden Händen die Schneekuchen aus den Haaren und pustete auf ihre klammen Finger. „Hübsch groß sein", ermunterte sie sie wieder, „dann sollst du Kuchen kriegen und wunderschönen warmen Kaffee, wenn wir nach Hause kommen. Ich habe Bohnen im Beutel – ah, riech mal!"

Großmutter machte den Beutel auf, den sie unter dem Schal um den Leib geschnallt hatte. Dahinein kam alles, was die beiden ringsum an Eßwaren und Gebrauchsgegenständen bekamen.

Die Kleine steckte die Nase in den Beutel, ergab sich aber nicht gleich.

„Wir haben ja nichts, womit wir ihn kochen können", sagte sie schmollend.

„So, so? Großmutter war gestern abend am Strand und hat dem alten Boot guten Tag gesagt, jawohl. Aber du hast süß geschlafen, du – und nichts gehört."

„Ist denn da unten noch mehr Brennholz?"

„Pst, Kind, der Strandvogt könnte uns hören. Er hat lange Ohren mit Hörbürsten drin – und er wird von der Obrigkeit dafür bezahlt, daß er aufpaßt, daß die armen Leute es nicht zu warm bekommen. Deshalb sieht er sich gezwungen, all das, was an Land treibt, für sich selber zu nehmen."

„Aber du hast keine Angst vor ihm, Großmutter, du verzauberst ihn einfach, nicht wahr? Denn du bist eine Hexe."

„Ja, gewiß, Großmutter verzaubert ihn einfach – und noch mehr, wenn er nicht ordentlich ist. Sie schlägt ihn mit Gicht, das tut sie, so daß er sich nicht rühren kann und nach der klugen Maren schicken muß, daß die ihm die Lenden einschmiert. Ach ja, die Beine voll Wasser hat Großmutter, und Schmutz und Mist und Siechtum hat sie in jedem einzelnen Glied; sie gilt für eine abscheuliche Hexe, ja – und für eine Diebin! Aber es muß etwas von allem dabei sein, wenn ein altes abgearbeitetes Wrack von Frauenzimmer das tägliche Brot für zwei Mäuler herbeischaffen soll! Und freu du dich nur, daß Großmutter so eine Hexe ist. Sie ist die einzige auf dieser Erde, die sich um dich kümmert – und faul soll sie keiner nennen dürfen. Sie ist jetzt zweiundsiebzig, und immer haben sich ihre Hände für andre geregt. Nie hat sich eine Hand gerührt, um sie zu streicheln."

Sie saßen warm und gut, aber Ditte fing an, schläfrig zu werden, und sie mußten wieder aufbrechen. „Sonst schlafen wir ein, und dann kommt der schwarze Vater und kriegt uns zu fassen", sagte Großmutter, während sie der Kleinen den Schal umband.

„Wer ist der schwarze Vater?" Ditte wurde wieder munter.

„Der schwarze Vater wohnt unten in der Erde auf dem Kirchhof. Er ist es, der die Gräber vermietet an all die Toten, und er will ja gerne ein volles Haus haben."

Ditte hatte keine Lust, zum schwarzen Vater hinunterzukommen und da zu wohnen, und trippelte flink an der Hand der Alten dahin. Der Pfad lief jetzt gerade ins Land hinein, und sie hatten den Wind im Rücken – der Sturm hatte sich auch etwas gelegt.

Als sie an den Sandhof kamen, wollte Ditte aber nicht weiter. „Laß uns da hineingehn und um etwas bitten", sagte sie und zerrte an der Alten – „ich bin hungrig."

„Kreuz Jesus – bist du verrückt, Mädchen! Da dürfen wir ja unsern Fuß gar nicht hinsetzen."

„Dann geh ich selber hinein", erklärte Ditte entschlossen. Sie ließ Großmutters Hand los und lief zum Torweg hin. Dort erschien ihr die Sache nun doch bedenklich. „Und warum dürfen wir nicht da hineingehen?" rief sie zurück.

Maren kam hin und nahm sie wieder bei der Hand. „Weil dein eigner Vater uns leicht mit der Peitsche wegjagen könnte", sagte sie leise. „Komm und sei ein liebes Mädchen."

„Hast du denn Angst vor ihm?" fragte die Kleine hartnäckig. Sie war es nicht gewohnt, daß die Großmutter einer Sache aus dem Wege ging.

Angst – nein, dazu waren die Zeiten gewiß zu böse! Der Arme mußte dem Unwetter den Hintern bieten und es darauf ankommen lassen. Und warum sollten sie eigentlich um den Sandhof wie um ein Heiligtum herumgehen? Wollte der Mann um keinen Preis seinen Sprößling vor Augen haben, dann mußte er eben den Hof in ein anderes Kirchspiel verlegen. Sie beide hatten nichts getan, weswegen sie sich schämen und ausweichen mußten, das stand fest. Vielleicht war mit der Halsstarrigkeit des Kindes auch irgendein versteckter Gedanke verbunden? Maren war nicht diejenige, die dem Schicksal einen Strohhalm in den Weg legte – besonders wenn es beabsichtigte, ihr eine hilfreiche Hand zu bieten.

„Dann komm!" sagte sie und schob das Tor auf. „Mehr als fressen können sie uns wohl nicht."

Sie gingen durch den tiefen Torweg, der auch als Geräte-

und Feuerungsschuppen diente. Auf der einen Seite lag Torf, hübsch aufgestapelt, bis an den Hahnenbalken hinauf. Die hatten nicht vor, den Winter hindurch zu frieren – die nicht! Maren blickte ortsvertraut um sich, während sie den Hofplatz zur Brauhaustür hin überquerten. Sie hatte hier einmal in ihren jungen Tagen gedient – um dem Kindheitsheim und Sören näher zu sein. Das war ein paar Jährchen her, ja! Damals regierte hier der Großvater des jetzigen jungen Bauern, ein richtiger Lumpenkerl, der den Leuten das Essen und den Schlaf nicht gönnte. Aber Geld legte er zurück! Der alte Sandhofbauer, der ungefähr gleichzeitig mit Sören starb, war damals jung und schlich auf Strümpfen unterm Mägdefenster herum. Er und Sören tranken keinen Branntwein aus demselben Humpen. Maren war seitdem nicht hier gewesen – Sören wollte es nicht haben. Und Sören selber hatte seinen Fuß nicht hierher gesetzt, seitdem er den schweren Gang um Sörines willen getan hatte. Ein Wort war ein Wort!

Aber jetzt war das so lange her, und zweihundert Taler verschlugen wohl nicht für alle Zeit. Sören war tot, und Maren war auf ihre alten Tage anderen Sinns geworden. Kälte und schlechte Lebensbedingungen machten sie zornig, wie sie es früher nie gewesen war, gegen die, die warm in der Stube saßen und nicht wie ein Hund bei jedem Wetter draußen herumzulaufen brauchten, und gegen die, die für die Lust einer kurzen Stunde die schwere Bürde von Jahren auf alte arme Schultern legten. Warum hatte sie so lange damit gewartet, den Sandhofleuten ihren Sprößling vorzustellen? Vielleicht sehnten sie sich nach ihm. Und warum sollte die Kleine nicht ihren Willen haben? Vielleicht war es obendrein der Wille der Vorsehung, der aus ihr sprach bei ihrem halsstarrigen Trieb, den Fuß auf den Hof des Vaters zu setzen?

Dennoch hatte Maren ein schlechtes Gewissen, während sie im Brauhaus stand, Ditte fest an sich gepreßt, und darauf wartete, daß jemand kommen würde. Der Bauer selbst war, nach allem zu urteilen, ausgefahren, und darüber war sie froh. Die Magd war, wie sie hören konnte, in der Scheune und melkte, und einen Knecht hatten die Leute zu dieser Jahreszeit kaum.

Da lag noch der zerbrochene Mühlstein vor der Brauhaustür, und drinnen, mitten auf dem Fußboden, lag ein großer, flacher Grabstein mit Rosetten an den Ecken. Die Inschrift war vollständig verwischt.

Nun kam die junge Frau aus den inneren Stuben herein. Maren hatte sie bisher nie gesehen. Sie war hübscher gekleidet als die jungen Hüfnersfrauen in der Gegend, und mild und freundlich sah sie aus. Sie bat die beiden, in die Stube einzutreten, half ihnen aus den Schals und Tüchern heraus und hängte die Sachen zum Trocknen an den Ofen. Dann lud sie sie ein, sich zu setzen, und stellte zu essen und zu trinken vor sie hin. Und im Kommen und Gehen hatte sie dies und jenes gute Wort für sie; besonders zu Ditte war sie freundlich, so daß es Maren fast weich ums Herz wurde.

„Und woher seid ihr denn?“ fragte sie und setzte sich zu ihnen, während sie aßen.

„Ja, woher ist man wohl?“ erwiderte Maren kauend. „Wo gehört armes Gesindel wohl hin hier auf der Erde? Manche haben's reichlich – und bewegen sich doch da, wo sie kein Recht haben; andern hat der liebe Gott etwas anzuweisen vergessen, außer einer Ecke auf dem Kirchhof. Aber du selbst bist gewiß nicht hier aus der Gegend, da du fragst?“

Nein, die junge Frau war von Falster; ihre Stimme wurde warm, als sie ihre Heimat nannte.

„Und ist das weit?“ Maren schielte von der Schüssel zu ihr auf.

„Ja, man braucht einen ganzen Tag mit der Eisenbahn!“

„Müssen die Sandhofbauern jetzt mit Eisenbahnen fahren, um eine Frau für sich zu finden? Ihre Liebsten, die finden sie hier in der Gegend. Jaja! Fährst du weit – dauert es eine Ewigkeit!“

Die junge Frau sah sie unsicher an. „Wir haben einander auf der Volkshochschule getroffen“, sagte sie.

„So, auf der Hochschule ist er auch gewesen? Ja, vornehm muß es heutzutage sein. Über dich hat er nicht vor der Zeit die Macht gekriegt.“

Die junge Frau errötete unter ihrem Blick. „Ihr schwatzt so sonderbar“, sagte sie.

„Wie soll ein zahnloses altes Weib wohl schwatzen? Aber sonderbar ist's doch, daß der Vater in der Stube sitzt und sein Kind barfuß laufen und betteln läßt."

„Was meint Ihr?" flüsterte die junge Frau ängstlich.

„Was Gott und jedermann weiß, nur dir hat es niemand anvertraut. Sieh dir das Mädel da an – sie sollt es nicht nötig haben, sich einen Vater zu erlügen. Wenn es Gerechtigkeit gebe, so säßest nicht du als Frau hier auf dem Hof, sondern meine Tochter; und unsereins – ja, hungern und frieren würde man dann gewiß nicht."

Maren lutschte beim Sprechen an einem Schinkenknochen. Sie hatte keine Zähne mehr und schmatzte, wenn sie aß; das Fett floß ihr an Fingern und Kinn herab.

Die junge Frau kam mit ihrer Schürze. „Darf ich Euch nicht helfen, Mutter?" sagte sie und wischte die Alte behutsam ab. Sie war totenblaß, und ihre Hände zitterten.

Maren ließ sich versorgen, der Ausdruck um ihren eingefallenen Mund war steinhart. Plötzlich griff sie die junge Frau mit ihren stockfleckigen Händen um die Hüften. „Spruch und Bann sind getan!" murmelte sie und machte beschwörende Bewegungen über den Schoß der Jungen hin. „Nachkommen werden schwer kommen, so schwer in diesem Leib!" Die junge Frau schwankte unter ihren Händen und sank um, ohne einen Laut; Klein-Ditte begann zu schreien.

Maren war so entsetzt über die Folgen ihrer Handlungsweise, daß sie sich nicht zu helfen wußte. Sie riß die Tücher vom Ofen herunter und strebte hinaus, das Kind an einem Arm nach sich ziehend. Erst als sie das letzte Bauwerk im Dorf erreichten, den Schuppen für das Rettungsboot, ließ sie sich Zeit, sich und Ditte die Sachen richtig umzubinden.

Ditte zitterte noch. „Hast du sie totgeschlagen?" fragte sie.

Die Alte zuckte zusammen, so erschrak sie bei diesem Wort. „Nein, gewiß nicht – es war nicht des Schwatzens wert; komm jetzt nur!" sagte sie hart und schob das Kind vorwärts. Ditte war diesen Ton von Großmutter nicht gewohnt und lief ängstlich voran.

Zu Hause war es kalt, und Maren legte die Kleine ins Bett. Dann machte sie sich daran, Brennholz zusammenzuscharren, und setzte Wasser für Kaffee auf. Währenddessen schwatzte sie in einem fort leise mit sich selbst. „Teufel und Ungeheuer, ja gewiß – aber wer ist schuld an dem Ganzen? Man muß nach den Unschuldigen schlagen, wenn man die Schuldigen treffen will."

„Was hast du gesagt, Großmutter?" fragte Ditte sie vom Alkoven her.

„Ach – ich sagte bloß, daß ich denke, dein Vater wird jetzt, nach diesem da, bald den Weg zu uns finden."

Als es dunkel wurde, kam ein Wagen herangejagt und hielt draußen. Der Sandhofbauer kam hereingestürmt. Aber etwas Gutes brachte er nicht für sie mit; er hatte einen roten Kopf vor Wut und schimpfte, noch bevor er bei ihnen drin war. Marens Kopf war gegen die Kälte gehörig eingewickelt, so konnte sie sich den Anschein geben, als habe sie nichts gehört. „Schau, schau, ein seltner Besuch", sagte sie und lud ihn lächelnd ein, näher zu treten.

„Glaub man ja nicht, daß ich komme, um viel Wesens mit dir zu machen, du abscheuliches Weib!" schalt Anders Olsen los mit seiner dünnen, etwas schnarrenden Stimme. „Nein, sondern ich komme, um dich zu holen, das tu ich, und zwar stehenden Fußes. Darum ist es das beste, du kommst mit!" Er packte sie am Arm.

Maren streifte seine Hand rasch von sich ab. „Was fehlt dir?" fragte sie und starrte ihn verwundert an.

„Was mir fehlt? Und das fragst du, garstiges Gespenst! Bist du etwa heute nachmittag nicht auf dem Hof gewesen – und hast das Kind mit hingeschleppt? Obwohl ihr gekauft und bezahlt seid dafür, daß ihr euch vom Gebiet des Sandhofs fernhaltet. Böses Blut hast du gemacht, du Luder, und meine Frau hast du verhext, so daß sie ohnmächtig geworden ist und in den Wehen liegt. Aber ich werd dich vors Gericht schleifen und dich verbrennen lassen, du alter Satan!" Schäumend schüttelte er die geballten Fäuste vor ihrem Gesicht.

„Also du läßt auch Leute verbrennen?" sagte Maren spottend. „Dann solltest du wirklich gleich feuern und auch für dich selber gut einheizen. Denn soviel ich sehen kann, hast du mehr übernommen, als deine Lende aushalten kann.“

„Was willst du damit sagen?“ fauchte der Sandhofbauer und gebärdete sich, als könnte es ihm jeden Augenblick einfallen, Maren zu ergreifen und auf den Wagen hinauszuschleppen. „Sind das vielleicht Lügen, daß du auf dem Hof warst und meine Frau verzaubert hast?“ Er ging drohend um sie herum, rührte sie aber nicht an. „Was hast du mit meinen Lenden zu schaffen?“ Er schrie laut, in seinen Augen saß die Angst. „Willst du mich behexen?“

„Nichts hab ich mit deiner Lende zu schaffen und mit dir auch nicht. Aber ein jeder kann sehen, daß der Kuchen des Geizhalses verzehrt werden wird, und wenn Rabe und Krähe damit davonfliegen. Spare du deine Kräfte für deine junge Frau auf – du könntest dich leicht verheben an einer alten Hexe wie mir. Und wohin sollte sie dann ihre Zuflucht nehmen?“

Anders Olsen war in der ehrlichen Absicht gekommen, die alte Hexe hinten auf den Wagen zu werfen und sie mit nach Hause zu nehmen – im guten oder bösen –, damit sie sofort ihre Zauberkünste wiedergutmachen könnte. Und nun saß er auf der Feuerungskiste und drehte die Mütze zwischen den Händen – ein recht jämmerlicher Anblick. Maren hatte ihn richtig beurteilt; er war kein Mann, dazu schwatzte er zuviel. Die Sandhofbauern waren aus schlechtem Holz, klein, dürr und gierig. Der hier war schon kahlköpfig, die Nackensehnen traten scharf hervor, und der Mund war wie ein straffgezogener Geldbeutel. Bei ihm Frau zu sein, war sicher nicht gut, der Geizhals war schon in ihm erwacht! Saß er nicht bereits da und fror um die Lenden – und hatte den Schreck wegen seiner Frau über dem eigenen vergessen?

Maren stellte eine Tasse Kaffee auf den Küchentisch vor ihn hin, dann setzte sie sich auf die Bodenleiter, ihren Napf zwischen den Fingern. „Trink du nur“, sagte sie, als er zögerte, „hier im Hause ist niemand, der dir und den Deinen Verdruß bereiten will.“

„Du bist doch bei mir zu Hause gewesen und hast Unglück angestiftet", murmelte er, indem er widerstrebend nach der Tasse langte; es sah aus, als getraue er sich weder den Kaffee zu trinken noch ihn stehenzulassen.

„Auf dem Hof sind wir beide gewesen, das ist richtig. Das Unwetter hat uns hineingetrieben, aus freien Stücken wären wir nicht gekommen." Maren sprach ruhig und nachsichtig. „Und was deine junge Frau betrifft, so ist ihr gewiß unwohl geworden, weil sie es nicht ertragen konnte zu hören, mit was für einem sie verheiratet ist. Eine sanfte, gute Frau hast du bekommen – zu gut für dich. Sie wußte wahrhaftig nicht, was sie uns Gutes antun sollte, während du nur darauf sinnst, uns verbrennen zu lassen. Ja, ja, da hat man's denn auch mal warm genug gehabt! Denn hier ist es kalt, und man hat niemand, der einem eine Fuhre Torf ins Haus bringt."

„Soll ich vielleicht für Torf für dich sorgen?" zeterte der Sandhofbauer; sein Mund zog sich ganz zusammen.

„Das Kind ist doch dein; und es leidet Frost und Hunger, wenn man unterwegs ist."

„Es ist ein für allemal für sie bezahlt."

„Ja gewiß, so herum ist's eine einfache Sache! Aber laß du nur deinen eigenen Sprößling verschmachten. Das wird dann wohl das einzige Kind sein, das der liebe Gott dir anvertraut, muß man hoffen."

Der Sandhofbauer schrak zusammen, als erwache er zum Bewußtsein. „Du erlöst meine Frau wieder von dem Zauber!" schrie er und schlug mit der Hand auf den Tisch.

„Ich habe nichts mit deiner Frau zu schaffen. Aber sieh nun zu, ob der liebe Gott dir Kinder anvertraut. Ich glaube es nicht."

„Du sollst den lieben Gott aus dem Spiel lassen – und meine Frau erlösen!" flüsterte er heiser und ging der Alten zu Leibe. „Sonst erwürge ich dich, du Hexe!" Seine mageren, krummgearbeiteten Finger krallten sich in die Luft, er war grau im Gesicht.

„Nimm du dich selber ein bißchen in acht, dein einziger Sprößling liegt drinnen im Bett und kann dich hören." Maren stieß die Tür zur Stube auf. „Hörst du's, Ditte? Dein Vater will mich erwürgen."

Anders Olsen wandte sich von ihr ab und ging auf die Tür zu. Einen Augenblick stand er und hantierte mit der Klinke, als wüßte er nicht, was er tat; dann kam er zurück und sank wieder auf die Feuerungskiste nieder. Er saß da und starrte auf den Lehmfußboden hinunter, spuckte aus und zertrat den Speichel mit dem Stiefel. Sonderbar alt sah er aus und hatte doch alles für sich getan von klein auf; es war ein Sprichwort, daß die Sandhofbauern zahnlos geboren würden.

Maren kam und stellte sich vor ihn. „Du denkst jetzt gewiß an den Sohn, den deine gesunde junge Frau dir gebären sollte? Vielleicht hast du dir ausgemalt, wie hübsch es sein würde, wenn er heranwächst und auf dem Felde neben dir herläuft, wie ein kleines Füllen beim Gespann, und an deiner Hand den Pflug halten lernt. Aber was denn, du! So manch einer bekommt keinen Sohn, für den er das Geld aufbewahrt, und hat doch die Freude, es zusammenzuraffen. Und oft hat ein sparsamer Vater einen Verschwender zum Sohn, der das Erworbene in alle Winde zerstreut; das ist dann wohl die Strafe des Herrgotts für die, die das Ihre zu fest halten. Du kannst dich wohl mit den Dingen herumschlagen, bis du zusammenbrichst – du wie so mancher andere. Oder verkauf den Hof an Fremde, wenn du vor Lendenweh nicht mehr kannst – und zieh in die Stadt in ein nettes Häuschen! Den Leuten mit Geld steht offen die Welt!“

Der Sandhofbauer hob den Kopf. „Du mußt meine Frau wieder von dem Zauber befreien“, sagte er flehend. „Du sollst es nicht umsonst tun.“

„Auf den Sandhof setzen wir unsern Fuß nicht mehr, weder ich noch das Kind. Aber du kannst ja deine Frau hierherschicken – Schaden wird sie auf keinen Fall davon haben. Nur mußt du verstehn: wenn es ihr Segen bringen soll, dann muß sie auf einer Fuhre Torf gefahren kommen!“

Am nächsten Vormittag fuhr die junge, schöne Sandhofbäuerin auf einer hochbeladenen Torffuhre durchs Dorf hindurch und zur anderen Seite hinaus. Der Sandhofbauer schämte sich wohl, sich auf diese Art zu zeigen, denn er war nicht selber dabei; ein halberwachsener Knecht war Kutscher. Viele hätten gern gewußt, wem diese Fahrt galt; überall, wo der Wagen auftauchte, lagen die Gesichter flach an der Scheibe. Aus mancher Hütte, von der keine Aussicht nach vorn heraus war, kam die Frau herausgestürmt, warf in Eile ein Tuch um den Kopf und machte sich auf den Weg nach der Landspitze hin. Während der Knecht den Torf in Marens Holzschuppen trug und die Sandhofbäuerin auf dem Tisch in der kleinen Stube auspackte: Eier, Schinken, Kuchen, Butter und viele andere schöne Sachen, kamen die Leute vorbeigestrichen, schielten nach den Fenstern und machten sich bei der Familie am anderen Ende des Hauses zu schaffen, halb wirbelig vor Verlegenheit. Maren wußte, wonach sie rannten, nahm es sich aber nicht mehr zu Herzen. Sie war daran gewöhnt, daß man sie beobachtete und die Nachbarsleute als Ausguckstor benutzte.

Wenige Tage darauf lief die Kunde durch die Gegend, daß der Sandhofbauer angefangen habe, sich seines unehelichen Kindes anzunehmen. Ganz freiwillig sei es wohl nicht gegangen – Maren sollte ihm auf den Weg geholfen haben, endlich. Niemand verstand so recht, daß sie so lange Geduld mit ihm gehabt hatte; sie hatte ja doch die Mittel, sich ihr Recht zu verschaffen. Aber nun hatte sie es also auch satt bekommen und hatte angefangen, ein bißchen Zauberei mit der jungen Frau des Sandhofbauern zu treiben – abwechselnd hatte sie ihr ein Kind angehext und es wieder nach ihrem eigenen Willen verschwinden lassen. Einige behaupteten, daß sie Ditte hierzu benutzte – indem sie sie zurückbannte und beschwor bis zum Zustand des Ungeborenseins hin, so daß das Kind gezwungen war, sich einen Mutterschoß zu suchen; und daß deshalb die Kleine nicht recht wachsen wollte. Ditte war auffallend klein für ihr Alter, obwohl ihr nichts fehlte. Man ließ sie einfach nicht ihrer Natur gemäß wachsen, denn dann wäre es ja viel schwieriger gewesen, sie ins Nichts hinabzubeschwören.

Es hatte sein Böses und Gutes, jemand wie die kluge Maren in der Gemeinde zu haben. Eine Hexe war sie, das stand fest; für eine solche aber war sie im Grunde eine brave Person. Nie mißbrauchte sie ihre Fähigkeiten im Dienst des

Bösen, soviel man wußte – und sie war gut zu den Armen. Manch einen hatte sie kuriert, ohne etwas dafür zu nehmen. Und was den Sandhofbauern betraf, so gönnte jeder ihm eine Ohrfeige.

Marens Ruhm stieg nach diesem Vorfall. Die Menschen sind vergeßlich, wenn es ihnen gut geht, und der Sandhofbauer war nicht immer gleich eifrig, den beiden etwas zu bringen. Es konnte eine lange Zeit vergehen, in der er sich nicht sehen ließ; zu anderen Zeiten kam er fleißig. Die Sandhofbauern pflegten vom Hexenschuß geplagt zu sein. Während sie auf dem Felde waren und sich hinabbeugten, um einen Stein oder eine Unkrautpflanze aufzunehmen, konnte plötzlich eine unsichtbare Teufelei auf sie einstürmen. Sie gab sich zu erkennen durch einen Knall und einen unerträglichen Schmerz in der Lende; sie konnten sich nicht wieder aufrichten, sondern mußten auf allen vieren nach Hause kriechen. Da lagen sie dann wochenlang und stöhnten, litten unter der Untätigkeit, Arbeitsmenschen, die sie waren, und ließen sich mißhandeln mit Blutegeln, Schröpfköpfen und klugen Ratschlägen. Bis das Übel eines Tages ebenso plötzlich verschwand, wie es gekommen war. Sie selbst schrieben es den bösen Blicken von Frauen zu, die sich vielleicht übersehen gefühlt hatten und die sich auf diese heimtückische Art rächten; andere meinten, es sei die Strafe des Himmels, weil sie zuviel in der Lende hätten. Dort saß jedenfalls ihr Schreckgespenst, und wenn Anders Olsen hinten eine Andeutung von Zuckungen verspürte, beeilte er sich, die kluge Maren zu versöhnen.

Davon ließ sich ja nicht leben, aber das Ereignis erweiterte den Kreis derjenigen, die sich an sie wandten.

Maren selbst verstand nie so recht, wo hinein sie hier geraten war; aber sie nahm die Tatsache hin, wie sie war, und nutzte sie nach Kräften aus. Sie eignete sich dies und jenes an, erinnerte sich an die klugen Ratschläge der Mutter aus ihrer Kindheit und ließ es im übrigen darauf ankommen; die meisten legten ihr selbst in den Mund, was sie sagen und tun sollte.

Maren bekam so oft zu hören, daß sie eine Zauberin sei,

daß sie es manchmal selber glaubte. Zu anderen Zeiten wunderte sie sich bloß über die Dummheit der Menschen. Aber immer dachte sie mit einem Seufzer an die Tage, wo Sören noch lebte und sie nichts anderes war als sein Plappermaul – schlecht und recht. Das war eine gute, friedliche Zeit gewesen.

Jetzt war sie einsam. Sören lag in der Erde, und alle anderen scheuten sie wie die Pest, wenn sie sie nicht gerade nötig hatten. Andere verkehrten doch miteinander und tratschten ein bißchen, aber niemandem fiel es ein, zu Maren in die Stube zu laufen und eine Tasse Kaffee bei ihr zu trinken. Selbst die Nachbarsleute hielten sich vorsichtig zurück, obschon sie oft einer Handreichung bedurften und teilhaftig wurden. Von lebenden Freunden hatte sie nur einen, der ihr voll Vertrauen entgegenkam und keine Angst vor ihr hatte – das Mädel.

Es war ein böses und beschwerliches Gewerbe, weise Frau zu sein – und obendrein hatte sie es nicht selber gewählt. Aber es lieferte das tägliche Brot.

9

Ditte besucht das Märchenland

Ditte war jetzt groß genug, sich auf eigene Faust hinauszuwagen, und lief oft von zu Hause fort, ohne daß Maren sich deshalb beunruhigte. Sie brauchte jemand zum Spielen und suchte das Dorf und die Hütten am Waldrand auf, um Gleichaltrige zu treffen. Aber die Eltern riefen ihre Kinder herein, wenn sie sie kommen sahen. Allmählich lernten die Kinder selber, sich vor ihr in acht zu nehmen; sie warfen mit Steinen nach ihr, wenn sie sich näherte, und riefen ihr Schimpfnamen nach: Hurenbalg und Hexenmädchen. Dann versuchte sie es bei einer anderen Gruppe von Kindern und erlebte dort dasselbe; bis sie erkannte, daß sie außerhalb stand. Nicht einmal der Kinder daheim in der Hütte war sie sicher; lag sie mit ihnen zusammen in den Dünen und band

Halsbänder und Fingerringe aus der kleinen Skabiose, so kam die Mutter herbeigestürzt und riß die Kinder an sich.

Ditte mußte sich allein mit ihrem Spiel einrichten und bei den Dingen um sie herum Gesellschaft suchen; und auch das ließ sich machen. Schnell hauchte Ditte ihrem Spielzeug Leben ein; jedem Stein und jedem Stück Brennholz wurde seine Rolle zugeteilt, und es war gut und einfach, damit umzugehen. Fast zu brav waren sie, so daß Ditte selber ihnen ein bißchen Empörergeist einflößen mußte, damit es nicht langweilig wurde. Da war ein alter, abgenutzter Holzschuh, der Sören gehört hatte; Maren hatte ein Gesicht darauf gemalt und ihm ein altes Tuch als Kleid gegeben. In Dittes Welt war das ein Junge – ein durch und durch unartiger Junge, der fortwährend Unheil anrichtete und böse Streiche verübte. Trocken hielt er sich nie, und alles schlug er in Stücke. Jeden Augenblick mußte Ditte ihn vornehmen und ihm eine gehörige Tracht Prügel geben.

Ditte war jetzt so groß, daß sie selber ihr Teil auf dem trocknen hatte. Aber das Problem als solches fuhr fort, in ihr zu spuken, keine andere Frage auf Erden war so ernst. Sie wußte aus Erfahrung, daß keine andere Anklage so schmerzte wie die, die hinterrücks kam.

Eines Tages saß sie vorm Giebel in der Sonne und schalt auf den unartigen Puppenjungen, mit einer Stimme, die vor mütterlichem Kummer und Ärger ganz tief war. Maren stand drinnen an der Küchentür und reinigte Heringe, sie hatte ihren Spaß an dem Kind. „Tust du es noch einmal“, sagte die Kleine, „dann bringen wir dich zur Hexe, und dann ißt sie deinen Matz.“

Maren kam hastig heraus. „Wer sagt so?“ fragte sie; ihr faltiges Gesicht bebte.

„Das sagt der Balassemann“, erwiderte die Kleine aufgeräumt.

„Unsinn, Mädchen, sei mal ernst. Wer hat das gesagt? So antworte mir doch, Menschenskind!“

Ditte versuchte, ein ernstes Gesicht aufzusetzen. „Der Balasse-Wauhund hat es gesagt – heute morgen!“ Plötzlich prustete sie los.

Es war kein Auskommen mit ihr; sie langweilte sich, und da verfiel sie auf das unsinnigste Zeug. Maren kehrte wieder an ihre Arbeit zurück; sie war jetzt ruhig, aber sehr nachdenklich.

Ganz aus der Luft gegriffen war das Geschwätz der Kleinen nicht. Maren hatte einen jungen Seemann im Dorf kuriert, der sich nicht trocken halten konnte und aus diesem Anlaß jahrelang unter dem Spott der Kameraden gelitten hatte. Die erste Bedingung dafür, daß die Kur glücken sollte, war, daß der junge Mann den Mund hielt; und nun wollten die Leute gar zu gerne erfahren, was mit ihm geschehen war. Aus ihm hatte man nichts herausgebracht, und so phantasierte man drauflos – je schmutziger, desto besser!

Maren stand drinnen und weinte über ihren Heringen, daß die salzigen Tränen in die Lake hinabtropften. Sie weinte oft in der letzten Zeit, über die Welt und über sich selbst; sie wußte, daß sie ihren Mitmenschen nichts als Gutes tat, und dann behandelten diese sie wie eine Pestkranke und vergifteten die Luft um sie her mit Feigheit und Haß. Sie bedienten sich ihrer gegen ihre Leiden, gewiß, aber im stillen gaben sie ihr die Schuld für diese selben Leiden – und räucherten gründlich hinter ihr aus, wenn sie fort war. Fast alles Böse stammte ja von ihr; selbst in dem unschuldigen Munde des Kindes hieß sie die Hexe.

Marens Augen hatten all den Sorgen und Widerwärtigkeiten seit Sörens Tod nicht standhalten können; sie waren rot entzündet, und die Lider kehrten die Innenseite hervor. Daran waren die vielen Tränen schuld, aber für die Leute in der Gegend war es ein Zeichen mehr dafür, daß Maren eine verstockte Hexe war. Das Sehvermögen nahm stark ab; und es kam vor, daß es ganz versagte. Dann mußte sie ihre Zuflucht zu Dittes jungen Augen nehmen; und zuweilen benutzte das Mädel die Gelegenheit und beging Schelmenstreiche.

Ditte war nicht böse – sie war weder böse noch gut. Sie war nur ein kleines Wesen, das der Abwechslung bedurfte. Es geschah so wenig in ihrer Welt, und da nahm sie das Erlebnis, wo es zu finden war – schuf es selber, um sich nicht zu Tode zu langweilen.

Aber eines Tages ereignete sich etwas. Maren hatte von dem großen Gut Ellebaek, das weit drinnen im Gemeindeland lag, dessen Waldungen aber bis zu den Dünen reichten, einen Waldschein erhalten; jeden Dienstag durfte sie in den Wäldern Reisig sammeln. Zum Heizen verschlug es nicht; aber es war genug, um eine Tasse Kaffee damit zu kochen.

Diese Dienstagsgänge wurden zu einer Art von Ausflügen. Sie hatten Essen mit, das sie an diesem oder jenem schönen Fleck verzehrten, am liebsten am Ufer des großen Waldwassers; und Ditte fuhr auf dem Schiebkarren hin und nach Hause. Wenn sie ihre Ladung hatten, pflückten sie Beeren oder zur Winterzeit Schlehen und wilde Äpfel, die auf dem Kachelofen gebraten werden konnten.

Nun lag Großmutter krank. Sie hatte so viel geweint, daß sie nicht sehen konnte – was Ditte gut verstand; wunderlicher war es, daß sich auch Wasser in die Beine gesetzt hatte, so daß sie sich nicht darauf halten konnte. Die Kleine mußte allein in den Wald traben, um Reisig zu holen. Es war ein schweres Stück Arbeit, aber dafür war der Wald jetzt im Sommer so unterhaltend. Sie konnte jetzt tief in ihn eindringen, was sie sonst nicht durfte, weil Großmutter Angst vor dem Dickicht hatte und sich am liebsten am Rande aufhielt. Da drinnen tönte der Vogelgesang, und es funkelte so seltsam in dem grünen Schein unterm Laub, die Luft war wie grünes Wasser, darin Strahlen standen; und im Dunkel unter den Sträuchern brauste und summte es.

Ditte hatte keine Angst, aber ein wenig schauderte es sie doch. Jeden Augenblick mußte sie stehenbleiben und lauschen; und wenn es in einem trockenen Zweig knackte, sprang sie in die Luft und zitterte vor Überraschung. Hier drinnen langweilte sie sich nicht, ihre kleine Person war ganz atemloses, gespanntes Staunen; das Erlebnis lauerte bei jedem Schritt, voll erregendem Grauen. Plötzlich stürzte es mit schreckeneinjagendem „Haps!“ auf sie zu – genau wie der Ofen, wenn Großmutter Petroleum hineingeschüttet hatte –, und sie mußte weg, so schnell die kleinen Füße sie zu tragen vermochten, bis sie an eine Lichtung kam.

Auf einer solchen Flucht kam sie einmal an einen breiten

Bach, über den die Bäume herabhingen. Es war, als ob das Grün der ganzen Welt da unten von dannen segelte; und Ditte stand mäuschenstill da, starrte hinab und staunte. Über das Grüne, das dort unten floß, wurde sie sich bald klar, denn das war ja die Farbe, die von allen Bäumen herabgeflossen kam – und der Bach hier war das Ende der Welt. Drüben auf der anderen Seite hatte der liebe Gott sein Reich; wenn sie richtig hinüberstarrte, konnte sie sein graubärtiges Gesicht in einem dichten Dornbusch schimmern sehen. – Aber wie stellte man all das Grün her?

Sie lief waldeinwärts, den Bach entlang, um nachzuschauen. Weit drinnen wurde sie von zwei Damen angehalten, die so vornehm waren, wie sie sie vorher nie gesehen hatte. Obwohl es nicht regnete und sie unter den Bäumen gingen, wo Schatten war, hatten sie rote Schirme über sich, auf denen die Sonne durch das Laub spielte, so daß es aussah, als regnete es glühendes Gold auf die Sonnenschirme herab. Sie ließen sich vor Ditte auf die Knie nieder, als wäre sie eine Prinzessin, hoben ihre nackten Füße auf, guckten ihr unter die Fußsohlen und fragten sie aus.

Ja, sie hieß also Ditte. Ditte Dreckmädchen und Ditte Prachtmädchen – und Menschenkind!

Die Damen lachten einander an und fragten, wo sie wohne.

Bei Großchen natürlich.

„Was für ein Großchen?" fragten die dummen Damen wieder.

Ditte stampfte mit ihrem kleinen nackten Fuß auf das Gras. „Och, bei Großchen! Die manchmal blind ist, weil sie soviel geweint hat. Dittes liebem Großchen!"

Da taten sie, als wären sie nun um so viel klüger, und fragten, ob Ditte ein wenig mit ihnen nach Hause gehen wolle. Und Ditte legte ihre kleine Hand vertraulich in die der einen Dame und ging mit; sie hatte nichts dagegen, zu sehen, ob sie vielleicht drüben auf der anderen Seite des Baches wohnten – beim lieben Gott. Denn dann waren es ja Engel, denen sie begegnet war.

Sie gingen am Bach entlang; Ditte, die ungeduldig vor

Spannung war, meinte, es werde nie ein Ende nehmen. Aber dann kamen sie an einen Steg, der den Bach im Bogen überspannte. Daran schloß sich ein Pförtchen mit einem Gitter darum, so daß man weder darüber weg noch darum herumkriechen konnte. Die Damen schlossen das Pförtchen auf und verschlossen es wieder sorgfältig, und Ditte befand sich in dem schönsten Garten. Längs des Fußpfades standen die Blumen in Büscheln, blau für sich und rot für sich, und bewegten die schönen Köpfe; und auf niedrigen Büschen wuchsen wunderbar große rote Beeren, die sie noch nie gekostet hatte.

Ditte wußte recht gut, daß dies das Paradies war. Sie schmiegte sich an die eine der Damen, den Mund rot von Beerensaft, sah zu ihr auf mit einem unergründlichen Ausdruck in den schwarzblauen Augen und sagte: „Bin ich nun tot?"

Die Damen lachten und führten sie ins Haus, durch vornehme Stuben, wo man mit den Stiefeln auf dicke, weiche Wollschals trat. In der innersten Stube saß eine ganz kleine Dame in einem tiefen Lehnstuhl. Weißhaarig und runzlig war sie, und sie hatte eine Brille auf der Nase; und dann trug sie eine weiße Nachthaube, obwohl es mitten am Tage war. „Das ist unser Großchen!" sagte die eine der Damen.

„Sieh mal, Großmama, wir haben einen kleinen Waldkobold eingefangen", riefen sie der alten Dame ins Ohr. Aha, dieses Großchen war also taub – ihr eigenes war bloß blind.

Ditte ging umher und guckte neugierig in die verschiedenen Stuben. „Wo ist der liebe Gott?" fragte sie plötzlich.

„Was sagt das Kind?" rief die eine der Damen. Aber die andere, die Ditte an der Hand gehabt hatte, zog die Kleine an sich und sagte: „Der liebe Gott wohnt nicht hier, der wohnt oben im Himmel. Sie glaubt, sie wäre im Paradies", fügte sie, zur Schwester gewandt, erklärend hinzu.

Es gefiel ihnen nicht, daß Ditte auf bloßen Füßen herumlief, und sie guckten genau unter die Fußsohlen, um zu sehen, ob kein Kreuzotternstich oder dergleichen zu entdecken war. „Warum zieht auch das Kind nicht ein paar Stiefel an!" sagte die alte Dame. Ihr Kopf zitterte so spaßig, wenn sie sprach; all die weißen Locken schwangen hin und her – wie Glockenblumen.

Ditte hatte keine Stiefel.

„Gott, hörst du, Großmama, das Kind hat keine Stiefel. Hast du gar nichts an die Füße anzuziehen?"

„Balassemann", rief Ditte und lachte schelmisch. Sie war es jetzt müde, auf diese ewigen Fragen zu antworten. Schließlich brachten die Damen aus ihr heraus, daß sie ein Paar Holzschuhe habe, die für den Winter aufbewahrt werden sollten.

„Dann soll sie ein Paar von meinen Pantoffeln haben", sagte die alte Dame. „Hol ein Paar, Asta; aber es brauchen keine von den allerschlechtesten zu sein."

„Ich werd schon ein gutes Paar holen, Großmama", erwiderte die eine der jungen Frauen – diejenige, die Ditte am besten leiden konnte.

So bekam Ditte Pantoffel an die Füße. Zu essen bekam sie vielerlei, was sie früher nie gekostet hatte und woraus sie sich auch nicht gerade viel machte; sie hielt sich an das Brot, das, woran sie gewöhnt war – zur großen Verwunderung der drei Frauen.

„Sie ist verwöhnt", sagte das eine der Fräulein.

„Das kann man doch wirklich nicht sagen, wenn sie das Brot dem andern vorzieht", erwiderte Fräulein Asta eifrig. „Aber sie ist sicher sehr ärmliche Kost gewöhnt. Und trotzdem, sieh, wie gesund sie ist." Sie zog die Kleine an sich und küßte sie.

„Gebt es ihr lieber mit", sagte die Alte, „solche Naturwesen essen niemals in Gefangenschaft. Mein Mann hatte einmal an der Goldküste einen kleinen Waldaffen gefangen, mußte ihn aber wieder freilassen. Er wollte überhaupt keine Nahrung zu sich nehmen."

Da wurde das gute Essen für Ditte in ein allerliebstes Körbchen aus rotem und weißem Stroh gepackt, und sie bekam einen Florentinerhut auf den Kopf und eine große rote Schleife auf die Brust. Das alles machte Spaß – aber plötzlich fiel Ditte die Großmutter ein, und sie wollte nach Hause. Sie stand und zerrte an der Türklinke; es blieb nichts anderes übrig, man mußte den unterhaltenden kleinen Waldkobold freilassen. In Eile gab man ihr noch Erdbeeren zu dem übrigen in den Korb, und dann verschwand sie im Wald.

„Wenn sie nur den Weg nach Hause findet!“ sagte Fräulein Asta und starrte ihr mit träumerischen Augen nach.

Ja, Ditte fand den Weg nach Hause. Aber ein Glück war es, daß sie so große Sehnsucht hatte und ganz vergaß, was in dem Korb war. Sonst wäre die alte Maren in ihr Grab gegangen, ohne jemals Erdbeeren gekostet zu haben.

Seitdem lief Ditte oft tief in den Wald hinein, in der Hoffnung, daß das Märchen sich wiederholen würde. Es war ein großes Erlebnis gewesen, das größte in ihrem Leben. Die alte Maren ermunterte sie selber. „Geh nur ins Dickicht“, sagte sie. „Dir kann nichts schaden, denn du bist ein Sonntagskind. Und wenn du zu dem verzauberten Haus kommst, dann bitte auch für mich um ein Paar Pantoffel. Sag, das alte Großchen hat Wasser in den Beinen und kann kein Schuhwerk an den Füßen vertragen.“

Den Bach fand Ditte leicht, aber sie begegnete keinen vornehmen Damen mehr, und der Brückensteg mit dem Pförtchen war verschwunden. Auf der anderen Seite des Baches war Wald wie auf dieser, das Gesicht des lieben Gottes konnte sie nicht mehr erspähen, soviel sie auch guckte; das Märchenland war nicht mehr da.

„Du hast gewiß alles geträumt, wir werden's sehn“, meinte die alte Maren.

„Ja, aber die Erdbeeren, Großchen“, sagte Ditte.

Ja, die Erdbeeren – das war auch wahr! Maren hatte ja selber davon gegessen und noch nie etwas so Merkwürdiges gekostet. Zwanzigmal so groß wie Walderdbeeren waren sie, und dann fühlte man sich ganz satt danach – ganz im Gegensatz zu allen anderen Beeren, die bloß Unruhe im Magen erzeugten.

„Die hat dir der Traumkobold, der dich ins Märchenland führte, in den Schoß gelegt, damit unsereins auch etwas mitbekommen sollte“, sagte die Alte endlich.

Und bei dieser Erklärung beruhigten sie sich.

10

Ditte bekommt einen Vater

Als Maren eines Morgens aufstand, waren ihre Mieter fort; sie waren in der Nacht ausgezogen. „Der Teufel war hier und hat sie geholt“, sagte sie aufgeräumt. Sie war gar nicht ärgerlich darüber, daß sie verduftet waren; es war eine beschwerliche, querköpfige Familie gewesen. Das schlimmste war, daß sie für zwölf Wochen die Miete schuldig geblieben waren – zwölf Kronen, mit denen Maren dem Winter hätte entgegengehen sollen.

Sie heftete einen Zettel ans Spritzenhaus und wartete auf neue Mieter, aber es meldete sich niemand. Die alten Mieter hatten das Gerücht verbreitet, es spuke in dem Haus.

Die Einbuße der Mietseinnahme traf Maren um so härter, als sie sich von ihrer Tätigkeit losgesagt hatte. Sie wollte nicht mehr weise Frau sein, der Fluch ließ sich nicht ertragen. „Geht zu klügeren Leuten und laßt mich in Frieden“, erwiderte sie denen, die kamen, um bei ihr Rat zu suchen oder sie zu holen. Sie mußten unverrichteterdinge fortgehen; und bald erzählte man sich in der Gegend, daß Maren die Kraft verloren habe.

Ja, mit den Kräften ging es bergab, das Sehvermögen versagte fast ganz, und die Beine wollten sie nicht tragen. Sie spann und strickte für die Leute und nahm das Betteln wieder auf; Ditte mußte sie die weiten Wege von Hof zu Hof führen. Das waren mühselige Gänge; die Alte klagte beständig und stützte sich schwer auf die Schultern des Kindes. Ditte begriff das Ganze nicht; die Blumen des Grabens und hundert andere Dinge riefen nach ihr, sie fühlte den Drang, den bleischweren Arm abzuschütteln und sich auf eigene Faust zu rühren, Großmutters ewiges Klagen erfüllte sie mit hoffnungslosem Widerwillen. Dann blitzte die Bosheit durch ihren Sinn. „Heute kann ich den Weg nicht finden, Großchen“, erklärte sie plötzlich und wollte keinen Schritt weitergehen, oder sie entschlüpfte der Alten und versteckte sich in der Nähe. Maren schalt und drohte eine Weile. Wenn sie dann damit fertig war und sich an den Wegrand setzte und weinte, wurde Ditte wieder weich, eilte herbei und faßte sie um den Hals. Dann weinten sie zusammen, aus Kummer über das Elend dieser Welt und aus Freude, daß sie einander wiedergefunden hatten.

Ein Ende landeinwärts wohnte ein Bäcker; bei ihm durften sie jede Woche ein Weizenbrot holen. Wenn Maren zu Bett lag, schickte sie das Kind hin. Ditte war hungrig, und die Versuchung war sehr groß. Sie lief immer den ganzen Weg nach Hause, um sich den Versucher vom Leibe zu halten; und wenn es ihr glückte, das Brot wohlbehalten heimzubringen, taten sie und Großmutter sich gleich wichtig. Manchmal aber war der Hunger zu stark, und sie fing an, im Laufen an dem warmen Brot zu knabbern. Es sollte nicht gesehen werden, darum zupfte sie an der Seite des Brotes – nur ganz wenig; und ehe sie es sich versah, hatte sie es ganz ausgehöhlt. Dann wurde sie ärgerlich, auf sich und Großmutter und alles.

„Bitte schön, Großchen, hier ist das Weißbrot", sagte sie und warf das Brot rasch auf den Tisch.

„Danke, mein Kind, ist es frisch?"

„Ja, Großchen!" Und Ditte rannte weg.

Dann mußte die Alte sitzen und mit ihrem wunden Zahnfleisch die Rinde benagen, und dabei schalt sie das Kind aus. Das boshafte Mädchen – nun sollte sie Prügel haben. Weggejagt sollte sie werden – ins Armenhaus.

Das Armenhaus war für die beiden das Schlimmste, was sie kannten; es stand als böse Drohung hinter ihrem Dasein. Und wenn Maren soweit war, dann kam Ditte aus ihrem Versteck hervor und weinte und bat um Verzeihung. Die Alte weinte gleichfalls, und sie redeten einander gut zu.

„Ach ja, das Leben ist schwer", sagte dann die alte Maren. „Hättest du wenigstens einen Vater gehabt – einen, an dem etwas dran ist! Dann hättest du wohl die Hiebe gekriegt, die der Mensch nicht entbehren kann, und unsereins hätt vielleicht zu Hause bei euch gesessen, statt sich das tägliche Brot zu erbetteln!"

Gerade als Maren das gesagt hatte, machte ein Leiterwagen mit einer alten, schwerknochigen Mähre davor draußen auf dem Wege halt. Ein großer Mann in gebückter Haltung und mit zerzaustem Haar und Bart sprang vom Wagen herab, warf die Zügel über den Rücken des Gauls und kam auf das Haus zu. Er sah aus wie ein Köhler.

„Das ist ein Heringshändler", sagte Ditte, die auf einem Stuhl am Fenster kniete. „Soll ich aufmachen?"

„Ja, laß ihn nur herein."

Ditte schlug den Bolzen vor der Tür zurück, und der Mann kam hereingestolpert. Er hatte große Holzstiefel an, in die die Hosen hineingestopft waren; es dröhnte ordentlich, wenn er auftrat, und er konnte nicht aufrecht im Küchenraum gehen. Er stand ein paar Augenblicke in der Tür und sah sich um; Ditte war hinter Großmutters Rock geflüchtet. Dann ging er in die Stube hinein und wollte ihnen die Hand geben.

Ditte brach in Lachen aus, weil es ihn verwirrte, daß die Alte ihm nicht die Hand reichte. „Großmutter ist ja blind!" sagte sie prustend.

„So, seid Ihr blind? Ja, dann ist es beinah Unvernunft zu verlangen, daß Ihr sollt sehen können", sagte er pfiffig und nahm selber die Hand der Alten. „Ich bin übrigens Euer Schwiegersohn, wenn ich's denn selber sagen soll." Es hallte in ihm wider, wenn er sprach – vor guter Laune.

„Mit welcher seid Ihr denn verheiratet?" fragte sie.

„Mit der, die die Mutter zu der Kleinen da ist", erwiderte er und schlug mit seinem großen Schlapphut nach Ditte. „Seht, so ganz gesetzlich ist es ja noch nicht in Ordnung; den Pfarrer haben wir vorläufig gespart, bis es notwendig wird – denn da geht soviel andres vor. Aber Haus und Heim haben wir, so armselig es auch sein mag. Wir wohnen eine gute Meile Wegs auf der andern Seite des Gemeindelands – auf dem Sand –, das Elsternnest heißt das Haus im Volksmund."

„Und wie lautet dein Name?" fragte Maren wieder.

„Lars Peter Hansen bin ich getauft."

Die Alte saß ein Weilchen da und dachte nach, dann schüttelte sie den Kopf. „Man kennt dich nicht."

„Mein Vater wurde der Schinder genannt. Nun kennt Ihr mich vielleicht."

„Ja, der Name ist bekannt – wenn auch nicht gerade im guten."

„So geht es vielleicht andern auch", entgegnete Lars Peter Hansen gutmütig. „Man ist nicht immer Herr über den Namen, den man bekommt, und auch nicht über den Leumund; da muß man sich damit begnügen, daß man sein Gewissen in Ordnung hat. – Aber ich kam hier vorbei, und da wollt ich doch vorsprechen und guten Tag sagen. Wenn wir uns nun vom Pfarrer einsegnen lassen, Sörine und ich, dann komm ich mit dem Wagen und hole euch beide, damit ihr in der Kirche mit dabei seid. Wenn ihr es nicht vorzieht, vorher zu uns zu ziehen – das wäre vielleicht das allerbeste."

„Sollst du das von Sörine bestellen?" fragte Maren mißtrauisch.

Lars Peter Hansen murmelte etwas, das das eine und das andere bedeuten konnte.

„Ich hab mir schon gedacht, daß du selber darauf verfallen bist, und ich danke dir für deine gute Gesinnung; aber wir zwei bleiben wohl lieber, wo wir sind. Doch zur Hochzeit kommen wir gern. Nu hat man acht Kinder in die Welt gesetzt, und verheiratet sind sie ungefähr alle, aber zur Hochzeit ist man bisher nie eingeladen worden."

Maren versank in Gedanken. „Und was ist dein Gewerbe?" fragte sie bald darauf.

„Ich fahre Heringe – und womit sich sonst gerade handeln läßt. Kaufe auch Lumpen und Knochen, wenn die Leute welche haben."

„Dabei kommt wohl nicht viel heraus? Die Leute müssen ja ihre Lumpen tragen, solange ein Faden davon übrig ist – besser sind die meisten wohl nicht gestellt. Oder sind sie an anderen Orten vielleicht wohlhabender als hier in der Gegend?"

„Nein, es ist wohl da wie hier, sie verschleißen die Lumpen bis zum letzten Faden, und mit den Knochen gehn sie, bis sie hinstürzen", erwiderte der Schinder lachend, „aber mit etwas muß man ja handeln."

„Ja, gewiß, irgendwoher muß man das tägliche Brot nehmen! Aber du kannst wohl eine Erfrischung brauchen, du? Viel haben wir nicht anzubieten, aber zu einer Tasse Kaffee reicht's doch, wenn du vorliebnehmen willst. – Ditte, du mußt zum Bäcker laufen und sagen, wie es ist: daß du mit dem Brot Unglück hattest und daß wir Besuch bekommen haben. Dann schelten sie dich vielleicht aus und geben dir ein andres – wenn nicht, werden wir es in der nächsten Woche entbehren. Aber du mußt es sagen, wie es ist. Spring also hin – und iß nicht die Krumen ab."

Ditte kam nicht sonderlich schnell zur Tür hinaus. Eine harte Strafe war ihr auferlegt worden, und sie zögerte, in der Hoffnung, daß die Großmutter es bereuen und sie zurückrufen werde. Die Krumen abessen – nein, das würde sie nicht wieder tun, heute nicht und nie wieder, solange sie lebte. Die Ohren brannten ihr vor Scham, daß ihr neuer Vater es erfahren hatte und daß nun auch die Bäckersleute erfahren würden, was für ein schlechtes Mädchen sie war. Und sich davon loslügen wollte sie nicht. Sich mit einer Lüge helfen ist wie Distelstechen, sagte Großmutter immer: man sticht der einen den Kopf ab – und ein halbes Dutzend schießen da hervor, wo sie gestanden hat. Ditte kannte das aus Erfahrung. Lügen kehrten mit vielfältigen Beschwerden immer wieder; ihr kleines Hirn hatte herausgefunden, daß es sich nicht lohnte zu lügen.

Lars Peter Hansen saß am Fenster und guckte der Kleinen nach, wie sie den Weg entlangschlenderte und dann plötzlich schnell zu laufen begann. „Könnt Ihr mit ihr fertig werden?" fragte er die Alte.

„Sie ist ein braves Kind", sagte Maren aus der Küche, wo sie herumtastete, um Feuer im Herd anzuzünden. „Ich hab keinen bessern Menschen, auf den ich mich stützen könnte – und wünsche mir auch keinen. Aber sie ist ein Kind, und man selber ist alt und schwerfällig – das gibt ja immer einen Gegensatz ab. Das Füllen will nach hinten ausschlagen, und der alte Gaul will, daß man ihn stehen und nachdenken läßt. Es ist nicht unterhaltend, seine Kindheit Seite an Seite mit der Hinfälligkeit zu verbringen."

Ditte war ganz außer Atem, als sie beim Bäcker eintrat –

so schnell war sie gelaufen, um wieder rasch nach Hause zurückzukommen zu dem großen, gebückten Mann mit dem gutmütigen Brummen.

„Nun hab ich einen Vater wie alle andern Kinder“, rief sie keuchend, „er sitzt zu Hause bei Großchen – und hat selber Pferd und Wagen.“

„Nein, wirklich?“ sagten die Bäckersleute und sperrten die Augen auf. „Und wie heißt er denn?“

„Er heißt der Schinder“, erwiderte Ditte wichtig.

Und hier kannten sie ihn! Ditte sah, wie sie Blicke wechselten. „Dann bist du ja aus einer feinen Familie“, sagte die Bäckerin und legte ein Weizenbrot auf den Tisch – ohne zu merken, daß das Kind schon dagewesen war und eins bekommen hatte. Die große Neuigkeit beschäftigte sie.

Und Ditte, die mindestens ebenso beschäftigt war, ergriff das Brot und lief fort. Es fiel ihr erst ein, was sie hatte sagen sollen, als sie bereits halb zu Hause war. Und da war es zu spät.

Bevor Lars Peter Hansen wegfuhr, schenkte er den beiden zwanzig Heringe und wiederholte sein Versprechen, zu kommen und sie zu holen, wenn die Hochzeit sein sollte.

11

Der neue Vater

Als Ditte zehn Monate alt war, hatte sie die schlimme Angewohnheit, die Gegenstände in den Mund zu stecken – alles mußte dorthin wandern. Das war der Prüfstein für alle Dinge – ob sie gegessen werden konnten oder nicht.

Ditte lachte, wenn Großmutter davon erzählte, denn jetzt war sie ja so viel klüger. Es gab Dinge, die man nicht essen konnte und die einem doch Freude machten; und andere Dinge, die recht gut gegessen werden konnten, die aber am meisten Freude bereiteten, wenn man es sein ließ und sich damit begnügte, sich darüber zu freuen, wie gut sie schmekken würden, wenn ... Dann klopfte man sich auf die Brust und sagte ah! und konnte ein Ding sehr lange haben. „Du bist eine rechte Törin“, sagte Großmutter, „iß es, eh es verdirbt!“ Aber Ditte verstand aufzubewahren. Sie konnte über irgend etwas, das sie bekommen hatte, träumen, einen roten Apfel zum Beispiel, konnte ihn an ihre Wange drücken und ihn an den Mund führen, um ihn zu küssen. Ober sie verwahrte ihn andächtig. Kam sie dann und fand ihn verdorben, ja, dann hatte sie ihn in Gedanken viele Male verzehrt und ihre Freude daran gehabt. Großmutter verstand es nicht; mit der Hilflosigkeit wurde sie gierig und konnte nicht genug zu essen bekommen; jetzt war sie diejenige, die am liebsten alles in den Mund nehmen wollte.

Aber damals waren sie hinter dem Kinde her gewesen, aus Furcht, daß es etwas Schlimmes hinunterschlucken und krank werden würde. Besonders Sören hatte Angst. „Nicht in den Mund stecken!“ ließ er sich gewöhnlich vernehmen. Dann starrte die Kleine ihn eine Weile an, nahm den Gegenstand aus dem Mund und versuchte, ihn ihm in den Mund zu stecken. War das ein Versuch, einen Mitschuldigen zu bekommen, oder glaubte das Mädel, daß er es ihr verbot, weil er selbst gern an dem Ding lutschen wollte? Darüber konnte sich Sören nie klarwerden.

Jedenfalls lernte Ditte früh mit der Eigenliebe anderer Menschen rechnen. Wenn sie ihr gute Ratschläge erteilten oder sie zurechtwiesen, war nicht so sehr die Rücksicht auf Ditte wie auf irgend etwas in ihnen selber das Entscheidende. Wenn sie einen Apfel in der Hand hatte und die großen Mädchen ihr auf dem Wege begegneten, sagten sie: „Wirf den garstigen Apfel weg, sonst kriegst du Würmer!“ Aber Ditte warf ihn nicht mehr weg; sie hatte entdeckt, daß sie dann hernach nur hingingen, ihn aufnahmen und selber aßen. Das Ganze war nicht mehr so einfach; in der Regel steckte etwas hinter dem, was man sah und hörte, und das war oft das Entscheidende.

Manchmal hielten die Menschen, mit denen man es zu tun hatte, das Entscheidende hinterm Rücken vor einem versteckt – einen Stock zum Beispiel; es war stets klug, sich vorzusehen.

Mit Großchen war das natürlich nicht so. Sie war in allen Wechselfällen schlechthin das Großchen, und ihr gegenüber brauchte man nicht auf der Hut zu sein. Sie wurde nur immer weinerlicher, und zur Arbeit taugte sie nicht mehr. Ditte mußte ihren großen Teil der Bürde tragen und war schon ganz gewandt darin, das Haus zu versorgen; sie wußte, wann die Leute auf den Höfen Butter machten oder schlachteten, und erschien auf ihren bloßen Füßen, um ein wenig für die Großmutter zu erbitten. „Warum meldet ihr euch nicht bei der Gemeinde?" sagten einige, gaben aber trotzdem; man durfte keinen Bedürftigen von der Tür weisen, wenn das Fleisch Segen bringen sollte. Aber den Respekt vor ihrem Großchen konnte sie unter den neuen Verhältnissen auf die Dauer nicht bewahren, sie behandelte Maren immer mehr wie ein verzärteltes großes Kind, wies die Alte zurecht und sprach ihr wieder gut zu.

„Ja, du hast gut reden", sagte die Alte, „du hast deine gesunden Augen und Beine, alle Wege stehen dir offen. Unsereins aber hat sich nur auf das Grab zu freuen."

„Willst du denn gerne sterben", fragte Ditte, „und hinaus zu Großvater Sören?"

Nein, Großmutter wollte gewiß nicht gerne sterben. Aber beim Grab mußte sie immer wieder verweilen; es mahnte und schreckte ab. Die müden Glieder konnten nicht richtig ausruhen; der Gedanke an einen langen, langen Schlaf unterm Rasen da draußen an Sörens Seite war ganz verlockend, wenn man bloß sicher sein konnte, daß es einen nicht fror. Ja, und dann mußte das Mädel natürlich einigermaßen gut aufgehoben sein.

„Dann geh ich einfach zu meinem neuen Vater hinüber", erklärte Ditte, sobald die Rede darauf kam; um sie sollte Großmutter sich keine Sorgen machen. „Aber glaubst du denn, daß Großvater Sören noch da unten ist?"

Ja, dessen war die alte Maren nicht so ganz sicher. Sie konnte sich recht gut das Grab als letzten, endgültigen Abschluß vorstellen und richtig ausruhen in dieser Vorstellung; eine größere Seligkeit ließ sich nicht denken als die, ihren müden Kopf dort niederzulegen, wohin keine Wagen kamen; in alle Ewigkeit verschont zu bleiben von Gicht, Unruhe, Todmüdigkeit und allen Kümmernissen und bloß zu ruhen. Aber vielleicht war ihr das nicht vergönnt – es wurde soviel geredet, der Pfarrer sagte dies und der Missionsprediger jenes. Vielleicht war Sören gar nicht mehr da unten, sondern sie mußte sich auf den Weg machen und ihn suchen. Das konnte eine weitläufige Sache werden, wenn er nach seinem Tode wieder das Festgewand seiner Jugend trug. Sören war in seinen jungen Tagen ein wilder, ungestümer Bursche gewesen. Wo Sören war, da mußte Maren auch hin, darüber konnte nur eine Ansicht herrschen. Aber am liebsten würde sie es sehen, wenn sie neben ihm liegen und ausruhen, richtig ausruhen könnte zur Entschädigung für alle die schweren Jahre.

„Dann geh ich einfach zu meinem neuen Vater!" wiederholte Ditte; das war ihr Refrain geworden.

„Ja, tu du das nur!" erwiderte Maren gekränkt; sie konnte es nicht leiden, daß das Kind die Frage so ruhig behandelte.

Aber Ditte brauchte jemanden, der sie dem Dasein anvertrauen konnte. Die Großmutter taugte nicht dazu, sie war zu alt und zu hilflos, und sie war eine Frau. Es mußte ein Mann sein! Und nun hatte sie ihn gefunden. Es war anders als früher, wenn sie sich jetzt hinter Großchens Rücken schmiegte und einschlief; jetzt hatte sie einen richtigen Vater wie andere Kinder, einen, der mit ihrer Mutter verheiratet war und obendrein Pferd und Wagen besaß. Mit dem kahlköpfigen jungen Sandhofbauern, der so mager und geizig war, daß einen in seiner Nähe fror, hatte sie nie richtig vertraut werden können; dazu war er zu kalt und gleichgültig. Der Schinder aber hatte sie zwischen seine Knie genommen und ihr mit seiner polternden Stimme ins Ohr hineingesungen. Die andern mochten jetzt Hurenbalg rufen, soviel sie wollten, es machte ihr nichts aus. Sie hatte einen Vater, der größer war als die Väter aller anderen Kinder; er mußte sich ducken, um unter dem Balken in Großchens Stube stehen zu können.

Alles war jetzt sicherer, man schlief reicher ein und schlug die Augen wieder auf: nicht enttäuscht, wie wenn man geträumt hatte – nein, mit dem gleichen Gefühl, gut beraten zu sein. Auf einen solchen Vater konnte man sich ganz anders verlassen als auf eine Großmutter, die alt und blind war und nur aus Lumpen bestand. Wenn die Alte sich am Abend auskleidete, sah Ditte mit immer gleichem Erstaunen, wie sie Rock auf Rock ablegte, Jacke auf Jacke, und dünner und dünner wurde, bis wie durch Zauberei von der dicken Großmutter nichts übriggeblieben war als ein abgezehrter Vogelkörper, ein dürres Mütterchen, das jämmerlich pfiff wie der undichte Blasebalg draußen auf dem Herd.

Sie freuten sich um die Wette auf den Tag, an dem der neue Vater kommen und sie beide zur Hochzeit abholen würde. Dann hatte er natürlich einen richtigen Staatswagen mit Sitzen und Federn – das andere war ja nur der Schinderwagen. Eines schönen Tages, wenn sie das Ganze gründlich satt hatten und keinen Weg wußten, um Essen oder Kaffee zu bekommen, würde es vorm Fenster lustig knallen – und da hielt er draußen! Er grüßte tief mit der Peitsche, Schalk, der er war; und während sie auf den Wagen stiegen, saß er da und hielt die Peitsche gerade in die Luft – wie der Herrschaftskutscher auf dem Ellebackhof.

Für Maren, die alte Haut, hatte noch nie jemand vor der Tür gehalten; sie war fast noch mehr gespannt als das Mädel und malte ihr das Ganze aus. „Und da hat einer gedacht, es würde nie ein Wagen vor der Tür für einen halten, bis man auf den Kirchhof hinausgefahren wird", sagte sie immer wieder. „Aber so ist es, deine Mutter hat immer eine Schwäche für das Vornehme gehabt."

Es war Spannung in ihr armes Dasein gekommen. Ditte langweilte sich nicht mehr und brauchte keine Streiche auszuhecken, um ihren kleinen Schädel wachzuhalten. Sie empfand jetzt auch so etwas wie Verantwortungsgefühl gegenüber Großchen, seit diese von ihrer Fürsorge abhängig war – sie kamen viel besser miteinander aus. „Du bist so gut zu mir alter Person, Kind", brach es manchmal aus Maren hervor. Dann weinten sie beide, ohne sich darüber klarzuwerden, warum.

Die kleine wache Dirn war jetzt auch das Auge der Großmutter geworden; die alte Maren mußte sich daran gewöhnen, die meisten ihrer Beobachtungen mit Dittes Hilfe zu machen. Und als sie sich erst daran gewöhnt und richtiges Vertrauen zu dem Mädel gefaßt hatte, ging es ganz gut. Kam es vor, daß Ditte der Versuchung erlag, ein bißchen Unfug zu machen, so sagte Maren bloß: „Du hältst mich doch nicht zum Narren, Kind?" Dann wurde die Kleine sofort wieder ernst. Aufgeweckt und gewandt war sie: Maren konnte sich keine besseren Augen wünschen als die Dittes, wenn sie die ihren nicht wiederbekommen konnte. Da saß man und tastete sich vorwärts und wandte die erloschenen Augen nach jedem Laut hin, ohne etwas richtig zu erfahren! Aber mit Dittes Hilfe konnte die Alte nach und nach die wichtigsten Lebensgewohnheiten wiederaufnehmen.

Am allerschwersten vielleicht war es ihr geworden, den Himmel zu entbehren. Für Maren hatte das Wetter immer eine Rolle gespielt; nicht so sehr das Wetter, das gerade war, als das Wetter, das kommen würde. Das war das Fischermädchen in ihr; sie ahmte bloß ihre Mutter und deren Mutter nach, wenn sie, seitdem sie Verstand und Urteilskraft hatte, früh und spät nach dem Himmel sah. Der Himmel war es, der über alles gebot, das Essen von Tag zu Tag auf den Tisch setzte und – wenn er böse war – den Tisch ein für allemal leer fegte, indem er einem den Versorger nahm. Der Himmel war das erste, was ihre Augen des Morgens suchten; ihr letzter Gang, ehe sie sich schlafen legte, galt ihm. „Wir bekommen zur Nacht ein Gewitter", sagte sie, wenn sie hereinkam, oder: „Morgen gibt's einen guten Fang!" Ditte begriff nie, woher sie das hatte.

Maren kam nicht viel hinaus, und die Wetteraussichten konnten ihr deshalb recht gleichgültig sein, aber sie interessierte sich immer noch dafür. „Wie ist der Himmel?" fragte sie oft. Ditte lief hinaus und spähte, ganz erfüllt von ihrem Auftrag.

„Er ist rot", meldete sie, als sie zurückkam, „und ein Mann auf einem nassen, nassen Pferd reitet darüber hin. Bekommen wir dann Regen?"

„Geht die Sonne in einem Sack unter?" fragte Großmutter. Ditte lief wieder hinaus, um nachzusehen.

„Es ist gar keine Sonne da", meldete sie gespannt.

Aber Großmutter schüttelte den Kopf; aus den Angaben des Mädels war nicht klug zu werden; sie hatte zuviel Phantasie.

„Hast du die Katze heute Gras fressen sehen?" fragte Maren, wenn sie ein Weilchen gesessen hatte.

Nein, das hatte Ditte die Katze nicht tun sehen. Aber sie war nach den Fliegen in die Luft gesprungen.

Maren grübelte. Ein gutes Zeichen war das wohl nicht. „Sieh nach, ob Sterne unterm Kaffeekessel sind", sagte sie.

Ditte hob den schweren Kupferkessel vom Herd – ja, es waren Feuersterne im Ruß, sie krochen über den Boden des Kessels hin wie ein Gewimmel von funkelndem Gewürm.

„Dann bekommen wir Sturm", sagte Großmutter erleichtert, „ich hab ihn mehrere Tage in meinen Hühneraugen gespürt." Kam dann wirklich Sturm, so vergaß Maren nie zu bemerken: „Siehst du, was hab ich gesagt!" Und Ditte wunderte sich über Großchens Klugheit.

„Nennen die Leute dich *darum* die kluge Maren?" fragte sie.

„Ja, gewiß. Aber es gehört nicht viel dazu, klüger zu sein als die andern – wenn man nur seine Augen hat. Denn die Menschen sind große Dummköpfe – die meisten."

Von Lars Peter Hansen sahen und hörten sie fast ein Jahr lang nichts. Wenn Leute vorbeigefahren kamen, von denen sie annehmen konnten, daß sie aus seiner Gegend stammten, fragten die beiden sie aus; aber davon wurden sie nicht viel klüger. Zuletzt zweifelten sie beinahe daran, daß er wirklich existierte; das Ganze war wohl ein Traum, ebenso wie das Märchenhaus im Walde!

Und dann hielt er trotzdem eines schönen Tages leibhaftig vor der Tür. Er knallte nicht gerade mit der Peitsche – einem langen Haselnußstecken mit einer Schnur aus Bindfaden –, aber er versuchte es; und der große Klaus, das alte Knochengestell, antwortete, indem er den Kopf in den Nacken warf und wieherte. Der Wagen war derselbe wie neulich, aber ein richtiger Wagenstuhl war hineingestellt, mit grüngepolsterter Lehne, aus der die Füllung hervorquoll. Auch Lars Peters großer Schlapphut war der gleiche, er glänzte vor Alter und war voll Staub, Häcksel und Spinnweben in den Einbeulungen. Das buschige Haar darunter war so wild und mannigfach gesprenkelt mit Wegstaub, Kletten und vielem anderen, daß die Vögel des Himmels sich versucht fühlen mußten, ihr Nest darin zu bauen.

„Nun, was sagt Ihr denn heute zu einer kleinen Ausfahrt?" rief er munter, während er hineingestapft kam. „Bring ich nicht gutes Sonnenscheinwetter mit?"

Das war nun allerdings nicht schwer für ihn, denn Großchen hatte schon gestern für gutes Sonntagswetter gesorgt, obwohl sie von diesem Besuch nichts ahnte. Gestern abend war sie mit der Hand über die betaute Fensterscheibe gefahren und hatte gesagt: „Da ist Tau, worin die Morgensonne glitzern kann."

Lars Peter Hansen mußte sich niedersetzen, während Ditte Feuer anzündete und Kaffee für ihn kochte. „Du bist ja ein außerordentlich tüchtiges Mädchen", rief er, als Ditte kam und den Kaffee vor ihn hinstellte, „du sollst einen Kuß haben." Er hob sie zu sich herauf und küßte sie, und Ditte legte das Gesicht an seine stopplige Wange und saß ganz still da. Plötzlich entdeckte er, daß seine Wange naß wurde, und er drehte ihr Gesicht zu sich herum. „Hab ich dir weh getan?" fragte er erschrocken und setzte sie nieder.

„Nein, gewiß nicht", sagte die Alte. „Das Kind hat sich nur so unbändig auf einen Kuß von ihrem Vater gefreut, und nun ist das doch endlich in Erfüllung gegangen – so wenig es ist. Laß sie sich nur ausweinen; Kindertränen benetzen nur die Wange."

Aber Lars Peter Hansen ging hinter Ditte her in den Torfschuppen, wo sie zusammengerollt in einer Ecke lag und schluchzte. Er zog sie behutsam hervor und wischte ihre Wangen mit seinem bunten Taschentuch ab, das schon vor dem heutigen Tage allerlei durchgemacht zu haben schien. „Wir werden schon gute Freunde werden, wir zwei – wir werden schon gute Freunde werden", wiederholte er tröstend. Seine tiefe Stimme wirkte beschwichtigend auf das Kind, und sie ging an seiner Hand ins Haus zurück.

Großchen, die sehr gern Kaffee trank, es aber nie wahrhaben wollte, hatte, während die beiden draußen waren, die Gelegenheit benutzt, sich eine Extratasse zu leisten. Sie war beim Einschenken ungeschickt gewesen und hatte etwas auf den Tisch verschüttet: nun saß sie da und versuchte ganz aufgeregt, die Spuren zu entfernen. Ditte half ihr die Schürze ausziehen und wischte ihren Rock mit einem nassen Tuch ab, damit es keine Flecken geben sollte; das sah ganz mütterlich aus. Sie selbst wollte keinen Kaffee haben; sie war so aufgeregt vor Freude, daß sie nichts genießen konnte.

Dann wurde die Alte gut eingepackt, und Lars Peter hob die beiden in den Wagen hinauf. Großmutter kam auf den Wagenstuhl neben ihn zu sitzen, und Ditte, die eigentlich hinten auf dem Futtersack hatte sitzen sollen, ließ sich vorn zu ihren Füßen nieder. So war sie mehr in ihrer Gesellschaft. Lars begann an den Zügeln zu ziehen und sie wieder nachzulassen, und als er das eine Weile getan hatte, legte der große Klaus sich vornüber, die drei verspürten einen Ruck, und der Wagen rollte ins Land hinaus.

Es war herrlicher Sonnenschein. Die Dünen lagen in der Sonne, und das Land leuchtete so wunderschön mit seinen Wäldern und Wiesen. Vom Wagen aus sah alles so ganz anders aus, als wenn man unten auf bloßen Füßen ging; es war, als ob alles sich vor Ditte verneigte, Hügel und Wälder. Ditte war im Fahren nicht verwöhnt, und dies war das erstemal, daß sie so spazierenfuhr und von oben auf die Dinge herabsah. All die dummen Hügel, die sich sonst schwer und sperrend vor ihr erhoben hatten und oft zuviel für die kleinen Füße gewesen waren, legten sich heute nieder und sagten: Bitte schön, Ditte, du darfst über uns hinfahren! An alledem hatte Großchen keinen Anteil; aber sie fühlte, wie die Sonne auf ihren alten Rücken herabbrannte, und war in feierlicher Stimmung.

Der große Klaus übereilte sich nicht, und Lars Peter Hansen überließ es ihm, auf dem langen Weg mit seinen Kräften hauszuhalten. Er schlug die ganze Zeit leicht mit der Peitsche auf ihn ein; das war seine Gewohnheit; und der große Klaus konnte dieses leichte Ticken aufs Kreuz nicht entbehren. Hielt Lars nur den einen Augenblick inne, während er mit der Peitsche übers Land hin zeigte, so warf er ungeduldig den Kopf zurück und blickte sich um – zu Dittes großem Vergnügen.

„Kann der gar nicht schnell laufen?" fragte sie und stellte sich zwischen Lars Peters Knie.

„Doch, doch, du kannst mir's glauben, er kann!" erwiderte Lars Peter Hansen stolz. Er hob die Zügel und gab dem Gaul eine kleine Herzstärkung, aber der große Klaus blieb bloß stehen und sah sich verwundert um. Und bei jedem Hieb, den Lars ihm versetzte, schlug er mit dem Schwanz und bewegte den Kopf heftig auf und nieder. Ditte bereitete das solchen Spaß, daß ihr kleiner Körper bebte.

„Er ist heute nicht in der Stimmung dazu", sagte Lars Peter Hansen, als er ihn endlich wieder in die alte Gangart gebracht hatte. „Er meint, wenn er die ganze Zeit so lange Schritte gemacht hat, ist es unbillig, zu verlangen, daß er auch noch laufen soll."

„Hat er das gesagt?" fragte Ditte und blickte erstaunt von einem zum andern.

„Ja, es sollte jedenfalls so etwas bedeuten – und da hat er ja auch wirklich recht."

Ja, lange Schritte nahm er! Aber nie waren zwei Schritte gleich lang; der Wagen bewegte sich die ganze Zeit im Zickzack hinter ihm. Ein spaßiges Pferd war es in allem. Es sah aus, als wäre es aus lauter ungleichen Teilen zusammengesetzt, so unförmig und knochig war es. Nichts an ihm gehörte zusammen; und wenn es sich bewegte, knarrte und ächzte es unaufhörlich in ihm, rumorte in seinem aufgeblähten Bauch und knackte in den Gelenken.

Sie fuhren an dem großen Gut Elleback vorbei, wo die Herrschaft wohnte, durch die Gemeindewiesen und weiter hinaus, ins Land hinein, das Großmutter nie zuvor gesehen hatte.

„Ja, aber du siehst es jetzt ja auch nicht", wandte Ditte pedantisch ein.

„Ach, du versteifst dich immer auf Worte, ein richtiger Haarspalter bist du. Gewiß seh ich es! Wenn ich euch erzählen höre, steht die ganze Landschaft vor meinem inneren Auge. Und ein Geschenk Gottes ist es, daß man all das auf seine alten Tage noch erlebt. Aber was ist das für süßes Zeug, was man jetzt riechen kann?"

„Vielleicht Süßwasser, Großmutter", sagte Lars Peter. „Eine halbe Meile nach links haben wir den großen Arresee. Großmutter hat eine feine Nase für nasse Sachen." Er gluckste leise über seinen Kalauer.

„Dies Wasser soll so sein, daß man es ohne Schaden trinken kann", sagte Maren nachdenklich. „Sören hat mir davon erzählt. Wir wollten einen Ausflug dahin machen und bei Fackellicht Aale fangen, aber es wurde nie etwas draus. Es soll so schön am Wasser sein, wenn in der Sommernacht fern und nah die Feuer leuchten."

Zwischendurch berichtete Lars Peter über die Verhältnisse zu Hause. Eine Hochzeit war dies eigentlich nicht, denn er hatte sich schon vor fast neun Monaten mit Sörine verheiratet – in aller Stille. „Es hatte Eile", erklärte er, sich entschuldigend. „Ihr hättet ja sonst mit dabeisein sollen."

Maren wurde schweigsam; sie hatte sich darauf gefreut, wenigstens einmal mit dabeizusein, wenn eine ihrer Töchter als Braut vor den Altar trat. Nun wurde nichts daraus. Aber sonst war es eine herrliche Fahrt. „Habt ihr denn jetzt Kleinvolk zu Hause?" fragte sie nach einer Weile.

„Einen Jungen", erwiderte Lars Peter, „einen richtigen kleinen Himmelsschelm – und seiner Mutter wie aus dem Gesicht geschnitten!" Ihm wurde bei dem Gedanken an den Kleinen ganz festlich zumute. „Sörine erwartet übrigens wieder", setzte er leise hinzu.

„Ihr seid gut im Gange", sagte Maren. „Wie geht es ihr?"

„Diesmal ist sie nicht ganz wohl. Sie klagt über Sodbrennen."

„Dann wird es ein langhaariges Mädchen", erklärte Maren entschieden. „Und auf gutem Wege muß sie sein, da das Haar der Mutter aus dem Halse hängen kann."

Es war ein wunderschöner Septembertag. Alles roch nach Erde, und die Luft war voller Feuchtigkeit, die sich hier und da über dem sonnenbeschienenen Lande niederschlug, als bläulicher Dunst zwischen den Bäumen hing und in den Niederungen zur Ruhe sank, so daß jede Wiese und jedes Moor ein leuchtend weißer See wurde.

Ditte staunte darüber, wie unendlich groß die Welt war. Fortwährend tauchte Neues vor ihnen auf: Wälder, Dörfer, Kirchen; nur die Grenze der Welt, von der sie erwartete, daß sie jeden Augenblick weit draußen aufsteigen und dem Ganzen ein Ende bereiten werde, zeigte sich nicht. Fern im Süden leuchteten ein paar Türme in der Sonne; das sei ein Königsschloß, sagte der Vater – ihr kleines Herz schlug ihr bis zum Halse herauf bei seinen Worten. Und dort vorn ...

„Ja, was ist das nun wieder für ein Geruch?" rief Großmutter plötzlich und schnupperte die Luft ein. „Hier riecht es salzig! Wir können nicht weit vom Meer sein."

„In der Nähe sind wir nicht gerade, es ist über eine Meile bis dahin. Könnt Ihr wirklich das Meer riechen?"

Ja, ja! Niemand brauchte zu kommen und der alten Maren zu erzählen, wann sie sich dem Meer näherten; dazu hatte sie eine zu lange Zeit ihres Lebens in seiner Nähe verbracht. „Und was für ein Meer kann das denn sein?" fragte sie.

„Dasselbe wie drüben bei euch", erwiderte Lars Peter.

„Ist es da wert, daß man quer landeinwärts nach ihm hinfährt?" sagte Maren lachend.

Es überraschte sie völlig, als der große Klaus plötzlich hielt und Lars Peter vom Wagen sprang. „Da wären wir", sagte er und hob sie auf die Erde herab. Sörine kam mit ihrem Knaben auf dem Arm aus dem Hause; sie war so beleibt, daß der Junge sich auf ihren Bauch stützen konnte. Groß und stark war sie geworden, und ihr Wesen entsprach ihrem Aussehen. Ditte bekam Angst vor der großen rötlichen Frau und suchte Schutz hinter Großchen. „Das ist, weil sie dich nicht kennt", sagte Maren, „es gibt sich schon."

Aber Sörine wurde böse. „Stell dich bloß nicht so an, Mädchen", sagte sie und zerrte sie vor. „Gib deiner Mutter einen Kuß, auf der Stelle!"

Ditte begann zu brüllen und riß sich von ihr los. Sörine konnte man es ansehen, daß sie gesonnen war, ihr Elternrecht sofort geltend zu machen und das Kind zu züchtigen. Der Mann legte sich schnell ins Mittel, indem er Ditte ergriff und auf den großen Klaus setzte. „Nun streichle den großen Klaus und bedank dich bei ihm, daß er so flink gezogen hat", sagte er. Er brachte Ditte zum Schweigen und trug sie zu Sörine hin. „Nun gib Mutter einen Kuß!" sagte er, und Ditte bot folgsam den Mund dar. Aber jetzt wollte Sörine nicht. Sie warf dem Kind einen bösen Blick zu und ging Wasser für das Pferd pumpen.

Sörine hatte ihrem Besuch zu Ehren ein paar Kücken geschlachtet und war überhaupt eine gute Wirtin, insofern sie reichlich für Essen und Getränke sorgte; aber sehr freundlich war sie nicht. Sie war immer eine kalte Natur und vor allem auf ihr eigenes Wohl bedacht gewesen, und das war mit den Jahren nicht besser geworden. Schon am nächsten Vormittag deutete die alte Maren an, daß sie wohl wieder sehen müßten, nach Hause zu kommen, und Sörine erhob keine Einwendungen. Nach Tisch spannte Lars Peter an und hob sie auf den Wagen, und sie rollten heimwärts, leichten Sinnes, weil dies überstanden war. Selbst Lars Peter war hier draußen in der Landschaft ein anderer als daheim, er sang und machte Witze; daheim bewegte er sich, als trüge er faule Eier.

Die beiden waren ganz froh, als sie den Fuß wieder in ihre Hütte setzten. „Gott sei Lob und Dank, daß uns das Brot nicht von deiner Mutter zugeteilt wird", sagte Großchen, als Lars Peter Hansen Abschied genommen hatte; und Ditte schlang die Arme um den Hals der Alten und küßte sie. Heute begriff sie so richtig, was ihr Großchen wert war.

Ihr Ausflug war im ganzen doch eine Enttäuschung für sie gewesen. Sörine war nicht diejenige, die sie erwartet hatten, und mit dem Grundstück war kein Staat zu machen. Soviel Großmutter Dittes Beschreibungen entnehmen konnte, bestand es hauptsächlich aus einigen Erdhütten, denen man den Namen Wohnhaus, Scheune und so weiter gegeben hatte. Mit der eigenen Hütte hier auf der Landspitze konnte das Besitztum sich auf keine Weise messen.

Aber die Fahrt war wunderschön gewesen.

12
Der Schinder

Alle, die Lars Peter Hansen kannten, waren sich darin einig, daß er ein spaßiger Kerl war. Er war immer guter Laune, wenn auch wahrlich ohne jeden Grund. Er gehörte zu einem Köhlergeschlecht, das, so weit man zurückdenken konnte, Hand an alles gelegt hatte, was kein anderer anrühren mochte, und daher den Namen Schindervolk bekommen hatte. Sein Vater fuhr mit Hunden und kaufte Lumpen, Knochen und anderen unsauberen Abfall auf; wenn krankes oder unreines Vieh geschlachtet werden sollte, wurde nach ihm geschickt. Er war ein Teufelskerl, der sich nicht davor scheute, die Arme bis an die Ellbogen im schlimmsten Aas zu begraben und dann gleich an sein Vespermahl zu gehen, ohne auch nur die Fingerspitzen in Wasser zu tauchen; man behauptete, er gehe in der Nacht aus dem Hause, grabe die Kadaver des kranken Viehs wieder aus und ziehe ihnen die Haut ab. Sein Vater wiederum sollte als Knabe seinem Onkel Scharfrichter in Nyköbing zur Hand gegangen sein. Als Beispiel für die Verworfenheit des Jungen wurde erzählt, wenn der Strick um den Hals des Gehenkten nicht hatte zusammengleiten wollen, sei er auf den Galgen hinaufgeklettert, habe sich auf die Schultern des Missetäters herabgelassen und sei auf ihm geritten.

Viel gute Familieneigenschaften waren also nicht vorhanden, und etwas, womit man hätte Staat machen können, ganz und gar nicht. Lars Peter mußte das wohl empfunden haben, denn in ganz jungen Jahren kehrte er der Heimatgegend den Rücken. Er fuhr bei Lynäs übers Wasser und suchte sich einen Dienst im Nordseeland – er wollte Bauer sein. Er war ein gesetzter, ordentlicher Bursche und stark wie ein Stier; jeder Bauer wollte ihn gern als Knecht haben.

Wenn er aber geglaubt hatte, der Vergangenheit entrinnen zu können, so hatte er sich geirrt. Das Gerücht von seiner Herkunft folgte ihm getreulich auf den Fersen und schadete ihm auf diese und jene Art. Er hätte ebensogut versuchen können, seinem Schatten zu entfliehen.

Glücklicherweise nahm er sich nicht leicht etwas zu Herzen. Er hatte ein freundliches Gemüt, es war kein böser Blutstropfen in ihm. Indem er seine üble Herkunft durch Kräfte und Zuverlässigkeit wiedergutmachte, hielt er sich mit den anderen jungen Leuten auf gleicher Linie; ja, es geschah sogar, daß ein wohlhabendes Mädchen sich in seine Kräfte und sein schwarzes Haar vergaffte und ihn unbedingt zum Mann haben wollte. Es kam auch so weit, daß sie sich trotz des Widerstands ihrer Familie verlobten; aber kurz darauf starb sie, so daß er ihr Geld nicht bekam.

So wollte ihm nichts gelingen, vielleicht weil die Sünde der Väter auf ihn vererbt worden war; er hatte eben kein rechtes Glück. Aber Lars Peter nahm es als einen Stoß hin, wie die Welt ihn eben austeilt. Er arbeitete und sparte, bis es ihm gelang, so viel zusammenzuscharren, daß er die Papiere für ein kleines Besitztum draußen auf dem Sand in Ordnung hatte – und er sah sich wieder einmal nach einer Frau um. Er verlobte sich mit einem Mädchen aus einem der Fischerdörfer, und diesmal gelang es ihm, seine Braut zu heiraten.

Es gibt Menschen, auf deren First der Unglücksvogel zu sitzen und mit den schwarzen Flügeln zu schlagen liebt. Meistens ist er unsichtbar für alle anderen außer ihnen selbst; aber es kommt auch vor, daß alle anderen ihn sehen können, nur die nicht, bei denen er sich niederläßt.

Lars Peter gehörte zu den Leuten, die von allen beobachtet werden, in der Erwartung, daß ihnen etwas zustoßen werde. An seinem Geschlecht hafteten die beiden allergrößten Mysterien – das Blut und der Fluch; daß er selbst so gut war und ein so frohes Gemüt hatte, machte das Ganze nicht weniger spannend. Etwas war ihm sicher vorbehalten, ein jeder konnte den Unglücksvogel auf seinem Hause sitzen sehen.

Er selber sah nichts, sondern führte vertrauensvoll sein Mädchen heim. Niemand erzählte ihm, daß sie einst mit einem Seemann, der später ertrank, verbunden gewesen war; und was für einen Zweck hätte das wohl auch gehabt? Lars Peter war nicht der Mann, der sich von einem Toten abschrecken ließ; mit ihm hatte gewiß niemand eine Rechnung zu begleichen. Und kein Mensch entgeht seinem Schicksal.

Sie hatten es so gut zusammen, wie zwei Menschen es haben können; Lars Peter war gut zu ihr, half ihr beim Melken, wenn er selber fertig war, und trug Wasser für sie ins Haus. Hansine war froh und zufrieden, jeder konnte ihr ansehen, daß sie einen guten Mann bekommen hatte. Der Vogel, der sich auf ihrem Dach aufhielt, war doch wohl kein anderer als der Storch; denn recht bald konnte Hansine Lars Peter anvertrauen, daß sie guter Hoffnung sei.

Das war die herrlichste Mitteilung, die er je in seinem Leben bekommen hatte; und von nun an war er erst recht fleißig. Am Abend stand er draußen im Holzschuppen und arbeitete; es mußten eine Wiege und ein Kinderstühlchen gezimmert und ein Paar kleine Holzschuhe geschnitzt werden. Bei der Arbeit brummte er etwas, das einer Melodie ähnelte, immer dasselbe; und während er so dastand und emsig war, kam Hansine zu ihm herausgelaufen und warf sich an seine Brust. Sie war während der Schwangerschaft wunderlich geworden, hatte keine Ruhe oder versank ganz in sich, als lauschte sie fernen Stimmen – und ließ sich nicht aufwecken. Er schrieb das ihrem Zustand zu und nahm es in guter Laune hin. Das Gleichgewicht seines Gemüts wirkte auf sie, so daß sie wieder ruhig und froh wurde. Aber manchmal brach die Angst aus ihr hervor, und ganz außer sich kam sie zu ihm aufs Feld gelaufen. Dann war es beinahe nicht möglich, sie ins Haus zurückzubringen, und er mußte ihr versprechen, sich nie so weit zu entfernen, daß sie ihn nicht mehr sehen konnte. Sie hatte Angst vor irgend etwas zu Hause; wenn er aber in sie drang, um zu erfahren, was es sei, verstummte sie.

Als sie das Kind zur Welt gebracht hatte, ging es vorüber, und sie wurde wieder die alte. Sie freuten sich über das kleine Wesen, und es ging ihnen besser als je zuvor.

Bei der nächsten Schwangerschaft aber wiederholte es sich, bloß noch stärker. Es gab Zeiten, wo sie überhaupt nicht im Haus zu bleiben wagte, sondern draußen auf dem Feld umherging und verzweifelt die Hände in ihre Schürze bohrte. Lars Peter mußte das schreiende Kind herausholen, um sie über die Schwelle zu locken. Diesmal ergab sie sich und vertraute ihm an, daß sie mit einem Seemann verlobt gewesen sei, der ihr das Versprechen abgenommen habe, ihm treu zu bleiben, wenn ihm da draußen etwas zustoße.

„Ist er denn draußen geblieben?“ fragte Lars Peter langsam.

Hansine nickte. Und er hatte gedroht, wiederzukommen und sie zurückzufordern, wenn sie ihr Wort bräche. Er würde mit der Bodentüre knarren, hatte er gesagt.

„Hast du ihm das Versprechen freiwillig gegeben?“ Lars Peter sah nachdenklich aus.

Nein, Hansine meinte, daß er sie dazu gezwungen habe.

„Dann bist du auch nicht daran gebunden“, sagte er. „Nach meiner Familie wird sich allerdings niemand richten, da wir ja Auswurf sind. Aber Vater und Großvater pflegten immer zu sagen, vor den Toten brauchte ich keine Furcht zu haben; vor ihnen könne man sich leichter schützen als vor den Lebenden.“ Sie saß über das Kleine gebeugt, das sich auf ihrem Schoß in den Schlaf geweint hatte, und Lars Peter stand da, den Arm um ihre Schultern gelegt, und wiegte sie sanft hin und her, während er ihr vernünftig zuredete. „Und nun sollst du an das Kleine da denken – und an das andere auch, das du unterm Herzen trägst! Das einzige, was uns nie verziehen werden kann, ist, daß wir nicht gut zu denen sind, die uns anvertraut werden.“ Hansine ergriff seine Hand und drückte sie gegen ihre verweinten Augen. Dann erhob sie sich und legte das Kind ins Bett; sie war jetzt ruhig.

Der Schinder kannte keinen Aberglauben irgendwelcher Art und auch keine Furcht. Wie ein leuchtender Streifen in der Finsternis, in der der Mann aus dem Volk lebt, war sein Geschlecht in dieser Hinsicht gewesen; das waren die Eigenschaften, die seine Ausstoßung bewirkt und sein Gewerbe bestimmt hatten. Wer nicht an Gespenster glaubt, wird zum Gespenst.

Der einzige Fluch, den er kannte, war der Fluch, ausgestoßen und gefürchtet zu sein; und der galt, was ihn betraf, Gott sei Dank nicht mehr. An die Klage eines toten Mannes glaubte er nicht. Aber er erkannte, daß etwas Ernstliches in Hansine vorging, und er war um ihretwillen bekümmert. Bevor er zu Bett ging, nahm er die Bodentür aus den Angeln und versteckte sie unterm Dach.

So bekamen sie ihre Kinder, eins nach dem anderen, unter Trübseligkeit und Mühsal. Bei jedem neuen wurde es eher schlimmer als besser; und so sehr Lars Peter seine Kinder liebte, wünschte er doch, daß sich keine mehr einstellen möchten. Aber den Kindern selbst war es nicht anzumerken, daß sie unter einem angsterfüllten Herzen getragen worden waren. Sie waren wie kleine, leuchtende Sonnen, die ihn, seit sie laufen konnten, den ganzen Tag umkreisten. Sie waren der Gesang zu seiner Arbeit; und jedes neue, das sich meldete, nahm er als ein Geschenk Gottes hin. Seine Riesenfäuste schlossen sich ganz um das neugeborene Wesen, wenn die Hebamme es ihm überreichte – gewickelt und gerollt, so daß es einem Stiefelschaft glich –, und hoben es bis unter die Decke hinauf. Seine Stimme läutete vor Jubel wie eine tiefe Glocke, und das Neugeborene ließ den unverhältnismäßig großen Kopf von einer Seite zur andern baumeln und blinzelte ins Licht. Nie hatte man einen Menschen gesehen, der sich seiner Kinder, seiner Frau, aller Dinge so freute wie Lars Peter. Er hatte nur Lobreden auf sie im Munde, das Ganze war herrlich.

Mit dem Besitztum ging es nicht gerade vorwärts. Es war an sich nicht viel daran, und von Lars Peter hieß es, daß er Unglück habe. Entweder verlor er ein Stück Vieh, oder das Getreide wurde durch einen Hagelschauer beschädigt. Die anderen führten Buch über diese Ereignisse, Lars Peter selbst hatte nicht das Gefühl, von einem sonderlich bösen Schicksal verfolgt zu sein. Im Gegenteil, er freute sich auch über seinen Hof und arbeitete unverdrossen darauf. Nichts konnte ihm etwas anhaben.

Als Hansine das fünfte Kind erwartete, wurde es ganz schlimm mit ihr. Die Tür hatte er auf ihren Wunsch wieder einhängen müssen; und zwar hatte sie den Vorwand gebraucht, sie könne es in der Küche vor Zugwind nicht aushalten. Diesmal äußerte sich die Sache so, daß sie nur draußen sein wollte – sie wartete fortwährend darauf, daß die Tür zu knarren anfangen werde. Sie klagte nicht mehr, und

Angst hatte sie im Grunde auch nicht. Es war, als hätte sie sich auf etwas eingerichtet, das doch ganz unvermeidlich war; ihre Gedanken weilten fern, und Lars Peter hatte das traurige Gefühl, daß sie ihm nicht mehr gehörte. Es kam vor, daß er in der Nacht erwachte, entdeckte, daß das Bett neben ihm leer war – und sie draußen in der Küche fand, starr vor Kälte. Er trug sie wie ein kleines Kind ins Bett und sagte ihr allerlei Gutes, und sie schlief an seiner Brust ein.

Ihr Zustand war derartig, daß Lars Peter nicht von zu Hause fortzugehen und sie mit den Kindern allein zu lassen wagte; er mußte einen Menschen mieten, der sie im Auge behielt und sich des Hauses annahm. Sie tat jetzt nichts mehr und betrachtete die Kleinen mit Augen, als rührte das ganze Unglück von ihnen her.

Eines Tages, als er mit einer Fuhre Torf zur Stadt fuhr, geschah das Entsetzliche. Das, worauf Hansine so lange gewartet hatte, war jetzt wohl Ernst geworden. Unter irgendeinem Vorwand schickte sie die Frau, die bei ihr sein sollte, fort; und als Lars Peter nach Hause kam, brüllte das Vieh, und alle Türen standen offen. Frau und Kinder waren nirgendwo zu sehen. Das Federvieh lief ihm zwischen den Beinen durch, während er umherging und rief. Er fand sie im Brunnen. Es war ein fürchterlicher Anblick, die Mutter und die vier Kinder in einer Reihe liegen zu sehen, zuerst auf dem Steinboden, naß, daß es ein Jammer war, und dann im Leichengewand auf dem Tisch in der großen Stube. Der Seemann hatte wahrlich sein Recht geltend gemacht! Die Mutter war zuletzt hinabgesprungen, das Kleine auf dem Arm; so fand man sie; das Kind hielt sie an sich gepreßt; und so legte man sie in den Sarg, obwohl sie es nicht verdient hatte.

Es gab keinen Menschen, den das entsetzliche Unglück nicht tief erschütterte. Man hätte dem Schinder jetzt gern eine tröstende und helfende Hand gereicht; aber in seinem Elend schien er dessen nicht zu bedürfen. Es war nicht leicht, an ihn heranzukommen und ihm einen Dienst zu leisten.

Er machte sich um die Toten zu schaffen, bis der Tag kam, da sie in die Erde sollten. Niemand sah ihn eine Träne vergießen, auch nicht, als die Erde auf die Särge geworfen wurde, und die Leute wunderten sich über seine Gefaßtheit; hatte er doch so sehr an den Seinen gehangen. Gewiß gehöre er zu denjenigen, auf denen der Fluch ruhte, nicht weinen zu können, meinten die Frauen.

Als das Begräbnis überstanden war, bat er einen Häusler, sich um das Vieh zu Hause zu kümmern; er habe einen Weg zur Stadt, sagte er. Damit verschwand er, und ein paar Jahre lang bekam man nichts von ihm zu hören; es hieß, er fahre zur See. Der Hof wanderte an die Gläubiger zurück; es war nur so viel da, daß die Kosten der Versteigerung gedeckt werden konnten; dabei verlor er also jedenfalls nichts.

Aber eines schönen Tages tauchte er wieder in der Gegend auf, derselbe wie immer, bereit, von vorn zu beginnen, wie Hiob. Er hatte sich in den verflossenen Jahren etwas Geld zusammengespart und kaufte ein Stück nördlich von seinem früheren Hof eine verfallene Hütte. Zu der Hütte gehörten ein Moor und ein Streifen schlechten Bodens, der nie unterm Pflug gewesen war. Er schaffte sich ein paar Schafe und etwas Federvieh an, baute ein Wirtschaftsgebäude aus Grassoden und Moorschilf – und begann dann mit der Arbeit. Er stach Torf und verkaufte ihn, und wenn der Heringsfang gut war, zog er mit seinem Schubkarren zum nächsten Fischerdorf, kaufte eine Tracht Heringe und fuhr damit von Hütte zu Hütte. Er tauschte gerne ein und nahm altes Metall, Lumpen und Knochen in Tausch. Er nahm das Gewerbe der Familie wieder auf, und er empfand ein eigentümliches Wohlbehagen dabei; obwohl er nie selbst Handel getrieben hatte, war ihm die Tätigkeit doch vertraut. Eines Tages führte er ein großes, knochiges Pferd heim, das er billig bekommen hatte, weil keiner mit dem Tier fertig wurde; an einem anderen Tag führte er Sörine unter sein Dach. Alles gelang ihm.

Sörine hatte er bei einem Schmaus in einer der Fischerhütten kennengelernt, und sie wurden schnell einig. Ihr gefiel es nicht mehr im Dienst, und er hatte das Alleinsein satt; so zogen sie zusammen.

Den ganzen Tag und oft auch die Nacht über war er unterwegs. Während der richtigen Fangzeit fuhr er gegen ein, zwei Uhr in der Nacht von zu Hause fort, um im Dorf zu sein, wenn die ersten Boote ankamen. Dann ging Sörine nicht zu Bett, sondern blieb auf und weckte ihn, damit er die Zeit nicht verschlief. In das unregelmäßige Leben fand sie sich ebenso natürlich hinein wie er, und sie packte gut zu. So hatte er denn wieder eine Frau, und zwar eine Frau, die etwas leisten konnte. Ein Pferd besaß er, das im ganzen Lande seinesgleichen nicht hatte – und einen Hof! Ein Gut war es zwar nicht; aus Stroh, Lehm und Stangen war der Bau zusammengekleistert. Die Leute, die auf dem Wege daran vorbeikamen, lachten; doch Lars Peter freute sich seines Besitzes.

Der Grundzug seines Wesens war Zufriedenheit – etwas zuviel, fand Sörine. Ihr ging es anders; sie strebte vorwärts, und sie trieb ihn fortwährend an und wollte ihre soziale Stellung verbessern. Ihre Haupteigenschaft war der Ehrgeiz.

Wenn er draußen war, nahm sie sich aller häuslichen Angelegenheiten an, und im ersten Sommer half sie ihm, ein richtiges Wirtschaftsgebäude zu errichten aus altem Fachwerk und ungebrannten Steinen, die sie drüben im Lehmgraben strich und in der Sonne trocknete. „Jetzt haben wir wenigstens das Vieh wie Menschen untergebracht", sagte sie, als die Arbeit beendet war. Aber es war ihrer Stimme anzuhören, daß sie nicht zufrieden war.

Lars Peter machte manchmal eine Andeutung, sie müßten Großmutter und Ditte ins Haus nehmen. „Die sitzen so allein und langweilen sich", sagte er, „und der liebe Gott mag wissen, woher sie zu essen bekommen."

Aber davon wollte Sörine nichts hören. „Wir haben schon genug zu tun", antwortete sie scharf, „und Mutter leidet gewiß keine Not. Sie hat es immer verstanden, sich selbst zu versorgen. Wenn sie zu uns kommen sollen, dann will ich wenigstens das Geld haben, das sie damals für Ditte bekommen hat. Es ist ja mein Geld, wenn es nach dem Recht geht."

„Das haben sie wohl längst aufgegessen", meinte Lars Peter.

Aber das glaubte Sörine nicht; es sah weder Vater noch Mutter ähnlich. Sie war überzeugt, daß die Mutter das Geld beiseite gelegt und irgendwo versteckt hatte. „Ja, wenn sie die Hütte verkaufen und uns das Ganze überlassen würde!" sagte sie. „Dann könnten wir uns ein neues Wohnhaus bauen."

„Wer viel hat, will mehr", erwiderte Lars Peter lächelnd. Er war der Meinung, daß das Haus, in dem sie wohnten, gut genug sei. – Aber so war er, alles war ihm gut genug für sich selbst und nichts zu gut für andere. Ließ man ihn schalten und walten, so würden sie wohl bald im Armenhaus landen!

So vermied Lars Peter denn dieses Thema, und nachdem Großmutter zu Besuch dagewesen war und er sie und Sörine zusammen gesehen hatte, verstand er, daß es am besten war, wenn jeder für sich blieb. Maren und Ditte kamen nicht wieder; aber wenn Lars Peter in ihre Gegend kam, um dort Waren aufzukaufen, dann richtete er es so ein, daß er an der Hütte auf der Landspitze vorbeikam, und trank eine Tasse Kaffee bei den beiden. Semmeln und Kaffeebohnen nahm er mit, um sie nicht in Verlegenheit zu bringen, und auch noch andere Dinge hatte er bei diesen Besuchen für sie in der Tasche.

Das waren Festtage in der kleinen Hütte. Die beiden saßen da und warteten auf den nächsten Besuch Lars Peter Hansens; sie sprachen kaum von etwas anderem. Sooft sich draußen auf dem Wege ein Wagen hören ließ, war Ditte am Fenster, und Großchen sperrte die erloschenen Augen weit auf. Ditte sammelte am Strande altes Eisen, um ihren Vater damit zu überraschen; und wenn er wieder wegfuhr, war sie mit auf dem Wagen, bis zu dem fernen Hügel hin, wo die Sonne unterzugehen pflegte.

Zu Hause erwähnte Lars Peter nichts von diesen Besuchen.

13

Ditte hat Visionen

Bevor Maren ihr Sehvermögen verlor, hatte sie Ditte lesen gelehrt, und das kam ihr jetzt zugute. Sie gingen nie in die Kirche; die Sonntagskleider waren nicht mehr gut genug, und der Weg zur Kirche war lang. Besonders versessen auf das Kirchengehen war Maren sowieso nicht, die Erfahrungen eines langen Lebens hatten sie gelehrt, daß es nicht immer so zugeht, wie der Pfarrer predigt. Aber am Sonntag, wenn die Leute aus dem Dorf auf dem Weg zur Kirche vorbeizogen, waren sie beide nett gekleidet. Ditte hatte blankgeputzte Holzschuhe und eine reine Schürze an, und Großmutter trug eine Haube mit weißen Bändern. Dann saß Maren auf dem Strohstuhl am Tischende; sie trug eine Brille und hatte die alte Postille vor sich, und Ditte stand neben ihr und las das Evangelium des Tages vor. Obwohl Maren blind war, mußte sie doch die Brille aufsetzen und die Heilige Schrift vor sich hinlegen, während Ditte vorlas, sonst hatte die Sache nicht ihre Richtigkeit.

Ditte hatte das schulpflichtige Alter erreicht, aber Maren kümmerte sich nicht darum und behielt sie zu Hause. Sie hatte Angst, daß das Mädchen sich mit den anderen Kindern nicht vertragen würde, und wußte auch nicht, wie sie ganze Tage lang ohne sie auskommen sollte. Ein halbes Jahr ging es gut; aber dann entdeckte man die Sache, und Maren wurde streng angewiesen, das Kind zur Schule zu schicken, da es ihr sonst weggenommen werden würde.

So rüstete Maren denn das Mädchen so gut aus, wie sie konnte, und sandte sie schweren Herzens auf den Weg. Den Taufschein gab sie ihr absichtlich nicht mit; denn darauf stand in der Ecke die verhängnisvolle Bemerkung: „Außer der Ehe geboren"; und Maren sah nicht ein, warum ein unschuldiges Kind auf diese Weise gebrandmarkt werden sollte. Das Mädel würde sowieso genug zu kämpfen haben. Aber Ditte kam mit der strengen Aufforderung nach Hause, den Taufschein am nächsten Tag mitzubringen, und Maren mußte nachgeben. Der Kampf gegen die Ungerechtigkeit war aussichtslos.

Maren wußte recht gut, daß die Obrigkeit nicht von Gott ist – mit dieser Erkenntnis war sie geboren. Die Obrigkeit wirkte nur nach unten hin, gegen sie und alle ihresgleichen; und dazu gebrauchte sie ihre eigenen harten Mittel, die nichts mit dem Himmel zu tun hatten. Gott dagegen war gewiß ein Freund der Kleinen, jedenfalls saß sein eingeborener Sohn zu seiner Rechten und flüsterte ihm allerlei Gutes über die armen Leute ins Ohr; und man konnte wohl annehmen, daß er gern helfen würde; aber was nützte das, wenn die Großen es nicht so haben wollten! Die Herrschaft auf dem Gut Elleback und die ihresgleichen, die hatten die Macht. An sie wendete sich der Pfarrer bei seiner Predigt, und die kleinen Leute ließ er an der Eingangstür hocken, und zu jenen schielte auch der Küster, während er sang. Sie hatten es leicht; die Obrigkeit trug ihnen die Schleppe und stand, sich verbeugend, an der Wagentür; und wenn der Weg schmutzig war, so stand stets eine Frau bereit, sich vor dem Wagentritt auf alle viere zu legen, damit sie trockenen Fußes einsteigen konnten. Auf ihrem Taufschein stand niemals „unehelich"; obwohl die Ehelichkeit oft etwas zweifelhafter Natur war.

„Aber warum ist der liebe Gott denn damit einverstanden?" fragte Ditte erstaunt.

„Dazu ist er wohl gezwungen, sonst würden gewiß keine Kirchen für ihn gebaut, und es würde auch sonst kein Staat mit ihm gemacht werden", gab Maren zur Antwort. „Großvater Sören hat immer behauptet, die Großen hätten den lieben Gott in der Tasche, und man muß beinahe glauben, daß er recht gehabt hat."

An drei Tagen in der Woche trabte Ditte jetzt zur Schule, die eine Stunde Wegs landeinwärts auf dem Gemeindegrund lag. Sie schloß sich den anderen Kindern aus dem Dorf an und vertrug sich gut mit ihnen.

Kinder sind gedankenlos, aber nicht berechnend böse; das lernen sie erst von den Erwachsenen. Was sie ihr nachriefen, hatten sie zu Hause gehört. Der Klatsch und die Urteile der Eltern spukten in ihrem Munde. Eine böse Absicht hatten sie nicht dabei; Ditte war wachsam in diesem Punkt und entdeckte bald, daß sie sich untereinander ebenso behandelten. Sie riefen ihr „Hurenkind!" nach, aber im nächsten Augenblick stand sie wieder auf gleicher Stufe mit ihnen; es bestand kein Drang, sie zu erniedrigen. Diese Entdeckung nahm dem Schimpfwort den Stachel; empfindlich war sie nicht. Und die Eltern warnten ihre Kinder nicht mehr aus Aberglauben vor ihr. Die Zeit, da die alte Maren als gottvergessene Hexe durch die Gegend ritt, war völlig vergessen. Jetzt war sie nur ein armer, alter Mensch, der sich mit einem unehelichen Enkelkind mühsam durchschlug.

Die Schule besuchten auch die Kinder von der anderen Seite, aus der Gegend beim Sand. Und es kam vor, daß Ditte und Maren auf diesem Wege etwas Neues über Sörine und Lars Peter erfuhren. Die beiden hatten Dittes Vater lange nicht gesehen, und es konnte ihm recht gut ein Unglück passiert sein, mußte er sich doch Tag und Nacht bei jedem Wetter auf den Straßen herumtreiben. Ein Glück war es, daß Ditte nun mit den Kindern aus jener Gegend zusammenkam, die ihr mitteilen konnten, daß drüben alles wohl stehe. Hatte Sörine auch nie etwas für ihre Mutter übrig gehabt, so war sie ja doch ihr Fleisch und Blut.

Eines Tages kam Ditte nach Hause und erklärte, sie solle jetzt zu ihren Eltern und solle bei ihnen bleiben; ein Kind habe ihr die Nachricht in die Schule mitgebracht.

Die alte Maren fing an zu zittern, daß die Stricknadeln klirrten. „Aber sie haben doch gesagt, sie wollten dich nicht haben!" rief sie, und ihr ganzes Gesicht bebte.

„Aber nun wollen sie mich doch haben! Ich soll bei den Kleinen helfen", erwiderte Ditte wichtig und begann, ihre Sachen auf dem Tisch zusammenzupacken. Sooft sie kam und etwas auf den Tisch legte, zuckte die Alte zusammen; dann sagte Ditte irgend etwas Tröstliches und streichelte Großchens zitternde Hand mit den dicken blauen Adern. Maren saß stumm da und strickte; ihr Gesicht war seltsam verschlossen und wie abgestorben.

„Ich werde schon kommen und nach dir sehen; aber dann mußt du auch vernünftig sein. Du kannst doch verstehn, daß ich nicht mein ganzes Leben hier bei dir bleiben kann. Ich werde Kaffeebohnen mitbringen, und dann trinken wir zusammen Kaffee und machen es uns gemütlich. Aber du mußt mir auch versprechen, nicht zu weinen; das können deine Augen nicht vertragen."

Ditte sagte das alles in trockenem, altklugem Ton, während sie ihre Sachen in ein Tuch packte.

„Und nun muß ich gehen, sonst komm ich nicht vor

Abend hin, und dann wird Mutter böse." Sie sprach das Wort „Mutter" in einem eigentümlich feierlichen Tonfall aus, der jeden Einwand ausschloß. „Leb wohl, liebes, gutes Großchen!" Sie küßte die Alte auf die Wange und trabte mit ihrem Bündel davon.

. Als sich die Tür hinter ihr geschlossen hatte, begann Maren vor sich hin zu jammern und zu klagen, in einem tränenreichen Monolog, in dem sie nach und nach allen ihren Sorgen Luft machte, aller Sehnsucht, allem irdischen Kummer und allem Todesverlangen. Vieles bedrückte sie; und wenn sie damit fertig war, konnte sie ohne Schaden von vorne beginnen. Es vertrug eine doppelte Wiederholung, so böse es auch meistens war, und es tat gut, es immer wieder und wieder aufzuwühlen. Lange, lange saß sie so da und hätte vielleicht noch länger dagesessen, wenn sie nicht plötzlich zwei Arme um ihren Hals gefühlt hätte und eine nasse Wange an der ihren. Das schlechte Mädel war es; Ditte war wieder zurückgekommen und erzählte, sie solle gar nicht zu den Eltern kommen.

Ditte hatte schon ein gutes Ende zurückgelegt gehabt; bis zu den Bäckersleuten, die sich darüber wunderten, wohin sie mit dem großen Paket wollte, und sie anhielten. Ihre Erklärung, sie solle nach Hause zu den Eltern und bei ihnen bleiben, wollten sie nicht für bare Münze nehmen; der Bäcker hatte ihren Vater am Tage vorher auf dem Viehmarkt getroffen, und Lars Peter hatte nichts davon erwähnt, vielmehr nur einen Gruß geschickt. Ditte stand verlegen da und hörte sich das alles an, und auf einmal tauchten auch in ihr selbst Zweifel auf; mit einem Ruck – alle ihre Bewegungen waren ruckhaft – drehte sie sich um und eilte nach Hause zur Hütte. Wie das Ganze sich eigentlich verhielt, darüber zerbrach sie sich nicht den Kopf; sie fühlte sich nur überaus erleichtert, weil sie wieder zu ihrem Großchen zurück durfte.

Und Großchen lachte und weinte zugleich, fragte und konnte keinen Sinn in alledem finden. „Sollst du denn überhaupt nicht fort?" rief sie immer und immer wieder; sie wagte es nicht recht, daran zu glauben.

„Nein, selbstverständlich nicht. Ich habe dir ja gesagt, daß der Bäcker meinte, ich sollte nicht hin."

„Ja, der Bäcker, der Bäcker – aber was hat der eigentlich damit zu schaffen? Du hattest doch selber Bescheid bekommen, du müßtest hin.“

Ditte bohrte schnell ihre Nase in Großchens Wange. Maren hob den Kopf. „Oder war das nicht so, Kind? Antworte mir!“

„Ich weiß nicht, Großchen“, sagte Ditte und schmiegte sich an sie. Großchen hielt sie von sich ab. „Dann hast du mich zum besten gehabt, du böses Kind! Schämen sollst du dich, daß du meinem armen alten Herzen so mitspielst!“ Maren begann wieder zu schluchzen und hörte nicht auf; es war ihr alles so unnatürlich überraschend gekommen. Und wenn man sich wenigstens in dem Ganzen hätte zurechtfinden können, aber das Mädel behauptete immer noch, sie habe nicht gelogen. Sie meinte bestimmt, den Bescheid bekommen zu haben, und war verzweifelt darüber, daß die Großmutter ihr nicht glauben wollte. Zu lügen, wenn es ernstlich darauf ankam, pflegte sie nicht; danach mußte sie also den Bescheid erhalten haben. Andrerseits sagte das Kind selbst, es solle nicht fort – obwohl das, was es von dem Bäkker erzählte, nicht recht glaubhaft klang. Der hatte sie ja einfach deshalb angehalten, weil ihr Tun ihm auffiel. Maren begriff die Sache nicht – falls es sich nicht so verhielt, daß das Mädchen einfach phantasiert hatte!

Ditte schmiegte sich an die Großmutter und faßte sie ums Kinn. „Nun weiß ich doch wenigstens, wie leid es dir tut, wenn ich wirklich fort muß“, sagte sie still.

Maren hob das Gesicht. „Glaubst du denn, daß du bald von hier fort mußt?“

Ditte nickte so eifrig, daß die Alte es fühlte.

Die alte Maren versank in Gedanken; sie hatte es schon früher erlebt, daß das Kind dem vorgriff, was kommen sollte.

„Mag es nun so oder so sein“, sagte sie nach einer Weile, „du hast dich benommen wie ein vornehmer Mann, von dem ich einmal in einem Buch gelesen habe. Er hielt eine Probe für sein eigenes Begräbnis ab – mit vier schwarzen Pferden, Leichenwagen und allem; seine Dienerschaft mußte das Gefolge bilden und sich schwarz anziehen; sie mußten sogar weinen und ihn betrauern. Ja, das mußten sie! Er selbst saß oben am Dachfenster und beobachtete das Ganze; und als er sah, daß die Diener hinter dem Taschentuch lachten, statt zu weinen, nahm er sich das so zu Herzen, daß er wirklich starb. Es ist gefährlich, mit dem eigenen Abschied zu spaßen – wohin die Reise auch gehen mag!"

„Ich habe dich nicht zum besten gehabt, Großchen", versicherte Ditte noch einmal.

Von diesem Tage an lebte Maren in beständiger Unruhe, daß die Eltern ihr das Mädchen nicht lassen würden. „Es klingt mir in den Ohren", sagte sie oft. „Ob das wohl deine Mutter ist, die von uns beiden spricht?"

Sörine redete in diesen Tagen wirklich viel von ihrer Tochter. Ditte war jetzt so alt, daß sie sich nützlich machen konnte; die Mutter hatte nichts dagegen, daß sie kam und auf die Kleinen achtgab. „Sie ist jetzt neun Jahre, und früher oder später müssen wir uns ihrer ja doch annehmen", erklärte sie.

Lars Peter machte Einwendungen; er war der Ansicht, es sei unrecht, die beiden zu trennen.

„Dann laß sie uns wenigstens beide nehmen", sagte er. Aber davon wollte Sörine nichts wissen; und sie bearbeitete ihn so lange, bis sie seinen Widerstand überwand.

„Du wirst erwartet", sagte Maren, als er vor der Tür hielt, um Ditte zu holen. „Man hat es schon lange gewußt, daß du in dieser Absicht kommen würdest."

„Es ist nicht gerade nach meinem Sinn, aber eine Mutter hat ja gewissermaßen ein Anrecht auf ihr Kind, und Sörine scheint sich jetzt ein bißchen nach dem Mädel zu sehnen", erwiderte Lars Peter. Er wollte gern nach beiden Seiten hin ausgleichend wirken.

„Man weiß wohl, daß du dagegen warst, soviel du konntest! Na, es kommt alles so, wie es kommen muß. – Und wie geht es bei euch zu Hause? Ihr habt einen Mund mehr zu füttern, wie man gehört hat."

„Ja, der Junge ist jetzt bald ein halbes Jahr alt." Lars Peter strahlte, wie immer, wenn er von seinen Kindern sprach.

Dann saßen sie auf dem Wagen. „Wir beide werden dich nicht vergessen", sagte Lars Peter mit etwas belegter Stimme, während er sich bemühte, den großen Klaus in Gang zu bringen.

Nun stolperte die Alte ins Haus. Sie sahen, wie sie mit dem Fuß über die Türschwelle tastete und hinter sich die Tür schloß.

„Es ist ein einsames Leben, wenn man alt und blind ist", sagte Lars Peter und schwenkte die Peitsche, wie er es immer tat.

Ditte hörte es nicht, ein Lächeln lag auf ihrem Gesicht. Sie fuhr etwas Neuem entgegen; für die Großmutter hatte sie in diesem Augenblick keinen Gedanken.

14

Daheim bei der Mutter

Das Besitztum des Schinders – das Elsternnest – lag etwas abseits vom Wege, und das Stück bis an den Weg hatte Lars Peter mit Sumpfweiden bepflanzt, teils um die Baufälligkeit etwas zu verdecken, teils um im Winter Material zum Korbflechten zu haben, wenn es mit dem Handel haperte. Die Weiden wuchsen rasch, und sie waren schon der herrlichste Ort zum Versteckspiel geworden. Lars Peter hielt das Haus so hübsch instand, wie es sich durch Teeren und Tünchen machen ließ, aber elend war und blieb es, undicht und baufällig; und es war Sörines Traum, oben am Wege ein neues Wohnhaus zu bauen und das alte als Scheune zu benutzen. Die nächste Umgegend war öde und unfruchtbar; es war weit bis zum Nachbar, aber im Nordwesten wurde die Aussicht durch Hochwald abgeschlossen, und auf der anderen Seite lag die gewaltige Fläche des Arresees, darin sich jedes Wetter widerspiegelte. In den dunklen Nächten hörte man die Enten im Röhricht am Ufer schreien, und an regenschweren Tagen glitten da draußen schattenhaft Boote vorwärts; eine finstere, unbewegliche Gestalt stand aufgerichtet am Vordersteven, der Aalstecher. Er hielt die Aalgabel schräg vor sich hin, griff hier und da wie ein Nachtwandler ins Wasser hinab und glitt sanft vorbei. Es war wie ein Traumbild, und der ganze See bekam etwas Geheimnisvolles. War Ditte der Sache ernstlich müde geworden, so stellte sie sich vor, sie liefe an den See hinunter, versteckte sich im Röhricht und träumte sich nach Hause zur Großmutter. Oder vielleicht fort zu etwas noch Besserem; etwas, das sie nicht kannte, das aber irgendwo für sie aufbewahrt wurde. Ditte zweifelte nicht daran, daß ihr etwas ganz Besonderes vorbehalten war, etwas, das man sich nicht einmal vorstellen konnte, so herrlich war es.

Auch ihr Spiel verlegte sie in Gedanken an den See. Und wenn die Sehnsucht nach Großchen zu stark wurde, lief sie an die Hausecke und starrte über die weite Wasserfläche hin. Nun wußte sie im Ernst, was ihr Großchen wert war!

Am See war sie in Wirklichkeit noch gar nicht gewesen; sie hatte überhaupt keine Zeit zum Spielen. Um sechs Uhr morgens meldete sich das Kleinste, pünktlich wie ein Uhrwerk, und dann mußte sie schleunigst aufstehen, es von der Seite der Mutter wegnehmen und ankleiden. Lars Peter war bei seiner Morgenarbeit, wenn er nicht schon gegen zwei, drei Uhr an den Strand gegangen war, um Fische zu holen. War er zu Hause, so stand Sörine zusammen mit den Kindern auf; sonst liebte sie es, noch ein wenig liegenzubleiben und es Ditte zu überlassen, den ersten Stoß des neuen Tages auf sich zu nehmen. Dann wurde die Morgenarbeit vernachlässigt, das Vieh stand draußen in der Scheune und ließ sein langgedehntes Gebrüll vernehmen, das Schwein schrie über seinem Trog, und die Hühner standen dicht gedrängt mit der Stirn nach dem Türchen hin und warteten darauf, hinausgelassen zu werden. Ditte entdeckte bald, daß ihre Mutter fleißiger war, wenn der Vater zu Hause blieb; war er draußen, so ging sie den halben Vormittag ungekämmt und nur mit einem Unterrock über dem Nachthemd umher, ein Paar Hausschuhe an den nackten Füßen, während alles in Unordnung herumlag.

Ditte fand, daß dies die umgekehrte Welt war. Sie selber nahm es mit ihrer Pflicht sehr ernst und war noch nicht oft genug mit Erwachsenen zusammen gewesen, um das Augendienern und Sich-von-der-Arbeit-Drücken zu lernen. Sie wusch die kleinen Geschwister und kleidete sie an. Des Morgens waren sie besonders zapplig, ausgelassen und unbändig, und sie hatte ihre Not, mit allen dreien fertig zu werden. Die beiden Ältesten sprangen ihr weg, sobald sie eine günstige Gelegenheit erspähten, und liefen nackend hinaus; dann mußte sie das Kleinste festbinden, während sie rings im Hause Jagd auf die anderen machte.

Die Tage, an denen sie zur Schule mußte, kamen ihr wie eine Erholung vor. Sie wurde gerade damit fertig, die Geschwister zu besorgen und selber ihre Grütze hinunterzuschlucken, ehe sie fort mußte. Im letzten Augenblick fand die Mutter oft noch dies oder jenes, was getan werden sollte; dann mußte sie den langen Weg laufen.

Abgesehen davon, daß sie oft zu spät kam und dafür ausgescholten wurde, war es schön, in die Schule zu gehen. Es war ein Genuß für sie, wenn sie viele Stunden hintereinander in der warmen Schulstube stillsitzen und Gemüt und Glieder so richtig ausruhen konnte; die Aufgaben waren nicht schwierig, und der Lehrer war ein prächtiger Mann. Oft ließ er die Kinder stundenlang draußen herumlaufen, während er sein Feld bestellte; und die ganze Schule rückte aus und half ihm, sein Getreide einzubringen und Kartoffeln zu sammeln. Das war eine Arbeit, über der Humor lag. Die Kinder waren wie ein Schwarm schreiender, schnatternder Vögel; sie kreischten auf, trieben ihre Späße und wetteiferten bei der Arbeit; und wenn sie wieder zurückkamen, hatte die Frau des Lehrers im Klassenzimmer den Kaffeetisch gedeckt.

Am allerliebsten waren Ditte die Gesangstunden. Sie hatte nie anderen Gesang als den der Großmutter gehört; und die sang nur, wenn sie spann – damit das Rad nicht hin und her schwanken und der Faden nicht ungleich werden sollte, sagte sie. Maren sang immer ein und dasselbe Lied, nach einer eintönig dahingleitenden Melodie. Sie dichtete das Lied selbst, meinte Ditte; denn es fiel kurz oder lang aus, je nach der Stimmung, in der sie war.

Der Lehrer beschloß den Schultag immer mit einem Lied; und als Ditte den vollen Chor der vielen Stimmen zum erstenmal hörte, war sie überwältigt und brach in Tränen aus. Sie legte sich über das Pult und weinte laut. Der Lehrer unterbrach den Gesang und kam zu ihr.

„Sie hat gewiß einen Schreck bekommen", sagten die zunächstsitzenden Mädchen.

Er redete ihr gut zu, und es gelang ihm, sie zu beruhigen. „Hast du denn noch nie Gesang gehört, Kind?" fragte er erstaunt, als sie ruhiger geworden war.

„Doch, das Spinnlied", sagte Ditte schluchzend.

„Wer hat dir denn das vorgesungen?" – „Großchen . . ."

Ditte schwieg mit einemmal und fing wieder an, schwer zu schlucken; der Gedanke an die Großmutter machte sie ganz traurig. „Großchen hat es gesungen, wenn sie spann", brachte sie endlich hervor.

„Du hast wohl eine recht liebe alte Großmutter? Hast du sie sehr lieb?"

Ditte antwortete nicht; aber als sie ihm ihr Gesicht zuwandte, glitzerte es darauf wie die Sonne im Naß.

„Kannst du uns das Spinnlied nicht vorsingen?"

Ditte sah von dem einen zum anderen, die ganze Klasse starrte sie gespannt an; sie fühlte, daß man jetzt etwas von ihr erwartete; hastig blickte sie dem Lehrer ins Gesicht. Dann richtete sie die Augen auf das Pult und begann zu singen, mit einer kleinen, spröden Stimme, die von zahlreichen einander bekämpfenden Gefühlen vibrierte: Scham wegen der Feierlichkeit des Augenblicks und Kummer bei dem Gedanken an die Großmutter, die sich jetzt vielleicht zu Hause nach ihr sehnte. Ohne es zu wissen, bewegte sie den einen Fuß beim Singen, wie jemand, der den Spinnrocken tritt. Einige wollten kichern, aber ein Blick des Lehrers hieß sie schweigen.

„Nun spinnen wir für Dittchen klein zu Strümpfen und zum
Kamisol –
ra ra, in Ruh; ra ra, in Ruh!
Das Kamisol wird silbern sein, die Strümpfe werden golden
wohl.
Fallerille, fallerille, ra ra ra!

Und Ditte geht den Weg entlang, so frisch und rund und ohne Not –
ra ra, in Ruh, ra ra, in Ruh!
Begegnet einem Prinzelein in Scharlachrot.
Fallerille, fallerille, ra ra ra!

Hör nun, du holdes Mädchen, komm mit auf Vaters Schloß –
ra ra, in Ruh; ra ra, in Ruh!
Da wollen spielen wir, um uns der Diener Troß.
Fallerille, fallerille, ra ra ra!

Ach, ach, du lieber Prinzenjung, du machst mir Kummer sehr –
ra ra, in Ruh; ra ra, in Ruh!
Von meinem Großchen hier fällt mir der Abschied schwer.
Fallerille, fallerille, ra ra ra!

Sie wurde blind, die Ärmste, von all dem vielen Weinen –
ra ra, in Ruh; ra ra, in Ruh!
Und sie hat Gicht in der Hüfte und Wasser in den Beinen.
Fallerille, fallerille, ra ra ra!

Und trug sie für ein kleines Kind viel Kummer und Herzeleid –
ra ra, in Ruh; ra ra, in Ruh!
So soll sie sitzen auf dem Ehrenplatz, im Pelz und Feierkleid.
Fallerille, fallerille, ra ra ra!

Und schmerzt sie Lende und Rücken von der Arbeit und den Jahren –
ra ra, in Ruh; ra ra, in Ruh!
So soll sie mit vier Pferden und in prächtiger Kutsche fahren.
Fallerille, fallerille, ra ra ra!

Nun spinnet Großchen emsig zu Betten und Polstern fein –
ra ra, in Ruh; ra ra, in Ruh!
Drauf soll die kleine Ditte ruhn mit ihrem Prinzelein.
Fallerille, fallerille, ra ra ra!“

Als sie ihren Gesang beendet hatte, war es eine Weile ganz still in der Schulstube.

„Sie glaubt, sie wird einen Prinzen kriegen", sagte schließlich eins der Mädchen.

„Den kriegt sie auch!" erwiderte der Lehrer. „Und dann wird Großmutter es gut haben", fügte er hinzu und strich ihr übers Haar.

Ohne es zu wissen, hatte Ditte mit einem Schlage den Lehrer und die anderen Kinder für sich gewonnen. Ganz allein hatte sie der Klasse vorgesungen, keine von den anderen hatte den Mut dazu. Der Lehrer mochte sie wegen ihrer Offenherzigkeit gut leiden und ließ es eine Zeitlang durchgehen, daß sie zu spät kam. Aber eines Tages wurde es ihm doch zu viel, er bestrafte sie mit Nachsitzen. Ditte begann zu weinen.

„Die Ärmste!" sagten die anderen Mädchen. „Sie läuft den ganzen Weg! Und sie bekommt Prügel, wenn sie zu spät nach Hause kommt. Ihre Mutter steht jeden Tag an der Hausecke und wartet – die ist so streng."

„Dann müssen wir uns mal an deine Mutter wenden", sagte der Lehrer. „Das kann nicht so weitergehen!"

Ditte brauchte nicht nachzusitzen, bekam aber einen Zettel mit nach Hause.

Als auch das nichts fruchtete, begleitete der Lehrer sie nach Hause, um mit ihrer Mutter zu sprechen; aber Sörine lehnte alle Verantwortung ab. Wenn das Mädchen zu spät kam, so geschah das einfach deshalb, weil sie sich unterwegs herumtrieb. Ditte hörte erstaunt zu; sie begriff nicht, daß die Mutter so lügen und dabei ein ganz unbefangenes Gesicht aufsetzen konnte.

Um sich zu retten, griff sie selbst zu einer Lüge: jeden Morgen stellte sie heimlich die kleine Schweizer Uhr eine Viertelstunde vor. Das wirkte, insofern sie jetzt früh genug zur Schule kam; aber sie kam zu spät nach Hause.

„Du brauchst jetzt eine Viertelstunde mehr für den Weg", schalt die Mutter.

„Wir haben heute so spät aufgehört", log Ditte und bemühte sich, auch eine unbefangene Miene aufzusetzen, wie sie es die Mutter hatte tun sehen, als diese log. Das Herz klopfte ihr bis zum Halse hinauf, aber es ging gut – merkwürdigerweise! Nun war sie soviel klüger geworden! – Im Laufe des Tages stellte sie die Uhr wieder zurück.

Als sie eines Tages im Dunkeln auf einem Stuhl stand und im Begriff war, wieder das gleiche zu tun, wurde sie von der Mutter überrascht. Ditte sprang vom Stuhl herunter und nahm schnell den kleinen Paul vom Fußboden auf, wo er herumkroch; in ihrer Angst suchte sie Deckung hinter dem Kleinen. Aber die Mutter riß ihn ihr fort und begann, auf sie einzuschlagen. Ditte hatte zwar hin und wieder einen Klaps bekommen, wenn sie unartig gewesen war; aber jetzt bekam sie zum erstenmal Prügel. Sie wurde ganz wild, trat um sich, biß und schrie, so daß die Mutter sie kaum bändigen konnte. Die drei Kleinen schrien um die Wette mit.

Als Sörine fand, daß das Mädchen genug hätte, schleifte sie sie in den Brennholzschuppen hinaus und stieß die Tür zu. „Da kannst du jetzt liegen und dich ausheulen; dann unterläßt du vielleicht ein andermal solche Narrenpossen!" rief sie und ging ins Haus. Sie war so außer Atem, daß sie sich hinsetzen mußte; das schlechte Kind hatte ihr alle Kraft genommen.

Ditte war ganz außer sich, eine Weile schrie sie und trat mit den Füßen um sich, allmählich aber hörte das Schreien auf und ging in verzweifeltes Weinen über. „Großchen! Großchen!" jammerte sie. Es war ganz finster im Schuppen; und sooft sie nach der Großmutter rief, hörte sie einen gemütlichraschelnden Laut aus dem Dunkel im Hintergrund des Schuppens. Zutraulich starrte sie dorthin und gewahrte zwei grüne Feuerkugeln im Dunkeln; sie kamen, verschwanden und kamen wieder. Ditte kannte keine Angst im Finstern. „Miez, Miez!" rief sie flüsternd. Die Feuerkugeln verschwanden, und im nächsten Augenblick strich etwas unsäglich Weiches über sie hin. Und nun bekam sie wieder bei dieser Liebkosung das innigste Mitleid mit sich selbst. „Miez, liebe Miez!" Da war doch ein Wesen, das sie liebhatte! Nun wollte sie nach Hause zur Großmutter.

Sie richtete sich auf, wund und zerschlagen, und tastete

sich zur Tür hin. Als Sörine fand, daß Ditte lange genug eingesperrt gewesen sei, kam sie, um das Mädchen herauszulassen. Aber da war Ditte verschwunden.

Ditte lief, leise vor sich hin weinend, ins Dunkel hinaus; es war kalt und windig, der Regen schlug ihr ins Gesicht. Sie hatte keine Beinkleider an – die hatte ihr die Mutter für die kleineren Kinder weggenommen, zusammen mit der warmen Jacke, die Großmutter ihr gestrickt hatte –, der nasse Rand des Kleides schnitt ihr in die Beine, die von den Schlägen mit der Birkenrute angeschwollen waren. Aber der Regen tat gut. Auf einmal flog etwas vor ihr zur Seite auf; sie hörte das Rauschen des Schilfs, das im Wasser hin und her schwankte – und merkte, daß sie vom Wege abgekommen war. Und in demselben Augenblick konnte sie nicht weiter. Sie kroch unter einen Busch und lag da, zusammengerollt wie ein kranker junger Hund und am ganzen Körper zitternd.

Sie stöhnte, ohne noch Schmerzen zu haben; die Kälte machte ihre Glieder gefühllos und tötete den Schmerz. Ihre Kinderseele war in Not; sie wand sich unter der Sinnlosigkeit und Leere ihres Daseins. Sie bedurfte warmer Hände, bedurfte vor allem einer Mutter, die sie zärtlich an sich zog – und bekam nur Knüffe und harte Worte von ihr. Obendrein wurde von ihr verlangt, daß sie selber das geben sollte, was sie am allerbittersten entbehrte; sie hatte die Langmut und unermüdliche Aufopferung einer Mutter gegenüber drei beschwerlichen Kindern zu beweisen, die nicht viel hilfloser waren als sie selbst.

Ihre schwarze Verzweiflung wich hin und wieder dumpfer Mattigkeit. Haß und Zorn, Ohnmacht und Sehnsucht hatten in ihrem Gemüt getobt und es ermüdet. Die Kälte kam und tat das ihre, und Ditte versank in Halbschlummer.

Auf einmal war drüben auf dem Weg ein eigentümlicher Laut zu hören, ein Schnurren, Knacken und Rattern, wie es nur ein einziger Wagen auf dieser Erde hervorbringen konnte. Ditte öffnete die Augen, ein Gefühl der Freude durchströmte sie: der Vater! Sie wollte rufen, konnte aber keinen Laut hervorbringen. Und jedesmal, wenn sie versuchte, sich zu erheben, knickten die Beine unter ihr zusammen; mühsam arbeitete sie sich über den Grabenrand hinauf, mitten auf den Weg; dort brach sie zusammen.

Als der große Klaus an die Stelle kam, machte er halt, warf den Kopf in den Nacken, schnaubte und ließ sich nicht weitertreiben. Lars Peter sprang ab und ging nach vorne an den Kopf des Pferdes, um zu sehen, was im Wege sei; und da fand er Ditte, steif vor Kälte und bewußtlos.

Unter seinem warmen Kutschermantel kam sie wieder zu sich, und das Leben kehrte in ihre kalten Glieder zurück. Lars Peter nahm ein Glied nach dem anderen in seine Riesenfaust und taute es auf; Ditte lag ganz still in seinen Armen und ließ alles mit sich geschehen; sie hörte unter dem Stoff sein gewaltiges Herz schlagen. Dum, dum! Jeder Schlag war wie der Puff einer großen, weichen Schnauze, und seine tiefe Stimme dröhnte durch ihren ganzen Körper wie ein Orgelton, daß sie es bis in die Zehen spürte. Seine großen Hände, die soviel Hartes und Häßliches anfaßten, waren das Wärmste, was sie kannte. Sie waren wie Großmutters Wange – das Weichste von allem auf der Welt.

„Nun müssen wir zwei wohl absteigen und ein bißchen laufen", sagte der Vater plötzlich. Ditte tat es ungern, sie hatte es so warm und gut bei ihm. Aber es half ihr nichts. „Wir müssen zusehen, daß das Blut wieder richtig in Schwung kommt", sagte er und hob sie vom Wagen herunter. Dann liefen sie ein Stück neben dem großen Klaus her, der seine gewaltigen Beine im langsamen Trab vorwärtswarf, um zu zeigen, daß auch er etwas leisten konnte.

„Sind wir bald zu Hause?" fragte Ditte, als sie wieder gut eingepackt auf dem Wagen saß.

„Na, na, es ist noch ein ganzes Stück Weg – du bist über eine Meile weit gelaufen, Kind! Aber jetzt erzähl mir, wie es kommt, daß du hier auf den Wegen herumrennst und dummes Zeug treibst."

Da mußte Ditte erzählen, von der Schule, von dem Unrecht, das ihr widerfahren war, den Prügeln und allem anderen. Dazwischen brummte Lars Peter, verdrehte seinen Körper ganz sonderbar oder stampfte mit dem Fuß auf den Wagenboden auf – er konnte nicht vertragen, dies alles mit anzuhören. „Aber du sagst es Sörine nicht, nicht wahr?" fügte sie ängstlich hinzu. „Mutter", beeilte sie sich zu verbessern.

„Hab bloß keine Angst", war das einzige, was er sagte.

Von da an sprach er unterwegs nicht mehr, und er brauchte lange Zeit, um auszuspannen; Ditte behielt er währenddessen bei sich. Sörine kam mit einer Laterne heraus und redete ihn an, aber er gab ihr keine Antwort. Sie warf ihm und dem Kind einen scheuen Blick zu, hängte die Laterne hin und ging schnell wieder ins Haus.

Bald darauf betrat er die Stube, er hielt Ditte an der Hand; ihr Händchen zitterte. Sein Gesicht war grau; in der Rechten hatte er einen dicken Stock. Sörine floh vor seinem Blick bis unter die Uhr; sie preßte sich in die Ecke hinein und starrte die beiden ratlos an.

„Ja, du siehst uns so sonderbar an", sagte er, indem er vortrat, „aber es ist auch ein Kind, das dich anklagt. Was machen wir da nun?" Er hatte sich unter die Lampe gesetzt und Dittes Kleid aufgehoben; behutsam drückte er seine Handfläche gegen die geschwollenen blauen Striemen, die bei der leisesten Berührung schmerzten. „Es tut noch weh, du hast tüchtig zugeschlagen! Nun wollen wir sehen, ob du ebenso tüchtig im Heilen bist. Komm und küß die Kleine, dahin, wo du sie geschlagen hast. Ein Kuß für jeden Schlag!" Wartend saß er da. „Nun?"

Sörine machte eine Grimasse des Abscheus.

„Also du hältst deinen Mund für zu gut, um dahin zu küssen, wohin deine Hand geschlagen hat." Er griff nach dem Stock auf dem Tisch.

Sörine war auf den Fußboden gesunken und streckte beschwörend die Arme aus. Aber er sah unerbittlich aus, er war ein anderer geworden. „Nun?" Sörine zögerte noch einen Augenblick, dann rutschte sie auf den Knien hinüber und küßte den wunden Körper ihres Kindes.

Ditte schlang den Arm heftig um ihren Hals. „Mutter!" sagte sie.

Aber Sörine stand auf und ging hinaus, um das Abendessen zu wärmen. Den ganzen Abend vermied sie es, die beiden anzusehen.

Am nächsten Morgen war Lars Peter wieder der alte; er weckte Sörine durch einen Kuß wie immer und summte vor sich hin, während er sich ankleidete. In Sörines Augen und Wesen waren noch Spuren von Groll gegen ihn vorhanden; aber er gab sich den Anschein, als bemerke er es nicht. Es war noch tiefe Nacht, er saß am Tischende, die Laterne vor sich, und aß seinen Morgenimbiß; beim Kauen hingen seine Augen an den drei Kindern auf ihrem Lager. Sie lagen wie junge Vögelchen in einem Klumpen da. „Wenn Paul jetzt zu ihnen hinüber soll, müssen wir wohl an jedes Ende zwei legen", sagte er grübelnd. „Am besten wäre es ja, wir könnten uns noch ein Bett leisten." Sörine antwortete nicht.

Als er wegfahren wollte, beugte er sich zu Ditte hinab, die im Schlaf die beiden anderen wie ein Mütterchen umschlungen hielt. „Du hast uns da ein gutes kleines Mädchen gegeben", sagte er und richtete sich auf.

„Sie lügt", erwiderte Sörine vom Ofen her.

„Dann hat sie das wohl tun müssen. – Meine Familie zählt ja nicht recht mit, Sörine – und vielleicht verdient sie es auch nicht. Aber nie ist an uns Kinder Hand angelegt worden, das will ich dir sagen. Ich erinnere mich so deutlich an meinen Vater, wie er auf seinem Totenbett lag, seine Hände betrachtete und sagte: ‚Die haben vieles anfassen müssen, aber nie hat sich die Hand des Schinders gegen die Wehrlosen gewandt!' So will ich auch gern einmal sagen können; und ich rate dir, ein bißchen daran zu denken."

Dann fuhr er davon. Sörine stellte die Laterne ins Fenster, damit er zur Landstraße hinfand. Dann kroch sie wieder ins Bett, konnte aber nicht schlafen; Lars Peter gab ihr zum erstenmal etwas zu denken auf. Sie hatte etwas bei ihm kennengelernt, von dessen Existens sie vorher keine Ahnung gehabt hatte, etwas Fremdes, das zur Vorsicht mahnte. Sie hatte ihn für einen braven Tropf gehalten – wie alle anderen. Und wie entsetzlich konnte er in seinem Zorn werden. Es schauderte sie noch, wenn sie daran dachte. Sie würde sich hüten, ihn zu reizen.

15
Regen und Sonnenschein

An den Tagen, an denen Ditte nicht zur Schule ging, gab es tausenderlei Dinge für sie zu tun. Die Arbeit mit den Kleinen fiel ihr zu, und dann waren die Schafe und die Hühner zu versorgen, und sie mußte mit ihrem Sack hinaus und Nesseln als Schweinefutter pflücken. Manchmal kam es vor, daß Lars Peter kein Glück gehabt und seine Fische nicht verkauft hatte, wenn er heimkehrte. Dann saß sie mit den Eltern bis ein, zwei Uhr in der Nacht wach und reinigte die Fische, damit sie nicht verdarben. Sörine gehörte zu den Menschen, die die ganze Zeit herumwirtschaften, ohne viel auszurichten. Sie konnte es nicht vertragen, daß das Kind einen Augenblick still saß; sofort jagte sie es an irgendeine Arbeit. Wenn Ditte am Abend zu Bett ging, war sie zuweilen so übermüdet, daß sie nicht einschlafen konnte.

Sörine hatte ein eigentümliches, unseliges Talent, den Kindern den Tag grau zu machen. Mit harten Händen ging sie ihnen zu Leibe, wenn sie ihr in die Quere kamen; immer folgten ihr Kindertränen, wie ein Kielwasser. Wenn Ditte hinaus sollte, um Brennholz zu sammeln und Beeren zu pflücken, schleppte sie die Kleinen mit sich, damit sie nicht den Launen der Mutter ausgesetzt blieben. Es gab Tage, an denen Sörine einigermaßen umgänglich war – ganz froh und gut war sie nie; zu anderen Zeiten aber konnte sie so durch und durch boshaft sein, daß nichts anderes übrigblieb, als ihr aus dem Wege zu gehen. Dann versteckten sie sich vor ihr und wagten sich erst hervor, wenn der Vater nach Hause kam.

Sörine hütete sich jetzt, Ditte zu schlagen, und sorgte dafür, daß sie beizeiten zur Schule aufbrach; sie wünschte Lars Peter nicht wieder so zu sehen wie an jenem Abend. Aber sie liebte das Kind nicht. Sie wollte empor; ihr Streben ging dahin, ein neues Wohnhaus zu bauen, mehr Land und mehr Vieh zu haben – und denselben Rang einzunehmen wie die Frauen rings auf den kleinen Höfen. Aber das Kind war ein

Makel für sie. Sooft sie Ditte sah, dachte sie: Da geht das Gör, das schuld daran ist, daß all die anderen Frauen auf dich herabsehn!

Aber das Mädel packte tüchtig zu. So ungern es Sörine Lars Peter gegenüber einräumte, im stillen mußte sie anerkennen, daß Dittes Hände gehörig schaffen konnten. Ditte war es, die die Butter machte, in der ersten Zeit in einer Flasche, die man oft stundenlang schütteln mußte, bis die Butter sich bilden wollte – und jetzt in dem neuen Butterfaß. Sörine selbst konnte es einfach nicht aushalten, dazustehen und auf und nieder zu stoßen, auf und nieder. Ditte pflückte Heidelbeeren, die auf dem Markt verkauft wurden, machte Besorgungen, holte Wasser und Brennholz und versorgte das Vieh; und bei alledem schleppte sie den kleinen Dicksack Paul mit sich herum. Er weinte, wenn er nicht an ihrem Arm hing, und sie war ganz schief davon geworden.

Der Herbst war für die Kinder am schwersten zu ertragen. Dann setzte an der Küste der große Heringsfang ein, und der Vater war unten in einem der Fischerdörfer – manchmal einen ganzen Monat hindurch – und nahm an dem Fang teil. Mit Sörine war in dieser Zeit schwer auskommen; das einzige, was sie zugänglich stimmen konnte, war Dittes Drohung, wegzulaufen. Im Herbst waren nicht viele Männer in der Gegend zu Hause, und Sörine lebte in ewiger Angst vor den Vagabunden. Wenn sie gegen Abend anklopften, ließ sie Ditte öffnen.

Ditte hatte keine Angst. Dies und ihre Tüchtigkeit verlieh ihr moralische Kraft der Mutter gegenüber; sie fürchtete sich jetzt nicht davor, um sich zu beißen. Ihre Finger arbeiteten flinker als die der Mutter beim Flechten der Weidenkörbe und beim Besenbinden, und sie lieferte sauberere Arbeit.

Was man so im Hause fertigbrachte, das durfte Sörine verkaufen, und das Geld konnte sie an sich nehmen. Sie getraute sich nicht, ein einziges Öre davon zu verbrauchen, sondern legte Schilling für Schilling für den Neubau beiseite. Sie mußten versuchen, so weit zu kommen, daß Lars Peter nicht mehr als Händler herumzuziehen brauchte, daß er daheim bleiben konnte bei seinem Acker. Solange die Leute ihm mit Recht das Wort Schinder anheften konnten, war für sie beide kein Ansehen zu erwarten. Land mußten sie haben, dazu war Geld nötig.

Geld, Geld! Dieses Wort tönte durch Sörines Sinn und summte beständig in ihrem inneren Ohr. Sie sparte Schilling auf Schilling zusammen, und doch waren die Aussichten nicht gut, wenn nichts geschah. Und was konnte wohl geschehen, um den mühsamen Weg zum Ziel zu verkürzen? Nur eins – daß die Mutter sich hinlegte, um zu sterben. Sie hatte wahrlich lange genug gelebt und war anderen zur Last gefallen; Sörine fand, daß sie recht gut ihr Bündel schnüren konnte. Aber tat sie es?

Es kam vor, daß Lars Peter schon am Nachmittag nach Hause kam. Das gebrechliche Fuhrwerk war auf weite Entfernung hin zu hören, der Wagen ächzte bei jeder Umdrehung der Räder; es knarrte, ratterte, schurrte und schleifte. Es war, als redeten oder sängen alle Teile des Fuhrwerks durcheinander;, und wenn die Kinder das bekannte Geräusch weit drüben auf dem Weg hörten, stürzten sie hinaus, ganz außer sich vor Freude. Der große Klaus, der immer mehr einem wandernden ledernen Sack mit einem unordentlichen Knochenhaufen darin ähnlich sah, ließ sich gleichfalls vernehmen; bald nieste und schnaubte er, bald polterte es in ihm, als wären die Winde aller vier Himmelsrichtungen in seinem Bauch eingesperrt. Und in diesen Chorus mischte sich Lars Peters glückliches Brummen.

Wenn der große Klaus die Kleinen erblickte, wieherte er leise; Lars Peter richtete sich aus seiner gebückten Stellung auf und hörte auf zu singen; der Wagen blieb stehen. Er hob die Kinder hoch, alle drei, vier auf einmal, wie ein Bündel, hielt sie einen Augenblick gegen den Himmel und setzte sie ganz behutsam in den Wagen, als wären sie aus leicht zerbrechlichem Glas. Das Kind, das ihn zuerst gesehen hatte, durfte die Zügel halten.

Wenn Lars Peter heimkehrte und Sörine übelgelaunt und das Haus unordentlich vorfand, so kam er darum doch nicht aus dem Gleichgewicht; er brachte schnell Humor in die Dinge. Etwas hatte er immer bei sich, Brustzucker für die

Kinder, ein neues Tuch für Mutter – und vielleicht einen Extragruß für Ditte von Großchen, den er ihr zuflüsterte, damit Sörine es nicht hörte. Seine Stimmung steckte an, so daß die Kinder ihre Unarten vergaßen und selbst Sörine lachen mußte, sie mochte wollen oder nicht. Und wie die Kinder, so hatten ihn auch die Tiere gern. Die schrien vor Freude, wenn sie ihn sahen, und sprangen an ihm empor; er ließ das Schwein heraus und brachte es fertig, daß es ihm im drolligen Galopp im Kreise über das ganze Feld hin folgte.

So spät er auch nach Hause kam und so müde er auch sein mochte, er ging nicht zu Bett, bevor er nicht die Runde gemacht und nachgesehen hatte, ob den Tieren ihr Recht zuteil geworden war. Sörine vergaß sie leicht, und oft waren sie hungrig. Dann flogen die Hühner wieder von ihrem Pflock herab, wenn seine Schritte ertönten, das Schwein kam hervor und ließ sich über dem Trog vernehmen, und ein weicher Rücken schmiegte sich an seine Beine – der der Katze.

Lars Peter brachte Glück und Freude mit nach Hause, und es gab wohl auch im meilenweiten Umkreis keinen glücklicheren Menschen als ihn. Er war seiner Frau gut, so wie sie nun einmal war, mehr geschickt als eigentlich tüchtig. Er fand sie sehr leistungsfähig, sie war ein verteufelt prächtiges Weib! Und wie froh war er über die Kinder, die sie ihm geschenkt hatte, über die, deren Vater er selber war, und über Ditte. Und Ditte hatte er, wenn es darauf ankam, vielleicht am allerliebsten.

Es lag in Lars Peters Natur, da zuzugreifen, wo andere losließen. All das Unglück, das er gehabt, hatte ihn weich gemacht, anstatt ihn abzuhärten; sein Sinn neigte sich unwillkürlich nach dem Versäumten hin. Vielleicht war der Umstand, daß er sich des Mißratenen annahm, schuld daran, daß andere meinten, ihm mißrate alles. Sein Stück Land war ein sandiger, schwer zu bearbeitender Flecken Erde, in den sonst niemand den Pflug setzen wollte; um seine Frau beneidete ihn niemand auf der Welt, und das Vieh auf seinem Besitztum bestand zum großen Teil aus Wesen, die er auf seinen Fahrten zu den Höfen davor bewahrt hatte, totgeschlagen zu werden. Aber er konnte es sich leisten, über das, was sein eigen war, glücklich zu sein, und er schätzte es höher als alles, was andere besaßen. Er beneidete niemanden, wollte mit niemandem tauschen.

Am Sonntag sollte der große Klaus seine Ruhe haben; und es ging auch nicht an, an diesem Tag unterwegs zu sein und zu feilschen. Dann kletterte Lars Peter auf den Heuboden und legte sich dort zur Ruhe. In der Woche bekam er zuwenig Schlaf; so schlief er denn am Sonntag gern bis in den Nachmittag hinein, und Ditte hatte ihre Mühe damit, die kleineren Geschwister von der Scheune fernzuhalten; sie streiften draußen herum und lärmten von ungefähr, in der Hoffnung, er werde aufwachen und mit ihnen spielen. Aber Ditte war eifrig darauf bedacht, daß er ausschlafen konnte.

Zweimal im Jahr fuhren alle auf einer bunten Fuhre zum Markt nach Hilleröd. Die Kleinen wurden hinten im Wagen in den Weidenkörben untergebracht, über die Seiten des Wagens hingen die Reisigbesen in großen Bündeln, unterm Sitz standen Körbe mit Butter und Eiern, und vorne – unter den Füßen von Lars und Sörine – lagen ein paar zusammengebundene Schafe. Das waren die großen Festtage im Jahr, nach ihnen berechnete man die Zeit.

16

Das arme Großchen

Ganz selten bekam Ditte die Erlaubnis, zur Großmutter hinüberzugehen und einige Tage bei ihr zu bleiben. Der Vater sorgte dafür, und er richtete seine Fahrten so ein, daß er sie entweder holen oder hinbringen konnte.

Großchen lag immer zu Bett, wenn sie kam – und wollte auch nicht mehr aufstehen. „Wozu soll ich wohl herumstolpern, jetzt, wo ich dich nicht mehr habe! Wenn ich im Bett liege, dann erinnern sich gute Menschen meiner, bringen mir etwas zu essen und machen ein bißchen bei mir reine. Ach ja, das beste wäre, man stürbe, man ist überflüssig“, klagte sie. Aber sie stand doch auf und setzte Kaffeewasser aufs Feuer;

Ditte brachte die Stube, die in einer traurigen Verfassung war, in Ordnung; und sie machten es sich zusammen gemütlich.

Wenn die Zeit verstrichen war und Ditte wieder fort mußte, dann weinte die Alte. Ditte stand draußen an der Hausecke und hörte sie klagen. Sie preßte die Hand gegen den Pfosten und versuchte, sich zusammenzunehmen. Nach Hause *mußte* sie, und wenn sie sich nun einen richtigen Stoß gab und ins Rennen kam, und wenn sie dann mit geschlossenen Augen das erste Stück lief, dann ... Aber es wurde ihr immer weher ums Herz; und ehe sie wußte, wie es zuging, war sie wieder drinnen und hatte die Arme um den Hals der Großmutter geschlungen.

„Ich darf bis morgen bleiben", sagte sie.

„Du hältst mich doch wohl nicht zum besten, Kind?" sagte die Alte ängstlich. „Denn dann wird Sörine gewiß böse werden. – Ja, ja", sagte sie kurz darauf, „dann bleib bis morgen. Der liebe Gott wird es schon in Ordnung bringen für dich – deines guten Herzens wegen. Wir sehen uns nicht zu oft, wir zwei."

Am nächsten Tag ging es nicht besser; Maren hatte nicht die Kraft, das Kind wegzuschicken. In ihr war so vieles, das sich Luft machen wollte. Was bedeutete wohl ein Tag, wenn sich monatelange Leiden und Entbehrungen angehäuft hatten! Und Ditte hörte sie ernst an; jetzt verstand sie, was Kummer und Entbehrung war. „Du bist drüben eine andere geworden", sagte die Großmutter, „ich merke es an der Art, wie du zuhörst. Wenn die Zeit nur schnell für dich herumgehen möchte, damit du aus dem Hause kommst und einen Dienst annehmen kannst."

Und dann war es eines Tages vorbei; Lars Peter hielt draußen mit dem Wagen. „Nun mußt du wohl nach Hause zurück", sagte er und packte sie ein. „Die Kleinen weinen nach dir."

„Ja, vor dir hat man keine Furcht", sagte die alte Maren. „Aber Sörine könnte gewiß freundlicher zu ihr sein."

„Ich glaube, es geht jetzt besser – und die Kleinen haben sie so gern. Sie ist ein richtiges Mütterchen für sie geworden."

Ja, die kleinen Geschwister! Bei dem Gedanken an sie

wurde Ditte ganz weh ums Herz. Die hatten ihre eigene Art gehabt, sich ihrer zu bemächtigen; indem sie ihr das Dasein beschwerlich und mühselig machten, hatten sie sich in ihr Inneres eingeschlichen.

„Wie geht es Paul?“ fragte sie, als der Wagen über den Hügel weg war und sie Großmutters Hütte nicht mehr sehen konnte.

„Ja, du weißt wohl, er weint viel, wenn du nicht zu Hause bist“, sagte der Vater still.

Ditte wußte es. Er zahnte gerade, seine Wangen waren rot vom Fieber, und der Mund war inwendig dick und heiß. Dann hängte er sich der Mutter an die Röcke, wurde beiseite gedrängt und stieß sich. Wer mußte ihn dann auf den Schoß nehmen und ihm gut zureden? Wie eine Anklage setzte es sich in dem allzu weichen Herzen des Kindes fest; sie bereute, daß sie ihn allein gelassen hatte, und wurde still vor Sehnsucht danach, ihn wieder auf ihrem Schoß zu haben. Der Rücken tat ihr weh, wenn sie ihn trug – und der Lehrer schalt, weil sie nicht geradesitzen konnte. „Es ist deine eigene Schuld“, sagte die Mutter dann, „schlepp doch das große Kind nicht herum! Er kann auf seinen Beinen laufen, ganz gewiß!“ Aber wenn er nun weinte und Schmerzen hatte! Ditte kannte allzugut von sich selbst den Drang des Kindes, sich einem klopfenden Herzen nahe zu fühlen. Sie spürte ihn noch immer, obwohl sie es im Mutterleib nicht allzugut gehabt hatte.

Sörine war böse, als Lars Peter mit Ditte zurückkam, und sah mehrere Tage nicht nach der Seite hin, wo Ditte sich aufhielt. Aber dann siegte die Neugier. „Wie steht es mit der Alten – ist es schlechter geworden?“ fragte sie.

Ditte, die annahm, daß die Mutter aus Mitgefühl fragte, erzählte ausführlich, wie schlimm es um die Großmutter stehe: „Sie liegt immer zu Bett und bekommt nur etwas zu essen, wenn jemand nach ihr sieht und etwas mitbringt.“

„Dann wird sie wohl nicht mehr lange leben“, meinte die Mutter.

Bei diesen Worten brach Ditte in Schluchzen aus. Nun schalt die Mutter: „Einfältige Dirn, ist das etwas, weswegen man sich aufregen muß? Alte Leute können doch wohl nicht ewig leben und anderen zur Last fallen. Und wenn Großmutter stirbt, bekommen wir ein neues Wohnhaus."

„Nein, denn Großmutter sagt, was das Haus einbringt, soll zu gleichen Teilen verteilt werden. Und das andere ..." Ditte stockte jäh.

„Das andere?" Sörine beugte sich vor, und ihre Nasenflügel dehnten sich.

Aber Ditte preßte die Lippen fest zusammen. Großmutter hatte ihr streng verboten, irgend etwas davon zu erzählen – und nun faselte sie hier alles mögliche.

„Dummes Kind! Meinst du, ich wüßte nicht, daß du an die zweihundert Taler denkst, die für dich bezahlt worden sind? Was soll denn mit denen geschehn?"

Ditte sah die Mutter mißtrauisch an. „Die soll ich haben", flüsterte sie.

„Dann sollte die Alte sie lieber uns überlassen, damit wir sie für dich verwahren, anstatt sie bei sich herumliegen zu lassen", sagte Sörine.

Ditte bekam einen Schreck. Das war ja gerade das, wovor die Großmutter solche Angst hatte: daß Sörine das Geld in die Finger bekommen könnte. „Großchen hat sie gut verwahrt", sagte sie.

„Sooo? Wo hat sie sie denn? Im Deckbett natürlich!"

„Nein!" versicherte Ditte und schüttelte kräftig den Kopf. Aber jeder konnte es ihr ansehen, daß das Geld wirklich gerade da versteckt war.

„Na, das ist ja ein Glück, daß sie sie nicht da hat; denn das Bett hol ich mir eines schönen Tages herüber. Du kannst Mutter einen Gruß bestellen und ihr das sagen, wenn du sie wieder siehst. Meine anderen Schwestern haben ein Federbett von zu Hause mitbekommen, als sie sich verheirateten;. und darauf erhebe ich auch Anspruch."

„Großchen hat nur das eine Deckbett", versicherte Ditte, wohl zum zwanzigsten Mal.

„Dann muß sie eben eins von ihren vielen Unterbetten über sich nehmen. Ihr Lager ist ja bis unter die Decke aufgestapelt, soviel Bettzeug liegt im Alkoven."

Ja, weich war Großmutters Bett, das wußte Ditte besser als sonst jemand. Ihr Bettzeug umfing den, der darin lag, schwer und doch warm, wie nichts anderes in der ganzen Welt, und an der Wand drinnen im Alkoven war eine Strohmatte angebracht. Es schlief sich so warm und sicher hinter Großmutters Rücken.

Ditte war nicht groß für ihr Alter, die harten Lebensbedingungen hinderten ihr Wachstum. Aber ihr Gemüt ließ sie älter erscheinen, als sie war; sie war von Natur aus nachdenklich, und das Leben hatte sie gelehrt, sich nicht an den Dingen vorbeizudrücken, sondern die Bürde auf sich zu nehmen. Sie war nicht sorglos wie Kinder sonst, sondern voller Fürsorge und Kummer. Sie *mußte* sich Sorgen machen – wegen der kleinen Geschwister zu Hause an den paar Tagen, die sie bei Großmutter war, und wegen der Großmutter in der langen Zeit, wenn sie sie nicht sah.

Zur Strafe dafür, daß sie eigenmächtig den Besuch bei Großchen verlängert hatte, verweigerte Sörine ihr lange die Erlaubnis, wieder hinzugehen. Da machte sich Ditte in einem fort Gedanken um die Alte, bis ihre Sorge in krankhafte Selbstvorwürfe umschlug. Besonders am Abend, wenn sie dalag und wegen der Kälte nicht einschlafen konnte, wachte all das Traurige in ihr auf, und sie mußte den Kopf unter das Deckbett stecken, damit die Mutter nicht hörte, daß sie schluchzte.

Dann erinnerte sie sich all der guten Eigenschaften der Alten und bereute alle die Späße und schlechten Streiche, die sie selber verübt hatte. Nun kam die Strafe; sie hatte der Großmutter ihre Fürsorge schlecht gedankt; darum war sie nun allein und verstoßen. Nie war sie richtig gut zu der Alten gewesen; nun konnte sie es sein – und nun war es zu spät! Es gab hundert Arten, Großmutter zu erfreuen, und Ditte kannte sie alle; aber sie war damals ein recht faules Mädchen gewesen. Wenn sie nun wieder hinkam, wollte sie dafür sorgen, daß für Großmutters zweite Tasse Kaffee immer Zucker da war – sie wollte ihn nicht für sich selber stehlen. Und sie würde von nun an ganz gewiß nicht vergessen, jeden Abend den Stein zu wärmen und ans Fußende des Bettes zu legen, damit es Großchen nicht an den Füßen fror. „Du hast wieder den Stein vergessen“, sagte die Großmutter fast jeden Abend, „meine Füße sind wie Eis. Und wie geht es mit deinen? Die sind ja ganz kalt, Kind.“ Dann nahm Großmutter Dittes Füße in ihre Hände, bis sie warm wurden; aber für ihre eigenen geschah nichts – der Gedanke daran brachte Ditte der Verzweiflung nahe.

Sie meinte, wenn sie nur richtig Buße und Besserung gelobte, müsse etwas geschehen, das sie wieder zu ihrem Großchen zurückbringen werde. Aber es geschah nichts! Und eines schönen Tages konnte sie sich nicht mehr bezwingen und rannte querfeldein, über die gepflügte Erde hin. Sörine wollte sie sofort wieder zurückholen, aber Lars Peter sah die Sache ruhiger an.

„Warten wir ein paar Tage“, sagte er. „Sie hat die Alte lange nicht besucht.“ Und er richtete seine Fahrt in jene Gegend so ein, daß Ditte einige Tage mit der Großmutter verleben konnte.

„Bring das Deckbett gleich mit“, sagte Sörine. „Es wird jetzt kalt, und wir können es gut für die Kinder gebrauchen.“

„Wir wollen sehen“, erwiderte Lars Peter. Wenn sie sich etwas in den Kopf gesetzt hatte, dann fing sie immer wieder davon an, so daß die meisten Menschen aus der Haut gefahren wären. Aber Lars Peter gehörte nicht zu dem Geschlecht der Manns; an seiner gutmütigen Unerschütterlichkeit prallte alles Weibergerede ab.

17

Wenn die Katze nicht im Hause ist

Ditte erwachte durch den Laut von klirrendem Eisen und öffnete die Augen. Die Lampe stand blakend auf dem Tisch, und vor dem Ofen lag die Mutter und klopfte mit dem Feuerhaken auf einen Ring, der sich an dem Kessel festgesetzt hatte. Sie war noch nicht angekleidet, der Schein vom Ofen flackerte über ihr rötliches zerzaustes Haar und ihren nackten Hals. Ditte schloß schnell wieder die Augen, damit die Mutter nicht entdeckte, daß sie wach war. Es war kalt in der Stube, und draußen lag die schwarze Nacht auf den Fensterscheiben.

Nun kam der Vater mit der Laterne hereingestapft, löschte sie aus und setzte sie beiseite. Er war schon angekleidet und hatte draußen die Morgenarbeiten verrichtet. Der Kaffeeduft verbreitete sich in der Stube. „Ah!" sagte er und setzte sich an den Tisch. Ditte guckte ihn an; wenn er in der Stube war, bestand keine Gefahr, daß man sie aus den Federn jagte.

„Bist du da, Bachstelze!" sagte er. „Schlaf nur wieder weiter, es ist erst fünf Uhr. Möchtest aber vielleicht gar zu gern eine Tasse Kaffee ins Bett bekommen?"

Ditte schielte nach der Mutter hin, die den beiden den Rücken zukehrte. Dann nickte sie eifrig.

Lars Peter trank seine Kaffeetasse halb aus, tat mehr Zukker hinein und reichte sie dem Kind.

Sörine stand am Ofen und kleidete sich an. „Nun seid ordentlich", sagte sie, „und zankt euch nicht. Da steht Mehl und Milch, du kannst zu Mittag Pfannkuchen anrühren; aber untersteh dich nicht, ein Ei hineinzutun."

„Herrgott, ein Ei oder zwei . . .", wandte Lars Peter ein.

„Den Haushalt mußt du mir überlassen", erwiderte Sörine. „Und dann ist das beste, du stehst jetzt auf, bevor wir wegfahren, damit du für alles sorgen kannst."

„Wozu denn?" sagte Lars Peter wieder. „Laß die Kinder im Bett, bis es Tag wird. Das Vieh hat sein Futter bekommen, und warum soll das Licht zwecklos brennen!"

Dieser Einwand wurde von Sörine gewürdigt. „Schön! Aber sei vorsichtig mit dem Feuer – und geh sparsam mit dem Zucker um!"

Dann fuhren sie fort. Lars Peter mußte wie gewöhnlich ans Meer, um Fische zu holen, aber zuerst wollte er Sörine zur Stadt fahren, wo sie die Eier und die Butter vom verflossenen Monat absetzen und allerlei Dinge einkaufen wollte, die bei dem Landkrämer nicht zu bekommen waren. Ditte lauschte auf das Rollen des Wagens, bis sie wieder einschlummerte.

Als es zu tagen begann, stand sie auf und machte wieder Feuer im Ofen. Die anderen wollten auch aufstehen; aber sie versprach ihnen Kaffee statt der gewohnten Milch und Grütze und bewog sie dadurch, im Bett zu bleiben, bis sie die Stube aufgeräumt hatte. Sie durften in das Bett der Eltern hinüberklettern und ließen es sich darin wohl sein, während Ditte nassen Sand auf den Fußboden streute und ausfegte. Christian, der jetzt fünf Jahre war, erzählte mit belegter Stimme Geschichten von einer entsetzlichen Miezekatze, die aufs Feld ging und alle Muhkühe fraß. Die beiden Kleineren lagen auf ihm und gafften ihm vor Spannung bis in den Hals hinein. Sie konnten alles deutlich hervorkommen sehen – die Miezekatze, die Kühe und alles andere –, und der kleine Paul steckte vor Eifer, um die Ereignisse zu beschleunigen, seine dralle Hand tief in Christians Hals hinein. Ditte lächelte altklug über das Kindergeschwätz der Geschwister, während sie aufräumte. Sie sah ungeheuer geheimnisvoll aus, während sie ihnen Kaffee gab; und als sie angezogen werden sollten, kam die Überraschung. „Ah, wir bekommen unsere guten Kleider an – das ist fein!" rief Christian, und er schickte sich an, aus dem Bett zu springen. Ditte gab ihm einen Klaps, er ruinierte ja das ganze Bettzeug.

„Wenn ihr jetzt recht lieb seid und keinem Menschen etwas davon erzählt, dann sollt ihr ausfahren", sagte Ditte und half ihnen in ihren Staat hinein. Der sah bunt genug aus, das meiste hatte die Mutter aus abgelegten Sachen genäht, die sie zwischen den vom Vater aufgekauften Lumpen gefunden hatte.

„Ah – zum Markt, nicht wahr?" rief Christian und machte wieder einen Sprung.

„Nein, zum Wald", sagte die Schwester und faßte Ditte mühsam um die Wangen, mit Händchen, die immer schmutzig vom Wühlen waren – und blau vor Kälte. Sie hatte den Wald in der Ferne gesehen und sehnte sich zu ihm hin.

„Ja, zum Wald. Aber dann müßt ihr euch zusammennehmen, denn es ist weit bis dahin."

„Der Mieze dürfen wir es doch wohl sagen." Die Schwester sah Ditte mit ihren ausdrucksvollen großen Augen an.

„Ja, und Vater auch", fiel Christian ein.

„Aber sonst keinem anderen Menschen", prägte Ditte ihnen ein. „Vergeßt das ja nicht!"

Die beiden Kleinen wurden auf die Schubkarre gesetzt, Christian ging nebenher und faßte mit an, und so zogen sie hinaus. Überall lag Schnee, die Büsche streckten nach allen Seiten dicke weiße Kätzchen aus, und in der Räderspur knackte das Eis unter der Schubkarre. Alles machte den Kindern Spaß, die schwarzen Krähen, die Elster, die auf dem Dornbusch saß und sie spöttisch auslachte, und der Rauhreif, der plötzlich von den Zweigen der Bäume herabtropfte, ihnen genau auf den Kopf.

Es war eine halbe Meile bis zum Wald, aber Ditte war an weitere Wege gewöhnt und sah diese Entfernung für nichts an. Sie ließ Christian und die kleine Schwester abwechselnd gehen; Paul wollte auch in den Schnee hinunter, mußte aber hübsch auf dem Fuhrwerk bleiben.

Die Sache machte Vergnügen; bis man die Hälfte des Weges hinter sich hatte. Da begannen die Kleinen, sich zu langweilen, und sie fragten ungeduldig nach dem Wald. Es fror sie; und Ditte mußte jeden Augenblick stillstehen und ihre Finger warmrollen. Der Weg wurde schwieriger, weil die Sonne den Schnee auftaute; und sie wurde selber müde. Sie suchte die Kinder aufzumuntern und rackerte sich noch eine Weile ab; aber vor dem Gehöft des Dorfschulzen blieb der Zug hilflos stecken. Ein großer, bissiger Hund fand ihr Treiben verdächtig und versperrte ihnen den Weg.

Per Nielsen kam in dem Torweg zum Vorschein, um zu sehen, weswegen der Hund so wütend bellte. Er sah, wie die Dinge lagen, und nahm die Kinder ins Haus. Sie kamen gerade zum Mittagessen; die Frau briet in der Küche Speck mit Äpfeln. Es roch wunderschön; und als Ditte die klammen Finger der Kleinen in kaltem Wasser aufgetaut hatte, fühlten sich alle drei ganz wohl und stellten sich an den Herd. Ditte versuchte, sie von dort wegzubringen, aber sie waren hungrig.

„Ihr werdet schon etwas bekommen“, sagte die Frau des Dorfschulzen, „aber jetzt setzt euch schön auf die Bank hin, denn hier seid ihr mir im Wege.“ Jedes bekam ein Stück Kuchen, und sie wurden an dem gescheuerten Eßtisch untergebracht. Sie waren noch nie von zu Hause fort gewesen, ihre Augen wanderten gierig von einem Gegenstand zum anderen, während sie kauten. An den Wänden hing kupfernes Geschirr, das wie die Sonne glänzte, und auf dem einen Herdloch stand ein großer blanker Kupferkessel mit einer Klappe auf der Tülle. Er sah aus wie eine riesige Bruthenne, eine von denen mit einem Kamm.

Als sie gegessen hatten, führte Per Nielsen sie in den Stall und zeigte ihnen die kleinen Ferkel, die wie eine Reihe von Würsten an der Mutter lagen und aussahen, als hingen sie mit der Schnauze an ihr. Dann gingen die Kinder wieder zu Frau Nielsen hinein, und von ihr bekamen sie Äpfel und Spitzkuchen; und das allerbeste kam zuletzt, als Per Nielsen den feinen Federwagen anspannte, um sie nach Hause zu fahren. Die Schubkarre wurde hinten in den Wagen gestellt und machte so gleichfalls eine Fahrt. Die Kleinen lachten darüber, daß es in ihren Kehlen rasselte. „Ihr seid doch einfältige Kinder! Wie kann man nur so auf eigene Faust in die Welt kutschieren!“ sagte die Frau des Dorfschulzen, während sie die Kleinen im Wagen verstaute. „Gott sei Dank, daß der Mensch oft mehr Glück als Verstand hat.“ Und darin waren sich alle vier einig, daß ihre Heimfahrt zum Elsternnest mehr Spaß machte als ihre Hinfahrt.

Die Tour war großartig verlaufen, aber nun hieß es arbeiten. Die Mutter hatte nicht mit Ausflügen gerechnet und in der Scheune ein großes Bündel Lumpen hervorgewälzt; die Lumpen sollten sortiert werden, wollene für sich und leinene für sich. Christian und die kleine Schwester hätten wohl etwas helfen können, wenn sie sich zusammennahmen; aber heute war kein Ernst in ihnen. Sie waren durch die Ausfahrt zu ausgelassen geworden und warfen einander die Lumpen an den Kopf. „Ihr dürft euch nicht zanken“, wiederholte Ditte jeden Augenblick, aber es half nichts.

Als die Dunkelheit hereinbrach, waren sie erst halb fertig.

Ditte holte die kleine Stubenlampe, worin halb Öl, halb Petroleum gebrannt wurde, und arbeitete weiter; sie weinte vor Verzweiflung darüber, daß die Arbeit nicht bis zur Rückkehr der Eltern beendet sein würde. Als die Kinder ihre Verzweiflung sahen, wurden sie ernst, und eine Weile ging die Arbeit rasch von der Hand. Aber dann spielten sie wieder auf dem Boden und jagten einander; im Laufen trat Christian nach der Lampe, und sie ging entzwei. Im selben Augenblick war es vorbei mit aller Ausgelassenheit; die Dunkelheit bannte sie an die Stelle; sie wagten es nicht, sich zu bewegen. „Ditte, hol mich", jammerten sie, jeder aus einer Ecke der Scheune.

Ditte öffnete die Scheunentür. „Sucht euch selber den Weg hinaus!" sagte sie hart und tastete sich zu Paul hin, der auf einem Lumpenbündel lag und schlief; sie war zornig. „Nun sollt ihr zur Strafe ins Bett", sagte sie.

Christian weinte die ganze Zeit leise vor sich hin. „Ich will keine Prügel von Mutter haben, ich will nicht!" wiederholte er immer wieder und schlang die Arme um Dittes Hals, als suche er Schutz bei ihr. Und da war es aus mit ihrem Zorn.

Sie hatte die Tranlampe angezündet und half den Kleinen beim Auskleiden. „Wenn ihr jetzt recht lieb sein und euch sofort schlafen legen wollt, dann wird Mütterchen Ditte zum Krämer laufen und eine andere Lampe kaufen", sagte sie. „Aber dann müßt ihr euch darein finden, solange allein zu liegen!" Sie wagte es nicht, Licht bei den Kindern brennen zu lassen, und löschte die Laterne aus, bevor sie ging. Sonst fürchteten sich die Kleinen allein im Dunkeln; aber wie die Verhältnisse augenblicklich lagen, mußten sie sich zusammennehmen.

Ditte besaß ein Fünfundzwanzigörestück. Sie hatte es einmal von der Großmutter bekommen, als es ihnen noch gut ging, und hatte es trotz aller Versuchungen bis jetzt getreulich aufbewahrt. Soviel Herrliches hatte sie sich davon versprochen, und nun mußte sie es springen lassen – um den kleinen Christian vor Prügel zu retten. Zögernd legte sie sich vor das Loch in der Mauer, wo es versteckt war, und nahm den Stein fort; es tat ihr doch weh. Dann stand sie auf und lief zum Krämer, so schnell sie konnte – damit es sie nicht gereute.

Der Krämer hatte keine Lampe für das Geld. Mit dieser Möglichkeit hatte das Kind nicht gerechnet; Ditte hatte geglaubt, für fünfundzwanzig Öre könne man einfach alles kaufen. Sie überlegte eine Weile, was nun zu tun sei; dann kaufte sie ein Nachtgeschirr mit Henkel für acht Schilling und für den Rest Brustzucker.

Als sie nach Hause kam, schliefen die kleinen Geschwister. Sie zündete die Laterne an und begann, die welken Blätter von den Birkenreisern abzustreifen, aus denen Besen gebunden werden sollten; müde war sie von dem inhaltsreichen, schweren Tag, aber sie konnte einfach nicht müßig sein. Der starke Birkenduft kitzelte sie in der Nase, und sie schlief über der Arbeit ein. So fanden sie die Eltern.

Sörines scharfer Blick sagte ihr sofort, daß nicht alles war, wie es sein sollte. „Warum hast du die Laterne angezündet?" fragte sie, während sie ihren Mantel aufknöpfte.

Ditte mußte mit der Sprache heraus. „Aber ich habe eine andere gekauft", fügte sie schnell hinzu.

„So – wo ist die denn?" Die Mutter blickte sich in der Stube um.

„Nein, sie hatten keine für fünfundzwanzig Öre. Aber da habe ich das hier gekauft." Ditte legte sich auf die Knie und zog das neue Möbel unter dem Bett der Eltern hervor.

„Du bist doch ein großartiges Kind", sagte Lars Peter vergnügt und hob sie in die Höhe. „Wir brauchen hier im Hause nichts nötiger als so einen Apparat." Aber Sörine bemächtigte sich sofort des Geschirrs. Es war ein Unsinn, für so etwas Geld auszugeben; aber wenn der Apparat nun einmal da war, wollte sie ihn in der Küche haben; dort fehlten ihr so oft Gefäße. Was das andere betraf, so konnten sie wohl hinausgehen – jetzt ebensogut wie früher.

„Mutter will es als Terrine haben; du wirst sehen", sagte Lars Peter leise, als Sörine mit dem Apparat in die Küche gegangen war. Aber Ditte war nicht zum Lachen ums Herz; sie wußte aus Erfahrung, daß die Mutter bei weitem noch nicht fertig war.

Und im nächsten Augenblick stand Sörine in der Tür.

„Wer hat dir die Erlaubnis gegeben, auf Kredit zu kaufen?" fragte sie.

„Ich habe es für mein eigenes Geld gekauft", antwortete Ditte leise.

„Eigenes Geld ..." Nun begann ein Kreuzverhör, das kein Ende nehmen wollte. Lars Peter mußte sich ins Mittel legen.

Es war nicht warm in der Stube, und sie gingen früh zu Bett. Ditte hatte versäumt zu heizen. „Sie mußte wahrhaftig an genug Dinge denken", sagte Lars Peter zu ihrer Entschuldigung. Und Sörine sagte hierzu ja auch nichts. Sie regte sich nicht darüber auf, daß gespart wurde.

Es war strenger Frost. Ditte lag wach und konnte nicht warm werden, sie betrachtete ihren Atem, der weiß in den Raum hinausschwebte, und lauschte auf den Frost, der die Wände knistern ließ. Draußen war Mondschein, das Licht fiel kalt über den Fußboden und den Stuhl mit den Kleidern der Kinder. Wenn sie den Kopf ein wenig hob, konnte sie zwischen Fachwerk und Füllung hinausspähen und die weiße Landschaft schimmern sehen; die kalte Luft wehte ihr ins Gesicht.

In der Stube wurde es immer frostiger. Den einen Arm mußte sie vorstrecken, um das Deckbett über dem anderen festzuhalten, und die Kälte schnitt in ihre Schulter. Die Schwester fing an, unruhig zu werden. Sie war die Blutärmste, und es fror sie leicht. Das Deckbett bestand beinahe aus nichts anderem als aus dem Bezug. Die Federn waren verbraucht, und die Federn, die man beim Schlachten bekam, wagte die Mutter nicht hineinzutun – die sollten zu Geld gemacht werden.

Paul begann zu jammern, Ditte nahm die Alltagskleider der Kinder vom Stuhl und breitete sie über dem Deckbett aus. Vom Lager der Eltern her ertönte die Stimme der Mutter. „Ihr sollt still sein!" sagte sie. Der Vater stand auf, holte seinen Fuhrmantel und deckte ihn über die Kleinen; der Mantel war schwer von Staub und Schmutz, aber er wärmte!

„Wie schnell die Kälte hier durch die Wände kommt", sagte er, als er wieder im Bett lag. „Die Luft in der Stube ist wie Eis! Ich muß sehen, daß ich ein paar alte Bretter bekomme und die Wände von innen auskleide."

„Du solltest lieber daran denken, zu bauen; mit dem verfaulten Kasten ist doch nichts mehr zu machen."

Lars Peter lachte. „Ja, das ist schön und gut; aber woher soll ich das Geld nehmen?"

„Etwas haben wir ja. Und die Alte stirbt bald. – Ich hab das so im Gefühl."

Dittes Herz begann heftig zu schlagen. Sollte Großchen sterben? Die Mutter sagte es so bestimmt! Gespannt lauschte sie dem Gespräch.

„Und was dann?" hörte sie den Vater sagen. „Das ändert an der Sache nicht viel."

„Ich glaube, die Alte hat mehr, als wir wissen", erwiderte Sörine gedämpft. „Schläfst du, Ditte?" fragte sie in die Stube hinein und richtete sich lauschend auf dem Ellbogen auf. Ditte lag ganz still da.

„Weißt du was?" begann Sörine wieder. „Ich glaube, die Alte hat das Geld ins Deckbett eingenäht. Darum will sie das Bett nicht hergeben."

Lars Peter gähnte laut. „Was für Geld?" Es war ihm anzuhören, daß er jetzt gern schlafen wollte.

„Die zweihundert Taler natürlich."

„Und was geht das uns an?"

„Sie ist wohl nicht meine Mutter, was? Und das Geld steht doch dem Mädchen zu, und wir wären wohl die Richtigen, es für sie aufzuheben. Stirbt die Alte, und die Sachen kommen auf die Auktion – ja, dann kann sich der freuen, der da ein Deckbett kauft und zweihundert Taler mitbekommt. Es wäre besser, du gehst zu ihr und sprichst mit ihr und überredest sie dazu, uns alles zu übertragen, was sie hinterläßt."

„Das kannst du ja tun", erwiderte Lars Peter und drehte sich entschieden nach der Wand um.

Dann wurde es still. Ditte kroch in sich zusammen und preßte die Hände gegen den Mund. Ihr kleines Herz arbeitete ruckweise, es sprang und stand wieder still; die Angst um die Großmutter ließ sie beinahe aufschreien. Vielleicht starb ihr Großchen schon heute nacht! Es war lange her, seit sie bei ihr gewesen war; die Sehnsucht überwältigte sie.

Vorsichtig schlüpfte sie aus dem Bett und zog die Hausschuhe an.

Die Mutter richtete sich auf. „Wo willst du hin?"

„Ich muß nur einmal hinaus", erwiderte Ditte mit beinahe versagender Stimme.

„Wirf einen Rock über, es ist entsetzlich kalt", sagte Lars Peter. – „Es wäre doch ganz gut gewesen, den Apparat hier in der Stube zu behalten", brummte er kurz darauf.

Es dauerte auffallend lange mit dem Mädchen – Lars Peter stand auf und schaute hinaus. Er bemerkte sie weit drüben auf dem hellen Weg. Schleunigst zog er Hose und Weste an und stürmte hinaus. In weiter Ferne sah er sie davoneilen; er lief und rief; seine gewaltigen Holzschuhe sangen auf dem Weg. Aber der Abstand zwischen den beiden wurde immer größer; zuletzt verschwand sie aus seiner Sicht. Eine Weile rief er noch hinter ihr her, daß es in die nächtliche Stille hineinschallte; dann kehrte er um.

Ditte rannte durch die mondhelle Landschaft. Der Weg war steinhart und knirschte unter ihr, ihre Hausschuhe blieben haften; in den Tümpeln und Gräben schwatzte die Kälte. Knäk, knäk, sagte es. Unten überm See dröhnte es, und die Laute liefen nach der anderen Küste hinüber, wenn das Eis sich hob, um sich Platz zu machen. Aber Ditte fror nicht. Ihr Herz klopfte wild. Großchen stirbt! Großchen stirbt! tönte es unablässig durch ihr Inneres.

Um Mitternacht war sie am Ziel, dem Umsinken nahe. Am Giebel machte sie halt, um Atem zu holen; von drinnen hörte sie Großmutters abgehacktes Reden. „Nun komme ich. Großchen!" rief sie und pochte ans Fenster; vor Freude schluchzte sie laut auf.

„Wie kalt du bist, Kind!" sagte die Alte, als sie beide unter dem Deckbett lagen. „Deine Füße sind ja wie ein Eisklumpen – wärm sie dir hier auf meinem Bauch." Ditte schmiegte sich an sie und lag still da.

„Großchen! Mutter weiß, daß du das Geld in dem Federbett versteckt hast", sagte sie plötzlich.

„Ich hab es mir gedacht, Kind. Fühl hierher!" Die Alte führte Dittes Hand auf ihre Brust, wo ein Päckchen am

Hemd befestigt war. „Hier ist es, Kind; Maren wird sich schon in acht nehmen und das hüten, was ihr anvertraut ist. – Ach ja, für solche Wesen wie uns zwei ist das Leben sehr hart, niemand nimmt sich unsrer an, überall sind wir im Wege – und unseren Verwandten am allermeisten. Dich können sie noch nicht richtig ausnutzen, und mit mir sind sie fertig. Ich bin verbraucht. So ist es, jawohl!"

Ditte tönten die Worte der Alten wie ein vertrautes, beruhigendes Summen im Ohr. Sie war so behaglich warm und müde und schlief bald ein.

Aber die alte Maren lag noch lange da und haderte mit dem Dasein.

18

Der Rabe fliegt aus in der Nacht

Der Winter wurde streng. Den ganzen Dezember stob der Schnee über die Felder hin und trieb in dem weiten Gebüsch vor dem Elsternnest zusammen, der einzigen Stelle in der Umgegend, wo etwas Schutz war.

Der See war ganz zugefroren; man konnte von dem einen zum anderen Ufer hinübergehen. Der Schinder begab sich abends, wenn Mondschein war, hinunter und hackte mit seinem Holzschuh Möwen und Enten los, die auf dem Eis festgefroren waren. Er steckte sie mit all dem Eis und Schnee unter den Mantel. Und zu Hause stellte er sie auf den Torf vor dem Ofen. Da standen sie Tage und Nächte unbeweglich auf einem Bein und starrten krank ins Feuer, bis Sörine sie in die Küche nahm und ihnen den Hals umdrehte.

Im Elsternnest hatte die Familie sehr unter der Kälte zu leiden, obwohl Tag und Nacht im Ofen Feuer war. Die Stube war nicht warm zu bekommen. Sörine stopfte mit dem Brotmesser alte Lumpen zwischen das Mauer- und Fachwerk; aber eines Tages, während sie bei dieser Arbeit war, fiel eine Mauerfüllung heraus. Sie mußte das Federbett nehmen und das Loch zustopfen, bis Lars Peter am Abend nach Hause kam, die Füllung wieder einsetzte und außen ein paar Bretter dagegenschlug, damit sie hielt. Das Dach war auch nicht viel wert, die Ratten und der Marder hatten es im Laufe der Zeit durchlöchert, so daß es wie ein Sieb war, und der Schnee fiel in den Speicher hinein. Das Ganze taugte nichts!

Kein Abend und kein Sonntag verging, ohne daß Sörine versuchte, Lars Peter aufzurütteln und zu veranlassen, etwas zu unternehmen.

Aber was sollte er machen? „Ich kann nicht mehr arbeiten, als ich tue, und zum Stehlen tauge ich nicht", sagte er.

„Was tun denn die anderen, die eine nette Wohnung haben und bei denen es warm in der Stube ist?"

Ja, wie fingen die anderen das an? Lars Peter ahnte es nicht. Er hatte nie jemanden beneidet und hatte auch keine Vergleiche gezogen, so daß die Frage bisher nicht brennend geworden war.

„Du rackerst dich ab, aber du erreichst nichts, soviel ich sehen kann", fuhr Sörine fort.

„Meinst du das im Ernst?" Lars Peter sah sie überrascht und traurig an.

„Ja, das ist meine Ansicht. Oder hast du vielleicht schon irgend etwas erreicht? Müssen wir uns nicht genauso abschinden wie an dem Tag, an dem wir anfingen?"

Lars Peter duckte sich unter ihren harten Worten. Aber recht hatte sie; mehr als das, was unbedingt notwendig war, konnten sie sich nie leisten.

„Es gehört viel dazu, und alles ist teuer", sagte er zur Entschuldigung. „Mit dem Geschäft ist auch nichts los! Man muß zufrieden sein, wenn es gerade eben noch geht."

„Du mit deinem zufrieden und immer wieder zufrieden! Können wir vielleicht davon leben, daß du immer herumläufst und vergnügt bist? Weißt du, warum die Leute dieses Haus hier das Elsternnest nennen? Weil wir nicht vorwärtskommen und nichts hier gedeiht, sagen sie."

Lars Peter nahm seinen Schlapphut von dem Nagel an der Tür herunter und schlenderte hinaus. Er war jetzt schlechter Laune und suchte seine Tiere auf; mit ihnen und mit den Kindern verstand er sich am besten; mit den Erwachsenen dagegen wußte er nicht richtig umzugehen. Er mußte doch wohl irgendeinen Mangel haben, da alle fanden, daß er ein komischer Bursche sei, bloß weil er froh und zufrieden war.

Der große Klaus hörte seine Schritte, sobald er zur Küchentür hinaus war, und wieherte ihm entgegen. Er ging an dem Stand entlang und strich über den Rücken des Gauls; das Tier glich einem Wrack, das den Kiel nach oben kehrt. Ja, gewiß, es war nur Haut und Knochen – wenn man es so ansah! Sein Äußeres machte keinen guten Eindruck, und laufen konnte es auch nicht mehr. Die Leute belächelten die beiden, wenn sie sie kommen sahen – er wußte das alles! Aber sie teilten Gutes und Böses, und der große Klaus war nicht wählerisch; er nahm die Dinge hin, wie sie kamen, genau wie sein Herr.

Lars Peter hatte sich nie um die Ansicht der anderen Menschen gekümmert; aber nun war an seinem Dasein gerüttelt worden, und er verspürte den Drang, sich und das Seine zu verteidigen. In dem Stand neben dem großen Klaus lag die Kuh, das alte Geifermaul. Es war richtig, sie war in dieser Zeit nicht viel wert, wenn sie auf den Markt sollte, um Geld zu bringen; sie war in einer schlechten Futterverfassung und lag am liebsten. Aber zum Frühjahr, wenn das Gras kam, würde sie sich gewiß wieder erholen. Und eine gute Kuh war es für eine Familie wie die seine; das ganze Jahr gab sie Milch. Und fette Milch! Lars Peter pflegte auf alle tadelnden Bemerkungen über sie mit dem Scherz zu erwidern, man könne ihre Milch dreimal abrahmen, und es bleibe immer noch die reine Sahne übrig. Er hatte sie einfach lieb, nicht zum wenigsten wegen all der guten Nahrung, die sie den Kleinen geliefert hatte.

In einer Ecke des Wirtschaftsgebäudes war ein Bretterverschlag für das Schwein. Auch dieses hatte ihn kommen gehört, und nun wartete es darauf, daß er es im Nacken krauen würde. Es litt an einem Darmbruch, Lars Peter hatte es auf einem Hof zum Mitnehmen bekommen. Schön sah es nicht aus, und Staat konnte man nicht mit ihm machen; aber den Umständen nach war es recht gut gediehen, wie ihm schien. Man brauchte nicht die Nase über das Tier zu rümpfen, wenn es erst einmal in das Salzfaß kam. War das Schwein vielleicht schuld an Sörines Ärger?

Die Felder lagen tief unterm Schnee und ruhten aus, aber er konnte durch die weiße Decke jeden Umriß erkennen. Sie waren sandig und lieferten kärglichen Ertrag, aber Lars Peter liebte sie, wie sie einmal waren. Für ihn waren sie wie ein Gesicht mit lieben, lebensvollen Zügen; ihnen etwas nachzusagen, erschien ihm ebenso unmöglich, wie an seiner Mutter etwas auszusetzen. Er stand an der Scheunentür und blickte zögernd über sie hin; vergnügt war er nicht wie sonst, wenn er des Sonntags überschaute, was sein eigen war. Heute begriff er nichts ...

Täglich kam Sörine auf dasselbe Thema zurück und machte neue Vorschläge. Sie wollten das Haus der Mutter kaufen und es hierher versetzen; es war aus Eichenholz gebaut und konnte noch viele Jahre halten. Oder sie wollten die Mutter aufs Altenteil nehmen, solange es noch Zeit war, und dafür würden sie bekommen, was Maren besaß. Immer wieder weilten Sörines Gedanken bei der Mutter und ihrem Eigentum. „Nimm einmal an, sie bezieht das Altenteil bei einem anderen und überläßt ihm das Ganze! Oder sie bringt Dittes zweihundert Taler durch!" sagte sie. „Sie ist ja ganz kindisch geworden!"

Es war, als wäre ein böser Geist in sie gefahren, und Lars Peter ließ sie reden.

„Ist es nicht wahr, Ditte, daß es am besten wäre, wenn Großmutter zu uns herüberkäme?" fuhr Sörine dann wohl fort. Sie erwartete bestimmt, daß das Mädchen ihr zustimmen würde, weil es ja rein versessen auf die Großmutter war.

„Das weiß ich nicht", erwiderte Ditte verdrossen. Die Mutter hatte sich in der letzten Zeit große Mühe gegeben, sie in dieser Frage zu ihrer eigenen Ansicht zu bekehren, aber Ditte brachte ihr Mißtrauen entgegen. Wie gern wäre sie wieder mit ihrem Großchen zusammen gewesen, aber es sollte nicht auf die Art geschehen, daß die Alte es hier schlecht hatte. An die Fürsorge der Mutter glaubte Ditte nicht. Dahinter steckte eher ein böser Plan als Tochterliebe, das hatte Großchen selber gesagt.

Sörine war ganz unberechenbar. Eines Morgens erklärte sie, sie würden wohl bald eine traurige Nachricht über die Großmutter erhalten, denn sie habe in der Nacht draußen in den Weiden den Raben schreien hören. „Ich muß einmal hinüber, um nach ihr zu sehen“, sagte sie.

„Ja, tu das“, erwiderte Lars Peter. „Soll ich dich hinüberfahren? Der große Klaus und ich, wir haben heute sowieso nichts zu tun.“

Nein, das wollte Sörine nicht haben. „Du hast ja hier deine Arbeit“, sagte sie. Aber an diesem Tage machte sie sich nicht auf den Weg – es kam allerlei dazwischen. Sie war so rastlos geworden.

Am nächsten Morgen war sie ungewöhnlich freundlich zu den Kindern. „Ich kann euch anvertrauen, daß Großmutter bald zu uns herüberziehen wird – ich habe es heute nacht geträumt“, sagte sie, während sie Ditte beim Ankleiden der Kleinen half. „Sie soll den Alkoven bekommen, Vater und ich ziehen dann in die kleine Kammer. Und ihr sollt es nicht mehr kalt haben.“

„Gestern sagtest du doch, Großchen würde bald sterben“, wandte Ditte unwillig ein.

„Ja, aber das war nur Gerede. Wirst du heute recht schnell aus der Schule nach Hause kommen? Ich habe eine Besorgung zu machen und bin um die Zeit vielleicht nicht zu Hause.“ Sie tat Ditte Zucker auf ihr Brot und half ihr, damit sie rechtzeitig wegkam.

Ditte trabte davon; die Kanevastasche hing ihr über dem Arm, und die Hände hatte sie unter das gestrickte Tuch gesteckt. Der Vater war früh fortgefahren; sie konnte die Wagenspur ein weites Stück verfolgen; und es machte ihr Spaß, die Füße dahin zu setzen, wo der große Klaus den Schnee unter seinen gewaltigen Hufen zertreten hatte. Dann bog die Spur in der Richtung nach dem Meer hin ab.

Sie konnte heute dem Unterricht nicht folgen; ihr Gemüt war in einem seltsamen Zustand von Ratlosigkeit. Das freundliche Verhalten der Mutter hatte etwas in ihr verschoben; es paßte so schlecht zu der unerschütterlichen Überzeugung, die das Kind sich durch eine lange Erfahrung in bezug auf ihre Gesinnung gebildet hatte. War sie vielleicht gar nicht so böse, wenn es darauf ankam? Das Zuckerbrot für die Pause brachte Dittes Herz beinahe zum Schmelzen.

Aber gegen Schluß des Unterrichts überkam sie eine unerklärliche Angst, ihr Herz begann zu zappeln wie ein gefangener Vogel; sie mußte sich den Mund zuhalten, um nicht laut zu schreien. Sobald die Stunde vorbei war, stürzte sie nach dem Dorf hin. „Du läufst den verkehrten Weg, Ditte!" riefen die Mädchen, mit denen sie sonst gemeinsam den Schulweg zurückzulegen pflegte, aber sie lief weiter, ohne auf ihre Rufe zu achten.

Es war Schneegestöber, still und bleiern schwer war die Luft; der Tag war nichts als eine lange Dämmerung gewesen. Als sie den Hügel oberhalb der Hütte auf der Landspitze erreichte, brach die Dunkelheit herein. Sie war wie wild gerannt und machte nun an dem Giebel halt, um Atem zu holen. Es sauste vor ihren Ohren, und durch das Sausen hörte sie seltsam entstellte Stimmen; ein Schluchzen Großchens und harte, unbarmherzige Worte der Mutter.

Sie wollte ans Fenster klopfen, wagte es aber doch nicht; bei der Stimme der Mutter sank sie vor Angst in sich zusammen. Zitternd schlich sie hinterm Haus zum Holzschuppen, schob behutsam mit einem kleinen Pflock den Haken von der Tür zurück und stand in der Küche, atemlos lauschend. Die Stimme der Mutter übertönte die Großchens; wie oft hatte sie Ditte auf die Knie gezwungen, aber so entsetzlich hatte sie ihr noch nie geklungen. Sie gefror bei ihrem Klang zu Eis und mußte sich hinkauern.

Durch das Loch an der Klinke konnte sie die große Gestalt der Mutter am Alkoven schimmern sehen. Sie stand da, über das Lager der Alten gebeugt; an den Bewegungen ihres Rückens war zu sehen, daß sie die Alte gepackt hatte. Großchens Arme bewegten sich abwehrend drinnen im Dunkeln.

„Willst du nun damit herausrücken!" schrie Sörine heiser. „Sonst werfe ich dich zum Bett hinaus."

„Ich rufe die Leute herbei", stöhnte Großchen und klopfte an die Wand.

„Ja, ruf du nur um Hilfe", höhnte Sörine, „es hört dich niemand. Du hast das Geld wohl in dem Deckbett, da du das so festhältst?"

„Ach, halt den Mund, Diebin!" stöhnte die Großmutter.

Plötzlich schrie sie auf, Sörine mußte das Päckchen auf ihrer Brust zu fassen bekommen haben.

Ditte sprang auf und hob die Klinke. „Großchen!" schrie sie, aber ihre Stimme ging unter in all dem Entsetzlichen, das da drinnen vorging. Sie kämpften; Großmutter stöhnte und begann auf einmal zu schreien wie ein sterbendes Tier. „Ich werde dir das Maul stopfen, du Hexe!" rief Sörine gellend, und die Schreie der Alten erstarben in einem unheimlichen Röcheln. Ditte wollte ihr zu Hilfe eilen, konnte aber nicht; sie griff nach dem Ofen und fiel wie ein Pfosten vornüber. Als sie wieder zu sich kam, lag sie mit dem Gesicht auf dem Fußboden; die Stirn tat ihr weh, und sie spürte Zugluft. Verwirrt richtete sie sich auf. Die Mutter war nicht in der Stube, aber die Tür stand offen. Große weiße Schneeflocken kamen hereingetanzt und leuchteten in der hereinbrechenden Dunkelheit.

Dittes erster Gedanke war, daß es für Großchen zu kalt würde. Sie schloß die Tür und trat dann an das Bett. Die alte Maren lag zusammengekauert inmitten eines Gewirrs von Bettzeug. „Großchen", rief Ditte weinend und tastete nach dem eingefallenen Gesicht, „ich bin es ja bloß, liebes, gutes Großchen."

Flehend umfaßte sie das Gesicht der Alten mit ihren dünnen, arbeitsharten Händen und weinte eine Weile, dann kleidete sie sich aus und kroch zu ihr ins Bett. Sie hatte die Großmutter einmal über einen, zu dem man sie gerufen hatte, sagen hören, mit dem sei nichts anzustellen, er wäre ganz kalt! Und der Gedanke beherrschte sie, daß Großchen nicht kalt werden dürfe, denn dann hatte sie kein Großchen mehr. Sie kroch dicht an die Leiche heran, und so schlief sie vor Erschöpfung und Tränen ein.

In der Morgenstunde erwachte sie, weil es sie fror; Großchen war tot und kalt. Das Entsetzliche stand ihr auf einmal klar vor Augen; hastig kleidete sie sich an und floh. Ohne auf Weg und Steg zu achten, lief sie in die Richtung des Elsternnestes; aber als sie den Weg erreichte, der nach dem Meer abbog, schlug sie diesen ein und behielt die Richtung auf Per Nielsens Hof bei. Elend und erschöpft kam sie dort an. „Großchen ist tot!“ rief sie immer wieder und schaute von dem einen zum anderen, Entsetzen im Blick. Etwas anderes konnte man nicht aus ihr herausbekommen. Als man sich anschickte, sie nach Hause ins Elsternnest zu begleiten, begann sie zu schreien. Da brachte man sie zu Bett, damit sie zur Ruhe kommen könnte.

Im Laufe des Tages erwachte sie, und Per Nielsen kam zu ihr herein. „Na, nun mußt du wohl daran denken, nach Hause zu kommen“, sagte er, „es ist das beste, ich begleite dich.“

Ditte starrte ihn an, die Augen voll Angst.

„Ist es dein Stiefvater, vor dem du dich fürchtest?“ fragte er. Sie antwortete nicht.

Frau Nielsen kam ins Zimmer.

„Ich weiß nicht, was wir tun sollen“, sagte er. „Denn sie hat Angst, nach Hause zu gehen. Der Stiefvater ist gewiß nicht gut zu ihr.“

Aber da wandte sich Ditte heftig nach ihm um. „Ich will gern nach Hause zu Lars Peter“, sagte sie schluchzend.

19

Die Erbschaft

Auf die Nachricht vom Tode der alten Maren erschienen vier ihrer Kinder, um ihre Interessen wahrzunehmen und darauf zu achten, daß die anderen sich nichts aneigneten. Die übrigen vier, die sich auf der anderen Seite des Weltmeers befanden, konnten sich ja aus guten Gründen nicht einstellen.

Geld war nicht vorhanden – kein roter Heller war zu finden, soviel man auch suchte, in dem aufgeschnittenen Bettzeug und an anderen Orten; außerdem ergab sich, daß das Haus bis zum Dachfirst belastet war. So verabredete man denn, daß das wenige, was vorhanden war, Sörine und ihrem Mann überlassen werden sollte, wogegen diese das Begräbnis auf sich nahmen. Bei dieser Gelegenheit zeigte Sörine sich nicht von der geizigen Seite; sie wünschte, daß man weit und breit von der Beerdigung spräche. Die alte Maren kam standesgemäßer in die Erde, als sie auf ihr gelebt hatte.

Auch Ditte war bei dem Begräbnis zugegen – wie es natürlich war, da sie allein sich wirklich um die Tote gekümmert hatte. Aber auf dem Kirchhof wußte sie sich so wenig zu beherrschen, daß Lars Peter Hansen sie beiseite führen mußte, damit sie den Pfarrer nicht störte. Sie sei immer so maßlos in ihren Gefühlen gewesen, fand man.

Übrigens änderte sich Ditte gerade in diesem Punkt ganz merkwürdig. Nachdem Großchen unwiderruflich verschwunden war, kam sie anscheinend mehr zur Ruhe. Sie ging ihrer Arbeit nach, war nicht gerade guter Laune, fiel aber auch nicht weiter unangenehm auf. Lars Peter machte die Beobachtung, daß Ditte und die Mutter nicht mehr aneinandergerieten. Das war doch immerhin ein erfreulicher Fortschritt!

Ditte hatte ihren Entschluß gefaßt. Es kostete sie Überwindung, unter einem Dach mit der Mutter zu leben, und am allerliebsten wäre sie weggelaufen. Aber dann würde es heißen, sie könne es nicht zu Hause aushalten, weil sie einen Stiefvater habe, und dieser Gedanke empörte ihr Gerechtigkeitsgefühl. Auch die Sorge für die kleinen Geschwister fesselte sie; was sollte aus denen werden, wenn sie von zu Hause fortging?

Sie blieb – und richtete sich auf ihre Weise mit der Mutter ein. Sörine war so freundlich und rücksichtsvoll gegen sie, daß es fast peinlich war; aber Ditte tat, als merke sie das nicht. Alle Annäherungsversuche von seiten der Mutter prallten an ihrem Starrsinn ab. Sie war ein kleiner Trotzkopf und führte durch, was sie sich vorgenonmen hatte – die Mutter war nicht für sie vorhanden.

Sörines Augen folgten ihr heimlich in einem fort – sie hatte Angst vor Ditte. War das Kind bei dem Ereignis in Marens Hütte gewesen, oder war es erst später gekommen? Sörine war sich nicht sicher, ob sie in der Dunkelheit an jenem Abend nicht selber einen Stuhl umgestoßen hatte. Wieviel wußte Ditte? Daß sie mehr wußte, als gut war, konnte die Mutter auf ihrem Gesicht lesen. Sie hätte viel darum gegeben, zu erfahren, was dem Kinde bekannt war, und ihre Gedanken umkreisten immer wieder diese Frage, wenn sie ihren unsicheren, blinzelnden Blick auf das Mädchen richtete.

„Es ist furchtbar, sich vorzustellen, daß Großchen so einsam sterben mußte", sagte sie mehrmals, in der Hoffnung, daß das Mädchen sich verraten würde. Aber Ditte schwieg hartnäckig.

Eines Tages überraschte Sörine Lars Peter damit, daß sie eine größere Geldsumme auf den Tisch vor sich hinlegte. „Können wir davon bauen? Was glaubst du?" fragte sie.

Lars Peter sah sie an. Er war sprachlos.

„Dieses Geld habe ich durch den Verkauf von Eiern, Butter und Wolle zusammengespart", sagte sie. „Und dadurch, daß ich euch hungern ließ", fügte sie mit einem unsicheren Lächeln hinzu. „Ich weiß recht gut, daß ich ein Geizhals gewesen bin; aber das Ergebnis kommt euch nun zugute."

Es kam so selten vor, daß sie lächelte. ‚Wie gut ihr das steht!' dachte Lars Peter und sah sie verliebt an. Sie war in der letzten Zeit froher und besser geworden – die Aussicht, es ein wenig gemütlich zu bekommen, hatte das wohl bewirkt. Er zählte das Geld – es waren über dreihundert Taler. „Das ist ein guter Schritt vorwärts", sagte er. Als er am nächsten Abend nach Hause kam, hatte er Ziegelsteine auf dem Wagen; und jeden Abend in der nächsten Zeit brachte er Material zum Umbau mit nach Hause.

Die Leute, die an dem Elsternnest vorbeikamen, sahen, wie das Bauholz und die Mauersteine sich anhäuften, und in der Gegend fing das Gerede an. Es nahm seinen Anfang damit, daß gemunkelt wurde, die Alte habe doch wohl mehr hinterlassen, als bekannt war. Dann äußerte dieser oder jener die Vermutung, die alte Maren sei vielleicht keines natürlichen Todes gestorben. Andere konnten bezeugen, daß sie Sörine auf dem Weg zum Dorf gesehen hätten – an demselben Nachmittag, an dem ihre Mutter starb. Und so allmählich entstand das Gerücht, daß Sörine ihre eigene Mutter erwürgt habe. Ditte war – außer der Mutter – die einzige, die etwas dazu sagen konnte; und an sie war nicht heranzukommen, wenn es sich um die Verhältnisse innerhalb der Familie handelte, geschweige denn um eine Angelegenheit wie diese. Aber eigentümlich war es, daß sie gerade im entscheidenden Augenblick gekommen sein sollte; und noch merkwürdiger war es, daß sie mit der Nachricht vom Tode der Großmutter zu Per Nielsen geflohen war und nicht nach Hause.

Weder Sörine selbst noch Lars Peter erfuhren etwas von dem Gerede der Leute. Ditte begegnete ihm in der Schule im Munde der anderen Kinder, trug es aber nicht weiter. War die Mutter ihr gegenüber allzu kriecherisch, dann kam es vor, daß der Haß in ihr aufloderte. Teufel! flüsterte es in ihr; und sie empfand plötzlich den Drang, dem Vater zuzurufen: Mutter hat Großchen mit dem Deckbett erstickt!, besonders, wenn sie mit anhören mußte, wie Sörine allerlei schöne Worte über die Alte sagte. Aber Ditte dachte daran, wie traurig Lars Peter werden würde, und hielt an sich. So ging er denn wie ein großes Kind umher und sah gar nichts, war bloß rein närrisch vor Verliebtheit in Sörine. Die Freude darüber, daß die Dinge eine so gute Wendung für ihn nahmen, machte ihn ganz verwirrt. Ditte und die anderen hatten ihn nie so liebgehabt wie jetzt.

War Sörine zu hart gegen die Kinder, so versteckten sie sich vor ihr draußen vor dem Haus und kamen erst wieder zum Vorschein, wenn der Vater am Abend heimkehrte. Seit dem Tod der Großmutter war das nicht notwendig gewesen. Die Mutter war eine andere geworden; wenn ihr böser Sinn aufflackerte, war es, als würde sie von einer unsichtbaren Hand erfaßt und zurückgehalten.

Aber es kam vor, daß Ditte es nicht ertrug, mit der Mutter in derselben Stube zu sein. Dann wußte sie keinen anderen Rat, als zu dem alten Mittel zu greifen und sich zu verstekken.

Eines Abends lag sie in dem Weidengebüsch und kroch in sich zusammen. Sörine kam mehrmals in der Tür zum Vorschein und rief freundlich; jedesmal überkam Ditte ein Gefühl des Ekels. Sie machte eine Bewegung, als müsse sie sich übergeben. Die Mutter ging suchend um das Haus herum und wanderte dann langsam die Landstraße entlang und wieder zurück, scharf ausspähend; ihr Kleid streifte Dittes Gesicht. Dann ging sie wieder ins Haus.

Es fror Ditte, und sie war es müde, sich hier zu verstekken; aber hinein wollte sie nicht – nicht bevor der Vater nach Hause kam. Aber wenn er nun erst in der Nacht kam! Oder überhaupt nicht! Ditte hatte das schon früher erlebt, aber damals gab es Gründe dafür, auszuhalten. Jetzt erwarteten sie keine Prügel mehr.

Nein, aber es war wunderschön, an der Hand des Vaters ins Haus zu gehen. Er fragte sie nicht weiter aus, warf bloß der Mutter einen anklagenden Blick zu und wußte nicht, was er ihr Gutes antun sollte. Vielleicht fuhr er sie hinüber zu – nein – das – Ditte fing an zu weinen. Das war das Entsetzliche; sosehr sie die Großmutter auch betrauerte, ganz plötzlich konnte sie sich dabei ertappen, daß sie ihren Tod vergessen hatte. „Großchen ist tot, das liebe Großchen ist tot", sagte sie immer wieder vor sich hin, damit das nicht wieder vorkäme, und nach einer Weile kam es doch wieder vor. Das war so entsetzlich treulos.

Sie bedauerte es, daß sie nicht hineingegangen war, als die Mutter sie rief. Jetzt war es zu spät. Sie zog die Füße unters Kleid und begann, an dem Gras zu zerren, um sich wachzuhalten. Ein ferner Laut veranlaßte sie, aufzustehen – es kam ein Wagen! Aber ach, es war nicht das bekannte gemütliche Rattern des Fuhrwerks ihres Vaters!

Der Wagen bog vom Wege nach dem Elsternnest ab; zwei Männer stiegen aus und gingen hinein; sie hatten Mützen mit Schnüren auf dem Kopf. Ditte schlich sich bis ans Haus, gedeckt von den Weiden; ihr Herz hämmerte heftig. Einen Augenblick später kamen die beiden wieder heraus; sie hatten die Mutter zwischen sich. Diese wehrte sich und schrie wie besessen. „Lars Peter!" rief sie herzzerreißend ins Dunkel hinein. Die Männer mußten sie mit Gewalt auf den Wagen bringen. Aus der Stube ertönte das Weinen der Kinder.

Bei diesem Laut vergaß Ditte alles andere und sprang hervor. Einer von den Männern packte sie am Arm, ließ sie aber auf einen Wink des andern wieder los. „Gehörst du hierher?" fragte er.

Ditte nickte.

„Dann geh zu deinen kleinen Geschwistern hinein und sag ihnen, daß sie keine Angst haben sollen. – Fahr zu, Kutscher!"

Sörine streckte wie der Blitz beide Beine zum Wagen hinaus, aber der Gendarm hielt sie fest. „Ditte, hilf mir!" schrie Sörine, während der Wagen nach dem Wege abbog und verschwand.

Als Lars Peter beim Krämerladen auf die Landstraße einbiegen wollte, ungefähr eine halbe Meile von dem Elsternnest entfernt, jagte das Fuhrwerk drüben vorbei; er sah die Mützen der Gendarmen im Schein der Ladenlampe schimmern. Die Obrigkeit ist heute abend unterwegs! dachte er und schüttelte sich. Er bog auf die Straße ein und begann wieder glücklich zu brummen, während er mit der Peitsche mechanisch dem großen Klaus den Rücken klopfte. Er saß vornübergeneigt da und dachte an die zu Hause; er dachte daran, was Sörine ihm wohl heute abend vorsetzen würde – er hatte einen Riesenhunger; und an die Kinder dachte er. Es war eine Schande, daß er sich verspätet hatte – es machte immer soviel Freude, wenn alle vier ihm entgegengestürzt kamen. Aber zu Bett waren sie noch nicht.

Alle vier Kinder standen draußen an der Landstraße und erwarteten ihn; die kleineren hatten nicht den Mut, in der Stube zu bleiben. Wie versteinert war er, und er blieb im Wagen, während Ditte weinend erzählte, was geschehen war. Es sah aus, als würde der große, starke Mann zusammenfallen. Dann aber raffte er sich auf und begleitete die Kinder nach dem Hause hin, wobei er ihnen gut zuredete; der große Klaus folgte mit dem Wagen von selbst nach.

Der Vater half Ditte, die anderen Kinder zu Bett zu bringen. Als das geschehen war, fragte er: „Kannst du heute auf die Kleinen achtgeben? Ich muß nach der Stadt fahren und Mutter holen – das Ganze ist ja bloß ein Mißverständnis!" Seine Stimme klang bedrückt.

Ditte nickte und ging mit ihm zum Wagen hinaus.

Er machte das Fuhrwerk zurecht; das bereitete ihm Mühe. Und plötzlich hielt er inne.

„Du weißt doch am besten Bescheid, Ditte", sagte er. „Du mußt doch für deine Mutter gutsagen können?" Er wartete, sah sie aber dabei nicht an. Es kam keine Antwort.

Da drehte er das Fuhrwerk langsam um und fing an auszuspannen.

Zweiter Teil
Mütterchen

I

Morgen im Elsternnest

Der große Klaus schlang in seinem Stand fleißig und mit viel Lärm das Futter in sich hinein. Er hatte eine eigentümliche Art zu fressen; so gut auch Lars Peter die Körner mit dem Häcksel vermengte, der große Klaus brachte es immer fertig, sie herauszuzupfen. Zuerst fraß er die Krippe halb leer, um erst einmal einen Grund zu legen. Dann war Platz zum Zupacken; er schob das Futter in der Mitte der Krippe zusammen, schnaubte stoßweise durch die Nüstern, daß der Häcksel nach allen Seiten flog, und suchte mit seinem weichen Maul die Körner heraus. Hatter er alle Körner gefressen, so scharrte er wiehernd auf dem Steinpflaster.

Ditte lachte. „Er bittet um mehr Zucker drauf", sagte sie. „Genau wie Paul, wenn er seinen Brei essen soll; der schrapt auch von oben weg."

Aber Lars Peter brummte. „Friß du nur auf, du viereckiges Gespenst", sagte er. „Die Zeiten sind nicht danach, den Belag abzuessen und das Brot wegzuwerfen."

Der große Klaus antwortete mit einschmeichelndem Wiehern, das kein Ende nehmen wollte.

Endlich erhob sich Lars Peter, ging hin und schob den Häcksel in der Mitte der Krippe zusammen. „Da friß, du Querkopf!" sagte er und gab dem Gaul einen Klaps aufs Kreuz. Der große Klaus tauchte das Maul in die Krippe, roch und wandte dann den Kopf Lars Peter zu; es sah aus, als wolle er sagen: Was ist denn heute mit dir los? Es blieb nichts anderes übrig, Lars Peter mußte eine Handvoll Hafer nehmen und unter den Häcksel mischen. „Aber jetzt keine

Possen mehr!“ sagte er und ließ seine große Hand auf den Rücken des Gauls fallen. Diesmal fraß das Pferd alles auf.

Lars Peter setzte sich wieder unter die Laterne.

„Der große Klaus ist so klug“, sagte Ditte, „er weiß genau, wie weit er’s treiben darf. Aber wählerisch ist er nun mal.“

„Ich will dir etwas sagen: Er weiß, daß wir eine weite Fahrt vorhaben; da hält er es für das richtigste, gut vorzusorgen“, antwortete Lars Peter entschuldigend. „Er ist ein kluger Bursche!“

„Aber so durchtrieben wie Kater Pers ist er doch nicht“, sagte Ditte wichtig, „denn der macht selber die Tür zur Speisekammer auf. Ich konnte nicht verstehn, wie er hineingekommen war und von der Milch getrunken hatte; ich glaubte, der kleine Paul habe die Tür hinter sich offengelassen, und wollte ihm schon deswegen eins auswischen. Aber gestern kam ich hinter die Schliche unseres Katers. Kannst du dir denken, wie er’s anfing? Er sprang auf den Spültisch, und von da sauste er zur Speisekammertür hinüber und schlug die Klinke mit der Pfote nieder. Dann konnte er die Tür ganz leicht vom Fußboden aus aufkratzen.“

Sie saßen unter der Laterne, die von einem Balken herabhing, und sortierten Lumpen. Rings um sie lagen die Lumpen in großen Haufen, wollene für sich, leinene für sich und baumwollene für sich. Es war noch finster, kalte Nacht, aber hier drinnen war es gemütlich. Der große Klaus arbeitete wie eine Dreschmaschine, um satt zu werden, die Kuh lag und schnaubte beim Wiederkäuen vor Behagen laut vor sich hin, während die Hühner drüben in ihrem Verschlag im Schlaf leise gackerten. Das neue Ferkel träumte gewiß von der Muttermilch – von Zeit zu Zeit hörten sie einen Lutschlaut. Es war der Mutter erst vor ein paar Tagen weggenommen worden.

„Ist das Wolle?“ fragte Ditte und hielt Lars Peter einen großen Lappen hin.

Lars Peter befühlte ihn lange prüfend, zog dann einen Faden heraus und hielt ihn in die Flamme der Laterne. „Wolle muß es ja sein“, sagte er endlich, „denn es schmilzt und riecht nach Horn. Aber der Henker mag wissen ...“ Nachdenklich befühlte er den Lappen nochmals. „Vielleicht ist das so ein moderner Schwindel; man sagt ja, daß die Leute jetzt bestimmte Pflanzen so verarbeiten können, daß sie nicht von Wolle zu unterscheiden sind. Und Seide wird aus Glas hergestellt, so behauptet man."

Ditte sprang rasch auf und öffnete die Scheunentür. Sie lauschte hinaus; dann verschwand sie über den Hof. Bald darauf war sie wieder zurück.

„Stimmte was mit den Kindern nicht?" fragte Lars Peter.

„Ach, der kleine Paul weinte bloß; er hat ein Bedürfnis gehabt. Jetzt, wo man ihn an Sauberkeit gewöhnt hat, muß man aufpassen. Läßt man das Übel erst wieder einreißen, so wird's nie was mit ihm." Ditte sah mit erfahrenem Ausdruck vor sich hin.

Lars Peter nickte. „Das hast du wirklich gut gemacht, daß du ihm Ordnung beigebracht hast", sagte er mit rückhaltloser Bewunderung in der Stimme, „ich begreife bloß nicht, wie du's angefangen hast! Denn Mutter hat nichts bei ihm erreicht."

„Oh, wenn man nur will – und nicht lockerläßt; so ein Kind muß sich ja darein finden. Am schlimmsten ist es in der Nacht, wenn's dunkel und eiskalt ist. Dann denkt man: Ach, nun liege ich so schön und mag wirklich nicht aufstehen, er wird schon bis morgen früh durchhalten. Aber das darf man eben nicht, denn dann ... Wie kann man Seide aus Glas herstellen?" fragte sie plötzlich. „Glas ist doch spröde!"

„Ja, das ist die neumodische Seide auch, also deswegen könnte es schon passen. Man sieht es ja hier: wenn nur ein Fetzen Seide dazwischen ist, ist er fast immer gebrochen."

„Und was für wunderliches Zeug ist denn Glas?"

„Ja, was ist das – wer das bloß sagen könnte! Mit Eis kann es ja nicht verwandt sein, weil es hart bleibt, auch wenn die Sonne draufscheint. Vielleicht – nein, ich kann es dir nicht erklären. Es ist doch jämmerlich, daß man nichts Ordentliches gelernt hat; und sich die Dinge auf eigne Faust zurechtzulegen, dazu ist man nicht schlau genug."

„Kann das denn jemand?"

„Ja, das *muß* doch sein; wie sollte sonst der erste die Sache herausgefunden haben, wenn er nicht zuerst den Einfall gehabt hat. Früher habe ich auch immer gefragt und habe mir

Gedanken über alles gemacht; aber ich hab's aufgegeben, denn man kriegt ja doch keinen Bescheid. Das mit Mutter kann einem wohl auch das Dasein verleiden." Lars Peter seufzte.

Ditte beugte sich über die Arbeit. Nun geriet die Unterhaltung auf Abwege, da war es gut zu schweigen.

Der große Klaus war gewiß endlich satt – er hatte seine eigene luftige Art, es zu äußern.

„Willst du wohl anständig sein, du Windschlucker!" rief Lars Peter. „Du vergißt ganz, daß du Gäste hast!"

Ditte lachte. Kurz darauf sagte sie: „Ja, aber warum sollen die Tiere nicht ebensogut lernen, anständig und artig zu sein wie wir?"

„Gewiß, weil sie's nicht lernen können", erwiderte Lars Peter nachdenklich. „Es ist hier auf der Welt wohl so, daß ein jeder Lehre empfängt und weitergibt – so gut er's vermag. Übrigens sind die Tiere oft ordentlicher als wir Menschen, man sollte sich häufig ein Beispiel an ihnen nehmen."

Eine Weile war es still. Lars Peters Hände arbeiteten langsamer und hielten dann ganz inne. Er saß und starrte wie geistesabwesend vor sich hin, so war er in letzter Zeit oft. Plötzlich erhob er sich, ging zur östlichen Luke hin und öffnete sie; es war noch Nacht, aber die Sterne waren schon ein wenig verblaßt. Drüben aus seinem Stand rief der große Klaus, ganz schwach, fast unhörbar. Lars Peter schloß die Luke und ging zu ihm hinüber, er stolperte auf merkwürdige Art durch die Scheune. Ditte folgte ihm mit den Augen.

„Was willst du denn nun wieder?" fragte er tonlos und strich mit dem Arm den Rücken des Gauls entlang, wobei er zu ihm in den Stand trat. Der große Klaus zupfte ihn mit seinem weichen Maul an der Schulter. Das war die sanfteste Liebkosung, die Lars Peter sich denken konnte, und dann gab er ihm Hafer.

Ditte drehte den Kopf nach den beiden um – sie sah den Vater nicht gern in dem Zustand, in dem er sich augenblicklich befand. Was konnte es denn nützen, den Kopf hängen zu lassen! „Will er schon wieder fressen?" sagte sie scharf. „Das Tier frißt uns das Haus überm Kopf weg!"

„Ja, aber er kann auch was leisten – und wir haben einen weiten Weg vor uns." Lars Peter kam zu ihr zurück und nahm die Arbeit wieder auf.

„Wie viele Meilen ist es denn bis Kopenhagen?"

„Sechs, sieben Stunden Fahrt, denk ich. Wir haben ja eine Ladung mitzunehmen."

„Hu, so ein langer Weg." Ditte schauderte. „Und wie kalt es ist!"

„Ja, wenn man allein auf dem Wagen sitzen muß. Du könntest gut mitfahren, du! Der Zweck der Fahrt ist ja nicht so sehr erfreulich, und womit soll man sich auf dem langen Weg die Zeit vertreiben? Die traurigen Gedanken kann man dann nicht loswerden."

„Ich kann hier nicht abkommen", erwiderte Ditte kurz.

Wohl zum zwanzigsten Mal begann Lars Peter ihr zuzureden. „Wir können doch Johansens bitten, aufzupassen – und die Kinder die paar Tage hinüberschicken", sagte er.

Aber Ditte blieb unerschütterlich. Sie hatte nichts für die Mutter übrig; da konnte man sagen, was man wollte: sie *wollte* eben nicht in die Stadt und ihr drüben in der Sklaverei guten Tag sagen. Und nun sollte der Vater lieber mit dem Gerede aufhören, sonst wurde sie böse und erinnerte ihn an Großchen. Sie haßte die Mutter mit einer Kraft, die ganz unheimlich für ihre Kinderjahre war. Nie erwähnte sie sie, und wenn die anderen dieses Thema anschlugen, verstummte sie, und es war nicht das geringste aus ihr herauszukriegen. So gut und aufopfernd sie sonst war, in diesem Punkt blieb sie verstockt.

Für Lars Peters gutmütigen Sinn war dieser Haß ein Rätsel. So gern er hier auch versöhnlich gewirkt hätte, es blieb ihm nichts anderes übrig als abzulenken.

„Schau nach, ob du etwas für den Haushalt brauchst", sagte er.

„Ich brauche ein Paket Tafelsalz; das, das sie hier im Dorfladen haben, ist so schrecklich grob, man kann's nicht auf den Tisch bringen. Und dann brauch ich etwas Kardamom. Ich will versuchen, selber einen Kuchen zu backen, das gekaufte Feinbrot wird so schnell trocken."

„Kannst du das auch?" rief Lars Peter bewundernd.

„Ich brauch noch mehr", fuhr Ditte unbeirrt fort. „Aber das beste ist, ich schreib es auf; sonst vergißt du die Hälfte, wie neulich."

„Ja, tu das lieber", erwiderte Lars Peter sanft. „Mein Gedächtnis hat nachgelassen. Ich weiß nicht – sonst hab ich doch fünfzigerlei besorgen können, ohne etwas davon zu vergessen. Aber das mit Mutter ist wohl dran schuld. Und dann vielleicht auch, daß man älter wird. Großvater hat übrigens bis zuletzt ein Gedächtnis gehabt wie ein gedrucktes Buch."

Ditte stand schnell auf und schüttelte ihr Kleid. „Sieh – das wär getan!" sagte sie und atmete tief auf. Dann steckten sie die Lumpen in Säcke und banden sie zu.

„Das bringt allerlei Geld", sagte Lars Peter und schleppte die Säcke zur Scheunentür hin, wo schon altes Eisen und andere Metalle aufgestapelt waren, die auch mit zur Stadt sollten. „Und wie spät ist's denn geworden? Nach sechs. Da ist ja bald hellichter Tag."

Ditte schlug die Scheunentür zurück, und die frische Frostluft strömte herein. Im Osten über der See war der Himmel kalt und grünspanfarben, mit einem schwachen goldenen Schimmer – der Tag war im Anmarsch. Draußen auf den offenen Wuhnen begannen die Vögel, Lebenszeichen von sich zu geben. Es war, als ob der Lärm vom Elsternnest her ihnen den Tagesanbruch meldete; Schwarm für Schwarm schnatterte los, flog auf und steuerte dem Meere zu.

„Wir bekommen einen klaren Tag", sagte Lars Peter, während er den Wagen vor die Scheunentür zog. „Jetzt dürfte es ruhig Tauwetter werden." Er fing an, den Wagen zu beladen, während Ditte hineinging, um Feuer für den Kaffee anzumachen.

Als Lars Peter in die Stube kam, spielte der Feuerschein von der offenen Ofentür über den Boden hin, der Raum war voll kräftiger Düfte, es roch nach Kaffee und Gebratenem. Christian lag auf den Knien vorm Ofen und feuerte mit Heidekraut und getrockneten Kuhfladen, und Ditte stand am

Herd und rührte in der brutzelnden Bratpfanne. Die beiden Kleinen saßen rittlings auf der Bank und gafften entzückt in die Stube, während der Schein vom Ofen auf ihren nassen Mäulchen schimmerte. Die Morgendämmerung tastete nachdenklich über die zugefrorenen Fensterscheiben.

„Bitte schön, Vater!“ sagte Ditte und setzte die Bratpfanne auf den Tisch, auf drei kleine Holzklötze. „Es sind bloß gebratene Kartoffeln mit ein paar Speckhappen drin. Aber bitte, du sollst es allein essen!“

Lars Peter lachte und setzte sich zu Tisch. Er begann sofort, wie er's gewohnt war, die Kleinen zu füttern; sie bekamen jeden zweiten Bissen. Das Gesicht über den Tischrand vorgestreckt, lagen sie mit aufgesperrten Schnäbeln da, wie zwei junge Vögelchen. Christian hatte eine eigene Gabel und stand beim Essen zwischen Vaters Knien. Ditte stand mit dem Bauch an der Tischkante und sah den Kindern zu; sie hielt ein breites Küchenmesser in der Hand.

„Willst du nichts abhaben?“ fragte Lars Peter und schob die Bratpfanne zur Mitte des Tisches.

„Es ist nur für dich etwas da, wir andern bekommen nachher schon unsern Teil“, erwiderte Ditte halb ärgerlich. Aber Lars Peter fuhr unermüdlich fort, die Bissen in die Kleinen hineinzustopfen. Das Essen schmeckte ihm nicht, wenn er nicht ein paar aufgesperrte Mäuler um sich hatte.

„Ein himmlischer Happen für einen, der eben aufgewacht ist, was?“ sagte er mit breitem Lachen; seine Stimme hatte wieder ihren tiefen, warmen Klang.

Während er Kaffee trank, zogen sich die kleine Schwester und Paul schnell an; sie wollten ihn aufbrechen sehen. Während angespannt wurde, liefen sie dem Vater und dem großen Klaus zwischen den Beinen durch.

Die Sonne ging gerade auf. Sie zeichnete ein rotes Glitzergewebe auf das Ufereis und die reifbedeckte Landschaft; das Röhricht raschelte im Sonnenaufgang wie sich kreuzende Eisklingen. Von dem Riesenleib des großen Klaus stieg weißer Dampf in den Morgen auf, und die kurzen, hastigen Atemzüge der Kinder waren wie Maschinendampfstöße. In ihren Lappenschuhen sprangen sie wie zwei übermütige, breittatzige junge Hunde um den Wagen herum. „Grüß Mutter!“ riefen sie immer wieder.

Lars Peter beugte sich vom Gipfel der Fuhre hinab, wo er inmitten der Säcke saß. „Soll ich nicht auch von dir grüßen?“ fragte er. Ditte wandte den Kopf ab.

Dann griff er zur Peitsche und begann zu schmitzen. Und der große Klaus legte sich langsam ins Geschirr.

2

Die Landstraße

„Er ist beinah noch verrückter nach der Landstraße als man selber“, pflegte Lars Peter vom großen Klaus zu sagen; und es war wirklich wahr; der Gaul war sofort guter Laune, sobald er merkte, daß Vorbereitungen zu einer weiteren Fahrt getroffen wurden. Aus den kurzen Touren machte er sich nichts; die richtigen Landfahrten mit Abstechern nach rechts und links und Übernachten in irgendeinem Reisestall, die sagten ihm zu. Inwiefern er etwas Besonderes an ihnen fand, war nicht gut zu sagen; so geradezu etwas Neues erleben – wie man selber – konnte er doch wohl nicht. Freilich – hol's der Henker! –, ein kluger Kerl war er! Jedenfalls liebte er es, die Landstraße unter den Hufen zu fühlen, und je weiter eine Fahrt augenscheinlich werden sollte, desto zufriedener war er. Er nahm das Ganze mit der gleichen guten Laune hin – hügelaufwärts, wenn er sich ordentlich ins Zeug legen mußte, und hügelabwärts, wenn das Fuhrwerk dicht an seinem zottigen Hinterteil hinrollte. Nur wenn der Hügel sehr steil war, machte er halt – um Lars Peter Gelegenheit zu geben, abzusteigen und die Beine etwas zu bewegen.

Für Lars Peter hatte die Landstraße etwas vom Leben selber an sich. Von dort holte er für sich und die Seinen das Brot heim, und die Landstraße befriedigte seinen Vagabundierdrang. So ein Stück Landstraße mit den beiden Reihen gestutzter Pappeln und mit den zahllosen Seitenwegen zu Höfen und Häusern hin barg alle Möglichkeiten in sich.

Man konnte diese Richtung einschlagen oder jene, wie einem im Augenblick der Sinn stand, oder man konnte die Richtung dem Zufall und dem großen Klaus überlassen. Immer kam etwas dabei heraus.

Und die Landstraße war bloß das sichtbare Stück einer Kette ohne Ende. Wenn man nun auf den Gedanken kam, einmal geradeaus zu traben anstatt abzubiegen – ja, dann kam man weit in die Welt hinaus – so weit es sein sollte. Natürlich tat Lars Peter das nicht; aber allein das Wissen, daß man es tun konnte, befriedigte etwas in einem.

Auf der Landstraße traf er fahrendes Volk, Leute seines eigenen Blutes, die zu ihm auf die Fuhre hinaufkletterten, ohne um Erlaubnis zu bitten, eine Flasche aus der inneren Tasche zogen und ihm hinreichten und anfingen, drauflos zu erzählen. Das waren Leute, die weit herumkamen; gestern waren sie bei Helsingör übergesetzt worden, in einer Woche waren sie vielleicht jenseits der Südgrenze, im deutschen Gebiet. Sie hatten nägelbeschlagene Stiefel und eine Höhlung statt des Bauches, ein Tuch um den Hals und Pulswärmer um die roten Handgelenke – und gute Laune. Der große Klaus kannte sie und blieb von selbst stehen.

Auch vor armen Frauen, Schulkindern und Arbeitern blieb er stehen; er und Lars Peter waren darin ein und derselben Ansicht: alles, was fahren wollte, sollte dieses Vergnügen haben. Aber an feinen Leuten ging der große Klaus vorüber; die ließen sich ja doch nicht dazu herab, mit dem Schinder zu fahren.

Die beiden kannten die Landstraße und ihre Nebenwege gleich gut. Gab es irgend etwas zu sehen, eine Dreschmaschine auf dem Feld oder einen Neubau, so nahm einer von ihnen immer die Gelegenheit wahr, haltzumachen. Lars Peter tat so, als sei das Pferd der Neugierige. „Na, hast du dich nun bald satt gegafft?“ brummte er, wenn sie eine kleine Weile stillgestanden hatten, und raffte dann die Zügel zusammen. Der große Klaus fand sich in dies bißchen Verrat, ohne sich in seinem Tun und Lassen dadurch beeinflussen zu lassen, er folgte am liebsten seinem eigenen Kopf.

Es mußte düster aussehen, wenn die breite Landstraße den

Schinder nicht in gute Laune versetzen konnte. Der ruhige, melodische Takt im Hufschlag des großen Klaus gegen die Steinschicht der Chaussee forderte zum Mitsummen auf. Die Bäume, die Meilensteine mit der Königskrone über dem Namenszug Christians V., die endlosen Perspektiven mit all dem Leben und Verkehr, dem man auf der Reise zwischen ihnen hindurch begegnete – das alles hob seine Stimmung gewaltig.

Das dünne Eis klirrte unter dem Hufschlag des Gauls. Die klare, kalte Luft erleichterte das Atemholen, und die Sonne goß ihr Rot über das weiße Schneeland. Man konnte gar nicht anders, man mußte guter Laune sein. Aber dann tauchte im Geist der Zweck der Fahrt auf, und alles verlor seinen Glanz.

Lars Peter hatte sich nie sonderlich damit abgegeben, auf eigene Faust nachzudenken oder mit dem Dasein ins Gericht zu gehen. Wenn etwas so oder so kam, so konnte es eben nicht anders sein – und was nutzte es, groß nachzudenken! Kauerte er während der langen Stunden oben auf dem Wagen, dann brummte er bloß eine Art Melodie vor sich hin und fühlte sich wohl. ‚Was Mutter heut abend für dich haben mag?' dachte er dann wohl, oder ‚Möcht wissen, ob die Gören mir heut entgegenkommen!' Das war alles. Schlechten Handel und guten Handel nahm er hin, wie's kam, und ebenso Sorge und Freude; er wußte aus unerschütterlicher, festliegender Erfahrung, daß Regen und Sonnenschein wechseln. So war es bei seinen Eltern und Großeltern gewesen, und sein eigenes Leben hatte es bestätigt. Worüber sollte man da denn nachgrübeln? Hielt das schlechte Wetter ungewöhnlich lange an, dann schüttelte man den Pelz desto stärker, wenn's vorüber war.

Und mit jemandem zu hadern, konnte ebensowenig nützen. Andere Menschen mußten ja ebenso wie er die Dinge nehmen, wie sie kamen, und eine lenkende Hand hinter dem Ganzen hatte er nie gespürt.

Jetzt aber *mußte* er nachdenken, so unnütz es ihm auch vorkommen mochte. Es packte ihn etwas unerbittlich im Nacken, wie er ging und stand, und stellte ihn vor das stets gleich hoffnungslose Warum? Aus einem tausendfachen Hinterhalt tauchte der Gedanke an Sörine auf und machte alles schwer und trüb.

Lars Peter hatte seinen vollen Anteil vom Unglück abbekommen – und hatte ihn getragen als das Maß an Bürden, das einem nun einmal zugemessen war. Er hatte einen breiten Schädel und einen breiten Rücken – wozu war der wohl sonst gut, wenn nicht dazu, Bürden darauf zu legen. Es war nicht seine Sache, zu jammern und den Schwächlichen zu spielen. Und das Schicksal *hatte* ihm aufgeladen! Konnte er dies tragen, ja, dann konnte er auch jenes tragen! Bis er schließlich unter der Bürde zusammengebrochen war. Mit seiner alten Unverwundbarkeit gegenüber bösen Schickungen war es vorbei.

Er hatte angefangen, über sein Los nachzusinnen – und begriff nichts; das Ganze war so sinnlos, wenn er sich selbst mit anderen verglich. Kaum hockte er auf dem Wagen und hatte dem großen Klaus die Gangart beigebracht, so suchten ihn die trüben Gedanken heim und stapften in seinem Sinn umher, immer in der Runde, daß er ganz betäubt war. Und er konnte sich nicht durchfinden, sein Verstand wälzte immer wieder die gleichen Fragen. Warum hieß er der Schinder und wurde als Unreiner behandelt? Er ernährte sich doch ebenso redlich wie jeder andere. Warum verfolgte man seine Kinder und verwies sie aus dem Kreise der übrigen – warum nannte man sein Heim das Elsternnest? Und warum suchte ihn das Unglück heim – und das Schicksal? Da war ja so vieles, was er nicht verstand und worüber er sich klarwerden mußte. Das Unglück, das so oft an seine Tür gepocht hatte, ohne ihn zu Hause anzutreffen, hatte diesmal den Fuß energisch in die Türspalte gestellt.

Soviel Lars Peter sich auch den Kopf zerbrechen mochte, das mit Sörine konnte er nicht begreifen. Es lag in seiner Natur, sich an die helle Seite der Dinge zu halten; was sonst noch da war, vergaß er einfach wieder, sobald es vorüber war. Er hatte nur Sörines gute Eigenschaften im Gedächtnis. Eine tüchtige Frau war sie gewesen, geschickt im Zusammenhalten der Brocken – und strebsam. Und gute Kinder hatte sie ihm geschenkt, das allein genügte, alles auszustreichen. Er hatte sie liebgehabt, und er war stolz auf sie gewesen um ihrer Strebsamkeit und ihres unbezwingbaren Ehrgeizes willen. Und wenn ihr Sticheln auch manchmal lästig sein mochte, im stillen hatte er sie bewundert, weil sie die Nase so hoch trug. Und nun saß sie ihres Stolzes wegen im Zuchthaus! Solange wie nur möglich hatte er sich daran geklammert, daß es ein Irrtum sein müsse. ‚Vielleicht lassen sie sie eines Tages laufen', dachte er. ‚Dann steht sie in der Tür, wenn du gefahren kommst, und das Ganze ist ein Mißverständnis gewesen.' Nun war das Urteil längst gefällt, und die Sache mußte ja in Ordnung sein. Aber sinnlos blieb es doch!

Ein Hufeisen lag auf dem Wege, der große Klaus blieb aus alter Gewohnheit stehen und drehte den Kopf. Lars Peter erwachte aus seinen Gedanken und schaute vor das Pferd hin, dann trieb er es wieder an. Der Gaul begriff das nicht, aber es mochte sein, wie es wollte; Lars Peter hatte keine Lust mehr, eines lausigen Hufeisens wegen vom Wagen hinunterzuklettern. Das Ganze hat ja doch keinen Zweck!

Er fing an zu pfeifen und schaute über die Landstraße hin, um die Gedanken abzulenken. Drüben auf dem Moor waren die Leute beim Eisschneiden für die Meierei – es war auch höchste Zeit! Und der Bauer von Gadby fuhr in seinem besten Schlitten aus, sein altes Weib neben sich. So einer konnte! Wenn man nur Mutter mit auf dem Wagen hätte – und nun zum Besuch der Hauptstadt führe! Aha – da hatte es ihn wieder gepackt! Lars Peter rückte auf seinem Sitz hin und her und sah nach der anderen Seite, aber was half das? Die Gedanken wurde er nicht los. Sie waren wie Ungeziefer; stieß man sie von einer Stelle weg, so bissen sie einfach an einer andern.

Aus einem kleinen Gehöft kam eine Frau auf die Landstraße gerannt. „Lars Peter!" rief sie. „Lars Peter!" Der große Klaus blieb stehen.

„Fährst du zur Stadt?" fragte sie atemlos, sich auf den Wagenkasten stützend.

„Ich fahr zur Hauptstadt." Lars Peter sagte es gedämpft, wie wenn er Angst hätte, daß sie erraten werde, was er in der Stadt wollte.

„Oh, würdest du wohl so freundlich sein und für uns einen Nachttopf kaufen?“

„Was, wollt ihr vornehm werden?“ Lars Peter verzog den einen Mundwinkel zu einer Art Grinsen.

„Ja, weißt du, unsre Dirn hat Gichtfieber, und da hat der Arzt ihr verboten, aus dem Haus zu gehen, um ihr Wasser zu lassen“, erklärte die Frau entschuldigend.

„Gewiß – das kann ich. Wie groß soll er denn sein?“

„Wenn man schon mal einen anschafft, dann ist es ja am besten, daß wir alle Nutzen davon haben. Der Alte und ich selber und dann die Tochter und unser Knecht und das kleine Mädel. Für sechs-, siebenmal Wasserlassen müßte er langen. Hier hast du einen Reichsort, mehr kann er wohl nicht kosten.“ Sie reichte ihm das Geld, das in Papier gewikkelt war, hinauf, und der große Klaus setzte sich wieder in Trab.

Als sie gut die Hälfte des Weges zurückgelegt hatten, bog Lars Peter bei einem Krug ab. Der Gaul mußte etwas in den Wanst bekommen, und ihm selbst würde eine kleine Herzstärkung auch guttun, er war in recht schlechter Stimmung. Er fuhr in den Reisestall hinein, nahm dem Pferd das Zaumzeug ab und hängte ihm den Futterbeutel um.

Der dicke Krugwirt kam in der Tür zum Vorschein und blinzelte mit seinen kleinen Schweinsaugen hinaus, die in der gewaltigen, rotgefleckten Fleischmasse tief eingebettet lagen wie zwei Rosinen in aufgehendem Teig. „Was, da haben wir ja den Schinder vom Sand!“ rief er und lachte, daß ihm das Fett im Halse brodelte. „Was bringt so hohe Herrschaften hierher?“

Lars Peter hatte solchen Gruß schon früher vernommen und mit darüber gelacht, aber heute übte dies Willkommen eine eigentümliche Wirkung auf ihn aus. Seine Geduld war erschöpft; das Blut begann in ihm zu steigen, als wolle es ihn über sich hinausheben. Der langmütige, bedächtige, träge Lars Peter wandte den Kopf mit einem Ruck, daß die Zähne blitzten. Dann hielt er inne, legte den Fuhrmantel ab und breitete ihn über den Gaul.

„Irre ich mich vielleicht?“ begann der Krugwirt von

neuem. „Ist es nicht der Herr Gutsbesitzer vom Elsternnest, der uns die Ehre erweist?"

Diesmal zündete es ernstlich in Lars Peter. „Willst du wohl dein Maul halten, du verfressenes Krugschwein!" donnerte er mit einer Stimme, die über alle Dächer hallte, und kam in seinen schweren Stiefeln herbeigesprungen. „Sonst werd ich es dir stopfen!"

Der aufgesperrte Schlund des Krugwirts klappte von selber zu. Seine Schweinsäuglein, die sich, während er lachte, in die Fleischmasse hineinsenkten, öffneten sich in starrem Entsetzen; er wandte sich um und stürzte ins Haus. Als Lars Peter mit düsterem Gesicht in die Wirtsstube hineinstapfte, machte sich der Wirt drinnen zu schaffen; er pfiff leise vor sich hin, die dicke Zunge zwischen den Lippen, und sah einfältig drein.

„Einen Schnaps und ein Bier", brummte der Schinder, setzte sich an einen der Tische und begann sein Essen auszupacken.

Der Krugwirt kam mit einer ganzen Karaffe und zwei Gläsern. Er schielte unsicher zu Lars Peter hin und schenkte dann zwei Schnäpse bis zum Rande ein. „Prosit, alter Freund!" sagte er einschmeichelnd. Der Schinder trank, ohne anzustoßen; er hatte dem dicken Kloß einen kleinen Schreck eingejagt, und nun wedelte der Bursche mit seinem Schweineschwanz. Das war etwas ganz Eigentümliches, einen anderen Menschen dahin zu bringen, daß er vor einem zitterte – ein ganz neues Gefühl war's. Aber es gefiel dem Lars Peter nicht schlecht. Und es tat gut, die Galle einmal ordentlich auszublasen; der Körper empfand noch eine Zeitlang ein richtiges Wohlbehagen nach der heftigen Entladung. Da saß der großmütige Wirt und schmierte sich an, bloß weil man sich nicht mehr in alles fand. Lars Peter verspürte plötzlich Lust, ihm den Fuß auf den Nacken zu setzen, ihm in seine verfressene Fratze zu schreien, daß ihm das Fett vor Schreck aus dem Hals spritzte, oder seine beiden Enden zu nehmen und zusammenzubiegen. Warum sollte er seine Übermacht nicht einmal gebrauchen? Vielleicht brachte man ihm dann den jetzt fehlenden Respekt entgegen.

Der Wirt ließ sich auf einen Stuhl ihm gegenüber niedersinken. „Na, Lars Peter Hansen, man ist wohl Sozialist geworden?“ fragte er blinzelnd.

Lars Peter ließ seine schwere Faust auf den Tisch fallen, daß alles sich hob – der Wirt mit. „Man hat sich die längste Zeit schofel behandeln lassen – kannst du das verstehn! Ich bin nicht *mehr* Schinder als du und die andern. Und hör ich den Namen noch einmal, so holt euch alle der Satan.“

„Begreiflicherweise, begreiflicherweise! Es war ja doch auch bloß Scherz, Lars Peter Hansen. Und wie steht es zu Hause? Frau und Kinder gesund?“ Seine Augen zuckten noch, sooft Lars Peter sich bewegte.

Lars Peter antwortete ihm nicht, sondern trank noch einen Schnaps. Der Lümmel kannte ja die Geschichte mit Sörine recht gut.

„Weißt du was – hättest die Madam mitnehmen sollen. Den Weibern macht so eine Fahrt nach der Hauptstadt Spaß“, versuchte der Krugwirt von neuem. Lars Peter sah mißtrauisch nach ihm hin.

„Was sind das für hundsföttische Narrenpossen?“ sagte er finster. „Du weißt recht gut, daß sie da drin sitzt.“

„Was – sitzt sie da drin? Sie ist dir doch nicht etwa fortgelaufen?“

Lars Peter nahm noch einen Schnaps. „Sie sitzt fest – zum Teufel!“

Der Krugwirt merkte, daß es nicht anging, den Unwissenden zu spielen, man erntete bloß Undank dafür. „Nun glaub ich doch, daß ich was läuten gehört hab“, sagte er. „Wie – ist sie nicht dem Gesetz ’n bißchen zu nah getreten?“

Der Schinder lachte hohl auf. „Gewiß doch! Sie hat ihre Mutter umgebracht, wird behauptet.“ Der Schnaps begann seine Wirkung auf ihn auszuüben.

„Ach, Herrgott – ja, so kann es kommen“, seufzte der Krugwirt, und er wand sich, als ob er Leibweh hätte. „Und nun willst du wohl zum König?“

Lars Peter hob den Kopf. „Zum König?“ fragte er. Der Gedanke überraschte ihn; vielleicht war das das Wunder, auf das er so lange gehofft hatte.

„Ja, der König hat über Leben und Tod zu entscheiden,

das weißt du doch. Kann er einen nicht leiden, so sagt er bloß: ‚Macht mir den Burschen einen Kopf kürzer!' Und ebenso kann er die Ketten lösen, wenn er Lust hat."

„Und wie bekommt so ein armer Teufel wie ich wohl Zutritt zum König?" Der Schinder lachte hoffnungslos.

„Den kann jeder verlangen", sagte der Wirt breit. „Ein jeder im Lande hat das Recht, vor seinen König gelassen zu werden. Erkundige dich nur in der Stadt; jedes Kind weiß, wo der König wohnt."

„Das weiß man wohl auch selber", entgegnete Lars Peter mit Selbstgefühl. „Beinah wär man ja selber zur Garde gekommen und hätt Posten vorm Schloß gestanden. Wären nicht die Plattfüße ein Hindernis gewesen, so –"

„Ja, so einfach ist das denn doch nicht, denn er hat viele Wohnungen. Der König hat keinen Verkehr, siehst du, sintemalen es nur den einen König im Lande gibt. Und immer nur mit seiner Frau zu schwatzen, das kann kein Teufel aushalten – der König sowenig wie wir gewöhnlichen Sterblichen. Drum langweilt er sich und zieht aus einem Schloß ins andre und spielt Auf-Besuch-Kommen mit sich selbst. Deshalb mußt du gut rumfragen. Ein Fürsprecher ist auch nicht ohne. Du hast doch Geld bei dir?"

„Ich hab für über hundert Kronen Waren draußen auf meinem Wagen", sagte Lars Peter, sich in die Brust werfend.

„Ja, denn in der Hauptstadt gehn die meisten Türen schwer, wenn sie nicht geschmiert werden. Kann auch sein, daß die Schloßtore ein bißchen kreischen, aber dann –" Der Krugwirt rieb die Finger gegeneinander.

„Dann schmieren wir eben", sagte Lars Peter mit großer Geste und brach auf.

Er hatte jetzt gewaltigen Mut und brummte eine Melodie vor sich hin, während er dem Pferd das Zaumzeug umlegte und den Wagen bestieg. Jetzt wußte er, welchen Weg er zu gehen hatte; und nun hieß es: vorwärtskommen und handeln. Tag und Nacht hatte es ihm vor Augen gestanden, daß er irgend etwas unternehmen müsse, um Sörine aus dem Gefängnis zu befreien, aber was? Bei Nacht über die Gefängnismauer zu steigen und sie herauszuholen, wie man's in den

Romanen las, dazu eignete er sich wohl nicht. Aber zum König gehen, das konnte er! Wäre er in seiner Jugend nicht um ein Haar zur Wachmannschaft des Königs gekommen?

„Er hat die Größe und den Wuchs!" hatte man damals gesagt. Doch dann hatte man seine Plattfüße entdeckt und ihn für untauglich erklärt; wie gesagt, um ein Haar . . .

3

In des Königs Residenz

Lars Peter Hansen war nicht ortskundig in der Hauptstadt. Als junger Bursche war er mit seinem Vater dort gewesen, später hatte sich nie eine Gelegenheit zu einer Reise nach Kopenhagen geboten. Er und Sörine hatten oft genug erwogen, mit den Waren hinzufahren und sie unmittelbar an die großen Aufkäufer abzusetzen, statt sie den Umweg über die kleineren Aufkäufer daheim in der Provinzstadt gehen zu lassen, aber es war immer beim Plänemachen geblieben. Heute jedoch sollte der Versuch unternommen werden. Er hatte sich eine große Firma gemerkt, deren Reklamen überall in der Provinz zu sehen waren. „Skandinaviens größte Firma in Lumpen, Knochen und Altmetall", so behaupteten die Plakate, und sie zahlte den „höchsten Tagespreis". Namentlich der letzte Umstand hatte es ihm angetan.

Lars Peter stellte seine Berechnungen an, während er auf der Lyngbychaussee zum Triangel hinunterfuhr. Wenn er's nach den Preisen zu Hause in seiner Kreisstadt berechnete, hatte er für gut hundert Kronen Waren auf dem Wagen; suchte er nun die Hauptstadt auf, so mußte er auf fünfundzwanzig Kronen mehr rechnen können. Vielleicht reichte das aus, die Unkosten für Sörines Befreiung zu decken. Auf diese Weise schlug er zwei Fliegen mit einer Klappe, holte Sörine aus dem Gefängnis und verdiente obendrein Geld! Es kam bloß darauf an, daß man die Sache richtig anpackte. Er lüftete den Schlapphut und wühlte in seiner Haarwildnis – er war guter Laune.

Am Triangel hielt er an und fragte nach dem Weg. Dann bog er in den Blegdamsvej ein und danach in eine Seitenstraße. Über einen hohen Zaun weg sah man Berge von verrostetem altem Eisen: Spiralen und durchlöchertes Blech, verbogene eiserne Bettstellen, verbeulte rostrote Kohlenkästen und Eimer. Hier mußte es sein. Über der Einfahrt zu dem Grundstück stand: *Levinsohn & Söhne, Export.*

Der Schinder bog durch den Torweg ein und hielt am Ende des Hofes verblüfft an. Vor ihm dehnte sich ein endloser Komplex von Lagerplätzen und Schuppen, einer hinter dem anderen, mit zahllosen Haufen von Lumpen, schmutziger Watte und rostigem Eisenblech. Auf den Seiten waren wieder Höfe, und dahinter wieder andere. Er und der große Klaus konnten bis ans Ende der Zeiten herumfahren und einsammeln, sie würden es nicht fertigbringen, auch nur einen der Höfe zu füllen! Überwältigt saß er da und gaffte; den Hut hatte er unwillkürlich verstohlen abgenommen. Aber dann nahm er sich zusammen, fuhr an einen der Schuppen heran und sprang ab. Er hörte Stimmen aus dem Inneren und stieß die Tür auf. Drinnen im Halbdunkel saßen ein paar junge Mädchen und sortierten irgend etwas Widerwärtiges, das wie blutige Zotteln aussah.

„Man purzelt hier ja in den richtigen Taubenschlag hinein“, rief Lars Peter gutgelaunt. „Aber was zum Teufel macht ihr denn da? Sortiert ihr Engelsdaunen?“ Er erfüllte den ganzen Raum mit seinem gutmütigen Lachen.

Eins der Mädchen griff blitzschnell in den Haufen und wollte ihm etwas um die Ohren schlagen; er wich aus, indem er sich duckte, so daß es am Türpfosten hängenblieb. Es war Krankenwatte mit Blut und Eiter – aus den Kehrichtkästen der Krankenhäuser. Er wußte wohl, daß man hier in der Hauptstadt dergleichen sammelte. „Pfui Teufel!“ sagte er und verzog sich ins Freie. „Pfui, wie ekelhaft!“ Die Mädchen lachten kreischend auf.

Drüben aus dem Hauptgebäude kam ein bebrillter alter Mann auf ihn zugewankt. „Was – was treiben Sie hier?“ kläffte er von weitem; vor lauter Eifer stolperte er über seine langen Beine. „Sie – Sie haben hier nicht herumzuschnüffeln!“ Er war entsetzlich schmutzig und voller Bartstoppeln; Kragen und Rock sahen aus, als wären sie soeben aus den Lumpenhaufen herausgefischt worden. Nein, so dreckig hatte sich Lars Peter bei dem Handwerk nie gemacht, der Schmutz lag ja hier bei dem Alten ganz dick in Falten und Runzeln. Aber natürlich – dieser Betrieb war viel größer als sein eigner! Gutmütig nahm er den Hut ab.

„Spreche ich vielleicht mit Herrn Levinsohn?“ fragte er, als der Alte sich ausgekläfft hatte. „Ich habe Waren zu verkaufen.“

Der Alte starrte ihn verblüfft an, sprachlos vor Erstaunen, daß jemand so frech sein und ihn für den Chef der Firma halten konnte. „Sie suchen also Herrn Levinsohn“, sagte er, sich vorfühlend. „Wirklich?“

„Ja, ich möcht ihm gern Waren verkaufen.“

Das war das Rechte für den Alten. „Und er muß es unbedingt selber sein – mit Teufels Macht – nicht wahr? Kein andrer in der ganzen Welt kann Ihnen die Waren abkaufen, weil dann die Wagendeichsel mitten durchbricht und die Lumpen herunterfallen und entzweigehn – was weiß ich? Also es muß unbedingt Herr Levinsohn selber sein.“ Er sah den Schinder von oben bis unten an, als wollte er bersten vor Hohn.

„Jawohl, er muß es am liebsten selber sein“, beharrte Lars Peter unbeirrt.

„Dann müssen Sie mit Ihrem Müllwagen an die Riviera fahren, guter Mann.“

„An was?“

„An die Riviera, ja!“ Der Alte rieb sich die Hände, er weidete sich so recht an Lars Peters Verblüffung. „Es sind bloß ein paar hundert Meilen von hier – *den* Weg dort, nach Süden. Sie treffen ihn am besten in Monte Carlo – zwischen fünf und sieben. Und vielleicht wollen Sie auch die gnädige Frau und die Töchter begrüßen? Vielleicht ein bißchen die Kur schneiden? So eine kleine Fächeltour – unter Fächelpalmen, was?“

„Zum Kuckuck, ist das ein vornehmer Mann!“ sagte Lars Peter betreten. „Na – aber vielleicht kann man das Geschäft mit Ihnen machen?“

„Zu Diensten. Herr Jens Petersen aus ... aus ... falls der Herr mit so einem armen Teufel wie mir vorliebnehmen wollen."

„Mein Name ist Lars Peter Hansen – vom Sand."

„Ah – welch große Ehre für die Firma, freut uns außerordentlich!" Der Alte huschte um die Ladung herum und schätzte sie mit den Augen ab, während sein Mundwerk in Bewegung blieb. Plötzlich packte er den großen Klaus am Zaumzeug, mußte ihn aber gleich wieder loslassen, weil das Pferd nach ihm biß. „Wir fahren die Sachen drüben hin, auf den andern Hof", sagte er.

„Ich glaube, es ist am besten, die Sachen bleiben auf dem Wagen, bis wir uns über den Preis einig geworden sind", meinte Lars Peter, der mißtrauisch zu werden begann.

„Nein, wir müssen das Ganze ausschütten, Mann, damit wir sehn können, was Sie uns bringen", sagte der Alte in einem ganz neuen Ton. „Wir kaufen hier nicht die Katze im Sack."

„Und ich schütte nicht die Katze aus dem Sack, eh ich nicht meinen Preis kenne. Es ist alles gewogen und sortiert, Lars Peter Hansen betrügt nicht."

„Nein, natürlich. Also Sie sind es wirklich? Nein, nein, Lars Peter Hansen – vom Sand obendrein –, der betrügt nicht. Kommt mit zum Kontor."

Der Schinder folgte. Er war ein wenig verwirrt: hielt der Mann ihn zum Narren, oder kannte er ihn wirklich? Daheim kannte den Lars Peter vom Sand ein jeder; war sein Name als Aufkäufer vielleicht auch hier in der Stadt bekannt?

Er hatte alles im Kopf und nannte die Zahlen, während der Alte aufschrieb. Als sie mitten im Aufnotieren der Sachen waren, entdeckte er auf einmal, daß das Fuhrwerk verschwunden war. Er stürmte hinaus; drüben auf dem zweiten Hof waren zwei Knechte mit dem Abladen des Wagens beschäftigt. Zum zweitenmal fuhr Lars Peter heute aus der Haut. „Wollt ihr wohl sofort wieder aufladen!" brüllte er und packte den Bolzen des Wagenschlags. Die beiden Knechte maßen ihn schnell mit den Augen; dann luden sie ohne Widerrede das Ganze wieder auf.

Nun war er nicht länger im Zweifel darüber, daß er betrogen werden sollte. Die verfluchten Gauner! Hatten sie die Sachen erst auf den Haufen geschüttet, so konnte er sehen, wie er seinen Preis bekam. Er fuhr den Wagen bis dicht an die Kontortür und behielt den Zügel um den Arm gewunden. Der alte Fuchs schielte vom Pult auf. „Wollte man Ihnen Ihren schönen Gaul fortnehmen?“ fragte er treuherzig.

„Nein, man wollte wohl etwas andres in die Finger kriegen“, brummte Lars Peter; nun wollte er zeigen, daß auch er spöttisch sein konnte. „Na, wollen Sie nun die Sachen kaufen oder nicht?“

„Natürlich wollen wir sie kaufen. Sehen Sie her, ich hab das Ganze ausgerechnet. Es macht genau sechsundfünfzig Kronen – zum höchsten Tagespreis.“

„Ach, reist hin, wo der Pfeffer wächst, mit eurem höchsten Tagespreis.“ Lars Peter schickte sich an, wieder auf den Wagen zu klettern.

Der Alte sah ihn durch die Brillengläser erstaunt an. „Sie wollen also nicht verkaufen?“

„Nein, ganz gewiß nicht. Dann nehm ich eben die Waren wieder mit nach Hause – da bekomm ich das Doppelte dafür.“

„Ja, wenn Sie das sagen – Lars Peter Hansen betrügt nicht. Aber was machen wir da, Mann? Wir setzen ja bei Ihnen ein Stück Geld zu. Und daß Sie die Ware wieder mit nach Hause schleppen, die Verantwortung können wir auch nicht auf uns nehmen – dazu tut uns der schöne Gaul zu leid.“ Er näherte sich dem großen Klaus, um ihn zu streicheln, aber das Tier legte die Ohren zurück und peitschte mit dem Schweif.

Wenn man den großen Klaus lobte, konnte Lars Peter nicht widerstehen, und das Ende vom Liede war, daß er sich schließlich mit neunzig Kronen zufriedengab. Einen Glimmstengel bekam er als Zugabe. „Sie ist aus der billigen Kiste. Mit dem Anzünden warten Sie also wohl, bis Sie draußen vor dem Tor sind“, sagte der alte Gauner frech. „Kommen Sie bald wieder!“

Danke schön! Das würde eine Weile dauern, bis er wiederkam – so ein Räubergesindel! Er erkundigte sich nach dem Weg zu einer Gastwirtschaft in der Vestergade, in der die Leute aus seiner Gegend einzukehren pflegten, und spannte dort aus.

Der Hof war voller Wagen. Bauern gingen im aufgeknöpften Pelz umher, die Pfeife baumelte ihnen zwischen den Zähnen herab; sie stopften Waren in die Kästen, während angespannt wurde. Hier und dort schlenderte zwischen den Wagen ein eigentümlicher Schlag von Leuten herum, Männer mit breiten goldenen Ketten überm Bauch und mit zusammengekniffenen Augen. Einer von ihnen kam zu Lars Peter hin und grüßte. „Hast du heut abend was vor?" fragte er. „Wir sind ein kleiner Kreis – lauter ehemalige Bauern – und möchten einen gemütlichen Abend verleben. Uns fehlt noch ein Mitspieler." Er nahm ein Spiel Karten aus der Brusttasche und ließ es durch die Finger blättern.

Nein, Lars Peter hatte keine Zeit – vielen Dank! „Was sind das für Leute?" fragte er den Hofknecht.

„Sie helfen den Bauern, sich in der Stadt zurechtzufinden, wenn's dunkel ist", erwiderte der Knecht lachend.

„Werden sie dafür bezahlt?" Lars Peter sah nachdenklich drein.

„Ja – und manchmal gehörig. Aber dann sorgen sie auch für Vergnügen, Nachtlogis und alles. Und sogar eine Frau haben sie für dich, wenn's sein soll."

„Na, mag es sein, wie's will. Wenn sie einem nur helfen könnten, die eigne Frau zu finden."

„Ich glaube nicht, daß sie sich damit abgeben. Aber versuchen kannst du's ja."

Nein, dafür war Lars Peter nicht zu haben; dergleichen Leute mußte man sich vom Halse halten, das wußte er. Er schaffte im Wagen ein wenig Ordnung und schlenderte dann in die Stadt hinein. Auf dem Hauserplatz hatte einer seiner Jugendfreunde eine Kneipe – den wollte er aufsuchen. Vielleicht konnte der ihm einen kleinen Wink geben, wie die Sache angepackt werden mußte.

Die Straßenlaternen wurden gerade angezündet, obwohl es noch lange nicht dunkel war; hier sparte man nicht. In seinen schweren Stiefeln schritt Lars Peter dröhnend dem Frueplatz zu und schaute sich die Häuser an. Der gebückte Riese, dessen Hut und Mantel in allen möglichen Farben schillerten, war wie ein Stück wandernden Bauernlands; wenn er seine Stimme erhob, um nach dem Weg zu fragen, hallte es in der Straße wider, obwohl er sich Mühe gab, seine Stimme zu dämpfen. Die Leute blieben lachend stehen. Dann lachte er zurück und sagte im Scherz irgend etwas, das gegen seinen Willen zwischen den Häuserreihen wie ein Gewitter klang. Nach und nach sammelten sich in seinem Kielwasser eine Anzahl Kinder und junge Leute. Er nahm es in guter Laune hin, daß sie ihm nachriefen; aber ganz sicher fühlte er sich trotzdem erst, als er vor der Tür der Kellerkneipe stand und sich mit seinem großen roten Taschentuch den Schweiß von der Stirn wischte.

„Guten Tag, Hans Mattisen!" rief er in die dunkle Kellerstube hinein. „Kennst du deinen alten Kameraden noch?" Die Freude darüber, daß er endlich am Ziel angelangt war, machte seine Stimme noch lauter, als sie ohnehin war; unter der niedrigen Decke war schlecht Platz für sie.

„Immer sachte, immer sachte!" erscholl eine gemütliche Stimme vom Schenktisch her. „Wollen erst mal Licht anzünden."

Als das Gas brannte, stellte es sich heraus, daß die beiden einander gar nicht kannten. Hans Mattisen hatte den Ausschank vor mehreren Jahren verkauft. „Aber darüber brauchst du nicht zu weinen!" sagte der Wirt. „Setz dich hin!"

Lars Peter nahm Platz auf der Bank, ein Fleischgericht und eine kleine Karaffe wurden vor ihm hingestellt, und er war mit dem Dasein recht zufrieden.

Der Wirt war ein mörderlich freundlicher, gemütlicher Mann. Lars Peter unterhielt sich ausgezeichnet mit ihm. Und ehe Lars Peter sich's versah, hatte er sich und seine Geschichte ausgeliefert. Na, man war ja auch dazu hergekommen, um sich einen Wink geben zu lassen, und ganz verkehrt war er nun also doch nicht gegangen.

„Ist das alles?" sagte der Wirt. „Das bißchen werden wir

schon in Ordnung bringen. Wir müssen bloß den Kapellmeister holen lassen."

„Was ist das für ein Bursche?" fragte Lars Peter.

„Der Kapellmeister? Das ist der durchtriebenste Kerl von der Welt; es gibt keine Nummer, die der nicht dirigiert. Aber er ist kolossal originell, weißt du. So kann er zum Beispiel Hunde nicht leiden, das kommt daher, weil ihn ein Polizeihund mal für einen ganz gewöhnlichen Dieb gehalten hat. Das kann er nie vergessen. Wenn er also fragt, mußt du bloß sagen, Hunde seien ein verfluchtes Pack unter den Tieren – ungefähr ebenso ekelhaft wie Schutzleute. Die kann er nämlich auch nicht ausstehn. – Katrine", rief er in die Küche hinaus, „nimm die Beine in die Hand und lauf den Kapellmeister holen! – Und dann mußt du ihn tüchtig vollpumpen; denn den Kapellmeister muß man erst auftauen lassen, wenn man Freude an ihm erleben will."

„Daran soll's nicht fehlen", sagte Lars Peter großartig und legte ein Zehnkronenstück auf den Tisch; der Wirt steckte es ein. „So ist's recht, Kamerad – das macht den besten Eindruck", sagte er anerkennend. „Dann sorge ich für die Getränke – ganz im stillen. Du hast Lebensart, das muß man sagen – deine Brieftasche ist wohl in Ordnung?"

„Ich habe nicht ganz hundert Kronen bei mir", erwiderte Lars Peter, besorgt, daß es nicht reichen werde.

„Du sollst deine Frau zu sehen bekommen!" rief der Wirt und schlug mit der Faust in die Hand Lars Peters ein. „So wahr ich dein Kamerad bin, du sollst deine Frau sehn! Vielleicht wirst du heut nacht in ihren Armen schlafen. Was sagst du dazu, Alter?" Er legte den Arm um seine Schulter und rüttelte ihn gemütlich.

Lars Peter lachte gerührt – das Wasser trat ihm in die Augen. Er war etwas betäubt von der Stubenwärme und dem Schnaps.

Ein großer, hagerer Herr kam in den Keller herabgestiegen. Er trug einen schwarzen Gehrock, doch weder eine Weste noch einen Kragen – vielleicht, weil man ihn zu hastig geholt hatte. Aber eine Brille hatte er auf der Nase, und er sah überhaupt danach aus, als verstünde er seine Sache. Er erinnerte an irgend etwas Ansehnliches, vielleicht an einen Ausrufer oder Zauberkünstler auf einem Jahrmarkt. Seine Stimme war denn auch sehr laut und rauh, und er hatte einen gewaltigen Kehlkopf.

Der Wirt behandelte ihn sehr, sehr ehrerbietig. „Tag, Herr Kapellmeister“, sagte er, sich verbeugend. „Hier ist ein Mann, der eine hilfreiche Hand braucht. Er hat Pech gehabt, seine Frau sitzt im Kittchen.“

Der Kapellmeister maß die große, armselige Gestalt des Schinders ein wenig geringschätzig. Aber der Wirt kniff das eine Auge zu. „Ach richtig“, sagte er, „daß ich nur ja den Biermann nicht vergesse!“

Er ging hinter den Schenktisch und schrieb etwas mit Kreide auf eine Tafel. „100 Krüge“ stand da. Der Kapellmeister ließ sich nieder und begann, Lars Peter auszufragen – sehr eingehend. Dann saß er nachdenklich da. „Das muß Alma besorgen“, sagte er schließlich, zu dem Wirt gewandt, „sie spielt ja mit der Prinzessin.“

„Ja, natürlich!“ rief der Wirt entzückt. „Selbstverständlich macht Alma die Sache! Aber heute abend?“ Er sah den Kapellmeister scharf an.

„Das überlaß mir, lieber Freund! Das überlaß bitte mir!“ rief der Kapellmeister gekränkt.

Lars Peter gab sich Mühe, alles zu verstehen. Das waren zwei komische Kumpane, wenn man sie so reden hörte, und die Sache selbst war ernst genug. Aber die Stubenwärme machte ihn allmählich ganz schläfrig, nachdem er den langen Tag in der frischen Luft zugebracht hatte.

„Also, guter Mann, Sie wollen zum König?“ sagte der Kapellmeister, ihn beim Rockaufschlag anfassend. Lars Peter nahm sich zusammen.

„Man würde ja gern einen Versuch machen, den Weg zu finden, ja“, erwiderte er mit gespannter Aufmerksamkeit.

„Na, dann hören Sie mal her. Ich werde Sie mit meiner Nichte bekannt machen, die spielt mit der Prinzessin. Nun ist die Sache die, müssen Sie wissen – aber das bleibt unter uns –, die Prinzessin erlaubt sich hin und wieder eine kleine Extratour, sie langweilt sich, offen gesagt. Sie macht es inkognito, verstehn Sie – so unbewußt, wie wir das nennen –, und dann ist meine Nichte immer bei ihr. Sie kommen also mit ihr zusammen – und müssen dann das übrige selber besorgen."

„Man ist sicher nicht danach angezogen, sich in so vornehmer Gesellschaft zu bewegen", sagte Lars Peter und schaute an sich herab. „Und die richtige Übung in solchen Liebeleien hat man ja auch nicht mehr. In jungen Jahren hätte man die Sache besser verstanden!"

„Deswegen dürfen Sie sich keine grauen Haare wachsen lassen", sagte der Kapellmeister. „Hochstehende Personen haben oft einen merkwürdigen Geschmack. Es müßte verflucht sonderbar zugehen, wenn die Prinzessin sich nicht sterblich in Sie verliebte. Und wenn Sie sich Ihrer erst angenommen hat, dann können Sie Gift drauf nehmen, daß Ihre Angelegenheit in guten Händen ist."

Der Wirt war nicht faul beim Bedienen, und Lars Peter sah die Dinge rosiger und rosiger. Er war überwältigt von den vornehmen Verbindungen des Kapellmeisters und seinem Talent im Auffinden von Auswegen – er war wirklich unter brillante Leute geraten! Und als Fräulein Alma kam, hochbusig und mit Stirnlocken, lachte er übers ganze Gesicht. „So ein Prachtmädel!" sagte er erhitzt und ausgelassen. „Das ist gerade die Nummer, die man brauchte, als man jung war."

Fräulein Alma wollte sich ihm sofort auf den Schoß setzen, aber Lars Peter hielt sie sich vom Leibe. „Man ist verheiratet", sagte er ernst. Sörine sollte keinen Grund haben, ihm etwas nachzusagen. Ein Blick des Kapellmeisters brachte Alma zur Vernunft. „Warten Sie nur, bis die Prinzessin kommt, dann werden Sie eine Dame zu sehen bekommen", sagte er zu Lars Peter.

„Ach – die kommt ja gar nicht. Sie ist heut abend auf dem Ball", sagte Fräulein Alma verdrossen.

„Dann gehen wir zum Palais und suchen sie." Der Kapellmeister nahm seinen Hut, und man brach auf.

Auf der Straße wurde ihm jedoch eine Nachricht überbracht, ein halbwüchsiges Mädchen rannte auf ihn zu und flüsterte ihm etwas ins Ohr.

„Ich muß leider fort", sagte er zu Lars Peter, „meine Schwiegermutter liegt im Sterben. Aber ich wünsch euch viel Vergnügen, Kinder."

„Mach, daß du fortkommst!" rief Fräulein Alma hinter ihm her und nahm den Schinder unter den Arm. „Wir zwei ziehn jetzt los!"

„Eine Reihe Knöpfe, Alma!" brüllte der Kapellmeister, als sie ein Ende von ihm entfernt waren; seine Stimme klang ganz wie die eines Ausrufers vor einem Jahrmarktszelt.

„Ach, halt's Maul!" rief Fräulein Alma zurück und lachte laut.

„Was hat er gesagt?" fragte Lars Peter erstaunt.

„Kümmre dich bloß nicht um sein Geschwätz", erwiderte sie und zog ihn mit sich.

Am nächsten Morgen erwachte Lars Peter früh – wie gewöhnlich. Am Himmel stand ein seltsamer Feuerschein, und erschrocken sprang er aus dem Bett. Brannte die Scheune? Da erkannte er, daß er nicht zu Hause war: der Feuerschein an der Fensterscheibe rührte von der städtischen Nachtbeleuchtung her, die gegen den Morgen ankämpfte.

Er befand sich in einer kleinen, schmutzigen Kammer, hoch oben, nach den Dächern draußen zu urteilen! Wie in aller Welt kam er hierher?

Er setzte sich auf den Bettrand und begann sich anzukleiden; langsam dämmerte es ihm. In seinem Kopf wallte es und stieß es wie die Kolbenschläge in einer Dampfmaschine – Katzenjammer! In der Stube nebenan hörte er einen eigenartigen Lärm, als er jetzt lauschte: schnatternde Weiberstimmen, heiseres Grölen und Lachen, Schimpfworte – und zu dem Ganzen das Getöse der Großstadt. Durch Lärm und Tabaksnebel sah er blondes Stirnhaar schimmern und ein rotes Lippenpaar, bei dessen Anblick er den Geschmack von Ochsenmark im Munde verspürte – die Prinzessin! Aber wie kam es, daß er hier lag, in einem plumpen eisernen Bett mit einer schrecklich zerlumpten Steppdecke?

Er griff nach seiner Weste, um nachzusehen, wieviel Uhr es war – die alte silberne Uhr war fort! Erschrocken faßte er nach der Brusttasche der Weste – die Brieftasche war da. Gott sei Dank! Aber wo zum Kuckuck war denn die Uhr? War sie vielleicht hinuntergefallen? Er zog schleunigst seine Hosen an, um nach ihr zu suchen – die große Lederbörse legte sich leicht gegen den Schenkel. Sie war leer! Nun mußte er noch einmal nach der Brieftasche sehen – leer auch sie.

Lars Peter taumelte auf die Treppe hinaus und eilte hinab, besorgt, daß ein Mensch ihn sehen könnte, entwischte in eine Nebenstraße von Vesterbro und stolperte zum Gasthof, spannte den großen Klaus vor den Wagen und fuhr davon. Eine unbändige Sehnsucht nach den Kindern zu Hause hatte ihn gepackt – ja, und nach der Kuh und dem Schwein.

Erst als er außerhalb der Stadt war und der kalte Morgenwind seine Stirn traf, fiel ihm Sörine ein. Der Umfang seiner Niederlage kam ihm zum Bewußtsein, und er brach in Tränen aus. Ein wunderliches, unbeholfenes Schluchzen stieg in ihm auf und drohte ihn aus dem Wagen zu schleudern.

Unterwegs machte er am Rand eines Waldes halt – just so lange, bis der große Klaus etwas in den Wanst bekommen hatte. Er selbst verspürte keinen Hunger. Dann war er wieder auf der Landstraße und fiel in sich zusammen, während der Lärm des Abends in seinem Kopf dröhnte.

An einer Stelle kam eine Frau gelaufen. „Lars Peter!“ rief sie. „Lars Peter!“ Der große Klaus blieb stehen. Lars Peter erwachte mit einem Ruck. Ohne ein Wort wühlte er in der Westentasche, reichte ihr den Reichsort und peitschte wieder auf den Gaul los.

Ein gutes Ende vor seinem Heim kam ihm eine Schar Kinder auf der Landstraße entgegen. Ditte hatte sie nicht länger bändigen können, es fror die Kleinen, und sie weinten. Lars Peter nahm sie zu sich auf den Wagen, und sie krochen auf ihm herum und plauderten um die Wette. Er antwortete ihnen nicht. Ditte saß still da und behielt ihn von der Seite im Auge.

Als er beim Essen war, sagte sie: „Wo hast du denn die Sachen, die du für mich kaufen solltest?“ Er sah verwirrt auf und fing an, irgendwas zu stammeln – eine Ausflucht –, stockte aber.

„Geht es Mutter gut?" fragte Ditte. Er tat ihr leid, und sie gebrauchte absichtlich das Wort Mutter, um ihm eine Freude zu bereiten.

Eine Weile saß er da und verzog das Gesicht seltsam. Dann legte er den Kopf auf die Arme.

4

Mütterchen Ditte

Während der ersten Tage sprach Lars Peter von nichts, was mit der Fahrt zur Hauptstadt zusammenhing. Aber Ditte war alt genug, sich alles zusammenzureimen. Soviel war leicht zu verstehen: er hatte nicht ausgerichtet, was er vorgehabt hatte. Sörine hatte er aus irgendeinem Grunde nicht zu sehen bekommen, das begriff sie, und Geld hatte er nicht bei sich, als er nach Hause kam. Das hatte er also durchgebracht – wahrscheinlich vertrunken.

‚Nun wird er sich vielleicht aufs Saufen verlegen wie Johannsen und die andern hier rings in den Hütten', dachte sie resigniert. ‚Dann kommt er wohl wie die andern betrunken nach Hause, schimpft darüber, daß nichts zu essen da ist – und schlägt uns.'

Sie war auf das Schlimmste vorbereitet und behielt ihn im Auge. Aber Lars Peter kam brav wie zuvor nach Hause. Er kam sogar früher nach Hause als bisher; er sehnte sich nach seinem Heim und den Kindern, wenn er draußen war. Und wie früher legte er offen Rechenschaft darüber ab, was er eingenommen und was er ausgegeben hatte. Er hatte die Gewohnheit, mit seiner großen Faust das Ganze aus der Hosentasche herauszunehmen und auf den Tisch zu schütten, so daß sie es gemeinsam nachzählen und Pläne machen konnten, und diese Gewohnheit setzte er fort. Aber ein Schnaps zum Essen war ihm jetzt willkommen! Sörine hatte ihm den nie gegönnt; so etwas fand sie unnütz, das Geld konnte besser angewendet werden. Ditte gönnte ihm den Schnaps gern und sorgte dafür, daß er ihn immer vorfand. Er war ja doch ein Mann!

Lars Peter schämte sich wegen seiner Fahrt zur Hauptstadt gründlich, nicht zum wenigsten deshalb, weil man ihn so gewaltig übers Ohr gehauen hatte. Peinlich war's auch, daß er so wenig von dem, was vorgefallen war, im Gedächtnis behalten hatte! Wo und in wessen Gesellschaft hatte er die Nacht verlebt? Von einem gewissen Zeitpunkt des Abends bis zu seinem Erwachen am Morgen in der schmierigen Kammer war für ihn alles wie ein nebelhafter Traum – böse oder gut, er wußte es nicht recht. Er schämte sich, aber irgendwo in seinem Inneren verspürte er trotzdem ein wohltuendes Gefühl – eine geheime Befriedigung darüber, einmal ordentlich über die Stränge geschlagen und gelebt zu haben. Wieweit hatte er sich übrigens mit dem Leben eingelassen? Über diese Frage sann er nach, wenn er von Hof zu Hof ratterte, er suchte dann gewisse Seiten des Erlebnisses hervorzuholen und andere zurückzudrängen – er wollte das Bestmögliche aus der Sache machen. Und im Grunde war er nachher ebensoweit wie vorher.

Auf die Dauer war er nicht der Mann dazu, sich in sich zu verschließen und Geheimnisse vor den Seinen daheim zu haben. Bald entfuhr ihm dies, bald jenes über seine Erlebnisse in der Stadt, und eines schönen Tages hatte Ditte einen recht guten Überblick über die Geschichte gewonnen und konnte mitreden. Des Abends, wenn die Kleinen im Bett waren, besprachen die beiden die Sache.

„Aber glaubst du denn nicht, daß es eine wirkliche Prinzessin war?" fragte Ditte jedesmal. Immer wieder kam sie darauf zurück, das Ereignis spukte in ihr mit all seiner geheimnisvollen Abenteuerlichkeit.

„Ja, das weiß Gott", erwiderte der Vater nachdenklich. Er begriff immer weniger, daß er ein so großer Narr gewesen sein sollte; auf dem Hof bei dem Juden hatte er seine Sache doch sehr gut gemacht. „Ja, das weiß Gott."

„Und der Kapellmeister", sagte Ditte eifrig. „Er muß doch ein merkwürdiger Kerl gewesen sein, wenn er alles fertigbrachte."

„Ja, der Kapellmeister – das war ein Tausendsasa! Du hättest bloß mal sehen sollen, wie er einen Kognak verschwinden lassen konnte, ohne daß man sah, wie er ihn trank. Das Glas hielt er mit der linken Hand hübsch unten auf den Tisch, mit der rechten haute er sich auf das Ellbogengelenk – und leer war das Glas."

Für Ditte war das Ganze die spannendste Geschichte von der Welt. Sobald sie an irgendeine Einzelheit rührte, die in Lars Peters Bewußtsein einen peinlichen Beigeschmack hatte, wurde etwas Merkwürdiges daraus. Lars Peter war dankbar für diese Hilfe eines Kindes und half beim Ausgraben eigentümlicher Einzelheiten des Erlebnisses – es gab ja lauter mildernde und entschuldigende Umstände. Langsam und ohne daß er es merkte, verschob sich ihm dank Dittes Beistand das ganze Bild.

Ja, es war allerdings eine merkwürdige Gesellschaft. Und die Prinzessin – *sie* war kein Humbug gewesen, so seltsam es war, daß so ein armer Teufel wie er in solche Gesellschaft geraten sein sollte. Aber ein verfluchtes Frauenzimmer war sie im Portweintrinken und Rauchen! „Ja, sie war wirklich echt – sonst wär man wohl auch nicht so verschossen in sie gewesen", räumte er ein.

„Aber dann hast du ja bei einer wirklichen Prinzessin geschlafen – wie der Riese im Märchen!" rief Ditte, vor Entzücken in die Hände klatschend. „Wirklich, Vater!" Strahlend sah sie ihn an.

Lars Peter schwieg verlegen und blinzelte nach der Lampe hin – so hatte er es nicht zu sehen vermocht, im unschuldigen Glanz des Märchenbuches. Für ihn formte es sich – etwas bösartig – so, als wäre er Sörine untreu gewesen.

„Ja, so ist es dann wohl", sagte er. „Nun fragt es sich, ob Mutter das verzeihen kann!"

„Ach, Unsinn!" erwiderte Ditte. „Es ist nur gut, daß du dich nicht geschnitten hast!"

Lars Peter hob den Kopf und sah sie unsicher an.

„Ja, es war doch ein Schwert zwischen euch gezogen – das ist immer so. Weil Prinzessinnen so vornehm sind, daß man sie nicht anrühren darf."

„Soso – aha! Ja, wahrscheinlich." Lars Peter besann sich ein wenig, aber dann gefiel ihm die Erklärung, und er machte sie sich zu eigen. Man konnte sich ganz gut dabei beruhigen. „Ja, lebensgefährlich ist es sicher, mit einer Prinzessin zu tun zu haben, auch wenn man sich der Gefahr nicht bewußt ist", sagte er.

Lars Peter dachte nicht mehr daran, Sörine im Gefängnis aufzusuchen. Es wäre ja ganz schön gewesen, wenn man sie gesehen und ihr die Hand gedrückt hätte, wenn auch nur durch ein eisernes Gitter, aber es sollte nun einmal nicht sein. Er mußte sich gedulden, bis die Jahre, die ihnen die Obrigkeit zugemessen hatte, verstrichen waren.

Für ihn bestand die Strafe darin, daß sie getrennt waren und ihr Leben in den kommenden Jahren nicht gemeinsam verbringen durften. Er hatte nicht genug Phantasie, sich Sörines Dasein hinter den Gefängnismauern vorzustellen, und deshalb fiel es ihm schwer, sich in seinen Gedanken lange hintereinander mit ihr zu beschäftigen. Aber ganz unbewußt entbehrte er sie, und das machte ihn oft ganz krank.

Lars Peter war nicht mehr so eifrig bei der Arbeit – die vorwärtsstürmende Kraft fehlte. Es fiel ihm leicht, sich mit den Dingen abzufinden, wie sie waren. Und es war niemand da, der ihn hätte antreiben können durch Sticheleien, daß sie ärmlicher gestellt seien als andere. Ditte war von Natur zu gut, sie eignete sich mehr dazu, selber die Bürden auf sich zu nehmen.

Auch stiller war er geworden und niedergedrückter. Er machte nicht mehr so viel Spaß mit den Kindern, und seine Stimme war weniger schmetternd. Man hörte ihn nicht singen, wenn er auf die Höfe gefahren kam, um zu handeln; er fühlte, daß man über ihn und seine Angelegenheiten redete, und das nahm ihm seine Keckheit. Am Resultat war es zu spüren; die Hausfrau und die Mägde lachten nicht mehr wie früher vergnügt über seine gute Laune, wenn sie altes Gerümpel für ihn aus den Ecken hervorzogen. Man lud ihn nicht mehr ein, in die Stube einzutreten – er war der Mann der Mörderin! Es gab weniger für ihn zu tun, aber er war auch darüber froh – desto mehr Zeit konnte er zu Hause bei den Kindern verbringen.

Gleichzeitig mußte man mit weniger hauszuhalten versuchen. Aber dank Dittes Tüchtigkeit ging es trotzdem; sie verstand es, so klein sie war, die Dinge zu strecken, so daß man keine Not litt.

Jetzt hätte Lars Peter Zeit zu bauen gehabt, Holz und Steine lagen wie eine Anklage gegen ihn da.

„Willst du nicht bald mit dem Bau anfangen?" fragte Ditte hin und wieder. „Die Leute sagen, daß es daliegt und verdirbt."

„Wo hast du das gehört?" fragte Lars Peter bitter.

„Ach – in der Schule!"

Also auch das wurde erörtert! So gut wie alles, was ihn betraf, wurde auf den Kopf gestellt und mehrmals durchgedroschen. Nein, er hatte keine Lust zu bauen. „Wir haben ja ein Dach überm Kopf", sagte er gleichgültig. „Wenn einem unsere Hütte nicht gefällt, so soll er uns eine andere geben." Aber die Sachen lagen weiter herum und klagten ihn an; er war nicht zufrieden damit, daß sie mehr und mehr zuwuchsen.

Was konnte es wohl auch nützen, wenn er baute? Das Elsternnest war und blieb das Elsternnest, sosehr man auch daran herumputzte; durch Sörines Tat hatte es nicht an Ansehen gewonnen. Sie hatte sich Mühe gegeben, die Familie zu Stand und Würden emporzuheben – und hatte bloß erreicht, sie unter die Allergeringsten hinabzustoßen. Früher hatte doch wenigstens nur das Unglück bei ihnen gehaust und die anständigen Leute ferngehalten, jetzt war das Verbrechen hinzugekommen. Nach Einbruch der Dunkelheit fiel es niemandem ein, das Haus aufzusuchen, und auch bei Tage gab man sich sowenig wie möglich mit der Schinderfamilie ab. Die Kinder überließ man sich selbst, sie waren und blieben die Nachkommenschaft einer Mörderin; in den Augen der Leute waren sie gezeichnet.

Die Leute versuchten eine Erklärung für die Verachtung zu finden, die sie der Familie entgegenbrachten, versuchten ihr Benehmen ihr gegenüber zu rechtfertigen, indem sie ihr schlechte Eigenschaften beilegten. Eine Zeitlang hieß es, die Familie im Elsternnest sei eine Diebsfamilie. Aber das glaubte niemand, und da kam man auf den Gedanken, daß es da draußen spuke. Die Alte wandere umher, hieß es, und suche nach ihrem Geld; dieser und jener wollte sie des Nachts auf der Landstraße getroffen haben, auf dem Wege zum Elsternnest.

In erster Linie hatten die Kinder unter alledem zu leiden. Ihnen schleuderten die anderen Kinder in der Schule ihre Verachtung erbarmungslos ins Gesicht; kamen sie dann weinend nach Hause, so bekam auch Lars Peter seinen Anteil von dem bösen Gerede. An ihn selbst wagte sich niemand mit dergleichen heran – man hätte es nur einmal versuchen sollen! Dem Schinder kribbelte es in den Fingern, wenn er an alle diese schädlichen Tiere dachte, die ihn und die Seinen nicht in Ruhe lassen konnten; er hatte nichts dagegen, einmal einen der Banditen auf frischer Tat zu erwischen. Mit kaltem Blut würde er ihm den Schädel zerspalten – mochte daraus werden, was da wollte.

Christian ging jetzt auch in die Schule, in die Klasse der Jüngsten. Jeden zweiten Tag war Unterricht, darum besuchte er die Schule nicht zusammen mit Ditte, die zu der Klasse der Älteren gehörte. Es fiel ihm schwer, sich allein unter den Schulkindern zurechtzufinden, und er war des Morgens fast nicht aus dem Hause zu treiben.

„Sie nennen mich immer nur das Elsternjunge", sagte er weinend.

„Dann gib du ihnen wieder Schimpfnamen", sagte Ditte; es half nichts; fort mußte er.

Aber eines Tages ließ der Lehrer bestellen, der Junge versäume zuviel. Das wiederholte sich; Ditte konnte es nicht begreifen. Sie nahm sich den Bruder ernstlich vor und bekam aus ihm heraus, daß er die Schule zu schwänzen pflegte. Anstatt zum Unterricht zu gehen, trieb er sich den ganzen Tag herum und kam erst nach Hause, wenn die Schule vorbei war. Dem Vater sagte sie nichts davon, um ihn nicht ärgerlich zu machen.

Unter dem Druck von draußen nahmen die Bewohner des Elsternnestes ihre Zuflucht zueinander. In ihnen kam etwas von dem Wesen des gejagten Wildes auf; Lars Peter verschloß sich gegenüber den Leuten und war gerüstet, um sich zu beißen und hart gegen hart zu setzen; alle wurden scheu und mißtrauisch. Wenn die Kinder vorm Hause spielten und auf der Landstraße Leute vorbeifuhren, dann eilten die Kleinen spornstreichs in die Hütte und guckten hinter den gesprungenen Fensterscheiben hinaus. Ditte wachte wie eine Wölfin darüber, daß andere Kinder ihren Geschwistern kein Unrecht und keinen Schaden zufügten; wenn es nottat, biß und schlug sie, und in der Notwehr legte sie sich ein rauhes Mundwerk zu. Als Lars Peter eines Tages an der Schule vorüberfuhr, kam der Lehrer heraus und beschwerte sich über sie – sie gebrauche garstige Ausdrücke. Lars Peter begriff das nicht, zu Hause war sie immer ernst und wachte sorgsam darüber, daß die Kleinen keine Unart lernten. Als er darauf zu sprechen kam, nahm Dittes Gesicht einen steinernen Ausdruck an.

„Ich will mir von den andern nicht alles gefallen lassen", sagte sie.

„Dann gehst du eben nicht mehr in die Schule. Wollen sehen, was man dann anstellen wird."

„Dann müssen wir jeden Tag Strafe zahlen! Und eines Tages kommen sie mich einfach holen", sagte Ditte bitter.

„Na, dich mit Gewalt zu holen soll ihnen nicht leichtfallen. Da hat unsereins doch wohl auch noch ein Wörtchen mitzureden." Lars Peter nickte unheilverkündend.

Aber das wollte Ditte nicht – sie wollte den Kampf aufnehmen. „Ich hab dasselbe Recht, in der Schule zu sein, wie die andern", sagte sie streitlustig.

„Ja, ja, das ist richtig. Aber es ist übel, daß ihr unter der Bosheit der andern zu leiden haben sollt."

Lars Peter gab seine Fahrten fast ganz auf und widmete sich der Bestellung seines Ackers, so war er seinem Heim und den Kindern nahe. Er fühlte sich nicht mehr sicher; die Menschen hatten sich gegen seine Familie in böser Absicht zusammengerottet. War er von Hause fort, so fand er keine Ruhe; er hatte immer das Gefühl, es könnte daheim etwas geschehen sein. Die Kinder freuten sich über die Veränderung.

„Bleibst du auch morgen zu Hause, Vater?“ fragten die beiden Kleinsten jeden Abend und starrten zu ihm auf, seine dikken Beine mit den Armen umklammernd. Lars Peter nickte.

„Wir hier im Elsternnest müssen zusammenhalten“, sagte er entschuldigend zu Ditte. „Den Schinder können wir nicht abstreifen – und das andere auch nicht; aber niemand kann uns daran hindern, daß wir zusammenhalten.“

Nun, Ditte hatte ja nichts dagegen einzuwenden, daß er zu Hause blieb. Wenn sie nur einigermaßen zu essen hatten, an all der Abrackerei auf den Landstraßen war wahrhaftig nichts gelegen.

Ja, zusammenhalten mußte man – und man mußte sehen, möglichst viel voneinander zu haben; sonst war das Leben gar zu langweilig. Am Sonntag spannte Lars Peter an, und sie fuhren aus, bis Frederiksvaerk oder auf die andere Seite des Arresees hinüber. Gut war es doch, fahren zu können; ganz arm und als Auswurf konnte man sich ja niemals fühlen, solange man über Pferd und Wagen zu verfügen hatte.

Ihre Bekannten hatten sich von ihnen zurückgezogen, aber der große Klaus vermittelte neuen Verkehr. Es lebte eine Häuslerfamilie drüben auf dem Moor – Leute, mit denen sonst niemand etwas zu tun haben wollte. Es waren zehn Kinder vorhanden; und obwohl Mann und Frau beide auf den Höfen im Tagelohn arbeiteten, konnten sie ihre Kinder nicht ernähren, sondern mußten von der Gemeinde unterstützt werden. Lars Peter hatte ihnen öfters mit kleinen Fuhren geholfen, aber zum Verkehr war es nicht gekommen, solange Sörine im Elsternnest etwas zu sagen hatte. Aber jetzt ging es ganz von selbst. Gleich und gleich gesellt sich gern – wie die Leute sagten.

Für die Kinder bedeutete das, daß sie Kameraden und Leidensgefährten fanden. Und es war ein richtiges Fest, wenn sie am Sonntagnachmittag bei Johansens im Moor eingeladen waren oder wenn die Familie sie gar im Elsternnest besuchte. Es lag eine eigentümliche Genugtuung darin, Gäste unterm Dach zu beherbergen und zu bewirten, soweit das Haus dazu imstande war. Dann hatte Ditte tagelang vorher zu tun, hatte Milch für Kaffeesahne hinzustellen und für Belag zu sorgen. Am Sonntagvormittag machte sie große Teller mit Brotschnitten zurecht, um es am Nachmittag leicht zu haben. Sobald der Besuch kam, trank man Kaffee und aß Weißbrot und selbstgebackenen Kuchen. Dann spielten die Kinder Haschen und Räuber. Lars Peter erlaubte ihnen, sich zu bewegen und herumzutollen, wo sie wollten, und aus und ein ging die wilde Jagd durch alle Luken und Türen des Elsternnestes. Inzwischen waren die Erwachsenen draußen auf dem Felde und sahen sich die Dinge an. Ditte war mit dabei, sie hielt sich neben Johansens Frau und hatte wie sie die Hände unter der Schürze.

Dann schlug die Uhr sechs, und man aß Vesperbrot, Schnitten mit Schnaps und Bier dazu; hernach saß man noch eine Weile und schwatzte, und dann brach man auf. Es war allerlei am Abend zu besorgen, und man mußte früh aus den Federn.

Das waren Leute, denen es noch schlechter ging als einem selber; sie kamen in blankgeputzten Holzschuhen und im blauen, reingewaschenen Arbeitsanzug. So ärmlich sah es bei ihnen aus, daß sie im Winter nie etwas anderes als Hering und Kartoffeln bekamen; und Ditte machte es Freude, ihnen richtig aufzutischen: Schmalzbrote mit Salamiwurst und Geräuchertem und Bier, das so lange gestanden hatte, daß der Pfropfen aus der Flasche sprang.

5

Der kleine Landstreicher

Lars Peter stand am Wassertrog mit dem großen Klaus, der trank, daß seine Flanken sich heftig bewegten. Sie hatten eine lange Fahrt hinter sich, ganz weit draußen waren sie gewesen, und sie sahen beide müde und zufrieden aus.

Es kam vor, daß die Sehnsucht nach der Landstraße den Schinder unwiderstehlich packte, so daß er den großen Klaus anspannen und davonfahren mußte. Und es kam vor, daß die Wege ihn mitnahmen mit seinen Sorgen und allem und ihn immer weiter und weiter fortlockten, so daß er draußen übernachten mußte und erst am nächsten Tag nach Hause kam. Großen Ertrag lieferte eine solche Fahrt nicht, aber etwas tauschte er immer ein – und dann war die Unruhe für viele Tage aus seinem Körper vertrieben.

Just so war es diesmal gegangen, und Lars Peter stand in Gedanken versunken, wie schön es war, wieder daheim zu sein und alles in bester Ordnung zu finden. Nun sollte es zu Ende sein mit diesen Anfällen von Herumtreibelust, die Angelegenheiten daheim beanspruchten einen Mann ganz und gar.

Paul und Schwester Else hatten sich seiner sofort bemächtigt; sie liefen zwischen seinen gespreizten Beinen hindurch, die für sie gewaltig dicke Pfosten waren, schleuderten Achten, indem sie den einen Pfosten losließen und den Arm um den anderen schlangen, und sangen dazu. Manchmal dehnten sie die Kette auch bis zu den Vorderbeinen des großen Klaus aus; der Gaul hob dann behutsam die Fesselgelenke, als hätte er Angst, ihnen wehzutun. „Kling – klang, Kleine – die Uhr schlägt neune!“ Die Kinder konnten zwischen den Beinen des Vaters gerade aufrecht durchgehen.

Ditte kam mit einem Korb am Arm aus der Küchentür. „Du bist ja wieder in Gedanken, Vater“, sagte sie lachend. „Gib acht, daß du nicht auf die Kinder trittst.“

Lars Peter kam zu sich und strich durch den struppigen Schopf der Kleinen. „Wo willst du hin?“ fragte er.

„Ach, ich will bloß zum Krämer, etwas einkaufen.“

„Laß doch Christian solche Besorgungen machen, du hast sowieso genug zu tun.“

„Er ist noch nicht aus der Schule zurück – aber ich begegne ihm wohl.“

„Was ist er nicht? Es ist ja gleich Vesperzeit.“ Lars Peter sah sie erschrocken an. „Er hat doch nicht etwa wieder einen Fahrschein für die Landstraße gelöst, was meinst du?“

Ditte schüttelte entschieden den Kopf. „Ich denke, er muß nachsitzen – ich werd ihm schon begegnen! Und das trifft sich sehr gut, denn dann kann er mir tragen helfen“, fügte sie schlagfertig hinzu. „Er ist so stark!“

Aber Lars Peter ließ sich nicht mehr so leicht von der Sache abbringen. Da hatte er nun gerade seinem Schicksal dafür gedankt, daß er nach Hause kam und alles in bester Ordnung vorfand, und hatte sich selbst im stillen gelobt, daß es nun vorbei sein sollte mit dem unsteten Leben – und da erlebte er das hier! Der Junge trieb sich herum, daran war nicht zu zweifeln – er sah es dem Mädel an den Augen an. Also so etwas konnte er von seinen Kindern erwarten! So lieb er sie hatte – sein Laster sollte auch in ihnen lebendig werden! Der Kinder wegen wollte er sein unruhiges, verlangendes Blut niederkämpfen, und da tauchte es in ihnen selber auf. Es war, als träfe es ihn in einer offenen Wunde – ein Stoß in die Herzgrube war es.

Lars Peter stellte das Pferd ein und gab ihm ein Maß Hafer; das Geschirr nahm er ihm nicht ab. Wenn der Junge nicht bald zu Hause landete, mußten sie sich aufmachen, ihn zu suchen. Es war ja nicht das erstemal, daß Lars Peter und der große Klaus die ganze geschlagene Nacht umherfuhren und suchten. Und einmal hatte Ditte sich nach dem Burschen die Seele aus dem Leibe gesucht, während er ganz gemütlich auf Vaters Wagen saß und mit zum Aufkaufen herumfuhr. Er hatte Lars Peter auf der Landstraße erwartet, ihm weisgemacht, daß er keine Schule habe – und der Vater hatte ihm erlaubt mitzufahren. Ein ganz verschlagener Bengel war er!

Als Ditte an das Weidengebüsch kam, steckte sie den Korb dort hinein, um ihn nicht schleppen zu müssen. Der Einkauf beim Krämer war nur ein Vorwand gewesen, um aus dem Hause gehen und nach dem Jungen suchen zu können, ohne daß der Vater Verdacht schöpfte. Ein Ende weit an der Landstraße lag ein Haus, in dem Schulkinder wohnten; da erkundigte sie sich. Christian hatte sich heute nicht in der Schule sehen lassen. Sie wußte es wohl – war er doch heute morgen so schwer fortzutreiben gewesen! Vielleicht lag er nur irgendwo auf den Feldern hinter einem Dornenbusch, hungrig und erschöpft; es würde ihm recht ähnlich sehen, wenn er da liegenblieb, bis er umkam, falls man ihn nicht vorher fand.

Aufs Geratewohl lief sie über die Felder hin; überall fragte sie, ob man ihren Bruder nicht gesehen habe. „Ist das der

Junge drüben vom Elsternnest?" riefen die Leute. „Ja, der hat Landstreicherblut in den Adern!"

Dann lief sie weiter, so rasch sie konnte. Die Beine versagten, aber sie richtete sich auf und hastete weiter. Ohne den Jungen nach Hause zu kommen, das war undenkbar! Der Vater würde furchtbar aufgebracht sein! Und der Junge selbst – ihr kleines Herz schauderte bei dem Gedanken, daß er die Nacht im Freien verbringen müsse.

Von einem Fahrenden erhielt sie den Bescheid, ein sieben- bis achtjähriger Knabe schleiche unten am Moor herum. Sie eilte hin und erblickte Christian. Er stand vor einer Häuslerhütte und schrie, die Hausbewohner waren um ihn versammelt, und der Bauer hatte ihn beim Kragen gepackt.

„Aha, du bist auf der Suche nach dem Verbrecher", sagte er mit Selbstgefühl. „Hier ist er, man hat ihn eingefangen. Die Kinder erzählten, er habe die Schule geschwänzt, und da hielt man es für das beste, sich seiner Person zu versichern. Damit ihm nichts zustößt, oder damit er kein Unglück bei andern anrichtet."

„Ach, er ist sehr brav", sagte Ditte gekränkt, „er tut gewiß niemandem etwas zuleide." Sie schob die Faust des Mannes fort und zog den Jungen mütterlich an sich. „Hör auf zu weinen", sagte sie und trocknete seine feuchten Wangen mit ihrer Schürze. „Niemand wird es wagen, dir etwas zu tun!"

Der Hüfner grinste verwirrt. „Das stiftet Unheil über Unheil!" sagte er laut. „Wer anders legt Feuer und vergewaltigt friedliche Weiber als die Landstreicher! Und so wie er hier fangen die wohl an."

Aber Ditte war bereits mit Christian weit drüben auf dem Feld. Sie hielt ihn an der Hand und schalt ihn tüchtig aus. „Da kannst du's selber hören, was der Mann sagt! Und so einer willst du sein", predigte sie. „Und Vater machst du so böse. Denkst du, er hat nicht so schon genug Sorgen?"

„Mutter hätte das auch sein lassen können", sagte Christian und begann zu weinen.

Er war ganz erschöpft; und sobald sie zu Hause waren, sorgte Ditte dafür, daß er ins Bett kam. Sie gab ihm Fliedertee und eine Socke des Vaters – die linke – um den Hals.

Am Abend besprach sie mit dem Vater die Begebenheit; der Junge lag im Bett und tobte, er hatte Fieber. „Das sind die bösen Kinder", sagte Ditte erregt. „Wenn ich dabei wäre, ich würde schon dafür sorgen, daß sie ihn in Ruhe ließen."

„Warum nimmt der Bursche sich denn die Sache so zu Herzen?" brummte Lars Peter. „Du hast dasselbe ja auch einmal durchgemacht."

„Ja, aber ich bin ein Mädchen – Jungen sind viel empfindlicher. Ich schimpfe einfach zurück, aber wenn Christian richtig wütend wird, kann er gar nichts sagen. Und dann rufen sie alle und lachen ihn aus – und er nimmt seinen Holzschuh und will sie prügeln." Lars Peter saß eine Weile schweigend da. „Wir müssen versuchen, von hier fortzukommen", sagte er dann.

Christian richtete sich hastig im Bett auf. „Ja, weit, weit weg!" rief er. Das hatte er trotz des Fiebers gehört!

„Dann reisen wir nach Amerika", sagte Ditte und legte ihn wieder sorgfältig zurück. „Jetzt mußt du schlafen, damit du zur Reise gesund bist!" Der Knabe sah sie mit großen, gläubigen Augen an und legte sich zurecht.

„Es ist eine Schande, denn sonst ist der Junge so tüchtig und brav", sagte Lars Peter flüsternd. „Wie der eine Frage mit seinem kleinen Schädel anpacken kann – und wie er die Einrichtung in allem versteht! Er weiß besser Bescheid mit Rädern und Getrieben in einem Pferdegöpel als unsereins. Wenn er bloß meine Lust zu vagabundieren nicht geerbt hätte!"

„Ach, das geht vorüber!" meinte Ditte. „Ich bin ja auch immer fortgelaufen."

Am nächsten Tag war Christian wieder auf den Beinen und sang draußen auf dem Hof. An die Schule war die Meldung abgegangen, daß er krank sei, und damit ließ sich ein paar Tage auskommen – er war strahlender Laune. Er hatte die Reste eines alten Kinderwagens erwischt, den der Vater mit nach Hause gebracht hatte, und war damit beschäftigt, ein Fuhrwerk daraus zu verfertigen, worin die Kleinen gefahren werden konnten. Die Räder waren auf Achsen gesetzt; nun kam es darauf an, den Wagenkasten zu zimmern.

Die beiden kleinen Geschwister standen gespannt dabei und beobachteten ihn. Paul schwatzte drauflos und wollte mittun, jeden Augenblick fuhren seine kleinen Hände dazwischen und stifteten Unheil. Aber Schwester Else stand stumm da, mit großen, versonnenen Augen. „Das liebe Kind träumt immer", sagte Ditte von ihr. „Gott weiß, wovon sie träumt!"

Ditte selbst träumte anscheinend nicht, führte vielmehr ihren Tag ganz wach zu Ende. Das Leben hatte ihr bereits die strengen Pflichten einer Erwachsenen auferlegt, und sie hatte sich mit einer eigenen Robustheit ausgerüstet, mit der sie den Verhältnissen entgegentrat. Für die anderen war sie das strenge Hausmütterchen, das schnell zu arbeiten verstand und, wenn's nötig war, auch einen kleinen Klaps austeilen konnte. Aber unter der Oberfläche lebte ihr Kindersinn weiter und führte heimlich seinen eigenen Haushalt. Von dem, was sie erlebte, bildete sie sich eigene Vorstellungen und Ansichten, über die sie nicht sprach, sondern die sie für sich behielt.

Am schwersten wurde es ihr, sich damit vertraut zu machen, daß Großchen tot war und daß sie nie, nie mehr zu ihr hinüberlaufen konnte. Das Zusammenleben mit Großchen war ihre eigentliche Kindheit gewesen und stand dauernd stark und lebendig vor ihr – unvergeßlich, wie Erwachsenen Kinderglück vor Augen steht. Am Tage war kein Zweifel möglich, Großchen war tot und unter der Erde, sie kam nie wieder. Am Abend jedoch, wenn Ditte in ihrem Bett lag, müde und erschöpft von ihrem Tagewerk, und es dunkel im Zimmer war, dann verspürte sie den Drang, wieder klein zu sein, und kuschelte sich auf eigentümliche Art unter der Decke, wie wenn sie sich zärtlich an Großchen anschmiege. Und während sie in den Schlaf hinüberglitt, fühlte sie den Arm der Alten schützend um sich und war wieder Kind. Die Müdigkeit rumorte in ihrem Körper, aber Großchen nahm alles weg – das kluge Großchen, das den Männern die Gicht aus dem Leibe ziehen konnte. Meistens endete das Zusammensein dann mit dem Entsetzlichen – Großchens Kampf mit Sörine. Und Ditte erwachte davon, daß Lars Peter über das Bett gebeugt stand und beruhigend in das Dunkel sprach. Sie hatte geschrien! Er verließ sie nicht, bis sie wieder einschlief, und preßte seine große Faust gegen ihr Herz, das wie bei einem Vogel in Todesangst arbeitete.

In der Schule spielte sie nicht, sondern ging stets für sich. Die anderen machten sich nichts aus ihr, und sie war auch keine gute Spielgefährtin. Sie war wie eine steinige, harte Frucht, die mehr rauhes Wetter als Sonne mitbekommen hat. Gesang und Spielrefrain wurden bitter in ihrem Munde, und ihre Hände waren schwielig.

Der Lehrer sah es. Eines Tages, als Lars Peter vorüberkam, rief er ihn heran und fing an, von Ditte zu reden. „Sie muß in eine andere Umgebung", sagte er, „irgendwohin, wo sie neue Kameraden findet. Vielleicht hat sie zu Hause zuviel zu tun für ein Kind in ihrem Alter. Sie sollten sie wegschikken."

Für Lars Peter war das wie ein Schlag ins Genick. Er hatte großen Respekt vor den Worten des Lehrers – das war ja ein Mann, der in diesen Dingen sein Examen bestanden hatte; aber was sollte er ohne sein braves Hausmütterchen anfangen? ‚Wir sollten alle sehen, von hier wegzukommen', dachte er. ‚Hier gibt's nur dauernd Scherereien.'

Nein, zu Ansehen brachte man es hier nicht – nicht einmal Verkehr fand man! Er war dahin gelangt, sich nach Mitmenschen zu sehnen, und dachte oft an seine Verwandten, von denen er seit Jahr und Tag nichts gesehen und kaum etwas gehört hatte. Das Verlangen nach seinem Heimatort befiel ihn, den er einst verlassen hatte, um den Schinder abzuschütteln, und er trug sich ganz im geheimen mit dem Gedanken, den ganzen Plunder zu verkaufen und in die Heimat zurückzukehren. Von dem Urteil der Leute konnte man sich ja doch anscheinend nie frei machen, wohin man auch in der Welt zog. Hier zu bleiben bereitete keine Freude mehr, und ohne Freude war auch kein Fortschritt möglich. ‚Fast nichts bringt Segen', dachte er. Mit Ausnahme der gesegneten Kleinen – und die würde man ja mitnehmen.

Daß er sich innerlich auf den Aufbruch vorbereitete, machte die Dinge nicht besser; alles gewann dadurch das Gepräge des Vorübergehenden. Man mußte mit dem richtigen Zupacken warten, bis man in den neuen Verhältnissen war – mochte es nun werden, wie es wollte.

Lars Peter und Ditte besprachen die Sache miteinander, und sie hatte nichts dagegen, anderswohin zu ziehen, gleichgültig wohin. Sie hatte nichts zu verlieren, der Gedanke an etwas Neues barg lauter günstige Verheißungen in sich. Insgeheim nährte sie eine eigene kleine Erwartung von etwas, das kommen würde – bloß hier nicht; der Ort hier war ja verflucht. Es brauchte nicht gerade der Prinz zu sein, von dem Großchen im Spinnlied gesungen hatte – an ihn zu glauben, war sie zu klug; Prinzen verheirateten sich gewiß nur mit Prinzessinnen. Aber es gab doch genug, was geschehen konnte, wenn man dem Schicksal nur die Gelegenheit bot – Ditte war nicht anspruchsvoll. Ihr dürftig genährter Sinn sah das Ganze vom Grunde aus, es gab für sie nur ein Empor. „Aber es muß ein Ort sein, wo Menschen wohnen", sagte sie. „Richtige Menschen!" fügte sie hinzu und dachte dabei vor allem an die kleineren Geschwister.

So plauderten sie weiter, bis sie sich darüber einig waren, daß sie möglichst bald versuchen würden, das Ganze zu verkaufen und wegzukommen. Es geschah jedoch etwas, das sie eine Zeitlang veranlaßte, ihre Auffassung vom Dasein zu verändern und ihre Pläne zu vergessen.

6

Der Scherenschleifer

Eines Nachmittags spielten die Kinder im Sonnenschein am Giebel, Ditte stand in der offenen Küchentür und wusch das Geschirr vom Mittagessen ab. Aus der Luft draußen erschollen plötzlich merkwürdig weiche Töne – eine ganze Welle; es war, als beginne der Sonnenschein selber zu spielen. Die Kleinen hoben die Köpfe und gafften in den Raum. Ditte erschien in der Küchentür mit einem Teller und einem Wischtuch in den Händen.

Auf der Landstraße, gerade da, wo man zum Elsternnest

abbog, hielt ein Mann mit einem großen, merkwürdigen Apparat; er blies rufend auf einer Flöte oder Klarinette, was es nun sein mochte – und starrte nach dem Haus hinüber. Da niemand Miene machte, seinem Ruf Folge zu leisten, setzte er sich in Bewegung und kam näher. Den Apparat schob er vor sich her. Die Kleinen stürzten ins Haus. Der Mann ließ den Apparat an der Pumpe stehen und kam zur Küchentür; Ditte stellte sich, ihm den Weg versperrend, vor ihn hin.

„Hat man heut was zu schleifen, zu nieten, zu löten oder sonstwie zusammenzubrennen?“ leierte er herunter und lüftete dabei die Mütze einen Zoll über der Stirn. „Ich schleife Messer, Scheren, Rasiermesser und den Teufel und sein Gelumpe! Ich operiere Hühneraugen, kastriere Ferkel, scharwenzle um die Madam und küsse die Magd – sage nie nein zu einem Schnaps und einem Happen Brot!“ Dann verzog er den Mund und schloß mit einem Stück aus einem Lied.

„Hier kommt der Scherenschleifer, Scherenschleifer! Hallo!
Schleife Messer, schleife Scheren – hallo!
Hier kommt der Scherenschleiferbub!“

sang er, daß es schallte.

Ditte stand in der Tür und lachte, die Kleinen hingen ihr am Rock. „Ich hab ein Brotmesser, das nicht schneidet“, sagte sie.

Der Scherenschleifer fuhr seinen Apparat vor die Tür. Da gab es alles mögliche: Wasserbehälter, Schleifstein, einen Bohrer zum Nieten, einen kleinen Amboß und ein großes Schwungrad – alles auf einem Schubkarren aufgebaut. Die Kinder vergaßen ganz, Angst zu haben, sie mußten hinaus und sich den spaßigen Apparat ansehen. Er behandelte das Brotmesser mit vielen Manipulationen, pfiff über die Schneide hin, um zu sehen, wie stumpf sie war, tat so, als sei die Klinge lose, legte sie auf den Amboß und nietete sie. „Man hat es sicher zum Hauen auf Pflastersteine gebraucht“, sagte er. Aber das war dummes Zeug, die Klinge war gar nicht lose, und mit dem Messer war auch kein Unfug getrieben worden. Er war sicher ein rechter Affe.

Ein ganz junger Bursche war's, schmächtig und flink in seinen Bewegungen; sein Mundwerk stand nicht einen Augenblick still. Und was für einen Unsinn er von sich gab! Aber hübsch war er. Er hatte schwarze Augen und schwarzes Haar, das im Sonnenschein blau wurde.

Lars Peter kam gähnend in der Scheunentür zum Vorschein; er hatte sein Mittagsschläfchen gehalten. In dem krausen Nackenhaar hingen Klee und Stroh. „Wo kommst du her?" rief er heiter und kam über den Hof.

„Aus dem Spanierland", erwiderte der junge Scherenschleifer und zeigte grinsend seine weißen Zähne.

„Aus dem Spanierland – so antwortete mein Vater auch immer, wenn ihn einer fragte", sagte Lars Peter nachdenklich. „Mit Verlaub, bist du aus der Odser Gegend?"

Der junge Mann nickte.

„Dann kannst du mir vielleicht Auskunft über einen Anst Hansen geben – einen großen Kerl mit neun Söhnen? Den Schinder nannten ihn die Leute." Das letztere fügte er still hinzu.

„Das kann ich – er ist mein Vater."

„So?" sagte Lars Peter bewegt und hielt seine große Faust hin. „Dann darf ich dich willkommen heißen, dann bist du ja Johannes – mein jüngster Bruder." Er behielt die Hand des jungen Burschen in der seinen und blickte ihn herzlich an. „Also so schaust du jetzt aus; ich hab dich ja zuletzt gesehen, als du ein paar Monate alt warst. Du bist Mutter ähnlich!"

Johannes grinste ein wenig verlegen und zog die Hand zurück; die Begegnung ging ihm nicht so zu Herzen wie dem Bruder.

„Aber jetzt laß die Schleiferei sein und komm in die Stube", sagte Lars Peter, „dann macht das Mädel uns eine Tasse Kaffee. – Nein, das ist wirklich ein merkwürdiger Zufall! Und wie du Mutter ähnlich siehst!" Er blinzelte und war vor Rührung ganz außer sich.

Während sie beim Kaffee saßen, mußte Johannes von den Verhältnissen daheim erzählen. Die Mutter war vor einigen Jahren gestorben, und die Brüder waren in alle Winde verstreut. Die Mitteilung vom Tode der Mutter ging Lars Peter sehr nahe. „Also sie ist abberufen worden!“ sagte er still. „Ich habe sie nicht gesehen, seit sie dich an der Brust hatte. Und ich hatte mich so darauf gefreut, sie noch einmal wiederzusehen – sie ist uns eine gute Mutter gewesen.“

„Ach, ja“, sagte Johannes gedehnt, „sie war immer so verdrießlich.“

„Solange ich zu Hause war, war sie das nicht – vielleicht war sie lange krank?“

„Mir ist sie jedenfalls nichts gewesen. Nein, da ist mir der Alte lieber, er hat immer noch seinen Humor.“

„Treibt er noch sein altes Handwerk?“ fragte Lars Peter voller Teilnahme.

„Nein, das ist längst vorbei. Jetzt lebt er von seiner Pension!“ Johannes grinste. „Er sitzt an der Landstraße und schlägt Schotter für Rechnung der Gemeinde. Aber er ist immer noch derselbe steifnackige Kerl und will herrschen. Dann bekommt er Händel mit den vorbeifahrenden Bauern und schimpft sie aus, wenn sie auf die Schotterhaufen fahren.“

Johannes selbst war mit seinem Meister zusammengeraten, er hatte ihm ein paar Backpfeifen gegeben. Einen anderen Schlächter, der ihn hätte haben wollen, gab es drüben nicht, und so war er bei Lynäs übers Wasser gefahren – mit dem Apparat, der draußen stand; er hatte ihn sich von einem alten kranken Scherenschleifer geliehen.

„Also du bist Schlächter“, sagte Lars Peter „Ich dachte mir schon, daß du kein richtiger Scherenschleifer bist, du packst die Dinge so sonderbar an. Konntest du denn, wo du noch jung und gesund bist, den Alten nicht davor bewahren, daß er der Gemeinde zur Last fällt?“

„Ach, es war nicht mit ihm auszukommen – und es geht ihm ja recht gut. Wenn man ein klein bißchen mitmachen und sich ein wenig verlustieren will, dann reicht der Verdienst gerade so aus.“

„Wirklich? Und was willst du jetzt machen? Willst du herumreisen?“

Ja, er wollte sich jetzt etwas im Land umsehen – mit Hilfe des Schleifsteins draußen.

„Kannst du denn etwas von alledem, was du zu können vorgibst?“

Johannes schnitt eine Grimasse. „Etwas hat man ja als Kind dem Alten abgesehen; aber das ist so eine Art Spiegelfechterei, verstehst du. Man schwatzt über dies und das mit den Leuten, bekommt sein Geld und ist weg, bevor sie Zeit gehabt haben, die Sache zu untersuchen. Es macht viel Spaß, so herumzukommen; und auf diese Weise kann die Polizei einem nichts anhaben.“

„Aha“, sagte Lars Peter. „Du bist auch mit der Landstraßenkrankheit im Leibe geboren, wie man begreifen kann. Eine langweilige Krankheit, Bruder!“

„Wieso? Man erlebt doch immer etwas Neues. Es ist so furchtbar öde, immer in demselben Trott zu traben.“

„Ja, das hab ich auch gemeint; aber eines Tages entdeckt man trotzdem, daß es nichts anderes ist als eine häßliche Krankheit – in den Knochen bildet sich Luft statt Mark! Nichts will gedeihen für den, der auf der Landstraße nach dem täglichen Brot herumstreift; er vergeudet das Ganze, ein Heim kriegt er nicht und eine Familie auch nicht, mag er sich auch ansiedeln, so oft er will.“

„Du hast doch beides“, sagte Johannes.

„Aber es ist schwer, es festzuhalten, du. Wer umherstreift, hat meist alles vor sich liegen; und es ist eklig, nichts im Rükken zu haben. Und das Verfluchte ist, daß wir kleinen Leute mit Absicht zum Umherstreifen erzogen werden, wir sollen gar nicht wissen, woher wir morgen zu essen kriegen, sondern sollen herumlaufen und bei Hinz und Kunz danach suchen. Auf die Art finden wir Geschmack am Herumstreunen! – Na, aber nun mußt du dich selbst ein paar Stunden unterhalten; ich hab versprochen, für einen Nachbarn etwas Mist zu fahren.“

Während Lars Peters Abwesenheit zeigten Ditte und ihre Geschwister dem Onkel das Besitztum. Er war ein komischer Kerl, und sie schlossen bald Freundschaft mit ihm. Besonders gut konnte es ihm nicht gehen, denn er lobte alles, und das nahm auch die mißtrauische Ditte für ihn ein. In dem Punkt war sie nicht verwöhnt; selten genug wurde das Elsternnest mit allem, was dazu gehörte, bewundert.

Er half ihr bei der Zubereitung des Abendessens; und als Lars Peter nach Hause kam, war ein Leben in der Stube wie schon lange nicht. Nach dem Abendessen kochte Ditte Kaffee, sie holte die Schnapsflasche hervor, und die beiden Brüder tranken einen Schwarzen. Johannes plauderte von daheim; er hatte ein Auge für das Lächerliche und verschonte weder die Heimat noch die Brüder, und Lars Peter mußte lachen, daß er der Länge nach auf dem Tisch lag. „Ja, das ist richtig!“ rief er. „Genau wie in unserer Kindheit!“ Es gab viel zu fragen und in der Erinnerung von neuem zu durchleben; so warm und froh wie heute abend hatten die Kinder den Vater Gott weiß wie lange nicht gesehen. In allem ließ er erkennen, daß das Erscheinen des Bruders ihn reicher gemacht hatte.

Auch die Kinder spürten ein eigentümliches Gefühl von Wohlstand – sie hatten einen Verwandten bekommen! Seit Großchens Tod war es so leer um sie gewesen; wenn andere Kinder von ihrer Familie sprachen, mußten sie schweigen. Einen Onkel hatten sie bekommen – nach einem Großchen das Ansehnlichste von aller Verwandtschaft! Und er war auf die wundersamste Art ins Elsternnest hineingeplumpst, zu ihrer aller und seiner eigenen Überraschung! Es kribbelte in den kleinen Körpern vor merkwürdigem, freudigem Erleben; jeden Augenblick mußten sie hinaus und an der Wundermaschine herumfingern, die da draußen in der hellen Nacht stand und schlief. Aber dann machte Ditte dem Ganzen ein Ende und kommandierte die Kleinen zu Bett. Jetzt mußte es sein, es war hohe Zeit!

Die beiden Brüder plauderten bis nach Mitternacht, und die Kinder kämpften so lange wie möglich gegen den Schlaf an, um nichts zu versäumen. Schließlich überrumpelte er sie; und auch Ditte erlag ihm. Sie wollte nicht vor den Erwachsenen zu Bett gehen und schlief über einer Stuhllehne ein.

Der Morgen kündigte sich auf eigentümlich freudige Art an; man schlug die Augen mit dem Gefühl auf, daß etwas die ganze Nacht am Bettrand gestanden und gewartet hatte, um einen beim Erwachen freundlich in Empfang zu nehmen – man wußte bloß nicht, was es war. Ja, da drüben auf dem

Nagel an der Tür hing eine Tuchmütze – der Onkel war hier! Er und Lars Peter waren schon draußen in Tenne und Scheune.

Johannes interessierte sich für alles, was er sah, und war voller Ideen. „Das könnte ein gutes kleines Besitztum werden", sagte er immer wieder. „Es ist bloß vernachlässigt."

„Ja, man hat sich mit allem möglichen andern abrackern müssen", erwiderte Lars Peter zur Entschuldigung. „Und das mit der Frau konnte einem ja auch die Laune verderben. Ihr habt es drüben wohl erfahren?"

Johannes nickte. „Deswegen kannst du dich doch nicht aufhängen", sagte er.

Lars Peter wollte an diesem Tage im Moor einen Graben auswerfen, zur Entwässerung eines Stückes sauren Bodens. Johannes nahm einen Spaten und begleitete ihn. Seine Art zu arbeiten hatte Schwung, Lars Peter konnte mit Müh und Not mit ihm Schritt halten. „Man merkt deine Jugend", sagte er. „Es ist Schmiß in dir."

„Warum ziehst du nicht Gräben durch das Ganze und machst die Hügel eben? Dann hättest du ein Stück gutes Wiesenland!" sagte Johannes.

Ja, warum? Lars Peter wußte es selbst nicht. „Ja, wenn einem jemand bei der Arbeit zur Seite stände!" sagte er.

„Bringt dir das Torfmoor irgendwelchen Nutzen?" fragte Johannes, als sie einmal den Rücken geradereckten.

„Nein, nur den Torf, den wir selbst brauchen. Es ist ein saures Stück Arbeit, ihn zu pressen."

„Ja, mit den Füßen! Du solltest dir eine Preßmaschine für ein Pferd anschaffen; dann können zwei Mann an einem Tag viele Klafter fertigbringen."

Lars Peter wurde nachdenklich. Vorschläge und Ideen strömten ihm zu, und er hatte das Bedürfnis, sie alle gründlich zu prüfen und zu untersuchen. Aber Johannes ließ ihm keine Zeit.

Dann interessierte ihn der Lehmgraben. Darin sei ungewöhnlich gutes Material für an der Sonne getrocknete Ziegel, fand Johannes.

Ja, Lars Peter wußte es nur zu gut. Im ersten Sommer

hatte Sörine hier Ziegel zum Bau des Wirtschaftsflügels gestrichen, und der war richtig wind- und wetterfest. Aber wenn man es nun nicht fertigbrachte, das Ganze auszunützen?

So war Johannes bald hier, bald da. Er hatte einen raschen Blick, überall sah er einen Ausweg und kam mit Vorschlägen zu Verbesserungen. Lars Peter mußte zuhören; es war, als lausche man alten, vergessenen Melodien. Das gleiche Lied hatten das Moor, der Lehmgraben und all das andere auch ihm selber im Lauf der Jahre gesungen – wenn auch viel bedächtiger; hier konnte er kaum folgen. Aber Spaß machte es, sozusagen alle Auswege zugleich überschauen zu können.

„Hör mal, Bruder, weißt du was“, sagte er, als sie beim Mittagessen saßen. „Du hilfst einem wieder auf die Beine. Hast du nicht Lust, dich hier niederzulassen? Dann bringen wir das Besitztum instand, wir zwei. Mit dem Umherstreifen ist es ja doch nichts.“

Johannes schien nicht abgeneigt zu sein – ganz hatte ihn die Landstraße doch wohl nicht in der Gewalt!

Im Laufe des Tages besprachen sie die Sache näher und einigten sich darüber, wie sie es einrichten wollten; wie Brüder wollten sie teilen – die Arbeit und was sie einbrachte. „Aber die Schubkarre?“ meinte Lars Peter. „Die müssen wir doch zurückbringen.“

„Ach, der Teufel soll sie holen“, sagte Johannes. „Der Mann ist ja übrigens krank.“

„Ja, aber wenn er wieder gesund wird, steht er da und kann sich sein täglich Brot nicht verdienen; das können wir nicht verantworten. Ich muß morgen an den Strand, eine Fuhre Heringe holen, da fahr ich nach Hundested und setz sie da ab. Dann ist immer ein Fischer da, der sie mit hinübernehmen kann. – Eigentlich hatte ich mir vorgenommen, den Heringshandel aufzugeben, aber ich hab mich vor langer Zeit verpflichtet, eine Fuhre abzunehmen, und in diesen Tagen soll der Fang gut sein.“

Um drei Uhr am nächsten Morgen hielt Lars Peter auf dem Hof, bereit, ans Meer zu fahren. Hinten im Wagen stand der merkwürdige Scherenschleiferapparat. Als er abfahren wollte, kam Johannes gesprungen, ungewaschen und mit trüben Augen; er hatte gerade Zeit gehabt, die Mütze aufzusetzen und ein Tuch um den Hals zu binden. „Ich denk, ich fahr mit", sagte er mit rauher Morgenstimme.

Lars Peter saß eine Weile da und überlegte – die Sache kam ihm überraschend. „Na ja, wie du willst", sagte er dann und machte Platz. Er hatte eigentlich damit gerechnet, daß der Bruder mit dem Ziehen der Gräben beginnen würde, die Wiese hatte gerade wenig Wasser.

„Es wird Spaß machen, ein bißchen herauszukommen!" Johannes kletterte auf den Wagen hinauf.

Na – war er denn nicht eben erst zur Tür hereingekommen? „Willst du so in der Jacke gehn?" fragte Lars Peter. „Du kannst einen alten Mantel von mir leihen."

„Ach, Unsinn – ich schlag den Kragen hoch."

Die Sonne war gerade im Begriff aufzugehen, weißer Dunst lag längs der Ufer des Sees wie ein Schleier über dem Schilf. In den Spinngeweben des Wiesenlandes fingen Millionen Tautropfen die ersten Sonnenstrahlen ein und blitzten wie Diamanten.

Lars Peter sah das alles, und vielleicht beeinflußte es seine Stimmung; jedenfalls fand er heute, daß das Elsternnest ein schönes und gutes kleines Besitztum war und daß es schade sei, es zu verlassen. Er hatte jetzt alles über seine Verwandtschaft und Heimat erfahren und gehört, wie es jedem einzelnen in den verflossenen Jahren ergangen war; damit war sein Heimweh vorüber; er verspürte keinen Drang mehr, in die Heimat zu übersiedeln. „Sei froh, daß du weit weg von allem bist!" hatte Johannes gesagt, und er gab ihm recht – es hatte keinen Sinn, wegzuziehen und den Wohnort zu wechseln, um in Hader, Neid und Familiengezänk hineinzukommen. Wozu sollte man überhaupt wegziehen? Statt dem Glück nachzujagen wie ein Tor, sollte man danach trachten, es da festzuhalten, wo man nun einmal sein Heim hatte.

Lars Peter verstand nicht recht, wie es um ihn bestellt war – er sah heute alles mit neuen Augen an. Es war, als wären sie im Lauf der Nacht mit irgendeiner Wundersalbe behandelt worden, selbst der magere Boden des Elsternnestes sah schön und verheißungsvoll aus.

Ein neuer Tag war über ihm und seinem Heim aufgegangen.

„Es ist doch ein großartiger Morgen", sagte er zu Johannes.

Dieser antwortete nicht. Er hatte die Mütze über die Augen gezogen und sich zum Schlafen zurechtgesetzt. Er sah nicht danach aus, als hätte er es sonderlich gut mit sich selber gemeint! In den Mundwinkeln saß ein herber Zug, der wohl vom Zechen herstammen konnte. Sonderbar, wie sehr er der Mutter glich! Lars Peter nahm sich vor, ihn im Auge zu behalten.

7

Der Wurstschlächter

Die Ackerwirtschaft des Elsternnestes blühte für diesmal nicht neu auf; es wurde verhängnisvoll für sie, daß Johannes, statt seinen Spaten zu nehmen und Gräben zu ziehen, Lust bekam, die Heringsfahrt des Bruders mitzumachen. Auf einem der Höfe, auf dem sie einkehrten und Heringe verkauften, lag vor der Stalltür ein totgeborenes Kalb; Johannes bemerkte es sofort. Mit einem Satz war er vom Wagen herunter und neben ihm.

„Was macht ihr damit?" fragte er und drehte das Kalb mit dem Fuß um.

„Wir vergraben es, versteht sich", erwiderte der Knecht.

„Verkaufen die Leute hier in dieser Gegend ihr totes Vieh nicht?" fragte Johannes, als sie wieder auf dem Wagen saßen.

„Gott weiß, an wen sie es verkaufen sollten", erwiderte Lars Peter.

„Dann seid ihr, Gott steh mir bei, sehr weit zurück. Weißt du was, ich hätte Lust, mich hier als Viehhändler niederzulassen."

„Und vielleicht Vieh aufzukaufen, das krepiert ist?" Lars Peter lachte.

„Das nicht gerade. So einfältig ist das übrigens gar nicht.

Der Alte zu Hause hat oft zehn bis fünfzehn Kronen mit so einem Kalb erzielt."

„Ich dachte, wir würden mein Stück Land richtig in Schuß bringen", sagte Lars Peter.

„Das wollen wir auch, aber dazu ist Geld nötig! Der Handel, den du getrieben hast, hat dir nur Zeit weggenommen, dabei hast du die Dinge zu Hause vernachlässigt. Aber sieh mal, mit dem Viehhandel ist's etwas ganz anderes. Dabei kann man gut einen Knecht im Tagelohn haben, wenn man Glück hat. Wenn ich bloß einmal in der Woche ausfahre, verspreche ich dir, daß dabei genug zum Leben für uns herauskommt. Und dann haben wir ja die ganze übrige Zeit in der Woche, wo wir das Land bestellen können."

„Ja, das klingt gar nicht so übel", sagte Lars Peter zögernd. „Und Kaufmannsblut hast du wohl auch?"

„Kannst ganz ruhig sein, ich habe meinem Meister daheim in Knareby viele hundert Kronen zusammengefahren."

„Aber wie willst du die Sache angreifen?" fragte Lars Peter. „Ich hab im ganzen fünfzig Kronen; das ist nicht viel, wenn man Vieh kaufen will. Sie sind für Steuern und Zinsen zurückgelegt und sollten eigentlich nicht angerührt werden."

„Wenn ich die nur kriege, werd ich das übrige schon besorgen", erklärte Johannes zuversichtlich.

Schon am nächsten Tag fuhr er los, mit allen Spargroschen Lars Peters in der Tasche. Er blieb ein paar Tage fort, und man mußte sich allerlei trübe Gedanken machen. Vielleicht kam er in schlechte Gesellschaft, und das Geld wurde ihm abgenommen, oder er vergeudete es bei einem schlechten Geschäft. Die Wartezeit wurde Lars Peter natürlich lang. Aber dann kam Johannes endlich zurück, mit verdecktem Wagen und aus vollem Halse singend. An das hintere Brett des Fuhrwerks war eine alte, dem Tode verfallene Mähre angebunden, die so elend war, daß sie sich kaum von der Stelle bewegen konnte.

„Aha, du hast Jungvieh gekauft!" rief Lars Peter spöttisch. „Was hast du unter den Säcken und dem Stroh?"

Johannes fuhr den Wagen ins Tor hinein und schloß es, dann erst deckte er auf. In dem Wagenkasten lagen ein totes

Kalb, ein halbverfaulter Schweinerumpf und ein zweites Kalb, das die Ohren gerade noch ein wenig bewegen konnte. Es war magenkrank. Das alles hatte er rings auf den Höfen gekauft, und er hatte sogar noch Geld übrigbehalten.

„Das ist schön und gut, aber was zum Henker sollen wir mit dem Plunder anfangen!“ rief Lars Peter ärgerlich.

„Das wirst du schon sehen“, erwiderte Johannes und lief aus und ein.

Es war ein gewaltiges Leben in ihm, er sang und pfiff und hatte allerlei Narrenpossen im Sinn. Der große Torweg wurde geräumt und ein riesiger Baumstumpf als Block hineingestellt; der Mauerkessel wurde nachgesehen und dann ein Strohwisch angezündet, um zu sehen, ob ordentlich Zug vorhanden war. Die Kinder standen gaffend dabei, während Lars Peter den Kopf schüttelte; aber er ließ den Bruder gewähren.

Johannes schnitt das tote Kalb auf, zog die Haut ab und nagelte sie zum Trocknen inwendig an das Tor. Dann kam die Reihe an das kranke Kalb; im Handumdrehen war es die paar Schritt aus dem Dasein hinausbefördert, und die Haut wurde neben der anderen aufgehängt.

Ditte und Christian wurde aufgetragen, Därme zu reinigen, sowenig Lust sie auch dazu hatten. „Zum Kuckuck, habt ihr noch nie einen Darm angerührt?“ fragte Johannes.

„Do-och. Aber nicht von Tieren, die krepiert sind“, erwiderte Ditte.

„Da soll doch gleich ... Also reinigt man hier im Haus die Därme von lebenden Tieren? Das möcht ich gern einmal mit ansehen!“

Da konnten sie nicht antworten und mußten an die Arbeit gehen, während Johannes die Axt holte. Als er über den Hof lief, schleuderte er sie wirbelnd in die Luft hinauf und fing sie wieder am Schaft auf; er war außerordentlich gut gelaunt.

‚Es ist Schinderblut in ihm!‘ dachte Lars Peter, der sich in der Tenne aufhielt und sich dort zu schaffen machte. Ihm gefiel dieses Treiben nicht, obwohl es viele Jahre lang das Hauptgewerbe der Familie gewesen war, nun ergriff es mit einemmal Besitz von dem Elsternnest; es erinnerte zu stark an seine Kindheit daheim. ‚Jetzt hat man wenigstens Grund, Schindervolk hinter uns herzurufen', dachte er mißvergnügt.

Johannes kam pfeifend auf die Tenne zu, um einen alten Sack zu holen. „Du siehst so mürrisch drein, Alter", sagte er im Vorbeieilen. Lars Peter fand keine Zeit zu antworten, schon war er wieder draußen. Er warf dem Gaul den Sack über den Kopf, kniff die Augen zusammen und schwang die Axt weit nach hinten; unter dem Sack erscholl ein wunderlich gedehntes Knirschen, und das Pferd sank mit zerschmetterter Schädeldecke zu Boden, lag einen Augenblick da, streckte die Beine von sich, legte sich dann mit einem tiefen Seufzer auf die Seite und war tot. Mit versteinerten Gesichtern standen die Kinder darum und sahen zu.

„Nun mußt du mir eine Handreichung tun, Bruder, damit wir den Kerl raufziehen können!" rief Johannes munter. Lars Peter kam zögernd über den Hof und faßte mit an. Und bald darauf hing der Gaul baumelnd unter einem Balken, den Kopf nach unten, aufgeschnitten und die Haut wie einen Mantel zurückgeschlagen.

Das Treiben des Onkels wurde immer geheimnisvoller. Daß er die Häute sorgsam behandelte, konnte man begreifen, sie ließen sich verkaufen; aber was wollte er mit den Därmen und all dem Fleisch, das er abschnitt – auch von den besten Teilen der Kälber? Am Abend zündete er das Feuer unter dem Mauerkessel an, und die ganze Nacht hindurch rumorte er und lief herum, während ein fader Gestank von kochenden Knochen, Fleisch und Därmen das Haus umgab. ‚Der kocht wohl Seife', dachte Lars Peter – ‚oder Wagenschmiere.' Die Sache gefiel ihm immer weniger, und er bereute lebhaft, daß er den Bruder nicht hatte gehen lassen, wie er gekommen war. Aber jetzt blieb nichts anderes übrig als durchzuhalten.

Johannes forderte niemand auf, ihm zu helfen; er hielt die Tür zum Wirtschaftsraum, wo sich der Mauerkessel befand, sorgfältig geschlossen und umgab sein Tun mit großer Geheimniskrämerei. Die ganze Nacht hindurch kochte er, und beim Morgenkaffee verbot er den Kindern streng, von seinem Unternehmen zu sprechen. Im Laufe des Vormittags verschwand er und kam mit einem Hackbeil wieder, den Block schleppte er gleichfalls in den Wirtschaftsraum. Über und über mit Blut, Fett und Fleischfasern beschmiert, erschien er zu den Mahlzeiten. Er sah schlimm aus, und noch schlimmer roch er. Aber das mußte man ihm lassen: er ging in seiner Arbeit auf; Schlaf gönnte er sich nicht.

Am Spätnachmittag war er endlich fertig und sperrte die Tür zu dem Wirtschaftsraum weit auf. „Bitte schön, kommt und seht!" rief er. An einer Stange unter der Decke hing eine lange Reihe Würste, appetitlich anzusehen, blank und frisch in der Farbe; niemand konnte erraten, woraus sie hergestellt waren. Auf dem großen Waschtisch lag Fleisch, hübsch zerteilt und von blutigfrischer Farbe – das Beste von dem Gaul. Und dabei stand ein großer Eimer Fett, es war noch nicht steif. „Das ist zum Schmieren", sagte Johannes, darin herumrührend, „man könnte es übrigens auch gut als Speisefett verwenden. Ist das alles nicht delikat, was?"

„Ich soll doch wohl nichts davon für den Haushalt bekommen!" sagte Ditte, mit einer Grimasse auf die Dinge zeigend.

„Hab keine Angst, Mädel, der Wurstschlächter ißt seine Waren nie selber", entgegnete Johannes.

„Was willst du nun mit dem Zeug da anfangen?" fragte Lars Peter. Man konnte ihm ansehen, daß er die Antwort bereits kannte.

„Natürlich werd ich's verkaufen!" Johannes zeigte seine weißen Zähne und packte eine Wurst. „Fühl einmal, wie fest und drall!"

„Und du meinst, daß du so etwas absetzen wirst? Da kennst du die Leute hier in der Gegend schlecht."

„Hier natürlich nicht. Ich fahre damit auf die andere Seite des Sees, wo niemand mich kennt und niemand weiß, woraus das Zeug hergestellt ist. Zu Hause beim Meister haben wir's oft so gemacht. Was wir an verdorbener Ware in dem einen Bezirk kauften, wurden wir in dem andern los. So konnte man uns nicht kontrollieren. Ist das nicht ein gutes Geschäft? Darin mußt du mir doch recht geben."

„Mit *der* Fahrt will ich nichts zu tun haben", sagte Lars Peter bestimmt.

„Und ich will dich auch gar nicht mithaben – du bist mir zu umständlich. Morgen fahr ich los. Aber du mußt mir einen anderen Gaul besorgen. Wenn ich mit der alten, verrosteten Dampfdreschmaschine fahren soll, brauche ich eine Woche dazu. Das ist ein widerwärtiges Biest. Ich an deiner Stelle machte Wurst aus ihm."

„Das wirst du nicht nötig haben", erwiderte Lars Peter gekränkt. „Der Gaul ist gut, wenn er auch nicht nach deinem Geschmack ist."

Die Sache war einfach die: Johannes und der große Klaus paßten nicht zusammen; sie waren wie Feuer und Wasser. Johannes wollte am liebsten über die Landstraße wegsausen; daß das nicht ging, merkte er ja bald. Da verlangte er, daß der große Klaus – da er nun einmal nicht laufen konnte und so schwer in Gang zu bringen war – in Bewegung bleiben sollte, auch wenn er abstieg. Als Schlächter war er daran gewöhnt, abzuspringen, mit einem Stück Fleisch in ein Haus zu rennen, das Fuhrwerk einzuholen und wieder aufzusteigen – ohne Unterbrechung der Fahrt. Aber der große Klaus hatte kein Interesse daran, sich auf derartige neue Kunststücke einzulassen; er wollte sich selber davon überzeugen, daß alles ordentlich besorgt wurde. Darum prallten sie zusammen. Johannes machte sich daran, den Gaul einzufahren, und ließ das dicke Ende der Peitsche auf ihn niederhageln. Der große Klaus blieb erstaunt stehen. Ein paarmal schlug er hinten aus – zur Warnung, dann machte er kehrt, zerbrach die Deichselstangen und versuchte, auf den Wagen zu steigen. Grinsend zeigte er seine langen Zähne, was recht gut bedeuten konnte: Ich möchte dich unter meinen Hufen haben, du schwarzer Lümmel! Dies spielte sich auf der Landstraße an dem Tage ab, als Johannes draußen war, um einzukaufen. Aber Lars Peter und die Kinder wußten recht gut, daß bereits Feindschaft zwischen den beiden bestand. Wenn Johannes in der Tür der Tenne erschien und der große Klaus seine Stimme hörte, legte er die Ohren zurück und machte sich bereit zu beißen und zu schlagen. Soviel war sicher.

Als Johannes am nächsten Vormittag fortfahren wollte, wurde Christian mit dem großen Klaus zu einem Hüfner nördlich der Landstraße geschickt und bekam dafür das Pferd des Mannes. „Dieser Gaul hat viele Jahre lang einem Schlächter gehört, mit ihm wirst du also auskommen können", sagte Lars Peter, als sie anspannten. Es war eine lange, dürre Mähre, so recht ein Tier nach dem Kopf des Johannes. Kaum war er auf dem Wagen, da merkte der Gaul schon, was für ein Mann die Zügel in der Hand hatte. Mit einem plötzlichen Ruck fuhr das Tier los und schoß wie eine Sternschnuppe um die Hausecke. Im nächsten Augenblick waren sie drüben auf der Landstraße und jagten in einer Staubwolke von dannen. Johannes rumpelte auf dem Sitzbrett auf und nieder, er schrie und schwang Peitsche und Zügel über seinem Kopf. Es war, als wäre er richtig vom Teufel besessen.

„Er soll den großen Klaus nicht wieder zu fassen kriegen", murmelte Lars Peter und ging ins Haus.

Am Tage darauf kehrte Johannes zurück, mit Banknoten in der Brieftasche und mit einem Gaul, der hinter dem Wagen herlief. Er war ungefähr von derselben Art wie der, der vorgespannt war, nur ein wenig steifer; Johannes hatte ihn für eine Kleinigkeit gekauft – zum Schlachten. „Aber das wäre wahrhaftig schade; er kann hier auf Erden noch viele lichte Augenblicke haben", sagte er und schlug auf das Hinterteil des Pferdes. Dieses schrie auf und schlug aus, daß ihm das Wasser herausspritzte.

„Das Tier ist bald dreißig Jahre", sagte Lars Peter, ihm ins Maul schauend.

„Ja, viel los ist nicht mit ihm, aber jedenfalls ist der Wille gut. Sieh bloß, wie er sich abquält!" Er knallte mit der Peitsche, der alte Klepper warf den Kopf empor und begann zu traben. Von der Stelle kam er nicht recht; es sah aus, als tanze er auf Nadeln, so steif war er.

„Es ist ein richtiger Himmelsstürmer", sagte Lars Peter lachend. „Er gebärdet sich, als wollte er für ein gutes Wort in die Luft gehn und in den Wolken verschwinden. Aber bist du dir klar darüber, daß es strafbar ist, ihn leben zu lassen und zu verwenden, wenn du ihn zum Schlachten gekauft hast?"

Johannes nickte. „Er muß natürlich unkenntlich gemacht werden", sagte er.

Sobald er etwas im Leibe hatte und in seinem Arbeitszeug steckte, machte er sich daran, den Gaul umzumodeln. Er schnitt ihm Schweif und Mähne ab und stutzte ihn an den Fesselgelenken. „Nun ist nur noch ein bißchen braune Farbe notwendig zum Verdecken der grauen Haare – und ein paar Flaschen Arsenik, dann sollst du mal sehen, wie jung und feurig er wird. Kein Teufel wird ihn wiedererkennen."

„Habt ihr das auch bei deinem Meister so gemacht?" fragte Lars Peter.

„Nein, das hab ich von unserm Alten gelernt. Hast du bei ihm nie diese Nummer gesehn?"

Lars Peter erinnerte sich nicht. „Das muß nach meiner Zeit gewesen sein", sagte er abweisend.

„Es ist ein guter alter Kniff in der Familie", meinte Johannes.

Es stellte sich heraus, daß das neue Gewerbe Geld einbrachte, und Lars Peter überwand seine Abneigung dagegen. Er überließ es auch weiterhin dem Bruder, herumzufahren und zu kaufen und zu verkaufen, aber er beteiligte sich an der Heimarbeit, lernte das Schinden und Wurstmachen sowie das Kochen von Seife und Schmiere aus Dingen, die als Verkaufsware ganz unmöglich waren. Es fiel ihm nicht schwer, sich hineinzuleben, die alte Familiengeschicklichkeit kam zu ihrem Recht.

Ein schlimmer Gestank stieg in diesem Sommer von dem Elsternnest auf. Die Leute hielten sich die Nase zu und peitschten rasch auf die Pferde, wenn sie auf der Landstraße vorüberfuhren. Geld war mit Johannes ins Haus gekommen, es fehlte nie an etwas. Aber weder Lars Peter noch die Kinder waren guter Laune; sie merkten vor allem, daß das Elsternnest noch mehr als früher im Munde der Leute war. Und das schlimmste war: sie empfanden das nicht mehr als eine Ungerechtigkeit, die ihnen widerfuhr. Jetzt hatte man allen Grund, auf sie herabzusehen; sie hatten nicht das befreiende Gefühl, in ihrer Rechtschaffenheit unangreifbar zu sein.

Dem Johannes war das gleichgültig. Meistens war er auf

seiner Schindertour und machte Geschäfte. Er verdiente gut, und das machte ihn stolz. Oft kaufte er ein Stück Vieh und verkaufte es dann wieder. Er trieb sich herum, wie die Leute erzählten – spielte mit anderen Händlern Karten und besuchte Tanzvergnügen. Es kam vor, daß er in Schlägereien verwickelt wurde und mit zerbeultem Kopf und grün und blau geschlagen nach Hause zurückkehrte. Geld brauchte er sicher reichlich; wieviel er verdiente, ließ sich nicht kontrollieren. Das war ja auch seine Sache. Aber er spielte sich etwas zu deutlich als derjenige auf, der das Ganze hochhielt, und erwiderte ein freundliches Wort mit Schimpfreden. Darum vermied es Lars Peter, sich in diese Dinge einzumischen, und berührte sie gar nicht; er wollte Frieden im Hause haben.

Aber eines Tages kam es zum ernsten Krach. Johannes hatte sich ein für allemal an dem großen Klaus versehen, und als Lars Peter einmal nicht zugegen war, zog er den Gaul aus dem Stall und spannte ihn an; er wolle ihm Manieren beibringen, sagte er zu den Kindern. Leicht wurde es ihm nicht, das Tier vor den Wagen zu bringen, es peitschte drohend mit dem Schweif und zeigte die Zähne; und als es sich in Bewegung setzen sollte, rührte es sich nicht, soviel Johannes es auch prügelte. Schließlich sprang er vom Wagen, außer sich vor Wut, ergriff einen Schwengel von der Egge und begann mit dem schweren Stück Holz auf das Tier loszuschlagen; die Kinder schrien. Der Gaul stand zitternd da, in Schweiß gebadet, seine Flanken flogen. Sooft sein Peiniger auf ihn zusprang, schlug er hinten aus, daß die Funken aus dem Wagenbeschlag sprühten. Endlich gab Johannes den Kampf auf, schleuderte seine Waffe beiseite und ging auf seine Kammer.

Ditte hatte versucht, sich ins Mittel zu legen, war aber weggestoßen worden. Jetzt ging sie zu dem Tier hin. Sie spannte es aus, gab ihm Wasser zu trinken und legte einen angefeuchteten Sack über sein wundes Kreuz, während die Kleineren ihm weinend Brot gaben. Bald darauf kam Johannes umgekleidet heraus; er sah nach niemand hin, spannte schnell an und fuhr fort. Die Kleinen kamen aus ihrem Versteck hervor und schauten ihm nach. „Reist er jetzt weg?" fragte Schwester Else.

„Ja, soll er nur! Oder mag er in die Irre fahren, so daß er nie den Weg zurück findet, denn er ist richtig garstig", sagte Christian. Keiner von ihnen konnte ihn jetzt noch leiden.

Auf den Feldpfaden weit drüben am Moor kam ein Mann gegangen, das war der Vater. Die Kinder liefen ihm entgegen und erzählten durcheinander, was geschehen war. Lars Peter starrte sie einen Augenblick an, als begriffe er nicht, was sie sagten, dann begann er zu laufen; Ditte begleitete ihn in den Stall. Da stand der große Klaus und war ganz jämmerlich anzusehen; seine Knie schlotterten, und er zitterte noch immer, wenn jemand mit ihm sprach; das Hinterteil war fürchterlich zugerichtet. Lars Peters Gesicht war ganz grau. „Er kann Gott danken, daß er jetzt nicht hier ist!" sagte er zu Ditte. Dann befühlte er die Hinterbeine des Gauls, um festzustellen, ob nichts gebrochen war; behutsam hob der große Klaus ächzend Bein um Bein. „So ein Bluthund!" sagte Lars Peter und strich sanft über die Beine des Gauls hin. „Meinen alten, braven Burschen so zu mißhandeln!" Der große Klaus kratzte und scharrte auf dem Pflaster; er machte sich das Mitleid seines Herrn zunutze, aus ihm eine Extraration Hafer herauszuschlagen.

„Du solltest ihn tüchtig verprügeln", sagte Christian ernst.

„Ich sollte ihn lieber zur Tür hinausjagen", erwiderte der Vater finster. „Damit wäre uns allen am besten gedient."

„Weißt du, Vater, warum Johansens uns in diesem Sommer nicht besucht haben? Sie haben Angst davor, bei uns zu essen; sie sagen, wir machten Nahrungsmittel aus Vieh, das krepiert ist."

„Woher hast du das, Ditte?" Lars Peter sah sie verzweifelt an.

„Die Kinder haben es mir heute nachgerufen. Sie fragten, ob wir nicht eine tote Katze zum Wurstmachen haben wollten."

„Ich hab mir so etwas schon gedacht." Lars Peter lachte tonlos. „Na, wir können sie glücklicherweise entbehren, glücklicherweise, jawohl. – Zum Henker, hab ich mich etwa um ihren Verkehr bemüht?" Er schrie es hinaus; der kleine Paul begann vor Schreck zu weinen.

„Na, na, ich hab dich doch nicht ängstigen wollen." Lars Peter nahm ihn auf den Arm. „Aber man muß ja aus der Haut fahren, wenn das so weitergeht!"

Ein paar Tage später, gegen Morgen, kam Johannes ganz mit Schmutz bedeckt und übel zugerichtet nach Hause. Lars Peter mußte ihm vom Wagen herunterhelfen, er konnte kaum auf den Beinen stehen. Aber sein Mundwerk konnte er gebrauchen, daß es eine Art hatte. Lars Peter schwieg zu seinen Grobheiten und schleppte ihn auf ein Strohlager auf der Tenne; dort schlief er sofort ein. Wie ein geschlachtetes Vieh lag er da, leichenblaß, die schwarze Locke vorn in der Stirn; das Haar klebte ihm an den Schläfen – garstig sah er aus. Die Kinder schlichen schaudernd zur Tür der Tenne und spähten in das Halbdunkel hinein; wenn sie ihn erblickten, flohen sie in größter Eile aufs Feld. Es war unheimlich.

Lars Peter ging und kam, schüttete Hafer aus und schnitt Häcksel für die Pferde. Wenn er an dem Bruder vorbeikam, blieb er nachdenklich stehen. So mußte man also sein, um sich unter den Menschen behaupten zu können; glatt und geleckt nach außen, kalt und herzlos nach innen. Den da sah niemand über die Achsel an – bloß weil er frech war. Die Frauen fanden ihn schön, sie machten sich seinetwegen gegen Abend auf der Landstraße zu schaffen, und die Männer – ja, sein Zechen und Raufen um die Mädchen überwältigte sie wohl.

Lars Peter steckte die Hand in die Weste und zog die Brieftasche hervor, sie war leer! Johannes hatte aus der gemeinsamen Kasse hundertfünfzig Kronen mitgenommen – Geld, für das Vieh gekauft werden sollte. Mehr war nicht im Hause; und diesen Betrag hatte er also durchgebracht.

Lars Peters Hände zitterten. Er beugte sich über den Bruder, als wolle er ihn anfassen; aber dann richtete er sich auf und verließ die Tenne. Ein paar Stunden schlenderte er umher, um ihm Zeit zu lassen, seinen Rausch einigermaßen auszuschlafen. Dann ging er wieder hinein, nun sollte abgerechnet werden. Er rüttelte den Bruder wach.

„Wo ist das Geld, für das wir eine Färse kaufen wollten?" fragte er.

„Was schert das dich?" Johannes wälzte sich auf die andere Seite.

Lars Peter stellte ihn auf die Beine. „Ich hab mit dir zu reden", sagte er.

„Ach, scher dich zur Hölle", murmelte Johannes. Er schlug die Augen gar nicht auf, sondern taumelte tiefer in die Scheune hinein und warf sich ins Heu.

Lars Peter holte einen Eimer eiskaltes Wasser vom Brunnen. „Nun *sollst* du aufwachen, du magst wollen oder nicht!" sagte er und schüttete das Wasser über seinen Kopf.

Wie eine Katze war Johannes auf den Beinen und hatte sein Messer hervorgeholt. Er drehte sich einmal um sich selbst, durch das plötzliche Erwachen verwirrt; dann fiel sein Blick auf den Bruder, und er setzte zum Sprung auf ihn an. Lars Peter fühlte einen Stich in der Wange, die Klinge des Messers knirschte gegen seine Backzähne. Mit einem Faustschlag schleuderte er Johannes zu Boden und warf sich über ihn, um ihm das Messer zu entreißen. Johannes war stark und blitzschnell in seinen Bewegungen; er wand und bog sich, bediente sich seiner Zähne und suchte mit dem Messer heranzukommen. Der Schaum stand ihm vorm Mund. Lars Peter mußte das Messer mit den Händen abwehren. Beide bluteten aus mehreren Stichen. Erst als Lars Peter dem Bruder das Knie hart auf das Zwerchfell setzte, konnte er ihn überwinden.

Johannes rang nach Atem. „Laß mich los!" fauchte er.

„Ja, wenn du glaubst, daß du dich bezähmen kannst", sagte Lars Peter und lockerte den Griff ein wenig. „Du bist mein jüngster Bruder, und ich will dir ungern etwas zuleide tun; aber mich wie ein Schwein von dir abschlachten zu lassen, dazu hab ich keine Lust."

Johannes stemmte mit einem plötzlichen Ruck Nacken und Fersen gegen den Boden, um den Bruder abzuwerfen. Es gelang ihm, den einen Arm frei zu machen, und er warf sich nach der anderen Seite, um des Messers habhaft zu werden, das eine gute Armlänge von ihm entfernt lag.

„Ach so!“ rief Lars Peter und zwang ihn mit seinem ganzen Gewicht auf den Boden der Tenne. „Dann ist es wohl das beste, ich binde dich fest. Bringt mir einen Strick, Kinder!“

Die drei standen vor der Tür der Tenne zusammengedrängt und schauten dem Kampf zu. „Nun!“ rief der Vater. Da schoß Christian ins Haus, um Ditte zu holen, und sie brachte eine Schnur. Ohne Furcht ging sie zu den Kämpfenden hin und reichte sie dem Vater. „Soll ich dir helfen?“ fragte sie.

„Nein, das ist nicht nötig, Mädel“, sagte Lars Peter lachend. „Halt nur die Schnur, während ich unsern Patron umdrehe.“

Er band dem Bruder die Hände auf dem Rücken gehörig fest, dann richtete er ihn auf und bürstete ihn ab. „Du siehst aus wie ein Schwein“, sagte er, „du mußt dich im Straßendreck gewälzt haben. Jetzt komm ruhig in die Stube, sonst steh ich für nichts ein. Deine Schuld ist es nicht, wenn du heute nicht zum Mörder geworden bist.“

Johannes wurde ins Haus geführt und auf den Strohstuhl am Ofen gesetzt. Die Kinder wurden hinausgeschickt, Ditte und Christian mit dem Befehl, das Fuhrwerk des Onkels anzuspannen.

„Jetzt, wo wir allein sind, will ich dir sagen, daß du dich ganz und gar wie ein Schuft benommen hast“, sagte Lars Peter langsam. „Da hat man sich viele Jahre lang nach seinen Verwandten gesehnt, und als du dann kamst, war's wie ein Gruß aus der Heimat. Jetzt möcht ich viel darum geben, wenn ich diesen Gruß nie bekommen hätte. Wir hier sahen alle etwas Gutes in dir; verwöhnt waren wir nicht, darum wäre es nicht schwer für dich gewesen, uns im guten festzuhalten. Aber in was hast du uns hineingebracht? In Schweinerei, Schurkenstreiche und Schlechtigkeit! Du kannst dir wohl denken, daß du hier ausgewirtschaftet hast; du kriegst das eine Fuhrwerk und was sonst noch dein genannt werden kann, und damit fertig! Geld kannst du nicht bekommen. Du hast mehr durchgebracht, als dir zukam!“

Johannes antwortete nicht. Er schielte nach der Seite, als gönne er dem Bruder seinen Blick nicht.

Draußen fuhr der Wagen vor, und Lars Peter führte ihn hinaus und hob ihn wie ein Kind auf den Sitz. Dann löste er den Strick mit seinen zerstochenen, blutigen Händen; aus der Wunde an der Wange floß ihm das Blut über Kinn und Anzug. „Nun mach, daß du fortkommst!“ sagte er drohend und wischte das Blut von seinem Kinn ab. „Aber laß es im guten geschehn!“

Johannes saß einen Augenblick auf dem Sitz, schwankend wie ein Schlafender. Plötzlich raffte er sich auf und brach in schallendes Gelächter aus. Er zog an der Leine und jagte um den Giebel nach der Landstraße hin. Lars Peter starrte dem Fuhrwerk eine Weile nach, dann ging er ins Haus und wusch sich das Blut ab. Ditte badete seine Schrammen in kaltem Wasser und legte Heftpflaster darauf.

An den folgenden Tagen hatten die beiden alle Hände voll zu tun, um die Spuren der Sommertätigkeit zu beseitigen. Lars Peter vergrub die letzten Aasreste, warf den Block beiseite und mistete aus. Wenn zur Nachtzeit der eine oder andere Bauer mit dem Peitschenstiel an die Fensterscheibe klopfte und rief: „Lars Peter, ich hab krepiertes Vieh für dich“, so antwortete er nicht. Er wollte den Wurstschlächter und den Hundeschlächter und den Kadaverschlächter wieder von sich abschütteln.

8

Aufbruch aus dem Elsternnest

Ditte trällerte bei der Arbeit; sie hatte allein für das Ganze zu sorgen und war bald drinnen, bald draußen. Vor dem einen Auge trug sie eine Binde, und jedesmal, wenn sie an der Küche vorbeikam, lüftete sie die Binde und badete das Auge in etwas Braunem in einer Tasse – Urin. Das war ein Mittel, in dessen Anwendung die Großmutter sie seinerzeit unterrichtet hatte. Das Auge war blutunterlaufen und tat weh, es spielte in allen Farben; und doch war sie froh. Ja, eigentlich war das kranke Auge schuld an ihrer guten Laune. Sie sollten vom Elsternnest fort, weit fort und für immer, und das hatte das Auge ausgerichtet.

Lars Peter kam nach Hause, er hatte eine Wanderung hinter sich. Er hängte den Stock hinter der Küchentür auf, und während er sich daran machte, die Stiefel auszuziehen, fragte er: „Na, wie geht es mit dem Auge?"

„Oh, jetzt geht es viel besser. Und was hat der Lehrer gesagt?"

„Ja, was hat er gesagt? Er fand es gut und richtig von dir, deine Geschwister zu verteidigen. Aber er war nicht gerade begierig darauf, mit in die Geschichte verwickelt zu werden. Was übrigens auch gar nicht verwunderlich ist."

„Warum nicht? Er weiß ja, wie sich das Ganze zugetragen hat – und er ist doch ein aufrichtiger Mensch!"

„Hm – ja, siehst du – aufrichtig! Wenn es sich um den Sohn eines wohlhabenden Hofbesitzers handelt, dann ... Er ist gewiß ein tüchtiger Mensch, aber er muß leben. Er ist besorgt um die Abgaben, die er bekommt, darum will er's nicht mit den Bauern verderben, siehst du, und die hängen ja zusammen wie die Kletten. Er riet mir, die Sache auf sich beruhen zu lassen – zumal, da wir die Gegend verlassen wollen; es komme nur neuer Schade und neue Hetzerei dabei heraus, meinte er. Und das kann schon richtig sein! Auf der Auktion können die Leute uns ja dadurch schikanieren, daß sie untereinander verabreden, nicht höher zu bieten, oder sie können sich ganz fernhalten."

„Du bist also nicht zum Dorfschulzen gegangen und hast es angezeigt?"

„Doch, das hab ich getan. Aber er meinte auch, es sei nichts an der Sache zu ändern. – Der Lehrer sagte übrigens, ich brauchte euch für den Rest der Zeit bis zu unserem Umzug nicht in die Schule zu schicken – er übernehme die Verantwortung. Ein anständiger Kerl ist er doch, wenn er auch um sein bißchen Einkommen besorgt ist."

Ditte war nicht zufrieden. Sie gönnte dem großen Burschen einen gehörigen Denkzettel dafür, daß er zuerst Christian überfallen und sie dann mit seinem Holzschuh ins Auge getreten hatte, als sie den Bruder beschützte. Und in ihrem

Kindergemüt war sie überzeugt gewesen, daß sie diesmal Genugtuung bekommen würden – denn die Obrigkeit machte doch keinen Unterschied zwischen den Leuten!

„Wäre ich nun die Tochter eines Hofbesitzers und er im Elsternnest zu Hause gewesen, was wäre dann geschehen?" fragte sie heiser.

„Ja, dann hätte er eine tüchtige Tracht Prügel vom Dorfschulzen gekriegt – wenn nicht Schlimmeres!" sagte der Vater. „Aber so ist es nun einmal; damit müssen wir kleinen Leute uns abfinden. Und wir müssen uns freuen, wenn wir nicht zugleich Prügel und Strafe bekommen!"

„Wenn du den Jungen triffst, verprügelst du ihn dann?" fragte sie kurz darauf.

„Ich hätte mehr Lust, seinen Vater zu versohlen – aber es ist sicher das beste, sich von allem fernzuhalten. Wir sind die Kleinen, du!"

Christian war in der Küchentür zum Vorschein gekommen. „Wenn ich größer werde, schleiche ich in der Nacht hin und zünde seinen Hof an", sagte er. Aus seinen Augen schossen kleine Flammen.

„Was sagst du da, Junge – willst du, daß wir alle ins Zuchthaus kommen?" rief Lars Peter entsetzt.

„Ach, das geschähe ihnen ganz recht", sagte Ditte und begann mit den Schüsseln zu wirtschaften. Sie war sehr unzufrieden mit dem Ausgang der Sache.

„Wann wirst du die Auktion bei der Behörde bestellen?" fragte sie streng.

„Das besorgt der Dorfschulze", erwiderte Lars Peter eifrig, „er hat es mir selber angeboten. Er war übrigens sehr freundlich!" Lars Peter war dankbar dafür; er liebte es nicht, amtliche Stellen aufzusuchen.

„Ja, er freut sich darüber, daß wir von hier wegziehen", sagte Ditte unbarmherzig. „Das tun sie alle. In der Schule gehn die Kinder im Kreise und singen das Lied von der Elster und der Eule! Und die Elster und ihre Brut stehlen dem Bauer seine Kücken, aber der Bauer nimmt seine lange Stange und reißt das Elsternnest herunter. Glaubst du vielleicht, ich wüßte nicht sehr gut, was sie denken?"

Lars Peter schwieg und ging an seine Arbeit. Auch er war jetzt schlechter Laune.

Als sie aber am Abend um die Lampe saßen und die Zukunft besprachen, war all das Böse und Ärgerliche wieder vergessen. Lars Peter hatte sich nach einer Stelle umgesehen, wo er sich niederlassen konnte, und hatte sich schließlich für das Fischerdorf entschieden, wo er in alten Zeiten Heringe aufzukaufen pflegte. Da drüben konnten die Leute ihn gut leiden, und häufig genug hatte man ihn aufgefordert, sich dort anzusiedeln. „Und dann ist da ein sehr netter Mann, der Krugwirt, der viel zu sagen hat. Er sieht häßlich aus, solange man ihn nicht kennt, aber er hat ein gutes Herz. Er hat versprochen, mir ein paar Stuben zu verschaffen, bis wir selber bauen können – und er will mir behilflich sein, in eine Bootsbesatzung hineinzukommen. Den Erlös von hier müssen wir dann zum Bauen verwenden."

„Ist das der, von dem du erzählt hast, er sähe aus wie ein Zwerg?" fragte Ditte voll Interesse.

„Ja, er gleicht einem Riesen und einem Zwerg, er ist beides zugleich – wenn man so sagen darf. Das eine Wesen könnte sein Vater und das andere seine Mutter sein. Einen Buckel hat er vorn und hinten, und er hat ein Gesicht, so groß wie das einer Kuh. Aber dafür kann er ja nichts, und im übrigen ist er ein ganzer Kerl. Er hält da drüben seine Hand über das Ganze."

„Also ein richtiger Troll!" sagte sie schaudernd.

Lars Peter wollte Fischer werden. Er hatte sein ganzes Leben lang mit Fischern zu tun gehabt, aber nie selber das Handwerk betrieben; es kribbelte ihm geradezu in den Fingern vor Verlangen, auch das einmal zu versuchen. Ditte hatte nichts dagegen. Dann kam man wieder ans Meer hinab, dessen sie sich aus ihrer Kindheit bei Großchen dunkel entsann. Und man räumte einmal gründlich mit allem auf; vielleicht gelang es, den Schindernamen und das böse Schicksal abzuschütteln.

Nun mußte man sich schlüssig darüber werden, was man mitnehmen wollte. Jetzt, wo es soweit war, fiel es doch schwer, sich von den Dingen zu trennen; als sie sich klar darüber geworden waren, was vorhanden war, und auf Christians Tafel aufgeschrieben hatten, was verkauft werden sollte, da war das nicht viel. Am liebsten wollten beide alles mitnehmen.

„Wir müssen es noch einmal durchgehn – und alles Entbehrliche abstoßen", sagte Lars Peter. „Wir können unmöglich den ganzen Plunder nach dem Dorf schaffen. Geld brauchen wir auch – und nicht zu knapp."

Und nun nahmen sie Gegenstand für Gegenstand nochmals vor. Über den großen Klaus einigten sie sich ohne weiteres; es wäre ein Unrecht gewesen, ihn auf seine alten Tage fremden Leuten zu überlassen; sie mußten eben versuchen, ihm da draußen in den Dünen Futter zu verschaffen. „Es ist auch angenehm, wenn man ein Fuhrwerk hat", meinte Lars Peter, „das verleiht einem mehr Ansehen. Und etwas kann wohl auch mit ihm verdient werden." Das waren freilich nur lauter Worte; im Herzen machte er sich große Sorgen darüber, wie es drüben mit dem Pferde werden sollte. Aber keiner von beiden wagte es, den Gedanken zu Ende zu denken, daß sie sich von ihm trennen sollten.

Um die Kuh dagegen wurde regelrecht gekämpft. Lars Peter wollte auch sie mitnehmen. „Sie hat uns so lange treu gedient", sagte er, „und die Kleinen haben ihr Nahrung und Gesundheit zu verdanken. Und schön ist es auch, einen Tropfen Milch im Hause zu haben." Aber hier war Ditte die Vernünftige: wenn sie die Kuh mitnahmen, mußten sie auch ein Stück Wiesenland dabei haben.

Lars Peter lachte. „Ja, das wäre gar nicht so dumm, wenn man ein Stück Wiese auf den Wagen aufladen könnte – und auch ein Stück Moor!" Denn da draußen war nichts als Sand. Nun, dann gab er also die Kuh auf. „Aber das Schwein behalten wir – und die Hühner auch!"

Ditte war gleichfalls der Ansicht, daß es gut sei, ein paar Hühner zu haben, und das Schwein konnte von Fischabfällen leben.

Am Tage vor der Auktion ordneten sie emsig all das alte Gerümpel und schrieben mit Kreide Nummern auf die einzelnen Bündel. Die Kleinen halfen dabei, vor Spannung liefen ihnen die Nasen.

„Aber da sind ja Sachen dazwischen, die nicht zusammengehören", sagte Ditte und zeigte auf die Bündel, die Lars Peter zusammengesucht hatte.

„Es kommt nicht so genau darauf an", erwiderte Lars Peter. „Die Leute bemerken einen Stiefel in dem einen Bündel, und dann bieten sie und kaufen den ganzen Kitt. Dann sehen sie den zweiten Stiefel in einem anderen Bündel – und bieten auch darauf. So ist es auf allen Auktionen. Man kriegt ein gut Teil mehr, als man gebrauchen kann – und das meiste gehört nicht zusammen."

Ditte lachte. „Ja, du kennst die Sache, du!" Der Vater hatte selber die schlechte Angewohnheit, Auktionen zu besuchen und mit wertlosem Gerümpel nach Hause zu kommen. Der Kredit lockte.

Wieviel Plunder sich im Lauf der Jahre auf den Speichern und in den Wirtschaftsräumen ansammelte! Es tat wohl, einmal aufzuräumen. Die Kinder konnten das meiste für ihre Zwecke verwenden; sobald sich eine Gelegenheit bot, zogen sie mit den Sachen ab.

Der Tag der Versteigerung war gekommen. Ein milder, grauer, mit Naß gesättigter Oktobertag. Die weiche Luft war wie durchsichtiger Stoff, der sich auf die Landschaft mit ihren verstreuten Häusern und Bäumen herabsenkte und sie einhüllte.

Im Elsternnest war man früh aufgestanden; Ditte und Lars Peter hatten zwischen Wohnhaus und Scheune viel zu laufen gehabt. Jetzt waren sie fertig und hatten sich zurechtgemacht, auch die Kinder waren im Staat und gingen erwartungsvoll umher, mit naßgekämmten Köpfen und Gesichtern, die noch rot waren vom Scheuern mit grüner Seife. Ditte ging nicht behutsam zu Werke; es tat weh, wenn sie die kleinen Ohren vornahm, und die Seife brannte in den Augen. Ein Heulkonzert war unvermeidlich. Aber nun war die unangenehme Prozedur überstanden und wurde in den nächsten acht Tagen nicht wiederholt; Kindertränen trocknen schnell, und die kleinen Gesichter strahlten dem Tag entgegen.

Der kleine Paul wurde zuletzt fertig. Ditte konnte ihn beinahe nicht auf dem Stuhl festhalten, während sie ihn zurechtmachte, er wollte hinaus. „Na, was sagst du denn nun zur Schwester?" fragte sie, als er fertig war, und hielt ihm ihren Mund hin.

„Hinke!" sagte er und sah sie schelmisch an; er war in übermütiger Laune.

Christian und Else lachten.

„Nein, jetzt antworte ordentlich", sagte Ditte ernst; beim Erziehen ließ sie sich auf keine Späße ein. „Es heißt: danke, liebe – na?"

„Danke, liebe Dunke!" sagte der Junge, unbändig lachend.

„Ach, du bist heute recht einfältig", sagte Ditte und stellte ihn auf den Fußboden. Er lief auf den Hof zum Vater und setzte sein Treiben fort.

„Was sagt er?" rief Lars Peter von draußen.

„Ach, das ist ein Wort, auf das er selbst verfallen ist – das macht er so oft. Er glaubt sicher, daß es etwas Unartiges bedeutet."

„Dunke – Dunke!" rief der Junge und zog den Vater am Bein.

„Willst du dich wohl in acht nehmen, du Knirps, sonst werd ich dir –", sagte Lars Peter, den Schwarzen Mann spielend.

Der Junge lachte ausgelassen und floh hinter die Pumpe.

Lars Peter fing ihn ein und nahm ihn und die kleine Schwester auf seine Schultern. „Wollen wir einen Gang aufs Feld machen?" fragte er.

Ditte und Christian gingen mit; es war ja der letzte Spaziergang dorthin. Unwillkürlich faßte jeder einen Zipfel von Lars Peters Wams. So wanderten sie den alten Weg über die Lehmgruben, am Moor vorbei, nach der andern Seite hinüber. Es war doch seltsam: alles sah jetzt, wo sie Abschied davon nehmen sollten, ganz anders aus. Das Moor und die Lehmgrube hatten so viel zu erzählen, von den Spielen der Kinder und Lars Peters Plänen. Der Graben mit den Brombeeren, der große Feldstein an der nördlichen Grenzscheide, der

Steinsarg, hinter dem man sich voreinander verstecken konnte – alles sprach heute auf eigentümliche Art zu ihnen. Auf den Feldern war die Herbstbestellung beendet, die Wintersaat lag in der Erde, alles war in Ordnung, den Nachfolger zu empfangen, wer es auch sein mochte. Lars Peter wollte nicht, daß der neue Besitzer über irgend etwas zu klagen hätte. Niemand konnte sagen, er habe das Besitztum vernachlässigt, weil er selbst hier nicht ernten sollte.

„Hier ist unsre Zeit nun vorbei", sagte er, als sie wieder zum Hause zurückkehrten. „Gott weiß, was unser neues Heim uns bieten wird!" Seine Stimme klang nicht mehr so sicher wie früher.

Drüben auf der Landstraße sammelten sich die Leute. In Gruppen standen sie da oben und kamen erst zum Elsternnest herunter, als der Amtsgehilfe und der Polizeidiener eingetroffen und aus dem Wagen gestiegen waren. Ditte schrie beinah auf, als sie die beiden Männer sah; es waren dieselben zwei, die damals die Mutter geholt hatten. Aber heute kamen sie mit einem besseren Auftrag, und sie redeten freundlich und gemütlich.

Hinter dem Wagen kam Trupp auf Trupp, ein ganzer Zug; es sah aus, als hätte keiner das Schindergrundstück als erster betreten wollen. Wo die Obrigkeit voranging, konnten wohl auch andere Leute herantreten; aber der Amtsgehilfe und der Polizeidiener waren die einzigen, die Lars Peter die Hand gaben; die übrigen drückten sich gar sonderbar herum, steckten die Köpfe zusammen und flüsterten miteinander.

Lars Peter nahm die Auktionsgäste in Augenschein. Dieser und jener Hofbesitzer war darunter, alte, geizige Bauern, die in der Hoffnung auf einen billigen Kauf erschienen waren. Im übrigen waren es meist kleine Leute aus der Umgegend des Sandes und des Hags, Häusler und Landhandwerker, die der Kredit lockte. Sie begrüßten Lars Peter nicht, sondern machten sich an die Bauern heran und scharwenzelten um den Polizeidiener herum; an den Amtsgehilfen getrauten sie sich nicht heran.

‚Sie treten wahrhaftig auf, als ob man tief unter ihnen

stände', dachte Lars Peter. Und was besaßen sie? Die meisten waren Leute, die nicht so viel Land hatten, daß man einen halben Scheffel Mohrrüben darauf ziehen konnte. Gut, daß er keinem von ihnen etwas schuldig war! Selbst die Häusler aus dem Moor, denen er in ihrer Armut oft beigestanden hatte, folgten dem Beispiel der anderen und sahen ihn heute über die Achsel an. Nun, jetzt war es ja nicht mehr zu erwarten, daß er ihnen nützen könnte!

Es war übrigens recht komisch für ihn, hier umherzugehen und mit anzusehen, wie die Leute sich um seine Brocken stritten. So klein waren sie also, daß sie sich die verschlissenen Sachen des Schinders zulegten – wenn sie nur Kredit bekamen und einen billigen Preis erzielten.

Der Amtsgehilfe kannte die meisten von ihnen mit Namen und ermunterte sie zu bieten. „Na, Peter Jensen vom Hag, heraus mit einem ordentlichen Angebot! Sie haben ein ganzes Jahr lang nichts bei mir gekauft!" So fiel er plötzlich über irgendeinen Häusler her. Oder: „Hier gibt es etwas zum Mitnehmen für Ihre Frau, Jens Päsen!" Jedesmal, wenn er jemanden beim Namen nannte, zuckte der Angeredete zusammen, lachte verlegen und bot. Die Befangenheitsröte um die Augen der Leute verriet, daß sie sich stolz und geehrt fühlten, weil der Amtsgehilfe sie kannte.

„Ein Haarkamm! Wieviel wird geboten?" rief der Amtsgehilfe, als die Reihe an die landwirtschaftlichen Geräte kam. Ein Gelächter wogte über die Versammlung hin; eine alte Egge war hervorgeholt worden. Die Reinigungsmaschine nannte er eine Kaffeemühle, und so hatte er für jeden einzelnen Gegenstand eine komische Bezeichnung. Zuweilen waren die Witze derart, daß das Gelächter sich gegen Lars Peter wendete; niemand hatte da viel Bedenken. Aber Lars Peter schüttelte es ab und nahm es hin als das, was es war. Es gehörte nun einmal zum Beruf des Auktionarius, Witze zu reißen – das förderte den Umsatz.

Auch der arme, elende Tagelöhner Johansen hatte sich eingefunden, hinter den anderen reckte er den Hals – im zerrissenen Arbeitsanzug und in gespaltenen Holzschuhen. Sooft der Amtsgehilfe etwas sagte, lachte Johansen laut auf, um zu zeigen, daß er auch mit dabei war. Den Lars Peter packte ein rechter Zorn auf ihn. Zu essen hatte er selten im Hause, außer dem, was man ihm aus Gutmütigkeit zusteckte; sein Verdienst ging für Branntwein drauf. Und nun machte er sich wichtig, der Lump! Und wahrhaftig, er bot auch auf Lars Peters alte Stiefel! Niemand wollte sie ihm streitig machen, und so bekam er sie für eine Krone. „Es wird wohl bar bezahlt?“ sagte der Amtsgehilfe. Da war er vor der ganzen Versammlung lächerlich gemacht, er hatte ja kein Geld.

„Das Geld kann er von mir bekommen“, sagte Lars Peter und legte eine Krone auf den Tisch. Johansen gaffte ihn an; dann setzte er sich hin und begann, die Stiefel anzuziehen. Er hatte seit Jahr und Tag kein Lederschuhzeug getragen.

In der guten Stube war der Tisch gedeckt mit zwei großen Schüsseln voller Butterbrote, einer Flasche Branntwein und drei Gläsern. An dem einen Tischende standen Kaffeetassen. Ditte hielt sich in der Küche auf; mit roten Wangen wirtschaftete sie herum, gespannt, ob ihre Anrichtung Beifall finden werde. Es war alles vorbereitet, noch mehr Butterbrote zurechtzumachen, wenn es nötig sein sollte, und jeden Augenblick war sie am Türspalt und guckte hinein. Das Herz schlug ihr bis zum Hals. Hier und da kam ein Fremder in die Stube und schaute sich neugierig um; aber die Leute gingen wieder, ohne etwas zu genießen. – Ein Mann kam, der nicht aus der Gegend war. Ditte kannte ihn nicht. Er setzte sich rittlings auf die Bank, nahm ein Stück geräucherte Lammkeule und schenkte sich einen Schnaps ein. Ditte konnte an seinen Kiefern sehen, daß es ihm gut schmeckte. Aber dann kam eine Bauersfrau herein, zupfte ihn am Ärmel und flüsterte ihm etwas zu. Er stand auf, spuckte das Essen in die hohle Hand aus und ging mit ihr zu den anderen.

Als Lars Peter in die Küche kam, lag Ditte weinend über dem Küchentisch. Er hob sie auf und fragte: „Was ist los?“

„Ach, nichts“, erwiderte sie schnaubend, während sie sich frei machte. Vielleicht wollte sie ihn schonen, ihm vielleicht verbergen, wie sie sich schämte; es bedurfte vieler Überredung, bis er aus ihr herausbrachte, daß es sich um das Essen handelte.

„Sie rühren es gar nicht an!“ schluchzte sie.

Er hatte es selber bemerkt.

Um sie zu trösten, sagte er: „Sie sind wohl noch nicht hungrig. Und sie haben ja auch keine Zeit.“

„Sie glauben, es ist ungenießbar!“ beharrte sie. „Sie halten es für Hundefleisch oder dergleichen.“

„Ach, dummes Zeug!“ Lars Peter lachte sonderbar. „Es ist ja auch noch nicht Mittagspause.“

„Ich hab selbst gehört, wie eine Frau zu ihrem Mann sagte, er solle es nicht anrühren.“

Lars Peter stand eine kleine Weile da, dann klopfte er ihr auf den Rücken und sagte: „Mach dir bloß nichts draus. Morgen ziehn wir von hier fort und drehen allen eine Nase. Dann fängt ein neues Leben für uns an. Na, ich muß wieder zur Versteigerung hinaus. Sei ein vernünftiges Mädchen!“

Lars Peter ging zur Tenne hinüber, wo die Auktion jetzt stattfand. Um zwölf Uhr hielt der Amtsgehilfe inne. „Jetzt machen wir eine kleine Ruhepause, Leutchen, und stecken uns was ins Gesicht!“ rief er. Die Leute lachten. Lars Peter näherte sich dem Amtsgehilfen. Jeder wußte, was er von ihm wollte; man drängte sich näher heran, um mit anzusehen, wie der Schinder sich seine Abfuhr holte. Er lüftete den Schlapphut und kratzte sich in seinem gewaltigen Schopf. „Ich wollte bloß sagen“ – seine mächtige Stimme drang bis in die fernsten Winkel –, „wenn der Amtsgehilfe und der Polizeidiener vorliebnehmen wollen, drinnen in der Stube steht Essen, Schnaps und Bier. Auch mit einem Schluck Kaffee können wir aufwarten.“ Die Leute stießen einander an: wie frech der Schinder heute auftrat! Einen von der Obrigkeit zu Tisch zu bitten, obendrein im Hause der Mörderin! Gespannt sah man auf den Amtsgehilfen; ein Hofbesitzer nahm sich heraus, ihm warnend zuzublinzeln.

Der Amtsgehilfe dankte zögernd. „Wir haben zu essen mitgebracht, und Sie und Ihr braves Mädel haben sowieso den Kopf voll genug“, sagte er freundlich. Aber da fing er Lars Peters gespannten Gesichtsausdruck und die hochmütigen Mienen der anderen auf und erkannte, daß er hier gegen seinen Willen bei irgend etwas mitspielen sollte. Er war schon einmal hier gewesen – aus üblem Anlaß, und er hatte nichts dagegen, diesen Menschen, die ihr Unglück so tapfer trugen, eine kleine Genugtuung zu geben.

„Ja, vielen Dank", sagte er aufgeräumt. „Fremdes Essen schmeckt immer besser als die eigenen mitgebrachten Krusten! Und ein Schnaps zum Essen – was meinen Sie, Hansen?" Sie gingen hinein und setzten sich zu Tisch.

Die Leute sahen ihnen ein wenig betreten nach. Dann schlenderte einer nach dem anderen hinterher; es war doch interessant, mit anzusehen, wie das Essen des Schinders einem vornehmen Mann schmeckte. Und war man erst drinnen, so mußte man anstandshalber am Tisch Platz nehmen. Der Appetit hat die Eigentümlichkeit, anzustecken, und die beiden Obrigkeitspersonen langten tüchtig zu. Vielleicht glaubte man auch gar nicht zu ernstlich an all das böse Gerede, an dem man sich selber mit Mund und Ohr beteiligt hatte. Ditte brachte Butterbrote und Kaffee an den Mann und mußte selbst hereinkommen und sich vor dem Amtsgehilfen zeigen, der sie lobte und ihr die Wangen streichelte. Dieser leichte Klaps strich viel Böses aus dem Sinn und gab ihr Genugtuung für viel Mühe und Arbeit.

„Solch eine Tasse Kaffee hab ich noch auf keiner Auktion bekommen", sagte der Amtsgehilfe.

Als man wieder begann, hatte sich ein Fremder eingefunden. Er begrüßte den Amtsgehilfen wie einen Bekannten, im übrigen gab er sich mit niemandem ab, ging nur umher und betrachtete Baulichkeiten und Land. Er war gekleidet wie ein Verwalter oder etwas Ähnliches, mit langen Schnürstiefeln und einem Wams mit Spannriemen. Aber jeder konnte mit halbem Auge sehen, daß er trotzdem kein Landmann war. Es sickerte unter die Leute, es sei ein Handelsmann aus der Hauptstadt, der das Elsternnest – wohl für die Jagd an der See – kaufen und als Sommerhaus einrichten wolle.

Es hatte wohl kaum jemand Lust gehabt, auf den baufälligen Kasten zu bieten, aber das änderte die Auffassung der Leute von der Sache. Eigentlich konnte recht gut ein Besitztum daraus werden, wenn man das Ganze instand setzte. Als schließlich das Haus ausgerufen wurde, kamen die Angebote in Gang, der Fremde blieb nicht der einzige Bieter. Und Lars Peter bekam einen ganz ordentlichen Preis für sein Grundstück.

Nach Schluß der Auktion standen die Leute ein Weilchen da, als warteten sie auf irgend etwas. Eine behäbige Bauersfrau ging zu Lars Peter hin und gab ihm die Hand. „Nun will ich euch Lebewohl sagen", sagte sie, „und euch mehr Glück in euerm neuen Heim wünschen, als ihr hier hattet. Viel Freude habt ihr hier nicht erlebt."

„Nein, und für das bißchen sind wir jedenfalls niemandem hier Dank schuldig", sagte Lars Peter.

„Nein, die Leute sind nicht zu euch gewesen, wie sie hätten sein sollen, unsereins gewiß auch nicht, aber so sind wir Bauern nun einmal. Wir können die Armen nicht leiden. Du darfst deshalb nicht allzu schlecht von uns denken. Laß es dir gut gehn!"

Sie ging im Kreise herum, gab allen Kindern die Hand und wiederholte ihren Wunsch. Viele von den Auktionsteilnehmern schlichen fort, aber dieser und jener folgte ihrem Beispiel und reichte die Hand zum Lebewohl.

Lars Peter stand mit den Kindern da und schaute ihnen nach. „Die Leute sind oft doch besser, als man glaubt", sagte er ganz gerührt.

Sie luden alles, was sie mitnehmen wollten, auf den Wagen, um frühzeitig am nächsten Tag fortziehen zu können. Es war ein weiter Weg bis zu dem Fischerdorf, und es war das beste, wenn man nicht zu spät am Tage eintraf, um zur Nacht in Ordnung zu sein. Dann gingen sie zur Ruhe; nach dem bewegten Tag waren sie recht müde. Sie schliefen im Heu auf der Tenne, das Bettzeug war mit allem anderen schon aufgeladen.

Am nächsten Morgen war es ein wunderliches Gefühl aufzuwachen. Man war sofort in den Kleidern und brauchte bloß das Gesicht in den Wassertrog auf dem Hof zu tauchen. Schon das kündigte ein neues, angenehmes Dasein an. Dann brauchte man bloß Kaffee zu trinken und die Kuh zu den Nachbarsleuten hinüberzubringen, von wo sie abgeholt werden sollte, und man konnte den Wagen besteigen. Der große Klaus war vorgespannt, oben auf der hohen Wagenladung wurden das Schwein, die Hühner und die drei Kinder untergebracht. Es war ein spannender Anfang des Neuen.

Lars Peter war der einzige, der nicht in rosiger Laune war. Er machte sich drüben auf dem Besitztum zu schaffen, stand hinter dem Stall und blickte über den Acker hin. Hier hatte er gelebt und Böses und Gutes über sich ergehen lassen; jeder Graben war ihm lieb, jeden Stein auf dem Felde kannte er, jeden Riß in den Mauern. Wie würde das Neue sich anlassen? Lars Peter hatte schon mehrmals von vorn angefangen, aber niemals mit weniger Mut als diesmal. Sein Sinn und seine Gedanken begannen sich rückwärts zu wenden.

Die Kinder dagegen schauten bloß vorwärts. Ditte mußte ihnen vom Strand erzählen, wie sie ihn aus ihrer Kindheit bei Großchen im Gedächtnis hatte, und sie versprachen sich alle Herrlichkeiten von dem neuen Heim.

9

Des einen Tod

Der Winter fiel lang, kalt und unbefriedigend aus. Lars Peter hatte ganz bestimmt damit gerechnet, sofort in eine Bootsmannschaft hineinzukommen; aber es stellte sich heraus, daß kein Platz frei war, und jedesmal, wenn er den Krugwirt an sein Versprechen erinnerte, hielt dieser ihn mit Redereien hin. „Es kommt schon", sagte der Krugwirt, „wart es nur ab."

Wart es ab – ja, der hatte gut reden. Beim Warten aß man alles Ersparte auf – und worauf wartete man wohl? Daß ein Unglück geschehen sollte, damit man selber an die Reihe käme – das war ganz und gar nicht erfreulich. Es war die Voraussetzung gewesen, daß der Krugwirt Lars Peter zu einem größeren Boot verhelfen und ihm die Zusammenstellung einer eigenen Bootsmannschaft ermöglichen sollte; so hatte Lars Peter es aufgefaßt, bevor er hierherzog. Aber das war wohl ein Mißverständnis gewesen.

So leistete er denn eine Handreichung hier und da, löste hin und wieder einen Kranken ab und murrte. „Wir wollen die Sache noch eine Weile mit ansehen", das war alles, was der Krugwirt sagte. „Es ergibt sich schon! Was ihr braucht, könnt ihr vom Krämer holen." Es war, als hielte er Lars Peter für einen bestimmten Anlaß in Reserve.

Endlich kam das Frühjahr. Es kündigte sich mit heftigen Osterstürmen an und mit Unglücksfällen rings an der Küste. Eines Morgens kam Lars Jensens Boot ohne Führer zurück; eine Sturzsee hatte ihn über Bord gespült.

„Jetzt ist es das beste, du gehst sofort zum Krugwirt", sagten seine beiden Kameraden zu Lars Peter.

„Ist es nicht vernünftiger, wenn ich erst einmal zu Lars Jensens Witwe gehe?" fragte Lars Peter. „Ihr gehört doch der Bootsanteil."

„Wir mischen uns da nicht ein", sagten sie vorsichtig. „Geh du, zu wem du willst! Wenn du aber Geld beiseite gelegt hast, dann solltest du es zur Sparkasse bringen – die Hütte könnte dir leicht abbrennen." Sie lachten einander verstohlen zu und drehten ihm den Rücken.

Lars Peter ließ sich ihre Worte durch den Kopf gehen – ob sich das wohl so verhielt? Er nahm die zweitausend Kronen, die er von der Auktion übrigbehalten und zum Bauen zurückgelegt hatte, und ging damit zum Krugwirt.

„Ich komme, um dich zu bitten, mir etwas Geld zu verwahren", sagte er leise. „Du hast ja eine Sparkasse für uns hier, hab ich gehört."

Der Krugwirt zählte das Geld nach und verschloß es in seinem Sekretär. „Du willst wohl ein Papier darüber haben?" fragte er.

„Nö, das ist wohl nicht nötig." Lars Peter dehnte die Worte. Er hätte nichts dagegen gehabt, etwas Schriftliches für sein Geld zu erhalten, wagte aber nicht, darauf zu bestehen. Das hätte ja wie Mißtrauen ausgesehen.

Der Krugwirt schlug die Klappe des Sekretärs zu – es klang Lars Peter, als würde Erde auf einen Sarg geworfen. „Es kann als Kaution für den Bootsanteil stehenbleiben", sagte er. „Ich hab gedacht, du trittst an Lars Jensens Stelle."

„Eigentlich sollte ich dann wohl die Sache mit Lars Jensens Witwe ordnen und nicht mit dir", sagte Lars Peter. „Es ist ja ihr Bootsanteil."

Der Krugwirt wandte ihm seinen Riesenleib zu. „Du verstehst dich wohl besser als unsereins auf Mein und Dein hier im Dorf, wie es scheint", sagte er.

„Nein, das nicht gerade, aber so hab ich es verstanden", murmelte Lars Peter.

Als er wieder draußen war, schüttelte er sich. Zum Henker, man war nie sein eigener Herr, wenn man da drinnen dem verwachsenen Kumpan gegenüberstand. Schon daß er überhaupt keinen Hals hatte, wirkte so unangenehm! Und dann dieser gewaltige Kopf! Er hatte Kräfte wie ein Bär, erzählte man, und Verstand hatte er sicher. Er führte einen an der Nase herum und setzte genau das durch, was er wollte. Man konnte sich ihm gegenüber einfach nicht behaupten. So zum Beispiel fiel Lars Peter, als er so dastand und nach einer Antwort auf die Frage suchte, auf einmal das Gemächt des anderen ein, das ganz ungewöhnlich groß sein sollte, wie die Leute erzählten. – Er war unzufrieden mit dem Ergebnis seines Besuchs, aber von Herzen froh, daß er wieder draußen war.

Er ging zum Hafen und teilte den beiden Bootskameraden das Resultat mit. Sie hatten nichts dagegen einzuwenden, freuten sich vielmehr, Lars Peter als dritten Mann zu bekommen; er war groß und stark und ein guter Kamerad. „Nun bist du noch der Witwe gegenüber verpflichtet", sagten sie.

„Was, auch das noch?" rief Lars Peter. „Zum Henker, soll denn der Bootsanteil zweimal bezahlt werden?"

„Das mußt du selber wissen", sagten sie, „wir mischen uns da nicht ein."

Er ging zu der Witwe hinaus, die in einer kleinen Hütte am Südrand des Dorfes wohnte. Sie saß beim Kamin und aß gelbe Erbsen aus einer Schale; die Tränen liefen über ihre Nase und tropften ins Essen hinab. „Ja, nun hat man keinen Versorger mehr", sagte sie schluchzend.

„Ja, und ich hab Angst, daß ich 'nen Bock geschossen habe", sagte Lars Peter bedrückt. „Ich hab dem Krugwirt für den Bootsanteil zweitausend Kronen bezahlt, und nun höre ich, daß es dein Eigentum ist."

„Du konntest wohl nicht gut darum herumkommen", erwiderte sie und sah ihn freundlich an.

„Gehört der Anteil denn nicht dir?"

„Meinem Mann hat der Krugwirt ihn vor zehn Jahren übertragen, und bezahlt hat mein Mann ihn ein paarmal, wie er selber meinte. Aber es ist schwierig für eine arme Witwe, der alles durch die Gnade und Barmherzigkeit anderer zufällt, eine eigene Ansicht zu haben. Man hat es schwer auf der Welt, Lars Peter! Wer soll einen jetzt schützen – und einen ausschimpfen und es dann wiedergutmachen?" Sie begann abermals zu weinen.

„Wir werden fleißig nach dir sehen, und die Essenfrage können wir sicher auch regeln. Ich will nicht gern ein Unrecht gegen jemanden begehen und am allerwenigsten gegen jemand, der seinen Versorger verloren hat. Wir Armen müssen zusammenhalten."

„Ich weiß recht gut, du wirst mich nicht Not leiden lassen, soweit es in deiner Macht steht. Aber du hast das tägliche Brot für die Deinen heranzuschaffen, und es wächst nichts umsonst hier in den Dünen. Wenn es hier nur nicht wie immer geht, daß die, die den guten Willen haben, nicht können, wie sie möchten!"

„Ja, ja – ein armer Teufel muß jedenfalls den andern bei der Hand nehmen. Du sollst nicht vergessen werden, wenn es uns erträglich geht. Aber du mußt dreimal hinter mir herspucken, wenn ich weggehe."

„Das werd ich herzlich gerne tun", sagte die Witwe. „Ich wünsche nur Gutes auf dich herab."

Nun konnte er arbeiten. Und es kam bloß darauf an, etwas Glück und guten Fang zu haben. Er freute sich darüber, daß Lars Jensens Witwe seine Fahrten zur See nicht mit bösen Wünschen begleitete. Der Fluch von Witwen und Vaterlosen war eine schwere Bürde für einen Menschen.

Nun, wo Lars Peter den Dingen nähergerückt war, war das Dorf nicht mehr ganz das gleiche wie vorher; er konnte sich wohl einen Ort denken, wohin er lieber gezogen wäre. Arm war das Ganze, und von Lust, vorwärtszukommen, spürte man nicht das geringste. Die Fischer fuhren aufs Meer, weil das nun einmal nicht anders sein konnte; wenn ihnen die Witterung einen Vorwand liefern konnte, zu Hause zu bleiben, so taten sie's. „Wir sind und bleiben gleich arm, mögen wir viel oder wenig tun", sagten sie.

„So? Wie kommt denn das?" fragte Lars Peter anfangs und lachte ungläubig.

„Das wirst du schon sehen!" erwiderten sie. Und jetzt verstand er es einigermaßen.

Daß sie nicht mit Lust an die Arbeit gingen, war nicht so verwunderlich, denn kein anderer als der Krugwirt hatte hier etwas zu sagen. Er regelte alles nach seinem eigenen Kopf, bestritt die Kosten für den Hafen, wenn es sich um notwendige Ausgaben handelte, und nahm alle Neuanschaffungen für den Fang vor. Er sorgte auch dafür, daß niemand hungerte oder fror, und er hatte einen Kramladen errichtet, wo man stets alles Notwendige an Holz, Brennmaterial oder Waren für den Haushalt auf Kredit bekommen konnte. In seinen Büchern standen sie alle, aber niemand von ihnen war sich klar darüber, wieviel er schuldig war. Sie waren gleichgültig und fuhren fort zu holen, bis er ihnen eine Zeitlang den Kredit sperrte. Das mußte man ihm lassen: stand es ganz schlimm in einer der Hütten, so erschien er stets und nahm die Sache in die Hand.

Das war wohl der Grund dafür, daß die Leute sich in diesen Zustand fügten und sich sogar recht wohl dabei zu fühlen schienen – sie brauchten sich über nichts den Kopf zu zerbrechen. Wenn sie mit dem Fang an Land kamen, nahm der Krugwirt ihn ab und gab ihnen dafür, was ihm richtig dünkte – so daß es gerade für etwas Taschengeld reichte. Den Rest schrieb er von ihren Konten ab, sagte er. Abzurechnen pflegte er nie. „Es lohnt sich gewiß nicht, daß wir darauf zurückkommen", sagte er freundlich. „Du tust ja, was du kannst." Geld schuldeten ihm alle ohne Ausnahme; er mußte einen großen Geldbeutel haben, der nie versagte.

Größere Summen bekam man hier wohl nie in die Hand.

Dafür brauchte man auch für nichts zu sorgen; gingen die Gerätschaften entzwei oder nahm die See sie weg, so beschaffte der Krugwirt neue; und was man unbedingt nötig hatte, das konnte man im Laden holen. Es war ein sonderbares Dasein, fand Lars Peter; und doch hatte es etwas Ansprechendes. Oft war es doch recht schwer, das Notwendige zu beschaffen, wenn man auf sich allein angewiesen war. Manchmal kam man in Versuchung, sich aufs Altenteil zu setzen und einem anderen alles zu überlassen, der seinerseits dann für den Unterhalt sorgte.

Aber der Trieb, vorwärtszukommen, starb dabei allmählich ab. Es war nicht leicht für Lars Peter, seine Bootskameraden zu einer Leistung zu bewegen, die über das unbedingt Erforderliche hinausging. Was konnte es nützen, sich anzustrengen? Sie waren bedrückt und schläfrig, von guter Laune war in dem Dorf nichts zu spüren. Die, die nicht im Krug zu finden waren und ihre freie Zeit mit Trinken und Kartenspielen verbrachten, verdarben sich ihr Leben auf andere Art; das Familienleben war hier nicht das beste.

Lars Peter hatte sich auf menschliche Gesellschaft gefreut; er hoffte, wenn er mit den Kameraden täglich auf gleichem Fuß verkehrte, über mancherlei mit ihnen reden und von draußen dies und jenes erfahren zu können. Viele von den Fischern waren ja in ihrer Jugend weit herumgekommen, als Seeleute oder bei der Kriegsmarine; und da draußen in der Welt traten Fragen zutage, die ihn und sie angingen. Aber das Gespräch kam selten weiter als bis zum Nachbarn und Gegenüber – und nie über den Krugwirt hinaus. Er war wie eine Ringmauer, die das Ganze einschloß. Von hier unten aus sah man die Dächer seines Besitztums, das breit und solid oberhalb der Küstenhügel lag – mit dem Krug, der Akkerwirtschaft und dem Kramladen; und jeder schielte unwillkürlich da hinauf, bevor er etwas sagte oder unternahm. An ihm blieb das Gespräch haften.

Viel Gutes wußte ihm keiner nachzusagen. Man trug seinen Verdienst auf die eine oder andere Weise zu ihm – die einen legten das Ihre im Krug an, die anderen zogen vor, es aufzufressen –, und man verfluchte ihn im stillen.

Nun, das blieb den anderen überlassen! Schließlich wurden die Leute je nach ihrer Dummheit oder Klugheit behandelt, und Lars Peter war nicht gesonnen, sich zu einem unmündigen Arbeitstier abrichten zu lassen. Es kam jetzt darauf an, dafür zu sorgen, daß die Kinder keine Not litten und auf den richtigen Weg gebracht wurden.

10

Die neue Welt

Ditte stand in der Küche und schmierte dicke Schmalzbrotrunken für die drei heißhungrigen Kinder, die über der Halbtür hingen und sie mit den Augen verschlangen. Sie brummte ein wenig, denn erst vor einer Stunde hatten die Kleinen zu Mittag gegessen, und jetzt benahmen sie sich, als ob sie acht Tage lang nichts bekommen hätten. „Ich zuerst, ich zuerst!" riefen sie und streckten die Arme herein. Es hielt sie beim Aufwaschen auf, und sie konnten auch den Vater wecken, der oben auf dem Speicher seinen Mittagsschlaf hielt. Aber die Seeluft war schuld daran; hier am Strand verschlug das Essen nicht.

Sie ermahnte sie, ruhig zu sein, aber sie lärmten weiter drauflos, traten mit den bloßen Beinen gegen die Tür und streckten ihr die Hände entgegen. Sie ließen sich keine Zeit; sobald einer seinen Runken bekam, ließ er sich herunterfallen und machte, daß er an den Strand hinabkam – das Spiel lockte. Sie waren hier immer in so ausgelassener Laune, es war fast zuviel des Guten. „Gebt nur acht, daß der Menschenfresser euch nicht zu sehen kriegt!" rief sie ihnen gedämpft nach, den Kopf zur Halbtür hinausstreckend. Aber sie sahen und hörten nichts mehr.

Ditte ging um die Ecke und starrte ihnen nach; sie sausten davon, daß der Sand um ihre Füße aufwirbelte. Da hatte man die Bescherung: Paul verlor seine Schmalzschnitte mitten im Sand – die mußte schön aussehen! Aber er erhaschte sie und lief weiter, im Rennen essend. „Das reinigt die Därme", sagte Ditte und lachte vor sich hin. Verrückt waren sie, durch und durch verrückt, außer Rand und Band, wenn sie da im Sande gruben, tollten und herumwühlten! So waren sie früher nie gewesen.

Sie selbst war gleichfalls recht zufrieden mit der Veränderung. Spielen konnte sie nicht, selbst wenn Gelegenheit dazu war. Das hatte sie auf Grund der Verhältnisse längst verlernt. Aber sie hatte viel Zeit, und hier war so manches, was ihr Interesse wachrief. Alle diese buckligen, verfallenen, moosbewachsenen Hütten, die in den Dünen unter dem hohen Küstenhang zusammenkrochen, deren jede von einem kleinen Umland von Schmutz, Fischabfällen und Gerätschaften umgeben war, stellten für Ditte lauter geheimnisvolle Welten dar, und sie hatte den besten Willen, in sie einzudringen.

Ditte hatte von Natur reges Interesse an allem. Sie machte sich nur nichts daraus, wie Christian umherzustreifen. Er hatte keine Ruhe, bis er erfuhr, was hinter diesem Hügel und hinter dem nächsten lag, der dort auftauchte, und so weiter. Stets wollte er auf die andere Seite des Horizonts hinüber; auf die Art könne er recht gut dahin kommen, in der ganzen Welt umherzutraben, sagte der Vater, denn der Horizont verrücke sich beständig. Lars Peter hänselte und neckte ihn damit, bis ein ganzes Märchen um den rastlosen Christian entstand, der fortfuhr, auf jeden neuen Hügel zu klettern, der ihm in den Weg kam, und der schließlich wieder ins Dorf hinabplumpste – gerade in Dittes Kochtopf hinein. Auch Prügel hatte er schon wegen seiner Vagabundierlust bekommen – aber es half nichts. Paul, der kleine Paulemann, mußte alles auseinandernehmen und sehen, was darin war; oder er mußte hämmern und zimmern. Er war schon beinahe ebenso fingerfertig wie Christian. Noch ging ihm manches unter den Händen entzwei; war aber an Dittes Schrubber der Stiel los, so brachte er ihn geschickt wieder instand. Alles wurde in seinen kleinen Tatzen zum Werkzeug. „Er nimmt nur auseinander, um etwas zum Zusammensetzen zu haben“, sagte der Vater. Die kleine Schwester stand bei ihm und schaute mit ihren großen Augen zu.

Aber Ditte hatte weder Verlangen nach dem einen noch nach dem anderen. Sie mußte tätig sein, aber es mußte sich um etwas Nützliches handeln, sonst war sie nicht recht glücklich. Das Auseinandernehmen machte ihr keine Freude, und auch das nicht, zu wissen, was auf der anderen Seite dessen war, was man sah. Mit Großchens Tod erlosch die Ferne für sie, sie hatte keine Interessen mehr da draußen. Daß ihrer etwas Gutes harrte, daran zweifelte sie nach wie vor nicht; dieses Gefühl war ja als schwacher Lichtpunkt in ihr gewesen und hatte dem Dunkel ihrer Kindheit den schlimmsten Stachel genommen. Sie war sich dieses Gefühls nicht bewußt, es saß bloß als eigentümliche, nie ruhende Lichtquelle in ihr. Dank ihm wurde die endlose Kette von mühseliger Arbeit und Widerwärtigkeiten in kleine Stücke zerteilt, von denen jedes sich bewältigen ließ. Und es verblieb nach wie vor in ihr – wie ein seltsames ruhiges Verweilen im Gemüt. Das Gute, das ihr beschieden war, würde sie gewiß zu finden wissen; sie hing an ihrem Heim, das Fremde lockte sie nicht.

Ein desto besserer Nachbar war sie, und in diesem Punkt hatte das Dasein sie bisher arg benachteiligt. Sie war groß geworden an Orten, wo es weit war zum Nachbarn und zum Gegenüber. Desto mehr genoß sie jetzt das Leben, das sich aus dem Beieinanderwohnen ergab – alle ihre Sinne waren weit aufgetan.

Ditte interessierte sich für ihre Mitmenschen, und sie war erst wenige Tage im Dorf, als sie schon einigermaßen unterrichtet war und recht gut über die Leute Bescheid wußte, die nebenan und gegenüber wohnten, und darüber, wie die Eheleute zueinander standen – sowie über alle Liebschaften. Blitzartig konnte sie eine Situation erfassen – und konnte alles aus ihr saugen, was sich dahinter verbarg. Sie wußte sich die Dinge geschwind zusammenzureimen. Das Gebundene und Mühselige in ihrem Dasein hatte diese Fähigkeit bei ihr entwickelt, als Ersatz für all das, was sie entbehren mußte. Auch Schadenfreude war mit im Spiel, Rache und Genugtuung denen gegenüber, die auf die Schinderfamilie herabsahen und von denen selber auch allerlei zu sagen war.

Die lange, bucklige Hütte, in der ihnen das eine Ende vom Krugwirt angewiesen worden war, lag mitten im Dorf, unmittelbar vor dem kleinen Hafen. Es wohnten schon zwei Familien in der Hütte, sie selbst hatten darum nur zwei kleine Stuben und die Küche zu ihrer Verfügung; Lars Peter mußte auf dem Speicher unterm Strohdach liegen. Es war ein recht baufälliger Kasten. Das „Armenhaus" nannten ihn die Leute. Aber es war nichts anderes zu bekommen, so daß sie vorliebnehmen mußten, bis Lars Peter selber zum Bauen kam. – Ja, sie mußten dem Krugwirt obendrein dankbar dafür sein, daß er ihnen ein Dach überm Kopf beschafft hatte. Ditte war nicht erbaut von der Hütte, die Fußböden waren verfault und wollten nicht wieder trocken werden, wenn man sie wusch; hier war's nicht besser als im Elsternnest – man hatte nur viel weniger Platz. Wie freute sie sich darauf, daß sie selber bauen würden! Ein richtiges Haus sollte es werden, mit einem roten Dach, das in der Sonne glänzte, und mit einem eisernen Spülstein, der nicht faulen konnte.

Aber sonst war sie hier recht froh.

Wenn sie in der offenen Küchentür stand und aufwusch, waren ihre Augen in den Dünen und verfolgten mit gierigem Ausdruck alle, die sich dort auf den Pfaden bewegten. Sie zerbrach sich ihr kleines Hirn damit, herauszufinden, wohin sie wollten und was sie vorhatten. Und hörte sie Stimmen durch die Wand oder vom anderen Ende der Hütte, so stockte sie, und ihr ganzes Gesicht lauschte gespannt. Des Spannenden gab es genug! Allein hier in der Hütte war ein beständiges Rascheln und Spuken, das die beiden anderen Familien verursachten: das alte Mütterchen, das gelähmt in ihrem Alkoven auf der anderen Seite der Wand lag und das Dasein verfluchte, die Zwillinge, die sich die Seele aus dem Leibe schrien, während die Schwiegertochter Gott weiß wo war, und der Vorn-und-hinten-Jakob und seine Tochter am anderen Ende der Hütte. Während man an gar nichts dachte, kam der Krugwirt wie ein Riesentroll durch die Dünen, um der jungen Frau nachzustellen; und dann stieß die alte Mutter mit ihrem Krückstock auf den Fußboden und verfluchte alles.

Von all diesem gingen Fäden ins Dorf hinaus – und noch weiter. Ganze verwickelte Geschichten wurden daraus – von Kummer, Schande und Verbrechen; Ditte konnte sie in ihrem Verlauf verfolgen, oft bis zum Ende. Sie fand schnell den Faden, selbst in sehr wirrem Garn.

Das waren jetzt gute Tage für sie; der kleine Haushalt machte ihr nicht gar zuviel Arbeit, und sie fand Zeit, ein wenig auf eigene Rechnung zu gedeihen. Mit der Schule war sie fertig, sie ging jetzt zum Pastor; und Vieh gab es hier nicht zu besorgen. Selbst der große Klaus, dessen Schiffskielrücken sie in der ersten Zeit vom Küchenfenster aus immer im Auge behalten konnte, machte ihr keine Arbeit mehr. Der Krugwirt hatte der Familie verboten, den Gaul auf den Dünenniederungen grasen zu lassen, und hatte ihn zu sich auf sein Gehöft genommen. Dort war er im Winter gewesen; und sie hatten ihn nur zu sehen bekommen, wenn er Tang oder Fische vom Strand für den Krugwirt heranfuhr. Er hatte es auf dem Hof nicht gut; alle harte Arbeit mußte er verrichten, damit die Tiere des Krugwirts geschont wurden. Ditte traten die Tränen in die Augen, wenn sie an ihn dachte, sein Los glich dem des Aschenbrödels im Märchen, und niemand war da, der ihn hätte in Schutz nehmen können. Es war lange her, seit er ihr mit seinem weichen Maul die Brotrinden aus dem Mund gezupft hatte.

Ditte wuchs gut heran und bekam Formen. Sie genoß es, daß sie es selber ein bißchen gut hatte, und sie genoß es, mit anzusehen, wie froh die Kinder waren. Beides trug zu ihrem Gedeihen bei. Ihr Haar war voller geworden und kräuselte sich übermütig an der Stirn, und ihr Kinn wurde rund. Der Schönheit hätte sie gewiß niemand beschuldigt; aber ihre Augen waren hübsch – in ihrer ewigen Wachsamkeit, um zu untersuchen, ob sie sich irgendwie nützlich machen könnte. Ihre Hände waren rot und rauh – sie verstand es nicht, sie zu schonen.

Ditte war in der Küche fertig und ging in die Stube. Sie setzte sich auf die Bank unterm Fenster und fing an, die Kindersachen auszubessern. Dabei konnte sie gleichzeitig beobachten, was am Strand und in den Dünen vorging.

Auf dem Vorstrand lagen die Kleinen und gruben aus Leibeskräften; sie bauten Festungen und Häfen aus Sand. Rechts, mitten auf dem Platz, wo die Netze zum Trocknen hingen, lag eine kleine, guterhaltene Hütte, vor der Fischer Rasmus Olsen herumging und zum Fenster hineinschimpfte. Seine Frau hatte ihn also hinausgejagt. Das Vorderteil seiner Klapphose hing ihm bis auf die Knie hinab, mit der einen Hand wühlte er hinter der Klappe, er spuckte Kautabakflüssigkeit auf das geteerte Steinpflaster aus, das um das Haus herum zum Ableiten des Dachwassers angelegt war, und schalt mit lauter, langsamer Stimme. Es klang immer so spaßig, wenn er seine Frau ausschimpfte, laut und einförmig wie in einer Predigt; man konnte recht gut dabei einschlafen. Es war keine Spur von Wut in ihm. Aber gleich würde Madam Olsen herauskommen und antworten, und sie redete frei von der Leber weg.

Die beiden schimpften beständig aufeinander – und immer handelte es sich um die Tochter. Ein jeder von ihnen verhätschelte sie und suchte sie auf seine Seite herüberzulokken: von beiden Enden zogen die Eltern an ihr und gerieten sich dabei in die Haare. Und Martha, das böse Mädchen, hielt es bald mit dem einen, bald mit dem anderen – je nachdem es ihr Vorteil brachte. Sie war ein schönes Mädchen, schlank und rank gewachsen, kräftig genug, eine Schubkarre mit Gerätschaften oder Fischen durch den losen Dünensand zu fahren. Aber wild war sie – und ein richtiges Reibeisen! Wenn sie eine kurze Zeit lang einen Schatz gehabt hatte, kratzte sie ihm die Augen aus dem Kopf.

Sie hatte zwei Kinder – von verschiedenen Vätern. Und das Seltsame war, daß beide Väter bereit waren, sie zu heiraten, aber sie wollte keinen von ihnen haben. Das war das Merkwürdige an ihr; sobald sie wußte, daß sie ein Kind von ihrem Schatz bekommen würde, konnte sie ihn nicht mehr leiden, sondern kratzte ihn, sobald er sich ihr näherte.

Die beiden Alten waren taub und kamen immer ins Freie, wenn sie sich zankten – sie mußten wohl Luft haben! Sie selbst glaubten, leise zu sprechen, und schrien dabei so laut, daß das ganze Dorf wußte, was zwischen ihnen los war.

Ditte konnte vom Fenster aus das Meer sehen, blaßblau; seltsam knisterte es unter der Sonne, es war wie ein großes Wesen, das zärtlich spann – und plötzlich auffahren konnte! Die Boote waren im Hafen; sie lagen hinter dem Wellenbrecher wie Stallvieh, Tier neben Tier. Auf der Schwatzbank der Mole saßen zwei alte Fischer und rauchten Tabak.

Nun kamen alle Kinder aus dem Dorf vom Strand herbeigeeilt, ein verstreuter, aufgescheuchter Schwarm. Sie mußten den Krugwirt erblickt haben! Er konnte es nicht leiden, daß die Kinder spielten; sie sollten etwas Nützliches tun. Aus Rache flohen sie vor ihm, sobald er sich zeigte, weil sie fanden, daß er böse Augen habe. Der Schwarm breitete sich in den Dünen nach verschiedenen Richtungen hin aus und war plötzlich fort, in die Erde verschwunden wie junge Kiebitze.

Da kam er selber herangeschlurft in seinen großen Schmierlederschuhen! Die langen Arme hingen ihm bis auf die Knie hinab; ging es bergan in dem losen Sand, so stützte er die gewaltigen knochigen Hände auf die Schenkel und ging gewissermaßen auf allen vieren. Dann bewegte der zusammengedrängte Oberkörper sich auf und nieder wie ein Blasebalg; der Kopf, der zwischen den breiten Schultern eingelassen war, wiegte sich wie eine Boje, und es pfiff in ihm, daß man es weithin hören konnte. Jesus, wie häßlich sah er aus! Er glich einem zusammengefalteten Troll, der sich so lang zu machen vermochte, wie er wollte, und über alle Hütten hinschauen konnte, um etwas zu fressen. Das fest geschlossene Maul war so groß, daß es bequem einen Kinderkopf aufnehmen zu können schien, und die Augen! Es hieß, daß die Frauen ihr Wasser verloren, wenn er sie scharf ansah. Ditte schloß die Augen fest, es schauderte sie am ganzen Körper.

Sie öffnete sie jedoch schnell wieder, sie mußte ja erfahren, was er da draußen suchte. Aber sie gab genau darauf acht, daß er ihren Blick nicht einfing, und sie erschauerte wieder bei dem Gedanken daran, was dann geschehen würde.

Der Menschenfresser, wie ihn die Kinder unter sich nannten, weil er ein so großes Maul hatte, steuerte auf Rasmus

Olsens Haus zu. „Na, seid ihr beiden alten Kinder wieder mal böse aufeinander!“ rief er ihnen vergnügt zu. „Was ist denn los – handelt es sich um Martha?“

Rasmus Olsen schwieg, sobald er den Krugwirt gewahrte, und machte sich aus dem Staube, nach dem Hafen hin. Frau Olsen war jedoch nicht ängstlich von Natur, sie sattelte um und fing an, auf den Krugwirt loszuschimpfen. „Was schert das dich?“ rief sie. „Mußt du dich in unsere Angelegenheiten mischen?“ Der Krugwirt ging an ihr vorbei ins Haus hinein, ohne sich um ihr Geschimpfe zu kümmern; er wollte mit Martha sprechen. Sie folgte ihm auf den Fersen wie ein kläffender Köter. „Du kannst dir das sparen! Hier gibt es nichts zu schnüffeln!“ schrie sie. Kurz darauf kam er wieder heraus, und ihm folgte, schimpfend und fluchend, Madam Olsen. Er ging landeinwärts über die Dünen.

Frau Olsen schaute eine Weile um sich, dann bemerkte sie Ditte und ging zu ihr hin; sie war noch nicht fertig und brauchte jemanden, dem sie ihr Herz ausschütten konnte. „Da schnüffelt der garstige Buckelmann herum“, schrie sie, noch ganz außer sich, „und spaziert einfach in die Stuben anderer Leute hinein, als wären es seine eigenen. Und der Lump, der Schlappschwanz, getraut sich nicht mal, ihn beim Kragen zu nehmen, sondern macht sich dünne. Ja, das sind schöne Männer hier in den Dünen; man muß selber für alles einstehen, für das tägliche Brot und die Schande und das Ganze! Hätte wenigstens der Sohn gelebt; aber er mußte ja umkommen, damit mir alles allein bleibt!“ Sie nahm die Schürze vors Gesicht und fing an zu weinen.

„Ist er ertrunken?“ fragte Ditte teilnahmsvoll.

„Ich hab mich den ganzen Tag gegrämt; ich glaube, ich komme nie davon los. Deshalb hat man keine Freude hier im Leben, weil man immer an den Jungen denken muß – das ist ein großer Mangel. Mag sein, daß man dumme Tränen weint – aber wenn man nun nicht darüber hinwegkommt? Das ist das Unglück! Und es ist ja hauptsächlich wegen der lumpigen Art, wie er das Leben verlor. Hätte ihn Krankheit betroffen, hätt ihn der liebe Gott angerührt – das wäre etwas anderes gewesen. Dann müßte man sich sagen: konnt er nicht leben, ja, dann mußte er eben sterben – dann mußte er sterben! Aber *das* kann man nie vergessen, daß er groß und gesund war und auf solch lumpige Weise ums Leben kommen mußte. Der Onkel wollte ihn mit auf die Entenjagd nehmen. Ich war dagegen, aber der Junge *mußte* mit, und er hatte keine Ruhe, bis er fort war und bis ihm der Kopf zerschmettert wurde. ‚Ach ja, Mutter', sagte er, ‚du kannst doch wohl verstehen, daß ich mit einer Flinte umgehen kann; ich habe ja jeden Tag geschossen' – und all so 'n Zeug. Dann fuhren sie mit zwei Flinten im Boot aus, und keine zehn Minuten später war er wieder zurück und lag tot da mitten in einem Boot voll Blut. Darum kann unsereins keine wilden Enten sehen und keinen Happen Vogelfleisch essen. Sooft man sich ans Fenster setzt, glaubt man, jetzt kommen sie mit ihm – jetzt sind sie wieder da mit ihm. Darum hat man auch nie klare Augen, sondern man muß weinen und seine Jugend vergeuden."

Frau Olsen war vom Weinen ganz aufgelöst. Sie schneuzte sich in die Schürze, ihre Hände bewegten sich rastlos und strichen über die Tischplatte hin.

Ditte sah die boshafte, immer schimpfende Frau jetzt von einer neuen Seite. „Na, na, hör doch auf!" sagte sie, faßte Madam Olsen ums Kinn und brach selber in Tränen aus. „So – nun mach ich uns einen Schluck Kaffee!" Es gelang ihr, die alte Frau ein wenig zu beruhigen.

„Du hast gute Hände", sagte Madam Olsen und faßte sie dankbar um die Hand. „Sie sind rauh und rot – weil die Gesinnung die rechte ist."

Während sie beim Kaffee saßen, kam Lars Peter nach Hause. Er war ein bißchen um den Krug herumgelaufen, um zu sehen, was man mit dem großen Klaus anfing, und war jetzt schlechter Laune; Ditte fragte, worüber er sich ärgere.

„Ach, es ist des Pferdes wegen – sie machen es uns ganz kaputt", sagte er mißmutig.

Madam Olsen sah ihn freundlich an. „Was *du* sagst, kann man wohl hören, wenn du dich dabei auch an andre wendest", sagte sie. „Ja, deinen Gaul hat er genommen – und den Wagen auch! Er kann alles gebrauchen: Sachen, Ehre und Geld – und das Essen auch! Verkehrst du in der Wirtsstube?“

„Nein, noch bin ich nicht dagewesen“, sagte Lars Peter. „Und ich denke auch nicht, daß ich jemals tagtäglich da hingehen werde.“

„Das ist die Sache, du trinkst nicht! *Die* Leute haben's immer am schlechtesten bei ihm. Lieber soll man sein Geld in seiner Kneipe anlegen als in seinem Kramladen – so ist er. In eine seiner Kassen mußt du's bringen. Da gibt es kein Drumherum. Potiphar hat das Ganze in der Tasche!“

„Wie hat er's eigentlich so weit bringen können? Denn so ist es doch nicht immer gewesen“, sagte Lars Peter.

„Wie? Weil wir Menschen ein erbärmliches Pack sind – jedenfalls hier im Dorf. Haben wir keinen über uns, so laufen wir und heulen und suchen wie ein herrenloser Hund, bis wir einen finden, der uns einen Fußtritt geben will. Ihm lekken wir dann den Stiefel, und ihn erwählen wir zu unserm Herrn, dann sind wir zufrieden. In meiner Kindheit war's hier im Dorf ganz anders, da besaß ein jeder das Seine. Aber dann kam er dazu und zog alles an sich. Der Krug war ja da; und als er merkte, daß er das Ganze auf diesem Wege nicht kriegen konnte, verfiel er auf allerlei Ideen mit teuren Netzen, verbesserten Fangmethoden und was weiß ich. Er lieferte das teure Gerät – und belegte den Fang mit Beschlag. Damals war's oft sehr dürftig um den Fang bestellt, heutzutage kriegen die Fischer viel mehr in ihre Netze. Aber was kann das nützen, wenn König Potiphar das Ganze nimmt! Möcht wohl wissen, warum du eigentlich in unser Dorf gezogen bist!“

„Im Land ringsum erzählte man sich, er sei gut und hilfreich zu euch Fischern; und soweit man's selber beurteilen konnte, stimmte das auch. Aber nun, wo einem die Dinge auf den Leib gerückt sind, sieht die Sache ja etwas anders aus.“

„O ja! Er hilft und hilft so lange, bis man kein Hemde mehr auf dem Leibe hat. Gib nur acht, dich verschlingt er auch noch – und das Mädel da mit, wenn sie ihm lecker genug erscheint, seine schwarzen Zähne in sie hineinzugraben. Vorläufig nimmt er dir alles weg, was du hast. Dann hilft er dir, bis die Schuld so angewachsen ist, daß du Lust bekommst, dich an einem Balken aufzuhängen. Dann spricht er ein Wort Gottes mit dir und befreit dich. Denn predigen kann er auch – wie der Satan."

Lars Peter starrte hoffnungslos vor sich hin. „Man hat ja gehört, daß er und seine Frau so eine Art von frommen Versammlungen abhalten, aber wir sind nie dagewesen; wir sind für so was nicht zu haben. Das heißt, ungläubig sind wir nicht, versteht sich; aber wir haben erfahren, daß es am besten ist, für sich selber zu sorgen und dem lieben Gott das Seine zu überlassen."

„Wir gehn auch nicht hin, aber Rasmus säuft – und irgendwo mußt du dich sehen lassen. Jaja, du wirst es mit der Zeit noch alles selber erfahren; darum ist's dumm, daß man hier sitzt und schwatzt."

Damit ging sie ins Haus zurück, um das Abendessen für ihren armen Teufel zuzubereiten.

Sie saßen eine Weile stumm da. Dann sagte Ditte: „Wären wir nur woanders hingezogen!"

„Na, es kommt wohl nie so schlimm, wie der Pastor predigt! Und von meinem Geld und all dem andern zieh ich nicht weg", erwiderte Lars Peter.

11

Das Pfannkuchenhaus

Die Kinder hatten nicht mehr wie früher eine kleine Viertelmeile bis zum nächsten Nachbarn zu gehen, sie kamen sich vor wie in einem Ameisenhaufen. Da war der Tag mit seinem Reichtum von Erlebnissen, die alle gleich spannend waren – und am spannendsten von allem war die Angst vor dem „Menschenfresser". War man mitten im Versteckenspielen in den ans Land gezogenen Booten und Fischkästen oder ritt man auf dem Dach des Spritzenhauses, so war er auf einmal hinter ihnen her; seine langen Arme durchpflügten die

Luft, und kriegte er einen von ihnen zu fassen, so kam man nicht immer mit dem Schrecken davon. Er roch nach rohem Fleisch aus dem Rachen, behaupteten die Kinder; sie dachten nicht daran, ihn besser zu machen, als er war. Die Flucht vor ihm, während das Herz bis in den offenen Mund hinauf schlug, brachte genug Spannung ins Dasein.

Und wenn sie am Abend in ihrem Bett lagen und lauschten, hörten sie Laute im Hause, die nicht von einem der Ihren stammten und von denen jeder seine eigentümliche Bedeutung hatte. Dann ließen sich oben auf dem Speicher Schritte auf Strümpfen vernehmen, und der Vater sah Ditte an. Christian wußte, was das bedeutete, und sie steckten den Kopf unter die Decke und flüsterten. Es war der Vorn-und-hinten-Jakob, der da oben umherschlich und horchte, wovon sie sprachen. Er horchte immer auf das, was die Menschen sagten, um dem *Wort* auf die Spur zu kommen, er wollte es dazu verwenden, den Teufel aus dem Krugwirt auszutreiben. Die Kinder zerbrachen sich den Kopf, denn er hatte ihnen fünfundzwanzig Öre versprochen, wenn sie das Wort für ihn finden könnten. Und drinnen im Alkoven hörten sie die alte Mutter Doriom sich räuspern. Sie hatte die Fettsucht und wurde äußerlich fetter und fetter, aber inwendig wurde sie ausgehöhlt. Sie spuckte ihr Inneres in großen Klumpen auf die Wände des Alkovens.

Der Sohn war draußen auf Langfahrt und kam selten nach Hause, aber jedesmal, wenn er kam, war ein Kind gestorben, und seine Frau hatte ein neues gekriegt. Sie bekam sie im Handumdrehen, vernachlässigte sie aber, so daß sie ihr wegstarben. „Was leicht kommt, vergeht leicht", sagten die Leute lachend. Jetzt waren nur noch die Zwillinge da; sie lagen in der breiten Holzwiege und schrien den lieben langen Tag, jeder mit seinem Schwarzbrotzulp im Hals. Die Mutter war nie bei ihnen; Ditte mußte sich ihrer annehmen, damit sie nicht ganz verkamen.

Drüben in den Dünen lag ein kleines Haus, das etwas ganz Besonderes darstellte. Es war das schönste Haus, das die Kleinen je gesehen hatten, die Tür war blau, und auch die Fenster waren blau gestrichen; das Fachwerk war nicht geteert wie sonst bei den Hütten, sondern braun gestrichen, und die Mauerfüllungen dazwischen waren rot mit einem blauen Strich darum. Um das Haus lag kein weggeworfener Abfall, der Sand war hübsch geharkt, und am Brunnen war es trocken und sauber. Dort wuchs ein großer Fliederstrauch – der einzige Baum im Dorf, und an der kleinen Brunnenwippe bildete ein alter Mühlenstein das Gegengewicht. Auf den Fensterbrettern standen Topfpflanzen mit roten und blauen Blüten, und dahinter saß eine alte Frau und schaute hinaus. Sie hatte eine weiße Haube auf dem Kopf, und der alte Mann hatte schneeweißes Haar. War das Wetter danach, so machte er sich stets vor dem Hause zu schaffen, er jätete und harkte. Und von Zeit zu Zeit kam die alte Frau in der Tür zum Vorschein und lobte ihn. „Nein, wie hübsch du doch alles machst, Vater!" sagte sie. „Ja, das ist für dich, Mutter!" erwiderte er, und sie lachten einander an. Da nahm er sie bei der Hand, und sie trippelten hin und setzten sich in den Schatten unter den Fliederstrauch; sie waren wie zwei Kinder. Aber bald wollte sie dann wieder an ihr Fenster, und weiter als bis zum Fliederbusch war sie seit vielen Jahren nicht gekommen, so erzählte man sich.

Die alten Leutchen hielten sich ganz für sich und gaben sich mit niemandem ab; wenn aber Lars Peters Kinder vorbeikamen, dann nickte die Frau immer hinaus und lächelte. Die Kinder gingen am Tag diesen Weg entlang; das hübsche kleine Haus und die beiden alten Menschen hatten etwas Anziehendes. Die gleiche Reinlichkeit und Ordnung, die dem Haus sein Gepräge verlieh, lag auch über ihrem Zusammenleben; niemand im Dorf konnte ihnen etwas Böses nachsagen.

Die Kinder nannten das Haus das Pfannkuchenhaus und stellten sich alles mögliche Schöne und Herrliche in seinem Inneren vor. Und eines Tages faßten alle drei einander an der Hand und gingen hin und klopften an. Der alte Mann machte die Tür auf. „Was wollt ihr, Kinder?" fragte er freundlich, blieb aber in der Tür stehen.

Ja, was wollten sie – keiner von ihnen war sich klar darüber. Und da standen sie nun mit offenen Mündern und laufenden Nasen.

„So laß sie doch hereinkommen, Vater", erscholl eine Stimme aus dem Hause. „Kommt herein, Kinder!" Sie traten in eine Stube, in der es gut nach Blumen und Äpfeln roch. Alles war angestrichen, Decke, Balken und Wände, und glänzte um die Wette; der Fußboden war weiß gestrichen und der Tisch so blank, daß das Fenster sich darin spiegelte. In dem weichen Lehnstuhl lag träge eine große Katze.

Die Kinder mußten sich unters Fenster setzen, jedes mit einem Teller rote Grütze; damit sie nichts auf den Tisch fallen ließen, wurde ein Streifen Wachstuch unter ihre Teller gelegt. Das alte Ehepaar trippelte ängstlich umher, während die Kinder aßen; die Freude über den unerwarteten Besuch leuchtete ihnen aus den Augen, aber sie waren besorgt um ihr Geschirr. Sie waren nicht an Kinderbesuch gewöhnt, und besonders Paul konnte einem einen gehörigen Schreck einjagen, wenn er mit seinem Teller herumhantierte. Er hielt ihn mit steifen Armen ausgestreckt, so daß er die Milch verschüttete. Und dann sagte er: „Mehr Kartoffeln!" Er meinte das Eingemachte. Aber seine Schwester half ihm, und schließlich war es glücklich überstanden. Christian hatte seine Portion im Handumdrehen verschlungen und stand an der Tür, bereit, an den Strand zu laufen – er sehnte sich schon wieder nach etwas Neuem.

Jeder bekam einen roten Apfel in die Hand gedrückt, und dann wurden sie behutsam vor die Tür gesetzt. Nun waren die beiden Alten müde. Paul schmiegte seine Wange an das Kleid der alten Frau. „Mag dich gut leiden!" sagte er.

„Ach Herrgott, der kleine Kerl! Hast du gehört, Vater?" sagte sie und schüttelte ihren welken Kopf.

Auch Christian fand, daß er sich erkenntlich zeigen müsse. „Wenn's was zu besorgen gibt, so sagt es nur", rief er und warf den Kopf zurück. „Ich kann schnell laufen!" Um zu zeigen, wie flink er auf den Beinen war, sauste er den Weg entlang. Dann machte er halt und drehte sich triumphierend um. „So schnell kann ich laufen!" rief er.

„Oh, danke schön, Kleiner, wir werden an dich denken", sagten die beiden Alten.

Der kurze Besuch war der Beginn einer erfreulichen Bekanntschaft. Die beiden alten Menschen verspürten ein eigentümliches Zucken in den Fingern; sie fingen selber die Kinder ein und setzten sich über die kleinen Unbequemlichkeiten hinweg, die damit verbunden waren. Herumtollen durften die Kinder nicht – das konnten sie draußen in den Dünen tun; hier mußten sie fein stillsitzen. Und dann erzählte der alte Mann eine Geschichte, oder er nahm seine Flöte hervor und spielte. Wenn die Kinder dann nach Hause kamen und Ditte erzählten, was sie erlebt hatten, glänzten ihre Augen, und sie waren stiller als sonst.

Dann sann Ditte den nächsten Tag darüber nach, wie sie den alten Leuten ihre Freundlichkeit gegenüber den Kindern vergelten könnte, und wenn ihr nichts einfiel, zog sie Christian zu Rate. Er war sehr erfinderisch in solchen Dingen.

Die Fischer pflegten etwas vom Fang beiseite zu bringen, ehe sie ihn dem Krugwirt ablieferten, und eines Tages nahm Ditte eine schöne dicke Flunder und schickte Christian damit zu den Alten. „Aber sie dürfen nicht erfahren, daß sie von uns kommt", sagte sie. „Jetzt halten sie ihren Mittagsschlaf; da kannst du sie sicher so anbringen, daß sie sie finden müssen."

Christian legte den Fisch auf die kleine Bank unter dem Fliederstrauch; als er aber später vorbeischlich, um zu sehen, wie die Sache abgelaufen war, lagen nur noch der Schwanz und die Flossen da – die Katze hatte den Fisch verzehrt. Ditte schalt Christian tüchtig aus, und er mußte sich wieder den Kopf zerbrechen.

„Vater könnte den großen Klaus nehmen und sie sonntags ausfahren", schlug er vor. „Sie kommen nirgendwohin, ihre Beine sind zu alt."

„Ach, Dummrian – über den großen Klaus haben wir ja gar nicht mehr zu bestimmen!" fertigte ihn Ditte ab.

Aber nun wußte sie es! Sie wollte ihnen jeden Abend ihr Häuschen scheuern; die alte Frau mußte frühmorgens selber auf den Knien liegen, um das zu besorgen, und das tat Ditte leid. Nachdem die alten Leutchen zu Bett gegangen waren – sie legten sich früh schlafen –, nahm Ditte Scheuereimer, Schrubber und in der Schürze Sand mit und schlich hinüber.

Christian erwartete sie zu Hause am Giebel; er durfte nicht mitgehen, weil er die Alten mit seinen Albereien gestört hätte.

„Was werden sie wohl sagen, wenn sie morgen alles so nett gemacht finden?" rief er und sprang vergnügt in die Luft. Am liebsten wäre er die ganze Nacht aufgeblieben und hätte sich auf die Lauer gelegt, um die Überraschung der beiden mit anzusehen.

Als die Kinder das nächste Mal drüben waren, erzählte ihnen der alte Mann eine Geschichte von einer kleinen Fee, die jede Nacht kam und das Haus scheuerte und schrubbte, damit Mütterchen sich schonen könnte. Da lachte Christian – er wußte es ja besser.

„Das ist doch bloß Ditte!" entfuhr es ihm. Dann hielt er sich schnell die Hand vor den Mund, aber es war zu spät.

„Nein, Ditte ist keine kleine Vieh!" rief Schwester Else gekränkt, die die Geschichte nicht recht verstanden hatte. Da lachten alle drei sie aus, bis sie zu weinen anfing und durch ein Stück Kuchen getröstet werden mußte.

Und als sie nach Hause gingen – wen trafen sie? Den Onkel Johannes, der nach ihrem Hause suchte. Er war herausgeputzt und sah aus wie die besseren Pferdehändler. Lars Peter freute sich über den Besuch; er hatte den Bruder nicht wiedergesehen, seit sie im Elsternnest auf so unangenehme Art auseinandergegangen waren; aber das war jetzt vergessen. Dies und jenes hatte er ja über ihn gehört; Johannes war einer von denen, die immer im Munde der Leute sind. Die beiden Brüder gaben einander die Hand, als wäre nie etwas zwischen ihnen vorgefallen. „Setz dich und iß einen Happen mit", sagte Lars Peter. „Es gibt heut gekochten Kabeljau!"

„Danke schön, Bruder! Aber ich esse gleich im Krug; ich bin da mit ein paar Handelsleuten zusammen."

„Das wird wohl ein vornehmes Mittagessen?" Lars Peters Augen leuchteten; er hatte es selber nie so weit gebracht, an solch einem Mittagessen teilzunehmen.

„Ja, sicher – im Krug ißt man sehr gut. Der Wirt ist ein tüchtiger Kerl!"

„Das sagen die einen, die anderen behaupten das Gegenteil. Es kommt wohl darauf an, von welchem Standpunkt man ihn ansieht. Du darfst übrigens im Krug nicht erzählen, daß wir Brüder sind – es bringt dir gewiß keinen Nutzen, wenn die Leute erfahren, daß du hier im Dorfe arme Verwandte hast."

Johannes lachte. „Das hab ich dem Krugwirt schon erzählt – er lobte dich übrigens. Du wärst sein bester Fischer, sagte er."

„So? Hat er das wirklich gesagt?" Lars Peter wurde rot vor verschämtem Stolz.

„Aber er sagte auch, du seist ein bißchen beschränkt. Du glaubtest, die Schellfische könnten vernünftig reden."

„Soso – das hat er auch gesagt? Was kann er denn damit gemeint haben? Unsereins glaubt doch nicht, daß ein Schellfisch reden kann. So 'n dummes Zeug!"

„Ja, ich weiß nicht, was er gemeint hat. Aber ein tüchtiger Kerl ist er – er hätte gut studieren können."

„Du hast dich herausgemacht, wie man hört", sagte Lars Peter, um dem Gespräch eine andere Wendung zu geben. „Sollst gar halb verlobt mit der Tochter eines Hofbesitzers sein."

Johannes lächelte und strich sich das Milchbärtchen über seinem Frauenmund. „Es wird soviel erzählt!" war alles, was er sagte.

„Wenn du sie nur festhalten kannst – daß es dir nicht geht wie andern Leuten. Ich hab in meinen jungen Jahren auch mal eine Hofbesitzerstochter zur Braut gehabt; aber sie ist mir gestorben, ehe es zur Hochzeit kam."

„Ist das wahr, Vater?" rief Ditte, froh darüber, daß der Vater nicht zurückzustehen brauchte.

„Was sagst du dazu, Mädel?" fragte Lars Peter, als der Bruder fort war. „Hat er sich nicht sehr zu seinem Vorteil verändert?"

„Ja, vornehm ist er!" räumte Ditte ein. „Aber ich kann ihn nun mal nicht leiden."

„Du machst immer solche Geschichten." Lars Peter war gekränkt. „Du siehst ja, andre können ihn leiden. Er macht eine gute Partie."

„Das mag schon sein. Weil er schwarzes Haar hat – danach sind wir Frauen immer so verrückt. Aber ich glaube nicht, daß er ein guter Mensch ist."

12

Tagesplagen

Eines Tages vor Weihnachten, ein paar Monate, nachdem sie ins Dorf gezogen waren, war Lars Peter nahe daran, aus der Haut zu fahren: er lehnte sich gegen den Krugwirt auf. Er war nicht einmal betrunken; und es war etwas ganz Unerhörtes im Dorf, daß ein nüchterner Mann dem Krugwirt seine Meinung sagte. Aber sehr dumm benahm er sich damals, darüber waren sich alle einig, er selber auch.

Der große Klaus war der Anlaß. Lars Peter hatte sich noch nicht daran gewöhnen können, daß sein Pferd sich für andere abschinden mußte; und es schnitt ihm ins Herz zu sehen, welch schweres Los seinem guten Kameraden beschieden war. Und wütend war er auch darüber, daß er ohne Gespann sein mußte, trotz der schönen Versprechungen des Krugwirts – wie über vieles andere im Dorf. So setzte er es sich denn eines Tages in den Kopf, daß er den großen Klaus nach Hause zurückholen und wieder zu fahren anfangen wollte. Er ging auf das Gehöft des Krugwirts und verlangte barsch seinen Gaul.

„Bitte schön!" Der Krugwirt ging mit ihm hinaus und gab Befehl anzuspannen. „Hier hast du Pferd, Wagen und Geschirrzeug – mehr gehört dir wohl nicht?"

Lars Peter wurde ein bißchen unsicher. Er hatte Widerstand erwartet; statt dessen stand der andere da und sah ihn freundlich, fast töricht an. „Ich möcht gern ein paar Waren mit nach Hause nehmen", sagte er verlegen.

„Mit Vergnügen, Lars Peter Hansen", sagte der Krugwirt und ging nach dem Laden voran. Er wog nach Lars Peters Wünschen ab, erinnerte ihn sogar an dieses und jenes, das vielleicht vergessen worden war, und legte die Sachen zu einem großen, immer mehr anwachsenden Stapel zusammen. „Habt ihr Rosinen fürs Weihnachtsbacken?“ fragte er. „Ditte bäckt ja selber.“ So wußte er Bescheid mit allem, was die Familie betraf, und zog alle ihre Angelegenheiten mit in Betracht.

Als Lars Peter die Sachen auf den Wagen tragen wollte, sagte der Wirt freundlich: „Es macht soundso viel. Und dann bist du ja noch fürs letztemal schuldig.“

„Das kann wohl noch ein wenig stehenbleiben – bis ich die Abrechnung von der Auktion kriege.“

„Nein, das kann es nicht – man kennt dich ja noch nicht.“

„So, also man soll bestraft werden?“ Es kochte in Lars Peter.

„Hier ist von keiner Strafe die Rede. Aber man muß doch wissen, was für 'n Mann du bist, bevor man Vertrauen zu dir haben kann.“

„Man hat recht gut gemerkt, was für ein Halunke du bist!“ rief Lars Peter und stürmte hinaus.

Der Krugwirt begleitete ihn zum Wagen. „Du wirst schon eines Tages besser von mir denken“, sagte er, immer gleich unerschütterlich in seiner Sanftmut. „Dann können wir uns ja wieder sprechen. Aber um von etwas Wichtigerem zu reden – woher willst du Futter für dein Pferd bekommen?“

„Ach, das wird sich schon finden“, erwiderte Lars Peter abweisend.

„Ja, und den Stallplatz nicht zu vergessen! Es ist ja jetzt kalt.“

„Das werden wir schon selber in Ordnung bringen. Das überlaß mir.“

Damit fuhr Lars Peter fort, im Grunde aus Trotz. Er wußte sehr wohl, daß er sich nur durch den Krugwirt Futter und Obdach für den Gaul verschaffen konnte. Ein paar Tage später ließ er das Fuhrwerk durch Christian wieder auf den Hof bringen.

Das war damals! Jetzt war er nicht viel klüger, aber wenigstens vorsichtiger. Wenn ihn, was selten geschah, das Verlangen nach der Landstraße packte und er Lust verspürte, einen halben Tag in der Gesellschaft des großen Klaus zuzubringen, bat er höflich, ob man ihm den Gaul leihen wolle. Und es kam vor, daß man es ihm erlaubte. Dann waren er und das Pferd wie zwei Liebesleute, die einander selten zu sehen bekommen, beide trunken vor Freude über das Zusammensein. Die Leute behaupteten, sie führen beide dahin, als hätten sie einen leichten Rausch.

Klüger war er nicht geworden. Der Krugwirt blieb ihm nach wie vor ein großes Rätsel in seiner allgegenwärtigen Fürsorge und seinem Drang, alle zu tyrannisieren.

Für seine Bootskameraden und die anderen hatte er ebensowenig Verständnis. Er hatte sein Leben auf dem Lande zugebracht, wo ein jeder für das Seine sorgte und sich selber genügte, und er hatte sich auch oft nach Nachbarschaft gesehnt. Es nahm sich so gemütlich aus – von dem einsamen Elsternnest aus gesehen –, wenn die Menschen Tür an Tür wohnten; sie konnten einander zur Hand gehen und ein behagliches Plauderstündchen zusammen halten. Aber was kam hier heraus? Man rackerte sich mißmutig ab und schob Verantwortung und Sorgen für sich selbst und andere von sich, verzehrte sein kärgliches Brot von Tag zu Tag und überließ dem anderen den Überschuß. Seltsam war es, zu beobachten, wie der bucklige Teufel mit seinen langen Armen alles an sich raffte, ohne daß die Leute auch nur muckten. Er mußte über übernatürliche Kräfte verfügen.

An Aufruhr dachte Lars Peter nicht mehr, er wollte sich schon zusammennehmen. Wenn es in ihm aufwallte, brauchte er bloß an den Vorn-und-hinten-Jakob zu denken, den er täglich vor Augen hatte. Ein jeder wußte davon zu erzählen, wie der solch armer Tropf geworden war. Er hatte einst ein großes Boot besessen und selber eine Bootsmannschaft angeheuert; darum meinte er, er brauche sich nicht vor dem Krugwirt zu verneigen. Aber dieser brachte ihm die Flötentöne gründlich bei. Er weigerte sich, den Fang zu kaufen, so daß Jakobs Mannschaft damit an andere Orte fahren mußte; und auch diesen Ausweg wußte der Krugwirt ihm zu versperren. Waren konnten sie auch nicht im Dorf bekommen, ebensowenig Gerätschaften – die Bootsmannschaft war wie aussätzig; niemand wagte, ihr zu helfen. Da fielen die Gefährten über Jakob her und warfen ihm ihr Unglück vor. „Zum Henker, du könntest dich auch so aufführen, daß wir hier gelitten sind; es ist deine Schuld“, sagten sie und wandten ihm den Rücken. Da versuchte er, zu verkaufen und anderswohin zu ziehen, aber der Krugwirt wollte seine Habseligkeiten nicht erwerben, und die andern getrauten sich nicht, sie zu kaufen; er sollte bleiben – und sich ducken lernen. Und obwohl er Boot und Geräte besaß, mußte er sie vom Krugwirt pachten. Es nahm ihn so hart mit, daß er den Verstand darüber verlor; nun wankte er umher und suchte nach einem Zauberwort, um den Krugwirt zu fällen; eine Zeitlang ging er auch mit der Flinte umher und wollte ihn erschießen. Aber der Krugwirt lachte bloß über das alles; er mußte im Besitz übernatürlicher Kräfte sein!

Ditte bestärkte Lars Peter in diesem Gedankengang. Sie sprach viel mit den Frauen, und sie alle waren sich darüber einig, daß der Krugwirt böse Augen habe. Er spukte dauernd in ihrem Sinn, und sie lebte in ewiger Angst vor ihm. Wenn sie ihn draußen in den Dünen davonziehen sah, kam es vor, daß sie aufschrie. Dann mußte Lars Peter sie ausschelten.

Eines Tages saß er beim Essen, und sie ging zwischen Stube und Küche hin und her; plötzlich sagte sie: „Mir ist, als ob meine Brüste groß würden; ich glaube, ich werd ein Kleines kriegen.“

„Was sagst du, Mädchen?“ rief Lars Peter erschrocken und warf den Löffel hin. Dann begann er zu lachen. „Närrchen, du weißt ja nicht, wovon du sprichst.“

„Doch, denn er hat mich angeschaut“, sagte Ditte ernst.

Lars Peter gefiel ihr Gerede nicht, aber wie sollte er die Sache anfassen? Jetzt wäre es gut gewesen, wenn sie Sörine zu Hause gehabt hätten, damit sie ihr Kind den rechten Weg führen könnte. Sonst wurde Sörine nicht so oft vermißt, man hatte sich ohne sie zurechtgefunden.

Eines Vormittags kam der kleine Paul krank vom Strand nach Hause. Er erbrach sich und hatte Kopfschmerzen, Fieber und Schüttelfrost. Ditte kleidete ihn aus und steckte ihn ins Bett; dann rief sie den Vater, der oben auf dem Speicher lag und schlief.

Lars Peter kam eilends herunter. Er war die ganze Nacht auf See gewesen und taumelte etwas. „Na, Paulemann, geht's uns nicht gut?" fragte er und legte die Faust auf die Stirn des Knaben. Es pochte heftig darin, und sie war brennend heiß. Der Junge wandte den Kopf ab.

„Es geht recht schlecht mit ihm", sagte er traurig und setzte sich auf den Bettrand. „Er will einen noch nicht einmal erkennen. Wie schnell das gekommen ist, heut morgen hat ihm doch noch nichts gefehlt."

„Als er vorhin nach Hause kam, war er ganz grau, und es fror ihn. Und nun ist er glühend heiß. Hör mal, wie er röchelt!"

Sie setzten sich neben das Bett und betrachteten ihn schweigend; Lars Peter hielt seine kleine Hand in der seinen. Es war eine richtige Grabepfote, schwarz und mit abgestumpften Fingerspitzen, die Nägel waren abgebissen und ganz splitterig. Er schonte sich nicht, der kleine Kerl, immer war er gut aufgelegt und frisch und munter, sobald er die Augen aufschlug. Und jetzt lag er hier und ächzte, daß es traurig anzusehen war! War es ernst? Sollte Lars Peter nun wieder heimgesucht werden an seinen Kindern? Das Unglück mit seinen ersten Sprößlingen hatte er überwunden – aber jetzt hatte er nichts, was er entbehren konnte! Widerfuhr ihm etwas mit seinen Kindern, ja, dann konnte er nicht mehr, dann war er ein geschlagener Mann. Jetzt begriff er, daß sie ihn aufrechterhalten, ihn für alle Unbill, alles Unglück entschädigt hatten. All seine zerschellten Hoffnungen, alles, was für ihn zerbrach, lebte ja in so schöner Weise wieder in ihnen auf, in ihrem frohen, sorglosen Dasein. Vielleicht hing er darum so an seinen Kleinen, weil für ihn selbst soviel zerbrochen war.

Plötzlich zuckte Paul zusammen und wollte sich aufrichten. „Haus um pielen, haus um pielen!" wiederholte er in einem fort.

„Er will hinaus zum Spielen", sagte Ditte und sah den Vater fragend an.

„Dann ist er vielleicht schon munterer", rief Lars Peter hoffnungsvoll. „Laß ihn nur selber bestimmen."

Ditte zog ihn an, aber er ließ den Kopf hängen wie eine welke Blume, und sie mußte ihn wieder auskleiden.

„Soll ich nicht zu Lars Jensens Witwe hinüberlaufen?" fragte sie. „Sie versteht soviel von Krankheiten."

Nein, Lars Peter war anderer Ansicht; er wollte lieber einen richtigen Doktor zu Rate ziehen. „Sobald Christian aus der Schule nach Hause kommt, kann er nach dem Krug laufen und bitten, daß der große Klaus angespannt wird", sagte er. „Wenn's sich um Krankheit handelt, können sie uns das Fuhrwerk wohl nicht verweigern."

Christian bekam das Fuhrwerk nicht; dagegen folgte ihm der Krugwirt auf den Fersen. Ohne anzuklopfen, kam er in die Stube, wie er's immer tat.

„Ich höre, euer kleiner Junge ist krank", sagte er freundlich, „und da hab ich's gewissermaßen für meine Pflicht gehalten, zu euch zu gehn, um euch vielleicht ein Trostwort zu sagen. Ich hab etwas in dieser Flasche hier mitgebracht, das müßt ihr ihm stündlich eingeben. Es ist unter Gebeten gemischt worden, schaden kann es also auf keinen Fall. Und dann müßt ihr ihn gut eingepackt halten." Er beugte sich über das Bett und horchte auf die Atemzüge des Kleinen; Pauls Augen waren starr vor Schreck.

„Es ist das beste, wenn du vom Bett weggehst", sagte Lars Peter. „Du siehst doch wohl, daß der Junge Angst vor dir hat." Seine Stimme bebte vor verhaltenem Zorn.

„So viele haben Angst vor mir", erwiderte der Krugwirt und rückte bereitwillig vom Bett fort. „Und man lebt trotzdem und geht umher – und tut nach bestem Vermögen seine Pflicht. Wenn man dann sieht, wie ihr euch zum Dank davonschleicht, tröstet man sich damit, daß der liebe Gott wohl mit einem jeden von uns das Seine vorhat. Die Menschen haben vielleicht keinen Schaden davon, wenn etwas da ist, wovor sie sich fürchten, Lars Peter. Aber gib du ihm lieber gleich die Mixtur!"

„Ich wollte lieber den Doktor kommen lassen", sagte Lars Peter und machte sich zögernd daran, dem Jungen die Arznei einzuflößen. Am liebsten hätte er sie zum Fenster hinausgeschleudert – und den Krugwirt hinterher!

„Ja, ich hab's wohl verstanden, aber ich dachte, ich wollte erst mit dir reden. Was kann der Doktor schon ausrichten? Der kostet nur Geld und kann Gottes Absichten mit uns nicht verändern. Arme Leute sollten sparen lernen."

„Versteht sich. Wenn man arm ist, soll man alles nehmen, wie's kommt!" Lars Peter lachte bitter.

„Wir zu Hause holen nie den Doktor, will ich dir sagen, wir geben unser Leben in Gottes Hand. Ist es sein Wille, so ..."

„Ich bin der Ansicht, daß vieles geschieht, was nicht Gottes Wille sein kann – auch hier im Dorf", sagte Lars Peter herausfordernd.

„Und ich sage dir: es wird nicht der kleinste Schellfisch gefangen – auch hier im Dorf nicht – gegen den Willen Gottes des Vaters." Die Stimme des Krugwirts war sehr ernst; es klang, als redete die Heilige Schrift selber. Aber er hatte einen Ausdruck in den Augen, der Lars Peter dennoch unsicher machte. Er empfand es als richtige Erleichterung, als der unheimliche Gast sich verabschiedete und durch die Dünen davonzog.

Ditte kam die Treppe vom Speicher herab, sie hatte sich während des ganzen Besuchs nicht sehen lassen. „Was zum Henker rennst du fort und versteckst dich vor dem Gespenst?" rief Lars Peter, um seiner eigenen Beklommenheit Herr zu werden. Ditte wurde rot und wandte das Gesicht ab.

Kurz darauf klopfte es an die Wand, es war die gelähmte Nachbarin; Ditte ging hinein. Die Schwiegertochter war zu Hause und hatte beide Zwillinge an der Brust. Sie war groß und beleibt, ihre Brüste hingen herab wie zwei Säcke.

„Ich hörte, daß er bei euch drin war", sagte die Alte. „Und ich hab seine heuchlerischen Reden durch die Wand gehört. Nehmt euch in acht vor ihm!"

„Er war sehr freundlich", sagte Ditte ausweichend. „Er hat Vater getröstet und für den kleinen Paul etwas mitgebracht."

„So, er hat etwas mitgebracht? Gegen die Krankheit? Dann schütt es in den Rinnstein! Da schadet es niemand!"

„Aber Paul hat es schon eingenommen."

Die Alte schlug die Hände zusammen. „Jesses! Jesses! Das

arme Kind!“ jammerte sie. „Hat er vom Tod gesprochen? Denn hier im Dorf erzählt man sich, daß wir alle dem Krugwirt einen Tod schulden! – Nicht? Und auch nicht davon, daß er euch den Sarg liefern will? Er regelt sonst immer alles, er ist gut und hilfreich zu allen, denen etwas fehlt. Ja, dann hat er seine gute Stunde gehabt – vielleicht darf der Junge doch weiterleben.“

Ditte brach in Tränen aus; sie fand, daß es verzweifelt um den kleinen Paul stand, wenn's vom Krugwirt abhängen sollte. Er war ja wütend auf die Familie, weil die Kleinen nicht in die Sonntagsschule geschickt wurden – vielleicht rächte er sich jetzt.

Aber zwei Tage später war Paulemann wieder obenauf und sprang umher, quicklebendig wie immer; er war die Aufgeräumtheit selber, bis er auf einmal erschöpft war und auf der Stelle einschlief.

Lars Peter war über alle Sorgen hinweg und brummte wieder wie früher mit Wohlbehagen vor sich hin; und Ditte trällerte beim Aufwaschen und verfolgte das Treiben des kleinen Burschen mit mütterlichen Blicken. Aber um es nicht wieder verkehrt zu machen, schickte sie von jetzt an die Kinder in die Sonntagsschule.

13

Ditte wird eingesegnet

Ditte sollte zum Herbst eingesegnet werden; aber es fiel ihr schwer, all die Kirchenliederverse und Stellen der Heiligen Schrift auswendig zu lernen, wie es der Pfarrer verlangte. Sie fand keine Zeit zum Lernen, und ihr kleines Gehirn hatte sich mit der Zeit auf ganz andere Dinge eingestellt als aufs Auswendiglernen; hatte sie endlich alles besorgt und nahm sie die Lehrbücher vor, so wollte nichts haftenbleiben.

Eines Tages kam sie weinend aus dem Konfirmandenunterricht nach Hause. Der Pfarrer hatte erklärt, sie sei zu weit zurück und müsse bis zum nächsten Mal warten; er wage es nicht, die Verantwortung zu übernehmen, sie dem Herrgott vorzuführen. Sie war verzweifelt. Es galt als große Schande, von der Konfirmation zurückgewiesen zu werden.

„Das soll also auch noch dazukommen!" rief Lars Peter bitter. „Warum auch nicht, Leute wie wir sind eben vogelfrei. Wir müssen noch obendrein froh sein, daß man uns überhaupt auf der Erde herumgehen läßt."

„Aber ich bin ebensoweit wie die andern, es ist ganz ungerecht", schluchzte Ditte.

„Nein – Gerechtigkeit? Woher sollte die wohl kommen? Selbst wenn du in deinem Leben keinen Gesangbuchvers lerntest, möcht ich das Mädel sehn, das besser als du dem lieben Gott vorgeführt werden könnte. Du könntest recht gut an jedem beliebigen Tag den Haushalt für ihn übernehmen; und er müßte ein Esel sein, wenn er nicht sähe, daß seine kleinen Engel unter die beste Obhut von der Welt kämen. Aber wir haben natürlich dem Pfarrer nicht genug geopfert; so sind ja diese Satans, die die Schlüssel zur Herrlichkeit haben! Na, so ist's nun einmal, deshalb wollen wir uns nicht aufhängen."

Aber Ditte war nicht zur Vernunft zu bringen. „Ich will konfirmiert werden!" schrie sie. „Ich will nicht wieder von vorn anfangen und Tag für Tag verhöhnt werden."

„Wenn man den Pfarrer ein bißchen schmierte!" sagte Lars Peter grübelnd. „Aber billig wird die Sache nicht sein."

„Geh zum Krugwirt – er kann's in Ordnung bringen."

„Ja, der – es gibt nichts, was der nicht in Ordnung bringen kann, wenn er nur will. Aber er ist ja nicht gerade gut auf mich zu sprechen."

„Das schadet nichts. Der Krugwirt behandelt alle gleich, ob er sie leiden mag oder nicht."

Erbaut war Lars Peter nicht von dem Gang, er bat den Krugwirt nicht gern um etwas; aber dem Mädel zuliebe mußte er hingehen. Wider Erwarten wurde er freundlich aufgenommen. „Ich will gern mit dem Pfarrer reden und die Sache regeln", sagte der Krugwirt. „Und dann kannst du das Mädel in den nächsten Tagen mal herschicken. Es ist Sitte hier im Dorf, daß die Frau des Menschenfressers für die Aussteuer der Konfirmanden sorgt." Er verzog seinen breiten Mund zu einem Grinsen, als er das sagte, und Lars Peter war sehr verlegen.

So gelang es Ditte dennoch, konfirmiert zu werden. Eine ganze Woche ging sie im langen schwarzen Kleid umher, mit einer dünnen blonden Flechte im Nacken, und sah noch backfischhafter aus als vorher, aber das machte nichts. Vorm Altar hatte sie geweint; ob aus Freude darüber, daß sie zu den Erwachsenen zugelassen wurde, oder bloß, weil es sich nun einmal gehörte zu weinen, wußte sie selber nicht. Aber sie genoß so recht die folgende Woche, in der Lars Jensens Witwe kam und die Arbeit verrichtete, während sie gar nichts anderes tun durfte, als in ihrem Putz umherzugehen und Glückwünsche entgegenzunehmen. Die ganze Zeit war ihr ein Schwarm von bewundernden Mädchen auf den Fersen, und die kleinen Kinder aus dem Dorf kamen herbeigelaufen und riefen: „Konfirmand, gib uns was!" Lars Peter mußte mit allen Zweiörestücken herausrücken, die er besaß.

Dann begann wieder der Alltag, und die Zeit glitt in der alten Weise dahin. Ditte entdeckte, daß sie bereits seit einigen Jahren zu den Erwachsenen gehört hatte; sie bekam weder mehr noch weniger Pflichten. Mit dem Neuen machte sie sich leicht vertraut; waren sie irgendwo eingeladen, so nahm sie ihren Strickstrumpf mit und setzte sich unter die Frauen. „Willst du nicht zu den andern Kindern hinausgehn?" fragte Lars Peter sie dann. „Sie spielen heut abend auf dem Trokkenplatz." Da ging sie hinüber, kam aber bald wieder zurück.

Lars Peter schien allmählich mit den Verhältnissen im Dorf vertraut zu werden; er schimpfte wenigstens nur dann darüber, wenn er einmal im Krug gewesen und nicht mehr ganz nüchtern war. Er war nicht mehr so um alles besorgt. Wenn Ditte etwas im Haushalt fehlte, so mußte sie es immer erst sagen – und oft zweimal. Es war nicht der alte Lars Peter im Elsternnest, der Abend für Abend sagte: „Na, wie geht's, Mütterchen Ditte, hast du alles, was du brauchst?" Der Kredit im Krugladen hatte ihn gleichgültiger gemacht. Wenn Ditte etwas sagte, so erwiderte er: „Ja, zum Kuckuck, man kriegt ja nie mehr Geld zu sehen. Da muß man versuchen, sich ohne Geld einzurichten!"

Der Krugwirt hatte die Eigentümlichkeit, daß er seine Leute durch und durch zu kennen schien. Solange Lars Peter zu Hause noch einen Zehrschilling hatte, war der Krugwirt unwillig, weiter zu borgen. Sobald die Schuld sich ein klein wenig erhöhte, sperrte er den Kredit und öffnete ihn erst wieder, wenn man abbezahlt hatte. Auf diese Weise hatte er Lars Peter einen Hundertkronenschein nach dem anderen aus der Tasche gelockt, bis die Familie gegen Weihnachten nichts mehr hatte, wozu sie ihre Zuflucht nehmen konnte.

„Schau, schau!" sagte Lars Peter, als der letzte Schein flötenging. „Das war also der Überschuß vom Elsternnest. Nun hat die liebe Seele Ruh! Und nun muß er uns zum Henker doch ebenso behandeln wie alle anderen im Dorf – sonst weiß ich nicht, woher wir unser täglich Brot nehmen sollen."

Aber der Krugwirt war anderer Ansicht. Sooft die Kinder mit Korb und Warenzettel drüben waren, kamen sie stets mit leeren Händen zurück. „Er meint, es wäre noch etwas aus uns herauszuholen", sagte Lars Peter.

Die Aussichten waren trübe. Ditte hatte sich vorgenommen, der Familie diesmal ein recht schönes Weihnachtsfest zu bescheren; sie hatte Mehl und Fett zum Spritzkuchenbakken bestellt und ein Stück Rippenspeer, das gefüllt und als falsche Gans gebraten werden sollte. Nun stand sie mit leeren Händen da; alle ihre schönen Pläne gingen in Rauch auf. Oberhalb der Speichertreppe lag der Weihnachtsbaum, den die Kleinen heimlich drüben in der Pflanzung gefällt hatten, für nichts und wieder nichts – ohne Kerzen, Näschereien und Papierschmuck war er ja nichts wert. „Na", sagte Lars Peter, „das überleben wir wohl auch noch. Fisch und Kartoffeln haben wir wenigstens, zu verhungern brauchen wir nicht!" Aber die Kleinen weinten.

Ditte suchte auf jede Weise zu retten, was zu retten war. Im Hafen erwischte sie ein paar Tauchenten, die ein Fischer in den Netzen gefangen hatte. Sie bereitete sie zu, und dann legte sie sie in Milchwasser, um den Tran herauszuziehen – damit war der Weihnachtsbraten gesichert. Mehrere rotbäkkige Äpfel, die sie nach und nach von dem alten Ehepaar im Pfannkuchenhaus bekommen und nicht zu essen gewagt hatte, weil sie so schön waren, wurden an den Christbaum gebunden. „Hängen wir nun die Laterne an die Spitze, dann ist er sehr fein", erklärte sie den Kleinen. Kaffeebohnen hatte sie sich geliehen, ebenso Branntwein – der Vater sollte seinen Schnaps am Heiligen Abend nicht entbehren.

Den ganzen Tag war sie umhergerannt, um für alles zu sorgen, und nun machte sie in der Küche Feuer an. In der Stube saßen Lars Peter und die Kinder und hielten Weihnachtsabend-Schlummerstündchen; sie hörte, wie der Vater aus der Zeit erzählte, als er selber klein war. Ditte summte vor sich hin und war guter Laune.

Aber plötzlich schrie sie auf. Die obere Hälfte der Küchentür war aufgegangen. Gegen den Abendhimmel zeichneten sich Kopf und Schultern einer verwachsenen Gestalt ab, eines Riesentrolls, der im Begriff war, eine Last über die Halbtür zu heben. „Hier sind Waren für euch", sagte er keuchend und stieß mit seinen langen Armen die Last auf den Küchentisch. „Fröhliche Weihnachten!" Damit zog er ab; Ditte hörte, wie es von der Anstrengung in seiner Brust rasselte.

Drinnen auf dem Zimmertisch packten sie den Korb aus. Es war alles drin, was sie brauchten und was sie gern geholt hätten, außerdem noch verschiedenes andere, das man sich wünschen konnte, aber nicht auf Kredit nahm: ein Kalender mit Erzählungen, ein Pfund Kochschokolade und eine Flasche alter französischer Wein. „Es ist genau wie mit dem lieben Gott", sagte Ditte, die noch einiges vom Konfirmandenunterricht im Kopf hatte, „wenn's am allerschlimmsten aussieht, hilft er immer."

„Ja, der Krugwirt ist ein komischer Heiliger. Da hat man ihm die Türen eingerannt, um Waren von ihm zu bekommen, und hat nichts andres als einen Fußtritt gekriegt; und dann bringt er das Ganze selber her! Er muß wohl was im Schilde führen. Na, es mag sein, wie es will – die Sachen sollen uns trotzdem schmecken." Lars Peter war nicht gerührt.

Wie man's nun auch auffassen wollte – Weihnachtsfreundlichkeit war es jedenfalls nicht; sie konnten weiter Waren im Laden bekommen. Der Krugwirt strich zwar hin und wieder einige Sachen vom Zettel, die er für überflüssig hielt, aber mit leerem Korb kamen die Kinder nicht nach Hause. Ditte neigte dazu, das Walten der Vorsehung darin zu sehen, aber Lars Peter betrachtete die Sache nüchterner. „Zum Kuckuck, er kann uns doch nicht verhungern lassen, wenn wir für ihn arbeiten sollen", sagte er. „Du sollst sehen, der Bursche hat herausgefunden, daß wir keinen Spargroschen mehr haben. Er hat eine feine Nase."

Ganz befriedigend war die Erklärung trotzdem nicht – auch nicht für Lars Peter selber. Der Krugwirt hatte etwas an sich, das sich nicht in Geld ausrechnen ließ. Er wollte regieren, ja, aber er schonte sich wahrhaftig auch nicht. Überall war er zu finden; er hatte die Verhältnisse jeder einzelnen Familie im Kopf, kannte ihre Angelegenheiten besser als sie selber und griff ein. Seine Allwissenheit hatte ihre guten und ihre bösen Seiten; niemand wußte, in welchem Augenblick der Krugwirt sich über ihn hermachen würde.

Lars Peter bekam seine väterliche Fürsorge von einer neuen Seite zu spüren. Eines Tages sagte der Krugwirt ganz nebenbei: „Du hast ein großes Mädel im Haus, Lars Peter; sie muß bald für sich selber sorgen können."

„Sie hat sich ihr täglich Brot seit vielen Jahren verdient, und wie hat sie's getan! Und Dank dazu verdient!" erwiderte Lars Peter. „Ohne sie wär's um mich übel bestellt."

Der Krugwirt ging weiter. Doch ein andermal, als Lars Peter am Giebel stand und Reisig zerhackte, kam er wieder und knüpfte da an, wo er das letztemal aufgehört hatte. „Ich bin nun mal der Ansicht, daß die Kinder nach der Konfirmation nicht im Hause herumhocken sollen", sagte er. „Je eher sie unter Menschen kommen, desto schneller lernen sie, sich zurechtzufinden."

„Das lernen die armen Leute sowieso, mögen sie in der Fremde oder zu Hause sein, dem steht nichts im Wege", antwortete Lars Peter. „Unser Hausmütterchen können wir nicht missen."

„Auf dem Bakkehof möchten sie Ditte gern zum Mai haben – es ist eine gute Stelle. Das wär so gemeint, daß Lars Jensens Witwe zu dir ziehen und dir die Wirtschaft führen könnte; sie ist eine brave Frau und kann sich augenblicklich gar nicht nützlich machen. Am besten wär's ja, wenn ihr beide heiraten würdet."

„Meine Frau ist gut genug für mich", entgegnete Lars Peter abweisend.

„Die sitzt ja, und mit einer Zuchthäuslerin braucht man nicht wieder zusammenzuleben – wenn man nicht will."

„Man hat das wohl schon gehört, aber hier bei uns denkt keiner an Scheidung. Sörine soll einen Ort haben, wo sie hin kann, wenn sie herauskommt."

„Das mach du mit deinem Gewissen ab, Lars Peter. Aber im Wort Gottes steht nirgendwo geschrieben, daß man Tisch und Bett mit einer Mörderin teilen soll. – Was ich sagen wollte – Lars Jensens Witwe verfügt über ein ganzes Haus."

„Dann könnten wir vielleicht dahin ziehen?" sagte Lars Peter lebhaft. „Hier wohnt sich's auf die Dauer nicht sehr angenehm." Die Hoffnung, selber zu bauen, hatte er ganz aufgegeben.

„Wenn ihr heiratet, wird das Haus ja dein Eigentum."

„Ich werde Sörine nie untreu!" rief Lars Peter und schlug die Axt in den Hauklotz. „Nun weißt du's!"

Da ging der Krugwirt, ruhig und freundlich, wie er gekommen war. Der Vorn-und-hinten-Jakob stand hinter dem anderen Giebel und zeigte mit der Flinte hinter ihm her; die Büchse war mit Salz geladen; er wartete bloß auf das Wort zum Losfeuern. Der Krugwirt ging zuerst landeinwärts, dann kam er zurück und ging dicht an Jakob vorbei – er hatte wahrhaftig keine Angst. „Na, bist du heut mit der Flinte unterwegs?" sagte er. Jakob schlich beiseite und lehnte den Kopf an die Mauer.

Die neue Verfügung des Krugwirts erregte Kummer in dem kleinen Heim. Sein Spruch nahm der Familie die Mutter. Wie sollten sie ohne ihr Dittemütterchen, ohne ihre Fürsorge auskommen?

Ditte selbst nahm es am ruhigsten hin. Ihr ganzes Leben war darauf eingerichtet, daß sie früher oder später aus dem

Hause ging, um Fremden zu dienen. Das war das Selbstverständlichste von der Welt – sie war geboren zum Dienen. Während sie aufwuchs, war es wie ein roter Faden durch alle Ermahnungen gegangen: tüchtig zu werden, um der zukünftigen Herrschaft zu gefallen. Iß, Kind, hatte Großchen gesagt, damit du groß und stark wirst und man mit dir zufrieden ist, wenn du unter fremde Leute kommst! Und von Sörine hatte sie, als die Reihe an diese kam, täglich zu hören bekommen: Sieh zu, daß du dich ein bißchen besser schickst, sonst kannst du nirgendwo bleiben. Des Lehrers Ermahnungen gingen in die gleiche Richtung, und der Pastor wandte unwillkürlich sein Gesicht ihr zu, wenn er während des Konfirmandenunterrichts von dem treuen Dienstboten sprach. Sie hatte selbst bei ihrem Tagewerk stets das eine vor Augen gehabt, einmal ein tüchtiger Dienstbote zu werden – und mit einer Mischung von Furcht und Erwartung hatte sie des großen, entscheidenden Augenblicks geharrt, da sie das Heim verlassen sollte, um sich bei Fremden nützlich zu machen.

Und nun näherte sich die Stunde. Es tat ihr leid, aber vor allem um der Ihren daheim willen. Was sie selber betraf, so konnte es ja im Grunde nicht anders kommen.

Sie brachte alles in Ordnung, mit der bevorstehenden Trennung vor Augen, führte Schwester Else in die Arbeit ein und erklärte ihr, wie alles gemacht werden sollte und wo jedes Ding seinen Platz hatte. Else war ein verständiges Kind, mit dem leicht auszukommen war. Schwieriger war es mit Christian. Ditte machte sich ernste Sorgen, wie es werden sollte, wenn sie nicht mehr da war und ihm helfen konnte. Jeden Tag redete sie eindringlich mit ihm.

„Nun mußt du bald aufhören, so einfältig zu sein, daß du Reißaus nimmst, sobald du mit etwas unzufrieden bist", sagte sie. „Denk daran, daß du der Älteste bist; du bist schuld, wenn Paul und Else schlechte Kinder werden. Sie haben künftig nur dich, nach dem sie sich richten können. Und du mußt den Vorn-und-hinten-Jakob nicht necken, das ist ungezogen."

Christian versprach alles – er war der gutmütigste Bursche

von der Welt. Es fiel ihm nur schwer, sich seiner guten Vorsätze zu erinnern.

Paul zu ermahnen war zwecklos, er war noch zu klein. Und an dem kleinen Stumpfschwanz war auch nichts auszusetzen. Es war bloß ein so seltsamer Gedanke, daß man von ihm fort sollte. Oftmals am Tage mußte Ditte ihn an sich pressen.

„Wenn bloß Lars Jensens Witwe gut zu den Kindern ist – und sie zu behandeln versteht!“ sagte sie zum Vater. „Sie hat ja nie selber Kinder gehabt. – Das muß übrigens merkwürdig sein!“

Lars Peter lachte.

„Es wird schon gehen“, meinte er. „Sie ist ja eine gute Frau. Aber dich werden wir vermissen!“

„Das werdet ihr wohl!“ erwiderte Ditte ernst. „Aber sie ist sparsam – das ist wenigstens ein Gutes.“

Des Abends, wenn das Tagewerk getan und die Kinder zu Bett gebracht waren, ging Ditte Schubladen und Schränke durch, damit alles in guter Ordnung war, wenn Madam Jensen die Besorgung des Haushalts übernahm. Die zweiten Kleider der Kinder wurden besonders nachgesehen, ebenso die Wäsche; auf den Boden der Schubfächer wurde neues Papier gelegt, und alles wurde geordnet. Ditte verweilte, während sie so hantierte, auf eigentümliche Art bei der Arbeit. Jeder einzelne Gegenstand blieb noch eine Weile in ihrer Hand. Es war wie eine stille Andacht: das Kind nahm Abschied von seiner lieben, beschwerlichen Welt und dankte jedem Gegenstand für die Mühe und die Sorgen, die er ihm verursacht hatte.

War Lars Peter nicht auf See, so setzte sie sich mit irgendeiner Flickarbeit zu ihm unter die Lampe, und sie redeten allerlei Kluges über die Zukunft und gaben einander gute Ratschläge.

„Wenn du nun unter fremde Leute kommst, mußt du immer genau hinhören, was man dir sagt“, meinte dann wohl Lars Peter. „Nichts ärgert die Leute mehr, als wenn sie etwas zweimal sagen müssen. Und dann mußt du daran denken, daß es nicht so sehr darauf ankommt, etwas richtig auszuführen, wie darauf, es so auszuführen, wie die Leute es haben wollen. Ein jeder hat seine eigene Art, wie er die Arbeit getan wissen will; und es ist oft schwer genug, sich dem anzupassen. Es gibt kein Gebiet, auf dem man es den Leuten schwerer recht machen kann."

„Oh, ich werde mich schon zurechtfinden", erwiderte Ditte tapfer.

„Ja, tüchtig bist du für deine Jahre, aber das entscheidet nicht immer. Vor allem mußt du immer ein freundliches Gesicht machen, mag dir auch noch soviel mißlingen."

„Wenn etwas nicht stimmt, sage ich einfach offen, wie es ist."

„Ja, sei aber nur nicht zu vorschnell dabei! Die Wahrheit wird meist nicht gern gehört, zumal aus dem Munde Dienender. Ein Dienstbote soll am liebsten keine Meinung haben, dann steht er sich am besten. Schweig du nur zu allem, was kommt, und denk das Deine – das Denken kann einem niemand verbieten. Und dann weißt du ja, daß immer ein Plätzchen hier zu Hause für dich offensteht, wenn etwas vorfallen sollte und du aus der Stellung gejagt wirst. Du selbst darfst natürlich nicht zur Unzeit gehen; wer aus seiner Stellung fortläuft, bekommt einen schlechten Ruf – was auch immer der Grund sein mag."

„Soll man denn sein Recht nicht verfechten?" Ditte verstand es nicht.

„Ja, das soll man wohl – aber was ist Recht? Wer die Macht und die Gelegenheit hat, der bekommt auch das Recht auf seine Seite; das erfährt man früh genug. Aber es geht ja trotzdem alles, wenn man nur klug ist und den Rükken steifhält."

So kam der letzte Abend heran. Ditte hatte den Tag mit Abschiedsbesuchen in den Hütten verbracht. Sie hätte die letzten kostbaren Stunden besser zu nützen gewußt, aber man war dazu genötigt, sonst wurde über einen geklatscht. Die drei kleineren Kinder folgten ihr getreulich auf den Fersen. „Ihr dürft nicht mitgehn", sagte sie; „es ist so peinlich, wenn so viele kommen. Die Leute glauben, daß man etwas vorgesetzt haben will.“ Nun, so versteckten sie sich denn in der Nähe, während sie in den Häusern war, und begleiteten sie bis zum nächsten Bekannten; heute wollten sie ihr nahe sein. Damit war der Tag hingegangen; aus dem Spaziergang am Strand zur Landspitze hinaus, von wo man auf den Bakkehof sehen konnte, war nichts geworden. Es wurde zu spät. Ditte mußte ihr Versprechen wieder zurücknehmen. Ohne Tränen lief das nicht ab; der Hof, auf dem Ditte dienen sollte, spukte stark in der Phantasie der drei Kleinen. Ganz gut wurde es erst, als der Vater ihnen versprach, daß er sie am Sonntagvormittag ein Stück aufs Meer hinausrudern würde. „Von da draußen kann man den Bakkehof und die ganze Umgegend sehn, und vielleicht steht Ditte dann da oben und winkt“, sagte er.

„Ist es wirklich nicht weiter?“ fragte Ditte.

„Es sind nur zwei kleine Meilen, man muß natürlich gute Augen haben“, erwiderte Lars Peter und versuchte zu lächeln. Er war ganz und gar nicht in der Laune, Späße zu machen.

Nun lagen die drei in dem großen Bett und schliefen ruhig, Paul an dem einen Ende, Schwester und Christian an dem anderen. Es war gerade noch Platz für Ditte, die versprochen hatte, in der letzten Nacht bei ihnen allen dreien zu schlafen. Ditte hantierte im Zimmer herum, während Lars Peter am Fenster saß und beim letzten Tagesschein einen Brieffetzen durchforschte, den er von Sörine bekommen hatte. Es waren bloß einige wenige Worte, Sörine war keine große Briefschreiberin; aber er fuhr fort, sie sich halb flüsternd vorzulesen. Es herrschte eine beklommene Stimmung in der Stube.

„Wann kommt Mutter heraus?“ fragte Ditte plötzlich und trat zu ihm.

Lars Peter griff zum Kalender. „Soweit man ausrechnen kann, ist es noch über ein Jahr bis dahin“, sagte er still. „Sehnst du dich auch nach ihr?“

Ditte antwortete nicht. Kurz darauf fragte sie: „Glaubst du, daß sie sich verändert hat?“

„Du denkst wohl an die Kleinen? Ich glaube, sie wird sie

jetzt ein bißchen mehr liebhaben. Entbehrung ist ein guter Lehrmeister. – Und nun solltest du zu Bett gehen, du mußt morgen zeitig heraus und hast einen weiten Weg vor dir. Laß dich von Christian ein gutes Ende begleiten – und laß ihn dein Gepäck tragen, solange er bei dir ist. Es wird sowieso eine anstrengende Tour für dich. Es tut mir leid, daß ich nicht selber mit dir gehen kann!"

„Oh, es wird schon gehen", sagte Ditte. Es sollte zuversichtlich klingen, aber die Stimme versagte ihr. Und plötzlich schmiegte sie sich ungestüm an ihn.

Lars Peter blieb unten, bis sie eingeschlafen war, dann ging er hinauf und legte sich hin; durch die Decke konnte er sie im Schlaf schluchzen hören.

Gegen Mitternacht kam er wieder herunter, im Öltuchanzug und mit der Laterne in der Hand. Er ließ den Lichtschein über das Bett fallen – sie schliefen alle vier. Aber Ditte warf sich unruhig hin und her; sie kämpfte im Traum gegen etwas an. „Schwester muß aufessen", stöhnte sie. „So geht es nicht – sie wird so mager."

„Ja, gewiß", sagte Lars Peter bewegt. „Peter wird dafür sorgen, daß sie genug zu essen bekommt."

Er deckte die Kinder vorsichtig zu und schlug die Richtung nach dem Hafen ein.

Dritter Teil
Der Sündenfall

I

Unter fremden Menschen

„So ganz unter fremde Leute kommst du ja nicht“, hatte Lars Peter tröstend am Abend gesagt, bevor Ditte ihre erste Stelle antreten sollte. „Die Frau vom Bakkehof ist eine geborene Mann, ihr Großvater und der Vater vom alten Sören Mann sollen so etwas wie Halbvettern gewesen sein. Das ist ja freilich eine sehr weitläufige Verwandtschaft, und du tust vielleicht gut daran, dir nichts anmerken zu lassen; wart lieber ab, ob sie sich nicht selber anbieten. Nach oben hin auf Verwandtschaft zu pochen, ist niemals klug.“

Ja, weitläufig war's, und er sprach ja auch nur davon, um sie ein bißchen zu trösten, weil er nichts Besseres wußte. Was Verwandtschaft wert war, wenn man ganz, ganz unten stand, darüber war Lars Peter gar zu gut unterrichtet. Und Ditte wußte in diesem Punkt auch Bescheid.

Trotzdem halfen ihr des Vaters Worte über das letzte, schwerste Stück Weg nach dem Bakkehof hinweg. Leicht war es wirklich nicht, mutterseelenallein nach der ersten Dienststelle zu traben. Das Herz schlug ihr bis zum Hals hinauf bei dem Gedanken an all das Neue, dem sie entgegenging. Wie würde sie sich zurechtfinden? Und die Leute auf dem Hof, wie würden die sie aufnehmen? Vielleicht war ein großer Hund da, der sie anfuhr, so daß sie überhaupt nicht auf den Hof gelangen konnte, sondern an der Landstraße stehenbleiben und warten mußte, bis zufällig jemand kam. Dann würde sie sicher Schelte kriegen, weil sie zu spät kam. Na, hinein würde sie schon kommen, aber durch welche Tür? Die zu den Wirtschaftsräumen oder die feine Tür? Und sollte sie dann sagen: „Ich bin das neue Mädchen?“ Vor allem durfte sie nicht vergessen, „Guten Tag" zu sagen, denn sonst würde man sie unerzogen nennen, und das fiel auf die Eltern zurück.

Nein, nein, leicht war es nicht, und nun kamen ihr die Trostworte des Vaters zugute. War man verwandt, wenn auch nur weitläufig, dann war's etwas ganz anderes; dann kam man halb auf Besuch. Man fühlte sofort viel festeren Boden unter den Füßen; und es sollte Ditte nicht wundernehmen, wenn ihre neue Brotmutter sie mit den erstaunten Worten empfing: „Ach, *du* bist es, Ditte! Aber du gehörst ja zur Familie!"

Als Ditte dann in der Küche des Bakkehofes stand, mit ihrem Bündel unterm Arm, da kam es freilich in Wirklichkeit ein wenig anders. Sie fand keine Gelegenheit, etwas zu sagen; Karen vom Bakkehof sah sie bloß mißvergnügt von oben bis unten an und meinte: „Also das ist die Älteste von Schinders. Siehst ein bißchen mickrig aus für 'ne konfirmierte Dirn! Wirst nicht viel ausrichten bei der Arbeit!"

Von Verwandtschaft war keine Rede, und das überraschte Ditte auch nicht; jetzt, wo sie erst einmal hier war, war sie imstande, der Wirklichkeit ins Auge zu sehen. Vielleicht wußte man hier auf dem Hof gar nichts von der Verwandtschaft; arme Leute gab es ja so viele, daß man nicht leicht alle im Auge behalten konnte. Jedenfalls war Ditte unehelich und zählte darum nicht mit.

Im übrigen hatte es seine Richtigkeit mit der Verwandtschaft, aber sie war, wie gesagt, ein wenig weitläufig. Ein Sohn vom Hof auf der Landzunge hatte die Tretmühle zu Hause satt bekommen und war in nordwestlicher Richtung am Strand entlang gewandert, bis er diese Stelle fand und sich hier niederließ. Vermutlich geschah das schon zu einer Zeit, als noch das Meer den Manns ihre wichtigste Nahrung lieferte. Der Hof lag nicht günstig für die Bewirtschaftung – weit draußen in den Dünen, wo nichts wachsen konnte. Er war zuinnerst in einer Falte des hohen Küstenabhangs angelegt – wie wenn er von der Landseite aus nicht gesehen werden sollte; Aussicht über die Äcker und weiter ins Innere des Landes hinein war nicht vorhanden. Man bemerkte kaum, daß hier ein Hof lag, wenn man vom Lande her kam. Dafür aber war mehr als genug von der See zu sehen; das Gehöft lag mit seinen drei starrenden Flügeln da, als wolle es das Stück Meer umarmen, das durch die Schlucht zu sehen war. Früher hatte das einmal einen Sinn gehabt; jetzt war es die verkehrte Welt. Von den Fenstern der Stuben, wo man sich aufzuhalten pflegte und von wo man naturgemäß hätte in der Lage sein müssen, Leute und Vieh im Auge zu behalten, sah man immer nur das Meer und nichts anderes, und ebenso von dem offenen, kalten Hofplatz aus. Draußen glitten ziellos Boote dahin, sie tauchten hinter dem einen Küstenhang auf und verschwanden wieder hinter dem anderen; Schiffe zogen in weiter Ferne vorüber, ohne daß man wußte, warum und wohin; bei klarem Wetter blaute von weit draußen eine Anhöhe herüber – Land, von dem man nichts wußte und über das man auch nichts erfragen mochte. Hier gab es ganz in der Nähe Land, das einem viel nützlicher werden konnte.

Früher hatte das alles einmal, wie gesagt, seinen Zweck und sein Gutes gehabt; hier von den Fenstern aus hatte man auf Boote, Netze und fremde Segler ein Auge gehabt. Mancher Schiffer hatte hier zur Nachtzeit Anker geworfen und den Manns vom Bakkehof einen Teil seiner Getreideladung verkauft; und dieser oder jener war gegen seinen Willen hierhergekommen. Damals diente die Windmühle auch ihrem guten Zweck, während sie jetzt bloß als Ruine oberhalb des Gehöftes stand, als eine Art Denkmal für die Torheit der Leute vom Bakkehof. Ganz und gar verrückt mußte der gewesen sein, der die Mühle erbaut hatte, denn wer wollte wohl bis ans Ende des Meeres fahren, um sein Mehl mahlen zu lassen!

„Geh du zur Bakkehofmühle, die kann Sand zu Getreide ummahlen“, sagten die Leute spottend, wenn irgendeiner etwas Unsinniges vorhatte. Aber der, der den ersten Anlaß zu dem Sprichwort gegeben hatte, war gar nicht so verrückt gewesen. Sein Nacken war früh gekrümmt vom Schleppen der schweren Säcke vom Strand nach der Mühle im Dunkel der Nacht, und sein Gesicht wies unheimliche Spuren von seinem nächtlichen Treiben auf. Die Leute hatten Angst vor ihm. Aber er sammelte die Taler, die die Leute vom Bakkehof später zuzusetzen hatten. Und er kaufte den Grund, der später das Ackerland des Bakkehofes wurde, und begann Landwirtschaft zu treiben – hauptsächlich wohl, damit es nicht allzu wunderlich aussehen sollte mit all dem Getreide, das die Mühle mahlte.

Aber die See ist unsicher, und die Leute wurden allmählich rechtschaffener, mochte es sein, wie es wollte. Nach und nach wurde der Ackerbau der Haupterwerb der Leute vom Bakkehof. Nun waren sie Bauern mit Haut und Haar. Das Erdreich hing schwer an ihren Holzschuhen. Sie verlangten festen Boden unter der Bettstatt und wurden schwindlig, wenn sie auf das wogende Meer blickten, und ärgerlich über die weite Aussicht. Ans Meer gingen sie nicht gern; die Zeiten waren längst vorbei, wo sie dort etwas zu suchen hatten; sie hatten genug daran, daß es ihnen dauernd vor Augen war. Wie eine verendende Sinnlosigkeit lag es paradierend da; es wuchs nichts da draußen, und Regenschauer und Kälte kamen vom Meer her. Wenn nur wenigstens nicht der eine Flügel gefehlt hätte! Ein ordentlicher Hof war viereckig und abgeschlossen, so wollte es die Ordnung der Natur. Hier aber ging man von der Wiege zum Grabe und starrte in ein gähnendes Loch, immer mit dem Gefühl, im nächsten Augenblick ins Ungewisse ausgegossen zu werden. Wie ein schräg gestelltes Sieb war der Hofplatz; begann etwas zu rollen, so rollte es weiter, bis es ans Meer kam. Und dann mußte man an das verhaßte Wasser hinunter, um den Gegenstand wieder heraufzuschleppen.

Die Leute vom Bakkehof merkten, daß es auf die Dauer nicht gut war, von seinem Eigensten abgesperrt zu sein und dafür immer etwas vor der Nase zu haben, das man nicht ausstehen konnte. Die Aussicht wirkte auf sie wie die Zellenwände auf einen Zuchthausgefangenen, brachte sie aus dem Gleichgewicht und machte sie unzugänglich. Es waren viele Draufgänger unter ihnen, und der Hof gab den Leuten viel Anlaß zum Gerede. Das trug noch mehr dazu bei, daß die Familie sich wie von der Welt abgesperrt vorkam.

Ganz ohne Strebsamkeit waren die Bauern vom Bakkehof nicht. Bei einem jeden von ihnen konnte es vorkommen, daß er auf den Tisch schlug und schwur, nun solle die Schlucht durch einen neuen Hofflügel abgeschlossen oder das Ganze solle auf den Hügel verlegt werden. Ließ er dann aber anspannen, um auf der Stelle seinen Vorsatz auszuführen, dann pflegte er mit einem Riesenrausch aus der Stadt heimzukehren. Das vererbte sich getreulich: die alltäglichen Hemmnisse – und die allzu heftigen Ausschweifungen nach der einen oder anderen Richtung. Wenn die Leute vom Bakkehof drauflosgingen, spreizten sie die Beine immer weiter auseinander, als die Hosen aushielten – so sagte man von ihnen.

Im übrigen war es mit dem Erbteil nicht weit her. Weniger und immer weniger übertrug der eine auf den anderen, und von Karen wußte man, daß sie mehr Untugenden als Taler geerbt hatte. Sie mußten eine neue Hypothek auf den Hof aufnehmen, bloß um den ältesten Sohn auf dem Seminar durchhalten zu können.

Nein, das einzig sichere Erbteil war der törichte Sinn derer vom Bakkehof. Und das merkwürdigste an dem Erbe war, daß es ansteckend wirkte: Fremde, die in den Hof einheirateten, wurden ebenso einfältig wie die Leute vom Hof. Dagegen legten die Kinder, die beizeiten von zu Hause fortkamen, die Sonderbarkeiten mit der Zeit ab; nach und nach fingen sie an, anderen Menschen ähnlich zu werden; und aus den Eiern, die zufällig außerhalb des Hofes gelegt wurden, entwickelte sich eine gute Nachkommenschaft. Es handelte sich also um ein Gebrechen, das dem Hof selbst anhaftete – eine Art Fluch, der die Eigenschaft hatte, die Tatkraft zu lähmen. Die Leute vom Bakkehof hatten keine Lust, etwas Neues zu schaffen oder auch nur das Alte aufrechtzuerhalten, sie ließen vielmehr alles verfallen. „Der Hof soll ja sowieso verlegt werden, da hat das ja alles keinen Zweck", pflegten sie zu sagen.

Nun saß eine Witwe auf dem Hof, ein tüchtiges Frauenzimmer, das seine Sache verstand – für die Verhältnisse des Bakkehofs wenigstens, aber sonst ein rechtes Gespenst, aus dem niemand klug werden konnte. Es wurde viel über sie geredet, und der bessere Teil der Familie hielt sie sich vom Leibe. Geld war ja nicht vorhanden, und Ansehen war auch nicht durch den Umgang mit ihr zu erwerben. Sie rächte sich an den Verwandten, indem sie ihren Verkehr nach unten hin suchte.

Eingebildet war Karen vom Bakkehof nicht, das konnte ihr niemand nachsagen. Sie verkehrte mit Häuslern und Viehhändlern und hatte keine Angst davor, sich von den Tagelöhnerweibern im Hinterland zum Geburtstagskaffee einladen zu lassen. Möglich war es also immerhin, daß sie keine Ahnung davon hatte, daß sie mit der Schinderfamilie verwandt war. Viel Familiengefühl hatte sie nicht, das war bei den Manns überhaupt nicht stark entwickelt, dafür hatten sie die Erde zu lange durchwandert, und sie waren zu zahlreich geworden. Man war nur über diejenigen unterrichtet, die mehr Ansehen genossen als man selber oder bei denen es etwas zu erben gab.

Die Verbindung zwischen dem Hof auf der Landspitze und dem Bakkehof war im Laufe der Zeit nur lose aufrechterhalten worden. Man verkehrte nicht miteinander und traf einander nur bei Hochzeiten und Begräbnissen, mit jahrelangen Pausen dazwischen; das genügte, um sich über Leben und Tod auf dem laufenden zu halten. Als das Meer erst einmal so viel von den Ländereien des Hofs auf der Landspitze weggefressen hatte, daß eine Häuslerwirtschaft aus ihm wurde und von dieser Seite her kein Erbteil mehr zu erwarten war, da hörte auch diese Form der Verbindung von selber auf. Häusler einzuladen fiel niemandem ein; höchstens konnte geduldet werden, daß sie Begräbnisse mitmachten. Die Leute vom Bakkehof schenkten der Stätte, die ihr Ursprung war, keine Beachtung mehr.

Etwas anders lagen die Dinge für die Bewohner der Hütte auf der Landzunge. Sie hatten ihre Gründe dafür, die Beziehungen nicht ganz abzubrechen, und sie hielten auf mühsamen Umwegen ein Auge auf den Hof drüben – ohne doch fetter davon zu werden. Sören und Maren wußten wohl, daß die Hofbauern da draußen ihre Verwandten waren. Das war ihre schwache Seite, und sie prahlten damit, wenn ihr Dasein ihnen zu arm wurde. Aber sie erwarteten ja nichts; frühzeitig waren beide zu der Erkenntnis gekommen, daß sie nichts mehr vom Glück zu erhoffen hatten.

Im übrigen gab es Beispiele genug dafür, daß es geschehen konnte, daß ein oder mehrere hundert Taler armen Leuten in den Schoß fielen. Großchen hatte Bescheid gewußt mit diesen Fällen, weit über die Kirchspielgrenze hinaus, und sie von Zeit zu Zeit mit Ditte besprochen. Das war ein gar seltsames Gefühl, im Glück zu schwelgen – und zu wissen, daß man selber von vornherein ausgeschlossen war. „Du wirst nie etwas gewinnen", sagte Großchen, „denn du bist ein uneheliches Kind, und die erben nicht." – „Dann erben sie aber auch nicht das Schlechte", erwiderte Ditte und nickte entschieden; sie hatte sich früh trösten gelernt. Doch dessen war Großchen nicht ganz so sicher.

Nun, Ditte bereitete es keinen Kummer, daß sie kein Erbrecht hatte; sie würde sich schon durchschlagen. Vielleicht heiratete sie einen, der viel Geld hatte – ein armes Wesen wie sie nahm man nur aus Liebe. Und wenn sie dann ja gesagt hatte, warf er seinen alten schmutzigen Mantel ab und stand in feinen Kleidern da. „Mein Vater ist reich genug für uns beide!" sagte er. „Ich wollte dich bloß auf die Probe stellen, um zu sehen, ob du mich um meiner selbst willen liebst." Oder sie fand vielleicht etwas auf der Landstraße, einen Beutel mit recht viel Geld darin, den niemand verloren hatte, so daß man ihn nicht bei der Polizei abzuliefern brauchte. Es gab wahrhaftig Wege genug, ohne daß man just zu erben brauchte!

Mochten nun die Leute vom Bakkehof sich über die Verwandtschaft klar sein oder nicht, jedenfalls ließen sie sich nichts anmerken, sondern verlangten, daß das neue Mädel tüchtig zupackte. Im Grunde überraschte das Ditte nicht. Der mußte schon recht heruntergekommen sein, der zu der Schinderfamilie kam und sagte: Wir zwei sind verwandt! Trotzdem bereitete es eine geheime Befriedigung, zu wissen, daß man nach oben hin Verwandte hatte, das schuf eine Verbindung in der Richtung der eigenen Sehnsucht. Ein ausgetretener Pfad führte zum Glück, andere Familienmitglieder waren vor einem darauf gewandelt.

Eine Enttäuschung brachte der Hof Ditte jedenfalls vorläufig nicht. Die ihn umgebende Luft von Klatsch und bösen Gerüchten einzuatmen fiel ihr nicht schwer; und die Spannung in ihrem Kindersinn blieb stets wach. Ditte hatte sich viel von dem Neuen versprochen, so viel, daß sie ein Grauen davor empfand, hineinzugeraten. Und bis auf weiteres hatte sie keine Veranlassung, Anstoß an etwas zu nehmen. Der dunklen Rätsel gab es hier genug. Die Finsternis konnte so lebendig um einen werden, daß sie einem geradezu nach den Beinen griff.

Aber auch der helle Tag hatte das Seine zu erzählen. Hier gab es Fleischtöpfe wie im Elsternnest, nur viel größere; man brauchte nicht vor jeder Mahlzeit mit dem Batzen in der Hand zu laufen, um Einkäufe zu machen. Hier rannten Hühner herum und legten ihre Eier an die unmöglichsten Stellen; Schweine standen und grunzten den ganzen Tag über dem Trog, der immer leer war, soviel auch hineingeschüttet wurde; hier waren kleine Kälber, deren Augen im Halbdunkel des Stalles zu wunderlich blauen Lichtern wurden, wenn man den Tieren erlaubte, einem an den Fingern zu saugen. Ditte erkannte das alles mit seltsamer Freude wieder; sie hatte ein Gefühl, wie wenn warmer Talg von der Kerze über die Finger herabläuft. Das Milchsieb hing zum Trocknen auf dem Pfosten der Tür zum Wirtschaftsraum, und in den Dachrand der Nebenflügel hatte man Geräte hineingesteckt, Rechen und Heidekrauthacke. Die Axt saß so fest im Hauklotz, daß sie kaum herauszubekommen war; und die Sensen hingen in dem großen Dornbusch vorm Hof, die scharfen Klingen dem Stamm zugekehrt, damit die Kinder sich nicht verletzten.

All das war wie im Elsternnest, nur viel, viel größer. Sogar ein zweiter Kater Pers war hier vorhanden, ein richtiger Faulenzer, der den ganzen Tag auf einem warmen Stein lag und sich von der Sonne bescheinen ließ. In der Nacht aber bekam ihn niemand zu sehen außer den Ratten und Mäusen. Er glich Pers geradezu unheimlich und war ebenso zärtlich zu ihr. Es war beinahe, als ob sie einander immer gekannt hätten. Aber sie hatte ja selber gesehen, wie der Krugwirt mit seiner gewaltigen Trollfaust nach Pers, dem Fischdieb, griff und ihn in einen Sack stopfte. Er schlug den Sack erst ein paarmal gegen den Molenstein und schleuderte ihn dann in den Hafen hinaus – und in dem Sack waren Steine! Es war nicht einmal sicher, daß Pers die feinen Goldbutten des Krugwirts gestohlen hatte. Der Vorn-und-hinten-Jakob schlich in der Nähe umher, und er war gar nicht so einfältig, wie die Leute immer sagten. Jedenfalls hätte der „Menschenfresser" den Korb nicht aus den Augen lassen sollen. Aber sterben mußte Pers, trotz der Tränen der Kinder. Jetzt schien es so, als wäre er wieder aus dem Grabe auferstanden. Selbst darin glich dieser Kater Pers aufs Haar, daß er ebenso versessen auf Fische war wie jener. Jeden Morgen lief er an den Strand und hüpfte auf die großen Steine hinaus. Dort saß er auf der Lauer nach den Flundern und anderen kleinen Fischen, die sich auf dem flachen Wasser aufhielten; und wenn sie nahe genug kamen, schlug er mit der Pfote nach ihnen und zog sie auf den Stein hinauf. Es war recht belustigend zu sehen, wie Wasserscheu und Appetit in ihm kämpften, so daß er am ganzen Körper zitterte. Das waren die einzigen Fische, die er bekam, denn auf dem Bakkehof aß man niemals Fisch, weil man glaubte, einen Bandwurm davon zu bekommen.

2

Heimweh

Jeden Morgen gegen vier Uhr erwachte Ditte davon, daß sich scharrende Tritte über das Steinpflaster der Tür ihrer Kammer näherten. Der bejahrte Tagelöhner war es, der sie zu rufen pflegte, wenn er am Morgen kam. Ditte konnte ihn nicht leiden; sein Mund war immer schmutzig von Kautabak und groben Worten, und es wurde erzählt, daß er nicht gut zu Frau und Kindern sei. Im Nu war sie aus den Federn. „Ich bin auf!" rief sie und hängte sich mit ihrem ganzen Gewicht an die Türklinke. Kam sie ihm nicht zuvor, so stieß er die obere Halbtür weit auf und stand dann grinsend da, den schmierigen, blauzähnigen Mund weit geöffnet.

Sobald sie ihn wieder nach dem Wohnhaus gehen hörte, ließ sie die Klinke los und schlüpfte in die dünnen Kleider. Ihr Herz hämmerte gegen das graue Hemd, während sie sich das Haar flocht und dabei durch die offene Halbtür in den Tag hinausstarrte. Den einen Zopf hielt sie im Mund, während ihre Finger emsig mit dem anderen beschäftigt waren, und sie blinzelte zum Meer hinaus, auf dem der Schimmer des Tages lag, sprühend wie zehntausend Funken. Der junge Morgen trug ihr von allen Seiten seltsame Düfte, Licht und Frische zu, und es durchrieselte sie von den Haarwurzeln bis zu den Zehen. Sie mußte niesen und verlor den Zopf aus dem Mund.

Dann stand sie draußen auf dem Steinpflaster, glatt gekämmt, mit zwei dünnen Zöpfen auf dem Rücken, ein wenig blaugefroren und ganz wach. Sie glich einem der Vögel, die plötzlich aus dem Dunkel unterm Gesträuch ins Licht hervorgeschossen kommen. Nun warf sie einen verstohlenen Blick nach dem Wohnhaus hinüber – und war plötzlich um den Giebel verschwunden.

„Da läuft die Dirn wahrhaftig ans Meer", sagte der Tagelöhner, der in der Küche saß und seinen Morgenimbiß kaute. „Rein verrückt ist sie nach dem Wasser; man sollt glauben, daß sie Fischblut in sich hat."

„Laß sie doch", erwiderte die Magd. „Was schadt's denn? Die Frau und der Sohn sind ja noch nicht auf."

Ditte eilte mit nackten Füßen durch das nasse, scharfe Sandhaargras bis an den hohen Küstenhang, wo das Meer ausgebreitet unter ihr lag, in wunderbar blassem Rosa oder Grau aufgepeitscht, je nachdem, wie das Wetter war. Das war soweit gleichgültig. Ditte machte sich nichts aus dem Meer, nicht die Spur. Etwas Gutes hatte es ihr nicht gebracht, dem Großvater hatte es die Gicht beschert, und im Dasein Großchens und ihrem eigenen war es die ewige Unruhe gewesen. Aber es bespülte ja nun einmal auch das Fischerdorf; das gleiche Wasser war dort und hier; man hätte hinübersegeln können, wenn auf dem Bakkehof ein Boot gewesen wäre. Ditte war es gleich, wie das Meer aussah; es hatte die Äcker vom Hof auf der Landzunge weggefressen und die Leute arm gemacht, im Sturmwetter hatte es an Großchens Hütte gerüttelt und seine Schaumspritzer bis zu den Fensterscheiben hinaufgesandt. Sie kannte Dinge, die gemütlicher waren. Wenn sie aber Glück hatte, konnte sie sehen, wie die Boote aus dem Dorf vom nächtlichen Fang nach Hause zurückkehrten. Die Entfernung war zu groß, als daß sie sie voneinander hätte unterscheiden können; aber das des Vaters war darunter, und sie war überzeugt, daß er hierher starrte. Sie suchte sich ein Boot aus, das das seine sein sollte, und verfolgte es, bis es hinter der Landzunge verschwand, wo das Dorf versteckt lag.

Karen vom Bakkehof war nicht entzückt von all dem, und sie hatte anfangs versucht, diesen Unsinn zu verhindern. Aber da alles nichts half und das Mädchen sonst anstellig und gefügig war, nahm Karen es als eine Art Gebrechen hin und gab es auf, dagegen anzukämpfen. Der Vater der Dirn, ihr Großvater und vielleicht noch mehrere Vorfahren hatten ihr Leben auf dem Meer zugebracht. Darum war es ja nicht so seltsam, daß das Meer sie lockte.

Abgesehen von diesem einen Punkt lag es Ditte nicht, ihren Willen durchsetzen zu wollen. Lars Peters Besorgnis, daß sie zu entschieden auf ihrem Recht bestehen und sich dadurch selbst Schwierigkeiten schaffen werde, erwies sich als ganz unbegründet. Dittes Tapferkeit lag nicht auf diesem Gebiet, es beherrschte sie nur ein Verlangen: es ihrer Umgebung und in erster Linie ihrer Bäuerin recht zu machen und ihre Pflicht zu tun, so gut sie's vermochte. Ein zorniges Wort oder ein böser Blick genügten, sie in schwarze Verzweiflung zu stürzen, und bewirkten, daß sie sich als das schlechteste Geschöpf von der Welt vorkam.

Ditte gehörte nicht zu denjenigen, denen man etwas zweimal sagen muß; sie wußte in der Regel Bescheid, bevor man ihr etwas auftrug. Sie kam vom Grunde des Ganzen her – und war darum gewohnt, mehr zu leisten, als mit Recht verlangt werden konnte; es besteht meist ein verhängnisvoller

Zusammenhang zwischen den beiden Dingen. Außerdem war sie von Geburt an darauf eingestellt, anderen zu dienen; alles in ihrem Dasein hatte sich hiernach gefügt, und es verlangte sie förmlich danach, sich nützlich zu machen. Wenn sie etwas übersah, geschah es nicht absichtlich.

Und nun sollte sie obendrein Lohn für ihre Arbeit bekommen – sie war erwachsen! Vorläufig war sie gemietet, um das Vieh und die Schafe zu versorgen, und für den Sommer sollte sie Beiderwand für ein Kleid, ein Paar Holzschuhe, ein Pfund Wolle, ein Hemd aus Wergleinwand und fünf Kronen in bar bekommen, wenn sie ihre Sache gut machte. Der Krugwirt hatte das Ganze persönlich ausgehandelt und einen Reichsort als Mietgeld bekommen.

Sie gab sich redliche Mühe, und wenn sie im Laufe des Vormittags das Vieh auf die Gemeindewiese trieb, war sie schon müde. Mit der Sonne war sie aufgestanden, hatte beim Melken und beim Zurechtmachen des Morgenimbisses für die Leute geholfen, hatte Schüsseln und Eimer gescheuert und für diesen und jenen Laufdienste getan. Nach dem Mädel wurde dauernd gepfiffen und gerufen, sie sollte Beine für alle haben.

Auf der Weide konnte sie sich's dafür bequem machen – wenn sie bloß achtgab und nicht einschlief. Es war ein ausgedehntes, tiefliegendes Gebiet in dem hohen Küstenland, wo sich das Grundwasser sammelte, das keinen Ausgang ins Meer fand. Ursprünglich war das Ganze ein See gewesen, der dann im Laufe der Zeit zugewachsen war; wenn das Vieh über den Grasboden lief, geriet dieser in wogende Bewegung, die sich bis weit nach den Seiten hin fortpflanzen konnte. Gräser und Schilf wechselten ab mit Waten und niedrigen Gruppen von Birken, Espen und Erlen, wo das Erdreich sich hob; jede kleine Baumgruppe war von einem Kranz von Heidekraut umwachsen. In der Mitte der kleinen Gebüsche war gewöhnlich eine hohe, trockene Stelle; da richtete Ditte sich ein, sie machte sich in dem verwitternden Reisig warme Nester aus trockenem Schilf zurecht und benutzte dazu Blumen, Rohrkolben vom vorigen Jahr und tausendjährige Muschelschalen, die leuchtend weiß auf den kohlschwarzen Maulwurfshügeln auftauchten. Wenn sie sich auf die Zehen stellte, konnte sie oben übers Laub hinwegsehen und das Vieh beobachten. Das Ganze war kärglich genug, und so richtig behaglich konnte man es sich nicht machen.

Hier und dort lag Torfland. Die Gräben mit den schwarzen Hängen und dem finsteren Moorwasser erinnerten an Trauer und Tod, an Erdreich auf schwarzen Särgen und unterbrachen brutal das zarte, sorglose Geflimmer von Sonnenlicht, kleinen Pflanzen und summenden Insekten. Das Dasein gewann ein Gepräge unzuverlässiger Launenhaftigkeit. Es konnte vorkommen, daß man vor sich hin trällerte und dann plötzlich zu heulen anfing, ohne daß es einem sinnlos erschien, und manchmal hatte das seine Vorteile.

Da war so vielerlei, womit man spielen konnte, und Ditte gab sich redliche Mühe. Ihre Nester waren voll vielversprechender Gegenstände, die sie fand, wenn sie umherjagte; da waren bunte Vogeleier, schöne Federn und ein toter Maulwurf mit weichem, weichem Fell. Aber mit all diesen Herrlichkeiten zu spielen lag ihr nicht recht, es kam kein Zusammenspiel zwischen den Dingen in Gang, da es ihr an der notwendigen Phantasie fehlte. Sie hatte keine Zeit zum Spielen gehabt, und nun waren die Quellen in ihr versiegt. Viel Wasser war zum Meer hinabgelaufen, seit Großchen bloß ein Gesicht auf einen der alten Holzschuhe von Sören Mann zu malen und ihm ein Tuch umzulegen brauchte, damit Ditte sofort einen Spielkameraden hatte. Zwischen jetzt und damals lagen lange, mühselige Jahre.

So saß sie denn da und sah sich die Dinge an, legte das eine Stück hin, nahm das andere in die Hand – und langweilte sich. Die Frau hatte ihr das Strickzeug mitgegeben; soundso viele Touren sollte sie stricken. Gern hätte sie doppelt so viele gestrickt, und doch verschlug es nicht, um die Zeit herumzukriegen – ihre Finger waren zu flink. Und dann meldeten sich die Gedanken, die tristen Gedanken.

Einsamkeit und Heimweh setzten ihr hart zu, besonders in der ersten Zeit, und oft weinte sie stundenlang. Sie sehnte sich nach dem Vater und den kleineren Geschwistern, nach der Flickarbeit für sie, nach allem. Die Sorgen waren es gewohnt, in ihr Einkehr zu halten; immer bedrückte sie etwas – ob Pauls Holzschuhe nachgesehen wurden, bevor es zu spät war, und ob Schwester Else genug zu essen kriegte; sie hatte die schlechte Angewohnheit, beim Essen zu trödeln und sich festzuschwatzen, besonders am Morgen. Dann war es plötzlich Zeit, zur Schule zu gehen, und eins, zwei, drei mußte sie alles stehenlassen und wegrennen. Oft lief sie auch fort, ohne ihren Schulproviant mitzunehmen; man mußte gehörig hinter ihr her sein. Und der Vater, wenn der es nur nicht gar zu schlecht hatte! Ob er wohl sein kochend heißes Bier bekam, wenn er von seiner nächtlichen Seefahrt nach Hause kam? Wurden seine Kleider auch ordentlich zum Trocknen aufgehängt?

Ditte mußte sich mit alledem beschäftigen – ohne daß es irgendwelchen Zweck gehabt hätte; und in ihrer Ohnmacht weinte sie. Urlaub nach Hause zu bekommen, daran war nicht zu denken; wer sollte dann das Vieh besorgen und all die Arbeit verrichten, die auf sie wartete, wenn sie gegen Abend nach Hause kam? Und Nachricht von zu Hause bekam sie auch nicht. Dann machte sie sich Gedanken und malte sich das Allerschlimmste aus: der Vater war ertrunken, oder eins der Geschwister war krank und ohne Pflege. Ihr kleines Herz verblutete ganz zwecklos.

Wenn Einsamkeit und Sehnsucht sie überfielen, dann konnte sie es in der Niederung zwischen dem Gesträuch nicht aushalten, sie mußte auf die hochgelegenen Äcker steigen, von wo man die Hütten im Umkreis des Gemeindelandes sehen konnte, die Windmühle daheim beim Hof – und vor allem die Landstraße! Gewöhnlich sah man Leute auf ihr gehen; hatte sie Glück, so fügte es sich, daß sie jemanden unten aus dem Dorf erkannte. Das war sofort, als hätte jemand freundlich ihrer gedacht, es erquickte das Gemüt. Machte das vielleicht der liebe Gott?

In Dittes Welt glaubte man nicht vorbehaltlos an den lieben Gott, man ließ die Frage auf sich beruhen. Einen einleuchtenden Beweis für seine Existenz lieferte das Leben des armen Mannes just nicht; gab es ihn, so hielt er's wohl hauptsächlich mit den Großen. Die beriefen sich denn auch immer auf ihn und verwiesen auf ihn, wenn sie wünschten, daß die armen Leute sich für sie anstrengten. So hatte Großchen die Sache beurteilt – und Lars Peter, die beiden einzigen Menschen, auf die Ditte sich zu verlassen Anlaß hatte. Jedenfalls konnte es nichts nützen, sich mit seinen Klagen dorthin zu wenden. Die Erfahrung lehrte das mit genügender Deutlichkeit. Der Pfarrer sagte allerdings, man solle alle seine Sorgen auf den lieben Gott werfen, warnte jedoch gleichzeitig davor, ihn dafür verantwortlich zu machen, daß es einem selber elend gehe.

Aber Ditte hatte einen unbewußten Drang, das Gesicht dem Licht zuzuwenden, besonders, wenn ihr unerwartet etwas Gutes widerfuhr. Für das Böse übernahm man selber die Verantwortung, da es nun einmal nicht anders sein konnte; aber man mußte einen Ort haben, wohin man sich mit seiner Dankbarkeit wandte. Und das war doch immer der Himmel. Da oben saß jedenfalls Großchen, denn sie *war* im Himmel, darüber konnte nur eine Meinung herrschen. Und dann war es ja recht gut möglich, daß man auch dem lieben Gott Platz machen müßte – um Großchens willen also. Ditte dachte in dieser Zeit viel an Großchen, und es kam wieder vor, daß sie laut nach ihr rief. Sie bedurfte eines Menschen, der sah, wie sie sich quälte.

Eines Tages, als sie dalag und sich todunglücklich fühlte, stand Großchen plötzlich über sie gebeugt vor ihr. „Komm, Mütterchen Ditte“, sagte sie, „wir zwei wollen nach Hause ins Dorf fliegen.“ – „Aber du hast ja gar keine Flügel“, sagte Ditte und brüllte noch stärker, denn Großchen war noch verwachsener als früher. „Das macht nichts, Kind, wir ziehen die Beine gut in die Höhe – bis unter die Röcke!“ Und dann flogen sie wirklich, über die Hügel und durch die Täler. Wenn sie der Erde zu nahe kamen, zogen sie die Beine noch höher unter die Röcke. Und auf einmal waren sie gerade über dem Fischerdorf. Da unten stand Lars Peter mit einem großen Netz, um sie darin aufzufangen. „Ditte!“ rief er.

Ditte wurde wach und sprang erschrocken auf. Drüben von den Feldern her rief man nach ihr. Es war Karl, der Sohn vom Bakkehof, der das Vieh aus dem Getreide trieb.

Sie war vor Schreck ganz gelähmt und brachte es nicht einmal fertig, hinzulaufen und ihm behilflich zu sein. Da kam er langsam zu ihr hin. Er hatte einen schweren, unbeholfenen Gang und sah aus, als hätte er das Leben herzlich satt. „Du warst wohl eingeschlafen“, sagte er mit einem Anflug von Spott. Da entdeckte er, daß sie geweint hatte. Er sah sie ernst an, sagte aber nichts.

Ditte war verlegen, weil sie geweint und geschlafen hatte, und trocknete hastig die Tränen vom Gesicht, aber Angst hatte sie nicht vor ihm. Er war ein netter junger Mensch von siebzehn Jahren – ein komisches Alter für einen Mann, fand sie. Es war nicht ganz leicht, ihn ernst zu nehmen, obwohl er der Sohn vom Hof und also der eigentliche Herr war. Na, er verlangte es auch nicht, sondern war froh, wenn man ihn in Ruhe ließ. Er besuchte die Versammlungen der Frommen – vielleicht konnte sie ihn fragen? Ditte war nicht ganz zufrieden damit, daß Großchen keine Flügel gehabt hatte.

„Glaubst du, daß alte Frauen in den Himmel kommen?“ fragte sie halb abgewandt. Es war doch etwas peinlich, eine solche Frage zu stellen.

„Das weiß ich wahrhaftig nicht“, erwiderte er langsam. „Es kommt wohl darauf an, wie einer gewesen ist.“ Schwer grübelnd starrte er vor sich hin, als müßte das Problem richtig durchdacht werden, damit niemandem Unrecht geschähe.

Ja, gut war Großchen gewesen – besser, als sich sagen ließ. Wenn es also ausschließlich darauf ankam ...

Er stand noch immer da und starrte grübelnd auf denselben Fleck. „Man soll ja nicht richten, weder nach der einen noch nach der andern Seite“, sagte er und seufzte tief.

Ditte brach in ein Gelächter aus. Er sah so komisch aus, wenn er seufzte.

„Da gibt es nichts zu lachen!“ sagte er gekränkt und ging. Aber bald blieb er wieder stehen. „Du kannst dich freuen, daß nicht die Mutter das Vieh im Getreide angetroffen hat“, sagte er.

„Sagst du es denn deiner Mutter nicht?“ fragte Ditte erstaunt. Sie konnte sich gar nicht vorstellen, daß sie so leichten Kaufes davonkommen sollte.

„Nein, warum sollte ich wohl?“

Er hatte recht, warum sollte er es eigentlich sagen? „Aber du sollst doch den Hof bekommen!“ sagte sie dann plötzlich.

„Ach so . . .“ Er lächelte ein wenig, zu Dittes großer Verwunderung. Sie hatte gar nicht geglaubt, daß er das konnte.

Nun stand sie da, sah ihm nach und hatte ihre eigenen Gedanken ganz vergessen. Er ging wie ein alter Mann – oder wie einer, der unter dem Fluch geboren ist. Viel Freude hatte er wohl nicht erlebt; die Leute erzählten, daß seine Mutter ihn immer noch schlug. Viel schlimmere Dinge wurden erzählt. Ein Schauder überlief Ditte. Sie wollte nicht an all das denken.

Aber es war nicht immer leicht, sich davon loszureißen. Die Frauen aus der Nachbarschaft machten sich hier zu schaffen, um sie auszufragen, anscheinend über ganz unschuldige Dinge. Und wenn sie dann eine Antwort bekommen hatten, dann nickten sie und kniffen die Lippen zusammen, als hätten sie eine Bestätigung für die fürchterlichsten Dinge bekommen. Aber Ditte hatte keine Lust, über die Leute zu reden, zu denen sie gehörte; und sie beschloß, ihren Mund zu hüten.

Eines Tages saß sie und schaute nach der Landstraße hin, in der Hoffnung, irgendeinen Bekannten zu sehen. Drüben fuhr ein Bauernpaar vorüber, Mann und Frau – sie wollten gewiß zur Stadt, um Einkäufe zu machen. Sie winkten Ditte zu und hielten an; Ditte kannte sie nicht, sprang aber doch hinüber.

Ob sie ein Einspännerfuhrwerk gesehen habe mit einer großen roten Stute davor – vor einer guten Stunde? Nein? Von wo sie denn sei? Ob das nicht das Vieh vom Bakkehof sei, das sie hüte? Sie meinten doch, sie könnten es erkennen. Das sei wohl eine recht gute Stelle hier, oder vielleicht nicht? Ja, wie denn – es sitze doch eine Witwe auf dem Hof, nicht wahr? Ach, richtig, jetzt könnten sie sich erinnern; hier wohne ja die Karen vom Bakkehof, wie sie genannt werde, die ihren Mann vor zehn Jahren auf so traurige Art verloren hatte! Aber sie trauere wohl nicht darüber? Wie, ein Sohn sei auf dem Hof? Und ein festgedungener Tagelöhner? Aha, der Rasmus Rytter? Schlafe er denn auf dem Hof? Soso, er gehe am Abend nach Hause. Aber manchmal bleibe er wohl? Wenn recht viel zu tun sei?

Sie fragten abwechselnd, und Ditte gab getreulich Bescheid. Als aber die Frau Näheres über die innere Einrichtung wissen wollte und fragte, wo Karen ihre Schlafkammer habe und ob sie allein im Wohnhaus schlafe, da wurde Ditte aufmerksam. In dem Gesichtsausdruck der Frau war etwas, das ihr sagte, sie sei wieder dumm gewesen, recht, recht dumm. Plötzlich sprang sie vom Wagen weg, aufs Feld; dort drehte sie sich um und schnitt den beiden eine Grimasse, ganz giftig vor Wut. „Erstunken und erlogen ist's!" rief sie heiser. „Und ihr selber seid Lumpen, richtige Klatschbauern!" Der Bauer drohte mit der Peitsche und schickte sich an, vom Wagen zu springen. Aber Ditte lief den Deich entlang und über die Felder hinab. Unten am Sumpf blieb sie dann keuchend stehen, ganz erschrocken über sich selbst. Wenn man ihr nun nachkam – mit den Bauern war nicht zu spaßen, die hatten immer gleich das Gesetz zur Hand. Vielleicht gingen sie sofort, wenn sie in der Stadt ankamen, zum Gericht und klagten.

Sie konnte sich nicht wieder frei davon machen, der Gedanke arbeitete weiter in ihr und erfüllte ihre Seele mit Grauen. Wer sollte ihr in ihrer entsetzlichen, entsetzlichen Verlassenheit helfen? Es blieb ihr nichts anderes übrig, sie mußte nach Hause!

Ditte hatte es schon früher erlebt, daß sie alles im Stich lassen und über die Felder davoneilen mußte. Es kam wie eine Besessenheit über sie, so daß sie nicht einmal imstande war, nach dem Weg zu suchen, sondern über alles hinwegsprang. Unterwegs wurde sie dann durch allerlei aufgehalten, sie lief sich in einem Moor fest oder geriet in Dorngebüsch hinein; die nackten Füße bluteten, und das Kleid hatte lange Risse bekommen. Die Besessenheit war verflogen, und sie kam wieder zur Vernunft; verzagt schlich sie zurück, badete die wunden Füße und nähte das Kleid zusammen, dankbar, daß kein größerer Schade geschehen war. Nach solch einem verzweifelten Lauf überkam sie dann Friede. Das unbändige Heimweh hatte sich ausgetobt, und während sie auf dem Moorhang saß und die Füße ins Wasser hielt, nachdem sie ihr Kleid aufgeschürzt hatte, sank es von ihr ab. All das Kämpfende verschwand in der Erde, und übrig blieb ein kleiner weiblicher Mensch, erfüllt von der süßen Mattigkeit, die von Tränen erzeugt wird. Für eine Weile verlangte nichts nach ihr, und so konnte sie sich ihren eigenen Gedanken überlassen. Sie saß da und wunderte sich über sich selbst, untersuchte ihre Beine, von denen das eine ein Muttermal ganz oben am Schenkel hatte, und ihre schlanken, sonnenverbrannten Arme. Sonne und Wind hatten sie am ganzen Körper durch die dünnen Kleider hindurch gebräunt. Aber sie war nicht zufrieden mit der Farbe und wusch sich in dem lauwarmen, flachen Sumpfwasser, um das Braune abzuspülen. Es lag auf der Haut abgelagert wie alte Schatten.

Vom Nabel lief ein dunkler Streifen über den Bauch hinab. Das war etwas Altvertrautes, denn Großchen hatte sie schon darauf aufmerksam gemacht, als Ditte noch ganz klein war, und hatte ihr prophezeit, daß sie leicht und reichlich Kinder bekommen werde. Unter Dittes Achseln aber wuchs rötliches Kraushaar – das war neu und spannend. Ditte faßte unter die sich formenden Brüste und war ganz stolz darauf, daß sie bereits so schwer waren – besonders, wenn sie sich vornüberbeugte. Aber dann sah der Rücken nicht gut aus, es trat eine ganze Reihe von Zacken an ihm hervor. Sie hätte etwas dafür gegeben, wenn sie sich selbst von hinten hätte sehen können, um festzustellen, ob ihr Rükken noch schief sei.

Plötzlich packte sie die Angst, daß jemand kommen oder daß einer in den Feldern liegen und sie belauern könnte. Sie ergriff ihre Kleider und floh kreischend ins Gebüsch.

Viel zu belauern gab es freilich nicht: ein magerer Mädchenkörper, der weder die Formen des Kindes noch die der Frau hatte und gar nicht vermochte, das Tageslicht warm zurückstrahlen zu lassen. Ditte war kaum dazu ausersehen, einem Mann den Kopf zu verdrehen. Das Schönste an ihr war und blieb das Herz – und das steht nicht hoch im Kurs. Darum hat die Natur weislich dafür gesorgt, daß es gut versteckt ist.

3
Die Bäuerin

Karen vom Bakkehof und Ditte waren nach dem Mittagessen im Wirtschaftsraum damit beschäftigt, Roggenmehl und Gips für die Ratten zu mischen; die anderen auf dem Hof hielten ihren Mittagsschlaf, auch die Magd Sine. Karen rührte die Mischung trocken zusammen. Ihre Bewegungen waren ungeschlacht. Sooft sie sich rührte, strömte ein starker Körpergeruch von ihr aus, der Ditte in der Nase brannte und sie erschauern ließ. Die Mischung wurde in Papierpäckchen verpackt, die Ditte in den schlimmsten Rattenlöchern in Scheunen und Tennen anbrachte. Deren gab es genug. Es war ganz still auf dem Hof, einschläfernd still. Ditte war früh aufgestanden und hätte sich gut ohne weiteres auf den Steinboden legen können, um zu schlafen.

„Siehst du!" sagte Karen, indem sie Ditte die letzten Päckchen in die Schürze reichte, „wenn die das alles in den Leib kriegen, kann man annehmen, daß sie für immer genug haben."

„Ist es sehr giftig?" fragte Ditte.

„Giftig? Nein, an und für sich ist's die unschädlichste Sache von der Welt. Wenn aber die Ratten sich erst den Leib vollgefressen haben, müssen sie sofort hin und saufen. Denn trockne Kost ist es! Und sobald Wasser zu dem Gips kommt, wird er steif und liegt den Tieren wie ein Stein im Magen. Sieh, so geht das zu!"

Ditte stöhnte vor Entsetzen leicht auf. „Ach nein, das muß ja ein schrecklicher Tod sein", sagte sie.

Karen machte eine ärgerliche Bewegung. „Pah, wieso? Die Hauptsache ist doch wohl, daß man dem Teufelszeug den Garaus macht. Wie, ist wahrhaftig gleichgültig. Es gibt so viele Todesarten, und sie alle führen den einen Weg. – Wann erwartet ihr, daß deine Mutter freikommt?"

Die Frage überraschte Ditte und tat ihr weh – vielleicht, weil sie gerade in diesem Zusammenhang gestellt wurde. „Es dauert wohl noch etwas", flüsterte sie.

„Glaubst du, daß sie das Geld erwischt hat?“ fuhr Karen fort; sie war heute in Schwatzlaune.

Ditte wußte es nicht. Am liebsten hätte sie ganz geschwiegen, wie sie es gewöhnlich tat, wenn jemand sie nach dem Verbrechen ausfragte. Aber der Bäuerin mußte man ja antworten. „Großchen hatte es auf dem Leibe“, sagte sie still.

„Ja, und das war dumm! Sie hätte das Geld auf die Sparkasse bringen und nicht darin wühlen sollen. Dann hättest du es jetzt gehabt, denn es war ja für dich bestimmt. Und du hättest noch viel mehr gehabt!“ Karen fing an zu rechnen. „Auf fünfhundert Taler wäre es bis jetzt gestiegen – tausend Kronen! Das ist nicht wenig Geld für ein armes Mädchen, wie du es bist, wenn du mal heiratest. Die Leute vom Sandhof müssen gut bei Kasse gewesen sein, denn von da stammt ja das Geld!“

Ditte stand da und sehnte sich danach, von Karen loszukommen. Das Thema quälte sie, und die scharfe Luft, die die Bäuerin umgab, von Schweiß und anderem, benahm ihr den Atem. Es verwirrte sie und machte sie beklommen, wenn sie bei diesem beleibten Frauenzimmer stand, das so schwer auftrat und alles so robust anfaßte. Sie fühlte sich wie ein kleines Geschöpf, das jeden Augenblick aus Unachtsamkeit zertreten werden konnte. „Soll ich das Vieh jetzt hinaustreiben?“ fragte sie und zog sich an die Tür zurück.

Die Bäuerin schaute auf die Bornholmer Uhr. „Ja, lauf du nur – aber erst ruf Rasmus Rytter.“

Das war das Schlimmste, worum man Ditte bitten konnte. Sie hatte Angst vor dem Tagelöhner; und er war nicht wach zu bekommen. Es wurde behauptet, er schlafe bloß deshalb so fest, um denjenigen, der ihn wecken wollte, zu sich hinaufzulocken. Sine kam aus ihrer Kammer hinter dem Wirtschaftsraum; und Ditte sah sie bittend an; aber die Magd war noch nicht ganz wach und verstand sie nicht. „Nun mach, daß du fortkommst. Worauf wartest du denn!“ sagte die Bäuerin.

Ditte schlenderte zögernd über den Hofplatz hin und begann durch die offene Scheunentür hinaufzurufen. Karen verfolgte ihr Tun interessiert von der Tür des Wirtschaftsraumes aus. „Da seh mal einer das einfältige Mädchen!“

sagte sie ärgerlich. „Sie glaubt wahrhaftig, sie kann den Tagelöhner zum Leben erwecken."

„Sie hat ja Angst vor ihm!" meinte Sine unwillig, der das alles nicht gefiel.

„Pah – Angst! Sie soll sich nicht so anstellen! Du kriechst ganz bis ins Heu hinauf und rüttelst ihn, verstanden! Aber gib acht, daß er dir die Engelsflügel nicht ausrupft!" rief sie spottend.

Ditte stand noch an der Scheunentür; sie sah unentschlossen aus und starrte bald auf die dunkle Scheune, bald auf die Bäuerin. „Soll ich vielleicht kommen und dir Beine machen?" rief Karen. Da schlüpfte Ditte endlich hinein, aber es war zu merken, daß sie drinnen stehenblieb und sich versteckte.

Karen wirtschaftete mit den Holzschuhen herum; sie war so wütend, daß sie sie nicht über die Füße bekam. Nun wollte sie das Mädchen doch Mores lehren! Aber Sine war schon über den Hofplatz gelaufen. „Bring du nur das Vieh weg und sieh zu, daß du fortkommst, dann werde ich schon rufen", sagte sie und schob sie zur Scheune hinaus. Mit der Bäuerin war jetzt nicht gut Kirschen essen. Die fand es natürlich albern, bei so etwas nachgiebig zu sein, dadurch bestärkte man die Mädchen nur in ihrer Hysterie. Diesen Wesen, die zu heulen anfingen, sobald sie einen Ohrwurm an sich entdeckten, tat es gut, wenn man sie beizeiten etwas hart anfaßte. Aber Sine war nun lange genug auf dem Hof und gab sich den Anschein, als ob sie nichts hörte; die Bäuerin durfte ihretwegen so lange fortfahren, wie sie Lust hatte; einmal würde sie schon müde werden.

Und diesmal hörte Karen verhältnismäßig bald auf. Plötzlich hörte man einen Wagen mit rasender Schnelligkeit den Hügel herabrollen; er bog auf den Hofplatz ein und fuhr, ohne seine Geschwindigkeit zu mäßigen, vor der Eingangstür vor, wo er dann mit einem Ruck hielt. Der Kutscher, ein Viehhändler, knallte gar lustig mit der Peitsche. „Hat man heut etwas zu verkaufen?" rief er Karen zu, die in der Wirtschaftstür stand und ihre Holzschuhe anzog.

„Ja, wir haben ein Mastkalb", erwiderte sie und trat zu ihm hin.

Ditte hatte einen Schimmer von dem Fahrenden gesehen, als sie das Vieh hinaustrieb; aber auch am Ton würde sie ihn erkannt haben. So fuhr kein anderer: das war der Onkel Johannes. Er trug einen steifen Hut und einen vornehmen braunen Staubmantel – er war richtig städtisch herausgeputzt. Ihm ging es offenbar gut.

Ditte wußte Bescheid, was es hieß, im Munde der Leute zu sein. In den meisten Punkten war es nicht gelungen, den schlechten Ruf hinter sich zu lassen; der Schatten fuhr fort, der Familie zu folgen. „Aha, das ist die Schinderdirn vom Sand", sagten die Leute, und ihre Mienen wurden lebhaft. Nun war man unterrichtet, und das Gerede war in vollem Gang: von der Hexe Maren, von dem Verbrechen der Sörine Mann, von dem Hundeschlächter. Ditte kannte das Ganze allzu gut; es war keine Kunst, den Leuten anzusehen, daß sie über einen redeten. Die meisten bemühten sich nicht einmal, es zu verbergen.

Und verkleinert wurde nichts. Die Schinderfamilie bekam Schuld für weit mehr, als sie bewältigen konnte. Auf diesem Gebiet wurde nicht gespart. Gerüchte, für die niemand die Verantwortung übernehmen wollte und an die auch niemand ernstlich glaubte, tauchten, durch ein kurzes Wort hervorgerufen, auf und machten die Runde, um dann wieder in die Erde zu sinken. Und ein jeder war froh, bei ihrer Verbreitung mitzuwirken. Es war, als ob die Menschen die Schinderfamilie hassen lernten, indem sie Unrecht gegen sie übten. Vielleicht mußten sie eine annehmbare Entschuldigung für ihren Groll gegen die Familie haben – und betäubten ihr schlechtes Gewissen dadurch, daß sie ihr alles mögliche Schlechte andichteten; in seinem unermüdlichen Streben nach dem Licht sucht der Mensch am liebsten die Quelle zum Bösen außerhalb seiner selbst. Unter allen Umständen waren Lars Peter und die Seinen Parias. Es kam darauf an, sie um ihrer Erbärmlichkeit willen zu treffen. Es mit der Wahrheit genau zu nehmen, dazu lag keine Veranlassung vor; die Wirklichkeit übersteigt ja selbst die wildesten Phantasien. Und die Schinderfamilie hatte außerdem das Recht, durch ihr Verhalten alle bösen Gerüchte Lügen zu strafen.

Sie tat das nach bestem Vermögen, durch Fleiß, Ordnung und rechtschaffenen Lebenswandel. Es war oft schwer genug gewesen, sich durchs Dasein hindurchzuwinden, damit das Volksurteil nichts fand, woran es einen aufhängen konnte. Ditte begriff nicht, daß es anderen Menschen gleichgültig war, was über sie geredet wurde. Auch über die Bäuerin wurde viel geklatscht, aber Karen gab sich auch keine Mühe, das Gerede zu vermeiden. Demütig wurde sie nicht davon, sondern sie sah auf die Leute herab; sie machte sich nicht das geringste aus dem, was man erzählte, und tat genau das, was sie wollte. Ditte begriff diese Verachtung für alles, was schicklich und anständig war, ganz und gar nicht. Das mußte das sein, wovon es in der Heiligen Schrift heißt: eine Ehre in seine Schande setzen.

Obwohl Karen seit zehn Jahren Witwe war, wurde noch immer über ihre Ehe geredet. Sie war seinerzeit ein sympathisches, gutes Mädchen gewesen, und an dem Mann, mit dem sie sich verheiratete, gab es auch nichts auszusetzen. Obendrein war es ein gottesfürchtiger Mann. Aber woran es nun liegen mochte – ob sie nicht zueinander paßten oder ob andere Kräfte dabei mitwirkten –, sie wurde eine ganz andere, als sie vorher gewesen war. Einige meinten, in dieser Ehe seien zwei an und für sich gute Pferde zusammengespannt worden, die überhaupt nicht nebeneinander gehen konnten, und die beiden hätten einander zerstört. Andere behaupteten, daß das böse Blut in der Familie bei ihr zum Ausbruch kam, als sie das richtige Alter erreicht hatte. Man hatte es ja schon häufig erlebt, daß die prächtigsten jungen Mädchen zu halbverrückten Xanthippen wurden, wenn sie über Haus und Heim zu gebieten hatten. Jedenfalls haßten sie einander, wie nur Mann und Frau einander hassen können, und vergifteten sich ihr Dasein, wo sie nur konnten. Und in diesem Punkt war sie die Tüchtigere. Sie hatte ja den Hof, darum hatte sie leichtes Spiel ihm gegenüber, der nichts mit in die Ehe gebracht hatte. Und sie scheute nicht davor zurück, ihn in Gegenwart der anderen wissen zu lassen, wie arm er war. Drei Söhne hatten sie dennoch zusammen. Es mußte also Zeiten gegeben haben, wo sie nicht ganz wie

Hund und Katze lebten. Aber zahlreich waren diese Stunden gewiß nicht.

Als sie einige Jahre verheiratet waren, bekam er die Auszehrung – wie die einen meinten, vor Ärger darüber, daß er es nicht mit ihr aufnehmen konnte, wie andere sagten, weil sie ihn absichtlich auf feuchten Laken schlafen ließ. Mochte sie es nun bereuen oder nicht, sie kaufte Kognak und süßen Punsch für ihn, damit er Herr über die Tiere würde, und trank selber mit ihm, damit er noch mehr hinunterbekommen sollte. Und es gelang wohl auch, die Auszehrung niederzuschlagen, aber er blieb ein Wrack. Er, der anfangs überhaupt keine starken Getränke vertragen konnte, war jetzt am liebsten immer im Tran.

„Meine Frau hat mich so lieb, daß sie mich in Spiritus gesetzt hat", pflegte er zu sagen; und dann lachte Karen so herzlich, daß man sich noch sehr lange an ihr Lachen erinnerte.

Angenehm waren die Verhältnisse nicht, unter denen die Knaben aufwuchsen; und es war beinahe eine Erleichterung für sie, als sie den Vater an einem Wintermorgen auf der Tenne erhängt fanden. Nun waren sie vaterlos und der Hof ohne Bauer. Witwenbett ist gewiß auch kälter als Ehebett – selbst wenn man mit dem Rücken gegeneinander liegt. Karen hatte Lust, sich wieder zu verheiraten, besonders, wenn sie dadurch dem Hof etwas Geld zugeführt hätte.

Aber niemand wagte es, den Platz des Selbstmörders einzunehmen; und so mußte sie sich denn allein mit den Dingen und ihren drei Knaben durchschlagen. Das machte sie nicht milder, und je älter und selbständiger die Söhne wurden, desto schlechter kam sie mit ihnen aus. Dann verließen sie den Hof; der Älteste begann, sich aufs Lehrerexamen vorzubereiten, und dann bekam er eine Anstellung in der Nähe der Hauptstadt. Der Zweitälteste ging in Dienst. Wenn er schon einmal anderen gehorchen müsse, meinte er, so ziehe er es vor, bei fremden Leuten zu dienen.

Die Leute fanden seine Rede wunderlich. Gab es etwas Natürlicheres für einen Sohn, als sich der Mutter unterzuordnen und ihr zu gehorchen – wenn er sie lieb hatte? Aber mochte es nun sein, wie es wollte, die Söhne vom Bakkehof hatten nichts für ihre Mutter übrig. Nur der jüngste Sohn Karl blieb zu Hause, nicht weil er sich dort wohler fühlte als die anderen, sondern weil er sich nicht von der Herrschaft der Mutter frei machen konnte. Er war ein scheuer Bursche, der zu weinen anfing, wenn einer ihn bloß auf die Augen tupfte. Er lachte nie und sah immer müde und schuldbewußt aus. Die Leute raunten einander zu, die Mutter habe eine unnatürliche Macht über ihn, und die Reue hierüber bedrücke ihn und treibe ihn zu den Frommen.

Ditte hatte gute Ohren; sie hörte alles, was erzählt wurde. Manches davon verstand sie nicht, aber sie legte es sich auf ihre Art aus, und so kam es, daß eine eigentümlich drükkende Stimmung beständig über einem hing. Auf dem Bakkehof war von Gemütlichkeit keine Spur; ein jeder hing seinen eigenen Gedanken nach; für eine alle vereinende Freude war kein Raum. Die Bäuerin gab dem Meer die Schuld, dem verfluchten Meer. Wenn sie etwas zuviel getrunken hatte, kam sie auf den Hofplatz und ließ ihrer Wut freien Lauf. Der Sohn aber meinte, Gott habe sein Antlitz von dem Hof abgewandt. Nur Sine ging rotwangig und unangefochten ihrem Tagewerk nach, und Ditte hielt sich meistens an sie.

Es wurde ihr schwer, mit der Bäuerin auszukommen, der sie eine natürliche, vorbehaltlose Ehrfurcht entgegenbrachte. Die Bäuerin war ja die Vorsehung, von der alles, Gutes wie Böses, herrührte; ihre Hand strafte und gab gnädig das tägliche Brot. Und eine gute Brotmutter war Karen; sie ging dauernd mit einem Anrichtemesser in der Hand umher, und auf ihrem hervorstehenden Bauch waren große Fettflecke zu sehen. Sie war selbst ein starker Esser und gönnte den anderen auch gute Mahlzeiten. Das versöhnte einen mit ihr; der Bakkehof war bekannt dafür, daß man dort gut zu essen bekam. Aber von ihrer beleibten Gestalt strömte so viel anderes aus, das Ditte schwindlig machte und erschauern ließ.

Ditte hatte gelernt, daß man nicht allein seine Pflicht demjenigen gegenüber tun solle, in dessen Dienst man stand, sondern daß man ihn liebhaben müsse. Ihre Pflicht tat sie vollauf, aber es war ihr nicht möglich, die Bäuerin liebzugewinnen. Selbst wenn sie draußen auf dem Feld bei ihrem Vesperbrot saß, wollte es ihr nicht gelingen. Sie empfand das als eine Art Untreue und war unzufrieden mit sich.

4

Ein willkommener Gast

Ditte war mit ihrer Strickarbeit fertig und hatte den Proviantkorb geleert, obwohl es noch lange nicht Vesperzeit war; aber so wurde ihr die Zeit nicht so lang. Sie langweilte sich. Die Einsamkeit auszufüllen war nicht leicht; spielen mochte sie nicht, sie war jetzt auch aus dem Alter heraus, und die Tiere waren keine Gesellschaft für sie. Sie interessierte sich für sie, soweit ihre Pflichten es verlangten, gab acht, daß sie keinen Schaden anrichteten und daß ihnen selbst nichts zustieß, und sie hatte sie auch gern. Das zeigte sich besonders dann, wenn dieses oder jenes Stück Jungvieh Unglück gehabt hatte, wenn es sich am Stahldraht verletzt hatte oder von dem älteren Vieh gestoßen worden war. Dann war sie ernstlich besorgt, und ihre Fürsorge wollte kein Ende nehmen, solange sie mit dem Tier zu schaffen hatte. Aber zu einem vertraulichen Verhältnis zwischen ihr und den Tieren kam es nicht; Kühe waren Kühe, und Schafe waren Schafe – wie die übrige Natur etwas ganz Selbstverständliches. Ihr Tun und Treiben interessierte sie nur, soweit es mit ihrer Arbeit in Verbindung stand; oft konnte das Vieh recht drollig sein, aber ihr Herz hing nicht an ihm.

Ditte war ein geselliges Wesen; sie mußte zwei plaudernde Stimmen im Ohr haben, und die eine davon mußte am liebsten ihre eigene sein. Es war mindestens ebenso unterhaltend, selber zu schwatzen wie zuzuhören – wenn man nur jemand hatte, mit dem man schwatzen konnte. Sie saß oben auf dem obersten Rand des Ackers und starrte in die Weite, krank im Gemüt vor Langeweile und Sehnsucht. ‚Wenn doch nur etwas geschehen möchte – etwas recht, recht Unterhaltendes!‘ dachte sie und wiederholte es laut ein übers andere Mal, um gegen die Leere anzugehen. Und plötzlich schwieg sie und reckte den Hals. Sie wollte nicht glauben, was sie sah, und schloß die Augen fest; aber als sie sie öffnete, war es wieder da. Weit drüben auf der Landstraße kam ein Knabe gerannt. Er eilte quer über die Felder, schreiend und winkend, das Schulränzel über der Schulter; Ditte war nicht einmal imstande, ihm entgegenzulaufen; sie saß steif da und schluchzte vor Freude.

Christian warf sich vor ihr ins Gras, ohne ein Wort zu sagen; so lag er eine Weile keuchend da. „Du hast die Schule geschwänzt", sagte Ditte, nachdem sie sich gefaßt hatte, und machte einen Versuch, streng auszusehen. Aber es gelang ihr nicht recht, denn heute war sie im Grunde dankbar für den Vagabundiertrieb des Jungen. Der Bursche streckte als Entgegnung nur die Zunge heraus. Er antwortete auch nicht auf ihre vielen Fragen, sondern lag bloß da und holte Atem, die schwarzen Fußsohlen in die Luft haltend. Sie trugen mancherlei Male und Narben; über der einen Ferse sah man einen tiefen Riß, der wahrscheinlich von einer Glasscherbe herrührte, auf die er getreten war. Ditte nahm die Wunde näher in Augenschein, sie war schwarz von Schmutz. „Du mußt ein Tuch darumlegen", sagte sie und drückte leicht darauf. „Sonst wird es eitern."

„Pah, ich hab's gestern gekriegt, als ich aus der Schule lief. Es ist schon geheilt. Ich laufe bloß auf den Zehen!"

Dann war er wieder auf den Beinen; er war nicht hergekommen, um zu faulenzen. Er verschaffte sich hastig einen Überblick über das Terrain. „Laß uns dahin gehn!" sagte er und zeigte nach dem Moor hinunter. Hier oben war es nicht sonderlich interessant.

Ditte zeigte ihm ihre Schlupflöcher im Gebüsch. „Das ist fein", sagte Christian anerkennend. „Aber der Eingang muß versteckt sein, damit man das Nest nicht finden kann – sonst ist nichts dran. So macht es ja jeder Vogel, das weißt du doch." Nun, Ditte war ja kein Vogel und wollte sich nicht verbergen, sie hatte es hauptsächlich so eingerichtet, um gegen Sonne und Wetter geschützt zu sein. Aber Christian zeigte ihr, wie man die Zweige zusammenflechten konnte, damit der Eingang gar nicht zu sehen war. „Dann kannst du spielen, daß du einer bist, der etwas getan hat und sich verstecken muß“, sagte er.

Ditte sah ihn erstaunt an; sie begriff nicht, wieso das Vergnügen machen konnte.

Aber wie närrisch froh der Junge über alles war! Selbst an den braven Kühen entdeckte er etwas Neues; die eine war so, und die andere benahm sich so. Für Dittes Gemüt war hier auf der Weide nicht viel Nährstoff vorhanden gewesen; aber Christian betrachtete alles mit Verwunderung, als wäre es soeben vom Himmel herabgefallen und nicht altbekannt und selbstverständlich.

Die Moorlöcher machten ihn ganz verrückt. Sein erster Gedanke war, eine Brücke zu einem der vielen Hügel zu schlagen – Inseln nannte er die Hügel! Das ließ sich mit Hilfe von ein paar Stangen und Birkenreisern machen. Ditte mußte ihm das Material anweisen. So konnte man all die Inseln miteinander verbinden und in der ganzen Welt umherreisen.

„Hier ist es großartig!“ sagte er und wiederholte es so oft, daß Ditte schließlich ganz gereizt wurde.

„*Ich* finde es zu Hause unterhaltender“, sagte sie.

„Weil du ein Dummrian bist“, erwiderte Christian. „Aber du kannst ja nach Hause kommen und statt meiner dableiben.“

So hatte er früher nie mit ihr gesprochen; aber hier war sie unbedingt die Kleinere, so daß aller Respekt von selber verlorenging. Ja, sie hätte nichts gegen den Tausch einzuwenden gehabt; aber es ließ sich nun einmal nicht machen.

„Woher bekommst du zu essen?“ fragte Christian plötzlich, mitten im Spielen.

Ditte starrte ihn einen Augenblick wie versteinert an, dann begann sie zu laufen, den Hügel hinan. „Komm, beeil dich!“ rief sie. Wenn es Mittag wurde, mußte sie hier von den Feldern aus die alte Windmühle im Auge behalten, aber heute hatte sie das vollständig vergessen. Nun, die Luke war noch nicht geöffnet.

„Das ist schlecht eingerichtet“, sagte Christian, „denn

wenn du unten beim Vieh bist, kannst du die Mühle ja gar nicht sehen. Sie sollten lieber ein Signal geben – denn hören kann man doch immer."

„Ein Signal?" Ditte sah ihn verständnislos an.

„Ja, auf etwas hämmern – natürlich!"

Sie saßen oben und behielten die Luke im Auge. Jetzt hatte Christian sich beruhigt, und es ließ sich ein vernünftiges Wort aus ihm herausholen; Dittes Gesichtsausdruck war lauter Neugierde. „Ist bei jemand im Dorf was Kleines angekommen?" fragte sie und beobachtete gespannt seinen Mund.

„Ja, bei der Martha!" antwortete Christian und warf den Kopf herum.

„Das ist ja nicht wahr, Junge – du lügst!" Ditte konnte ausrechnen, daß es nicht stimmte.

„Nein, aber sie kriegt was – die Witwe von Lars Jensen erzählt es. Ich hab selber gehört, wie sie es sagte!"

Ditte sah enttäuscht aus. War das alles? „Ist denn gar nichts passiert, seit ich von zu Hause weg bin?" fragte sie. „Mit wem geht die Johanne? Wohl mit dem Anton? Denn das konnte doch jeder sehen, daß das mit Peter nicht lange dauern würde."

Davon wußte der dumme Christian nichts. Dagegen konnte er mitteilen, daß das Dorf ein neumodisches gedecktes Seeboot bekommen hatte – mit einem richtigen Ruff, in dem man schlafen konnte! Aber das interessierte Ditte nicht.

Fragte der kleine Paul viel nach ihr? Lars Jensens Witwe war doch wohl gut zu ihm? Christian bejahte beide Fragen zugleich, er mochte sie nicht voneinander trennen, da er dann hätte mitteilen müssen, daß Lars Jensens Witwe gar nicht bei ihnen war. Das wäre zu umständlich gewesen. – Aber warum hatte Christian kein Schulfrühstück im Ränzel? Nun regneten die Fragen Schlag auf Schlag, Christian hatte sein Schulfrühstück schon auf dem Hinweg verzehrt; daran war nichts Merkwürdiges, jedenfalls war es nichts Neues. Aber er zog es vor zu erzählen, daß er es beim Laufen verloren habe. Das klang besser und war eine gute Begründung für seinen Hunger. Denn hungrig war er, hungrig wie ein ganzes Haus – ja, wie von hier bis zum Dorf! Warum, Schockschwerenot, wurde denn die Luke nicht aufgemacht?

Dittes Blick glitt prüfend über ihn hin. Sein Haar mußte geschnitten werden, aber das konnte sie heute nachmittag mit ihrer Nähschere besorgen. Und die Ärmel seiner Jacke hätten verlängert werden müssen. Nun war es zu spät. Man konnte recht gut sehen, daß es zu Hause doch recht unordentlich herging. Nun, aber mager war er nicht geworden; und er sah recht vergnügt aus, das stellte sie mit Befriedigung fest.

„Und dann ist ja übrigens die Frau des Menschenfressers gestorben“, sagte er plötzlich leichthin.

Ditte zuckte zusammen. „Die Frau des Krugwirts? Warum hast du das nicht schon längst erzählt?“

„Ach, wohl weil ich's vergessen hatte. Man kann doch auch nicht an alles denken.“ Ditte hörte nicht auf, ihn auszufragen; aber da auf einmal ging die Luke drüben auf der Mühle auf. „Sieh“, sagte sie und sprang auf die Beine. „Nun kannst du hierbleiben und auf das Vieh achtgeben, während ich heimlaufe und esse. Dann brauch ich das Vieh nicht mit nach dem Hof zu nehmen.“

Christian starrte sie wie gelähmt an. „Darf ich denn nicht mitgehn?“ fragte er, dem Weinen nahe.

„Nein, das geht nicht. Denn dann sieht es so aus, als ob du hungrig wärest und mitkämst, um etwas zu essen zu kriegen.“

„Ja, aber ich bin doch auch hungrig.“ Christian war ganz und gar nicht dazu aufgelegt, Anstand zu bewahren.

„Das mag wohl sein, aber man kann sich das unmöglich so anmerken lassen“, erklärte Ditte entschieden. „Aber wenn du nun vernünftig bist, werde ich mich sputen – und sehen, daß ich etwas für dich in die Tasche stecke!“

Da beruhigte sich Christian. Er legte sich auf den Bauch und steckte die geballte Faust in den Mund, um den Hunger zu dämpfen, der ganz ungeheure Dimensionen angenommen hatte, da jetzt Essen in Aussicht stand. Und Ditte rannte spornstreichs nach Hause zum Hof.

Die Bäuerin hatte selber die Luke geöffnet. Als sie sah, wie das Mädchen ohne das Vieh gelaufen kam, blieb sie oberhalb des Gehöfts stehen, um sie in Empfang zu nehmen. „Was fehlt dir denn heute?" fragte sie stichelnd. „Bist du ausgerissen? Oder bist du so ausgehungert, daß du keine Zeit gehabt hast, das Vieh mitzunehmen?"

Ditte bekam einen feuerroten Kopf. „Mein Bruder ist draußen", sagte sie. „Da dacht ich, es wäre nicht nötig ..."

„So, und ist er vielleicht so veranlagt, daß er nicht zu essen braucht? Denn so großartig sieht's bei euch zu Hause doch wohl nicht aus, daß ihr euch selber Essen mitbringt? Jaja, dann müssen wir uns eben darein finden, daß unser Essen verschmäht wird."

„Er kann recht gut warten, bis er nach Hause kommt", wollte Ditte gerade sagen, aber statt dessen begann sie auf einmal draufloszuheulen. Es war ihr schwer genug geworden, Christian aus Anstandsgründen drüben zu lassen; denn sie kannte seinen Appetit und wußte, wie schwer es ihm fiel, lange ohne Essen auszukommen. Und nun hatte sie bloß erreicht, daß sie der Bäuerin auf die Hühneraugen trat. Das hatte sie davon, daß sie gebildet sein wollte! „Er ist so entsetzlich hungrig", sagte sie, laut schluchzend.

„Deshalb brauchst du weiß Gott nicht gleich so loszuheulen – dumme Gören ihr! Aber das soll wohl vornehm sein, es nicht einfach zu sagen, wenn man hungrig ist – Armenhausvornehmheit!" Karen fuhr fort zu schelten, während beide hineingingen.

Doch sie meinte es nicht so schlimm. Ditte brauchte ihre Mittagsarbeit nicht zu erledigen und durfte mit Essen zum Bruder laufen, sobald sie selbst gegessen hatte; und sie bekam einen gehörigen Proviantkorb mit. „Wenn er was übrigläßt, kann er's ja mit nach Hause nehmen", sagte die Bäuerin. „Gar zu reichlich habt ihr's wohl nicht zu Haus!"

Weichlich war Karen nicht; es war das erstemal, daß sie dem Heim Dittes einen freundlichen Gedanken gönnte. Für die Armut hatte sie nicht viel übrig; es war die eigene Schuld der Leute, wenn sie arm waren. Aber im Essenausteilen war sie nun einmal freigebig.

Nach Christians Besuch kam Ditte mehr zur Ruhe. Ihr aufgescheuchter Sinn hatte ihr allerlei Böses und vielerlei Unglück vorgegaukelt, das ihr Heim betroffen haben konnte, das alles verflog vor der Wirklichkeit. Sie hatte einen leibhaftigen Gruß von zu Hause bekommen: den Christian mit Löchern an den Ellbogen und als der Vagabund, der er war. Daß er noch ganz der alte war, das war gut und schlecht; es bereitete ihr Kummer, daß er seinem Drang, durchzubrennen, immer noch nachgab und stets ein Auge auf die Landstraße hatte. Aber im stillen hoffte sie, daß er bald wieder gelaufen käme.

5

Ditte kommt zu Besuch nach Hause

Der einzige, dem gegenüber Ditte sich Geltung verschaffen konnte, war der Sohn vom Hof. Die andern rechneten nicht mit ihr als Person, sondern jagten sie bloß. Klagte sie bei harter Arbeit über Müdigkeit im Rücken, so sagte die Bäuerin nur: „Pah – der Rücken! Du hast ja nichts andres als einen Besenstiel mit einem Loch drin!" Und so waren die anderen auch; sie konnten einen brauchen, aber einen ernst nehmen, das wollten sie nicht. Allein Sine hatte etwas Verständnis für das Kind in ihr und war nachsichtig gegen sie; aber für Ditte war es am wichtigsten, daß sie als Erwachsene behandelt wurde.

Mit Karl war's eine andere Sache. Er war siebzehn Jahre und sah aus, als hätte er den Karfreitag verschluckt und wollte eben auch den Bußtag hinunterschlucken. Er schleppte sich vorwärts, als ob er Blei in den Beinen hätte, und glich einem, der schon Herzeleid hat. Ditte begriff wohl, daß er irgend etwas mit sich herumtrug; aber darum brauchte er doch keine solche Leichenbittermiene aufzusetzen. Sie hatte selber ihre Sorgen; man konnte nicht immer da sein, wo der Zaun am niedrigsten war; aber ein Kopfhänger war sie darum nicht.

Es war komisch zu sehen, wie er seinen eigenen Weg ging und sich zur Seite trollte, wenn ihm etwas in die Quere kam.

Ditte konnte der Versuchung nicht widerstehen, sich ihm in den Weg zu stellen und ihn zu reizen; sie belästigte ihn, wo sie nur konnte. Traf sie ihn mit dem Wassereimer, so schüttete sie unversehens Wasser über seine Füße; und wenn sie sein Bett gemacht hatte, so konnte er sicher sein, daß etwas damit nicht in Ordnung war. Entweder fiel der Boden heraus, oder sie hatte irgend etwas hineingelegt, so daß er es vor Jucken nicht aushalten konnte und mitten in der Nacht aufstehen mußte, um die Laken auszuschütteln.

Ditte hatte einen gefunden, an dem sie sich in aller Gutmütigkeit rächen konnte, um sich Genugtuung zu verschaffen für alles, was sie sich gefallen lassen mußte; und sie nutzte die Gelegenheit reichlich aus. Karl fand sich in die Neckereien und benahm sich, als ob er sie gar nicht bemerkte. Er war deshalb nicht anders zu ihr, weder nach der einen noch nach der anderen Seite hin. Ditte hätte es ihm nicht verdacht, wenn er aus der Haut gefahren wäre und ihr eine Backpfeife gegeben hätte. Aber er konnte sich höchstens dazu aufschwingen, unglücklich auszusehen.

Die beiden anderen Söhne kamen selten nach Hause. Den einen von ihnen, den Lehrer, hatte Ditte einmal auf dem Hof gesehen; und der Landwirt hatte sich im Laufe des Sommers überhaupt nicht blicken lassen.

Eines Sonnabendmittags, gerade vor der Ernte, kam der Lehrer zu Besuch. Er stand auf dem Hofplatz, als Ditte heimschlenderte, barhäuptig, rank und vergnügt – ein strahlender Gegensatz zu all dem übrigen. Entweder waren er und die Mutter bereits aneinandergeraten, oder sie waren nahe daran; man konnte es an der Stimmung merken. Er stand da und blickte über das Meer hin, als ob ihn die Aussicht ganz gefangennähme. Die Mutter machte sich bei den Gefäßen an der Pumpe zu schaffen und blickte ihn herausfordernd an. Wenn einer von den anderen in die Nähe kam, legte sie die Hand über die Augen und ahmte das Starren des Sohnes nach. Er sah es, aber er stellte sich gleichgültig.

„Na, was hast du denn nun herausklabustert? Vielleicht kannst du uns sagen, was die drüben in Schweden zu Mittag kriegen?“ hörte Ditte die Bäuerin sagen.

„Schweden liegt gar nicht in dieser Richtung, Mutter“, erwiderte er lachend. „Da mußt du schon nach der andern Seite sehen.“

„Soso, muß ich das! Ja, du bist ein kluger Mann! Aber wonach starrst du denn?“

„Oh, ich finde, das Meer leuchtet heut so festlich“, sagte er neckend. „Kein Hof im Lande ist so hübsch gelegen! Schade nur ... es ist, wie wenn man das Wort Gottes an den dummen Hans verschwenden wollte.“ Er lachte laut auf.

„Leuchtet da was? Was sagst du?“ Sie kam ganz nahe an ihn heran und hielt von seinem Platz aus Ausschau, mit dummem, unschuldigem Gesichtsausdruck. „Ja, richtig – nun sieht man's auch; wie Katzendreck im Mondschein leuchtet es, weiß Gott! I, wie fein! Gott behüte!“ Sie schlug sich vor Ergriffenheit auf die Schenkel. „Daß sie nicht daran gedacht und den Hof bis ins Meer hinausgelegt haben – die Vorfahren! Dann hätte man weder zu essen noch zu trinken brauchen! Aber vielleicht gehn wir nun hinein und essen was – das heißt, die unter uns, die nicht davon leben können, auf so ein dummes Wasser zu starren.“ Sie drehte sich um und ging ins Haus. Der Sohn folgte ihr lächelnd.

Heute unterließ der Tagelöhner es hübsch, seine Schmutzgeschichten aufzutischen; er hielt den Kopf tief auf den Teller gebeugt, und seine Hand zitterte ein wenig. Auch die Bäuerin selbst hatte beinahe Angst vor ihrem Sohn; ihr Wesen war nicht so lärmend und ungeniert wie gewöhnlich. Er saß da und redete, frisch und vergnügt, erzählte drollige Dinge aus der Hauptstadt und lachte, ohne es sich anfechten zu lassen, daß die anderen nicht mitlachten. Karl lachte ja überhaupt nicht, und Rasmus Rytter und die Bäuerin nur, wenn etwas Unanständiges mit im Spiele war. Auf Ditte machte nichts Eindruck, weder Spaßiges noch Trauriges; und wenn so ein kleines Mädel hätte mitreden wollen, hätte das sicher wunderlich ausgesehen. Aber sie durfte am Gesicht des Lehrers hängen, und das tat sie. Ein Leuchten ging von ihm aus, wenn er sprach; und Ditte war es, als atme man heute ganz anders in der Stube als sonst. Man konnte merken, daß er mit Kindern zu tun hatte und sich auf ihre Gedankengänge verstand.

„Hast du Geschwister?“ fragte er auf einmal, sich zu Ditte wendend. Sie wurde rot vor Beklommenheit. Es war nicht Sitte, daß sich jemand bei Tisch mit ihr unterhielt. Als er hörte, daß sie noch nicht zu Hause gewesen war, wurde er ernst.

„Das ist nicht recht von dir“, sagte er ohne weiteres zu der Bäuerin.

„Ach, sie leidet wahrhaftig keine Not und kein Unrecht hier auf dem Hof“, erwiderte Karen abweisend.

„Ich glaube nicht mal, daß es gesetzlich erlaubt ist, ein gerade eingesegnetes Kind einen ganzen Sommer über von zu Hause fernzuhalten“, fuhr er fort. „Gerecht ist es jedenfalls nicht.“

„Über das Gesetz brauchst du mir keinen Unterricht zu erteilen – und auch darüber nicht, was recht und richtig ist“, erwiderte Karen und erhob sich zornig vom Tisch.

Aber dann hatten Mutter und Sohn die Sache wohl unter vier Augen besprochen, und als Ditte mit der Mittagsarbeit fertig war, kam die Bäuerin und sagte, sie dürfe zu einem kurzen Besuch nach Hause laufen; das Vieh könne währenddessen auf der Koppel bleiben.

„Du hast frei bis morgen abend, verstehst du?“ rief ihr der Lehrer nach. Karen machte ein paar Einwände, aber Ditte hörte es nicht mehr. Sie war bereits auf dem Weg nach Hause.

So froh und leichtfüßig war sie den ganzen Sommer nicht gewesen. Sie durfte heim! Und sie sollte obendrein zu Hause schlafen – eine ganze Nacht! Sie wiederholte es sich in Gedanken immer wieder, während sie dahineilte. Eine ganze Nacht! Das war ja am schwersten von allem gewesen: niemals unter dem heimischen Dach zu schlafen, nie mehr die Decken um die Kleinen zurechtzustecken und ihre ruhigen Atemzüge zu hören.

Schwester Else, die gerade beim Aufwaschen war, ließ beinahe vor Schreck das Geschirr fallen, als Ditte in die Küche hereinstürmte. Sie mußte sich auf einen Schemel stellen, um den Spülstein zu erreichen, aber sie war schon ein recht tüchtiges Hausmütterchen. Ditte untersuchte das von ihr abgewaschene Geschirr und lobte ihre Arbeit. Die Kleine wurde rot vor Freude darüber.

Lars Peter erschien auf der Bodentreppe, er sah verschlafen aus. „Was, du bist es, Mädchen!" sagte er erfreut. „Ich meinte doch auch, ich hätte deine Stimme gehört." Ditte fiel ihm um den Hals und hätte ihn beinahe zu Boden geworfen.

„Jaja, laß mich nur mal erst richtig wach werden", sagte er lachend und suchte mit den Händen nach einer Stütze. „Der Tagesschlaf ist nu mal nicht so gesund wie der in der Nacht. Er bleibt einem im Schädel hängen."

Dann kam Paul vom Hafen herbeigestürmt. Er hatte von anderen Kindern gehört, daß die große Schwester nach Hause gekommen sei. „Hast du mir was mitgebracht?" rief er, noch bevor er im Hause war.

„Du hast mir doch versprochen, wenn du in Dienst kämst, wolltest du mir was für eine ganze Krone kaufen", sagte der Junge verdrossen. Das mußte sie einmal so ins Blaue hineingesagt haben, um Ruhe vor ihm zu bekommen. Sie hatte es völlig vergessen.

„Aber das nächste Mal werde ich dran denken", sagte sie ernst und sah ihn beschwörend an.

„Ja, es ist gefährlich, wenn man den Kleinen so gedankenlos etwas verspricht", sagte Lars Peter. „Sie haben ein besseres Gedächtnis als unsereins."

„Ja, ihr sagt, daß man was kriegen soll – aber ihr haltet's nicht", fiel Paul ein.

„Wo ist Christian?" fragte Ditte und nahm den unzufriedenen Kleinen auf den Schoß.

„Christian? Der ist auf Arbeit, er ist ja schon ein großer Kerl", sagte der Vater. „Er dient bereits den ganzen Sommer beim Krugwirt."

„Das hat er mir ja gar nicht gesagt, als er bei mir war."

„Was – ist er bei dir gewesen? Davon weiß ich ja gar nichts. Wißt *ihr* was davon, Kinder?" Lars Peter war ganz überrascht.

Ja, Schwester Else wußte es. Ihr hatte Christian sich anvertraut. Sie war ja jetzt das Hausmütterchen.

„Das hast du mir nicht mitgeteilt!" sagte der Vater vorwurfsvoll zu ihr.

„Das konnte sie doch auch nicht", fiel Ditte rasch ein, „wenn Christian sich ihr anvertraut hatte! Kriegt er denn was vom Krugwirt?"

Lars Peter lachte. „Der Krugwirt ist nicht der Mann, der gutwillig etwas gibt – der nimmt bekanntlich lieber. Aber die Kost kriegt der Junge, und er lernt beizeiten arbeiten und sich unterordnen. Unsereins kann ihn ja nicht recht im Auge behalten, wenn man in der Nacht auf See ist und am Tage schlafen muß. Weißt du, daß die Frau des Krugwirts gestorben ist?"

Ditte sagte, Christian habe es ihr erzählt, und fragte, woran sie gestorben sei.

Lars Peter schielte nach den Kleinen hinüber. „Ihr könnt mal ein bißchen hinausgehn und spielen, Kinder", sagte er. Die beiden Kleinen verschwanden langsam und mit sehr gekränkter Miene durch die Tür. „Ja, siehst du, sie hatten sich so sehr ein Kind gewünscht – und es ist eine recht traurige Geschichte. Denn selbst wenn Menschen boshaft sind, wie man wohl ohne Verleumdung vom Krugwirt sagen kann, so sind Kinder doch etwas, was wir alle gern haben möchten – die meisten von uns wenigstens. Sie hatten denn auch alles mögliche deswegen angestellt; es hieß, der Krugwirt und seine Kirchenbrüder knieten und beteten zum lieben Gott, daß er in Gnaden auf sie herabsehn und den Leib der Frau segnen möge. Aber der liebe Gott muß wohl gemeint haben, daß ein Kind es bei ihnen nicht gut haben würde – oder so etwas. Jedenfalls half ihnen all der Hokuspokus nicht das geringste. Da kam im letzten Herbst der Missionar hierher, den der Krugwirt bestellt hatte, damit er in der hiesigen Gegend Betstunden abhalten sollte. Und der betete denn nun mit der Krugwirtin unter vier Augen und legte die Hände segnend auf sie. Und mag es nun sein, wie es will, schwanger wurde sie."

„Das ist ja ein Wunder!" sagte Ditte ernst.

„Jawohl, vielleicht kann man das sagen – es gibt halt viele Dinge, die man nicht so ohne weiteres begreifen kann. Der Krugwirt muß aber offenbar doch wohl nicht den rechten

Glauben gehabt haben, als es drauf ankam, denn er wollte das Wunder nicht für bare Münze nehmen. Gut zu ihr ist er ja nie gewesen, und nun wurde er erst richtig boshaft. Er schlug sie und trat sie mit den Füßen; die Leute erzählen, daß er am liebsten nach der Stelle bei ihr zielte, wo sie ihre Leibesfrucht trug."

Ditte stieß einen Jammerlaut aus. „Wie konnte er das nur tun!" flüsterte sie heiser und kroch in sich zusammen.

„Ja, wie konnte er! Er ist wohl eifersüchtig gewesen, und ein rechter Satan ist er ja, wenn ihm was in die Quere kommt. Davon ist sie dann krank geworden – und ist gestorben; und man erzählt, als sie in den Sarg gelegt wurde, habe er nicht erlaubt, daß sie Leinen und Nähzeug mit ins Grab bekam, um ihr Kind zu erlösen, wenn die Zeit gekommen war. Es ist sonst ja so Sitte, wenn eine Frau stirbt, die ein Kind unterm Herzen trägt. Aber er war hart. ‚Laßt sie nur in dem Zustand bleiben bis zum Jüngsten Tag!' soll er gesagt haben.

Und nun verfolgt es ihn, wie's nicht anders zu erwarten war, da auch er doch nur ein Mensch ist – selbst wenn er in dem Ruf stand, daß er weder Gott noch Teufel fürchtete. Leute, die des Nachts am Kirchhof vorbeikommen, haben sie aus ihrem Grabe stöhnen hören. Und als vor einer Woche der Krugwirt in der Nacht aus der Stadt nach Hause fuhr, waren die Gäule nicht zu bewegen, am Kirchhof vorbeizugehn. Sie standen und zitterten, und der Angstschweiß brach ihnen aus. Und aus dem Innern des Grabes rief eine Stimme: ‚Wickeln und Windeln! Wickeln und Windeln!' Da mußte er sein Hemd in Streifen reißen und auf das Grab legen; da erst schwieg die Stimme, und er konnte mit dem Fuhrwerk weiterfahren. Aber seitdem ist's übel um ihn bestellt. Er treibt's natürlich wie früher, aber er ist nicht mehr der alte."

„Die arme, arme Frau!" sagte Ditte. Sie hatte große Tränen in den Augen.

„Ja, das kann man wohl sagen – es gibt viel Schlechtigkeit hier auf Erden. Aber wenn ein Mensch übers Grab hin verfolgt wird, das ist denn doch wohl mit das Schlimmste, wovon man je gehört hat! – Na, aber wir wollen nicht hier sitzen und Schwarzseher spielen." Lars Peter erhob seine

Stimme. „Schau dich mal draußen um und sieh zu, daß du die Kleinen zu packen kriegst – sie sehnen sich sicher nach dir. Ich muß hinunter und das Boot klarmachen für die Nacht."

Ditte nahm Paul und Else bei der Hand und ging hinaus, um Freunden und Bekannten guten Tag zu sagen. Am liebsten hätte sie's sich geschenkt, aber das ging nicht an, dann warf man ihr vor, daß sie eingebildet sei.

Die alten Leute im Pfannkuchenhaus freuten sich, sie zu sehen. „I, wie groß du geworden bist!" sagten sie und befühlten sie von oben bis unten. Sie selber waren noch kleiner geworden. Es war wirklich, als wüchsen die beiden lieben Menschen in die Erde. Wie immer duftete es bei ihnen nach Äpfeln und Lavendel.

Auch bei Lars Jensens Witwe guckten sie hinein. Sie war gar nicht mehr Witwe, der Krugwirt hatte sie mit einem Fischer, der neu ins Dorf gezogen war, zusammengetan – um schnell über die Wohnungsfrage hinwegzukommen. Aber die Kinder nannten sie nach wie vor nie anders als Lars Jensens Witwe. Sie war ganz gerührt über den Besuch, die gute Seele! „Ja, eure Mutter bin ich diesmal nicht geworden", sagte sie, „aber es ist schön zu sehn, daß ihr doch ein bißchen freundlich an mich denkt. Denn ich hab ja selber nun einen Mann gekriegt, mit dem ich auskommen muß. Das hast du wohl gehört? Wie er ist, kann ich dir wahrhaftig nicht sagen – denn ich hab ihn noch kaum kennengelernt. Ist ja was Sonderbares, wenn so ein wildfremder Mensch zu einem in den Stallstand getan wird; zuerst tritt und beißt man einander ja ein wenig und will nichts voneinander wissen. Aber das muß sich wohl geben – wie alles andre hier in der Welt." Sie mußten bleiben und Kaffee trinken, und dann wurde die Besuchstour fortgesetzt.

Es machte Spaß, so umherzugehen und als Erwachsene behandelt und respektiert zu werden! Ditte hatte das Gefühl, als würde sie gefeiert.

Aber dann war's auch bald vorbei mit dem Visitemachen. Es war Sonnabend, und zu Hause war eine gründliche Reinigung notwendig. Else konnte nur das Notwendigste erledigen. Ditte zog einen alten Rock an, band eine Scheuerschürze vor und begann reinezumachen.

Es tat wohl, wieder daheim zu schaffen; unsagbar wohl tat's, zu wissen, daß die Augen der anderen bei ihrem Anblick leuchteten vor Liebe, Stolz – und Bewunderung. Wie dick und rotwangig sie geworden war, und wie sie sich gereckt und gestreckt hatte! „Du bist ja bald ein erwachsenes Mädchen", sagte Lars Peter stolz. „Ehe man sich's versieht, kommst du wohl gar mit einem Schatz am Arm an." Die Kinder hingen an ihr, froh und stolz in dem Bewußtsein, eine erwachsene Schwester zu haben, die mit der Luft einer fremden Welt in ihren Kleidern nach Hause kam und große Dinge erzählte.

Besonders Paul ließ sie nicht los, so daß es sie beinahe bei der Arbeit störte; am liebsten wollte er die ganze Zeit auf ihrem Schoß sitzen. Nun wollte er für vielerlei Entbehrungen entschädigt werden. Und in Dittes Herz wurde ein Verlangen dadurch gestillt, daß sie ihn wieder um sich haben und ihm helfen konnte; sein kleiner Körper war ein so liebes Ding zwischen den Händen, und sie war beglückt über sein beständiges „Nein, Ditte-Mütterchen soll!", wenn er einer Handreichung bedurfte.

Natürlich wollten sie alle vier in einem Bett liegen. „Das geht niemals", sagte der Vater. „Ihr dürft nicht vergessen, daß ihr alle gewachsen seid."

Aber Ditte war ebenso versessen darauf wie die anderen, sie war ein richtiges Kind. „Kommst du nicht bald?" riefen sie, und Ditte sehnte sich selbst danach, zu ihnen zu kriechen. Aber sie wollte anderseits auch gerne beim Vater sitzen und nach Erwachsenenart mit ihm reden.

„Na, wie bist du denn drüben zufrieden?" fragte er sie, als sie Ruhe vor den anderen hatten. „Gesund und frisch siehst du ja aus, zu hungern und allzusehr zu schuften brauchst du wohl nicht!"

Nein, Ditte war ganz zufrieden – so im allgemeinen. Aber zum Winter wollte sie gern nach Hause kommen. Man hatte doch gewiß Verwendung für sie, und der Bakkehof war so weit weg.

„Ja, du fehlst uns überall und jeden Tag – auf die eine und andere Weise", sagte Lars Peter. „Aber dich nach Hause nehmen – ein konfirmiertes Mädchen –, das geht nicht an für kleine Leute, wie wir's sind! Die Menschen würden darüber reden!"

„Rasmus Olsens Martha ist doch immer zu Hause gewesen", wandte Ditte ein.

„Ja, mit der ist das so eine Sache", sagte Lars Peter zögernd. „Sie hat das gewiß auch nicht umsonst gehabt. Nein, der Krugwirt liebt es nicht, daß die kleinen Leute Hilfe an ihren Kindern haben; er sah es ja nicht mal gerne, daß Christian hier war. Wenn's aber zu weit ist, könnten wir vielleicht eine Stelle für dich finden, wo du näher an zu Hause bist. Es wird davon gesprochen, daß der Krugwirt ein Hotel einrichten und Badegäste heranziehen will, so wie es an andern Orten ist. Vielleicht könntest du da Beschäftigung finden."

Nein, dann blieb Ditte lieber, wo sie war.

„Es ist auch nicht gut, so schnell die Stelle zu wechseln", sagte Lars Peter. „Man kriegt einen schlechten Ruf – mit oder ohne Grund. Die Bauern können nun mal die Leute nicht leiden, die zu oft wechseln."

„Warum denn nicht – wenn sie doch selber den Anlaß geben?"

„Weil es zu große Selbständigkeit verrät – und die ist unerwünscht. Diejenigen, die lange auf einer Stelle bleiben, sind dagegen solche, die sich in vieles fügen – und das haben die Leute immer gern! – Aber, um von etwas anderem zu reden, bekommst du denn den Onkel Johannes manchmal zu sehen? Man sagt, daß er sich oft auf dem Bakkehof blicken läßt."

Ditte hatte ihn nur einmal auf dem Bakkehof gesehen und glaubte nicht, daß er öfter dagewesen sei. „Ist vielleicht was zwischen ihm und der Karen vom Bakkehof?" fragte sie neugierig.

„Ja, geklatscht wird jedenfalls darüber, daß er sich lieb Kind bei deiner Bäuerin macht – und daß sie ihm nicht ganz übel will. Ob's wahr ist, kann man ja nicht garantieren; aber frech genug ist er dazu, so hoch hinauszuwollen. Da käme denn alt und jung zusammen, und das soll bekanntlich nicht gut sein."

Am nächsten Morgen erwachte Ditte davon, daß jemand sie an der Nase zog. Verwirrt schlug sie die Augen auf: Christian und Paul standen übers Bett gebeugt und starrten ihr schelmisch ins Gesicht. Schwester Else stand mit Kaffee daneben. „Du sollst den Kaffee im Bett kriegen!" riefen sie, über ihren verstörten Ausdruck herzlich lachend. Solch ein Erwachen war sie sicher nicht gewöhnt.

Es war gar nicht mehr so früh am Morgen – das konnte sie an der Sonne sehen. Die kleinen Schelme hatten gestern verabredet, daß sie lange schlafen solle, und sich aus den Federn geschlichen, ohne daß sie es merkte. „Ihr seid mir die Richtigen!" sagte sie und setzte sich aufrecht. „Ich wollte doch früh aufstehn und das Haus in Ordnung bringen."

„Aber das ist ja in Ordnung!" riefen sie, höchst belustigt darüber, daß sie es verstanden hatten, Ditte so anzuführen.

Während Ditte sich ankleidete, mußte sie ihnen vom Bakkehof erzählen, von dem Vieh, dem Kater, der ganz so aussah wie Pers, von dem ältlichen Tagelöhner mit dem Kautabakmund und den schwarzen Pferdezähnen. „Und er ist so kußsüchtig", sagte Ditte. „Er läßt einen nicht in Frieden."

„Puh, so ein widerlicher Kerl!" Christian mußte ans offene Fenster gehen, um auszuspucken. Dabei entdeckte er die Boote draußen auf der See. „Vater kommt!" rief er und sauste mit einem Freudengeheul davon – durch die Küchentür und die Düne hinab. Auch die beiden andern bekamen es mit der Eile. Aber Paul, der immer alles nachmachte, was Christian tat, mußte erst ans Fenster, um gleichfalls hinauszuspucken. Er mußte auf die Bank klettern, um so hoch hinaufzureichen – und doch bekam er es wieder zurück. Und dann mußte Ditte ihn natürlich erst wieder abtrocknen. Das alles hielt auf. Endlich war er draußen und trabte spornstreichs zum Hafen hin. Ditte konnte ihm vom Fenster aus mit den Augen folgen. Alle Augenblicke purzelte er hin, so eilig hatte er's. Wie drollig der kleine Dicksack doch immer war!

Auch Ditte wollte an den Strand hinunter, aber da klopfte

es an die Wand. Es war die Mutter Doriom. Ditte ging zu ihr hinein. „Ich hab gehört, daß du gekommen bist", stöhnte sie. „Ich hab deine Stimme erkannt." Sie hustete leise bei jedem Wort, und der Schleim brodelte in ihr. Es war, als wenn ein Topf mit Kartoffeln kochte. Sie lag in einem fürchterlichen Zustand; Ditte versuchte, unter ihrem Kopf die Kissen etwas zurechtzulegen, sie fühlten sich wie klammes Wachstuch an.

„Ja, hier liegt man und verfault und kann doch nicht sterben", klagte sie. „Niemand nimmt sich meiner an, und niemandem kann man was nützen. Der Sohn ist auf dem Meer und kommt nie nach Hause, und seine Frau treibt sich bloß rum. Nun erwartet sie wieder, wird gesagt – ich hab ja zu schlechte Augen, um es zu sehen. Und es ist auch gleich – wenn man nur bald sterben könnte! Wenn der Vorn-und-hinten-Jakob nicht wäre, würde man daliegen und ganz umkommen; er ist der einzige, der sich um einen kümmert. Komm hierher, so will ich dir was anvertrauen, aber du darfst es keinem Menschen gegenüber erwähnen. Jakob ist dabei, das Wort zu finden – eines Tages schießt er den Menschenfresser tot."

„Wenn's nur wahr wäre", sagte Ditte, „dann bekäme die Welt Ruhe vor ihm ..."

„Ja, nicht wahr! Aber sag es niemandem, sonst kann es leicht vereitelt werden."

„Soll ich nicht ein bißchen das Fenster aufmachen?" Ditte erstickte fast in dem Gestank.

„Nein, nein!" Die Alte bekam bei dem bloßen Gedanken einen Hustenanfall.

Ditte sah sich hilflos um; sie hätte so gern geholfen, aber hier war kein Anfang und kein Ende zu finden. „Laß du bloß alles so, wie es ist", sagte die Alte. „Man hat sich nu mal eingelebt, und es paßt einem so am besten." Es wurde Ditte beinahe übel hier drinnen, aber einfach wegzugehn und die Alte so liegenzulassen, das brachte sie nicht übers Herz. Sie war nicht gerissen genug, sich um etwas herumzudrücken. Aber da hörte sie den Vater draußen nach ihr rufen.

„Ja, du kriegst keine Luft da drinnen", sagte er. „Unsereins, der an allerlei gewöhnt ist, wird seekrank, wenn man bloß den Kopf zur Tür hineinsteckt. Aber da ist nichts zu machen. Ab und zu wird ja da drinnen rein gemacht, aber es ist immer gleich wieder die alte Geschichte. Eigentlich müßte sie ins Krankenhaus, der Krugwirt will's bloß nicht zulassen. Er hat wohl Angst, daß es bekannt wird, wie man sie hier hat verkommen lassen. Sie hat sich große Löcher gelegen vor Schmutz und Ungeziefer, und ihre Schenkel sollen ganz zusammengewachsen sein."

„Wo sind die Zwillinge?" fragte Ditte.

„Das eine ist neulich im Hafen ins Wasser gefallen und ertrunken. Die Mutter war gerade unten am Ladeplatz und spülte Wäsche, und dicht neben ihr ist es passiert. Aber sie merkte nichts und ging nach Hause in dem Glauben, daß sie kein Kind bei sich gehabt hätte, denn so war sie ja – die Schlumpe. Man hat es nachher unter einem Prahm gefunden. Und das andre Kind haben wir dann vorläufig einer Familie drüben landeinwärts übergeben."

„Aber warum will denn der Krugwirt ihnen nicht helfen?"

„Ach, er haßt sie wohl, weil der Sohn auf See gegangen ist, statt hier im Dorf zu arbeiten."

Aber heute war Sonntag. Das sah man an allem. Die Sonne legte einen eigentümlich festlichen Glanz über Dünen, Hafen und Wasser, die Hütten glitzerten im stillen Sonnenschein. Die Netzstangen standen und ragten in die blaue Luft hinein wie Burschen, die sonntags feiern, die Hände in der Tasche. Ein solcher Tag forderte etwas richtig Festliches von einem: einen Ausflug! Lars Peter verzichtete auf seinen Schlaf. „Ach was – einmal mehr oder weniger geschlafen!" antwortete er vergnügt auf Dittes Bedenken. „Als man jung war, da hat man ja so manche Nacht durchwacht. Und ausschlafen kann man noch genug in der Ewigkeit."

Ein Ausflug nach dem Arresee mußte viel Spaß machen, bei der Gelegenheit bekam man dann auch das Elsternnest zu sehn – da war so vieles, was einen lockte. Lars Peter war sehr dafür, die Kinder dagegen wollten lieber an einen Ort, wo sie noch nie gewesen waren. In einem Fischerdorf ein paar Meilen südlich sollte ein Molenfest stattfinden – zum Besten des Hafens!

Lars Peter griff den Gedanken sofort auf, vielleicht bot sich dort Gelegenheit, sich nach etwas anderem umzusehen – die Geschichte hier hatte er herzlich satt. „Dann kriegen wir auch die Sommerfrischler zu sehen", sagte er aufgeräumt. „Es sollen so viele davon da sein, daß die Fischer ihnen ihre Hütten überlassen und selber in die Schuppen und Schweineställe ziehen. Eine komische Sippschaft muß es sein. Den Fisch essen sie mit zwei Gabeln, wird erzählt; frühstücken tun sie, wenn wir zu Mittag essen, und Mittag essen sie, wenn wir unsre Abendmahlzeit haben. Ihr Abendbrot wird dann wohl eingenommen, wenn wir unseren Morgenkaffee trinken!" Die Kinder lachten; sie fanden das zu töricht. „Ja, und dann arbeiten sie gar nicht, sondern haben Liebschaften mit den Frauen der anderen. Das gehört offenbar dazu, denn deswegen bleiben sie doch gute Freunde. Und im Wege sind sie einem dauernd. Die Fischer sind nicht alle besonders begeistert, aber es kommt Geld dadurch ein." Das klang alles vielversprechend.

Aber wie konnte man dort hinkommen? Zu segeln war das leichteste und natürlichste, aber den Mädchen sagte das nicht besonders zu, und zu Fuß hinzugehen, dazu war der Weg zu lang. Es gab ja allerdings noch den Ausweg, zu versuchen, ob man nicht den großen Klaus leihen konnte. Lars Peter meinte, es lohne sich, den Versuch zu machen. Der Krugwirt sei seit der Geschichte mit dem Kirchhof eigentlich viel umgänglicher geworden.

Ja, das war wirklich etwas: wieder einmal mit dem großen Klaus zu fahren! Die Mädel sagten: „Ah!" und machten große Augen, und die beiden Buben benahmen sich wie übermütige Füllen. Christian wurde gleich ausgeschickt, um das Fuhrwerk zu bitten, und ehe man's erwartet hatte, hielt er damit vor der Tür.

Nun hieß es, sich sputen! Die Kinder hatten ihren Staat an, aber alles mußte noch einmal nachgesehen werden; sie bemühten sich wirklich, proper auszusehen, aber man wußte ja, wie es mit Kindern war. Christian hatte schwarze Knie, sie waren ganz rauh und hart; es gehe nicht ab, behauptete er. „Komm her, ich werd es schon abkriegen", sagte Ditte und kam mit grüner Seife und der Scheuerbürste, aber Christian sprang weg.

„Glaubst du, ich will Mädchenbeine haben?" sagte er gekränkt.

Ditte packte einen Korb voll Brot, Butter und Schmalz in Steintöpfen, kalten Fisch und was sonst noch herbeizuschaffen war. „Jetzt fehlen uns nur noch ein paar Flaschen Bier", sagte sie.

„Die kaufen wir drüben – und Kaffee auch!" erwiderte der Vater. „Heute wollen wir uns mal richtig amüsieren."

„Aber du hast ja kein Geld!" wandte Ditte vernünftig ein.

Das stimmte, Lars Peter hatte es ganz vergessen. „Man hat sich so daran gewöhnt, nie einen Pfennig in der Tasche zu haben, daß es geradezu ein Laster wird", sagte er lachend. „Ach, Christian, spring doch mal zu Rasmus Olsens hinüber und bitte sie, Vater 'nen Taler zu leihen."

„Wenn sie nur was haben", sagte Ditte, nach Olsens Hütte hinüberspähend.

„Ja, sie haben Geld. Weißt du, Rasmus Olsens Bootsmannschaft hat heut nacht bei Hesselö ein Boot aus Hundested getroffen, dem haben sie einen Teil vom Fang verkauft", sagte Lars Peter gedämpft. „Man muß ja zwischendurch mal so 'ne kleine Nummer machen, um ein paar Batzen in die Finger zu kriegen."

Da kam Christian von drüben gesprungen. Man konnte ihm ansehen, daß er Erfolg gehabt hatte. In der Hand hielt er eine durchsichtige Flasche, aus der die Sonne Funken schlug. „Das ist ja wahrhaftig Schnaps", rief Lars Peter mit ganz warmer Stimme. „Das war wirklich sehr freundlich von Rasmus Olsen!"

„Und weißt du was", sagte Paul, Ditte am Rock ziehend, „drüben im Pfannkuchenhaus backen sie Krapfen; ich glaube, die sind für uns." Ja, Ditte hatte es schon gerochen.

„Aber woher wissen sie denn, daß wir einen Ausflug machen wollen?" fragte sie erstaunt.

Das war kein Geheimnis. Das Fuhrwerk war von einer Kinderschar umringt, und die Frauen steckten die Köpfe aus den Hütten und guckten. Nicht jeden Tag hielt das Staatsfuhrwerk hier im Dorf vor der Tür.

Wie wunderlich war es, den großen Klaus wiederzusehen! Alt war er und mißbraucht; er war sehr mager geworden, seit Ditte ihn zuletzt gesehen hatte. Sie suchte ein paar alte Brotkanten für ihn heraus, aber der große Klaus roch bloß daran. Man mußte sie ihm in Wasser aufweichen, damit er sie kauen konnte. Aber erkennen konnte er sie; besonders über das Wiedersehen mit Lars Peter freute er sich. Er wieherte leise, sobald der Vater sich ihm näherte. Es war wirklich rührend. „Er hatte es am liebsten, wenn man ihn die ganze Zeit streichelt", sagte er traurig und faßte ihn ums Maul. Der Gaul schob den Kopf zwischen Lars Peters Arm und Brust und stand unbeweglich still.

Den Kindern tat das Tier im Grunde leid, wenn sie an die lange Tour dachten; es ließ sich so müde hängen, sein Riesenkörper glich einem alten Haus, das im Begriff ist, einzustürzen. Aber Lars Peter meinte, es werde schon gehen, und als sie erst auf dem Wagen saßen, hielt der Gaul ganz gut durch.

Lars Peter ging neben dem Fuhrwerk her, bis sie aus dem losen Dünensand heraus waren; und der Vorn-und-hinten-Jakob, der auch erschienen war, schob hinten nach. Es war gar kein so törichter Einfall von ihm.

„Aber die Krapfen!" sagte Paul, als sie oben auf der Düne haltmachten, damit der Vater auf den Wagen steigen konnte. „Die haben wir ganz vergessen." Ditte schaute nach dem Hause hin; sie hatte wohl daran gedacht, aber man konnte doch nicht so einfach hingehen und darum bitten, selbst wenn man wußte, daß sie für einen bestimmt waren. Aber da kam die kleine Frau in der Tür zum Vorschein und winkte. Christian sprang geschwind vom Wagen. Dann schleppte er einen schweren Korb herbei. „Es ist auch Stachelbeergrütze drin", sagte er. „Und dann soll ich einen Gruß bestellen. Sie wünschen uns viel Vergnügen!"

Langsam, aber sicher fuhren sie landeinwärts. Als der große Klaus sich erst einmal die Gelenke warm gelaufen hatte, ging es ganz gut mit ihm; er hatte noch etwas von der alten Gangart an sich und brachte die Meilen besser hinter sich als mancher Läufer.

Wie schön war es, wieder ins Innere des Landes zu kommen, und obendrein hoch zu Wagen. Ringsum lagen Felder, Grundstücke mit je einem Heim, das von Mühe und Arbeit erzählte. Hin und wieder sah man weit drüben die Fläche des Arresees schimmern, und dabei mußte man an das Elsternnest denken. Die Zeit hatte das Ihre getan, hatte alles Zufällige getilgt und nur das Wesentliche übriggelassen. Es war doch ein Eigentum, war das Elsternnest mit Äckern darum, mochten sie auch noch so mager sein, mit Kuh und Schwein und Hühnern, die Eier legten. Man war sein eigener Herr gewesen, solange man einem jeden das Seine gab. Sie sprachen nicht darüber und hatten doch die gleichen Gedanken; das sah man an der Art, wie sie den Hals reckten, wenn sie über einen Hügel weg waren, um womöglich etwas Rauch vom Elsternnest aufsteigen zu sehen. Hätte der große Klaus nicht darunter zu leiden gehabt, so hätte Lars Peter den Umweg an dem Haus vorbei gemacht. „Man hätte vielleicht doch dort bleiben sollen", sagte er halblaut. Er sagte es zu keinem der Kinder, aber diese dachten etwas Ähnliches. Selbst der kleine Paul war jetzt ganz in sich gekehrt, als ob er sich an die Vergangenheit erinnerte und alles wiedererkannte. Das Ackerland war doch etwas anderes als das Meer.

Da, wo man zum Fischerdorf hinunterfuhr, lag ein riesiges Gebäude, das bis zum Dach dicht mit hölzernen Vogelbauern behängt war.

„Das ist das Badehotel", erklärte Lars Peter. „So ein Ding will der Krugwirt bei uns aufführen. Der Henker soll verstehn, wie es sich bezahlt macht – wo es nur einen guten Monat in jedem Jahr in Gebrauch ist." Der große Klaus mußte anhalten, während sie das Gebäude besichtigten.

„Wozu sind denn die komischen Vogelbauer?" fragte Ditte.

„So was nennen sie Verandas. Da liegen und faulenzen sie, wenn sie sich nicht rühren mögen."

„Kostet es viel Geld, da zu wohnen?" fragte Christian, als sie weiterfuhren.

„Bist du nicht gescheit, Junge! Sie bezahlen für einen Tag und für jede einzelne Person mehr als wir in einer Woche für die ganze Familie."

„Wo kriegen sie denn all das Geld her?" fragte Else.

„Ja, woher kriegen sie's – sag du es mir! Unsereins vermag mit seiner Rackerei kaum genug Groschen für das Allernötigste zusammenzuscharren. Aber es gibt ja nu mal Leute, denen alles in den Schoß fällt."

So fuhren sie fort zu fragen – ohne Ende. Lars Peter konnte kaum alles so schnell aufgreifen. Nur der kleine Paul fragte nicht, er gebrauchte seine Augen. „Wie der Junge sehen kann!" sagte Ditte und gab ihm einen Kuß.

Sie kehrten nicht im Krug ein, sondern fuhren in eine Düne hinunter, und dort spannten sie aus. „Im Krug wird einem fast immer Häcksel gestohlen", sagte Lars Peter zur Erläuterung, aber der eigentliche Grund war der, daß er das Trinkgeld sparen wollte. Dem großen Klaus wurde der Maulsack vorgebunden, es wurde ihm eine Decke gegen die Fliegen umgehängt, und dann ging man sich umsehen.

Der Hafen war nicht so gut wie der daheim, aber dafür war hier ein feinerer Strand. Wie ein Halbmond erstreckte er sich nach beiden Seiten, und seinen Abschluß fand er in der hohen Landzunge. Auf dem Sand ging es sich wie auf einer Diele. Kleine Holzhäuser mit Rädern drunter standen ringsum, die wurden ins Wasser gefahren, wenn jemand baden wollte. „Das ist für die, die so vornehm sind, daß sie sterben, wenn einer sie ohne Kleider sieht", sagte Lars Peter lachend. „Aber sie sind ja nicht alle gleich zimperlich."

Nein, wahrhaftig nicht. Denn da lagen Menschen rings im Sand und sonnten sich, ohne mehr als ein Handtuch um die Lenden, Männer und Frauen bunt durcheinander. Einige von ihnen hatten sich ganz in den Sand vergraben, wie Ferkel und Hühner. Und unten am Wasser gingen nackte Paare Arm in Arm spazieren. Da gingen auch nackte braune Männer, die niemanden am Arm hatten, aber stolzierenden Hähnen glichen; sie gingen mit gekreuzten Armen und ließen ihre Muskeln spielen. Jeden Augenblick streckten sie die Arme, bildeten einen neuen Muskelknoten und kreuzten die

Arme von neuem. Es war komisch anzusehen. Am allerdrolligsten aber war ein nackter Mann, der am Strand entlanglief, so schnell er konnte, immer hin und her. Er hatte die Ellbogen in die Hüften gestemmt und den Kopf zurückgeworfen. Das nasse Haar hing ihm lang den Rücken hinab.

Die Kinder lachten laut. „Der ist sicher nicht recht gescheit“, sagten sie.

„Er selber glaubt ganz gewiß, es zu sein“, erwiderte der Vater. „Ihr sollt sehen, er tut's seiner Gesundheit wegen. Aber so sind sie – die meisten sind halb verrückt. Das wird viel Unruhe in unserm Dorf geben, wenn wir uns mit ihnen rumschlagen müssen.“

An dem Festplatz selbst war nicht viel dran. Man hatte Laubgirlanden gewunden und zwischen Säulen aufgehängt, so daß ein Viereck zustande kam. Und in diesem Viereck stand ein Mann und redete laut vom Weg der Dänen zu Macht und Ruhm! Er war barhäuptig und schwitzte stark; die Sonne funkelte auf seiner großen, kahlen Stirn. Buden und Kraftmesser und dergleichen Dinge, wie sie sie von den Märkten her kannten, gab es hier nicht.

„Der Mann da ist sicher zu klug für uns“, sagte Lars Peter, und sie wanderten weiter; er selbst ging mit Ditte an der Spitze, während die drei Kleinen ihnen auf den Fersen folgten. Hier war alles so fremd – so kopenhagenerisch-vornehm. Es nahm einem den Mut.

In einer der Hotellauben verzehrten sie die mitgebrachten Butterbrote und Krapfen, die noch warm waren. Ein Mann in einer weißen Jacke, mit einem Wischtuch überm Arm, servierte Bier und Kaffee. Ditte fand, daß es für einen Mann eine recht sonderbare Arbeit sei. Aber Spaß machte es, im Hotel zu essen!

Dann war es Zeit, anzuspannen. Die Sonne begann schon nach ihrem Ruhebett zu schielen. Die Uhr zeigte fünf. Ditte mußte noch heute abend auf den Hof zurück; es ging nicht an, daß sie zu spät kam.

6

Die Jungfrau mit den roten Wangen

Der Herbst setzte ein mit Kälte und nassem Wetter; das Vieh stand fast den ganzen Tag da, das Hinterteil Wind und Wetter zugekehrt, anstatt zu weiden, und Ditte fror. Es war schwer, das Vieh in dieser Zeit im Freien zu halten, die Tiere hatten nur einen Gedanken – nach Hause zu kommen. Auf allen anderen Höfen hatte man das Vieh längst in den Stall genommen, aber der Bakkehof hatte Ausdauer, auf diesem wie auf jenem Gebiet, wenn es darauf ankam, keine Änderungen vorzunehmen. Aber als man eines Morgens aufstand, war Schnee gefallen – in den ersten Tagen des Oktober. Er verschwand wieder im Laufe weniger Stunden; trotzdem war es wie ein Puff in den Rücken, auf den man immer gewartet hatte.

Die Sommerweide war gut ausgefallen, und das Vieh war in guter Verfassung – es hatte glattes Haar und war verhältnismäßig rund.

Nun sollten die Tiere von ihrer Wohlbeleibtheit zehren. Auf dem Bakkehof trieb man Landwirtschaft nach alter Manier; man meinte, daß jede Jahreszeit genug Plagen bringe, Kraftfutter kaufte man nie, und von der guten Weide hatte man verhältnismäßig wenig Heu in die Scheune eingebracht. Karen hatte in diesem Sommer in allen Dingen eine ungewöhnliche Gleichgültigkeit an den Tag gelegt, und ihr Sohn war zu grün und unentschlossen, um sich der Dinge anzunehmen.

Ditte bekam jetzt strengere Tage. Abgesehen vom Ausmisten und der anderen gröbsten Arbeit, die der Sohn erledigte, war es ihre Aufgabe, das Vieh zu besorgen, und im übrigen hatte sie auszuhelfen bei allem, was zu tun war, soweit ihre Zeit es zuließ. Aber sie war froh über die Veränderung. Sie bedurfte der Nahrung für ihr Gemüt von außen her, die Einsamkeit da draußen beim Hüten hatte ihr Dasein bloß arm gemacht.

Den Sommer hindurch hatte sie sich angestrengt, um sich

über das Leben um sie her, über Menschen und Verhältnisse klar zu werden. Aber das war nicht leicht, wenn man meistens allein war. Sie hatte zuwenig Gelegenheit, Eindrücke aufzufangen. War Karen vom Bakkehof arm? Es war an sich natürlich, alle Hofbauern für reich anzusehen, aber hier sprach verschiedenes dagegen, unter anderem die Haltung anderer Höfe zum Bakkehof. Sonst pflegten die Bauern doch wie Kletten zusammenzuhängen, und ein jeder hatte seine Schwächen, die zur Nachsicht gegen andere mahnten. Aber dem Bakkehof gegenüber verhielten sich alle zurückhaltend.

Warum verrieten so viele Menschen Angst in Blick und Stimme, wenn die Rede auf Karen kam? War nur der unheimliche Tod ihres Mannes daran schuld? Und warum empfand sie selbst einen seltsamen Schauder in der Nähe der Bäuerin? Eigentliche Angst vor ihr hatte sie ja nicht. Aber das lag wohl an dem verwirrend starken Geruch, den sie verbreitete. Woher rührte der?

Und vor allem – war wirklich etwas zwischen der Bäuerin und dem Onkel Johannes? Das war doch das Allerspannendste, und sie hielt Ohren und Augen offen. Lange gab es nichts zu beobachten, aber an einem der ersten Tage, nachdem das Vieh hereingenommen war, ließ er sich wieder sehen. Er und die Bäuerin tauchten plötzlich in dem Halbdunkel des Kuhstalls auf und besahen das Vieh. Über jedes einzelne Tier mußte er sein Urteil abgeben. An ihrem Wesen und an den Blicken, die sie wechselten, konnte man erkennen, daß sie zusammen gewesen waren, seitdem er das letzte Mal hier war, und daß sie mehr miteinander zu tun hatten, als die Leute wissen durften. Es mußte also doch wahr sein, daß sie einander heimlich draußen trafen. Er nickte Ditte zu, ließ sich aber im übrigen nicht mit ihr ein; sie begriff, daß man auch da nicht auf die Verwandtschaft pochen durfte.

Zu Mittag wurde für ihn am obersten Ende des Tisches gedeckt – mit einem Tischtuch! Er bekam Rippenspeer und Wurst und anderes Extraessen, und Karen wartete ihm selber auf. Es war seltsam zu sehen, wie die ältliche Frau den schwarzen Schleicher bediente und wie ein Hund seinen Gesichtsausdruck beobachtete, um seine Wünsche zu erraten. Sine und der Tagelöhner tauschten Blicke. Der Sohn saß über seinen Teller gebeugt und sah verlegen aus. Er schämte sich für die anderen.

Plötzlich hob er den Kopf und tat etwas, das ihm gar nicht ähnlich sah. „Wie – seid ihr beide, du und das Mädel, nicht miteinander verwandt?“ fragte er und sah zu Johannes hinüber. Rasmus Rytter räusperte sich. „Au verflucht!“ rief er und schlug mit den Fingern, als hätte er sich am Essen verbrannt. Die Bäuerin betrachtete ihn spöttisch. „Du wirst wohl alt?“ sagte sie.

Aber Johannes ließ sich durch so etwas nicht einschüchtern; er gaffte bloß zurück – mit frechem Grinsen. „Ja, so ’n bißchen. Das heißt, sie ist bei meinem Bruder in Pflege gewesen!“ entgegnete er keck. Ditte saß zitternd da; sie hatte das Gefühl, daß sie als Wurfwaffe gebraucht wurde. Aber dann wurde Gott sei Dank nicht mehr davon gesprochen.

Später zogen sich Karen und Johannes in die gute Stube zurück – wie zwei richtige Brautleute. Aber ein sonderbares Brautpaar war es doch; denn sie spielten den ganzen Nachmittag Karten und tranken Kaffee mit Rum. Karen mit der Pfeife zwischen den Zähnen – mit derselben, mit der sie ihrem Mann nach Rasmus Rytters Behauptung das Leben ausgeräuchert hatte. Johannes rauchte ja immer Zigarren, der feine Herr!

Nach dieser Zeit kam er oft, und ebensooft fuhr die Frau vom Bakkehof aus. Sie fuhr selber, und ein jeder wußte, wohin die Reise ging. Sie traf mit ihm und anderen seinesgleichen in den Hotels der umliegenden Orte zusammen, und da wurde ein tolles Leben geführt. Nun, Karen war auch vorher kein Sonntagsschulkind gewesen; aber sie war wenigstens in ihren vier Wänden geblieben. Nun ließ sie alle Scham fahren und gab ihre Liederlichkeit den vier Winden preis.

Es war eine alte Sitte, daß die vom Gesinde, die zum Ziehtag ihre Stelle nicht wechselten, am Sonntag danach frei bekamen; und am ersten Sonntag im November machten sich Sine und Ditte schon am Vormittag zur Kirchzeit auf den Weg. Ihr Lohn war ihnen ausbezahlt worden, und sie wollten nach Frederiksvaerk, um Einkäufe zu machen. Es war Sine nicht leicht geworden, die fünfzig Kronen rechtzeitig zu bekommen; sie mußte der Bäuerin weismachen, daß sie in der Stadt Schulden habe. „Ach, du willst ja doch nur in die Stadt, um das Geld auf die Sparkasse zu bringen!" hatte Karen gesagt; aber beschaffen mußte sie das Geld. Dittes fünf Kronen waren ja kein so großer Betrag, das ließ sich ohne weiteres erübrigen.

„Ja, für dich ist es viel Geld!" sagte Sine. „Aber wart mal ab, wie weit es reicht. Ich weiß noch recht gut, wie ich selbst mein erstes Geld bekam und wie betrübt ich war, als es futsch war, ohne daß man wußte, wo's geblieben war."

„Ist das wahr, daß du Geld auf die Sparkasse bringst?" fragte Ditte und nahm ihr Bündel auf den anderen Arm. Außer dem Beiderwandstoff, der Wolle, dem Hemd aus Wergleinwand und den neuen Holzschuhen hatte sie auch Wäsche darin.

Sine nahm ihr das Bündel ab. „Komm her, du schleppst dich ja tot, Mädel", sagte sie. „Die Holzschuhe hättest du zurücklassen können, die sollst du ja doch bei der Arbeit verschleißen. Oder sollen sie vielleicht zu Hause auf die Kommode gestellt werden?"

„Ich will sie bloß den andern Geschwistern zeigen", sagte Ditte. „Und Vater", fügte sie feierlich hinzu.

„Na ja, du bist eben ein Kind. Ein richtiger Kindskopf!"

Ditte kam auf ihre Frage zurück. Diente sie wirklich zusammen mit einer, die Geld auf der Sparkasse hatte? Es war sehr wichtig, das bestätigt zu hören. „Wir haben auch einmal Geld auf der Sparkasse gehabt", sagte sie.

„Ja, das war wohl das Geld, das deine Mutter —" Sine stockte plötzlich. Und um es wiedergutzumachen, vertraute sie Ditte an, daß sie bereits fünfhundert Kronen auf der Sparkasse habe. Zweihundert habe sie geerbt, aber den Rest habe sie zusammengespart. Und wenn sie tausend beisammen habe, wolle sie in einem der Dörfer einen kleinen Garnhandel anfangen. „Du solltest auch etwas hinbringen", sagte sie. „Wenn es auch noch so wenig ist, so wird doch was draus. Und es ist gut, was zu haben, wenn man alt wird."

„Nein, ich heirate", erklärte Ditte. Sie wollte keine alte Jungfer werden.

„Wenn er dich nicht sitzenläßt!" meinte Sine.

„Hat man dich im Stich gelassen?" Ditte zog diesen Ausdruck vor.

Sine nickte. „Ja, schändlich", sagte sie und sah plötzlich ganz vergrämt aus. Es war nun schon eine Reihe von Jahren her, aber wenn sie daran zurückdachte, fiel es ihr immer noch schwer, die Tränen zurückzuhalten.

„Hat er dich in der Schande sitzenlassen?" Ditte sagte es mit tiefer, erfahrungsschwerer Stimme. Sie war stolz darauf, daß man mit ihr wie mit einer Erwachsenen sprach.

„Nein, so weit durft's nicht kommen. Darum hat er ja mit mir gebrochen", sagte Sine halb schluchzend.

Sie schnaubte ein wenig, dann nahm sie sich zusammen, schneuzte sich energisch und steckte das Taschentuch resolut in die Tasche. „Ja, du gaffst, du", sagte sie. „Du bist's nicht gewöhnt, die Sine heulen zu sehn. Aber ein jedes Dach hat seine undichten Stellen. Da heißt es rennen und Balgen drunterstellen."

„Weswegen hat er dich denn im Stich gelassen?" fragte Ditte wieder verwundert.

„Ja, das darfst du wohl zweimal fragen", sagte Sine lachend. „Aber wart du nur, bis sie anfangen, erst an dem einen und dann an dem anderen Band zu zupfen – und erklären, sie müßten erst wissen, ob du so oder so bist, bevor sie es wagen, dich zu heiraten. Dann verstehst du ein bißchen mehr als heute. Nein, die Mannsleute soll man sich vom Halse halten. Erst kriechen sie vor einem und schmeicheln einem, und wenn sie erreicht haben, was sie wollen, dann richten sie sich auf und setzen einem den Fuß auf den Nakken."

Ditte dachte nach und ging ihre ganze kleine Welt durch. „Vater ist nicht so", sagte sie entschieden. Sie dachte daran, wie nachsichtig er Sörine gegenüber war, und wie er bloß darauf wartete, daß sie wiederkam.

„Nein, das glaub ich auch nicht", sagte Sine bereitwillig. „Aber die meisten sind so!" Ihr Gesicht war noch röter als gewöhnlich, und ihre braunen Augen funkelten vor Zorn. ‚Sie ist doch wirklich hübsch!‘ dachte Ditte froh.

„Und es ist nur eine Angewohnheit“, fuhr sie nach einem Weilchen fort. „Mutter sagte immer: Das geht nie und nimmermehr, du hast zu rotes Blut – du kannst dich ebensogut jetzt ergeben wie später. Wer für die Nacht spart, spart für die Katz – und was sie alles vorbrachte. Wenn die Gefühle einen überkommen, heult man ’n bißchen und denkt an damals und nimmt das Sparkassenbuch vor – und dann geht’s vorüber.“

In der Stadt waren die Läden aus Anlaß des Tages offen. Viel Gesinde war auf der Straße, einige hatten schon einen leeren Geldbeutel.

Nur die Sparkasse hatte nicht offen. Sine mußte ihr Geld bei einer ihr bekannten Familie abliefern und sie bitten, die Sache für sie zu erledigen. Dann gingen sie Einkäufe machen. Viel Zeit hatten sie nicht, wenn sie noch ins Dorf zu Ditte und vor der Nacht wieder auf dem Bakkehof sein wollten. „Du mußt machen, daß du fertig wirst“, sagte Sine. „Sonst schaffen wir’s nicht.“

Ditte versprach, sich zu beeilen, denn schaffen mußten sie’s. „Vater wird sich sehr darüber freuen, daß du mitkommst“, sagte sie. „Er mag dich so furchtbar gut leiden, weil du mir hilfst und gut zu mir bist. Er ist selber so gut, so gut.“

„Dann muß ich wohl auch etwas für ihn mitnehmen“, sagte Sine lachend und kaufte eine Flasche alten Rum für Lars Peter.

Ditte hatte sich daran erinnert, was sie dem kleinen Paul versprochen hatte, und für eine ganze Krone Spielzeug für ihn gekauft, und da die beiden anderen keine Stiefkinder sein sollten und der Vater am allerwenigsten, so ging alles Geld drauf. Nun hatte sie auch etwas zu schleppen! Da war eine Pfeife und Tabak für Lars Peter, ein Pferd mit Rädern darunter für Paul, eine Puppe für Schwester Else und ein Fuhrwerk, das sich aufziehen ließ und von selber fahren konnte, für Christian.

Sie kamen glücklich mit allem am Ziel an, und die Freude war groß. Es war das erstemal in ihrem Leben, daß Ditte imstande war, Geschenke auszuteilen, und das erstemal, daß ihre Geschwister richtiges, im Laden gekauftes Spielzeug bekamen; es war schwer zu sagen, auf welcher Seite die Freude am größten war. Lars Peter stopfte sofort die Pfeife und zündete sie an. Welch großartiger Rauch ihr entströmte! So blauen Rauch glaubte er noch nie gesehen zu haben. Und wie gut er roch! „Aber haushalten kannst du gewiß nicht", sagte er neckend. Na, der wichtigste Teil des Lohnes war ja sicher: Kleiderstoff, Wolle und Holzschuhe. Lars Jensens Witwe, die eine flinke Hand hatte, hatte versprochen, das Kleid zu nähen. Ditte wollte auf der Stelle zu ihr.

„Den Stoff kann Christian ihr hinbringen", sagte Lars Peter. „Dann machst du uns eine Tasse Kaffee. Heute soll er besonders gut werden. Wenn man solchen Besuch kriegt!" Er schaute aufgeräumt zu Sine hin.

Ditte kam mit dem Kaffee und stellte ein Glas auf den Tisch. „Du sollst doch dein Geschenk zu kosten bekommen", sagte sie.

„Dann sollt ihr beiden aber auch mithalten", sagte Lars Peter und holte noch zwei Gläser. Er wollte erst den Besitz der Flasche genießen; bevor er sie öffnete, ließ er sie ein Weilchen in der Hand ruhen und hielt sie dann gegen das Licht. „So eine hat man seit mehreren Jahren nicht im Haus gehabt", sagte er. Seine Stimme war ganz warm. „Es ist beinah, wie wenn man der ersten Liebe seiner Jugend wieder begegnet."

„Hat die so ausgesehen?" fragte Sine lachend.

„Schön war sie. Aber so prachtvolle rote Backen wie Ihre hat man doch nie gesehen."

„Aber Vater!" sagte Ditte mahnend.

„Ja, zum Henker – man wird doch nicht lügen. Ich will bloß sagen: Wäre man jung gewesen . . ." Er war ganz angeregt, obwohl er noch keinen Schluck von dem Rum gekostet hatte.

Sine lachte bloß glucksend; sie fühlte sich heute überhaupt nicht beleidigt. Das hätte nur der Tagelöhner oder ein anderer sagen sollen – Ditte betrachtete stolz ihren Vater. „Na – ich dank schön fürs Getränk, und weil Sie so gut zu dem Mädel sind", sagte Lars Peter, und dann stießen sie an. Ditte stieß mit an, aber ein Schauder durchlief sie, und sie stellte ihr Glas fort, sobald sie daran genippt hatte.

Während sie mit dem Kleiderstoff zu Lars Jensens Witwe hinüberrannte, fanden Lars Peter und Sine Zeit, ein ernstes Wort über sie zu reden; die Kinder lagen auf dem Fußboden und waren mit ihrem Spielzeug beschäftigt.

„Geht es denn so einigermaßen mit ihr?" fragte Lars Peter. Beide verfolgten Ditte mit den Augen; sie lief wie ein Zicklein durch die Dünen – so freute sie sich über das neue Kleid, das sie bekommen sollte.

„Ja, sie ist wirklich tüchtig", sagte Sine. „Wären nur alle Menschen so willig und pflichttreu!"

Ja, etwas Schlechtes war nicht in ihr – soweit Lars Peter wußte. Aber wie war die Behandlung? Sie klagte nie, mit keinem Wort, aber die Leute vom Bakkehof hatten keinen guten Ruf.

Sie hatten ihre Fehler wie alle anderen – vielleicht auch schlimmere als die meisten. Aber auszuhalten war es, das mußte man sagen. Und gutes Essen kriegte man auch.

Ja, das hatte nicht wenig zu sagen, und sie selber war der beste Beweis dafür, daß es sich auf dem Bakkehof aushalten ließ, meinte er und heftete die Augen auf ihr rundes, mildes Gesicht. Sine mußte lachen, und Lars Peter lachte auch; sie saßen beide da und sahen zum Fenster hinaus und wurden ganz rot um die Augen vor Anstrengung, das Lachen zu überwinden. Und dann sahen sie einander an und lachten wieder. „Ja, ist es nicht auch ...", sagte Lars Peter, stockte jedoch.

Die prächtigen roten Backen hatten's ihm angetan, und dann das, daß sie ihre Herrschaft nicht schlechtmachte, sondern in Schutz nahm. Sie war sicher ein gutes Mädel, und richtig gebaut war sie auch! Vorn unter ihrem weichen Hals, am Ausschnitt, war eine kleine Vertiefung, da bewegte es sich hin und her, wenn sie sprach. Aber wenn sie lachte, klopfte es unaufhörlich von innen her in leichten, dichten

Schlägen, als säße drinnen in ihrem Hals ein Schelm und triebe Allotria. Wie, zum Kuckuck, war's möglich, daß – „Wie kommt es, daß so ein Staatsmädel unverheiratet herumläuft?" sagte er.

„Ja, das ist nicht zu verstehn", erwiderte sie und lachte wieder.

Dann kam Ditte, und sie mußten aufbrechen. Lars Peter stand einen Augenblick da und starrte geistesabwesend an ihnen vorbei. „Ich werd euch ein Stück begleiten", sagte er plötzlich.

7

Das Winterdunkel

Vorläufig brachte der Winter vor allem Kälte und Finsternis. Ditte meinte, daheim noch nie einen so dunkeln und kalten Winter erlebt zu haben. Schon am Anfang des Monats kam der Schnee, mit dem Sturm kam er von der See dahergepeitscht; die Hofflügel, die wie Arme zu seinem Empfang aufgetan waren, fingen ihn auf, und in hohen, sperrenden Wehen blieb er liegen. Ditte fror sehr, und sie hatte große Frostbeulen an Händen und Füßen; der Schnee drang in die Holzschuhe ein, und sie hatte dauernd nasse Füße. Sine ließ es sich heimlich angelegen sein, ihre Strümpfe am Ofen zu trocknen, aber das half nicht viel. An Ferse und Spann und an den Händen bekam sie Löcher von der Kälte; es schmerzte, wenn sie Schuhzeug anzog und in kaltes Wasser griff. Des Morgens, wenn sie sich ankleiden wollte, waren ihre Kleider halb mit Schnee bedeckt, der durch die undichte Tür hereinstob; und draußen lag er oft so hoch, daß sie nur die obere Halbtür öffnen konnte. Dann mußte sie oben hinauskriechen und bis zur Küchentür vorwärts waten; da drinnen taute er dann an ihr, und sie wurde unten triefend naß.

Spaß machte der Schnee nicht. Die Jungen zu Hause pflegten ganz außer sich zu geraten, wenn sie eines Morgens erwachten und sahen, daß gehörig Schnee gefallen war. Sie mußten unbedingt hinaus und im Schnee auf dem Kopf stehen – am liebsten im bloßen Hemd; es war höchstens möglich, sie so lange zurückzuhalten, bis sie in den Kleidern waren. Ditte begriff es nicht; für sie bedeutete der Schnee nur Kälte, Beschwerlichkeit, Unbehagen.

Und das Dunkel machte die Dinge nicht besser. Erst spät am Vormittag wurde es einigermaßen hell – wenn man mit den schwersten Arbeiten fertig war; früh am Nachmittag wälzte sich das Dunkel wieder heran. Es kam draußen vom Meer, wo es in der Zwischenzeit gelegen und gebrütet hatte, als bleigrauer Nebel und schwarzes, totes Wasser. Richtig Tag wurde es überhaupt nie!

Ein Tag verstrich wie der andere, mit Häckselschneiden, Dreschen, Saatreinigen und Viehbesorgen. Man schuftete immerzu und richtete doch nicht viel aus; hatte man eine Arbeit glücklich von der Hand, so hatten sich inzwischen drei andere aufgehäuft.

Auf dem Bakkehof ging nichts seinen guten Gang – und nichts hatte seinen bestimmten Platz und seine Ordnung, weder Mensch noch Arbeit. Ditte mußte bald hier, bald dort sein. Während sie das Vieh besorgte, wurde sie weggerufen und sollte die Dresch- oder Häckselmaschine bedienen.

Sie mußte sich an allem versuchen, und meistens verrichtete sie Arbeit, die anderswo überall von Erwachsenen ausgeführt wurde. Sie schaffte das Getreide für den Einleger heran, wenn gedroschen wurde, oder sie lag oben unterm Dachfirst, wohin sonst niemand kommen konnte, und stopfte Stroh aus dem Wege. Und abwechselnd mit Sine mußte sie die Wurf- und Reinigungsmaschine drehen, während Karl einlegte. Das war harte Arbeit, aber in der Scheune war's wenigstens warm, und oft übernahm Karl ihre Arbeit, und sie durfte in die Maschine schütten. Dann plauderten sie zusammen – auf diese Stunden freute sie sich. Den Erwachsenen gegenüber war Karl scheu und schweigsam – er konnte es nicht vertragen, daß man ihn auslachte. Aber Ditte betrachtete er als seinesgleichen, zu ihr sprach er sich frei aus. Sie neckte ihn nicht mehr und hatte mit der Zeit gelernt, ihn gern zu haben; sie verstand, daß er's schwer genug hatte und jemanden brauchte, der ein wenig freundlich zu ihm war. Aber daß er als Mann sich in alles fügte, das begriff sie nach wie vor nicht. Wenn sie es ihm sagte, schwieg er – es war zum Verzweifeln.

Er war in der Gewalt seiner Mutter – daran lag es wohl. Nicht weil er sie liebhatte – er sprach von ihr wie von einer Fremden und erörterte mit den anderen ihre schlechten Seiten; aber er vermochte sich nicht von ihr frei zu machen.

Eines Tages begann er, ohne äußeren Anlaß, von seinem Vater zu sprechen; er hatte ihn früher nie erwähnt.

„Hast du ihn gut leiden können?" fragte Ditte. „Ja, denn deine Mutter kannst du ja nicht ausstehn", fuhr sie fort, als er nicht antwortete. „Du brauchst dich nicht zu genieren, es einzugestehn – man ist nicht dazu verpflichtet, etwas liebzuhaben, was man nicht liebhaben kann. Ich mag meine Mutter auch nicht leiden!"

„Aber das ist doch unrecht! Gott hat gesagt, daß man seine Eltern lieben soll", erwiderte Karl dumpf.

„Nicht, wenn man sie nicht liebhaben kann – denn was will er einem dann? Und wenn sie nicht gut sind? Du siehst es ja selber, daß du dir nichts aus deiner Mutter machst! Wie willst du's denn anfangen?"

Ja, das wußte Karl nicht – aber man sollte seine Eltern lieben. So stand es geschrieben.

„Hat dein Vater denn deine Mutter liebgehabt? Er soll ja so gottesfürchtig gewesen sein."

„Nein, er konnte es nicht – aber es war ihm selber sehr unangenehm. Mutter rauchte Pfeife im Schlafzimmer, während er krank war. Da hat er Husten gekriegt und hat Blut gespuckt, aber sie ließ es doch nicht sein. ‚Spuck du bloß das Dreckblut aus', sagte sie, ‚dann kriegst du neues.' Oh, wie schrecklich sah Vaters Blut auf dem Fußboden aus – er wurde kreideweiß im Gesicht. Aber sie darum bitten, das Rauchen zu unterlassen, das wollte er nicht. Da nahmen meine Brüder ihr Pfeife und Tabak fort und versteckten beides. Und sie, sie verleitete mich, indem sie mir Süßigkeiten gab, ihr zu sagen, wo sie versteckt waren."

„Hat sie's nicht aus dir rausprügeln wollen? Das hätte ihr doch ähnlich gesehn!"

„Nein, auf die Kleinen und Wehrlosen einhauen, das hat sie nie gemocht. Aber meine Brüder, die größer und stärker waren, die hat sie durchgeprügelt. Und die haben mich dann verprügelt – weil ich geklatscht hatte."

„Das hast du auch verdient, obwohl du klein warst. Paul oder Else und auch Christian, so gedankenlos er ist, die hätte keiner dazu gekriegt. Wir vier haben gegen Mutter zusammengehalten, obwohl Vater fand, daß das verkehrt von uns war. Aber es war ja hauptsächlich um seinetwillen."

„War sie etwa auch gegen ihn boshaft?"

„Ach, du, dem Vater kann niemand was anhaben. Er nimmt alles so hin – wie der liebe Gott, weißt du –, so im guten."

„Du darfst einen Menschen nicht mit dem lieben Gott vergleichen", sagte Karl zurechtweisend.

„Und ich tu's doch", entgegnete Ditte hartnäckig. „Bei Vater tu ich's! Du bist doch wohl kein Pfarrer?"

Nun waren sie ärgerlich aufeinander und sprachen an diesem Tag nicht mehr zusammen.

Die Abende waren der beste Teil des Daseins. Zum Glück waren die Tage kurz, und wenn es dunkel wurde, hörte alle Tätigkeit in Hof und Scheune auf, nur das Vieh machte ab und zu ein wenig Arbeit. Während der übrigen Zeit war Ditte in der warmen Stube, wo es gemütlich nach Torffeuer roch, und half die Wolle kämmen, spinnen und Garn winden. Karl las in irgendeinem frommen Text, einem Missionsblatt oder dergleichen, und wenn Rasmus Rytter auf dem Hof im Tagelohn war, saß er im Winkel auf der Bank und schlief oder erzählte zweifelhafte Geschichten von den Leuten in der Gegend. Waren sie besonders saft- und kraftvoll, so stimmte Karen ein höhnisches Gelächter an und stachelte ihn an, fortzufahren. Sie hatte einen Groll auf alle, ohne Ansehen der Person, und gönnte ihnen das Schlimmste; nie nahm sie jemanden in Schutz, nie sagte sie ein gutes Wort über jemanden.

„Und warum sollte man das tun?" erwiderte sie, als Sine ihr das einmal vorwarf. „Sagt etwa einer was Gutes über Karen vom Bakkehof, glaubst du das?" Man schonte sie nicht, warum sollte sie also die anderen schonen? Es machte ihr auch nichts aus, selbst eine Schmutzgeschichte zum besten zu geben – besonders, wenn sie jemand damit treffen konnte. Gewöhnlich zog sie auch ihren Sohn wegen seiner Frömmigkeit auf; aber das lohnte sich nicht, denn er antwortete nicht, sondern tat, als ob er nichts hörte.

Auch Ditte bekam von der Bäuerin und von Rasmus Rytter allerlei zu hören. Ihr Übergangsalter reizte etwas in beiden. Das Weib in ihr begann den Kopf hervorzustecken, und in ihrer Kinderunschuld stellte sie manchmal Fragen, die zum Lachen und zu verblümten Andeutungen herausforderten. Sine fuhr ihnen über den Mund, gab ihnen sozusagen eins auf die Finger; aber sie konnten's nicht lassen, sie mußten das Neue betasten, das sich behutsam hervorwagte – mußten Anspielungen auf die bevorstehenden Erlebnisse machen.

Sine nahm sonst nicht an der Unterhaltung teil, wenn die beiden das Wort führten; rotwangig und drall saß sie da, besorgte ihre Arbeit und lebte von ihrer unglücklichen Liebe. Rührte jemand daran, oder kam ihr sonst einer zu nahe, so wußte sie schon um sich zu beißen.

Für Weihnachten wurden große Vorbereitungen getroffen mit Schlachten und Backen. Aber es kamen keine Weihnachtsgäste von selber, und die, die eingeladen wurden, sagten ab. „Sie wollen sich wohl nicht der Gefahr aussetzen, mit dem Viehhändler und seinen Kumpanen zusammenzutreffen", meinte Sine. „Denn sonst ist in diesem Jahr nicht mehr Grund für sie vorhanden, fernzubleiben, als in den andern Jahren. Und da haben sie unsere Weihnachtsmahlzeit essen mögen." Sie war halb gekränkt im Namen des Hofes. Die Bäuerin war schlechter Laune; sie schalt viel und sprach übel und herabsetzend von allen Menschen. Sie hatte das Bedürfnis, sich zu rächen. Ditte bekam ihre schlechte Laune übrigens am wenigsten zu spüren. Es lag in ihrer kräftigen Natur, nicht da über die Hecke zu springen, wo sie am niedrigsten war. Karen war bekannt dafür, daß sie am liebsten dort biß, wo sie erwarten konnte, daß zurückgebissen wurde.

Eines Tages zwischen Weihnachten und Neujahr erschien der Postbote auf dem Bakkehof; man hielt keine Zeitungen auf dem Hof, so daß er selten dort zu tun hatte. Er brachte einen Brief für die Bäuerin. Sie zog sich damit in ihre Schlafkammer zurück; es war immer eine ernste Sache, wenn man einen Brief bekam. Als sie zurückkehrte, war sie guter Laune.

„Heut kriegen wir Weihnachtsbesuch“, sagte sie in der Küche zu den beiden Mägden. „Ich denke, wir wollen Taubenbraten machen.“

Karl mußte Tauben aus den Schlägen fangen; Karen erwürgte sie eigenhändig, während sie Anweisungen für die Arbeit gab. Langsam nahm sie eine Taube nach der anderen aus dem Sack, umschloß den flatternden Vogel mit ihren groben Fäusten und stand einen Augenblick da, als genösse sie das angstvolle Herzklopfen des Tieres. „Wie schön warm und weich du bist! In einem Weilchen bist du tot!“ sagte sie, während sie den Schnabel an ihren Mund hielt und das Tier mit ihrem Speichel fütterte. Dann fühlte sie sich behutsam auf dem Körper mit Daumen und Mittelfinger vor, bis sie unter die Flügel kam – und dann drückte sie plötzlich zu, mit einem eigentümlichen Ausdruck des Genusses. Sie hielt den nach Luft schnappenden Vogel von sich ab und starrte gespannt auf ihn. Der Schnabel öffnete sich weiter und weiter, die Augen quollen unter dem milchweißen Häutchen hervor, und auf einmal fiel der Kopf zur Seite wie eine geknickte Blume. Es war unheimlich anzusehn. Aber Karen warf lachend den toten Vogel den Mägden auf den Küchentisch hin. „Nu is ihr die Luft ausgegangen, zieht ihr das Unschuldskleid ab“, sagte sie und griff in den Sack nach der nächsten; sie war in großartiger Laune.

Am Nachmittag kamen sie, in zwei Wagen, lärmendes Volk. Den Hut hatten sie im Nacken und die Zigarre im linken Mundwinkel; sie nahmen sie nicht einmal aus dem Mund, wenn sie schrien und fluchten. Johannes war der Verwegenste von allen und benahm sich wie ein vertrauter Gast auf dem Hof. Es waren Viehhändler und alles mögliche Gelichter aus der Hauptstadt, wo Johannes sich jetzt aufhielt –

Leute von der Sorte, vor der alles im Kirchspiel über den Graben und ins Feld hinein ausrückte. Kamen sie auf der Landstraße angesaust, so verzogen sich die Leute von den Höfen hastig ins Haus, als wünschten sie, von der Gesellschaft nicht einmal gesehen zu werden. Und dann standen die Leute hinter Fenstern und Luken, spähten scheu hinaus und dachten sich das Ihre.

Sine hatte genug in der Küche zu tun, deshalb mußte Karl beim Abendmelken helfen. Er war mürrisch und verdrossen; es war kein Wort aus ihm herauszubringen. Ditte versuchte es immer wieder, aber ohne jeden Erfolg. Es war nicht ihre Sache, Schweigsamkeit zu achten. Wenn sie etwas auf dieser Erde brauchte, so war es Mitteilung. Sie wollte ihn dahin bringen, ihr zu antworten.

„Ist es wahr, daß du neulich zum Ball warst?" fragte sie. „Man erzählt sich's."

„Wer hat das gesagt?" fragte er hitzig. Endlich hatte sie ihn soweit!

„Das hat jemand gesagt – ich sage nicht, wer", erwiderte sie neckend.

„Dann kannst du ihn grüßen und bestellen, es wäre gelogen." Karl vergaß sich; sonst pflegte er nie starke Worte zu gebrauchen.

„Daran ist doch nichts Böses – ach richtig, du hältst es ja für eine Sünde, zu tanzen! Wenn ich doch bloß mal auf einen Ball käme, einen recht feinen Ball!" Ditte begann vor sich hin zu trällern.

„Das solltest du dir nicht wünschen – denn da wird nur sündhaftes Zeug getrieben."

„Ach, du mit deiner Sünde – das sagst du bei allem. Du bist ein richtiger Kopfhänger! Essen ist wohl auch beinah eine Sünde? – Gehst du heut abend wieder zur Betstunde?" Ditte bereute, daß sie ihn geneckt hatte, und brachte das Gespräch auf seine Interessen, um es wiedergutzumachen.

„Ja, wenn ich wegkomme; willst du mit?"

Nein, das wollte Ditte nicht. Sie war ein paarmal mit ihm gegangen, bedankte sich aber dafür. Sie hatte nichts davon, wenn sie als Kind der Sünde behandelt wurde von allen diesen selbstgerechten Menschen, die vor lauter Frömmigkeit einen ganz schiefen Kopf bekommen hatten – einen noch schieferen als die Frommen bei den Andachtsstunden des Krugwirts! Was ging es sie an, was ihre Mutter getan hatte? Diese Leute behandelten sie, als hätten sie der Hölle eine sichere Beute entrissen.

„Es lohnt sich nicht, hinzugehn", sagte sie.

Karl antwortete nicht, er drang nie in sie. Eine Weile hörte man nur die Milchstrahlen in die Eimer rinnen. Dann tönte Lärm aus dem Wohnhaus herüber.

„Hör, wie sie grölen und johlen", sagte er bitter, „sie setzen eine Ehre in ihre Schande!" Er meinte die Mutter, Ditte wußte es wohl. „Aber zu Neujahr mach ich, daß ich fortkomme; ich will nicht hierbleiben und das noch länger mit ansehn!" Das sagte er so oft, und doch konnte er sich nicht aufraffen.

„Ja, aber sie rühren einander ja gar nicht an", wandte Ditte ein. „Sie küssen sich nicht mal." Sie sagte es, um ihn zu trösten, hatte aber auch nichts dagegen, ihn zugleich ein wenig auszuforschen.

„Ach, das verstehst du nicht – du bist ja ein Kind!" rief er verzweifelt.

„Das sagt ihr immer!" erwiderte Ditte etwas gekränkt. Sie begriff nicht, was das für mystische Dinge waren, von denen sie nichts wissen durfte. „Ist es das, daß sie neulich im Hotel in Frederiksvaerk die Kleider mit ihm getauscht hat?"

„Ach, es ist so vielerlei – und alles ist gleich häßlich." Er schwieg plötzlich.

Ditte merkte, daß es ihm den Hals zuschnürte; sie ließ ihre Arbeit fahren und ging zu ihm hin. Im Halbdunkel des Standes faßte sie seine Schultern. Aus eigener Erfahrung wußte sie, wie beruhigend eine Hand wirken kann. Aber auf ihn übte es die entgegengesetzte Wirkung aus, er begann zu schluchzen. „Du solltest deine Brüder veranlassen, nach Hause zu kommen und mit ihr zu reden", sagte sie still und legte ihre Wange an sein Haar.

„Die wollen nicht mehr nach Hause kommen", erwiderte er und schob sie zurück.

Ditte stand einen Augenblick da. Dann hörte sie den Tagelöhner draußen auf dem Hofplatz und eilte zu ihrer Kuh.

Um halb zehn Uhr begann Karen zu gähnen und sich an den Beinen zu kratzen, die voller Krampfadern waren; das war das Zeichen zum Aufbruch. Ditte sputete sich, um über den Hofplatz zu kommen, bevor die Lampe in der Wohnstube ausgelöscht wurde. Eigentliche Angst vor der Finsternis hatte sie nicht, aber hier auf dem Bakkehof war die Dunkelheit lebendig. Das Grauen lauerte in allen Winkeln. Unterhalb der Schlucht brüllte das Meer und sandte beißende Kälte nach dem offenen Hofplatz hin; es war, als griffe ihr jemand mit Eisfingern unter die Kleider. Geschwind schlüpfte sie hinein und schloß die Tür hinter sich. Eins, zwei, drei, war sie ausgekleidet und unter dem alten, schweren Deckbett geborgen.

Im Bett war's zuerst eiskalt, sie zog die Knie unterm Hemd hoch bis ans Kinn und lag zähneklappernd da, bis die ärgste Kälte aus dem Bett verjagt war. Aber es dauerte eine ganze Weile, bis sie es richtig durchwärmt hatte; und vorher konnte sie nicht einschlafen, sondern lag da und dachte: dachte an die zu Hause und an die Mutter im Gefängnis, an Geld und Kleider, an das, was geschehen war und was in Zukunft geschehen würde. Für einen flüchtigen Augenblick verweilten ihre Gedanken bei Großchen, verschoben sich dann aber auf etwas anderes; Großchen glitt in Dittes Bewußtsein immer mehr in den Hintergrund. Desto häufiger meldete sich dagegen die Mutter; es war, als käme sie und verlangte, daß auch an sie gedacht werde. Ditte konnte sie deutlich vor sich sehen und mußte sich mit ihr beschäftigen, sie mochte wollen oder nicht. Sie wollte nicht gern und war froh, wenn sie merkte, daß ihre Gedanken eine andere Richtung einschlugen. Aber man durfte es sich nicht merken lassen, daß man etwas wußte. Sobald man dachte: Ah, nun lassen die Gedanken von Mutter ab!, kamen sie wieder mit ihr an. Es kam und ging, wie es Lust hatte, immer vager und vager, je wärmer sie wurde und je mehr der Schlaf sie umfing. Einen Augenblick verweilte sie bei dem großen Klaus, der daheim im Elsternnest im Stall stand und so behaglich kaute, und bei dem neuen Badehotel, das im Dorf gebaut werden sollte – und streifte auf dem Weg in den Schlaf ganz flüchtig Karl. Karl war alles andere als Dittes Held; der Mann, den sie bewundern sollte, mußte ganz anders beschaffen sein. Daß er sich unglücklich fühlte, bewegte ihr Gemüt; er litt, deshalb tat er ihr leid. Es war zum Weinen, wie er umherwankte, heimat- und elternlos im eigenen Heim! Für Ditte bedeutete Mitleidhaben eine Aufforderung zu helfen. Allzu bereit, wie sie war, Bürden auf sich zu nehmen, zerbrach sie sich vergebens den Kopf, um Auswege zu finden, was seinen Zustand betraf, und konnte nicht wieder davon loskommen. Er mußte weit fort, ja, das mußte er – zu seinem lieben Bruder. Ihm sollte er beim Schulunterricht helfen. Sich Respekt zu verschaffen würde ihm gewiß schwerfallen, aber er sang die Kirchenlieder so schön!

Sie selber wollte nach der Hauptstadt in Dienst gehen und phantasierte – halb im Schlaf –, daß sie schon da sei. Keinem Geringeren als dem Lehrer führte sie die Wirtschaft; es war Pause, und sie brachte ihm den Kaffee. Froh lachte er ihr zu, denn sie hatte frischen Kuchen zum Kaffee gebacken, um ihn zu überraschen. „Du bist ein tüchtiges Hausmütterchen“, sagte er und strich ihr übers Haar. Ditte wollte sich verneigen, aber in diesem Augenblick verspürte sie einen Ruck in dem einen Bein, und sie wurde wach. So etwas hatte Großchen ein Schlafwahrzeichen genannt. „Dann soll man aufhorchen, denn dann ist da etwas, das einen nötig hat“, hatte Großchen gesagt. Und Ditte lag still und horchte mit erhobenem Kopf und angehaltenem Atem.

Vor ihrer Tür miaute etwas jämmerlich. Das ist Mis, dachte sie. Ihn friert, und er will zu mir herein – oder er langweilt sich. „Geh in die Scheune und fang Mäuse, Mis!“ sagte sie nach der Tür hin. Aber der Kater miaute bloß noch stärker und kratzte an der Tür. Sie sprang auf und öffnete. Wind und Schnee stoben herein. Aber Mis sputete sich nicht genügend, er hatte die Angewohnheit, sich immer im verkehrten Augenblick zu bedenken; Ditte mußte den Kater am Nackenfell packen und hereinziehen. Sie kroch schleunigst ins Bett zurück, und der Kater sprang auf ihr Kopfkissen und schnurrte dicht neben ihrem Gesicht. „So komm doch zu mir unter die Decke, Dummkopf!“ sagte sie und lüftete das Deckbett für das Tier. Aber Mis sprang mit einem Plumps wieder auf den Fußboden hinab und war im Nu an der Tür. Da stand er und miaute. Sie mußte aufstehen und ihn wieder hinauslassen – und dann ging draußen abermals das Miauen los.

Ditte begriff nicht, was dem dummen Tier heute nacht fehlte. Auf einmal aber wußte sie den Grund: er hatte heute seine Abendmilch nicht gekriegt – das hatte sie vergessen. So eine Schlamperei von ihr; sie verstand nicht, wo sie ihre Gedanken gehabt hatte. Und Unrecht war es, großes Unrecht gegen Mis, der die ganze Nacht Ratten fangen sollte. Wenn Rattenkatzen ihre süße Milch nicht bekamen, kriegten sie die Räude! Morgen sollte er zwei Portionen haben, und sie wollte recht, recht gut zu ihm sein.

Aber so billigen Kaufs sollte Ditte nicht davonkommen. Mis miaute immer noch draußen, und seine Klage wurde immer dringender. Sie hatte ein Wesen vernachlässigt, das ihrer Fürsorge anvertraut war. Darum kam sie nicht herum. Der Kater weinte immer jämmerlicher und jämmerlicher – sie war nicht gut zu ihm!

Ditte stand in ihrer Kammer. Sie hatte die Holzschuhe an und hatte die Klinke gefaßt, aber sie zauderte; sie zitterte vor Kälte und weinte leise. Draußen peitschte der Wind, und es war pechfinster. Sie öffnete die Tür ein ganz klein wenig, der Wind packte das alte Gebäude und rüttelte an Toren und Luken – überall seufzte und stöhnte es. Plötzlich entriß ihr jemand die Tür und schlug die Tür gegen die Wand; sie schrie und lief über den Hofplatz. Sie wußte, daß es der Sturm sein mußte, und bekam doch Angst.

Auf dem Treppenstein vor der Waschküche stellte sie die Holzschuhe ab und schlich hinein. Sie tastete sich zu der Schale und dem Milcheimer vorwärts; der Kater schmiegte sich an ihr nacktes Bein – das übte eine beruhigende Wirkung aus. Sie füllte seine Schale, indem sie sie in den Milcheimer tauchte. Es war eine Schweinerei, aber was sollte sie tun? „Komm, Mis!“ flüsterte sie und zog sich zurück.

Vorsichtig trat sie von dem Treppenstein hinunter, um die Milch nicht zu verschütten, und suchte sich im Dunkeln ihre Richtung. Die Kälte brannte in ihr, und über ihren Rücken lief die Angst – bis ganz oben hin – und übte einen Reiz auf ihre Nackenhaare aus. Und plötzlich stand sie still, steif vor Schreck; vor ihr stand eine dunkle Gestalt, kaum wahrnehmbar in der Finsternis. Ditte wollte schreien und die Schale hinwerfen, machte sich aber auf einmal klar, daß es die Pumpe war. Diese Entdeckung machte sie ganz keck, und sie ging auf die Scheunentür zu. Die Milchschale des Katers hatte des Nachts ihren Platz in der Scheune – damit er sich dort aufhielt.

Als sie die Scheunentür öffnen wollte, fiel ihr der Erhängte ein, und wieder packte sie die Angst und jagte wie ein Windstoß über sie hin. Sie wollte flüchten, aber dann würde sie ja die Milch des Katers verschütten. Einen Augenblick stand sie hoch aufgerichtet da, die Schale mit beiden Händen umfassend – gelähmt. Dann lehnte sie sich fest gegen die Scheunentür, damit niemand herauskommen und sie fassen könnte, während sie die Schale in den Schnee stellte.

Als sie sich wieder aufrichtete, war Licht im südlichen Teil des Wohnhauses, wo die Bäuerin ihre Kammer hatte. Das beruhigte Ditte – und zugleich machte es sie auch ein wenig neugierig; sie ließ sich jetzt Zeit, obwohl es sie fror, daß die Zähne ihr im Mund zusammenschlugen. Karen kam in der Tür zur Vorratskammer zum Vorschein, mit einem flackernden Licht in der Hand. Sie war im Hemd, ihr Haar war in einem Nackentuch aufgebunden. Langsam und mit toten Bewegungen schritt sie durch die vorderen Stuben. Die Kerze hielt sie vor sich hin, und in der anderen Hand hatte sie einen Gegenstand – ein Messer vielleicht. Sie war wohl hungrig geworden und wollte gewiß in die Speisekammer, um ein Butterbrot mit Lammkeule zu essen.

In der Wohnstube machte sie halt und hob das, was sie in der Hand hatte, vor sich in die Höhe. Ditte sah, daß es ein Strick war, und wieder gewannen alle Schrecken Gewalt über sie. Sie zog sich über den Hofplatz zurück, rücklings und leise heulend wie ein nachtkranker Hund; den Rücken getraute sie sich der Erscheinung dort nicht zuzuwenden. Karen ging durch den Waschraum und trat in die Tür; da stand sie, fühlte sich mit dem Fuß vor und starrte in die Nacht. Die Kerze flackerte hoch auf und erlosch.

Wie Ditte ins Bett gekommen war, wußte sie nicht; sie lag zusammengerollt und zitternd unter ihrem Deckbett und wünschte, sie möge einschlafen, von all dem Entsetzlichen fort, und morgen wieder aufwachen, als ob nichts geschehen wäre. Das kam ja manchmal vor.

Als sie am nächsten Morgen hinauskam, stand die Schale an der Scheunentür im Schnee, und daneben lag ein Strick; im Schnee sah man die Spuren von großen nackten Füßen. Karen selber aber hörte man im Waschhaus schimpfen – Gott sei Dank.

8

Der öde Winter nimmt seinen Lauf

„Freude macht einem das Leben auf dem Bakkehof nicht – man wird ganz nervös hier“, sagte Ditte zuweilen. Und doch schien gerade sie sich am besten von allen zurechtzufinden, in sich gefestigt, wie sie war.

Es hatte den Anschein, als wäre auf dem Hof das Dunkel schwerer und die Kälte schärfer; alles Beschwerliche machte sich stärker geltend, mehr gesättigt mit seinem eigenen Wesen. Das Dunkel war hier manchmal so schwarz, daß Ditte sich kaum hineingetraute; jeden Augenblick versuchte es die Beine unter ihr wegzuschlagen, mit seltsamen Lauten und auf andere Weise. Sie kannte ja sonst die Angst vor der Finsternis nicht, aber hier befiel sie sie zuweilen; dann wagte sie nicht, ohne Laterne in die Scheune zu gehen, aus Angst vor Karls Vater, der sich da drinnen erhängt hatte. Für gewöhnlich wurde sie auf handfeste Art damit fertig. Aber es gab Zeiten, wo die böse Luft sich verdichtete – das hing mit Karens Wesen zusammen – und wo alle Dinge zu spuken begannen. Karl litt wohl am meisten darunter; es gab Tage, an denen er nicht zu bewegen war, ein Stück Tau in die Hand zu nehmen. Aber auf alle wirkte es. Die alten Bettücher, die sich vielleicht hundert Jahre hindurch vererbt hatten, rochen immer so wunderlich; und wenn das Grauen über dem Hof lagerte, verwob sich der Geruch mit Dittes Träumen und erfüllte sie mit Schreckensbildern. Der Gestank nach Tabak und Krankheit löste sich aus dem alten Bettbezug und führte sie hinüber in die Kammer, wo der schwindsüchtige Mann über dem Bettrand lag und hustete und hustete, daß ihm der rote Schaum vor dem Mund stand. Auf dem Bettrand saß eine dicke Frau und blies ihm den Rauch ins Gesicht – und sie lachte, wenn es seine Wirkung tat, und auf dem Fußboden lag ein kleiner Knabe und zeichnete mit den Fingern Figuren in das Rote. Dann schrie sie auf und erwachte, strich im Dunkeln ein Streichholz an, obwohl es streng verboten war, und beruhigte sich dann wieder.

So verdichtete es sich manchmal. Aber sie schüttelte es wieder von sich ab; letzten Endes war es etwas, das von außen her zu ihr kam.

Mit Karl war es etwas anderes. Er lebte selbst unter dem Fluch und konnte ihn nicht von sich abschütteln. Sine meinte, man müßte auf alles gefaßt sein. „Er hat seines Vaters Wesen", sagte sie.

Von der Mutter war jedenfalls nichts in ihm, jeder konnte ihn in ein Mauseloch jagen. Um so merkwürdiger war es, daß er auf einem bestimmten Gebiet wirklich Energie bewies und nicht von seinem einmal gefaßten Entschluß abzubringen war. Er rührte keinen Tabak an und rückte von dem sündhaften Wandel seiner Mutter ab, indem er sich um so enger an die Frommen anschloß. Und als sie anfing, mit Johannes und seinen Kumpanen zu zechen, trat er in einen Abstinenzlerverein ein. Das war sein Protest – als wollte er Punkt für Punkt die Vergehen seiner Mutter wiedergutmachen.

Aber sich zu verteidigen, dazu eignete er sich nicht; wenn sie ihn verhöhnte, weil er in die Versammlungen rannte, schwieg er. „Du bist ja richtig läufig geworden", sagte sie spöttisch mit Bezug auf seine Teilnahme an den Betstunden – und ließ es die anderen hören. „Jaja, das kommt so in dem

Alter." Er überhörte es und ging seiner Wege. Verbote halfen nichts. Sie stellte ihn bald zu dieser, bald zu jener Arbeit an, um ihn am Besuch der Versammlungen zu hindern, aber wenn die Zeit da war, lief er trotzdem vom Hof. Sonst pflegte er wie ein Hund vor seiner Mutter zu zittern, aber in diesem Punkt fürchtete er offenbar nur Gott.

Ditte hätte nichts dagegen einzuwenden gehabt, wenn er auch in anderen Dingen etwas tapferer gewesen wäre und zum Beispiel ihr und Sine ein wenig beigestanden hätte, wenn die Bäuerin ungerecht gegen sie war. Aber dann machte er sich stets aus dem Staube.

Karen wurde immer unvernünftiger, und es war kein Auskommen mit ihr, so herrschte sie die Leute an, und sie war mit allem unzufrieden; vielleicht, weil die Heiratslust in ihr erwacht war – es verlangte sie nach jungem Blut, meinte Sine. Querköpfigkeit und Verdrossenheit bei der Arbeit waren jedenfalls das Resultat – und diese Atmosphäre von übler Laune störte Ditte am allermeisten; sie war überall und ließ sich nicht abschütteln.

Anscheinend zerbrach dabei nichts in ihr; kein sorgloses Gezwitscher wurde zum Schweigen gebracht, sie war immer der Ernst selber gewesen. Aber im Grunde besaß sie einen stillen Humor, und das erklärte auch die kecke Art, mit der sie an jede Arbeit heranging. In diesem Punkte bewies sie ihren Frohsinn, da die Verhältnisse ihr nicht gestatteten, ihn im Spiel auszudrücken – ebendeshalb hatte sie ja eine so glückliche Hand daheim. Die heitere Wärme ihres Gemüts hatte es ihr ermöglicht, das Geschwisterverhältnis den Kleinen gegenüber aufrechtzuerhalten und sie doch zum Gehorsam zu bringen. Leicht war es nicht immer gewesen, die gute Absicht mußte oft in Barschheit umgesetzt werden, um durchzudringen und zu wirken. Aber es ging, dank dem unbezwingbaren Humor, der selten für sich ausklang, aber bei allem mittönte. Es gelang ihr, ihren guten Willen auch auf die anderen zu übertragen, so daß sie die Barschheit ablegen konnte.

Anfangs hatte sie Klapse austeilen müssen, um sich Respekt zu verschaffen; aber sie kam glücklich weiter, bevor Verdruß bei ihr oder bei den anderen daraus entstehen konnte. Wo Strafe notwendig war – vor allem der Kinder selbst wegen –, erzog sie sich dazu, die Strafmethoden anzuwenden, deren sich Großchen ihr gegenüber bedient hatte. Beschmutzten sie sich, so bekamen sie es zu fühlen, und nicht zuwenig – sie wurden ins Bett gesteckt und durften nicht spielen, während die Sachen gereinigt wurden. Die Strafe erwuchs natürlich aus dem Vergehen; die Schmutzerei rächte sich selbst, nicht sie war die Rächerin. „Da siehst du's, du hättest wohl aufpassen können", sagte sie dann in aller Unschuld. Sie wurde sogar zum rettenden Engel, dem die Kinder Dankbarkeit entgegenbrachten, weil sie den Schaden für sie heilte.

So hatte sie sich durchkämpfen müssen und war dahin gekommen, selbst an die den Dingen innewohnende Gerechtigkeit zu glauben – auf diese Weise hatte sie ihre kleine Welt so gut zu regieren vermocht. Unordnung kam daher, daß man keine Freude an der Arbeit hatte, kam von mürrischem Wesen; sie haßte instinktiv alle Verdrossenheit und war fest davon überzeugt, daß sie sich rächte. Suchte man durch Betrug etwas abzuwenden, so kam es trotzdem; so war es gewesen, soweit sie zurückdenken konnte, am allerfrühesten und einfachsten in der Form von nassen Hosen. Jetzt war das Dasein ja viel, viel komplizierter geworden, und doch machte sich das gleiche geltend – man fand einfach keinen Frieden! So war's, wenn man morgens Strümpfe mit Löchern anzog – dann ging man den ganzen Tag mit einem unangenehmen Gefühl umher. Und so war's, wenn man vergaß, dem Kater seine Abendmilch zu geben, dann mußte man mitten in der Nacht aufstehen und es nachholen, weil man sonst nicht einschlafen konnte und den Kater die ganze Zeit miauen zu hören glaubte.

Ditte war eine Arbeiterin von Gottes Gnaden. Hatte sie auch nicht viele andere Freuden gehabt, so kannte sie dafür die Arbeitsfreude und genoß sie – als Lohn des Herzens für des Herzens Güte. Ihre Hände waren rauh und rissig, die Stimme hart und unschön; sie hatte keine andere Möglichkeit, das Gute in ihrem Gemüt zu zeigen, als durch Arbeit. Da entfaltete sie sich wie eine bescheidene, aber nützliche

Blume. Von Prunk war keine Rede – sie war ein gutmütiges fleißiges Lieschen, das am liebsten immer für andere blühen wollte.

Aber hier fand sie bei niemand Anerkennung dafür. Man liebte die Arbeit nicht, sondern betrachtete sie als Plage, machte sich ungern daran und tat nur seine verfluchte Pflicht und Schuldigkeit. Darum herrschte auch überall solch fürchterliche Unordnung. Ditte hatte das Gefühl, daß das alles daher rührte, weil man einander nicht liebhatte. Die Leute auf dem Bakkehof hatten kein Gemeinschaftsgefühl. Und mit dem Onkel Johannes ging es nicht besser. Er hinterließ nur Unordnung und Unfrieden, wo er gewesen war – sie kannte es vom Elsternnest her.

Für diesmal hatte sie genug von den Menschen, und sie sehnte sich nach ihrer Weide zurück. Es verlangte sie nach dem Frühjahr, und gespannt achtete sie auf die Anzeichen für sein Kommen, freute sich, als die erste Schneewehe vom Dach nach Süden hinabglitt, und noch froher war sie, als der erste buschige Fleck aus dem Schnee des Feldes auftauchte wie ein zottiger Rücken. Die Erde erwachte langsam aus dem Winterschlaf. Das Wasser hatte es eilig, zuerst mit der Bildung von Seen und dann mit dem Rieseln; das Frühjahrswasser sang sein Lied Tag und Nacht, und aus der feuchten Erde quoll es herauf. Es begann darin zu wachsen; eines Tages war der Acker wie sich hebender Teig, wenn man darauf trat. Und darüber sangen die Lerchen.

An einem solchen Tag trabte sie über die Felder nach der Koppel hin. Sie sollte Rasmus Rytter bitten, am nächsten Tag zu kommen; das Frühjahrspflügen sollte seinen Anfang nehmen. Er war nicht auf dem Hof gewesen, seit sie vor einem Monat mit dem Dreschen fertig geworden waren, da es nichts für ihn zu tun gab. Das Wasser an den lehmigen Stellen war noch nicht gesunken, jeden Augenblick behielt der aufgeweichte Boden einen von Dittes Holzschuhen zurück, und sie mußte auf einem Bein stehen, während sie ihn herauszuziehen versuchte. Die Erde hielt den Schuh wie ein gieriger Saugmund fest, und gab sie ihn endlich frei, so geschah's mit einem lauten Seufzer, der Ditte lachen machte.

Sie war guter Laune. Es war so schön, eine Zeitlang vom Hof wegzukommen; und vor allem war es gut, daß das Licht kam und in allen Winkeln nachsah. Da war so vieles, dem heimgeleuchtet werden mußte.

Rasmus Rytters Hütte lag draußen am entfernten Ende der Koppel, ein gut Stück jenseits der Weide. Unten im Sumpf, wo sie gehütet hatte, stand Wasser; sie mußte darum herumgehen, am Rande der Felder entlang. Aber es machte Spaß, hinunterzusehen und alle die Nester wiederzuerkennen, obwohl der Winter sie unbarmherzig abgedeckt hatte; sonderbares, wohltuendes Heimatgefühl stieg in ihr auf, und sie sehnte sich noch stärker nach dem Sommer.

Der Tagelöhner war nicht zu Hause. Seine Frau hantierte am Schornstein, als Ditte kam; sie war ungekämmt und in der Unterjacke, obwohl es bald Mittag war. In der Hütte sah es ärmlich und schmutzig aus. „Ja, du darfst mich nicht ansehn", sagte sie und hielt mit ihrer schwarzen Hand die Unterjacke über der Brust zusammen. „Man hat soviel zu tun gehabt, um das Haus in Ordnung zu halten, da hat man noch keine Zeit gehabt, sich selbst zurechtzumachen." Ja, Ditte sah, welche Ordnung hier herrschte – alles lag drunter und drüber, die Betten waren noch nicht einmal gemacht!

In dem einen Bett lagen zwei Kinder und prügelten sich; sie mochten sechs und acht Jahre sein. „Sind sie krank?" fragte Ditte.

„Nein, das sind sie nicht", erwiderte die Frau. „Aber wir haben nicht genug Kleider, um alle anzuziehen, darum müssen immer je zwei im Bett bleiben. Es ist ein recht schlimmer Winter gewesen, wahrhaftig."

Ditte mußte warten und Kaffee trinken. „Wenn nicht das Unglück wollte, daß einem das Fettzeug abhanden gekommen wäre, so hättest du 'nen Pfannkuchen zum Kaffee gekriegt", sagte die Frau und lief suchend hin und her. „Ich hatte den Kindern Pfannkuchen zu Mittag versprochen, damit sie ruhig sein sollten, und den Teig hab ich auch gerührt, aber nun fehlt einem das Fett in der Pfanne. Es ist ganz merkwürdig!" sagte sie. „Ich weiß ganz bestimmt, daß die Jungen heut morgen, eh sie zur Schule gingen, herumliefen und sich damit schlugen." Sie lief um die Hütte herum, daß die Röcke um sie flogen, und blieb eine Weile fort. „Ja, haltet 's Maul!" rief sie den Kindern zu, die die Hälse aus dem Bett reckten. „Man kann wohl nicht mehr tun, als man tut!" Dann tauchte sie von der anderen Seite her auf. In der Hand hielt sie etwas, das einem langen, schmutzigen, zu Hause gegossenen Talglicht glich. „Hier ist es doch, ich hab's mir ja gedacht", sagte sie und setzte die Pfanne aufs Feuer. Dann nahm sie den Gegenstand und rührte mit seinem Ende in der Pfanne herum, diese wurde schwach angefettet, und es begann ein wenig zu brutzeln.

„Was ist das?" fragte Ditte verwundert. „Ist das ein Licht?"

„Das – das ist eine Eberrute. Sonst hängt sie immer hier am Schornstein, aber heut morgen hat mein Alter damit seine Holzstiefel eingeschmiert, und dann haben die Jungens sie genommen."

„Viel Fett ist aber nicht dran", sagte Ditte, äußerst interessiert an dem Resultat; sie wollte den sehen, der es fertigbrachte, damit die Pfannkuchen von der Pfanne loszukriegen.

„Nein, ein bißchen trocken ist sie allerdings – sie ist von einem alten Eber. Am besten eignet sie sich zum Gesäßeinfetten. Mein Alter gebraucht sie immer, wenn die Kinder bestraft werden sollen. Aber nu komm und setz dich, dann kommt Kaffee!"

Nein, Ditte hatte Eile. „Sonst kriege ich Schelte!" sagte sie. Sie wollte keinen von den Pfannkuchen essen.

„Na ja – ja, es war gut, daß du gekommen bist. Mein Mann wird ganz mürrisch, wenn er nichts zu tun hat. Etwas Ordentliches vorzusetzen hat man ja nicht, wenn man nichts verdient – und dann weiß man ja, wie es um den häuslichen Frieden bestellt ist. Hätten wir nicht ein paar Heringe in der Tonne gehabt und Kartoffeln in der Grube, dann hätt's ganz schlimm ausgesehen. Für uns hier ist es ein schlimmer Winter gewesen. Trist war das Wetter, trist is es auf dem Bakkehof, und trist is er selber – wie soll man da anders sein? Es wird guttun, wenn man ihn mal 'ne Zeitlang los is."

Die Tage wurden lang und hell. Ditte durfte in ihrer kleinen Kammer kein Licht brennen, aber jetzt war's hell genug, wenn sie nur die obere Halbtür offenstehen ließ. Ein Fenster war nicht vorhanden.

Ihr Kämmerchen lag im ältesten Hofflügel, der einst – vielleicht vor zweihundert Jahren – Wohnhaus gewesen war. Das Pflaster war noch da aus jener Zeit, als der Raum als Vorküche diente. Auch der offene Kamin stand noch, aber in Deckenhöhe war er mit Stroh verschlossen, das auf Stangen gelegt war; da drinnen in dem Kaminraum stand ihr Bett wie in einem Alkoven – es war gerade Platz dafür. Überm Bett saß noch die gezackte Eisenstange, an der der Kochtopf gehangen hatte. Wenn's regnete, troff uralter Ruß an ihrem Kopfkissen die Mauer herab; der starke Geruch erinnerte an Großchen und rief wehmütige Träume hervor. Es geschah, daß die Mäuse sich durch den Lattenboden nagten und auf Dittes Deckbett herabfielen.

Aber sie war entzückt von diesem Loch: zum erstenmal in ihrem Leben hatte sie ihr eigenes Zimmer. Sie hatte es sich da drinnen ein wenig gemütlich gemacht mit einer alten Kiste, die sie auf die hohe Kante gestellt und über die sie ein weißes Tuch gebreitet hatte. Die Kiste ersetzte Kommode und Waschtisch. Und am Rand des offenen Schornsteins hatte sie eine lange blaue Gardine mit Fransen befestigt, die sie auf dem Speicher gefunden hatte; sie hatte einmal zu einem Himmelbett gehört und bildete einen großartigen Alkovenschmuck. Auf der „Kommode" stand ein Stück Spiegel.

Hier verbrachte sie ihre besten Stunden. Sooft sie eine müßige Stunde hatte, suchte sie ihr Kämmerlein auf. Kalt genug war's im Winter drinnen gewesen mit der offenen Halbtür, aber nun ging es an. Dann nahm sie ihre verschiedenen Schätze hervor und ließ sie durch die Finger gleiten; sie legte den einen Gegenstand hin und nahm den anderen vor und glättete ihn und legte alles hübsch ordentlich zusammen. Das konnte sie immer wieder tun und innige Freude dabei empfinden. Da war eine Stickarbeit, für die sie von der Lehrersfrau gelobt worden war, während die Familie noch im Elsternnest wohnte, ein Stammbuch, in das ein paar Mitkonfirmanden etwas hineingeschrieben hatten, und eine Photographie ihrer Konfirmandengruppe. Das war das einzige Mal gewesen, daß sie photographiert worden war, und sie schaute immer gleich erstaunt und neugierig auf die kleine dünne Dirn, die sie selbst vorstellte – die Kleinste der Schar und die Häßlichste, wie ihr schien. Am meisten gespannt war sie darauf, ob sie wohl jemals ebenso nett aussehen würde wie die übrigen. Sie hatte keine übertrieben hohe Meinung von ihrem eigenen Äußeren – woher sollte die wohl auch kommen? Nie hatte jemand von ihr gesagt: Oh, was für ein hübsches Mädchen!

Wovon sollte sie denn auch hübsch werden? Das Blut, das durch ihren Körper rollte, war auf seinem Wege durch das Herz nicht gerade gesüßt worden; eine Menge Kümmernisse hatte es aufgenommen, es führte die bitteren Abfallprodukte mit sich, und aus ihnen hatte sie sich aufzubauen. Ihre Hautfarbe war noch bläulich davon, und das Eckige und Magere wich nicht von ihr, es sträubte sich gegen die beginnenden weichen Formen. Die Schiefheit haftete ihr bis zuletzt an, die harte Winterarbeit hatte das Ihre dazu getan. Das Ergebnis war alles in allem gemischt, hübsch konnte sie nach wie vor nicht genannt werden.

Aber froh war sie; nie hatte sie sich über das Frühjahr gefreut wie in diesem Jahr. Und das Licht vergalt ihr diese Freude freigebig. Es nahm ihr Gesicht und ihre ganze Gestalt, wie sie nun einmal waren, und die Lichtstrahlen jagten einander um alle Vorsprünge und Kanten. Es konnte zu einem ganzen Spiel von Sonne und Lächeln werden, wenn sie über den Hof kam, mit dem frühlingsstarken blauen Meer als Hintergrund.

„I, wie froh du aussiehst, Mädel!" rief Sine und lachte selber dabei. „Kommt das vom Hüten?"

Genauso sah sie aus an jenem Tag mitten im Mai, als sie wieder mit dem Vieh hinauszog. Und das Vieh sah aus wie sie. Es war langhaarig geworden im Laufe des Winters und auch mager, aber Licht und Wind durchspielten die Tiere, und übermütig waren sie. Sie schlugen närrisch hinten aus, als zielten sie nach der Sonne selbst, und jagten in wahnwitzigem Galopp den Feldweg entlang nach der Koppel hin. Und Ditte folgte ihnen leichten Sinns.

9

Sommer

In den ersten Tagen, als Ditte draußen war, hatte sie ihr Vesperbrot zu Rasmus Rytters Hütte gebracht. Jetzt kamen die Kinder selbst und holten es vor- und nachmittags. Sie fanden sich im Trupp ein und waren fast immer vor ihr zur Stelle; in einem der Nester lagen sie dicht beieinander und warteten auf sie. Sie waren scheu wie Kiebitzjunge und versteckten sich am liebsten vor den Leuten; sobald sie die Brotschnitten bekommen hatten, machten sie sich, einer nach dem anderen, aus dem Staube – als flüchteten sie mit einem Raub. Waren sie ein Ende weit weg, so ließen sie sich jedes für sich irgendwo nieder und begannen zu essen. Ditte mußte genau unter sie austeilen; es ging nicht an, dem einen auch die Portion des anderen anzuvertrauen, dazu waren sie zu hungrig. Viel hatten sie nicht auf dem Leibe, zerlumpte Hosen und manchmal auch etwas, das ein Hemd vorstellen sollte, aber viel brauchten sie bei der Sommerwärme ja auch nicht. Und flink auf den Beinen waren sie!

Eines Tages nahm Ditte sich vor, ein bißchen von dem Dreck an ihnen herunterzuscheuern, aber dabei erlebte sie keine Freude. Am nächsten Tag getrauten sie sich nicht bis zu ihr hin, sondern lagen oben an der Hecke und guckten hinab; näherte sie sich ihnen, so nahmen sie Reißaus. Sie hielt das Vesperbrot in die Höhe, aber das nützte nichts. Dann legte sie es dort oben hin und ging wieder in die Sumpfwiesen zurück; und kurz darauf war es weg. Diese Kleinen glichen den Kätzlein, die außerhalb von Haus und Heim in einem Heuhaufen geboren werden; halb wild und mißtrauisch waren sie, es war kein Auskommen mit ihnen. Waren sie aber in ihren eigenen vier Pfählen, so waren sie ganz anders. Daheim lärmten sie den lieben langen Tag um die Hütte herum, so daß Ditte es bis hierherauf hören konnte – zusammen mit der scheltenden Stimme der Mutter, die Ordnung unter ihnen schaffte.

Es fehlten fast immer Knöpfe an den Hosen der Kleinen, so daß sie sie beim Laufen festhalten mußten. Ditte wurde ganz ärgerlich darüber, und eines Tages hielt sie einen der Jungen fest. „Du bekommst nichts zu essen, wenn du mich nicht vorher den da annähen läßt", sagte sie und nahm einen Knopf aus der Tasche. Da fügte er sich in die Operation, aber er stand stampfend da, während sie nähte, und kaum hatte sie den Faden herumgewickelt und abgerissen, so eilte er davon, immer noch die Hose festhaltend. „So laß doch los, Dummkopf!" rief sie lachend. Da ließ er los; und als er merkte, daß die Hose von selber hielt, geriet er ganz außer Rand und Band, jagte in größter Geschwindigkeit im Kreise um sie herum und trabte immerzu in dem gleichen engen Kreise weiter, stark nach innen geneigt wie ein Füllen am Tüder. Ditte verstand sehr wohl, daß das ein Geschenk für sie sein sollte, und folgte ihm bewundernd mit den Augen. „Das ist ja großartig", rief sie. „Schönen Dank! Aber jetzt kannst du nicht mehr, komm, nun sollst du dein Essen kriegen." O gewiß, er konnte noch ein ganzes Mal herum. Und dann kam er schnaufend zu ihr und bekam sein Vesperbrot. Diesmal lief er nicht gleich weg, sondern legte sich bei ihr hin und verzehrte sein Essen.

Nun blieben die anderen auch, und sie fügten sich darein, daß Ditte ihre Sachen ausbesserte. Nach und nach faßten sie Vertrauen zu ihr, und bevor sie sich's versah, hatte sie ein neues Nest zu versorgen. Da war so vieles bei ihnen, wobei man Hand anlegen mußte, und das befriedigte so sehr. Ditte hatte eine ganz eigenartige Gabe, das Dasein mit den Händen zu genießen.

Sie brachte es so weit, daß die Kinder ihr erlaubten, sie auch zu waschen, und da gab es Arbeit. Das Schlimmste waren die kleinen Köpfe, bei denen war mit Waschen nichts zu erreichen. Sie mußte sehen, daß sie etwas Petroleum stahl und mit herausbrachte.

Eines Nachmittags hatte sie die Köpfe mit Petroleum überschüttet und erzählte den Kindern dabei von dem großen Klaus, damit sie stillhielten. Als es überstanden war, standen sie blinzelnd da und sahen aus, als wäre ihnen die ganze Welt fremd geworden. „Brennt es?" fragte sie lachend.

„Ja, aber beißen tut's nicht mehr", erwiderten sie erstaunt.

„Und jetzt geht nach Hause", sagte sie.

Das überhörten die Kleinen und ließen sich bei ihr nieder. „Und was gibt es jetzt noch?" fragten sie.

„Jetzt müßt ihr nach Hause. Nächstens kriegt ihr mehr zu hören."

„Vom großen Klaus?"

„Ja, und vom Kater Pers, der sich selbst die Türen aufmachen konnte."

Da stiefelten sie los; aber sehr schnell bewegten sie sich nicht vorwärts.

Ditte sammelte das Vieh, und dann zog sie sich aus und wusch sich in einem kleinen Tümpel, der im Gebüsch versteckt lag. Sie legte sich in dem lauwarmen flachen Wasser auf den Bauch und spielte, als ob sie schwömme; wenn sie sich auf die Arme stützte, sich hob und wieder senkte, umfaßte das Wasser glucksend ihren Leib und die kleinen, festen Brüste. Ihre Haut war nicht so dunkel wie im letzten Sommer. Dann setzte sie sich aufrecht auf die Wiese und schrubbte sich ab.

Später saß sie halb angekleidet auf dem trockenen Moorhang und sah ihre Sachen nach; eine Tüte mit Nähzeug lag neben ihr. Das Vieh weidete ruhig; sie hatte Zeit und Ruhe, sich mit ihren eigenen Dingen zu beschäftigen – mit den Kleidern und mit dem anderen, und Ditte war jetzt in der richtigen Stimmung dazu. Sie freute sich darüber, allein zu sein.

Leise vor sich hin summend, saß sie so, halb in sich gekehrt, bei der Arbeit, beglückend frei von allen Sorgen. Kleine Gedanken und Eindrücke flatterten in ihren Kopf hinein – und flogen wieder davon, ohne daß sie sie festhielt; von dem dickgepolsterten Boden aus Moos und halbwelkem Gras stieg die Erdwärme auf und hüllte sie ein. Sie saß und wuchs. Drüben von der Landstraße her hörte man einen Wagen rollen, sie horchte aufmerksam – er fuhr so schnell. Aber sie mochte sich nicht erheben und aufs Feld hinauflaufen, um zu sehen, wer es sein mochte.

Im Laufe des Nachmittags kam Karl über die Äcker vom Hof her; es mußte also daheim irgend etwas nicht stimmen. „Nun ist er wieder da", sagte er und warf sich neben ihr hin, „sie sind schon halb besoffen." Er wandte sein Gesicht ab.

„Dann machst du dich wohl aus dem Staube?" fragte Ditte und lächelte halb spöttisch. Sie begriff nicht, daß er immer noch zu Hause war und den Kopf hängen ließ.

„Ich hab es der Mutter gesagt, aber sie gibt mir zur Antwort: Reise du nur! Es ist ihr alles gleichgültig, wenn sie nur selber machen kann, was sie will. Aber jetzt ist es ernst, ich hab meine Sachen gepackt. Ich wollte dir bloß Lebewohl sagen." Er saß eine Weile da. „Machst du dir auch nichts daraus, daß ich reise?" fragte er und umfaßte ihre Zöpfe.

Ditte schüttelte energisch den Kopf. „Nein, reise du nur ruhig!" Er hatte ihr das Leben in keiner Hinsicht erleichtert.

„Bin ich denn nicht gut zu dir gewesen – bin ich es nicht gewesen?" wiederholte er, als sie hartnäckig schwieg.

„Nein", sagte sie endlich leise. Sie hatte Tränen in den Augen bei dem Gedanken an all die Male, wo er sich hätte neben sie stellen müssen, wenn ihr Unrecht zugefügt wurde, es aber nicht getan hatte.

Auch er dachte vielleicht daran. „Nein, ich weiß es wohl", sagte er gedämpft, „denn ich war feige. Aber jetzt bin ich es nicht mehr. Von nun an will ich versuchen, ein guter, mutiger Mensch zu werden."

„Ja, denn jetzt hast du wirklich Kummer", sagte Ditte und schaute ihm ins Gesicht. Sie wußte, wie schwer es war, von zu Hause fortzugehen.

Verzweifelt starrte er ins Leere. „Hauptsächlich liegt es daran, daß die Mutter so ist – und dann, daß die Leute soviel über uns reden. Sie gaffen einen an, und dann stecken sie die Köpfe zusammen und flüstern. Die Menschen sind böse. Oh, du – sie sind so boshaft! Aber das darf man ja nicht denken, man soll seinen Nächsten lieben." Er hielt plötzlich inne.

„Aus alldem soll man sich nichts machen", sagte Ditte, um ihn aufzumuntern. „Laß du doch die Leute reden. Wenn man nur weiß, daß man nichts Verkehrtes getan hat, dann kann einem gleichgültig sein, was die anderen meinen. Du hast neulich ja selber gesagt, wenn man nur Frieden mit Gott hat, so kann es einem einerlei sein, was die Leute über einen denken."

Er hatte seinen Kopf an ihre Schulter gelehnt und saß mit geschlossenen Augen da. „Es ist so schwer, stark in Gott zu sein", sagte er still. „Wenn man ihn nur zur Seite hätte und nicht im Innern – so daß man ihn sehen könnte!" Geistesabwesend tastete er mit der Hand über ihren Rücken hin, dann richtete er sich mit einemmal auf und sah sie forschend an. Ihre Bluse war über die eine Schulter herabgeglitten – sie hatte sie nicht richtig zugeknöpft; das Schulterblatt ragte ein wenig hervor.

„Was hast du da?" fragte er und ließ seine Hand auf ihrer Schulter ruhen.

„Ach, das ist davon gekommen, weil ich die kleinen Geschwister geschleppt habe", sagte sie errötend und bedeckte sich hastig. „Es ist fast wieder weg", fügte sie leise hinzu – mit abgewandtem Gesicht.

„Du brauchst dich doch deswegen nicht zu schämen", sagte er und erhob sich. „Man ist doch nicht so einer!"

Nein, Ditte schämte sich gar nicht vor ihm – und sie hatte auch keine Angst vor ihm; er war ja bloß unglücklich – nichts weiter. Aber sie war sehr ärgerlich darüber, daß er die Schiefheit bemerkt hatte, jetzt, wo sie eben im Begriff war, ganz zu verschwinden. Nun gab sie sich besondere Mühe, sich geradezuhalten; sie wollte einen geraden Rücken haben und eine runde Brust wie die anderen jungen Mädchen. Das Wort Sünde blieb ihr von der Unterredung mit Karl im Ohr. War es Sünde, sich Schönheit zu wünschen – und nützte das etwas? – Der Vater fand ja, daß sie schön sei. „Du wirst mit der Zeit ein hübsches Mädchen", pflegte er zu sagen, sooft sie nach Hause kam. Aber er war nicht unparteiisch. Ditte hätte es gerne auch andere sagen hören. Vor allem wollte sie natürlich ein gutes Mädchen sein; aber es konnte nichts schaden, wenn man auch ein bißchen hübsch war!

Über dies und jenes dachte sie da draußen nach; es war kein Gejage mehr von dem einen zum anderen, Ditte hatte Zeit für sich. Und schließlich hatte sie auch das gelernt. Während sie sich in den Moorlöchern wusch, entdeckte sie sich selbst, Zoll für Zoll – vorläufig ohne größere Freude. Es war viel auszusetzen an dem Ganzen!

Aber ihre Aufmerksamkeit wurde oft von ihrem Äußeren auf ihr Inneres gelenkt. Eines Tages stellte sie fest, daß sie runde Knie hatte – sie würde also gut zu ihrem Mann sein! Das war an und für sich etwas Selbstverständliches; daß sie schlecht zu jemand sei, hatte ihr noch niemand vorgeworfen, aber es war angenehm, wenn's einem handgreiflich bestätigt wurde. Sie wurde sich mancher Seiten ihres Wesens bewußt, und das machte ihr zuweilen wirklich Freude. An falscher Bescheidenheit litt sie nicht, das Dasein war arm genug, sie brauchte es nicht noch selbst ärmer zu machen. Der Vergleich mit anderen fiel hier nicht gerade zu ihren Ungunsten aus – sie meinte, im wesentlichen bestehen zu können. Es war nur leider so, daß die Leute meistens nach dem Äußeren gingen!

Aber als sie so in sich hineinschaute, sah sie auch Dinge, die sie nicht mit Freude erfüllten, sondern nur mit Befremden und Erstaunen. Und manchmal bekam sie Angst.

Sonne und Wind spielten mit ihr, und das Resultat war merkwürdig. Es war ein Lachen in ihr, das war dauernd zu spüren als kribbelndes Gefühl, als Antrieb, selbst in ernsten Situationen loszuplatzen. Aber außer diesem Lachen spukte auch manches andere in ihr, beunruhigende Gedanken, Empfindungen, die sie auf nichts Bekanntes zurückführen konnte. Von Tag zu Tag begegneten ihr Worte und Handlungen, die etwas in ihr verschoben. Eine Hand hatte gedankenlos ihre Flechten umfaßt! Von diesem Tage an schenkte sie ihrem Haar Beachtung, sie empfand es als etwas für sich selbst, als ein Wesen, das Aufmerksamkeit beanspruchte. Sie mußte es aufnehmen und fühlen, ob es richtig saß, mußte es lockern, wenn es zu fest um den Kopf lag, und es neu flechten! Und aus Dankbarkeit darüber, daß sie sich mit ihm beschäftigte, begann es zu wachsen, wurde dicker und weicher.

Und in Ditte wuchs es auch. Sie hatte seltsame Empfindungen, bald hier, bald da, als ob Säfte schnell zu verschiedenen Stellen ihres Körpers strömten. Manchmal tat ihr der ganze Körper weh – und ihr wurde schwindlig; das seien Schmerzen, die vom Wachsen kämen, meinte Sine. Den langen Tag konnte sie still dasitzen und dieses Gefühl verfolgen: in ihren wachsenden Brüsten war solche Unruhe. Sie hörte die Reden der Erwachsenen, ihre versteckten Andeutungen, und lauschte aufmerksam; und sie sah den Verkehr der Knechte und Mägde in einem neuen Licht. Am Samstagabend versammelten sie sich auf einem der Höfe weiter landeinwärts und tanzten im Grünen zur Harmonika; Ditte hatte Herzklopfen, wenn sie in der Kammer stand und sich zurechtmachte, um hinzulaufen und zuzusehen. Es kam vor, daß der eine oder andere Bursch auch nach ihr griff. Sie schlug nach ihm, war aber nicht mehr aufgebracht darüber – nur erschrocken.

Das Verhältnis der Bäuerin beschäftigte sie stark. Sie fing an, manches zu verstehen – ahnte, daß in der starken Bauersfrau verborgene Kräfte gärten, die das Licht des Tages nicht vertrugen und jahrelang im Zaume gehalten waren, nun aber unwiderstehlich hervorbrachen. Karen sei im gefährlichen Alter, sagte Sine – ein mystisches Wort, das allerlei bedeuten konnte. Wenn die Bäuerin mit ihren Kleidern in Dittes Nähe war, durchrieselte diese ein seltsames Frösteln, und sie verspürte ein Ziehen in den Haarwurze'n. Alles und alle wurden beherrscht von diesem Seltsamen, von dem Karen besessen war: Sine und die Arbeitsleute – und auch der Sohn auf seine Art; ihre Blicke wurden so sonderbar, sie sprachen und taten so verstohlen, hatten geheime Zeichen und Augenbewegungen. Dieses merkwürdige Grauen spukte bis weit ins Kirchspiel hinein; wildfremde Leute näherten sich und begannen Ditte auszufragen – und hielten dann inne und sprachen von Wind und Wetter. Es kam ihr so vor, als blicke die ganze Welt auf den Bakkehof.

Sein Schatten wirkte bis in die Ferne. Kam bei Zusammenkünften die Rede auf den Hof, so blieben die Gemüter daran hängen und beschäftigten sich nur mit dem einen: der Liebe in allen ihren geheimen, verhängnisvollen Offenbarungen. Ein eigenartiger Glanz kam in die Augen und alles mögliche Verborgene wurde hervorgezerrt. Geheimes wuchs in jedem Winkel.

Ditte sog ein mit Augen und Ohren, bis sie in eine nervöse Spannung versetzt wurde; rein physische Angst erfüllte sie und zerriß ihr Gemüt, so daß das Grauen sie packte, ohne allen Grund.

Eines Tages, als sie vor dem Hof beim Mittagsmelken saß, entdeckte sie ihr eigenes Blut auf dem Melkschemel. Ein Schwindelgefühl ergriff sie; niemand hatte mit ihr darüber gesprochen, was kommen würde, keine Mutter hatte sie behutsam in das Mysterium des Lebens eingeführt. Nun wurde sie brutal hineingeworfen, sein Symbol, das Blut, verband sie in ihrer aufgeschreckten Phantasie mit so viel anderem Grauen. Weiß vor Schreck wankte sie ins Haus.

Im Tor traf sie Karl. Er fragte, was ihr fehle, und bekam mit Mühe soviel aus ihr heraus, daß er die Ursache ihrer Angst erriet. Er lächelte gutmütig, und das beruhigte sie; es war fast das erstemal, daß sie ihn lächeln sah. Aber dann wurde er ernst. „Daraus darfst du dir nichts machen“, sagte er und streichelte ihre Wange, „denn das bedeutet ja nur, daß du nun im Begriff bist, ein erwachsenes Weib zu werden.“

Ditte war ihm aufrichtig dankbar für seinen Trost; sie war nicht ärgerlich darüber, daß er in dieser Sache ihr Vertrauter geworden war. Für sie war er nicht ein Mann, sondern ein menschliches Wesen, ein Hilfloser, der sie oft nötig gehabt und nun einmal ihr geholfen hatte – das war so einfach. Eine Änderung in ihrem Verhältnis trat nicht ein, abgesehen davon, daß es Gegenseitigkeit im Trösten schuf. Ditte hatte nun auch einen, an den sie sich vertrauensvoll wenden konnte, wenn sie nicht weiterwußte.

10

Sörine kehrt heim

Ditte hatte gerade die vier Buben abgefüttert, und es war gut gegangen. Auf einem kleinen Hügel hatte sie das Vesperbrot angerichtet, und die vier hatten sich im Kreise darum lagern müssen; sie sollten lernen, hübsch still am Tisch zu sitzen und nicht mit dem Butterbrot in der Hand umherzuspringen. Und sie sollten lernen, einander etwas zu gönnen und aus der gemeinsamen Schüssel zu essen – damit haperte es hauptsächlich. Am liebsten wollte jeder seine Portion für sich haben und sie gierig verschlingen oder am allerliebsten damit beiseite schleichen und sie ganz für sich verzehren wie ein herrenloser Hund. Ditte zwang sie, sitzenzubleiben und aus der gemeinschaftlichen Schüssel zu essen. Gab sie einem von ihnen ein Stück, so verfolgten die drei anderen das mit gierigen Blicken, sie hatten die Augen mehr auf dem Essen des anderen als beim eigenen. Dann war sie immer wieder hinter ihnen her, Neid konnte sie nicht leiden. Auch wenn sie selber satt waren, wollten sie mehr haben. Ditte erkannte, wie wahr Großchens Worte waren, daß der liebe Gott den Magen vor den Augen satt macht. „Ihr sollt richtige kleine Menschen sein, wie Paul, Else und Christian", sagte sie. „Die teilen immer miteinander, wenn sie etwas haben." Und nach und nach nahmen die Kinder Lehre an. Die größeren liefen den kleineren nicht mehr fort, sondern hielten sie hübsch an der Hand – wenigstens so lange, wie Ditte sie beobachten konnte.

Ditte stand oben auf dem Hügel und schaute ihnen nach, während sie wieder nach Hause trabten. Sehr oft kam es zu Zank zwischen ihnen, aber dann wandten sie unwillkürlich den Kopf und schielten nach hinten; und sobald sie sahen, daß Ditte immer noch da oben stand, faßten sie einander wieder bei der Hand. Ditte lachte. „O ja, ich kann euch recht gut sehn", nickte sie.

Ditte war noch immer in Gedanken bei den Kleinen, als sie drüben von der Landstraße her einen merkwürdig bekannten Laut vernahm. Auf dem Hügel sah sie eine Erscheinung auftauchen und sich abwärts bewegen, ein Fuhrwerk, das vorwärts holperte und vor das ein großes, phantastisches Wesen gespannt war, ein Gespenst von einem Pferd. Behutsam stolperte es vorwärts auf zottigen, gewaltigen Gelenken, die verschlissenen Reisigbesen glichen, die den Wegstaub zusammenfegten, und dahinter wackelte das Fuhrwerk dahin; es bewegte sich von der einen Seite des Weges zur anderen. Und oben auf dem Wagen saß eine in sich zusammengesunkene Gestalt und hantierte automatisch mit einem langen, dünnen Stock.

Ditte sprang vor Freude mit ihren bloßen Füßen quer über Stoppeln und Felder; sie lief wie von Sinnen. Lars Peter hob den Kopf, als sie rief, und der große Klaus hielt an.

„Bist du es, Mädel?" sagte er und lächelte sonderbar ernst. „Ja, nun will ich also zur Stadt, um Mutter zu holen."

„Aber dann ist es ja der verkehrte Weg!" Ditte lachte ihr klingendes Lachen. Es war zu komisch, daß der Vater sich in der Richtung irrte, er, der die Wege kannte wie kein anderer. „Hier kommst du nur immer weiter weg!"

„Ja, das weiß ich recht gut. Aber die Sache ist die, daß der große Klaus unmöglich die Fahrt aushalten kann – er ist jetzt fertig mit seinen vierzig." Lars Peter lächelte traurig. „Und da wollte ich versuchen, mir ein anderes Pferd zu leihen; man weiß bloß nicht, wo man fragen soll – man kennt ja beinah keinen Menschen. Bei euch vorzufragen hat doch wohl keinen Zweck?"

Nein, Ditte meinte, daß es zwecklos sei, da Karen vom Bakkehof alle Menschen hasse.

„Es könnte höchstens sein, daß sie das mit Johannes freundlicher gegen uns gestimmt hat."

„Nein, das glaube ich ganz und gar nicht – im Gegenteil. Dann hättest du es lieber auf dem Sand versuchen sollen", sagte Ditte. „Da ist sicher einer, der dir ein Pferd leihen würde."

„Ja, es mag sein, daß sie eine andere Meinung von uns bekommen haben, seitdem wir fortgezogen sind. Ich weiß nicht – ich hatte mir das mit dem Bakkehof nun mal in den Kopf gesetzt; aber vielleicht hast du recht. Dann ist es nur schade, daß der große Klaus die Fahrt umsonst hat machen müssen."

Ja, der Gaul hatte wirklich seit dem letztenmal, da Ditte ihn gesehen hatte, an Kraft eingebüßt. Er stand da und schlief mit hängendem Kopf. Ditte rupfte etwas Gras für ihn aus dem Graben, aber er roch nicht einmal daran.

„Es fällt ihm immer schwerer, Nahrung zu sich zu nehmen", sagte Lars Peter. „Das Beste, was ihm widerfahren könnte, wäre ein Schlag vor die Stirn!"

Er selber war sehr schweigsam heute – fast in feierlicher Stimmung, wohl weil er Sörine holen sollte. Er verstummte vollständig, während Ditte den großen Klaus liebkoste und versuchte, etwas Leben in ihn hineinzubringen. „Na, dann muß ich wenden und landeinwärts fahren", sagte er endlich und nahm die Zügel auf. „Du sprichst wohl zu Hause bei uns vor, sobald du kannst?"

Ditte nickte, sie konnte nicht anders, so seltsam wie er war.

„Deine Bäuerin führt einen sonderbaren Krieg", sagte er, während er das Pferd wieder in Gang brachte.

„Wieso?" fragte Ditte voll Interesse. Sie ging ein Stück neben dem Wagen her, sich am Kasten festhaltend.

„Ja, sie verbreitet üble Gerüchte, auch über sich selbst. Ein merkwürdiges Vergnügen! Man sollte meinen, daß sie genug hat, womit sie sich herumschlagen muß. Aber gegen dich benimmt sie sich doch wohl anständig?"

O ja, Ditte hatte sich über nichts zu beklagen.

„Aber jetzt mach, daß du zu deinem Vieh zurückkommst, damit niemand sieht, daß du weggegangen bist. Du weißt ja, wie die Bauern sind; sie helfen einander, Gericht über uns zu halten." Behutsam löste er ihre Hände von dem Wagenkasten.

Widerstrebend ließ Ditte los und lief über die Felder; jeden Augenblick drehte sie sich um und winkte. Aber der Vater war schon wieder in seine Gedanken versunken, er sah es nicht.

Nein, Ditte hatte eigentlich nicht vor, nach Hause zu kommen und von der Heimkehrenden Notiz zu nehmen. Viele Tränen, viel Schande hatten sie der Mutter zu verdanken; Ditte glaubte es überwunden zu haben, aber tief in ihrem Inneren saßen immer noch Reste davon, und nun kam alles wieder an die Oberfläche. Die Mutter war schuld daran, daß die Familie so verachtet und ausgestoßen war – als Verbrecherbrut! Irgendwelches Verlangen danach, heimzukommen und sie zu begrüßen, verspürte sie nicht.

Aber damit war das Problem nicht gelöst. Früher – ja, da hatte man das einfach beiseite geschoben, weil so vieles andere wichtiger war, aber jetzt drängte es sich von selbst in den Vordergrund. Man konnte dem Heim doch nicht immer fernbleiben – das allein gab zu denken. Die Mutter saß nicht länger im Gefängnis eingesperrt, sondern kam nach Hause und sollte wieder den Haushalt übernehmen. Wie würde sie sich dabei verhalten, und wie würde sie zu den Kindern sein? Das waren schwere, ernste Fragen. Sie ließen Ditte keine Ruhe.

Und da tauchte etwas Neues in ihr auf: der Gedanke, daß sie schlecht sei und unrecht tue. Es kam ganz plötzlich über sie im Zusammenhang mit dem Wort Sünde, das von den Unterhaltungen mit Karl in ihrem Gemüt haftengeblieben war; von dieser Seite hatte sie das Verhältnis zur Mutter früher nie betrachtet. Und sie mußte an den Vater denken, an seinen feierlichen Ernst oben auf der Landstraße und an seine traurige Zärtlichkeit in allem, was Sörine betraf; und sie stellte Vergleiche an. Lars Peter lehrte einen nicht, daß man denjenigen, dem es schlecht ging, schlagen sollte. Zum erstenmal erkannte sie so recht das Ausmaß der Nachsicht des Vaters, und sie schämte sich. Was hatte er um Sörines willen erduldet! Und doch hielt er das Heim bereit zu ihrem Empfang, hütete es durch all die Jahre hindurch für sie als Zufluchtsstätte, wo sie Aufnahme finden würde. – Eines Tages befiel die Sehnsucht nach zu Hause sie so stark, daß sie in Tränen ausbrach.

„Was ist mit dir?" fragte Karl, als sie zur Mittagszeit mit gerötetem, verweintem Gesicht auf den Hof kam.

„Ich möcht so gern die zu Haus besuchen", sagte sie.

„Dann lauf nur, wenn wir gegessen haben", sagte er. „Ich werde schon das Vieh besorgen. *Sie* ist nicht zu Hause, sie ist in der Stadt." Er liebte es nicht mehr, Mutter zu sagen.

Sörine stand in der Küche und wusch, als Ditte kam. Ihre sommersprossigen Arme waren unheimlich mager und hantierten so seltsam unsicher mit der Wäsche, als hätte sie früher nie zu waschen versucht. Hohlwangig war sie geworden, bleich und fleckig; das Gesicht ließ das Licht nicht zurückstrahlen. Mit fremden Augen starrte sie Ditte an – wie ein aufgescheuchtes Tier, so schien es Ditte. Dann trocknete sie sich die Hände an der Schürze und hielt eine klamme Hand hin. Ditte ergriff sie, ohne die Mutter dabei anzusehen.

So standen die beiden einander eine kleine Weile gegenüber und wußten weder aus noch ein. Ditte war es weich ums Herz; sie war dem Weinen nahe, hätte der Mutter um den Hals fallen können bei der geringsten Annäherung von Sörines Seite.

Aber Sörine regte sich nicht. „Vater und die Kinder sind im Hafen", sagte sie endlich mit einer Stimme, die weder Blut noch Klang hatte. Ditte ging dorthin, froh darüber, von ihr wegzukommen.

Lars Peter stand unten im Laderaum des Deckbootes und machte rein; die Kinder saßen auf dem Bollwerk. Er arbeitete sich aus der Luke heraus und kam an Land. „Das war brav von dir, bei uns vorzusprechen", sagte er bewegt und gab ihr die Hand. „Schönen Dank dafür!"

„Ach, Vater, das sollst du nicht sagen", erwiderte Ditte mit verzerrtem Gesicht. Sie war nahe daran loszuheulen. Alles stürmte plötzlich auf sie ein, weil er es auf diese Weise auffaßte.

„Ja, das war brav von dir – du hättest ja nicht zu kommen brauchen", sagte er und legte den Arm um ihre Schulter. „Verstehen hätt ich es können, wenn du fortgeblieben wärst. Hast du der Mutter guten Tag gesagt?"

Ditte nickte, sie war noch nicht ganz ruhig; öffnete sie den Mund, um zu antworten, so konnte die Gemütserregung sie leicht überwältigen. Und heulen wollte sie nicht mehr, nicht um alles in der Welt! Das taten nur Kinder – und halberwachsene Mädel!

Lars Peter setzte sich auf einen Vertäuungspfahl und zog die langen Stiefel aus; sie reichten ihm bis zur Hüfte, und die

Prozedur lief nicht ohne Gestöhne ab. „Man fängt an, steif zu werden“, sagte er ächzend, „und dann die Gicht in den Gliedern. Entweder meldet sich das Alter, oder man kann das Handwerk nicht vertragen. Na, was sagst du nun zu Mutter?“ fragte er, während sie zum Haus hinschlenderten. „Sie ist ja allem noch ein bißchen fremd“, fuhr er fort, als Ditte nicht antwortete. „Aber darüber kann man sich ja nicht wundern – wo sie so viele Jahre eingesperrt war. Sie hat sich sicher drüber gefreut, dich zu sehn. – Ja, du hast es vielleicht nicht so merken können, sie versteht es noch nicht, die richtigen Worte für ihre Gedanken zu finden. Aber man kann gut merken, daß sie doch ein warmes Herz für uns alle hat. Gott sei Dank, daß wir sie wieder zu Haus haben! Und nun sei du auch ein bißchen freundlich zu ihr – sie kann's brauchen; die Leute hier im Dorf betrachten sie ja nicht gerade mit milden Blicken. Sie meinen wohl, sie hätte eigentlich drüben bleiben sollen; darum müssen wir andern versuchen, ein bißchen gut zu ihr zu sein.“

Sörine hatte Kaffee gemacht. Lars Peter nahm es als eine Freundlichkeit hin und sah sie dankbar an; er war gut gelaunt. Sie ging schweigend umher und sorgte für die Familie; wie eine Fremde, fast wie ein Gespenst bewegte sie sich; eine undurchdringliche Wand war zwischen ihr und den anderen. Die Kinder hatten sich noch nicht mit ihr auf vertrauten Fuß gestellt; man sah es ihren Augen an, die jede Bewegung Sörines mißtrauisch verfolgten. Und sie selbst sah beinahe aus, als wäre sie unversehens aus einer Welt herabgefallen, wo man seine Tage ganz anders zubrachte. Ditte fragte sich erstaunt, ob sie überhaupt sehe und höre, was um sie vorging; nicht einmal die Augen verrieten, daß sie der Unterhaltung folgte. Man konnte nicht recht wissen, was für Gedanken sie sich über das Ganze machte.

Gegen Abend mußte Ditte wieder aufbrechen; Lars Peter begleitete sie ein Stück. „Findest du nicht, daß Mutter sich verändert hat?“ fragte er, als sie über die Hügel weg waren.

„Sie sieht schlecht aus“, erwiderte Ditte ausweichend; sie war nicht überzeugt davon, daß Sörine von dem Aufenthalt drüben ein zärtlicheres Gemüt bekommen hatte.

„Ja, die Luft da drin hat sie angegriffen. Aber sie hat jetzt auch einen anderen Sinn – sie schimpft nicht mehr so."

„Was sagt sie zu den Dingen hier im Dorf – zu dem Krugwirt und allem – und dazu, daß wir das Elsternnest verkauft haben?"

„Ja, was sagt sie dazu? Eigentlich sagt sie ja nichts, sondern schweigt vom Morgen bis zum Abend. Aber sie will nicht in einer Stube mit uns liegen – sie scheut Gesellschaft. Es ist auch schwer, sie ins Freie zu treiben, sie geht nur am Abend aus. Und doch scheint es mir, als ob sie zufriedener wäre – auch mit unsereinem."

„Und die Nachbarn?" fragte Ditte gespannt.

„Ja, die Nachbarn, die schielen ja tüchtig nach unserem Hause hin. Und die Kinder kommen heran und gaffen zur Tür herein – vielleicht werden sie von den Erwachsenen geschickt. Wenn sie dann Mutter zu sehen kriegen, stürzen sie kreischend davon, als ob der Teufel ihnen auf den Fersen wäre. Das trägt ja nicht dazu bei, daß sie zur Ruhe kommt."

„Sie glauben, daß sie ein eingebranntes Mal auf der Stirn trägt", erklärte Ditte. Sie hatte es selber geglaubt und war erstaunt darüber gewesen, daß es nicht der Fall war. „Hat niemand euch eingeladen?" fragte sie.

„Nein, noch nicht. Aber eines Tages spricht wohl der eine oder andre vor und sagt guten Tag – wenn die Leute sich einmal an die Lage gewöhnt haben. Mehr als einer hat Lust dazu; aber keiner getraut sich vor den andern."

Lars Peter sah Ditte erwartungsvoll an, um eine Bestätigung seiner Hoffnung zu erlangen, aber sie schwieg. Und dieses Schweigen war ebensogut wie viele Worte; sehr hell erschien ihr die Zukunft wohl nicht.

„Man hat ja selber ein wenig Angst davor, daß es nicht gehen wird", begann er von neuem. „Aber dann müssen wir eben sehen, daß wir anderswo hingehn. Die Welt ist groß, und hier zu wohnen, hat ja doch keine besonderen Vorzüge. Verlieren tut man nichts, wenn man wegzieht. Schändlich ist es bloß, daß man sich alles hat herauspressen lassen; leicht wird es nicht sein, wieder von vorne anzufangen."

„Bekommst du denn dein Geld nicht wieder, wenn wir reisen?"

„Ach nein, du. Der Krugwirt ist überhaupt nicht der Mann, der etwas herausgibt, wenn er erst einmal seine tote Hand daraufgelegt hat. Und außerdem soll er selber Geldschwierigkeiten haben."

„Der Krugwirt? Der so viel Geld hat?"

„Ja, du willst es nicht glauben – wie so viele. Die Sache ist wohl die, daß er bei Banken und anderswo Schulden hat; das Ganze soll beliehen sein, wird erzählt. Darum baut er auch das Badehotel nicht. Die Banken wollen ihm kein Geld leihen. Man hat ja geglaubt, daß ihm das Ganze gehört, aber das ist ganz und gar nicht der Fall. Es soll ihm schwer genug fallen, die Termine einzuhalten; jetzt zum Junitermin erwartete man sogar, daß er Bankrott machen wird. Das erklärt ja, daß er erbittert ist."

„Was für Freude hat er denn dann von dem Ganzen? Dann hätt er uns ebensogut das Unsre behalten lassen können."

„Ja, viel Freude kann er nicht haben, wenn er's auf die Weise treibt; aber es muß ihn wohl was in seiner Natur dazu treiben. In diesen Tagen stehen die Sprotten bis hin zur Küste, so dicht, daß du sie eimerweise aufnehmen kannst. Die Makrelen jagen sie hier herauf; die stehen draußen in dichten Schwärmen, fressen sich in das Gewimmel hinein und drängen vorwärts. Und wieder draußen, da fallen der Seehund und der Delphin über die Makrelen her und drängen sie weiter nach dem Land zu. So geht es wohl auch hier; der Krugwirt saugt uns aus, und andere saugen wieder ihn und seinesgleichen aus. Man möchte wohl wissen, ob über denen wieder einer steht, der sie auffrißt."

„Wie seltsam!" sagte Ditte. Sie hatte sich nie etwas über dem Krugwirt Stehendes vorstellen können.

„Ja, wunderlich ist es! Man könnte sagen, der eine Teufel regiert den andern, hoch geht über hoch. Aber wohltuend ist's doch, wenn man sich ausmalt, daß es dem Krugwirt schließlich ebenso geht wie unsereinem. Ein bißchen Gerechtigkeit ist doch dabei, so kläglich sie einem auch vorkommen mag."

11

Ditte tröstet einen Mitmenschen

Als Ditte nach Hause kam, war der Hof voll von Fremden. Karl stand draußen am Feld und spähte aus, als ob er sie erwartete. „Das ist gut, daß du gekommen bist", sagte er fieberhaft. „Mutter ist zurückgekommen – mit einer ganzen Gesellschaft. Sie ist wütend darüber, daß du ohne Urlaub weggerannt bist."

„Aber das bin ich ja gar nicht", sagte Ditte verwundert.

„Aber sie glaubt es. Nun mach, daß du hintenherum in die Waschküche kommst, und begib dich an die Arbeit, dann bemerkt sie dich vielleicht nicht, sonst schimpft sie bloß." Er war ganz nervös.

„Warum hast du denn nicht gesagt, daß du mir erlaubt hast, nach Hause zu laufen?" fragte Ditte.

„Das wagte ich nicht, denn dann ..." Verlegen und jämmerlich stand er da und wußte nicht, was er sagen sollte.

Ditte ging durch das Tor über den Hof hinein; sie mochte sich nicht auf Hinterwegen ins Haus schleichen. Sollte sie ausgescholten werden, so mußte sie das hinnehmen. – Sine war sehr beschäftigt. „Gott sei Dank, daß du kommst und Hand anlegen kannst", sagte sie, „man wird beinahe verrückt. Aber freu dich, daß du nicht vor einer Stunde gekommen bist; die Bäuerin war so wütend, daß sie dir Prügel versprach. Und Karl, der Jammerlappen, hat ja den Mund gehalten und nicht gesagt, daß er dir erlaubt hat, fortzugehn."

„Ach, der ..." Ditte verzog geringschätzig die Oberlippe. „Aber sie soll es bloß versuchen, mich zu schlagen; ich trete ihr mit meinen Holzschuhen gegen die Schienbeine."

„Herrje, bist du nicht gescheit, Mädchen – ihre Beine sind ja voll Krampfadern! Nimm mal an, du trätest ihr Löcher und sie verblutete sich ..." Sine war ganz erschrocken.

„Ja, was denn? Das ist mir ganz gleichgültig", sagte Ditte.

Ditte wurde mit dem Aufwaschen beauftragt. Sie war wütend auf die Bäuerin, weil sie auf den Gedanken kommen konnte, sie zu schlagen, auf Karl, weil er sie im Stich gelassen hatte, auf die Kinder im Dorf, weil sie die Mutter nicht in Ruhe ließen – sie war wütend auf alles. Während des Aufwaschens hantierte sie unnötig laut mit dem Geschirr, so daß es leicht hätte entzweigehen können; Sine versuchte sie zu beschwichtigen. Aber das Mädel hörte nicht, sie hatte gewiß einen Rappel, meinte Sine, so ein Kücken – die konnte gut werden! Sine mußte sie resolut am Arm packen, damit sie zur Besinnung kam. „Uha, ich bin so zornig!" sagte Ditte.

Sine lachte laut. „Dann hätte ein anderer wohl noch mehr Grund, zornig zu sein! Da kommt einer nach dem andern in die Küche gerannt und will Befehle geben – und wie frech sie sind! Man sollte glauben, die Bäuerin hätte den Verstand verloren. Sie will doch sonst immer die Frau im Hause sein."

Am zornigsten war Ditte trotzdem auf Karl. Er wollte nicht drinnen bleiben, sondern ging protestierend auf dem Hof umher, machte sich hier und dort zu schaffen – und sah jämmerlich aus. Wenn er überzeugt war, daß niemand es sah, drohte er nach den Stubenfenstern hin. Ja, der war der Rechte zum Fäusteballen! Ditte hatte Lust, hinauszugehen und ihn zu fragen, ob er sich nicht einen Unterrock von ihr leihen wolle.

Nein, ganz bei Verstand konnte die Bäuerin nicht sein. Sie kam in die Küche, mit rotem Kopf und hoch aufgeschürzt; ihr Haar war unordentlich, es hob sich von ihrem Kopf wie die Mähne bei einem Hengst. Und Johannes kam hinter ihr hergesprungen; die gesetzte Frau, die man sich bald als Großmutter denken konnte, gebärdete sich mädchenhaft und verliebt. Das stand ihr nicht. Sie hatte gewiß reichlich getrunken. Ditte sah sie überhaupt nicht.

Gleich darauf kam Karl in der Tür der Waschküche zum Vorschein – er hatte draußen im Halbdunkel gestanden und das Ganze mit angesehen. Er winkte Ditte. „Ihr dürft nicht darüber lachen", sagte er flehentlich, „das kann ich nicht aushalten!" Wie kümmerlich er aussah! Ditte vergaß auf einmal ihren Groll. „Nein, wir wollen's nicht tun", sagte sie und berührte seine Hand. „Es ist übrigens auch nichts zu lachen dabei! Aber nun geh zu Bett, dann verschläfst du das Ganze."

Da begann er wieder draußen unter den erhellten Fenstern auf und ab zu gehen wie ein kranker Hund. Ditte sah ihn, sooft sie Wasser an der Pumpe holte – und sagte im Vorbeieilen ein Wort zu ihm. Einmal setzte sie den Eimer hin und lief zu ihm.

„Geh zu Bett, hörst du", sagte sie und umfaßte seinen Arm, um ihn zu überreden.

„Das kann ich doch nicht", erwiderte er halb weinend. „Mutter hat gesagt, daß ich aufbleiben soll, um anzuspannen."

„Pah, das laß sie nur selber besorgen. Du bist doch nicht ihr Sklave."

„Das wage ich nicht, dann wird Mutter wütend. Ach, was bin ich doch für ein feiger Kerl. Ich getrau mich nichts."

Ditte drückte seine Hand, um ihm mitzuteilen, daß sie ihm nicht grolle; dann lief sie weg.

Gegen elf Uhr schickte Sine sie zu Bett. „Du mußt ja todmüde sein von der langen Tour", sagte sie, „und heute morgen bist du so früh aufgestanden. Mach, daß du dich schlafen legst!" Sie machte kurzen Prozeß mit Ditte, indem sie sie aus der Küche stieß.

Ja, müde war Ditte, so müde, daß sie im Begriff war, zusammenzusinken. Einen Augenblick stand sie zögernd in der dunklen Waschküche – da draußen auf dem Hof ging Karl in so elender Stimmung umher, ein freundliches Wort konnte ihm guttun. Aber wenn er nun mitging und sich auf den Bettrand zu ihr setzte und plauderte, wie es zuweilen vorkam, wenn er Trost brauchte? Ditte war zu müde zum Schwatzen; es wurde ihr geradezu übel bei dem Gedanken, noch länger wach bleiben zu müssen. Diesmal siegte die Eigenliebe; sie opferte einen anderen um ihrer selbst willen und schlich hinüber in ihre Kammer.

Mit geschlossenen Augen saß sie ein Weilchen auf dem Bettrand. Die starken Eindrücke des Tages wühlten in ihr – und die Müdigkeit; sie war so überanstrengt, daß sie schwankte. Dann raffte sie sich zusammen, streifte im Nu die Kleider ab und hüpfte ins Bett. Es tat gut, sich in die kühlen Bettücher zu hüllen und von allem fortzukommen, förmlich hinabzusinken in Müdigkeit und Wohlsein. Sobald sie die Wange auf das Kissen gelegt hatte und anfing, an dieses und jenes Schöne zu denken, pflegte sie meistens einzuschlafen.

Wie die Gedanken, so die Träume, hatte Großchen gesagt. Und Ditte wollte so gern etwas Schönes träumen, wollte aufwachen voll dunkler Süße von einem Traum, der nur noch als flüchtiger Nebel des Morgens verweilte und vor dem Tageslicht schwand. In dieser Zeit träumte sie oft von dem Prinzen, der kommen und sie zum Schloß seines Vaters führen würde – wie Großchen es im Spinnlied prophezeit hatte. Am Tage gab es ja keine Prinzen, wenigstens nicht für eine arme Dirn wie Ditte; in der Nacht existierte der Prinz jedoch wirklich und kam und hielt bei Großchen um sie an. Das war gerade das Wunderbare an den Träumen, daß sie einen ins Licht emporhoben, so daß man das Ganze von oben sehen konnte. Nöte gab es allerdings trotzdem, denn er fand sie nicht schön. „Nein, das Schönste trägt sie in sich", sagte Großchen, „sie hat ein Herz von Gold."

„Von Gold?" sagte der Prinz und machte große Augen. „Laß sehen!" Da zeigte ihm Großchen Dittes Herz. „Das tun wir sonst nicht gern", sagte sie, „denn es kann leicht staubig werden."

Und der Prinz wurde vergnügt – denn von Gold verstand er etwas. Und er nahm Ditte bei der Hand und sang aus Großchens Lied:

„Und trug sie für ein kleines Kind viel Kummer und Herzeleid –
ra ra, in Ruh; ra ra, in Ruh!
So soll sie sitzen auf dem Ehrenplatz, im Pelz und Feierkleid,
Fallerille, fallerille, ra ra ra!"

„Aber das handelt ja von Großchen selbst", sagte Ditte und ließ seine Hand verzweifelt los – denn es schmerzte sie.

„Das macht nichts", sagte Großchen und fügte beider Hände wieder zusammen. „Nimm ihn nur. Ich komme auch an die Reihe. Und das Lied ist ja für uns beide gedacht."

Ditte schlug im Dunkeln die Augen auf und fühlte zu ihrer großen Freude, daß sie wirklich eine warme Hand in der ihren hatte. Es saß jemand auf dem Rand ihres Bettes und tastete nach ihrem Gesicht.

„Bist du's, Karl?" fragte sie, nicht im geringsten ängstlich, aber ein wenig enttäuscht.

„Nun sind sie weggefahren, das Pack!" sagte er. „Sie waren betrunken und haben gehörigen Spektakel gemacht. Ich begreife nicht, daß du bei dem Lärm hast schlafen können. Sie wollten mir zwei Kronen Trinkgeld geben, weil ich anspannte; aber ich will nichts von ihrem Saufgeld haben. Ich habe ihnen gesagt, sie könnten's denen zurückliefern, die sie erst darum geprellt haben. Da hätten sie mich beinahe alle geschlagen."

„Das war gut, daß sie das zu hören kriegten!" sagte Ditte lachend. „Das hatten sie verdient."

Aber Karl war nicht in der Stimmung mitzulachen. Er hielt ihre Hand im Dunkeln, ohne etwas zu sagen. Ditte merkte, wie die trüben Gedanken in ihm nagten. „Nun darfst du nicht mehr daran denken", sagte sie, „darum wird's doch nicht besser. Es ist bloß dumm, sich zu sorgen."

„*Sie* war nicht mit draußen beim Wagen", sagte er geistesabwesend, anscheinend ohne ihre Worte gehört zu haben. „Vielleicht konnte sie gar nicht mit hinausgehn."

„Warum denn nicht?" fragte Ditte. Sie bekam auf einmal Angst.

„Oh – sie trinkt ja um die Wette mit ihnen. Es mag sein, daß sie . . ." Sein Kopf sank auf ihre Brust hinab, und sein Körper zuckte heftig.

Ditte schlang die Arme um seinen Hals, strich ihm übers Haar und sprach beschwichtigend zu ihm wie zu einem kleinen Kind. „So, nun mußt du hübsch erwachsen sein!" sagte sie. Und als ihr Trost nichts half, machte sie ihm neben sich Platz und nahm seinen Kopf an ihre Brust. „Nun mußt du groß und vernünftig sein", sagte sie. „Du brauchst dir doch nichts draus zu machen, du kannst doch von allem wegreisen." Ihr Kinderherz klopfte gegen seine Wange, schwer von Mitgefühl.

Nach und nach gelang es ihr, ihn zu beruhigen; still lagen sie zusammen und plauderten, ganz vergnügt – und mußten plötzlich lachen, als sie entdeckten, daß sie die Köpfe unter die Decke hielten und flüsterten. Dieses Lachen nahm den letzten Rest von Karls Schwermut fort; er fing an, sie zu kitzeln, und wurde ganz ausgelassen. „Das darfst du nicht, denn dann muß ich schreien", sagte sie ernst und suchte seinen Mund.

Ihre Küsse machten ihn still; und auf einmal schlang er die Arme um sie und preßte sie heftig an sich. Ditte wehrte sich, mußte aber nachgeben vor der Kraft seiner Umarmung. Alles in ihr wurde so schwach.

„Nun tust du mir ja was zuleide", sagte sie und begann zu weinen.

12

Der Sommer ist kurz

Ditte saß an dem hohen Feldrain und schützte sich gegen den Nebelregen. Das Vieh weidete unten auf der Moorwiese. Mehrere von den Tieren waren von dem weißen Regennebel ganz eingehüllt, aber sie konnte hören, wie sie drinnen in dem dicken Dunst das Gras abbissen; bei solchem Wetter blieben sie von selbst in der Nähe.

Das Fell der Tiere hing voller Tropfen, und das Brombeergestrüpp, unter dem sie saß, war ganz silbergrau vom Naß; sobald sie die geringste Bewegung machte, regnete es auf sie herab. Aber sie hatte gar kein Verlangen danach, sich zu rühren; ganz still saß sie da und wünschte sich weit fort, unter die Erde wünschte sie sich. Auch in ihren Augenwimpern hingen Tropfen, groß wie die, die sich an der Spitze jedes Blattes sammelten und es herabdrückten. Manchmal lösten sie sich und fielen auf ihre Wange herab, bald von einem der Blätter und bald von ihren eigenen Wimpern; es war nicht leicht, den Unterschied festzustellen, und sie versuchte es auch gar nicht. Nur wenn ein Tropfen weiter- und in ihren Mund hinablief, war es von selber klar, woher er kam. Sie kauerte da auf dem Hügel, die nassen Füße unter dem Rock hervorstreckend; zwischen ihren Zehen war grünes Gras, die Haut unter der Fußsohle war weiß und dick geschwollen vor Feuchtigkeit. Die eine Hand hielt sie gegen den Mund geballt. Sie biß auf die Knöchel und starrte unbeweglich vor sich hin, ohne mit der Wimper zu zucken. Es sah aus, als wäre sie zu Stein erstarrt.

Der Boden wogte schwarz, auf dem Feld waren Schritte zu hören – es war Karl! Es hellte sich in ihr ein wenig auf, sie sah sich um. Vor ihrem verschleierten Blick lag alles so seltsam zerbrochen da, als wäre die Welt in tausend Stücke gegangen. Sie hob das Gesicht und sah erwartungsvoll zu ihm auf. ‚Nun nimmt er mich wohl in seine Arme und küßt mich', dachte sie, unternahm jedoch nichts.

Karl aber ließ sich still neben ihr nieder. Eine Weile saßen sie und schauten ein jeder vor sich hin; dann suchte seine Hand im Gras die ihre. „Bist du böse auf mich?" fragte er.

Sie schüttelte den Kopf. „Du kannst ja nicht dafür, daß du so unglücklich warst", sagte sie. Sie starrte vor sich hin, und ihre Lippen zitterten.

Karl beugte sich vor, um ihren Blick einzufangen, mußte es aber aufgeben. „Ich hab die ganze Nacht zum lieben Gott gebetet, daß er mir meine Sünde vergibt, und ich glaube, er hat es getan", sagte er nach einem Weilchen tonlos.

„So." Ditte hörte, wie er es sagte, ohne daß es in ihr Bewußtsein eindrang. Es war ihr so herzlich gleichgültig, wie er sich mit dem lieben Gott auseinandersetzte.

„Aber wenn du es verlangst, werd ich vor die Brüder hintreten und alles bekennen."

Hastig wandte sie sich ihm zu; in ihrem Gesichtsausdruck war wieder Leben und Hoffnung. „Kommt dann der Schullehrer her, glaubst du?" Ihm wollte auch sie sich gern anvertrauen.

„Nein, ich meinte ja die Brüder der Gemeinde", sagte er.

Ach so – das könne er halten, wie er wolle. Das ginge sie nichts an.

Kurz darauf erhob er sich und ging fort; Ditte blieb verwirrt sitzen. Er hatte sie nicht geküßt – hatte ihr nicht einmal die Hand gedrückt; und sie gehörten doch nun zusammen – waren unglücklich verbunden durch das, was Schuld genannt wird. Sie hatte sich bereits darauf eingestellt, Eigenschaften an ihm zu entdecken, die sie bewundern konnte; er ließ sich nicht länger ausschließlich als Kind betrachten, das ihres Trostes bedurfte.

Er hatte Besitz von ihr ergriffen, und sie ahnte, daß sie es nie verwinden werde. Und es verlangte sie nach etwas, das sie an ihm bewundern könnte, um sich damit zu versöhnen; es war notwendig für sie, daß sie ihn liebte, um wenigstens etwas Sinn in das Geschehene zu bringen. Und nun benahm er sich, als ob sich nichts ereignet hätte, als ob nur etwas Garstiges, Langweiliges zwischen ihnen wäre. Verständnislos starrte Ditte ihn an.

Die Tage bekamen einen anderen, dunkleren Ton. Es kam vor, daß sie sich ganz sorglos mit ihren verschiedenen Arbeiten beschäftigte, daß sie bei den Kindern des Tagelöhners saß und mit ihnen plauderte, und doch lauerte es in ihrem Inneren – wie ein Wesen, das sie die ganze Zeit über boshaft im Auge behielt. Lächelte sie, so konnte es diesem Wesen einfallen, eine schwarze Hand vorzustrecken und das Lächeln wegzustreifen. Und manchmal überwältigte es sie ganz. Dann war gar nichts Erfreuliches an den Dingen, alles erschien schwarz und trist, und sie hatte nur den einen Wunsch, das Geschehene von sich abstreifen zu können, zu werden wie früher, sich in den Staub vor irgend jemanden zu werfen und Vergebung für ihre Sünde zu erlangen. Es verstrich einige Zeit, bevor sie sich beruhigte und ihr Gemüt soweit Heilung fand, daß sie wieder in ihre sorglose Mädchenwelt zurückgleiten konnte.

Aber es ist schwierig, die Hecke wieder zu schließen, die einmal durchbrochen ist. Ditte wußte es von der Weide her und spürte auch hier, wie wahr es ist. Sie hatte die Fürsorge für ein Wesen übernommen, und an und für sich war daran nichts Ungewöhnliches. Soweit sie zurückdenken konnte, waren immer Anforderungen an ihre Fürsorge, an das Muttergefühl in ihr gestellt worden. Sie hatte alle Kräfte aufbieten müssen, um anderen das Dasein zu erleichtern, bis alle

Forderungen gleichsam von selbst an ihr haftenblieben: *sie* sollte helfen.

Nun wäre sie gern ein wenig verschont geblieben. Es war Sommer; selbst in Dittes Blut war die Sonne eingedrungen, sie hatte allen Kummer verjagt und eine stille Lust entzündet, zu leben und sich zu vergnügen. Am Sonnabend war abends Tanz und Spiel, bald auf den Meerhügeln, bald vor irgendeinem Gehöft, und Ditte fand sich regelmäßig ein. Sie hatte früher nie an richtigen Tanzveranstaltungen teilgenommen und gab sich dem Genuß mit Begeisterung hin, mochte sie nun mit einem Mann oder einem der Mädchen tanzen. Sie genoß den Tanz selber; es war so wunderschön, die Augen zu schließen und in sanften Wirbeln davongetragen zu werden.

Aber Karl ließ sie nicht gern zum Tanz gehen, er lauerte gewöhnlich irgendwo vor den Gehöften auf sie, bat und bettelte flehentlich, nicht hinzugehen. Ditte machte sich nichts aus dem, was er da erzählte von Sünde und dergleichen, aber leicht war es trotzdem jetzt nicht, sich ihm gegenüber zu behaupten; sie pflegte dann kehrtzumachen und zum Bakkehof zurückzugehen. Hätte er wenigstens einen Spaziergang mit ihr gemacht! Sie konnten am Strand entlang in Richtung auf das Dorf zu gehen, ohne einem Menschen zu begegnen. Aber das fiel ihm nicht ein.

Sie hielt ihn zum besten, indem sie sich den Anschein gab, als ginge sie zu Bett, und dann schlich sie sich auf dem anderen Wege hinaus und verließ den Hof. Und wenn der Tanz auf die Versammlungsabende fiel, freute sie sich.

Karl war so beschwerlich, er war das beschwerlichste Wesen, dessen sie sich je anzunehmen gehabt hatte. Er hatte niemanden, an den er sich halten konnte, und hing eifersüchtig an ihr; immer mußte er wissen, wie es um sie stand, und immer suchte er sie mit seinen Sorgen auf. Wie ein allzu verwöhntes Kind war er, das sich nicht dreinreden ließ. Er war krank im Gemüt, war mit sich und der Mutter, mit allem unzufrieden. Nur Ditte konnte ihn dazu bewegen, den Kopf zu heben und zu lächeln. Sie war stolz über diesen Schlag auf die Schulter und gab sich weiter Mühe mit ihm, versuchte dem Ganzen das Beste abzugewinnen – für sich und für ihn.

Ihre kleine Kammer betrat er nicht mehr, auch nicht am Tage; er hatte Angst davor. Aber manchmal kam er in der Nacht und klopfte leise an, und sie mußte aufstehen und sich ankleiden, so todmüde sie war. „Ich hab solche Schmerzen hier“, sagte er und hielt sich mit beiden Händen den Hinterkopf. Dann schlichen sie durch die Schlucht an den Strand hinab und saßen da unten auf den großen Steinen, hörten auf das eintönige Geplätscher des Wassers und plauderten. Sehr gesprächig war er nicht; hauptsächlich führte Ditte das Wort, sie schwatzte von diesem und jenem. Er hörte interessiert zu, hin und wieder aber kam das Göttliche über ihn, und er erteilte ihr eine Zurechtweisung. „Du bist so voll von weltlichen Dingen“, sagte er ernst.

„So laß mich doch bitte in Ruhe!“ erwiderte Ditte dann gekränkt. Und ein jeder hing den eigenen Gedanken nach.

Eines Samstags abends war Schlußtanz im Krug, der eine halbe Stunde vom Hof entfernt lag. Die hellen Nächte waren vorbei; es war mitten im August, die Nächte waren dunkel und stürmisch, mit dem Sommertanz war es für dieses Jahr vorbei.

Ditte durfte sich zurechtmachen, sobald das Abendbrot vorüber war; Sine schonte sie bereitwillig und übernahm selbst alle Arbeit am Abend. Ditte zog ihr neues halbwollenes Kleid an, das sie noch nicht getragen hatte, flocht sich ein blaues Band in die Zöpfe und legte sie um den Kopf. Heute abend wollte sie hübsch sein – und erwachsen! Karl war glücklicherweise zur Versammlung gegangen, aber um ganz sicher vor ihm zu sein, schlug sie einen Feldweg ein, der landeinwärts und hintenherum zum Dorf führte. Sie war so froh und summte im Gehen vor sich hin. Ganz zuinnerst lag ein dunkler Schatten; aber der war wie ein böser Zahn, der sich beruhigt hat. Wenn man ihn nicht anrührte, störte er nicht.

Das Fest war in vollem Gang, als sie kam. Der Musikant war nicht erschienen, darum veranstaltete man allerlei Spiele mit Tanz und Gesang zwischendurch. Da waren ältere und ganz junge Leute von den Höfen, Gesinde und ein paar Junge aus den Dorfwerkstätten; die Hofbauernkinder ließen sich nie sehen, sie hielten sich für zu gut dazu. Man bildete einen Kreis und sang: Seht ihr den, der im Kreise steht! Ditte reihte sich in die Kette ein und faßte zwei Hände; sie war zwischen zwei Burschen geraten, aber heute abend war sie gar nicht bange oder scheu – sie war jetzt erwachsen. Sie sang laut mit und wartete gespannt darauf, ob einer der Männer im Kreise kommen und sie wählen werde; ihr Herz klopfte, so spannend war die Sache. Daran, wie oft man aufgefordert wurde, konnte ein jeder deutlich sehen, wieviel man galt. Es gab Mädchen, die die ganze Zeit über auf dem Rasen waren und kaum Zeit fanden, ihre Schuhbänder straffzuziehen!

Es traf sich so, daß Ditte sofort ausgewählt wurde. Vielleicht war es nur ein freundlicher Zufall, aber sie flammte vor Freude, als sie wieder in die Kette eintrat. Dieses Aufflammen, der Glanz der Augen, die Freude und Keckheit und das Selbstgefühl, mit dem sie frank und frei aufs Gras hintrat – das alles machte sie schön. Ein jeder konnte es sehen. Hier trat eine Neue in den Ring ein, eine, die bis heute nicht nach viel ausgesehen hatte; wieder hatte so eine magere Dirn die Haut gewechselt und war in den Kreis der schönen Jungfrauen eingetreten, um sich um den ersten Platz zu bewerben, um zu versuchen, diejenige zu werden, auf die alle zustürzten.

War Ditte heute abend größenwahnsinnig? Vielleicht sprangen nicht so viele nach ihr, wie sie sich selber einbildete. Aber jedenfalls war sie unter den jungen Mädchen, die von den Burschen zum Kaffee eingeladen wurden.

Als sie wieder hinauskam, war es ganz dunkel. Der Krugwirt hatte eine Lampe in das Giebelfenster gestellt, damit sie die Wiese beleuchten sollte: bei diesem Licht wurde getanzt.

Ein rotbackiger Bursch hatte sich während des ganzen Abends in Dittes Nähe aufgehalten, aber nicht mit ihr getanzt; jetzt im Dunkel getraute er sich heran. Ditte mochte ihn gut leiden; er hatte feste, warme Hände, die ohne Hintergedanken zugriffen, sein Atem war jung und roch nach Buttermilch wie der eines Kindes. Aber der Bursche war verlegen und trieb allerlei Narrenpossen, um sich Mut zu machen, so daß alle anderen im Tanzen innehielten und lachend dastanden. „Nun wollen wir aufhören", sagte Ditte; sie lachte selber über sein Allotria. Er wollte sie nicht loslassen, sondern fuhr fort, sie herumzuwirbeln – und plötzlich küßte er sie. Er bekam selbst einen Schreck, ließ sie los und sprang aus dem Hellen in die Dunkelheit, während die übrigen lachten. Sie hörten, wie er noch lange weiterlief.

Ditte stahl sich vom Tanz weg, bevor er zu Ende war, um nicht genötigt zu sein, sich von jemandem nach Hause begleiten zu lassen. Derjenige, der einen nach Hause brachte, hatte ein Anrecht auf einen, das wußte sie – und sie wollte ganz ihr eigener Herr sein. Ein Stück entfernt erhob sich der rotwangige Bursche – Mogens hieß er, glaubte sie – aus dem Graben und kam auf sie zu; es sah aus, als schösse er aus dem Erdboden hervor.

„Darf ich dich heut abend nach Hause begleiten?" fragte er in etwas unsicherem Ton.

„Ja, das darfst du", erwiderte Ditte. Vor ihm hatte sie keine Angst. Schweigend gingen sie den Weg entlang; er hätte sie ja unterhalten sollen, aber er gaffte bloß zur Seite. Ditte fand, er hätte sie recht gut bei der Hand nehmen können.

„Darf – darf ich dich auch an einem andern Abend nach Hause bringen?" fragte er schließlich.

„Das weiß ich noch nicht, aber es kann sein", erwiderte Ditte ernst.

„Darf – darf ich es auch jemand erzählen?"

Nein, das gefiel Ditte nicht. „Dann wird bloß geklatscht, daß du mein Schatz bist", sagte sie.

„Willst – willst du mir einen Kuß geben?" Er blieb stehen und starrte lauschend zu Boden.

Ditte küßte ihn, still und innig. Dann gingen sie weiter – jetzt hielten sie einander bei der Hand, sprachen aber nicht miteinander. Kurz vor dem Gehöft machte Ditte halt und sagte gute Nacht.

„Ja, gute Nacht denn!" antwortete er. Einen Augenblick standen sie und hielten einander an der Hand, dann trafen sich ihre Lippen – treu, wie Kinder sich küssen. Es dauerte ihnen beiden zu lange, wurde zu feierlich, auf einmal fingen sie an, einander ins Gesicht zu blasen, und sie lachten. Mogens machte kehrt und lief davon. Sie konnte sein rasches Traben verfolgen; als er ein Ende weg war, begann er ein Lied zu krähen. Ihn mochte Ditte wohl leiden!

Karl saß auf dem Hauklotz dicht bei ihrer Kammertür und wartete. Ditte tat, als sähe sie ihn nicht, und steuerte gerade auf die Tür zu; heut abend wollte sie von seinen Jeremiaden verschont bleiben. Da kam er zu ihr hin. „Du hast wohl getanzt", sagte er bedächtig.

Ditte antwortete nicht; was ging es ihn an, was sie tat! Die Hand auf der Türklinke, stand sie da.

„Auch ich war zum Tanz. Ich habe in den Himmel hineingeschaut und hab gesehn, wie die Englein Gottes mit ihren Flügeln tanzend dahinschweben, zu Füßen des Lammes und des Thrones. Willst du mit an den Strand hinabgehen, so will ich dir davon erzählen."

Nein, Ditte wollte zu Bett; sie war müde, und es war spät.

„Willst du mir eine Frage beantworten?" sagte er todernst. „Habe ich dich auf den Weg der Sünde geführt?"

„Ich bin nicht auf dem Weg der Sünde", sagte Ditte, dem Weinen nahe und mit dem Fuß aufstampfend. „Und laß mich zufrieden! Sonst rufe ich deine Mutter und erzähl ihr alles." Verständnislos stand er einen Augenblick da, dann wandte er sich um und ging zum Strande hinunter.

Ditte lag in ihrem Bett, sie hatte ein schlechtes Gewissen. Aber es half nichts; sie mußte versuchen, sich frei zu machen. Das war zu arg, daß er sie nicht einmal zum Tanz gehen lassen wollte. Und sie dachte an Mogens, seine froh trabenden Schritte hafteten noch in ihrem Ohr. Er erinnerte an Christian, der auch nicht ruhig auf seinen Beinen gehen konnte, sondern immer galoppieren mußte.

13
Das Herz

Vom Sohn auf dem Bakkehof erzählte man sich, daß er mit Runzeln auf der Stirn geboren sei. „Er hat sich mit einem schweren Erbteil herumzuschleppen", sagten die Leute. „Wundern kann's einen nicht, daß er so ist." Ja, er ging umher als ein Zeuge des Fluchs. Aber den Brüdern, die draußen lebten, fehlte nichts, die waren ganz gesund. Und die Leute, die auf dem Hof dienten und längere Zeit dort blieben, liefen andererseits Gefahr, von dem Grauen, das auf dem Gehöft lag, auf die eine oder andere Weise verschlungen zu werden. Der Fluch, der auf dem Geschlecht lag, hatte die Eigentümlichkeit, von den Familienmitgliedern abzulassen und sich auf Fremde zu legen. Sine mußte auf ihre Weise für halbnärrisch gelten, rotbäckig und frisch und doch männerscheu, wie sie war. War das eine Art für ein Mädchen, das so gut aussah wie sie, jeder Mannsperson, die sich näherte, die Krallen zu zeigen und alles Vergnügen in ein Sparkassenbuch umzusetzen? Von Rasmus Rytter wußte ja jedermann, was für ein liederlicher Unhold er dadurch geworden war, daß er alle Zeit auf dem Hof zugebracht hatte, und nun hatte es das kleine Ding auf seine Art gepackt: Ditte kam halbverstört in der Nacht ins Dorf gelaufen und klopfte an, wie einer, der verfolgt wird; und forschte man sie dann aus, so stand sie da und konnte doch keine Erklärung geben. Es war nicht klug daraus zu werden.

Mit dem Bakkehof hatte es seine besondere Bewandtnis; der gleiche Familiengeist hatte zu lange gehaust, Generation auf Generation. Es war nie aufgeräumt und Neues zugeführt worden. Genug neues Blut kam freilich hinzu, da ja beständig Fremde auf den Hof einheirateten, und dieses und jenes Wesen wurde auch in das Nest hineingeschmuggelt; die Leute vom Bakkehof nahmen es nie so genau mit der Heiligkeit der Ehe. Aber aufgeräumt wurde darum nicht, der Hof lag immer noch da, wo er lag, mit den Überlieferungen, die er barg; die alten Geschichten, die alten Mängel behaupteten sich von Generation zu Generation, wurden wachgehalten durch Gerede – unter allmählichem Zusatz des Neuen – und Taten. Die Wände waren damit durchtränkt, und das Bettzeug, das sich durch undenkbare Zeiten hin vererbt hatte, war schwer und klamm davon. Eine Feuersbrunst hätte Wunder getan, und dieser und jener hatte im Lauf der Zeit versucht, dem Schicksal die Hand zu reichen, um auf diesem Wege zu bewirken, daß der Hof erneuert würde; aber das mißlang immer, der Bakkehof konnte nicht brennen. Dieselbe Luft, dieselben Dünste, dieselben Krankheitskeime sättigten weiter die Atmosphäre um den Hof und wurden nach und nach vermehrt durch das Neue, das das Leben absetzte; Krankheit, Geldnöte und schlechte Handlungen taten alle das Ihre, die Tradition des Bakkehofes zu schaffen. Der Silberhumpen aus dem Jahre 1756, den Karen besaß, und die Schwindsuchtsbazillen in den alten Betten waren gleich geeignet, die Atmosphäre auf dem Hof zur Luft über einem alten Dunghaufen zu machen. Man ging seiner Arbeit nach auf den Abfällen der vorhergehenden Geschlechter, holte dort für sich Nahrung und fand seinen Tod. Das Leben wuchs auf einem Kirchhof, wo Arbeit, Schweiß und Verbrechen das Erdreich bildeten.

Ditte bekam die betäubenden Dünste zu spüren. Ihr Heim war beglückend frei gewesen von allem alten Ballast, alles wies vorwärts. Es verlieh dem Dasein trotz aller Widerwärtigkeiten eine eigene Frische, daß man sich sein Wetter aus der Zukunft holte, sozusagen in dem Neuen atmete, wo das Leben noch nicht gewesen war. Die Schinderleute hatten von keiner Seite her irgendein Erbteil zu erwarten; sie wurden bald fertig mit dem Vergangenen. Und es wurde zu einer guten Gewohnheit bei ihnen, auch auf andere Weise einen Strich unter das zu machen, was gewesen war, und vorwärtszuschauen. An alter Krankheit und alten Schäden haftenzubleiben, war dumm, meinte Lars Peter immer, wenn einer anfing, im Vergangenen zu wühlen. Man müsse es machen wie die Zigeuner, wenn sie einen Braten aus einer gestohlenen Katze zubereiten – die peitschten zuerst alles Katzengift in den Schwanz des Tieres und hieben ihn dann ab.

Ditte war ein handfestes kleines Wesen, wenn's die Widerwärtigkeiten des Tages zu überwinden galt; sie verstand es, sich mit ihnen herumzuschlagen und mit ihnen fertig zu werden. Aber hier war das Dunkel das Schlimmste, bei allem waren die Wurzeln noch vorhanden, und das Gewesene spukte darin. Sie verstand Karls Verzweiflung über das Treiben der Mutter; man konnte ihm durch Zureden helfen und ihn beschwichtigen, wenn man Glück hatte. Das Grauen aber, das immer über ihm hing, seine Zerrissenheit aus dem geringsten Anlaß faßte sie nicht. Und versuchen zu wollen, hier zu trösten, das war, wie wenn man aus einem Loch im Sand das Wasser beseitigen wollte: es sickerte ebenso rasch wieder vom Boden herzu. Ihn bei guter Laune zu erhalten, das war fast unmöglich.

Und von ihm lassen konnte sie auch nicht. Sie konnte nicht anders, sie *mußte* an ihn denken und mußte sich um ihn sorgen, ihr Herz verlangte das. Für kleines Volk wie für kleine Vögel fügt sich das Dasein leicht so, als ob ein junger Kuckuck im Nest ist; der ganze Inhalt der Tage besteht darin, einen unersättlichen Rachen zu füttern und zu füttern. Ditte mußte – mochte sie wollen oder nicht – die ganze Bürde einer Welt tragen, an der sie keinen Anteil hatte; es gab keinen Ausweg. Wäre er wenigstens ein kleines Kind gewesen! Dann hätte sie ihn auf ihren Arm nehmen, mit ihm spielen und ihm gut zureden können, bis er lachte und alles vergaß.

Ditte kämpfte den Kampf für ihn, mochte sie wollen oder nicht, und mußte ihn so weit mitkämpfen, daß das Dunkel sich wieder über ihr schloß. Es gab keine Brücke von Vertraulichkeit zwischen früher und jetzt, keine Liebkosung bildete die Verbindung; er kam nur in düsterer und verzweifelter Stimmung und suchte vor der Finsternis Zuflucht bei ihr. Und sie wußte keinen anderen Rat, als ihn wieder an sich zu ziehen und ihn zu trösten, so gut sie konnte.

Die Zeit war nicht dazu angetan, an sich selbst zu denken und sich in acht zu nehmen, wenn ein Mensch unglücklich war.

Es war so verwirrend schwer – war er doch nicht einmal

ihr heimlicher Liebster! Sie hatte bloß opfern müssen – mehr als sie hatte, hatte sich auch die kommenden Daunen ausrupfen müssen, um ihm Gutes zu erweisen. Tagsüber ging sie in halbem Nebel umher, und ihr Gemüt war erfüllt von Kummer und Verwunderung, die Reue verheerte ihren Kindersinn. Sprach sie ernst mit Karl darüber, so steckte die Reue auch ihn an, fiel über ihn her in Form von Tränen und Selbstanklagen und veranlaßte ihn, sich wie ein Verrückter zu benehmen. Und dann mußte sie ihn wieder zu beruhigen suchen. Es war nicht auszuhalten!

Es war gar zu schwer, das alles allein mit sich herumzutragen, und sie wünschte sehnlichst, daß sie sich jemandem hätte anvertrauen können. Zu Sörine zu gehen, fiel ihr nicht im entferntesten ein; und Lars Peter hatte den Kopf so voll – und er war auch ein Mann. Aber da war ja die Bäuerin! Es gab Augenblicke, wo Ditte meinte, zugrunde gehen zu müssen, wenn sie sich nicht einem erwachsenen Menschen anvertraute; sie konnte die Last nicht allein tragen.

Wenn sie Karl das auf ihre ernste, fast altkluge Art erklärte, geriet er außer sich und benahm sich, als wäre er von Sinnen; seine Augen wurden ganz starr vor Schreck.

„Du brauchst doch keine solche Angst vor deiner Mutter zu haben“, sagte Ditte. „Es ist ja ihre eigne Schuld. Aber wir wollen zu ihr hineingehen und sagen, daß sie anders werden soll – sonst macht sie uns unglücklich.“

„Dann geh ich in die Scheune und häng mich auf“, sagte er drohend.

Viele Tage blieb er ihr ängstlich fern, sprach auch nicht zu ihr, wenn sie zusammen arbeiteten, sondern bewegte sich mit zusammengepreßten Lippen neben ihr – als hätte er ein Gelübde getan. Aber sein Blick suchte sie, bettelnd und flehend, und Ditte verstand, was er wollte, und schwieg. Er tat ihr leid – er hatte ja niemanden, zu dem er in seiner Not Zuflucht nehmen konnte.

So verging für sie der Herbst und der größte Teil des Winters; es war eine böse, beschwerliche Zeit. Nur wenige Lichtpunkte waren darin, die Besuche zu Hause und dann, daß Karen sich über die Meinung aller Leute hinweggesetzt hatte und zur Hochzeit mit Johannes rüstete: im Mai sollte sie stattfinden. Karl nahm es auf seine desperate Art hin, Ditte aber freute sich darauf wie ein Kind. Sie hatte noch keine Hochzeit mitgemacht. „Du mußt dich doch auch darüber freuen", sagte sie zu Karl, um sich zu rechtfertigen, „wenn die beiden trotz allem zusammenkommen."

Ditte war nun bald siebzehn Jahre. Ein mühseliges Stück des Daseins hatten die siebzehn ersten Jahre bedeutet, von allem hatte sie zu kosten bekommen. Gearbeitet hatte sie von klein auf, hatte die kleinen Geschwister geschleppt, hatte sie erzogen und ihnen die Mutter ersetzt. Als sie das Heim verließ, hatte sie die beschwerliche Leistung eines Erwachsenen hinter sich. Es war vorbei – wirklich und endgültig vorbei; nun konnte sie den Rücken geraderecken.

Und kaum hatte sie ihre kleinen Geschwister vom Schoß gelassen, als sie auf eigene Rechnung von neuem beginnen mußte. Unter ihrem mißbrauchten kleinen Herzen fing es an, sich zu regen; eine neue Last – größer als alle vorher – wuchs dort heran. Andere entdeckten es vor ihr selbst und betrachteten sie mit wunderlichen Blicken; wie ein verstörtes Kind ging sie umher und begriff nichts. Sine sagte kein Wort, starrte sie nur betrübt an und seufzte; sie schonte sie bei der Arbeit, und Ditte ahnte, warum. Von vielen Seiten kam die Bestätigung der bösen Tatsache – ein Mensch hatte ihr einen Schmerz zugefügt, um sich selbst zu trösten, und nun sollte sie zur Strafe ein Kind haben. Eines Tages wurde sie in der Waschküche von heftiger Übelkeit befallen. Sine mußte ihre Stirn halten, sie fühlte sich wie gerädert.

„Oh, du armes Wurm", sagte Sine. „Du hättest lieber nicht soviel zum Tanz rennen sollen diesen Sommer; war ja nicht anders zu erwarten – so verrückt, wie du nach dem Tanzen warst."

„Davon ist es gar nicht", sagte Ditte schluchzend. Der kalte Schweiß stand ihr auf Stirn und Oberlippe.

„Jaja, es geht mich auch nichts an. Aber nun geh an deine Arbeit, damit die Bäuerin nichts merkt."

Ach – Tanz, Tanz! Hätte sie sich's doch wenigstens beim

Tanzen geholt! Sie hatte von Mädchen gehört, die sich ein Kind antanzten – und hatte bei dem Ausdruck verweilt; es blieb im Sinn haften wie ein hübscher Vers. Angst vor dem Tanz hatte sie deswegen nicht gehabt. Sollte sie Kinder kriegen – und Großchen hatte ihr ja prophezeit, daß sie sie leicht bekommen würde –, so wollte sie sie sich am liebsten ertanzen.

Als Beute der Verwirrung und Verzweiflung ging sie umher; ihr war, als starrten alle Menschen sie an, als verhielten sich alle so wunderlich, fast feindselig. Karl blieb ihr fern; wie sie's auch einrichten mochte, es war nicht möglich, allein mit ihm zu reden. Ein gutes Wort wäre jetzt so willkommen gewesen, aber niemand hatte eins für sie übrig. Und die daheim – wenn die es zu wissen bekämen – der Vater!

Eines Tages kam Sine in den Stall zu ihr hinübergelaufen. „Du sollst zur Bäuerin hineinkommen!" sagte sie und starrte sie an mit Augen, die vor Schreck starr waren. Ditte selbst hatte keine Angst; sie hatte eher das Gefühl, daß jetzt ihre Befreiung käme.

Karen saß in der guten Stube am Tisch; sie sah aus wie eine, die Gericht halten soll; sie hatte ein schwarzes Kopftuch umgenommen und hielt ein Buch in der Hand. Hinter ihr stand Karl; er sah flehend auf Ditte.

Aber sie gestand offen alles, wie es war – so war's wenigstens überstanden. Bei allem Bösen hatte die Bäuerin doch immer in dem Ruf gestanden, recht zu tun, wenn's ernstlich darauf ankam. Sie würde gewiß anerkennen, daß Ditte sich Karls angenommen hatte – und ihr helfen.

Aber hierzu reichte Karens Rechtssinn jedenfalls nicht aus. Vielleicht lag es daran, weil sie dem Sohn gegenüber schuldbewußt war und ihn gerne zum Mitschuldigen haben wollte. Sie ergriff für ihn Partei, schalt ihn nicht einmal aus, sondern wandte all ihren Zorn Ditte zu.

„Das hat man also davon, daß man sich deiner angenommen und dir Essen und Kleider gegeben hat", sagte sie. „Schande kriegt man zum Dank – und Unglück obendrein. Ließe man dir dein Recht zukommen, so verklagte man dich bei der Obrigkeit und begnügte sich nicht damit, dich fortzuschicken. Du kannst selber die Paragraphen hier sehen!" Karen hielt das Gesindegesetz vor sich hin und redete in feierlicher Buchsprache. „Du hast eines der Kinder des Hauses zu Schlechtigkeiten verleitet – Paragraph sechs. Du hast dich eines unzüchtigen Verkehrs mit einer andern zum Hausstande gehörigen Person schuldig gemacht – Paragraph zwölf. Und obwohl du ein lediger Dienstbote bist, bist du schwanger – Paragraph dreizehn. Du hast dein Recht dreimal eingebüßt, und man kann mit dir tun, was man will. Mach, daß du fortkommst – und zwar rasch!"

Mit leblosem Ausdruck nahm Ditte das alles hin, sie weinte nicht einmal. Da saß die Bäuerin mit dem Gesetz in der Hand, verurteilte sie nach seinem unzweideutigen Buchstaben – und stellte trotzdem die Wahrheit auf den Kopf. Das Ganze war so sinnlos, aber Lars Peters seltsames Wort fiel ihr ein: daß der Dienende kein Recht hat. Als die Bäuerin sie aufforderte, sich fortzuscheren, richtete sie den Blick auf Karl; zwei erstaunt fragende, unschuldige Kinderaugen schauten ihn an. Würde er gar nichts sagen? Aber er hielt sich nahe zur Mutter und sah sie an, als sei sie eine durchtriebene Verführerin. Da wankte sie hinaus, ging in ihre Kammer und packte ihre Habseligkeiten.

Vielleicht war Karen der Gemütsstimmung ihres Sohnes nicht ganz sicher, sie wollte Ditte so schnell wie möglich vom Hof haben; jedenfalls folgte sie ihr und trieb sie zur Eile an. Als Ditte das Bündel unter den Arm genommen hatte und gehen wollte, schlug Karen plötzlich das Deckbett zurück. „Hast du da die Sünde betrieben?" sagte sie und sah ihr mit gierigem Ausdruck ins Gesicht.

Ditte trottete aufs Geratewohl vorwärts. Was sie wollte, wußte sie nicht; in ihr selbst war alles erloschen, und um sie her war es bitterlich kalt und leer. Nur *ein* Gedanke bewegte sie: sie wollte nicht nach Hause – nicht um alles in der Welt!

Es war Vorfrühjahr, der Frost war noch nicht aus der Erde gewichen; die Felder waren entsetzlich aufgeweicht. Aber sie trabte weiter, patschte durch den Morast vorwärts, blieb stecken, befreite sich wieder – und gelangte zur Koppel. Das Wasser stand um ihre „Inselchen“, auf denen sie ihre Nester gehabt hatte; sie mußte hinwaten. In ihren Schuhen gluckste das Wasser, und ihre Nase lief; sie weinte innerlich, mit unaufhörlichem schwachem Jammern; aber ihre Augen waren starr und trocken. In den Nestern war's kahl und kalt, das Gebüsch hatte keine Blätter; da lagen noch kleine Gegenstände aus ihrer Spielzeit, wie sie sie hinterlassen hatte. Sie watete zurück und setzte sich auf den Moorhang, wo sie so oft gesessen hatte, mit ihrer Arbeit beschäftigt, und ließ die Beine baumeln, wie sie es gewöhnlich tat.

Sie starrte in das braune Wasser hinab, wo die Hechte schon nach den Wasserkäfern jagten, und dachte an alle die traurigen Geschichten, die sie von Mädchen gehört hatte, die sich in ihrer Not das Leben genommen hatten; sie dachte auch daran, wie kalt es da unten sein müsse, und ein Schauder überlief sie. Wie schwermütige Weisen hatten ihr die Berichte im Sinn gelegen, so fern und unwirklich – und doch so traurig. Es gab Lieder darüber, und sie hatte sie hier unten gesungen und vor Mitleid dabei geweint. Aber nun wußte sie mehr davon. Man fand sie ja doch, die armen Wesen, und mit dem Kind unterm Herzen wurden sie begraben. Und wenn der Tag kam ... Sie mußte an die Frau des Krugwirts denken, die ihr Kind nicht wickeln konnte, und am allermeisten an das Ungeborene, das das alles durchmachen mußte – ein frierendes kleines Geschöpf ohne Wickel und Windeln –, und das Herz blutete ihr. Voll Grauen zog sie sich von dem Wasser zurück und irrte ratlos umher.

Oben von den Feldern rief eine Stimme, sie hob den Kopf – es war Karl. Laufend und winkend kam er herabgeeilt. Einen Augenblick stand sie empfindungslos da, dann wandte sie sich um und floh. „Ich muß mit dir reden“, rief er bittend, „ich muß mit dir reden!“ Sie hörte seine Schritte hinter sich, lief, daß die nassen Röcke ihr um die Fersen schlugen, und schrie wie von Sinnen. Über die ganze Koppel lief sie, an Rasmus Rytters Hütte vorbei, wo die Kinder standen und ihr erstaunt nachgafften, und weiter, bis sie auf die Gemeindestraße kam, die zum Dorf führte. Dort verbarg sie sich in den Dünen.

Erst als die Dunkelheit hereinbrach, wagte sie sich ins Dorf. Sie schlich um die Häuser herum zum Hafen hin, um niemandem zu begegnen; sie meinte, jeder müsse es ihr ansehen können, wie es um sie stand. Lars Peter arbeitete im Boot zusammen mit seinen Kameraden; einer von diesen erzählte etwas, und sie hörte den Vater lachen. Tief und warm dröhnte es aus seiner Brust; Ditte hätte beinah aufgeschrien.

Hinter einem umgelegten Boot hielt sie sich versteckt; naß und erstarrt saß sie da und wartete darauf, daß er fertig wurde. Es dauerte entsetzlich lange; die Arbeit im Boot war getan, aber sie blieben auf der Mole stehen und schwatzten. Ditte jammerte in der Kälte leise vor sich hin; sie begriff es nicht, daß jemand so unbekümmert schwatzen konnte.

Endlich sagte er gute Nacht und kam. Ditte richtete sich auf. „Vater!" flüsterte sie.

„Was zum Henker – bist du es?" rief Lars Peter gedämpft. „Wie kommst du hierher?"

Sie sagte nichts, stand nur schwankend im Dunkel.

„Bist du krank, Kind?" fragte er und umfaßte sie, um sie zu stützen. Er fühlte, wie naß und elend sie war, und starrte ihr ins Gesicht. „Hast du was Unangenehmes erlebt?" fragte er. Sie wandte das Gesicht ab, und bei dieser Bewegung stieg ihm eine Ahnung auf. „Komm, laß uns nach Hause gehn", sagte er und umfaßte behutsam ihren Arm, „laß uns zur Mutter nach Hause gehn!" Seine Stimme überschlug sich. Zum erstenmal hörte Ditte ihren großen, starken Vater stöhnen, und der Laut schnitt ihr ins Herz. Da begriff sie im Ernst, wie verzweifelt das Ganze war.

14

Das Ende des großen Klaus

Der Krugwirt hatte den Trockenplatz verkauft! Hätte man den Bewohnern im Dorf erzählt, daß er das Meer verkauft habe, so würde das keine größere Verblüffung hervorgerufen haben. Hier hatten die Fischer ihre Netze getrocknet, solange das Dorf gestanden hatte; Generation auf Generation hatte hier Jahrhunderte hindurch die Netze aufgehängt, das Seegras abgeklopft und die Löcher geflickt, die die See hineinschlug. Der Boden bildete lange Kämme von Netzstange zu Netzstange – von all dem Schmutz, der im Lauf der Zeit von den Netzen abgeklopft worden war; und zwischen den Kämmen waren tiefe Fußspuren eingetreten. Der Trockenplatz war gemeinsamer Besitz – er gehörte allen und niemand. Er lag, wie er immer gelegen hatte; zusammen mit dem Strand unten war er eine Erinnerung an die Zeiten, da der Boden noch allen gemeinsam gehörte. Da hatten die Kinder gespielt und die Frauen abends geschwätzt – der Trockenplatz war das Herz des Ganzen. Niemand hätte je gewagt, auf ihm einen Geräteschuppen zu errichten oder auf andere Weise Besitz von ihm zu ergreifen für die eigenen engen Zwecke.

Und nun ging der Krugwirt ganz frech hin und verkaufte ihn. Mehrere tausend Kronen hatte er, wie es hieß, eingenommen für etwas, das gar nicht sein Eigentum war!

Zum erstenmal erwachten die Fischer aus ihrer Schlaffheit und begannen aufzumucken; das war ihnen denn doch zuviel. Sie versammelten sich und beratschlagten und trieben es so weit, zwei Mann nach der Stadt zu schicken, die einen Rechtsanwalt um Rat fragen sollten. Aber es stellte sich heraus, daß der Krugwirt sich genügend gesichert hatte und daß man nichts gegen ihn unternehmen konnte. Er hatte Papiere nicht allein über den Trockenplatz, sondern auch über ihre Hütten, die sich vom Vater auf den Sohn vererbt hatten. Im Grunde wohnten sie alle nur zur Miete, und sie hatten es eigentlich seiner Güte zu verdanken, daß sie nicht auch noch Miete zu bezahlen brauchten. Er konnte sie auf die Straße setzen, wann er wollte.

Wie war das zugegangen? Ja, wer so klug gewesen wäre, dem Krugwirt hinter die Zähne zu sehen! Der eine hatte hier ein wenig nachlassen müssen, der andere dort; mehrere hatten ihr Anrecht durch Zechen verloren, andere hatten darauf verzichtet, um Brot auf den Tisch zu bekommen. Der Krugwirt kam so oft mit Papieren gelaufen und verlangte eine

Unterschrift – der Ordnung wegen, wie er immer sagte. Ein großer Held im Lesen war man ja nicht, und was hätte das auch nützen können! Wer verlangte, dem Menschenfresser in die Papiere zu gucken, dem erging es übel.

Und doch war es ein wunderliches Erwachen. Dittes traurige Heimkehr zur Unzeit erregte nicht die Aufmerksamkeit, die sie verdient hätte. Die Frauen klatschten freilich darüber und warfen im Vorbeieilen dem „Armenhaus“ einen bedeutsamen Blick zu, aber es war nicht der rechte Nachdruck dabei. Selbst die Bezeichnung „Armenhaus“ hatte etwas von ihrem Klang eingebüßt, wohnten jetzt doch alle von Krugwirts Gnaden!

Sobald das Frühjahrswasser gesunken und der Weg zum Dorf fahrbar geworden war, kamen aus der Stadt ganze Fuhren von Pfählen und Einfriedigungsdraht an, und der Trockenplatz wurde eingezäunt. Der Krugwirt selber rannte umher und schritt die Entfernungen ab, zusammen mit einem kleinen dicken Herrn, einem Großkaufmann aus der Hauptstadt, wie es hieß. Die Einfriedigung wurde bis ans Wasser hinabgeführt. Die Fischer mußten den Trockenplatz räumen und zusehen, wie sie sich anders einrichteten; es war ganz sonderbar, ungefähr so, wie wenn man aus seiner Heimat verjagt wurde. Längs des Strandes, wo man sich immer nach Belieben bewegt hatte, konnte man nicht mehr vorwärts kommen; man mußte den Umweg durchs Dorf machen. Es fiel den Bewohnern schwer, sich daran zu gewöhnen, neue Pfade zu treten; viele Male wurde die Einfriedigung niedergetrampelt und von neuem aufgerichtet, bevor sie respektiert wurde.

Ärgerlich war's, aber auch spannend. Der Mann, der den Trockenplatz gekauft hatte, war gewiß so reich, daß er nicht wußte, was er mit seinem Geld anfangen sollte. Nun wollte er es also hier im Sand eingraben – eine verrückte Idee! Ein ganzes Schloß beabsichtigte er ja wohl aufzuführen, und ein Garten sollte angelegt werden – hier mitten im Sande; es hieß, daß Gartenerde von den Feldern des Krugwirts hierhergefahren werden solle. Gar zuviel davon war freilich da oben auch nicht zu holen.

Zu Anfang des Frühjahrs trafen Steine und Bauholz aus

der nächsten Stadt ein. Die städtischen Kutscher wollten nicht durch den losen Sand fahren; darum wurde das Baumaterial oberhalb der Dünen abgeladen, und der große Klaus mußte es durch den Hohlweg nach dem Trockenplatz schleppen. Der Großkaufmann kam jeden zweiten Tag, bald in Begleitung des einen, bald des anderen. Mit langen Bandmaßen liefen sie in den Dünen umher, stellten ein dreibeiniges Fernglas bald hier, bald dort auf, spähten nach schwarzstreifigen Stangen aus und trieben Pflöcke in die Erde. In der Hand hatten sie große Papierrollen, die sie auf dem Strandgras immer wieder ausbreiteten und zu Rate zogen. Die Sache sah recht geheimnisvoll aus; die Kinder aus dem Dorf lehnten den lieben langen Tag an der Einfriedigung, wischten sich die Nasen an den Ärmeln und gafften. Der Frühjahrswind und die Spannung bewirkten, daß den größeren Augen und Nasen liefen; den kleineren lief alles, so stark waren sie in Anspruch genommen. Plötzlich brach das eine oder andere von ihnen in Geheul aus und rannte heimwärts, aber gewöhnlich war es dann zu spät.

Auch der kleine Paul war da. Er war jetzt sieben Jahre und sollte in wenigen Tagen in die Schule kommen, da hieß es also, die Zeit ausnützen. Den ganzen Tag war er draußen, aber er begnügte sich nicht damit, an der Einfriedigung zu stehen und zu gaffen; schon am zweiten Tage überwand er das Hindernis. Es ging recht einfach zu: einem der Männer wehte ein Papier weg, und das Bürschchen, das gerade auf einen Vorwand sann, um mit dabeisein zu können, schlüpfte durch den Stacheldraht und fing das Papier ein. Nun war er einmal drin, und es fiel niemandem ein, ihn wieder hinauszujagen. Er machte sich nützlich, indem er mit dem Bandmaß umherlief und die Merkstangen trug. Wenn Sörine von der Küchentür aus rief, überhörte er es völlig; nicht einmal auf Ditte hörte er. Das Essen wartete, oder er sollte irgendeinen Gang tun – und immer bekam er Schelte. „Nun bleibst du zur Strafe heute in der Stube", sagte Ditte entschieden, während Sörine schwieg. Aber bevor die beiden Frauen sich's versahen, war er wieder auf und davon; es war nichts mit ihm anzufangen.

Die Erwachsenen hielten sich scheu zurück und beobachteten die Fremden von weitem, am liebsten durch Fenster- und Türspalten. Das waren also die Kopenhagener! Sie spielten sich gehörig auf im Gelände, obwohl es nur zwei waren. Und man sagte von ihnen, wo sie erst einmal Eingang gefunden hätten, da breiteten sie sich aus wie die Wanzen und wären nicht mehr zu vertreiben. Gutes brachten sie sicherlich nicht mit! Jedenfalls hatte der große Klaus all dem Neuen nichts zu verdanken. Gut hatte er's ja nie gehabt, seit der Krugwirt ihn übernahm, aber in der Regel wurde das von den Leuten nicht gesehen. Hier wurde er vor aller Augen mißbraucht. Man konnte dem Fenster nicht fernbleiben, wenn die Fuhre knirschend und kreischend durch den Sand des Hohlwegs fuhr und der Kutscher fluchte und schrie und auf den Gaul losprügelte; Schwester Else weinte ganz jämmerlich, und Ditte stieß das Fenster auf und schrie hinaus. Wenn Lars Peter in der Nähe war, kam er gelaufen und rannte hinterher. Und es kam auch vor, daß er den Kutscher ausschimpfte, einen jungen Lümmel vom Hof drüben; aber das machte die Sache nur noch schlimmer.

Es konnte nicht sonderlich gut um die Finanzen des Krugwirts bestellt sein, da er anfing, Gartenerde von seinem Feld zu verkaufen und für die Leute Schinderfuhren zu fahren; es lag ihm sonst mehr, zu schachern und zu raffen. Aber es verschlug nicht mehr als ein Schneider in der Hölle; er war dauernd in Geldverlegenheit. Jeden zweiten Tag mußte er anspannen und zur Stadt fahren, um tätig zu sein; und er rannte im Hafen herum und drang in die Fischer, sie müßten besser zupacken und größeren Fang schaffen. Sie sagten ja, verloren aber ihre Ruhe nicht. „Das ist ja doch, als ob man seine Arbeit ins Meer schüttet", sagte Lars Peter; „dann kann man die Fische ebensogut drinlassen."

Die Geschichte mit seiner Frau hatte der Krugwirt noch nicht verwunden; vielleicht hatte ihm das die Beine unterm Leib weggeschlagen. Auf dem, was er unternahm, lag kein Segen. Bei den Osterstürmen hatte er Fanggerätschaften eingebüßt, und das Wintereis hatte ein Boot zerdrückt. Es waren kleine Schläge, aber er schien sie nicht ertragen zu können – ein neues Boot hatte er nicht anzuschaffen vermocht. Man hatte eins von den alten, ausrangierten wieder aufs Wasser setzen müssen.

Eines Tages kam er mit seiner Doppelflinte vom Strand her; er hatte Seevögel geschossen. Sein großer Kopf tauchte plötzlich in der Küchentür auf: Ditte kreischte und packte die Mutter unwillkürlich am Ärmel.

„So, also hier helft ihr beiden einander treu und brav", sagte er freundlich und warf ein Bündel Strandvögel auf den Küchentisch. „Und Ditte schreit noch immer ebenso leicht wie früher; sonst hat sie sich doch in der Welt umgesehn und die Kitzligkeit abgelegt, soweit man verstehn kann." Er sagte das mit seinem kalten Pferdelachen, bei dem alle seine Zähne zu sehen waren. „Jaja – ich habe eigentlich gedacht, ob Ditte nicht beim Ziegelsteinabladen mit Hand anlegen könnte; den Leuten fehlt eine Hilfskraft, und sie ist da draußen ja groß und stark geworden." Damit eilte er von dannen, ohne eine Antwort abzuwarten; sein pfeifender Atem war noch in der Ferne zu hören.

Ditte hatte von der Stichelei des Krugwirts noch einen brennend roten Kopf. Sie stand einen Augenblick zögernd da, dann suchte sie aus dem Raum hinter der Treppe eine Sackleinwandschürze hervor und ging langsam auf die Tür zu, die Augen voll Angst.

Sörine drehte sich um, die Langsamkeit des Mädels fiel ihr auf. Sie sah sie einen Augenblick an, in ihrer geistesabwesenden Art, und nahm ihr die Schürze weg. „Laß mich gehn!" sagte sie.

„Aber er hat es ja zu mir gesagt", wandte Ditte zaghaft ein.

Die Mutter sagte nichts mehr, nahm die Schürze um und ging. Ditte sah ihr dankbar nach.

Diesmal hatte Ditte keinen Triumphzug ringsum zu Freunden und Bekannten im Dorf unternommen, sie war noch nicht vor der Tür gewesen. Lars Peter und Sörine hatten beschlossen, ihr die Blicke der Leute zu ersparen, sie sollte nicht Spießruten laufen. Sie nahm der Mutter im Haus die schwerste Arbeit ab, und das tat not. Sörine hatte nicht mehr viel Kräfte. Von den Fenstern aus hatte sie das Ganze vor sich; die Hütten, aus denen die Frauen kamen, um irgend etwas im Sand auszuschütten und dann zu verschwinden; den Hafen, wo die Männer sich aufhielten, und den Trockenplatz, wo alle Kinder aus dem Dorf sich herumtrieben. Eine Anzahl von Gerüststangen standen schon, und die Materialien häuften sich; einzelne Bauarbeiter waren schon an der Arbeit, sie aßen und wohnten im Krug. Es hieß, daß es Sozis seien, die sich weigerten, im Stroh in der Scheune zu liegen und im Krug aus einer Schüssel mit dem Gesinde zu essen. Ditte warf ihnen lange Blicke nach. Durch die offene Küchentür konnte sie die Mutter husten hören und sah, wie sie dem abladenden Arbeiter die Ziegel abnahm und sie dann aufstapelte. Es war schwere Arbeit für sie – wenn sie's nur aushielt! Der große Klaus wurde angespannt, den ganzen Tag ging es hin und her. Er ruhte nicht einmal aus, wenn man ab- und auflud, sondern mußte mit drei Wagen arbeiten.

Nun stand er wieder fest, da oben, wo der kleine Bach über die Wagenspur rieselte. Der Kutscher ließ ihn die Peitsche spüren, daß die Schläge drüben von Rasmus Rytters Hütte her widerhallten; er hieb mit dem Stiel drauflos; und der große Klaus lag halb an der Erde, so zog er an. Aber die Fuhre bewegte sich nicht von der Stelle, die Räder saßen fest. Der Kutscher lief umher, peitschte ihn auf Brust und Vorderbeine, war dann wieder beim Wagen, ergriff das Sitzbrett und schlug dem Gaul aufs Kreuz. Ditte vergaß alles und lief um den Giebel herum; sie schrie laut.

Unten vom Hafen her kam Lars Peter mit langen Schritten, seine Holzstiefel dröhnten. „Laß das, Schinderknecht!" rief er und schüttelte die geballte Faust in der Luft. Der große Klaus zog an, seine Vorderbeine versanken tief in dem nassen Sand. „Halt den Wagen zurück, zum Henker!" brüllte Lars Peter, aber es war zu spät. Die Fuhre fiel auf das Hinterteil des Pferdes, die Geschirrstränge zerrissen. Einen Augenblick glich Lars Peter einem wilden Tier; er sprang dem Kutscher an die Kehle, und es sah aus, als wollte er ihm den Hals umdrehen. „Vater!" brüllte Ditte in höchster Angst.

Da ließ er los und ging zu dem Gaul hin; der lag auf der Seite und schnaubte, die Vorderbeine tief im Sand und die halbe Fuhre über sich. Vom Hafen und vom Bauplatz her kamen die Leute und halfen Lars Peter, ihn von Fuhre und Sielen zu befreien; Lars Peter grub den Sand von den Vorderbeinen des Tieres fort. „Komm, alter Kamerad, wollen wieder aufstehn!" sagte er und ergriff den großen Klaus am Zaum. Der Gaul hob den Kopf und sah ihn an, legte sich dann auf die Seite und stöhnte schwer; seine Vorderbeine waren gebrochen.

„Wir müssen sehn, daß wir ihn totschießen", sagte Lars Peter, „es bleibt nichts anderes übrig."

„Oh", riefen die Dorfkinder, „dann kriegen wir Pferdefleisch!" Aber die Kinder vom „Armenhaus" weinten.

Der Krugwirt kam selber und schoß dem großen Klaus eine Kugel vor die Stirn, und dann wurde der Kadaver auf einen Wagen geladen und nach dem Hof gefahren. Lars Peter half ihn aufladen und begleitete den Wagen, er wollte den Gaul selber schinden. „Man hat seinerzeit soviel Schinderarbeit verrichtet, sollte man da nicht mal dem großen Klaus die letzte Handreichung tun?" sagte er, sich entschuldigend, zu Sörine. Sie verhielt sich schweigsam wie gewöhnlich, sah jedoch keinesfalls aus, als hätte sie etwas dagegen.

Aber an dem Vormittag, an dem das Pferdefleisch verteilt werden sollte, zeigte sie etwas mehr Leben als gewöhnlich. Sie schickte die Kinder mit einem großen Korb aus. „Seht zu, daß ihr ein ordentliches Stück abbekommt", sagte sie, „wir haben wohl ein größeres Anrecht als alle andern." An diesem Tage bekam Lars Peter ein regelrechtes Beefsteak zu Mittag, wie er's seit langer Zeit nicht gekriegt hatte.

„Es ist merkwürdig", sagte er beim Essen, „so alt und verbraucht der große Klaus war, so gut ist das Fleisch. Es ist geradezu süß. Du solltest tüchtig davon essen, Mutter, Pferdefleisch soll gut für Brustkranke sein! Ja, er war wirklich ein großartiger Gaul, einzig in seiner Art! Greift zu, Kinder, wir haben nicht alle Tage Fleisch auf dem Tisch!" Er sagte es mit einem Anflug von Galgenhumor.

Nun, die Jungen hatten einen Bärenhunger wie immer.

Ditte war eigen mit allen Speisen, mit ihr konnte man also nicht rechnen. Aber Else, der kleine Dummkopf, kam gar nicht vorwärts; sie kaute und kaute, und das Fleisch wurde immer größer in ihrem Mund. „Es ist so sonderbar", sagte sie, und plötzlich brach sie in Schluchzen aus.

15

Wieder daheim

Sörine ging still umher und verrichtete ihre Arbeit. Gesund war sie nicht; sie hustete viel und schwitzte in der Nacht. Lars Peter und Ditte verbündeten sich gegen sie; sobald das Abendbrot verzehrt war, mußte sie zu Bett. Sie wollte nicht gern, denn sie war häuslich geworden durch ihre Abwesenheit, und da war so vieles, was sie gern geordnet hätte. Aber es war nun einmal notwendig.

„Wenn sie nur nicht die Schwindsucht hat!" sagte Lars Peter eines Abends, als sie sie ins Bett geschickt hatten und in der Stube plaudernd beisammensaßen. „Es ist, als könnte man sehen, wie die Krankheit sie aushöhlt. Ob wir sie nicht dahin bringen sollten, gekochten Leinsamen zu essen? Das soll so gut gegen Tuberkulose sein!"

Ditte meinte, es habe keinen Zweck, einen Versuch damit zu machen. „Mutter ißt so wenig", sagte sie, „und manchmal bricht sie alles wieder aus. Ihr Magen ist gewiß nicht in Ordnung."

„Ich möchte doch glauben, daß es in der Brust sitzt. Denk doch nur, wie sie hustet! Wenn's sie so richtig packt, dann ist's genauso, wie wenn ein Boot den Boden faßt, daß es einem durch und durch geht. Das stammt von den feuchten Gefängnismauern her, wie sie selber meint; da ist das Wasser aber gelaufen!"

„Ich hab nicht gedacht, daß Mutter etwas von da erzählt hätte", rief Ditte erstaunt.

„Nein, viel spricht sie auch nicht darüber, aber hin und wieder macht sie doch mal ein paar Andeutungen. Sonst wandert sie ja umher wie eine, unter der das Feuer ausgegangen ist.“ Lars Peter seufzte. „Und wie geht es dir?“ sagte er und legte seine Hand auf die Dittes auf dem Tisch.

Ditte murmelte etwas, das allerlei bedeuten konnte. „Hältst du immer noch daran fest, daß ich nicht nach dem Bakkehof gehen soll? – Ja, denn ich möchte wirklich gerne mit dem grundverdorbenen Pack einmal abrechnen. Recht bekommt man denen gegenüber ja nicht, aber es würde doch guttun, ihnen ein bißchen die Federn zu schütteln. Die Bauernbrut!“

„Karl ist nicht verdorben“, sagte Ditte leise. „Er ist bloß schwach und unglücklich.“

„Soso – aha. Und so einer nennt sich fromm und läuft zu Versammlungen – sonderbar, daß er dich nicht auch bekehrt hat.“ Lars Peter redete sich in Zorn hinein, aber es dauerte nur einen Augenblick. „Na ja, ja“, brummte er gutmütig, „darüber mußt du selber entscheiden, aber schön ist es nicht für dich, in dem Zustand hier herumzugehen. Daß sie ein bißchen Geld zuschießen, das wäre denn doch angemessen gewesen, dann könntest du irgendwohin gehen und solange dort bleiben.“

„Geld – sie haben gar kein Geld! Nicht mal soviel wie wir!“ sagte Ditte.

„Aber sie prassen jetzt doch immerzu und halten Tag und Nacht Hochzeitsschmaus. Am Sonntag haben sie angefangen, und heut haben wir Freitag. Drüben soll man vor betrunkenen Viehhändlern gar nicht weiterkommen.“ Lars Peter war etwas gekränkt, weil er nicht mit eingeladen worden war; schließlich war es sein eigener Bruder, der Hochzeit hielt.

Nein, Spaß machte es Ditte nicht – und ebensowenig den übrigen; Lars Peter hätte ruhig auch sich und die anderen erwähnen können. Die Kameraden und besonders die Frauen im Dorf begannen, Fragen an ihn zu richten: ob Ditte nun auf dem Bakkehof ausgelernt habe, und was sie anfangen wolle. Es klang so unschuldig, aber er verstand wohl, worauf man hinauswollte. Sonst war er nicht empfindlich, aber dies konnte ihn wirklich verstimmen – er war ja immer sehr stolz auf seine Kinder gewesen.

Eines Tages kam der kleine Paul nach Hause gestürmt, er hatte nur einen Holzschuh an. „Mutter, ist das wahr, daß der Storch Schwester Ditte ins Bein gebissen hat und daß sie ein Kleines kriegen soll?" Er konnte kaum atmen, der kleine Dummrian, so empört war er.

„Wo ist dein anderer Holzschuh?" Sörine sah ihn böse an, um ihn abzulenken. Aber er ließ sich nicht einschüchtern.

„Den hab ich draußen verloren – aber ist das wohl wahr?"

„Wer sagt solch dummes Zeug?"

„Die Kinder rufen es mir im Spott nach. Äh, bäh – Ditte soll ein Kindchen kriegen!"

„Dann bleib doch und spiel hier zu Hause, dann ruft dir niemand was nach!"

„Aber ist es denn wahr?" – Er bekam ein Butterbrot mit Zucker, und das stopfte ihm vorläufig den Mund. Er setzte sich auf die unterste Stufe der Bodentreppe und hieb ein.

Ditte saß in der Stube und flickte die Sachen der Kinder; sie beugte sich tief über ihre Arbeit.

Bald darauf kam Schwester Else herein; sie hielt Pauls Holzschuh in der Hand; unten in den Dünen stand ein johlender Kinderschwarm; man konnte es Else ansehen, daß das ihr galt. Ihre Augen waren gerötet. Sie sagte nichts, ging in die Stube hinein und stellte sich ans Fenster. Da stand sie und betrachtete die Schwester, ließ die Augen an ihr auf und nieder laufen. „Was gaffst du, Mädel?" sagte Ditte endlich mit rotem Kopf. Else ging und begann der Mutter zu helfen. Seitdem ruhten ihre forschenden Augen oft auf Ditte, es wurde eine rechte Plage.

Aber mit Christian war es fast am schlimmsten, denn er sah sie überhaupt nicht. Meistens war er unterwegs und fand sich nur zu den Mahlzeiten zu Hause ein; er kam, wenn die anderen schon beim Essen waren, und schob sich auf seinen Platz, die Mütze auf den Knien – bereit, sich wieder aus dem Staube zu machen. Er sah keinen von der Familie an, hatte für niemand einen Blick mehr. Redete ihn jemand an, so daß er es nicht vermeiden konnte zu antworten, klang seine Stimme grob und abweisend. Das quälte Ditte; er war das schwierigste von den Kindern, darum hatte sie ihn am liebsten. Er brauchte das.

Eines Tages fand Ditte ihn oben auf dem Speicher. Er saß unterm Dach und hielt eine alte Fischleine auf dem Schoß; es sollte so aussehen, als ob er emsig damit beschäftigt wäre. Auf den Wangen hatte er nasse Streifen.

„Was sitzt du denn hier?“ sagte Ditte und versuchte eine erstaunte Miene zu machen.

„Was geht das dich an!“ antwortete er und trat sie gegen das Schienbein.

Sie sank auf eine Kiste hin, saß zusammengekauert da und wiegte sich hin und her, die Hände um das Bein gefaltet. „Aber Christian, lieber Christian!“ jammerte sie.

Christian sah, daß sie ganz weiß im Gesicht war, und kroch aus seinem Versteck hervor. „Ihr könnt mich doch in Ruhe lassen“, sagte er; „ich hab euch doch nichts getan.“ Trotzig stand er da, starrte an ihr vorbei und wußte weder aus noch ein.

„Wir haben dir auch nichts getan“, sagte Ditte. Es klang so verzagt und hilflos.

„Oh, ihr meint vielleicht, daß man dumm ist und nichts bemerkt! Man prügelt sich mit den andern herum und gibt ihnen eins in die Fresse – und dann ist's *doch* wahr!“

„Was ist denn wahr?“ Ditte unternahm noch einen Versuch. Aber dann gab sie's auf und sank in sich zusammen; sie schlug die Schürze vors Gesicht.

Christian streichelte hilflos ihre Hände. „Brauchst doch nicht gleich zu heulen!“ sagte er. „Das ist dumm. Ich wollte dir auch keinen Fußtritt geben – ich hatte mich bloß geärgert.“

„Ach, das macht nichts“, erwiderte Ditte schnaubend. „Du darfst mich treten – ich bin nichts Besseres wert.“ Sie versuchte zu lächeln und erhob sich; Christian faßte sie an, um ihr auf die Beine zu helfen. Aber er ergriff nur den Ärmel ihres Kleides; es war, als ob er Angst gehabt hätte, sie selber anzurühren. Dasselbe hatte sie bei den anderen beobachtet; sie lehnten sich nicht mehr an sie, empfanden geradezu

Scheu vor ihrem Körper. Etwas, das sie nichts anging, hatte jetzt teil an ihm.

„Ach, Christian – ich hab nichts dafür gekonnt – es ist nicht meine Schuld!" Sie hielt seine Wangen umfaßt und sah ihm in die Augen.

„Das weiß ich wohl", sagte er und wandte das Gesicht von ihr ab, „und ich mach dir auch keine Vorwürfe. Aber ich werd's ihnen heimzahlen!" Damit lief er die Treppe hinunter und hinaus; durch die Giebelluke sah sie ihn über die Dünen davoneilen, in nordöstlicher Richtung.

„Wo steckt Christian?" fragte Lars Peter, als die Familie beim Abendbrot saß. „Er sollte mir helfen, das Wasser aus dem Boot zu schöpfen." Niemand wußte es; Ditte hatte ihre Zweifel, getraute sich aber nicht, etwas zu sagen. Als es Zeit war, zu Bett zu gehen, war er immer noch nicht zurückgekommen. „Dann strolcht er wieder herum", sagte Lars Peter niedergeschlagen. „Da hat man sich darüber gefreut, daß er von der Krankheit kuriert war und daß er ein ganzes Jahr oder länger nicht mehr vagabundiert hat – ja, seitdem er dich auf dem Bakkehof aufgesucht hat, Ditte."

Am nächsten Morgen brachte ihn ein fremder Mann. Sörine ging in die Küche. „Hier ist ein Junge, der gewiß hierher zu euch gehört", sagte der Fremde und schob Christian in die Küche hinein.

Lars Peter erschien auf der Bodentreppe; er war soeben von der See nach Hause gekommen und war im Begriff, sich schlafen zu legen. „Was ist hier los?" fragte er und sah von dem einen zum anderen.

„Heut nacht ist uns eine Strohmiete abgebrannt, und heut morgen hab ich den da vor dem Gehöft versteckt gefunden. Es ist wohl der reine Zufall gewesen, daß nicht mehr draufging." Der Mann sagte es gedämpft, ohne Leidenschaft.

Lars Peter starrte vor sich hin, als begriffe er nichts. „Das ist mir denn doch ein bißchen zu bunt – was geht euer brennender Strohdiemen den Jungen an? Er ist doch nicht der Brandstifter, soviel man weiß!"

Christian heftete trotzig seine Augen auf ihn; du darfst mich dreist prügeln, sagten sie.

„Dazu ist ja nichts zu sagen – wie die Sachen liegen“, erklärte der Fremde.

Lars Peter begann etwas zu ahnen. „Ist man etwa der Sohn vom Bakkehof?“ fragte er. Der Mann nickte.

„Ja – dann ist man weiß Gott billig weggekommen“, sagte er mit unheimlichem Lachen. „Es wäre nicht zuviel für euch gewesen, wenn euch die ganze Bude überm Kopf abgebrannt wäre, aber der Bursche soll deshalb doch seine Tracht Prügel kriegen. Jetzt mach, daß du ins Bett kommst! – Übrigens hätt ich wohl Lust, auch mit dir ein ernstes Wort zu reden“, sagte Lars Peter zu dem Besucher, während er eine Jacke überwarf.

„Ja, ich hätte wohl auch Lust, mit dir zu reden“, erwiderte der Sohn vom Bakkehof. Lars Peter stutzte – diese Antwort hatte er nicht erwartet.

Sie gingen zusammen langsam ins Land hinein. „Nun, wie willst du dich denn nun mit dem Mädel auseinandersetzen?“ fragte Lars Peter, als sie die Hütten hinter sich hatten.

„Das müßt ihr hier bestimmen!“ sagte Karl.

„Soll das heißen, daß du die Vaterschaft vor der Welt anerkennen willst?“

Karl nickte. „Ich hab nicht vorgehabt, mich darum zu drücken“, sagte er und sah Lars Peter aufrichtig an.

„Das ist doch wenigstens etwas!“ Lars Peters Stimme klang ganz erfrischt. „Dann könnt ihr also heiraten – wenn's sein soll.“

„Ich bin erst neunzehn Jahre“, sagte Karl. „Aber wir können uns verloben.“

„Ach so, aha! Ja, das ist dann gleich was anderes.“ Lars Peter war wieder abgekühlt. Am liebsten hätte er ein gehöriges Donnerwetter auf den Sohn vom Bakkehof herniedergehen lassen, aber der Zeitpunkt, Donnerreden zu halten, war verpaßt; sie hatten sich schon zu weit in Verhandlungen eingelassen.

„Weißt du, du hast dich recht garstig benommen“, sagte er und blieb stehen. „Aber wir armen Leute können von euch Bauern wohl nichts anderes erwarten.“

„Das darfst du nicht sagen“, erwiderte Karl. „Ich hab keinen Grund, auf irgend jemand herabzusehen. Und ich hab euch auch nie schädigen wollen."

„Nein, das mag schon sein." Lars Peter reichte halb wider Willen seine Hand hin – er konnte nie lange zürnen. Das war ein rechter Waschlappen! Aber was sollte er machen! „Na, denn adjüs! Vielleicht läßt du von dir hören?"

„Ich hätte aber Ditte so gern guten Tag gesagt", sagte Karl zögernd.

„So, soso!" Lars Peter lachte. „Und das soll unsereins nun also besorgen – närrisch gut, wie man ist! Nein, Schweine sind wir ja, aber wühlen tun wir denn doch nicht!" Lars Peter ging ein paar Schritte weg, kehrte aber dann wieder um. „Mißversteh mich nicht! Wenn das Mädel Lust hat, die Bekanntschaft fortzusetzen, dann meinetwegen! Aber darüber hat sie selber zu bestimmen." Mit diesen Worten ging er nach Hause, um sich schlafen zu legen.

16

Der Sohn vom Bakkehof

Als Lars Peter nach Hause kam und ein Wörtlein mit dem kleinen Brandstifter reden wollte, war dieser verschwunden. Er hatte durchs Fenster Reißaus genommen.

Lars Peter ging auf den Speicher und legte sich hin, konnte aber nicht einschlafen. Die Begegnung mit dem Sohn vom Bakkehof hatte nicht gerade ermunternd auf ihn gewirkt; das war ja ein ganz sonderbarer Schlappschwanz, mit dem das Mädel sich da eingelassen hatte, ein recht verschrobener Bursche. Einen Augenblick hatte er den Gedanken gehabt, daß Karl ihnen vielleicht Genugtuung geben werde, so daß sie den Leuten wieder in die Augen sehen konnten; aber da hatte es sich also nun herausgestellt, daß der Bursche noch nicht einmal alt genug zum Heiraten war. Sich selber konnte er wohl auch kaum versorgen, und er besaß nichts. Das war eine schöne Geschichte! Lars Peter grübelte und grübelte; und unten aus der Stube der alten Doriom hörte er das unaufhörliche Weinen des Zwillings. „Großmutter schläft die ganze Zeit, o-ho, ho, Großmutter schläft die ganze Zeit!“ weinte das Kind unaufhörlich. Es klang wie ein Klagegesang.

Er stand auf, ging über den Speicher und stieg die Treppe des Nachbars hinab. Der Zwilling saß, jämmerlich verheult, auf dem Deckbett im Alkoven der Alten und wiederholte seine Klage, und in dem Bett lag die Alte und war tot. Sie war es bereits eine ganze Zeit; sie war kalt, und die Ratten hatten schon an ihr genagt. Das Kind sah aus, als hätte es die ganze Nacht auf ihrem Bett gelegen und gebrüllt. Es war eine Schande, daß niemand den Jungen gehört hatte. Aber die Ohren waren so vollgetränkt mit Kinderschluchzen von hier drinnen, daß sie nichts mehr hörten. Lars Peter nahm den Kleinen mit zu sich.

„Ich hab hier ein kleines Wesen, das niemanden in der Welt hat, an den es sich halten kann“, sagte er. „Die Mutter läßt sich ja nie mehr sehen, und nun ist die Alte drin gestorben. Meinst du nicht, daß wir für den da noch einen Bissen Brot und ein Eckchen Bett übrig haben?“ Sörine antwortete ihm nicht, aber sie nahm das Kind an der Hand und führte es in die Stube hinein. Lars Peter sah ihr dankbar nach. „Wir müssen eins von den Kindern zum Krugwirt schicken und den Todesfall melden“, sagte er und ging wieder zu Bett. Nun konnte er endlich einschlafen.

Als er wach wurde und um die Mittagszeit hinunterkam, war Christian zu Hause; er drängte sich fast an den Vater heran, als wolle er lieber gleich seine Prügel haben. Lars Peter sah es wohl, wußte aber nicht recht, wie er die Sache anpacken sollte. In alten Zeiten, ja – da hätte ihn die Tat einfach in Erregung versetzt; nun dachte er hauptsächlich an das Risiko, das die Sache brachte – und diese Seite war ja in Ordnung. Lars Peter hatte in den letzten Jahren seine Erfahrungen gemacht; was ihm zustieß, lief nicht mehr von ihm ab wie Wasser von einer Gans, sondern drang durch und veranlaßte ihn, über das Dasein nachzudenken. Dauernden Rückgang hatte die Zeit ihm gebracht – ohne daß er irgendwie schuld daran gewesen wäre. Sein Haus war ihm genommen worden, und auch das Geld, das er dafür erhielt, und der große Klaus ebenfalls! Und Sörine – ja, die hatte er nun wieder, aber wie? Arm wie eine Kirchenmaus war er geworden trotz aller seiner Anstrengungen, seiner Rackerei und seines Strebens, ein rechtschaffenes Leben zu führen. Er war ein braver Tropf, der bis auf die Haut entkleidet worden war. Eine leere Tonne, das war das ganze Ergebnis! Und Dittes Mißgeschick schlug dem Faß den Boden aus. Es gab keinen Grund, vorsichtig zu sein und die Hand über Leben und Besitz um dessentwillen zu halten, der freigebig all das Seine verschwendete. Dankbarkeit gegenüber denen, die in der Gesellschaft über ihn gestellt waren, hatte Lars Peter nie empfunden – es war kein Anlaß dazu gewesen, dieses Gefühl zu pflegen. Aber er hatte sich in die Zustände gefügt und für alle Teile das Bestmögliche daraus zu machen gesucht. Manchmal hätte er wohl Lust gehabt, hart zuzupakken. Er wäre nicht traurig gewesen, wenn der Bakkehof ganz in Flammen aufgegangen wäre – vorausgesetzt, daß nichts auf dem Burschen und ihnen selbst sitzengeblieben wäre.

Nach einigen Wochen tauchte der Sohn vom Bakkehof abermals im Dorf auf, diesmal, um sich dort niederzulassen, wie es schien. Er schämte sich noch nicht einmal wie andere Menschen! Mit einem Bündel Arbeitszeug unterm Arm und Schaufel und Spaten auf dem Nacken kam er zum Krug und fragte nach Arbeit; eine wohlwollende Seele überbrachte Lars Peter die Neuigkeit. „Setzt er seinen Fuß hierher, so fliegt er kopfüber wieder hinaus“, sagte Lars Peter drohend.

Als Ditte eines Morgens an die Fenster trat, um sie zu öffnen, sah sie ihn draußen in der neuen Gartenanlage bei der Villa Erde fahren. Sie hätte beinahe aufgeschrien, als sie ihn erblickte; niemand hatte ihr gesagt, daß er hier sei. Noch saß es in ihr, das alte Grauen – alle Schrecken des Bakkehofs erwachten bei seinem Anblick zum Leben. Er trug nicht die Schuld, stand vor ihr als hilfloses Opfer wie sie selbst, aber er erinnerte an jene Schrecken.

Sie starrte zu ihm hinüber, ganz sonderbar war ihr dabei zumute – sie hielt sich versteckt hinter der blühenden Geranie, damit er sie nicht sehen sollte. Er packte besser zu bei der Arbeit als zu Hause, aber froh sah er nicht aus. ‚Er hat meinetwegen hier Arbeit angenommen', dachte sie; und ein neues Gefühl durchströmte sie, während sie den Fußboden fegte, ein Gefühl des Stolzes. Sie war nicht länger eine, die bloß einfach mißbraucht worden war und nun in der Schande saß: sie hatte einen Sieg errungen! Worin er im Grunde bestand und wozu er vielleicht führen konnte, das machte sie sich nicht klar, sie begnügte sich mit dem Gefühl allein.

Gewöhnlich war sie nun in der Stube und hatte die Augen bei ihm. ‚Was sollst du denn anfangen, wenn er kommt und mit dir reden will?' fragte sie sich ängstlich. Sie liebte ihn ja nicht einmal! Es befriedigte sie völlig, daß er hierhergewollt hatte; Verlangen danach, mit ihm zu reden, verspürte sie nicht.

Er sah auch gar nicht nach dem Hause hin, sondern ging seiner Arbeit nach; zur Mittagszeit kehrte er die Schubkarre um, packte aus einem Knüpftuch Butterbrote aus und begann zu essen. Die Schubkarre war sein Tisch. Ditte konnte ihn von ihrem Platz am Tisch aus sehen. Es war doch sonderbar, ihn dort so einsam sitzen und kauen zu sehen – um ihretwillen, die in seiner Mutter Hause gedient, seinen Tisch gedeckt und sein Bett gemacht hatte! Ja, er hatte noch ein größeres und stärkeres Hausherrnrecht über sie. Ditte fühlte es dunkel, fühlte einen dumpfen Trieb, hinauszulaufen und zu rufen: „Bitte schön, komm herein und iß, Karl!"

Am folgenden Tage war er wieder da drüben bei seiner Arbeit, und so ging es weiter; es hieß, er habe die ganze Erdarbeit bei dem Villengarten übernommen und wohne in einem Strohschuppen beim Krug. Er führte seinen eigenen Haushalt, wusch selbst auf und lebte von trockener Kost. Das mußte ein tristes, einsames Dasein sein. Es fiel ihm nicht ein, hereinzukommen und guten Tag zu sagen – er hatte ja seine sonderbaren Ideen; vielleicht befürchtete er auch, daß man ihm die Tür weisen werde. Aber des Abends spukte er in der Nähe des Hauses herum. Ditte war noch nicht draußen gewesen, die Angst vor dem Gerede der Leute hielt sie eingesperrt; aber sie spürte es an Bemerkungen der anderen Geschwister. Die kannten ihn und wußten Bescheid, wie sie sah; sie machten einen weiten Umweg um seinen Arbeitsplatz. Das hatte gewiß Christian veranlaßt.

Lars Peter war ärgerlich. „Was zum Henker will er hier?" sagte er zu Sörine. „Er macht uns vor dem ganzen Dorf lächerlich, wenn er da im Dunkeln herumrennt; man sollte doch meinen, daß er seinen Teil erreicht hat."

„Er hat's wohl gut gemeint, als er sich hier nach Arbeit umgesehen hat", sagte Sörine. Mochte es nun daran liegen, daß er der Sohn eines Hofbauern war, oder mochte sie zu schwach sein, um sich noch über etwas aufzuregen – man merkte, daß sie die Dinge versöhnlich beurteilte.

„Gut gemeint! Danke schön – so ein Schwachkopf! Wäre er wenigstens richtig im Kopf – aber dann könnten wir sicher im Schornstein nach ihm suchen. Das Mädel muß gewiß dem lieben Gott dankbar sein, wenn er sie vor ihm bewahrt – und verrückt ist sie ja auch nicht gerade nach ihm, soweit einer sehen kann. Der Henker soll wissen, wie sie sich an so einer Ablaufröhre hat verbrennen können!"

Sie saßen beim Abendbrot – es gab Pluckfisch; es hielt schwer in diesem Sommer, etwas vom Krugwirt zu bekommen, so daß man täglich dreimal Fisch essen mußte. Aber Sörine hatte es fertiggebracht, sich ein kleines Stück geräucherten Speck zu sichern – sie hatte ihn sich sozusagen oben im Kaufmannsladen erhustet; wenn der Husten sie so richtig packte, steckte ihr der Krugwirt etwas zu, bloß damit sie sich aus dem Staube machte. Von diesem Speck hatte sie etwas dazugetan, und die kleinen Würfel gaben dem Fisch einen großartigen Geschmack nach Geräuchertem. Aus diesem Anlaß lag Andacht über der Mahlzeit.

Der Zwilling – Rasmus hieß er, aber er wurde nur Ras genannt – saß auf Lars Peters Schoß; er war der Kleinste. Die Mutter hatte sich seither nicht gemeldet, und nun hatte man ihn einmal! – Es war ganz spaßig, wieder ein Kind auf dem Schoß zu haben, Lars Peter hatte das in den letzten Jahren sehr vermißt; Paul bildete sich ein, er sei zu groß, und genierte sich. Aber Ras konnte es wohl leiden. „Meine Mutter ist nicht zu Hause!“ wiederholte er nach jedem Bissen mit tiefer Stimme – er erinnerte sich wohl noch etwas an sie. Aber sonst war er sehr guter Laune. Er war drei Jahre alt.

„Deine Mutter sitzt doch da drüben“, sagte Lars Peter und zeigte auf Sörine. Aber der Knabe schüttelte den Kopf.

Sörine tat ihnen mehr Fisch auf den Teller, das war ihre Antwort. Sie verschwendete nicht gerade gute Worte oder Liebkosungen; aber sie sorgte ebensogut für den Zwilling wie für ihre eigenen Kinder. „Sie ist ein gutes Mütterchen“, sagte Lars Peter, als sie einen Augenblick in die Küche hinausging. „Sie kann es nur nicht so in Worten zeigen.“ Er wollte gern, daß die Kinder sie liebgewönnen, und benutzte jede Gelegenheit dazu, auf ihre guten Seiten hinzuweisen – es gab ja noch allerlei Widerstände zu überwinden. Auch die Kinder hatten sie lieb, mißtrauisch waren sie nicht mehr, und sie gehorchten ihr. Dittes Mißgeschick war Sörine zugute gekommen, das Mädel war nicht mehr der Kinder ein und alles. Aber das Vertrauen der Kinder hatte sie nicht, und sie ließ es sich auch nicht angelegen sein, es zu erwerben. Am glücklichsten schien sie, wenn man sie sich einspinnen ließ, und sie schien die anderen Menschen nicht zu entbehren, nicht einmal Lars Peter. Sie geht umher, als hätte sie dem Ganzen schon Lebewohl gesagt, dachte Lars Peter oft bedrückt. Aber er sagte es nicht laut.

Sie waren fertig mit dem Essen; Lars Peter schaute nach der See, es dämmerte stark. „Wo mag Christian bleiben?“ sagte er und begann die Pfeife zu stopfen. Das bedeutete, daß er einen Gang nach dem Hafen machen würde; in der Stube rauchte er nie, aus Rücksicht auf Sörine. In diesem Augenblick kam Christian. Er warf seine Mütze in die Ecke und schob sich in die Bank; man konnte sehen, daß er kriegerisch gestimmt war.

„Warum kannst du nicht rechtzeitig kommen?“ sagte Ditte zurechtweisend; es war bald zu toll mit den Launen des Jungen!

Christian antwortete nicht, fing dagegen an, in das Essen einzuhauen. Als er seinen ärgsten Hunger gestillt hatte, hob er den Kopf. „Da drüben steht einer hinterm Spritzenhaus", sagte er in die Stube hinein. „Er fragte mich, ob ich es nicht zu Hause sagen wollte – aber ich dürfe es niemand hören lassen", sagte er. Bei den letzten Worten starrte er schadenfroh auf Ditte.

„Zum Kuckuck, bestellt er jetzt auch Nachttouren?" rief Lars Peter heftig. „Hat er uns nicht schon genug Schaden zugefügt!"

„Vater!" ertönte es durch die halbgeöffnete Kammertür. Sörine war schon im Begriff, zu Bett zu gehen. Es lag ein wenig Erstaunen in dem Ruf. „Ja, zum Kuckuck, du mußt doch zugeben –", begann er, brach dann aber ab. Die Kinder standen lauschend da, mit offenem Mund und Stielaugen.

Ditte ging in die Küche und band ein Tuch um. „Else kann den Tisch abräumen", sagte sie, „ich gehe etwas an die Luft." Ihre Stimme zitterte. Lars Peter kam zu ihr an die Küchentür.

„Ich hab dich doch nicht kränken wollen", sagte er gedämpft, „das weißt du. Aber ich an deiner Stelle würde ihn mir vom Leibe halten. Er führt nichts Gutes mit dir im Schilde." Er legte die Hand vertraulich auf ihre Schulter.

„Ich *will* mit ihm sprechen", sagte Ditte, noch immer mit Zorn in den Augen. „Ihr könnt es auslegen, wie ihr wollt! – Ich glaube, es tut ihm leid", fügte sie ruhig hinzu.

„Gerade die Sorte ist am allerheimtückischsten. Vor heulenden Burschen soll man sich hüten, sagt ein altes Weiberwort. Aber tu, was du für das richtigste hältst. Ich hab dich nur warnen wollen!"

Ditte ging in die Dämmerung hinaus. Oh, wie das guttat, nach der langen Gefangenschaft wieder frische Luft zu schnappen! Sie war gespannt, was Karl ihr wohl zu sagen hatte. Ja, und was wollte sie eigentlich von ihm? Daß sie ihn nicht heiraten wollte, wenn es erst geschehen konnte, nachdem die Geschichte überstanden war, daß wußte sie. Drum wollte sie in der Hauptstadt in Dienst gehen, wo niemand sie kannte und wo ein bißchen Leben war. Es hatte keinen Zweck, hierzubleiben und sich mit einem flennenden Mann herumzuschlagen. Aber sie hatte nichts dagegen einzuwenden, mit ihm Arm in Arm einen Spaziergang durch das Dorf zu machen, bloß um den Leuten zu zeigen, daß sie einen Mann für ihr Kind hatte, sobald sie nur wollte!

Hinter dem Spritzenhaus stand er und wartete; er trat hervor, als sie vor dem Haus ankam. „Ich hab deine Schritte erkannt", sagte er froh und ergriff ihre Hand.

„Warum versteckst du dich hier?" fragte sie ein wenig verdrossen.

„Nicht meinetwegen; ein jeder darf sehen, welche Wege ich gehe." Er sprach einfach und ruhig; es war nichts von dem Zittern in seinem Wesen, das einem sonst immer Herzklopfen und Unglücksahnungen verursachte. Aber er nahm immer noch alles so schwer; das merkte man an Gang und Haltung.

„Meinetwegen brauchst du dich jedenfalls nicht zu verstecken", sagte Ditte und lachte hart. „Denn jeder weiß es, selbst die kleinen Kinder rufen es mir nach. Wenn du etwas von mir willst, kannst du am Tage kommen."

„Das tu ich auch gern", sagte Karl. „Aber dein Vater duldet meinen Anblick wohl nicht."

„Ach, vor Vater brauchst du dich nicht zu fürchten – wenn du es ehrlich meinst."

Sie waren landeinwärts geschlendert, gingen nebeneinanderher und sprachen gedämpft; nun entfernten sie sich von den Hütten und kamen in den Hohlweg, der zum Krug führte. Es war Sonnabendabend, Frauen kamen mit Waren für den Sonntag vom Krug. Ditte sagte ihnen laut guten Abend; sie hatte nichts dagegen, daß man sie in Gesellschaft mit dem sah, der mit ihr geschlafen hatte.

„Darf ich morgen vormittag kommen und dich zu einem Spaziergang abholen?" fragte Karl bittend und legte seine Hand verstohlen in die ihre. „Wir können ja miteinander ins Gotteshaus gehn." Sein Gesichtsausdruck war jämmerlich und seine Hand kalt – er brauchte einen Menschen. Ditte fühlte, daß es ihr weh tat, und sie überließ ihm ihre Hand.

Nein, in die Kirche wollte sie nicht! Sie kam sich nicht wie eine Sünderin vor und wollte nicht, daß die Leute sagten:

Seht, da sitzen die beiden und tun Buße! und vielleicht vor Rührung dabei zu heulen anfingen. „Aber wenn du einen Spaziergang mit mir durch das ganze Dorf und am Krug vorbei machen willst, dann ..." Gespannt lauschte sie auf seine Antwort. „Aber ich will untergefaßt mit dir gehn, und ich will selbst bestimmen, wie weit der Spaziergang sein soll. Vielleicht bis nach Frederiksvaerk hinaus." Er sollte sich vor allen Leuten zu ihr bekennen.

Karl lächelte. „Wir wollen so weit gehen, wie du Lust hast – und es aushältst", sagte er. „Aber willst du mich nun einmal richtig küssen, nicht aus Mitleid, sondern um meiner selbst willen?"

„So furchtbar verschossen bin ich nun nicht gerade in dich, aber vielleicht kommt das noch mal", sagte Ditte und küßte ihn. An seinem bebenden Mund merkte sie, wie ihm die Wärme fehlte. „Du führst gewiß auch ein tristes Leben", sagte sie unwillkürlich und dachte an Essen und häusliche Behaglichkeit. „Wie bringst du nur die Zeit hin – ohne einen Menschen zu haben?"

„Oh, ich denke nach", erwiderte er still.

„Woran denkst du denn – an mich?" Ditte lachte ausgelassen.

„Am meisten an das Kind. Es ist so seltsam, daß aus unsern Nöten ein neues Menschenleben keimt. Gott schlägt wunderbare Wege ein, um zum Ziel zu kommen, du!"

Nun begann er wieder seine alte Weise; und Ditte fiel ein, daß sie nach Hause mußte. Als sie in der Nähe der Hütte waren und stehenblieben, um einander gute Nacht zu sagen, steckte er ihr etwas in die Hand; es war ein Zehnkronenschein.

„Ich will dein Geld nicht", sagte Ditte abweisend und reichte ihm den Schein zurück.

Verzagt hielt er ihn in der Hand. „Dann hab ich nichts, wofür ich arbeiten kann", sagte er.

„Ja, wenn es für das Kind sein soll, dann ... Aber du darfst dir's nicht vom Munde absparen und uns deinen ganzen Wochenlohn geben – das will ich nicht!" Sie wußte nicht, was sie sagte, so verwirrt war sie; ihre Stimme klang zornig.

Erst als sie im Bett lag, den Schein fest mit der Hand umschließend, erkannte sie, was geschehen war. Sie brauchte nicht mehr daran zu denken, daß sie den anderen das Brot fortaß, oder sich schaudernd fragen, woher das Geld für die Geburt kommen sollte; sie hatte einen Versorger gefunden! Karl war nicht länger die Last in ihrem Dasein, sie konnte sich auf ihn verlassen. Das erleichterte ihr das Leben so sehr, und sie rollte sich im Bett zusammen und weinte noch einmal über ihn.

17

Ditte genießt Sonnenschein

Ditte und die Mutter hatten viel zu tun gehabt; sie hatten die Zeit, wo alle anderen draußen waren, dazu benutzt, das gute Frieskleid weiter zu machen. Das geschah nun zum zweitenmal, und trotzdem war es schwer zuzuhaken. „Du mußt den Atem anhalten", sagte Sörine; sie setzte sich auf einen Stuhl und bot alle ihre Kräfte auf, während Ditte ihr mit glühendrotem Kopf den Rücken zukehrte. Sehr stark war die Mutter ja nicht, trotzdem tat es weh. Endlich ging das Kleid zu, Ditte warf einen Schal über den Kopf, nahm einen Korb mit einer großen Scholle unter das Tuch und verließ schnell das Haus.

Vor der Tür kam Christian herbeigestürmt, er hätte sie beinahe umgerannt. „Es soll Scheunenfest bei uns sein!" rief er und lief hinein. Ditte ging am Hause entlang; sie mußte balancieren, um nicht in die Abfallhaufen der anderen Bewohner hineinzutreten. Der Vorn-und-hinten-Jakob stand am Giebel, den Kopf dicht an der Wand, und bohrte daran; er hatte fast den ganzen Bewurf abgebröckelt, an mehreren Stellen standen die nackten Pfosten. „Wirst du nun das Wort finden?" fragte Ditte; das war ein ständiger Witz ihm gegenüber. Jakob hob warnend die Hand; sie durfte ihn nicht stören, er war ja im Begriff, das Wort zu finden.

Ditte schlug den Weg ein, der am Pfannkuchenhaus vorbeiführte. Die Sonne schien, und aus der Villa ertönten

Hammerschläge und Gesang. Das kleine Haus sah neugestrichen aus wie immer, seine Umgebung war sauber und hübsch, und der Holunder überm Brunnen blühte. Es war, als käme man in eine andere Welt. Ditte war seit ihrer Rückkehr bei Tage nicht hier gewesen. Des Abends kam sie häufig herüber und half den beiden Alten im Haushalt.

Die alte Frau lag im Bett – es war Altersschwäche. „I, kommst du bei Sonnenschein?" sagte sie. „Ich dachte, du machtest nur Mondscheinspaziergänge. Wie mag das zusammenhängen?"

Ditte drehte sich zur Seite. „Ich hab eine Scholle", sagte sie verlegen.

„Ich danke dir, Mädchen, das war hübsch von deinem Vater, an uns alte Leute zu denken. Aber was ist mit dir geschehn?" Sie fing Dittes Hand ein, zwang sie, sich umzudrehen, und sah sie lächelnd an. Ditte mußte sich auf den Bettrand setzen. „Nun erzähl mal!"

„Er ist gekommen!" flüsterte Ditte.

„Wer ist gekommen? Es gibt so viele Ers", lachte die alte Frau.

„Karl, der Sohn vom Bakkehof."

„Soso, es ist ein Sohn vom Bakkehof. Das hättest du mir ruhig etwas früher anvertrauen können, dann hätte Vater dir vielleicht zu deinem Recht verhelfen können. Und nun ist er von selber gekommen, sagst du? Mit Zustimmung seiner Mutter?"

„Nein, die Mutter verflucht ihn. Sie ist so boshaft – der reine Teufel."

„Gut ist sie wohl nicht, aber sie wird wohl ihre Gründe dafür haben, wenn sie so ist. Man soll sich hüten, jemanden zu verurteilen, denn mit dem Maß des Richters gemessen, würde es uns allen wohl übel ergehen. Na, nun kannst du also heiraten, Gott sei Dank!"

„Er ist noch nicht alt genug, aber ich weiß auch nicht, ob ich ihn haben will", flüsterte Ditte.

„Du liebst ihn nicht?" Die alte Frau sah sie entsetzt an. „Dann bist du allerdings übel gefahren, übler, als man eigentlich zu fassen vermag." Sie zog sie zu sich herab. „Du kleines, liebes Geschöpf!" sagte sie, mit beiden Händen ihren Kopf streichelnd. „Das muß ja eine entsetzlich schwere Zeit für dich gewesen sein." Ihre Wangen bebten, genau wie die Großchens vor langer, langer Zeit; und sie waren ebenso weich. Ditte lag ganz still da und ließ sich von den tastenden Händen liebkosen; es war lange her, seitdem Hände sie so sanft berührt hatten.

Die Alte schob sie milde von sich. „Willst du mal die unterste Kommodenschublade herbringen", sagte sie. Die Schublade wurde auf einen Stuhl ans Bett gestellt, und die alte Frau suchte alte Laken, Tücher und Servietten hervor, die weich und fein wie Seide waren vom Waschen und vom Gebrauch. „Das ist gut für das Kleine", sagte sie und legte alles auf einen Haufen. „Verschlissen ist es ja, aber desto weicher. Und hier ist etwas gröberes Leinen zur Unterlage für dich. Und hier ein paar Bettücher mit Hohlsäumen und ein hübscher Kissenbezug; ein Nachtkleid werden wir auch noch finden, damit du im richtigen weißen Wochenbett liegen kannst. Man muß seine Kinder in Weiß empfangen, dann werden gute Menschen daraus." Es war ein ganzer großer Stapel Leinen geworden.

Ditte saß da und betrachtete die Sachen mit Tränen in den Augen, in ihr war ein Lachen und Weinen zugleich. Das bevorstehende Ereignis rückte ihr plötzlich ganz nahe auf den Leib, so wirklich war es bisher nicht gewesen. Sie glaubte sich selbst im Wochenbett zu sehen, das Kind hielt sie schon im Arm. Sie und das Kind waren weiß, das Nachtkleid war hübsch gekräuselt um Hals und Handgelenke, und das Kopfkissen umgab sie und das Kleine mit weißen Volants.

„Schau, schau", sagte die alte Frau, sie weckend, „nun lassen wir das liegen, dann kann Christian es holen; es lohnt sich nicht, daß du selber dich damit schleppst. Und willst du mir nun die andere unterste Schublade bringen?"

Die war mit feinen alten Sachen angefüllt, Nackentüchern und gestickter Wäsche; alles war hübsch geordnet, und dazwischen war Lavendel gestreut. „Schau her, Ditte!" Die alte Frau nahm ein Spitzentaschentuch hervor. „Das ist mein Hochzeitstuch. Ich hab hineingeweint – aber nicht aus

Kummer; du kannst die roten Rostflecken sehen – es waren Freudentränen. Ich habe es nur bei der einen Gelegenheit gebraucht, dann hab ich's verwahrt, mit den Tränen drin. Das sollt ihr über mein Gesicht breiten, wenn ich in den Sarg gelegt werde; du wirst sicher Väterchen dabei behilflich sein. Das da ist mein Brauthemd, das will ich anhaben. Ja, so etwas braucht ihr ja nicht mehr! Aber wir, die wir damals jung waren, wir behielten die wichtigsten Ereignisse unseres Lebens bis zu unserer Todesstunde im Gedächtnis. Und darum kann unsereins gut Jugend leiden, die die Dinge ernst nimmt. – Einer von den Söhnen vom Bakkehof soll ja zu den Frommen gehören."

„Ja, das ist Karl", sagte Ditte. „Er nimmt das Leben so schwer."

„Wär's etwa besser, wenn er die Dinge leicht nähme – findest du? Bei dem Heim, das er hat? Mir scheint, das schlechteste Teil hat er nicht erwählt; seine Mutter hat einen andern Weg eingeschlagen, um aus der Qual ihrer Jugend herauszukommen."

„Habt Ihr sie denn gekannt, als sie jung war?" fragte Ditte.

„Ja, und sie war ein gutes Mädchen. Wir hatten da drüben in der Gegend einen Hof, und sie kam oft in unser Haus. Sie war auch verlobt, aber dann zwangen die Eltern sie, einen andern zu nehmen, der ihnen besser zusagte, und daran ist sie kaputtgegangen. Sie verbrannte ihr Hochzeitstuch, sobald sie aus der Kirche nach Hause kam, und die ganze Nacht blieb sie auf ihrer Truhe sitzen – sie *wollte* nicht ins Brautbett zu ihm. Aber sie haben sie ja doch zahmgekriegt. – Willst du nun gehn, mein Kind? Ich möcht gern ein bißchen ruhen, während Vater am Strand ist. Du hast wohl gehört, daß hier Erntefest sein soll?"

Ja, Ditte hatte es gehört, aber sie glaubte nicht daran. „Der Krugwirt hat ja nichts im Laden!" sagte sie.

„Ärmlich genug ist's um ihn bestellt, aber darum wird es doch gehen. Er tut ja immer das Gegenteil von dem, was alle andern tun würden."

Ditte ging nicht gleich nach Hause, sondern machte einen Umweg an der Villa vorbei. Sie war jetzt unter Dach, die Handwerker hämmerten im Innern und sangen und pfiffen dazu; für Ditte klang das seltsam, weder hier im Dorf noch auf dem Bakkehof wurde bei der Arbeit gesungen. Die gröbere Erdarbeit am Garten war jetzt getan, Karl war mit Anpflanzen auf der Düne beschäftigt.

Lars Jensens Witwe stand in der Tür und winkte. „Das ist hübsch, daß man dich wieder draußen sieht. Meinen Glückwunsch!" sagte sie.

Ditte wußte wohl, worauf sie hinauswollte. „Vielen Dank!" gab sie zur Antwort. Man durfte sie gern als verlobt betrachten.

„Es soll hier bald Tanz stattfinden – das weißt du wohl?" sagte Lars Jensens Witwe und ließ unwillkürlich die Augen über Dittes Gestalt hinlaufen. „Ja, der Krugwirt will in diesem Jahr ein Erntefest feiern, und soviel man gehört hat, soll auch ein Tanzboden zurechtgemacht werden. Sonderbar genug ist's, da er sonst so viel gegen den Tanz hat! Gerade das führte er ja vor acht Jahren als Vorwand dafür an, warum er kein Erntefest mehr veranstalten wolle, weil nämlich die Jugend tanze. – Aber nun können wir dann bei der Gelegenheit deine Verlobung feiern."

Ditte ging zum Hafen hinunter. Es war ein wenig peinlich, allein zu gehen; die Augen der Leute blieben an ihrer Figur haften; sie wünschte, sie hätte Karl am Arm gehabt. Sie war so gewaltig geworden im Verhältnis zu ihrer schmächtigen Gestalt, schwerfällig bewegte sie sich vorwärts, und das Starren der Leute machte ihren Gang noch unsicherer. Im Gesicht war sie abgemagert, namentlich um die Nase herum. Die sah viel länger und spitzer aus, und die Sommersprossen ringsherum traten mehr hervor. Das Gaffen der Leute erwiderte sie mit einem resignierten, abwehrenden Lächeln, das immer auf ihrem Gesicht lag – als ob sie im voraus Abbitte täte. Einer nach dem anderen kam und wünschte ihr Glück! Sie merkte, daß ihr Geschick die Leute beschäftigte und daß sie im Begriff waren, ihre Meinung zu ändern.

Wenn sie so über die Straße ging, sahen die Leute ihr nach

und schwatzten. Der Umstand, daß der Sohn vom Bakkehof sich öffentlich zu ihr bekannte und sich mit ihr verheiraten wollte, interessierte die Menschen. Die beiden waren ein wenig voreilig gewesen, nun ja, Herrgott, ein verlobtes Mädchen ist eine halbe Frau! Und er war obendrein ein Hofbesitzerssohn. Es mußte doch wohl mehr an dem Mädchen sein, als man so auf den ersten Blick sehen konnte, da er versessen darauf gewesen war zu kosten – sonst nahm die Sache meist den umgekehrten Gang. Er fand, wie gesagt, wohl etwas an ihr, was kein anderer sehen konnte, denn verschossen war er weiß Gott in sie. Ein gutes Mädchen war sie übrigens.

Lars Peter war derjenige, der sich zuletzt bekehrte. Er blieb am längsten bei seiner Meinung, daß Karl halb verrückt sein müsse. „Wie könnte er denn sonst kommen und ganz krank sein vor Verlangen, für Mädchen und Kind sorgen zu dürfen! So ein Hofbesitzerssohn macht sich doch sonst immer aus dem Staube. Bei ihm ist sicher eine Schraube los, soviel steht fest!"

Aber treu war er jedenfalls, er folgte Ditte wie ein Hund. Und Hand anlegen konnte er auch – er war ein tüchtiger Arbeiter. Mochte es auch mit dem Verstand nicht so weit her sein – der Schädel des Mädchens reichte ja für beide aus. Als Lars Peter erst soweit war, fehlte nicht viel, bis er sich völlig ergab. Und nun war er bald soweit, daß Karl ihm leid tat.

„Er ist so einsam und kriegt kein warmes Essen", sagte er. „Es ist auch nicht richtig, daß er drüben in der Scheune liegt. Könnten wir es nicht so einrichten, daß er bei uns ißt und oben auf dem Speicher schläft? Dann hätte er doch auch wenigstens etwas davon, den Wochenlohn schleppt er ja sowieso hierher."

So einfach war es nun allerdings nicht. Lars Peter hatte sein Bett oben, und der Platz war recht beschränkt, da Werkzeug und anderes Gerümpel dort aufbewahrt wurden. Aber der Speicher über Dorioms Höhle war ja noch da; in den wollte niemand ziehen. Lars Peter hatte daran gedacht, dort ein Schwein zu halten, damit man für den Winter ein wenig Vorrat hätte. Abfall zum Füttern war genug vorhanden, und der Krugwirt sah nicht mehr alles.

So wurde Karl in die Familie aufgenommen.

18

Das Erntefest

Es war der schönste Herbstmorgen, den man sich wünschen konnte, so recht ein Morgen, wie er einen besonderen Tag einleiten soll. Über der See hing weißer, unruhiger Nebel, nur ein wenig Sonne und eine leichte Morgenbrise waren notwendig, um ihn wegzufegen.

Im Dorf war man vom ersten Morgengrauen an auf den Beinen, die Kinder konnten nicht schlafen. Der Tag war zu spannend, das erste Morgendämmern kitzelte ihnen in die Nasen, so daß sie aufwachten. Da war für die Mutter ja auch nicht mehr an Schlaf zu denken, und man mußte sich den Sprößlingen fügen und aufstehen. Es war denn auch nicht zu früh, die Boote kehrten heute ungewöhnlich zeitig nach Hause zurück. Draußen im Nebel hörte man das hohle Nagen der Ruder gegen den Bootsrand. Bis Feuer angemacht war und das Kaffeewasser ins Kochen kam, konnten die Boote recht gut an Land sein. Es war die ärgste Schande für eine Frau im Dorf, wenn der Mann nach Hause kam und sie ihn nicht mit etwas Warmem empfangen konnte.

Jetzt brach die Sonne über den Dünen hervor und fegte den Nebel beiseite. Man sah, wie er sich aufrollte wie eine weiße Bettdecke und mehr und mehr von der Welt enthüllte. Zuerst tauchten die Hütten auf, aus allen Schornsteinen stieg blauer Rauch empor; nur die „Topplaterne", die Schlampe, hatte unterm Kessel noch nicht Feuer gemacht. Sie führte einem Fischer in der nördlichsten der Hütten die Wirtschaft, konnte aber nur schwer aus den Federn herausfinden. – Dann kamen der Hafen und weiter draußen ein paar Boote zum Vorschein. Weißblau und lieblich lag das Meer da, der schönste blanke Stoff, den man sich denken konnte.

Der Krugwirt war bereits auf dem Wege zum Hafen; er wollte sich wohl vergewissern, wie der Herbstfang ausfiel; es war in diesem Jahr die erste Nacht gewesen, wo man die Netze für den Herbsthering setzte. Der Krugwirt war von der Morgenkälte blau und eingefallen; die gewaltigen Kinnladen waren zusammengeklappt, als umschlössen sie unmenschlichen Kummer. Er hatte sich ja am Tage mit seinen Sorgen herumzuschlagen, die zu unfaßbar groß waren, als daß man hätte versuchen können, ihnen auf den Grund zu kommen; und Rasmus Olsens Martha konnte wohl selbst einem Menschenfresser die Nächte bunt gestalten.

Aber dies war also der Tag, kein gewöhnlicher Tag wie jeder andere, sondern der Tag, an dem man nicht arbeitete oder sich wegen des täglichen Brotes zankte, nicht einmal Essen kochte, sondern bloß aß und trank, rauchte und schwatzte, bis die Nacht und die Dünen einen aufnahmen. Die Erwachsenen kannten den Tag und wußten, was er brachte; das Erntefest war, soweit die Ältesten zurückdenken konnten, die große Abrechnung mit den dreihundertvierundsechzig sauren Alltagen gewesen, vierundzwanzig Stunden im Schlaraffenland, wo alle Not und Entbehrung in Essen und Trinken ertränkt wurde. Ob das Fest gelungen war, wurde ganz einfach daran gemessen, wie viele Männer in den Dünen liegenblieben und wie viele Frauen und Kinder am nächsten Tag Leibweh hatten. Ursprünglich war es ein Dankfest für guten Herbstfang, aber durch Erfahrung über die Unzuverlässigkeit aller Dinge belehrt, hatte man das Fest auf die Zeit des Beginns der Fischerei verlegt – um wenigstens das Fest feiern zu können, wie immer der Fang auch ausfallen mochte. Weder der liebe Gott noch der Krugwirt konnten dann kommen und das Essen und Trinken zurückverlangen, das man einmal im Leibe hatte, mochten sie so grob auftreten, wie sie wollten.

Für Lars Peters Kinder knüpften sich keinerlei Erinnerungen an das Erntefest; der Krugwirt hatte es zwei Jahre, bevor Lars Peter in das Dorf zog, abgeschafft. Um so größer waren jetzt die Erwartungen der Kleinen.

Für die Dorfkinder war's ein schwieriger Vormittag. Sie wußten nicht, wie sie sich die Zeit vertreiben sollten, die Spannung steckte in ihnen als ewige Unruhe und trieb sie sofort zu etwas Neuem hin, sobald sie sich mit diesem oder jenem beschäftigten. Allmählich fanden sie sich auf dem Festplatz ein, wo die Handwerker aus der Villa dabei waren, den

Tanzboden zu legen und lange Tische aus rauhen Brettern zu zimmern. Auf der einen Seite einer flachen, grasbewachsenen Senkung der Düne wurde eine kleine Erhöhung geschaffen mit Tannengrün als Geländer; dort sollte der Krugwirt eine Rede halten und die Musik zum Tanz spielen.

Die Männer waren nicht viel besser dran als die Kinder. Vor zwei konnte man sich nicht gut einfinden, da hatte man reichlich Zeit. Rasmus Olsen stolperte vor seiner Hütte in Hosenträgern und blauen Düffellatzhosen umher. Der Latz hing an der einen Seite herunter, er wühlte mit der Hand im Hemd, kaute und spritzte schwarze Strahlen gegen die Mauer. Er träumte von dem Gelage und grübelte darüber nach, wie er seine Alte überlisten könnte, wenn sie kam und ihn mit nach Hause schleifen wollte. – Rings um die Hütten trabten die Leute hin und her und gähnten. An Schlaf war nicht zu denken; man fuhr außerdem in der nächsten Nacht nicht auf Fang; also war Gelegenheit genug, sich auszuschlafen.

Die meisten Frauen waren vom Vormittag an im Krug und halfen Kaffeebrot backen, Bier und Branntwein abzapfen und Brot schneiden. Von allen Sorten war eine unbegreifliche Menge aufgestapelt; es war nicht zu fassen, wie der Krugwirt das alles hatte auftreiben können. Brot, Aufstrich und alle Arten von Belag – man hätte meinen können, daß für ein ganzes Jahr genug Essen da war. Er selber leitete das Ganze – er und Martha! Sie hatte nach dem Tode der Frau das Regiment im Haus übernommen und ersetzte ihm die Frau so gut wie ganz. Jedenfalls zankten sie sich, wie nur Eheleute sich zanken können, und bissen einander gehörig.

Punkt zwei Uhr waren alle Bewohner des Dorfes versammelt. In kleinen Gruppen standen sie in der Nähe des Festplatzes, starr vor Spannung und Befangenheit, und warteten darauf, hineingebeten zu werden. Die Feiertagskleider, die man selten anzuziehen Gelegenheit hatte, bewirkten Zucht und Anstand; wenn eines von den Kleinen den Platz betrat, winkte man ihm mit feierlichen Gebärden zurückzukommen. Lars Peter und seine Kinder standen etwas abseits. „Man soll sich nie vordrängen!“ sagte er ermahnend und hielt sie zurück. Sörine war nicht mitgegangen; sie fühlte sich nicht wohl und hatte sich ins Bett gelegt, und Ditte half ja beim Auftragen. Sie stand unter den anderen Frauen am Anrichtetisch und sah ganz vergnügt aus. Sonst waren alle hier versammelt. Mit Ausnahme der beiden Alten aus dem Pfannkuchenhaus; die Frau war freilich wieder auf den Beinen, aber die beiden beteiligten sich nie an dergleichen. – Selbst Kinder, die konfirmiert und im Dienst waren, hatten sich heute freigenommen, um das Scheunenfest mitzumachen. Auch der alte Fischer Lau, der das letzte Jahr wegen Gichtschmerzen zu Bett gelegen hatte, war erschienen; sie hatten ihn hergetragen und bis auf weiteres auf das Dünengras gelegt; er glich einer Kartoffelschale in der Wärme, so zusammengeschrumpft war er infolge der Gicht. Und der Vorn-und-hinten-Jakob mit seiner Flinte war auch da.

Es dauerte lange, bis zu Tisch gebeten wurde; der Krugwirt ließ auf sich warten. Endlich kam ein Bursche vom Hof her gelaufen und redete etwas mit Martha; da ging sie an die Gruppen heran und sagte: „Bitte schön!"

Es war ganz drollig, so im Freien bei Tisch zu sitzen – die ganze Bevölkerung! Oben vom Tischende her, wo Lars Peter mit seinen Kindern saß, konnte man den ganzen langen Tisch übersehen, mit all den Stapeln von Schnecken und Zuckerbrot – und konnte verfolgen, wie die Frauen sich von beiden Seiten mit den Kaffeekannen heranarbeiteten. „Wir sind die letzten!" flüsterte Schwester Else.

„Die Reihe kommt auch an uns", sagte Lars Peter beruhigend. „Bloß Geduld!"

Nun entdeckte Ditte, daß sie noch nichts bekommen hatten, und brachte die Kanne. „Sieh den Jakob an", flüsterte sie lachend, während sie dem Vater einschenkte. Der Vorn-und-hinten-Jakob hatte einen ganzen Stapel Kaffeegebäck zu sich herangezogen, aß wie ein Hund – mit der einen Seite des Schlundes – und knurrte, wenn jemand etwas von dem Stapel nehmen wollte; die Flinte hatte er zwischen den Knien. Auch den alten Lau hatte man auf einen Stuhl gesetzt.

Es waren wohl mindestens hundert Menschen hier beisammen, und doch war für noch mehr gedeckt. Das ganze andere Tischende war frei; dahinter sah man das Feuer mit dem gewaltigen Kupferkessel, der zwischen drei Stützen hing. Rasmus Olsens Frau war Kaffeewirtin. Sie paßte auf den Kessel auf, ohne sich von irgend etwas stören zu lassen. In einer großen Schöpfkelle hielt sie die gemahlenen Bohnen – ein Pfund war es wenigstens. In demselben Augenblick, da das Wasser ins Kochen kam, streute sie den Kaffee mit sicherem Wurf darüber hin. Er sank zu Boden, und das Wasser hörte einen Augenblick auf zu kochen. Dann wallte es wieder auf – und nun war der entscheidende Augenblick gekommen! Madam Olsen schleuderte wie der Blitz drei Flundernhäute in den Kessel, stieß ihn vom Feuer hinunter und reckte sich. „So, das wäre geschehn!" sagte sie. Keiner im Dorf konnte Festkaffee kochen wie sie!

Als die ersten drei, vier Tassen getrunken waren, spürte man den Drang, den Mund auch zu etwas anderem zu gebrauchen; die Männer begannen einander zuzurufen. „Na, wie geht's, Lars Peter, kriegst du bald mehr Leute an den Tisch?" fragte Rasmus Olsen. „Es wird leichter – wie das alte Weib sagte, als es die Buxen verlor", erwiderte Lars Peter. Am ganzen Tisch wurde gelacht, und die Unterhaltung kam in Gang – über das Wetter heute und das vor acht Jahren beim Scheunenfest. Die Männer stiegen einer nach dem anderen über die Bank weg und versammelten sich mitten vor der Stelle des Tisches, wo der Vorn-und-hinten-Jakob immer noch gierig drauflos aß. Er hatte längst den ganzen Stapel verzehrt, aber die Zunächstsitzenden fuhren fort, ihm Kaffeegebäck zuzuschieben. Drüben auf dem Anrichtetisch standen die Zigarren – ganze fünf Kisten; beabsichtigten die Frauenzimmer etwa, sie selber zu rauchen? Nun besann sich Martha und brachte sie. „Nehmt zwei", sagte sie, um ihren Fehler wiedergutzumachen, und ging in der Runde herum. Geizig war sie jedenfalls nicht – denn das Ganze würde ja doch einmal ihr gehören! Etwas Besonderes mußte anläßlich des Tages geschehen; so schlenderten denn die Männer langsam in geschlossenem Trupp zum Hafen hin; es war eine Art Ausflug, den sie unternahmen, während die Frauen abdeckten und den Abendtisch zurechtmachten. Am Spritzenhaus trafen sie den Krugwirt in Gesellschaft von ein paar Männern, die aussahen wie Vertreter der Obrigkeit. Vielleicht war man gekommen, um ihm das Ganze abzunehmen; besonders vergnügt sah er jedenfalls nicht aus. Und er wollte auch nicht haben, daß die Fischer an den Hafen gingen. „Ihr solltet einen kleinen Spaziergang ins Land hinein machen und euch die neue Anpflanzung mal ansehn", sagte er, während er an ihnen vorbeiging, „das gibt Appetit fürs Abendbrot." Sie blieben eine Weile stehen und überlegten es sich; dann schlenderten sie in den Dünen umher, um ein Schläfchen zu machen. Der Gedanke, anderswohin zu traben als zum Hafen, erschien ihnen ganz unfaßbar.

Die Rednertribüne fand nun also keine Verwendung – dank dem unwillkommenen Besuch, den der Krugwirt bekommen hatte. Es war eigentlich beabsichtigt gewesen, daß er zwischen den beiden Mahlzeiten eine Betstunde mit Predigt und Gesang veranstalten sollte. Nun bekam man ihn den ganzen Nachmittag nicht zu sehen; auch als die eigentliche Festmahlzeit ihren Anfang nehmen sollte, war er noch nicht gekommen.

Die Handwerker von der Villa waren jetzt mit unter den Gästen, sie brachten sofort Leben in die Bude. „Laßt uns lange Burschen an dem einen Tischende sitzen", sagten sie zu den Fischern, „sonst müssen die Flaschen sich die Seele aus dem Leib rennen, um herumzukommen." Sofort wurde der Umzug bewerkstelligt, und ganz ohne Gelächter ging's dabei nicht ab. Die Kopenhagener wollten unbedingt, daß einer von ihren Leuten zwischen die Kinder gesetzt würde; er sei noch nicht entwöhnt, behaupteten sie. Er setzte sich auch dorthin, nahm aber eine ganze Flasche Branntwein mit und drückte sie an sich, zum großen Vergnügen der Kinder und Frauenzimmer. Die Sache endete damit, daß seine Kameraden ihn anbetteln mußten, wieder zurückzukehren.

Diesmal waren die Frauen mit bei Tisch – das machte das Ganze festlicher. Sie mußten in einem fort über die Kopenhagener lachen; die meisten der Fischer hatten bis heute nicht geahnt, wieviel Humor in den Frauenzimmern steckte, mit denen sie sich durchs Leben schlugen – sie sprühten, wenn das rechte Wort gesagt wurde. Und antworten konnten sie auch! – Die Kopenhagener hatten sofort für alles ihre eigentümlichen, komischen Bezeichnungen. Die erste Butterbrotschüssel nannten sie die Insel Amager, die Fleischwurst hieß Landstraße nach Roskilde, einen Schnaps trinken hieß bei ihnen „den Arm krumm machen". Die Fischer nannten sie Wassermänner. „Hör mal, du Wassermann, wollen wir zwei unserer Urgroßmutter ein stilles Glas weihn?" sagten sie, wenn sie mit jemandem anstoßen wollten. Es war für die Fischer nicht leicht zu antworten; Lars Peter war der einzige, der mit gleicher Münze dienen konnte – er war ja auch so eine Art Zigeuner! Wenn die Kopenhagener Wassermann zu ihm sagten, so antwortete er mit Biermann, und das schlug ein. Denn es ließ sich nicht leugnen, daß sie im Laufe des Sommers so manche Flasche Bier im Krug geholt hatten. Er unterhielt sich über die Maßen gut. Sein gewaltiges Lachen dröhnte über den langen Tisch hin. Oh, es war ein Fest! Die Schüsseln mit den Butterbroten standen eine neben der anderen den Tisch entlang, mit allen Sorten von Belag, und Schnaps und Bier war da in gesegneter Fülle! Und die Sonne kam hinzu, spielte auf Flaschen und Gläsern und entzündete ein Funkeln in den Augen; die Gesichter flammten.

Der Krugwirt tauchte auf, als die Stimmung ihren Höhepunkt erreicht hatte. Es wurde plötzlich still, sogar die Kopenhagener verloren die Sprache, als sie ihn sahen. Er stand plötzlich oben auf der Rednertribüne und betrachtete die Gesellschaft, ohne daß jemand ihn hatte kommen sehen; die breiten Schultern ragten gerade noch über die obere Kante der Tribüne weg, der große Kopf lag zwischen sie eingebohrt und drehte sich von der einen Seite zur anderen; er glich einem seltsamen fremden Vogel.

„Na, ihr laßt es euch ja wohl sein!" sagte er und öffnete den Mund zu einem kalten Pferdegrinsen. „Ja, laßt euch nur nicht stören. Ihr seid ja heut nachmittag um die Predigt gekommen, und da wollt ich euch jetzt ein paar Worte sagen – wo ich euch hier beisammen habe. Zu den Betstunden kommt ihr ja nicht gern, und deswegen will ich euch auch nicht tadeln; ihr meint gewiß, es schläft sich besser zu Hause. Und wer schläft, sündigt nicht, so heißt es ja. Aber nun hat man euch also ziemlich in der Gewalt; was das Essen nicht festhalten kann, werden die Flaschen wohl besorgen. Heute rennt ihr nicht fort vor dem Wort Gottes!

Seht, Gottes Wort soll ja eigentlich von einem Manne Gottes verkündet werden, und so einer wie ich wird wohl von euch mehr als Genosse des Teufels betrachtet. Da geht der verrückte Jakob und zeigt mit seiner geladenen Flinte nach ihm, so sagt ihr euch – und er zuckt nicht mal mit der Wimper. Aber ich will euch was anvertrauen, mit Jakobs Flinte kann man überhaupt nicht schießen – es ist kein Schloß drin. Hab ihm die Büchse selber verkauft, als ich damals hörte, daß er einen erschießen will. Warum sollst du nicht ebensogut dran verdienen wie ein anderer, dachte man, und steckte ihm eine alte Flinte in die Hand. Das ist das ganze Geheimnis! Aber man kennt noch 'ne andere Geschichte von Flinten und Teufelskerlen. Eines Abends war man hier – da nach Süden hin – auf der Entenjagd, und da traf man den Bösen selber. Er hatte Hörner an der Stirn, und aus seinen Nasenlöchern kam Feuer. Das war doch etwas anderes als so ein elender Krüppel von Menschenfresser! Nun meint ihr wohl, er habe einen holen wollen. Nein, das wollte er wahrhaftig nicht, er schwatzte bloß von allerlei gleichgültigen Dingen – wann er den einen von euch holen werde und wann den andern. ‚Was hast du da?' fragte er und faßte um meine Doppelflinte. ‚Das ist eine Tabakspfeife!' antwortete ich. Er wollt ja gern probieren, wie so eine sich raucht, und da läßt man ihn beide Läufe ins Maul stecken und abfeuern. Aber der Böse, der nieste bloß und sagte: ‚Du rauchst einen starken Tabak.' Seht, so benimmt sich ein Teufelskerl vor einer Flinte. – Was den Jakob da angeht, der hat die Waffe mit seinen letzten elenden Pfennigen bezahlt. Wenn einer den Namen Teufelskerl verdienen sollte, so müßte es also deswegen sein, weil man damals nicht mit der Wimper gezuckt hat.

Aber habt ihr jemals den Menschenfresser mit der Wimper zucken sehen? Ihr habt gesehn, wie er euch mit der einen

Hand das Brot wegnahm und es mit der andern wieder an euch verteilte; ihr habt das erstere behalten und das letztere vergessen – und so muß es wohl sein. Er hätte ja die Finger bei sich behalten können, denkt ihr, was wollte er von uns! Ja, was wollte man von euch?

Ausnützen wollte man euch, und man hat's nach Kräften getan – wie es die Pflicht des Menschen ist, das, was vorhanden ist, auszunutzen und sich die Erde untertan zu machen. Das hat euch nicht gefallen, aber glaubt ihr etwa, daß es dem Gaul gefällt zu ziehen, oder dem Schaf, geschoren zu werden? Futter wollen sie gerne haben – aber etwas dafür leisten, das wollen sie nicht.

Ja, aber wir sind Menschen, denkt ihr – oder denkt ihr das vielleicht nicht mal? Wohl kaum. Und könnt ihr dann verlangen, daß andere so denken sollen? Der Mensch ist nach dem Bilde Gottes geschaffen, wie es heißt. Bin *ich* das wohl? Ich glaube, der liebe Gott würde sich dafür bedanken, so auszusehen wie ich! Ja, ihr lacht – aber wenn *ihr* nach dem Bilde Gottes geschaffen seid, so könnte man wohl beinahe meinen, daß das noch schlimmer ist!

Ja, werdet nur ärgerlich! Wenn man nicht wüßte, daß der Branntwein euch kratzbürstig macht, so könnte man fast Achtung vor euch kriegen!

Laßt mich euch zum Schluß etwas sagen, ohne daß ihr's übelnehmen dürft ... Der liebe Gott hat etwas vergessen, als er euch schuf. Hat er euch den Odem des Lebens eingehaucht, so muß es vom verkehrten Ende aus geschehen sein. Wie könntet ihr sonst so schläfrig sein? Ihr habt euch manchmal da gerieben, wo das Geschirr scheuerte, aber ihr habt euch doch hineingefunden; drum wart ihr wohl nichts Besseres wert. Und freutet ihr euch nicht doch über die Sklaverei? Es ist leichter, wenn das Essen einem zurechtgekaut wird, als wenn man's selber kaut! Ich hab es euch allen gekaut, dafür hab ich meine Zähne; aber was habt ihr? Es ist nicht einer unter euch, in dem ein bißchen Saft und Kraft ist. Ich hab oft genug gedacht: Daß sie sich darein fügen ... daß sie dich nicht zum Henker jagen! Aber ihr leckt gern den Stiefel, der euch tritt ... nicht *ein* Mann ist unter euch gewesen. Es müßte denn der Lars Peter sein, aber auch der ist zu weich, man kann ihn am Herzen herumschleifen, wohin man will.

Und nun dank ich euch für all die Zeit, wir sind jetzt wohl miteinander fertig. Ihr habt es mir schwer gemacht – weil ihr's mir zu leicht gemacht habt! Es gehört ein Mann dazu, ein Paar Pferde zu tragen, und er muß die ganze Zeit die Zügel in der Hand behalten; aber wenn ihr einmal in Gang gekommen seid, dann geht ihr – wenn auch träge – das ganze Leben lang. Ihr seid das bequemste Arbeitstier, mit dem man zu tun gehabt hat, ein Besenstiel kann euch fahren. Aber ihr seid zu klein! Das ist eure Stärke gegenüber unsereinem gewesen, durch eure Schläfrigkeit habt ihr gesiegt. Nun will ich's euch nachmachen und versuchen, ob ich mir auch ein bißchen Glück erschlafen kann. Gesegnete Mahlzeit wünsch ich euch allen!"

Gaffend saßen die Leute da, nachdem der Krugwirt gegangen war. „Das war ja ein ordentliches Donnerwetter", sagte Lars Peter plötzlich und löste dadurch die Stimmung.

„Ja, er hat euch nicht zart behandelt", sagten die Kopenhagener. „Aber ein mörderisches Maul hat er!"

Die Sonne war im Begriff unterzugehen, man wartete auf die Musik zum Tanz. Karl war von der Arbeit gekommen, und er und Ditte gingen Arm in Arm plaudernd in der Nähe des Festplatzes umher. Von den Höfen ringsum hatte sich junges Volk eingefunden, um ein Tänzchen zu machen; Lars Peter stieß auf Sine vom Bakkehof. „Du hast also deine wunderbaren roten Backen immer noch", sagte er vergnügt. „Mit dir möcht man verflixt gern ein Tänzchen machen."

Das junge Volk wurde ungeduldig und schickte jemand nach dem Krug, den Spielmann zu holen. Er kam nicht zurück, und da wurde ein anderer ausgeschickt. Endlich kam ein Mensch durch den Hohlweg gelaufen, ein junger Bursch von einem der Höfe landeinwärts. „Es wird nichts aus dem Tanz", rief er geschwätzig. „Der Krugwirt hat sich erschossen. Er hat beide Flintenläufe in den Mund gesteckt und mit der großen Zehe abgedrückt, sein Gehirn ist bis an die Decke gespritzt."

Ein Schrei ertönte, ein kurzes, scharfes Aufkreischen; Lars Peter kannte den Laut und lief hinzu. Ditte lag im Gras und krümmte sich – jammernd; Karl stand über sie gebeugt. Lars Peter nahm sie auf seine Arme und trug sie heim.

Ditte lag wimmernd auf dem Bett, mit halbgeschlossenen Augen. Rings um sie war ein Gelaufe aus und ein, aus und ein. Von Zeit zu Zeit fühlte sie eine kalte, schweißige, zitternde Hand auf ihrer Stirn – es war Karl. „Geh zur Mutter hinein", flüsterte sie. „Oh – oh!" Und dann stieß sie einen langgedehnten Schrei aus. Warum lief man so und trat so auf – warum quälte man sie so? Durch die halbgeschlossenen Augen fing sie alles auf, was in der Stube vorging. Die Frauen liefen hin und her, stellten den einen Gegenstand hin, nahmen einen anderen in die Hand – und stampften auf! Die Mutter konnte gewiß keine Ruhe finden – die Ärmste! Aber Karl saß wohl hier bei ihr; es war dumm von ihm, sich hier in der Wochenstube aufzuhalten und sich vor allen Frauen zum Narren zu machen. Er sollte drinnen am Bett der Mutter sitzen, ihre Hand halten und achtgeben, daß sie nicht erlosch wie ein Licht! Oh – nein! Ditte sperrte den Mund weit auf. Sie hörte selber nicht, daß sie schrie, aber alle die anderen Laute hörte sie; einen Menschen, der in Holzschuhen um den Giebel lief, und einen anderen, der drinnen in der Stube einen Stuhl hinstellte. Es war der Gebärstuhl des Dorfes, sie kannte ihn recht gut von Lars Jensens Witwe her, bei der er seinen Platz hatte. Er war sehr breit und ganz kurz im Sitz, die Kinder hatten ihn für eine Bank angesehen. „Ja, eine Folterbank", hatte Lars Jensens Witwe gesagt. Sie war bei allen Kindbetten zugegen, nur sie selbst hatte keine Kinder gekriegt; wo die Bank war, da war sie auch. Jetzt ertönte ihre Stimme dicht über Dittes Kopf. „Komm, mein Mädchen", sagte sie, „nun wollen wir sehn, daß wir schnell damit fertig werden."

Dann schleppten sie sie hinein auf die Folterbank und stapelten sie auf. Die Füße wurden oben auf der Querleiste angebracht und die Knie ganz nach der Seite gespreizt, so daß sie an die Lehne des Stuhles stießen. Sie hielten sie an den

Knien fest, und Lars Jensens Witwe stand dahinter und preßte ihre Lende. „Sieh", sagte sie, „nun los!" Und Ditte stieß einen gellenden Schrei aus. „Das war recht", sagten die Frauen und lachten, „das konnte man bis zum Bakkehof hin hören." Ditte war erstaunt, sie selbst hatte mitten während der Wehen die kleine Uhr deutlich zwei schlagen hören ... und warum sagten sie: „Bis zum Bakkehof"? „So – eine neue Wehe!" rief Lars Jensens Witwe. Und Ditte ächzte wie auf Kommando. Oh, warum quält man sie so? Was hat sie denn getan? Sie schreit zum Himmel in ihrer Not, stöhnt und jammert, mißbraucht und zermartert von entsetzlicher Pein. „Das sind die bittern Folgen", sagen die Frauen und lachen, „das süße Vergnügen haben wir ja hinter uns!" Oh, aber – nein, nein! Was ist das – der Sünde Lust? Was hat sie denn wohl anderes getan als ihre Pflicht? Immer nur ihre Pflicht? Und nun soll sie dafür bestraft werden mit der Qual der Hölle. Sie ergreifen sie mit glühenden Zangen und schrauben sie fester an die Marterbank, und wenn sie mit den Zähnen knirscht und schreit wie ein wildes Tier, so lachen die Frauen und sagen: „Mehr noch!" Tausend Teufel haben sie gepackt, vor ihren Augen ist Feuer. Und plötzlich verschwindet das Ganze, sie hört Karl mit der Mutter reden, langsam und träge, von dem Diesseits und dem Jenseits; und sie denkt froh: Wie gut es ist, daß er ins Haus kam; denn dann hat die Mutter doch einen, der sie versteht. Mit ihm kann sie reden; es ist, als gleite sie an seiner Hand weiter und weiter fort. Aber jetzt sehen ihre Augen etwas Schönes. Neues Licht ist darin angezündet. Das hat Karl bewirkt.

Und plötzlich ist es wieder da, alles stürzt ein; sie wird zermahlen zwischen den Trümmern der Welt, die vergangen ist, wird zerschmettert.

„Schau", sagt eine Stinme, „das ging ja ganz leicht." Eine Kinderstimme schreit, und Ditte sinkt weich, ganz weich in einen Abgrund. Als sie wieder aufwacht, scheint die Sonne auf sie, und sie liegt in einem weißen Bett, die Laken haben Hohlsäume, und das Kopfkissen ist mit weißen Spitzen eingefaßt. Das rotblonde Haar liegt auf dem Nachtkleid, eine der Frauen hat es gebürstet; nun steht sie mit der Bürste in der Hand da und sagt: „Das Mädel hat eigentlich ganz schönes Haar; das hat man gar nicht sehen können, als es geflochten war.“ Die Volants des Kopfkissens rahmen ihren Kopf ein, und in ihrem Arm liegt ein kleines rotes Ding – ein Menschenbündel. Sie betrachtet es fremd und gleichgültig, während Karl am Bett steht und vor Freude über irgend etwas Sinnloses weint. „Du lebst ja!“ sagt er. Natürlich lebt sie, was sollte sie denn sonst tun?

Da kommt Lars Peter hereingestürmt; er ist im Krug gewesen, um zu bitten, daß ein Fuhrwerk bereitgehalten wird – für Tod und Leben. Er nimmt Ditte das Kleine ab und hält es gegen das Licht. „I, so ein kleiner prächtiger Menschenkeim!“ sagt er mit warmer, tiefer Stimme. „Den kannst du mir lassen.“

Da erst erkannte Ditte, daß sie ein richtiges lebendiges Kind bekommen hatte, und sie streckte die Arme nach dem Kleinen aus.

Vierter Teil
Das Fegefeuer

1

Warum heiratet das Mädchen denn nicht!

Mit ihrem Kleinen auf dem Arm kam Ditte in der Tür des „Armenhauses“ zum Vorschein. Sie stand einen Augenblick und blinzelte in die Luft hinaus, als bedächte sie sich; dann wagte sie sich über die Schwelle und schlug die Richtung nach dem Hause der alten Rentleute ein. Ringsum in den Hütten tauchten die Frauen auf. Nun ließ sie sich also wieder sehen! Wie leicht hatte es im Grunde so eine, die ihr Kind außerhalb von Gesetz und Ordnung bekam – man selbst durfte sich nicht sehen lassen, bis man den Kirchgang hinter sich hatte und vorm Altar des Herrn von Sünde und Befleckung gereinigt worden war. Aber die Schindersleute waren ja über so etwas wie Kirchgang erhaben – und vielleicht war nur das Ehebett beschmutzt? Man hätte es beinahe glauben können, so hartnäckig sträubte sich das Mädel dagegen, hineinzukommen.

Aber interessant war's zu beobachten, wie diese Kindsmutter – die, soweit man zurückdenken konnte, immer ein Kind geschleppt hatte – nun mit ihrem eigenen dahinzog, selber noch halb Kind. Fast war es, als ob sie, während die Geschwister ihr entwuchsen, hatte hasten müssen, selber so ein kleines Wesen zu bekommen – um in der Übung zu bleiben. Übrigens sah sie recht gut aus! Leicht und locker lag das Haar um den kleinen runden Kopf und fing das Licht auf; unter ihrer schwach sommersprossigen Haut, die noch vom Wochenbett zart und durchsichtig war, pochte das warme Blut, und es konnten in jedem Augenblick Rosen daraus erblühen. Nicht geschändet war sie von den Küssen und dem Griff der Männerhände; es stand dem Mädel geradezu, junge Mutter zu sein!

Aber ein sonderbarer Kobold war sie doch – eine rechte Zierpuppe. Sie kriegte nicht nur ein Kind – wozu nicht viel Kunst gehörte –, sondern befand sich auch in der seltenen Lage, einen Vater für das Wurm zu haben. War das nun eine Art, ihn nicht heiraten zu wollen? Das Beispiel der Martha vom Rasmus Olsen steckte wohl an – die zeigte dem Geliebten ja die Krallen wie die Katzen! Der Junge war nun bald ein paar Monate alt; es mußte wohl an der Zeit sein, ihn über die Taufe zu halten – man sollte dem Bösen nie mehr Karten in die Hand geben, als unbedingt notwendig war. Und ganz hübsch hätte sich's ausgenommen, wenn Hochzeit und Kindtaufe an einem Tag gefeiert würden – doppelte Festlichkeit sozusagen. Aber nur ja keine Ratschläge geben! Die Bewohner des „Armenhauses" waren erhaben über so etwas. Die borgten keinen Sack, bevor sie ausgingen und bettelten.

Ganz seltsam war es, daß die beiden alten Rentleute dauernd die Hand über Ditte hielten – während sie sich sonst für zu vornehm ansahen, mit jemandem zu verkehren. Das hieß ja gewissermaßen das Laster ermuntern! Hätte sie wenigstens bessere Karten in der Hand gehabt, als es gewöhnlich der Fall war, aber sie sagte ja kaum danke schön! Die einzige, die dort im Hause zu Karl gehalten hatte, war die Mörderin Sörine gewesen; und sobald die gestorben war, packte er denn auch seine Siebensachen zusammen und verschwand. Er ließ wohl überhaupt nichts mehr von sich hören – wie's verständlich war.

Es war sonst eine eigene Sache, einen Menschen in die Welt zu jagen, den das Schicksal nun mal für einen ausersehen hatte. Sich von ihm frei machen konnte sie ja doch nicht, sosehr sie sich auch sträubte – keiner hier auf Erden entging seinem Los. Und sie hatte ein gehöriges Merkzeichen davongetragen. Ein Kauz war er ja allerdings – spielte nicht Karten, tanzte nicht und ließ sich auch nie im Krug sehen. Aber dafür hatte er wohl andere Eigenschaften – ein richtiger Mann war er jedenfalls, und ein Hofbauernsohn obendrein! Es stand einer armen Schinderdirn, einer unehelichen gar, schlecht an, einen Hofbauernsohn zu verschmähen – zumal da sie ihr Linnen vor ihm gelöst hatte. Jede andere hätte ihrem Herrgott gedankt, wenn der Mann sich unter diesen Umständen zu ihr bekannte.

Ditte sah die Köpfe ringsum in den Türen und wußte ganz genau, worüber getuschelt wurde. Aber mochten sie schwatzen! Sie wußte, was sie wollte, und sie hatte den Vater und die beiden Alten im Pfannkuchenhaus auf ihrer Seite. Die alte Frau hatte Lars Peter an ihr Krankenlager gerufen und ihm ans Herz gelegt, um keinen Preis Unglück zum Schaden zu fügen, indem er Ditte Karl heiraten ließ. Dafür bestand übrigens keine Gefahr, denn in diesem Punkt war Lars Peter mindestens ebenso töricht wie das Mädel. Wollte sie nicht vor den Altar, so würde er der letzte sein, sie dorthin zu schleppen. Was sie eigentlich gegen Karl haben konnte, wie die Verhältnisse nun einmal lagen, begriff er nicht so recht; aber vielleicht war das etwas, was sie von Sörine und ihm selbst geerbt hatte. Besonders versessen darauf, zur Kirche zu rennen, war keine der beiden Familien gewesen; und doch war man in den meisten Fällen gut miteinander ausgekommen. Gott hatte den Bund mit Kindern gesegnet, und man hatte bis zum Ende getreu beieinander ausgehalten. Er vergaß – hier wie immer –, daß er gar nicht Dittes Vater war.

Just stolz auf den Schwiegersohn war er nicht. Karl war ihm eine Nummer zu kopfhängerisch, und für den Bauer in ihm hatte er nichts übrig. In diesem Punkt hatte er Sörine niemals verstanden mit ihrem ewigen Streben zum Hofbauernstand hin. Er und die Seinen schuldeten den Bauern keinen Dank; sein Geschlecht war immer für eine fremde Vogelart angesehen worden, wurde gehaßt und verfolgt um seines dunklen, unruhigen Blutes willen. Es hatte sich im Laufe der Zeit gerächt, wo es konnte – durch Scharfrichter, Zauberinnen und Schinder. Man jagte es in die Nacht hinaus – und es kehrte zurück, im Bunde mit den unheimlichen Mächten der Finsternis. Die Unruhe im friedlichen Bauernland waren sie gewesen, die Gesetzlosigkeit und die Leidenschaft! Man wußte nie, was man von ihnen zu erwarten hatte; Verwirrung und Schwund brachten sie in Hühnerhof und Schafpferch, wo sie auftauchten, das Messer gebrauchten sie bei friedlichen Tanzvergnügen, und hier und da erschütterten ihre schwarzen Locken den festgemauerten Alkoven selbst. Die Bauern hatten sie deswegen aus vollem Herzen gehaßt.

In Lars Peter war das Feuer – die verhältnismäßig schwache Flamme, die sein Erbteil war – längst ausgebrannt. Mit seiner Jugend und dem ersten Mannestum war es erloschen; seitdem er sein Weib und seine vier Kinder – alles, was er hier auf Erden an Wert besaß – in einer Reihe naß und kalt am Brunnen hatte liegen sehen, packte ihn keine Berserkerwut mehr. Es folgten allerdings ein, zwei sinnlose Jahre als Seemann; aber sie waren glücklicherweise fast spurlos aus seinem Gedächtnis entschwunden. Nur in seinem Streben war etwas zurückgeblieben, der Vagabundiertrieb – er fuhr gerne umher! Die Bauern erkannten ihn an diesem Zuge wieder und brachten ihn da unter, wo er zu Hause war.

Es machte nichts aus, Lars Peter hatte keinen Ehrgeiz nach dieser Richtung hin. In seinen Augen war der Bauer im Grunde ein erbarmenswertes Wesen, ein blind geborener Maulwurf, der außerhalb seines Erdlochs empfindungslos war. So räudig und verachtet er war, sah er doch eigentlich herab auf alles, was von Bauernabstammung war. Geehrt fühlte er sich nicht durch den Schwiegersohn.

Christian half jetzt auf einem Hof, der eine halbe Meile weit weg lag; von da aus ging er zur Schule. Und es war wieder das gleiche – sie konnten ihn nicht genug ausnützen! Urlaub nach Hause bekam er nie, und seine Hausaufgaben mußte er auf dem Weg zur Schule lernen – im Laufen. Bauern blieben sich immer gleich!

Von seiten Lars Peters erwartete Ditte keinerlei Druck; er war ebenso gerne Großvater eines unehelichen Balgs wie Schwiegervater eines Hofbauernsohns.

Ditte hatte der alten Frau aufstehen helfen, und danach brachte sie ihr Bett instand und machte sie zurecht; jetzt saß sie selbst auf dem Strohstuhl am Bett und gab dem Kleinen die Brust. Die Alte lag auf dem Rücken und schlummerte, ganz erschöpft von der Anstrengung. Viel Kräfte hatte sie nicht mehr behalten; sie fiel vollständig zusammen, wenn man ihr bloß das Haar kämmte oder eine andere Nachtjacke anziehen half . . . Eine lange Zeit war ihr nicht mehr beschieden, das Leben verebbte in ihr von Tag zu Tag. Aber milde und geduldig war sie und voller Fürsorge für andere; wie würde es dem alten Mann ergehen, wenn er sie nicht mehr hatte?

Ditte war in einen Zustand der Ruhe versunken. Wie vage Fragen glitten die Gedanken vorbei, ohne Antwort zu fordern, ja ohne zu fordern, daß ihnen überhaupt Beachtung geschenkt werde. Ditte war müde, und es war schön, so dazusitzen und innerlich halb einzuschlummern und zu fühlen, wie die Milch von ringsher gewandert kam und dann plötzlich in die Brüste schoß. Er war ein richtiger Vielfraß, der Junge! Sie konnte ihm eben genug Nahrung geben. Und müde und schläfrig wurde sie gar zu leicht. Er trank mit lauten Glucksläuten, ganz im Takt, und seine kleinen Augen hatten einen drolligen, nach innen gekehrten Ausdruck – ungefähr wie Karl, wenn das Göttliche ihn so richtig gepackt hatte. Dann lag er da und horchte auf den Laut.

Die alte Frau schlug die Augen auf. „Wie er arbeitet!“ sagte sie lächelnd. „Ganz wie ein kleines Pumpwerk.“

„So macht er's immer – wenn es ihm richtig schmeckt. Am liebsten möcht er's auch noch durch die Ohren aufnehmen.“

„Ja, das hat unsereins nie erleben dürfen. Der liebe Gott muß wohl gemeint haben, daß wir uns nicht dazu eignen, Kinder zu haben“, sagte die alte Frau.

„Nein, es mag ja sein, daß ihr zu genau wart“, erwiderte Ditte nachdenklich. „Dann macht es keinen Spaß, Kind zu sein, wenn man das eine nicht darf und das andere nicht! – Aber dafür habt ihr's um so friedlicher gehabt!“

Die Kranke lachte herzlich. „Meinst du das wirklich? Aber vielleicht wäre man nicht so genau gewesen, hätte man Kinder gehabt, die ein bißchen Unordnung ins Dasein gebracht hätten. Von der Friedlichkeit hätte man gern etwas geopfert.“

„Ja, aber wieviel Sorgen das schafft!“ meinte Ditte ernst. „Sieh einmal Vater an, wieviel Sorgen ich ihm bereitet habe.“

„Ich denke, er hat doch wohl mehr Freude an dir erlebt", erwiderte die Alte und suchte nach ihrer Hand. „Die Sorgen, die du bisher andern verursacht hast, hätt ich gern getragen, um eine Tochter zu haben – und ich glaube, Vater wird dasselbe sagen. Hier haben wir nie etwas andres gehabt als einander, und doch kann man damit vorliebnehmen; wenn man auch selbstsüchtig sein Behagen sucht und das Glück darin findet, es sich gemütlich zu machen."

Fortwährend kam der alte Mann in die Stube geschlurft und stellte sich an das Bett. Er sagte kein Wort, hielt nur die Hand seiner Frau einen Augenblick in der seinen. Dann ließ er sie plötzlich los, starrte grübelnd auf die Uhr und schlurfte wieder hinaus. Draußen hörte sie ihn ununterbrochen auf und ab gehen; was ihn so stark beschäftigte, war nicht zu verstehen.

„So ist er die ganze Zeit", sagte die Frau, „so geschäftig, so geschäftig. Bei mir zu sein, dazu hat er keine Zeit; und mich liegenlassen kann er auch nicht; so rennt er denn in einem fort hin und her. Er ruft, er schaffe Ordnung, obwohl alles an seinem Platz ist, soweit man zurückdenken kann. Auf dem Speicher kann er tagelang rumoren, und fertig wird er nie; er merkt es ja an sich, daß wir bald von hier fort sollen."

Ditte saß eine Weile grübelnd da. „Warum sagt ihr immer wir?" fragte sie endlich.

Die alte Frau sah sie verständnislos an.

„Ja – man stirbt doch nicht so auf einmal, alle beide."

„Ach so, du wunderst dich darüber, daß ich Vater in alles mit hineinnehme. Aber das wirst du noch einmal verstehen lernen; denn ich hoffe, daß du auch einen finden wirst, der dich ganz auslöschen kann, so daß du in ihm Wohnung nimmst. Unser Leben ist vielleicht, auf die Art betrachtet, nicht sehr nützlich gewesen, ausgerichtet haben wir hier auf Erden nichts. Wenn die Menschen dafür leben, um sich abzurackern und sich die Erde zu unterwerfen, treten wir mit leeren Händen vor unseren Richter hin. Nichts haben wir vermehrt; wir haben vielmehr das aufgezehrt, was andere uns hinterlassen haben. Aber wir sind gut zueinander gewesen, und wir haben füreinander gelebt und nicht an uns selbst gedacht. Und es war etwas Schönes zu wissen: Du brauchst überhaupt nicht an dich selbst zu denken, denn das besorgt der andere. Man ist in guten Händen, wenn man sein Wohl und Wehe vollkommen einem anderen anvertrauen kann; dann verwächst man miteinander und wird unzertrennlich. Viel einander zu sagen haben wir nicht, denn wir denken dieselben Gedanken. Oft träumen wir auch des Nachts dasselbe."

„Ich kann es an mir selber spüren, auch wenn ich schlafe, sobald Paul oder Ras die Decke abgestrampelt haben", sagte Ditte ernst. „Dann find ich keine Ruhe, bis ich wach zu werden suche und aufstehe und den Jungen zudecke."

„Ja, du bist ein tüchtiges Mädchen. Wir werden dich alle vermissen, das kannst du mir glauben."

„Schwester Else wird jeden Tag kommen und helfen – sie ist recht geschickt für ihr Alter."

Die Alte lag und trommelte auf das Deckbett. „Karl ist gar nicht so übel, soweit man es beurteilen kann", sagte sie plötzlich. „Er hat Geld geschickt, sagst du?"

„Ja, aber wir wissen nicht, woher. Er soll das Schreiben auch lieber sein lassen! Ich habe eigentlich nichts gegen ihn – er ist wirklich gut. Aber ich kann's nicht vertragen, an seine Liebkosungen zu denken; dann wird mir übel."

„Das ist vielleicht die Strafe dafür, daß er dich nicht aus Liebe mißbraucht hat. Sonst kommt man manchmal auf den Gedanken, wenn man sich die Welt ansieht, daß wir Frauen dazu da sind und daß es besser ist, mißbraucht zu werden, wie es genannt wird, als unfruchtbar zu bleiben. Gar so viel, wie Geschrei davon gemacht wird, geht doch auch nicht in Stücke für uns, wenn ein Mann uns umarmt. Es ist viel Heuchelei unter den Menschen, du, und wir Frauen wollen uns gern zarter machen, als wir sind. – Ich glaube, dir wäre wohl gedient damit, wenn du dein Leben an Karls Seite verbrächtest; ein Alltagsmensch ist er nicht. Er hat bloß verkehrt angefangen, aber das Glück läßt sich auf so viele Arten aufbauen. Und jetzt hat er dich lieb, davon kannst du überzeugt sein."

„Aber ich habe ihn nicht lieb, nicht im geringsten“, erwiderte Ditte heftig, „er ist ein jämmerlicher Bursche!“

Die alte Frau streichelte ihre Hand. „Jaja, nun hast du deinen Jungen, und es ist kein Grund vorhanden, der Sache noch mehr Tränen nachzuweinen. Wenn du nun aber in die Welt hinauskommst, wirst du erfahren, daß es eine ganze Anzahl von jämmerlichen Mannspersonen gibt und daß sie vielleicht etwas anders aussehen. Dann kommt es darauf an, ob du vor ihnen auf der Hut sein kannst – wenn sie die Mütze richtig auf dem Kopf tragen. – Und nun darfst du gehen, denn jetzt will ich mich ein bißchen ausruhn.“

„Soll ich nicht erst das Abendbrot machen?“

„Nein, das besorgt Vater schon; er muß sowieso etwas zu tun haben. Aber richtig küssen möcht ich deinen Jungen, ehe du ihn mit dir nimmst.“

Ditte legte das Kind in die Arme der alten Frau. „Sonderbar ist's mit so einem kleinen Wesen; es hat einem mehr zu sagen als einer, der ein langes Leben hinter sich hat. Und dabei hat es noch nie einen Gedanken gedacht, es riecht nur nach süßer Milch am ganzen Körper. In den kleinen Kindern kommt einem das Leben rein und appetitlich entgegen, und doch heißt es, daß der Mensch in Sünden geboren wird; das ist nicht leicht zu verstehen. Aber geh nun mit ihm, ehe er anfängt zu schreien. Und das Glück sei mit euch beiden!“

„Ich komme noch einmal und verabschiede mich richtig, bevor ich reise“, sagte Ditte und beugte sich über das Bett, um den Jungen an sich zu nehmen.

„Nein, laß das heute lieber den Abschied sein: es ist so schwer, scheiden zu müssen. Und das möchte ich dir gerne sagen, Kind, daß ich Gott dafür danke, daß ich dir begegnet bin. Vater und mich hast du reicher gemacht; dir haben wir's zu verdanken, daß wir wieder an die Welt glauben.“ Sie hatte ihre Wangen umfaßt. „Vater sagt, daß dein Herz von Gold ist. Mögest du gut damit durchkommen! Nun denk auch ein bißchen an dich selber – dazu ist man in der Welt gezwungen, wo die meisten andern *nur* an sich denken.“ Sie küßte Ditte noch einmal und schob sie von sich.

Ditte begriff nicht viel von den Worten; aber sie erfaßte

den Ernst des Abschieds und weinte auf dem Heimweg leise vor sich hin. Eine zweite Mutter war die alte Frau ihr in der schweren Zeit gewesen; die beste, liebevollste Mutter. Und nun sollte sie den gleichen Weg gehen wie Großchen seinerzeit – dorthin, wohin weder Tränen noch flehentliche Bitten reichten. Wer sollte jetzt Ditte bei guter Laune erhalten und ihr erzählen, daß sie trotz allem, was ihr zustieß, ein gutes kleines Weib sei?

Lars Peter hielt vorm Hause und war im Begriff auszuspannen. Er hatte sich ein altes Fuhrwerk verschafft – vorläufig zur Miete – und machte wieder Fahrten und handelte mit Heringen. Hinten im Wagen lag altes Gerümpel, das er auf seinen Fahrten ringsum auf den Höfen aufsammelte. Pferd und Wagen hatte er in der verlassenen Wohnung der Witwe Doriom untergebracht, und auf den Niederungen in den Dünen ließ er den Gaul weiden. Jetzt gab es ja keinen Krugwirt mehr, der umherrannte und einem die armseligen Auswege versperrte.

„Was gibt es?" fragte er erschrocken, als er Dittes verweintes Gesicht sah. „Es ist doch wohl nichts mit dem Kleinen los?"

„Ich war bei den beiden Alten drüben", sagte Ditte und sputete sich ins Haus, um weiteren Erklärungen aus dem Wege zu gehen. Es war nicht auszuhalten, daran zu denken, geschweige denn davon zu sprechen. Sie überließ den Jungen der Schwester Else und machte sich daran, das Essen für den Vater zu wärmen. Er war immer gehörig hungrig, wenn er von seinen Fahrten nach Hause kam. Es war nicht mehr wie in alten Zeiten; damals gab es bei den Bauern immer etwas zu essen, jetzt waren sie geizig geworden. Alles mußte verkauft und zu Geld gemacht werden.

Ditte konnte nicht begreifen, wer all die Nahrung kaufte, die die Bauern hervorbrachten; hierher ins Haus kam jedenfalls nicht viel davon. Sie hatte einen kleinen Happen Speck in den Pluckfisch getan, der vom Mittagessen für den Vater beiseite gestellt worden war; und dieser Bissen Speck hatte eine weitläufige Geschichte. Christian hatte ihn von seinem Essen auf dem Hof erübrigt – oder wie er nun in seinen Besitz gekommen sein mochte – und hatte ihn in der Schule Else zugesteckt, damit sie ihn mit nach Hause nehmen sollte; es war so lange her, seit der Vater Speck zu kosten gekriegt hatte. Ja, wie lange war das her, seit sie keinen Speck im Hause gehabt hatten – und wie es Christian glich, daran zu denken! Ditte spähte bekümmert hinaus, während sie in der Pfanne rührte; nun rochen die beiden gefräßigen Bürschchen natürlich den Speck und kamen mit ungeheurem Appetit angestiefelt. Und nun: Geh weg, Schatten! Laß die Sonne scheinen!

Kurz darauf kam Lars Peter herein, und wirklich folgten ihm Paul und Ras auf den Fersen. „Ah!" sagten sie und stellten sich zu beiden Seiten des Tisches auf; Ditte war nahe daran, mit dem Rührlöffel nach ihnen zu schlagen. „Ja, aber dann bleibt ja für dich nichts übrig!" sagte sie, dem Weinen nahe. „Und wir andern haben schon gegessen." Aber Lars Peter lachte bloß und ließ sie mitessen.

„Nun hab ich eine Stelle gefunden, wo wir den Jungen in Pflege geben können", sagte er gedämpft, nachdem er gegessen und seine Pfeife gestopft hatte. Es war bei zwei bejahrten, kinderlosen Häuslersleuten drüben bei Nöddebo; Lars Peter meinte, der Kleine werde es gut bei ihnen haben. „Bist du denn immer noch so versessen darauf, in der Hauptstadt zu dienen?" fragte er. „Hättest du nicht Lust, in einem der kleineren Orte – Frederiksvaerk oder Hilleröd zum Beispiel – eine Stelle anzunehmen? Dann wärst du doch dem Kinde näher – und uns andern auch!"

Nein, Ditte wollte nach der Hauptstadt. Hier hieß es immer: Ach so, die Tochter vom Schinder – die mit dem unehelichen Kind! In Kopenhagen aber kannte niemand das eine oder das andere, da kam es nur darauf an, was man ausrichtete – und da wollte Ditte sich schon Respekt verschaffen. Schlecht genug war's bisher gegangen; in der Stadt jedoch waren für einen, der ernstlich arbeiten wollte, alle Möglichkeiten vorhanden; und Ditte war fest entschlossen, dem Schicksal die Hand zu bieten.

„Ja, hätte man jetzt bloß seine paar Pfennige!" sagte Lars Peter mit einem Seufzer. „Dann könnte man mit nach der

Stadt ziehen und ein kleines Eisengeschäft anfangen – oder man könnte einen kleinen Hof kaufen." Lars Peter hatte ganz die Qualen vergessen, die die Familie im Elsternnest hatte ausstehen müssen; jetzt hätte er nichts dagegen gehabt, es wieder zu übernehmen und das alte Leben von neuem zu beginnen, halb bei der Erde und halb auf der Landstraße.

Hier im Dorf zu bleiben lohnte sich nicht. Nach dem Tode des Krugwirts war's hier noch übler bestellt; die Bewohner hatten das selbständige Denken und Handeln verlernt und verrannten sich leicht; in nichts war Ordnung. Geld war nicht vorhanden, und einen Ausweg gab es auch nicht; Boot und Gerät konnten nicht instand gehalten werden, und das tägliche Brot ließ sich kaum beschaffen. Verbindungen, wo man den Fang loswerden konnte, hatte man nicht; der Krugwirt hatte ja früher alles besorgt. Um ein bißchen mehr zu verdienen, nahm Lars Peter die Fahrten auf der Landstraße wieder auf und fing an, mit Heringen zu handeln. Die Veränderung war ihm übrigens recht erwünscht; so kam Brot ins Haus, und gleichzeitig wurde das Blut wieder in raschere Bewegung versetzt. Er hatte wahrhaftig genug von der Fischerei, die einem Nachtwachen und kalte Glieder eintrug, aber nur wenig Vorräte für die Speisekammer. Es kribbelte in ihm vor Verlangen, irgendwo anders hinzukommen und etwas Neues anzufangen. Aber das Geld! Wenn er doch kaputtgehen sollte, welche Freude bereitete es ihm dann, an sein bißchen Besitz Hand anzulegen! sagte er sich wohl zum zwanzigstenmal.

Aber Ditte ermunterte seine Lust zu vagabundieren nicht. Es ging bloß immer weiter zurück mit der Familie, sooft er aufbrach – hier hatten sie wenigstens ein Dach überm Kopf. „Du solltest lieber zusehen, erst etwas zu verdienen und die Schulden loszuwerden", sagte sie altklug. „Denk daran, was Mutters Krankheit und das Begräbnis gekostet haben." Ja, Lars Peter erinnerte sich wohl, aber zum Henker – andere hatten ihn um das Seine gebracht!

Nein, vor Schulden Reißaus zu nehmen, das konnte man nach Dittes Ansicht denn doch nicht. „Wir können auch nicht die alten Rentleute im Stich lassen – sie haben niemand außer uns. Schwester Else muß jeden Tag hinübergehen und ihnen ein wenig helfen. Und wenn ich nun in der Hauptstadt in Gang komme, werd ich schon helfen, daß das Ganze aus der Welt geräumt wird, damit wir als ordentliche Menschen von hier wegziehen können. Die Löhne sind hoch in Kopenhagen."

„Ja, vielleicht hast du recht. Aber großartig wär's gewesen, wenn wir alle nach der Hauptstadt hätten ziehen können. Da kann man von vorn anfangen."

Das war es ja gerade! Ditte wollte ganz allein gehen, ungehemmt von Vergangenheit und Herkunft und alledem, was sonst einen Menschen am Boden hielt, mochte er auch noch so tüchtig sein – und dann sollte man sehen, ob sie dort nicht vorwärtskam. Auch ihr mußte etwas Gutes beschieden sein. Großchen hatte es immer behauptet, und in ihr selbst hatte es stets hinter allem wie ein wärmendes Versprechen gelegen: oft genug fast zu einem Nichts zusammengeschmolzen, aber nie ganz zunichte gemacht. Das Glück wandelt auf so vielen seltsamen Wegen, aber man mußte ihm selber die Hand bieten. Und Ditte beabsichtigte nicht, die daheim im Stich zu lassen, selbst wenn's ihr gut ging. Nicht allein um ihrer selbst willen strebte sie fort.

2

In die weite Welt hinaus

Die letzten Tage vor dem Aufbruch waren eine arbeitsreiche Zeit für Ditte. Alles alte Zeug der Familienmitglieder sollte noch einmal nachgesehen werden – und das war nicht so wenig. Obwohl sie nichts Neues bekommen hatten, seitdem sie ins Dorf kamen, sondern getreulich die Sachen aus den guten Tagen im Elsternnest auftrugen, galt es, an mehr und mehr Hand anzulegen. Es war, als vergrößere sich der Lappenhaufen von Jahr zu Jahr; auf den Grund kam man nie. Sie richteten ihr Zeug gehörig zu, die Burschen – Paul und der Zwilling Rasmus, den fortzugeben man nicht übers

Herz gebracht hatte; für Christian war nichts dauerhaft genug. Ditte hatte sich alle Mühe gegeben, es zu drehen und zu wenden, so daß es einigermaßen angehen konnte; das meiste hatte Sörine im Elsternnest genäht – aus alten, ausrangierten Kleidungsstücken, die Lars Peter im Lumpensack mit nach Hause brachte. Jetzt zerfiel es buchstäblich; sie mußte den einen Flicken auf den anderen setzen. Jeden Abend, wenn die Kinder zu Bett gebracht waren, konnte sie von vorn beginnen. Es war ihre größte Sorge, wie Else sich damit zurechtfinden würde; und nun saß sie und arbeitete bis spät in die Nacht hinein, damit das Mädel nicht ganz in den Lumpen ertrinken sollte, nähte aus den Resten von zwei Paar Hosen ein Paar, flickte und verstärkte unaufhörlich. Die Else war zwar recht tüchtig für ihre zehn Jahre, im Haushalt stellte sie sich geschickt an. Aber mit dem Stopfen und Nähen wollte es noch nicht gehen, sie war zu klein.

Und dann war der erste Oktober heran. Im Morgengrauen hielt Lars Peter vor der Tür mit einer Fuhre Herbstheringe, die auf einem größeren Hof bei Nöddebo abgeliefert werden sollten; von da hatte er dann die Beförderung einer Fuhre Holzkohlen nach der Hauptstadt übernommen. Auf die Art schaffte man das Mädchen und ihren Kleinen auf ziemlich glimpfliche Art fort und verdiente zugleich einen bescheidenen Tagelohn – was sehr willkommen war.

Der Abschied war schnell überstanden. Die beiden Burschen lagen schon wieder im Sand und bauten eine Festung, obwohl sie kaum sehen konnten. Sie rannten dorthin, sobald sie aus den Federn kamen, und waren am Abend fast nicht ins Haus zu schleppen – so gingen sie in ihrer Arbeit im Sand auf. Sie hatten kaum Zeit, die Hand zum Lebewohl zu geben, und standen im nächsten Augenblick wieder in ihrem Sandloch auf dem Kopf; das Gesicht dem Fuhrwerk zuzukehren fiel ihnen nicht ein. Schwester Else winkte ja, aber sie lächelte übers ganze Gesicht; von nun an sollte sie niemanden über sich haben, sondern selber Hausmütterchen sein. Ditte entging nichts von alledem; den Kindern hatte sie doch während des größten Teils ihrer Lebenszeit die Mutter ersetzt – und für sie getan, was in ihren Kräften stand!

Sie saß ganz still und grämte sich, hörte nicht auf Lars Peters kurze Bemerkungen über Wetter und Landschaft, sondern hielt in Gedanken Abrechnung. Sie hatte wohl bemerkt, daß die Geschwister sich nicht mehr soviel aus ihr machten; und es sollte eine Weile dauern, bis sie wieder von sich hören ließ. Dann würden sie vielleicht anders von ihr denken! Schwer hingen Dittes Augenlider herab; von Zeit zu Zeit lüftete sie den Schal und fühlte nach dem Kleinen hinab, der gegen die Morgenkälte ganz eingehüllt war.

„Er ist wohl warm und gut eingepackt?" Lars Peter drehte sich nach ihr um und entdeckte, daß an ihren Augenwimpern Tränen hingen.

„Nun mußt du daran denken, daß der Junge in gute Pflege kommt", sagte er tröstend. „Und zu Weihnachten nimmt du dir frei und kommst und siehst nach ihm – und nach uns andern auch."

„Ach, deswegen ist es nicht", sagte Ditte und begann zu schnauben, „die Kinder sind es. Es war ihnen so einerlei, daß ich fortgehe."

„Also nichts andres als das!" Lars Peter lachte gutmütig. „Neulich hab ich zufällig gehört, wie Paul die Else fragte, ob sie glaube, daß ich bald sterben werde – denn dann würde er meine langen Stiefel kriegen. Kinder sind nun mal nicht anders, du – aus den Augen, aus dem Sinn! Darum haben sie einen doch lieb – selbst wenn du ihnen vielleicht ein bißchen ferner gerückt bist durch das hier. Sie haben ja auch um deinetwillen mancherlei anhören müssen, mußt du bedenken."

Lars Peter war in seiner alten gemütlichen Stimmung; behaglich brummend drang seine Stimme durch den Wagensitz und wärmte einen von unten herauf. So hatte Ditte ihn lange nicht gekannt, nicht seit sie ihn als Kind auf seinen Fahrten begleitet hatte. Die Landstraße machte es, auf ihr war er nun einmal zu Hause – an einem Bretterwagen hängend. Natürlich hatte er nicht den großen Klaus vorm Wagen, aber er hatte dem Gaul schon die eigentliche, ausdauernde Gangart beigebracht. Und Ditte konnte an den Bewegungen des Tieres erkennen, daß es Lars Peter gut leiden mochte.

„Was zum Henker ist denn das?“ rief Lars Peter auf einmal. Ein Stück vor ihnen tauchte plötzlich Christian aus einem kleinen Dorngestrüpp am Wegrand auf, die Mütze hatte er über die Ohren herabgezogen wie ein rechter Bandit; er stellte sich mitten auf dem Weg auf und zielte mit einem Stock nach dem Wagen. „Halt!“ rief er und lachte übers ganze Gesicht – der Straßenräuber! Die Schultasche hatte er überm Arm. „Darf ich mitfahren?“ sagte er dann und tanzte vor dem Wagen her. „Ich möchte Ditte so gern ein Stück begleiten.“

„Aber du mußt ja in die Schule, Bub!“ Lars Peter versuchte zornig auszusehen.

Wie ein Verbrecher stand Christian da, die Augen auf die Landstraße gerichtet; das hatte er verschwitzt, obwohl die Schultasche als Erinnerung über seinem Arm hing. Aber so war er; sein Schädel konnte nicht zweierlei Dinge zu gleicher Zeit in sich beherbergen. „Jetzt ist es zu spät“, sagte er unglücklich. „Ich krieg bloß Hiebe, wenn ich jetzt komme.“

Lars Peter sah unentschlossen auf Ditte hin, um sich Beistand bei ihr zu holen; sie war ja immer auf der Wacht vor diesem verflixten Vagabundierdrang. Aber hierüber mochte sie nicht gern zu Gericht sitzen – sie hatte ihre Augen an allen möglichen anderen Orten. Christian schätzte die Lage im Nu ein und war mit einem Satz auf dem Wagen; es dauerte nicht viele Minuten, so hatte er dem Vater Peitsche und Zügel mit List abgenommen. Er machte seine Sache recht gut; der Gaul lebte unter seinen Händen geradezu auf und zog rascher an. Auch er konnte dem jungen Blut nicht widerstehen.

Ditte saß und sonnte sich in innerer Freude. Was machte sie sich heute daraus, daß Christian die Schule schwänzte! Er war ein guter Junge, von allen Geschwistern hatte sie ihn am liebsten, und er hatte ihr am meisten Kummer bereitet. Dafür hing er an ihr, er riskierte Prügel in der Schule und auf dem Gehöft, bloß um ihr Lebewohl zu sagen. „Ich werd dir etwas aus Kopenhagen schicken – eine Fahrpeitsche vielleicht“, sagte sie.

Christians Augen leuchteten. „Und eines Tages komm ich

und besuch dich – ich kann gut den ganzen Weg laufen", sagte er verheißungsvoll.

„Du sollst es bloß versuchen!" rief Ditte erschrocken. „Du tust es nicht – versprich es mir!" Christian versprach es bereitwillig, gut, wie er war. Ob er sein Versprechen aber halten konnte, wenn es ihn übermannte, das war eine andere Sache.

Na, nun mußte er absteigen, weiter konnte er nicht mitfahren. „Du hast ja ein paar Meilen zurückzulaufen, Junge!" sagte der Vater. Pah, Christian rechnete ein paar Meilen für nichts, er war schon ganz andere Strecken gelaufen – längere, als sich laut zu erzählen empfehlen konnte. Lars Peter mußte ihn mit Gewalt aus dem Wagen heben und auf den Weg hinabsetzen. Er stand eine Weile da und schaute ihnen nach, endlich machte er kehrt und rannte zurück. Ditte folgte ihm mit den Augen, bis er verschwand. „Er ist ein lieber Junge", sagte sie, sich gleichsam entschuldigend.

„Aber er ist schwierig, du! Man kann Angst kriegen, daß er viel Scherereien haben wird."

Ditte antwortete nicht, vielleicht hörte sie es gar nicht. Sie war heute so seltsam, glich sich selbst gar nicht. Ihr Blick wich aus und richtete sich schwer nach außen; und doch merkte man, daß sie nichts sah. Lars Peter verstand wohl, was es war, obwohl sie sich nichts hatte anmerken lassen. Es hatte ja auch keinen Zweck, darüber zu reden – es konnte ja nicht anders sein. Aber ein Unglück war es doch, daß sie das Traurige einriegelte; sie hätte sich lieber der Trauer hingeben sollen bis zum Ende. Lars Peter versuchte mehrmals, ihr nach dieser Richtung hin vorwärtszuhelfen; er tat es nicht gern; es war, wie wenn man das Messer in der Wunde herumdrehte, damit ein geschlachtetes Tier sich verblutete. Aber es mußte sein. Und jedesmal lächelte sie bloß, ein blut- und mutloses Lächeln.

Es war ein garstiges Wetter mit Regen und Wind, und mehrmals bog er unterwegs ein an eine geschützte Stelle und machte halt, damit sie das Kind versorgen konnte. Und während sie am Waldrand saß und dem Kleinen die Brust gab, ging er auf und ab und suchte es beiden bequem zu machen, oder er stand und ergötzte sich daran, wie die kleinen Tatzen des Kindes suchend über die Mutter hinwanderten, während es trank.

„Hart ist's doch für so ein kleines Menschenwesen, nie wieder die Nase an einem Tropfen aus Mutters Brust wärmen zu können", sagte er.

Ditte sah hastig auf. Einen Augenblick hatte es den Anschein, als wollte es sich aus allen Schleusen in ihr ergießen, aber dann nahm sie sich zusammen und lächelte ihr mattes Lächeln.

Es wurde Mittagszeit, bevor sie auf dem Hof ankamen und die Heringe abgeliefert und die Holzkohlen aufgeladen waren. Als sie an dem Häuslerhof anlangten, stand die Frau oben am Weg und hielt Ausguck nach ihnen; sie war wohl an die Fünfzig, wohlbeleibt und rüstig. „Ich hab's mir gedacht, daß ihr bald hier sein müßtet", sagte sie, sie willkommen heißend. „Und ihr kommt gerade recht zum Mittagessen." Der Häusler war drüben auf dem Rübenfeld beschäftigt; gebeugt und abgerackert kam er auf sie zugehumpelt.

„Aha, also das ist das Mädel", sagte er und reichte ihnen eine lehmige Faust hin. „Sie hat frühzeitig angefangen – ist ja noch ein Kind." Ditte wurde rot und wandte den Kopf ab.

„Mach dir nur ja nichts draus, was der da sagt!" meinte die Frau. „Er hat immer zu denen gehört, denen der Mund überläuft. Aber übers Reden hinaus hat er nie was fertiggebracht, sonst hätte man kein fremdes Kind zu sich nehmen brauchen, um eine Stütze auf seine alten Tage zu haben."

„An dem Fehler tragen wir zwei wohl gemeinsam", sagte der Mann bedächtig, während er sich daranmachte, mit einem Hölzchen den Lehm von den Händen zu schrapen. „Und dann bekommt man übrigens wohl Kinder, soweit sie einem bestimmt sind."

„Pöh!" Die Frau blies höhnisch vor sich hin. „Der Mann zeugt doch wohl die Kinder – falls er dazu taugt!" Sie sah ganz hitzig aus, wie sie dastand, mit dem Kleinen auf dem Arm; alter Schaden brach hier offenbar durch.

„Drüben bei uns im Fischerdorf pflegen wir zu sagen, daß die Töchter mit den Kindern gerannt kommen, um die die

Mutter sich drückt“, sagte Lars Peter vergnügt, um den Unfrieden zu dämpfen.

„Ja, dann hat man ja etwas, worauf man sich freuen kann“, erwiderte die Häuslersfrau lachend. „Man braucht also bloß auf die Töchter zu vertrauen, die man nicht hat. – Aber im Ernst, es geht hier wie immer. Für die einen fällt nichts ab und für die andern zuviel des Guten. – Na, aber jetzt kommt rein, damit ihr was in den Leib kriegt. Ihr könnt's nach der langen Fahrt sicher gebrauchen.“ Sie war doch wohl nicht so böse, wie's im ersten Augenblick erschien.

Im Winkel an dem kalten Ofen saß ein gebrechlicher Greis, der mit leeren Augen vor sich hin starrte. Es war nicht leicht zu erkennen, ob er überhaupt das mindeste erfaßte; er rührte sich nicht, als sie ins Zimmer kamen, plapperte nur leise und trat mit den Holzschuhen gleichmäßig auf den Boden. Alles an ihm zitterte und bebte. „Schau, Vater, hier gibt's Arbeit für dich!“ rief die Frau ihm ins Ohr und hielt ihm das Bündel hin. Aber er nahm es nicht. „Ja, gewiß – ja, gewiß!“ lallte er bloß, schlug mit den Handflächen auf seine dürren Schenkel und trat und trat. Die Frau gab es auf, ihn dazu zu bewegen, das Kind zu nehmen, und reichte es Ditte zurück. „Er muß wohl erst dahinterkommen“, sagte sie.

„Er ist gewiß ein bißchen wunderlich, ich verstehe wohl“, sagte Lars Peter.

„Ja, Zeit und Ewigkeit quälen ihn; er kann die langen Jahre nicht ausfüllen. Denken kann er ja nicht, weil er ein Idiot ist, und hören und sehen kann er kaum; drum sitzt er und tritt in einem fort mit den Füßen, um mit dem Dasein zu Ende zu kommen, und schwatzt dummes Zeug. Aber nun sollte man meinen, daß es jetzt besser werden wird; denn im wesentlichen wird *er* ja das Kleine verwahren. Wir andern haben jeder unser Teil zu besorgen.“

„Der liebe Gott hat ihn vergessen“, fiel der Mann ein. „Er denkt nie daran, daß wir Armen leben müssen; und oft vergißt er auch, dafür zu sorgen, daß wir sterben können.“ Seine Lippen hatten sich gestrafft wie die eines Geizigen.

„Laß ihn nur hier unter uns bleiben, solange es ihm beschieden ist“, sagte die Frau scharf. „Er ißt nicht viel Brot. Und zuviel Freude hat er nicht vom Leben – der Ärmste!“

„Freude und Freude!“ höhnte der Mann. „Hat unsereins vielleicht mehr Freuden? Und man rackert sich ab, wo andre es sich wohl sein lassen.“

Nun bissen sie einander wieder über die Deichsel! Lars Peter konnte nicht froh werden bei dem Gedanken, daß das Kind vielleicht in einem Hause gelandet war, wo der Unfriede ständiger Gast war. „Es haben wohl immer mehr Menschen mitgezehrt als mitgeschafft“, sagte er beruhigend, „und hätte man wenigstens nur die Alten und Kinder zu versorgen, so ginge es noch an. Aber es hat den Anschein, daß wir Armen den Teufel auf dem Buckel haben. Darum kommen wir nicht vom Fleck, soviel wir uns auch abquälen.“

Mann und Frau blickten scheu nach ihm hin und tauschten Blicke aus.

„Wenn wir den Teufel auf dem Buckel haben, so hat ihn wohl der liebe Gott zu unserm Besten da hingesetzt – und so müssen wir ihn wohl tragen, bis der Weg zu Ende ist“, sagte die Frau nach einem Weilchen.

„Ja, vielleicht“, erwiderte Lars Peter gemächlich. „Ganz sicher ist man dessen nun freilich nicht, denn der liebe Gott wird für so vieles verantwortlich gemacht, was eigentlich auf die Kappe des Bösen kommen müßte. Der Krugwirt in unserm Dorf wollte uns ja auch gerne weismachen, daß er uns im Namen des Herrgotts kujonierte; aber der Teufel hat ihn doch geholt. Nein, wir armen Leute müssen Schaden und Genugtuung in uns selber suchen und im übrigen zusammenstehen. Und daher sollt ihr Dank dafür haben, daß ihr das Kleine nehmen wollt. Von dem Entgelt werdet ihr zwar nicht wohlhabend werden; aber man wird jedenfalls dafür sorgen, daß prompt gezahlt wird. Es sind also vier Kronen am Ersten in jedem Monat und sechs im Weihnachtsmonat. Und die beiden Fäßchen Heringe kriegt ihr im Herbst! Dann ist der Hering am fettesten – und man wird schon sehen, daß ihr nicht übervorteilt werdet.“

„Nein, fett können wir von dem Verdienst nicht werden – wo alles so teuer ist“, sagte die Frau. „Aber wir hatten ja gedacht, daß der Junge uns auf unsre alten Tage eine Hilfe werden könnte, zur Entschädigung dafür, daß wir uns seiner annehmen."

Ditte nahm nicht an der Unterhaltung teil; aber jedesmal, wenn die Rede auf ihr Kind kam, durchzuckte es sie.

„Jaja", sagte Lars Peter, „laßt uns mal abwarten. Es ist nie gut, sich zu fest zu binden, für keine der Parteien."

„So hatten wir's uns gedacht. Es ist ja unsre Absicht, das Kind zu adoptieren, so daß es nie etwas anderes erfährt, als daß wir seine Eltern sind."

Ditte schrie plötzlich auf; sie kreischte richtig, gellend. Die beiden Häuslersleute verloren vor Schreck die Eßgeräte aus den Händen, selbst der Greis erwachte für einen Augenblick. „Aber so schäm dich doch, Mädel!" rief Lars Peter und packte ihren Arm. „Ihr dürft mir mein Kind nicht wegnehmen!" schrie sie. „Ihr dürft es mir nicht wegnehmen!" Sie war ganz von Sinnen.

Nun, dann versuchte man darüber wegzukommen, so gut es ging, und fing an, von anderen Dingen zu sprechen. Und sobald die Mahlzeit beendet war, gingen die Männer hinaus, um anzuspannen. Ditte legte den Kleinen an die Brust – zum letztenmal. Froh war sie ganz und gar nicht. „Laß dich nur leertrinken", sagte die Frau. „Und hier hast du etwas warmes Öl, damit kannst du die Brüste einschmieren, damit die Milch sich leichter setzt. Ja, du gaffst und denkst, woher kann die das wissen, aber unsereins ist vielleicht auch einmal jung und leicht zu verlocken gewesen und hat sein Kind zu fremden Leuten geben müssen. So ist nun mal das Leben."

Ditte fing wieder an zu weinen. „Ihr dürft mir mein Kind nicht fortnehmen!" jammerte sie.

„Aber wie stellst du dich denn an! Wer sagt denn, daß wir dir das Wurm wegnehmen wollen! Es sind Kinder genug zu kriegen, und du kannst kommen und dir deins holen, wann du willst. Jetzt ist es das beste, du machst dich zurecht, denn ich höre den Wagen vorfahren. Die Brüste binden wir auf, damit sie nicht hängen und schlapp werden, sondern rund und fest bleiben; dann kannst du gut wieder als Jungfer gelten. Was für eine zarte Haut du hast, Kind!" fuhr die Frau fort, ihr gut zuredend, während sie ihr half. „Eine richtige Prinzessinnenbrust hast du. Der hat es nicht schlecht gehabt, der seinen Kopf dahin hat betten dürfen. Ach ja, Jugend und Schönheit sind zarte Waren! Ich bin auch mal jung gewesen und habe den wildesten Burschen an meiner Brust zur Ruhe zwingen können – und wo ist das alles geblieben? Nun habe ich nur den Jammerlappen von Mann, der nach einem hackt; eine zerzauste Henne, der ein böser Kater auf den Fersen folgt – das sind die Überreste der Herrlichkeit der Jugend. Ja, du lachst über mich armes Geschöpf, aber mir ein bißchen Anteil an deinem Reichtum gönnen, das kannst du nicht. Obschon es noch mehr gibt, wo der eine herkam – so hübsch und wohlgewachsen, wie du bist."

So fuhr sie fort, schönzutun, aber Ditte lachte nicht mehr. Sehr gegen ihren Willen war sie einen Augenblick herausgeplatzt, mitten in düsterster Verzweiflung, bei dem komischen Bild von der Henne und dem Kater. Widerstrebend ließ sie sich in Lars Peters großen Fahrmantel hüllen – damit die Brüste keine Kälte bekommen sollten, woraus leicht Krebs werden konnte, und widerstrebend ließ sie sich auf dem Wagen nieder. „Nun küß dein Kind zum letztenmal", sagte die Häuslersfrau und reichte ihr den Jungen hinauf. „Und komm bald nach ihm sehn!" Ditte wollte ihn nehmen, aber das ließ die Frau nicht zu. Ihn fest an sich drückend, wie um zu zeigen, daß er jetzt ihr gehöre, verschwand sie mit dem Jungen im Haus.

In dem fegenden Herbstregen ging es nur langsam vorwärts; der Gaul war alt und müde, und die Fuhre war schwer für ihn; Lars Peter war vollauf damit beschäftigt, ihn in Gang zu halten. Ditte saß mäuschenstill da; kein Glied rührte sie, ihre Augen waren starr. Sie war ganz steif, die nasse Luft jagte die Kälte durch die Kleider, der Kummer fraß sich durch ihr Gemüt hindurch, hin und her. Es weinte von den Bäumen, von dem Fell des Gauls, von Lars Peters Schlapphut, von Dittes Augenwimpern. Auf beiden Seiten des Weges ragten Schatten aus dem Nebel, Sträucher oder weidendes Vieh. Es sang dort jemand, vielleicht ein Viehknecht oder Rübenarbeiter:

„Warum müssen Menschen weinen,
Weinen ohn Ende, Jahr um Jahr?
Weil der Sorgen sind zu viele
Für ein einziges Augenpaar."

Ditte kannte das Lied recht gut, aber sie weinte ja nicht – warum sang er denn? Sie saß bloß am Abhang, und alles tropfte und weinte über sie, weil sie gesündigt hatte. So sinnlos tropfte es und hörte nicht auf – hatte sie doch gerade gesündigt, um den Tränen Einhalt zu tun. Das Gras schaukelte, Karl trat aus dem Nebel hervor. „Ich habe gesungen", sagte er, „aber wir haben uns geirrt, der höchste Richter und ich. Du bist kein Kind der Sünde – tröste mich wieder! Du weißt ja, der liebe Gott hat gesagt, daß du alles, was du einem seiner Kindlein tust, auch ihm tust!" So quälte und quälte er weiter, aber Ditte zerrte sich von ihm los und floh in entsetzlichem Ekel.

Ein Ruck weckte sie, sie hatten am Rande eines Waldes haltgemacht. Die Dunkelheit brach herein. „Der Gaul kann nicht mehr; wir müssen ans Übernachten denken", sagte Lars Peter. Es war in der Nähe des Krugs von Rudersdal; aber sie konnten es sich nicht leisten, sich für die Nacht einzulogieren; Lars Peter fuhr darum hinter eine alte Scheune und spannte aus. Dem Gaul wurde der Futterbeutel umgehängt, und Lars Peters Fahrmantel wurde über ihn gebreitet; sie selbst krochen durch eine offene Luke in die Scheune hinein und richteten sich im Stroh ein.

Lars Peter nahm Butterbrote hervor und reichte sie ihr im Dunkeln, und auch einen Apfel hatte er für sie; dabei sprach er gütige Worte zu ihr. Ditte konnte nichts zu sich nehmen, sie brauchte Ruhe und Vergessen. Aber seine ruhige, brummende Stimme wollte sie gern hören – nur vom Antworten wollte sie befreit sein. Vor lauter Emsigkeit und Spannung hatte sie in den letzten Nächten nicht viel Schlaf gefunden, nun wollte sie gern durch den Schlaf allem entrückt werden. Und während er gemütlich weiterschwatzte, schlummerte sie ein.

Es wurde eine unruhige Nacht, Lars Peter fand nicht viel

Schlaf. Die Milch spannte in Dittes Brüsten, und in ihrem Herzen brannte die Wunde; im Traum jammerte sie nach ihrem Jungen. Wenn es gar zu arg wurde, wachte Lars Peter auf und redete ihr gut zu. „Es geht ihm gut; du kannst mir's glauben, er schläft", sagte er.

„Nein, ich merke, daß er wach ist und nach mir weint, denn jetzt strömt die Milch zu den Brüsten", sagte Ditte schluchzend.

Hm, das klang so seltsam; Lars Peter wußte nicht, was er antworten sollte. „Jedenfalls mußt du vernünftig sein", sagte er, „man soll keine Tränen über Dinge vergießen, die nicht zu ändern sind. Und wenn du dich erst zurechtgefunden hast, kannst du den Jungen ja immer zu dir in die Stadt nehmen. In Kopenhagen kann der ein Obdach finden, dem es schwerfällt, sich hier auf dem offenen Lande zu behaupten. Vielleicht dauert es auch gar nicht so lange, bis wir alle nachkommen. Und Karl ist ja sicher in der Stadt, falls du dich einsam fühlen solltest."

Ditte schwieg. Ihn aufzusuchen war zwecklos für sie.

Spät in der Nacht kam der Mond zum Vorschein. Ditte hatte bis in die Achselhöhlen Schmerzen und konnte es nicht aushalten, ruhig dazuliegen; darum standen sie auf und fuhren weiter. Es waren schon Leute auf den Wegen, einsame, schlaftrunkene Fußgänger, die sich in derselben Richtung bewegten wie sie selbst. „Es ist ja Umzugstag fürs Gesinde!" sagte Lars Peter. „Sie wollen nach der Hauptstadt, um einen Dienst zu suchen – oder vielleicht Gelegenheitsarbeit. Unsereins hätte das auch so machen sollen in seinen jungen Jahren, dann hätte jetzt vielleicht manches anders ausgesehn."

„Aber dann hättest du uns ja nicht gehabt", rief Ditte entsetzt.

Lars Peter sah sie einen Augenblick verständnislos an. „Nein – das ist auch wahr!" rief er dann. „Obwohl – wer weiß das übrigens?" Nein, es hätte sich allerdings wunderlich treffen müssen! Dann hätte der Zufall auch Sörine zur Hauptstadt führen und sie hätten sich natürlich begegnen müssen, und – aber es war eine zu schwere Arbeit, zu versuchen, des Schicksals Schachfiguren zu verschieben. Derjenige, der den Mut hatte, sich in die Angelegenheiten des lieben Gottes zu mischen, mußte einen guten Kopf haben! Nur soviel wußte er, daß er sein Dasein nicht auf Kosten Dittes und der anderen verändert haben wollte.

Der Weg hatte sich allmählich belebt. Wagen, auf denen eine Kommode oder ein Kleiderschrank hinten aufgepackt war, holten sie ein, und man sah Fußgänger, die einen Reisesack schleppten, von Seitenpfaden und Feldwegen auf die Landstraße einbiegen. Es hatte zu tagen begonnen. „Da siehst du's, du bist nicht die einzige, die ihr Glück in der Hauptstadt versuchen will", sagte Lars Peter munter.

Ditte fand, daß das sein Gutes und sein Schlechtes habe. „Wenn ich dann nur eine Stelle finde", meinte sie.

Lars Peter lachte; man konnte merken, daß sie keine richtige Vorstellung von der Hauptstadt hatte. „Und wenn du die ganze Fläche des Arresees nähmst, Kopenhagen könnte nicht Platz darin finden", sagte er. „Und dann wohnen die Leute obendrein in vielen Schichten übereinander."

„Was machen sie denn mit ihrem Abwaschwasser?" fragte Ditte. „Denn das können sie dann doch nicht durch die Küchentür ausschütten."

„I, bist du denn gescheit! Dann würden es ja die Leute auf den Kopf kriegen. Sie leiten es durch Röhren in die Erde hinunter."

Ditte fühlte sich jetzt ganz frisch. Die Spannung in den Brüsten hatte endlich nachgelassen, und alles, was hinter ihr lag, mußte vor dem weichen, was ihr bevorstand. Da vorn erhob sich die Hauptstadt geheimnisvoll aus dem Morgennebel, wie ein endloser Wald von Türmen, Kuppeln und Fabrikschornsteinen, und von allen Wegen strömte es herbei: Menschen, die zur Arbeit gingen, und Wagen mit Lebensmitteln, Schlachterwagen, Milchwagen, Gemüsewagen, Brotkarren. „Ja, die da in der Stadt haben wahrhaftig genug zu essen", meinte Lars Peter seufzend. „Da muß man hin, wenn man was abkriegen will von der Nahrung, die man selber hervorbringt."

Nun waren sie ein Glied eines endlosen Wagenzuges; und auf einmal war man auf der gepflasterten Straße, und ein rollender Donner wurde hörbar. Ditte griff Lars Peter entsetzt um den Arm und preßte sich an ihn. Läutende Straßenbahnwagen, schreiende Kutscher, Radfahrer und Leute, die mitten in den Wirrwarr hineinliefen und auf der anderen Seite errettet wieder hinauskamen – das Ganze war ein Wirbel und ein ohrenbetäubender Spektakel. Und die hohen Häuser neigten sich über das Gewirr, als packe sie der Schwindel. Ditte mußte die Augen schließen und sich richtig durchschauern lassen. Angst hatte sie im Grunde nicht, nur überwältigt war sie bis zum Entsetzen; sie war überzeugt, daß sie nie hindurchkommen würden. Und dann rollten sie plötzlich durch einen Torweg und waren auf dem Hofplatz der Gastwirtschaft in der Vestergade, den sie so gut von Lars Peters abenteuerlicher Stadtfahrt kannte. Lars Peter steckte sie ins Bett und fuhr dann nach der Kompanistraede, wo die Holzkohlen abgeliefert werden sollten.

Und dann war die Pflicht getan, und man war in der Hauptstadt. Der Gaul stand im Stall und hatte eine volle Krippe vor sich, und Lars Peter stand vor dem Wirtshaustor und sog die Luft ein, das Gemüt erfüllt von einem eigentümlichen Gefühl der Weite. Da draußen lagen Plagen, Sorgen und Kümmernisse; hier stand Lars Peter Hansen, und es fehlte ihm nichts. Er hatte im Gegenteil zwischen zu vielem zu wählen. Aber vor allem mußte er etwas in den Leib bekommen, er war kannibalisch hungrig. Er ging in eine Kellerkneipe und bestellte sich eine Portion Frikassee und einen Schnaps; er mußte zusehen, Kälte und Müdigkeit wieder aus dem Körper zu verjagen. Und es gelang! Als Lars Peter wieder auf der Straße stand, war er ein ganz anderer Mensch. Es war fast so, als ob auch alles übrige sich verändert hätte. Die Sonne schien – oder war wenigstens im Begriff dazu; und um die Angelegenheiten des Mädels stand es ganz ausgezeichnet, wenn man recht gründlich darüber nachdachte. Jung war sie, und sie hatte eine flinke Hand, das Kind war ihr nicht im Wege – und obendrein traf es sich günstig, daß gerade Gesindemietstag war. Nun kam es darauf an, unter allen den Stellen, die frei waren, gerade die zu finden, die für sie paßte, wo sie einen ordentlichen Lohn bekam und gut behandelt wurde und wo ihr Wesen ganz zu seinem Recht kommen konnte. Denn wenn Lars Peter ehrlich sein sollte, gab es kein tüchtigeres Mädel in der Welt! Eine Weile dachte er darüber nach, ob er den Keller am Hauserplatz aufsuchen sollte, wo man ihm damals bei seinem Besuch in Kopenhagen geholfen hatte. Ob vielleicht der Kapellmeister ...? Er hatte ja damals Wunderwerke verrichtet. Jene Tour hatte in Lars Peters Erinnerung allmählich den Charakter eines Abenteuers und einer Tat angenommen. Als er dann aber auf dem Hauserplatz ankam und die Kellertreppe zu der Kneipe vor sich liegen sah, blieb er trotzdem stehen. Waren ihm doch damals Uhr und Brieftasche abhanden gekommen – wie, wußte er nicht. Er stand ein Weilchen da und überlegte; dann machte er kehrt und schlenderte über den Kohlenmarkt in die alten Straßen hinein.

Hier fühlte er sich wohl. In den Kellerläden wechselten Flachshändler mit Eisenhändlern; auf dem Bürgersteig lag anheimelndes altes Gerümpel; es konnte gut sein, daß er selbst einmal etwas davon auf seiner Karre gehabt hatte. Vor dem Flachskramgeschäft lagen Besenbündel, und hier und da stand eine richtige Schiebkarre mit Eisenbeschlag und allem, was notwendig war; an der Hauswand hingen funkelnagelneue Holzstiefel. Hier hätte Lars Peter gern einen Laden gehabt.

In der St. Pederstraede war ein großer Auflauf vor einer Treppe, die bis auf den Bürgersteig vorsprang. Es waren Leute seines Schlages, Männer, die die Hosen in die Stiefel gesteckt trugen, und Frauen, denen man es ansehen konnte, daß sie es gewohnt waren, auf dem Rüben- und Kartoffelfeld herumzukriechen; sie standen und glotzten zu dem hohen Erdgeschoß hinauf. „Mietbüro" stand an den Fenstern dort oben. Von Zeit zu Zeit sonderte sich einer von dem Schwarm ab, faßte einen raschen Entschluß und ging hinauf. Man hätte beinahe glauben können, daß es sich um die hohe Obrigkeit handle, so kleinmütig sahen die Leute aus.

Lars Peter ging schnell die Treppe hinauf – *er* war heute nicht zum erstenmal auf einem Büro! Auf dem Flur standen die Leute und traten einander auf die Beine wie Schafe.

„Ach, zum Henker, aufgefressen wird man wohl nicht werden!" sagte er und drängte sich an ihnen vorbei in den großen Raum, der voller Menschen war. Naß und dampfend standen die Leute dort, so dicht, daß sie sich kaum bewegen konnten. Mitten durch den Raum ging eine Schranke, und dahinter saßen zu beiden Seiten eines großen Pultes eine Schreiberin und ein Mann, der Herr Vorsteher genannt wurde. Sie riefen jeden einzeln heran, indem sie mit dem Federhalter auf ihn zeigten, verhörten die Leute und sortierten sie in Abteilungen. Einige wurden durch die Schranke hereingelassen und kamen zu dem Makler selbst hinein, der sein Zimmer nebenan hatte. Direktor nannten ihn seine Angestellten. „Bitte schön, wollen Sie zum Herrn Direktor hineingehen!" – „Ein Direktor in einem Menschenfleischladen!" sagte Lars Peter halblaut und blickte sich herausfordernd um; aber niemand getraute sich zu lachen. Von Zeit zu Zeit erschien der Direktor in der Tür und erteilte eine Anweisung. Der war wenigstens dick genug – unmanierlich dick! Und er war dunkel; einem richtigen schwarzen Satan glich er, mit einer Adlernase mitten in der ungeheuren Gesichtsmasse und mit den Borsten der beiden Nasenlöcher, die wie der Abstieg zur Hölle waren. Lars Peter wurde bange und wütend bei seinem Anblick, obwohl er ja nicht das Allergeringste mit dem Mann zu tun gehabt hatte. Sooft der sich zeigte, kam Unruhe in den Menschenschwarm, und so sonderbar war das auch nicht, denn er war ja eine Art Gott oder halber Satan, der über das Wohlergehen dieser Leute verfügte. Es hieß, daß ihm der Handel mit Menschen Millionen eingebracht habe. Die jungen hübschen Mädchen unter den Wartenden wurden zu ihm in sein Büro gewiesen; besonders wenn es Polinnen waren. Er verleitete sie wohl dazu, sich exportieren zu lassen, und sie wurden auf die Bordelle in den großen Hauptstädten der weiten Welt verteilt.

Lars Peter war sich nicht recht klar darüber, wie er die Sache anfassen sollte. Er wollte gern etwas besonders Gutes für das Mädel ausfindig machen, und dazu war es notwendig, daß man ihre ungewöhnlichen Eigenschaften hervorhob; aber hier unter diesen vielen Menschen ging es doch nicht recht an, das Loblied zu singen, das er auf der Zunge hatte. Da fiel sein Blick auf einmal auf ein Pappschild, das an der Tür hing, die zu dem Büro des Direktors führte. „Mädchen, die vor kurzem entbunden haben, wollen sich bitte im Zimmer B melden, Eingang vom Flur. Denkbar bestes Angebot." So stand auf dem Schild. Er machte sich seine eigenen Gedanken, während er den Text entzifferte, und zog sich langsam zurück, fürchtend, daß jemand sein Tun mit dem Schild in Verbindung bringen könnte. Draußen klopfte er an die zweite Tür, in größter Angst; er kam sich wie eine Art Verbrecher vor, ohne sich klar darüber zu sein, warum. Eine Dame, die beinahe ebenso dick war wie der Direktor, öffnete die Tür; auch sie hatte eine krumme Nase und gaffte ihn an wie ein Papagei. „Ich komme wegen eines jungen Mädchens", sagte er.

„Ja, haben Sie sie mitgebracht?" fragte das Frauenzimmer recht scharf. „Wir mieten keine Ammen unbesehen."

„Ach so, als Amme soll sie gehn! Ja, man hätte sich's allerdings denken können, wenn man sein bißchen Verstand gebraucht hätte. Wie hoch ist der Lohn denn, mit Verlaub?"

„Über den Lohn werden wir schon einig werden – wenn sie nur gesund ist. Aber bringen Sie sie erst mal her", sagte die Dame und warf die Tür vor seiner Nase zu.

Au, das war ja eine gesalbte Vettel – Lars Peters Riechorgan wäre beinahe von der Tür eingeklemmt worden. Er war ganz stolz darauf, daß er sich ihr gegenüber so gut behauptet hatte, und trabte rasch die Straße entlang, der Schlapphut saß ihm ein bißchen tiefer im Nacken als vorher. Diesmal hatte man seinen Mann gestanden! Nur das eine wollte ihm nicht recht gefallen, daß Ditte als Amne in Dienst gehen sollte – als Milchkuh sozusagen; das war etwas, womit er sich nicht recht vertraut machen konnte. Er mußte in einen Keller hinab und versuchen, sich darüber klarzuwerden, was es sein könnte – ein Schnaps reinigte das Gehirn so ausgezeichnet und bewirkte, daß man einen weiten Blick bekam!

Als er wieder heraufkam, war er sich über folgendes klar: Konnte das Mädel eine leichte Stelle mit einem ordentlichen Lohn bekommen, und hatte sie dafür bloß einem fremden

Kind die Milch zu geben, die sonst unbenutzt blieb – ja, dann hatte sie doch wenigstens nicht ganz vergebens geboren. Und es mußte ja eine gute Stelle sein; denn nur die Allervornehmsten engagierten jemand, damit ihre Kinder die Brust kriegten.

Er trat sehr fest auf, als er zu Ditte ins Zimmer kam, und hob auch die Beine ungewöhnlich hoch. „Na, Mädel, jetzt steh auf und mach, daß du dich anziehst!“ sagte er aufgeräumt. „Denn jetzt hat man eine großartige Stelle für dich gefunden. Du sollst ein feines Fräulein werden und vielleicht einem Grafenkind die Brust geben – das heißt: wenn du bei der Untersuchung für geeignet befunden wirst! Denn das ist genauso, wie wenn man eine Milchkuh kaufen will – die Vornehmen wollen wahrhaftig wissen, was sie fürs Geld bekommen.“

Einer Untersuchung konnte sie sicher mit Ruhe entgegensehen – war es doch ein Vergnügen, wie rund und weiß sie auf Schultern und Brust geworden war. Sie hatte die zarte Haut der Mutter, aber bei weitem nicht soviel Sommersprossen; und sie war schöner gewachsen. Das rotblonde, glänzende Haar reichte bis zur Taille hinab, wenn es, wie jetzt, aufgelöst war.

3

Die Geburtsklinik

„Es hat geschellt! Es hat geschellt!“

Ditte hörte den Ruf in dem kleinen Waschraum neben der Küche, wo sie sich zurechtmachte, nachdem sie den Fußboden geschrubbt hatte. „Es hat geschellt!“ sagte sie erschrokken durch die Küchentür zu der Pflegerin. Fräulein Petersen warf hin, was sie in den Händen hatte, und lief durch den langen Gang. Bald darauf kam sie atemlos zurück. „Es war die Komtesse“, sagte sie. „Beeilen Sie sich! Ich hab sie solange in das Büro der Vorsteherin geführt.“

Ditte legte schleunigst die „Parade-Uniform“ an: weißes, tief ausgeschnittenes loses Kleid mit kurzen Ärmeln und weißes Häubchen – und eilte hinein. Als die Besucherin hereingeführt wurde, saß sie mit entblößten Brüsten auf einem weißlackierten Lehnstuhl, und die „Schwester“ stand über sie gebeugt und wusch ihre Brüste mit weißer sterilisierter Watte, die sie in eine weiße Schale mit Borwasser tauchte. Die Wände in der dreifenstrigen großen Stube – „Paradestube“ nannten die Mädchen sie unter sich – waren bis in Mannshöhe mit weißer Ölfarbe gestrichen, und darüber war die Wand weiß gekalkt wie die Decke. Ein paar weißlakkierte Kinderbetten mit mattrosa Vorhängen und zwei große weiße Waschtoiletten bildeten im wesentlichen die Einrichtung. Die „Schwester“ breitete sorgfältig eine weiße Serviette über Dittes Brust. „So – so!“ sagte sie mit süßlichem Lächeln. „Nun werde ich mit dem Kind kommen.“

Nicht weit von Ditte entfernt saß eine blutjunge, schwarzgekleidete Dame und betrachtete sie blinzelnd. Ditte wußte wohl, daß es vornehm war, so zwischen den Wimpern hindurchzustarren – fast ebenso vornehm, wie eine Lorgnette zu gebrauchen. Aber vorwitzig sah es aus, so ganz ungeniert an den Leuten Maß zu nehmen. Sie sah übrigens lieb aus, und jung war sie – nicht älter als Ditte selbst. Sie trug einen langen schwarzen Schleier den Nacken hinab; damit sollte gesagt sein, daß sie Witwe sei und das Kind darum habe weggeben müssen. Ihre Milch habe sich gesetzt infolge der Trauer über den Verlust des geliebten Mannes, hieß es – oder so ähnlich. Aber sie war nicht im geringsten Witwe – nicht mehr, als Ditte es war –, denn sie war nie verheiratet gewesen! Aber Komtesse war sie und das Kind einer der vornehmsten adligen Familien des Landes – und sie hatte Pech mit einem Kutscher gehabt. Die anderen Mädchen wußten alles, sie kannten übrigens haarklein jede einzelne Kindergeschichte hier aus der Geburtsklinik; so verwickelt sie sein mochte und so gut sie verborgen gehalten wurde – sie spürten doch alles auf. Das mit dem Kutscher begriff Ditte im übrigen nicht. Wenn sie ein Kind aus eigenem freiem Willen haben sollte, so mußte es mit einem Grafen sein. Aber schön war die junge Komtesse; die Blässe von der Niederkunft saß ihr noch in der Haut – oder vielleicht von dem Fehltritt? Die

Vornehmen faßten so etwas ja schwerer auf als andere Menschen. Lieb hatte sie ihr Kind jedenfalls, jede Woche kam sie und sah nach ihm. Wie viele andere kamen bloß, luden das Kind hier ab und ließen sich nie wieder sehen!

Es dauerte ungewöhnlich lange, bis die Pflegerin mit dem Kleinen kam; irgend etwas durfte die Komtesse nicht sehen, vielleicht war es wund und mußte erst gepudert werden. Ditte hatte Muße – das Schlimmste, was ihr widerfahren konnte; dann saß sie und versank in triste Gedanken. So vieles meldete sich dann und klopfte an. Plötzlich fühlte sie, wie sich ein Arm um ihren Hals legte. „Und wie geht es denn Ihrem Kleinen?" fragte das junge Weib, ihre Wange an die Dittes schmiegend.

Etwas Ärgeres hätte man Ditte nicht fragen können, ihr Gesicht begann zu zittern. Zum Glück kam die Pflegerin in diesem Augenblick. „Sehen Sie, gnädige Frau, ist er nicht allerliebst?" sagte sie und legte das Kind in die Arme der jungen Mutter. Diese sah lange auf ihr Kind und legte es dann an Dittes Brust – mit einem eigentümlichen Ausdruck, der alles mögliche bedeuten konnte.

Ihr gegenüber fühlte sich Ditte nicht im geringsten befangen; sie hatte wohl Lust, mit ihr zu plaudern. Waren sie doch auf eine Art Leidensgefährtinnen, so verschieden ihr Schicksal sonst auch war. Aber die Pflegerin ging und kam. Alle Augenblicke kam sie herzu und tat sehr besorgt um das Kleine. „Langsam!" sagte sie. „Lassen Sie es nur ja langsam trinken!" Aber das war nichts als Heuchelei; heimlich gab sie Ditte Zeichen, sie müsse sehen, das Kind von der Brust loszubekommen.

Ditte versuchte, es zum loslassen zu bewegen, ohne daß es unnatürlich aussah – das Kleine tat ihr leid, aber sie wagte es nicht, anders zu handeln. „Es kann unmöglich satt sein", wandte die Mutter ein, „es saugt sich ja förmlich fest. Soll es nicht auch die andre Brust bekommen?"

„Nein! – I, wir dürfen den Kleinen doch nicht so überfüllen", erwiderte die Schwester. „Dann bricht er bloß das Ganze wieder aus und will nicht gedeihen." Sie nahm das Kind von der Brust und gab es der Mutter, die es ins Bett legen durfte. Die Komtesse stand ein paar Augenblicke über das Bettchen gebeugt; als sie sich wieder aufrichtete, hatte sie Tränen in den Augen. Ditte fühlte ein Verlangen, ihr um den Hals zu fallen und ihr zu sagen, daß sie sich keine Sorgen machen solle, der Junge werde gewiß genug zu trinken kriegen. Aber da sagte das junge Weib Lebewohl; sie gab beiden die Hand und dankte ihnen dafür, daß sie so gut zu ihrem Kinde seien; Ditte steckte sie etwas Papiergeld zu. Die Pflegerin begleitete sie hinaus, und Ditte ging in die inneren Zimmer und legte ein anderes Kind an die Brust.

Nun kam die Pflegerin zurück. „Gott sei Dank, daß die Inspektion überstanden ist! Wenn sie nur nicht gemerkt hat, daß wir das Kind zu früh von der Brust genommen haben."

„Es war auch nicht recht. Das Kleine hätte viel mehr haben müssen."

„Dann bekommt es Grütze, wenn es noch nicht genug hat", erklärte die Pflegerin. „Die andern sollen auch was abkriegen; hier gibt es keine Rangordnung. Aber mir scheint, Sie haben das Kind an die andre Brust gelegt! War die erste wirklich ganz leer?"

Ditte nickte. Sie liebte es nicht, ganz ausgesogen zu werden, so daß es im Rücken weh tat.

„Sind Sie dessen ganz sicher? Lassen Sie mich mal sehn." Die Pflegerin klemmte ihre Brust zusammen. „Wir müssen haushalten mit der Herrlichkeit, die Milch ist teuer! – Aber hören Sie, hat Ihnen die Komtesse nicht ein Trinkgeld gegeben?"

Widerstrebend zog Ditte das Papiergeld hervor und lieferte es ab. Fräulein Petersen entfernte sich; kurz darauf kam sie mit etwas Silbergeld zurück. „Bitte schön, das ist Ihr Anteil", sagte sie. Es hieß, daß sie die Trinkgelder der Vorsteherin bringe, die sie dann nach Tüchtigkeit und Dienstzeit verteile. Es konnte aber auch sein, daß sie den anderen Mädchen bloß etwas zusteckte und dann den Rest selber behielt. – Ditte war enttäuscht; es waren ihr reichliche Trinkgelder in Aussicht gestellt worden, als sie sich vermietete, und sie konnte sie so gut gebrauchen. Der Lohn sollte ihr erst ausgezahlt werden, wenn die neun Monate, für die sie sich vermietet hatte, um waren. Das war natürlich so festgesetzt, damit sie nicht durchbrennen sollte, wie sie jetzt begriff. Aber sie wollte es der Komtesse schon erzählen, wie es mit dem Trinkgeld gegangen war!

„Sie unterstehn sich nicht, mit irgendeinem Menschen über die Verhältnisse hier in der Klinik zu reden – auch mit Ihren Mitangestellten nicht", sagte die Pflegerin plötzlich scharf. Ditte fuhr erschrocken zusammen. „Nein", flüsterte sie.

Es klingelte. Die Pflegerin kreischte laut auf und lief, um zu öffnen; sie war die rechte Hand der Vorsteherin, und das Türöffnen war gewöhnlich ihre Aufgabe. Die Angewohnheit, so leicht zu erschrecken, teilte sie mit der Vorsteherin, die immer nach Luft rang und sich ans Herz faßte, wenn die Glocke das Haus alarmierte; sie mußte wohl herzkrank sein. Im übrigen wurden alle davon angesteckt. Die Wohnung war zu tief, so daß die Entreeklingel nicht gut zu hören war; und wenn darum die Alarmglocke auf dem langen Flur erscholl, dann zuckte es einem über die Lende hin und jagte wie ein Feuer durch den Unterleib, bis in die Beine hinab. Dann mußte man aufkreischen, man mochte wollen oder nicht; und das Kleine, daß man auf dem Schoß hatte, fing an zu brüllen.

Sonst war nicht so viel Kindergeschrei zu hören, wie man hätte erwarten sollen; die Vorsteherin hatte zur Beruhigung der Kleinen ganz ausgezeichnete Tropfen.

Aber der Zulauf war enorm. In einem fort klingelte es; unaufhörlich kamen und gingen die Besucher, Leute, die – ja, was wollten eigentlich alle die Menschen? Die meisten wurden in das Privatkabinett der Vorsteherin geführt, das gleich neben der Entreetür lag, so daß man sie gar nicht zu sehen bekam. Sofie und Petra gaben sich den Anschein, als ob sie wohl wüßten, weswegen alle die Menschen kamen, wollten aber nichts darüber sagen. „Du bist noch zu grün, Freundchen!" meinten sie mit geheimnisvoller Miene. Nun, diesmal war es kein anderer als der Direktor des Mietbüros, das konnte Ditte an den schweren Schritten draußen auf dem langen Korridor hören – und an dem Kitzellachen der Pflegerin. Er mußte einen immer kneifen, wenn sich Gelegenheit dazu bot – das dicke Schwein!

Nun ging die Vorsteherin am Abend mit dem Direktor aus und übertrug Fräulein Petersen die Aufsicht. Und waren sie erst zur Tür hinaus, so rief die Pflegerin die Mädchen zu sich und sagte: „Ich muß bloß mal eine kleine Besorgung machen, ihr gebt solange gut acht auf das Ganze. Aber bleibt ja die ganze Zeit unten! Denkt an die große Verantwortung!“ – „Ja, wir werden schön achtgeben!“ sagten sie durcheinander; und kaum war Fräulein Petersen zum Hause hinaus, so rannten sie in das Mädchenzimmer hinauf und machten sich zurecht. Dann mußte Ditte hinunter und sie durch den Torweg hinauslassen. Das Ganze blieb ihr überlassen. Und nicht genug damit, daß sie alle die Kleinen zu warten hatte, auch eine große Balge mit Windeln war zu waschen – und für eine Patientin hatte sie zu sorgen, die eine Fehlgeburt gehabt hatte und in dem innersten Klinikzimmer lag. Aber so war es immer – auf Dittes Schultern ruhte schließlich die ganze Last. Sie hatte die Sache gründlich satt und hätte am liebsten ihre Sachen genommen und sich ganz still aus dem Staube gemacht.

Wie vielerlei hatte Ditte schon durchgemacht, ohne allgemeine Schlußfolgerungen daraus zu ziehen! Sie nahm die bösen Fügungen für das hin, was sie waren, und verfiel nicht darauf, jemanden dafür verantwortlich zu machen – auch die Menschen nicht, die das Böse auf sie herabbeschworen. Die Natur hatte sie mit großer Langmut ausgestattet, das war ihr vornehmstes Erbteil; es mußte schon schlimm kommen, bis sie begann, mit dem Dasein abzurechnen.

Aber hier wurden doch zu große Wechsel auf ihre Gutmütigkeit gezogen; dumm war sie nicht – und einfältig gut auch nicht, wenn's darauf ankam. Sie hatte ein Kind gekriegt, und das war nicht das Ärgste – in ihren Kreisen gehörte es nicht zu den Seltenheiten; und daß man es Fremden übergeben mußte, auch dazu ließ sich nichts sagen. Das alles war dem Armen so beschieden, und es gehörte zur Ordnung der Natur. Daß aber auch die feinen Leute Pech haben und Kinder kriegen konnten, ohne verheiratet zu sein – nicht

Hofbesitzerstöchter, denn dafür kannte sie mehrere Beispiele, sondern wirklich vornehme Mädchen –, das wäre ihr früher nie im entferntesten eingefallen. Aber sie wußten die Sache ja zu ordnen, reisten fort, kamen in eine Klinik, um wegen dieser oder jener Krankheit operiert zu werden – wie die Gutsbesitzerstochter, die hier war, als Ditte kam. Zu Hause hieß es, die Tochter sei auf der Treppe ausgeglitten und habe das Steißbein gebrochen. Das Mädchen hatte es selber erzählt und sich darüber lustig gemacht.

Nein, Ditte war nicht mehr so leichtgläubig, sondern begann, Tatsache mit Tatsache zu verknüpfen; was sie hier in der Klinik erlebte, machte auch zugleich viele frühere dunkle Begebenheiten verständlich. Durch einen Zufall hatte sie einen Blick hinter die Kulissen getan, und die Mitspielenden erschienen ihr in neuer Beleuchtung. Die Vornehmen waren also nicht besser als sie und ihresgleichen; das bildete man sich bloß immer ein. Während in ihrer Heimat erzählt wurde, sie seien nach Paris gereist oder machten einen Kursus in der Hauptstadt mit, lagen sie ganz einfach hier und schrien in ihren Wehen; das waren die bitteren Folgen nach dem süßen Vergnügen, auch für sie! Diese Worte hatten die Frauen bei ihrer eigenen Niederkunft gebraucht – aber hier paßten sie wohl besser.

Und jetzt war sie soviel klüger. Aber es rührte an etwas in ihr – an ihre gewohnte Vorstellung von Oben und Unten; und es erschütterte ihr Gerechtigkeitsgefühl gründlich. Sie konnte sich darein finden, daß sie ihr Kind entbehren mußte, zur Strafe für ihre Sünde, daß sie beide, das Kleine und sie selbst, leiden mußten zugunsten derjenigen, die gerechter waren; warum aber ihrem Kind die Milch genommen wurde, um anderen ebenso unehelichen Kindern zugute zu kommen, das begriff sie nicht.

Sie sprach des Abends mit Sofie und Petra darüber, wenn sie auf dem Mädchenzimmer zusammen waren. Aber die lachten sie aus, sie zogen das Ganze ins Lächerliche. „Bist du nicht gescheit!“ sagte Sofie. „Warum sollten sie wohl besser sein als wir? Sie haben das Geld, das ist das wichtigste. Glaubst du, daß es ein junges Mädchen gibt, das sein Kind behielte und die Püffe der Alten und das Hinterherschreien der Straßenkinder einsteckte, wenn es davon verschont bleiben könnte? Ich hab oft gewünscht, wenn ich über die Straße ging, daß ich meinen Zustand auf eine andere hexen könnte. Die Männer nehmen ja Reißaus – und *wir* haben's auszubaden und müssen froh sein, wenn wir in einer Höhle wie der hier unterkommen. Gerechtigkeit ist Blödsinn – das kannst du von mir bestellen, mit einem Gruß von mir."

Mochte es sich nun mit der Gerechtigkeit verhalten, wie es wollte, die Pflicht war jedenfalls merk- und fühlbar genug. Es war hart, wildfremde Kinder an die Brust legen zu müssen und sich von ihnen leertrinken zu lassen, so daß man kaum auf den Beinen stehen konnte – und dann daran denken zu müssen, daß das eigene Kind bei fremden Leuten lag und weinte und sich mit einem Lutschbeutel und der Flasche begnügen mußte.

Ditte grämte sich und sehnte sich nach ihrem Kleinen; sooft sie ein Kind an die Brust legte, wurde die Sehnsucht in ihr schmerzlich aufgewühlt. Gründlich enttäuscht war sie auch; das war ja ganz und gar nicht das, was man Lars Peter und ihr selbst damals, als sie sich vermietete, in Aussicht gestellt hatte. Sie hatten beide den Eindruck gehabt, daß sie Amme bei einer vornehmen Herrschaft werden sollte, wo die Hausfrau zu schwach und zu fein war, selbst die Brust zu geben. Freie Kleidung sollte sie auch bekommen – und immer in Weiß gehen. Und nun war sie „Milchmädchen in einem Engelheim" geworden!

Der Ausdruck stammte von Sofie, Ditte liebte ihn nicht; aber sie wendete ihn an, wenn die bittere Stimmung sie übermannte – um sich für irgend etwas zu rächen. Das weiße Kleid durfte sie nur anziehen, wenn Besuch kam; sonst hatte sie grobe Arbeit zu verrichten – und zwischendurch, bald hier, bald da, die Brust zu geben. Abendurlaub gab es nicht; alle drei waren unter der Bedingung gemietet, daß sie während der Dienstzeit nicht selbständig frei haben sollten. Es hieß, man laufe sonst Gefahr, daß sie aus ihren ärmlichen Bekanntenkreisen Ansteckungskeime in die Geburtsklinik einschleppten; Sofie und Petra aber meinten, man fürchte, daß durch sie etwas über die Verhältnisse in der Klinik bekannt werden könne. Jeden Nachmittag machte die Pflegerin einen Spaziergang mit zweien von ihnen, während die dritte unter der Aufsicht der Vorsteherin die Klinik besorgte; frische Luft kriegten sie also wenigstens.

Sofie und Petra hielten sich dafür in den Nächten schadlos, wenn Ditte Wache hatte; und sie mußte Ausschau halten und hinunterlaufen und sie hereinlassen, wenn sie ein Signal gaben. Die beiden hatten ein ziemlich scharfes Mundwerk, fand Ditte, und sie spotteten oft über ihre Bauernmanieren; aber sie waren gutmütig und hilfsbereit gegen sie, und sie kam gut mit ihnen aus. Aber Ditte mit hinauszunehmen fiel keiner von ihnen ein. Sie wäre nicht leicht genug veranlagt, meinten die beiden.

4

Die Engel

„Ach, die lieben Engelchen sollen doch Sonne haben", sagte die Vorsteherin und schob die Kinderbetten an die Fenster hin, von wo ein dünner Strahl auf den Fußboden fiel. Ja, das nannte man hier Sonne; und wenn man ein Fenster öffnete und das Gaswerk seine Dünste und großen Rauchwolken ins Zimmer entsandte, so nannte man das lüften.

Ditte und Frau Bram waren allein zu Hause; Petra und Sofie waren mit der Pflegerin ausgegangen. Während Ditte verschiedenes ordnete, behielt sie die Kleinen im Auge; Frau Bram saß fast dauernd auf einem Stuhl und schwatzte das Blaue vom Himmel herab. Es war auch nicht so viel Arbeit, daß Ditte nicht allein damit hätte fertig werden können; verwöhnt wurden die Kinder ja nicht, und augenblicklich waren nur vier da. Eins war soeben gestorben, und zwei andere waren aus dem Heim weggeglitten – irgendwohin in Privatpflege. „Oh, manchmal sind zwanzig hiergewesen", sagte Frau Bram. „Es ist zurückgegangen – wir haben ja ein paarmal Pech gehabt, und die Leute sind so mißtrauisch." Sie sah Ditte arglos an.

Sie hatte Hundeaugen, richtige gutmütige Hundeaugen, in denen nie ein Ausdruck von Zorn oder Charakter lag; Angst war das einzige, was in ihnen zum Vorschein kommen konnte. Ihre Gestalt war schwammig, Gesicht und Hände schlaff. Ditte vermochte des Bösen in ihr nicht habhaft zu werden, sosehr sie auch auf dem Posten war; wenn sie nicht auf das hörte, was die anderen Mädchen sagten, sondern sich nur an ihr eigenes Urteil hielt, mochte sie sie eigentlich ganz gut leiden. Es pfiff in ihr, wenn sie Atem holte – sie war asthmatisch; und in ihrem schwarzseidenen Kleid ging sie immer umher, als verstände sie überhaupt nichts, einfältig und beladen.

„Ach ja, die lieben Engelchen!“ sagte sie. „Mein Verlobter hat mich schon oft ausgescholten, weil ich die Klinik hier nicht aufgebe – ja, Sie wissen doch, daß der Direktor und ich verlobt sind! Wir setzen bloß Geld zu, sagt er; und wahr ist's, daß man nichts als Undank von all der Mühe hat. Aber wenn jetzt die Separationszeit um ist, reisen wir nach dem Süden und wohnen da – die Luft soll dort so gut für Asthma sein. Ja, zuerst heiraten wir – Sie wissen wohl, man muß drei Jahre warten, bis man sich wieder verheiraten darf. Ja – das ist für den Fall, daß etwas von der ersten Ehe unterwegs sein sollte.“

„Etwas unterwegs – drei Jahre lang?“ Ditte mußte lachen.

„Na ja – man weiß doch, daß die Leute einander nicht immer fernbleiben, weil sie separiert sind. Ach ja, ja, die lieben Kleinen!“

Es klingelte. Frau Bram griff nach ihrem Herzen; es überraschte sie so vollständig, daß es ihr schwer wurde, auf die Beine zu kommen.

Ditte schlich auf den Zehen in die Paradestube und horchte an der Wand zum Büro der Vorsteherin. Sie hörte junge Stimmen da drinnen, eine Männerstimme, die gedämpft sprach – lange, und eine Frauenstimme, die sich von Zeit zu Zeit schluchzend einmischte. Sie konnte die Worte nicht unterscheiden.

„Aber können Sie's nicht wegnehmen?“ fragte die Männerstimme plötzlich laut. „Ach ja, tun Sie's, Beste!“ sagte die

Frau, in lautes Schluchzen ausbrechend. Die Stimme der Vorsteherin klang schleppend und einfältig. Dann wurde es still, Ditte schlich wieder zurück.

Kurz darauf kamen sie in das Paradezimmer, Ditte konnte die beiden durch die offene Tür sehen – es war ein ganz junges Weib, so bleich, so bleich, mit rotgeweinten Augen, und ein etwas älterer Mann in langem schwarzem Rock; er sah aus wie ein Pfarrer oder Kaplan.

„Ja, dies Zimmer können Sie nicht bekommen", sagte die Vorsteherin. „Hier schlafen nämlich die süßen kleinen Dinger. Aber Sie sollen ein ruhiges Zimmer mit Sonne bekommen."

„Jaja, jaja!" sagte das junge Mädchen schluchzend. Ihr Freund hielt ihre Hand fest, als wollte er sie vor allem Bösen schützen.

„Und es wird nichts davon bekannt – bestimmt nicht?" fragte er.

„Sie können ganz ruhig sein", erwiderte die Vorsteherin. „Wir sind hier stumm wie das Grab! Aber Sie müssen Ihre Ankunft rechtzeitig anzeigen; es ist hier immer sehr besetzt."

Als die Vorsteherin zurückkam, stand Ditte am Ende des langen, dunklen Korridors, an der Küchentür. „Darf ich einen Augenblick gehen?" sagte sie. Sie eilte die Küchentreppe hinauf, in das Mädchenzimmer, warf sich auf ihr Bett, das Gesicht voll Grauen in das Bettzeug wühlend. Wie entsetzlich war das alles: das arme, gequälte Mädchen – und er, der ihre Hand hielt – und sie selber! Es war nicht auszuhalten. In ihr war ein Weinen vor Mitleid mit dem unglücklichen Mädchen, das jetzt alle ihre Seelenqualen durchmachte, und vor Mitleid mit sich selbst, die niemand gehabt hatte, der ihre Hand hielt. Und das Verlangen zerrte an ihr, die Sehnsucht nach allem, was sie daheim zurückgelassen hatte, nach dem Vater und den Geschwistern – nach ihrem Kind, ihrem Kind. Nein, wie entsetzlich war es, auf der Welt zu sein – sie konnte nicht einmal weinen, ihr graute nur. „Machen Sie's weg, machen Sie's weg!" Es jammerte in einem fort in ihren Ohren. Und auf einmal dämmerte etwas anderes in ihr – ein neues Entsetzen. Großchen hatte während Dittes Krankheit so oft angedeutet, wie gut es wäre, daß es nicht gelungen sei, Mütterchen Ditte den Zutritt zum Dasein zu verwehren. „Was hätte dann so ein armes Weib wie ich machen sollen, wenn man dich nicht als Stütze gehabt hätte!“ sagte sie wohl plötzlich und fing dabei zu weinen an, halb vor Grauen und halb vor Dankbarkeit. Es stand Ditte noch so deutlich vor Augen, weil die Anspielung ganz rätselhaft gewesen war: sie vom Dasein auszusperren? Sie hatte sich darunter etwa vorgestellt, daß die Küchentür verschlossen war und sie nicht zum Großchen hineinkommen konnte, sondern in der Nacht draußen stehen und weinen mußte. War es so etwas? War auch sie in Gefahr gewesen, nie zur Welt zu kommen? Es fror Ditte bei diesem Gedanken. Auch sie war ja ein uneheliches Kind – obendrein arm –; eine Geburtsklinik für Wesen ihres Schlages gab es gewiß nicht. Da hieß es einfach, es entweder „wegzumachen“ oder die bösen Folgen zu tragen.

Die Glocke über dem Bett läutete – lange. Ditte fuhr auf und eilte an ihre Arbeit.

Die war nicht kurzweilig, und doch kam es nach jener Entdeckung vor, daß Ditte eine heimliche Freude darüber empfand, daß es nicht gelungen war, sie aus dem Dasein auszusperren. Was hätte Lars Peter denn dann anfangen sollen – und die kleinen Geschwister? Ja, und sie selber, die dann nie das Licht des Tages erblickt hätte! Des Lebens überdrüssig war Ditte ganz und gar nicht.

Und doch weinte sie manchmal heimlich; jedesmal, wenn sie eines der fremden Kinder an die Brust legte, wallte es in ihr auf. Dann mußte sie sich Gewalt antun, ließ aber ihren Tränen freien Lauf, wenn sie allein war. Das Weinen erleichterte, vertrieb das Dunkel aus den Winkeln der Seele.

Zuweilen erwachte auch ein Haß in ihr oder vielmehr Bitterkeit – gegenüber denen, die ihre Kinder von sich abschüttelten und ihr das ihre raubten. Aber es gehörte ein hartes Gemüt dazu, den Haß wach zu erhalten, wenn man erst einmal eines der hilflosen Kleinen zwischen den Händen hatte, ein härteres jedenfalls, als das Dittes war.

Es war schwer, sich an die Stadt zu gewöhnen, schwerer,

als Ditte es sich gedacht hatte. So einsam wie hier, wo doch Menschen genug waren, hatte sie sich noch nie gefühlt; und Tiere gab es hier nicht, nicht einmal eine Katze, die einen anschnurrte und um etwas Leckeres bat. Die Tage waren finster und grau in mehr als einer Hinsicht; während des größten Teiles des Winters mußte man mitten am Tag Licht in der Küche brennen. Überall, wo man hinaussah: graue Häuserflächen, Abflußrinnen, ein endloses Meer von Dächern und Schornsteinen. Es gab zwar Straßen, die ein Lichtermeer mit strahlenden Läden waren, wo alle Herrlichkeiten der Welt zur Schau gestellt wurden; Ditte hatte von ihnen gehört, lange bevor sie hierherkam, und sie hatte sie selber im Traum gesehen. Aber sie hatte auch nichts dagegen, sie richtig mit ihren Augen zu betrachten und vielleicht dort Einkäufe zu machen. Sie schuldete ihren Geschwistern etwas Spielzeug, und wenn die Dienstzeit vorbei war und sie ihren Lohn bekam, dann ... Der Lohn war überhaupt ihr Trost in der Not. Wie vieles wollte sie nicht kaufen und tun, wenn sie ihren Lohn bekam!

„Du!“ sagte Sofie. „Du kriegst bestimmt keinen Lohn, dazu bist du zu dumm und gutmütig. Glaubst du, man läßt uns hier Kräfte und Farbe verlieren – und gibt uns obendrein Geld dazu? Jetzt wollen sie mir hier das Dasein verleiden. Meinst du, ich merke nicht, was im Anzug ist? Man will mir die Hölle heiß machen, um mich zu veranlassen, daß ich mich vor der Zeit aus dem Staube mache und dadurch meinen Lohn verliere. Aber da haben sie falsch spekuliert! Hab ich acht Monate hier sein können, so kann ich wohl auch noch den neunten aushalten. Und treiben sie's mir zu bunt, so –“ Sie nickte unheilverkündend.

„Ja, was willst du denn dann machen? Die Macht und das Recht sind doch auf ihrer Seite.“ Ditte dachte an den Bakkehof.

„Dann verlang ich meinen Lohn und drohe mit einer Anzeige. Davon werden sie wohl kaum sehr entzückt sein. Ich verlange, daß sie mir den Lohn voll ausbezahlen und vielleicht auch noch Kostgeld. Mein Bräutigam sagt, das soll ich tun! Das fehlte ja bloß!“

Es dauerte denn auch nur wenige Tage, bis Sofie im Ernst mit ihrer Herrschaft aneinandergeriet. Es war kein Zweifel darüber möglich, daß sie schikaniert wurde, besonders von der Pflegerin; Tag für Tag bekam sie Vorwürfe darüber zu hören, daß sie keine Milch mehr in den Brüsten habe. Eines schönen Tages wurde es Sofie zuviel, sie schmiß die Arbeit hin und verlangte zu erfahren, was man sich eigentlich denke. Wenn man die Absicht habe, sie zum Gehen zu veranlassen, so könne sie recht gut gehen. Die Pflegerin rief die anderen als Zeugen für ihre Worte an und weigerte sich, ihr den Lohn auszubezahlen. Aber eine Stunde später klingelte es an der Haustür; es war Sofie mit ihrem Bräutigam, und die Vorsteherin mußte beide zu sich in ihr Büro einlassen. Und bald darauf kam Sofie mit runden Ellbogen, mörderlich gut gelaunt, in die Paradestube geschwebt. „Man muß sich doch von seinen Kolleginnen vom Dienst ordentlich verabschieden“, sagte sie und fächelte sich mit zwei Hundertkronenscheinen. Es war wirklich spannend; Ditte lief es abwechselnd kalt und heiß über den Rücken; sie hatte nie geglaubt, daß ein Dienstmädchen so mit seiner Herrschaft umspringen könne.

„Das ist bloß, weil sie zuviel über die Bude hier weiß“, sagte Petra phlegmatisch.

Es kam kein neues Mädchen an Sofies Stelle. Ditte und Petra mußten allein mit den vier Kindern fertig werden; da Ditte diejenige war, die zuletzt niedergekommen war, hatte sie die ganze Last zu tragen. Glücklicherweise wurden auch keine neuen Patienten mehr aufgenommen. Petra meinte, man schicke sich vielleicht an zu schließen. „Sie haben Angst vor Sofie gekriegt; sie weiß zuviel.“

Was war das, was Sofie wußte und Petra auch, ohne daß Ditte es ergründen konnte? Sie sah recht gut, daß vieles, das meiste verkehrt war. „Die lieben Kinderchen!“ sagten sie. „Die lieben kleinen Dingerchen!“ Aber in Wirklichkeit waren sie kalt und berechnend gegenüber den Kleinen und liebten sie nicht. Aber da mußte noch etwas anderes sein, etwas Entsetzliches, das zu erfassen Ditte in ihrer Beschränktheit nicht fähig war – sie wußte es recht gut. Böse Ahnungen hatte sie genug – auch ohne die Andeutungen der anderen. In der Klinik fühlte sich niemand wohl; die Patienten versuchten so schnell wie irgend möglich aufzustehen und wegzukommen. Es war ein geheimnisvolles Dunkel über die Verhältnisse in dem Haus gebreitet. Die Pflegerin und Frau Bram waren immer nervös und aufgeregt. Und dann dieses geheimnisvolle Kommen und Gehen – meist am Abend, von Frauen, die kleine Kinder brachten oder holten, von verschleierten Damen in Begleitung von Herren. Überraschungen gab es immer für Ditte. Kinder verschwanden, als wären sie in den Himmel aufgenommen – sie waren unvermutet in Privatpflege gebracht worden; und andere tauchten auf, als wären sie vom Himmel herabgefallen – direkt in die Wiege hinein. Sie lagen da am Morgen, wenn Ditte herunterkam – und um Mitternacht, als sie zum Schlafen hinaufging, hatte ein anderes Kind da gelegen. Manchmal wollte man sie glauben machen, daß es dasselbe Kind sei; aber Ditte ließ sich nichts weismachen – jedes Kind nahm die Brust auf seine besondere Art. Hier und da kam es auch vor, daß ein Kind starb. Ditte trauerte immer aufrichtig, wenn das geschah. Sie fand es so furchtbar, daß die kleine wachsgelbe Kinderleiche dalag wie ein Licht, das nie mehr angezündet werden sollte. Der Tod durchrüttelte sie. Sofie und Petra waren nicht so aufs Dasein versessen. „Dem ist jetzt wohler als uns", sagten sie oft. „Jetzt bleiben ihm neue Qualen erspart."

Es kam auch vor, daß ein Kind verschwand und nach Verlauf einiger Tage wieder auftauchte. Es sei zur Untersuchung ins Kinderhospital gebracht worden, hieß es. Aber Ditte wußte jetzt, daß das Kinder waren, die ausgeliehen wurden zu Alimentations- und Erbschaftsprozessen, in denen betrogen werden sollte. Ging es gut, so bekam die Vorsteherin die Hälfte ab von dem, was einkam.

„Oh, wie gemein das von ihr ist!" sagte Ditte. „So etwas für Geld zu tun!"

„Sie ist ein großer Dummkopf", meinte Petra. „Denn sie kriegt das Geld nicht einmal selber; das nimmt der Direktor. Dem gehört das Geschäft, und er spielt verlobt mit ihr, bloß um sie dahin zu bringen, daß sie alles tut, was er ihr sagt."

So weit konnte Petra drauflosreden; an einem bestimmten Punkt aber verstummte sie und war nicht dazu zu bewegen, mehr zu sagen. Sie war ein Gassenkind und hatte gründlich gelernt, den Mund zu halten, wenn es darauf ankam.

Ditte wollte nicht länger bleiben; sie konnte es hier nicht mehr aushalten und hatte beschlossen, bei der ersten besten Gelegenheit durchzubrennen. Oben in der Mädchenkammer saß sie und schrieb an Lars Peter; sie versuchte, ihm alles zu erklären. Es galt als eine Art Verbrechen, von seiner Stelle wegzulaufen, und der Vater würde sehr ärgerlich darüber sein. Es war spät, und sie war todmüde, die Feder kleckste, und Ditte wußte nicht, ob vor mit einem f geschrieben wurde.

Petra kam herauf. „Oh, die Engelchen!" sagte sie nachäffend, während sie durch die Stube ging. „Oh, die allerliebsten kleinen Dingerchen!" Sie warf sich aufs Bett.

„Bist du ausgekratzt?" fragte Ditte. „Du hast doch Wache! Sind sie ausgegangen?"

„Nein, aber die Vorsteherin sagte, ich könnte hinaufgehn und mich schlafen legen; sie werde selber die Wache übernehmen."

„Wie sonderbar! Was hat das zu bedeuten?"

„Wohl daß man da unten meine Gegenwart nicht wünscht! Äh, wie ekelhaft das ist!" Sie lag da und schnitt Grimassen.

„Warum bist du so merkwürdig und schneidest Gesichter?" fragte Ditte.

„Was geht das dich an? Schreib du nur deinen Liebesbrief fertig!" erwiderte Petra und drehte sich nach der Wand um. Einen Augenblick später sprang sie auf. „Nun geh ich ins Bett – und kümmere mich um nichts mehr!" sagte sie heiser.

Ditte mühte sich redlich ab. Aus dem Schulbesuch war nie viel geworden, und nun hatte sie das meiste vergessen. „Wie wird ein großes D gemacht?" fragte sie.

„Meinst du, ich wüßte das? Schmier einfach einen Schnörkel hin. Er versteht es schon!"

„Ich schreib an die zu Haus. Ich hab keinen Schatz."

„Ein Kind und keinen Schatz! – Du bist mir ja eine Schöne! Umgekehrt macht mehr Spaß!“ Damit schlief Petra ein.

Ditte schloß den Brief und versteckte ihn unter der Tischdecke. Sie mußte eine Gelegenheit abpassen, ihn jemandem mitzugeben. Ihn der Pflegerin anzuvertrauen hatte keinen Zweck, denn dann wurde er nie befördert.

Eine Weile lag sie da und dachte an ihr neues Brustkind, ein blondlockiges Mädelchen, das sie schon liebgewonnen hatte. Eigentlich mußte die Kleine jetzt die Brust bekommen, aber sie getraute sich nicht, ungerufen hinunterzugehen. Sie würden schon klingeln, wenn sie sie brauchten.

Als sie am nächsten Morgen herunterkam, roch es sonderbar im Hause. Die Pflegerin schmückte eine Bahre, die Vorsteherin wiegte sich hin und her und schnaubte in ihr Taschentuch hinein. „Ach, das arme, liebe Engelchen“, stöhnte sie. Der Arzt, ein Freund des Hauses, war bereits da und schrieb den Totenschein aus. Dittes neues Brustkind war gestorben; wie lieb sah es aus mit den blonden Löckchen um das kleine Gesicht! Die Augen hatte es ein klein wenig geöffnet, als ob niemand wissen dürfe, daß es Ditte ansah – es war zum Verzweifeln!

Dittes Hand legte sich zitternd auf den Kopf des kleinen Leichnams. Sie beugte sich hinab, um das Kind zum Abschied zu küssen. Niemand sah es, sie konnte es ruhig tun. Die Pflegerin schenkte dem Arzt ein Glas Portwein ein. „So früh am Tage!“ hörte sie ihn mit morgenrauher Stimme sagen, während er trank. Seine Hand zitterte.

Und auch Dittes Hand begann zu zittern. Unter den Locken des Kindes, gerade in der Fontanelle, hatte sie den Kopf einer Stecknadel gefühlt. Mit einem Schrei fiel sie um.

Am Abend floh sie. Petra half ihr, ihre paar Sachen auf die Straße zu bringen, und gab ihr die Adresse einer Familie in der Adelgade, wo sie eine Unterkunft finden konnte.

Am nächsten Tag kam auch Petra nach – sie war gleichfalls weggelaufen. „Du kannst mir glauben, daß sie sich darüber gefreut haben, als du verschwandst!“ sagte sie. „Nun sparen sie den Lohn. An deiner Stelle würde ich hingehen und ihn verlangen – und mit der Polizei drohen. So mache ich's!"

Aber Ditte wollte ihren Fuß um alles in der Welt nicht mehr in jene Hölle setzen.

5

Ditte gehört mit zur Familie

Die Nacht verbrachte Ditte bei Petras Bekannten, einer Arbeiterfamilie, die in einem der ältesten Häuser der Adelgade im Hofgebäude eine Einzimmerwohnung innehatte. Es war die kleinste, elendeste Menschenbehausung, die Ditte je gesehen hatte; die Stube hatte zwei kleine Fenster; in der einen Ecke war ein Küchenraum abgetrennt, der nicht größer war als ein gewöhnlicher Tisch. Dadurch entstand auf der einen Seite der Stube eine Art Alkoven, wo Mann und Frau mit Petras kleinem Kind, das sie in Pflege hatten, zwischen sich schliefen. Ihre eigenen Kinder lagen auf Stühlen, und Ditte bekam die Erlaubnis, auf dem hochlehnigen Sofa zu schlafen, das sie sonst sehr hüteten. Es war aus rotem Plüsch und roch von der Füllung nach Schimmel; sie hatten es auf Abzahlung gekauft. Nach Schimmel roch im übrigen alles – und nach Fäulnis. Es war ein alter, verfaulter Bau; der Fußboden war mehrere Zoll weit unters Fußpaneel gesunken. Die Frau mußte jeden Abend die Reste vom Essen zwischen zwei Tellern aufbewahren, damit die Ratten sie nicht in der Nacht auffraßen.

Als Ditte am Morgen den beiden kleinen Mädchen beim Anziehen half, fehlte ein Strumpfband; die Ratten hatten es halb unters Paneel geschleift. „Ja, das ist das Dasein der Armen", sagte die Frau, die am Fenster stand und sich kämmte, „das ist die Herrlichkeit, um derentwillen man in seiner Jugend alles vertat – ein paar Wülste im Haar und Ratten unterm Fußboden! Wäre ich an deiner Stelle, so macht ich, daß ich wieder aufs Land käme, eh es zu spät ist; da kann man sich wenigstens rühren. Aber ich predige natürlich tauben Ohren."

Ja, das war richtig! Nach Hause zu kommen und sich auslachen zu lassen, weil man Schiffbruch erlitten hatte, das war nichts für Ditte.

Die Frau führte sie dann zu einer Reklametafel einer der großen Zeitungen, damit sie sich nach einer Stelle umsehen könnte. „Etwas Ordentliches zu finden, kannst du ja nicht erwarten", sagte sie. „Denn die Herrschaften, die zur Unzeit wechseln, an denen ist selten was dran. Aber vorläufig mußt du eben nehmen, was du finden kannst." Dittes Blick blieb auf einer Annonce haften: kleiner Offiziershaushalt, junges Ehepaar. Der Lohn war nur gering, aber die Betreffende sollte dafür als mit zur Familie gehörig betrachtet werden. Das sagte ihr zu. „Ich bin so allein hier in der Stadt", meinte sie.

Madam Jensen war nicht ebenso begeistert. „Ich habe immer einen guten Lohn einer guten Behandlung vorgezogen", sagte sie. „Die gute Behandlung, die man für Geld kaufen kann, ist es nie wert, daß man ihretwegen gerührt ist. Mit zur Familie gehören, ja – Mahlzeit, das kennen wir. Denkst du vielleicht, das Schwein kommt zu einem andern Zweck in die Kanzlei, als um gegessen zu werden?"

Aber man konnte es sich nicht leisten, lange zu wählen; und es war ja keine Ehe, die Ditte eingehen sollte. So wanderten sie denn nach dem Aaboulevard, wo die Stelle war, und Ditte wurde gemietet und trat den Dienst sofort an.

Damit war diese Sorge vorüber – sie konnte von neuem anfangen. Es war ein kleines Kind im Hause, ein Junge von fünf, sechs Monaten. In der Annonce hatte nichts davon gestanden, und die Frau hatte es auch nicht erwähnt; sie meinte vielleicht, daß Ditte es von selbst entdecken werde. Um die Wahrheit zu sagen, hatte Ditte von Kindern genug gekriegt; sie hätte nichts dagegen gehabt, eine Weile von ihnen befreit zu sein. Aber da war nichts zu machen. Und sonst schien es eine leichte Stelle zu sein; die Wohnung war klein und der Premierleutnant viel auf den Forts ringsum. Und die gnädige Frau beteiligte sich selbst an aller Arbeit.

Die junge Frau war sehr mitteilsam, und Ditte wußte bald, daß ihr Vater Kaufmann in einer Provinzstadt war, wo der Premierleutnant gelegen hatte, und daß ihr von zu Hause Pakete geschickt wurden, was eine Hilfe für sie war. „Aber

Sie dürfen es um Gottes willen meinem Mann nicht verraten; er kann es mit seiner militärischen Ehre nicht vereinbaren, Eßwaren anzunehmen; ich soll den Haushalt von dem bestreiten, was er mir gibt. Er hält mich ja für viel tüchtiger, als ich wirklich bin! Und ich laß ihn natürlich in dem Glauben! – Mögen Sie das Militär leiden? Ich finde, die Uniform gehört zum Schönsten, was ich kenne; und Sie sollen bloß sehen, wie gut sie meinen Mann kleidet."

Ditte bekam, wie gesagt, keinen besonders hohen Lohn: fünfzehn Kronen im Monat. „Mehr können wir nicht geben", erklärte die Frau, „denn das Militär wird so schlecht bezahlt. Mein Mann sagt, so ist es immer gewesen; bei denen, die Leben und Blut fürs Vaterland opfern müssen, ist zum Dank Schmalhans zu Gast. Aber natürlich haben wir ja die Ehre!" Zur Entschädigung für den niedrigen Lohn wurde Ditte als zur Familie gehörig betrachtet; sie schlief auf einem Diwan im Eßzimmer und hatte den Kleinen des Nachts bei sich. „Wir haben ja keine Mädchenkammer in unsrer Wohnung", sagte die Frau. „Und dann meint mein Mann: Wenn das Mädchen im Eßzimmer schlafen soll, muß es wirklich als zur Familie gehörig betrachtet werden und das Kind bei sich drinnen haben! – Er kann es nicht leiden, daß das Kind mit im Schlafzimmer schläft; dann ist man nicht richtig jungverheiratet, findet er. Aber Sie stört es doch auch nicht, was? – Und es ist ja eine Vertrauenssache! Und Sie lernen etwas – das muß man bei dem Lohn immer in Betracht ziehn. In allen andern Berufen muß Lehrgeld bezahlt werden, aber die Mädchen kriegen Lohn dazu!"

So schwatzte sie drauflos, während beide zusammen arbeiteten. Sie war klein und drall und hatte dicke rote Wangen; lieb und natürlich war sie und von freundlichem Wesen. Aber tüchtig war sie nicht; Ditte fand, offen gestanden, daß sie nicht vom Fleck kam. Wenn Ditte am Vormittag den Fußboden aufwischte, mußte sie auf einmal die Arbeit liegenlassen und mit dem Kind ausfahren. „Er soll zum Militär", sagte die Mutter, „darum muß er frische Luft haben. Ich werd inzwischen schon Ihre Arbeit tun." Aber wenn Ditte dann wiederkam, war die Arbeit trotzdem nicht fertig;

die junge Frau zwitscherte bloß eine Melodie nach der anderen. Kochen konnte sie auch nicht; zu Mittag gab es entweder Bratwurst oder Frikadellen von fertiger Farce. „Heut hätte mein Mann zu Hause sein sollen", rief die Frau dann wohl mitunter aus, wenn sie beim Essen waren. „Der Premierleutnant ist so verwöhnt."

Nach der Schilderung der Gnädigen zu urteilen, mußte er ein seltsamer Mensch sein; Ditte empfand geradezu Sehnsucht nach dem Anblick dieses Mannes. Diese Welt war neu für sie, und sie bildete sich im voraus ihre Vorstellungen von allen Dingen. Sie hatte einen Brotherrn bekommen, der Leutnant war und Leben und Blut fürs Vaterland opferte; und in ihrer kindlichen Phantasie entstand die Vorstellung von etwas gewaltig Kriegerischem, einem Riesen mit furchteinflößendem Wesen und einem großen Schlachtschwert, das er in beiden Händen hielt. Und geblähte Nasenflügel hatte er wahrscheinlich auch. „Mein Mann ist so feurig!" hatte die Frau in einem Anfall von Vertraulichkeit gesagt.

Es wurde eine große Enttäuschung, als er nach ein paar Wochen aus dem Lager in die Stadt kam. Dittes neuer Brotherr war ein schlanker, geschniegelter Herr mit dünnem blondem Schnurrbart von der Sorte, die, wie man auf dem Lande sagt, Hühnerdung nötig hat; mit einem Nackenscheitel, den er nie gerade genug kriegen konnte, und einem langen Spielzeugsäbel, der ihm beim Gehen zwischen den Beinen herumschlenkerte. Er trug ein Korsett – eine Tatsache, die Dittes ernsten Sinn so mit Lachstoff erfüllte, daß sie mitten in der Nacht wach werden und loslachen konnte; und dann schrie er hysterisch auf, sobald ihm etwas gegen den Strich ging. Ein entsetzliches Geschrei erhob er, wenn nicht jede Kleinigkeit an seiner Kleidung in peinlichster Ordnung war; und seine kleine Frau weinte dann und war grenzenlos zerschmettert. Sobald er aber zur Tür hinaus war, lachte sie. „Der Herr Premierleutnant ist so heftig", sagte sie. „Das kommt daher, weil er sich mit den dummen Rekruten herumärgern muß."

Es war schön und gut, zur Familie zu gehören, aber Ditte vermißte eine Stelle, die ihr eigen war, bloß ein Loch unter einer Treppe, wo sie, die Hände im Schoß, einen Augenblick auf dem Bettrand niedersinken und träumen, ein bißchen weinen konnte vor Sehnsucht nach ihrem Kind und ihrem Heim, wo sie sie selbst sein durfte! In ihr begann sich etwas zu regen, ein Drang, für eigene Rechnung zu leben, unter jungen Menschen zu sein, zu ihnen zu gehören, mit ihresgleichen zu verkehren. Die anderen Mädchen im Hause hatten ihre freien Abende; männliche Bekannte holten sie am Haustor ab, und sie gingen zusammen aus, zum Tanz und zu anderen Vergnügungen. Ditte wollte auch gern ihren Ausgang haben, aber die Gnädige hielt sie zurück. „Wir haben ja die Verantwortung für Sie", sagte sie. „Sie wollen doch nicht am Abend auf die Straße rennen?" Ditte konnte nicht einsehen, daß es verwerflich war, wenn man abends zusammen mit anderen jungen Leuten draußen war – tagsüber war man ja sowieso verhindert. Aber in den Augen der Gnädigen war das nichts Sauberes, Straßenrennerei nannte sie's; ein anständiges Mädchen ließ sich nicht dazu herab, sondern blieb zu Hause. Entrüstet erzählte sie, wie eine andere Herrschaft im Hause eines Abends die Mädchen dabei überrascht habe, wie sie auf ihrem Zimmer Kaffeebesuch empfingen – sogar Besucher männlichen Geschlechts! Und obendrein war es Kaffee, den sie der Herrschaft stibitzt hatten. „Seien Sie froh, daß wir uns Ihrer annehmen!" sagte sie.

Nun, nachdem der Premierleutnant in die Stadt gekommen war, fiel das alles von selber fort, denn von nun an war die Herrschaft fast jeden Abend außer Hause. Gingen sie ein einziges Mal nicht aus, erfuhr sie es erst im letzten Augenblick, so daß es zu spät war, sich etwas vorzunehmen. Dann ging sie zu Jensens in die Adelgade oder schlenderte auf der Straße herum und langweilte sich ein paar Stunden.

„Such dir eine andre Stelle", meinte Frau Jensen, „jetzt zum Ersten gibt's genug."

„Ich hab nicht gekündigt!" erwiderte Ditte.

„Dann kneif aus!"

Nein, das wollte sie doch nicht; dafür tat ihr die Frau zu leid – sie war so hilflos. Und nett war sie ja zu ihr!

„Ja, Sie laufen einem wenigstens nicht weg – das weiß

man doch“, sagte die Frau Leutnant eines Tages beim Abwaschen, als ob sie fühlte, daß etwas Derartiges in der Luft lag. „Es war gut, daß ich Sie bekommen habe. Ich habe mir immer ein Mädchen vom Lande gewünscht. Denn die Kopenhagener Mädchen sind wirklich nicht angenehm; wenn nicht alles herrschaftlich ist, machen sie sich nichts draus, in einem Haushalt zu sein. Sie verlangen ihr eigenes Zimmer mit Ofen und zwei Gerichte mit Nachtisch und einmal in der Woche einen freien Abend. Der Herr Premierleutnant sagt auch, er müßte sie bloß mal ein paar Wochen lang unter sein Kommando kriegen, dann würd er sie schon Mores lehren. Wie freu ich mich darüber, daß Sie Kinder gern haben – fast alle die Mädchen, die wir gehabt haben, sind vor der Zeit weggelaufen. Ja, das letzte hat mein Mann fortgejagt! Finden Sie wohl, daß es einem schaden kann, wenn man am Abend bei dem Kleinen sitzt? Es schläft ja, und man hat wenigstens Gesellschaft. Aber wissen Sie, was sie gemacht hat? Mein Mann und ich, wir gehen ja manchmal des Abends aus, und wir meinten natürlich, daß sie inzwischen auf das Kleine achtgab. Aber wir konnten nicht begreifen, daß der Junge immer so blaß aussah. Da, eines Abends, als wir vom Ball nach Hause kamen – bevor er zu Ende war, weil ich mich nicht recht wohl fühlte –, sagte mein Mann plötzlich, während wir über die Straße gehen: ‚Aber ist das nicht Klara, die da mit dem Kinderwagen vor uns fährt, mit dem Husaren neben sich?‘ – ‚Was denkst du!‘ sage ich. ‚Klara hat kein Kind, und im übrigen sitzt sie zu Hause und gibt auf unsern Jungen acht.‘ Aber dann war sie es trotzdem, mit unserm kleinen Jungen auf der Straße, um zwölf Uhr nachts.“ Dittes gnädiger Frau traten die Tränen in die Augen. „Mein Mann hat sie ordentlich ins Gebet genommen, und dann stellte es sich heraus, daß sie seit fast zwei Wochen das Kind mit in das Tanzlokal ‚Die Kette‘ genommen und in der Garderobe abgestellt hatte, während sie mit ihrem Husaren herumwalzte. Ist das nicht entsetzlich, daß ein Mensch so herzlos gegen ein unschuldiges kleines Wesen sein kann – und bloß, um zum Tanz zu gehen?“ Sie preßte das Taschentuch gegen die Augen. Plötzlich warf sie weg, was sie in den Händen hatte, stürzte nach dem Wohnzimmerfenster hin und riß es auf, unten vom Boulevard erscholl rasendes Geläut. Sie rief Ditte herbei. „Es ist der Sanitätswagen", sagte sie aufgeregt. „Was wohl passiert sein mag? Ich sorge immer vor, wenn ich ausgehe – und habe eine Visitenkarte in der Tasche. Für den Fall, daß was passieren sollte."

Eines Tages erlebte Ditte eine große Freude – man schickte ihr ein Bild ihres kleinen Knaben. Die Häuslersleute hatten ihn taufen lassen und die günstige Gelegenheit benutzt, zum Photographen zu gehen. Er sei Jens getauft worden nach dem Mann, schrieben sie, und sei gesund und munter, aber ein schlimmer Schreihals; er wolle am liebsten immer etwas im Halse haben. Ditte lachte herzlich, als sie das las; er war gewiß ein rechter Freßsack, was man auch aus dem Bild sehen konnte. Er war gar zu dick. Es kam ihr seltsam vor, daß er getauft worden war, ohne daß man sie mit zu Rate gezogen hatte – und daß er nach einem Fremden benannt worden war. Aber großartig sah er aus, wie er da mitten in einer Landschaft mit Säulen und Palmen saß und mit den drallen Armen um sich focht. Und wie nett sie ihn kleideten!

Nun wäre es großartig gewesen, hätte man sein eigenes Zimmer gehabt und eine Kommode, auf die man das Bild hätte stellen können! Dann fiel der Blick zufällig darauf, und man war froh überrascht. Ein paar Tage trug Ditte das Bild auf der Brust; sie bildete sich aber ein, daß es die Körperwärme nicht vertragen könne und schon angefangen habe zu verblassen. Darum stellte sie es auf das Büfett im Eßzimmer.

Als sie am Nachmittag jedoch nach Hause kam, nachdem sie den Jungen ausgefahren hatte, war es verschwunden.

„Ach, das Bild!" sagte die Frau Leutnant. „Ja, das war Pech. Mein Mann kam und wurde so böse, so böse; er wollte es in den Ofen stecken, aber ich habe es doch noch gerettet. Wie konnten Sie es auch nur da aufstellen!" Sie holte es aus einer Schublade hervor; es war etwas verschrammt. Ditte traten die Tränen in die Augen. „So ein süßes Kerlchen!" sagte die gnädige Frau, um sie zu trösten. „Ist es Ihr Brüderchen?"

„Nein, es ist mein Kind!" brachte Ditte hervor.

„Oh – Verzeihung – das tut mir leid!" Die junge Frau umfaßte ihr Gesicht. „Sie dürfen nicht böse sein, ich werde einen schönen Rahmen dafür kaufen. Wissen Sie, ich bin auch zu früh in gesegneten Umständen gewesen", sagte sie mit Tränen in den Augen. „Sie können mir's glauben, das war eine schwere Zeit für mich, während ich mit dem Jungen ging und nicht wußte, ob Adolf sich mit mir verheiraten würde oder nicht. Sie gutes Kind!" Und dann küßte sie Ditte und lachte gutmütig zwischen den Tränen.

Das machte so viel aus, daß Ditte es nicht übers Herz brachte zu kündigen. Aber müde war sie! Es war richtig, daß nicht viel zu tun war, aber was half das? Gebunden war sie trotzdem immer. In der Nacht schlief sie mit einer Hand auf dem Kinderbett, um es zu schaukeln, wenn der Kleine den geringsten Laut von sich gab. Der Leutnant konnte es nicht vertragen, gestört zu werden.

Ditte hatte jetzt genug von Kindern gekriegt – das war ganz von selbst gekommen. Zum erstenmal in ihrem Leben sorgte sie für ein Kind, aus dem sie sich nichts machte, auf das sie vielmehr manchmal, wie sie plötzlich merkte, Unglück herabwünschte. Sie sorgte für den Kleinen, weil es nun einmal ihre Pflicht war, stand auf, gab ihm in der Nacht die Flasche, drehte ihn um, wie man ein Bündel umwendet – und wußte, daß sie keine Spur traurig sein würde, wenn der Junge am nächsten Morgen tot war, erloschen wie eines der Engelchen in der Geburtsklinik, die sie so von Herzen beweint hatte.

Am letzten des Monats saß Ditte und zählte immer wieder ihren Lohn und starrte hoffnungslos vor sich hin. Ihre Herrschaft war ausgegangen. Sie erhob sich, zog den alten Reisesack, worin sie ihre Sachen hatte, unterm Diwan hervor und begann Verschiedenes auszupacken und auf dem Eßtisch aufzustellen – wie sie es zu tun pflegte, wenn sie sich langweilte. Aber plötzlich warf sie das Ganze in den Sack, wärmte dem Kleinen die Flasche, schlüpfte in größter Hast in ihre Mädeljacke und floh. Unten auf der Straße befiel sie Verzweiflung – weil sie das kleine Kind im Stich ließ und ihre ganze Stellung. Zurück *wollte* sie nicht, und ihrer Wege gehen *konnte* sie nicht! Sie setzte sich auf eine Bank auf dem Boulevard, und ab und zu schlich sie sich auf den Hof, um zu lauschen, ob der Kleine nicht schrie. Die Lampe konnte ja auch blaken, oder es konnte Feuer ausgebrochen sein – irgend etwas Entsetzliches konnte passieren. Erst als sie ihre Herrschaft nach Hause kommen sah, lief sie nach der Adelgade und klopfte Jensens heraus.

6

Ditte wird zum Stubenmädchen befördert

Die Weckeruhr läutete heftig. Luise, die Köchin, taumelte aus dem Bett und rief nach Ditte; als das keine Wirkung hatte, begann sie sie zu bearbeiten. Es war fast unmöglich, sie wachzurütteln. Noch als sie auf dem Bettrand saß, schlief sie innerlich und schwankte hin und her. „Nun legt sie sich wahrhaftig wieder hin!" rief die Köchin und griff nach der Wasserkanne. Bei dem scharrenden Laut der Kanne, die an der Waschschüssel vorbeistreifte, und der Aussicht auf eine kalte Rükkendusche wurde Ditte ganz wach. „Ach, ich bin so müd, so müd", klagte sie; ihr Gesicht verzog sich vor Unwillen.

„Ja, ist gut. Mach nur, daß du dich anziehst", tröstete die Köchin. „Dann wollen wir uns eine gute Tasse Kaffee kochen, und es geht schon vorüber."

„Die Bohnen sind ja eingeschlossen!" Ditte sagte es recht mürrisch.

„Pah! Eingeschlossen! Seh ich vielleicht so einfältig aus?" Luise drehte ihr das breite Hinterteil zu. „Nä, ich hab gestern abend für die ganze Woche genommen; sonst müßte man schön dumm sein. Hö, bei einem Maß Bohnen geizig sein! Und jeden Abend 'nen Haufen Geld für Gesellschaften ausgeben! Was meinst du wohl, was so ein Abend wie der gestern kostet! Aber da wird nicht geknausert – Gott behüte! Und da soll unsereins sich den Kopf zerbrechen, um es in Zweiören wieder zusammenzusparen? Nein, was nötig ist,

ist nötig! Neulich kam wahrhaftig die ‚Königin des Festes' hierher" – die Mädchen hatten diesen Namen bei einer Gesellschaft aus einem Toast auf die gnädige Frau aufgeschnappt –, „am Tag nach einer großen Gesellschaft, und fing an, die Knochen vom Schweinekamm wieder aus dem Kehrichteimer herauszusuchen. ‚Die müssen Sie gut abspülen, Luise', sagte sie, ‚davon kann man eine gute Suppe kochen; Knochen geben eine ausgezeichnete Suppe.' Nun kann ich nicht vertragen, daß die Gnädigen in die Küche kommen, sie schaffen bloß Unordnung. ‚Wer soll die Suppe denn essen?' fragte ich. ‚Wir alle', antwortete sie spitz, ‚aber wenn Luise nicht glaubt, daß sie das kann, müssen wir ihr ja Extraessen machen.' – ‚Da will ich aber selber dabeisein', sagte ich – da hatte sie den Salat! Denn vom Kochen hat sie ja keine Ahnung. Das haben die Damen übrigens fast nie; sie rühren etwas auf einem Teller zusammen – rot und gelb, und nennen es italienischen Salat, und dann heißt es, daß sie selbst für die ganze Anrichtung gesorgt haben, und sie sitzen und loben einander: ‚Was Sie für eine Künstlerin auf dem Gebiet sind, Frau Direktor!' Ja, Mahlzeit, wenn die Gäste das essen sollten, was die Gnädige zusammenrühren kann, so würden sie wohl nicht mehr oft herkommen."

Luise schimpfte leise vor sich hin, während sie ihre Beine wickelte; sie waren dick und voller Krampfadern. Dann warf sie ein Kleid über und machte, daß sie hinunterkam. Ditte folgte ihr auf den Fersen. „Helfen Sie mir heute ein bißchen, bloß einen Augenblick!" bat sie.

Ditte hatte schon mehrmals den „Tag darauf" erlebt – bei Direktors wurden oft Feste gefeiert. Ganz grün war sie nun nicht mehr; trotzdem schauderte es sie, wenn sie am Morgen nach so einer Gesellschaft in die Stuben hinunterkam. Überall auf den Schränken, Tischen und gepolsterten Möbeln standen die Aschenbecher herum, von denen ein jeder den Mittelpunkt eines Dunghaufens von Asche und abgebrannten Streichhölzern sowie Zigarren- und Zigarettenstümpfen bildete. Gläser und Flaschen standen in klebrigen Ringen von verschüttetem Wein; es stank nach alten Alkohol- und Tabakdünsten aus Möbeln und Portieren; und beim Reinemachen war kein Ende abzusehen. Die ersten Male gab sie es auf und flüchtete weinend zur Köchin, die dann mit hinein mußte, um sie anzulernen. Es mußte am richtigen Ende angepackt werden, sonst kam man überhaupt nicht vom Fleck und beschmutzte nur noch mehr – ein Besen und etwas nasser Sand taten es hier nicht. Dann schalt Luise sie aus, weil sie sich als Stubenmädchen vermietet hatte, ohne den geringsten Begriff von der dazugehörenden Arbeit zu haben – und half ihr. Und Ditte kaufte ihr aus Dankbarkeit etwas von dem Trinkgeld, das sie am Abend vorher bekommen hatte, ein seidenes Taschentuch oder worauf sie sonst verfallen mochte.

Es war ja so wahr, daß sie sich selbst mit Hilfe einer kleinen Lüge befördert hatte. „Fragen sie, ob du dies oder jenes kannst, so antwortest du ganz einfach ja", hatte Frau Jensen gesagt. „Bist du erst mal drin, so lernst du es bald." Und als die gnädige Frau dann gefragt hatte, ob sie vorher schon Stubenmädchen gewesen sei, sagte sie ja – nicht freudig zwar, aber ein Ja war es doch. Und nun kam es darauf an, es ganz geschwind zu lernen, so daß es einigermaßen so aussehen konnte, als wäre sie bloß noch nicht mit den Verhältnissen im Hause vertraut; und Ditte machte dann auch Fortschritte. Aber das meiste lernte sie durch Übung und durch die Winke, die ihr Luise gab. Die Gnädige lag bis spät in den Vormittag hinein im Bett und weihte sie in nichts ein, sondern schalt bloß, wenn etwas verkehrt gemacht worden war. „Freu du dich darüber", sagte die Köchin. „Wäre sie eine Frau, die ihre Sache versteht, so wärst du längst geflogen."

Besonders tröstlich klang das ja nicht gerade, aber Ditte quälte sich unverdrossen ab und versuchte sich in ihrer neuen Welt zurechtzufinden. Eine neue Welt war es, von den schweren Teppichen auf den Fußböden an, die weder Wasser noch Schrubbtücher vertrugen, sondern mit Teeblättern gereinigt werden mußten, bis zu den Prismenkronleuchtern, die man beständig herabzureißen Gefahr lief, und den kostbaren Sachen, die überall wie Fallen aufgestellt waren.

Sie lebte dauernd in der größten Angst, und die vielen Gesellschaften und durchwachten Nächte erleichterten das

Ganze nicht. Sie und Luise mußten aufbleiben und servieren, oft bis gegen Morgen, und sie saßen dann in der Küche, lauschten auf den Lärm aus den Stuben und gähnten. Gegen ein, zwei Uhr pflegte der Herr zwar herauszukommen und zu sagen, sie könnten ruhig zu Bett gehen; aber sie blieben doch auf, bis das Ganze vorbei war, um den Gästen beim Anziehen der Mäntel behilflich zu sein. Die waren dann gewöhnlich gut gelaunt, und das Geld saß locker. Ditte, die jung war und gut aussah, bekam die meisten Trinkgelder, obwohl Luise die meiste Arbeit mit den Gästen hatte; aber so war die Welt nun einmal. Und hinterher teilten sie ja.

„Nimm du nur, was sie dir zustecken, und zier dich nicht", sagte Luise. „Und fragen sie, ob du wechseln kannst, so sagst du einfach nein; so ein Lappen ist ganz und gar nicht zuviel, wenn man die ganze Nacht für sie geschuftet hat. Aber du darfst dich nicht anstellen, wenn dich einer ein bißchen kneift! Die Männer sind nu mal so, sobald sie 'n bißchen in der Krone haben. Wenn sie meinen, daß sie auf die Art mehr für ihr Geld bekommen, bitte schön – meinetwegen; ich will gern für einen Fünfer oder Zehner blaue Flekken an den Hüften in Kauf nehmen. Man erlebt manchmal schlimmere Dinge gratis; und Mutter hat immer gesagt: Sein täglich Brot soll man hübsch da holen, wo's hingelegt wird."

Die Trinkgelder hielten Ditte aufrecht; sie verwahrte sie auf der Brust und fühlte, wie sie auf der Haut knisterten, während sie sich abmühte, wieder Ordnung zu schaffen. Um halb acht Uhr kam der Direktor aus dem ersten Stock herunter, und dann sollte es im Eßzimmer warm, gelüftet und aufgeräumt sein. Solange das Gelage auch gedauert haben mochte, er war am Tage danach immer früh auf den Beinen und wohlauf; er ließ sich nicht unterkriegen. Nie sah er nach der Seite hin, wo die gnädige Frau sich befand, er hatte sein Schlafzimmer oben und eine Liebste in der Stadt. Ditte begriff das alles nicht. Hier waren Menschen, die alle Dinge im Überfluß hatten und sich keine Gedanken über ihre Zukunft zu machen brauchten. Sie konnten einfach drauflosleben, in Herrlichkeit und Freuden. Und doch waren sie nicht glücklich!

Kurz darauf klingelte die gnädige Frau. „Ist der Herr Direktor ausgegangen?“ fragte sie, und dann brachte Ditte auf einem großen Tablett alle Reste vom Abend zu ihr hinein, halbgeleerte Wein- und Whiskyflaschen und Gläser. Die Frau ließ sich das Ganze neben ihr Bett stellen und goß die Reste in Karaffen. Luise behauptete, daß sie die Neigen in den Gläsern selber trinke und den Geschmack nach Bärten und Tabak in sich hineinlecke; das sei so eine lasterhafte Neigung von ihr. Sie hatte ein großes, helles Schlafzimmer nach dem Garten zu, mit großen vergoldeten Möbeln, mit Hunderten von Kristallflakons, Glasdosen und Porzellangefäßen, die lauter Schönheitsmittel enthielten. Und elektrische Kräuseleisen waren da zu finden und Instrumente für die Gesichtsmassage. Aber schön wurde sie deshalb doch nicht! Die starren rotblonden Stirnhaare sahen aus wie versengter Flachs, und am Hals und auf der Kopfhaut sah man Streifen von rotbrauner Haarfarbe. Auch das Schwarze um die Augen war verlaufen sowie die Bemalung der Lippen und Wangen. Ditte hätte gern gewußt, wie die „Königin des Festes“ in Wirklichkeit aussah, wenn all das Aufgeschmierte abgekratzt war.

Wenn keine Neigen vorhanden waren, hatte Luise sie angewiesen, sie herzustellen. Dann blieben sie für den größten Teil des Vormittags von der Hausfrau verschont; und das war Ditte nicht unwillkommen.

Sie bekam nicht wenig Schelte, besonders in der ersten Zeit, und wartete immer mit Herzklopfen darauf, daß die Gnädige hereinkam. Es gab tatsächlich genug Grund zu schelten – das wußte sie recht gut –, wenn sie auch längst über die Zeit hinaus war, wo sie Fensterleder und Staubtuch bei den Gemälden anwandte. Ditte war nicht dumm! Aber da waren hundert andere Dinge, die nicht so einleuchtend waren. Sie war in eine neue Welt hineingeraten, eine üppige Welt voll kostbarer Gegenstände, von deren Existenz sie nie eine Ahnung gehabt hatte und von deren Kostbarkeit man sich nur schwer einen Begriff machen konnte. Stube an Stube war damit angefüllt, und jedes einzelne Ding sollte behutsam behandelt werden. Wenn man sich hier bewegte, so war's, als ob man auf faulen Eiern tanzte, und Ditte war ganz und gar nicht froh; eine ganz gewöhnliche Glasschale war nach Aussage der gnädigen Frau viele hundert Kronen wert. Gott gnade Ditte, wenn sie sie entzweischlug. Das tat sie nun freilich nicht. Aber sie goß Wasser in eine Blumenvase, in die um keinen Preis Wasser kommen durfte; und die Vase war sofort ruiniert, obwohl Ditte nichts daran entdecken konnte.

Die gnädige Frau nahm dergleichen Dinge ruhiger hin als Ditte selber. Es hatte sie aus dem Gleichgewicht gebracht, daß sie hier mit verbundenen Augen umherging und nie wußte, wann sie Unglück anrichtete, und sie konnte ganz hysterisch davon werden. Dann lief sie in ihr Zimmer hinauf und lag heulend auf dem Bett, und Luise mußte sie herunterholen. „Du paßt mir schön für einen herrschaftlichen Haushalt!" sagte sie tröstend. „Aber dein Bestes tust du, das kann keiner bestreiten. Geh jetzt nur lieber runter, der gnä' Frau tust du wahrhaftig leid. Und dann sieh zu, daß du kündigst und dir eine neue Stelle suchst – hier im Hause arbeiten sich jährlich ein paar Mägde kaputt. Es ist genau wie zu Haus auf dem Gut, wo sie jedes Jahr ein paar Herrschaftspferde so geschunden haben, daß sie erschossen werden mußten. Für uns spendiert bloß keiner einen Schuß Pulver; wir müssen uns aufrecht halten, bis wir von selber hinstürzen." Ihre Beine waren infolge von Überanstrengung ganz geschwollen; es hatte sich Wasser in ihnen gebildet. Sie wartete bloß darauf, daß sie genug zusammen hatte, um heiraten zu können; sie war mit einem Erdarbeiter verlobt.

Aber Ditte wollte nicht kündigen; Hals über Kopf hatte sie zwei Stellen verlassen, nun war's genug. Zum erstenmal war sie auf einem Posten, den sie beschämenderweise nicht ausfüllen konnte. Zufrieden war man auch auf den anderen Stellen, wo sie gedient hatte, nicht gewesen, aber das war eine Sache für sich. In Ditte regte sich der Verdacht, daß es ebenso unmöglich sei, Genügendes zu leisten, wie zum Mond zu kriechen. Aber hier war sie selber unzufrieden; sie fühlte, daß sie dem, was sie übernommen hatte, nicht gewachsen war, und deswegen grämte sie sich. Sie hatte immer ihre Ehre dareingesetzt, geschickt in ihrer Arbeit zu sein.

Ditte hatte sich viel von der Hauptstadt versprochen – wenn auch nicht gerade in bezug auf Vergnügungen; in diesem Punkt war sie leicht zufriedenzustellen. Daß sie so früh die Verantwortung daheim hatte übernehmen müssen, hatte ihre Entwicklung gefördert und sie Erfahrungen gewinnen lassen; sie wußte selbst sehr gut, daß sie tüchtig war, und stellte sich große Aufgaben. Auf dem Lande konnte ja von einer richtigen Wirtschaftsführung nicht die Rede sein; man aß fast zu jeder Mahlzeit Grütze, ein Tischtuch legte man selten auf, und die Betten wurden gemacht, wenn Zeit dazu war. In der Stadt aber war das anders, wie sie wußte. Da hatte man nicht am Tage im Stall und auf dem Feld zu tun und besorgte den Haushalt, während die Männer aßen oder schliefen; man war den ganzen Tag über im Hause, bereitete das Essen nach dem Kochbuch zu, sehr kompliziertes Essen oft, putzte und hielt alles hübsch in Ordnung. Da hatte man Verwendung für häusliche Umsicht und Tüchtigkeit, und Ditte besaß beides. Sie hatte bereits seit fast zehn Jahren einem Haushalt vorgestanden und allgemein Lob dafür geerntet.

Ach, und dann dieser Sprung von den Stuben – den Löchern – daheim im Elsternnest und im Armenhaus zu den Sälen hier! Da gab es überhaupt keinen Vergleich – und keinen Übergang; es war, als springe man aus dem Abgrund des Elends zur Herrlichkeit der höchsten Himmel. Damals hatte sie gemeint – besonders des Sonntagmorgens, wenn sie den Fußboden wischte, aufräumte und Sand auf die Dielen streute –, daß sie ein recht gemütliches Heim hätten. Nun aber sah sie deutlich, daß es überhaupt keine menschliche Behausung gewesen war; die Pferde des Weinhändlers hatten ein wärmeres und besseres Obdach. Das Haus war dem Einsturz nahe, Fußboden und Decke waren von Würmern zerfressen und morsch; es war kein Stück Kleidung oder Hausrat vorhanden, das nicht ausrangiert und sozusagen auf dem Abladeplatz hervorgesucht worden war. Und von alledem sollte sie unmittelbar übergehen zu diesem Leben zwischen den kostbarsten Gegenständen, in Sälen mit teuren Teppichen, Möbeln und Bildern! Sie war überwältigt, geblendet und verwirrt, es fehlte ihr jeder Maßstab, jedes Schätzungsvermögen, ein Sinn, der sie leitete, wenn sie sich in dieser Umgebung bewegte, wo Dinge, die sich ganz unansehnlich ausnahmen, Tausende wert sein konnten.

Und ebenso war es mit den Menschen. Ditte nahm ihre geistige Nahrung unmittelbar von ihrer Umgebung auf; sie war ganz Auge und Ohr – die Neugier selber war sie, nichts ließ sie sich entgehen. Aber auch hier begriff sie die Menschen nicht, ihr eigentliches Wesen blieb ihr ebenso verborgen wie das Wesen der Dinge. Was wollten sie mit all den kostbaren Gegenständen – sie sahen sie sich ja doch nie an! Immer unzufrieden waren sie, obwohl sie alles kriegen konnten, worauf sie mit dem Finger zeigten. Und sie sagten das eine und meinten das andere. Die Gäste küßten der gnädigen Frau die Hand wie in den feinsten Romanen; wenn sie ihnen aber den Rücken zukehrte, lachten sie und rümpften die Nase. Ditte sah das recht gut! Der gnädige Herr und die gnädige Frau wohnten unter dem gleichen Dach und schliefen doch in verschiedenen Stockwerken!

Ditte hatte jetzt ihren festen Ausgang, einen Abend in der Woche und jeden zweiten Sonntag. Aber es ging ihr wie den Vögeln im Käfig: es dauerte eine Weile, bis sie sich damit vertraut machte, daß der Käfig offen war. „Geh doch aus, Mädel“, sagte Luise, „geh doch aus und schaff dir ’nen Schatz an. Was willst du immer hier in der Kammer sitzen und den Kopf hängen lassen!“

So ließ sie sich denn hinaustreiben, einmal, zweimal – und auf einmal hatte sie Geschmack an der Freiheit gefunden. Sie schloß Freundschaft mit anderen Mädchen, traf durch sie mit jungen Burschen zusammen – und ließ sich nun nicht mehr nötigen, sondern wachte wie ein Geizhals über ihre freie Zeit. Eines Abends spät, als sie auf dem Rummelplatz im Tiergarten gewesen war, begleiteten mehrere junge Leute sie nach Hause. Auf dem Villenweg stand der Schwarm und trieb Allotria mit Schreiballons.

„Du rennst dir die Absätze schief, Mädel“, sagte Luise am nächsten Morgen. „Gib nur acht, daß nicht noch mehr draufgeht!“

An diesem Tag wurde ihr gekündigt. Zuerst weinte sie; sie schämte sich, weil sie schon wieder wechseln mußte. Es ging doch gerade etwas besser! Aber dann schüttelte sie es ab; die anderen Mädchen, die sie kannte, nahmen dergleichen nicht so ernst; sie wechselten die Stelle ohne Murren. Obendrein war das Gute dabei, daß man das Recht hatte, sich an drei Nachmittagen, überdies Wochentagen, freizunehmen, um eine neue Stelle zu suchen. Ditte genoß ihre Nachmittage vollauf, obwohl sie schon am ersten Tag unterkam; eine der Freundinnen hatte sie das gelehrt. Ganz ehrlich war es nicht, aber man mußte alles mitnehmen; es schenkte einem niemand etwas! Und ein Gaudium war's, auf der Straße spazierenzugehen, zu einer Zeit, wo man sonst arbeitete und wo alle Läden offen waren.

Ditte hatte zum erstenmal in ihrem Leben Geld in der Tasche und machte für ihren kleinen Jungen und die zu Hause große Einkäufe.

Und dann versprach sie sich auch mancherlei von der neuen Stelle. Es gab nichts zu beweinen, das Gute mußte in der Zukunft liegen! Da, wo sie bisher gelebt hatte, war es jedenfalls nicht zu finden.

7

Die Heimatlosen

Manchmal mußte Ditte der Frau Jensen recht geben – sie wäre besser zu Hause geblieben. Der Lohn erschien zwar recht hoch, reichte aber nicht aus, um die abgetragenen Kleidungsstücke zu ersetzen und immer ordentlich gekleidet zu gehen; und auf ein Vorwärtskommen bestand wenig Aussicht. Hier in der Stadt kam sie sich noch elender und noch mehr übersehen vor als draußen auf dem Lande. Dort hatte man sich doch wenigstens mit der Schinderfamilie beschäftigt, wenn auch nicht immer in der liebenswürdigsten Weise; aber sie waren doch Menschen gewesen – wenn man sie auch am untersten Tischende untergebracht hatte. Hier existierten sie und ihre Welt überhaupt nicht.

Nach und nach bekam sie einen Überblick über die Verhältnisse, durch ihre eigenen und der Freundinnen Erfahrungen. Es gab gute und schlechte Stellen, Häuser, in denen die gnädige Frau den Schlüssel zur Speisekammer immer in der Tasche trug und dem Mädchen jeden Bissen zuteilte – bis zu den Brotscheiben –, und andere Häuser, wo man soviel bekam, wie man essen konnte, und zwar aus demselben Topf wie die Herrschaft, wo die Hausfrau selbst dem Mädchen auftischte, bevor das Essen ins Zimmer getragen wurde, so daß es ausgeschlossen war, daß nichts für einen übrigblieb. Es gab Stellen, wo die Gnädige ihre Nase in alles steckte, und andere, wo die Köchin die Alleinherrschaft hatte und die Frau des Hauses kaum den Fuß in die Küche zu setzen wagte. Zu alledem ließ sich nichts sagen. Man mußte bloß so schnell wie möglich kündigen, wenn man Pech gehabt hatte, und sich eine bessere Stelle suchen.

Und sehr bald war man da wieder fertig und suchte weiter. Es war wie ein Jucken am Körper, das einem nirgendwo lange Ruhe ließ; man mußte seine Glieder bewegen, man mochte wollen oder nicht. Hatte man sich eben eingerichtet, und schien es diesmal so auszusehen, daß es recht behaglich für einen werden würde, so überkam es einen wie ein Niesen: man mußte kündigen. Ditte war von den Verhältnissen in den Wirbel hineingerissen worden; sie wehrte sich so lange wie möglich dagegen. Als sie aber erst einmal im Gange war, ging es auch bei ihr von selber. Es wurde ihr gekündigt, und sie kündigte selbst; beides hielt sich ungefähr die Waage. Und sie sah ihre Freundinnen umziehen und umziehen, von einem Stadtteil zum anderen und wieder zum ersten zurück. Die Freundinnen waren wie Handwerksburschen auf der Walze; eine bleibende Stätte hatten sie nicht. Immer war ein Dienstmann mit der Kommode unterwegs. Und hatten sie sie oft genug hinauf- und wieder hinunterschleppen lassen, so glitten sie aus dem Kreislauf hinaus und suchten Beschäftigung in der Fabrik oder in der Nähstube.

Ditte legte sich keine Rechenschaft darüber ab, was sie und die anderen antrieb; als sie erst das ländliche Schamgefühl über ihre Rastlosigkeit überwunden hatte, ließ sie fünf gerade sein. Sie fand bloß im allgemeinen, daß das Unbekannte dem Bekannten vorzuziehen sei – jetzt wie damals, als sie in ihrer Kindheit dem Großchen fortlief. Sie hatte seitdem so mancherlei durchgemacht, und ihr Inneres trug unauslöschliche Spuren davon; die Hoffnung und Erwartung aber waren dauernd unverbraucht. Dieselbe langweilige Leere, die sie damals veranlaßte, von Großchens Hütte fortzuschleichen und auf der Landstraße ihrer eignen Stumpfnase folgend dahinzutraben, trieb sie auch jetzt vorwärts. Es hungerte sie nach etwas, das ihr noch nicht geboten worden war – weder auf den guten noch auf den schlechten Stellen: nach Nahrung für ihr Menschentum. Gegen die anstrengende Arbeit und die Pflichten hatte sie nichts einzuwenden – die liefen ihr außerdem nicht weg, sondern saßen getreulich wartend auf der Schwelle zu jeder neuen Stellung. Aber sie hatte auch eine Ahnung von etwas anderem, etwas, das schwerer zu finden war – sie begriff nicht recht warum. War es doch so einfach, einander Gutes zu erweisen!

Ditte verstand sich nicht darauf, sich zu schonen, wo es galt, anderen das Schwerste abzunehmen, es ihnen so bequem wie möglich zu machen; sie hatte viel Gemeinschaftsgefühl. Aber hier war keine Gegenseitigkeit, sie bekam ihr Entgelt für ihre Arbeit in Form von Kost und Lohn, damit war das Verhältnis in Ordnung. Niemand kam auf den Gedanken, daß sie mit einem Aufgebot von Liebe zu den Menschen an ihr Tagewerk ging und daß es sie dafür selbst nach etwas Liebe verlangte; niemand schien Rücksicht darauf zu nehmen, daß auch sie ein Menschenkind mit Organen für Kummer und Freude war, daß sie das Bedürfnis hatte, in dem Heim, wo sie sich befand, ein wenig mitzulachen – und mitzuweinen! Mit ihrer Seele wollte niemand etwas zu tun haben und mit ihrem Mitgefühl auch nicht; sie hatte ihre Arbeit zu besorgen und sich dabei so diskret wie möglich zu bewegen. Das Lachen ging sie nichts an – und der Kummer noch viel weniger; aber in der Ecke hinterm Ofen lag Dreck: wollte sie nicht so gut sein, ihn schnell zu entfernen!

Im wesentlichen war es überall so; sie gehörte nicht mit dazu, war ein fremdes, manchmal feindliches, stets störendes

Element, in das man sich fand, weil man sie nun einmal nicht entbehren konnte. In jedem Heim wurde ein Leben gelebt, dessen Rahmen und Voraussetzungen sie schaffen half, aber an dessen Inhalt sie keinen Anteil hatte. An mancherlei erkannte sie, daß das Heim zu einem wesentlichen Teil auf ihr beruhte – an der Unordnung, die herrschte, wenn sie bloß einen Tag das Bett hüten mußte, an der Verzweiflung, wenn sie fort wollte und noch kein Ersatz für sie gefunden war. Und doch war sie so heimatlos wie wenige auf der Erde.

Ditte war von Natur so beschaffen, daß sie in dem Wohl und Wehe der anderen aufgehen und alles daransetzen mußte, gut für sie zu sorgen. Zu Hause war es ihr ja wieder zugute gekommen, weil man sie liebte und weil das Werk ihrer Hände gedieh; und auf dem Hof, wo sie gedient hatte, war ihr ein wenn auch mühsam errungener Anteil an der Behaglichkeit, die sie schuf, beschieden. Hier aber gehörte sie überhaupt nicht mit dazu! Es fiel Ditte schwer zu begreifen, daß sie ein Hauswesen war und kein Mensch; bitter erkannte sie allmählich, daß ihre guten Eigenschaften auf die rein nützlichen beschränkt werden mußten. Allgegenwärtig sollte sie sein, aber man sah es zugleich am liebsten, wenn sie unsichtbar war. Sie verbrauchte ihren alten Vorrat an Menschlichkeit, während sie diese Erfahrungen machte, aber für neuen Vorrat war nicht gesorgt. Es fiel ihr immer schwerer, etwas für ihre Herrschaften zu empfinden; dafür lernte sie, sich ganz automatisch einzurichten.

Und diese Haltung erwartete man von ihr! Kalt und gefühllos sollte man sein, eine Wachsfigur, die rein machen und aufwarten konnte, aber sonst nichts hörte oder sah. Korrekt mußte man sein, taktvoll und diskret! Ditte kannte alle die Ausdrücke recht gut. Man sollte der gnädigen Frau Wasser und Tropfen reichen können, ohne zu ahnen, daß sie einer Ohnmacht nahe war, sollte gleichgültig mit ihr über den Haushalt reden, ihrem geschwollenen, verweinten Gesicht zum Trotz. Ditte verspürte ein natürliches Verlangen, ihr etwas Kaltes auf die Stirn zu legen und ihr ein gutes Wort zu sagen, aber sie lernte klüglich das andere – was man diskret sein nannte.

Sie vergaß dieses Wort nicht. Im ersten Sommer diente sie kurze Zeit bei einem Bankier, der eine kleine Sommervilla in der Nähe Kopenhagens hatte. Sie zog mit der Familie aufs Land und war recht zufrieden damit, aus der Stadt herauszukommen; nur kamen reichlich Gäste, die oft auch die Nacht über dablieben. In einer Nacht waren es so viele, daß man zwei Ehepaare oben im Giebelzimmer unterbringen mußte; es wurde ein Wandschirm zwischen den Doppelbetten aufgestellt. Als Ditte am Morgen den Kaffee für die Gäste hinaufbrachte, stand der Wandschirm hübsch da, wo er stehen sollte, aber die Frauen lagen in den verkehrten Betten; sie erschrak so sehr, daß sie das ganze Tablett fallen ließ. Da wurde ihr gekündigt: sie war indiskret gewesen.

Man war kein rechter Mensch – das war der wunde Punkt. Es gab Herrschaften, die verlangten, daß sie eine bestimmte Montur tragen sollte – vermutlich, damit niemand darüber im Zweifel sein könnte, wer sie war. Ditte sah nett aus und hatte eine gute Haltung; und es kam vor, daß man fragte, ob sie die Tochter vom Hause sei. Sie war froh, daß die gnädige Frau es nicht hörte.

Ihr Heim war die Straße, da konnte sie ihren menschlichen Inhalt suchen. Und wenn sie es tat, rümpfte man deswegen die Nase über sie. Sie treibe sich herum, hieß es.

Ditte wußte es, aber es war ihr gleichgültig; sie nahm die Unterhaltung, wo sie sie fand. Nicht mit uneingeschränkter Freude trat sie in den Kreis der anderen jungen Leute ein; sie faßte alles zu schwer auf, hatte zu Ernstes erlebt, um den leichten Ton treffen zu können. Aber sie tat ihr Bestes.

8

Karls Gesicht

Ditte saß auf dem Holzstuhl am Küchentisch – in der Ecke am Spülstein – und kaute an ihrem Butterbrot. Vor sich hatte sie die Abflußrinne des Spülsteins und der Klosette oben; wenn sie daran vorbeisah, lag ein enger Hof mit grauen Mauern vor ihr. Schlaff und freudlos starrte sie hinaus, während sie aß, und hörte dabei mit halbem Ohr auf die Unterhaltung drinnen im Eßzimmer, wo die Familie frühstückte.

„Laura!“ wurde gerufen, und noch einmal – lauter! Ditte erhob sich und brachte ihnen den Kaffee. Der fremde Name wollte nicht in ihren Kopf hinein; sie mußte sich immer erst besinnen, bevor sie darauf hörte.

Im Zimmer drinnen war die Unterhaltung aus irgendeinem Grunde in Zänkerei übergegangen. Ditte lauschte eifrig – was war denn nun wieder los? Die Zeiten waren vorbei, wo sie darunter gelitten hatte, wenn Unfriede im Hause herrschte. Jetzt konnte sie nicht umhin, ein klein wenig Schadenfreude zu empfinden. Es lag eine gewisse Befriedigung darin, festzustellen, daß Herrschaften auch nur Menschen waren; daß sie durchaus nicht soviel vornehmer waren als sie und ihresgleichen, wie sie sich den Anschein geben wollten, sondern, offen herausgesagt, grob zueinander wurden, sich zankten, ja zuweilen schlugen. Das war eine Erfahrung, die ihren angeborenen Respekt erheblich erschütterte.

Nun redeten sie wieder ruhiger – Gott sei Dank! –, vielleicht weil es klingelte. Ditte erhob sich, um zur Flurtür zu gehen, aber auf dem Korridor traf sie die halberwachsene Tochter Fräulein Kirstine mit einem Brief in der Hand. „Brief für Fräulein Mann!“ sagte sie, das Wort Fräulein betonend, und reichte Ditte lachend den Brief.

Ditte verstand recht gut, was das Lachen zu bedeuten hatte – man litt nicht, daß „Fräulein“ auf ihren Briefen stand. Das war schon damals, als sie sich vermietete, an den Tag gekommen. „Wie heißen Sie?“ hatte die gnädige Frau gefragt.

„Kirstine Mann“, erwiderte Ditte.

„Das ist entsetzlich ärgerlich; unsre jüngste Tochter heißt nämlich auch Kirstine, da würden leicht Verwechslungen entstehen. Können Sie nicht einen anderen Namen annehmen? Laura zum Beispiel?“

Das wollte Ditte nicht gern. „Aber die gnädige Frau können mich ja Fräulein Mann nennen“, sagte sie treuherzig.

„Nein, wir lieben es nicht, unsre Dienstmädchen Fräulein zu nennen", erklärte die gnädige Frau entschieden.

Da mußte sie nun wohl oder übel ihren guten Christennamen ablegen und auf den Namen Laura hören. In der ersten Zeit war es Ditte, als hätte man ihr das Recht genommen, ein Mensch zu sein. So ging es auch den Hunden, wenn sie den Besitzer wechselten; ein neuer Herr, ein neuer Name! Man sagte nicht einmal Sie zu ihr, sondern redete sie in der dritten Person an, wie jemanden, der kaum anwesend war, jedenfalls nicht mit dazugehörte: „Wenn Laura fertig ist, vergißt Laura nicht, Kohlen heraufzuholen!" Auch das erinnerte in störender Weise an die Art, wie man Hunde anzureden pflegte. Ditte liebte es nicht; sie wurde dadurch gegenüber den Mitgliedern des Hauses noch kleiner. Sie selbst sollte „der gnädige Herr" und „die gnädige Frau" sagen – und die halberwachsenen Kinder „das gnädige Fräulein" und „den jungen Herrn" nennen.

Ihr „Fräulein Mann" behielt sie insofern, als die halberwachsenen Kinder die Bezeichnung ihr gegenüber oft benutzten – in dem Glauben, witzig zu sein. Aber Ditte nahm es für vollen Ernst, darum machte es ihnen keinen rechten Spaß. Warum sollte sie nicht Fräulein heißen? In den Läden nannte man sie immer so; und wenn sie auch arm war und arbeiten mußte, um ihr täglich Brot zu verdienen, hielt sie sich doch für ebensogut wie die anderen – und für ebenso wohlerzogen! Die Frage hatte einen kriegerischen Anstrich bekommen, und sie schrieb nach Hause und gab der Schwester Else Bescheid, sie solle nur ja „Fräulein" auf die Briefe schreiben.

Viel hörte sie nicht von daheim. Lars Peter war in der Handhabung von Feder und Tinte aus der Übung gekommen – wenn er überhaupt je dazu getaugt hatte; Schwester Else mußte das Briefeschreiben besorgen. Und ihr fiel's bitter schwer, etwas zusammenzubringen; kaum hatte sie angefangen, so schrieb sie auch schon: „Nun weiß ich nichts andres mehr zu schreiben als einen innigen Gruß!" Alles, was Ditte gern über das tägliche Leben zu Hause erfahren hätte, blieb unerwähnt. Else konnte nichts Bemerkenswertes daran finden. Sie berichtete, wenn jemand im Dorf gestorben war, und erzählte, wer jetzt „zusammen gehe", und das interessierte Ditte nicht mehr so stark. Karl wurde fast immer erwähnt; die Familie stand offenbar dauernd in Verbindung mit ihm, und hie und da besuchte er sie. Ditte merkte, daß sein Stern gestiegen war, und nahm es sich zu Herzen; war es doch, als glitte er in den Kreis hinein und sie würde hinausgedrängt. „Siehst du Karl manchmal in der Stadt?" hieß es jedesmal. Als ob sie nicht genau wüßten, daß sie sich von ihm fernhielt. Aber es sollte ein Vorwurf sein.

Und heute enthielt der Brief noch einen Vorwurf. Lars Peter war neulich in der Stadt gewesen und hatte Ditte aufsuchen wollen; aber sie war nicht mehr auf derselben Stelle. „Du wechselst wohl häufig?" schrieb Schwester Else. Ja, natürlich wechselte sie – was sonst? Aber was verstanden die zu Hause denn von den Verhältnissen hier in Kopenhagen? Die Zurechtweisung traf sie nicht, desto mehr ging es ihr nahe, daß Lars Peter vergebens gekommen war. Das tat ihr leid für ihn – und wie gern hätte sie mit ihm gesprochen und richtige Neuigkeiten von zu Hause gehört. Nie meinte sie ein solches Verlangen wie jetzt danach gehabt zu haben, Lars Peters Stimme zu hören; sie hatte gegen so vieles in ihrem Inneren anzukämpfen. Und in seiner Gegenwart kam man sich gut vor und war nicht im Zweifel über den Weg.

Von Karl sah und hörte Ditte nichts. Ja, einmal, kurz nachdem sie in die Stadt gekommen war, hatte sie ein paar Zeilen von ihm erhalten, worin er mitteilte, daß er in der Blaagaardsgade wohne und sie gern einmal zu einem Spaziergang abholen würde – und fragte, ob sie wohl Lust dazu habe. Sie hatte nicht geantwortet – das konnte ja doch zu nichts führen, da sie nie ausgehen durfte. Damals wäre es sonst recht schön gewesen, eine männliche Stütze zu haben; als sie dann erst Wasser unterm Kiel hatte, war ihr nichts daran gelegen, daß er jeden Schritt, den sie tat, kontrollierte wie ein gerechter Richter. Aber sie wußte, daß er immer noch in Kopenhagen wohnte und Straßenarbeiter war; Luise hatte eine Andeutung gemacht, daß ihr Schatz zusammen mit einem arbeite, der aus Dittes Gegend sei und sie kenne. Das war deutlich genug, Ditte ging bloß nicht in die Falle!

Aber damit war sie nicht mit Karl fertig. Sie konnte es unterlassen, ihm zu antworten, und konnte sich ganz fern von ihm halten; aber sie konnte ihn nicht aus ihren Gedanken aussperren. Ihr Inneres trug Spuren von ihm wie ihr Leib; völlig verschwanden sie weder hier noch dort. Karl tauchte auf, wenn sie an nichts dachte, und sah sie mit seinen ernsten, fragenden Augen an – besonders wenn sie etwas Übles vorhatte. Das hatte wirklich keinen Sinn, daß gerade er ihr innerer Richter sein sollte. Und irritierend war es, daß er mit seinem anklagenden Leichenbittergesicht gerade immer dann auftauchte, wenn auch sie selbst unzufrieden mit sich war – und sich dadurch gleichsam mit Gewalt in ihr Dasein hineindrängte.

Oft träumte sie auch von ihm. Hatte sie sich am Tage arg mit irgend etwas herumzuschlagen, womit sie nicht fertig werden konnte, so begleiteten die Widerwärtigkeiten sie auch in die Träume hinein. Aber da formten sie sich beständig um, und sie hatte gegen Karl anzukämpfen, gegen seine an Selbstmord grenzende Schwermut, die sie trotz aller Anstrengungen nicht zu überwinden vermochte.

Sie kam nicht von ihm los!

Und eines Abends sah sie ihn selbst – wenigstens glaubte sie's. Sie saß in einem Straßenbahnwagen und wollte zum Ball in einem Vereinshaus im Nörrebroviertel; an der Blaagaardsgade sah sie sein Gesicht im Menschengedränge an der Haltestelle – gerade als der Wagen wieder fuhr. Er starrte sie ernst an, nicht vorwurfsvoll, wie sie es erwartet hatte, sondern mit einem ganz neuen Ausdruck – als ob er nur fragte. Und was er fragte, das wußte Ditte wohl! Er hätte lieber zornig aussehen sollen.

Das Tanzen machte ihr kein Vergnügen, denn den ganzen Abend sah sie sein Gesicht oben auf dem Balkon unter den Zuschauern; sooft sie heimlich hinaufstarrte, immer saß er unverwandt da und behielt sie im Auge. Schließlich wurde es unerträglich, und sie ging hinauf; sie wollte wissen, was das bedeuten sollte – ob er nicht erlaube, daß sie tanze. Und als sie hinaufkam, war er gar nicht da.

Ditte war es unheimlich zumute, und sie kehrte nicht in

den Tanzsaal zurück. Von Großchen wußte sie, wenn sich einem ein Gesicht auf die Art zeigte, so bedeutete das, daß etwas Ernstes geschehen würde, entweder einem selber oder denen, die einem nahestanden. Sie wurde den Schreck nicht wieder los, das Kind und die zu Hause drängten sich mit Gewalt in ihren Sinn und machten sich geltend wie seit langem nicht. Vielleicht geschah einem von ihnen irgend etwas, während sie alberte und sich amüsierte; vielleicht gerade, während sie tanzte. Es war nicht das erstemal, daß das Entsetzliche geschah, daß ein Mensch tanzte und von nichts wußte, während einer, der ihm nahestand, mit dem Tode kämpfte.

Sie bat ihre Herrschaft, ihr ein paar Tage freizugeben, damit sie nach Hause reisen könnte; ihr Vater sei krank, sagte sie. Und da es sich nicht machen ließ und es zu spät war, zum Ersten zu kündigen, packte sie eines Abends ihre Sachen und machte sich aus dem Staube – sie mußte nach Hause! Die Kommode brachte sie zusammen mit dem Pförtner hinunter, während die Herrschaft ausgegangen war. Er transportierte sie nach der Adelgade zu Jensens. –

Es wunderte Ditte nicht, als sie sah, daß der Vater zu Bett lag. Er hatte sich an einem Wagenbrett verhoben und hatte ein Senfpflaster auf die Hüfte gelegt; er konnte sich im Bett fast nicht rühren. Um so mehr überraschte es sie, Sine vom Bakkehof zu Hause zu finden. Sie hätte vor Schreck beinahe Regenschirm und Muff verloren, als sie die Küchentür aufmachte und Sine mit ihren drallen Armen im dampfenden Wasser am Ausguß stehen sah, in Schürze, Wochentagskleid und Holzschuhen und mit einer Arbeitsruhe, wie man sie nur da hat, wo man sich zu Hause fühlt. Ihre roten Wangen hatte sie noch, und sie wurden noch röter, als sie Ditte erkannte. Sie grüßte verlegen und blieb draußen in der Küche. Nun, Ditte fühlte sich nicht dazu berufen, sich aufs hohe Pferd zu setzen.

Lars Peters Gesicht leuchtete vor Freude, als er sie erblickte. Er sah schlecht aus, fand Ditte, bleich und sorgenvoll; es mußte ja auch eine schwere Zeit für sie gewesen sein. Er schien nichts Auffallendes darin zu sehen, daß sie am Ende des Monats kam, sondern war bloß froh überrascht.

„Du bist wahrhaftig eine vornehme Dame geworden", sagte er und umfing ihre ganze Gestalt mit einem Blick, der Ditte bis tief ins Herz hinein erwärmte. Das war das, was ihr gefehlt hatte – von einem Blick umfaßt zu werden, der nicht kritisierte, sondern nur Güte für sie enthielt.

„Ja, hast du nicht eine ganz nette Tochter?" sagte Ditte froh. „Aber wo sind die Kinder?"

Die waren draußen, ringsum verstreut. Else und die beiden Burschen waren am Strand und halfen, die Heringe aus den Netzen zu lösen, und Christian war ja drüben auf dem Hof. „Wenn er noch da ist", fügte Lars Peter langsam hinzu.

Ditte mußte sich richtig umschauen und wollte alles erfahren, während sie das Zimmer betrachtete. Auf dem Pfeiler zwischen den Fenstern stand jetzt eine schöne Truhe – die gehörte Sine; auch die Lampe mit dem blauen Schirm, die darauf stand, erkannte sie wieder. „Davon hat Else nichts geschrieben – daß du krank bist. Wie lange liegst du denn schon?"

„Ach, nicht ganz 'nen Monat – wir wollten dich ja nicht erschrecken für nichts und wieder nichts, zumal da's nicht gefährlich ist. Aber niederträchtig schmerzhaft ist es – ich kann mich nicht allein im Bett umdrehen. Wir müssen Sine so dankbar sein."

„Ich habe gar nicht gewußt, daß sie hier ist."

„Nein, siehst du –" Lars Peter stockte. „Ich hatte ja Steinfuhren für die Gemeinde übernommen, um ein paar Pfennige zu verdienen; und es ist eine gemein schwere Arbeit, das Seitenbrett hochzuheben, wenn man abladen soll. Na, man hat ja schon mehr mitgemacht als das, aber eines Tages bin ich doch zusammengeklappt und lag am Wegrand, ohne mich rühren zu können. Bin dann nach Hause transportiert worden, und als Sine hörte, wie's um mich bestellt war, da hat sie wohl gemeint – denn die Else, das arme Ding, hat ja nicht allein fertig werden können. Ich will dir sagen, daß sie wie ein Engel Gottes kam. Wenn du also ein bißchen freundlich zu ihr sein könntest –" Er sprach gedämpft. Sine kam gerade mit dem Kaffee ins Zimmer; sie sah keinen von beiden an.

„Ich hab Ditte eben erzählt, wie gut du zu uns gewesen bist“, sagte er und reichte ihr die Hand hin. Sine blickte hastig vom einen zum andern, und dann setzte sie sich auf den Rand der Schlafbank, am Kopfende.

Ditte war gar nicht unzufrieden mit alledem, aber sie hatte das Gefühl, daß die beiden es annahmen, und wußte nichts zu sagen. Da ging sie hin, umfaßte Sines Kopf und küßte sie. „Ich hab's selber einmal so gewünscht“, sagte sie.

„Na, dann ist ja alles gut“, sagte Lars Peter erleichtert. „Mögen die andern sagen und denken, was sie wollen.“

Ja, das meinte Ditte auch. „Aber warum heiratet ihr denn nicht?“ Es kam so drollig, so überstürzt heraus, daß Sine lachen mußte.

„Dasselbe könnten wir dich auch fragen“, sagte Lars Peter und lachte mit. „Du bist doch die nächste dazu. – Man muß ja erst auf die Beine kommen“, fuhr er ernster fort, als er merkte, daß Ditte nicht gern an ihre eigenen Angelegenheiten erinnert sein wollte. „Nur vornehme Personen werden im Bett getraut. Wir haben übrigens daran gedacht, die Hochzeit zusammen mit Christians Konfirmation zu feiern – falls er nicht vorher unsichtbar für uns wird.“

„Ist denn wieder was mit ihm los?“

„Ja, er ist neulich durchgebrannt. Der Pfarrer war beim Konfirmandenunterricht ein bißchen streng mit ihm gewesen, und da machte er sich zu Fuß auf den Weg nach Kopenhagen – er wollt dir nur guten Tag sagen und dann auf See gehn. Er ist nicht schlecht getrabt, die acht, neun Meilen! Ich mußte nach der Stadt, ihn suchen; bei dieser Gelegenheit war's, daß ich dich verfehlte. Beinah hätte ich den Burschen überhaupt nicht erwischt; ich mußte die Polizei bitten, mir zu helfen. Eine böse Schererei war's!“

„Du solltest ihn Seemann werden lassen, wenn er konfirmiert ist“, sagte Ditte. „Wenn ich ein Mann wäre, ginge ich auch zur See. Auf dem Land lohnt sich das Leben nicht.“

Ja, Lars Peter hatte wohl gemerkt, daß sie mit den Verhältnissen in der Stadt nicht recht zufrieden war. Aber Ditte wollte nicht näher auf das Thema eingehen, und so ließ er es fallen. Sie war es gewohnt, allein mit sich fertig zu werden, und man ließ sie gewähren. Sie fand sich schon zurecht! Ein wirklich schönes Mädchen war sie mit ihren zwanzig Jahren, und sie trat sicher auf und war stattlich angezogen. Niemand, der sie sah, wäre darauf verfallen, daß sie das Schindermädel war, das kleine, tüchtige, schiefgewachsene Ding aus dem Elsternnest.

Am folgenden Tag mußte Ditte wieder fort; sie wollte zuerst nach Nöddebo, um ihren Jungen zu sehen, und dann nach der Stadt, um sich zum Ersten eine neue Stelle zu suchen. Hier war ja keine Verwendung für sie, und im Dorf zum Staat herumzugehen behagte ihr nicht. Seit dem Tode der alten Rentleute machte sie sich aus keinem der Bewohner mehr etwas. Das Haus der beiden Alten war verkauft; es war ganz sonderbar, wenn man daran vorbeiging und wußte, daß wildfremde Menschen dort wohnten! Paul und Rasmus spannten den Gaul an und fuhren sie hin. Der Besuch zu Hause, so kurz er war, hatte sie erfrischt, und es war eine vergnügliche Fahrt mit den beiden Jungen.

Aber das Wiedersehen mit dem Kind wurde zu einer bitteren Enttäuschung. Wie sehr hatte sie sich nach ihm gesehnt und gleichzeitig mit Angst in der Seele empfunden, daß sie sich, während die Monate verstrichen, immer mehr von ihm entfernte! Sie hatte es versäumt, sein Wachstum zu verfolgen; und nun erkannte sie ihren Sechswochensäugling nicht wieder in dem schmierigen, drallen Gör, das da herumtrollte und zu allem „Pfui, bäh!“ sagte und die Zunge herausstreckte. Und das entsetzlichste war, daß er sie nicht kennen wollte, sondern Angst vor ihr hatte. Die Häuslerfrau mußte ihn mit Gewalt zu ihr hinbringen. „Jens nich bange vor fremde Dame!“ sagte sie zu ihm. „Fremde Dame“ schnitt Ditte ins Herz.

Sie kam sich so überflüssig vor wie noch nie und beeilte sich, wieder wegzukommen. „Es ist doch mein Kind!“ wiederholte sie immer wieder, während sie auf Hilleröd zutrabte, von wo sie mit dem Zug nach Kopenhagen fahren wollte. „Es ist doch mein Kind!“ Aber viel Trost lag nicht darin – sie hatte ja selber ihr Recht auf das Kind verscherzt. Daß Karl den Jungen fleißig besuchte, machte die Anklage gegen sie nicht leichter! Eine Rabenmutter war sie gewesen, die ihr Kind Fremden überließ, um selbst ein bequemes Leben zu führen – und nun rächte es sich an ihr.

Nicht mit besonderer Freude rollte sie im Zug wieder der Hauptstadt zu. Sie hatte die Stadt satt; und sie war neidisch auf Sine, die sich jetzt daheim ihr Leben einrichtete; in so ein armes Nest gehörte auch sie.

Einen Augenblick mußte sie an Karl denken – aber sie schob den Gedanken wieder von sich.

9
Dittes Tag

Wenn die Weckeruhr um sechs Uhr morgens schnarrte, fuhr Ditte verwirrt im Bett auf, noch müde vom gestrigen Tag und den Tagen vorher. Halb im Schlaf wälzte sie die Beine über den Bettrand, tastete nach ihren Sachen und war im Begriff, wieder hintenüber auf die Kissen zu fallen; mit einem Ruck nahm sie sich dann zusammen, warf ihr Hemd ab und begann sich über der Waschschüssel kalt abzuwaschen.

Ah – wie da die Lebensgeister erwachten! Das Herz begann unter der kalten Dusche erschrocken zu schwingen. Wie eine große Glocke arbeitete es, und von allen Seiten kamen die Kräfte aus ihren Verstecken hervor und nahmen ihren Platz ein. Es war, als ergriffe etwas Besitz von einem, und Ditte war felsenfest von dem überzeugt, was Großchen nur verblümt angedeutet hatte: daß man im Innern voll lebendiger Wesen sei, guter und böser. Auch das Blut selbst war lebendig; es pulste vorwärts wie eine Woge und hüllte sie in seine Wärme ein.

Ditte ließ sich Zeit und bearbeitete ihren Körper mit dem großen Schwamm; sie streckte den einen Arm in die Höhe und führte mit dem anderen den Schwamm unter die Achselhöhlung, wo geheimnisvoll wachsend ein kleines rostrotes Haarbüschel stand, bis auf Schultern und Rücken hin. Die schlanken weißen Arme konnten an alle Stellen ihres Körpers hinreichen, so biegsam war sie jetzt in den Gelenken; es war nicht wie im Übergangsalter, wo es bei der kleinsten Bewegung, die sie über das Notdürftige hinaus machte, in ihr knackte und weh tat. Dittes Körper war geschmeidig geworden, und sie war froh darüber.

Sie hatte den Spiegel auf den Waschtisch gestellt und betrachtete sich in allen Stellungen. Jetzt waren da keine scharfen Zacken mehr den Rücken hinab, wenn sie sich gespannt bückte, sondern nur ein weicher Bogen. Welche Stellung sie auch einnehmen mochte, es ergab weiche Linien und Formen – sie kamen und gingen in wechselndem Spiel; die Hüften waren weich und rund und die Schultern auch; die Brüste waren rund und fest. Sie hingen nicht im geringsten herab; die Brustwarzen hatten ihre natürliche Größe wieder – Ditte freute sich darüber. Wie zwei hellrote Himbeeren saßen sie halb in dem dunklen Hautring, der wieder in den leuchtenden Sahneschimmer der Brüste und Schultern überging. Das Stockfleckige, das einmal Dittes Kummer gewesen war, war verschwunden; das Blut hatte es verzehrt. Auch der Leib war wieder fest; es sah aus, als berge er eine unberührte Frucht – eine Birne mit der Blüte nach oben; die perlmutterartigen kleinen Brüche in der Fettschicht unter der Haut konnten recht gut auf einem Mißverständnis beruhen. Sie bemerkte sie wieder, während sie sich weit vornüberbeugte, um die Füße zu waschen. Und auch das Muttermal auf dem Schenkel verschwand wohl nie. Es hatte sie stets in mystisches Erstaunen versetzt, als das Familienmerkmal, das es war. Sie balancierte auf dem einen Bein, sich stark vornüberneigend; das rotblonde Haar fiel über sie vor, schloß Gesicht und Schultern ein und tauchte in die Waschschüssel. Sie umspannte mit den Fingern den Knöchel: der Teil von der Wade zum Knöchel war zu dick – das kam von dem beständigen Traben! Das und der Beginn einer Krampfader an der einen Wade erfüllten sie mit ernstem Kummer.

Sonst war Ditte zufrieden mit sich selbst, was das Äußere betraf; sie wußte, daß sie gut gebaut war – und war froh darüber. Warum? Hatte sie denn jemanden, für den sie gut aussehen wollte? Hatte sie vielleicht einen heimlichen Liebhaber?

Ach, Ditte war ja noch gar nicht erwacht! Sie hatte ein Kind gekriegt, und doch war ihr Schoß eine Stätte der Keuschheit, noch ruhte ihr Sinn unberührt von allem heißen Sehnen und Träumen. Sie freute sich bloß über sich selbst, wie man sich freut, wenn einem etwas gelingt und schön wird. Ditte hatte keinen Schatz und trug auch kein Verlangen nach einem; sie hatte auch so genug Gelegenheit gehabt, Wärme abzugeben – nun war sie fast kalt. Wie ein Geizhals brachte sie ihren Reichtum beiseite!

Ein Viertel vor sieben war Ditte unten. Sie setzte für den Tee Wasser auf und weckte die Kinder, die zur Schule mußten. Während sie sich anzogen, brachte sie das Eßzimmer in Ordnung und schmierte ihnen ihre Butterbrote zum Mitnehmen. Sie standen meist um sie herum und schlüpften in die letzten Kleidungsstücke, während sie die Brote schmierte; und dann begann ein Kampf zwischen Pflicht und Neigung. Es war eine Beamtenfamilie, bei der Ditte jetzt diente, mit kleinem Gehalt und anspruchsvollem Umgang, eine sogenannte vornehm-arme Herrschaft. Die Kinder hatten darunter zu leiden, sie waren immer hungrig. Ditte gönnte ihnen das Essen von Herzen und steckte ihnen etwas zu, wo sie nur konnte. Es war so schwer, hungrigen Kindern etwas abzuschlagen, besonders Jungen; die verfolgten jede ihrer Bewegungen mit gierigen Augen.

„Eure Mutter gibt mir was auf den Kopf", sagte sie.

„Ach, nehmen Sie's auf den Kopf, ja!" baten sie flehentlich. „Sie sind so lieb!" Sie meinten es im Ernst; sie mochten sie gut leiden. Dann mußte Ditte es ausbaden, wenn die gnädige Frau aufgestanden war und kam, um nachzusehen, was auf dem Frühstückstisch war.

Um acht Uhr bekam der Herr seinen Kaffee und seine Morgenzeitung, bevor er ins Büro ging, um neun Uhr trank die gnädige Frau den Tee im Bett und schlummerte dann noch eine Viertelstunde. Sie hatte so oft geboren – vier Kinder im ganzen – und durfte sich nicht durch zu frühes Aufstehen überanstrengen. Eine halbe Stunde später klingelte sie wieder – dann war sie im Begriff aufzustehen; Ditte legte ihre Sachen zurecht und ging ihr zur Hand. Während sie sich ankleidete, erkundigte sie sich, wie weit die Morgenarbeit gediehen war, und gab Anweisungen für den Tag. „Was, sind Sie noch nicht fertig?“ pflegte sie zu sagen. „Sie kommen sicher zu spät aus Ihrem Zimmer herunter.“

Der Morgen war die schlimmste Zeit des Tages. Einer nach dem anderen von der Familie sollte bedient und gleichzeitig sollten die Stuben in Ordnung gebracht werden; sie hatte hin und her zu springen zwischen Stube und Küche – und dann wieder zur gnädigen Frau hinein, sooft sie klingelte. Hatte Ditte den Schmutz vom Tag zuvor entfernt und alles warm und gemütlich hergerichtet, so ergriff die Gnädige Besitz von den Stuben, und sie konnte im Schlafzimmer anfangen; und war sie da fertig, so war's Zeit, an die Vorbereitungen zum Frühstück zu denken. Aber zuerst mußte sie meistens in die Zimmer, um dies oder jenes noch einmal zu machen.

Dittes jetzige Herrschaft war vornehm und gebildet; die beiden zankten sich nie und zankten auch sie niemals aus. Sie erteilten nur Zurechtweisungen, auf eine eigentümlich ruhige, leidenschaftslose Art, die einen oft viel härter traf als zornige Worte. Ditte wünschte jedenfalls zuweilen, daß sie aus der Haut fahren möchten, wenn sie nur auch hier und da Freude und Zufriedenheit mit ihr äußern würden. Aber auch das fiel ihnen nicht ein.

Sie begriff diese beständige Unzufriedenheit nicht! Hatte sie die Ungemütlichkeit und den Schmutz vom Tag zuvor beseitigt und der Familie wieder ein gemütliches Heim zurechtgemacht, ja, dann glitt sie eben zusammen mit dem Dreck in ihre Küche hinaus, ganz zufrieden damit, daß sie so gut für die anderen gesorgt hatte. Wenn sie zur Tür hinaus verschwand und einen letzten prüfenden Blick auf die Stube warf, fand sie, daß es jetzt wirklich gemütlich sei und wohl wert, sich hier aufzuhalten – und bald darauf klingelte dann die gnädige Frau, führte sie mit stummer Miene von Ding zu Ding und zeigte – Herrgott, ja – ein Stäubchen! Wo soviel zu tun war! Sie hätte lieber klingeln sollen, um zu sagen: Oh, wie schön warm und sauber es hier ist! Haben Sie vielen, vielen Dank, Kirstine!

Ein wenig Anerkennung entbehrte Ditte am meisten von allem. In ihrer eigenen Welt war Dankbarkeit eine vorherrschende Eigenschaft: man war, wenn etwas daran auszusetzen war, zu dankbar. In der Hauptsache bestand das Dasein im Geben – und man dankte obendrein. Hier aber nahm man nur, ohne Dank, als etwas Selbstverständliches! Sie hatte viel guten Willen mitgebracht und war darum gut ausgerüstet, anderen zu dienen. Von ihrer frühen Kindheit an hatte man ihr beständig eingeprägt, wie sie sein müsse, in Hinblick auf die Zeit, wenn sie einmal in Dienst komme: So und so mußt du sein, dann wirst du lange auf einer Stelle bleiben können! Jetzt war das alles stark erschüttert; die Herrschaften standen ihr nicht mehr als erhabene, fast überirdische Wesen vor Augen, um derentwillen sie eigentlich auf der Welt war, als Wesen, denen zu dienen ihre Pflicht war.

Jetzt war sie so viel klüger, ohne daß dieses Wissen sie just mit einem Glücksgefühl erfüllt hätte.

Es war ihre Natur, ihren Mitmenschen zu dienen – das war identisch mit der Güte selbst in ihr; und sie konnte hier keine Einschränkungen machen, ohne sich dabei ärmer zu fühlen. Aber es war notwendig, selbstsüchtig zu sein, an sich selbst zu denken, wenn man sich nicht aufreiben wollte; die anderen schonten einen nicht, sondern ließen einen schuften, bis man hinstürzte. Diese Menschen, die, wie sich herausgestellt hatte, genauso waren wie ihresgleichen – weder schlechter noch besser, und wenn's darauf ankam, wohl auch nicht gebildeter –, hatten doch eins voraus: sie nahmen alles als selbstverständlich hin und waren undankbar dazu. Der Arme sagte wenigstens: Nein, du darfst dich nicht meinetwegen abschinden! Er dankte, wenn man ihm einen Gefallen erwies; arbeitete man gegen Bezahlung für ihn, so kam er immer und sagte: Jetzt hören wir für heute auf! Aber denen hier konnte nie genug getan werden. Könnten Sie nicht etwas früher aufstehn! hieß es, oder: Heut abend können Sie wohl ein bißchen länger arbeiten! Es verstand sich von selbst, daß alle Kräfte, die man hatte, ihnen gehörten; der Abend in der Woche, an dem man frei hatte, wurde im Grunde als ein Raub betrachtet.

Und mit der Anerkennung, wenn man sein Bestes getan hatte, haperte es. Das, was Ditte als besondere Leistung erschien, die oft nur dadurch möglich wurde, daß sie ihre freie Zeit und ihren Schlaf opferte, erwies sich in der Regel als unzureichend. Man hatte noch mehr erwartet oder verlangte, daß die Kraftanstrengung tägliche Kost sein solle. Daß sie um die Gesundheit ihres Dienstboten besorgt sein sollten, durfte man nicht erwarten; wollte man nicht aufgerieben werden, so mußte man, wie gesagt, sich selber Zurückhaltung auferlegen und nur seine Pflicht tun. Es war gut für den Körper, daß man beizeiten diese Erfahrungen machte!

Aber für Dittes Seele und Herz waren sie nicht so nährend; die Schwellung der Beine verschwand, aber auf Kosten von etwas anderem – sie empfand es selbst und grämte sich. Es gab eine Zeit, da sie wußte, daß das Innere besser in Ordnung war als das Äußere; jetzt hatte sie das Gefühl, daß es umgekehrt sei. Sie wußte, daß sie ein schönes Mädchen war, und das machte sie froh; wäre sie bloß ebenso fest davon überzeugt gewesen, daß sie gut war! Aber sie mußte gegen das Beste in sich ankämpfen, wenn sie sich behaupten wollte.

So lernte sie denn die böse Tugend, die Selbsterhaltung genannt wird; sie „ließ nach", sagten die gnädigen Frauen. Ditte, die nie Faulheit gekannt, kaum in ihrer eigenen Welt etwas davon gesehen hatte, wurde *faul.* Sie bedingte sich den Umfang ihrer Arbeit aus, wenn sie sich vermietete, und hielt sich streng an das, was verabredet war. Stellen mit Kindern mied sie am liebsten, und war sie genötigt, eine solche Stelle anzunehmen, so machte sie aus, daß sie nichts mit den Kindern zu tun haben sollte. Sonst hatte man sie früh und spät auf dem Hals. Oft tat es ihr weh, aber sie verhärtete ihr Herz, das sonst zu ihrem Schaden ausgenutzt werden würde.

Das Schüchterne und Verzagte hatte die Großstadt längst von ihr genommen. Sie ging weiter und legte sich eine gewisse Schlagfertigkeit zu, die oft imstande war, ein aufziehendes Gewitter wieder in die Erde abzuleiten. Sie lernte sie von den Waschfrauen, die den Schrecken der Hausfrauen bildeten, aber die Kunst verstanden, sich zu behaupten.

Oft dachte sie daran, es ihren Freundinnen nachzumachen, die eine nach der anderen wegglitten – in die Fabrikarbeit hinüber. Sie hatten's ja als Dienstmädchen eigentlich viel besser, da hatten sie ihr Essen, Wohnung und festen Lohn – und trotzdem zogen sie es vor, in die Fabrik zu gehen. Ditte verstand es so gut. Die Fabrik war kalt, grau und staubig, viel Sonne gab es nicht hinter ihren Mauern. Dienen aber war: ganz dicht am Herzen des Daseins sein und doch nicht an seiner Wärme teilhaben; je gemütlicher ein Heim war, desto einsamer mußte man sich fühlen – wenn man kein Hund war. Wer diente, war wie die Jungfrau im Märchen, die den Liebenden das Licht halten mußte – ein verfluchtes Geschick!

Ditte war nicht froh über die Entwicklung der Dinge; oft genug fragte sie sich selbst, ob sie nicht unvernünftig sei und alles in die falsche Kehle bekomme. Jedenfalls war man am glücklichsten, wenn man sich in seine untergeordnete Stellung zu finden wußte. Ein Dienstbote soll am liebsten keine Meinung haben, hatte Lars Peter gesagt, als sie als Neukonfirmierte auszog, um zu dienen; und am besten wär's ja gewesen, wenn sie sich ihr Leben lang danach hätte richten können. Der Arme hatte wohl zu schweigen und sich unterzuordnen!

Aber wenn sie es nun nicht konnte, was dann? Es war ein Aufruhrteufel in sie gefahren, das fühlte sie recht gut; und er wuchs und wuchs. Als sie eines Abends nach Hause kam, entdeckte sie, daß jemand auf ihrem Zimmer gewesen war; unter den Gegenständen auf der Kommode war gestöbert worden. Auch das war schon früher geschehen, aber nun konnte Ditte sich nicht länger dareinfinden; ihre Kammer wollte sie für sich allein haben. Irgendwo in der Welt mußte sie schalten und walten dürfen. Es kam zu einem Zusammenstoß zwischen ihr und der gnädigen Frau, und sie kündigte.

Eines Nachmittags war sie dann wieder auf der Suche

nach einer Stelle. Irgendwo im Osten der Stadt fand sie auch etwas, das ihr zusagte; bei einer alleinstehenden alten Dame, einer Etatsrätin. Sie unterhielt sich mit ihr, und die Etatsrätin wiederholte immer wieder: „Sie haben also keinen Bräutigam?" – „Nein", erwiderte Ditte lächelnd. „Ja, denn ich habe solche Angst davor, daß fremde Mannspersonen in die Wohnung hereingelassen werden – man ist ja allein." Über Lohn und Arbeit waren sie einig geworden, und Ditte hatte auch die Wohnung gesehen; sie konnte es gut bewältigen. „Und dann möcht ich noch gern Ihre Empfehlungen sehn", sagte die Etatsrätin. Da wurde plötzlich Ditte aufrührerisch. „Ja, wenn ich die Empfehlungen der gnädigen Frau sehen darf?" erwiderte sie. Die alte Dame fuhr zurück, wie von einem giftigen Gewürm gestochen. „Was sagen Sie, Menschenskind?" rief sie. „Wollen Sie machen, daß Sie aus meinem Hause kommen!" Hernach sah Ditte wohl ein, daß es dumm gewesen war; natürlich mußten sie und ihresgleichen sich dareinfinden, Zeugnisse über guten, braven Lebenswandel beizubringen. Die anderen brauchten keine Zeugnisse, die waren nun einmal, wie sie waren, und danach mußte man sich einrichten. Sie hatte keine Lust mehr, herumzulaufen und sich nach anderen Stellen zu erkundigen, hatte überhaupt keine Lust mehr zu dienen. Am liebsten wollte sie ganz heraus, sich zum Ersten ein Zimmer mieten und Tagesstellen annehmen.

Am Abend war Besuch da. Sooft Ditte irgend etwas ins Zimmer zu bringen hatte, fing sie Bruchstücke des Gesprächs auf; es befriedigte sie festzustellen, daß die Unterhaltung, soweit die Damen in Betracht kamen, nicht so tiefsinnig war, daß sie ihr nicht hätte folgen können. Und was das Aussehen betraf – sie selbst hatte jedenfalls einen schöneren Hals als irgendeine von ihnen. Wenn sie ein ausgeschnittenes Gesellschaftskleid anbekam, konnte es sehr leicht geschehen, daß sie ihnen allen den Rang ablief. Auch ohne das kam es vor, daß die Herren einen Augenblick ihre Damen im Stich ließen, um ihr einen anerkennenden Blick zuzuwerfen.

„Im wesentlichen sind sie sich alle gleich. Sie gehören ja einer ganz andern Welt an als wir", hörte sie einmal eine der

Damen sagen, als sie im Zimmer war. Aha, nun waren sie bei den Dienstmädchen angelangt – Ditte kannte den Ton! Dann dauerte es nicht lange, bis die Reihe an sie kam. Und richtig, als sie wieder ins Zimmer trat, stockte die Unterhaltung, und die Damen fixierten sie scharf. Es hatte zu ihren peinlichsten Erlebnissen gehört, als sie hier recht früh merkte, daß man, während sie ihrer Arbeit nachging und ihr Bestes tat, bei Tisch über sie sprach, sich über ihre „gewöhnlichen Manieren" lustig machte und sie vor den Gästen bloßstellte. Nichts hatte so sehr wie dies bewirkt, daß sie sich einsam und wehrlos preisgegeben vorkam. Sie konnte sich ja nicht einmal verteidigen! Sie war kein Vernunftwesen, sie hatte zu schweigen und ihre Arbeit zu verrichten. Einen Hund streichelte man und nahm ihn in Schutz, beinah ohne Rücksicht darauf, was er anstellte; sie war ganz schutzlos. Das Gefühl verdichtete sich in ihr, daß man sie im Grunde haßte. Man nahm ihre Arbeit hin, weil man sie nicht entbehren konnte, ihre Person aber war im Wege. Hätte man sie ausrotten und doch weiter Nutzen von ihr haben können, so hätte man's getan. Nun war ihr alles gleich. Etwas, worüber man sich lustig machen konnte, gab es ja nicht mehr, aber es gab wohl andere Dinge – was machte sie sich daraus! Sie legte der Ansicht, die diese Leute von ihr hatten, keine Bedeutung mehr bei.

Trotzdem lauschte sie voller Bitterkeit an der Tür. Sie hörte die gnädige Frau etwas sagen und ein paar Gäste lachen. Dann sagte eine Männerstimme: „Ja, entschuldigen Sie, gnädige Frau – ich rede nicht gern über Dienstmädchen, weder über unser eigenes noch über andre. Unser Mädchen steht unter meinem und meiner Frau Schutz, solange sie ihr Heim bei uns hat; und ich vermute, das gleiche gilt in andern Häusern!" Ein warmer Strom schoß zu Dittes Herzen hin, in *dem* Haus wollte sie dienen!

Bald darauf brach der betreffende Gast aus irgendeinem Grunde auf. Dittes Augen leuchteten vor Dankbarkeit, als sie ihm in den Mantel half. Sie hätte ihn küssen mögen, so dankbar war sie.

10

Frühling

Frau Vang und Ditte standen in der Küche und kochten; das Fenster war offen, und die Sonne schien herein und bildete Lichtbalken aus Brodem und Qualm. „Oh, wie jung die Luft ist!" sagte Frau Vang. „Es steht uns eine schöne Zeit bevor."

Draußen im Garten gingen Herr Vang und die Kinder auf Frühlingsentdeckungen aus, harkten Dünger und vorjähriges Laub beiseite und riefen im Chor, sooft eine Blume zum Vorschein kam. Von Zeit zu Zeit kam eins der Bürschchen ans Fenster: „Essen wir bald? Ich bin hungrig wie eine Ameise!"

Und auf einmal war der ganze Schwarm da und veranstaltete einen Heidenlärm unterm Fenster.

„Wenn wir nicht bald Essen kriegen,
wird gleich das Haus in Trümmern liegen!"

sangen sie, nach dem Fenster hin drohend und mit den Füßen trampelnd. Es war eine regelrechte Zusammenrottung. „Geben Sie ihnen einen Guß Wasser!" sagte Frau Vang zu Ditte. Aber da rannte die ganze Bande fort, heulend, als ob ihnen der Teufel auf den Fersen wäre. An der Laube drüben machten sie halt und sangen:

„Oh, Fräulein Mann,
gib uns 'nen Guß – voran!"

Und ganz unvermutet füllte ein Kopf das oberste Fenster – ein Kopf ohne Körper! Ditte und Frau Vang schrien auf. Es war bloß Fredrik, der älteste Junge; er hing am Spalier. „Was kriegen wir zu Mittag?" fragte er mit seiner spaßigen tiefen Stimme.

„Kartoffeln und fettes Anmacheholz, Herr Gespenst – und panierte Maurermeisternasen zum Nachtisch", erwiderte die Mutter, sich verneigend.

Der Junge ließ sich von dem Spalier herabfallen und stürmte durch den Garten. „Ich hab gesehn, was wir kriegen!" rief er.

Ditte bereitete das alles Vergnügen. „Es ist genau wie mit den Jungen zu Hause", sagte sie. „Die waren auch ganz krank, wenn die Essenszeit heranrückte."

Frau Vang nickte; sie kannte die Jungen recht gut und konnte sich das Ganze nach Dittes Erzählungen vorstellen. „Dann kamen sie vom Strand heraufgestürmt", sagte sie. „Oh, der wundervolle Strand! Es muß doch recht schön gewesen sein – trotz der Armut. Wo Kinder sind, ist doch keine richtige Armut – nicht wahr?"

„Wenn man bloß was hat, das man in sie hineinstopfen kann!" sagte Ditte altklug.

„Ja – ach ja!" meinte Frau Vang, wie erwachend. „Ja, sonst muß es ja entsetzlich sein!" Sie schauerte zusammen. „Laufen Sie jetzt hinauf und machen Sie sich ein bißchen fein, während ich die Soße wärme, Fräulein Mann. Dann gehn wir zu Tisch", sagte sie still.

Nun verlor Ditte die Dinge nicht mehr aus den Händen wie am ersten Tag. Da hatte sie die Arme – plumps! – fallen lassen und gefragt: „Soll ich auch mit bei Tisch dabeisein?" Sie hatte so verblüfft ausgesehen, daß Frau Vang lachen mußte.

„Ja natürlich!" hatte Frau Vang geantwortet, als wäre es die selbstverständlichste Sache von der Welt.

Damals wollte sie am liebsten nicht mit dabeisein; aber jetzt hielt sie es für ebenso selbstverständlich, daß sie mit im Zimmer aß, obwohl nur etwa zehn Tage vergangen waren. Herr Vang habe keinen Appetit, wenn er wisse, daß ein Mensch allein draußen in der Küche sitze und kaue, hatte Frau Vang gesagt; und Ditte kannte das Gefühl recht gut. Seit sie als Kind ins Elsternnest einrückte, war's ihr unmöglich gewesen, für sich selbst zu sorgen, solange sie nicht bestimmt wußte, daß alle anderen versorgt waren – auch die Tiere. Das hatte sie wohl von Lars Peter – er war nun einmal so eingerichtet. Es überraschte sie nur, andere zu treffen, bei denen es ebenso war.

Die ersten paar Tage war sie befangen. Sie war ja gar

nicht mehr daran gewöhnt, mit anderen am Tisch zu sitzen; jahrelang hatte sie ihr Essen allein gekaut, in der Ecke am Küchenspülstein. Es war so sonderbar, wieder beim Essen in Gesellschaft von Menschen zu sein – obendrein in Gesellschaft ihrer eigenen Herrschaft! Wenn sie sich nun dumm und ungeschickt anstellte!

Aber niemand schien zu bemerken, wie rot und verlegen sie war. Frau Vang wechselte sich mit ihr ab beim Holen dessen, was während der Mahlzeit auf den Tisch kommen sollte, und die Kinder zwangen sie geradezu in die Unterhaltung hinein. Sie fragten und fragten, hartnäckig, bis sie Bescheid gab: Warum es nur einen Zwilling gäbe? Warum sie Ditte genannt werde? usw.

„Nun müßt ihr Fräulein Mann ein bißchen in Ruhe lassen", sagte die Mutter. „Ihr habt noch Zeit genug, das Ganze zu erfahren."

„Bleibt sie denn immer hier?" meldete sich wieder einer der Knirpse. Und Inge sah schelmisch von ihrem Teller auf. „Warum heißt du Fräulein Mann? Du bist doch eine Frau!" Sie war fünf Jahre alt und steckte voller Schelmenstreiche.

„Das ist, weil sie gern heiraten will", sagte Fredrik verächtlich. „Das wollen die Weiber immer." Frau Vang lachte zu ihrem Mann hinüber, der das zweijährige Bürschchen fütterte; er hatte ihn immer auf den Knien, wenn er aß.

„Ihr sollt mir mit dem Namen Mann keinen Unfug treiben", sagte Herr Vang. „Denn das ist der älteste und verbreitetste Familienname hier im Lande. Ohne die Manns wäre es um uns alle gewiß übel bestellt. Einmal haben sie auch das Ganze besessen, aber dann kam ein garstiger Troll und machte sie zu Sklaven. Er hieß Bauch, weil er der Bauch des Ganzen war. Aber die Manns hatten ein Herz als Waffe."

„Oh", sagten die Kinder und betrachteten Ditte mit großen Augen, „das ist ein Märchen, und es handelt von dir. Dann bist du ja eine Märchenprinzessin. – Und weiter? Wurden sie nie wieder von dem Troll befreit?"

„Nein, noch nicht; aber wenn er sich bis ganz zu ihrem Herzen durchfrißt, dann sind sie frei. Denn das Herz kriegt er in die falsche Kehle."

Ditte kam sich wirklich wie eine Art Märchenprinzessin vor. Nicht, als ob es hier weniger zu tun gegeben hätte – im Gegenteil. Vangs mußten sich sehr einschränken; man wusch selbst und nähte selbst; alles wurde genau bedacht. Die Sachen der Kinder machten viel Arbeit; sie sollten so lange wie möglich halten und doch gut aussehen; der Nähkorb war jeden Abend auf dem Tisch. Aber das war eine Welt, auf die Ditte sich verstand; sie kannte den Knopfbeutel, in den alle alten Knöpfe kamen und worin man dafür immer alles fand, was einem fehlte, und den Beutel mit reinen Leinen- und Wollappen. Sie riffelte nicht zum erstenmal Strumpflängen zu Stopfgarn auf, und sie genoß wieder die Freude, etwas aus dem Nichts zu schaffen, mit Hilfe von alten, aufgebrauchten Sachen Hexerei zu treiben. Es hatte ihr an der Liebe zu den Dingen gefehlt, wie es ihr an der Menschenliebe gefehlt hatte! Hier in der Stadt war das eine wie das andere – man gebrauchte es und warf es beiseite, wenn's nicht mehr taugte. Menschen und Dinge – auf den Kehrichtwagen damit, wenn sie nicht länger zu gebrauchen waren; es lohnte sich nicht, Leben darin zu erhalten und zu flicken. Wie schön war es, wieder Mensch zu sein – und wieder unter Menschen zu sein; wie schön, Gegenstand der Fürsorge zu sein – und sie selbst ausüben zu dürfen.

Es gab genug zu tun vom Morgen bis zum Abend. Am Abend, wenn die Kinder im Bett waren, saßen Ditte und ihre Herrin bei der Lampe und stopften und flickten. Frau Vang war unglaublich fingerfertig, Ditte konnte es nicht mit ihr aufnehmen. Dann hingen sie beide ihren Gedanken nach; Ditte war von Natur nicht sehr unterhaltend, und Frau Vang, die am Tage so fröhlich und lebhaft war, wurde am Abend still wie die Vögel. Ditte lauschte auf die seltsam friedvolle Stille, die in einem Heim wohnt, wo Kinder schlafen, während gute Hände für sie wirken. Und sie vergaß, wo sie war, und glaubte, sie säße zu Hause in der Stube als das müde, fürsorgliche Mütterchen, das die Kleinen zu Bett gebracht und die Kümmernisse des Tages überwunden hatte. Sehnte Ditte sich nach ihrer mühseligen Kindheit zurück? Sie legte den Kopf auf die Arme und weinte still.

„Na, was ist denn nun wieder?“ Frau Vang faßte sie um die Schulter. „Was fehlt Ihnen, Kind?“

„Ach, es geht mir zu gut“, erwiderte Ditte schluchzend, mit einem Versuch zu lächeln.

Frau Vang lachte. „Darüber pflegt man sonst keine Tränen zu vergießen.“

„Nein, aber ich habe nie als Kind gespielt – das ist so sonderbar.“

Frau Vang sah sie fragend an; jetzt begriff sie nichts mehr.

„Ich hätte schon längst hierherkommen sollen“, sagte Ditte und schmiegte sich an ihre Herrin.

Und hier rührte sie jedenfalls an etwas von dem, was ihr schadete; sie war gar zu vielem ausgesetzt gewesen, hätte ohne Nachteil etwas davon entbehren können. Nun hatte es Zeit gehabt, sich zu weit einzufressen! Wie sie oft „der gnädige Herr“ und „die gnädige Frau“ sagte, ohne es zu wissen oder zu wollen – Vangs hatten sich dergleichen Höflichkeiten entschieden verbeten –, konnte sie sich plötzlich dabei ertappen, daß sie auf der Hut war. ‚Ob sie nur so freundlich sind, um desto mehr Nutzen von dir zu haben?‘ fragte auf einmal etwas in ihr – besonders wenn sie müde war. Hier war mindestens ebensoviel zu tun wie auf anderen Stellen, fertig wurde man eigentlich auch hier nie! Frau Vang arbeitete selber mit und schonte sich nicht; wenn besonders früh begonnen werden sollte, so kam sie und rief, munter und frisch; schon ihre frohen Schritte die Treppe hinauf verliehen dem Tage Humor. Die Arbeit hier bedrückte nicht, so reichlich sie auch vorhanden war; sie hatte sich nicht deshalb so aufgehäuft, weil einer der Beteiligten sich vor der Arbeit drücken wollte. Und sie wurde nicht verachtet; sie hatte nichts vom Joch an sich.

Ditte hatte nicht mehr das Gefühl, die ganze Last für andere tragen zu müssen. Sie hatte bloß den Grund ihrer Unermüdlichkeit erreicht, die zu sehr in Anspruch genommen worden war. Nun saß sie fest und mußte wieder von außen her in Gang gebracht werden; oft hatte sie selber das Gefühl, als wäre etwas in ihr entzwei, als müsse sie von neuem aufgezogen werden. Ein erstaunter Blick von Frau Vang genügte, ihr über den toten Punkt fortzuhelfen; in ihrem Inneren aber herrschten Scham und Gram. Und um sich selbst zu verteidigen, griff sie die anderen an. Daß sie bei Tisch mitessen und am Abend unten sein sollte, das hatten Vangs sich vielleicht nur ausgedacht, um sie zu kontrollieren und um zu sparen – man tat am klügsten daran, von den anderen nie etwas Uneigennütziges zu erwarten. Und dann brannte es ihr wieder auf der Seele, daß sie so mißtrauisch sein konnte; und wie sie ging und stand – wieder ganz glücklich und zufrieden mit dem Dasein –, überfiel sie die Reue. Es war verwirrend schwer, sich zurechtzufinden, solange sie mit solchen Gedanken zu kämpfen hatte; und es kam vor, daß Ditte verzweifelt aufbegehrte – um sich und die anderen zu treffen. Dann mußte Frau Vang ein ernstes Wort mit ihr reden.

Aber das war nur ein rascher Übergang. Ihr Gemüt war verwachsen infolge zu großer Bürden, ebenso wie ihr Körper es in der Kindheit war; es gehörte Zeit dazu, sich ganz aufzurichten. Sie war etwas plötzlich in die Sonne hinübergekommen und schälte sich hier und da; schön sah es nicht aus. Aber darunter lag die neue Haut.

Ditte erholte sich von Tag zu Tag, und der Frühling half getreulich nach. Nie zuvor hatte sie gewußt, daß das Frühjahr eine so unfaßbar herrliche Zeit war. Daheim hatte sie das im Grunde nie richtig bemerkt, sondern es bloß als Erleichterung bei der Arbeit begrüßt, daß die Kinder vom Morgen bis zum Abend draußen herumlaufen konnten und man nicht mehr auf Wege zu sinnen brauchte, Brennmaterial zu beschaffen. Nach dem jahrelangen Eingesperrtsein im grauen Häusermeer der Hauptstadt erschloß sich ihr Sinn. Um die Wette mit den Feldern draußen taute sie auf, in ihrem Wesen rieselte es hervor aus verborgenen Quellen, brach sich plötzlich Bahn, sang dem Frühling einen silberhellen Ton zu – und verrann. Es kam und ging so vieles, das sich nicht greifen und festhalten – und gar nicht begreifen ließ; es hinterließ summende Freude oder süße Wehmut. Die Abende trugen es heran und die Nacht – am stärksten im

Mondschein, wenn man dalag und nicht schlafen konnte wegen des seltsamen weißen Lichtes, das zauberisch in der Kammer stand. Dann kam es darauf an, aufzupassen, daß das Mondlicht nicht auf dem Gesicht verweilte, während man schlief. Nach Großchens Worten hatte das manches junge Mädchen das Lebensglück gekostet, und Ditte glaubte noch immer steif und fest daran.

Dafür gingen die Tage ihren geraden, strahlenden Gang; jeder Tag war etwas länger als der vorige – und ein wenig wärmer. Im Garten geschah jeden Tag etwas Neues, bald wurde dieser Strauch grün, bald jener. Die Kinder hielten scharf Ausguck und kamen herein und berichteten, und dann mußte man hinaus, alle Mann, um das neue Wunder zu begrüßen, und Herr Vang erklärte. Er kannte den Namen jeder Pflanze, wußte, wie sie aß und sich vermehrte – und beinah auch, was sie dachte! Oben in seinem Arbeitszimmer waren alle Wände mit Bücherbrettern bedeckt: Ditte überlief ein Schauder, wenn sie sich vorstellte, daß er das alles im Kopf haben müsse.

Aber die Sonne ging weiter, bloß weiter! Als sie Blumen und Sträucher zum Leben erweckt hatte, machte sie sich an die großen Bäume. Und eines Tages kam sie um die Ecke und schien – schon im Untergehen – durchs Giebelfenster zu Ditte hinein. Ditte saß am Tisch und schrieb einen Brief, und die Sonne küßte sie auf die ohnehin warme rote Wange, spielte einen Augenblick im Haar um ihre feste Stirn und verschwand hinter den Wäldern.

Frau Vang brachte einen Brief herauf. Er war von einem jungen Gärtner, der ganz in der Nähe eine Gärtnerei besaß und ein paarmal Gemüse ins Haus gebracht hatte; er lud Ditte ein zum Tanz im Krug von Lundehus. „Wir müssen ernstlich sehn, Sie unter die Haube zu bringen“, sagte Frau Vang, die geahnt hatte, was der Brief enthielt, und ihn über Dittes Schulter hinweg las, „denn so geht es nicht weiter. Sie verdrehen ja allen jungen Männern hier in der Umgegend die Köpfe. Früher konnten wir die Geschäftsleute fast nie dazu bewegen, hier vorbeizufahren; und jetzt hat man nichts anderes zu tun, als hinauszurennen und zu sagen: ‚Nein, danke schön, wir brauchen nichts!' Wissen Sie, wie man Sie hier in der Gegend nennt? Jungfer Rühr-mich-nicht-an!"

Ditte wurde rot. Da lachte Frau Vang ihr helles Lachen.

Herr Vang kam aus seinem Arbeitszimmer über den Speicher gegangen; er guckte spaßig-verlegen herein und mußte noch gebückter gehen als sonst, um mit dem Kopf unterm Türrahmen durchzukommen. „Komm nur herein", sagte Frau Vang. Er trat behutsam ein; Ditte gab ihm ihren Stuhl und setzte sich auf den Diwan zu seiner Frau.

„Hier ist's übrigens ganz nett", sagte er, sich umsehend, „aber Bücher fehlen. Wollen Sie nicht etwas zum Lesen herüber haben, Fräulein Mann?"

„Ge-wiß", sagte Ditte gedehnt; sie schämte sich einzugestehen, daß sie nie las. „Wenn ich ‚Robinson' bekommen kann", sagte sie – sie hatte unten bei den Kindern hineingeschaut. Andere Bücher kannte sie nicht. Froh war sie über das Angebot nicht; sie glaubte, sie solle hernach überhört werden; und Auswendiglernen war nie ihre starke Seite gewesen.

„Sie sollen etwas bekommen, das ebenso unterhaltend ist", erwiderte Herr Vang. „Aber wollen wir nun unsern Spaziergang machen, Marie?"

„Ich bleibe heut abend bei den Kindern zu Hause, du kannst Fräulein Mann mitnehmen", sagte Frau Vang.

Sie gingen nach Westen auf den Abendhimmel zu, Vang, Ditte und Fredrik. Vang ging in der Mitte und erzählte – von Arbeiterunruhen in der Stadt. Was er sagte, kam Ditte ganz wunderlich vor; sie verstand nicht die Hälfte davon. Aber eine höhere Welt offenbarte sich doch durch seine behutsame Stimme, eine Welt, wo man über Nahrungs- und Geldfragen und mißgünstiges Aufeinanderhacken erhaben war. So hatte Ditte sich das Dasein der Vornehmen vorgestellt, nun wußte sie's – ein Leben in schönen, unfaßbaren Gedanken, in Nachsicht und Liebe zu denen, die tiefer unten standen. Gott saß ja zuoberst und bewachte liebevoll und nachsichtig das Ganze, und auf dem Wege zu ihm hinauf hatte sie die Herrschaften untergebracht, dem lieben Gott bedeutend näher als sie selber und ihresgleichen, in schöneren, reineren Luftschichten. Heut abend kam es ihr vor, als würde sie selbst mit hinaufgehoben und als bewegte sie sich ganz wach im Traumland des armen Mannes.

„Der Arme will singen dürfen von der Herrlichkeit der Erde und der Pracht des Himmels! Das ist in Wirklichkeit das Ziel des Kampfes“, sagte Vang.

„Warum trinkt er denn dann – und macht sich sein Leben noch elender?“ fragte Fredrik mit tiefer Stimme.

„Weil der Branntwein die einzige Macht ist, die ihm Gerechtigkeit widerfahren läßt. So singt er denn sein Loblied durch ihn. Es ist nicht seine Schuld, daß der Gesang etwas heiser ausfällt.“

„Ja, Vater sagte einmal, es müßte großartig sein, Gedanken denken zu können! Aber da war er etwas angesäuselt“, fiel Ditte ein. „Wenn er nüchtern ist, wagt er es gar nicht, über das Dasein nachzudenken; es ist allzu trist, sagt er.“

Sie gingen beide und schauten, jedes von seiner Seite, Vang ins Gesicht; der letzte Abendschein spiegelte sich in seinen Brillengläsern. Fredrik hatte seinen Arm unter den des Vaters gesteckt. „Faß Vater unter!“ sagte er zu Ditte. „Dann geht es sich besser.“

Ditte war vollkommen glücklich. Wie sie so in einer Gruppe gingen, konnte sie gut Fredriks ältere Schwester sein oder Vangs Frau. Sie summten zusammen, während sie sich dem Hause näherten: „Nun ruhen alle Wälder . . .“

Frau Vang stand an der Gartenpforte. „Ihr seid lange ausgeblieben – und so viel junges Volk ist heut abend hier vorbeigekommen!“ sagte sie.

„Ja“, meinte Vang, „wir müssen sehn, Fräulein Mann unter die Haube zu bringen. Sie wird ihrer Umgebung gefährlich!“ Ditte lachte – nein, heiraten wollte sie nicht.

Aber verliebt war sie – bloß in keinen Mann. Der Lenz war es, der auch in ihr emporstieg und sie mit seiner Üppigkeit füllte – ohne bestimmtes Ziel.

11

Die guten Tage

Frau Vang hatte ihre eigene Art. Man aß dort im Hause immer um ein Uhr zu Mittag, damit man's am Nachmittag etwas leichter hatte; und wenn sie gerade in der Küche beim Kochen waren, konnte es ihr einfallen zu sagen: „Heute nachmittag bleiben Sie am besten oben auf Ihrem Zimmer und sehn Ihre eignen Sachen nach." Es war beinah, als verstünde sie, daß es Ditte manchmal danach verlangte, allein zu sein und sich in ihrem eigenen kleinen Reich einzuleben.

Dann hantierte sie da oben, machte rein, stellte die Möbel anders, um zu probieren, wie sie sich in einer anderen Anordnung ausnahmen, und ruhte sich richtig aus. Dann hörte sie wohl, wie Herr Vang sich drüben in seinem Arbeitszimmer räusperte, und verhielt sich sehr still, um ihn nicht zu stören. Wenn er schrieb, gingen unwillkürlich alle im Hause auf Zehenspitzen, obwohl er das nicht wünschte – anspruchslos, wie er war. Es kam ganz von selbst; wenn Frau Vang sagte: „Vater arbeitet!", so war's, als ob sie sie besprochen hätte. Nur die kleinen Würmer respektierten nichts, sondern kamen unvermutet die Treppe heraufgestürmt, um dem Vater etwas Wunderbares zu zeigen, das sie gefunden hatten, einen Stein oder einen rostigen Nagel. Frau Vang stürzte ihnen nach und rief gedämpft: „Aber Kinder!" Vang jedoch kam heraus und holte sie für einen Augenblick zu sich herein. Während seine Tür aufging, strömte eine Welle von Tabaksduft über den Speicher und drang zu Ditte ins Zimmer – gerade genug, um angenehm zerstreuend zu wirken. Drinnen in seinem Arbeitszimmer war's dagegen nicht auszuhalten; er saß in einer Wolke von Rauch. „Dann glaubt er, er ist im Himmel – sonst kann er nicht schreiben!" sagte Frau Vang scherzend. Sie hielt sich immer darüber auf, daß er zuviel rauche, und liebte doch den Tabaksgeruch an ihm.

Wie sauber es hier bei Ditte war! Die Endstücke des alten eisernen Bettes waren mit weißem Faltenstoff bezogen, so daß das Eisen nicht zu sehen war, und der hölzerne Waschtisch hatte einen weißen Vorhang; vorm Fenster hingen dichte weiße Gardinen, die sich am Abend zuziehen ließen. Ditte liebte ihr Kämmerchen, das sah man an der peinlichen Sauberkeit, die in jedem Winkel herrschte; alles war frisch gestärkt und gescheuert. Hier hatte sie auch die ersten Freudentränen vergossen, seit sie nach Kopenhagen gekommen – ja seit sie erwachsen war! Das war an dem Tag gewesen, an dem sie vor Monaten, seelisch verarmt, hier zum erstenmal eingetreten war; das bescheiden möblierte Stübchen strahlte vor Freundlichkeit, und in einer Vase auf dem Nachttisch am Kopfende des Bettes standen Blumen. Zum erstenmal in ihrem Leben wurde Ditte mit Blumen begrüßt; sie standen da als ein Versprechen für gute Rast und freundliche Träume. Später sorgte sie stets dafür, daß sie Blumen in ihrer Kammer hatte; sie pflückte sie am Abend, wenn sie ihren Spaziergang die Hecken entlang machte; und sie hatten ihren Platz auf dem Nachttisch am Kopfende des Bettes. Da sollten sie stehen.

Auf der Kommode lag eine große Muschel, die Ditte einmal am Strand beim Bakkehof gefunden hatte. Sonst war hier nichts, das an die Vergangenheit erinnerte. Das Bild ihres kleinen Jungen hatte sie gut in einer Schublade verwahrt; es hatte keinen Zweck, es offen stehen zu lassen. Das gab Anlaß zu Fragen, und wenn die Leute die Wahrheit erfuhren, sahen sie auf einen herab. Ditte konnte es sich nicht leisten, hier im Hause durch überflüssige Offenheit etwas einzubüßen. Das Kind selbst vermißte sie nicht mehr so sehr; sie sehnte sich zwar hie und da nach ihm, aber die Sehnsucht war nicht länger als Saugen unterm Herzen, als unerträgliches Begehren in den Händen zu spüren. Zu Hause war sie auch lange nicht gewesen, aber Frau Vang hatte ihr vierzehn Tage Sommerferien versprochen; dann wollte sie heim und nach den Ihren sehen.

Sie hatte genug mit dem Wachsen zu tun. Äußerlich ging keine Veränderung mit ihr vor; sie wuchs nach innen, setzte einen Kern an. Die Stadt nahm sich ganz anders aus von hier oben, von der Grenze zwischen Stadt und Land, als wenn man sich unten zwischen den Häusern befand; man überschaute sie und ihre Menschen. Darum wohnte wohl auch Vang hier – um diesen Überblick zu haben! Er nannte die Stadt das Herz des Landes – Ditte verstand es nicht; die Stadt erinnerte sie eher an einen großen Bauch, wenn man an all das dachte, was sie verzehrte. Wäre sie nicht beinahe selbst von ihr verschlungen worden? Aber hier von der Villa Vang aus konnte sie sie wohl leiden; man kam nur am Tage nach Kopenhagen, sah sich die Läden an und machte Einkäufe. Oder die ganze Familie ging in den Zoologischen Garten.

Vor ihrem Fenster verlief der Weg, der ins offene Land führte, und dahinter lagen Felder, Höfe, Hecken und Häuser. Die Bauern pflügten dort draußen, das Vieh weidete, und auf dem Wege bewegten sich Fußgänger ihrem Ziel zu. Getreidefelder waren da und Wiesen und Wälder und eine riesige Gärtnerei. Die Vögel sangen, Regen ging über das Ganze nieder, kalter Wind wehte, und dann kam die Sonne und erwärmte alles wieder. Schön war es – und seltsam; aber Gott, der alles vermochte, hatte ja auch dies geschaffen; also war es wahrlich zu begreifen.

Aber drüben auf Dittes Tisch lag ein kleines viereckiges Ding – ein Buch. Vang hatte es gedichtet; und es war nicht zu begreifen, daß Menschen so etwas hervorbringen konnten; denn wenn man es aufschlug und seine bedruckten Blätter betrachtete, stieg die Welt lebendig vor einem auf, eine Welt, die man nie gesehen hatte, die natürlich auch nie vorhanden gewesen war und die man doch so gut zu kennen meinte – mit Städten und Höfen, Fischerdörfern und Menschen, von denen jeder seine Freuden und Sorgen hatte. Ditte kam es merkwürdig vor, daß man, bloß indem man den Blick vom Fenster auf das Buch richtete, eine andere Welt hervorzaubern konnte. Hexerei war es! Er hatte eine ganze Reihe solcher Bücher geschrieben, wie seine Frau sagte; und in seinem Arbeitszimmer standen noch viel mehr Bücher – Hunderte –, die andere geschrieben hatten. Nun wollte sie sich aber gewiß in acht nehmen, daß sie abends, wenn sie auf ihr Zimmer ging, keinen Lärm machte – um ihretwillen sollten die Geister nicht fliehen! Jetzt wußte sie, was auf dem Spiel stand. Vang war oft den größten Teil der Nacht auf, und wenn sie aufwachte, konnte sie durch die Türspalte einen Lichtstreifen über dem Speicher sehen – dann hatte er des Tabakrauchs wegen die Tür ein wenig geöffnet. Rauch war notwendig, sonst ging es nicht. Ganz sonderbar war es, sich vorzustellen, daß der eigene Brotherr dasaß und in dem blauen Rauch Gesichte sah. Und im Dunkel kam Ditte der Gedanke: Gesetzt den Fall, der liebe Gott hätte seine Welt nicht erschaffen – ob dann wohl Vang ...? Sie war sich nicht klar darüber, wessen Welt die bessere gewesen wäre. Aber die Liebe war jedenfalls schöner in der Welt Vangs.

Ditte saß und las und hielt sich mit den Händen die Ohren zu. Es störte sie, wenn vom Wege drüben Wagenrollen herübertönte – an einer Stelle im Buch, wo gar keine Wagen vorkamen. Trotzdem hörte sie deutlich Frau Vang unten in größter Verwunderung rufen: „Aber das ist ja Lars Peter!", hörte sie eine Tür zuschlagen und den Pfad vom Haus entlanglaufen.

Ditte war im Nu unten. Da hielten sie wirklich oben auf dem Weg, Lars Peter, Sine und alle die Kinder – der ganze Wagen war voll; Frau Vang war schon im Begriff, ihnen beim Aussteigen zu helfen. Sie küßte Sine auf den Mund. „Ach, entschuldigen Sie!" sagte sie und lachte bewegt, „aber ich hab euch alle durch Ditte so liebgewonnen!" Sie betrachtete einen nach dem anderen, und ihre Augen leuchteten.

„Dann hat sie uns also nicht angeschwärzt – und uns auch keine Schande gemacht", meinte Lars Peter aufgeräumt. Er stützte sich auf die Kruppe des Pferdes, während er vom Wagen herabkletterte. „Guten Tag, Mädel!" Er umfaßte Dittes Wangen und schüttelte ihren Kopf. „Das ist schön, daß man dich mal wieder zu sehen bekommt!"

Nun kamen Fredrik und Schwester Inge gesprungen und die anderen Jungen – von allen Seiten kamen sie. Und Vang kam mit dem Kleinsten auf dem Arm aus dem Küchengarten. „Gaul!" rief der Knirps und prustete, daß sein Kinn ganz feucht wurde.

Sie hatten eigentlich gleich in die Stadt weiterfahren wollen; das Pferd war müde und verlangte nach dem Stall. Lars Peter hatte sich gedacht, daß Ditte vielleicht für den Rest des Tages freibekommen und sie begleiten könnte. Aber davon konnte keine Rede sein. Frau Vang blieb dabei, daß sie hereinkommen und etwas essen müßten – dann konnte man später immer noch weitere Pläne machen; und Vang stimmte ihr zu.

Lars Peter stand da, starrte zu Boden und wühlte in den Taschen seines Fahrmantels, während Ditte und Frau Vang ihn nach verschiedenen Seiten hin zerrten; es sah aus, als suche er etwas, aber er war bloß verlegen und wollte Zeit gewinnen. „Was sagst du, Mutter?" fragte er nachdenklich. Aber Sine lachte bloß; in ihren roten Wangen bildeten sich tiefe Grübchen. Nun, so ließ er sich denn mitziehen; Paul und Rasmus sorgten für das Fuhrwerk. Sie waren ordentlich gewachsen, seitdem Ditte von zu Hause weg war; richtige große Bengel waren sie geworden!

Lars Peter mußte mit in Vangs Arbeitszimmer kommen und erhielt eine Zigarre; unten wurde aus Rücksicht auf die Kinder nicht geraucht. Er war ganz verblüfft über die vielen Bücher. „Haben Sie die alle gelesen?" fragte er zweifelnd.

Vang mußte zugeben, daß er viele davon nicht gelesen habe – und wahrscheinlich auch niemals Zeit finden werde, sie zu lesen.

„Ich bin nie stark im Lesen gewesen", sagte Lars Peter; „es läßt sich nicht gut mit der Arbeit im Freien vereinbaren; man wird schläfrig, wenn man in die Stube kommt und sich hinsetzt. Aber ich denke mir, vielleicht ist es mit den Büchern wie mit den Menschen; allmählich gewinnt man die lieb, die man kennt, und versucht, soviel Gutes wie möglich davon zu haben. Muß übrigens 'ne niederträchtige Arbeit sein, zu sitzen und Buchstaben hinzumalen; mich könnt keiner dazu kriegen, wenn ich mich auch drauf verstünde."

„Nein, unterhaltend ist's nicht, da haben Sie vollkommen recht", sagte Vang ernst. „Ich würde gern mit Ihnen tauschen und auf der Landstraße fahren. Aber ich hab etwas auf dem Herzen, das ich schreiben *muß* – und das vielleicht kein andrer schreiben kann! Übrigens beurteilen die Leute das selten so vernünftig; die meisten beneiden einen."

Nun brachten die Frauen den Kaffee herauf; man trank ihn auf dem kleinen Balkon vor Vangs Arbeitszimmer. „Das geschieht Ihnen zu Ehren, Lars Peter", sagte Frau Vang geradeheraus, „denn sonst darf Besuch nicht hier heraufkommen. Aber wir können Sie so gut leiden. Sie wissen ja gar nicht, wie oft wir von Ihnen und den Kindern und von Ihrem Dorf gesprochen haben." Sie wurde ganz warm beim Reden.

„Ja, unsereins kann Sie auch gut leiden – nach der eignen lieben Frau natürlich!" sagte Lars Peter, „Sie sind sicherlich ein großartiges Menschenkind von einer feinen Dame. Aber woher zum Kuckuck – hätt man beinah gedacht und gesagt – konnten Sie denn nur wissen, daß *ich* es war? Das Mädel kann einen doch gar nicht so genau geschildert haben."

„Meine Frau ist hellseherisch", sagte Vang und sah sie neckend an. „Aber das müssen *Sie* übrigens auch sein, wenn Sie sehen können, daß sie eine feine Dame ist. Denn dafür hat noch niemand ein Auge gehabt. Sie gibt sich aber auch keine große Mühe, zu zeigen, daß sie die Tochter eines Kommandeurs ist."

„Das ist dir sicher sehr unangenehm!" sagte Frau Vang und strich ihrem Mann durchs Haar. „Aber jetzt müßt ihr entschuldigen, daß ich für einen Augenblick verschwinde. Ditte kann gut vorläufig hier oben bleiben." Sie gab ihrem Mann ein Zeichen, und er folgte ihr ins Arbeitszimmer.

„Ich glaube, sie haben kein Geld", flüsterte Ditte dem Vater zu. „Und nun tut ihnen das leid, und sie wissen nicht, was sie tun sollen."

„Aber wir sind doch wirklich nicht gekommen, um ihnen Ungelegenheiten zu machen; wir wollten ja bloß mal eben vorbeikommen." Lars Peter war ganz erschrocken.

„Sie haben so oft davon gesprochen, daß ihr doch bloß mal kommen möchtet; ich glaube, es wird ihnen leid tun, wenn ihr ohne weiteres wieder geht. Du hast wohl kein Geld, Vater?"

„Und ob ich Geld habe, Mädel!" rief Lars Peter ganz erleichtert. „Das trifft sich gerade gut, daß wir etwas von Sines Geld abgehoben haben – und wollten uns nach etwas umsehen, während wir in der Stadt sind." Er nahm einen Hundertkronenschein heraus und gab ihn ihr – seine Brieftasche war von Banknoten ganz dick; Ditte stellte es mit Stolz fest. „Ja, haben wir nicht eine wohlhabende Mutter gekriegt?" Lars Peter blickte froh auf Sine. „Aber die sollen nicht aufgegessen werden, verstehst du wohl; damit wollen wir ein Geschäft anfangen. – Na, aber willst du das mit deiner Herrschaft in Ordnung bringen?"

„Ich laufe selbst zum Kaufmann hinunter", sagte Ditte. „Darf ich alles Geld verbrauchen? Denn dann kann ich unsre Schulden bezahlen."

„Es ist ein großartiges Mädchen aus ihr geworden, findest du nicht?" sagte Lars Peter, als sie gegangen war.

„Das ist sie doch immer gewesen", meinte Sine. „Sie verdient einen guten Mann."

„Ja, so einen wie mich, was?" Lars Peter lachte. „Nein, aber man hat ja ein bißchen Angst gehabt, daß sie anfängt, vornehme Allüren zu kriegen."

Frau Vang kam zu ihnen heraus. Das Mädel mußte sie doch in die Sache mit dem Geld eingeweiht haben, denn sie kam und stellte sich hinter sie und hielt ihre Schultern umfaßt. Sie sagte nichts, aber wühlte in Gedanken in Lars Peters krausem Nackenhaar; und plötzlich beugte sie sich hinab und küßte ihn auf den großen, kahlen Fleck auf seinem Scheitel.

„Gott weiß, wo die Kinder stecken mögen!" sagte Lars Peter ablenkend. Er hatte Angst, daß sie anfangen würde, ihm zu danken.

„Sie sind im Küchengarten zusammen mit den unsern", sagte Frau Vang. „Sie sollten bloß mal sehen, wie gut Freund sie geworden sind. Paul und Rasmus geben den unsern Unterricht im Höhlengraben. Es ist bloß schade, daß Christian nicht mitkommen konnte."

„Also Sie kennen Christian auch? Nein – er dient ja jetzt. Aber es kann passieren, daß er doch eines Tages angewalzt kommt – er hat ja die Landstraßenkrankheit."

„Von Fremden hat er die wohl nicht geerbt", sagte Frau Vang lachend.

„Nein", erwiderte Lars Peter und riß an seinen Haaren,

„nein, das mag schon sein!“ Und dabei kam es heraus, daß sie nicht erst heute von zu Hause weggefahren waren, sondern auf einer mehrtägigen Tour waren und im Wagen Proviant und einen Kochapparat hatten. Am Waldrand pflegten sie Rast zu halten und abzukochen; die letzte Nacht hatten sie bei einer Häuslerfamilie in Nöddebo verbracht.

„Das muß großartig sein“, sagte Frau Vang. „So eine Tour möchte ich gern mitmachen.“ Ihre Augen leuchteten.

„Das ist leicht genug arrangiert, denn es kommt nur darauf an, auf der Landstraße der Nase nach zu gehn. Aber natürlich muß man Anlage dazu haben – und vorliebnehmen, wie's kommt.“

„Das können wir – mein Mann und ich! – Dazu ist man übrigens auch hübsch genötigt, in unserer Stellung“, fügte sie lächelnd hinzu.

„Ja, man war ja erstaunt, als man zu wissen kriegte, daß ihr so brillante Menschen wärt“, sagte Lars Peter, „aber nun läßt es sich besser verstehn. Die das Herz auf dem richtigen Fleck haben, bekommen immer zuwenig für das Ihre – wie es nun kommen mag! Aber wo ist das Fuhrwerk?“ Er sprang erschrocken auf.

Frau Vang lachte. „Das haben mein Mann und Fredrik zum Krug hinübergefahren. Wir meinen, ihr sollt lieber hierbleiben, als in der Stadt nach einem Logis herumzusuchen. Wir können euch unterbringen, wenn ihr vorliebnehmen wollt.“

Ja, was das betraf! Lars Peter für seine Person konnte gut an einem Kleiderhaken hängen und schlafen, wenn's sein mußte; er schlief Gott sei Dank überall. „Aber wir hatten nicht vor, Sie zu stören.“

Nun kamen Ditte und Schwester Else mit einem großen Korb Waren zwischen sich, und drüben auf dem Weg kam Vang. Lars Peter ging ihm über die Felder entgegen; er hatte Lust, sich die Umgebung ein wenig anzusehen; Sine wollte lieber zu Hause bei den Frauen bleiben. „Man geht und sinnt darüber nach, wie das sein kann, daß der Boden an der einen Seite der Landstraße so gut gepflegt ist und an der andern so vernachlässigt“, sagte er, als er bei Vang anlangte.

„Das kommt daher, weil hier auf dieser Seite die Spekulation mit im Spiel ist", erklärte Vang. „Wenn erst ein Advokat ein Feld erspäht hat, so ist es, als ob der Böse daraufgepustet hätte, dann wächst nichts mehr drauf."

Zusammen gingen sie über die Felder, Lars Peter hatte gemeint, daß Vang ein zurückhaltender Sonderling sei, bei weitem nicht so frisch und geradeheraus wie seine Frau, und daß er sich vielleicht zu vornehm dünke. Aber es war wohl eher so, daß er die anderen reden ließ und selber seine Beobachtungen anstellte; denn wenn man so unter vier Augen mit ihm zusammen war, war er unterhaltend – und was er sagte, das hatte Hand und Fuß. Über alle sozialen Verhältnisse wußte er gut Bescheid, wie es schien, und er verschonte nicht viel – wozu denn auch nach Lars Peters Ansicht kein Grund vorhanden war. Vor den Großen hatte er ganz und gar keinen Respekt. „Wir denken für sie!" sagte er offen.

Lars Peter war sich wohl klar darüber, daß er und die Seinen die Arbeit für die Großen verrichteten, aber dies war ihm etwas ganz Neues. „Ja, wenn ihr den Kopf liefert und wir andern die Hände, dann bleibt nicht viel übrig, was sie selber mitbringen müssen", sagte er lachend.

„Doch, der Bauch", erwiderte Vang ernst. Es war seltsam, einen so stillen Mann sich so äußern zu hören; aber im stillen, tiefen Wasser wuchsen ja die sonderbarsten Pflanzen.

Vom Balkon der Villa wurde gerufen und gewinkt; sie sollten nach Hause kommen, zum Essen.

Im Eßzimmer war ein langer, festlicher Tisch gedeckt, mit Blumen und Wein. Vang zog einen alten hochlehnigen Eichenstuhl mit gewundenen Säulen vor das Tischende hin, seinen eigenen Platz. „Hier sollen Sie sitzen, Lars Peter Hansen!" sagte er und sah ihn bewundernd an, als wäre er sein Sohn.

Es war ein rechter Ehrensitz; Lars Peter war ganz verlegen, als er sich darauf niederließ. „So viel Staat ist noch nie mit einem gemacht worden", sagte er still.

Es war wahrlich eine Festmahlzeit! Die Kinder waren bereits außer Rand und Band und schwatzten und lachten durcheinander. Aber so wollte Vang es haben. „Die Mahlzeiten gehören den Kindern!" sagte er.

Lars Peter bemerkte sofort, daß Vang, während er aß, den Kleinsten auf dem Schoß hatte. „Ja, das Essen schmeckt mir sonst nicht", sagte Vang.

„Es geht ihm genauso wie dir, Vater", meinte Ditte und sah vom einen zum andern; sie hatte vor Freude Rosen auf den Wangen.

„Wie mir, ja", erwiderte Lars Peter und sah ganz neidisch aus, „das muß ich sagen! Jetzt sitzt mir zu Hause niemand mehr auf dem Schoß – die kleinen Würmer meinen ja, sie seien zu groß. Aber Mutter hat mir was für Weihnachten versprochen – wenn ich das Priemen sein lasse!" Sine wurde rot und immer röter.

„Gott, wir sind ja dreizehn bei Tisch!" rief sie mit komischem Entsetzen. Alle lachten, Erwachsene und Kinder; es kam so drollig heraus.

„Ja, Mutter ist abergläubisch", sagte Lars Peter, „damit hat unsereins Gott sei Dank nie was zu tun gehabt."

„Das ist das Familienmerkmal." Vang hob sein Glas und trank ihm zu. „Ihr habt euch nie vorm Dunkel gefürchtet, darum hat man euch auch immer verfolgt. Ein Prosit denen, die nicht abergläubisch sind – den Gläubigen! Wir wollen an die Menschen glauben, nicht an Gespenster und Teufel."

Auch Frau Vang ergriff ihr Glas. „Weil ihr im Neuen lebt, seid ihr so auf Kinder versessen!" sagte sie zu den beiden Männern. „Darum wollen wir Sine Glück wünschen."

„Heut abend wollen wir ins Tivoli", sagte Vang. „Alle Erwachsenen!"

„Ah!" rief Fredrik frech. „Dann geh ich mit!"

Frau Vang lachte; die ganze Zeit über war's, als ob sie innerlich gekitzelt würde, so ausgelassen lachte sie heute über jede Kleinigkeit. „Wir müssen sehn, jemand zu finden, der auf die Kinder achtgibt!" sagte sie grübelnd.

„Auf die werd ich schon aufpassen", sagte Else. „Ich bin ohnehin zu müde, mitzugehn."

„Du, Kind?" rief Frau Vang wie aus den Wolken gefallen.

„Die – die hat daheim zwei Jahre ganz allein den Haushalt geführt", sagte Lars Peter voll Stolz.

„Nun sollt ihr meinen Plan hören", sagte Frau Vang.

„Heut abend gehn wir Erwachsenen ins Tivoli, und morgen geht Ditte mit ihren Eltern und allen Kindern – auch unsern – in den Zoologischen Garten, und ihr seht euch die Stadt an. Dann kommt ihr hierher zurück und eßt spät zu Mittag, übernachtet hier und wartet mit dem Nachhausefahren bis übermorgen. Dann habt ihr einen langen Tag vor euch."

„Ich will aber auch mit in den Zoologischen Garten", sagte Vang. Er sah ganz so aus, als wäre ihm Unrecht geschehen.

„Ja, dann will ich auch nicht übergangen werden", erklärte seine Frau. „Aber dann kriegt ihr sehr spät zu essen; damit müßt ihr euch abfinden."

12

Ditte pflückt Rosen

Endlich war es richtiger Sommer geworden. Die Hitze war so stark, daß sie zu sichtbaren Wellen wurde; drückend lag sie über der Erde, und in der Wärme flimmerte es einem vor den Augen. Nur die Kinder schienen unberührt davon; sie lagen auf dem Rasen, lutschten grüne Stachel- und Johannisbeeren und schwatzten. Die vier folgten einander so drollig mit je einem Jahr Abstand. Fredrik war mit dem Rad an den Sund gefahren, um zu baden.

Frau Vang und Ditte saßen auf der offenen Veranda unter Vangs Arbeitszimmer und nähten. Oben konnte man Vang hören; er hantierte mit seiner Pfeife, klopfte sie am Geländer des Balkons aus und ging wieder hinein. Die beiden Frauen schwiegen, sein Gebaren beschäftigte sie. Es kam vor, daß er den ganzen Tag so herumging, an irgend etwas bastelte und auch mit den anderen plauderte – und dabei doch seinen Gedanken nachhing! In seinem Inneren arbeitete es dann, unangefochten von der Umwelt; man konnte es seinen Augen ansehen, sie glichen denen eines Nachtwandlers. Dann interessierte er sich für nichts; Frau Vang sagte es im Scherz, er sei lütütü.

Sie nähten für Ditte ein Sommerkleid aus geblümtem

Musselin, den Frau Vang zufällig billig erstanden hatte; die Finger arbeiteten um die Wette daran. Der Wärme wegen saßen sie mit nackten Beinen da; an den Füßen trugen sie ausgeschnittene Schuhe. „Dann spart man die Strümpfe", sagte Frau Vang. Es war ihre Idee.

Aber die Passanten! – Ditte fühlte sich nicht recht sicher.

„Dame!" sagte Frau Vang neckend. „Was machen wir uns daraus! Sie glauben außerdem, wir hätten fleischfarbene Seidenstrümpfe an; es ist ja jetzt vornehm, nackt an den Beinen auszusehen."

Vang trat auf den Balkon und klopfte die Shagpfeife aus. „Nicht auf die Kleider, wenn ich bitten darf", sagte seine Frau zu ihm hinauf.

„Oh, Verzeihung!" Er beugte sich weit über das Geländer, um sie zu sehen; dann kam er herunter. „Ihr sitzt da wie zwei Schwestern", sagte er und betrachtete sie froh, „zwei schöne, gute Schwestern. Aber an die lange Mannsperson denkt keine von euch. Gibt's denn überhaupt keinen Tee heute? Es ist so warm."

Ditte warf das Nähzeug hin und sprang auf. „Ich glaube, ich werde kindisch", sagte sie und lief in die Küche hinaus.

„Ja, oder Sie haben Heiratsgedanken im Kopf!" rief ihr Frau Vang übermütig nach.

„Das Kind! Aber wie hübsch sie geht und träumt! Man kann sich beinah in sie verlieben!"

„So ginge es mir, wenn ich ein Mann wäre!" erklärte Frau Vang ernst.

Ditte rief zur Küchentür hinaus: „Kinder, Kinder! Tee oder Stachelbeergrütze?"

„Stachelbeergrütze!" antworteten sie. „Aber mit Schalen drin."

„Dann lauft nach der Laube!" Voll und warm tönte Dittes Stimme. Dann brachte sie den Tee.

„Wie gefallen dir unsere neuen Strümpfe?" Frau Vang streckte ein Bein vor. „Du könntest wohl von selbst was sagen! Es ist Seide, du!"

„Das ist ja recht schön", sagte Vang, „aber auf die Dauer verflucht teuer." Die beiden Frauen lachten.

„Du hölzerner Mensch! Und da sagt man den Dichtern nach . . ."

Vang bog ihren Kopf nach hinten und blickte ihr ins Gesicht. „Was sagt man den Dichtern nach – und was geht das mich an?" fragte er.

„Bist du vielleicht kein Dichter?"

„Ich bin ein lebendiger Mensch, du! Das ist alles – aber auch genug. Alle wirklich lebendigen Menschen sind auch Dichter."

„Ich bin wahrhaftig ganz lebendig – aber ein Dichter . . ."

„Du bist eine Plapperliese – eine richtige Plapperliese!" Er küßte sie auf beide Augen. Dann ging er wieder hinauf.

„Er kann es nicht vertragen, wenn man ihn Dichter nennt", sagte Frau Vang gedämpft. „Er haßt die Kunst und die Künstler, wie Sie vielleicht bemerkt haben – Friseure nennt er sie. Er selbst müht sich ab, die ungeschminkte Wahrheit zu sagen. Sollte man es wohl für möglich halten, daß das so schwierig ist? Aber er sagt, daß wir alle von der Verlogenheit angekränkelt sind – und daß wir beim Volk in die Lehre gehen müssen."

„Bei uns!" rief Ditte erschrocken. „Aber wir haben ja gar keine Ahnung von der Dichtkunst."

„Vielleicht liegt es gerade daran – ich weiß nicht recht. Vang trägt alles so still mit sich herum; man sollte nicht glauben, daß er ein Aufrührer ist, wie? Aber sie kontrollieren ihn, das können Sie mir glauben; man möchte ihn gern überführen, wenn man bloß könnte. Vorläufig wird er soweit wie möglich totgeschwiegen, aber eines Tages – wenn sich die Gelegenheit bietet! Dann nehmen sie ihn mir weg, Ditte."

„Und bloß weil er zu den Armen hält?" Ditte begriff es nicht; sie starrte verständnislos vor sich hin.

Frau Vang nickte. „Das ist ja die Zukunft! Entweder wollen sie die Lumpen abwerfen, oder die Reichen sollen sie auch anlegen. Und wenn etwas geschieht, so macht er mit – davon bin ich überzeugt! Oh, Ditte, es gibt nichts in der Welt, was ich ihm nicht gönnte!" Sie beugte sich über den Tisch und legte den Kopf auf die Arme.

‚Wie hübsch ihre Arme sind!' dachte Ditte. ‚Und wie

schön und gut sie ist!‘ Sie stand über sie gebeugt, berührte behutsam das dunkle, schwere Haar, verstand nichts, aber wollte gern trösten. Dann kam eines der Kinder gerannt und wollte etwas zeigen, und Frau Vang lachte und hatte sich selbst wiedergefunden.

Jeden Augenblick kam der eine oder andere gelaufen. Die Schwester fing Marienkäfer, hielt sie auf der Spitze eines Fingers hoch und sang ihnen etwas vor – bis sie sich plötzlich wie eine Bohne spalteten, ungeahnte Flügel ausbreiteten und davonflogen. Stümpfchen kam mit einem dicken rosafarbenen Regenwurm angewatschelt, der sich in seiner drallen schwarzen Faust wand. „Schmeckt gut!“ sagte er. Aber er hütete sich wohl, ihn in den Mund zu stecken. Es war bloß ein Versuch, die Mutter und Ditte zu erschrecken, so daß sie aufkreischten. „Willst du das wohl sein lassen, uns so zu nekken, du Strolch!“ sagte Frau Vang drohend. Ditte sah und hörte nichts – sie war in Gedanken versunken. Sie dachte an das Elend ihrer Kindheit, an all die fruchtlosen Leiden und Kämpfe der Familie; es war, als ob ein Troll in der Nacht kam und alles verzehrte, was sie am Tag erarbeiteten. Aber siehe da, es gab jemand, der hervorzutreten und die Wahrheit zu sagen wagte! Sie selber konnten es ja nicht. Gefesselt! Ein Frösteln überlief sie, ein Gefühl des Grauens und tiefer Bewunderung.

„Wollen wir nun hineingehn und anprobieren?“ hörte Ditte Frau Vang sagen.

Sie gingen in das Schlafzimmer der Frau Vang und der Kinder und traten vor den Spiegel. Ditte streifte die Kleider ab; die weißen Arme leuchteten in der Nachmittagssonne, ihre Wangen glühten; in ihrem Blick waren noch Spuren von dem, was sie gehört hatte. Ditte hielt die Arme nach der Seite ausgestreckt, während Frau Vang heftete. „Sie sehen richtig wie eine Märchenprinzessin aus“, sagte Frau Vang und drehte sie wie einen Kreisel herum. „Schön sitzt es, aber es ist auch eine dankbare Aufgabe, Sie mit Kleidern zu behängen. Laufen Sie hinauf, damit mein Mann Sie auch zu sehen kriegt! – Schau nur, wie hübsch Ditte ist!“ rief sie die Treppe hinauf.

Vang hatte der Wärme wegen die Tür offen; Ditte ging hinein, ihre Wangen waren rot vor Freude und Scham. „Wie fein und hübsch Sie sind", sagte er und betrachtete froh ihre junge Gestalt, „nun will ich Sie hochheben!" Er faßte sie mit beiden Händen um die Taille und hob sie bis zur Decke hinauf. „Jetzt müssen Sie mir Schokolade geben!" sagte er vergnügt.

Ditte starrte in sein Gesicht hinab; es schwindelte ihr. Seine Brillengläser leuchteten, und hinter ihnen, wie hinter Fenstern, tief in seinen Augen, saß die Gefängniseinsamkeit versteckt – jetzt konnte Ditte es sehen! Sie glitt in seine Arme hinab, preßte mit geschlossenen Augen ihren Mund auf den seinen und lief dann die Treppe hinab.

Ditte wußte später nicht, ob sie Vang oder Vang sie geküßt hatte; aber um so bestimmter wußte sie, daß sie nicht wünschte, es wäre nicht geschehen. Nichts in der Welt wünschte sie anders; alles, was war, schien mit der gleichen Wärme und Süße gesättigt zu sein, alle Dinge strahlten Liebe aus. Der Tag war ein Wunder, ein Rausch und ein Traum, und die Nacht war es nicht weniger. Sie schlug die Augen auf in der frohen Zuversicht auf einen mit Glück gesättigten Tag und schloß sie am Abend, erfüllt bis zum Übermaß mit seltsam reicher Erwartung. Sie umfing alles, und alles umfing dafür sie.

Ditte hatte ein Kind gekriegt, sich aber nie einem Mann hingegeben. Ihre Mutterzärtlichkeit und Opferbereitschaft waren oft genug in Anspruch genommen worden, aber niemals ihre Liebesfähigkeit; die hatte man schlummern lassen. Nun kam die Kraft und weckte sie, der Ruf nach ihrem Herzen erscholl, nicht zum Bürdentragen, sondern zu müßigem, herrlichem Spiel. In ihrem Sinn war lange ein Summen gewesen; nun begann das Blut zu singen. Sie fühlte es in sich wie singende Scharen: einen endlosen, festlich gestimmten Hochzeitszug; und das Herz tummelte sich in kecken Sprüngen über das Ganze hin. Wie ein betäubter, flatternder Vogel war es: sie mußte die Hand gegen die Brust pressen, um einschlafen zu können.

Ohne Skrupel und ohne Vorbehalt ergab sie sich der

Macht der Liebe. Für irgendwelche Berechnung war in ihrem Gemüt kein Platz; sie liebte Vang, und er liebte sie wieder – mehr machte sie sich nicht klar. Die Kinder gewann sie nur noch lieber, und vor Frau Vang empfand sie grenzenlose Ehrfurcht. Hin und wieder fragte sie sich, ob Frau Vang etwas ahne. Es kam vor, daß Frau Vang ihre Wange streichelte, mit einem Schimmer in den Augen, als wollte sie sagen: Ich weiß mehr, als du denkst!, wenn Ditte spät am Abend aus der Stadt nach Hause kam und Vang sie vom letzten Straßenbahnwagen abgeholt hatte. Und als Ditte eines Tages einen großen Strauß Feldblumen in Vangs Zimmer brachte, sagte Frau Vang, die Hand um seinen Nacken legend: „Du hast's gut, da zwei dich umsorgen!" Frau Vangs warme Hände wollten am liebsten immer mit denen in Berührung kommen, die sie liebhatte, wenn sie mit ihnen sprach – wollten das, was sie sagte, unterstreichen oder sanft formen. Die Frage streifte Ditte, aber sie ließ sie vorübergleiten; freundlicher und herzlicher als jetzt war Frau Vang nie zu ihr gewesen; wie zwei gute Schwestern waren sie. Eifersüchtig auf Frau Vang war Ditte nicht.

Das einzige, was Ditte fürchtete, war, daß Vangs Benehmen seiner Frau gegenüber sich ändern könnte; aber er fuhr fort, der gleiche, unveränderlich ruhige, gute Ehemann zu sein. Still war er, fast noch stiller als früher; aber eine behagliche Kraft ging von ihm aus, die alle umfaßte. Es war nicht zu begreifen, daß er der Welt gegenüber so streitbar war; hier zu Hause war nie ein Mißklang zu merken.

Es war eine Zeit des Glücks für Ditte, zuerst sorglosen Glücks und dann, nachdem sie eines Morgens Frau Vang mit rotgeweinten Augen gesehen zu haben glaubte, verzweifelten Glücks. Vielleicht war es nur etwas ganz zuinnerst in ihr, das es ihr vorgegaukelt hatte, böses Gewissen, das noch unbewußt war; jedenfalls mußte sie innehalten und nachdenken. Sie setzte ihren Weg fort, aber das Glück war nicht mehr ganz das gleiche. Es büßte etwas ein, als es eingefangen und untersucht wurde, wurde oft zu bitterem Glück, zu süßer Sünde. Sie konnte das sorgloseste Geschöpf auf Erden sein, und plötzlich tauchten Wolken auf und Schatten, ohne daß man begriff woher, und das Dasein war voller Schmerz und verbrecherischer Süße. Abwechselnd weinte und freute sie sich, schämte sich und empfand Stolz, Stolz darüber, daß sie von einem Mann geliebt wurde, der so groß und klug war und eine so gute, liebe Frau hatte.

Wenn sie nicht grübelte, ging sie in einem seligen Zustand umher, halb im Schlaf, wie mit verschleierten Augen. Wenn aber die Gedanken begannen, ihr Tun zu untersuchen, so packte sie Entsetzen, und sie wurde kalt vor Grauen. Noch mehr erhob sich, immer Neues, woran sie früher nicht gedacht hatte. Sie war nicht nur in Liebe verstrickt, sondern in schuldbeladene Liebe. Nicht weil sie sich hingab, frei und ohne die Bande der Ehe, sondern weil sie sich einem verheirateten Mann hingab! Nichts war so schmachvoll für ein junges Mädchen, wie in Beziehungen zu einem Verheirateten zu stehen – wie es bei ihr der Fall war. Wenn sie es daheim erfuhren, würde sie sich nie mehr in der Gegend sehen lassen können; das Kind verzieh man ihr, das andere nicht. Für Lars Peter würde der Aufenthalt dort unerträglich werden, und die Kinder, die Ärmsten, würden nun erst recht Böses zu erdulden haben.

Das Leid behielt Ditte für sich, nur das Glück teilte sie mit einem anderen. Das Leid war darum nicht leichter zu ertragen, es schien sich vielmehr in der Einsamkeit zu vermehren. Wenn nun Frau Vang etwas entdeckte – sie, die so gut war? Wenn sie wenigstens hart und böse gewesen wäre, so würde es bei weitem nicht so schwer gewesen sein! Manchmal wagte Ditte nicht, ihr in die Augen zu sehen, und wenn sie auch den Mut fand, konnte sie es doch nicht; kein Wort hatte einen so entsetzlichen Klang wie Lug und Trug! Oft meinte sie, Frau Vang wisse etwas; sie glaubte es ihr am Gesicht ablesen, es am Klang ihrer Stimme hören zu können. Es war ein furchtbarer Zustand! Und doch war sie glücklich; tagelang lebte sie in einem Rausch, einem Nebel von Traum und Wärme, und sehnte sich nach dem Dunkel.

„Es muß seltsam sein, nur im Dunkel lieben zu dürfen“, hatte Frau Vang eines Tages gesagt, als sie zusammen standen und plätteten, und dabei träumerisch in die Ferne gestarrt. Doch Ditte war froh darüber, daß sie das Dunkel hatte. Fliehen konnte sie nicht, das fiel ihr nicht einmal ein.

Eines Vormittags waren sie mit der Zubereitung des Mittagessens beschäftigt. Ditte stand am Spülstein unterm Fenster und schnitt Fische auf. Draußen war es regnerisch und windig, die Kälte war gekommen. Oben in seinem Arbeitszimmer ging Vang auf und ab; er arbeitete also. Seltsam, wie sich bei ihm alles in Arbeit umsetzte; nie hatte er so gearbeitet wie in diesem Sommer. „Er hat für zwei gearbeitet", so drückte Frau Vang es unschuldig lächelnd aus, mit einer Betonung, die einen für einen Augenblick lauschen und nachdenken ließ.

„Nun ist der Sommer also vorbei", sagte Frau Vang vom Herd her, „ein wunderlicher Sommer."

Ditte wollte antworten, aber die Worte blieben ihr im Halse stecken; ihre Augen brannten. Sie wagte sich nicht umzudrehen, sondern beugte sich eifrig über den Spülstein; sie war überzeugt, daß es jetzt kommen werde.

Frau Vang kam, stellte etwas auf den Küchentisch und nahm etwas anderes, blieb dann aber stehen. Ditte hielt das Gesicht unverwandt über ihre Arbeit gebeugt, damit Frau Vang nicht sehen sollte, daß sie weinte.

Sie spürte den Arm der Frau Vang auf ihrer Schulter; die Berührung tat wohl. „Ditte", sagte Frau Vang langsam.

„Ja!" Ditte trocknete mit ihrem nackten Arm die Augen, aber sie vermochte nicht aufzusehen.

„Wir können nicht mehr! Nein, Ditte, jetzt kann keiner von uns mehr. Ich auch nicht."

Ditte wandte ihr das nasse Gesicht zu, ihr Ausdruck war hilflos.

„Nein, ich grolle Ihnen nicht!" sagte Frau Vang lachend. Ihr Lachen mußte irgend etwas beiseite schieben, um durchzudringen. „Worüber sollte ich wohl zornig sein! Aber hier im Hause – wir können nicht zu zweien sein – ich nicht und Sie auch nicht." Sie lehnte die Stirn an Dittes Schulter.

„Ich hab auch kündigen wollen – schon lange", sagte Ditte weinend. „Es tut mir so leid."

„Es ist ja nichts – wenn man's so nimmt", sagte Frau Vang tröstend. „Was man hat, kann einem ja doch niemand wegnehmen. Es ist bloß so wunderlich. – Sie – ich – auf – nieder! So – verwickelt ist alles." Sie lachte wieder, diesmal ihr altes, klingendes Lachen. „Und wie du verstohlen herumschleichen mußt – du armes Ding!" Sie umfaßte ihren Kopf und küßte sie. „Jetzt müssen wir bei Tisch ein vergnügtes Gesicht aufsetzen", sagte sie. „Wir wollen keine Szenen haben, du und ich."

Ditte wollte nun am liebsten auf der Stelle das Haus verlassen – wie sie ging und stand. „Aber deine Sachen, Kind!" Frau Vang stand einen Augenblick ratlos da. Dann holte sie Ditte Mantel und Hut. „So geh gleich, wenn du's denn willst", sagte sie. „Aber zuerst mußt du doch Vang ordentlich Lebewohl sagen."

„Nein, nein!" Ditte wehrte mit den Händen ab. Sie war nahe daran, zusammenzubrechen.

„Du kannst ins Volkshochschulheim gehn", sagte Frau Vang und knöpfte ihr den Mantel zu. „Dann will ich deine Sachen zusammenpacken und sie dir heut nachmittag bringen. Und vergiß nicht, daß wir Freundinnen sind – immer!" Frau Vang begleitete sie hinaus. „Wart einen Augenblick", sagte sie und pflückte ihr eine große rote Rose; „die sollst du haben. Es ist die letzte im Garten." Sie blieb auf der hohen Küchentreppe stehen und winkte mit ihrem weißen Taschentuch.

Aber Ditte schaute nicht zurück. Weinend ging sie der Stadt zu. Das letzte Ende zur Straßenbahn mußte sie laufen; und als sie auf dem Hinterperron stand und der Wagen schon fuhr, entdeckte sie, daß sie die Rose verloren hatte.

13

Der Hund

Der gnädige Herr kam ins Eßzimmer herein, wo Ditte aufräumte; er war noch nicht ganz angekleidet. „Hat Scott Stuhlgang gehabt?" fragte er gespannt.

„Ich weiß es nicht", erwiderte Ditte kurz.
„Wollte er nicht auf den Hof gehen?"
„Nein!"

Der alte Jagdjunker trippelte wieder ins Schlafzimmer zurück; sein Gang und seine Haltung hatten noch etwas von der Dressur der alten Zeiten. „Das ist doch sonderbar", hörte Ditte ihn drinnen sagen; „ich bin heut nacht zweimal mit ihm unten gewesen. Es muß ihm bestimmt etwas fehlen." Seine Frau antwortete nicht.

Dann kam er wieder herein, in grüner Morgenjoppe. Er nahm aus dem Büfett eine Karaffe Portwein, und Ditte holte ein rohes Ei. „So, nun soll Scott seine Morgenstärkung haben", sagte er und rührte das Eidotter in ein Glas Portwein. Der Hund wurde unter dem Tisch im Eßzimmer hervorgeholt, wo er in der Nacht auf einem Fell lag. Er sah aus, als hätte er die größte Lust, um sich zu beißen. Ditte mußte seinen Rachen aufsperren, während der Herr das Stärkungsmittel in ihn hineinschüttete; er brach das Ganze sofort wieder aus.

„Ich glaube, er hat Magenkatarrh", sagte er, „er riecht aus dem Maul. Er hat bestimmt Magenkatarrh, Amalie!" rief er nach der offenen Schlafzimmertür hin.

„Der Pelz riecht sauer. Das tut er immer bei langhaarigen Hunden", sagte Ditte.

Der alte Junker warf ihr einen vernichtenden Blick zu. Dann trippelte er gekränkt ins Schlafzimmer zurück. „Er muß Diät halten", hörte Ditte ihn drinnen sagen. „Du mußt zusehen, daß du ein Kochbuch für Hunde bekommst, Amalie. Aber überlaß das nicht wieder dem Mädchen; das Volk hat nun mal kein Gefühl für Tiere." Ditte lächelte bitter. Nein, für Scott hatte sie jedenfalls nicht viel übrig.

Am Nachmittag machte der alte Herr einen Spaziergang mit dem Hund, wenn seine Gicht es zuließ. Aber oft konnte er nicht, und dann mußte Ditte ihn auf dem Boulevard spazierenführen. Die halbe Stunde, die die Tour dauern sollte, wollte kein Ende nehmen; Scott war ungezogen, zerrte an der Leine und schleppte sie von Gegenstand zu Gegenstand. „Gehen Sie nur los", sagte der Jagdjunker, der die ersten Male mitgegangen war, um Ditte zu zeigen, wie der Hund auf der Promenade geführt werden wollte. „Er soll seinen Willen haben. Sie haben bloß festzuhalten, so daß er Ihnen nicht davonläuft."

Es gab nichts Unappetitliches, woran Scott nicht seine Nase halten, woran er sich nicht betätigen mußte, und Ditte schämte sich. Sie freute sich, als die Tage kurz wurden und das Dunkel sie und den Hund verbarg.

Wenn sie mit ihm zurückkam, war die erste Frage des gnädigen Herrn: „Hat er Stuhlgang gehabt?" Wenn es nicht der Fall war, geriet er außer sich. „Es ist Dickdarmkatarrh", sagte er. „Armer Scott, steht's nicht gut mit der Gesundheit, was?" Die gnädige Frau lächelte ironisch.

„Es fehlt ihm wahrhaftig nichts", sagte sie. „Heut vormittag ist er hinausgestürzt und hat einen Mann, der ein Paket brachte, ins Bein gebissen. Ich hab ihm fünf Kronen Entschädigung geben müssen; Scott hatte ihm ein Loch in die Hose gerissen."

„Dann ist der Mann verdächtig gewesen; du sollst sehn, er hat irgendwas auf dem Gewissen gehabt! Scott fährt nicht auf unbescholtne Leute los, was, Scott, alter Bursche! Fünf Kronen – er hätte sie, weiß Gott, nicht bekommen dürfen! Du hättest lieber einen Schutzmann holen lassen sollen, dann hätte er vielleicht auf der Stelle gestanden."

Die gnädige Frau war nicht dazu zu bewegen, mit Hand anzulegen, wenn der Hund ein Lavement bekommen sollte oder Rizinusöl oder stärkende Mittel. Sie sagte einfach: Nein, danke schön! und ging ihrer Wege. Dann mußte Ditte helfen, sie mochte wollen oder nicht. Spaß machte es nicht. Im übrigen aber war die Stelle leicht.

„Wenn er doch bloß weglaufen oder wenn ihm was zustoßen möchte!" sagte die gnädige Frau zu Ditte, wenn sie allein waren. „Können Sie nicht machen, daß er verunglückt? Ich würde nicht traurig sein."

„Warum nimmt die Herrschaft nicht ein kleines Kind an?" fragte Ditte.

„Der Junker kann für den Tod keine Kinder ausstehen! – Und, offen gestanden, es ist eine gewagte Sache, so ein Armenkind anzunehmen. Es haftet ihnen doch leicht so viel

Schlechtes an, wenn man sie auch von klein auf bekommt. Aber darum dürfen Sie Scott gern wegrennen lassen – meinetwegen also. Ich werd Ihnen den Kopf nicht abreißen."

Es kam vor, daß der Hund sich von Ditte losmachte und verschwand. Dann mußte sie da unten herumgehen und warten, bis er – oft nach Verlauf mehrerer Stunden – wieder nach Hause fand. Ohne den Hund hinaufzugehen wagte sie nicht.

Eines Abends ging sie auf dem Boulevard spazieren und rief nach dem Hund, halblaut und verlegen. Ein junger Handwerker kam aus einer der Seitenstraßen. „Rufen Sie nach dem schottischen Schäferhund?" fragte er.

„Ja!" sagte Ditte verwirrt.

„Der läuft hier in der Seitenstraße herum, Fräulein", sagte er. „Ich werde ihn gleich kriegen."

„Geben Sie acht! Er beißt Fremde!" rief sie ängstlich. Aber er verschwand in der Seitenstraße; sie hörte ihn dort pfeifen und rufen. Kurz darauf kam er und hatte Scott an der Leine; wedelnd sprang der Hund an ihm empor.

„Sehen Sie, Fräulein, er tut mir nichts! Mir kann nix was anhaben!" Er hatte den Hut in den Nacken geschoben und lachte heiter. Auch Ditte lachte – aus Dankbarkeit und weil er gut aussah.

„Ja – das scheint so!" sagte sie.

Er brachte sie bis zum Torweg. „Wann haben Sie frei?" fragte er, ihr die Hand gebend.

„Donnerstag", erwiderte Ditte und lief hinein. „Um sieben Uhr!" rief sie atemlos von der Treppe hinunter.

Ditte freute sich auf den Donnerstag. Sie war einsam, und es verlangte sie danach, auszugehen und sich zu amüsieren, und danach, zu wissen, daß sie ein wenig – ein ganz klein wenig – von einem jungen Mann hofiert wurde. Sie sang beim Abwaschen, so daß die gnädige Frau herauskommen und sie ermahnen mußte; und sobald die Arbeit getan war, ging sie in ihre Kammer und putzte sich. Sie schonte ihre Sachen, aber heute abend zog sie das beste Kleid an, das sie hatte – sie wollte hübsch sein! Und plötzlich fragte sie sich, ob er denn wohl auch dasein werde. Er hatte in der Zwischenzeit vielleicht eine andere gefunden, mit der er ausging – so waren ja die Handwerksburschen! Und würde sie ihn auch wiedererkennen? Sie hatte ja kaum Zeit gehabt, ihn richtig zu betrachten!

Er stand am Torweg und wartete, grüßte zuerst, indem er den Hut abnahm und dann ihre Hand ergriff. „Ich danke dir, daß du gekommen bist", sagte er, und dabei schlang er den Arm um sie und küßte sie. „Mein Name ist Georg Hansen, Malergeselle", sagte er. „Und wie heißt du, Mädchen?"

Ditte lachte und sagte es – und dann waren sie alte Freunde. Arm in Arm spazierten sie zu einem Tanzlokal.

Ditte war nicht enttäuscht. Er war viel hübscher, als sie ihn in der Erinnerung hatte, schlank und selbstbewußt in der Haltung. Sein Anzug war nicht besonders fein, saß ihm aber gut. Er sah eigentlich nicht aus wie ein Arbeiter, das Gesicht war fein gezeichnet und blaß, an den Schläfen etwas eingefallen; das dünne schwarze Haar wellte sich schwach, und die Augen blickten ungewöhnlich klug. Er tanzte gut. Aber für Ditte war es fast eine ebenso große Freude, ihn mit anderen tanzen zu sehen. Er sah aus wie ein richtiger Kavalier; alle wollten gern mit ihm tanzen; man konnte geradezu merken, wo er sich im Saal aufhielt, denn seine Dame lachte immer über das ganze Gesicht.

Es waren andere Herren da, die feiner angezogen waren als er. Wenn er richtig eifrig beim Tanz wurde, schob sich der Kragen auf der einen Seite hinauf; er war an dem wollenen Hemd angebracht. Und die Manschetten glitten jeden Augenblick hinunter. Aber wie gut er zu führen verstand! Und Geld hatte er in der Tasche! Immer wieder spendierte er Ditte etwas zu trinken. Im Grunde hatte es gar keinen Sinn, daß er es so oft tat; aber dankbar war sie ihm trotzdem. Es war ja der erste Abend, wo sie zusammen waren – später würde sie ihm schon beibringen, daß er vernünftiger sein müsse.

Das war jedoch leichter gesagt als getan. Georg war ein tüchtiger Arbeiter und hatte große Lohnabrechnungen; aber er arbeitete ruckweise, und sobald er Geld in der Tasche hatte, war's mit der Arbeitslust vorbei. Es war geradezu traurig, wie er mit seinen Sachen haushielt; seine ganze Garderobe bestand aus dem, was er auf dem Leibe trug. Ditte kaufte Stoff und nähte ihm Hemden, und sie versuchte, die Hand auf das Geld zu legen, wenn er wohlversehen war, und ihn in ein Bekleidungsmagazin zu locken. Aber er lenkte ab, küßte sie und fand unzählige witzige Ausflüchte, so ernst die Sache auch an sich war. Konnte er sich nicht länger gegen sie behaupten, so fand er einen Vorwand, um ihr durchzubrennen. Einmal hatte sie ihn glücklich so weit gehabt, daß er mit ihr in einen Laden gegangen war, und als sie dann standen und sich Stoffe ansahen, war er auf einmal verschwunden! Als sie sich ein paar Tage später wiedersahen, war er zerschmettert. Aber das Geld war weg – bis auf ein paar Kronen, für die er ihr eine Tasche gekauft hatte.

„Hier ist häuslicher Friede!" sagte er und reichte ihr das Geschenk mit der jämmerlichsten Miene. Da blieb ja nichts anderes übrig, als seinen Kopf zu umfassen und ihn zu küssen, als das gute, hilflose Kind, das er war.

Ein Geschenk mußte er für sie mitbringen, sonst glaubte er, es sei nicht so, wie es sein sollte. Wenn Ditte sich nicht über das Geschenk freute, sondern meinte, er hätte das Geld lieber sparen sollen, war er unglücklich.

Gut war er, zu gut. Ein jeder konnte ihn herumkriegen und Geld von ihm leihen, wenn er bei Kasse war; jeder konnte ihn mit sich ziehen. Er konnte niemals nein sagen, das war seine Schwäche. Und dann dieser krankhafte Trieb, Geld auszugeben, solange er einen Pfennig in der Tasche hatte! Eigentliches Verlangen nach Alkohol hatte er nicht; aber das Trinken nahm man sozusagen mit in Kauf. Betrunken war er nie; es prallte wirklich alles an ihm ab. Aber wenn er ein paar Tage gebummelt hatte, wurde er leichenblaß, und das Haar klebte ihm an den Schläfen. Dann glich er sich selbst nicht mehr, war böse und reizbar.

„Laß ihn laufen", sagte seine Schwester eines Abends zu Ditte, als sie sich draußen trafen. „Es ist nichts an ihm dran – er ist ein Waschlappen!"

Aber es fiel Ditte nicht ein, diesen Rat zu befolgen. Sie liebte ihn, wie er in Wirklichkeit war: lebhaft, begabt, sorglos und gut; das Schlechte an ihm war nur etwas Zufälliges, womit sie schon fertig werden würde. Wenn sie bei ihm war, ging es immer gut – dann war er unvergleichlich. Es konnte auch niemand arbeiten wie er; alle Kameraden waren sich darin einig, daß er der tüchtigste Malergeselle der Stadt war. Sie würde es schon gut bei ihm haben.

Ohne es zu wissen und zu wollen, hatte Ditte wieder einen Menschen, dessen sie sich annehmen mußte. Es verlangte sie danach, und wenn sie bei ihrer Arbeit an ihn dachte, war er für sie eigentlich wie ein unsagbar liebes Kind. Das konnte Anlaß zu Kummer geben; aber was war wohl natürlicher, als daß sie seinen bleichen Kopf mit dem feingelockten, dünnen Haar an sich zog, wenn er reuevoll ankam, nachdem er wieder einmal über die Stränge geschlagen hatte. Es kam ja auch vor, daß sie vergebens wartete, wenn sie sich irgendwo verabredet hatten. Dann hatte er eine andere getroffen. Aber eines schönen Tages tauchte er wieder auf, so treu und heiter und selbstverständlich, als ob gar keine Unterbrechung gewesen wäre. Er konnte sie nicht entbehren.

Eines Sonntagnachmittags wollten sie zusammen ausgehen. Ditte sollte ihn in seinem Logis abholen; sie hatte Butterbrote geschmiert und ein paar Eier gekocht, so daß er am Montag etwas zur Arbeit mitzunehmen hatte. Mit dem Essen nahm er es meist, wie es kam. Sie hatte das Ganze hübsch verschnürt und ein Hölzchen an dem Paket angebracht; sie hatte sich auch einen neuen Hut gekauft; und nun freute sie sich darauf, ihn ihm zu zeigen. Es regnete, und der Hut vertrug keinen Regen. Aber sehen sollte er sie damit.

Unten im Torweg nahm sie ihn ab und verwahrte ihn unter ihrem Mantel. Vorsichtig hielt sie den Mantel mit der linken Hand zusammen und rannte mit bloßem Kopf die Seitenstraße entlang. Es goß herab, und sie mußte sich beeilen; das Päckchen baumelte in ihrer rechten Hand, mit der sie ihren Rock gerafft hielt; mit den Absätzen blieb sie an dem weißen Unterrock hängen, und ihre Haare klebten an ihrem Gesicht fest. Der Flachshändler an der Ecke stand in der

Haustür und rief ihr grinsend nach, und drüben im Torweg auf der anderen Seite stand Georg, der ihr entgegengekommen war. Er wandte sich mit einem Ruck um und ging die Straße entlang, als hätte er sie nicht gesehen; den Kragen hatte er aufgeschlagen. Atemlos holte ihn Ditte ein und schob ihren Arm unter den seinen, aber er machte sich frei. „Wie zum Kuckuck siehst du denn aus?" sagte er.

„Es regnete so – und mein neuer Hut! Oh, wie ich mich heut gesputet hab, du!" Mit strahlenden Augen blickte sie ihn an, mit einem Lächeln, das Abbitte, Verzeihung, Liebe ausdrückte. Aber er wich ihrem Blick aus; an seinen unsteten, stechenden Augen sah sie, daß es nicht gut mit ihm bestellt war.

„Du hast gebummelt", sagte sie unglücklich. „Und ich habe mich so gefreut!"

„Was schert das mich! Mach lieber, daß du nach Hause kommst – die Leute machen sich ja lustig über uns."

Ditte begriff, daß der Tag zerstört war. „Leb wohl", sagte sie und berührte seinen Arm, „dann geh ich wieder nach Hause." Sie lächelte, so schwer es ihr wurde, und reichte ihm das Päckchen. „Das ist für morgen zum Frühstück."

Aber da geriet er ganz außer sich. „Du steckst mir auf der Straße Essen zu – wie einem Bettler!" Er riß ein Loch in das Papier und warf ihr eins der Butterbrote ins Gesicht. Ditte entfloh weinend; er folgte ihr und warf ihr Stück auf Stück nach, Scheiben mit Schlackwurst, Leberwurst, Käse – sie flogen zu beiden Seiten an ihr vorüber. Die weichgekochten Eier trafen das Tor, eines auf jeder Seite, während sie hineinschlüpfte. Sie lief ihrer Herrschaft gerade in die Arme.

Zum Ersten bekam Ditte ihre Kündigung.

Und nun konnte sie wieder von vorn beginnen: darum kämpfen, daß sie dreimal freibekam, zu den Zeitungstafeln laufen und von ihnen zu den Herrschaften in Ost und West und sich ins Kreuzverhör nehmen, sich messen und wiegen lassen! Und hatte man endlich etwas gefunden, dann hieß es von vorn beginnen, in einem neuen Heim, in neuen Stuben, mit neuen Anordnungen, neuen Gewohnheiten, auf die man sich einzustellen hatte, neuen Launen, die man ertragen lernen mußte – wenn man nicht wieder von vorn anfangen wollte.

Ditte war des endlosen Wanderns müde, war es müde, von Heim zu Heim gejagd zu werden und Spießruten zu laufen. Sie wollte es auf eigene Faust versuchen und bei den Herrschaften Tagesstellen annehmen: Waschen, Bügeln, Servieren. Dann konnte sie auch daran denken, ihren kleinen Jungen zu sich zu nehmen; sie sehnte sich nach ihm.

Und so ging sie hin und mietete sich ein Zimmer.

14

Georg und Ditte

Lars Peter und Sine waren mit Sack und Pack in die Stadt gezogen; sie waren jetzt richtig verheiratet und hatten ein kleines Eisenwarengeschäft in der Istedgade. Die Jungen gingen hier in die Schule, und Else, die mit der Schule fertig war, besuchte den Konfirmandenunterricht. Nach der Konfirmation sollte sie eine Stelle in einem Geschäft annehmen. Am Nachmittag hatten die Jungen Arbeit in der Stadt, aber sie wollten zur See, sobald sie die Schule hinter sich hatten. Von Christian war ein Brief eingetroffen – aus Südamerika; er machte seine erste Fahrt und war recht zufrieden. Nun kam er ordentlich in der Welt herum.

Die Familie wohnte gemütlich, und doch besuchte Ditte sie nur selten. Karl ließ sich manchmal dort sehen, und Ditte merkte wohl, daß Lars Peter und Sine nicht damit zufrieden waren, wie sie sich ihr Dasein einrichtete. Das mit Georg war ihnen wohl zu Ohren gekommen. Und sie waren so glücklich verliebt; ihr Zusammensein hatte einen Glanz, der Dittes Augen weh tat.

Georg bekam sie nicht zu sehen; er hatte sich nicht blicken lassen seit dem Tag, als er ihr die Butterbrote an den Kopf warf und sie anfuhr. Er schämte sich! Und Ditte beabsichtigte nicht, ihn aufzusuchen. Böse auf ihn war sie nicht, und sie verlangte auch nicht, daß er zu Kreuze kriechen und um Verzeihung bitten sollte. Aber er sollte von selber kommen, so daß sie wußte, daß er sie liebhatte. Sie zweifelte im übrigen nicht daran; es lag ihr lediglich an einer kleinen, armseligen Genugtuung. Sie liebte ihn immer noch; aber es war notwendig, daß er den ersten Schritt tat – um des zukünftigen Verhältnisses willen. Er war gut und sanft, wenn er nicht über die Stränge schlug, und sie würde ihn schon erziehen und ihm das Trinken abgewöhnen, wenn sie erst einmal richtig zusammen waren. Und er brauchte sie – Gott mochte wissen, wie es ihm ging!

Ditte war einsam. Sie war in Nöddebo gewesen, um ihren kleinen Jungen, der jetzt ein großer fünfjähriger Bengel war, zu sich zu holen; aber die Pflegeeltern wollten ihn nicht hergeben. Und mit Gewalt konnte sie ihn ja nicht nehmen, besonders da der Junge sie gar nicht anerkennen wollte. Sie hatte sich ein billiges Kämmerchen in einem der baufälligen Häuser von Dronningens Tvaergade gemietet; hier saß sie und ließ den Kopf hängen, wenn sie nicht auf Arbeit war. Sie ging selten aus, half aber gern den Frauen im Hause und beaufsichtigte die Kleinen, wenn die Mütter zum Vergnügen gingen oder herumlaufen und den Mann suchen mußten.

Ganz glücklich und sorglos war sie nie mehr; selbst wenn sie gemütliche und unterhaltende Stunden verlebte, blieb stets in ihr eine Stelle, wohin das Licht und die Freude nicht hindringen wollten, wo immer Dunkel brütete. Das war das genaue Gegenteil von früher; damals war zuinnerst in ihr immer ein Fleck, wo es licht war.

Ditte konnte die Veränderung auf etwas Bestimmtes zurückführen – sie war nach der Zeit in Hause Vang erfolgt. Oft dachte sie an die glücklichen Monate bei Vangs zurück, und sie wünschte, sie wäre nie dorthin gekommen. Nicht weil sie in Beziehungen zu Vang gestanden hatte; das konnte sie nie bereuen, und wenn sie hundert Jahre werden sollte. Ein Mann, der schön, stark und gut war, hatte auf ihr Herz gehaucht – und sie hatte sich ihm hingegeben, hatte ihm ihre erste Liebe geschenkt! Das war, wie es sein sollte; es hatte nur Süße hinterlassen; Reste davon waren noch in den Winkeln ihres Gemüts zu spüren.

Aber er hatte auch ihre Seele entzündet; das war das Unglück. Nach dem Leben, das sie geführt hatte: in vergnüglicher Arbeit, mit geistigen Interessen, in menschlicher Gemeinschaft, war es schwer, sich in dem naßkalten Halbdunkel zurechtzufinden, das sich nun wieder um sie schloß. Sie hatte in das gelobte Land hineingespäht – das war ihr Fluch. Sie konnte das Erlebnis nicht als etwas Unverdientes hinnehmen, als ein Gnadengeschenk, sondern nahm es als etwas Selbstverständliches, als ein Recht des Lebens hin. Vangs selbst hatten sie gelehrt, es so zu betrachten. Und nun stand sie mit ihren menschlichen Ansprüchen an das Dasein da und fühlte sich wie ausgestoßen auf Erden. Es saß fest im Gemüt und ließ sich nicht wieder vertreiben; die Welt, der sie ihrer Geburt nach zugehörte, stand ihr als eine Unterwelt vor Augen. Sie kam sich vor wie einer, der in seinem feuchtkalten Gefängnis Frondienste tut und zu dem plötzlich hinabgerufen wird, daß er unschuldig ist und um ein großes Erbteil betrogen wird. Der Spott gesellte sich zum Schaden! Es wäre besser gewesen, es nicht zu erfahren.

Das Leben hier in dem alten, baufälligen Adelgadeviertel konnte auch nicht ermunternd auf den Menschen wirken. Not und Elend hatte sie dicht neben sich; an dem Tor des Asyls für Obdachlose gerade gegenüber ballte es sich in seiner fürchterlichsten Gestalt zusammen: blaugefroren, zerlumpt, schwammig; am Abend waren die Straßen voll von Dirnen und fremden Seeleuten, so daß sie sich kaum hinauswagte. Rings um sie her im Viertel verkamen die Kinder; zu helfen vermochte sie nicht; es konnte sich nur um eine Handreichung über den Treppenflur handeln. Um so entsetzlicher war es. Jetzt war sie mitten in all dem Elend, das Vang geschildert hatte – von dem er ihnen vorgelesen hatte, wenn sie um die Lampe herum saßen und arbeiteten; damals hatte sie es im Grunde als Dichtung aufgefaßt, aber hier war es zu fühlen und zu sehen. Sie hatte der Armut angehört, ohne sie doch zu kennen. Aber hier gab es nichts zu verschönen und nachsichtig zu beurteilen.

Die Straßennamen waren vornehm genug – König, Königin, Kronprinz und Adel hatten herhalten müssen. Aber Ditte träumte trotzdem nicht mehr vom Glück; sie hatte es aufgegeben, auf das Wunderbare zu warten. Sie begnügte sich damit, von Georg zu träumen. Er wohnte wenige Straßen von ihr entfernt – in der Prinsensgade, aber ein Märchenprinz war er nicht; Ditte sah es so gut wie jeder andere. Er versetzte oft alles, so daß er Vorschuß auf den Lohn nehmen mußte, um die Sachen wieder einzulösen; und die Geschenke, die er machte, pflegte er auf Kredit zu kaufen. Es war nicht alles Gold, was er für Gold ausgab; seine großen Worte sollten am liebsten nicht für mehr genommen werden, als sie waren. Aber das Dasein bekam in seiner Gesellschaft doch einen anderen Glanz.

Eines Tages erfuhr sie, daß er krank war. Sofort ging sie zu ihm.

Er brach völlig zusammen, als er sie sah, warf den Oberkörper herum und lag schluchzend da. Ditte nahm seinen Kopf auf ihren Schoß und hielt ihn in den Händen; er war mager und eckig geworden, das Haar war klebrig und ungepflegt. Und das Bett war schmutzig und seit langer Zeit nicht gemacht; ein Hemd hatte er nicht an, nur eine elende dünne Wolljacke – er befand sich in einer entsetzlichen Verfassung. An seinem mageren Rücken zehrten die Krankheit und die Verzweiflung. Behutsam legte sie ihn aufs Bett zurück.

„Nun mußt du hübsch unter der Decke bleiben, während ich Kohlen besorge und einheize“, sagte sie. Er lag da und betrachtete sie, während sie den Ofen anzündete und die Stube aufräumte; seine blauen Augen wichen nicht von ihr. Wie Kinderaugen verfolgten sie jede ihrer Bewegungen, herzensgut, voll Vertrauen. Sie lächelte ihm zu und sagte dies und jenes; dann lächelte er schwach zurück, antwortete aber sonst nichts. Und plötzlich entdeckte sie, daß er eingeschlafen war; in seinen Augen standen große Tränen.

Sie schlich zum Bett hin und betrachtete ihn voll Freude und Jammer. Der totenbleiche, eingefallene Kopf lag ruhig, fast zu ruhig; das Gesicht war aufwärts gekehrt. Es war schön, trotz der Bartstoppeln und dem kranken Schweiß, aber es hatte einen gequälten Ausdruck. Noch lag auf ihm der Hauch eines Lächelns darüber, eines Lächelns, das ihr galt; darunter aber lag ein anderer Zug, der nichts, was von außen kam, spiegelte, aber immer da war. Er mußte aus dem Inneren stammen. Was war das, was von innen an seinem hellen, guten Gemüt nagte und ihn in den Untergang trieb? Ditte hatte nicht gefragt, was ihm fehlte; das nutzte nichts. Er wies noch die Spuren einer entsetzlichen Sumpftour auf; die rechte Hand war übel zugerichtet, und um das eine Auge waren gelbe und grüne Schatten zu sehen. Sie verschwanden allmählich – es mußte einen Monat her sein. Und noch immer lag er hier! Hatte er ein inneres Leiden? Trotzte er dem Tod? Ditte überlief ein Frösteln. Still schlich sie hinaus und bat die Nachbarin, ein Weilchen nach ihm zu sehen. Dann ging sie nach Hause, packte ihre Sachen und ließ sie zu ihm bringen.

Es folgte eine Zeit mühseligen Glücks. Ditte legte ihre Arbeit so, daß sie mehrmals am Tage nach Hause laufen und nach Georg sehen, ihm etwas Essen wärmen und ihn ein wenig aufmuntern konnte. Sie versuchte sich für die politischen Neuigkeiten zu interessieren, um sie ihm mitteilen zu können, und kaufte ihm die Zeitungen. Er las sehr gerne und hatte mehrere dicke Bücher; Romane, die er in einer Leihbibliothek geliehen hatte, er hatte sich nie dazu aufraffen können, sie zurückzubringen. Ditte liebte solche Unordnung nicht; sie nahm es mit dem Wiedergeben sehr genau, wenn sie sich genötigt sah, etwas zu borgen. Aber jetzt war es zu spät, und die Bücher brachten jedenfalls Nutzen. Wenn er sie zu Ende gelesen hatte, begann er von vorn – immer gleich interessiert, genau wie die Kinder!

So vertrieb er sich die Zeit, und er war dankbar für jede Freundlichkeit, die ihm erwiesen wurde. Er fand sich gut in das Liegen und äußerte nie den Wunsch, aufzustehen und auszugehen. Ditte nahm es als Beweis dafür, wie angegriffen er war; wenn man sich keine Illusionen machte, war man auch nicht enttäuscht. Trotzdem lebte zuinnerst in ihr eine stille Hoffnung, daß es schon gut gehen werde.

Gegen drei, vier Uhr morgens stand sie auf und lief ein paar Stunden mit Zeitungen herum – um später am Tage Zeit für ihn zu haben, und sie übernahm sonst alles, was sich ihr an Gelegenheitsarbeiten bot. Es war schwer genug, den Unterhalt zusammenzubringen; aber Georg war entzückt, wie es auch kam. Es überraschte Ditte, wie genügsam er im Grunde war; selbst die unbedeutendste Kleinigkeit konnte ihn in frohe Stimmung versetzen.

„Das ist ja großartig", sagte er zu allem. „Und wart bloß, bis ich aufstehe", setzte er dann wohl freudig hinzu. „Dann wird die Sache schon in Gang kommen. Dann verdienen wir beide."

Am Abend und am Sonntag konnte Ditte sich Zeit lassen; dann saß sie bei ihm auf dem Bett, und sie besprachen alles eingehend. Sie erzählte ihm von ihrem kleinen Jungen; sie konnte keine Geheimnisse vor ihm haben, jetzt, wo sie wie Mann und Frau lebten. „Ihn werd ich dir schon verschaffen", sagte er zuversichtlich. „Wenn die Pflegeeltern sich weigern, ihn auszuliefern, geh ich zur Polizei."

Ditte hatte nicht viel Vertrauen, daß das helfen würde. „Die Polizei – die ist gewiß nicht für uns da", sagte sie.

„Doch, wenn arme Leute gegen arme Leute stehn, kann die Polizei sehr nützlich sein", erklärte Georg.

Er erholte sich langsam und begann auch, das Essen zu vertragen, aber Ditte mußte vorsichtig sein. Unversehens brach er das Ganze wieder aus. „So ist es immer mit mir gewesen, solange ich zurückdenken kann", sagte er und lächelte über ihr Erschrecken. „Man ist fein veranlagt, siehst du!"

Eines Tages war er aufgestanden; als sie nach Hause kam, saß er am Fenster und schaute auf den frischgefallenen Schnee hinaus. Bleich und schwach war er, aber es war doch immerhin ein Fortschritt. „Weißt du, woran ich gedacht habe?" sagte er. „Ich hab weiß Gott über das Leben nachgegrübelt. Es hat keinen rechten Sinn – für den, der zusieht. Ob man gut oder böse ist – was kann man dafür? Gar nichts! Es kann einem leid tun, daß man einem andern Sorge und Verdruß bereitet, aber verhindern kann man es nicht.

Man leidet vielleicht selber am meisten darunter – aber die Schuld dafür muß man tragen. Was für einen Sinn hat denn eigentlich das Ganze?"

Ditte lachte. „Du philosophierst aber ordentlich", sagte sie froh und stolz darüber, daß er so klug war. „Aber hier sollst du etwas andres sehn – ein gebratenes Hühnchen. Das hab ich von meiner alten Herrschaft, von Jagdjunkers, gekriegt. Sie sind übrigens so nett; der alte Herr sagt, niemand hat so gut für Scott gesorgt wie ich."

Georg warf einen flüchtigen Blick auf das Hühnchen. „Ich weiß nicht, wie das kommt, aber ich hab mich nie für Essen interessiert", sagte er nachdenklich. „Wenigstens nicht in fester Form", fügte er in einem Anfall von Galgenhumor hinzu.

„Du hast dir wahrhaftig auch aus dem Alkohol nichts gemacht", erwiderte Ditte eifrig, „das war nur etwas, das sich so ergab! Weißt du, was ich glaube, was es gewesen ist? Die Neugier! Du hattest das Verlangen, etwas zu erleben."

Jetzt äußerte er jedenfalls kein Verlangen nach Abwechslung; im Zimmer fühlte er sich am wohlsten. Ditte war in einer Hinsicht froh darüber, daß es so langsam mit ihm vorwärtsging. So wußte sie wenigstens, wie es um ihn bestellt war.

Als sie aber eines Tages nach Hause kam, war er trotzdem verschwunden – ohne irgendeine Erklärung zurückzulassen. Ditte stand betroffen da und starrte in die leere Stube; den Arm hielt sie gegen das Zwerchfell gepreßt. Die ganze Nacht saß sie wach und ließ das Licht brennen, und am nächsten Tag ging sie nicht zur Arbeit; sie konnte nicht. Bleich und vergrämt saß sie am Fenster und starrte auf die Straße hinab, in der Hoffnung, ihn dort unten auftauchen zu sehen. Vielleicht lag er in diesem Augenblick irgendwo hilflos da. Jedenfalls büßte er seine Kräfte wieder ein, und alles war verloren.

Und gegen Abend stand er plötzlich in der Tür und hatte ihren kleinen Jens an der Hand. „Hier sollst du bloß sehen, was ich für dich habe – einen prächtigen Jungen, und fertig geliefert. Ich hab ihn im Warenhaus gekauft", sagte er und lachte vergnügt. „Kannst du nun ein wenig heiter aussehen, Mädel!“ Das fiel Ditte nicht leicht; Schreck und Spannung lösten sich jetzt.

Besonders entzückt von ihr war der Junge nicht; er hatte Angst. Dagegen hing er an Georg – natürlich; in ihn waren sie ja alle vergafft. Das war gut, auch aus dem Grunde, weil er am meisten mit ihm zu tun haben würde. Georg hatte sich zu früh hinausgewagt und mußte einige Tage das Bett hüten. Der Junge saß meistens bei ihm auf dem Bett, und Georg las ihm aus einem der Romane vor. Er las eine französische Liebesgeschichte, die von einem Ehemann und seiner Geliebten handelte und von den Sorgen, die es ihnen bereitete, daß das Verhältnis Folgen haben sollte.

„Warum liest du dem Jungen so etwas vor?“ sagte Ditte. „Er versteht ja kein Sterbenswörtchen davon.“

„Doch – Jens versteht“, sagte der Junge gekränkt, „sie solln was Kleines habn.“

„Da kannst du's selber hören!“ rief Georg triumphierend. „Er ist ein kluges Bürschchen, sein Gehirnkasten ist in Ordnung.“ – Wie zwei rote Kühe waren sie – richtige Kinder; Ditte machte es Vergnügen, ihnen zuzuhören.

So verstrichen zwei Wochen; dann kam ein Dorfpolizist und holte den Knaben zurück.

„Ich könnte ja einfach hingehen und ihn noch mal holen“, sagte Georg. „Aber der Vater steht dahinter, weißt du, und gegen die Polizei kommt kein Teufel an, wenn die's auf einen abgesehen hat. Du solltest dir lieber ein Pflegekind nehmen!“

„Das ist nicht dasselbe“, erwiderte Ditte bitter.

„Man hat doch Kinder lieb, weil es eben Kinder sind – und nicht, weil man das Pech gehabt hat, daß die eigene Nummer mit einem Kleinen herausgekommen ist. Nimm dir ein Pflegekind – dann bekommst du obendrein noch Geld dazu!“

Das konnte wahrhaftig not tun! Georg hatte angefangen, auszugehen und Gelegenheitsarbeit anzunehmen, aber im Lauf der Woche kam nicht viel zusammen. Und ordentliche Arbeit war nicht zu bekommen, der Winter war eine tote

Zeit für Maler. „Aber dann müssen wir der Aufsicht ein Schnippchen schlagen", meinte Ditte, „wir dürfen hier keine Pflegekinder haben."

„Der Aufsicht!" Georg lachte. „Hast du je gehört, daß die Aufsicht sich da reinmischt? Das Kind kann's natürlich nicht besser haben als wir selber", sagte er ernst, „aber es würde großen Spaß machen, wenn man so ein Junges im Nest hätte. Sie zwitschern so fröhlich."

So nahmen sie denn ein Pflegekind und ertrugen weiter die Kälte und die dunkle Zeit. Schmalhans war bei ihnen Küchenmeister, aber sie lebten gut zusammen, und der Winter würde ja bald ein Ende nehmen. Die Tage begannen schon länger zu werden. Georg hielt sich gut; abgesehen von einem vorübergehenden Unwohlsein fehlte ihm nie etwas. Eines Tages ging er auf den Bummel; Ditte entdeckte es daran, daß ihr gutes Tischtuch verschwunden war. Aber er kam früh nach Hause und ging zu Bett. Als er eingeschlafen war, sah sie seine Tasche nach, fand den Pfandschein und legte ihn beiseite, um das Tuch an einem Tag, wenn sie Geld hatte, wieder einzulösen. Sie erwähnte das Geschehene nicht – es lohnte sich nicht, viel Aufhebens davon zu machen. Ein paar Tage später kam er von selbst und sprach davon. „Da hab ich eine Nummer gedreht", sagte er. „Es wird nicht wieder geschehn."

Ditte glaubte es ihm gern. Das Kind nahm ihn sehr in Anspruch: er hatte keine Lust, am Abend auszugehen. „Meinetwegen darfst du gern noch eins nehmen", sagte er, wenn er mit dem Kleinen spielte.

„Das ist nicht nötig", erwiderte Ditte warm, „zum Sommer bekommen wir selber eins."

„Dann wollen wir eine ordentliche Wohnung in einem schönen Viertel haben", sagte er. „Das hier ist ja doch nur ein Loch. Und sobald ich feste Arbeit kriege, will ich, daß du zu Hause bleibst. Es ist nichts, wenn die Frau auf Arbeit gehen muß."

Ditte hatte nichts dagegen; zu Hause gab es genug zu tun. Es bestand eine Möglichkeit für ihn, bei den Renovierungsarbeiten in einem großen Gebäude zu tun zu bekommen, das in eine Bank umgewandelt wurde. Der Meister auf der Baustelle hatte versprochen, sich für ihn zu verwenden. Ditte freute sich darauf, etwas ruhigere Tage zu erleben; sie war es müde, von Arbeitsstelle zu Arbeitsstelle zu jagen.

15

Abrechnung

Es war Winter in den Straßen und auf den Arbeitsplätzen und bis tief in die Familien hinein; Ditte konnte nicht verhindern, daß die Fensterscheiben bis an den Rand zufroren. Sie mußte ein Loch darauf hauchen, um auf die Straße hinuntersehen zu können. Den Kleinen hatte sie ins Bett gelegt, damit er nicht frieren sollte; das Heizmaterial war zwei Tage zu früh aufgebraucht worden – die Kälte fraß es rasch auf. Was half es, daß die Sonne am Himmel höher stieg, wenn sie sich nicht sehen ließ! Über den Dächern tanzte der Schnee, auf der Straße lag er hoch, die Luft war schwer davon. Alle Fensterscheiben in dem Viertel waren zugefroren; den anderen ging es wohl wie ihr, die Kohlen reichten nicht hin. Und auch bei den anderen waren gehauchte Löcher auf den Scheiben; gleich ihr spähten die Leute hinaus. Auch bei denen war Zahltag – Gott sei Dank, daß die Woche nur sieben Tage hatte!

Hier bei Georg und Ditte war nicht nur Zahltag, sondern auch Abrechnung! Einen ganzen Monat lang hatten sie sich mit dem Kostgeld durchgeschlagen; heute wurde der Akkord berechnet, und der Überschuß war fällig. Er war ansehnlich, das wußte sie; Georg hatte sich redlich geplagt. Drüben auf dem Tisch lag ein langer Wunschzettel, eine Liste dessen, was sie unbedingt brauchten und was sie eigentlich haben mußten. Sie hatten die Liste gestern abend ausgearbeitet, und lang war sie geworden. Georg fiel beständig etwas ein, was mit auf die Liste mußte, Pelzwerk für Ditte, Spielzeug für den Kleinen, dieses und jenes für beide. An sich selber dachte er nicht. Heute hatte sie die Liste wieder durchgesehen und das meiste gestrichen; das Geld würde sowieso draufgehen, und blieben ein paar Öre übrig, so schadete das nichts.

Sie kroch in ihrem Schal zusammen und behielt die Straße scharf im Auge. Sobald sie ihn sah, wollte sie hinunterlaufen und ihn an der Haustür empfangen. Er sollte merken, wie gut sie ihm war. „Jetzt kann ich Vater sehn!" hörte sie eine frohe Kinderstimme aus der Wohnung nebenan. Dann wurde drinnen Licht angezündet; durch die Ritzen der Wand fielen dünne Streifen ins Zimmer zu ihr herein. Nach und nach wurde in immer mehr Wohnungen Licht angezündet. Der Mann war nach Hause gekommen, die Familie saß um den Tisch herum, und der Wochenlohn wurde verteilt: für Feuerung, Essen, Miete – und das Lotterielos. Ditte zuckte schaudernd zusammen – sie hatte vergessen, Georgs Los zu erneuern!

Die Straße lag im Dunkel, aber sie stand noch immer da. Als sie sich endlich wieder gefaßt hatte, war es zu spät, ihn auf der Arbeitsstelle aufzusuchen. Trotzdem nahm sie den Schal um den Kopf und ging auf die Straße hinunter. Zwei Stunden lang ging sie da unten hin und her, von dem einen Ende der kurzen Straße zum anderen, und gab acht auf alles, was Leben hatte. Um die Ecke wagte sie nicht zu biegen; er konnte ja von der anderen Seite kommen. Die Leute tauchten aus dem Nebel auf und verschwanden wieder in ihm; sie waren auf der einen Seite ganz mit Schnee bedeckt. Er konnte ebensogut der eine wie der andere sein – er mußte ja kommen! Jedesmal, wenn sie es aufgab und hinaufgehen wollte, tauchte eine neue verschneite Gestalt im Lichtschein am Ende der Straße auf, und sie lief ihr entgegen. – „Wartest du auf Georg?" fragte ein langes Mädel, das von der Helsingörsgade herkam, einer der losen Vögel des Viertels. „Auf den brauchst du wahrhaftig nicht zu warten! Ich hab ihn in Nyhavn gesehen – er war in sehr fideler Stimmung!" Damit ging sie in ihr Zimmer, um sich schlafen zu legen.

Am folgenden Tag erbettelte Ditte beim Kohlenmann ein Maß Koks auf Kredit und zündete den Ofen an. Wenn er nach Hause kam, mußte sie ihn halten können – jetzt war er ja einmal im Schwung. Sie machte es gemütlich in der Stube und zog ein gutes Kleid an; wenn er kam, mußte sie vergnügt aussehen; eine verdrossene Miene konnte ihn wieder zur Tür hinausjagen. Sie saß und wartete bis zum Nachmittag, dann brachte sie das Kind zur Nachbarin und lief nach der Slotsgade, wo Georgs Schwester wohnte; vielleicht wußte deren Mann etwas; sie waren ja Zechkumpane. Als sie zurückkam, war er zu Hause gewesen – mit einem Kameraden, sagte die Nachbarin. Sie hatten alles aufgegessen, was Ditte im Speiseschrank hatte.

Da lief sie aufs Geratewohl wieder hinaus. Sie rannte nach Nyhavn – ohne daß es Sinn hatte, war er doch *gestern* dort gewesen! Tanzlokale und Versammlungshäuser der Arbeiter suchte sie auf – an der einen Stelle konnte er ebensogut sein wie an der anderen. Die Kälte war entsetzlich; es knackte förmlich in einem, wenn man stehen blieb. Wenn er nun irgendwo draußen lag, vielleicht hinter einem Zaun oder Schuppen, und erfror! Es gab so viele Möglichkeiten, unübersehbar viele – alles Suchen war aussichtslos. Und vielleicht saß er gerade jetzt zu Hause und wartete und begriff nicht, wo sie blieb! So lief sie denn wieder in wahnwitziger Hast nach Hause.

Und wieder hinaus! Es galt, alle Kneipen abzusuchen, wo er zu verkehren pflegte, und alle anderen, wo er möglicherweise gelandet sein konnte. Und seine Kameraden! Die Arbeitskameraden – und die schlechten Individuen, die sich zu ihm gesellten, wie sie wußte, wenn er in dem Zustand war. Und seine alten Liebsten! Auch bei ihnen fragte Ditte an; weinend tappte sie durch die langen Gänge in den alten Häusern und klopfte an; es fiel ihr nicht ein, sich zu schonen. Irgendwo mußte er ja sein! Wo, war gleichgültig; wenn sie ihn bloß fand! Die Verzweiflung trieb sie vorwärts – und die Hoffnung; wenn alles in ihr im Begriff war zusammenzubrechen, peitschte irgend etwas sie wieder auf. An vielen Stellen, wohin sie kam, war er gewesen; sie war ihm auf der Spur, bloß zu weit hinter ihm. Die Bewohner des Viertels wußten alle Bescheid über ihre Jagd nach ihm; wenn sie nach

Hause zurückkehrte kamen sie hinunter auf die Straße und gaben ihr Winke, die sie von neuem hinausjagten.

Am Vormittag des dritten Tages kam sie durch die Helsingörsgade gewankt, dem Umsinken nahe, ganz erschöpft. Sie suchte noch und wollte nach Hause, um zu sehen, ob er vielleicht gekommen war; aber sie handelte rein mechanisch; sie fühlte nichts mehr. In einem der „Häuser“ öffnete eine Frau das Fenster und pfiff ihr zu; sie trug eine geblümte Frisierjacke, die Brüste quollen über den Fensterrahmen. „Du! In Nyhavn haben sie vor einer Stunde einen aufgefischt – er ist sicher im Dunkeln hinuntergestürzt. Du solltest hingehn und nachsehn, ob er's ist – sie haben ihn nach dem Trangraben bugsiert.“ Damit wurde das Fenster wieder zugeschlagen.

Ditte lief nirgendwohin, sondern ging still nach Hause – nun hatte sie ihn ja gefunden. Erloschen, tot kleidete sie sich aus und kroch ins Bett. Und während sie dalag und zur Decke hinaufstarrte, ohne etwas zu sehen und ohne etwas zu fühlen oder einen Gedanken zu denken, regte es sich plötzlich in ihrem Leibe. Eine weiche, verstohlene Bewegung ging langsam unter der Haut über ihren Leib hin und wieder zurück, wie ein Finger, der schrieb – und es folgten zwei dumpfe, warnende Stöße. Ditte hob den Kopf vom Kissen und starrte verwirrt vor sich hin; dann begriff sie die geheimnisvollen Zeichen aus dem Verborgenen. Es war, als würde tief, tief drinnen im Dunkel ein Licht angezündet; alles drang plötzlich mit überwältigender Macht auf sie ein. Und sie begann heftig zu schluchzen.

Fünfter Teil
Zu den Sternen

1

Gottes Kleinvieh

Der Winter ist für alles Kleinvieh eine böse Zeit. Aber für den Armen ist er eine Hölle, sein Leiden wird verdoppelt; zuerst graut ihm davor, dann muß es hingenommen werden. Schon wenn die hellen Nächte zu Ende gehen und beim Zubettgehen die Lampe angezündet werden muß, spukt die Sorge in den Gemütern. Petroleum muß beschafft, bald müssen auch Holz und Koks gekauft werden; je dunkler und kälter es wird, desto mehr ist von allem nötig. Dunkelheit und Kälte sind das böse Vorgespann des Winters. Und im Wagen sitzt König Satanas selber auf einer unheimlichen Fuhre von Not, Sorgen und Elend. Geradewegs aus der Hölle kommt er – und er ist der einzige Fuhrmann, der überhaupt für die Armen fährt. Geschickt haben sie just nicht nach ihm – wenn er doch nur unterwegs mit dem Wagen umstürzen möchte, zum Beispiel da, wo die Wohlhabenden wohnen! Wie spaßig wäre es, zu beobachten, wie die ihn und seinen Plunder aufnehmen! Aber Satanas kutschiert gut. Er geht nicht mit dem Müllkasten zur Haustür und mit dem Kranzkuchen zur Hoftür hinein.

Das Kleinvieh Gottes ist sorglos; es kriecht beim Regenschauer zusammen und zwitschert beim schwächsten Sonnenstrahl; es überläßt alles dem Himmel. Aber der Arme hat die unselige Neigung zum Nachdenken, weil der liebe Gott sich seinerzeit irrte und ihn zu einem Menschen machte, obwohl er ihn unter die Tiere versetzte. Er kann nicht umhin, rückwärts und vorwärts zu denken; noch bevor er die Geißelhiebe der vorjährigen Kälte verwunden hat, hört er mit Grauen wieder die Peitsche in der Luft. Wie mag der Winter werden? Wohl entsetzlich streng. Nun, lieber das und der Qual ein Ende gemacht – gestrenge Herren regieren selten lange. Oder wird es eine langsame Marter werden, das Schlimmste, was der Arme kennt?

Alles nimmt er als Vorzeichen – Ernte und Feldmäuse, den schnelleren oder langsameren Laubfall, die Schwere des neuen Brotes. Ja, und den Preis des Brennmaterials. Sind die Kohlen teuer, so wird der Winter sicher streng werden. Darin kommt – wie in so vielem anderen – die übermütige Laune des Teufels zum Ausdruck. Der Arme kennt ihn nur zu gut von dieser Seite.

Der liebe Gott hatte reichlich Drossel- und Mehlbeeren wachsen lassen, damit die Vögel sich draußen auf dem Lande daran satt essen konnten, und hier in der Stadt waren die Ratten den Sommer über ungewöhnlich zudringlich gewesen; sie sammelten für ihr Nest ein. So war alles für einen strengen Winter vorbereitet. Zwar paarten sich die Sperlinge in der Dachrinne bis spät in den Herbst hinein, als richteten sie sich auf ewigen Sommer ein; aber diese Vagabunden waren als Propheten untauglich. Sie interessierten sich nur für warme Pferdeäpfel – und die fallen das ganze Jahr hindurch.

Es wurde ein strenger Winter. Zeitig setzte er ein mit hartem Frost und viel Schnee und unterbrach alle Arbeit. Es wurde ein Winter, wie Ditte ihn aus ihrer Kindheit daheim auf dem Sand kannte, wo die Kälte alles beißend durchdrang und zwei Schritt vor dem polternden Ofen die Zähne zeigte. Alles, was man zusammenscharren und zusammenklauben konnte, verschlang das unersättliche eiserne Ungeheuer, und doch verschlug es nicht. Ein rußiges Niesen, ein paar Spuckstöße der Kaffeekanne, die immer auf dem Ofen stand, und weg war die eine Schaufel Kohlen und die nächste auch. Der Kohlenmann war obenauf, er war mit dem Teufel verschwägert. Er hatte angefangen, Geld zurückzulegen, das konnte einem nicht entgehen; denn er gab immer schlechteres Maß. Alle anderen Kleinhändler des Viertels klagten gottsjämmerlich.

Die Vögel froren, und bettelnd kamen sie an die Fensterscheiben; es kam vor, daß sie anpickten. Sehen konnte man sie nicht, denn die Scheiben waren immer von oben bis unten zugefroren; aber Ditte wußte, daß sie da waren. Das Zinkblech draußen vor dem Speicherfenster benutzte sie als Futterbrett; dahin legte sie Essenreste, nachdem sie sie gewärmt hatte. In der Nähe saß immer der eine oder der andere Vogel als Wachposten; sobald sie das Fenster berührte, gab er den anderen ein Signal, und im Augenblick war ein ganzer Schwarm zur Stelle. Die Kleinen waren ganz davon in Anspruch genommen, und Ditte mußte die Namen der verschiedenen Vögel nennen; sie kannte sie alle vom Lande her.

„Erkennen sie dich denn auch wieder?“ fragte Peter.

Es schien beinahe so; jedenfalls hatten sie gar keine Angst vor ihr. Außer den Spatzen waren da Goldammern, Buchfinken, Schwarzamseln und Zaunschlüpfer – woher sie kamen, wußte man nicht; sie hatte sie früher nie hier gesehen. Die Kälte trieb sie zusammen und zu den Behausungen der Menschen hin. Wie wunderlich war dieses Vertrauen, diese Zutraulichkeit in der Not! Die herrenlosen Tiere des Feldes, die sonst so menschenscheu waren, kamen in den strengen Wintern bis zum Elsternnest und bettelten an der Küchentür um Abfall, Fuchs und Hase miteinander. Ditte mußte davon erzählen, und das Elsternnest – die erbärmliche Wohnung des Schinders, um die jedermann einen Bogen machte – wurde zu einem regelrechten Märchenschloß, wo man Kartoffeln in einer Grube gehabt hatte, genug für den ganzen Winter, und Heringe in einer großen Tonne; und am Schornstein hing geräucherter Speck. Ganz unglaublich klang das – für Ditte selbst nicht weniger als für die Kinder, und die alte Rasmussen schlug die knochigen Hände zusammen. „Aber Gott behüte, Kind, das war ja ein ganzer Herrenhof“, sagte sie. „Und mit einem Pferd – obendrein mit einem Pferd! Das hat ja nicht mal der Bäcker.“

Sogar die Ratten hielten zusammen. Im Schnee des hinteren Hofes sah man eines Morgens ihre Spuren; sie hatten allesamt die Mietskaserne verlassen, um es in einem anderen Viertel zu versuchen.

Ja, wer anderswohin ziehen könnte! Aber es blieb nichts

anderes übrig, als sich in sich selber zu verkriechen. Die alte Rasmussen tat es, und sie bekam einen runden Rücken und wurde ganz klein davon; selbst Ditte krümmte sich in der Kälte zusammen.

Die letzten paar Monate waren nicht leicht für sie gewesen. Das Unglück mit Georg hatte sie hart mitgenommen, noch hatte sie es nicht verwunden. Sie hatte Schmerzen im Unterleib und in den Beinen, und trotz ihrer Schwangerschaft blieb ihr Unwohlsein nicht aus. Die entsetzliche Kälte machte die Sache nicht besser; die blockierte alles – Arbeit war fast nicht zu bekommen. Da sie nicht viel Kräfte hatte, war das ja in einer Beziehung gut; aber es war schwer durchzukommen. Sie mußte ihren Hausgenossen dankbar sein. Das waren Menschen, die meist ebenso ärmlich lebten wie sie selbst; hatten sie aber etwas, so steckten sie ihr und auch den Kindern immer einen Bissen zu.

Und ebenso mußte sie sich freuen, daß sie Karl hatte – so ungern sie es wahrhaben wollte.

Er hatte irgendwie erfahren, wie traurig sie daran war, und eines Tages, kurz nach dem Unglück, stand er in ihrer Stube – auch er mit dem zerstörenden Mal der Arbeitslosigkeit. Ditte schrie auf, als sie ihn sah; die beiden hatten nicht zusammen gesprochen, seit Ditte in die Hauptstadt gekommen war. Er wiederholte den Besuch, als er etwas verdient hatte, und teilte es mit Ditte und den Kindern; auf etwas zu pochen fiel ihm nicht ein. Sie gewöhnte sich an ihn, begriff aber nicht, wie er sich durchschlug. Klagen brachte er nie über die Lippen.

Eines Tages kam er mit leeren Händen, ausgehungert und verfroren. „Leider hab ich nichts für euch“, sagte er zu den Kleinen, die sich erwartungsvoll vor ihm aufstellten. Ihre bleichen Gesichter waren voller Skrofeln.

„Wo ist dein Überzieher?“ fragte Ditte. „In dem dünnen Anzug muß dich ja frieren.“ Karl lächelte. „Nun überwinde ich mich und geh nach Hause zurück“, sagte er. „Es ist kein Fortkommen mehr.“ Die letzte Woche war er ohne Unterkunft gewesen; er hatte in der Samariterküche gegessen, jeden zweiten Tag, wenn sie geöffnet war, und hatte in Schuppen und auf Heuböden geschlafen. „Aber es geht nicht auf die Dauer, die Polizei macht Jagd auf einen", sagte er still. Ditte hörte ihn an mit starren Augen, die sich langsam mit Tränen füllten. „Und ich kann dir nicht mal helfen", sagte sie, „ich hab nichts zu essen! Aber ein warmes Bett kann ich dir anbieten." Zögernd sah sie von ihm auf das Bett.

„Ach ja", brach es aus ihm hervor, flehentlich, „darf ich? Bloß eine Stunde? Ich habe lange in keinem warmen Bett gelegen."

Müde und erschöpft war er und schlief sofort ein. Die Kleinen bewegten sich leise, aber das war gar nicht nötig, denn er schlief wie ein Stein. Jacke und Weste hatte er ans Fußende des Bettes gehängt; Ditte sah Knöpfe und Futter nach. Er flickte seine Sachen selbst, das konnte sie sehen; die Stiche waren unbeholfen, aber sauber und ordentlich war es doch gemacht. Pfuscharbeit lag Karl nicht.

Wie verschlissen der Anzug war – entsetzlich abgetragen! Ein Kälteschauer lief Ditte den Rücken hinab, wenn sie daran dachte, daß er in dieser Kleidung Nacht und Tag draußen umherstreifte. Sie nahm ein altes gestricktes Tuch und heftete es doppelt auf dem Rücken der Weste fest; Peter hatte es gegen seinen Husten und seine Ohrenschmerzen um den Hals getragen, er bekam statt dessen einen alten Strumpf.

Gegen Abend erwachte Karl, ausgeruht und so vergnügt, wie sie ihn nie gekannt hatte. „Jetzt mach ich mich auf die Wanderung nach Hause zum Bakkehof", sagte er. „Ich schlage mich durch und schlaf in den Scheunen – es wird schon gehen. Und sobald ich zu Hause ankomme, werd ich euch was zu essen schicken, Kinder. Richtiges Fleisch!"

Ditte war unten gewesen und hatte sich ein Sauerbrot erbettelt; das steckte sie ihm zu. „Iß es unterwegs", sagte sie; sie fürchtete, daß er es mit den Kleinen teilen würde. „Danke schön!" sagte er und schob es unter die Jacke.

Aber als er gegangen war, fanden sie es draußen in der Küche.

Etwa zehn Tage darauf kam wirklich ein Paket mit Fleischwaren von ihm an. Auch ein Brief war dabei. Ganz wider Erwarten war er willkommen gewesen; und Ditte ersah aus dem Brief, daß es ihm recht wohl tat, wieder daheim zu sein, nachdem er sieben Jahre lang seinen Fuß nicht in das Haus der Mutter gesetzt hatte. Diese lag zu Bett infolge brutaler Behandlung von seiten des Johannes; die beiden anderen Brüder hatten den groben Burschen aus dem Hause geworfen. Der Hof bedurfte männlicher Leitung, und Karl blieb zu Hause und nahm sich der Wirtschaft an – vorläufig jedenfalls. Es fehlte auch eine tüchtige junge Hausfrau auf dem Hof, schrieb er – alles sei noch mehr im Verfall als früher. Aber die Mutter sei lieb und umgänglich; sie habe sich völlig verändert.

Ditte nahm den Brief immer wieder hervor, um ihn durchzulesen. Welch wunderliche Botschaft brachte er mitten ins Elend! War das die Genugtuung, die ihr endlich zuteil wurde – die Erfüllung alter, längst verblühter Träume? Sie wußte, daß Karen vom Bakkehof und Onkel Johannes wie Hund und Katze zusammen lebten – sie hatten zu viel Vorschuß genommen. Schon vor der Hochzeit zankten sie sich, wie nur Eheleute es tun, die das Beste miteinander überstanden haben; und selbst die dreitägige Hochzeit endete damit, daß sie sich prügelten. Später hatten sie sich fortwährend in den Haaren gelegen und wieder vertragen; jeden Monat feierten sie einmal Flitterwochen, sagte Lars Peter, der häufig auf dem Lande Handel trieb.

So wahnsinnig verliebt die Bakkehofbäuerin in den dunklen Gesellen gewesen war, vorsichtigerweise hatte sie ihm doch kein Recht über den Hof gegeben. Er hatte es daher nicht fertiggebracht, das Ganze zu verspielen; aber es kam zum ewigen Krieg zwischen ihnen. Und nun war er also zum Hause hinausgejagt worden, und die Söhne kamen wieder zur Mutter; Karl konnte den Hof übernehmen, wenn er wollte, und Ditte . . .

Sie sah neue Möglichkeiten – doch sie war keineswegs entzückt darüber; entweder glaubte sie nicht an diese Aussichten, oder sie interessierten sie nicht mehr. Es war, als gelte das alles einem anderen, fremden Menschen. „Dann könnten wir Jens nach Hause auf den Hof nehmen“, stand in dem Brief. Ja, Jens – in wie vielen Nächten hatte sie ihr Kissen naßgeweint vor Sehnsucht und Verlangen nach dem Jungen! Nun waren auch diese Quellen eingetrocknet, Kummer und Entbehren strömten aus anderem Boden herauf. Und die Sehnsucht – ja, sehnte sie sich überhaupt noch nach etwas? Über ihre kleine Welt hier gingen ihre Wünsche jedenfalls nicht hinaus; und die Sehnsucht blieb meistens in dem warmen, finsteren Winkel der Stube drüben unter der schrägen Decke hängen. Dort hätte ein Korbsessel mit einem Kissen für den Nacken stehen sollen, so daß sie von Zeit zu Zeit ihre geschwollenen Beine ausruhen und die Augen schließen könnte, von allem Kummer befreit.

Ditte war krank und müde; sie konnte sich durchschlagen, aber Neues konnte sie nicht in sich aufnehmen. Sie schleppte sich weiter von Tag zu Tag und sehnte sich danach, daß der Winter und ihre Schwangerschaft ein Ende nähmen – dann würde sie wohl neuen Mut und neue Kräfte gewinnen.

Im März trat endlich die Wendung ein. Der Frost schlug plötzlich in warmen Regen um, der Schnee verschwand im Laufe weniger Tage, alles sah wie frischgewaschen aus in dem jungen Sonnenschein. „Wenn das nur anhält!" seufzte Ditte.

„Es wird schon anhalten", sagte die alte Rasmussen, „die Spatzen sind schon wieder aufs Land geflogen, und gestern nacht sind die Ratten zurückgekommen und haben die alten Wohnungen bezogen. Man hörte es die ganze Nacht auf dem Speicher pfeifen."

„Da ist eine!" rief Peter von dem offenen Fenster her, wo er sich sonnte. Und wirklich, ein großer alter Gesell machte seinen Spaziergang in der Dachrinne rings um das Haus, vorsichtig und wiedererkennend. Er glich einem alten Herrn, dem die Tür zum Balkon aufgetan worden ist – es war ganz rührend anzusehen.

Am Frühling selbst war wirklich nichts auszusetzen; aber die Arbeit wollte nicht recht wieder in Gang kommen, mochte es sein, wie es wollte. Früher war immer das Wetter entscheidend gewesen. „Nun kann man wenigstens wieder in die Erde hineinkommen, der Frost ist daraus verschwunden“, hieß es; da war es selbstverständlich, daß die Arbeit in Gang kam – in erster Linie die Erdarbeit, und die zog das andere nach sich. Diesmal aber saß der Frost an einer ganz anderen Stelle und sperrte mit seiner zähen, undurchdringlichen Rinde. Es war, als hätte sich der Böse mit denen verschworen, die an der Spitze der Unternehmen standen, als hätte er selber den Brotbeutel des Armen gepackt, um ihn nicht wieder loszulassen. War Teufelei mit im Spiel? Sollten die Arbeiter noch mürber und demütiger gemacht werden, als sie schon waren? Von Mann zu Mann raunte man es; ein Gerücht wollte wissen, daß man den Organisationen zu Leibe wolle.

Eins war sicher, die Arbeit kam nicht in Gang. Die Arbeiter waren aus ihrem aufgezwungenen Winterlager hervorgekommen und umkreisten in Scharen vom Morgen bis zum Abend die Stellen, wo es Arbeit geben mußte; sie standen wartend an den Kais und vor den Fabriktoren, mit hündischem, fatalistischem Ausdruck. Aber die Leiter der Betriebe ließen sich nicht hören und sehen. Die Schiffe wurden nicht getakelt und stachen nicht in See, wie sonst im Frühjahr, die meisten von ihnen blieben im Hafen liegen; selbst die städtischen Betriebe schienen von der allgemeinen Lethargie ergriffen zu sein und setzten nichts Rechtes in Gang. Man erfuhr die Wahrheit des alten Wortes, daß, wenn eine Kuh durchgeht, die ganze Herde folgt; das eine hielt das andere nieder.

Die Maurer traten die Pflastersteine, obwohl es wahrlich not getan hätte zu bauen. Es hieß, die Banken verweigerten Darlehen für Bauten, um Wohnungsnot zu erzeugen – sie wollten die Mieten in die Höhe treiben. Sie verfügten wohl über große Gebäudekomplexe, die sie gerne gut absetzen wollten.

Bei den Erd- und Betonarbeitern war das Elend besonders groß. Beim Straßen- und Kloakenbau war es umgekehrt wie beim Dorsch; es war schlecht darum bestellt, sobald ein „r“ im Monatsnamen vorkam – diese Arbeiter gingen seit dem Herbst spazieren. Sie hungerten und brachten ihre Besitztümer aufs Pfandhaus; diejenigen, die es konnten, waren aus der Stadt verschwunden und in die Provinz und aufs Land gezogen, wo das Dasein nicht so schwer war.

Rührte das Ganze vielleicht von den Maschinen her? Die wurden ja immer tüchtiger und selbständiger! Bald war man wohl soweit, daß auf Erden keine Verwendung mehr für den Armen war. Dann hatte er sich ganz einfach hinzulegen und Hungers zu sterben. Ja, oder er mußte die Sache selber in die Hand nehmen, wie einige unbedachte Leute vorschlugen.

2

Mutter Ditte

Großchen hatte doch recht gehabt mit ihrer Prophezeiung, daß Ditte für ein gutes Wort schwanger werden würde. „Dein Herz schlägt ja durchs Kleid hindurch, Kind – und dann der braune Streifen den Bauch hinunter", hatte sie gesagt. „Das törichte Herz – gib acht, daß es dir nicht zuviel Unglück bringt!"

Ja, das törichte Herz! Kaum war sie den Kinderschuhen entwachsen, als es sie auch schon in Sünde und Kummer stürzte; und noch immer war sie nicht klüger geworden. Sie konnte kein kleines Wesen sehen, ohne zu wünschen, daß sie es zwischen ihren Händen hielte; eines Kindes Tränen genügten, ihr Herz mit dem zärtlichsten Muttergefühl zu erfüllen. Mutter Ditte hieß sie im Haus, so jung sie war; die Kinder gaben ihr diesen Namen, und von ihnen übernahmen ihn die Erwachsenen. Es ergab sich von selbst, daß die anderen Frauen ihr ihre Kleinen brachten, wenn sie eine Besorgung zu machen hatten, und daß die Kleinen zu ihr ihre Zuflucht nahmen, wenn etwas nicht in Ordnung war. Mit ihrer rauhen Hand und Stimme trocknete sie manche Träne und stillte manchen Kinderkummer: weich war sie nicht, aber sie half.

Etwas Üppiges war an ihr – das ließ sich nicht leugnen. Gleichgültig, wie sie sich verhielt, immer kriegte sie einen neuen Mund zu füttern, bekam sie ein neues Wesen in ihre Obhut. Peter hatte sie in Pflege genommen, damit Georg während seiner Krankheit eine Unterhaltung hätte. Peters Mutter war von seinem Vater verlassen worden, und es sollten monatlich nur zehn Kronen für ihn bezahlt werden. Schon vor Weihnachten machte auch die Mutter sich unsichtbar; Pflegegeld war nicht mehr zu erwarten. Und doch freute sich Ditte darüber, daß sie den Jungen behalten durfte.

Kurz vor Weihnachten starb eine junge Frau und ließ ein dreijähriges Mädel zurück. Sie bewohnten eine Stube einige Türen von Ditte entfernt, tiefer drinnen auf dem langen Speichergang; es verstand sich von selbst, daß Ditte sich der Kleinen annahm, wenn der Vater auf Arbeit war. Dann kam die Arbeitslosigkeit und trieb ihn auf die Walze, und Ditte übernahm die Kleine ganz. Er war bald hier, bald da, zog auf den Landstraßen herum und schickte Geld, sobald er etwas hatte. Er war ein ehrlicher Bursche. Aber das Ganze war unsicher, und das Geld kam auf wenig angenehme Art ein – einmal fünfzig Öre, einmal eine Krone, in Briefen an das kleine Mädchen. Man lief Gefahr, daß die Postbehörde es eines schönen Tages entdeckte und das Geld beschlagnahmte; und eine größere Summe, mit der man die Miete hätte bezahlen können, kam nie zusammen.

Peter und die kleine Anna – das waren schon zwei; und wenn sie nun ihr eigenes Kindchen zur Welt gebracht hatte, war es ein ganzes Nest voll. Außerdem war da ja die alte verwitwete Frau Rasmussen, mit der sie ihr kärgliches Brot und ihre Wärme teilte, und ferner der Untermieter, der das gute Zimmer hatte und jeden Morgen Kaffee bekommen mußte. Er trug Lederschuhe und Umlegekragen aus Gummi und eine Brille – der hatte sicher einmal bessere Tage gesehen! Aber ob sie von ihm jemals das Mietgeld bekam? Ditte war wirklich wohlversehen; bald hatte sie eine ganze Menagerie beisammen. Das war überhaupt ein schöner Betrieb in der Prinsensgade; es würde sich gut ausnehmen, wenn sie am Sonntagnachmittag mit der ganzen Schar in der Istedgade bei Lars Peter auftauchte.

Nun, Ditte rannte ihrer Familie nicht gerade die Türen

ein, das konnte man ihr nicht nachsagen. Sie war zwar dagewesen und hatte geholfen, als Sine ihr Kleines bekam. Sine hatte ihr damals zu verstehen gegeben, daß ihr die Art, wie Ditte ihre Angelegenheiten ordnete, nicht eben gefiel – wenigstens hätte Ditte dafür sorgen müssen, daß sie mit Georg getraut wurde. Seitdem ging Ditte nur hin, wenn sie ausdrücklich eingeladen wurde. Lars Peter sprach jedoch häufig bei ihr vor und steckte ihr meistens ein paar Kronen zu; Sine durfte von seinen Besuchen nichts erfahren, wie sie merken konnte. Lange blieb er nie, und er war zurückhaltender geworden; der alte war er nicht mehr.

Sine war schuld daran – das wußte Ditte recht gut. Die hatte Ehrgeiz und wollte in die Höhe, und da war es natürlich nicht besonders angenehm, eine Stieftochter zu haben, der man allerlei nachsagte. Else war im Geschäft und klapperte auf der Schreibmaschine; sie ging im Jackett ins Geschäft und verkehrte mit einem Posteleven, der sogar ihre Eltern besuchte – vornehm mußte es sein. Einmal zu Ditte zu kommen erlaubte ihre Zeit nicht. Dagegen kam Paul oft für ein Weilchen herauf, wenn er für seinen Meister Besorgungen in der Stadt zu machen hatte. Er war Botenjunge in einer Fahrradwerkstatt, und er sollte dort richtig in die Lehre kommen, sobald er konfirmiert war. Er war fast immer unterwegs und raste wie verrückt auf seiner alten, verrosteten Maschine durch die Straßen. Es war lebensgefährlich, ihm an einer Ecke zu begegnen; er läutete sich vorwärts wie die Feuerwehr – alles hatte hübsch auszuweichen. Nun konnte er seine Leidenschaft befriedigen, die Dinge auseinanderzunehmen und wieder zusammenzusetzen. Immer brachte er den Kindern irgendein spaßiges Spielzeug mit – aus alten Radteilen, die er auf die sinnreichste Art wieder zusammenfügte. War das Wetter danach, so mußte Peter mit ihm gehen und sich vorn auf die Lenkstange setzen; und dann sauste er mit ihm davon, während Ditte in größter Sorge zurückblieb. Bevor sie sich's versah, kam er dann von der anderen Seite angeradelt, nachdem er um den ganzen Block gefahren war.

„Aber die Polizei, Junge!" sagte Ditte.

„Pah, ich reiß aus – bevor sie mich gesehen haben, bin ich verschwunden." Ängstlich war er nicht; man hätte glauben können, daß er seine ganze Kindheit hier auf dem Pflaster zugebracht habe.

Auch Rasmus, der Zwilling, ließ sich sehen; er und Paul betrachteten Ditte immer noch als ihre eigentliche Mutter. Sie flickte ihnen ihre Sachen, wenn sie sie zerrissen hatten und deswegen zu Hause Unannehmlichkeiten befürchteten; und sie kauften ihr manches von ihrem geringen Taschengeld. Rasmus wohnte nicht mehr bei Lars Peter; er war bei Leuten in der Dannebrogsgade untergebracht, in einem Gemüsegeschäft, wo er Botengänge machen mußte. Dort war er gut aufgehoben. Und doch fand Ditte es wunderlich, daß er sich bei Fremden aufhalten mußte. Sie begriff nicht, daß Lars Peter sich von ihm trennen konnte; er hatte ihn doch selbst von der alten Doriom-Leiche weg zu sich genommen. Sie sah es noch deutlich vor sich, wie er den Kleinen, dieses verlassene junge Vögelchen, auf seinem starken, schützenden Arm hereintrug. Gewiß hatte Sine das bewirkt, es ging ja alles nach ihrem Kopf. Aber sie kamen gut zusammen aus.

Lars Peter teilte wohl kaum Sines kleinbürgerliche Auffassung von den Dingen – wenigstens hätte er sich dann sehr verändert haben müssen. Aber er war bis über die Ohren verliebt in seine rotbackige dralle Frau und hatte höllischen Respekt vor ihr. Solch eine Frau hatte er eben doch noch nicht gehabt: immer so sanft und doch so sicher und entschieden. Hatte sie eine Ansicht, so mußte die richtig sein, mochte man auch finden, daß sie den eigenen Lebensregeln zuwiderlief. Sie hatte die Familie vorwärtsgebracht, und was für ein prächtiges Kind hatte sie ihm geschenkt! Er hatte die Schläge des Daseins hingenommen, hatte wieder von vorn begonnen – und immer wieder wie der Mann Hiob Unglück gehabt. Gegen etwas Erfolg hatte er nichts einzuwenden. Und Sine verhalf ihm dazu, sie brachte ihm Glück; sich ihrer Auffassung unterzuordnen war gleichbedeutend damit, sich nach dem Glück selbst zu richten. Welch gemütliches Heim hatten sie sich zum Beispiel eingerichtet: eine Dreizimmerwohnung mit roten Plüschmöbeln im Wohnzimmer und einem Eichenbüfett mit Kupfergeschirr darauf im Eßzimmer. Freilich hatten sie die Sachen im Geschäft ja recht billig; aber von selbst wäre er doch nie darauf verfallen. Dazu gehörte ihre Findigkeit.

Zuweilen sah es aus, als langweile er sich daheim; vielleicht suchte er gerade dann Ditte auf. Dann plauderte er gern vom Elsternnest und vom Dorf; er sehnte sich nach dem Lande draußen, am meisten wohl nach den Landstraßen.

Aber der Winter, der gegen die meisten anderen böse war, kam ihm zu Hilfe. Schon zu Neujahr hatten sie ihr Eisengeschäft auf gebrauchte Möbel, Schuhe und Kleider ausgedehnt, und in den Kellerräumen türmten sich die Waren. Sie bekamen sie billig, denn die Not zwang die Leute zu verkaufen. Aber Absatz hatten sie nicht; diejenigen, die Lars Peters gebrauchten Plunder kaufen wollten, hatten kein Geld dafür. Nach und nach hatten sich alle Kellerräume und auch ein Schuppen im Hof gefüllt. Selbst oben in der Wohnung war fast kein Platz vor Möbeln und anderen Sachen; bis zur Decke reichten die Stapel und verbreiteten einen üblen Geruch. Wie ein schwerer Druck legte es sich auf einen: alle Ersparnisse Sines waren allmählich für die Ankäufe verbraucht worden. Eines schönen Tages machten sie vielleicht Bankrott – bei der Miete, die sie zu zahlen hatten!

Da bekam Lars Peter seine Erleuchtung – zu einem Zeitpunkt, wo es nicht schwer war, Sines Zustimmung zu erlangen. Er mietete sich Pferd und Wagen und nahm sein altes Landstraßengeschäft wieder auf. Für den Handel zu Hause war er leicht zu entbehren; da war Sine viel tüchtiger. Er war, offen gestanden, etwas zu weichherzig gegenüber denen, die mit ihrem alten Zeug gerannt kamen. Dies aber war etwas für ihn. Die Bauern liebten es, gebrauchte Sachen zu kaufen – vielleicht weil sie ohne weiteres den Schluß zogen, daß sie dann auch billig kauften; und ihren Geldbeuteln gegenüber war Lars Peter nicht so rücksichtsvoll. Konnte er ein gutes Geschäft machen, so nahm er die Gelegenheit wahr.

Das schaffte wieder Luft, die Warenlager schrumpfen zusammen, und es kam Geld in die Kasse. Vornehm war es ja nicht; am liebsten sollte es im Viertel gar nicht bekannt werden, daß der Möbelhändler Lars Peter Hansen auf den Landstraßen umherfuhr und schacherte. Paul war von der Mutter eingeschärft worden, niemand etwas davon zu erzählen. Ditte aber gewann den Vater wieder mehr lieb. Wenn er jetzt kam, roch er nach Gaul wie in alten Tagen; es war wieder Landstraßenluft in seinem Haar und seiner Stimme.

Der Arme hat vielerlei Auswege, sagt ein Kopenhagener Sprichwort. Hat er keine Arbeit, so meldet er sich im Armenhaus; und will man ihn auch da nicht, dann hat er doch immerhin das Hungern erlernt. Es ist gut, ein Handwerk zu verstehen.

Ditte war das Bewußtsein der vielerlei Auswege angeboren; es ließ sie wahrhaftig nie in Frieden. Es fiel ihr nicht leicht, die Anklage gegen andere zu richten, so richtete sie sie denn gegen sich selbst. Es war ihre Schuld, wenn es die Kinder und die alte Rasmussen fror und sie nicht genug zu essen bekamen; nicht die der Menschen, die ihre Bürden ihr auferlegten, nicht die der Gesellschaft, die einem hochschwangeren Weib allein die Sorge für das Ganze überließ. Nun, da der Frost nicht mehr alles sperrte, konnte man sich hinter nichts mehr verstecken. Die Auswege mußten dasein; es galt bloß, sie zu finden.

Sie fand sie denn auch, jedenfalls genügend, um die schlimmste Not der Schwelle fernzuhalten; aber nur durch eine übermenschliche Anspannung des Willens. Bald brauchte eine Zeitungsfrau jemand, der ihr die schlimmsten Treppen abnahm. Ditte meldete sich, und eine Woche lang fand sie sich jeden Morgen um fünf Uhr an der vereinbarten Ecke ein und besorgte überall den dritten und vierten Stock. Dann konnte sie nicht mehr; aber inzwischen bot sich wieder etwas anderes – von ähnlicher Art. Eine feste Beschäftigung zu erlangen, daran war nicht zu denken; diejenigen, die so glücklich waren, etwas Festes zu haben, gaben es in Zeiten wie den jetzigen nicht auf. Aber man konnte das Glück haben, eine Aufwartestelle für einige Tage zu finden; und Koks auf den Müllplätzen zusammensuchen konnte man immer. War man sehr fleißig, ließ sich stets eine Krone dabei verdienen – außer dem Koks, den man selber brauchte.

Am allerschwersten war es, die Miete zusammenzubringen. Den ganzen Winter lang war der Erste jedes Monats, wo sie fünfzehn Kronen zu zahlen hatte, Dittes Schrecken gewesen; sie wußte ja nie, woher sie das Geld nehmen sollte. Aber dieses Problem war nun gelöst. Eines Morgens wurde die alte Treppenfrau des Hauses tot in ihrem Bett gefunden. Der Hauswirt kam und bot Ditte die Stellung an, die mit freier Wohnung bezahlt wurde. Es war eine schwere, undankbare Arbeit, die niemand gern übernahm; und verachtet war die Stellung auch. Aber Ditte nahm sie hin wie eine Wohltat des Himmels.

Da war sie also noch tiefer gesunken: Treppenfrau! Jetzt war es wenigstens ganz sicher, daß sie nicht mit zu Pauls Konfirmation eingeladen würde. Es tat ihr leid; sie hatte in ihrem Leben nicht zu viele Festlichkeiten mitgemacht, und es sollte ein großer Schmaus stattfinden. Aber die Miete war gesichert; sie brauchte nicht länger mit jedem Öre der kargen Unterstützung der Witwe Rasmussen zu rechnen. Die Alte konnte sich ein Stück Sommergarderobe anschaffen — das brauchte sie so nötig.

Dittes Verhältnisse ließen sich leicht überschauen, ein jeder konnte die Rechnung aufstellen. Sie hatte es versäumt, dafür zu sorgen, daß sie Georgs richtige Frau wurde, solange es Zeit war — daran war nichts zu ändern. Aber sie hätte nach seinem Tode Ordnung schaffen, das Pflegekind abgeben können, anstatt noch eins dazuzunehmen, und hätte zusehen müssen, aus dem unangenehmen Viertel fortzuziehen. Eine Stellung konnte sie ja in ihrem Zustand nicht annehmen, aber sie hätte Karls Hand nicht zurückweisen sollen — zumal, da er ihr angeboten hatte, sich als Vater des Kindes, das sie erwartete, auszugeben. Nicht viele Männer wären so eingesprungen, wie er es tun wollte — bei ihrem Zustand. Ein guter Mann würde er ihr sein, und sie hatten einander ja nun lange genug umschlichen wie die Katze den heißen Brei. Für sie konnte es kein Bedenken mehr geben — sie hatten sich die Knurrhaare beide versengt.

Sie faßte ihre Angelegenheiten nicht richtig an, selbst Lars Peter sah das. Viel Energie hatte sie nicht, auch keinen Ehrgeiz; aber ein gutes Menschenkind war sie. Sie übernahm zu viel. Man konnte auch zu gut sein, es schadete nichts, ein wenig auf den eigenen Vorteil bedacht zu sein. Aber ihr das zu sagen war ganz sinnlos, sie handelte doch nach ihrem Kopf.

Arme Mutter Ditte, was sollte sie auch sonst tun – sie war ebenso unschuldig an alledem wie die anderen. Es saß ihr in den Händen, in den Beinen, im Gemüt; sie *mußte* dem weinenden Kinde helfen, *mußte* hinüberrennen, um zu sehen, wie es der Frau ging, die drüben im Aufgang B krank lag – man konnte ihr gewiß eine Handreichung tun. Sie *mußte* an sie alle denken, am liebsten auch für sie alle. Besonders in den Händen saß es; sie konnte nicht irgendwohin kommen, wo ein Kind oder ein Patient lag, ohne daß sie das Kopfkissen zurechtzog – und das andere ergab sich dann ganz von selbst. Dies war ihr Merkmal der Göttlichkeit, daß sie immer die Verantwortung auf sich nehmen, immer Hand anlegen, immer fürsorglich sein mußte. „Ein kleiner Herrgott!" hatte der alte Mann im Pfefferkuchenhaus sie genannt, wenn sie sich daheim der kleineren Geschwister annahm. Und geringer war Ditte mit den Jahren nicht geworden. Sie hatte nach und nach gelernt, sich ganz gut zu wehren gegen diejenigen, die sie ausnützen wollten; doch dem Schwachen und Hilflosen gegenüber war sie wehrlos. – „Wissen Sie was? Wenn Sie einmal in den Himmel kommen, ist sicher das erste, was Sie tun, daß Sie nachsehen, ob die Engelchen trockengelegt sind", sagte der Zimmerherr spöttisch. Aber was nützte das? Ebensogut hätte man der Sonne verbieten können, zu scheinen, oder dem Huhn, zu scharren, wie Ditte, sich der Menschen anzunehmen.

Ihre Schwangerschaft näherte sich dem Ende, und sie bewegte sich schwerfällig; gesund war sie ganz und gar nicht. Oft hatte sie größte Lust, liegenzubleiben, so erschöpft fühlte sie sich des Morgens. „Du solltest nun wirklich Ernst damit machen", sagte die alte Rasmussen. „Not täte es dir wohl, und zu essen kriegen wir wohl auch heute. Nu is man bald achtzig, und noch is man nicht verhungert."

Aber Ditte stand trotzdem auf und jagte nach etwas Verdienst umher. Woher nahm sie die Kräfte dazu? Die mußten wohl von irgendwoher aus dem Verborgenen kommen, denn mit den Kräften ihres Körpers war es nicht weit her – das konnte man sehen. Ditte dachte nicht daran, sich hinzulegen, ehe sie umfiel!

Nein, um Pardon bat sie nicht, das kam ihr nicht in den Sinn. Der Gedanke an Übergabe kam ihr niemals. Aber sie konnte etwas grob verfahren, wenn sie ihre Fürsorge ausübte. Es kostete zuviel, die kleine Welt aufrechtzuerhalten; es blieb kein Überschuß in ihrem Gemüt. Ditte gab, aber nicht lächelnd; sie ernährte die Ihren in unangreifbarer Weise, aber die gebende Hand war nicht immer warm und weich. Es ging ihr nahe, daß es so war, aber zu ändern vermochte sie das nicht.

Die Kinder erkannten jedoch die gute Absicht – die fremden und die eigenen. Von drüben, vom anderen Ende des langen Ganges her kamen sie herangetrollt, wenn etwas nicht stimmte. Mutter Ditte sollte helfen!

3

Der kleine Georg

Eines Nachts Anfang Mai erwachte Ditte mit einem Schrei. Sie hatte geträumt, sie würde auf einer Planke gerädert – zur Strafe dafür, daß sie ein Kind bekommen sollte.

Sie spürte jagende Schmerzen in Lenden und Unterleib und stand auf, um die alte Rasmussen zu rufen, damit sie die Kinder zu sich hinübernahm. Aber sie mußte sich wieder hinlegen, die Beine waren stark angeschwollen und wollten sie nicht tragen.

Die Kinder schliefen ruhig, die kleine Anna neben ihr an der Wand, Peter am Fußende des Bettes, mit den Füßen gegen die kleine Anna. Sie lauschte ihren Atemzügen und sann, was zu tun sei; hier konnten sie nicht bleiben. Die dummen Beine! Sobald ihr etwas fehlte, schwollen sie an; das war ein Andenken an ihre Dienstmädchenzeit. Sie lauschte den Lauten der Nacht, um zu erraten, wieviel Uhr es wohl sein könne; die Weckuhr war längst auf das Leihhaus gewandert, und der Pfandschein war verkauft. Wie lange würden die Wehen sie quälen, bis sie erlöst wurde? Und ob sie diesmal wohl Krämpfe in den Wadenmuskeln bekam? Das war fast das schmerzhafteste. Vielleicht starb sie bei der Geburt, aber das machte auch nichts. Sie wünschte bloß, daß dann einer ihre Hand hielte, wußte aber nicht, wer es sein sollte. Karl, ja – aber er machte sich wohl nichts mehr aus ihr; das konnte sie auch gut verstehen, da sie ihn so schlecht behandelt hatte. Es war nur gut, daß sie nicht auf seinen Wunsch eingegangen war, ihn zu heiraten und auf den Hof zu ziehen. Die Mutter hatte den Johannes doch nicht entbehren können und ihn wieder zurückgerufen, und Karl war dann wieder von zu Hause fortgegangen. Sie wußte, daß er hier in der Stadt war; aber gesehen hatte sie ihn nicht. Vielleicht schämte er sich. Gab es eigentlich jemand, der sich etwas aus ihr machte? Vermissen würden sie gewiß viele; aber es wurde so wunderlich leer um sie her, wenn sie sich nach einem umsah, der ihr gut war. Wenn doch nur die Sonne bei ihrem Tod scheinen wollte! Sie machte es leichter, alles zu überwinden.

Während der Schmerzanfälle gab sie sich Mühe, still zu liegen, und spähte nach der Morgendämmerung auf der Rollgardine; sie sehnte sich nach dem Licht. Um vier Uhr ging der Kutscher hinunter, um die Pferde drüben auf dem Nachbargrundstück zu füttern – ihn konnte sie rufen.

Auf der Treppe dröhnten schwere Schritte, der Mieter kam nach Hause. Sie hörte ihn stolpern und anstoßen und leise mit sich schwatzen – er war angetrunken. Da getraute sie sich, ihn zu rufen; wenn er nüchtern war, konnte man sich ihm nicht nähern. „Herr Kramer!" rief sie, als er in sein Zimmer gegangen war, ganz leise, um die anderen Mieter nicht zu wecken. „Herr Kramer!"

Er klopfte an und erschien in der Tür. Schwankend stand er da, die Lampe in der Hand; der lange, hängende Schnurrbart wäre beinah in Brand geraten. „Entschuldigen Sie, daß ich komme", näselte er und gaffte umnebelt in die Stube. „Wollten Sie etwas?"

„Oh, mir ist so schlecht, Herr Kramer", klagte Ditte.

„Wären Sie wohl so gut, mir mit den Kindern ein wenig zu helfen?“

Der Mann starrte unsicher in die Stube hinein. „Tjo – tjo! Das heißt – dann hätten Sie lieber nach meinem Vater schikken sollen, denn der war Obergeburtshelfer; aber es hätte vor zehn Jahren sein müssen. – Mit Verlaub, darf ich fragen, erwarten Sie denn mehrere?“

„Oh, Herr Kramer – mir geht es gar nicht gut.“ Ditte warf sich auf die Seite und weinte, die Stirn gegen die Wand gepreßt.

Der Zimmerherr sah sich ratlos um. „Also was ist denn nun kaputt?“ murmelte er. Er nahm sich gewaltig zusammen, runzelte die Stirn und trat an ihr Bett. „Entschuldigen Sie, aber Sie sagten wahrhaftig: die Kinder, liebe Frau Hansen“, sagte er und beugte sich über sie.

„Ja, aber ich meinte ja die Kleinen hier. Wenn Sie so gut sein könnten und sie zur alten Rasmussen hinüberbringen!“ Sie wagte es nicht, sich umzudrehen. Sein Atem stank nach Alkohol.

„Das will ich, weiß Gott – das heißt, das will ich weiß Gott nicht. Meinen Sie, ich wollte das alte Geschöpf mitten in der Nacht herausklopfen?“

„Ich möchte gern, daß sie kommt und bei mir ist.“

„Daraus wird nichts, verstehn Sie, denn jetzt ist man nüchtern.“ Er machte eine weit ausholende Handbewegung. „Kramer übernimmt das Regiment, Kleine, er nimmt die unschuldigen Kleinen in sein eigenes Bett und trifft alle Vorsichtsmaßnahmen – alle Vorsichtsmaßnahmen! Und sie halten den Mund und sagen nicht piep – verstanden! Bloß an nichts denken, dann geht es schon. Weiber machen ihre Sache immer am besten, wenn sie nicht denken. O ja, eine Dame, die ich gekannt habe, die hat ihren Jungen mit den Beinen voran geboren. Und sie war Doktor der Mathematik – sie grübelte zuviel über die Dinge nach, wissen Sie.“ Er taumelte schwatzend zwischen den Stuben hin und her, trug einen Stuhl in sein Zimmer und brachte ihn wieder zurück; zweimal tat er das. „Sehen Sie, es geht“, sagte er befriedigt, „man soll immer mit etwas probieren, das nicht entzweigeht." Dann nahm er das kleine Mädchen auf und schwankte mit ihm davon, während Ditte mit offenem Mund dalag, bereit zu schreien. Sie verließ sich nicht auf ihn – trotz der Probe. Aber es ging gut; die Kleinen hingen wie tot auf seinen Armen und ahnten nicht, daß sie fortgebracht wurden. „So, so! Ihr kleinen Wesen, ihr kleinen Wesen!" sagte er, während er sie drinnen zudeckte; es klang ganz rührend. Wenn er nüchtern war, machte er sich nichts aus ihnen, sondern fuhr sie an, sobald sie ihm in die Quere kamen.

„Man hat nicht geschrien, was? Es ist nicht nötig gewesen?" Er kam in der Tür zum Vorschein und lachte neckend. „O ja, wir haben wohl gesehn, daß nach den Beinen geguckt wurde – ob sie nicht vorwärts wollen. Die Weiber gucken immer nach den Beinen – aber auf den Kopf kommt es an. Es ist, wie wenn Jungen durch einen Zaun hindurch wollen, um, wir wollen mal sagen, Äpfel zu mausen. Dann versuchen sie's zuerst mit dem Kopf – denn wenn der durchgeht, geht auch der Körper durch. Also den Kopf zuerst!" Mahnend hob er den Zeigefinger. Dann gluckste er plötzlich: „Die meisten Menschen haben übrigens gar keinen Kopf – darum kommen sie so leicht durch alles hindurch."

Er sank am Türpfosten zusammen, glitt immer tiefer. Plötzlich riß er sich zusammen.

„Na, ich bleibe hier – und wache und bete! Fertig!" sagte er und setzte sich an das Fußende von Dittes Bett, die Schulter gegen die Wand gelehnt. „Und dann deckt Mütterchen Ditte sich zu und nimmt ein Auge voll Schlaf, damit sie Kräfte hat, wenn der große Augenblick da ist. Schlafen Sie nur – Sie brauchen keine Bange zu haben. Jede Minute wird ein Kind geboren, vielleicht jede Sekunde, da können Sie selber sehen. – ‚Ich bin krank', sagten Sie vorhin; aber nennen Sie das Krankheit? Dann ist es weiß Gott auch Krankheit, daß ich einen sitzen hab. – Hören Sie, wie ist das eigentlich, kriegen Sie überhaupt je einen Pfennig Miete von diesem verfluchten Subjekt, dem Gratulanten, zu sehen?" Er holte ein paar Geldstücke aus der Westentasche hervor und legte sie auf den Nachttisch. „Zum Kuckuck noch mal – ist das der ganze Rest? Ein schöner Tag ist es gewesen; aber man ist ein Schwein – sehen Sie, Kramer ist ein Schwein, obwohl er eine Brille trägt. Sie können die alten Hexen – Verzeihung, die Frauen – in der Kneipe da selber fragen. – Ein feiner Tag, eins von diesen idiotischen Jubiläen – fünfundzwanzigjähriges Paradieren als Pyramidenfigur, hinten mit Wasser gekämmt, Großkreuz oder so 'n Zeugs aus Anlaß des Tages! Dann erscheint man eben mit seinem Strauß, Sie verstehn: ‚Euer Exzellenz entschuldigen, daß ich komme – aber zu diesem feierlichen Anlaß ...' – ‚Gott behüte, daß Sie überhaupt kommen!' sagt das Opfer und steckt mir zehn Kronen zu. Gar nicht so übel gesagt für so einen Pyramidenidioten, was? Denn Sie müssen doch zugeben, daß es wie Spott klingt."

Ditte stöhnte vor Schmerz.

„So, so! Ja, es ist wahrhaftig schlimm. Aber es muß eben arg sein, bevor es gut werden kann. – Ich sage, es ist gut, daß es jemand gibt, der Kinder liebhat – und daß er sie kriegt. Denn nehmen Sie nun mal an, unsereins – es müßte wohl mit dem Kopf sein, denn der ist bei uns Mannspersonen das einzige, was etwas hervorbringen kann. Nehmen Sie einmal an, der Kopf würde einem plötzlich gespalten – und es kriecht ein Menschenkindchen heraus. Ja, das sag ich bloß so – da ist nichts zu lachen. – Nein, aber es ist nicht gefährlich. ‚Ich sterbe, ich sterbe!' schrie meine Frau damals. ‚Unsinn', sagte ich, ‚du kriegst ein Kind!' Aber da hätten Sie sie mal loslegen hören sollen. Die Weiber können die Logik nicht ausstehn. Weiß der Teufel, wie das zugeht. Aber jetzt legen Sie sich mal schön hin und machen Sie die Augen zu!"

Er hatte gut reden. Sein betrunkenes Geschwätz wollte kein Ende nehmen.

Endlich schlief er ein, über dem Fußende von Dittes Bett hängend, den Kopf auf den Armen.

Sein Atem füllte die kleine Stube mit Branntweindunst. Ditte war der Kopf ganz schwer. Der Kutscher war längst zur Arbeit gegangen; das Tageslicht schien durch die Rollgardine. Und nun hörte sie die alte Rasmussen in ihren Tuchlatschen herumschlurfen; sie ging in die Küche, um sich einen Rest Morgenkaffee zu wärmen. Es war also fünf Uhr!

Die alte Rasmussen trug die Kinder hinüber und legte sie

in ihr Bett; und mit großer Mühe gelang es, den Gratulanten wachzurütteln und zu überreden, in sein Zimmer zu gehen und sich hinzulegen. Er schimpfte entsetzlich, der Schlaf hatte ihn boshaft gemacht.

„Puh – Puh!“ Die alte Rasmussen schnitt eine Grimasse, als er weggeschafft war. „Wie garstig er ist, ein richtiges Subjekt!“

„Er ist recht nett gewesen“, sagte Ditte. „Er wollte selber bei mir bleiben – damit Ihr nicht gestört werden solltet, Mutter.“

„I du meine Güte – so einen bei sich zu haben zum Wachen! Dabei würde wohl nichts Gutes herauskommen. Das hieße ja das Allerschlimmste riskieren.“

Ditte lachte. „O nein, aber ich bin so krank!“ rief sie plötzlich und stöhnte vor Schmerz. „Ich glaube, ich sterbe! Mir ist so wunderlich, als ob alles in mir im Begriff wäre aufzubrechen. Und ich kann's gar nicht verstehen – es ist sechs Wochen zu früh.“

Aber es war doch richtig. Die alte Rasmussen hatte die Qual selber einige Male durchgemacht und kannte die Symptome allzu gut. Sie brachte die Stube in Ordnung und zündete den Ofen an, damit es warm war, wenn das Kleine eintraf. Dann sollten Untertücher für Ditte zusammengesucht werden. Leicht war das nicht; der Winter hatte alles, was sich irgendwie entbehren ließ, verschlungen. Die Kindersachen mußten bei den anderen Familien zusammengebettelt werden, etwas hier, etwas dort. Dann mußte die Hebamme benachrichtigt werden, und man mußte Feinbrot und frische Bohnen besorgen – diese Damen waren so empfindlich mit dem Kaffee. Die alte Rasmussen hatte genug Laufereien; mehr, als gut für ihre armen Beine war. Glücklicherweise merkte sie sie heute nicht. Das Ereignis hatte ihr Blut in Wallung gebracht, sie war ganz übermütig und schaffte tüchtig. Aber ein Glück war es, daß das Subjekt von Kramer am Abend vorher nicht jede Öre vertrunken hatte.

Am Nachmittag brachte Ditte einen Knaben zur Welt; er war nicht voll ausgetragen und wog nur fünf Pfund. Aber ein Knabe war es – trotz aller Prophezeiungen der alten Frau, daß es ein Mädchen werden würde. „Es ist das beste, wir sehen noch einmal nach", sagte die Alte, „es ist gewiß ein Mißverständnis." Sie war ganz ärgerlich darüber, daß der Kleine sie angeführt hatte. „Dann hat man sich geirrt, weil er so klein ist", sagte sie kleinlaut.

Die Madam kam natürlich erst, als alles überstanden war. Sie tat sich einen Augenblick wichtig mit ihrem neuen Mantel, untersuchte, ob der Nabel des Kleinen richtig abgebunden war, und huschte dann wieder hinaus. Kaffee wollte sie gar nicht haben – er roch ihr gewiß nicht stark genug. „Dann trinken wir unsern Kaffee selber", sagte die alte Rasmussen. „So eine prahlerische Trine – laß sie nur laufen. Unsereins hat früher schon so viele Kinder in Empfang genommen."

Dann tranken sie Kaffee. Ditte bekam ihn recht stark. „Das treibt das Blut an!" sagte die alte Rasmussen. Und die Kinder durften hereinkommen und sich den neuen Bruder ansehen. Sie hatten während der Zwischenzeit auf dem Speicher gespielt. Sehr viel Interesse hatten sie nicht für ihn. Jeder bekam ein Stück Brot, und dann trabten sie wieder davon – sie mochten nicht in der Stube sitzen und sich langweilen.

Die alte Rasmussen saß am Ofen mit dem kleinen nackten, bläulichroten Menschenwesen auf dem Schoß; sie schmierte ihm die Hautfalten mit Talg ein und legte Watte unter die Wickelbänder, damit das Kind sein bißchen Wärme behalten sollte. Viel Blut war nicht in ihm; er bekam eine Wärmflasche in die herausgezogene Kommodenschublade gelegt, die ihm als Bett dienen sollte. Aber ein Knabe war es jedenfalls. „Er wird schon noch sein Teil Unglück anrichten – so klein er ist", sagte sie, an ihm zupfend. „Die Götter mögen wissen, warum der liebe Gott nicht das Stückchen Blinddarm hineingestopft hat – anstatt daß es da hängt und Unglück und Verdruß stiftet."

Ja, Ditte hätte diesmal auch lieber ein Mädchen gehabt.

I bewahre! Das begriff die Alte trotzdem nicht. „So bist du selber also zufrieden!" sagte sie, sich bekreuzigend. „An und für sich hätte es ja einerlei sein können, denn was der eine hat, kann der andere nicht entbehren – und umgekehrt.

Aber der liebe Gott hat es doch so närrisch eingerichtet, daß wir armen Frauen das glühende Ende des Eiszapfens zu fassen kriegen; wenn was geschieht, dann verbrennen wir uns. Die Dinge im Stich lassen kann man auch nicht – es heißt bloß: heulen und die Folgen auf sich nehmen. Sonst kannst du sicher sein, daß unsereiner keine Röcke trüge, wenn man selber hätte wählen dürfen. Da läuft so ein armes Ding hin und tut sich groß – und muß selber nach seinem Schicksal umherrennen und es im Schoß heimtragen. Und wo bleibt in den meisten Fällen der Erzeuger? Frauen sind genauso wie die Gäßchen, in die der Schnee hineinstiebt und sich auftürmt. Woher kam er wohl? Aber der liebe Gott hat gewiß seine Absicht dabei gehabt, wenn er uns so einfältig-gutmütig gemacht hat. Wenn wir etwas mehr über die Folgen nachdächten, könnte es vielleicht schwerhalten, die Welt zu bevölkern."

„Aber seid Ihr denn nicht richtig verheiratet gewesen, Mutter?" fragte Ditte erstaunt.

„Gewiß ist man verheiratet gewesen – aber was kann das nützen, wenn man doch keinen Mann gehabt hat. Wenn wir es richtig gemütlich hatten, konnt er auf den Einfall kommen, den Schlüssel zu nehmen und auf den Hof zu gehn, und dann sah man ihn Jahr und Tag nicht wieder. Mit bloßem Kopf kam er zurück, genau so, wie er gegangen war; und den Schlüssel mit der Hummerschere hielt er noch in der Hand. Dann sollte man am liebsten so tun, als ob nichts vorgefallen wäre und nur fünf Minuten vergangen wären; aber das brachte man nicht fertig."

Ditte lachte.

„Ja, lach du nur, aber spaßig is es nich gewesen. Witwe war man nich, und verheiratet war man auch nich! Rangen kriegte man mit Gottes Segen genug, aber vom Vater bekam man selten etwas zu sehen; so verstrich meine beste Zeit. Wo sind sie? Ja, wenn sie nicht tot sind, so leben sie noch heute."

Die Witwe Rasmussen lenkte immer ab, wenn man auf diesen Punkt zu sprechen kam. „Na, aber jetzt wollen wir ans Abendessen denken und dann sehn, daß wir zur Ruhe kommen."

„Wir haben nichts", sagte Ditte.

„Doch, wir haben noch ein halbes Kommißbrot, das ich von einem Soldaten aus der Sölvgade-Kaserne erbettelt hab, als ich vorhin unten war. Er wollte mit einem ganzen Sack voll zum Eisenhändler, und da hab ich gedacht, ich könnt ebensogut um ein Brot betteln, statt daß die Pferde es kriegen. Die leiden deswegen doch keine Not. Ja, wäre man wenigstens Herrschaftspferd gewesen statt Waschfrau bei den Herrschaften, dann hätt man auf seine alten Tage wenigstens das Gnadenbrot."

Der kleine Peter wünschte gewiß auch, daß er ein Pferd wäre. Er spielte das immer, er steckte den Kopf durch die Lehne des alten Holzstuhls und wieherte dabei. Der Sitz war die Krippe; und wenn man das harte Kommißbrot in kleine Würfel schnitt und vor ihn hinlegte und sagte: „Nun soll das Pferd gefüttert werden!", kannte sein Appetit keine Grenzen. Um das Mädel, das arme Wesen, war es schlechter bestellt; sie hatte auch keinen ordentlichen Zahn im Mund. Aber wenn man das Brot in gekochtem Wasser aufweichte, glitt es doch hinunter. „Morgen bekommst du Zucker drauf", sagte die Alte, damit es besser schmecken sollte.

Ditte behielt das Neugeborene in der Nacht bei sich; es hing die ganze Zeit an ihrer Brust und konnte selber nehmen, wenn etwas zulief. Es war schon recht geschickt darin, die Brustwarze zu finden. An der Wand lag das kleine Mädchen, und Peter lag am Fußende, mit den Füßen gegen sie. So hatte Ditte sie alle drei bei sich und wußte, daß sie warm lagen. Das Bett mit dem besten Bettzeug hatte der Zimmerherr.

Sie lag und lauschte auf den ruhigen Schlaf der Kinder, hörte, wie sich hinter der schrägen Bretterwand an ihrem Kopfkissen die Ratten tummelten, und starrte ins Dunkel hinaus, bis es sich mit Farben und leuchtenden Ringen füllte, wie in ihrer Kindheit. Da dachte sie an Gott und an Großchen, Karl und Georg – an alle die, die in ihr Dasein eingegriffen hatten. Mit Gott war sie schnell fertig; war er wirklich vorhanden, so schuldete sie ihm jedenfalls nichts. An all das dachte sie, was Großchen ihr gesagt und prophezeit hatte; und sie grübelte darüber nach, ob wohl etwas davon in

Erfüllung gegangen sei. Daß ihr noch etwas bevorstand, außer demjenigen, was sie bereits erreicht hatte, glaubte sie nicht mehr; Ditte machte sich keine Illusionen mehr hinsichtlich der Zukunft. Reich und vornehm war sie nicht geworden; aber darum konnte ja gut der andere Teil, das mit dem Glück, in Erfüllung gegangen sein. War sie glücklich? Sie wußte es selbst nicht. Sie wollte irgend jemand fragen, was Glück sei – einen, der Bücher las. Darin stand es zu lesen.

4

Der liebe Gott

Ditte erwachte von dem Geplapper der Kleinen. Etwas sagte ihr, daß heute Sonntag sei, noch bevor sie nachdenken konnte; vielleicht war es die Stille. Die Stimmen der Kinder hatten auch einen besonderen, fast feierlichen Klang. Die Anstrengung steckte ihr wie Blei in den Gliedern, und sie blieb still liegen, mit verschleierten Augen, und hörte den Kleinen zu.

Anna war zu Peter an das Fußende des Bettes gekrochen; die beiden hielten einander umschlungen und schauten auf die weißen, luftigen Wolken hinaus, die von irgendwoher die niedrige Morgensonne empfingen und die im Vorübergleiten einen weißen Schimmer in die Kammer sandten. Der Widerschein tauchte in der einen Ecke auf, wanderte über Decke und Wände und verschwand in der anderen Ecke.

„Das war ein Engel, das war es!“ sagte Klein-Anna und nickte rechthaberisch.

„Nein, es gibt gar keine Engel“, meinte Peter ärgerlich.

„Doch, es gibt welche, Anna hat sie selber gesehen“, sagte die Kleine und gab ihm einen Klaps auf die Hand.

„Und ich hab selber gesehn, daß es keine gibt“, entgegnete Peter und klapste sie wieder.

Ditte mußte sich ins Mittel legen. „Mutter ist wach!“ rief Klein-Anna und klatschte in die Hände. „Mein Muttichen schläft nicht mehr.“

„Glaubst *du* wohl an Engel?“ fragte Peter düster, mit gerunzelter Stirn.

Ditte hatte keine Lust zu antworten und kehrte die Frage um. „Warum glaubst du nicht daran?“

„Das kann doch jeder sehn, daß die Flügel sie nicht tragen können“, sagte er und zeigte auf ein buntes Albumbild mit einem schwebenden Engel, das am Spiegel steckte, um einen Riß zu verdecken. Nun, von dieser Seite hatte Ditte die Frage noch nicht betrachtet; sie hatte andere Gründe dafür, an der Existenz der Engel zu zweifeln.

„Ach, ich glaube an so viel nicht mehr“, brach es plötzlich aus Peter hervor, und er seufzte so schwer, daß Ditte lachen mußte.

„Nun, was zum Beispiel?“ fragte sie munter. Aber sie gab auf sein Gesicht acht; Peter verlangte, ernst genommen zu werden; er war bald sieben Jahre alt.

„An den Storch!“ antwortete Peter.

„Anna glaubt an den Storch“, sagte Anna, bloß um ihm zu widersprechen.

„Das tut die alte Rasmussen auch!“ rief Peter mit hellem Hohn in der Stimme. „Die sagt, die kleinen Kinder kämen aus einem Moor. Aber das ist doch schlecht, dann müssen sie ja im kalten Wasser liegen und frieren. Da hat Brüderchen es viel besser gehabt, weil er in deinem Bauch gelegen hat, Mutter!“

Ditte bewegte die Augen unsicher hin und her. „Und sonst noch?“ fragte sie ablenkend.

„Sonst?“ Peters Stimme war tief und tönend; er weidete sich an seinem vernünftigen Gerede.

„Woran glaubst du nicht mehr?“

„Och ja. An den lieben Gott glaube ich ganz und gar nicht. Wie könnte der denn da oben auf den Wolken sitzen, ohne herunterzuplumpsen? Die rennen ja immerzu weg.“

Ditte fiel plötzlich ihre Wäsche ein. Sie nahm das Kind von der Brust – es hing daran wie ein Blutegel und saugte, daß ihr der Rücken weh tat – und sprang auf. „Wollt ihr nun recht, recht lieb sein“, sagte sie, „dann wird Mutter euch Kaffee kochen.“ Sie warf einen Rock über und zündete den

Gaskocher an; dann lief sie hinüber, um zu sehen, wo die alte Rasmussen heute blieb. Sonst pflegte sie immer der erste Mann auf Deck zu sein. Die Türen zu dem langen Gang standen nach beiden Seiten hin offen; man war im Begriff, die Betten zu machen und zu fegen: Staub und Bettluft strömten in dicken Schwaden heraus.

Ditte schlüpfte durch den Brettergiebel auf den Speicher, wo die Rumpelkammern lagen, und klopfte an die Tür der Witwe Rasmussen. Die Alte lag im Bett und hatte eine schlechte Nacht gehabt; sie wollte nicht sagen, was ihr fehlte.

„Dann habt Ihr wohl wieder etwas genommen, was Ihr nicht vertragen könnt, Mutter?" meinte Ditte und sah sich in der Kammer um. Auf der Kommode stand eine Pillenschachtel, Ditte kannte sie. „Wo habt Ihr die her?" fragte sie erstaunt.

„Ach, das ist 'ne Arznei, die Lehrers weggeworfen haben. Hab sie gestern gefunden, als ich den Kehrichteimer für sie runtergebracht habe. Ich hab drei davon genommen, als ich mich hinlegte. Vielleicht kann das für den Rücken helfen, dacht ich. 's ist mir schlecht geworden – weiß nicht woher."

Ditte lachte laut. „Aber Mutter, das sind ja die Pillen, die der Frau Langhalm vom Arzt verordnet wurden, weil sie kein Kind kriegen konnte; ich war ja selbst in der Apotheke und hab sie ihr geholt."

Die Alte mußte auch lachen. „Dann kann ich verstehen, daß sie an die unrechte Stelle gekommen sind; so 'ne Leibschmerzen hab ich noch nie gehabt. Dann wird wohl bei Langhalms Freude sein – wenn sie die Pillen weggeworfen haben. Oh, wie die sich ein Kleines gewünscht haben! Wenn's nur gut geht; manche Kinder müßten lieber ungeboren bleiben."

Das verstand Ditte nicht, ihr schienen alle Kinder gleich lieb zu sein.

„Hör mal, da schreit das Balg vom Missionar wieder. Die ganze Nacht hat es gebrüllt, daß man kein Auge zutun konnte."

„Sie behandeln das Kind gewiß nicht richtig", meinte Ditte.

Die Alte beugte sich zu ihr vor. „Die Leute sagen, es wär vom Teufel besessen", flüsterte sie. „Deshalb wartet der Missionar es wohl des Nachts selber – damit er den bösen Geist austreiben kann. Sie beten oft am Tage für das Kind; und wenn es nichts hilft, schließen sie es in einen finsteren Raum unter der Treppe ein, und dann kriegt es nichts zu essen, denn der Böse in ihm soll ausgehungert werden."

„Aber so schweig doch still, Mutter", sagte Ditte. Zuckungen liefen über ihr Gesicht und pflanzten sich über ihren ganzen Körper fort. Verzagt stand sie da und lauschte auf das Weinen des Kindes. Dann nahm sie sich zusammen. „Nach einem Weilchen komm ich mit Kaffee", sagte sie und lief in ihre Kammer zurück.

Ditte hatte die Kinder mit Spielsachen im Bett untergebracht, während sie ihre Wäsche wusch; sie hatten nichts zum Wechseln und waren ganz nackt, aber es war in dieser Zeit recht heiß unter den Dächern. Brüderchen nagte an einer Veilchenwurzel, das war gut fürs Jucken im Zahnfleisch. Sie stand draußen in der Küche und wusch; die Tür zu dem langen Durchgang zwischen Stube und Küche mußte sie offenhalten, um Platz zu bekommen; die Bewohner kamen und gingen. Die Stubentür hatte sie zugestoßen, damit man nicht hineingaffen sollte; es sah so unordentlich in der Kammer aus; aber sie konnte ungefähr hören, wie die Kleinen sich aufführten und was sie trieben. Jeden Augenblick mußte sie hinwerfen, was sie in den Händen hielt, und zu ihnen hineinlaufen; dann waren sie wieder aus dem Bett gehüpft und tummelten sich auf dem Fußboden, splitternackt, wie sie waren. Wohl hundertmal legte sie sie wieder hin und stopfte die Decke um sie fest, gab ihnen auch einen leichten Klaps. Aber das half nur für einen Augenblick – solange sie über das Schelten und die Schläge brüllten. Plötzlich lachte der eine zwischen Tränen und steckte den anderen an; und das Spiel war schon wieder in vollem Gang. Schließlich gab Ditte es auf, etwas bei ihnen auszurichten, und schloß die Tür ganz; nun konnten sie sich tummeln – wenn es nur niemand sah.

Die Bewohner rannten mit Bierflaschen und Milchtöpfen den Gang entlang; sie wollten einholen, bevor zugemacht wurde. Sie grüßten, die Männer meist mit einem kleinen Scherz; die Frauen warfen einen beziehungsvollen Blick nach der Stube, wo die Kinder lagen. Ditte wußte wohl, was das bedeutete. Wenn es um die Angelegenheiten anderer Menschen ging, waren die Leute sehr anspruchsvoll; wie aber sah es bei ihnen selbst aus?

Eine ordentliche Frau wusch und flickte die Sachen der Kinder Sonnabend nacht, so daß sie sie anziehen konnten, wenn sie am Sonntagmorgen die Augen aufschlugen – das wußte sie recht gut. Niemand brauchte zu kommen und ihr das zu erzählen! Aber wenn man nun so müde war nach der Rückkehr von der Arbeit, daß man einfach einschlief?

Ganz wörtlich war das nicht zu nehmen: Ditte war nicht eingeschlafen, sondern hatte sich hingesetzt und mit einer Nachbarin geschwatzt, während sie ein wenig ausruhte. Und als sie dann mit der Nachtarbeit beginnen wollte, konnte sie vor Müdigkeit nicht mehr auf den Beinen stehen. Man durfte nicht ausspannen, sondern mußte sich ohne Pause abrackern. Es war genauso wie bei den alten Droschkengäulen: wenn sie erst einmal lagen, konnten sie nicht wieder aufstehen. Nun rächte sich das! Das Ganze lag bunt durcheinander; die Kinder krochen umher und stifteten Unordnung mit dem Bettzeug, dem Nachtgeschirr und Gott weiß was; und sie selbst sah schlimm aus, ungekämmt und unangezogen, wie sie war. Nirgendwo war ein Ende abzusehen; man bekam das Ganze satt und wurde zornig auf sich selbst und andere. Ein andermal würde sie schon aufpassen; das sollte bestimmt nicht wieder vorkommen.

Plötzlich hielt sie mit der Arbeit inne und lauschte; die Kinder drinnen waren beunruhigend still geworden. Sie eilte hinein. Die Kleinen saßen dicht zusammengedrängt unterm Fenster, das Brüderchen in der Mitte. Die Tür zu dem kleinen Schrank im Paneel unterm Fenster – Dittes Vorratsschrank – hatten sie aufgemacht und den Inhalt des Schrankes auf den Fußboden geworfen. Das Nachtgeschirr, das sie wahrscheinlich zum Fenster geschleppt hatten, um sich daraufzustellen und hinauszugucken, war umgefallen, und über das Ganze hatten sie eine Tüte Mehl gestreut, um die Bescherung zu verdecken. Es sah schlimm aus. Das schöne Mehl, von dem sie zu Mittag Pfannkuchen backen wollte! Das Ei, das die Kuchen lecker machen sollte, hatten sie zerdrückt und sich an die Köpfe geschmiert; sie waren ganz besudelt. Ditte lachte und weinte zu gleicher Zeit; mit harter Hand griff sie zwischen die Kinder, schalt sie aus und rüttelte sie. Dann sank sie auf einen Stuhl und heulte mit ihnen um die Wette. „Ja, ihr könnt brüllen, ihr", sagte sie mit tränenerstickter Stimme. „Ihr wißt ja nicht mal, was ihr angerichtet habt! Woher soll ich euch nun was zu essen schaffen!" Dann war sie wieder auf den Beinen — die Wäsche draußen begann überzukochen. „Bleibt jetzt da sitzen, und Gott helfe euch, wenn ihr auf den Fußboden springt!" Sie packte sie ins Bett und stürmte in die Küche hinaus. Die Kinder schielten leise heulend nach der Tür.

Eine Weile mühte sie sich dann doppelt bei ihrer Arbeit, um das Versäumte einzuholen, aber sie kam nicht recht vom Fleck. Sie fühlte sich matt im Unterleib und in den Knien, vielleicht war es das Unwohlsein. Nach der Geburt des Kleinen hatte sie oft ihre Menstruation, obwohl sie die Brust gab — sie hatte keine Zeit gehabt, nach der Geburt wieder ordentlich zu Kräften zu kommen.

Die Hände im Schoß, saß sie da, in Gedanken versunken. Vielleicht dachte sie auch an gar nichts, sondern ruhte bloß aus, in vorübergehender Selbstaufgabe. Aus dem Häuserkomplex kam von irgendwoher eintöniges Kinderweinen — so fern, daß es wie monotoner Gesang klang. Es war gewiß das unartige Kind des Missionars. Der Junge weinte immer, wenn er nicht böse Streiche im Kopf hatte, sagten die Leute. Er war erst drei, vier Jahre alt; es war jedoch ganz unglaublich, was für boshafte Einfälle er hatte. Die Eltern waren ernste Menschen, sie hielten morgens und abends Andacht; es war nicht zu verstehen, daß gerade sie ein solches Kind haben sollten. Aber jedenfalls war es gut, daß es bei Menschen zur Welt gekommen war, die soviel Geduld hatten.

Ditte wußte von sich, wie leicht einem die Geduld reißen konnte.

Erschrocken sprang sie auf, sie hatte unten auf der Treppe

bekannte Schritte gehört und fuhr schleunigst in eine Bluse und kämmte ihr Haar glatt. Dann beugte sie sich mit rotem Kopf über das Waschbrett.

„Soso, du hast Sonntagsarbeit", sagte Lars Peter, noch bevor er ganz oben war. „Tag, Mädel." Seine Stimme klang ein wenig tiefer, Sine hatte ihre Lautstärke gedämpft, aber immer noch klang sie gütig und warm.

Ditte trocknete mit ihrer Schürze den Küchenstuhl für ihn ab und machte sich dann wieder daran, die Wäsche zu schrubben.

Lars Peter war in Malmö gewesen und erzählte nun darauflos, von seiner Tour und von anderen Dingen. Als Ditte nicht zuhörte und nicht die kleinste Frage stellte, stockte er, saß eine Weile da und betrachtete sie. „Man ist wohl nicht recht willkommen", sagte er endlich und legte die Hand auf ihren Rücken. „Wie zum Kuckuck kommt denn das, daß du heute am Sonntag so zu arbeiten hast?"

„Ach, das weiß ich nicht", erwiderte Ditte barsch. „Ich muß die andern Tage wohl gefaulenzt haben!"

„Das hast du sicher nicht", sagte Lars Peter lachend. „Das sähe dir verflucht wenig ähnlich. Aber du hast dir wohl zuviel aufgepackt."

Nein, Ditte hatte nicht mehr, als sie bewältigen konnte.

„Davon bin ich nun nicht überzeugt. Du bist genauso wie die Tomatenpflanzen, die man jetzt überall in den Gärten sieht – du übernimmst zuviel. Wenn man nicht aufpaßt und die Triebe immerzu beschneidet, dann treiben sie Frucht über ihre Kräfte."

„Das meint wohl Sine", sagte Ditte. „Wir können ja nicht alle gleich haushälterisch sein."

„Nein, was das Herz angeht, so verstehst du dich nicht recht darauf, Maß zu halten, Mädel", sagte Lars Peter zärtlich. „Wenn du nur selbst stark genug bist – du hast ein zu weiches Herz."

Ditte lachte. „Das hat der Doktor auch gesagt, als ich krank war. Er sagte, es wäre Herzerweiterung."

„Na, Scherz beiseite – wie geht es den Gören?" Er stand auf.

„Sie schlafen“, sagte Ditte, „sie sind so früh wach gewesen.“ Unwillkürlich machte sie einen Schritt nach der Tür hin; Lars Peter war ihr jedoch bereits einen Schritt zuvorgekommen.

„Sie haben eine sonderbare Art zu schlafen“, sagte er lachend, als er die Tür aufmachte. Die Kleinen hatten ihn gehört und hatten sich kopfüber aus dem Bett gewälzt; sie lagen zappelnd auf dem Fußboden, das Bettzeug über sich. Nun kletterten sie an ihm empor und hängten sich an seine ausgeweiteten Rocktaschen. „Hast du was für uns?“ riefen sie, an ihm zerrend.

Ja, in Lars Peters gewaltigen Taschen fand sich immer irgend etwas von seinen Landfahrten her. Diesmal waren da Äpfel und Birnen unter den dicken Handschuhen und dem Taschentuch; sie hatten eine Zeitlang da gelegen und waren angestoßen und schmutzig, aber sie schmeckten herrlich. Und aus der inneren Tasche zog er etwas für Ditte hervor, eine Mettwurst, eine ellenlange.

„Die ist wahr und wahrhaftig vom Sand“, sagte er, „von Dorfschulzens! Weißt du noch – die sich eurer angenommen und euch nach Hause gefahren haben, als ihr als kleine Kinder auf eigene Faust auf und davon ranntet.“

Ditte entsann sich wohl, aber es war ja eine Ewigkeit her. Hundert Jahre schienen seitdem verstrichen zu sein, und sie hatte keine Zeit, sich mit dem zu beschäftigen, was so weit zurücklag. Nun hatte sie wenigstens etwas zum Mittagessen. Wenn nur der Vater gehen wollte, damit sie die Sachen der Kinder in Ordnung bringen konnte!

„Na, man muß wohl machen, daß man wieder nach Hause kommt“, sagte Lars Peter, als hätte er ihre Gedanken erraten.

Lange dauerte der Hausfrieden nicht, dann ertönten schon wieder bekannte Schritte auf der Treppe. Ditte bekam einen heißen Kopf: Karl sollte am allerwenigsten sehen, wie sie heute in der Arbeit steckte. Er gab ihr still die Hand und setzte sich rittlings auf den Küchenstuhl, obwohl sie ihn nicht zum Sitzen aufforderte. „Du hast viel zu tun“, sagte er nach einer Pause.

„Jawohl, wenn du nur gehen und in einer Stunde wiederkommen möchtest – dann bin ich fertig.“ Sie sprach heftig.

„Das kann ich wohl. Ich dachte, du *wärst* fertig; es ist bald elf Uhr.“ Bedächtig stand er auf.

„Ja, das ist es. Daran läßt sich wohl nichts ändern!“

„Wohl nicht.“ Er griff nach der Türklinke, um in die Stube zu gehen.

„Da sollst du nicht hinein“, sagte Ditte und hielt ihn am Arm zurück. „Dort ist nicht aufgeräumt.“

„Es wird wohl nicht schlimmer davon werden, wenn ich hineingehe“, meinte Karl.

Sie hörte ihn drinnen mit den Kindern sprechen, konnte es aber selber nicht über sich bringen, hineinzugehen; sie biß sich auf die Unterlippe, um nicht zu weinen. „Was ist denn mit euch?“ hörte sie ihn sagen. „Schlaft ihr zu dieser Tageszeit? Vorwärts, zieht euch schnell an, dann gehen wir zusammen in den Volkspark und besuchen die Kuchenfrauen.“

„Aber wir haben keine Sachen anzuziehen, bevor Mutter sie gewaschen hat“, sagte Peter.

Karl trat in die Tür. „Die Ärmsten, dann können sie ja heute gar nicht aufstehn!“

„Ich kann die Sachen trockenplätten“, sagte Ditte, ohne ihn anzusehen, „ich bin gleich fertig.“

„Das schaffst du nicht. Es ist nicht gut, daß sie so wenig rauskommen.“

Ditte brach in bitterliches Schluchzen aus. „Kann ich was dafür? Ist es vielleicht meine Schuld, daß ich vom frühen Morgen bis zum späten Abend auf Arbeit gehn muß und sie nicht ordentlich versorgen kann – bloß um das tägliche Brot für sie zu verdienen? Glaubst du vielleicht, ich klatsche auf den Treppen – oder ich liege im Bett und schnarche?“

Nein, Karl wußte, wie die Dinge lagen. „Aber du könntest dich vielleicht etwas anders einrichten“, sagte er und legte den Arm beruhigend um ihre Schultern. Aber sie schüttelte ihn ab und beugte sich über ihre Arbeit, ihm den Rücken zukehrend. Unentschlossen stand er ein Weilchen da, dann ging er fort.

Ditte war zornig – unzufrieden mit der ganzen Welt und

am meisten mit sich selber. Sie wußte recht gut, was er damit meinte, daß sie sich etwas anders einrichten könnte. Aber was nützte es, daß er es ehrlich und gut meinte, wenn etwas sie zwang, nach der ausgestreckten Hand zu schlagen.

„Jemand muß man haben, den man tyrannisieren und auf dem man herumtrampeln kann", sagte die alte Rasmussen eines Tages mit einer deutlichen Anspielung auf Dittes Benehmen gegen Karl, „und es ist gewöhnlich der, der am meisten Rücksicht auf einen nimmt!" Die Alte hatte recht, obwohl Ditte es sich selber ungern eingestand. Heute jedoch sah sie es ein.

Immer ärgerte sie sich nachträglich, wenn sie schroff und abweisend zu ihm gewesen war; und doch war sie es immer wieder. Sie konnte nichts dafür; immer begehrte unwillkürlich etwas in ihr gegen Karl auf. Anscheinend gab es gar kein Hindernis, und doch war sie gehemmt. Sie war wie die Henne, die nicht über einen Kreidestrich hinwegkommen kann.

Wäre er wenigstens selbständig vorgegangen und hätte ihr nicht die Entscheidung überlassen! Ein Brotherrenrecht hatte er ja ein für allemal über sie; Ditte wunderte sich oft darüber, daß er es nicht geltend machte. Geduldig wartete er auf etwas, das in ihr entstehen sollte; was eigentlich los war, begriff sie nicht, und sie fragte sich oft erstaunt, ob er wirklich ein Mann sei. Wenn sie um seine Hand anhalten sollte, so würde er wohl lange zu warten haben!

Und trotzdem wurde sie ihn nicht los. Sie konnte ihn grenzenlos wegwerfend behandeln, fast unverschämt; und wenn er zur Tür hinaus war, bereute sie es, und die Angst ergriff sie, daß er genug von ihr haben und nicht mehr wiederkommen könnte. Die Achtung, die er ihr entgegenbrachte, veranlaßte sie, sich mit sich selbst zu beschäftigen. Was an ihr bewog ihn, sie so ehrfurchtsvoll zu behandeln, als ob sie ein vornehmes Fräulein und zugleich Jungfrau wäre? Er sah etwas in ihr, wovon sie selber nichts wußte – und woran sie auch nicht glaubte. Aber das gehörte wohl zu seiner Natur, hochtrabend war er ja immer gewesen.

Mit den Frommen kam er nicht mehr zusammen, seine

Gottsucherei hatte er jedoch deshalb nicht aufgegeben. Zusammen mit anderen jungen Arbeitern hatte er einen Klub gegründet, wo sie diskutierten. Diese Leute hatten gar zu komische Ideen – verrückt war er eben immer noch! Sie meinten, der Mensch sei heilig, mochten seine äußeren Verhältnisse auch noch so armselig sein, und Gott wohne in ihnen selbst. Ditte begriff kein Sterbenswörtchen davon und konnte sich manchmal nicht enthalten, darüber zu lachen, daß Karl diese Fragen so nahm. „Das ist, weil deine Seele noch schlummert", pflegte er dann zu sagen. Andere Gesetze als sein eigenes Gewissen erkannte er nicht an; und er meinte, das ganze Dasein würde anders werden, wenn der Arme erst zur Erkenntnis der eigenen Unantastbarkeit erwache. Dann werde der Mensch nicht länger auf sich herumtreten lassen, sondern sich empören; der Mensch sei heilig, sagte er. Das verstand Ditte so, daß er selbst immer noch fromm war, wenn er auch nicht mehr zu den Frommen rannte.

Ditte wußte recht gut, daß alles ein Ende hat; und während sie sich abmühte, um fertig zu werden, quälte sie der Gedanke, daß er vielleicht heute nachmittag nicht kommen würde. Nun, dann mochte er wegbleiben, dachte sie trotzig. Aber sie strengte sich dennoch an, und die Arbeit ging ihr rasch von der Hand. Bald hing das letzte Wäschestück auf der Leine vorm Küchenfenster und flatterte im Herbstwind, während sie das bügelte, was schon halb trocken war. Sie wollte ihm zeigen, daß sie fertig werden und die Kinder sauber und ordentlich anziehen konnte, wenn er kam, um sie zum Spaziergang abzuholen. Noch einmal sollte er sie nicht zu bemitleiden brauchen!

Als es auf Schloß Rosenborg zwölf Uhr schlug, hatte Ditte die Kinder angezogen und die Wohnung in Ordnung gebracht, und nun fühlte sie sich ganz verändert. Das Scharfe hatte sie abgestreift. Nun durfte jeder kommen und sehen, wie sie ihre Sachen instand hielt; sie brauchte nicht länger kampfbereit zu sein. Sie hatte rote Backen und war hübsch anzusehen, als sie Annas Haarband knüpfte. „Seht, nun können Peter und Klein-Anna einander bei der Hand nehmen und hinübergehen und der alten Rasmussen zeigen, wie nett sie aussehen. Dann wird Mutter inzwischen Mittag kochen", sagte sie und schubste sie auf den Flur hinaus. „Sagt, Mutter käme gleich mit dem Essen rüber."

„Ah, wir kriegen Pfannkuchen zu Mittag!" sagten sie.

„Danke schön, ihr verderbt das Mehl, mit dem Mutter backen wollte, und zerschlagt das Ei, und Pfannkuchen verlangt ihr trotzdem. Nein, die hat die Katze gefressen. Nun macht, daß ihr wegkommt!"

„Pfui, garstige Katze, eklige Bähkatze", sagte Anna, während sie den Gang entlangtrabten. Ditte mußte lachen – sie begriffen ja nichts von alledem. Und dann meinte man, man könne mit Züchtigungen durchkommen. Von nun an wollte sie sich mehr zusammennehmen und sich nicht vom Ärger hinreißen lassen. Nun, glücklicherweise vergaßen Kinder schnell das Unrecht, das man ihnen zufügte; sie trugen es nicht nach.

Die Kleinen saßen plaudernd bei Tisch, der Anblick der Wurst stimmte sie feierlich. Ditte hatte sie ganz gebraten; sie lag gewunden auf dem Teller, als hätte sie weder Anfang noch Ende. „Nun dürft ihr soviel essen, wie ihr wollt", sagte sie. Und Peter erklärte würdig, er könne das Ganze gut allein essen. „O je, Mutters Wurst!" sagte Ditte lachend. „Dann bleibt ja nichts für uns andere übrig." Aber es ging, wie es immer geht; der Bauch wurde früher satt als die Augen. Plötzlich konnten Peter und Anna nicht mehr. Auch Brüderchen nahm sein Teil; wohl war er noch zart, aber tüchtig essen konnte er.

5

Im Volkspark

Ditte war bei der alten Frau Rasmussen gewesen, hatte sie gewaschen und gekämmt und ihr Bett in Ordnung gebracht. Die arme Seele! Sie hatte sich trotz ihrer Leibschmerzen nicht bezähmen können und noch eine Pille genommen, und nun war ihr erst recht elend zumute. Sie konnte sich nicht mit dem Gedanken vertraut machen, daß sie nicht mehr so gesund und rüstig war wie früher; es wollte gar nicht in ihren Kopf hinein, daß sie alt und hinfällig geworden war. Fehlte ihr etwas, so war ihr immer irgend etwas von außen her in den Körper gefahren; und sie versuchte, es mit allen möglichen und unmöglichen Mitteln wieder zu vertreiben. Ditte steckte die Pillen ein, damit die Alte nicht noch mehr davon nahm.

Und dann feierte Ditte mit den Kindern den Sonntagnachmittag. Sie saß am Fenster mit den beiden auf dem Schoß und schaute auf den Hof hinab, wo die Bewohner der Seitengebäude und des hinteren Hofes kamen und gingen. Der kleine Georg schlief. Dort unten spielten Kinder; sie spielten Laden auf den Müllkästen und schlossen auch die Aborte in ihr Spiel ein. Ein kleiner Bursche balancierte auf den Abortdächern, kletterte von da auf das Dach des Fuhrmannstalls und tanzte dort oben umher. Es gehörte zum Nachbargrundstück, und Mutter Geismar, die Treppenfrau des Nebenhauses, kam mit einer Stange und wollte ihn verjagen. Sie hielt sich wohl für den Hauswirt. Jedesmal, wenn sie nach ihm langte, sprang er umher und benahm sich wie ein Wilder.

„Olle krumme Judennäse,
Branntwein ist kein Sahnenkäse“,

sang er, und dann langte sie wieder nach ihm und schimpfte. Peter lachte, daß es in ihm knackte. „Das ist aber nicht schön von ihm“, sagte er plötzlich ernst. Aber dann lachte er von neuem.

Nein, richtig war es nicht; aber Ditte gönnte es ihr – sie war so falsch. Warum wollte sie sich beim Hauswirt lieb Kind machen? Im übrigen war Ditte augenblicklich nicht ganz zurechnungsfähig – sie war in Gedanken versunken. Zuerst dachte sie daran, wie schön es sei, daß sie nun mit der Arbeit fertig war – dann glitten ihre Gedanken hinüber zu der ärgerlichen Tatsache, daß sie zu lange geschlafen hatte; dann mußte sie über das Geplapper der Kinder nachdenken – der liebe Gott! Peter glaubte nicht an ihn, das war in diesem Alter eine tüchtige Leistung von dem Burschen. Wer konnte wissen, wozu er es noch bringen würde! Die alte Rasmussen glaubte an Gott, aber auf ihre eigene Art. „Er ist wohl vorhanden", sagte sie, wenn die Kinder fragten; „aber er ist nie zu Hause, wenn wir ihn sprechen wollen. So ist es immer mit den großen Herren!" Und sie selber – glaubte sie an ihn? Ditte wußte es nicht recht – gespürt hatte sie ihn nie! Aber wenn er existierte, hatte er jedenfalls keine glückliche Hand gehabt; die Welt war nicht viel wert und die Menschen auch nicht. Sie überraschten einen nie, denn sie taten immer das, was für sie selber am angenehmsten war. Karl war der einzige, dessen Handlungen und Wesen nicht so einfach zu verstehen waren. Er konnte einen mit Augen betrachten, die wie aus dem Unbekannten herüberstarrten, und man mußte an ihn denken, wenn man etwas verkehrt machte. War *das* so etwas wie der liebe Gott? Aber er glaubte ja doch nicht mehr an ihn, soweit sie verstand. Sie wollte mit ihm darüber sprechen!

Alles übrige war recht eindeutig und hatte mehr mit dem Teufel als mit Gott zu tun. Es fror einen, und man hungerte – mochte man auch sein Bestes tun; der Wirt drückte sich um die Reparaturen, aber gnade Gott dem, der bloß eine Stunde mit der Miete zu spät kam. Der Gemüsehändler betrog beim Gewicht; es gab nur achtzehn statt zwanzig Stück Brennholz, wenn man nicht aufpaßte; der Bäcker und seine Frau drüben im Vorderhaus besorgten alles selbst und konnten doch nicht durchkommen. Es bedurfte keines lieben Gottes, um das alles in Gang zu halten. Der Arme war wie ein Schaf, das jeder scheren konnte. „Der liebe Gott möge die Luft milde für dich machen!" sagten sie liebevoll und schoren einen bis auf die Haut.

War der liebe Gott vielleicht dazu da? Beschützte er die Gauner, da sie sich immer auf ihn beriefen und ihn im Munde führten? Schon Großchen hatte gesagt, daß er es mit den Mächtigen halte und ihre Kartoffeln häufle; und anders war es seitdem wohl nie geworden. Aber es lohnte sich, ihn im Munde zu führen. Mutter Geismar war Treppenfrau wie Ditte – nichts anderes. Aber der Pfarrer besuchte sie, und die Damen der Gemeinde brachten ihr Essen und Kleider – sie bekam Legate in Menge, bloß weil sie zu allen Gemeindesitzungen rannte. „Komm mit!" sagte sie zu Ditte. „In diesen Zeiten muß man alles mitnehmen." Aber Ditte hatte keine Lust – was sollte das auch nützen? Sie war ja keine Jüdin, mit ihr konnte keine Hausmission betrieben werden. Mutter Geismar ließ sich der Reihe nach von den verschiedenen Glaubensgemeinschaften erobern; in dem Gebäudekomplex wurde sie im Spott der Wanderpokal genannt. Hatte sie irgendwo das Feld abgegrast, so ließ sie sich zu etwas anderem bekehren. Man freute sich in den Gemeinden immer der Neubekehrten und war freigebig ihnen gegenüber; mit ihnen hielt man ja auch die Sammlungen in Gang. Davon und von ihrem bißchen Treppenwischen lebte sie recht gut.

Jetzt brachte der Kutscher des Bäckers den geschlossenen Ziehwagen in den Schuppen, er war heute spät fertig geworden. Wie immer schaute er herauf, und Ditte zog den Kopf zurück. Aber es war zu spät – sie mußte wiedergrüßen! Da bekamen die Frauen Gesprächsstoff. Er war aus Jütland und lernte wohl nie dänisch sprechen; aber ein hübscher, braver Mann war er – und beliebt im ganzen Viertel. Er war seit fünfzehn Jahren bei den Bäckersleuten, seitdem sie angefangen hatten. „Sie sollten ihn nehmen", sagte die Bäckersfrau zu Ditte fast jedesmal, wenn diese ihren Fuß in den Laden setzte, „er ist ganz verschossen in Sie. Und er ist ein solider Mensch. Mein Mann sagt oft: Gott mag wissen, wie es uns gehen würde, wenn wir Läborg nicht hätten!" Ja, solide war er – das konnte jeder sehen. Aber ...

Immer wieder ließ Ditte den Blick über das Vorderhaus wandern, dessen Schlafzimmer und Küchen nach hinten heraus lagen. Frau Langhalm zog sich drüben am offenen Fenster an. Wenn das mit den Pillen wirklich stimmte, so würde nicht nur drüben Freude herrschen, alle nahmen Anteil an ihrem Schicksal. Der Mann war volle fünfzehn Jahre jünger als sie, und die spannende Frage war mehrere Jahre lang gewesen: Wird die Sache halten? Die Frauen im Hause waren der Meinung, daß sie sehen müsse, ihm ein Kind zu schenken; sonst werde er ihrer früher oder später überdrüssig werden. Mehrmals hieß es auch, daß sie schwanger sei; sie selbst hatte einen Gesichtsausdruck, als trüge sie ein wunderbares Geheimnis; und andere meinten, ihr etwas ansehen zu können. Aber niemals wurde etwas daraus. „Sie hat sich ausgestopft, um ihn zu halten", sagten die Frauen, „oder die verdammte Hysterie bläht sie so auf." Aber mochten es nun Einbildungen oder dumme Streiche sein, auf die Dauer war es ein gefährlicher Sport. Gut wäre es, wenn es endlich Ernst mit ihr würde. Schön war sie nicht und fünfzehn Jahre älter als der Mann, aber sie war ein vortrefflicher Mensch; sie sah nicht auf die herab, die im Hofgebäude wohnten. Und sie kämpfte den gemeinsamen Kampf: den Mann zu halten war für die meisten von ihnen das wichtigste. Sie gönnten es ihr wohl.

Es wohnten übrigens auch nette Leute in den Seiten- und Hintergebäuden, und es bereitete Ditte eine eigentümliche Befriedigung, das für sich festzustellen. Familienweise, Mann, Frau und Kinder, kamen sie von den verschiedenen Aufgängen her und gingen durch das Haustor hinaus; sie wollten einen Spaziergang machen – vielleicht auch in den Volkspark. Die Kinder zappelten mit den Armen und wagten kaum die Füße zu setzen; die Mutter zupfte an ihren Sachen und rüttelte sie am Arm – wie ein „Serschant" lief sie neben dem Schwarm her. Der Vater folgte und gab acht, ob die Kinder ordentlich gingen; er schimpfte, wenn sie die Stiefelspitzen zwischen die Pflastersteine steckten oder mit den Absätzen schief auftraten. Es war nicht so leicht, das Kind armer Leute und sauber angezogen zu sein; Ditte dachte an ihre eigene Kindheit und daran, wie gut sie es mit ihren nackten Beinen gehabt hatte. Auf die paßte niemand auf.

So! Da kam der Prahmfischer von der Teufelsinsel mit zwei famosen Gefährten angeschwankt – sie sahen aus wie drei richtige Strolche und waren bereits angetrunken. Nun hatte die arme Marianne nichts Gutes zu erwarten, besonders wenn sie ihnen nichts vorzusetzen hatte. Und Wochengeld hatte sie diesmal nicht bekommen – gestern abend hatte sie Kaffeebohnen und Bier auf Borg holen müssen. Die Familie wohnte in der Mansarde schräg gegenüber, und des Nachts hörte man oft Lärm; mehr als eine Nacht verbrachte Marianne im bloßen Hemd auf der Treppe.

Ditte stieß das Fenster auf und rief hinüber: „Marianne, du kriegst Besuch!"

„Danke schön, ich hab sie gesehn", erwiderte Marianne, im Fenster auftauchend. Sie war im Begriff, den Hut aufzusetzen – ihre Hände zitterten. Wenn es ihr nur gelang, zu entwischen, bevor die Männer oben anlangten – sie konnte über den Speicher gehen.

Kurz darauf klopfte es, und Marianne schlich in die Stube. „Jetzt wird Reißaus genommen", sagte sie, „dann können sie sehen, wie sie sich unterhalten. Du mußt nicht glauben, ich wollte mich verprügeln lassen, weil weder Schnaps noch Bier da ist."

Man konnte die Männer drüben rumoren hören. „Jetzt stöbern sie im Küchenschrank", sagte sie kichernd. „Prost Mahlzeit, ich möchte in diesem Augenblick nicht gern drüben sein und Marianne heißen!" Sie steckte den Daumen in den Mund und knickte vor Lachen in den Knien zusammen. „Na, adschö – jetzt gehn wir schwofen!"

Nun gingen Missionars aus – oder Laienpredigers, was er nun war. Er hatte einen langen schwarzen Rock an wie ein Leichenträger; und sein Gesicht war auch lang, als ob er eine Leiche trüge oder als ob er innerliches Beten markierte. Sie gingen zur Bibelstunde oder dergleichen; das Kind ließen sie wie immer zu Hause. Dann war das arme Wesen eingesperrt; Ditte hatte sein Weinen fortwährend im Ohr.

Es war seltsam mit diesem Weinen. Dachte man an das Kind oder sprach man von ihm, so ertönte das Heulen sofort, als wolle es einen zu Hilfe rufen; über den Speicher hörte man es gellend, durchdringend – dann wurde es wieder leiser. Sonst hörte man es nicht, so sehr hatte das Ohr sich daran gewöhnt. Es war, als ob das Kind merkte, daß man in Gedanken bei ihm verweilte. Es war traurig mit diesem verhexten Wesen; Ditte zitterte, wenn sie daran dachte.

Peter und Anna waren ungeduldig; sie bekamen die Erlaubnis, auf die Treppe hinauszulaufen, um nach Onkel Karl zu sehen. „Aber nur auf den ersten Absatz“, sagte Ditte bestimmt; sie wollte nicht, daß sie auf den Hof gingen. Sie gab dem Kleinen die Brust und holte den Klappwagen hervor, damit alles bereit wäre. Der Wagen war ein Geschenk von Lars Peter; heute sollte er eingeweiht werden. Auch sie war ungeduldig.

Jetzt stand der Zimmerherr auf; sie hörte ihn in seinem Zimmer gähnen und dann Wasser aus der Küche holen. Sie ging hinaus, um zu sehen, ob er etwas brauchte. „Sie sind heute eine richtige Schlafratze, Herr Kramer!“ sagte sie.

„Ja, man muß sich am Sonntag ja entschädigen“, sagte er heiser. „An den Wochentagen muß man früh heraus – von Geschäfts wegen.“ Sein Gesicht war bläulich angelaufen und vom Schlaf aufgedunsen.

„Pah, Sie und früh heraus!“ sagte Ditte lachend. „Sie sollten bloß zeitig zu Bett gehen.“ Er brummte etwas, aber Ditte machte sich nichts daraus. Er mußte sich darein finden, die Wahrheit zu hören.

Wie großartig hörte es sich an, wenn er vom Geschäft sprach! Er mußte vor neun Uhr auf dem Blumenmarkt auf dem Amagertorv sein, um übriggebliebene Blumen für die Sträuße zu erbetteln, mit denen er den Leuten die Türen einrannte, das war das Ganze. Es gab doch Menschen, die es verstanden, das Leben auf Kosten anderer zu genießen! Aber nun wurde er bald hinausgeworfen. Er war für zwei Monate Miete schuldig, das konnte nicht so weitergehen.

Endlich kam Karl; die beiden Kinder hatten sich an ihn gehängt. Er hatte sich so beeilt, daß er in Schweiß geraten war. „Du mußt entschuldigen, aber ich mußte zu einer Versammlung, und das zog sich in die Länge.“

„Einer Versammlung?“ Ditte betrachtete ihn verwundert.

„Ja, von der Organisation – wir wollen den Versuch machen, die Unzufriedenen zu einer Opposition zu sammeln. Der Vorstand sabotiert alles!“

Wie gern die Kinder Karl hatten, obwohl er so still war und keine Narrenpossen mit ihnen trieb. Sie gingen ganz still an seiner Hand und genossen es. Von Zeit zu Zeit sahen sie ihn zutraulich an. „Du bist unser Vater“, sagte Anna.

„Aber nicht unser richtiger Vater“, sagte Peter altklug, „wir tun nur so. Denn du heiratest Mutter sicher – das sagt die alte Rasmussen.“

Karl nickte ihm zu und sah sich verstohlen um; Ditte war mit dem Klappwagen etwas zurückgeblieben, sie hatte nichts gehört. Sie gingen zum Volkspark und lagerten sich im Gras, um der Jugend zuzusehen, wie sie Ball spielte und sich in Kraftkunststücken übte. Karl hatte ein Butterbrotpaket mit; aber noch war es zu früh zum Essen.

„Warum bist du so ernst?“ fragte Ditte. „Hast du schlechte Nachrichten von zu Hause?“

Karl schüttelte lächelnd den Kopf – sich über die Verhältnisse zu Hause zu ärgern hatte keinen Zweck. „Nein, es ist wegen der Lage – man hat vor, unsere Organisation zu zerschlagen; und wenn das geschehen ist, dann soll unser Lohn herabgesetzt werden. Wir verdienen zuviel, sagen sie. Ein Arbeiter darf nicht mehr verdienen, als nötig ist, um die Haut auf den Knochen zu behalten.“

„Könnt ihr denn nicht dagegen an – damit eure Organisation nicht kaputtgeht?“

„Na, kaputt geht sie wohl auch nicht – dafür werden die Führer schon sorgen. Dann verlören die ja ihre Stellungen und müßten wieder arbeiten; und das macht ihnen wohl kein großes Vergnügen. Aber ich fürchte, sie verkaufen uns und die Organisation den Unternehmern – um ihre eigenen Stellungen zu retten.“

„Weißt du was – ihr solltet Pelle zu fassen kriegen“, sagte Ditte überzeugt. „Der würde die Sache für euch schon in Ordnung bringen.“

Karl lachte.

„Ja, reden tut er ja gut“, sagte er leicht ironisch, „aber viel Feuer ist nicht mehr in ihm – so großartig er auch früher mal gewesen sein soll. Weißt du, er ist ausgebrannt! Und er will übrigens auch gar nichts mit dem Neuen zu tun haben. Er baut seinen Kohl draußen vor der Stadt in seiner Laube und meint, die Welt werde durch Konsumvereine und Laubenkolonien gerettet werden. ‚Jedem sein Kohlkopf!‘ ist seine Losung!“

„Ach, du machst dich bloß lustig. Er tut doch viel für die Sache der Arbeiter, das weiß ich. Man hört es ja von allen Seiten."

„Ja, für die Armenfürsorge – das ist sein Element. Er will haben, daß alle Arbeiter Armenunterstützung kriegen – es soll bloß nicht die Wirkungen der Unterstützung haben. Denn dabei verlören sie ihr Wahlrecht, verstehst du."

„Aber das ist doch sehr gut, wenn ihr das behaltet – sonst ist man doch kein richtiger Mensch!"

Karl zuckte die Achseln. „Richtiges Stimmvieh, meinst du wohl?"

„Ich muß sagen, ich finde das richtig, was er vertritt", beharrte Ditte. „Denk bloß an die alte Rasmussen, die nur armselige zehn Kronen bekommt, wo sie sich so in ihrem Leben abgerackert hat – und die kriegt sie als Armenunterstützung! Und alle, die bei der Arbeit verunglücken – und die Arbeitslosen! Sollen die keine Unterstützung haben? Ich finde, ihr seid zu hart."

„Ja, das meinen auch viele andere Menschen", sagte Karl ernst. „Ihr mit eurer Hilfe! Nein, sie sollen ihr Recht kriegen, und das kann man sich nicht erbetteln."

„Soll der Arme auf sein Recht warten, dann wird er wohl lange warten müssen!" Ditte hatte in diesem Punkt allerlei Erfahrungen.

„Dann ist es besser für ihn, daß er wartet. Aber ihr denkt nur an den Körper und daran, was dem am meisten wohltut. An die Seele denkt ihr nicht. Was nützt es, wenn der Arme die ganze Welt gewinnt, so er Schaden an seiner Seele nimmt?"

Das gab Ditte einen Stich. Da war er wieder mit seinen Reden – genauso wie in den alten Tagen daheim auf dem Hof, als er vor der Verderbnis der Seele zurückschauderte. „Du mit deiner Seele!" sagte sie. „Kann man vielleicht von ihr leben?"

„Essen kann man sie allerdings nicht", erwiderte Karl lächelnd, „aber man kann sie jedenfalls schlecht entbehren, ohne zum Tier zu werden. Ich meine bloß, wir sind ungefähr ebenso dran wie das Vieh der Bauern. Der geizige Bauer läßt es hungern, der kluge füttert es ordentlich, auch wenn es nichts zu tun hat – aber Vieh bleibt es doch. Man tut etwas für die Arbeiter – ebenso, wie man den Tierschutz regelt und die Fischbrut mästet. Das Ganze ist auf ein verkehrtes Gleis geraten. Wir müssen versuchen, Menschen zu werden und unser Schicksal selbst in die Hand zu nehmen!"

Die Kinder zerrten die ganze Zeit an ihm – er sollte mit ihnen spielen. „Jetzt müßt ihr aber den Onkel in Ruh lassen!" sagte Ditte immer wieder, doch sie ließen nicht ab. „Du kannst ein andermal schwatzen, weißt du", sagte Peter verdrießlich.

Das übte eine elektrisierende Wirkung auf Karl aus; er sprang auf und warf seine Jacke ab. „Na, was sollen wir denn spielen?" fragte er munter. Er mußte sich auf alle viere legen und Elefant sein; die Kleinen ritten auf ihm, Peter ließ die Beine herabbaumeln. Brüderchen schlug mit den Armen, er wollte auch dabeisein. „Sieh, wie klug er schon ist!" sagte Ditte stolz. Sie mußte ihn vor die anderen setzen, auf den Hals des Elefanten, und neben ihm hergehen und ihn halten; er jauchzte vor Freude. Das war eine Leistung für einen Jungen von vier Monaten!

Viele Arbeiterfamilien hatten bei dem schönen Wetter den Volkspark aufgesucht. Verschiedene hatten Proviant mitgebracht und sammelten sich um die Essenkörbe; sie lagerten in großen Gruppen und führten politische Reden während der Mahlzeit. Die jungen Burschen spielten Ball oder machten Kraftkunststücke, die sie die Akrobaten im Zirkus hatten ausführen sehen. Die älteren wurden von der Jugend angesteckt, legten den Rock ab und probierten Ringergriffe. Unter den Arbeitern wütete damals eine richtige Ringkämpfermanie. „Sieh mal, wie verrückt sie alle sind!" sagte Ditte, der die Brücken und Fallgriffe Spaß machten.

„Der Arbeiter fühlt seine Kräfte, weiß aber nicht, wozu er sie gebrauchen soll. Darum spielt er den starken Mann!" sagte Karl.

Er hatte viele Bekannte hier draußen und schien überall gut gelitten zu sein; alle Augenblicke kam jemand und hielt ihm die Hand hin. „Na, wie geht's? Wir haben heut wohl die Familie mitgeschleift?"

„Nun sollst du lieber gehn und uns uns selber überlassen", sagte Ditte. „Sonst glauben deine Kameraden, du hättest die drei Kinder angeheiratet."

Karl lachte. „Wollen wir nicht abmachen, daß wir die Leute glauben lassen, was sie wollen?" Ditte fragte ein wenig zuviel danach, was andere meinten und dachten.

„Ja, du lehnst dich ja gegen alles auf", erwiderte Ditte halb anerkennend. Das war *doch* nicht der Karl, der früher immer heulte – aus Angst vor Strafe! Nun, sie hatte nichts dagegen, daß sie einen Mann bei sich hatte.

Die Arbeiterfamilie Jensen aus der Adelgade kam zu ihr hin und sagte guten Tag; man ließ sich zusammen zum Essen nieder. Jensen war die ganze Woche arbeitslos gewesen und war sehr schlechter Laune. „Was soll das werden, wenn der Winter kommt?" sagte er mißmutig. „Früher feierte man doch nur während der kalten Zeit, wenn Frost herrschte. Beinah sollt man nicht glauben, daß man in einer organisierten Gesellschaft lebt!"

Auch Karl war im Sommer mehrere Tage ohne Arbeit gewesen, und dieselbe Klage hörte man von allen Seiten. „Übrigens, je besser alles organisiert wird, desto schwieriger wird es für uns, zu existieren", sagte er. „Immer weniger und weniger können es sich leisten, Bedürfnisse zu haben; die Maschinen und ein paar Handlanger können sie zufriedenstellen."

Frau Jensen blickte ihn entsetzt an. „Und was soll mit uns andern werden?"

„Tja, wir haben ja den Ausweg zu krepieren."

„Das ist ein schöner Ausweg – in einem freien Land! Na, hör mal!" rief Jensen.

„Das weiß ich nicht – vielleicht besteht die Freiheit gerade darin. Glaubst du, daß es für Sklaven eine andere Freiheit gibt als die, durchzubrennen? Übrigens haben wir's verkehrt angepackt; nicht wir haben irgendwelche Freiheit – nicht mal die, durchzubrennen, wenn wir Lust dazu verspüren. Die andern haben die Freiheit, uns krepieren zu lassen, wenn sie keine Verwendung mehr für uns haben. So seh ich die Sache an! Demokratie heißt das wohl. In alten Zeiten, ehe man die Demokratie erfunden hatte, war man einfach gezwungen, für die Sklaven zu sorgen, auch wenn man keine Verwendung für sie hatte. Aber da kriegten die Amerikaner heraus, die in modernen Arbeiterfragen gehörig bewandert sein sollen, daß es sich nicht lohnt. Und da erfanden sie die Freiheit, siehst du! Sie prügelten die Südstaaten, daß sie mithalfen, die Sklaven in die Wüste zu jagen, wenn keine Arbeit für sie vorhanden war."

„Teufel noch mal! Da komm ich nicht mit!" sagte Jensen verblüfft. „Das ist mir zu spitzfindig!"

Karl kaute ein Weilchen vor sich hin, ärgerlich darüber, daß er sich nicht klar genug ausdrücken konnte. Dann versuchte er es auf eine andere Weise. „Sieh mal, Jensen – wenn ein Bauer ein paar Arbeitsgäule oder eine Milchkuh haben will, so muß er sie sich erst zulegen. Er muß eine Stute halten, die, während sie trächtig ist, nicht viel arbeitet, und er muß Deckgeld bezahlen. Dann muß das Füllen ein paar Jahre gefüttert werden, bis er Nutzen davon haben kann. Glaubst du, er würde all die Kosten tragen, wenn er einfach auf die Weide gehen und ein Pferd oder eine Kuh einfangen könnte, sobald er Verwendung für sie hat – wie?"

„Nein, so dumm ist er wohl nicht", gab Jensen zögernd zu.

„Aber das ist ja gerade das, was man mit uns macht; man verjagt uns und fängt uns nach Belieben wieder ein; dann können wir selber sehn, woher wir in der Zwischenzeit das Futter kriegen. Das ist unsere Freiheit, du!"

„Das ist wahrhaftig eine neue Erklärung für die Freiheit", sagte Jensen. „Die hab ich noch nie gehört."

„Nein, ich kann ja nicht verlangen, daß du mir glaubst! Aber du solltest mal Morten hören, wenn der am Mittwoch im Zimmermannsverein über Sklavenfreiheit redet – es ist ja gerade neben deiner Wohnung. Der kann's erklären!"

„Morten hat doch gar nichts Ordentliches gelernt – der ist doch Arbeiter genau wie unsereins. Nein, ich geh und hör mir die Arbeitervorträge der Freisinnigen an; das ist was, darauf kannst du Gift nehmen. Das sind Professoren und solche Leute, aber sie scheuen sich nicht, die Wahrheit über das Bestehende zu sagen. Die Freisinnigen sind auf unserer Seite."

„Ja, wie der Fuchs zur Partei der Gänse gehört!" sagte Karl lachend. Nach und nach hatte sich eine Anzahl Arbeiter um sie versammelt; sie standen stumm da und hörten der Auseinandersetzung zu. Karl hatte das Gefühl, daß die meisten von ihnen es mit Jensen hielten.

„Die Freisinnigen, das sind ja Bankiers, Großkaufleute und dergleichen! Meinst du, sie wollten uns in guter Absicht unter die Arme greifen? Die wollen uns bloß dazu benutzen, in die Höhe zu klettern. Der kleine Mann muß immer den Rücken hinhalten, wenn die Großen reiten wollen."

„Er ist bald ebensoweit wie sein Lehrmeister Morten", sagte einer aus dem Schwarm laut.

„Das ist gewiß!" rief ein anderer. „Aber der schreibt wirklich gut, der Morten!" fügte er besänftigend hinzu.

„Wie ist das – er und Pelle sollen ja aus derselben Gegend stammen?" sagte Jensen. „Sie haben wohl sogar zusammen die Schulbank gedrückt. Aber sie können sich nicht leiden. Neulich hat Morten auf einer Versammlung Pelle einen Heilsarmeegeneral genannt!" Die Arbeiter lachten; das war gut gesagt. Der Bursche konnte boshaft sein.

„Ja, allerdings ist das ein guter Ausdruck – wenn die ganze Bescherung mit etwas zu vergleichen ist, dann ist's die Heilsarmee", sagte Karl bissig. Er schien ganz verändert – sonst war er immer so ruhig und bedächtig in seinen Ausdrücken. Der Hunger hatte ihn die Zähne fühlen lassen! Aber plötzlich schlug er einen anderen Ton an und sagte lächelnd: „Na, deswegen keine Feindschaft."

„Nee, weg mit den Spaltungsmännern!" rief ein alter Arbeiter und ging demonstrativ seiner Wege.

Ditte hatte schweigend zugehört. Oft fiel ihr etwas ein, aber sie behielt es für sich. Wer recht hatte, wußte sie nicht; und es war vielleicht auch nicht leicht zu sagen – die Männer mußten sich in so vielen Punkten ausschwatzen; aber sie ärgerte sich darüber, daß Jensen die meisten auf seiner Seite gehabt hatte, obwohl Karl bei der Arbeit und in allem viel tüchtiger war. Und sie ärgerte sich auch darüber, daß sie sich alle über die Heilsarmee lustig machten. Sie hatte im letzten Winter mehrmals ihre Versammlungen besucht; da war es warm, und es gab Musik, und niemand fragte danach, wie man angezogen war. Aber natürlich, die Männer hatten ja ihre Kneipen.

„Lassen die Bauern ihre Stuten wirklich weniger arbeiten, wenn sie trächtig sind?“ fragte sie auf dem Heimweg.

„Die vernünftigen Bauern tun's“, erwiderte Karl.

„Aber dann haben die Tiere es ja viel besser als wir!“ Ditte dachte daran, wie sie sich hatte abrackern müssen bis zu dem Augenblick, wo sie sich ins Wochenbett legte.

„Ja, natürlich haben die Tiere es besser. Aber die können ja auch gegessen werden, wenn sie ausgedient haben – das ist ein großer Unterschied.“

Ditte blickte zu ihm auf. Sie wußte nicht, ob er scherzte oder im Ernst sprach. Da kam ihr die Frage, die sie früher am Tage beschäftigt hatte, wieder in den Sinn; sie konnte sie ebensogut jetzt stellen – Karl war so klug. „Du hast einmal soviel an den lieben Gott gedacht“, sagte sie. „Glaubst du noch, daß es einen lieben Gott gibt?“

Karl antwortete nicht sofort. „Ja, gewiß!“ sagte er endlich todernst mit fast gequältem Ausdruck. „Aber er ist nichts für uns, den lieben Gott haben die andern gemacht, damit er ihr Büttel uns gegenüber sein soll; und das ist er auch. Eine Zeitlang hab ich geglaubt, ich könnte ihn dazu bekehren, auch mein Vater zu werden; aber das ist unmöglich. Niemand kann zugleich dem Unterdrückten und dem Unterdrücker dienen.“

„Aber du sagst ja, daß wir an ihn glauben – nicht die andern“, wandte Ditte ein.

„Ja, das ist gerade der Zweck, wozu er erfunden ist – um uns in Zucht zu halten. Gott helfe den andern, wenn sie sich nur mit dem Schutz der Polizei begnügen sollten. – Wir Unterdrückten müssen selber sehen, uns einen Gott zu machen, und das kommt auch! Aber es soll ein Gott der Gerechtigkeit sein, ein Gott der Witwen und Waisen und aller derer, die Unrecht leiden.“

„Woraus wollt ihr ihn denn wohl machen?“ spottete Ditte.

„Denn soviel Güte gibt es doch gar nicht in der Welt, wie dazu nötig ist!"

„Doch – wir wollen ihn aus den Herzen und Händen der Armen machen. Dann wird er gut!"

6

Die Ratten

Der kleine Georg war ein rechter Freßsack. Er hing in der Nacht an Dittes Brust, so daß sie am Morgen ganz ausgesogen war. Legte sie ihn im Schlaf von einer Brust zur anderen hinüber oder rutschte er selber hinüber, so trank er beide Brüste leer. Es war klug von ihm, sich zu versorgen, denn den Tag über fiel nichts für ihn ab. Sobald Ditte die Morgenarbeit erledigt hatte, legte sie ihn in den großen Wiegenkorb und sauste mit ihm durch die dunklen kalten Straßen zur Säuglingsbewahranstalt. Auf ihrem Weg zur Arbeit kam sie dort vorbei. Viel Vergnügen machte es nicht, wenn man sein Kind da unterbringen mußte, aber man mußte obendrein noch froh sein, daß man ihn überhaupt unterbringen konnte – und im übrigen hoffen, daß ihn die Kinderkrankheiten verschonten. Im ganzen waren zwanzig Säuglinge dort beisammen, und dauernd herrschten ansteckende Krankheiten unter ihnen.

Die anderen beiden Kinder zu Hause wurden vernachlässigt. Sie zündete den Herd an, bevor sie ging, machte Kaffee und stellte Essen für sie hin; Peter konnte selber den Kaffee auf den Ofen setzen und ihn warm machen. Nachlegen aber durfte er nicht, die Frau vom Kutscher Olsen drüben vom Flur kam und sah nach dem Ofen. Noch viele andere Dinge waren dem Kleinen verboten – eine ganze Leier war's. Die Mutter wiederholte sie jeden Morgen; in größter Angst küßte sie die Kinder zum Abschied, und mit klopfendem Herzen kehrte sie am Abend wieder mit dem Brüderchen heim. Es konnte so viel geschehen sein!

Aber es geschah Gott sei Dank nichts – das Glück war ihr

hold. Peter war ein ernstes Bürschchen, das sich auf keine größeren Dummheiten einließ. Er und Anna blieben im Bett, bis es heller Tag war; das war ihnen befohlen, und man brauchte es ihnen nicht zweimal zu sagen. Im Dunkeln spektakelten immer die Ratten; und unterm Bett und in den Winkeln, überall, wo es stockfinster war, hielt sich der schwarze Mann auf. Er war sozusagen identisch mit der Dunkelheit. Nur das Dunkel unter der Bettdecke hatte nichts mit ihm zu schaffen; da wohnten der Schlaf und die Träume. Ins Bett kam er überhaupt nicht; da war man geschützt gegen alles.

Aber es kam vor, daß man aufstehen mußte; besonders Anna geschah dieses Unglück häufig. „Steh du bloß auf", sagte Peter, „du brauchst dich vor nichts zu fürchten. Wenn man etwas muß, dann tut einem niemand was. Das sagt Onkel Karl auch; dann soll man bloß drauflosgehn."

„Dann komm du mit", sagte Anna und wollte ihn an der Hand nehmen. Aber dazu war er doch nicht keck genug.

„Nein – denn ich muß ja nicht", sagte er erklärend. „Darum getrau ich mich auch nicht. Aber wenn ich müßte ..."

So mußte Schwester denn allein. Sie steckte den Kopf über die Bettdecke und flüsterte „Frei!", trat mit den kleinen Füßen auf den Boden und sagte wieder „Frei!" – diesmal lauter, um sicher zu sein, daß es auch gehört würde; dabei jammerte sie leise. Aber wenn es erst überstanden war und sie wieder unter der Bettdecke lag, dann kam sie sich wie ein Held vor. Dann lagen die Kinder plaudernd da und lauschten den Ratten, die sich hinter der Bretterwand tummelten. In die Stube wagten die sich nicht, die Mutter wollte es nicht haben. Sie wurde böse, wenn sie sich durchnagten, und tat zerdrücktes Glas in das Loch. Sie hatte auch Pfannkuchen mit einem Gift gebacken, um sie zu töten – wie man's zu Hause im Elsternnest machte. „Das kannst du dir weiß Gott sparen", hatte die alte Rasmussen gesagt, „denn den Ratten hier schadet das alles nichts. Mit den Ratten hier ist's ebenso wie mit den Menschen. Sie können's nie feste genug kriegen. Was für gewöhnliche Wesen Gift ist, das ist für sie Gewürz." Und ganz richtig, der Pfannkuchen war weg, aber die Ratten waren weiß Gott noch da. Jede Nacht kamen sie und kratzten am Holzwerk und wollten noch mehr Pfannkuchen mit Meerzwiebel haben.

Wenn es richtig hell geworden war, standen die Kinder auf. Peter wusch Anna das Gesicht und knöpfte ihr Leibchen zu; und sie lief zur alten Rasmussen hinüber und wurde gekämmt, während er die große Kaffeekanne nach dem Ofen hin balancierte. Dort stand unter einem Teller Brot für sie, und die Mutter hatte Milch und Zucker in ihre Tassen getan – man brauchte nur einzuschenken. Die Milch und der Zukker auf dem Grunde der Tassen hatten das an sich, daß sie fabelhaft gut schmeckten; man mußte ein bißchen daran lekken, und noch ein bißchen, und bloß noch ein ganz, ganz kleines bißchen. Und ehe man's sich versah, war nichts mehr vorhanden, und der Kaffee mußte schwarz getrunken werden. Die Kunst bestand eben darin, zu lecken, ohne daß Milch und Zucker aus der Tasse verschwanden; und jeden Tag versuchten sie es wieder, aber keinem von ihnen wollte es gelingen.

Wenn der Morgenimbiß verzehrt war, mußte die Stube in Ordnung gebracht werden. Niemand hatte darum gebeten; Peter, der ein braver kleiner Junge war, verfiel von selbst darauf. Dann war die Mutter frei, wenn sie am Abend nach Hause kam! Er war elternlos, so hatte er also keine schlechten Beispiele vor Augen, sagte die alte Rasmussen immer. Darum war er so gut und bedachtsam. Anna dagegen war gewiß in einer Periode der Arbeitslosigkeit gezeugt, denn sie überanstrengte sich nicht – jedenfalls nicht, wenn es etwas Nützliches zu tun galt. Wenn die Alte sagte: „Will Schwester die Brille der alten Rasmussen holen?", so schüttelte die Kleine energisch den Kopf. „Schwester ist müde", sagte sie. Ihre eigenen Sachen aber besorgte sie ausgezeichnet. Sie würde einmal eine richtige Dame werden!

Wenn die Kleinen fertig waren, nahmen sie einander bei der Hand und gingen zur alten Rasmussen, um zu sehen, ob es ihr an etwas fehle; Peter sprang hinunter, um Gänge für sie zu machen, man konnte ihm getrost Flaschen und Geld anvertrauen. Es kam auch vor, daß sie nicht an der Tür der

Alten haltmachten, sondern weitergingen, über viele Speicher hin, um die Ratten des Bäckers tanzen zu sehen. War man lange genug vorwärtsgestolpert zwischen verschlossenen Bodenkammern, durch deren Lattentüren die erstaunlichsten Dinge hindurchschimmerten, bog man dann um einen Schornstein und plumpste man im Dunkeln eine Stufe hinab, so stand man plötzlich an einem Lattengiebel. Der Schornstein des Bäckers ragte mitten hindurch, und der war immer schön warm; im Halblicht tanzten und spielten dort die Ratten zwischen den Mehlsäcken. Die Ratten des Bäkkers waren immer gut gelaunt, weil sie genug zu essen hatten. Da waren große und kleine; die jungen spielten, und die alten liefen über Mehlsäcke und Bretter. Sie konnten ebenso schnell eine Wand hinauflaufen wie Peter über den Fußboden. Dann nagten sie an den Säcken, die oben auf den Balken lagen; das Mehl stäubte auf den Fußboden, und die jungen kamen und leckten es auf. Hatten sie einen Mundvoll genommen, so setzten sie sich auf die Hinterbeine und mekkerten in die Luft hinaus! Und plötzlich spielten sie dann wieder. Das sah ungeheuer spaßig aus; aber man mußte still sein wie eine Maus. Und dann auf einmal – wenn ein Rattenjunges in dem Lichtstreifen wie ein graues Garnknäuel herangerollt kam – konnte Anna sich nicht länger halten und rief: „Das süße Rattenjunge will ich haben!" Und weg waren sie.

„Du bist ein richtiger Dummkopf!" sagte Peter; und dann trabten sie wieder über die Speicher zurück.

Hier oben im Dunkel wohnten auch Menschen; aber solche, die man nicht recht mitzählte. In dem Raum unterm Vordach hinter der Kammer der alten Rasmussen ragte eine Matratze etwas vor. Da wohnte Herz-Bart; er mußte sich niederlegen und kriechend in seine Höhle gelangen. Er war ein bißchen einfältig, und davon lebte er; reichte man ihm ein Zehnörestück und ein Zweiörestück hin, so wählte er immer das Zweiörestück. Peter hatte es selbst eines Tages versucht, als er für die alte Rasmussen zum Bäcker gehen sollte und zwei Öre zum Naschen bekommen hatte. Aber die Alte hatte ihn deswegen ordentlich ausgelacht. „Der ist gar nicht so einfältig", sagte sie; „er weiß recht gut, was er macht. Er hat viel Geld an der Dummheit der anderen Leute verdient." Den Namen hatte er bekommen, weil er einmal einen langen, langen Bart gehabt hatte – der war so lang und schön, daß er jede in der ganzen Welt, die er sich aussuchte, zur Braut bekommen konnte. Davon lebte er damals. Aber dann schnitt ihm eine seiner Bräute, während er schlief, den Bart ab, und da verließ ihn die Kraft. Nun bettelte er in den großen Restaurants und Nachtlokalen und spielte seine Idiotennummer, und die Polizei ließ ihn gewähren – weil er einfältig war. Ungeheuer viel Geld hatte er verdient; seine ganze Höhle war voll davon. „Geh selber hin und sieh es dir an", sagte die Alte. „Die Matratze ist mit lauter Zweiörestücken gestopft!" Aber Peter getraute sich nicht, er hatte Angst vor ihm.

Dagegen getraute er sich wohl in die Höhle des Lumpensammlers – in das finstere Loch hinterm Schornstein. Da lag ein Bündel Lumpen, worauf der Mann schlief, und am Schornstein stand eine Kiste mit einem Kerzenstumpf darauf, einer Schachtel Streichhölzer und einem alten Kartenspiel. Die Kinder sahen oft nach, ob der Alte zu Hause sei; es kam vor, daß er in den Kehrichtkästen ein Stück Spielzeug für sie gefunden hatte. Hing der geheimnisvolle Haken außen am Schornstein, so bedeutete das, daß er zu Hause war. Er hatte alte Säcke an einer Schnur aufgehängt, die bildeten eine Wand nach dem Speicher hin, und da drinnen saß er und sortierte beim Schein einer Kerze die Früheernte. „Na, kommt ihr den Ritter vom Eisernen Haken besuchen?" sagte er vergnügt. Da durften sie mitwühlen; der Inhalt des Sacks war auf dem Fußboden ausgeleert worden, und sie schwelgten in allerlei Herrlichkeiten aus den Kehrichtkästen. Er lag auf allen vieren und sortierte: Lumpen für sich und rostige Blechsachen für sich; selbst das alte Papier sollte wieder verkauft werden. Wenn ihnen etwas besondere Freude machte, die Reste eines alten Bilderbuchs oder ein zerbrochenes Stück Spielzeug, so durften sie es an sich nehmen. „Aber laßt es eure Mutter nicht sehn", sagte der alte Lumpensammler, „sie ist so ordentlich." Nein, es kam nicht weiter als bis zur alten Rasmussen; dort hatten sie sich nach und nach ein ganzes Lager angelegt, von dem die Mutter nichts wußte. Essenreste zupfte er sorgfältig heraus; er reinigte sie mit seinem Messer und verzehrte sie selbst.

„Pfui, da ist Bäh drauf!" sagte Anna.

„Wenn man einen guten Schnaps dazu nimmt, ist's nicht gefährlich. Aber nun ist es das beste, ihr geht eurer Wege, nach Hause zu der guten, guten Mutter Ditte", sagte er plötzlich und schob sie hinaus.

„Ja, er hat allen Grund, das zu sagen", meinte die alte Rasmussen. „Hätte Mutter Ditte sich im letzten Winter seiner nicht angenommen und ihm von Zeit zu Zeit was Warmes zugesteckt, so möcht ich wohl wissen, wo er jetzt wäre. Wir armen alten Leute müssen dem lieben Gott dankbar sein für unsere liebe Mutter Ditte."

In dem Hause gab es auch andere Ratten als die des Bäkkers, aber sie waren boshafter. Marianne mußte ihr Essen – wenn sie welches hatte – in der Nacht in einem Korb unter die Decke hochziehen, und der kleine Junge des Missionars wurde eines Tages von Ratten zerbissen, als man ihn in ein finsteres Loch eingesperrt und die Nacht über vergessen hatte.

Jeden Tag verbrachten die beiden Kinder mehrere Stunden damit, am Fenster zu sitzen und andere Kinder unten auf dem Hof spielen zu sehen; sie hielten einander fest umschlungen, um nicht in Versuchung zu kommen, sich zu weit über die Dachrinne vorzubeugen. Wenn sie am Fenster saßen, ging es an, es offenzuhalten; sonst mußte es der Ratten wegen geschlossen bleiben. Die spazierten draußen in der Dachrinne herum, tauchten aus einem Abflußrohr wie aus einem Treppenflur auf – dicht vor der Nase des Zuschauers – und wanderten überall umher, schnupperten und piepten und sahen drollig aus. Wenn der Regen die Kinder vom Hof vertrieb, nahmen die Ratten die Dächer auf den kleinen Häusern in Besitz und tummelten sich dort. Und in der Nacht war es noch viel schlimmer. Wenn der Mond auf den Hof hinabschien, konnte man sie in allen Kellerschlünden sitzen und förmlich warten sehen; und kaum hatte der Bäkker die Platten mit Backwerk zum Abkühlen auf die Dächer der Häuschen gesetzt, so waren die Ratten im Hui auf dem Brot, noch bevor er sich abgewandt hatte. Die alte Rasmussen hatte das früher beobachtet, wenn sie bei Frauen im Hause wachte, die ein Kleines erwarteten. Man konnte geradezu sehen, wenn die Ratten sich die Schnauzen an den warmen Weißbroten verbrannten. Dann wirbelten sie um sich selbst, pfiffen und rieben sich die Schnauzen mit den Pfoten.

Der Tag konnte lang werden für die beiden Kinder, besonders der Nachmittag, wenn sie alle eigenen Quellen der Unterhaltung erschöpft hatten und die alte Rasmussen schlafen wollte. Dann kam es vor, daß Anna die Oberhand gewann; und sie nahmen einander bei der Hand und taten so, als wollten sie die Mutter aufsuchen. Peter war klug genug, sich nicht aus freien Stücken über das Bekannte hinauszuwagen. Aber das Leben auf den Straßen packte sie; da waren Schaufenster voll strahlender Dinge, die einen alles vergessen ließen und weiter und weiter weglockten; und bevor sie es merkten, hatten sie sich verirrt. Dann begann Anna zu brüllen, und die Sache endete damit, daß sie Peter ansteckte und auch er den Kopf verlor und kaum seine eigene Straße wiedererkennen konnte. Doch sie kamen mit heiler Haut wieder zu Hause an, und die alte Rasmussen schalt sie aus und trocknete ihre Tränen. „Es lohnt sich nicht, daß ihr Mutter Ditte etwas davon sagt“, meinte sie. Aber Ditte hörte es brühwarm von den anderen Frauen, wenn sie am Abend heimkam.

Aber das alles nahm glücklicherweise ein Ende; eines Tages stand die alte Rasmussen auf und hatte die Wirkung der Pillen vollkommen überstanden. Ein Gotteswunder war es, denn es wohnte ihnen doch eine Kraft inne! Man brauchte bloß die Lehrersfrau anzusehen; die bekam geradezu einen Bauch. Und ihr Mann war so zärtlich zu ihr. Jedesmal, wenn sie auf den Hof ging, kam er mit einem Schal hinterhergerannt und steckte ihn ihr durchs Geländer zu.

Eines Vormittags, als die Kinder hinüberkamen, stand die alte Rasmussen da und zog ihre Unterröcke an.

„Bist du nun gesund, Rasmussen?“ fragten sie gespannt. „Ganz, ganz gesund?“

„Ja, das könnt ihr mir glauben!" erwiderte sie und hüpfte wie eine Elster durch die Stube.

Da lachten sie, daß es in den kleinen Kehlen brodelte. „Noch mehr!" sagten sie.

„Nein, jetzt geht es nicht mehr, denn jetzt wollen wir den Winterstaat anziehn." Die alte Rasmussen nahm noch einen Unterrock über den Kopf, und da blieb er hängen und konnte weder hinauf noch hinab; das kam oft vor – zum Ergötzen der Kinder. Die steifen Schultergelenke waren schuld daran, die steckten voll Gicht, und sie wollten manchmal nicht wieder in Gang kommen, wenn die Arme ausgestreckt wurden. Dann stand sie da, den wollenen Unterrock überm Kopf, und konnte die Kleinen nicht sehen.

„Wo steckt ihr, liebe Kinder?" fragte sie und tat so, als wäre sie ärgerlich.

„Wir sind hier. Und ich heiße Anna Svendsen, aber Peter heißt bloß Peter, denn er hat keine Eltern. Kannst du uns nun sehen?" fragte Anna todernst.

„Nein, aber ich kann den Himmel sehn", erwiderte die Alte und mühte sich ab, den Unterrock herunterzuziehen. „Und da oben reitet der arme Hans auf dem Rücken des Teufels – nein, auf dem Rücken des Armenhausvorstehers! Hui – wenn er ihm nur ordentlich die Peitsche zu kosten geben möchte! Aber er ist zu brav, der Tropf!"

„Und was noch? Sollen sie zum lieben Gott hinauf?"

Aber nun glitt der Unterrock an seinen Platz, und es war für diesmal nichts mehr zu sehen. Aber angemessen war es doch wohl, daß Hans zum lieben Gott hinaufging und sich über den Armenhausvorsteher beschwerte. Die alte Rasmussen hätte nur mitgehen sollen, dann hätte er einen guten Zeugen gehabt; denn sie wußte mehr von den Leuten, als für sie gut war.

„Wer ist der arme Hans?" fragten die Kinder. „Ist er stark?"

„I ja, kolossal stark! Er ist so stark, daß er mit den Händen in der Tasche gehen muß."

„Kann er alle Menschen verprügeln?" fragte Peter mit tiefer, heiserer Stimme und schob den Bauch vor.

„Das kann er wohl, aber er ist ein gutmütiger Tropf. Alle Menschen hetzen und hänseln ihn, und er findet sich darein. Ein armer Teufel ist er."

„Oh, er tut mir leid", sagte Anna.

Peter aber blähte sich auf und sah barsch drein. „Ich möchte sie totschlagen!" sagte er. Er liebte es in jener Zeit, andere totzuschlagen.

Die alte Rasmussen mußte noch mehr vom armen Hans erzählen, der so riesenstark war, daß seine Holzschuhe platzten, und so einfältig-gutmütig, daß er fast kein Fleisch auf dem Körper hatte.

„Als der liebe Gott ihn geschaffen hatte, setzte er ihn auf die Erde. Bitte schön, da ist Sonne und Schatten. Auf der Sonnenseite hatte sich jedoch der Teufel mit den Seinen angesiedelt. ‚Hier wohnen wir jetzt!' sagte er. Da mußte der arme Hans mit der Schattenseite vorliebnehmen; und am Tage war es dort wunderschön, in der Nacht aber kalt. ‚Dich friert wohl!' rief der Teufel in der Nacht. ‚Ich höre, wie du mit den Zähnen klapperst!' – ‚Du schwitzest wohl!' rief der arme Hans zurück, als es Tag wurde und die Sonne schien. ‚Gib acht, daß du nicht schmilzt, Schmerbauch du!' – Da schuf der Teufel den Winter, und den armen Hans fror es Tag und Nacht. Das sah der liebe Gott, und er sandte ihm einen schönen neuen Überzieher und ein warmes Deckbett. Und der Teufel ärgerte sich gelb und grün. ‚Diese Dinge könnte ich gerade gebrauchen', dachte er, obwohl er nicht die geringste Verwendung dafür hatte. Und nachdem er ein wenig nachgegrübelt hatte, hatte er den richtigen Einfall und erfand die Pfandleihe. Denn so ist er! Und der arme Hans ist so beschaffen, daß er nicht an einem Leihhaus vorübergehen kann, ohne daß er sofort hineingehen und etwas versetzen muß; und da hatte er während der kalten Jahreszeit Überzieher und Deckbett versetzt. Im Sommer, wenn es heiß ist, hat er beides zu Hause herumliegen – er fängt doch alles verkehrt an! Den armen Hans könnt ihr immer daran erkennen, daß er seine Sachen versetzt, wenn er Verwendung für sie hat, und sie wieder einlöst, wenn er sie nicht mehr braucht."

„Das tut Mutter auch", antwortete Peter.

„Ja, wenn man genau hinsieht, so seid ihr vielleicht ein bißchen mit ihm verwandt. – Und so zogen beide jeder nach seiner Seite hin, der liebe Gott und der Teufel. Und der liebe Gott war der ehrlichere und konnte nicht ankommen gegen all die Fuchsstreiche. So ging es dem armen Hans immer schlechter und schlechter."

„An der Geschichte ist nichts dran", sagte Peter, „es gibt ja gar keinen lieben Gott."

„Doch, den gibt es wirklich, er sitzt drüben in der Marmorkirche. Wer reich werden will, der braucht ihn bloß am Bart zu ziehen und ihm dreimal ins Gesicht zu spucken. Aber es gibt nicht viele, die den Mut dazu aufbringen, und darum sind so viele Arme in der Welt."

7
Der Konfirmationsschmaus

Um für alle Fälle versorgt zu sein, hatte Ditte ihr bestes Kleid durch Plissees und einen neuen Kragen auffrischen lassen. Es kostete ein Stück Geld, aber für den Fall, daß sie zu Pauls Konfirmation eingeladen werden sollte, mußte sie etwas Ordentliches anzuziehen haben. In der Istedgade sollte der Tag festlich begangen werden; sie wußte, daß die Stuben und das Schlafzimmer ausgeräumt werden mußten, so viele Gäste waren zu Tisch gebeten. Es war auch Wein gekauft und es waren Lieder gedruckt worden; Sine wußte, wie so etwas gemacht wurde. Ditte hatte noch nie in ihrem Leben einen richtigen Festschmaus mitgemacht; zwar hatte sie oft genug bei solchen Gelegenheiten die Aufwartung besorgt, nun freute sie sich darauf, einmal selbst mit dabeizusein. Ihre eigene Konfirmation war sehr ärmlich verlaufen, und es mußte recht nett sein, an der Besserung der Verhältnisse teilzuhaben. So erpicht war sie darauf, daß sie am Samstagabend beinahe ihr Ehrgefühl verleugnet und sich in Erinnerung gebracht hätte.

Am Sonntagmorgen heulte sie ein wenig. Es gehörte viel

dazu, bis Ditte sich unterkriegen ließ, und die alte Rasmussen schalt sie gehörig aus. „Wie kann man sich nur so gehenlassen wegen 'n bißchen Essen – wo doch die Gesundheit das wichtigste von allem ist. Sei du froh, daß du gesund bist und das tägliche Brot für dich und die Gören hast. Sie haben's sicher in all dem Trubel vergessen; im Laufe des Tages schicken sie gewiß herüber!" Aber es kam niemand; und Ditte hatte den ganzen Tag über gerötete Augen.

Als sie die Kinder zu Bett gebracht hatte, bat sie die alte Rasmussen, sich zu ihnen zu setzen, während sie ein wenig an die frische Luft ging. Sie hatte das gute Kleid angezogen und schlug den Weg durch die Stadt nach der Istedgade ein. Vor dem Hause, wo Lars Peter wohnte, blieb sie plötzlich stehen, als käme sie zur Besinnung; sie stellte sich in den Schatten der gegenüberliegenden Straßenseite und starrte zu den erhellten Fenstern hinüber. Überall war Licht; die obersten Fenster standen offen, Rauch und lautes Reden und Lachen drangen heraus. Die Stimme des Vaters übertönte die der anderen; er stellte sich ans Fenster und sprach ins Zimmer hinein. Als er schwieg, lachten sie alle. Und Ditte lachte mit – er hatte wohl etwas Liebes und Spaßiges zu Paul gesagt. Paulchen! Wenn sie doch bloß seinen Kopf umfangen, ihn küssen und ihm Glück und Segen wünschen könnte! Er war doch *ihr* Junge! Sie hatte sich krumm an ihm geschleppt und ihm ihre Nächte geopfert – ein Schluchzen stieg in ihr empor. Aber dann brach man da drinnen auf. Die Haustür öffnete sich, Else und ihr Verlobter traten heraus. Sie zankten sich. Mit bloßem Kopf schlenderten sie die Straße entlang, einander den Rücken zukehrend wie zwei unartige Kinder.

Ditte schlüpfte aus dem Hauseingang, in dem sie sich versteckt hatte, und lief schnell um die Ecke. Dann trottete sie aufs Geratewohl weiter, verlassen, mit kranker Seele. Sie wußte, daß der Vater sie heute abend vermißte, und empfand es als Verrat, daß er ihr Kommen nicht durchgesetzt hatte. Er war jetzt auf seine alten Tage feige geworden; er hatte sich früher nicht gescheut, gegen Sörines Eigenheiten aufzutreten, wenn die Kinder darunter zu leiden hatten. Sine aber lachte bloß, wie wenn sie gekitzelt würde; damit war er mattgesetzt. Lieb und rund und drall, wie sie war, hatte sie Ditte lächelnd die einzige Zufluchtsstätte, die sie auf dieser Erde hatte, ihr väterliches Heim, genommen.

Sie kam durch eine der kleinen Nebenstraßen zur Frederiksborgallee. Drüben der Eingang zum Haus der Heilsarmee war hell erleuchtet. „Große Erbauungswoche mit Lobgesang und Halleluja!" stand auf der Leinwand, die über dem Tor ausgespannt war. Ditte schlenderte hinein; ihr war recht elend zumute, und es fror sie. Sie brauchte Licht und Wärme für Seele und Leib.

Da drinnen war es herrlich hell und warm. Oben auf der Plattform traten mehrere männliche und weibliche Heilsarmeesoldaten auf; sie sangen, predigten und spielten – alles zu gleicher Zeit. Dann brachen sie auf einmal überraschend mitten im Vers ab, und der Mund des einen begann zu arbeiten – Tschim! Das Orchester setzte plötzlich ein und erstickte ihn mit ohrenbetäubendem Lärm. Es versetzte einem jedesmal einen Ruck und kitzelte einen an den Haarwurzeln; man mußte aufwachen! Und die Musik paukte los, sie prügelte einem förmlich den Mißmut aus dem Körper hinaus. Die Predigt nahm Ditte nicht allzu ernst; offenbar sollten die Leute nur in gute Laune versetzt und zum Lächeln gebracht werden. Aber es tat gut, an einem Ort zu sein, wo man nicht nur willkommen war, sondern wo das ganze Fest veranstaltet wurde, damit man selber Nutzen davon hatte.

Es waren mehrere Gesichter da, die sie vom vorigen Winter wiedererkannte. Und oben auf einer der vordersten Bänke saß der alte Lumpensammler vom Speicher daheim; er hielt den Hut vors Gesicht und schien ganz in Andacht versunken zu sein. Und drüben, an einen der Fensterpfeiler gelehnt, stand – Herr Kramer, der Gratulant. Ditte hätte beinahe aufgeschrien, so sehr erschrak sie, als sie ihn hier sah Sein Gesicht war blauschwarz, so blauschwarz, wie sie's noch nie bei ihm gesehen hatte – er hatte also den ganzen Tag keinen Alkohol bekommen! Die Hände lagen gefaltet in der Höhlung über dem schlaffen Hängebauch. Bart und Bakken – alles hing schlaff an ihm herab. Verkommen sah er aus; Ditte bereute, daß sie daran gedacht hatte, ihn auf die

Straße zu setzen. Wo sollte er denn hin? Sie überlegte, wie sie ihn nach Hause bugsieren könnte.

Als sie aufstand, nahm er seinen Hut vom Fensterbrett. Im Haustor schloß er sich ihr an. „Verzeihen Sie, daß ich komme“, sagte er. „Aber wir können vielleicht ein Endchen zusammen gehen? Nicht jeden Abend kann man sich mit einer Dame zeigen.“

„Ja, gehen Sie mit nach Hause, Herr Kramer“, sagte Ditte lebhaft. „Dann kaufe ich Brot und mache Kaffee.“

„Nach Hause!“ Er zog das Wort in die Länge. „Familienleben und Windeln am Ofen und Kaffee und Brot dazu, was? Nein, wir kommen nicht, liebe Frau Hansen. Der Familienschoß ist uns verschlossen! Aber drüben auf dem Vesterbromarkt gibt es eine großartige Kellerkneipe. Dahin können Sie gut mitgehn – es kommen auch Damen hin!“

Ditte dankte; sie besuche keine Kneipen.

„Soso – Sie sind übrigens auch zu fein dafür. Aber – äh, Sie könnten mir wohl nicht eine Krone leihen oder zwei?“

„Ich habe kein Geld, Herr Kramer“, sagte Ditte und sah ihm in die Augen, „keine rote Öre!“

„Aber Sie sagten doch, Sie wollten Brot kaufen. Dann geben Sie *mir* doch lieber das Geld, wenn Sie das Brot sparen.“ Er faßte sie am Ärmel und sah sie bettelnd an. Es war, als leuchte in seinen erloschenen Augen eine Hoffnung auf himmlische Rettung auf.

„Auf Kredit, meinte ich“, sagte Ditte. „Ich hab beim Bäkker Kredit. Und ich will gerne statt Brot einen Kognak zum Kaffee für Sie besorgen.“

Er zuckte die Achseln. „Sie wissen wohl, daß ich niemals zu Hause auf der Bude trinke – man ist kein Subjekt. Aber – zum Kuckuck – ja, entschuldigen Sie, wenn ich das sage – aber wenn Sie Kredit haben, dann könnten Sie ja wohl so lieb sein und zwei Kronen für mich aufschreiben. Sie bekommen sie morgen wieder, so wahr ich einmal ein anständiger Mensch gewesen bin.“ Sie standen jetzt auf dem Platz, und Kramers Augen und Ohren strebten nach der Kellerkneipe hin; er sog den Kneipenlärm förmlich in sich ein. „Tun Sie's!“ bettelte er. „Zwei armselige Kronen!“

Ditte hätte es gerne getan; er tat ihr leid, wie er da stand und ganz krank vor Verlangen nach seiner lieben Kneipe hinüberstarrte. „Aber ich weiß ja keinen Rat", sagte sie verzweifelt.

Die Weichheit ihrer Stimme brachte ihn auf. „Rat, Rat!" sagte er. „Würden Sie das auch sagen, wenn Sie ein Kind hätten, das krank wäre und einen Arzt und Medizin brauchte? Dann würden Sie wohl einen Ausweg finden. Es gibt Auswege genug. Wenn ich an Ihrer Stelle wäre, würde ich mit Leichtigkeit in weniger als einer Viertelstunde zwanzig Kronen auftreiben."

„Ja, aber wie denn?" fragte Ditte erstaunt.

Er legte ihr vertraulich die Hand auf die Schulter und beugte sich zu ihr. „Wo Sie so großartig aussehen!" sagte er und wies auf die Straße hin, wo im Laternenschein Männer wie Nachtfalter hin und her jagten. Ditte sah ihn versteinert an. Dann wandte sie sich ab und ging, leise vor sich hin weinend, davon.

Als sie nach Hause kam, war Karl soeben fortgegangen; die Kinder waren noch wach. Sie waren recht guter Laune. Er hatte sein Abendessen mitgebracht, weil es ihm langweilig war, sein Brot allein zu verzehren; so hatten sie gegessen und hernach Kaffee getrunken; dazu gab es Weißbrot. „Ja, und wir haben Schlackwurst und Käse gekriegt", erzählten die Kinder durcheinander. „Wie gut er ist", sagte die alte Rasmussen. „So nett und ernst! Und er vertrinkt keine Öre von seinem Verdienst. So 'nen Mann hätte man haben sollen!"

Ditte antwortete nicht. Sie war müde – und litt unter alledem. Von dem Konfirmationsschmaus sollte Ditte dennoch etwas haben; denn am nächsten Vormittag brachte Lars Peter einen Korb mit allerlei leckeren Sachen, Braten, Kranzkuchen und vielen anderen Dingen. „Du mußt entschuldigen, daß wir dich nicht mit eingeladen haben", sagte er. „Aber außer uns selbst waren ja nur ein paar Nachbarn da. In dem Zustand, in dem Mutter augenblicklich ist, kann sie sich nicht gut zuviel aufpacken."

Er sah Ditte bei diesen Worten nicht an, und sie hielt es

nicht für notwendig, zu antworten. Den Korb nahm sie nicht; er mußte ihn selbst an den Ofen stellen. Sie dankte auch nicht, sah den Korb überhaupt nicht an.

„Na, ich muß wohl machen, daß ich wieder weiterkomme – ich hab eine Fahrt vor", sagte er und reichte ihr mit betrübtem Blick die Hand. Die Kinder waren alle drei bei der alten Rasmussen; er fragte nicht nach ihnen.

Ditte machte sich fertig, sie mußte heute um ein Uhr auf ihrer Arbeitsstelle sein. Bevor sie ging, brachte sie den Korb zur alten Rasmussen hinüber. „Könntest du nicht einen Jungen damit nach der Istedgade schicken", sagte sie. „Vater war damit hier – es ist von der Konfirmation. Aber ich will ihre Reste nicht haben!"

„Natürlich – das fehlte bloß noch", sagte die Alte. „Ja, ich werd Olsens Christian damit hinschicken. In die Fresse sollt man's ihnen schmeißen – das verdienen sie!"

Als Ditte dann draußen war, machte die Alte den Korb auf. „I, so schöne Sachen, seht mal, seht mal, Kinder!" sagte sie, die Hände zusammenschlagend. „Das wäre doch jammerschade und 'ne Schande, wenn wir das alles dem großschnäuzigen Pack zurückgeben wollten. Sollen wir's nicht lieber selber essen, was? – Aber eurer Mutter dürft ihr nix davon sagen."

Nein, die Kinder konnten den Mund halten; dies war nicht das erste Geheimnis, das sie mit der alten Rasmussen teilten. Und dann aßen sie drauflos – oh, wie das mundete! Essen verstand sie zu kochen, die eingebildete Trine in der Istedgade. Es war genug für mehrere Tage, und es war nur ein Jammer, daß Ditte nicht einen Happen davon abbekommen konnte!

8

Die alte Rasmussen bekommt neue Stiefel

Arbeit zu haben war gut und schlimm zugleich. Ditte mußte ja ihrem Herrgott dafür danken, daß so viele Leute gerade sie so gerne zum Waschen und Reinemachen haben wollten. Auf diese Weise bekam sie selbst ihr täglich Brot, und ein Wochenlohn fiel auch dabei ab, so klein er auch war. An vielen Stellen fand sich auch dies und jenes für sie, das sie für die alte Rasmussen und die Kinder mit nach Hause nehmen konnte; die Hausfrauen gaben es ihr für ihre Familie mit – oder die Dienstmädchen steckten es ihr zu.

Aber die Kinder, um derentwillen sie arbeitete, hatten darunter zu leiden. Sie bekamen allerdings zu essen – wurden aber dafür auf andere Weise vernachlässigt. Die alte Rasmussen war zwar gut zu ihnen, aber erziehen konnte sie sie nicht. Die Kleinen hatten keinen Respekt vor ihr und taten, was sie wollten. Ditte sah es nicht gern, daß sie im Hof spielten; da unten war es schmutzig; und sie lasen dort so vieles auf, was ihnen nicht guttat. Sie hatte es ihnen verboten und konnte doch an ihren Sachen und an ihnen selbst sehen, daß sie sich trotzdem unten herumtrieben. Die alte Rasmussen ließ sie heimlich hinunter und legte ihnen ans Herz, es nicht zu erzählen. Das war fast das Allerschlimmste. Auf diese Weise lernten sie lügen und verheimlichen.

Da hob Ditte das Verbot entschlossen auf. Lieber das, als daß es hinter ihrem Rücken übertreten wurde. Aber nun hatte sie am Sonntag noch mehr zu tun; die Hausarbeit der ganzen Woche wartete auf sie, und nun mußte sie sich auch noch damit abmühen, die Kinder von all dem Dreck zu säubern, den sie sich im Laufe der Woche äußerlich und inwendig zugezogen hatten. Leicht war es nicht, da sie obendrein mit ihrem täglichen Treiben nicht vertraut war. Es war, wie wenn ein Garten zwischen dem Ausjäten immer wieder zuwuchs – hätte sie wenigstens das Unkraut nach und nach ausreißen können, während es hervorsproß! So, wie es nun war, verlor sie leicht die Geduld dabei.

War sie erst fertig und lauschte sie dem Geplauder der Kleinen, so blutete ihr das Herz. Sie fand, daß sie nicht so zu ihnen war, wie sie sein müßte; sie war dem nicht gewachsen, war im Grunde keiner Sache gewachsen. Alles drehte sich doch um die Kinder! Damit sie es gut haben, satt und froh sein und ordentliche Menschen werden sollten, lebte sie und mühte sie sich ab. Und machten sie dann ein wenig Unordnung, ließen sie etwas vom Essen fallen oder machten sie sich schmutzig, so fuhr sie sie barsch an. Sie wußte recht gut, daß das mit kleinen Kindern nicht anders sein konnte – aber immer erst hinterher! Hatte man geschimpft und gescholten und die Kleinen zum Weinen gebracht, dann war man klug und nachsichtig, aber dann war es zu spät. Und das nächste Mal wiederholte sich das gleiche. Sie mußte an die Langmut ihres Großchens ihr gegenüber denken – die besaß sie selbst nicht. Aber Großchen hatte auch nicht einen ganzen Schwarm mit Brot zu versorgen gehabt! Sie konnte immerzu um Ditte sein – das war doch ein Unterschied.

Noch einmal wollte Ditte es mit der Heimarbeit versuchen. Einmal war's allerdings mißlungen, aber das hatte nichts zu sagen; diesmal wollte sie ein Fach lernen, sich auf die Herstellung eines bestimmten Artikels verlegen. Das wurde besser bezahlt und war sicherer. Drüben auf Mutter Geismars Hof im Hintergebäude wohnte eine Kragennäherin, Fräulein Jensen, die hatte immer ein paar Mädchen in der Lehre. Früh und spät hörte Ditte die Maschinen da drüben rasseln. Das Fräulein war mit einem Polizeiwachtmeister verlobt und sparte für ihre Aussteuer – darum war sie so emsig. Wenn sie geheiratet hatten, wollte er seine Stellung aufgeben und den Hausverwalterposten in einer großen Mietskaserne übernehmen – dafür kamen hauptsächlich Leute von der Polizei in Betracht. Und sie wollte eine richtige Nähstube aufmachen.

Ditte hatte mit ihr darüber gesprochen, daß sie bei ihr in die Lehre gehen wollte; ein vierzehntägiger Kursus kostete fünfzehn Kronen. Hernach konnte man gegen Bezahlung für sie arbeiten. Ditte würde schon durchkommen, wenn sie bloß das Geld für den Kursus beschaffen konnte. Und sie hatte dieses Geld ja ausstehen.

Sie blieb auf, bis der Gratulant nach Hause kam; am liebsten wollte sie am Abend mit ihm reden, dann war er am vernünftigsten und umgänglichsten. Erst spät nach Mitternacht hörte sie seine unsicheren Schritte auf der Treppe. Sie öffnete die Tür nach dem Gang. „Herr Kramer, ich möchte gern ein paar Worte mit Ihnen reden", sagte sie.

Er kam herein, blinzelte nach dem Licht hin und schnaubte: „Puh! Die verfluchten Treppen!“

Ditte erklärte ihm, wie die Dinge lagen. „Wenn Sie mir bloß die Miete für den einen Monat zahlen könnten!“ sagte sie. „Dann hätte ich wenigstens so viel, daß ich den Kursus bezahlen könnte. Zu essen werden wir die vierzehn Tage schon kriegen.“

„Ja, zu essen – zu essen kriegt man, weiß Gott, immer – auf irgendeine merkwürdige Art“, erwiderte er und machte eine weitausholende Handbewegung. „Lassen Sie sich nur ja deswegen keine grauen Haare wachsen. Aber sagen Sie mir mal, liebste Frau, wofür halten Sie mich eigentlich! Glauben Sie, der Gratulant ist plötzlich Millionär geworden?“

„Nein, gewiß nicht!“ Ditte lachte verzweifelt. „Aber seine Miete muß man doch bezahlen! Oder sollen die Kinder darunter zu leiden haben, weil Sie das Geld der Kleinen vertrinken?“

„Halt! Das dürfen Sie nicht sagen!“ rief er entsetzt und streckte die Hände abwehrend aus. „Es tut mir leid, daß Sie die Sache so darstellen. Die unschuldigen Kleinen müssen wir aus dem Spiel lassen.“ Er stand und schluckte und suchte nach einer Stütze; er war ganz erregt. „Ja, entschuldigen Sie nur, daß ich hier so ankomme“, sagte er endlich mit belegter Stimme, „aber es tut mir so verflucht leid, daß Sie die Sache auf so betrübliche Art darstellen. – Die kleinen Wesen – pfui Deibel!“ Er wankte in seine Stube hinüber. „Pfui Deibel!“ hörte sie ihn drinnen wiederholen.

Dann kam er wieder zurück und betrachtete sie mit feuchtschimmernden Augen. „Ein Schwein ist man“, sagte er, „und Sie sind eine gute, liebe Frau. Ja, das sind Sie, weiß Gott – lassen Sie man sein! Und was haben Sie davon? Der Gratulant prellt Sie, und die Eltern der Gören prellen Sie auch, und Sie bringen's nicht übers Herz, uns rauszuschmeißen! Sie schmeißt dich wahrhaftig nicht raus, sagt man so oft zu sich selber, du kannst ruhig das Geld zu was Besserem gebrauchen! Gestehen Sie es nur, Mutter Ditte, Sie schmeißen mich nicht raus. Und wenn ich morgen krank werde und nicht aufstehen kann, so kochen Sie mir Hafersuppe – und wenn Sie Wasser und Haferflocken auf Pump kaufen müßten! Sehn Sie, das nenn ich 'ne Versorgung. Herrgott noch mal, hätt man sich nicht die Frauenzimmer aus dem Kopf geschlagen – was für eine Frau Sie abgeben könnten! Aber da wird nichts draus – der Gratulant kommt nicht! Rechnen Sie nie *darauf,* sag ich bloß, Sie vergeuden Ihre Zeit. Mit unglücklicher Liebe wollen wir nichts zu tun haben."

Ditte lachte. „Was wollten Sie mir sagen, Herr Kramer?"

„Ja, was wollt ich eigentlich sagen? – Also, daß man ein Schwein ist. Ja – und dann das mit dem Geld! Der Gratulant war neulich abend nicht besonders fein – er wollte, daß Sie auf ärgerliche Art Geld schaffen sollten, was? – Nicht wahr, wir reden nicht mehr davon. Aber jetzt wird Kramer dafür etwas Gemeines für Sie tun. Noch morgen begehn wir einen recht, recht schäbigen Streich um Mutter Dittes willen – denn sie verdient es weiß Gott. Wir gehen zur Österallee, zur Österallee, jawohl – und gratulieren der Gnädigen zu ihrem Hochzeitstag."

Ditte fuhr entsetzt auf. „Herr Kramer – Sie wollen doch wohl nicht bei Ihrer geschiedenen Frau betteln! Das will ich nicht haben – hören Sie! Das dürfen Sie nicht!"

Der Gratulant blinzelte und lachte und blinzelte und lachte; er genoß ihre Bestürzung so recht.

„Ja, aber wir tun es. Das heißt, wir betteln nicht – wir gratulieren, verstehn Sie – feine Nummer, das! –, dem Mann! Wünschen Glück zur tugendhaften Ehefrau mit den engelhaften Eigenschaften – haben sie *vor* Ihnen gekannt! Das muß doch seine fünfzehn, zwanzig Kronen wert sein! – Na, gute Nacht, Kleine. Nun gehn wir schlafen, den Schlaf der verhältnismäßig Anständigen; und morgen – pfui Deibel!"

Am folgenden Tag erschien Kramer gegen Mittag und warf fünfzehn Kronen auf den Tisch. „Da!" sagte er und betrachtete sie boshaft; seine Augen waren grün vor Haß. Dann ging er wieder fort. Ditte begriff, was ihn dieser Gang gekostet haben mußte – er verabscheute ja alle seine Angehörigen aus der guten Zeit. Er war durch den Kot gekrochen, um ihr aus der Klemme zu helfen; nicht einmal sein lieber Branntwein hätte ihn dazu bewegen können. Es war wirklich anständig von ihm gewesen!

Jeden Tag ging Ditte nun zur Nähstube; jetzt konnte sie die Tage schon zählen bis zu der Zeit, da sie zu Hause bei den Kleinen bleiben und nähen durfte. Es fehlte ihr nur noch das Wichtigste – die Nähmaschine.

„Du solltest zum Bäckergesellen gehn", meinte die alte Rasmussen. „Der verleiht Geld gegen Zinsen – ist ein ganz solider Mann." Aber Ditte hatte aus irgendeinem Grunde keine Lust, sich an Läborg zu wenden; lieber wollte sie mit ganz fremden Leuten zu tun haben.

Über Mittag ging sie aus, und eine Stunde später kam sie mit heißen Wangen wieder. Sie hatte ein Abzahlungsgeschäft aufgesucht, wo man Nähmaschinen ohne Anzahlung gegen wöchentliche Raten bekommen konnte. „Ihr könnt mir's glauben, Mutter", sagte sie entzückt, „ich hab eine feine Maschine gekriegt – die beste aus dem ganzen Geschäft. Sie hätten mir auch eine schlechtere verkaufen können, sagten sie, daran hätten sie mehr verdient; aber das könnten sie nicht über sich bringen. War das nicht nett? Ich kriege sie für zweihundert Kronen und muß jede Woche vier Kronen zahlen, dann ist sie in einem Jahr mein Eigentum. Dabei sind die Zinsen mitgerechnet – bar kostet sie einhundertfünfzig Kronen. Hab ich nicht billig eingekauft?"

„Gewiß – wenn sie mehr wert ist", erwiderte die Alte trocken. Sie war nicht begeistert.

Schon am Nachmittag kam die Nähmaschine. Sie war nicht ganz neu; es war überhaupt nicht dieselbe, die Ditte sich angesehen hatte. Aber sie war gut und nähte recht ordentlich – und nun stand sie ja einmal da. Die Näherin kam herüber, um sie auszuprobieren, und bei einer Tasse Kaffee wurde sie eingeweiht. Nun kam es nur darauf an, die wöchentlichen Raten von vier Kronen aufzubringen; und das war ja nicht schwer, wenn man bloß Arbeit hatte. Ditte sah der Zukunft mit Zuversicht entgegen.

Jetzt konnte sie zu Hause arbeiten, und sie bekam Kragen dutzendweise, die eingerichtet waren und fertiggemacht werden sollten. Sie konnte schon eine Krone am Tag verdienen und nebenbei ihr Heim versorgen. Auf die Dauer konnte man ja nicht davon leben, aber bald konnte sie Arbeit direkt aus dem Geschäft übernehmen. Fräulein Jensen hatte ihr versprochen, sie mit zum Chef zu nehmen und sie ihm zu empfehlen, sobald sie tüchtig genug wäre.

Die alte Rasmussen ließ den Kopf hängen und war unzufrieden mit irgend etwas; sie ließ sich nur noch selten sehen. Und eines Tages überraschte Ditte die Alte, wie sie an ihrem kleinen Tisch saß und schluchzte. Die Nähmaschine war schuld. „Nun ist so 'n armer Teufel wie ich ganz und gar überflüssig auf der Welt", sagte sie schnaufend. „Und ich hab doch die Kinder so liebgewonnen!"

„Ja aber, Mutter, wie kommt Ihr denn bloß darauf?" Ditte war gleichfalls dem Weinen nahe. „Ihr müßt doch wirklich weiter mithelfen – was soll ich denn sonst anfangen! Und wenn ich nun selber für mich in Gang komme, müßt Ihr mir auch bei den Kragen helfen; da gibt es so viel zusammenzureihen – und so."

Da war die Alte wieder froh und ging mit den Kleinen mit, wenn sie kamen, um sie zu den Mahlzeiten zu holen. In den letzten Tagen war sie in ihrer Stube geblieben – um nicht lästig zu fallen.

„Wenn man nu ein Paar neue Stiefel vom Armenwesen kriegen würde, so könnt man die Arbeit für dich holen und hinbringen. Damit wäre dir auch ein wenig geholfen." Die Stiefel, die sie hatte, waren ganz ohne Sohlen.

„Wir versuchen's", meinte Ditte. „Mehr als nein können die Leute ja nicht sagen. Aufessen können sie Euch nicht."

„So, das meinst du? O ja, die können einen aufessen und verschlingen. Dank du Gott dafür, daß du nichts mit dem Armenwesen zu tun hast."

„Es wird schon gehn", sagte Ditte. „Ihr müßt bloß hart bleiben und auf Eurem Recht bestehn. Sie *müssen* Schuhwerk für alte Leute herausrücken!"

„Ja, du hast gut reden von hart bleiben und so; aber vielleicht würdest du anders sprechen, wenn es für dich wäre. Erst soll man mehrere Stunden lang stehn und warten, bis die alten Beine überhaupt nicht mehr wollen. Und dann kommt der Gottseibeiuns von Distriktsvorsteher aus dem andern Büro hereingestürmt, legt die Vorderbeine aufs Pult und bellt einen an."

Die Alte zitterte bei dem Gedanken, aufs Distriktsbüro zu müssen. Ditte mußte sie am nächsten Vormittag hinbegleiten, um sicher zu sein, daß sie nicht mogelte und nach Hause kam und erzählte, sie sei dagewesen; sie war doch wie ein Kind! Erst am Nachmittag kam die Alte zurück; sie hatte die ganze Zeit mit anderen alten Leuten vor der Schranke stehen müssen und war ganz erschöpft. Ditte half ihr den Mantel und die alten Stiefel ausziehen und schüttete eine Tasse heißen Kaffee in sie hinein; sie hatte patschnasse Füße. Ditte schwatzte in einem fort von allem möglichen, um die Alte wieder aufzumuntern. „Na, wie ist's denn gegangen?" fragte sie schließlich.

„Hä! Sie haben mich gehörig ausgeschimpft – so ist es gegangen. Der Armenvorsteher selber war nicht da; aber die jungen Fatzkes sind auch nich von Pappe. Ich hätt im vorigen Jahr erst neue Stiefel gekriegt, sagten sie; ich könnte nicht alle Nasen lang gerannt kommen und um Schuhe betteln. Ob ich vielleicht tanzen ginge? Als ich ihnen dann zeigte, wie meine Schuhe aussehen, sagten sie, ich könnte ein Paar Holzschuhe bekommen. Und wenn ich damit nicht zufrieden wäre, so könnt ich in die Heimatgemeinde meines verstorbenen Mannes zurückgeschickt werden. Das ist hart! Nu hat man hier vierzig Jahre gelebt und sich für die Leute abgeschunden; und wenn man dann nicht mehr kann, soll man an 'nen andern Ort geschickt werden, wo einen keine Menschenseele kennt." Die Alte weinte. „Und ich mit meinen armen Füßen, die nix als Schwielen sind, wie soll ich in Holzschuhen gehen können!"

„Wir werden schon einen Ausweg finden", sagte Ditte und küßte sie auf die Wange, die naß von Tränen war. „Na – na, Mutter! Am Sonnabend krieg ich Pflegegeld von Annas Vater, ganz bestimmt, dann kaufen wir Schuhe – Tanzschuhe, Mutter!" Sie sah der Alten lächelnd in die Augen.

„Ja, *du* bist gut – aber wo willst du denn das alles hernehmen? Du hast ja mit jedem Pfennig zehn Löcher zu stopfen."

Und plötzlich lachte sie wieder. „Tanzschuhe – ja – die

Flegel! Sich über eine neunundsiebzigjährige Frau lustig zu machen!“

Am Nachmittag kam Mutter Geismar auf einen Sprung herüber, um sich Dittes Maschine anzusehen; sie kriegte eine Tasse Kaffee und bekam dabei die Geschichte vom Distriktsbüro zu hören. „Ja, so sind sie“, sagte sie. „Und im Magistrat – da sitzen richtige Jammerlappen, die haben, weiß Gott, mehr Angst vor dem Armenvorsteher als wir, obwohl sie seine Vorgesetzten sind. Aber gehen Sie nur in Holzschuhen zur Kirche, Frau Rasmussen, das sehen sie nicht gern, denn Gotteshaus bleibt Gotteshaus. Dann, sollen Sie sehen, gibt's ledernes Schuhwerk. Aber Sie müssen fest auftreten auf den Kirchenboden.“

Und das tat die alte Rasmussen. Vor dem lieben Gott und dem Pfarrer hatte sie lange nicht soviel Angst wie vor dem Armenvorsteher. Der Pfarrer kam selbst nach dem Gottesdienst zu ihr und sprach mit ihr. Er legte ihr die Hand auf die Schulter und redete freundlich zu ihr, während die ganze Gemeinde zusah. Und am nächsten Tag hatte die alte Rasmussen ein Paar schöne warme Stiefel. Die Holzschuhe hatte Mutter Geismar sich für den guten Rat ausbedungen; sie konnten immer zu Geld gemacht werden.

Das Dasein hier in der Hauptstadt war nicht besser als das Dasein damals im Fischerdorf: man lebte von der Hand in den Mund – und kaum das. Da draußen sah man doch wenigstens, wohin das ging, was man zusammenbrachte; die Hand, die den Bienenkorb leerte, ließ immer so viel übrig, daß die Bienen nicht verhungerten. Aber die Hand, die hier reinen Tisch machte, war unsichtbar; es konnte ebensogut die des lieben Gottes wie die des Teufels sein. Die des Schicksals war es jedenfalls; denn etwas zum Aufbauen schien nicht vorhanden zu sein. Ditte begann von neuem, aber nicht mit großer Zuversicht. Vergleiche ließen sich genug anstellen; die Mietskasernen des Komplexes bargen Familien und einzelne Bewohner zu Hunderten, eine ganze kleine Stadt war es. Rechnete man aber das Vorderhaus ab – was ja selbstverständlich war –, so war die Lage der übrigen einigermaßen gleich. Es war kein Unterschied zu erkennen in den Verhältnissen derjenigen, die tranken und ihr Geld durchbrachten, und derjenigen, die ein ordentliches Leben führten, es blieb gleich viel oder gleich wenig übrig. Für die Leute selbst wenigstens.

Und ganz in Ordnung waren die Dinge auch im Vorderhaus nicht. Die Bäckersleute arbeiteten und arbeiteten und kamen doch nicht vorwärts. Die Frau stand selber hinterm Ladentisch, und Nielsen mühte sich ab, mit einem Gesellen und dem soliden Jütländer Läborg; fleißig und emsig waren alle, und das Geschäft ging gut. Das Brot war auch nicht zu groß – das konnte man wahrhaftig nicht behaupten. Das Weißbrot war schwammig und hatte große Löcher, – in denen Nielsens Seele saß, wie die alte Rasmussen zu sagen pflegte. Und doch hieß es fortwährend, die Leute ständen vor dem Bankrott.

Ditte begriff das alles nicht. Wenn sie mit Karl gesprochen hatte, versuchte sie, einen Sinn in den Dingen zu finden, und zerbrach sich den Kopf, um hinter ihre Ursachen zu kommen; aber sie gab es schnell wieder auf. Man hatte sich von einem Tag zum anderen mit zu vielem herumzuschlagen, als daß man hätte anfangen können, über die Zukunft nachzugrübeln; jeder Tag brachte genug Plage. Es kostete genug Anstrengung, sich und die Seinen über Wasser zu halten; wohin man trieb, das mußte das Schicksal entscheiden. Schwer genug war es oft, die Dinge in Gang zu halten, hier, wo so vieles auf den Grund sank.

Ditte ließ sich nicht auf intimeren Umgang mit den anderen Frauen im Hause ein, sondern hielt sich zurück. Das war das klügste, sonst konnte man leicht in irgend etwas verwikkelt werden; es kam oft zu schlimmen Auftritten in dem Komplex. Mochte man sie deswegen eingebildet nennen – wenn nur niemand Anlaß fand, seine Nase in ihre Angelegenheiten zu stecken. Sie hatte lange genug zum Auswurf gehört und hatte nichts dagegen, die Tochter des Möbelhändlers aus der Istedgade zu sein; der Schinder und das Elsternnest und Sörines Verbrechen durften gern in ewige Finsternis versinken.

Dabei lebte sie in ständiger Angst vor der Polizei. Wenn die Gelegenheit fand, ihre Vergangenheit zu untersuchen, so würde sie ihr sicher die Pflegekinder nehmen. Ditte wurde immer nervös, wenn die Polizei im Haus zu tun hatte.

Und das war nicht selten der Fall. In der Nacht war häufig Lärm auf dem Hof oder in einer der Wohnungen; und die Polizei mußte gerufen werden. Zuweilen kam sie auch ungerufen, und hier traten die Schutzleute ganz anders auf als in den Herrschaftsvierteln, wo Ditte gedient hatte. Hier griffen sie mit der Hand fortwährend an die hintere Tasche, wo der Knüppel steckte; und war nicht schon vorher auf der Straße Spektakel gewesen, so kam es vor, daß sie ihn anstifteten; wohl aus Langeweile.

Eines Nachts erwachte sie in Angst; unten auf dem Hof hörte sie rufen und pochen. Sie trat ans Fenster. Unten, vor Arbeiter Andersens Stube, standen mehrere dunkle Gestalten und hämmerten auf die Tür los; an den mächtigen, schweren Formen erkannte sie, daß es Schutzleute waren. „Aufmachen!“ riefen sie. „Die Polizei! Ihr schuldet eine Schulbuße von achtzig Öre; Selma soll sie absitzen!“

„Wollt ihr nicht lieber mich nehmen?“ fragte eine verschlafene Männerstimme.

„Nein – ihr seid ja nicht richtig verheiratet; die Mutter wollen wir haben. Aber ’n bißchen fix; draußen hält ’ne Kutsche.“

„Ich bin krank!“ erscholl Selmas Stimme recht kläglich. „Das Geld wird morgen bezahlt.“

„Mahlzeit – das kennen wir! Wo ist die wunde Stelle? Ist das Geschwür aufgegangen? Ist wohl das beste, daß wir selber nachsehen.“

Sie versuchten, die Tür aufzuschließen; man hörte sie mit einem Schlüsselbund hantieren. „Wir bleiben stehn, bis ihr aufmacht“, sagte einer.

Aus allen Fenstern hingen Hausbewohner, sie schimpften und machten Witze über die Schutzleute. „Wollt ihr machen, daß ihr fortkommt, ihr Schnüffelhunde!“ sagte eine rauhe Stimme dicht neben Dittes Fenster. „Sonst kriegt ihr ’nen Ziegelstein an den Kopf!“ Es war der Gratulant, der sich weit über den Fensterrahmen vorbeugte und mit den Armen umherruderte. Schließlich entfernten sich die Schutzleute.

Am nächsten Vormittag ging Selma bei allen Mietern herum und borgte sich das Geld für die Geldstrafe zusammen; sie kam auch zu Ditte und erhielt ein Fünförestück. Der Vater der Kinder war krank. Er war auf einem Dampfer beim Kohlenverladen verunglückt – eine Tonne Kohle war auf seinen Rücken gestürzt. Nun lag er seit sechs Wochen krank und bekam keine Unterstützung, so daß die Kleinen die Schule versäumen mußten, um etwas zu verdienen. Aber Selma hatte ihre Sache gut gemacht; man war stolz darauf, daß die Polizei mit einer langen Nase hatte abziehen müssen.

9
Von diesem und jenem

Karl kam jeden Tag auf einen Sprung herüber; er hatte nicht viel zu versäumen, Arbeit gab's fast keine. Die Straßenarbeiten waren bereits eingestellt worden. „Die hohen Herren leiden wohl an Podagra", sagte er spöttisch, „da meinen sie, die Erde wäre gefroren."

„Na, wie geht's?" war immer seine erste Frage; der Versuch mit der Nähmaschine beschäftigte ihn ebensosehr wie Ditte.

„Danke, ausgezeichnet!" erwiderte sie jedesmal.

Das stimmte freilich nicht so ganz. Sie fand selber, daß sie gute Fortschritte mache; sie führte die Arbeit schon ebensogut aus wie die älteren Näherinnen, nur ging sie ihr noch nicht so schnell von der Hand. Aber die Lehrzeit – der letzte Teil dieser Zeit – wollte kein Ende nehmen; noch immer mußte sie für Fräulein Jensen für eine Krone am Tag nähen. Jedesmal, wenn sie die Näherin daran erinnerte, daß sie ihr versprochen habe, mit ihr ins Geschäft zu gehen und sie dem Chef zu empfehlen, erwiderte Fräulein Jensen: „Du bist noch nicht so weit – das wird schon noch kommen."

Ja, danke schön, aber Ditte mußte *jetzt* etwas verdienen;

mit morgen war ihr nicht gedient. Sie konnte nicht länger mit sechs Kronen wöchentlich auskommen, wovon die Nähmaschine obendrein vier verschlang. Zum Glück war der Mann, der die Raten einzog, sehr umgänglich. Kam er am Sonnabend und sie hatte kein Geld, so riß er ihr deshalb nicht gleich den Kopf ab – wenn es nur nicht mehr wurde. „Dann besorgen Sie acht Kronen bis zum nächsten Sonnabend", sagte er, „sonst müssen wir Ihnen die Maschine wegnehmen." Nun, so weit durfte es nicht kommen. Ditte achtete darauf, daß sie nie mehr als eine Woche im Rückstand war.

Aber schwer genug fiel es ihr oft – wie gut hätte es getan, jemanden zu haben, mit dem sie sich hätte aussprechen können. Und doch sagte sie ihr „Danke, ausgezeichnet!" Sie genierte sich, zuzugeben, daß es nicht ging, oder sie brachte es nicht fertig, Karls Mitleid und Hilfe in Anspruch zu nehmen – da war immer noch der unsichtbare Kreidestrich, über den sie nicht hinwegkam. Ein rechter Dummerjan war sie.

Und auch sonst gab es niemand, dem sie sich hätte anvertrauen können – nicht einmal Lars Peter konnte sie ihr Herz ausschütten. Allzulange, von klein auf, war sie gewohnt gewesen, sich in allen schwierigen Lagen allein zurechtzufinden und die Verantwortung zu tragen. Da war es jetzt schwer, Rat und Hilfe anzunehmen. Sie konnte es nicht über sich bringen, sich an einen Menschen zu wenden; wenn es am schwärzesten aussah, verschloß sie sich gern vor ihrer Umwelt.

Aber Karl entdeckte von selbst, daß etwas in der Rechnung nicht stimmte; und eines Abends rückte er ihr auf den Leib. „Sie ist ein Ausbeuter", sagte er, als er mühsam die Wahrheit aus Ditte herausgepreßt hatte. „Sie will Geld mit dir verdienen – das ist alles. Vielleicht beschäftigt sie mehrere wie dich auf diese Weise."

Ditte konnte nicht glauben, daß die Dinge so lagen. „Sie ist ja selber ein Armeleutekind!" sagte sie.

„Ja – was denn? Deshalb kann sie wohl andere besonders gut schinden. Zu guter Letzt sind doch alle Menschen Armeleutekinder."

Ditte verstand nicht recht, worauf er hinauswollte; sie wußte doch, daß es Reiche und Arme gab.

„Der Mensch ist doch nackend zur Welt gekommen."

„Nun ja – wenn man's so nimmt!" Ditte sprach unsicher; sie befürchtete, daß er wieder mit seinen religiösen Betrachtungen anfangen würde. „So eine!" rief sie plötzlich wütend. „Und dabei sieht sie obendrein auf unsereins herab und spielt die Dame. Sie will einen Wachtmeister heiraten, und sie wollen selber ein Geschäft anfangen. Und da soll unsereins das Betriebskapital liefern. So eine!"

„Morgen gehst du direkt ins Geschäft und bittest um Arbeit", sagte Karl. „Oder vielleicht in ein andres. Sonst legt sie dir wohl was in den Weg. Leute, die empor wollen, sind rücksichtslos."

Die Kinder waren längst im Bett und schliefen ruhig. Auf einmal hob Peter den Kopf. „Ich hab geträumt, *du* wärst da", sagte er mit leuchtenden Augen. Dann sank er zurück und schlief wieder ein. Jetzt wurde auch der kleine Georg wach und rief: „Am! Am!"

„Ich glaub, er versucht schon, Mama zu sagen – das ist viel für ein Kind von sieben Monaten", sagte Karl.

„Nein, er sagt Papa", erklärte Ditte ernst. „Er ist ja noch zu klein, um zu begreifen, daß er keinen Vater hat."

Karl sah sie an, sagte jedoch nichts. Der Ausdruck in seinen Augen machte sie ernst und still. Während er mit Peter spielte, entdeckte er plötzlich, daß sie weinte.

„Was ist denn mit dir los?" fragte er.

„Ach, ich weiß nicht – alles ist so sonderbar. Ich werde aus nichts mehr klug."

„Das wird schon alles in Ordnung kommen – nur Geduld", erwiderte er. Die Güte in seiner Stimme ließ sie laut aufschluchzen.

„Warum hast du dir nicht selber dein Recht verschafft?" brach es auf einmal heftig aus ihr hervor. „Dann wäre es überstanden gewesen. Warum wartest du darauf, daß ich von selber kommen soll? Du bist doch ein Mann!"

Karl schüttelte den Kopf. „Ich hab einmal deinem Willen Gewalt angetan – das ist mir teuer zu stehn gekommen, kannst mir's glauben. Jeder Mensch soll nach seinem eigenen freien Willen handeln."

„Das sagst du so. Aber wenn nun ein Mensch gern etwas will und es doch nicht über sich bringen kann, ja zu sagen? Wenn einen bloß manchmal jemand beim Nacken nehmen und sagen wollte: Du sollst!"

„Mich kriegst du jedenfalls nicht dazu!" sagte Karl und erhob sich. „Ich hoffe, der Tag wird nicht wiederkehren, wo ich gegen jemand Zwang ausübe. – Na, nun muß ich gehn, ich will zur Arbeitslosenversammlung!" Er reichte ihr die Hand.

„Da scheust du nicht nicht, von Macht und Zwang zu sprechen!" Ditte hielt seine Hand fest in der ihren. Es war, als klammere sie sich an ihn.

„Das ist ganz was anderes. Auf sein täglich Brot hat jeder Mensch ein Anrecht – und wenn er's sich selber nehmen muß!" erwiderte Karl fest.

Ditte versank in Gedanken und vergaß zu arbeiten. Sie war nicht zufrieden mit dem, was sie gesagt hatte, und war auch nicht zufrieden damit, daß sie etwas anderes nicht gesagt hatte – und es wohl nie über die Zunge bringen würde. Wenn Karl ihr bloß zugeredet hätte, ja, dann wäre es ein leichtes für sie gewesen, dem inneren Drang zu folgen und ihn an sich zu ziehen. Aber nun war es umgekehrt; sie bedurfte eines Menschen, mit dem sie ihre Bürde gemeinsan tragen konnte – das war das Beschwerliche. Warum kam er denn nicht zu ihr, wenn sie in Bedrängnis war? Warum sollte der Bedrängte immer betteln gehen? Ditte hatte das anderen immer zu ersparen versucht und sich bemüht, ihre Not zu erraten, weil sie von sich selbst wußte, wie schwer es war, bitten zu müssen. Warum umfaßte er sie nicht mit starken Armen und zwang sie an sich, unter sich? Geschah es aus Rücksicht auf sie – glaubte er, daß sie noch an einen anderen dachte?

Ja, in der ersten Zeit hatte Ditte ganz in der Erinnerung an Georg gelebt. Es war ihr, als wäre er bloß auf einer seiner Bummelfahrten und könnte jeden Augenblick wieder in die Stube kommen; hierzu trug wohl auch der Umstand bei, daß man nie volle Klarheit darüber gewonnen hatte, ob er wirklich umgekommen war oder nicht.

Ditte trauerte eigentlich nicht um ihn, hatte ihn vielmehr bei der Arbeit in ihren Gedanken lieb wie früher. Sie hatte all die Mühsal, die er ihr bereitet hatte, vergessen und gedachte seiner bloß als eines Menschen, der grenzenlos gut war und ihrer bedurfte, eines großen Kindes!

Dann ging es ihr allmählich auf, daß er unwiderruflich fort war, und eines Tages war sie sich auch darüber klar, daß es so am besten war. Der Kampf ums Dasein war schwer genug; noch ärger wär's gewesen, wenn sie auch ihn zu versorgen gehabt hätte. Als sie sein Kind geboren hatte, ging eine Veränderung in ihr vor: Karl beschäftigte ihre Gedanken mehr und mehr; kam er nur ein wenig später als gewöhnlich, so wurde sie unruhig. Er war stark, und sie sah zu ihm auf; wie schön würde es sein, die Verantwortung von sich abzutun und mit ihm zu leben. Wenn sie ihn liebhatte, warum konnte sie ihm dann nicht Wärme geben? Weil zuviel zwischen ihnen geschehen war? Ditte wußte es nicht; daß aber ein Hemmnis da war, das sie hinderte, sich ihm hinzugeben, das wußte sie. Aber warum half er ihr nicht darüber hinweg? Warum umfaßte er sie nicht, nahm sie nicht einfach? Ditte fragte sich manchmal, ob er wohl ein richtiger Mann sei.

Karl hatte recht. Fräulein Jensen war ein rechter Ausbeuter gewesen. Nun, da Ditte direkt für ein Lager arbeitete, konnte sie sehr wohl einen ordentlichen Tagelohn verdienen, wenn es nur genug zu tun gab. Aber die schlechten Zeiten zwangen viele Arbeiter dazu, die schwarze Kragenbinde zu sparen und sich wochentags mit dem Hemd zu begnügen; ganz konnte sie nicht auf die Arbeit außer dem Hause verzichten; glücklicherweise hatte sie die besten Stellen noch nicht aufgegeben. Die meisten Tage in der Woche brachte sie jedoch zu Hause bei den Kindern zu; dann konnte sie sie versorgen und beaufsichtigen. Not tat das wahrlich; sie waren ja beinahe schon verwahrlost, das entdeckte sie jetzt.

Eines Tages, als sie etwas früher als gewöhnlich von der Arbeit heimkam, war die kleine Anna weggelaufen. Es war schon früher vorgekommen, ohne daß sie etwas davon erfahren hatte; Peter und die alte Rasmussen hatten das Kind beizeiten wieder eingefangen. Ditte bekam einen gehörigen Schreck, warf die Schürze hin und stürzte hinaus, stürmte durch das ganze Viertel und fragte alle Kinder, die sie traf. Es konnte ein Unglück geschehen sein; der Gedanke daran war nicht zu ertragen. Und im besten Fall, wenn die Kleine unversehrt war, wurde sie zur Polizei gebracht. Bei dieser Vorstellung stöhnte Ditte vor Schmerz; sie mußte stehenbleiben und Atem holen, die Hand gegen die Herzgrube gepreßt, wo es sehr weh tat. Bekam die Polizei Wind von ihrem kleinen Nest, so riß man es ein. Sie hatte ja keine Pflegeerlaubnis! Weinend kehrte sie nach Hause zurück, in der Hoffnung, daß die Kleine vielleicht zurückgekommen war. Peter und die Alte saßen oben am Fenster und spähten hinunter. Sie sah es ihnen an, daß Anna nicht da war.

Nun mußte sie zur Polizei gehen; es blieb nichts anderes übrig – sie mußte selber den Kopf auf den Block legen. Sie ging hinauf, um ein anderes Kleid anzuziehen.

„So war es neulich auch", sagte Peter. „Aber da hab ich sie wieder erwischt."

Die Alte machte ihm Zeichen. „Was – ist sie schon früher weggelaufen?" rief Ditte.

„Ja – ich hab sie weit drüben in der Adelgade gefunden. Sie wollte zur Großmutter, sagte sie."

Im Nu war Ditte wieder unten auf der Straße und lief nach Nyboder hinaus, wo eine Verwandte des Arbeiters Svendsen wohnte, eine alte Frau, die Witwe eines Lotsen der Flotte, die jetzt Altersrente bekam. Sie war über achtzig und lag den größten Teil der Zeit zu Bett. Das Kind hatte sie ein paarmal zusammen mit seinem Vater besucht.

Es war unfaßlich, daß die Kleine sich ihrer noch erinnern sollte; und ebenso unglaublich, daß sie den Weg dorthin gefunden haben sollte. Und doch war sie wirklich da; die alte Frau war gerade im Begriff, einen Jungen mit ihr zurückzuschicken.

„Was für einen Schreck du mir eingejagt hast, Kind!" sagte Ditte, als sie auf dem Rückweg waren. „Das Herz tut mir ganz weh davon." Sie mußte den Arm gegen die Brust drücken, um die Schmerzen zu lindern. Wenn sie zu Hause waren, sollte die Kleine eine gehörige Tracht Prügel kriegen, und die alte Rasmussen sollte ordentlich ausgescholten werden, weil sie Geheimnisse mit den Kindern hatte und die Kleinen aufforderte, ihrer Mutter nicht die Wahrheit zu sagen. Ditte war sehr aufgebracht.

Aber der Heimweg nahm Zeit in Anspruch, da sie ganz erschöpft war von dem Schreck und dem Laufen; als sie angelangt waren, war ihr Zorn verraucht. Sie war froh, daß es so war, sonst wäre sie zu streng gewesen – und hätte es hernach bereut. Nun war man ja mit dem Schrecken davongekommen. Die alte Rasmussen war ein braves altes Geschöpf und tat wahrhaftig ihr Bestes; sie war der Sache bloß nicht gewachsen. Und das Kind – ja, wie oft war sie nicht selber als kleines Kind von zu Hause weggerannt zur Großmutter! Und hätte Prügel dafür gekriegt, wenn nicht Lars Peter sie beschützt hätte.

Lars Peter – ja, wie gut und nachsichtig war der gewesen – immer hatte er sie beschützt. Und wie hatte sie's ihm gelohnt? Gutes hatte sie ihm mit Bösem heimgezahlt, jawohl. Reue ergriff plötzlich Ditte; der Schreck und der Zorn und die Erleichterung schlugen auf einmal um in ein böses Gewissen und den Drang, Versöhnlichkeit zu zeigen. Sie war so dankbar dafür, daß sie Anna zurückbekommen hatte, ohne daß etwas geschehen war, und nahm darum gern alle Schuld auf sich – es verlangte sie danach, sich irgendeinem Menschen erkenntlich zu erweisen. Und da Sine der einzige Mensch auf Erden war, von dem sie glaubte, daß er ihr Unrecht getan habe, tat sie ihr Abbitte. Inwiefern war es böse, daß sie gern emporwollte? Sie war tüchtig, versah ihr Hauswesen gut und war Lars Peter in jeder Hinsicht eine gute Ehefrau. Ditte war bloß neidisch auf sie – das war alles.

Als die Kinder zu Bett gebracht waren, ging sie in die Istedgade. Die Familie saß beim Abendbrot, als sie kam; die Stimmung war etwas gedrückt. Else und ihr Bräutigam zankten sich wie gewöhnlich; sie waren wie die Kinder, vertragen konnten sie sich nicht und einander fernbleiben auch nicht. Else hatte am Abend vorher zu lange mit einem andern getanzt, deswegen war Hjalmar gekränkt. „Er hat nachher auch bei dir gesessen und deine Hand gehalten – ich hab es wohl gesehen", sagte er düster.

„Ah, sei du bloß still, du kannst mir nichts vorwerfen", erwiderte Else. „Du hast selber Mary auf den Hals geküßt, als du ihr die Boa umlegen halfst – meinst du vielleicht, ich hätt es nicht gesehn?" So ging es weiter, bis es damit endete, daß Else heulend in die Küche lief.

„Ihr seid mir die Richtigen!" sagte Lars Peter und sah von einem zum anderen; er konnte sie nicht bändigen. Sine sagte nichts.

Aber kurz darauf waren die beiden wieder gut Freund und gingen zusammen fort. Sie wollten ins Theater.

„Oh, wie gut das tut, Ruhe zu haben", sagte Lars Peter, als sie zur Tür hinaus waren. „Dann kann man's sich doch auch ein bißchen gemütlich machen." Er rückte den Lehnstuhl an die Lampe und fing an, seine Zeitung zu lesen. Wenn der Schwiegersohn da war, saß er immer zurückgelehnt in seinem Stuhl.

„Warum habt ihr ihn denn immer auf dem Hals?" fragte Ditte.

Ja, er habe keine andere Bleibe; und die beiden könnten einander auch nicht missen. Etwas verdiente er. Wenn man nicht riskieren wollte, daß er unter die Räder kam, so mußte man ihn zu den Mahlzeiten einladen.

„Ihr solltet ihn lieber ganz zu euch ziehen lassen", sagte Ditte ein wenig ironisch.

„Wir haben davon gesprochen, Mutter und ich", erwiderte Lars Peter ernst. „Aber wenn's nu mal zum Krach zwischen ihnen kommt, dann wird es ja natürlich am besten, wenn die Freundschaft nicht zu dick ist!"

Ditte dachte sich das ihre bei alledem. Aber sie war nicht dazu geschaffen, zu sagen, was sie dachte; darum schwieg sie.

Sie konnte an verschiedenem merken, daß es Lars Peter nicht sonderlich gut ging. „Steht's schlecht mit dem Geschäft?" fragte sie.

„Viel ist nicht dran", antwortete Lars Peter. „Die Leute, von denen wir leben sollen, haben kein Geld, irgendwas zu kaufen."

„Vater zahlt zuviel für die Sachen – und kriegt zuwenig für sie", warf Sine ein.

„Man kann ja nicht gut leben von der Not der andern – das ist die Geschichte", sagte Lars Peter. „Das ist gar nicht so einfach, wenn sie mit ihren Klamotten ankommen – 'nem Deckbett oder was anderm, das sie, wie man weiß, in der Kälte selber bitter nötig brauchen. Man kann's kaum übers Herz bringen, es ihnen abzukaufen. Sollt man obendrein ihre Not dazu ausnützen, sie zu übervorteilen?"

„Nee, Vater hat sie die Sachen oft behalten lassen und ihnen Geld geliehen, wenn er wußte, daß sie das, was sie verkaufen wollten, schlecht entbehren konnten."

„Ja, und dann sind sie zum Konkurrenten auf der anderen Seite der Straße gegangen – und man stand da. Das ist gar nicht so einfach."

Sine lachte. „Nein, nicht auf die Art."

„Ja, was denn – du willst doch nicht, daß wir den armen Leuten das Fell über die Ohren ziehen?"

Nein, das wollte Sine nicht. „Ich weiß bloß, daß man nicht pusten und zugleich Mehl im Mund haben kann! Die, die hart zupacken, leben und gedeihen, und wir machen pleite. Glaubst du denn, daß den armen Leuten damit gedient ist?"

„Nein, das ist gar nicht so einfach – man möcht ja auch selber existieren. Aber arg ist's, vom Elend leben zu müssen – und das muß der Trödler." Lars Peter gefiel das alles nicht.

Aber dann ging Sine ins Schlafzimmer und holte das Kleine, das wach geworden war, und das munterte ihn wieder auf. Sine war wieder in anderen Umständen; daß sie noch mehr Kinder bekamen, genierte Ditte; sie wußte selber nicht warum. Und doch war es ergötzlich zu sehen, wie Lars Peter wieder jung und frisch wurde, sobald er so ein kleines Wesen in die Hände bekam. Er hob das Kleine bis zur Decke und sang vor Entzücken. Und das Kindchen riß an seinem Haarkranz, schmatzte mit dem Mündchen auf seiner großen Glatze und kreischte vor Freude. So hatte Ditte ihn in Erinnerung von der Zeit her, wo sie selber klein war – lärmend und froh! Und herumgetollt waren die Kleinen immer mit ihm. Und noch vor ihrer eigenen Zeit – lange, lange war das her – hatte er mit einem anderen Kinderschwarm getollt und gescherzt, der auf geheimnisvolle Weise aus seinem Dasein verschwunden war – wie, hatte sie nie in Erfahrung gebracht.

Lars Peter war nicht umzubringen!

10

Der Gratulant stellt seine Fahrten ein

Herr Kramer war in der letzten Zeit sehr sonderbar gewesen. Was war in ihn gefahren? Er bummelte nicht, sondern kam früh nach Hause und kroch ins Bett. Es gab Tage, da er überhaupt nicht aufstand, sondern sich im Bett vergrub und das Deckbett über die Nase zog. Es war kalt in seiner Stube, und sein Blut hielt die Wärme nicht. „Es ist zu blau", sagte er. „Man ist aus altem Geschlecht. Sie brauchen sich bloß mal die Nase anzusehen." Ditte brachte ihm die Zeitung, aber er machte sich nichts aus dem Lesen.

Gewiß, er war aus guter Familie, aber was half das, wenn die Familie einen, wie in diesem Fall, auf den Hund kommen ließ. Die alte Rasmussen hatte recht, Familie sollte man sich so wenig wie möglich wünschen.

Eines Tages brachte ihn Herz-Bart nach Hause geschleppt; er hatte auf Kongens Nytorv einen Anfall gekriegt und konnte kaum auf den Beinen stehen. Der Idiot war zufällig in der Nähe gewesen und hatte sich zum Glück seiner annehmen können; sonst hätte die Polizei den armen Kerl gewiß ins Armenhaus gesteckt, so mitgenommen, wie er aussah. Er zitterte wie ein kranker Hund, als man ihn zu Bett brachte. „Er kriegt zuwenig Alkohol", flüsterte Herz-Bart. Und obwohl dieser Idiot das sagte, war Ditte im Grunde derselben Ansicht.

Nun lag er also da, wie er es in seinem Rausch vorhergesagt hatte, und Ditte konnte ihm Hafersuppe kochen. „Schmeißen Sie ihn raus!" sagten die anderen Frauen. „Sie werden doch wohl nicht eine erwachsene Mannsperson mit versorgen wollen – so 'n Jammerlappen! Wenn's Hirnerweichung is, kann er zwanzig Jahre so liegen! Übergeben Sie ihn der Polizei, dann kommt er ins Krankenhaus!" Aber das brachte Ditte nicht übers Herz. Er war ihr Mieter, damit war die Sache erledigt. Er mochte selbst schuld an seinem Zustand sein – ein elendes Leben hatte er geführt, in Kneipen herumgelegen und nie regelmäßig zu essen bekommen. Aber Ditte verspürte keine Neigung, nach der Schuld zu fragen. Dann hatte man viel zu tun, wenn man nach der Schuld für all das Elend forschen wollte. Er war hilfsbedürftig; das genügte ihr.

Was ihm eigentlich fehlte, war nicht leicht festzustellen. Karl kannte einen Arzt, der auf seiten der unzufriedenen Arbeiter stand und keine Bezahlung verlangte, wenn man ihn holen ließ. Aber der Gratulant wollte nichts davon wissen. Ihm war alles gleich, und er machte sich über den eigenen Zustand lustig. „Sie haben ja selber gehört, was mir fehlt, der Idiot hat's Ihnen ja zugeflüstert", sagte er boshaft. „Sollte das nicht genügen, wenn der Idiot es gesagt hat?"

Eines Tages klopfte er an die Wand; und als Ditte kam, lag er mit feierlicher Miene da. „Wollen Sie wissen, was mir fehlt?" fragte er ernst. „Dann sollen Sie's erfahren – Blutvergiftung ist es, eine böse Blutvergiftung. Ich hab sie an dem Tag gekriegt, als ich der Gnädigen Aug in Auge gegenüberstand – meiner Verflossenen also. Das war zuviel."

Ditte mußte dafür sorgen, daß er wenigstens etwas zu essen bekam, sonst verhungerte er ja.

„Na, wie geht es, Herr Kramer, können Sie heute aufstehen?" fragte sie am Morgen, wenn sie den Kaffee zu ihm hineinbrachte.

„Das weiß ich wirklich nicht. Wozu soll ich denn auch aufstehn? Wollen Sie mir das bitte sagen?"

„Um was zu verdienen – und um an der frischen Luft sein zu können. Sie verkommen ja hier."

„Ja, was denn, das ist wohl kein Schade!"

Später am Tage brachte sie ihm etwas Warmes – was sie gerade hatte.

„Was zum Kuckuck soll das heißen? Behalten Sie Ihr Essen und lassen Sie mich in Frieden!" sagte er regelmäßig. „Ich will Ihre Barmherzigkeitssuppe nicht."

„Aber Sie trinken doch den Morgenkaffee", erwiderte Ditte spitzfindig.

„Ja, zum Henker noch mal, das ist wohl was anderes – der rechnet ja mit zum Logis", rief er aufgebracht. So war es allerdings, aber er bezahlte das Logis ja nicht – da kam es wohl auf eins heraus. Nun, Ditte ging hinaus und ließ das Essen stehen, und wenn sie gegen Abend hereinkam, hatte er es doch gegessen. Mit verbissen-boshafter Miene pflegte er dann dazuliegen.

„Jetzt bilden Sie sich mächtig was ein, wie?" sagte er. „Ich kann's Ihren Augen ansehn, wie Sie sich freuen. Frauen sind immer am glücklichsten, wenn sie recht kriegen, und wenn sie auch selber Schaden davon haben. Wissen Sie, was Sie sollten, Frau Hansen? Auf die Straße sollten Sie mich werfen! Denn Miete kriegen Sie trotzdem nie von mir – und wenn ich Millionär würde. Verstanden?"

„Das meinen Sie ja gar nicht ernst – so schlecht sind Sie nicht. Sie tun bloß so böse. In Wirklichkeit ..."

„Was denn – Wirklichkeit?" Er hob den Kopf. „Was denn? Was denn?" fragte er bissig.

„Ach, nichts." Ditte schloß den Mund fest, nun war sie aufgebracht.

„Also nichts meinten Sie, was? Soll ich Ihnen sagen, was Sie meinten? Daß ich in Wirklichkeit ein guter Kerl bin. Aber Sie können mir glauben, daß das nicht stimmt; dann läg ich nicht hier. Die Guten schlägt man nicht nieder – die benutzt man. Aber Sie sind zu gutmütig, darum kann ich Sie nicht ausstehn. Den gutmütigen Einfaltspinseln sollte man die Haut abziehn."

„Das geschieht auch, ohne daß man nachhilft", erwiderte Ditte und schlug die Tür hinter sich zu.

„Ja, aber bei lebendigem Leibe – ich will, daß die allzu gutmütigen Menschen lebendig geschunden werden!" rief er ihr nach. Ditte tat, als höre sie es nicht.

So faselte er. Ob er wirklich ernstlich krank war oder bloß gallig, war nicht leicht zu entscheiden.

„Wie ist das – Sie glauben doch an die Gerechtigkeit, Frau Hansen?" fragte er eines Morgens, als Ditte hereinkam.

„Das weiß ich nicht – aber vielleicht tu ich's", erwiderte Ditte.

„Jawohl, Sie glauben daran – wir wollen uns gegenseitig bloß nichts vormachen! Jedenfalls glauben Sie, daß man Gerechtigkeit üben und Mitleid haben soll, der Teufel soll mich holen! Man soll gut zu den Unglücklichen sein, was? Zu solch verkommenen Individuen wie dem Gratulanten, was? Am liebsten zu einem, mit dem's rückwärtsgegangen ist – das ist so rührend! Aber wissen Sie, *was* es ist? Ich hab heut nacht über diese Dinge nachgedacht, und das Ganze ist weiß Gott ein Hundefraß. Denn was bedeutet das, daß es mit einem Menschen rückwärtsgegangen ist? Wenn ich mein Gewissen dem Teufel verschreibe und es gut bezahlt kriege, dann fällt es keinem Menschen ein zu sagen, es wäre rückwärts mit mir gegangen. Widersteh ich aber der Versuchung, halt ich meinen Schweinestall rein und nehme die Folgen auf mich – ja, dann ist es bergab mit einem gegangen, dann ist man ein mißlungenes Individuum. – Sollt man sich da nicht einen Rausch antrinken? – Nehmen Sie sich mal selbst. Sie haben viele Fehler, aber das Herz ist in Ordnung, Sie sind das anständigste Frauenzimmer hier im Haus – jawohl, das sind Sie. Aber Sie machen die Treppen rein; das ist nicht fein, nicht mal in einem Kasten wie dem hier. Und was ist die Folge davon? Daß man Sie nicht gnädige Frau, sondern Reinmachefrau nennt; das armseligste Weib im Haus nimmt sich das Recht, auf Sie herabzusehen – Sie sind Reinmachefrau, bitte schön! Und da soll man sich keinen Rausch antrinken? Gesindel sind die Menschen und nichts andres."

„Manche sind es", meinte Ditte.

„Nein, sie sind es alle – das ist das Traurige an der Sache. Man hätt es bloß ein paar Jahre früher entdecken sollen, dann läg man nicht hier und schwitzte Alkohol und Galle aus! Aber der Gott oder Satan, der den Kramer geschaffen hat, hat einen Optimisten aus ihm gemacht, verstehn Sie – so einen Simpel, der an das Gute glaubt. Man fühlt ja Verantwortung als das höchste Wesen, das die Schöpfung nach dem Bilde Gottes schuf – man hatte erhabene Ideale. Der Henker soll übrigens wissen, woher man sie hatte – von der

Umgebung sicher nicht. Man wurde vielmehr etwas von der Seite angesehn – der junge Mensch mit den Idealen wurde man genannt. Gott behüte, Respekt vor aller edlen Denkungsart – wenn sie einen nur nicht zu Dummheiten verleitet. Man wartete sozusagen von Stunde zu Stunde darauf, daß ich eine Dummheit machen würde.

Aber es ging alles sehr gut, trotz der Ideale; man bestand sein Examen, bekam eine gute Stellung, machte eine reiche Partie, kriegte ein prächtiges Heim – aber *trotz* der Ideale, wie gesagt. Die waren noch auf keine besondere Probe gestellt worden, verstehen Sie. Der Umgebung imponierte es – daß sich das vereinigen ließ; dann war's also doch ganz einfach, Ideale zu haben. Es nahm sich obendrein gut aus – darauf mußte man sich verlegen. – Haben Sie Schweine mit Goldplomben im Mund gesehn? Ich hab welche gesehn! Sollt man sich da nicht einen gehörigen Rausch antrinken?

Na, eines schönen Tages wurde dann ja die Probe aufs Exempel gemacht; es handelte sich um ein elendes Telegramm. Der Großspekulant, der die riesige Telegrafengesellschaft gegründet hatte, meinte, er hätte das erste Recht darauf, in die Telegramme zu gucken – auch in die an seine Konkurrenten. Darum hatte er ja eigentlich die Gesellschaft gegründet – nicht um als guter Patriot dem Vaterland zu dienen, wie es so schön heißt. Aber sein erster Untergebener meinte: Nein. Das Telegrammgeheimnis sei heilig, behauptete er."

„Ja, aber das war doch richtig gehandelt!" rief Ditte aus. „Daran war doch nichts allzu Gutmütiges."

„Richtig gehandelt – ja, von einem Idioten! Als ob es mir nicht vollkommen Wurst sein könnte, ob die Hunde die Schweine oder die Schweine die Hunde fressen. Herrgott, war man damals dumm! Selbstverständlich war ich mir ganz klar darüber, wie teuer mich die Sache zu stehen kommen würde. Man kam sich wie ein Held vor, als man die Treppe hinuntergeworfen wurde, wie ein Märtyrer der Gerechtigkeit. Und man zog aus, sich eine neue Stellung zu suchen, ganz aufgebläht von seinem guten Gewissen; natürlich standen die Leute mit offenen Armen da, um den Helden zu empfangen! Verzeihung, der Weg war abgesperrt! Das mächtige Finanzgenie hatte lange Arme – niemand getraute sich, den Helden in seine Dienste zu nehmen. Sogar der Konkurrent, der mit Hilfe der eigenen Börsentelegramme aus dem Feld geschlagen werden sollte, zuckte mit den Achseln. Tja, er habe wohl gewußt, daß so etwas gemacht werde, und er wolle auch gerne versuchen, mir meine alte Stellung wieder zu verschaffen, wenn ich mich verpflichte, ihm die Telegramme meines Prinzipals auszuliefern. So ist das Gesindel; als rechtschaffnen Mann konnte er mich ganz und gar nicht brauchen – wohl aber als Gauner. Und da sollt man sich nicht auf den Suff verlegen, was?"

„Aber sind Sie denn nicht zur Presse gegangen?" fragte Ditte. „Die nimmt sich doch derjenigen an, die Unrecht leiden!"

„Die Presse – i du heilige Einfalt!" Kramer wandte die Augen zum Himmel. „Ja, ich bin übrigens hingegangen, liebe Unschuld, Sie – ich war ja damals auch noch so ein Einfaltspinsel. Aber ich wurde überall abgewiesen. Es könne keineswegs als Aufgabe der Presse betrachtet werden, einen der besten Söhne des Landes anzugreifen, entgegnete man mir. Man hat dann wohl Seine Gnaden telefonisch unterrichtet – vermutlich, um Geld dabei herauszuschlagen. Denn eines Morgens enthielten alle Käseblättchen eine Geschichte von einem verrückten Menschen, der wegen Mißlichkeiten aus den Diensten des großen Finanzgenies entlassen worden sei und der nun – zum Dank dafür, daß man ihn nicht anzeigte – Seine Exzellenz verfolge und sozusagen sein Leben bedrohe. Jedermann konnte ohne weiteres erkennen, daß ich gemeint war; sofort war ich ganz unmöglich; selbst die, die mir am nächsten standen, begannen einzusehen, daß ich ein Tropf sei. Man hatte ja übrigens immer so etwas erwartet. Es war nichts mehr an einem, man taugte nichts, weder als Versorger noch im gesellschaftlichen Leben. Die Gnädige suchte Händel und hetzte die Mädchen gegen mich auf, und eines Tages rückten sie aus und zogen zu den Alten. Der Jux war vorbei.

Als es so weit gekommen war, da hab ich den Verstand

verloren – wissen Sie, was ich getan habe? Ich hab einen großen Blumenstrauß gekauft und bin damit zur Exzellenz gegangen. Es waren viele Gratulanten da, denn er hatte irgendeinen großen Tag; und ich richtete ihm meinen Glückwunsch aus, so boshaft ich konnte. Danke sehr! sagte er lächelnd. Vielen Dank! Dabei überreichte er mir einen Hundertkronenschein – und da stand ich! Er hatte noch einmal gesiegt. Zum Henker, sollt man sich da nicht vollsaufen? Und ich hab's getan. Ich betrank mich wie ein Schwein – um es dem übrigen Pack gleichzutun. Du kannst nicht konkurrieren, bevor du dich nicht so recht im Dreck herumgewälzt hast, sagte ich mir.

Auf diese Weise bin ich übrigens darauf verfallen, zu den Leuten zu gehn und zu gratulieren. Ein schlechtes Geschäft war's nicht, besonders im Anfang; denn man drehte ja sozusagen vor ihren Augen das Messer in der Wunde herum. Und dann griffen sie nach ihrem Geldbeutel, um das nicht mit ansehn zu müssen. Ich erledigte sie der Reihe nach – die ganze Sippe; und die teuersten Blumen nahm man nicht gerade, wie Sie begreifen werden. Aber allmählich vergaßen die Leute ja den Ursprung der ganzen Sache, und es blieb nur ein armes Subjekt übrig, das man mit einer Krone oder zweien abspeisen konnte."

„Ich hab geglaubt, Sie wären meistens zu Schauspielern, Schriftstellern und solchen Leuten gegangen", sagte Ditte.

„Das kam später, als es schlecht ging und man alles mitnehmen mußte. Ja, Sie können's mir glauben, man hat's mir feste gegeben – zum Dank für meinen Glauben an die Welt. Es gibt nur zweierlei Menschen – die Rechtschaffenen und die Schurken; und die Schurken schwimmen obenauf; die andern gehn zugrunde, die sind zu schwer. Ihr Bräutigam will ja die menschliche Gesellschaft reformieren; ich hab's durch die Wand gehört, und es hat mir Spaß gemacht."

„Karl vom Bakkehof ist nicht mein Bräutigam", sagte Ditte und bekam einen roten Kopf.

Kramer machte eine abwehrende Bewegung. „Keine vertraulichen Mitteilungen, wenn ich bitten darf. Er ist sozialer Reformator – *das* interessiert mich in diesem Zusammenhang. Denn wissen Sie, was das Proletariat niederdrückt? Die Rechtschaffenheit. Beseitigen Sie die, dann ist das Problem gelöst."

So schwatzte er in einem fort. Er war recht umgänglich; es war, als ob sein Sinn von Tag zu Tag milder würde. Aber gleichzeitig wurde er auch immer schwächer. Einige Tage darauf bereute er seine Offenherzigkeit. „Ich hab Ihnen da neulich ordentlich was vorgefaselt", sagte er. „Na, Sie glauben ja nicht alles, was man Ihnen weismacht." Aber Ditte wußte, was sie wußte; Mutter Geismar kannte seine Familienverhältnisse genau, als sie erst auf die Spur gebracht worden war. Er war mit der Tochter eines reichen Holzhändlers verheiratet gewesen, die eine Villa an der See bewohnte. Seine Töchter waren mit Offizieren verheiratet; sie hatten vom Großvater eine stattliche Mitgift bekommen.

Es war sonderbar, daß er so plötzlich auflebte; nach Alkohol schien er gar kein Verlangen mehr zu haben. Aber er schwatzte gern; Ditte mußte ihre Arbeit mitbringen und sich zu ihm setzen. Dann plauderte er in einem Wirtshausjargon und erzählte näselnd von all den Schelmenstreichen, die er hatte aushecken müssen, um das Geschäft in Gang zu halten. Er hatte Schauspielern und Sängern Sträuße gebracht von einer „Verehrerin, die ihren Namen nicht zu nennen wünschte", natürlich ihrer hohen Stellung wegen; debütierenden Schriftstellern hatte er als erster im Namen der Nation gehuldigt; bis an den Hof hatte er sich gewagt – als „Stimme des namenlosen Volkes".

„Aber das ist ja entsetzlich", sagte Ditte lachend. „Wie konnten Sie nur auf all das verfallen! Ein anderer hätte nicht genug Grips dazu gehabt."

„Entsetzlich? Ach, es war ein sehr segensreiches Gewerbe, wissen Sie. Es haben nicht viele Menschen so viel Freude in die Häuser gebracht wie der Gratulant. Und was hat man davon? Sie können Gift drauf nehmen, daß Grips dazu gehört! Immerzu mußte man die Sache ausdehnen, damit das Ganze nicht stillstand. Man konnte sich ja nicht oft an derselben Stelle sehen lassen. Eine ganz neue Branche hat man in der nationalen Industrie geschaffen; ein Jammer ist's nur, daß keiner da ist, dem man das Geschäft hinterlassen kann. – Wollen Sie nun heut nachmittag den Anzug versetzen?"

Nein, Ditte wollte das nicht. „Sie können Ihre Kleider, in denen Sie jeden Tag gehen, nicht entbehren", sagte sie.

„Ich steh doch nicht mehr auf", erwiderte er. „Ich bin am Ende. Und das ist ein großartiger Gedanke. Man ertappt sich förmlich dabei, daß man daliegt und es *genießt*, daß man nicht mehr hier unten herumzustolzieren braucht. Es wird recht hübsch sein, wenn man auf einer nassen Wolke sitzt und Halleluja singt – und sich über das ganze Theater lustig macht."

Am Nachmittag, während Ditte fort war, ließ er durch die alte Rasmussen seine Sachen versetzen. „Nehmen Sie auch Stiefel, Hut und Stock mit, ja!" sagte er. „Dann ist keine Gefahr mehr, daß man wieder aufsteht!" Nun hatte er noch das Hemd.

Aber ein oder zwei Tage später stand er trotzdem auf und lief im bloßen Hemd draußen auf dem Flur herum. Er hatte einen Anfall. Die Frauen mußten den Kutscher vom Bäcker heraufholen, damit er ihn ins Bett brachte. „Der is aus Jütland, 's is so ein solider Mensch!" sagten sie; und Läborg nahm ihn ruhig und bedächtig auf den Arm, als wäre der Gratulant ein kleines Kind, trug ihn ins Zimmer und legte ihn ins Bett. Ditte hatte nun nichts mehr dagegen, daß er ins Krankenhaus kam; sie getraute sich nicht, nachts mit ihm allein zu sein. Aber das war leichter gesagt als getan; man mußte einen Aufnahmeschein haben – und im übrigen warten, bis Platz war. Und das konnte recht gut eine Ewigkeit dauern; die alte Rasmussen hatte ein Jahr nach dem Tode ihres Mannes die Mitteilung bekommen, daß man nun Platz für ihn habe.

„Nichts leichter als das – wenn nur jemand einen Schutzmann kennt!" sagte Mutter Geismar. „Die Polizei ordnet alles." Die Frau des Kutschers Olsen hatte einen Bruder, der war Schutzmann, und der wurde benachrichtigt. Er requirierte den Krankenwagen und fuhr den Gratulanten ins Krankenhaus. „Jetzt *müssen* sie ihn nehmen!" sagte die Geismar, während man dem Wagen nachschaute; es hatte sich ein Menschenauflauf auf dem Hof und der Straße gebildet. „Da wären Sie aus der Verlegenheit raus, Frau Hansen."

Ditte antwortete nicht, sie stand von den anderen abgewandt und starrte mit bebenden Zügen dem Wagen nach. Mit schweren Beinen ging sie hinauf, in die Stube des Gratulanten. Sie setzte sich auf den Bettrand und weinte.

11
Alltag

Und dann war es wieder Winter mit Schnee, Frost und Kälte. Der Sommer galoppierte; kaum hatte man die Sachen von der Pfandleihe eingelöst, so konnte man sie wieder hintragen. Bei der alten Rasmussen stand kein Ofen; und woher hätte sie auch etwas zum Einheizen nehmen sollen, wenn wirklich einer dagewesen wäre! Sie konnte sich des Nachts nicht warm halten, ihr Blut war zu dünn; alle ihre alten Kleider legte sie oben auf das Deckbett, und es half doch nichts. Das Wasser gefror ihr in Kanne und Eimer. Ditte brachte sie in das Zimmer des Gratulanten hinüber; da war es wärmer, und die Tür konnte in der Nacht offenstehen, dann zog immer etwas Wärme hinein. „Vorläufig", sagte Ditte. „Kommt er wieder, so finden wir einen andern Ausweg für Euch, Mutter." Kramer sollte wissen, daß er eine Zufluchtsstätte hatte, wenn er wieder aus dem Krankenhaus entlassen werden sollte. Im übrigen bestand keine Aussicht darauf. Ditte hatte ihn ein paarmal im städtischen Krankenhaus besucht, es ging ihm immer schlechter.

Es war ganz angenehm, die Alte in der Nähe zu haben, so daß man ihr des Nachts helfen konnte, wenn's not tat; Ditte schlief ruhiger. Und es hatte auch den Vorteil, daß Karl sein Logis kündigen und das Loch der alten Rasmussen beziehen konnte. Dann sparte man das Geld, und auch er war in der Nähe. Es galt, sich zusammenzuschließen gegen die gemeinsamen Feinde, die Kälte und die Arbeitslosigkeit; sie machten einem ohnehin genug zu schaffen.

Karl hatte in seinem Beruf keine Arbeit, er ernährte sich durch Gelegenheitsarbeiten, ging auf den Gemüsemarkt, an den Hafen und auf den Viehmarkt, überall dahin, wo es Gelegenheitsarbeiten gab. Er trug seine Lederholzschuhe ab; und das bißchen Fett, das er sich im Laufe des Sommers zugelegt hatte, rannte er sich wieder vom Körper; aber er war guter Laune. Das meiste von dem, was er verdiente, brachte er heim, darum freute sich Ditte über die Veränderung; nun konnte sie doch dafür ein wenig für ihn sorgen. Am Abend saß er bei ihr drinnen und las oder arbeitete an Artikeln für eine kleine Zeitung, die die Arbeitslosen selber schrieben und einmal wöchentlich herausgaben. Oder er ging zu einer Versammlung.

„Was erreicht ihr eigentlich auf euren Versammlungen?" fragte Ditte eines Tages. „Voriges Jahr habt ihr auch welche abgehalten, und dies Jahr ist die Arbeitslosigkeit noch schlimmer. Denen ist das doch ganz gleich, was ihr sagt oder unternehmt."

„Ja, großen Eindruck macht es wohl nicht auf sie", gab Karl zu. „Aber wenigstens halten wir uns wach dadurch – und rütteln wohl auch ein paar andre auf. Solange man die Galle rege halten kann, ist man noch nicht ganz auf den Hund gekommen. Übrigens haben die Samariter in diesem Jahr früher aufgemacht als voriges Mal, und die Zeitungen machen Reklame, um die Wohltätigkeit in Gang zu bringen. Etwas Furcht haben sie also doch vor uns."

„Liegt das nicht eher daran, daß ihnen weich ums Herz wird, wenn sie all die Not mit ansehen?" fragte Ditte.

„Das mag sein. Jedenfalls müssen sie die Not sehn, damit es ihnen einfällt, daß sie existiert. Der Hund, der sich in einen Winkel verkriecht und dort seine Wunden leckt, wird von niemand beachtet. Darum haben wir daran gedacht, einen Demonstrationszug durch die Stadt zu veranstalten. Alle, die die Arbeitslosigkeit am ärgsten mitgenommen hat, mit Frauen und Kindern und am liebsten auch dem ganzen Hausrat! In den meisten Fällen kann das ja auf 'nem Ziehwagen transportiert werden. Willst du nicht auch mitmachen? Ich denke, es wird Heiligabend sein, da sind die Herzen ja ein bißchen weicher als gewöhnlich."

Nein, Ditte wollte nicht dabeisein und ihre Lumpen zur Schau stellen; sie wollte sich allein durchschlagen. „Wozu wollt ihr das tun?" sagte sie. „Ist doch eine sonderbare Idee von euch."

„Wir wollen Respekt vor den Lumpen verlangen und die Wohltätigkeit in ein Mauseloch jagen; es schadet nichts, wenn man sieht, wie zahlreich wir sind! – Aber es kann gut sein, daß wir bis später in den Winter hinein warten. Es ist noch reichlich früh!"

„Fast hört es sich an, als ob du mit der Not und dem Elend spekuliertest", sagte Ditte mit leisem Vorwurf.

„Das tu ich auch, du! Unter den Frommen zu Hause hieß es immer, Not und Leiden dienten dazu, den Menschen Gott zuzuführen. Jetzt versteh ich erst den Sinn – die Hungrigen sollen in darbende Seelen verwandelt werden!"

Ditte lauschte. Sie begann, hinter seinen Worten einen tieferen Sinn zu ahnen, und fegte Karl nicht mehr in Gedanken weg. „Aber was willst du denn mit den armen Wesen anfangen, die nicht zu darbenden Seelen werden können, sondern nur zu essen haben wollen, wenn sie hungrig sind – mit mir zum Beispiel?" fragte sie ernst.

Karl blickte sie froh überrascht an; das war das erstemal, daß sie sich nicht ganz abweisend verhielt, sondern auf seinen Gedankengang einging. „Für dich bedeutet das Ganze nichts, aber du bedeutest etwas für uns!"

„Ich? Die ich kaum ein Wort von all dem verstehe?" Erschrocken sah sie ihn an.

„Ja, denn du bleibst dir immer gleich, ob's dir schlecht oder gut geht; einerlei, ob du auf einen Thron zu sitzen kommst oder in den Dreckgraben, ich bin überzeugt, daß du immer dieselbe sein würdest. An dir kann und darf nichts verändert werden, denn wir marschieren ja gewissermaßen auf dich zu. So wie dein Herz schlägt, müßte das Herz der ganzen Welt schlagen, dann wär's hier gut sein!"

„Das wäre gewiß kein Glück", sagte Ditte mit rotem Kopf, „denn mein Herz wird immer törichter. Manchmal stößt und hämmert es, und dann wieder steht es ganz still. – Aber nun werd ich versuchen, etwas Brot aufzutreiben, und dann trinken wir Kaffee." Sie lebten in dieser Zeit hauptsächlich von Kaffee und Brot. Sie stand auf und band ein Tuch um.

„Ich geh inzwischen zu dem alten Lumpensammler hinüber", sagte Karl. „Ich hab ihn lange nicht zu sehn gekriegt."

„Dann sag der alten Rasmussen und den Kindern, sie sollen Kaffee trinken kommen", sagte Ditte; „sie hängen auf dem Speicher Wäsche auf. Und bring den Lumpensammler auch mit, wenn er zu Haus ist! – Sag der alten Rasmussen, sie soll Wasser aufstellen!" rief sie unten von der Treppe her.

Im Bäckerladen stand Frau Langhalm und suchte Gebäck zum Nachmittagskaffee aus – Hörnchen und Wiener Brot. Sie war hochschwanger und tat auch nichts, um es zu verbergen; sie forderte förmlich dazu heraus, von ihrem Zustand zu reden, begriff nicht, daß man von etwas anderem sprechen konnte.

„Wie geht es Ihnen, Frau Langhalm?" fragte die Bäckersfrau endlich.

„Ach, es is mir nie so gut gegangen wie jetzt", sagte sie glücklich. „Ich wünschte, ich könnte immer in diesem Zustand sein."

„I du mein Gott!" rief die Frau des Kutschers Olsen unwillkürlich aus. Sie nahm nicht an dem Gespräch teil, es entfuhr ihr bloß so.

„Ja, Frau Olsen hat nämlich achte gehabt", sagte die Bäkkersfrau erläuternd. „Nicht wahr?"

Frau Olsen nickte. „Aber so umfangreich wie die gnädige Frau bin ich noch nie gewesen", sagte sie. „Unsereins hat's immer nach hinten und nach unten gehabt."

Frau Langhalm sah stolz aus, als sie erwiderte: „Ich trag's vorn – so will mein Mann es am liebsten haben. Und das ist auch das gesündeste – für einen selbst und für das Kind. Das hat dann mehr Platz. Oder was meinen Sie, Frau Hansen?"

Ditte wußte nicht recht, was sie sagen sollte.

„Hören Sie, da wir gerade davon sprechen – ich hätte Sie so gern bei mir, während ich liege; Sie verstehn alles so gut anzufassen. Haben Sie viele Kinder gehabt?"

„Ich habe Kinder gewartet, seit ich klein war", erwiderte Ditte ganz verlegen vor Freude über das Lob und die Ehre.

„*Wir* sind froh, daß wir keine Kinder haben", sagte die Bäckersfrau. „Dann braucht einem nicht davor zu grauen, wie man das Auskommen für sie findet. Es ist sowieso nicht leicht, durchzukommen."

„Ja, Sie hören ja auf. Ist es wirklich eine so schlechte Geschäftsgegend? Es tut uns sehr leid, daß wir Sie verlieren."

„Nun, wir haben uns fuffzehn Jahre abgequält und sind doch nicht weitergekommen. Mein Mann will als Geselle gehn; dann hat man wenigstens jede Woche sein Geld."

Ditte hatte sich zurückgehalten – es war so peinlich, um Kredit zu bitten, wenn andere es hören konnten. Nach und nach gingen die anderen, und sie rückte mit ihrem Anliegen heraus.

„Und das soll angeschrieben werden!" sagte die Bäckersfrau. „Ja, ich hab's Ihnen angemerkt; man kennt seine Leute bald. Ja, Sie schulden schon etwas."

„Bloß bis Sonnabend", bat Ditte. „Dann liefere ich Näharbeiten ab, und dann kriegen Sie den ganzen Betrag."

„Ja, sonst geben wir eigentlich keinen Kredit mehr, wir können es nicht mehr. Aber Ihnen kann man nicht gut was abschlagen – wo Sie selber so hilfreich sind. Und dann kaufen Sie nur trocknes Brot, wenn Sie kein Geld haben. Die meisten denken: Wenn wir schon auf Kredit nehmen, so können wir ebensogut Leckereien kaufen. Das ist denn doch ein großer Unterschied."

Ditte eilte mit ihrem Brot hinauf, ihr war froh und leicht zumute. In der Haustür rannte sie dem Kassierer des Nähmaschinengeschäfts gerade in die Arme und bekam einen solchen Schrecken, daß sie zusammenfuhr. „Ich komme eben von Ihnen", sagte er.

„Ach, aber ich hab kein Geld", sagte Ditte und holte Atem. „Hat es nicht Zeit bis zum Sonnabend? Dann bezahl ich das Ganze."

„Ja, das können Sie", sagte er. „Aber es darf sich nichts ansammeln, vergessen Sie das nicht!" Er lachte fast, weil sie so erschrocken war. „Wir fressen die Leute nicht", meinte er und steckte die Quittung in seine Brieftasche zurück.

Oh, wie ihr der Schreck in die Glieder gefahren war! Die Beine zitterten ihr, während sie die düstere Treppe im Seitengebäude hinaufstieg.

Die alte Rasmussen hatte den Kaffee fertig; duftend stand er auf dem Herd. Sie hatte den Kleinen auf dem Schoß und erzählte den beiden anderen Geschichten; sie standen links und rechts neben ihr und schauten ihr gespannt ins Gesicht. Den Mund beobachteten sie; er war zahnlos, und doch wurde darin das Wunderbarste von allem geboren.

Ditte legte die Hand liebkosend auf die Nähmaschine. Sie mußte *fühlen*, daß sie noch da war.

„Ja, der Kassierer war eben da!" sagte die alte Rasmussen. „Aber noch sind sie ja anständig."

„Ich bin ihm in der Haustür begegnet und hab einen solchen Schreck gekriegt – die Beine wollten mich kaum tragen. Aber er hat mir Aufschub gegeben – wie neulich. Aber Sonnabend müssen wir also mit dem Geld herausrücken – einerlei, woher wir's bekommen."

Die alte Rasmussen nickte, mit einer Miene, die deutlich besagte, gerade das habe sie immer erwartet. „Wieviel hast du jetzt abbezahlt?" fragte sie.

„Fünfzig Kronen, Mutter!" erwiderte Ditte stolz und streichelte die Maschine.

„Dann kannst du ganz ruhig sein – noch ist es zu früh. Sie zeigen erst die Krallen, wenn der größte Teil bezahlt ist. Noch bringt es ihnen keinen Vorteil, dir die Maschine zu nehmen. Aber gib ein bißchen acht. Unsereins kennt die Abzahlungsgeschäfte; vielleicht sind sie nur so anständig, um dich zu beruhigen. Es ist, wie wenn die Katze mit der Maus spielt; eines Tages schnappt sie zu."

Die Alte hatte eine Heidenangst vor allem, was Abzahlung hieß; Ditte nahm ihre Worte auch nicht sonderlich ernst. „Ihr seht immer alles so schwarz, Mutter", sagte sie und faßte sie ums Kinn.

„Ja, ja – wollen sehen", sagte die Alte.

Aber wo blieb Onkel Karl? Der Kaffee wurde ja kalt. „Wollt ihr ihn nicht holen, Kinder?" fragte Ditte. Doch in diesem Augenblick kam er.

„Der Lumpensammler war nicht da“, erklärte er ernst. „Das Ganze war weg.“

„Dann hat der Hausverwalter ihn vielleicht hinausgeworfen“, meinte Ditte. „Er hat sich wohl nicht halten können – der arme Kerl!“

„Ich dachte, er wohnte umsonst?“

„Ja – das heißt, er mußte dem Hausverwalter was zustekken.“

„Dürfen wir ein bißchen auf den Hof spielen gehn?“ fragten die Kinder, nachdem man gegessen hatte.

„Nein! Die Luft ist so schlecht da unten. Wenn ich fertig bin, werd ich mit euch spazierengehn – durch den Königsgarten. Nein, ich hab übrigens doch keine Zeit, aber ihr dürft die alte Rasmussen begleiten, wenn sie abliefert.“ Es war Ditte eingefallen, daß sie noch so mancherlei zu erledigen hatte, bevor die neue Arbeit in Angriff genommen werden konnte.

„Ist die Luft im Königsgarten denn nicht schlecht?“ fragten die Kleinen.

„Nein, da ist sie frisch und gut.“

„Warum ist sie dann hier schlecht?“

Ja, das konnte Ditte nicht erklären. „Wohl weil wir arm sind“, erwiderte sie.

Die Kleinen waren dadurch nicht klüger geworden und wandten sich an die Alte. „Ist daran auch der Teufel schuld?“ fragten sie.

„Ja, selbstverständlich“, sagte die Alte überzeugt. „Denn als an nichts mehr Hand anzulegen war, wollte er vom lieben Gott die Erlaubnis haben, eine Glasglocke über die ganze Erde zu stülpen. Dann sollten die Leute ihre Luft kaufen wie alles andere – es ist ungerecht, daß die Luft gratis sein soll, sagte er. Und er habe noch einen Sohn, der noch kein Geschäft habe; all die anderen seien gut versorgt. Aber der liebe Gott wollte nicht darauf eingehn. Das ist das einzige, was die armen Leute umsonst haben, sagte er. Da machte der Teufel sich daran, all die schlechte Luft in die Armenviertel hinüberzublasen; denn das eine solle dem andern entsprechen, meinte er. Und dagegen kann der liebe Gott nichts machen.“

„Was erzählt Ihr den Kindern für einen Unsinn!" sagte Ditte und begann auf der Maschine zu nähen.

„Ja, klüger is man nu mal nicht", erwiderte die Alte gekränkt. „Aber man is wohl auch zu alt, um mitzureden." Sie ging in ihre Stube hinein. Die Kinder folgten ihr und zogen die Tür hinter sich zu; dann mischte sich niemand ein und sprach von Unsinn. Sie wußten wohl, wem sie, wenn's drauf ankam, Glauben zu schenken hatten.

12

Der solide Jüte

Der Gratulant war gestorben. Aus dem Krankenhaus hatte man zu Ditte geschickt und anfragen lassen, ob er nichts hinterlassen habe, wovon die Kosten für seine Krankheit und die Beerdigung bestritten werden könnten. Ein Bündel Pfandscheine war vorhanden, das war alles; und die konnten sie nicht brauchen. Ditte hätte ihm gern die letzte Ehre erwiesen, konnte aber nicht erfahren, wann das Begräbnis sein sollte. Da niemand da war, der die Unkosten deckte, wurde er bloß in die Erde hinabgesenkt. Er hatte einem Plage genug bereitet, und doch war es sonderbar, daß er nun fort war und man ihn nie mehr zu sehen bekommen sollte. Mit all seiner gespielten Roheit war er doch ein großes Kind gewesen.

Aber die Zeit war nicht dazu angetan, stillzustehen und zu trauern, geschweige denn, die Toten zu beklagen. Alles in allem ging es denen am besten – für sie war gesorgt. Es starben ungewöhnlich viele arme Leute – mochte nun die Kälte oder die Not unter ihnen aufräumen. Die alte Rasmussen behauptete es, und es war sicher etwas daran.

Eines Morgens fand man Herz-Bart tot in seiner Höhle hinter dem Kämmerchen der alten Rasmussen – er war erfroren. Die Polizei holte ihn im Laufe des Tages, und die geheimnisvolle Matratze nahm sie auch mit. Auf dem Polizeibüro wurde sie aufgeschnitten, aber Zweiörestücke fand man nicht. Also war auch das Lüge gewesen – die alte Rasmussen hatte es sich wohl denken können. Dagegen war die Matratze vollgestopft mit langen Haaren, das konnten recht gut die Haare all seiner Liebsten sein. Man hatte ja schon von Männern erzählen hören, die allen Frauen, mit denen sie in Berührung kamen, die Haare abschnitten. Vielleicht hatte dann eine ihm den Bart abgeschnitten – nur um sich zu rächen. Na, nun war er jedenfalls tot. Die Ratten hatten sich bereits an ihm zu schaffen gemacht, als man ihn fand.

Im Vorderhaus geschah es, daß die Polizei eines Tages bei Missionars erschien und das Kind untersuchte – irgend jemand hatte eine Anzeige erstattet. Es wurde in einer schlimmen Verfassung vorgefunden, abgemagert und mißhandelt, und wurde ins Krankenhaus gebracht. Bei dieser Gelegenheit kam es an den Tag, daß Missionars gar nicht die richtigen Eltern des Kindes waren; es war ein Pflegekind, für das sie eine einmalige Abfindungssumme erhalten hatten. – Nun, so war also dieser Stein vom Herzen gewälzt. Ditte atmete erleichtert auf. Sie hatte unter dem endlosen Weinen des Kindes so sehr gelitten; es durchfuhr einen, doch schließlich wurde man so abgestumpft, daß man nichts mehr hörte.

Aber es war, wie die alte Rasmussen sagte: wenn das Schicksal erst den Sack öffnete, war kein Ende der Freigebigkeit. Kaum hatte man die Tür hinter einer traurigen Nachricht zugemacht, so kam eine neue die Treppe herauf.

Am Nachmittag des Tages, an dem der Kleine von Missionars weggebracht worden war, stand der Kutscher vom Bäkker auf dem Hof und wusch den geschlossenen Ziehwagen, in dem er das Brot zu den Kunden und Verkaufsstellen fuhr. Es war immer ein Vergnügen, Läborg den Wagen waschen zu sehen – er hielt ihn wahrhaftig sauber. Und wie geschickt und tüchtig er war und immer nett angezogen und immer nüchtern! Rings von den Fenstern aus wurde er beobachtet; die Dienstmädchen im Vorderhaus machten sich am Spültisch unterm Fenster zu schaffen. Es machte wirklich Freude, ihn zu sehen, nach all den tristen Ereignissen; und er rollte die R's so prachtvoll und sprach so breit. Aber er war ja auch aus Jütland, aus den mageren Gegenden, wo man aufpassen und haushalten lernt; er war der Sohn eines Hofbauern und hatte

Geld in der Truhe, obwohl der Lohn so gering war. Aber er hatte natürlich die Trinkgelder! „Die machen mindestens ebensoviel wie der Lohn aus“, sagte Frau Nielsen. „Aber er hat’s weiß Gott ehrlich verdient, ’s is so ’n solider Mensch!“

Nein, daß es gerade ihn treffen mußte!

Denn solide war er – und gut auch; die Kinder liebten ihn so sehr. Sie standen um ihn herum und kreischten auf, sooft er einen Eimer mit Wasser über den Wagen schüttete, um ihn rein zu spülen. Sie bekamen es ja über die Beine. Dann lachten die alten Frauen an den Fenstern, und Läborg nickte hinauf und lachte mit; nicht die Spur eingebildet war er. Die bei dem Glück hatte, bekam einen guten Mann. Aber er hatte nicht einmal eine Braut. Man erzählte sich übrigens, daß er um Mutter Ditte, die Treppenfrau, angehalten und einen Korb bekommen habe. Es hörte sich unglaublich an und konnte doch stimmen; sie schien mit einem Schreck vor dem Brautbett geboren zu sein. Vor dem Liebesbett hatte sie jedenfalls keine Angst gehabt! Sie war übrigens auch am Fenster, saß da und nähte Kragen, fleißig wie immer; die Kleinen hatte sie um sich herum. Läborg grüßte hinauf, vor der nahm er wirklich die Mütze ab! Und sie grüßte wieder und lachte – als wäre nie von etwas Ernstem zwischen ihnen die Rede gewesen.

Und gerade da geschah es. Und es ging folgendermaßen zu: auf einmal hörte man Schritte im Haustor. Diese Schritte kannten alle in der Mietskaserne, und alle Gesichter drückten sich gegen die Fensterscheiben. Der Schutzmann ging direkt auf Läborg zu, beantwortete seinen Gruß nicht, sondern legte die Hand auf seine Schulter. Im ersten Augenblick sah es aus, als wollte Läborg um sich schlagen; aber dann besann er sich zum Glück und begann seine Überredungskünste gegenüber dem Schutzmann anzuwenden. Aber das hätte er sich sparen können. Man konnte gewiß leichter den Runden Turm von der Stelle bewegen, als sich von so einem Bullen freischwatzen, wenn der einen erst mal in den Klauen hatte. Läborg mußte mitgehen.

In der Mietskaserne wurde es lebendig. Eine Frau nach der anderen machte sich mit Korb und Sahnetopf auf den Weg – alle mußten sie plötzlich zum Bäcker, um Brot und

Sahne zu kaufen. Ditte hatte selber keine Zeit, schickte aber die alte Rasmussen; die Alte kam wie aus den Wolken gefallen zurück. „Nä, nu steht die Welt nich mehr lange!" sagte sie. „Nu sollst du mal was hören! Kannst du dir das vorstellen: er hat die Bäckersleut all die fünfzehn Jahre hindurch betrogen." Sie war ganz außer Atem vor Aufregung.

„Läborg?" rief Ditte und ließ die Arbeit fallen. „Der nette Mensch?"

„Ja – und nicht zu knapp. Er hat selber Buch über seine Betrügereien geführt – ordentlich wie er is. Er hat wohl zweierlei Abrechnungen gemacht, eine zu seinem eigenen Vergnügen und eine für die Bäckersleut, und heute vormittag gibt er ihnen versehentlich das verkehrte Buch. Is das nich wunderlich, daß er so in Gedanken sich selber ausliefert, wo er doch sonst in allem so genau is! Erst wollten sie's ja nicht recht glauben und guckten sich das merkwürdige Buch näher an; Meister um zwei Kronen für geliefertes Brot betrogen, Wiener Brot und Wecken gestohlen für vier Kronen und verkauft – und so ging es weiter, Seite auf, Seite nieder. Er hat sie weiß Gott nich geschont – das muß man ihm lassen! Dann is es ja nich so verwunderlich, daß die Bäckersleut nicht vorwärtskamen – wie auch die Frau Nielsen selber sagte. Geweint hat sie, die arme Haut. Und nun sollen sie wegen so 'nem Flegel die ganze Sache aufgeben, und er soll als Geselle wieder anfangen. Hätten sie wenigstens alles selber aufgefressen und versoffen, sagt Frau Nielsen, dann hätten sie doch wenigstens 'n bißchen was davon gehabt. – Aber man hat sich ja das Seine gedacht – wo der Kerl immer so nett auftrat. Die Männer taugen nichts, und die nettsten sind oft die allerschlimmsten."

Ditte mußte lächeln. „Habt Ihr das wirklich auch gewußt, Mutter? Mir scheint, er hat Euch immer so besonders gut gefallen."

„Ja was denn – er hat ja immer so 'ne arme Frau wie mich so freundlich gegrüßt. Guten Tag, Frau Rasmussen, sagte er. Gewundert hab ich mich wohl darüber, daß er mich so höflich behandelt hat, er allein! Aber betrügen tun sie ja allesamt."

Ja, darin gab Ditte der Alten recht; nichts konnte sie noch

in Erstaunen versetzen. Hier mußte sich jeder höllisch in acht nehmen, jedenfalls wenn er sich aus dem Haus hinauswagte. Schickte sie Peter hinunter, um einzukaufen, wurde er oft übers Ohr gehauen, selbst der alten Rasmussen konnte es passieren; sie konnte schlecht sehen, und das nutzte man aus. Die Kleinhändler des Viertels hatten's nicht leicht; sie saßen dicht aufeinander, sollten von einem einzigen Hausaufgang leben, so viele waren es. Sie *mußten* betrügen – an Gewicht und Maß –, um ihr tägliches Brot zu bekommen. Und die Kunden betrogen sie wieder, borgten Flaschen, die sie nicht zurücklieferten, sondern anderswo verkauften, oder sie kauften auf Kredit – und zogen eines schönen Tages fort, ohne ihre Schulden zu bezahlen. Dazu war nicht viel zu sagen – man mußte bloß auf seiner Hut sein. Im Geschäft war es dasselbe, wenn man Material ausgeliefert bekam; gab man nicht genau acht, so bekam man zuwenig und mußte selber dazukaufen – von dem sauer verdienten Lohn. Ein rechter Kampf konnte es sein. Und so war es überall.

Nur in der Mietskaserne fühlte sie sich sicher. Soviel man auch manchem der Bewohner nachsagen konnte – und an die meisten hatte die Gerechtigkeit eine Forderung –, unter sich hielten sie zusammen. Sie halfen einander, wo sie konnten, und bildeten eine gemeinsame Front gegen die böse Welt. Hatten sie etwas Gutes, so mußte man daran teilhaben; sie konnten nichts festhalten, mußten es sofort durchbringen – wie man von ihnen sagte. Das mochte richtig sein, wenn man's so ansah; strebsam waren sie nicht, die meisten lebten von der Hand in den Mund. Aber Ditte hatte sie lieb, wie sie waren. Einzelne davon gehörten ja auch zu der anderen Sorte, die empor wollte und in die feineren Stadtviertel zu ziehen wünschte. Die Näherin vom Nachbarhof zum Beispiel! Die Sorte war bei weitem nicht so angenehm.

Sie selbst hatte auch kein Streben mehr; der Kampf um das tägliche Auskommen füllte sie ganz aus. Mit einem Seufzer der Erleichterung legte sie sich jeden Abend schlafen – so war *der* Tag auch vergangen. Und nicht ohne Schauder schlug sie am neuen Tag die Augen auf. Ihr Gemüt war nicht mehr jung.

Und sie sah auch nicht jung aus – trotz ihrer fünfundzwanzig Jahre. Sie war stark abgemagert und bleich von den Blutungen. Die Krampfadern waren schlimmer geworden, und gegen Abend waren ihre Beine um die Knöchel oft ganz dick und schwammig. Dem Gesicht waren viele Erfahrungen eingeprägt; ein ganzes Leben voller Bürden hatte sie schon hinter sich. Sie wußte das alles recht gut, und der Gedanke, daß sie einmal vor langer Zeit hübsch gewesen war – so hübsch, daß die Leute sich auf der Straße umdrehten und ihr nachschauten –, erfüllte sie mit eigentümlicher Befriedigung. Lange hatte es nicht gedauert; sie entsann sich wieder der Zeit, da sie wünschte, ihr Körper möge sich entfalten. Wie eine kurze Blüte waren Glück, Blutfülle und Schönheit gewesen – den Blumen gleich, die einen Tag und eine Nacht erstrahlten. Nicht für sich hatte sie's vertan: die Blutungen stammten von zu früher Mutterschaft; die Krampfadern und die geschwollenen Beine hatte sie sich als Herrschaftsdienstmädchen erworben; und die Falten im Gesicht – ja, die rührten von so vielem her.

Mochte es kommen, woher es wollte – Ditte ging weder mit sich noch mit anderen ins Gericht; sie fühlte sich bloß müde und erschöpft. Es fiel niemandem auf der Straße ein, sich nach ihr umzusehen, und sie war dankbar dafür. Sie konnte keinen Staat mehr machen. So unauffällig wie möglich schlich sie sich an den Mauern entlang und sputete sich nach Hause. Karls Trotz hatte sie nicht; wenn er sie überreden wollte, mitzukommen, lehnte sie das meist mit der Begründung ab, sie habe nichts Rechtes anzuziehen. Er war auch nicht gerade gut gekleidet, aber er verkroch sich deshalb nicht im Winkel, sondern ging in seinen durchlöcherten Schuhen und ausgefransten Hosen durch die belebten Hauptstraßen. „Warum sollte ich ihnen das Vergnügen bereiten, durch eine Nebenstraße zu schleichen?“ sagte er. „Solange ich mich vor ihnen sehen lassen will, sollen sie mich sehn!“

Dann ging sie mit – ließ sich mitziehen; aber keck war sie nicht. Dieser Gang war eine Qual für sie.

Das einzige, was sie aufrechterhielt, war die Sorge um die Kinder; die verbanden sie noch mit dem Leben. Karl hatte manchmal den Eindruck, daß sie glaubte, sie werde bald sterben – und daß sie froh darüber war. Sie konnte so fern sein – fast unerreichbar fern. Aber die Kinder konnten ihr Blut in Bewegung bringen; wenn es sich um sie handelte, wurde ihr Wesen wieder wie Stahl, stark und geschmeidig. Die Kleinen hatten sie lieb, und das machte sie froh; aber sie fand dauernd, daß sie es nicht verdiene. Das, was sie ihnen zu geben vermochte, entsprach so wenig dem, was sie gerne geben wollte.

13

Die Nähmaschine, das Deckbett und das Samariterlokal

Die Bäckersleute hatten in der Lotterie gewonnen. Jedenfalls war ihnen etwas ebenso Überraschendes widerfahren – sie bekamen all ihr Geld zurück!

Es stellte sich heraus, daß Läborg sie während der fünfzehn Jahre, die er bei ihnen diente, um genau fünfzehntausend Kronen betrogen hatte. Er hielt Ordnung in seinen Angelegenheiten. Er hatte das Geld nicht durchgebracht, sondern auf verschiedene Sparkassenbücher eingezahlt; einen Teil hatte er an Privatleute gegen Sicherheiten und gute Zinsen verliehen, und für den Rest hatte er eine Aussteuer gekauft. Er hatte sich ein nettes Junggesellenheim eingerichtet – sogar ein Klavier fehlte nicht.

Den größten Teil des Geldes hatten die Bäckersleute bereits ausbezahlt bekommen; das übrige würde einkommen, wenn die Sachen verkauft wurden; viel verloren sie auf diese Weise nicht. Frau Nielsen strahlte übers ganze Gesicht – es war, wie wenn eine große, bis an den Rand gefüllte Sparbüchse geleert wurde.

Die Leute waren gut dran, die so unter Administration gestanden hatten! Wer weiß, ob von dem Ganzen noch etwas übrig gewesen wäre, wenn sie selber damit hätten haushalten müssen! Etwas mehr oder weniger – es ging gewöhnlich drauf. Läborg verstand wahrhaftig zu wirtschaften –

fünfzehntausend in fünfzehn Jahren! Er war nicht umsonst Jütländer! Und ein Jammer war es im Grunde, daß er ins Gefängnis sollte. Nielsen sprach denn auch davon, daß er ihn wieder annehmen wolle, wenn die zwei Jahre verstrichen seien; er sei ja so ein ordentlicher Mensch.

Andere hatten nicht das Glück, so eine Sparbüchse zu besitzen. In den kleinen Wohnungen in den Seiten- und Hinterhäusern war Schmalhans Küchenmeister; an manchen Stellen grinste einem die Not offen entgegen. Das war ein böser Gesell; wenn der erst mal den Fuß ins Zimmer setzte, saß er mit am Tisch und schlief des Nachts bei einem. Die Männer trieben sich den größten Teil des Tages unten im Haustor herum und wußten nicht, womit sie die Zeit totschlagen sollten; später am Nachmittag schlenderten sie auf die Straße. Einige besuchten Versammlungen, auf denen man gegen die Zustände protestierte und verlangte, daß die Öffentlichkeit eingreife; andere, die sich nicht für Politik interessierten, gingen ins Wirtshaus. Das eine nutzte im Grunde ebensowenig wie das andere. Die, die von den Versammlungen nach Hause kamen, schlugen auf den Tisch und drohten, sich selber ihr Recht zu verschaffen; und auch die, die aus dem Wirtshaus kamen, waren verteufelte Kerle. Haushaltsgeld blieb in keinem Fall übrig. Die Frauen rannten zueinander und borgten Geld; es war, wie wenn ein Krüppel den andern stützte – viel Beistand fanden sie nicht. Und sie jagten von einer Stelle zur anderen, wo ein wenig Hilfe zu erhoffen war; meistens war es vergebens; nichts reichte aus für so viele. Bald hieß es, es finde eine Essenverteilung von seiten der Gewerkschaft statt, bald sollte die Gemeindepflege der Geber sein; meistens waren es von allzu üppiger Phantasie geborene Gerüchte, die nichts auf sich hatten.

Eines Tages, gleich nach Neujahr, wurde die Nähmaschine unversehens abgeholt. Das traf Ditte wie ein Schlag von hinten. Sie war nur mit zwei Wochenraten im Rückstand, wie es so oft der Fall gewesen war – man hatte sie sozusagen dazu herausgefordert. Und sie war bereit, das Geld im Laufe des Tages zu beschaffen. Aber nicht das Geld wollte man haben, sondern die Maschine.

Viel Nutzen hatte sie im Augenblick nicht von ihr gehabt, sie konnte sie wohl entbehren. Und doch vergoß Ditte bittere Tränen, weniger weil sie ungefähr hundert Kronen auf die Maschine abbezahlt hatte, die nun verloren waren, als weil sie sie so liebgewonnen hatte. Sie war ihr wie ein guter Kamerad gewesen – hatte ihr bis zuletzt Brot verschafft. Wenn sie sich hinsetzte, um zu nähen, und sie anfaßte, dann hatte sie das Gefühl, als berühre sie ein treues Wesen. Das Gerassel hatte ihre Gedanken und Sorgen begleitet und die Kinder in den Schlaf gelullt. Wenn sie am Abend einschliefen, ging die Maschine noch immer; und wenn sie des Morgens aufwachten, ratterte sie bereits. Schließlich glaubten sie, daß sie Tag und Nacht im Gange sei. „Mutter schläft nie!" sagte Peter, als sei ihm das etwas Unbegreifliches an der Mutter.

Die alte Rasmussen weinte auch. So böse sie anfangs auf die Maschine gewesen war, seither hatte sie ihr oft gedankt, weil sie ihr das tägliche Brot schaffen half.

Niemand von ihnen begriff die Stille und die Leere, auch die Kleinen nicht. Ditte spürte die Lücke bis in ihre Hände hinein, die nicht mehr über den glatten Eichentisch gleiten, spulen oder umstellen konnten – bis in die Füße hinab, die sich nicht mehr im Rhythmus der Arbeit wiegten. Hatte sie etwas zu nähen, so lief sie zu einer ihrer Bekannten, die eine Nähmaschine hatte; hauptsächlich, um wieder einmal zu fühlen, wie das sei – und um das bekannte Rattern zu vernehmen.

Ohne die Maschine konnte sie keine Arbeit aus dem Geschäft übernehmen; höchstens fielen ein oder zwei Dutzend Halsbinden für einen ab, wenn man nicht abließ, die Leute im Geschäft zu bestürmen. Sie beratschlagte mit der alten Rasmussen, und man kam überein, daß das alte Oberbett wohl zu entbehren sei; das war das einzige von all den Habseligkeiten, wofür man in der Pfandleihe etwas bekommen konnte. Nahm man dann das Unterbett als Oberbett und kriegte die Alte das Unterbett aus Dittes Bett unter sich, so würde es schon gehen. Ditte und die Kinder konnten das Unterbett wohl entbehren – sie schwitzten ja doch in der Nacht! Das gute Deckbett wurde in ein Laken eingeschlagen, und Ditte machte sich damit auf den Weg zur Pfandleihe. Peter durfte mitgehen und tragen helfen; den braven, besorgten Jungen beschäftigte die Sache mit der Nähmaschine ebensosehr wie die Mutter. „Wenn du nun die Maschine kriegst, dann wollen wir aber aufpassen, daß sie sie dir nicht wieder wegnehmen", sagte er. „Ich werd die ganze Zeit an der Tür aufpassen; und wenn sie kommen, sag ich einfach, es wär niemand zu Hause."

Ditte lächelte. „Wir werden sie uns schon nicht wieder.nehmen lassen!" sagte sie entschieden.

Sie bekamen zehn Kronen für das Deckbett und sputeten sich zu dem Abzahlungsgeschäft hin. Es war beißend kalt, aber keiner von ihnen merkte es; sie waren zu gespannt. „Weißt du was, Mutter – du hast rote Backen", sagte Peter und betrachtete sie froh.

„Du auch, mein Junge – Apfelbäckchen!" erwiderte Ditte und umschloß seine kleine Hand noch fester.

„Weißt du, worüber ich mich freue? Ich freu mich darüber, daß wir die Maschine nach Hause bekommen, bevor Onkel Karl zurückkommt. Er soll gar nichts davon erfahren, daß man sie uns weggenommen hat."

Karl war auf dem Lande, um sich nach einem Ausweg umzusehen. Sobald er Arbeit fand, wollte er schreiben und Geld schicken.

Auf dem Graubrüdermarkt, wo das Geschäft lag, war ein großer Schneemann errichtet, der für die Armen des Winters einsammelte. Er hatte zwei Kohlenstücke als Augen, und zwischen den Knien hielt er eine große Blechdose mit einem Schlitz. „Darf ich ihm mein Geld geben, Mutter – es ist für die Armen!" sagte Peter.

„Ja, tu das, mein Junge", erwiderte Ditte. Peter suchte zwischen Stoff und Futter seiner Jacke, bis er endlich aus der Tiefe ein zusammengeknülltes Stück Zeitungspapier hervorzog, in dem sich drei Einörestücke befanden. Er hatte sie einmal vor langer Zeit für eine Besorgung bekommen, die er für den Kutscher Olsen gemacht hatte, und er hatte unzählige Pläne geschmiedet, wie er das Geld anwenden wollte; die zerrannen jetzt.

Der Besitzer des Nähmaschinengeschäfts erkannte Ditte merkwürdigerweise gar nicht wieder; er war sehr ablehnend. „Darauf können wir uns nicht einlassen“, sagte er kalt. „Sie haben Ihre Verpflichtungen nicht eingehalten, und wir haben lange genug Nachsicht mit Ihnen gehabt. Was glauben Sie denn, wie sollte unser Geschäft laufen, wenn wir die Maschinen so nach der Laune der Leute hin und her schleppen? Dann wären wir gewiß bald am Ende. Aber Sie können eine andere Maschine kriegen – auf einen neuen Kontrakt.“

Ditte starrte verständnislos vor sich hin; ihre Augen waren voller Tränen. „Ich habe drei kleine Kinder“, sagte sie. „Ohne Maschine kann ich nicht – ich weiß gar nicht, was ich anfangen soll.“ Sie stand da und hielt den Zehnkronenschein in der Hand, als könne wenigstens der ihn erweichen. Er starrte auf die Banknote.

„Es tut mir leid; aber wir können wirklich nicht als Versorger Ihrer ...“ Er blätterte in einem Rechnungsbuch, blickte von den Buchseiten auf ihre Hand mit dem Zehnkronenschein und wieder zurück. „Wie war das, schulden Sie nicht gerade ...? Hier ist's. Acht Kronen, bitte schön – Sie bekommen zwei heraus!“ Er streckte die Hand nach dem Geld aus.

Aber Ditte zog ihre Hand schnell zurück; starr vor Schreck, flüchtete sie auf die Straße hinaus, Peter nachschleifend. Erst drüben auf der anderen Seite des Platzes blieb sie stehen und schaute sich um. „Oh, dieser verfluchte Blutsauger!“ sagte sie und drohte nach dem Geschäft hinüber. „Wenn er bloß selber einmal so recht zu spüren kriegte, was es heißt, arm zu sein!“ Dann ging sie mit ihrem Jungen in Richtung der Heiliggeistkirche weiter.

„Ich werde für eine neue Maschine sparen, Mutter“, sagte Peter. „Ich kann recht gut Geld verdienen – wenn ich nur weg darf.“

„Das ist lieb von dir, aber du bist noch zu klein“, erwiderte Ditte. „Wenn du größer wirst, dann ...“

„Selmas Ejnar ist nicht größer als ich, und er geht jeden Tag los. Er hat gesagt, er will mich mitnehmen, dahin, wo gute Stellen sind.“

Ditte antwortete nicht – sie sah das nicht gern. Die Stadt war so groß und voll dunkler, unheimlicher Rätsel – sie hatte selbst Angst vor ihrer Unterwelt; ein Kind wagte sie nicht dorthin zu schicken. Aber Peter verzeichnete ihr Schweigen als Erfolg – sonst pflegte sie immer entschieden nein zu sagen.

Sie kamen an einem großen Restaurant vorbei und blieben ein wenig auf dem Rost über den tiefen Küchenfenstern stehen, um sich zu erwärmen, ehe sie weitergingen. Viele standen da schon, die Roste waren ganz mit Kindern und Frauen besetzt. Ein Mann kam von unten herauf und jagte sie fort – ihr Schatten störte. Dann trotteten sie weiter, Peter hatte eine Hand in der Tasche des alten Mantels der Mutter vergraben. Wenn auch sie die Hand da hatte, war es warm – und sie berührten einander. Die andere Hand hatte er unter seinen Hosenbund gesteckt, auf den bloßen Bauch. Es war bitter kalt, nun, da sie die Niederlage zu tragen hatten.

„Wollen wir nicht in ein Samariterlokal gehen? Ich bin so hungrig", sagte Peter plötzlich klagend.

Ditte hatte es erwartet; sie war selbst so hungrig, daß ihr die Därme weh taten; der Essengeruch, der aus der Küche des Restaurants emporgestiegen war, mußte daran schuld sein. Nein, sie liebte das Samariterlokal nicht, es kamen so viele aus ihrem Viertel dorthin.

„Wir brauchen nicht in das bei uns in der Dronningens Tvaergade zu gehen", sagte Peter. „Es ist auch eins auf Vesterbro, in der Abel-Katrines-Gade."

„Woher weißt du denn das, Junge?" fragte Ditte erstaunt.

„Das hat mir einer gesagt", erwiderte Peter zögernd.

Sie machten einen Umweg über den Gammelstrand und über die Stormbrücke, um nicht durch die Hauptstraßen gehen zu müssen. Peter hätte nichts dagegen gehabt, sich die glänzenden Läden anzusehen; aber Ditte wollte diesen Weg nicht gehen. Unterwegs sagte Peter plötzlich: „Du darfst nicht böse werden, aber ich bin selber dagewesen. Ich hab mich bloß nicht getraut, es zu sagen. Du schlägst mich nicht – was?"

Nein, Ditte wollte ihn nicht schlagen. „Kriegst du denn so oft Prügel von mir?" fragte sie traurig.

„Jetzt nicht mehr so oft wie früher", antwortete Peter offen und sah zu ihr auf.

Diese Antwort tat ihr gut. Wie oft, wenn irgend etwas schiefging, wenn die Kinder etwas entzweischlugen oder schmutzig machten und sie sie dafür bestrafte, hatte sie es gleich darauf bereut und sich dann gelobt, nicht wieder so hitzig zu werden. Es war einfach nicht zu ertragen, wenn die Kleinen dann sorglos plapperten und doppelt lieb zu ihr waren und selbst aus der Strafe etwas Unterhaltendes machten. Ein tiefer Abgrund schien zwischen dem Geist der Kinder und dem ihren zu liegen – zwischen der unerschöpflichen Gabe der Kleinen, zu vergessen und zu vergeben, und ihrer eigenen übertriebenen Strenge. Die Armut machte arm an Großzügigkeit und Nachsicht, und das durfte nicht sein; sie *wollte* gut und verständnisvoll sein! Und immer wieder fühlte sie Reue – sie fand, sie werde nicht besser. Nun kam Peter von selber und sagte, sie habe sich gebessert! Sie hätte ihn dafür an sich ziehen mögen, so froh war sie darüber.

„Ich will euch nie mehr Prügel geben – denn ihr verdient sie nicht", sagte sie. „Aber wir wollen auch keine Geheimnisse voreinander haben, nicht wahr? Das ist so häßlich."

„Etwas Gutes darf man doch gerne verheimlichen – so, wenn ich dir zum Beispiel eine Nähmaschine kaufe", sagte Peter.

Das Samariterlokal lag auf dem Speicher über einer großen Brauerei; da war es wunderschön warm.

Sie drängten sich bis an einen der Tische durch.

An den langen Holztischen saßen Menschen und aßen; jeder hatte eine Schale mit warmer Milch und einen Stapel Schmalz- oder Margarineschnitten vor sich. Man konnte es ihnen ansehen, daß sie gehörig ausgehungert waren; sie hielten die Arme um ihre Portion, als ob sie Angst hätten, daß jemand sie ihnen wegnehmen könnte, und sie beugten sich tief auf die Schale hinab. Es waren meistens alte Männer und Frauen mit Kindern. Die alten Männer sahen entsetzlich verlassen und vernachlässigt aus; sie glichen alle Lumpensammlern; die grauen, kurzgeschorenen Köpfe kamen gewiß nie mit Wasser in Berührung. Arme alte Geschöpfe waren es, die keine Verwandten mehr auf der Welt hatten, denen niemand half, die niemand ordentlich hielt. Ditte hätte gern erfahren, wo der alte Lumpensammler geblieben war.

„Sie kennen wohl nicht einen alten Lumpensammler, der Rindom heißt?“ fragte sie ihren Nachbarn.

Der alte Mann hob den Kopf von der Schale und richtete seine trüben Augen auf sie. „Doch, den kenne ich, denn er ist ein Kollege von mir“, erwiderte er und begann mit einem großen Taschenmesser mit breiter Klinge die Brotschnitten in Würfel zu schneiden. „Er hat eine Zeitlang hier auf Vesterbro gearbeitet; aber jetzt arbeitet er wohl wieder draußen in seinem alten Revier um die Borgergade herum. Sie meinen doch den mit der Rettungsmedaille?“

Das wußte Ditte nicht.

„Doch, er hat mal ein paar Kinder vorm Ertrinken im Stadtgraben gerettet, und dafür hat er die Rettungsmedaille gekriegt; damals ist er Wachtmeister gewesen. Aber dann hat er mal eines Nachts eine Person festgenommen, die man um Himmels willen nicht in Arrest bringen durfte, und da hat er seinen Abschied gekriegt!“

Die Leute kamen und gingen. Sobald die einen fertig waren, drängten sie sich hinaus und ließen die anderen heran. Es waren keine Plätze frei; drüben an der Tür stand ein ganzer Schwarm und wartete. Man sprach nicht miteinander, sondern duckte sich, verschlang das Essen und schlich davon. Ditte und der alte Mann waren die einzigen, die sich unterhielten. Mehrere Gesichter kehrten sich ihnen zu; da schwiegen sie auch.

Eine dunkelhaarige junge Dame brachte Ditte und Peter zu essen. Ditte grüßte, es war die Tochter aus einem Herrschaftshaushalt, wo sie einmal gedient hatte. „Wie geht es Ihnen?“ fragte die junge Dame. „Haben Sie sich aber verändert! Sind Sie verheiratet? Trinkt er?“ Dann war sie verschwunden, ohne auf Antwort zu warten; und Ditte war sehr froh darüber, daß es ihr erspart blieb, Bericht zu erstatten.

Plötzlich packte Peter sie am Arm. „Mutter, da ist Onkel Karl!“ Er war fieberhaft erregt vor Freude und wollte seinen Platz verlassen. Ditte mußte ihn zurückhalten.

Am Eingang drüben stand Karl und blickte sich um; er sah schmutzig und erschöpft aus. Als er sie gewahrte, glitt ein frohes Lächeln über sein Gesicht. Er kam schnell heran. „Habt ihr Platz für mich?“ fragte er und setzte sich auf die Bank neben Peter.

Ditte und Peter mußten gehen – andere warteten darauf, an die Reihe zu kommen. „Aber wir warten draußen auf dich“, sagte Ditte.

Nach wenigen Minuten schon kam er. „Das hast du schnell besorgt“, sagte Ditte. „Bist du denn satt geworden?“

„Ja, danke! An so einem Ort hält man sich ja nicht länger als notwendig auf. Wohltätigkeit ist doch widerwärtig, du!“

Ditte gab ihm recht. „Aber man nimmt sie doch in Anspruch – und freut sich, daß man überhaupt etwas zu essen kriegt“, sagte sie.

„Natürlich. Es geht uns so wie den Schiffbrüchigen, von denen man manchmal liest – die so lange hungern, daß sie sich schließlich über Exkremente hermachen.“ Seine Fahrt hatte ihm nichts eingebracht. „Wie ist's euch denn inzwischen ergangen?“ fragte er.

Ditte erzählte ihm von der Nähmaschine. Da ballte er die Fäuste. „Ich hätt bloß dasein sollen, dann wär's anders gegangen“, sagte er.

„Dann wären sie eben einfach zur Polizei gegangen“, erwiderte Ditte. „Gegen solche Schurken kann man nichts tun; sie haben das Recht auf ihrer Seite.“

„Gestern hatte ein Wirt in der Saxogade einen Kameraden von mir mit seiner Familie auf die Straße geworfen“, erzählte Karl. „Aber wir waren unser mehrere und trugen die Möbel wieder in die Wohnung hinauf und zwangen ihn, wieder Türen und Fenster einzuhängen – die hatte er abgenommen. Ganz so, wie wenn man Wanzen vertreibt.“

„Gestern?“ fragte Ditte erstaunt. „Ich dachte, du wärst erst seit heute zurück. Warum bist du denn nicht nach Hause gekommen?“

Es stellte sich heraus, daß Karl schon vor mehreren Tagen zurückgekehrt war und sich in der Saxogade aufgehalten hatte; er wollte nicht gern mit leeren Händen kommen.

Inzwischen war es Abend geworden, die Straßenlaternen waren angezündet. Karl konnte nicht mit nach Hause gehen, er hatte mit einem Kameraden verabredet, nach ein paar Fischreusen zu sehen, die der andere in der Gegend der Kögebucht ausgestellt hatte. „Aber morgen vormittag komm ich", sagte er, „und dann bringe ich ein Gericht Fische mit. Vielleicht auch Geld – wenn wir Glück haben." Er begleitete sie ein Stück; diesmal bekam Peter seinen Willen; man ging durch die Hauptstraßen. Während Karl und Ditte langsam dahinschlenderten und über ihre Angelegenheiten sprachen, lief er hin und her und betrachtete die Schaufenster auf beiden Seiten der Straße.

Als Ditte und Peter allein waren, überlegten sie, ob sie nicht auf die Pfandleihe gehen und das Oberbett wieder einlösen sollten – solange sie das Geld noch hatten. Aber es erwies sich als unmöglich – sie hatten ja nicht genug, die Zinsen zu bezahlen.

„Dann sollen die alte Rasmussen und die Kleinen es wahrhaftig auch ein bißchen gut haben", erklärte Ditte. Und sie gingen zu ihrem Kaufmann und kauften ein: einen Salzhering, etwas Schmalz, Bohnen und ein Stückchen Schlackwurst. Ditte legte den Zehnkronenschein auf den Ladentisch – im selben Augenblick bereute sie es, aber es war zu spät.

„Man ist wohl bei Kasse", sagte der Kolonialwarenhändler mit einer Verbeugung. „Sie gestatten, daß ich das abziehe, was Sie schuldig sind?"

Sie bekam eine Krone heraus. Und damit war das Geld hin – mitsamt dem Oberbett. Und die Nähmaschine bekam sie nie wieder zu sehen.

Und doch sah sie sie wieder. Eines Tages besuchte sie eine Frau in der Adelgade, die sie kannte – ein armes Weib, der es ungefähr ebenso schlecht ging wie ihr, die ohne Versorger mit zwei Kindern dasaß. Die hatte soeben eine Nähmaschine auf Abzahlung bekommen; sie wollte für Geschäfte nähen – Arbeitsanzüge; es hieß, das lohne sich. „Wenn man nur nich übers Ohr gehauen worden is!" sagte sie. „Probier du sie doch mal; du verstehst dich ja auf Nähmaschinen."

Ditte setzte sich an den Tisch und begann zu nähen. Auf

einmal hielt sie inne und atmete schwer; sie verspürte ein eigentümliches Gefühl von Wärme in den Händen; ein warmer Strom durchflutete sie und machte ihr das Herz weich. Sie starrte auf die Maschine, die Nummer, jede Einzelheit. Dann sank ihr Kopf auf den Arm hinab; sie ruhte auf dem Maschinentisch aus, wie sie es früher so oft getan hatte. Und eine Träne fiel – wie so oft – auf die Platte und löste einen eigentümlichen, vertrauten Geruch nach Terpentin aus. Die Frau legte die Hand auf ihre Schulter.

„Du wirst doch nicht krank?" sagte sie. „Fehlt dir etwas?"

Ditte hob den Kopf und lächelte gezwungen. „Oh, es ist nichts. Mir wurde nur so sonderbar. – Hast du die Maschine neu gekauft?"

„Ja – das heißt, mir kam es so vor, als ob sie neu wäre, als ich sie mir ansah. Aber sie ist sicher gebraucht. Glaubst du, daß sie nicht gut ist?"

„Doch, es ist eine recht gute Maschine", sagte Ditte in verzweifelter Stimmung. „Aber du mußt gut auf sie aufpassen; sonst wandert sie anderswohin, wenn du hundert Kronen darauf abgezahlt hast. Sie ist darauf abgerichtet. Die Leute in dem Geschäft haben ein paar Dutzend Maschinen, die dazu erzogen sind, im Land herumzuziehen und arme Näherinnen auszuplündern. Soll ein recht gutes Geschäft sein."

„Hui! Ist man solchen Menschen in die Klauen geraten? Aber hab keine Angst, die Sache geht in Ordnung, denn zum Frühjahr reise ich nach Schweden zu meinem Bräutigam – wir wollen heiraten. Dann können sie im Mond nach ihrer Maschine suchen."

Karl kam am nächsten Vormittag heim, tüchtig durchgefroren, aber mit einem schönen Gericht Fische und fünf Kronen in der Tasche. Er war in strahlender Laune. „Wir wollen heut nacht wieder hin", sagte er. „Es kommt darauf an, nicht lockerzulassen, solange wir offenes Wasser haben. Wenn man bloß etwas aus Öltuch anzuziehen hätte. Es ist keine Kleinigkeit, die Nacht über durchnäßt zu sein, wo es so friert."

„Soll ich nicht in die Istedgade gehn und sehen, ob die einen Anzug haben?" fragte Ditte. „Vater handelt ja mit solchen Sachen. Die werden uns doch wohl Kredit geben können.“ Karl wollte aber lieber noch ein paar Tage warten und sehen, wie das Wetter wurde. Wenn die südliche Fahrrinne zufror, hatte die Sache doch keinen Sinn. Die Boote, die an der Teufelsinsel lagen, waren schon eingefroren. „Aber dann suchen wir nach was anderem“, sagte er vergnügt; es galt, Ditte bei guter Laune zu erhalten.

Sie briet ihm Fisch und machte ihm eine gute, starke Tasse Kaffee, die ihn so recht auftauen konnte. Dann wollte er in die Rumpelkammer gehen, um zu schlafen; aber das ließ sie nicht zu. „Du legst dich in das Bett der alten Rasmussen“, erklärte sie. „In der Rumpelkammer ist es zu eisig. Wir werden schon hübsch still sein.“

„Ihr könnt meinetwegen mit Kanonen über meinem Kopf schießen“, sagte Karl gähnend. Er konnte kaum die Augen offenhalten. Als er eingeschlafen war, ging Ditte hinein und holte seine Kleider; sie sollten zum Trocknen an den Ofen gehängt werden. Er lag mit gekreuzten Armen da und schlief fest; das Gesicht war ruhig, der Ausdruck war fast glücklich, offenbar, weil er wieder einen Verdienst hatte. Man konnte es seinem Schlaf ansehen, daß er Arbeit hatte. Sie stand einen Augenblick da und betrachtete ihn; dann schlich sie vorsichtig hin und küßte ihn. Er bewegte sich, erwachte jedoch nicht.

Ditte ging hinein und brachte seine Sachen in Ordnung, reinigte sie und hängte sie auf. Es war wohltuend, damit zu hantieren; das erinnerte an die Zeit, als Lars Peter Fischer war.

14

Der kleine Peter geht aufs Leben los

Peter hätte schon im letzten Herbst in der Schule angemeldet werden müssen; aus irgendeinem Grunde war das nicht geschehen. Ditte hatte der Pflegekinder wegen nie Besuch von einer Behörde bekommen; sie war nach und nach zu dem Glauben gelangt, daß die Welt in glücklicher Unwissenheit über ihr kleines Nest lebte. Und sich selbst auszuliefern fiel ihr natürlich nicht ein. Aber als Peter eines Tages unten war und mit Ejnar spielte, kam Selma, Ejnars Mutter, der Gedanke, daß Peter ja nicht in die Schule gehe. Sie sagte es einer anderen Frau, daß das doch sonderbar sei, er sei ja bereits acht Jahre alt. Und die Frauen griffen das auf und erörterten im Haus, wie merkwürdig das doch sei. Bildete die sich etwa ein, über dem Gesetz zu stehen? Meinte sie, ihr Kind sei darüber erhaben, zur Schule zu gehen und etwas zu lernen – ganz wie die Königskinder? Und die Frau des Kutschers Olsen sagte es Ditte ins Gesicht, es sei eine gefährliche Sache; denn jedes Kind im Lande müsse religiöse Unterweisung bekommen. Und ob man verhungere, Religion müsse man haben; denn das sei Gottes Einrichtung, daß die Armen ebenso freien Zugang zu seinen Gnadengaben haben sollten wie die Reichen. Sie habe selber achte gehabt, also kenne sie sich aus.

Ditte bekam einen heißen Kopf. „Ich hab weiß Gott nicht im entferntesten dran gedacht", sagte sie.

Das war freilich nicht ganz richtig; denn Peter hatte sie oft genug daran erinnert und gebeten, zur Schule gehen zu dürfen. Ejnar erzählte die abenteuerlichsten Dinge aus der Schule, von netten Lehrern und von Lehrern, die nicht richtig im Kopf seien, und von Jungen, die eine Ohrfeige einsteckten, ohne einen Laut von sich zu geben, die nicht einmal mit dem Kopf zuckten. Peter war so weit gegangen, daß er eines Tages erklärte: „Wenn du nicht mitkommen und mich anmelden willst, dann geh ich selber. Denn ich *will* in die Schule!" Er empfand es als beschämend, hinter den anderen zurückstehen zu müssen. Ditte aber empfand Mißtrauen und Unwillen gegen alles, was nach Behörde schmeckte; und sie konnte ihn auch schlecht als Aufpasser auf die Kleinen entbehren, wenn die alte Rasmussen ausging, um etwas dazu zu verdienen.

Aber nun wurde die Frage also aufgeworfen. Ditte mußte einen ganzen Tag damit vertun, sich Atteste und Gott weiß was zu besorgen – ein gewaltiger Apparat mußte in Gang gebracht werden, weil ihr kleiner Peter Luthers kleinen Katechismus lernen sollte. Glücklicherweise hatte die Frau des Kutschers Olsen Erfahrung von ihren achten her und wußte genau, was notwendig war. Die alte Rasmussen mußte mit Peter hinübergehen und ihn anmelden; Ditte selbst getraute sich nicht. „Ich habe keine Zeit!“ sagte sie.

„Wenn sie sich drüber aufhalten, daß es so spät geschieht, so sag einfach, er wäre wegen Drüsen auf dem Lande gewesen“, riet Frau Olsen.

Nun, es ging glatt mit der Anmeldung, die Atteste waren in Ordnung – und nun war Peter Schüler. Man konnte es ihm gleich am ersten Tage ansehen. Seine Stimme wurde noch tiefer; die Falte zwischen den Augen kam häufig zum Vorschein. Gar streng konnte er sein, wenn etwas nicht so ging, wie es sollte; Gott gnade ihnen, wenn sie nicht dafür sorgten, daß er zur rechten Zeit fortkam. Dann ging er einfach – und ließ sein Frühstück und alles im Stich. Er konnte mindestens Zugführer werden, so pünktlich war er; die alte Rasmussen konnte um seinetwillen richtig in Rage geraten. „Es ist erst halb acht“, sagte sie. „Du kannst ganz ruhig sein.“

„Nein, es ist fünf Minuten vor acht“, erwiderte er verdrossen, und damit war er zur Tür hinaus. Und recht hatte er gehabt, denn kurz darauf schlug es acht. Wie ärgerlich war's, daß man nicht mehr die gute Kuckucksuhr hatte! Wie hatte der Taugenichts die nur versetzen können, bloß um Alkohol dafür zu kriegen! Dreißig Jahre war es nun her, aber die alte Rasmussen ärgerte sich darüber, als ob es gestern geschehen wäre.

Ditte war früh auf den Beinen, sie hatte für eine Herrschaft in der Store Kongensgade zu waschen; um fünf Uhr sollte sie da sein und den Herd in der Waschküche heizen, damit die Wäsche früh genug zum Kochen käme. Sie hatte Wasser für den Morgenkaffee aufgesetzt; die Lampe ließ sie in der Küche stehen, um die Kinder nicht zu wecken. Peter schlief in dieser Zeit unruhig – die Schule war daran schuld. Ditte stand am Fenster im Mondschein und kämmte ihr dünnes Haar; das ausgekämmte Haar rollte sie zusammen und tat es in die Tischschublade; es sollte ein falscher Zopf daraus gemacht werden – wenn sie mal das Geld dafür haben würde.

Der Mond schien direkt auf den Hof, der weiß von Schnee war; ein seltsam scharfes, bläuliches Licht dämmerte dort unten; alles sah man deutlich, aber ganz sonderbar verdünnt. Plötzlich verschob sich das Licht da unten; die Falltür zu der überdeckten Mistgrube des Fuhrmanns öffnete sich – ganz phantastisch sah das aus. Und eine Gestalt entstieg mühselig der Grube, eingehüllt in den Dampf des warmen Düngers. Die Gestalt zog einen Sack hinter sich herauf und schloß vorsichtig die Falltür – es war der alte Lumpensammler. Schnell stieß Ditte das Fenster auf; sie machte Lärm dabei, damit er sie hören sollte, und winkte. Da hob er seinen Haken – er hatte sie gesehen. Kurz darauf hörte sie ihn auf der Treppe und leuchtete hinunter.

„Kommt rein, damit Ihr ein bißchen warmen Kaffee kriegt", flüsterte sie und ließ ihn in die Stube ein. Peter erwachte gewiß von dem Lichtschein, aber das machte nichts.

Jetzt ging Kutscher Olsen hinab, um die Pferde zu füttern; es war ein Glück, daß der Alte noch rechtzeitig heraufgekommen war.

„Ja, er darf einen nich sehn, denn dann is er beinah gezwungen, einen anzuzeigen, wenn er seine Stelle nich verlieren will", sagte der Alte.

„Habt Ihr denn keinen anderen Aufenthaltsort mehr – auch nicht am Tage?" fragte Ditte und starrte ihn fröstelnd an.

„Ja, sehn Sie, es is rückwärtsgegangen. Früher sortierte man selber die Sachen und versuchte ordentlich was daran zu verdienen; jetzt muß man jeden Tag das Ganze an andre Lumpensammler verkaufen, die besser gestellt sind. Die wollen ja dran verdienen, bevor es weiter an den Eisenhändler geht und von da an den Aufkäufer und von dem wieder zum Grossisten. Es wollen viele vom Müllkasten leben; da bleibt fast nichts übrig für den, der drin herumwühlt. Is alles Schiet. Am Tage, ja – da setzt man sich in eine Ecke in eine Kneipe, wenn der Verdienst danach is. Denn Geld kostet das auch – alles kostet Geld."

„Kommt doch zu uns herauf, wenn Ihr mit Eurer Runde fertig seid“, sagte Ditte. „Hier ist es wenigstens warm, und Ihr könnt mit der alten Rasmussen schwatzen.“

„Ja, danke schön! Aber nee, das taugt nicht, wenn man euch all den Dreck mit in die Stube bringt. Sie lassen einen ja kaum in die Kneipen rein – wo man so schlimm riecht. Oft genug schimpfen die Leute auf einen, und man muß wieder auf die Straße hinaus.“

Ja, sein Geruch war schlimm. Der arme Kerl! Peter rieb seine kleine Kautschuknase, als hätte er Fliegen drin. Aber darum konnte man ihn doch nicht auf die Straße hinauslassen. „Kommt nur!“ sagte Ditte unbefangen. „Die Kinder haben Euch so gern.“

„Ja, und was macht das, daß du riechst! Man braucht sich ja bloß die Nase zuzuhalten“, sagte Peter und hob den Kopf.

„Was, bist du wach?“ sagte der alte Mann und langte mit dem Haken nach ihm. „Sich die Nase zuhalten – ja, das tun manche, wenn sie einen treffen. Aber was denn – darein muß man sich fügen. Jedes Handwerk hat seine Schwierigkeiten.“

„Wenn man nur einen Ort wüßte, wo Ihr des Nachts schlafen könntet“, sagte Ditte grübelnd. „In Karls Zimmer ist es wohl zu kalt? Er ist um diese Zeit jede Nacht fort.“ Aber davon wollte der Alte nichts wissen. „Man paßt nicht mehr unter ordentliche Menschen“, sagte er.

Nein, das war das Traurige. Dittes Gutmütigkeit kämpfte mit ihrer Sauberkeit. Er war nicht rein zu halten, da er in allem möglichen herumwühlte. Der arme alte Kerl! Er konnte kaum ruhig auf dem Stuhl sitzen. „Ob Ihr nicht ins Armenhaus gehen könntet?“ fragte sie schließlich.

Der Alte stand rasch auf. „Wenn du auf so was sinnst, weiß ich nicht, was ich mir antu“, sagte er; er zitterte vor Schreck. „Aber jetzt muß ich fort!“ Er nahm seinen Sack über die Schulter.

„Die nächsten paar Stunden könnt Ihr ja nichts sehn. Bleibt hier sitzen, bis es Tag wird“, versuchte Ditte ihn zu überreden. Aber er hatte keine Ruhe mehr.

„Ich will nach Vibenshus hin und mir ein Sauerbrot holen.

Da kriegt man's für den halben Preis, wenn man vor sechs kommt."

„Uh, das ist ein langer Weg!" Ditte fand auf einmal, daß es ihr selbst ganz unverdient gut gehe.

„Man kann ebensogut dorthingehen wie was andres anfangen", erwiderte der Alte. „Mit etwas muß man sein Leben ja zubringen. Na, leb wohl! Gott segne dich und die Deinen um deines guten Herzens willen."

Als Ditte dem alten Rindom hinabgeleuchtet hatte, bekam Peter einen Schluck Kaffee. Er bat zwar nicht gerade darum, blickte aber lüstern auf die Kaffeekanne, bewegte die Lippen lautlos und lächelte. Der liebe Dummkopf – man konnte ihm nicht widerstehen. „Aber nun leg dich unters Deckbett und schlaf wieder", sagte Ditte. „Es ist noch nicht fünf. Die alte Rasmussen ruft dich ja. Geh hübsch zur Schule und benimm dich ja ordentlich, damit man nicht sagt, Mutter Ditte muß aber eine schlechte Person sein, wenn sie solche Kinder hat. Sag der alten Rasmussen, daß ein Stück Sülze für Onkel Karl bereitsteht. Sie soll gut für ihn sorgen; und wenn er naß nach Hause kommt, darf sie ihn nicht zum Schlafen zu sich hinübergehen lassen. Wenn nicht Koks genug da ist, dann –"

„Das werd ich schon schaffen. Da kann Mutter ohne Sorge sein", unterbrach Peter sie mit tiefer Stimme.

„Danke schön, mein Junge. Und hilf der alten Rasmussen dran denken, daß sie zum Distriktsvorsteher muß." Sie stand einen Augenblick da und dachte nach. „Ja, dann ist wohl nichts mehr", sagte sie und küßte den Knaben, blies die Lampe aus und ging.

Sobald die Mutter die Treppe hinunter war, sprang Peter auf und schlüpfte in die Kleider. Es hatte keinen Zweck, jetzt noch zu schlafen; er hatte eine großartige Idee. Der alte Rindom trabte nach Vibenshus hin; das mußte Spaß machen, so mitten in der Nacht draußen zu sein und zu wandern – er wollte Ejnar holen und auf dem Müllplatz bei Lersö Koks klauben. Dann konnten sie zur Schulzeit wieder zu Hause sein, und sie hatten den Nachmittag frei zum Spielen. Er nahm den Sack unterm Küchentisch hervor und schlich hinunter. Auf dem Flur war es dunkel, und etwas Angst hatte er im Finstern; als er aber erst bis auf den Hof gelangt war, fühlte er sich obenauf. Rasch ging er hin und klopfte an Arbeiter Andersens Fenster; Andersen selbst war im Krankenhaus, sonst hätte er's nicht gewagt.

„Wer ist da?" ertönte ängstlich Selmas Stimme.

„Darf Ejnar mitgehen, Koks lesen?" fragte Peter.

„Jesses, bist du es, Kind? Bist du zu dieser Nachtzeit auf?" sagte Selma und zog ihn herein. In der Stube war es warm und dumpfig; die Familie hatte nur den einen Raum, in dem alle zusammen schliefen. Überall waren Betten hergerichtet; auf Stühlen an den Wänden und auf dem Fußboden. Ejnar war im Nu angezogen; seine Augen leuchteten vor gespannter Erwartung.

Rasch trabten die beiden Bürschchen dahin, in der Richtung auf die großen Müllplätze von Lersö zu. Als sie mitten auf der Stadtwiese waren, fiel ihnen ein, daß es zum Freihafen viel näher sei; und das war es auch – von zu Hause aus. Sie machten kehrt und begannen zu laufen, um das Versäumte wieder einzuholen. Am Triangel tauchte ein Schutzmann aus einem dunklen Haustor auf und schaute den Jungen, die mit ihren Säcken dahinrannten, vielsagend nach; sonst waren keine anderen Menschen auf der Straße als ein paar Zeitungsfrauen, die den großen Zeitungshäusern zustrebten, um die Morgenblätter zu holen.

Um diese Zeit in den Freihafen zu gelangen, davon konnte keine Rede sein, und mit einem gefüllten Sack mit heiler Haut von da zu entkommen, das war überhaupt undenkbar. Ejnar kannte das Ganze zur Genüge. Aber man konnte die Bluthunde necken, die zwischen den beiden Eisengittern hin und her rannten; das war ein riesiger Jux, wenn die schäumend vor Wut die Zähne auf eine der Eisensprossen setzten, in dem Glauben, es sei ein mageres Knabenbein. Dann kam die Wache jenseits des Gitters hervor und schäumte auch – und war gegenüber dem hohen Eisengitter ebenso ohnmächtig wie die Hunde.

Nördlich vom Freihafen war ein Terrain, das halb aus aufgefülltem Schutt bestand und halb aus Wasser mit alten Molen und Kaistücken. Da lagen Boote, kleine Schuten und Schleppdampfer; die Radspuren dorthin verliefen kreuz und quer zwischen alten, ausrangierten Booten, verrosteten Schiffskesseln und anderen wunderlich-monströsen Dingen. Und überall in den Räderspuren lagen Kohlenstücke. An einigen Stellen hatte der Zaun um die großen Kohlenlager unter dem Druck der Kohlen nachgegeben, und die Kohlen waren auf die Räderspuren gestürzt. Da konnte man sich ganz bequem niederlassen und in aller Ruhe den Sack halb füllen – ohne daß man das hätte Diebstahl nennen können. Aber gut war es natürlich doch, wenn niemand sie sah! Sie waren auch nicht leicht zu bemerken: wie Ratten schlüpften sie hin und her zwischen alten, ausrangierten Eisenbahnwagen, Schuppen, umgedrehten Booten und Fischkästen.

Ejnar war schon oft hier gewesen; aber für Peter war das alles neu und spannend, und er machte keinen Versuch, es zu verbergen. Am allermerkwürdigsten jedoch war die Nacht selber. Er war noch nie so richtig in der Nacht draußen gewesen; das Herz schlug ihm bis zum Hals hinauf, so seltsam kam ihm alles vor. Es war, als hielte die ganze Welt den Atem an, der Mond schien auf ganz andere Weise als am Abend, wo er sich der Straßenlaternen wegen wohl nicht recht hervorwagte. Er schrie sein Licht geradezu über die Erde hin; und die Sterne blinzelten alle Augenblicke, als seien sie des Wachens müde. Der Schnee knisterte unter dem Mondlicht, und drüben auf dem stillen Wasser lagen schlafend die Forts. Schiffe kehrten heim, leuchtend zogen sie über das Wasser dahin. Es waren die Liniendampfer aus den verschiedenen Provinzgegenden.

„Wär man nu auf der Kvaesthusbrücke, könnte man damit Geld verdienen, daß man den Leuten ihr Gepäck trägt“, sagte Ejnar.

Peter wußte nicht, wo die Kvaesthusbrücke war. Aber er wußte jedenfalls, daß man nicht überall sein konnte, denn das sagte die alte Rasmussen immer. Und er war recht zufrieden mit dem, was sich hier bot.

Als soviel in den Säcken war, wie sie schleppen konnten, versteckten sie sie unter einem Boot und liefen zum Wasser hinab, um zu probieren, ob das Eis sie trug. Sie scheuchten ein paar Enten auf, die auf dem Wasser lagen und schliefen; die Enten strichen über das Wasser hin und tauchten dann mit einer langen Schleppe von Wellenspritzern ein. Eine Fabrikpfeife schrillte und noch eine; also war es ein Viertel vor sechs! Die Arbeiter wurden gemahnt, von zu Hause loszugehen.

Vom Wasserlauf her ertönte ein Signal. Kurz darauf hörte man einen lang hinrollenden Laut; wie eine endlose Folge von Trommelschlägen klang es. „Das kommt von der Hühnerbrücke", sagte Ejnar. „Nun gehn die Arbeiter auf die Refshaleinsel hinüber. Sie gehen über eine lange Reihe von Brettern, die ins Wasser gelegt werden, und sie können vor Mittag nicht zurück. Vater hat selber da draußen gearbeitet." Ejnar wußte alles!

Man mußte aufbrechen. Die Säcke waren gehörig schwer; sie mußten sie hinter sich herschleifen; glücklicherweise war der Schnee festgetreten und glatt. Auf dem Norderfreihafenweg hielt ein Schutzmann sie an; er wollte wissen, was sie in den Säcken hätten und wohin sie damit wollten. „Kohlen, die wir drüben an der Ecke für unsere Mutter gekauft haben", sagte Ejnar frech. „Wir brauchen bloß nach der Grenaagade." Und mit dieser Fabel kamen sie durch.

Gegen sieben waren sie zu Hause; die alte Rasmussen war gerade dabei, die beiden Kleinen anzuziehen. „Du gehst wohl auf eigne Faust los – ganz wie die großen Gänslein!" sagte sie spottend.

Peter wurde rot bis über die Ohren. „Ich war bloß weg und hab Koks zusammengesucht", sagte er. „Da ist doch nichts Unrechtes dran."

„Ja, du kannst gut werden – was du einem für 'nen Schrecken eingejagt hast! Ich hab ja geglaubt, der Gottseibeiuns wär mit dir auf und davon geflogen."

Er verschlang sein Essen und machte, daß er wegkam von dem Geschelte; Ejnar stand unten auf dem Hof und wartete auf ihn.

Die Schule ließ Peter bereits kalt; sie bot ihm nicht die Spannung, nach der seine Knabenseele sich sehnte. Einige der Lehrer waren verständnisvoll und ließen die Jungen, die Milch auszutragen hatten und die früh aufgestanden waren, in der ersten Stunde schlafen; andere aber konnten es nicht dulden, wenn ein Junge lachte. An der Schule war nicht viel dran.

Und doch ereignete sich in diesen Tagen etwas Spannendes: ein paar Zahnärzte machten die Runde durch alle Schulen und untersuchten die Zähne der Kinder.

„Das ist, weil wir so mager sind", erklärte Peter zu Hause. Und das war richtig, man konnte es in der Zeitung lesen: die Schulbehörde hatte einen Schreck bekommen angesichts der zunehmenden Unterernährung der Kinder in den Volksschulen. Und da man mit Recht annahm, daß ein gewisser Zusammenhang zwischen der Unterernährung der Armenkinder und ihren schlechten Zähnen bestand, hatte die Stadt zwei Zahnärzte angestellt, die die Zähne der Kinder untersuchen und behandeln sollten. Es ergab sich, daß die Zähne in einem jämmerlichen Zustand waren. Nun, den schlechten Kauwerkzeugen konnte man wohl nicht die ganze Schuld geben, auch die Zubereitung des Essens spielte eine Rolle. Gerade wenn die Zähne in schlechtem Zustand waren, war es wichtig, daß das Essen gut gekocht wurde. Man trug sich daher mit dem Plan, Kochen als Unterrichtsfach für die Mädchen einzuführen; die meisten armen Leute waren arge Pfuscher auf diesem Gebiet.

Peter und Ejnar konnten das aus eigener Erfahrung bestätigen; es kam ziemlich oft vor, daß man bei ihnen zu Hause nicht einmal versuchte zu kochen. Na, das mit dem Kochunterricht kam jetzt nicht unmittelbar in Betracht; es bekam erst praktische Bedeutung für Peter, wenn Anna in die Schule ging; bis dahin mußte er sehen, wie er fertig wurde. Aber die beiden Knaben waren sehr gespannt, ob wirklich jedem Schulkind eine Zahnbürste geliefert werden würde. Ejnar, der es sonst nicht so genau mit der Schule nahm, erschien jetzt jeden Tag.

Auf dem Heimweg von der Schule ging Peter heute durch die Store Kongensgade, wo die Mutter wusch. Hatte er das Glück, zu kommen, während sie aß, so bekam er etwas von ihr ab – Frikandellen! Vornehme Leute aßen nie etwas anderes als Frikandellen; immer fielen für ihn, wenn er die Mutter auf den Waschstellen aufsuchte, Frikandellen und Schmorkartoffeln ab. Und Peter konnte den Geschmack dieser Leute sehr gut verstehen – wenn er reich wäre, würde er auch nie etwas anderes essen. Aber die Frau des Kutschers Olsen sagte immer, wenn sie irgendwohin zum Waschen kam: „Sie brauchen sich nicht die Mühe zu machen, mir Frikandellen und Schmorkartoffeln zu geben – die hab ich auf den letzten zweihundert Stellen gekriegt, wo ich gewaschen habe!" Sie war so verwöhnt; die Herrschaften nahmen sie auch nur, wenn sie keine andere bekommen konnten.

Die Mutter aß gerade, als er kam – Frikandellen mit Schmorkartoffeln, hurra! Zusammengesunken saß sie auf der Waschbank. Oh, wie schlecht sie aussah! Peter ging hin und legte den Arm um ihre Schulter; das tat er oft, wenn niemand es sah. Unter dem großen Kessel mit Wäsche prasselte das Feuer; hier unten war's wunderschön warm. Auf der Stirn der Mutter standen klare Schweißtropfen.

„Das ist nett von dir, daß du mich besuchen kommst, mein Junge", sagte sie und reichte ihm den Teller. Gierig hieb er ein.

„Mutter, wir sollen Zahnbürsten von der Schule geliefert bekommen!" sagte er auf einmal, den Mund voll Essen.

„So, mein Junge? Ja, dann kriegen die Zähne wenigstens etwas zu tun", erwiderte sie still.

„Ja, denn wir haben nicht genug Fleisch auf dem Körper, und daran sind die schlechten Zähne schuld." Ditte lächelte schwach über sein Geschwätz, antwortete aber nicht. „Ja, das sind sie!" wiederholte er.

„Willst du der alten Rasmussen sagen, daß ich später nach Hause komme", sagte sie müde, als er wieder aufbrechen mußte. „Es ist so viel Wäsche heut. Aber sie macht sicher etwas für euch zu essen zum Abend." Damit schrubbte sie wieder drauflos, und Peter begab sich auf den Heimweg.

„Nun sollen die Mädchen in der Schule kochen lernen, und wir sollen alle Zahnbürsten kriegen!" rief er begeistert, als er in die Stube stürmte.

„Du bringst so viel Kälte mit!“ sagte die alte Rasmussen zurechtweisend. Sie war ihm lange nicht mehr so gut, seitdem er in die Schule ging; er war zwar immer noch lieb, aber er war etwas zu selbständig geworden.

„Sie müssen!“ sagte Peter und wiederholte das Ganze.

„Na ja, dann wollen wir das mal glauben; aber komm mir nich mit mehr solchen Geschichten!“ sagte die Alte.

„Ach, du willst auch nie was glauben“, sagte Peter verdrossen. „Aber dann glaub ich einfach auch nich das, was du sagst.“

„Glauben? Na, man is doch nich von gestern. Damit mußt du aufs Land zu den Bauern gehn – ganz weit aufs Land raus, wo sie sich die Ohren abnehmen und Wassergrütze dazu essen.“

„Ja, aber wenn nun der Schulinspektor es selbst gesagt hat? Meinst du vielleicht, der lügt?“

Die Alte hielt es für das richtigste, den Rückzug anzutreten. „Ja, ja, sieht ihnen schon ähnlich, Zahnbürsten und Kochen einführen. Wenn der Teufel scheißt, werden's große Haufen!“

Peter war wieder hungrig und setzte sich mit den anderen zu Tisch; er konnte gut immerzu essen. Als sie fertig waren, zog die Alte sich an, um zum Distriktsbüro zu gehen. Sie nahm Anna mit, so hatte Peter nur auf Brüderchen achtzugeben. Das war eine Kleinigkeit.

Sonst war es auch immer gut gegangen. Peter hatte die beiden Kleinen so oft beaufsichtigt. Aber heute wollte Brüderchen die ganze Zeit auf den Arm genommen werden. Das Zahnen bereitete ihm Schmerzen, und er hielt den Finger im Mund; das zarte Zahnfleisch war ganz geschwollen. Peter schleppte ihn umher, ans Fenster, damit er hinuntersehen konnte, und wieder zurück zum Tisch, wo das Spielzeug lag; aber der Kleine fand keine Ruhe. Sobald Peter sich etwas mit ihm niedersetzte, fing er an zu brüllen. Dann hieß es wieder aufstehen und lostraben. Onkel Karl hatte in der Nacht gefischt und sollte zum Schlafen Ruhe haben.

Peter konnte nicht mehr; der Kleine glitt tiefer und tiefer; beinah hätte Peter ihn fallen lassen. Er ging in die Küche mit ihm und schloß die Tür, damit das Geheul des Kindes nicht zu hören war. Aber da war es zu kalt, der Kleine wurde ganz blau vor Kälte. Schließlich wußte er nicht, was er anfangen sollte, und fing selber an zu brüllen.

Karl kam zu ihnen heraus. „Na, ihr zwei führt ja ein schönes Konzert auf", sagte er heiter und holte sie in die Wärme zurück. Es dauerte auch nicht lange, so hatte er den Kleinen aufgemuntert. „Warum hast du mich denn nicht gerufen, Peter?" fragte er.

„Ich kann auch alleine fertig werden", erwiderte Peter mürrisch. Er war verlegen wegen seines Fiaskos, wie Karl wohl merkte.

„Du bist ja ein ganzer Kerl", sagte er. „Ich begreife gar nicht, wie du das schwere Kind so herumschleppen kannst." Das verfehlte seine Wirkung nicht.

Ejnar kam herauf. „Darf Peter mit auf den Hof spielen gehn?" fragte er, sich durch die Tür drängend. Er war ein stämmiger kleiner Bursche mit einem kecken Gesicht, aber einem fürchterlichen Rotznäschen.

Peter schüttelte den Kopf und machte ihm Zeichen. „Die alte Rasmussen ist nicht zu Hause", sagte er voller Verantwortungsgefühl.

„Mach dich nur dünne", sagte Karl lachend. „Meinst du, ich könnte nicht auf Brüderchen achtgeben?"

Im Nu waren die beiden Bürschchen die Treppe hinunter. Ejnar sprang mit einem Satz durchs Haustor, zur Adelgade hin; hinter der Ecke blieb er stehen und wartete. Er fürchtete, daß ihn jemand bemerkt hatte und zurückrufen würde; niemand konnte ihn sehen, ohne ihm sofort eine Besorgung aufzutragen. „Nu gehn wir los und machen Jux", sagte er vergnügt, weil er unbehelligt durchkam, „auf die Seen, was?" Peter folgte ihm blindlings. Erst als sie an der Friedensbrücke angelangt waren, fiel ihm ein, daß er der Mutter irgend etwas in diesem Zusammenhang versprochen hatte; was es war, daran konnte er sich nicht mehr genau erinnern. Und da lag nun das Eis vor ihnen; jetzt war es zu spät.

„Das Eis trägt nicht!" stand da auf Schildern längs des Sees; aber sie nahmen keine besondere Notiz davon – die

Schilder sollten einen gewiß von etwas Gutem aussperren. Sie sprangen hinunter und schlitterten hinaus.

Als sie draußen waren, hörten sie jemand vom Land her rufen – ein Schutzmann drohte und winkte. Peter wollte umkehren. „Bist du verrückt?“ sagte Ejnar und rannte in der Richtung auf die Königin-Louise-Brücke zu. Der Schutzmann ging ihnen am Ufer entlang nach, und jetzt kam er aufs Eis hinab. Peter brüllte beim Laufen: „Mutter! Mutter!“ – „Halt doch's Maul!“ sagte Ejnar und nahm ihn bei der Hand; und nun ging's nach dem anderen Ufer hinüber. Von dort drüben her kam ein anderer Schutzmann gelaufen, um sie zu fangen; aber er bewegte sich zu schwerfällig in seinen Stiefeln. Sie gelangten ans Ufer und schossen durch ein Seitengäßchen in die Ryesgade hinein. Am Seepavillon tauchten sie wieder auf, immer noch im Trab und einander bei der Hand haltend. Mit einem Ruck machten sie halt, wie ein paar Pferde, die durchgegangen sind. „Nöh!“ rief Peter. „Schau mal!“ Er war ganz in Schweiß gebadet, und seine Backen waren gerötet.

Hier konnte keine Rede davon sein, daß das Eis unsicher war. Dieses Ende des Sees war ganz abgesperrt und mit Weihnachtsbäumen geschmückt, und Hunderte von feingekleideten Menschen liefen hier draußen Schlittschuh, oder sie ließen sich im Schlitten fahren – zur Hornmusik. Fast alle Leute hatten Pelzmützen auf und zottige Felle über den Kleidern, und die Damen hielten ihren Muff mit der einen Hand in der Luft und hatten Backen wie die rötesten Äpfel. Schlittschuhlaufen hatte Peter noch nie gesehen. „Sieh mal, sieh mal! Wie der fliegt!“ rief er, auf einen der Schlittschuhläufer zeigend. „Er berührt das Eis nur ein bißchen mit der einen Zehe!“ Nun kam es darauf an, durch die Absperrung zu gelangen.

„Soll ich Ihnen Ihre Schlittschuhe festmachen?“ fragte Ejnar eine junge Dame im grauen Pelz, die am Ufer saß und sich abmühte, die Schlittschuhe anzuschrauben.

„Ja, danke!“ sagte sie, und flugs war Ejnar unten. Peter starrte ihm einen Augenblick nach, dann war auch er durch die Absperrung hindurch. Ein Aufseher kam herbei.

„Die helfen mir – das sind meine Trabanten!" sagte die junge Dame. Er griff höflich an die Mütze und entfernte sich wieder.

Die Dame lief einmal herum, dann kam sie wieder und nahm die beiden mit zu einer kleinen Bude. Sie bestellte kochend heiße Schokolade für sie mit zwei Zwiebäcken für jeden. Als sie damit fertig waren, gingen sie Hand in Hand übers Eis und sahen den Schlittschuhläufern zu. Die junge Dame lief jetzt zusammen mit einem jungen Herrn; es sah aus, als ob sie im Laufen spielten: Rirarutsch – wir fahren mit der Kutsch! Sie machten bei den Knaben halt, und Peter legte seine Hand in die der Dame. „Das sind meine beiden Kavaliere!" sagte sie zu ihrem Begleiter und streichelte ihre Wangen. Er lachte und gab jedem ein Fünfundzwanzigörestück.

Nun war es wohl das beste, man machte sich dünn; der Aufseher verlor die beiden Bürschchen nicht aus den Augen. – So trabten sie denn durch die Stadt, über den Rathausplatz. „Wollen wir uns nicht etwas für die fünfundzwanzig Öre kaufen?" fragte Ejnar plötzlich und blieb vor einem Bäkkerladen stehen. „Ich bin so hungrig."

Nein, die sollten gespart werden, und die Mutter sollte eine neue Nähmaschine dafür bekommen. „Aber wir können in das Samariterlokal gehen!" Peter war ebenfalls hungrig.

Als sie das Samariterlokal heimgesucht hatten, begaben sie sich geschwind zum Hauptbahnhof, um zu sehen, ob sie nicht noch einmal fünfundzwanzig Öre verdienen könnten; es kam vor, daß man einem Reisenden das Gepäck an den Zug tragen durfte. „Aber nur keine alten Damen!" sagte Ejnar. „Die geben nie was. Die sagen bloß: Schönen Dank, vielen, vielen Dank!"

Ein beleibter Herr kam mit seinem Koffer quer über die Vesterbrogade. „Das is was!" flüsterte Ejnar, und die beiden Jungen liefen hinter ihm her und gingen dann keck rechts und links von ihm. Er musterte sie einen Augenblick, dann gab er ihnen den Koffer; den konnten sie kaum schleppen. Er ging neben ihnen und wischte sich den Schweiß von Nakken und Gesicht. „Verflucht und zugenäht! Ihr seid ja 'n paar tüchtige Jungen!" sagte er bewundernd.

Sie bekamen eine ganze Krone dafür, Ejnar steckte sie ein. Am Bristolhotel drehten sie eine halbe Stunde lang die Schwingtür für die Gäste, die kamen und gingen. Aber das brachte nichts ein; die Leute nahmen es als etwas Selbstverständliches hin, sahen sie nicht einmal. Und dann waren sie wieder hungrig!

„Du, sollen wir uns nicht etwas für die Krone kaufen?" fragte Peter.

Ejnar steckte die Zunge in die Backe. „Das möchtest du wohl, was?" Aber gleich darauf ging er in einen Bäckerladen und kam mit einer ganzen Tüte voll kleiner Kuchen heraus. Und plötzlich entdeckten sie, daß es dunkel war – sie mußten nach Hause!

Sie wählten den Rückweg durch die Hauptstraßen – um einen Schimmer von den Schaufenstern zu erhaschen.

Vor einem großen Spielzeugladen blieben sie stehen und vergaßen Ort und Zeit. Sie drückten die Gesichter gegen die Fensterscheibe und verschlangen die Herrlichkeiten dahinter mit gierigen Augen, in denen sich das Licht aus dem Laden spiegelte. Sie dampften vor lauter Eifer, von ihrem Atem lief das Fensterglas an, so daß sie fortwährend den Platz wechseln mußten.

„Oh, sieh nur!" rief Peter. „Da ist eine richtige Lokomotive! Die möcht ich haben!" Ejnar behauptete, sie gehöre ihm, er habe sie zuerst gesehen; einen Augenblick waren sie nahe daran, sich wegen der Sachen im Schaufenster zu zanken.

„Wenn das mir gehören darf, dann darfst du das große Haus mit den Pferden und Kühen kriegen", sagte Peter flehentlich.

Und Ejnar ist gutmütig. „Aber dann will ich auch die beiden Schaukelpferde haben", sagt er. „Jawohl, du!"

Sie halten einander bei der Hand und sind im Begriff, die Gegenstände zu verteilen – diesmal unter die Geschwister zu Hause. Die sollen auch etwas abbekommen, wenn sie auch nicht mit dabei sind. Und plötzlich erlischt das Licht im Laden. „Nein, was war das?" sagen sie lachend und schauen einander verwundert an – war das Ganze ein Traum? Aber in allen Läden in der Straße gehen nun die Lichter aus, Fenster auf Fenster wird dunkel. Es ist Ladenschluß, eiserne Rolläden rasseln herunter, eiserne Tore werden vor die Türen gesetzt. Peter fängt an zu heulen.

„Ach, du Dummkopf, die machen ja bloß Feierabend", sagt Ejnar. Aber Peter heult weiter, und in gestrecktem Galopp geht es nach Hause.

„Kriegst du denn Wichse, wenn du nach Hause kommst?" fragt Ejnar wieder. „Sag einfach, du hättest eine Besorgung für jemand draußen in Frederiksborg gemacht – du hast ja die fünfundzwanzig Öre."

Nein, Peter kriegt keine Prügel, und lügen will er nicht. Es tut ihm bloß so leid.

Zu Hause aber hängt das gute Oberbett über einem Stuhl am Ofen zum Auslüften: Onkel Karl hat es eingelöst. Und die Mutter ist noch nicht gekommen; die alte Rasmussen ist allein mit Brüderchen – Schwester Anna fehlt.

„Ja, die is weggerannt", sagt die Alte verlegen. „Das dumme Gör! Willst du nicht gehen und sie suchen?"

Da kommt Ditte heim, sie ist todmüde, und ihr ist gar nicht wohl. „Ach, laßt nur heut abend", sagt sie und sinkt aufs Bett. „Sie ist ja sicher bloß wieder zur Großmutter nach Nyboder gelaufen. Mag sie die Nacht da bleiben – das tut sie ja so gern." Ditte sehnt sich bloß danach, daß das Haus zur Ruhe kommt, sehnt sich nur, selber auszuruhen, richtig auszuruhen. Am nächsten Morgen können sie dann das Mädel zurückholen.

Bald darauf schlafen alle. Peter träumt, daß er in einem fort Schwingtüren dreht; bei jeder Umdrehung fällt eine Krone für ihn von oben herab. Er kauft Nähmaschinen für all das Geld. Und so schnell, wie er sie kauft, werden sie wieder abgeholt.

15
Mutter Ditte kommt in die Zeitung

Ditte hatte lange geschlafen, sie war so müde von gestern. Alle hatten die Zeit verschlafen, die alte Rasmussen, Peter und Brüderchen. Denn sie hatten so gut gelegen, das behagliche Oberbett hatte wieder alles in die Reihe gebracht. Die Alte hatte ihr Unterbett wiederbekommen, und Ditte und die Kinder lagen nicht mehr auf der bloßen Matratze. Herrlich war es, aber man wurde faul davon.

„Ja, wenn wir nun unsre Sachen wieder einlösen", sagte Ditte, „das wird schön werden." Sie fand, alles sehe ein klein, klein wenig freundlicher aus, da Karl nun etwas verdiente. Wenn sie selber nur bei Kräften blieb!

Heute machte sie Peter selbst für die Schule zurecht; es tat hin und wieder not, alles gründlich nachzusehen; in der Regel kam er zu leichten Kaufs davon. Sie und die Alte sprachen dabei von Schwester Anna; nun war Großmutter wohl im Begriff, sie anzuziehen; wenn Peter fort war, wollte Ditte hingehen und das Mädel holen. Es war früh genug, die alte Lotsenwitwe pflegte morgens lange liegenzubleiben.

Da kam die Frau des Kutschers Olsen mit der Zeitung herein. „Das wird doch wohl nicht Ihre Kleine sein?" sagte sie und begann von einem kleinen drei- bis vierjährigen Mädchen vorzulesen, das am vergangenen Nachmittag in der Klerkegade aufgelesen und im Polizeirevier in der Store Kongensgade abgeliefert worden war. Die Polizei forderte durch die Zeitung Eltern oder Verwandte und alle, die Aufklärung geben konnten, auf, sich dorthin zu wenden. „Denn man nimmt an, daß sie keine Eltern hat", sagte Frau Olsen schadenfroh, „darum steht da: oder wer sonst Aufklärung geben kann! Ich hab wirklich im ersten Augenblick daran gedacht, selber hinzurennen."

Ditte sagte nichts, sondern stand bloß da, mit einem sinnlosen, starren Lächeln, und ihr Gesicht wurde weißer und weißer. Dann sank sie still zu Boden. Frau Olsen fing an zu schreien – nun war sie nicht mehr so hochnäsig. „Steh nich da und stell dich an!" sagte die alte Rasmussen hart. „Sorg lieber für etwas Essig!" Sie befeuchtete Dittes Schläfen und rief sie wieder ins Leben zurück.

„Das ist das dumme Herz!" sagte Ditte, sich aufrichtend und erstaunt um sich schauend. Auf einmal ging ihr die Wirklichkeit auf, und sie stürzte davon, wie sie ging und stand, zur Store Kongensgade.

Das Kind war nicht mehr auf dem Revier; die alte Frau von Nyboder war dagewesen und hatte die Kleine geholt. „Ein liebes Dingelchen!" sagte der Wachtmeister. „Sie hat die Nacht hier in der Wachtstube geschlafen. 'n prächtiges Mädel. Wie zum Henker können Sie nur . . .?" Na, er kannte wohl die Verhältnisse. Jedenfalls vollendete er die Frage nicht. Aber es war eine ernste Sache.

Ditte wurde vernommen; sie mußte herausrücken mit allem: daß sie selbst unehelich war und zwei uneheliche Kinder hatte. Alles, was sie so lange verheimlicht hatte, ihr ganzes Familien- und Sündenregister wurde zu Protokoll genommen. So tief war sie noch nie in ihrem Leben gesunken; ihr Gesicht brannte vor Scham während des Verhörs, das Schluchzen preßte ihr den Hals zu. Nun stand sie da unter all den anderen – im Verbrecherprotokoll; sie, die noch nie etwas mit der Polizei zu tun gehabt hatte!

Endlich ließ man sie laufen, und sie konnte die Kleine in Nyboder holen gehen. Sie trug sie nach Hause, drückte sie an sich und weinte.

„Anna bei Großmutter gewesen. Anna bei schwarzen Männern heut nacht geschlafen", wiederholte die Kleine in einem fort.

„Ja, ja, du bist ein großes Mädchen!" erwiderte Ditte schluchzend.

In ihrer Straße reckten die Leute die Hälse nach ihr aus, und im Haus kamen alle auf die Treppe hinaus – sie erregte förmlich Aufsehen. Sie eilte mit dem Kind hinauf und schloß die Tür hinter sich ab. Die alte Rasmussen schalt fortwährend – auf sich selbst, weil sie nicht ordentlich auf das Kind achtgegeben hatte, und auf die anderen, weil sie solch Aufhebens von der Sache machten. „Nimm du dir die Geschichte nur nicht zu sehr zu Herzen", sagte sie. „Wenn man Tränen vergießen sollt wegen aller Dinge, die andre Leute einem nachsagen, dann müßt man wohl eimerweise flennen. Wir haben die kleine Anna wieder, und ein andermal geben wir besser acht. Aber verrückt ist das mit dem Gerenne – es ist fast, als ob es 'n Laster wäre."

Ditte verstand dieses Laster so gut. Sie entsann sich aus ihrer Kindheit, was es bedeutete, bloß eine einzige Nacht bei Großchen zu sein; ein Großchen war durch nichts auf Erden zu ersetzen. Und auch das Durchbrennen war ihr vertraut, wenn sie auch längst kein Verlangen nach dem Unbekannten mehr verspürte. Als Kind war sie ja selber aufs Geratewohl davongelaufen; und wie oft waren die Jungen – besonders Christian – von zu Hause ausgekniffen. Arme Kinder mußten soviel entbehren – vielleicht war das der Grund?

Sie arbeitete nicht, sondern hielt den ganzen Vormittag die kleine Anna auf dem Schoß und plauderte leise mit ihr. Stille senkte sich auf sie nieder; sie hatte das Gefühl, daß Peter und Anna ihr jetzt genommen werden würden. Jeden Augenblick konnte jemand von der Behörde erscheinen, um ihre Verhältnisse an Ort und Stelle zu untersuchen und die Kinder mitzunehmen. Sooft sie jemand auf der Treppe hörte, begann sie zu zittern.

„Hab du nur keine Angst", sagte die alte Rasmussen. „Kinder nimmt einem niemand weg. Das ist das einzige in dieser Welt, was man nicht gegen Diebstahl zu versichern braucht."

Nach und nach wurde Ditte ruhiger; sie begann ans Mittagessen zu denken; wenn Peter nach Hause kam, war er immer ganz ausgehungert. Da kam er die Treppe heraufgestürmt, viel früher, als sie ihn erwartet hatte; so war die Zeit wieder verflogen! Er hatte eine Zahnbürste in der Hand, eine ganz richtige, tatsächlich; selbst die alte Rasmussen mußte zugeben, daß es wirklich eine Zahnbürste war.

„Großartig is es nu doch!" sagte sie. „Wie oft hat sich einem das meiste von den Mahlzeiten in den hohlen Zähnen festgesetzt! Mit so 'nem Ding kriegt man wenigstens alles raus." Peter behielt die Bürste in der Hand, während er aß.

Gegen zwei Uhr erschienen die Mittagsblätter und brachten neue Verwirrung. Eine Zeitung hatte sich bei der Polizei nach Dittes Adresse erkundigt und einen langen Artikel losgelassen. „Eine Rabenmutter" stand in fetten Buchstaben darüber. Die Zeitung brachte sogar ein Bild von Ditte. Den Lesern sollte die Rabenmutter auch vor Augen geführt werden. Ditte brach völlig zusammen; das Wort Rabenmutter traf sie wie ein Keulenschlag; sie konnte die Anklage und Schande nicht ertragen. Zusammengekrümmt lag sie auf dem Bett und weinte; weder die Alte noch die Kinder vermochten sie zu trösten. Ihr schluchzender Mund stand nicht still; sie klagte und verteidigte sich. Peter ging still hin und steckte ihr die Zahnbürste zu. „Die sollst du haben", sagte er. Sie fiel aus ihrer Hand auf den Boden; da schlich er hinzu und nahm sie wieder an sich – fast gierig.

Frau Langhalm kam in die Stube; sie brachte in Papier gewickelten Kuchen. Und sie ging zu Ditte hin und küßte sie auf die Stirn. „Ich wollte Ihnen nur sagen, daß wir zu Ihnen halten, mein Mann und ich", versicherte sie; „man behandelt Sie ja ganz schändlich. Mein Mann will morgen früh in den Zeitungen protestieren – oder mit der Polizei sprechen." Das tröstete Ditte etwas; sie stand auf und hantierte in der Wirtschaft.

Im Laufe des Nachmittags kam Karl nach Hause; er war heiser wie ein Rabe und konnte kaum reden. „Bist ja hoch gestiegen", flüsterte er. Als er sah, wie sehr die Geschichte sie mitgenommen hatte, wurde er ernst. Sie mußte ausführlich erzählen, wie alles gekommen war.

„Man sollt beinah glauben, daß die ganze Maschinerie nichts andres zu tun hätte, als auf eine Gelegenheit zu lauern, ein armes Weib zu überfallen", sagte sie weinend. „Sich klarzumachen, wie das zugehen kann, fällt keinem ein – geschweige denn, einem zu helfen."

„Nein, weißt du, in ihren Augen sind wir Armen ja nichts anderes als Leute mit kriminellen Anlagen, die zu beaufsichtigen der Himmel sie beauftragt", sagte Karl bitter. „Das ist so ein richtiger fetter Happen für sie; nun können sie tüchtig schwelgen in der fast verbrecherischen Schuld der Armut.

Aber soll man sich so etwas denn zu Herzen nehmen? Laß du die Zeitungen schmieren, was sie wollen, von fehlender Menschenliebe und fehlendem Pflichtgefühl. An deiner Stelle würde ich stolz darauf sein, die ganze Koppel auf dem Halse zu haben. Ich würde ..." Seine Stimme versagte völlig.

„Oh, wie erkältet du bist, Ärmster!" rief Ditte plötzlich erschrocken. „Mach, daß du in das Bett der alten Rasmussen kommst, dann werde ich dir Fliedertee kochen."

Aber Karl wollte in seine eigene Kammer. „Ich glaube, ich kann heute nacht nicht fortgehen", flüsterte er.

Da lag er nun mit einem warmen Stein am Fußende des Bettes und Dittes altem Schal um den Hals. Die Kinder liefen hin und her zwischen der Wohnung und seiner Kammer. „Ihr sollt Onkel Karl in Ruhe lassen", sagte Ditte.

Kurz darauf waren sie schon wieder drüben. „Wir dürfen!" sagten sie.

„Hat er das gesagt?"

„Er hat uns nicht rausgejagt! Er unterhält sich mit der Decke, das ist so komisch."

Ditte eilte hinüber. Karl glühte, seine Augen leuchteten. „Man muß bloß Ölzeug anziehen, dann geht es schon", flüsterte er. Er sah sie nicht.

Karls Erkältung zwang Ditte, an nützlichere Dinge zu denken als an dumme Zeitungsartikel; völlig gelassen guckte sie am nächsten Tag in die Morgenblätter. Sie beschäftigten sich nicht mehr mit ihrer Person; jetzt interessierte sie die soziale Seite der Angelegenheit. Ein Blatt verlangte Bestrafung bei Versäumnissen gegenüber anvertrauten Kindern; ein anderes schrieb sehr schön, die armen Leute müßten besser unterwiesen werden.

Ditte verstand das nicht. Aber sie verstand heute mehr als früher; das Ereignis hatte Groll in ihr Herz gesät, Bitterkeit gegen die, die ihr warmes, behagliches Auskommen hatten und nach unten Fußtritte austeilten.

Die Polizei ließ sich nicht sehen; Lehrer Langhalm war hingegangen und für sie eingetreten. Dagegen fand sich endlich die Pflegekommission ein – sie erschien mehrere Tage hintereinander. Vornehm gekleidete Damen, die nach Parfüm rochen, Herren, die nach Büro rochen, der Pfarrer voll salbungsvoller Würde. Das Ganze war sehr feierlich, so feierlich, daß Ditte voll Entsetzen dachte: ‚Nun nehmen sie dir die Kinder fort!'

„Pöh!" sagte die alte Rasmussen. „Die nehmen dir nix, nich zu machen! Meinst du, die wären versessen drauf, ein paar ausgehungerte Bälger auf den Hals zu kriegen, wenn sie davon verschont bleiben können? Is die reine Komödie – wie das meiste, was von denen kommt!"

16

Die Wolljacke

Es kam, wie die alte Rasmussen prophezeit hatte, Ditte durfte die Kinder behalten. Aber einen gehörigen Schreck hatte man ihr eingejagt; und in den nächsten Wochen kam die Kommission immer wieder ins Haus und erkundigte sich bei den anderen Frauen danach, wie Ditte die Kinder behandle. Spaß machte das nicht!

Karls Erkältung dauerte länger, als jemand von ihnen erwartet hatte. Tag und Nacht hatte er starkes Fieber; eine Zeitlang sah es aus, als ob die Lungen in Mitleidenschaft gezogen werden würden. Aber dann besserte sich sein Zustand plötzlich, und das Ärgste war überstanden. Ditte brauchte des Nachts nicht mehr bei ihm zu wachen. Aber er brauchte gute Pflege, das Fieber hatte ihn sehr geschwächt; er hatte nicht mehr viele Kräfte. Wie schön, daß es nun doch wieder aufwärtsging!

Das Oberbett war abermals aufs Leihamt gewandert; es konnte es zu Hause nicht lange aushalten. Aber man hatte wenigstens eine Zeitlang Nutzen davon gehabt. Es war ganz merkwürdig mit diesem Deckbett, alle Augenblicke nahm es Reißaus, während die anderen Betten hübsch daheim blieben – glücklicherweise. Es ging ihm genauso wie der Schwester Anna, und doch begriff die nichts davon.

Sie lief übrigens nun nicht mehr fort, denn Peter wich nicht von ihrer Seite – die Zahnbürste hielt er dabei stets in der Hand. Die ließ er nicht aus der linken Faust, wo sie wie festgekittet saß; ja, er schlief des Nachts mit ihr. So närrisch war er noch nie mit einem Spielzeug gewesen. Selbst in die Schule wollte er sie mitnehmen; er hatte sie in der Klasse auf der Brust versteckt, hing daran wie ein kleines Kind an einem Zulp.

Sonst aber war er recht vernünftig; Karls Krankheit hatte ihn in seinem Auftreten ganz erwachsen gemacht. Er sorgte selbst für Brennmaterial. „Aber denk daran, daß ich nicht zu Hause bin", sagte er zur alten Rasmussen, bevor er fortging, „und glaub nicht, ich gäbe auf Schwester acht."

„Ja, ja, werd schon dran denken", erwiderte die Alte so gefügig, als sei er ihr Vorgesetzter. Seine Würde machte sie ganz befangen.

Eines Tages kam er nach Hause mit einer Krone, die er verdient hatte – und außerdem hatte er den Sack voll Koks. Der Schlauberger hatte zuerst einen Sack voll gesammelt und ihn dann an Fremde verkauft. Die Krone war ein Tropfen auf den heißen Stein!

„Bring nur mehr von der Sorte, wir werden schon Platz dafür schaffen!" sagte die Alte. Sie war obenauf, trotz Krankheit und Schwäche; ihre Armenunterstützung war von zehn auf zwölf Kronen im Monat erhöht worden. Ein großes Freudengeschrei konnte man deswegen nicht erheben, aber es war doch Geld. Und außerdem hatte sie sich jetzt in ihrem achtzigsten Lebensjahr auf eine neue Beschäftigung verlegt, sie machte Feueranzünder für eine Fabrik in der Adelgade. Es war ein kleines Kramgeschäft, aber sie nannte es Fabrik, das klang besser. Wenn sie sich große Mühe gab, konnte sie über eine Krone in der Woche zusammenbringen. Und die Treppenreinigung besorgte sie auch, so daß Ditte wichtigere Dinge erledigen konnte. „Man frißt doch Gott sei Dank sein Brot nicht umsonst", sagte sie; sie war ganz stolz!

Für Ditte blieb wahrhaftig genug zu tun übrig. Je böser die Zeiten waren, desto mehr Gejage war notwendig; und die Verhältnisse wurden immer schlechter und schlechter. Die

Arbeitslosigkeit war in diesem Jahr viel größer als voriges Jahr um die gleiche Zeit, und sie nahm fortwährend zu. Zum Versetzen war nichts da; der vorige Winter hatte die Heimstätten geplündert, und die Sommerarbeit war zu kurz gewesen, als daß sie wieder hätten in Ordnung gebracht werden können. Bei reich und arm wurde gesammelt; die, die Arbeit hatten, traten ein Viertel ihres Wochenlohns an die Arbeitslosen ab. Aber was konnte das helfen, wenn zwei Arbeitslose auf einen, der Arbeit hatte, kamen. Auch unter den Wohlhabenden wurden Sammlungen veranstaltet, und es kamen ansehnliche Summen ein. Aber gleichzeitig war's, als wäre ein Schreck oder ein Sparsamkeitsteufel in sie gefahren. Viele, die früher immer eine Hilfe genommen hatten für Wäsche und Reinemachen und die nicht im geringsten von den schlechten Zeiten berührt wurden, hatten auf einmal keine Verwendung mehr für ihre Reinemachefrau. Es war, als ob die Kälte und die Not auch die Gemüter derjenigen einschnürten, die nicht auf die Öre zu sehen brauchten. Und allerorten wurde unterboten. Wo es für fünf Öre Verdienst gab, meldeten sich die Arbeitslosen zu Dutzenden und unterboten einander, so daß man schließlich fast gar nichts für seine Arbeit bekam.

Auch draußen auf dem Lande wurde gesammelt. Da draußen entsproß ja die Nahrung unmittelbar der Erde; und man mußte sagen, die Bauern zeigten sich freigebig, obwohl sie der Hauptstadt nicht sonderlich grün waren. Brot, Speck und Kartoffeln gelangten in großen Mengen nach der Stadt und wurden durch Wohltätigkeitsvereine und Gewerkschaften verteilt. Aber es war wie überall; die mit den härtesten Ellbogen kamen zuerst an die Schüssel heran, und hatte man den Teufel zum Oheim, so schadete das auch in diesem Fall nicht. Der alten Rasmussen fiel es schwer, sich bemerkbar zu machen, und Ditte auch. Da war es beinahe besser, Peter zu schicken; er schlüpfte zwischen den Beinen der Erwachsenen hindurch, und es glückte ihm zuweilen, etwas zu erhaschen. Aber das war dann ein glücklicher Zufall. Alles, was gesammelt und was getan wurde, verschlug so bitter wenig; die Armut war wie ein Sieb, ein bodenloser Abgrund.

Ein Gutes war, daß der Arzt kein Geld zu bekommen brauchte. Er kam jeden Tag und sah nach Karl, obwohl er wußte, daß er nie einen roten Heller dafür kriegen würde. Er kannte Karl von den Diskussionsversammlungen, etwas hatten die ihm also doch eingebracht! Ditte hatte Angst vor ihm. Er war dünn wie ein Stock und sah aus, als hätte er lange nicht satt zu essen gekriegt; es war sicher kein gutes Geschäft, zu den Armen zu halten. Eigentlich bestand er nur aus den Augen, aber die hatten es in sich; sie stachen hinter den Brillengläsern, daß man ganz nervös davon werden konnte. Wenn er etwas sagte, war sie nie sicher, ob er nicht gerade das Gegenteil meinte.

Die alte Rasmussen hatte keine Angst vor irgend etwas und ging unverzagt auf ihn los; ob er ihr nicht etwas für das und das verschreiben könne – am liebsten etwas mit Kraft drin.

„Doch, verschreiben kann ich Ihnen wohl etwas“, sagte er dann und lächelte sein mattes Lächeln, „aber damit sind wir ja ebensoweit wie vorher. Wenn Sie nicht das Rezept verschlukken wollen, wie sie es in den katholischen Ländern tun.“

„Nöh, katholisch is man ja Gott sei Dank nich“, antwortete die Alte rasch. „Mit ’m Kopp is alles in Ordnung. Aber nich mit der Hüfte und den ollen Beinen – und den Schultergelenken. Könnt’s nich sein, daß was in einer Flasche übriggeblieben is und sowieso weggeschmissen werden soll?“

„Glauben Sie, daß jemand was wegschmeißt – in diesen Zeiten?“

„Ja, es kann doch vorkommen, daß einer stirbt. Is ja beinah egal, was man kriegt – wenn’s bloß Kraft gibt.“

Darüber mußte er lachen; doch am nächsten Tag brachte er ihr etwas mit, Pillen und Mixtur. „Lassen Sie sie das ruhig einnehmen“, sagte er zu Ditte. „Alte Menschen brauchen etwas, um sich anzuregen. Und was Karl betrifft, so wollen wir ihn übermorgen ein bißchen aufstehn lassen. Aber er muß eine warme Wolljacke auf dem Leibe haben, sonst kann’s leicht schlecht ablaufen. Wollen Sie dafür sorgen? Zwei müssen es sein – zum Wechseln also; denn er darf sie unter keinen Umständen mehr auslassen.“

Ja, Ditte wollte dafür sorgen. Sie versprach es, ohne mit

der Wimper zu zucken, wußte aber in Wirklichkeit nicht, wie sie das fertigbringen sollte. Das Deckbett war weggebracht worden, damit Arznei gekauft werden konnte; etwas anderes zum Versetzen hatte sie nicht; sie hatte geborgt und auf Kredit gekauft, wo sie nur konnte – infolge der Krankheit waren alle Hilfsquellen erschöpft. Mit der größten Anstrengung gelang es ihr, ihm etwas Essen vorzusetzen, das er hinunterkriegen konnte.

Zu Mittag briet sie ein kleines Stück Leber für Karl; die anderen bekamen Kartoffeln und braune Soße. Als sie ihm das Essen brachte, lag er und las. „Ah, was für feines Essen du da für mich hast", sagte er aufgeräumt; aber er stocherte im Essen herum und mußte jeden Bissen hinunterwürgen. Ganz spindeldürr war er in den paar Wochen geworden – es war ganz traurig mit anzusehen, wie angegriffen er war.

„Nun mußt du essen", sagte sie. „Du läßt ja alles stehn."

„Der Appetit wird sich schon einstellen, wenn ich erst wieder an die Luft komme; das Bettliegen nimmt uns Freiluftmenschen immer so hart mit. Morgen darf ich aufstehn, du!"

„Nein, nicht vor übermorgen", sagte Ditte mit schwachem Lächeln. „Du willst mogeln – du bist wie ein Kind."

„Wenn der Arzt sagt: übermorgen, dann kannst du versichert sein, daß das morgen bedeutet. Die Ärzte sind immer so vorsichtig."

„Wir müssen auch erst eine Wolljacke für dich besorgen; vorher darfst du nicht aufstehn."

„Dann kann ich wohl noch lange im Bett bleiben – wo in aller Welt sollten wir die wohl auftreiben? Und was soll ich auch damit? Ich hab ja nie in meinem Leben was Wollnes zuunterst getragen."

Ditte wollte nicht mehr davon reden; die Wolljacke sollte er bekommen, obwohl sie nicht wußte, woher sie sie nehmen sollte. „Was liest du denn da?" fragte sie erstaunt. „Die Bibel?"

„Ja, es ist Jesajas Gericht über die Gesellschaft seiner Zeit, was ich lese; ich habe ihn früher nie richtig verstanden, aber der suchte auch den Gott der Witwen und Waisen. Hör mal, was er sagt:

‚Wehe den Schriftgelehrten, die unrechte Gesetze machen

und die unrecht Urteil schreiben, auf daß sie die Sache der Armen beugen und Gewalt üben am Recht der Elenden unter meinem Volk, daß die Witwen ihr Raub und die Waisen ihre Beute sein müssen.‘

Ist es nicht, als ob er *unsrer* Zeit fluchte?“

„Er muß es nicht richtig angefangen haben“, sagte Ditte, sonst brauchten wir uns nicht heut noch mit all dem herumzuschlagen.“

„Nein, er vertraute ja auf das Lamm, aber ein Lamm kann niemals Wölfe vertreiben. Ich glaube, Christi Hände waren zu weich, du – und darum bluten wir jetzt. Es tut eine Scharfe Lauge not für die Erdrinde, diesen schorfigen Kopf. Ach, ich wünschte, ich könnte den Tag erleben, wo das Urteil vollstreckt wird.“

Er sprach ganz fanatisch, seine Augen brannten.

„Deck dich nur ordentlich zu und laß das Lesen sein“, sagte Ditte und nahm ihm die Bibel fort. „Sonst bekommst du bloß wieder Fieber.“

Als sie gegessen hatten, machte die alte Rasmussen sich zum Ausgehen zurecht. Sie wollte zum Unterstützungsverein und versuchen, ein Stück Speck zu kriegen; heute wurden Lebensmittel verteilt. „Karl braucht eine Suppe“, sagte sie, „einen guten Löffel Speckerbsen.“

„Oh, nehmt Anna mit“, sagte Ditte, „dann gibt Peter auf Brüderchen acht. Ich muß sehn, wie ich die Wolljacke auftreibe.“

„Probier’s doch mal in der Istedgade“, schlug die Alte vor. „Wenn die hören, daß es für Karl ist . . .“

Daran hatte Ditte auch gerade gedacht. „Aber geht Ihr jetzt, Mutter, sonst kommt Ihr zu spät.“ Sie schob die beiden zur Tür hinaus.

Und dann beeilte sie sich, fertig zu werden. „Du bist so lieb und gibst gut auf Brüderchen acht“, sagte sie zu Peter und faßte ihn dabei zum Abschied unters Kinn. „Aber ihr dürft nicht zu Onkel Karl hineingehn; er ist zu müde, euch bei sich zu haben.“ Peter rieb sein Mäulchen in ihrer hohlen Hand, wie ein zärtliches Füllen. „Wir werden schon brav sein“, murmelte er ernst. „Du kannst ruhig gehen, Mutter.“

In der Gothersgade begegnete Ditte einem Mann, der die Arbeitslosenzeitung verkaufte; sie kaufte eine Nummer, um sie Karl mitzubringen. Dann fiel ihr ein, daß er sich sicher freuen würde, wenn er sie sofort bekam, und sie eilte zurück. Außer Atem kam sie in seiner Kammer an – Peter war drinnen. Er bekam einen feuerroten Kopf. „Was, du bist doch hier?“ rief sie und sah ihn an.

„Ich wollte bloß –“, sagte er, schwieg dann aber und begleitete die Mutter zurück. Der Kleine spielte auf seinem Kissen auf dem Fußboden; vor den Ofen waren zwei Stühle gerückt, so daß er nicht daran gelangen konnte; das Ganze war sehr verständig geordnet. „Aber ich hätte doch lieber, wenn du ihn nicht allein ließest“, sagte Ditte. „Und du hattest es versprochen.“

„Die Beine – die Beine rannten mit mir weg – ich konnte nichts dafür!“ sagte Peter beschämt.

„Dann laß sie nicht noch mal mit dir wegrennen“, sagte Ditte und küßte ihn.

Bei Lars Peter war nichts zu holen, es war kein roter Heller im Haus. „Vaters letztes Geld hat Hjalmar gekriegt“, sagte Sine. „Er hat's geliehen, um dafür nach Naestved zu reisen. Er wollte nach Hause, um die Alten um Geld zu bitten – die sind ja wohlhabend. Wir sind weiß Gott ebenso arm wie du!“

Die Armut schien Ditte nicht so groß zu sein; überall waren Waren aufgestapelt. Aber natürlich – wenn die nicht zu Geld gemacht werden konnten, war das Ganze nicht viel wert.

„Und du bist richtig in die Zeitung gekommen“, sagte Sine etwas spitz. „Wir haben uns ordentlich was drauf eingebildet, daß wir verwandt mit dir sind.“

„Na, na, ein paar Zeitungen haben doch ganz nett über das Mädel geschrieben“, sagte Lars Peter. „Und nicht jeder beliebige Dummkopf kommt in die Zeitung mit Bild und so. Ich hab das Blatt übrigens hier – ist komisch, was für 'ne Vorstellung sie von dir haben; nach dem Bilde könnt man dich jedenfalls nicht erkennen.“ Er faßte nach der Brusttasche.

Aber Ditte wollte nicht gern näher darauf eingehen – sie hatte genug von den Zeitungen. Auch sie meinte, daß kein Grund für sie war, stolz zu sein.

„Es sind gar nicht so wenige, die für dich Partei ergreifen“, sagte Lars Peter.

Diesen Weg hätte sie sich also sparen können! Und wie hatte sie sich darauf gefreut, mit einer recht dicken, warmen Wolljacke nach Hause zu kommen und sie Karl anzuziehen. Sein armer Körper war von der Krankheit so abgezehrt – wie sollte er sich warm halten können? Er selber nahm die Sache nicht so ernst; aber es war nicht damit zu spaßen, wenn man Schleim in der Lunge hatte!

Als sie in ihre Stube zurückkehrte, saß der kleine Georg hübsch auf dem Fußboden und spielte mit der Zahnbürste; Peter hatte sie ihm gegeben, um ihn zufriedenzustellen; und er selber saß mit zusammengeschnürten Beinen neben ihm. Er hatte sie mit Dittes Wäscheleine zusammengebunden – förmlich eingewickelt, so daß es eine Weile dauerte, ihn wieder zu befreien.

„Das hab ich bloß getan, damit sie mir nicht wieder den Streich spielen, von Brüderchen wegzulaufen“, sagte er ernst. Ditte mußte sich hinsetzen; sie spürte einen Stich im Herzen – diesmal vor Freude.

Die alte Rasmussen und Anna kamen nach Hause, ganz erschöpft, aber doch froh. Sie hatten ein Stück durchwachsenen Speck und vier Pfund Kartoffeln ergattert. „Sieh mal, wie schön er is“, sagte die Alte. „Nu müßten wir bloß Erbsen dazu haben, dann könnten wir Karl gelbe Erbsen mit Speck vorsetzen, er braucht so was Fleischernes!“ Je älter sie wurde, um so gieriger wurde sie in dieser Hinsicht.

Ditte starrte vor sich hin; sie überlegte, wie sie die Erbsen beschaffen sollte – es sah aus, als durchsuche sie den ganzen Weltraum. Dann kehrte sie wieder auf die Erde zurück – mit leeren Händen. „Bist du sehr traurig, wenn du Mutter deine fünfundzwanzig Öre leihen sollst?“ sagte sie zu Peter. Der Junge antwortete nicht, sondern begann in dem Futter seiner Jacke danach zu suchen – das Geldstück war nicht da! Da fiel ihm plötzlich ein, wo es war; er ging hin und zog es unter einem Stück Tapete hervor, das sich gelöst hatte. Still reichte er es der Mutter. Nun wurde auch seine Hoffnung auf eine neue Nähmaschine vereitelt; Ditte hatte diese Hoffnung längst aufgegeben.

Sie sah zu Karl hinein, er schlief aber – es war dunkel in seiner Kammer. Und das war gut so; so kam sie wenigstens nicht mit leeren Händen zu ihm hinein. Er gab sich den Anschein, als käme er ausgezeichnet aus mit den Sachen, die er anzuziehen hatte; aber das tat er bloß, um sie zu schonen. Sich selbst schonte er nicht; er hatte ihre Sachen eingelöst und ihr Geld gegeben in der Zeit, als er etwas verdiente, anstatt an Ölzeug für sich zu denken. Nun lag er da, zum Dank für seine Güte. Warmes Unterzeug *mußte* er haben – und wenn sie's stehlen sollte!

Ditte half der Alten die Erbsen aufsetzen. Die alte Rasmussen konnte den großen eisernen Topf nicht heben, und der sollte heute aufs Feuer, dem Speck zu Ehren! Dann huschte sie wieder hinaus, auf der Suche nach einem Ausweg.

17

Eine Begegnung

Es ist schwer, eine Stecknadel in einem Heuhaufen zu finden; fünf Kronen in einer Stadt mit einer halben Million Menschen zu finden, kann noch schwieriger sein. Ditte erfuhr das nun; ein paar Stunden war sie ohne Erfolg umhergejagt. Die, die sie kannte, waren ebenso arm wie sie selber – und Betteln führte zu nichts; auch das hatte sie versucht. Zu viele betrieben dieses Geschäft; die Leute mochten ihre Geschichte von der Wolljacke nicht einmal zu Ende anhören, sondern eilten weiter.

Am Nytorv traf sie Marianne. „Kannst du mir nicht sagen, wo ich fünf Kronen herkriegen kann – für eine Wolljacke für Karl?“ fragte sie jammernd. „Seine Lunge ist nicht in Ordnung, und er soll eine Wolljacke zuunterst tragen.“

Marianne schüttelte den Kopf. „Verdien sie dir“, sagte sie

dann. „Einen andern Weg kenn ich nich. Am Nyhavn, da . . .“

Ditte ging weiter – über den Halmtorvet nach der Istedgade zu; sie wollte es noch einmal bei Lars Peter versuchen. Aber als sie dort vor der Tür stand, hatte sie doch nicht den Mut, sich noch einmal eine Abfuhr zu holen – aus Sines Mund.

In den dunklen Nebenstraßen der Vesterbrogade strichen die Frauen hin und her. Auf die Hauptstraße wagten sie sich der Polizei wegen nicht, aber sie stellten sich da auf, wo die Seitenstraßen mündeten, im Schatten, und lockten die Männer – und dann zogen sie mit ihrer Beute ab. Sie waren warm angezogen, trugen schwere Boas und Muffe. Dittes Pelzwerk war schon vor langer Zeit aus dem Hause gewandert!

„Pst, Freundchen – komm mal her!“ Ditte hörte den Satz, wußte aber nicht, woher er kam. Hatte sie selbst diese Worte gesagt?

Ein Mann wandte sich jäh um und wollte etwas erwidern, stutzte aber im selben Augenblick. Es war Vang.

„Hier muß ich dich treffen?“ sagte er und sah sie mit seltsamem Ausdruck an. Das Blut schoß Ditte zu Kopf.

„Ja, und ich dich?“ erwiderte sie; ihre Augen funkelten zornig.

„Ich hab dich nicht verletzen wollen“, sagte er und streckte die Hand aus. „Ich konnte nur nicht fassen, daß du es warst.“

„Ja, gewiß, ich bin es – wer sollt's denn sonst sein?“ erwiderte Ditte herausfordernd. „Meintest du vielleicht, es wär deine Frau?“ Sie lachte spöttisch.

Vang antwortete nicht – sie fühlte, daß sie ihn getroffen hatte. Aber das schadete nichts, wenn er annehmen konnte, daß sie so eine sei – daß das ihr Gewerbe sei. „Du hast uns beide ja schon früher verwechselt“, fügte sie hinzu. „Aber du hast vielleicht bloß das Häusliche satt, da du hier herumschnüffelst?“ Sie wußte recht gut, daß er hier nichts suchte; die Art, wie er vorbeiging, war der beste Beweis. Aber es bedeutete Rache und Genugtuung für sie, sich den Anschein zu geben, als glaube sie es. Zorn, Haß, Verzweiflung kochten in ihr; er sollte das Schlimmste von ihr annehmen – gerade er. Es lag für sie ein eigentümlicher Genuß darin, roh zu sein, dirnenhaft und gemein in der Sprache. „Pst, Freundchen, komm mit!" rief sie ihm mit grober Stimme ins Gesicht und lachte.

Vang stand schweigend da und hörte sie mit einem unsicheren Lächeln an. Dann hielt er ihr die Hand hin. „Hör auf", bat er. „Du tust das ja bloß, um mich zu quälen. – Ditte!" Er blickte ihr gutherzig und flehend in die Augen.

„Ja, allerdings tu ich das, um dich zu quälen, was sonst? Und du hast gleich ein böses Gewissen gekriegt – du meintest, es wäre deine Schuld, daß ich verkommen bin. Gesteh es nur ein! Ach nein, du, so geht es nur in den Romanen zu. Das Leben ist nicht so rührend, wie ihr's macht. – Findest du übrigens, daß ich so aussehe, wie man's in diesem Beruf tut? Da muß man wohl anders angezogen sein. Ihr Männer liebt die Lumpen nicht. – Auch die Dichter nicht! Jedenfalls nicht auf diese Art!"

„Hör doch auf damit", sagte er und schob seinen Arm unter den ihren. „Wollen wir ein Stück zusammen gehn? Ich habe um acht Uhr einen Vortrag zu halten, habe also noch viel Zeit."

„Aha – in der Halle. Ich glaube, ich hab's in der Zeitung gelesen. Du willst uns, die wir im Dreck sitzen, Moral predigen, willst uns erzählen, wie wir sein sollen, damit uns das Elend nicht gar zu schmutzig macht. Du sollst so erbaulich sprechen, sagen die Leute. Magst du denn wirklich noch mit uns zu schaffen haben?" Sie gab den Worten eine eigene Betonung.

„Ditte, glaubst du wirklich, daß ich ein Heuchler bin?" fragte er, sie betrübt ansehend.

„Das weiß ich nicht", erwiderte Ditte barsch, „und es ist mir auch vollkommen gleich. Predige du nur Moral, wenn's was einbringt. Mir soll's recht sein, daß ihr uns die Ohren volltutet und an uns schmarotzt – allesamt. Ist mir total egal."

„Komm mit in die Halle, dann kannst du selber urteilen, ob ich ein Heuchler bin."

„Nein – ich muß nach Hause zu den Kindern."

„Du bist verheiratet?"

Sie lachte höhnisch auf. „Man kann wohl auch Kinder haben ohne das. Ich habe vier – und einen Bräutigam, der zu Hause drauf wartet, daß ich ihm was mitbringe."

„Ich habe kein Geld, Ditte", sagte Vang mit dünner Stimme. „Aber ich bekomme fünfzehn Kronen für den Vortrag. Die sollst du haben. Ich werd sie dir schicken, wenn du keine Zeit hast zu warten."

„Danke, ich habe keine Adresse", antwortete Ditte. „Bin zwischen acht und zwölf Uhr abends auf der Straße zu treffen."

Er reichte ihr die Hand – er wollte sie jetzt los sein. Es brannte ihr im Hals, vor Zorn, Unterdrücktsein, vor Lust, ihn zu schmähen, ihn und sich und die ganze Welt, und vor verzweifelter Scham darüber, daß er schlecht von ihr dachte.

„Ihr alle habt mich mißbraucht – jeder auf seine Weise. Keiner ist unter euch, der mich nicht mißbraucht hätte", brach es aus ihr hervor, fast wie ein Schrei.

„Glaubst du, ich wollte dich mißbrauchen, Ditte – glaubst du das?" fragte Vang.

„Nein, das glaub ich wohl nicht", erwiderte sie schroff, „stell dich nicht so an! Ich bin doch keine verführte Unschuld. Aber warum hobst du mich ins Licht hinauf und ließest mich wieder fallen? Du weißt nicht, wie fürchterlich es hier unten ist, wenn man erst mal in etwas andres reingeschaut hat. Aber jetzt will ich Ruhe vor dir haben, hörst du – laß mich gehen!" Ihre Stimme war heiser.

Ohne Abschied ging sie stadteinwärts. Als sie ein Ende von ihm entfernt war, drehte sie sich um und blickte zurück; vornübergebeugt stand er da und sah ihr nach. Da begann sie zu laufen.

Als sie eine Weile gerannt war, machte ihr Herz sich nachdrücklich bemerkbar, und sie fing an, ganz langsam zu gehen. Weswegen sie überhaupt so gelaufen war, begriff sie nicht mehr. Sie begriff auch sonst nichts – am allerwenigsten, daß sie diesem Vang die reine Liebe ihrer Jugend geschenkt hatte – und ihre Unschuld! Denn sie war damals unschuldig! Herrgott, er war ja kein Mann! Er wimmerte ja im

Bewußtsein seines bösen Gewissens – schuldbeladen wie der Theologe, den sie seinerzeit in der Engelfabrik beobachtet hatte. Sie hatte ihn wohl durch die verliebten Augen seiner Frau gesehen – *die* hätte sie gern wieder getroffen!

Nein, am allerwenigsten begriff sie sich selbst. Wie ein hysterisches Frauenzimmer hatte sie sich benommen. War es denn so sonderbar, daß er das von ihr geglaubt hatte? Und waren diese Weiber schlechter als andere? Jedenfalls waren es die einzigen, deren Arbeit ordentlich bezahlt wurde!

Heute abend zweifelte Ditte an allem – wohin sie sah, war es dunkel, so kam es ihr vor. Und wenn sie ihr ganzes Leben dafür bot, nicht einmal fünf Kronen für eine Wolljacke wollte einer dafür geben. Und doch wurde gepredigt, man solle ausharren und tapfer sein. Sie war todmüde, als sie zu Hause ankam.

Karl war in bester Laune. „Die gelben Erbsen und der Speck haben das gemacht", sagte er. „Ich bin ganz betrunken!" Er hatte sich auch wie ein Betrunkener benommen, das Bett hatte er mitten ins Zimmer geschleppt.

„Bist du aufgewesen?" fragte Ditte erschrocken.

„Ja, die verfluchten Ratten sind schuld – die haben dicht neben meinem Kopfkissen angefangen zu nagen – von oben her. Und ich konnte gegen die Wand klopfen, soviel ich wollte, es nützte nichts. Hör bloß mal, da sind sie wieder. Ist das nicht frech?"

Unverdrossen nagten sie oben an der schrägen Wand; die Tapete bewegte sich. Ein Loch entstand, und ein Gegenstand fiel hindurch und rollte über den Fußboden hin. Ditte leuchtete mit der Lampe darauf: es war ein Zweiörestück! Jetzt kam noch eins und noch eins, ein ganzer Regen folgte. „Das sind die Zweiörestücke des Herz-Bart!" rief sie und starrte entsetzt darauf.

Mit einem Satz war Karl aus dem Bett gesprungen. Ohne sich um Kälte oder Krankheit zu kümmern, stand er im bloßen Hemd da und arbeitete, um das Loch zu erweitern. „Schau!" rief er und zog eine Zigarrenkiste hervor. „Schau bloß mal!" Sie war angefüllt mit roten Zweiörestücken, die mit Grünspan bedeckt waren.

Ditte starrte auf das Geld, ihr Gesicht bebte. „Dann kannst du ja die Wolljacke kriegen!“ sagte sie und versuchte zu lächeln, aber die Tränen überwältigten sie. Ganz erschöpft sank sie zusammen; die entsetzliche Spannung löste sich jetzt.

„Da gibt's doch nichts zu weinen“, sagte Karl und faßte sie um den Leib; er wußte ja nicht, was sie durchgemacht hatte um der armseligen Wolljacke willen.

Sie lag über ihm, den Kopf an seiner Brust, und weinte still; alles an ihr war so schlaff; es war, als ob das Feste von ihren Tränen weggeschmolzen würde. Karl liebkoste sie beruhigend, sagte aber nichts; sie sollte sich ordentlich ausweinen.

Als sie still geworden war, hob er ihren Kopf. Er hielt mit seinen Händen ihr verheertes Gesicht umfaßt, das die Tränen schön machten wie einen betauten Herbstacker, und schaute ihr in die Augen. „Nun hast du dich an meiner Brust ausgeweint – nun bist du mein“, sagte er ernst. Aber in seinen Augen lachte etwas – vielleicht war es sein Herz. Ditte mußte die Augen schließen.

Sie schmiegte sich an ihn.

18

Ditte nimmt sich Ferien

Es war gut, daß Karl wieder auf die Beine kam; zwei Tage darauf kam die Reihe an Ditte.

Als die alte Rasmussen eines Tages in die Stube kam, lag sie noch im Bett. „Jesses, du bist doch wohl nich krank?“ sagte sie erschrocken. Es war noch nie vorgekommen, daß sie Ditte im Bett vorgefunden hatte.

Ditte versuchte zu lächeln. „Ich weiß nicht, was heute mit mir ist, aber ich glaube, ich kann nicht aufstehn. Ich hab gar keine Kraft.“

„Dann bleibst du einfach liegen, Mädchen; es tut dir wahrhaftig gut, einmal ordentlich auszuruhen“, sagte die Alte.

Aber Ditte hatte ein schlechtes Gewissen. „Es ist eine Schande, daß ich hier liege und faulenze. Meine Beine sind so schlapp", sagte sie entschuldigend. „Morgen kann ich aufstehn." Aber am nächsten Tag sah sie noch angegriffener aus, und Karl verbot es ihr. „Wenn du aufstehst, hole ich den Doktor Torp", sagte er, um sie zu erschrecken. Das half.

Es mußte irgend etwas mit ihr nicht in Ordnung sein, obwohl sie nicht über Schmerzen klagte, denn sie fand sich recht gut in ihr Schicksal. Es lag sonst Ditte nicht, stillzuliegen und zuzusehen, wie andere arbeiteten. „Ich möcht wissen, ob in ihr nicht was zersprungen ist", sagte die Alte zu Karl.

Karls Krankheit und der angestrengte Kampf, den sie geführt hatte, um das Ganze aufrechtzuerhalten, hatten sie stark mitgenommen; jetzt sah man so recht, wie angegriffen sie war. Todmüde und entkräftet war sie offenbar; denn als sie erst ein paar Tage gelegen und die anderen hatte arbeiten sehen, überließ sie ihnen auch das Anordnen – sie, die sonst immer die Verantwortung für sich und andere getragen hatte.

Karl umsorgte sie. Er war noch nicht gesund genug, um fischen zu gehen, und während der letzten Tage war es auch des Eises wegen nichts mit der Fischerei gewesen; aber der Fischer hatte ihm seinen Platz offengehalten, während er krank war. „Er ist ein tüchtiger Mann und will gern mit mir zusammen arbeiten", sagte Karl. „Ich kann den Bootsanteil abarbeiten. Zum Frühjahr heiraten wir dann." Ditte lächelte.

Das Frühjahr – ja, das kam nun bald. Die Tage wurden länger; aber der Winter wurde immer strenger. Jetzt schickte er Eis aus der Ostsee herüber; und zu essen bekamen sie wohl jetzt wie bisher – noch waren sie ja nicht verhungert.

Durch seine Bekanntschaft mit den Fischern fand Karl am Gammelstrand, wo die Fischerboote anlegten, leicht Beschäftigung, aber das war nur Vormittagsarbeit, leben konnte man nicht davon. Und es fehlten ihm die Kräfte dazu, herumzurennen und nach Zufallsverdienst zu suchen. Eines Tages steckte er sein Gewerkschaftsbuch ein.

„Was hast du vor?" fragte Ditte.

„Oh, ich will heut nachmittag zur Gewerkschaft gehn – zur Verteilung."

„Das solltest du nicht tun", sagte Ditte. „Es ist kein schöner Gang für dich."

„Ach, wenn man zu elend zum Arbeiten ist, darf man sich nicht vor dem Betteln scheuen", sagte er mit Galgenhumor.

Er kam mit leeren Händen zurück. Er war nicht verheiratet – in erster Linie wurden die berücksichtigt, die Familie hatten. „Es ist bloß, weil ich zur Opposition gehöre", sagte er bitter. „Wir kommen auch, wenn Arbeit zu vergeben ist, zuletzt in Betracht – wir sollen mürbe gemacht werden."

„Dann laß ihnen doch bloß ihre Nahrungsmittel", sagte Ditte unbekümmert. „Wir werden uns schon durchschlagen. Morgen steh ich auf."

Das sagte sie jeden Tag; und als eine Woche vergangen war, ging Karl zu seinem Freund, dem Arzt, und holte ihn zu Ditte. Torp untersuchte sie sehr gründlich. „Das ist wirklich vernünftig von Ihnen, daß Sie sich mal ein bißchen Ferien gönnen", sagte er, als er die Untersuchung beendet hatte. „Ich werde Ihnen eine Medizin aufschreiben – so eine kleine Herzstärkung."

Karl begleitete ihn zur Haustür hinunter. „Was fehlt ihr?" fragte er.

„Alles und nichts – sie ist vollkommen verbraucht."

Karl sah ihn überrascht an.

„Ich will dir was sagen: ich hab noch nie einen Patienten gehabt, der so gründlich verbraucht war wie sie – jedenfalls nicht in dem Alter. Auch das Herz ist verbraucht – obwohl sie ja nie eigentlich krank gewesen ist. Das ist doch sonst der kräftigste Muskel, den wir haben. Sie muß ein unglaublich hartes Leben gehabt haben."

„Das hat sie", erwiderte Karl leise. „Wann kann sie aufstehn, was meinst du?"

„Ich weiß nicht, ob sie wieder aufstehn wird – im besten Fall wird es eine Zeitlang dauern. Eine Krankheit, die man auskurieren könnte, ist ja nicht da. Aber laß sie ausruhn; vielleicht wird die Ruhe Wunder tun."

Karl machte sich sofort daran, sie in die andere Stube zu

bringen. Da war mehr Ruhe, und das Bett war besser. „Der Doktor sagt, daß sie bald wird aufstehn können", sagte er zu der Alten. „Aber sie braucht unbedingte Ruhe; die Kinder dürfen nicht bei ihr sein – auch nicht in der Nacht."

„Ach, Gott sei Dank, daß es nicht schlimmer mit ihr steht", sagte die alte Rasmussen froh. „Ich hab wirklich gedacht, es wär was in ihr entzweigegangen – die Seele oder so was –, weil sie oft so still daliegt; sie, die immer so rührig war. Is nämlich schon vorgekommen!"

Peter wurde nun zu Karl in die Rumpelkammer gelegt, und der kleine Georg schlief auf zwei Stühlen. Die alte Rasmussen bekam Anna zu sich. „Das is hübsch", sagte sie, „es hält die Hüfte warm!" Ihr kam alles zupaß.

Die Ruhe bewirkte insofern Wunder, als Ditte froher wurde. Sie genoß es förmlich, in einem weichen, breiten Bett zu liegen und nur zu schlafen – ohne im Schlaf achtgeben zu müssen, daß sich nicht eins von den Kindern aufdeckte. „So hab ich's auch gehabt, als ich bei den Herrschaften gedient habe", sagte sie. „Da hab ich auch ein eigenes Bett mit einer Federmatratze gehabt. Aber ich war damals zu jung, um es richtig zu schätzen."

Sie beschäftigte sich oft mit der Vergangenheit – jetzt hatte sie ja Zeit. Wenn Karl davon sprach, daß sie bald aufstehen werde, lächelte sie. Er wollte eine Hütte für sie beide draußen am Flaschenkrug kaufen; da hatten sie das Wasser ganz nah, und es war nicht so weit zum Gammelstrand mit den Fischen. „Dann sollst du Heringe aus den Netzen lesen und Netze flicken – ganz wie in eurem Fischerdorf!" sagte er. Sie lag und hörte ihm zu, ohne ja zu sagen oder zu widersprechen.

Sanft war sie und so zart; ihre Gesichtsfarbe wurde mit jedem Tag bleicher – vom Liegen. Ihre Lippen waren dick und blau; oft klagte sie über Schmerzen in der Herzgegend.

Die Mixtur nahm sie nicht gern; Karl mußte sie ihr einflößen. Trotzdem wurde die Flasche ziemlich schnell leer; die alte Rasmussen gönnte sich gewiß hin und wieder einen Schluck! Darüber ulkten die anderen.

Nun zeigte es sich doch, wie beliebt Ditte war. Fast alle

Bewohner der Mietskaserne kamen und erkundigten sich nach ihr. Und alle brachten etwas mit – so kümmerlich sie auch selber gestellt waren. „Du hältst förmlich Hof wie die Königin", sagte die alte Rasmussen. Frau Langhalm brachte ein gebratenes Hähnchen und ein Glas Wein, und die Bäkkersfrau kam mit einem Kuchen. Es war nicht gar so schlimm, wenn man auf die Art krank lag. Kleine Gören mit Rotznasen schlichen vom Gang herein, wenn die Tür offenstand, und legten ihr einen Bonbon aufs Bett; ein schwarzes Fäustchen brachte das klebrige Ding. Von allen Besuchen waren ihr diese beinahe die liebsten. Alle diese Gaben lagen auf dem Tisch vorm Bett, Ditte hatte keinen Appetit. Desto mehr blieb für die Kleinen und die alte Rasmussen; die vier sprachen den Leckerbissen ordentlich zu.

Der alte Lumpensammler erschien täglich. „Na, wie geht es unserm Mütterchen Ditte denn heute?" fragte er draußen vom Gang aus; hereinkommen wollte er nicht. Er hatte in der letzten Zeit angefangen, zittrig zu werden, und ging stark vornübergebeugt; mit jedem Tag wurde er unsicherer auf den Beinen, schmutziger und verkam mehr und mehr. Auch sein Gedächtnis ließ sehr nach; unmittelbar nachdem er gefragt hatte, fragte er wieder. „Der wird kindisch", sagte die alte Rasmussen. „Die alte Seele!" Das klang so spaßig; war sie doch zehn Jahre älter als er!

Sie selbst war wahrhaftig noch nicht kindisch. Sie schaffte Ordnung und ersann immer neue Mittel und Wege; mitten in des Tages Mühen pflanzte sie sich auf mit ihren achtzig Jahren. Mit der Vergangenheit befaßte sie sich nicht. Zu gut war es ihr seinerzeit nicht ergangen, dafür gab es vielerlei Anzeichen. Aber sie sprach nie davon; Ditte wußte nicht einmal, wo ihre Kinder steckten. „Wenn sie nicht tot sind, leben sie noch!" Das war die ganze Antwort, die sie gab, und so hielt sie es mit allem, was die Vergangenheit betraf. Sie wußte Nützlicheres zu tun, als von Dingen zu faseln, die sich doch nicht ändern ließen.

Ditte selber neigte in dieser Zeit dazu, ihre Gedanken zurückspringen zu lassen und sich eine Art Überblick über Erlebnisse und Widerwärtigkeiten zu verschaffen; jetzt hatte sie ja Zeit – zum erstenmal in ihrem Leben. „Ich glaube, ich muß sterben", sagte sie, „mir fällt so viel Wunderliches ein. So geht es den Menschen, wenn sie sterben sollen." Ja, wunderlich war es, daß man sie schon vor ihrer Geburt verfolgt hatte! Begeistert war ja nie jemand von ihr gewesen, aber damals hatte man ihr geradezu nach dem Leben getrachtet. Das war seltsam, denn man wußte ja gar nicht einmal, wie sie werden würde. Die Armut war's! Und an Großchens Tod und Sörines Hinsiechen im Zuchthaus – auch daran war die Armut schuld. „Ich möcht wohl wissen, ob alles Böse auf die Armut zurückzuführen ist?" sagte sie zu Karl.

„Das meiste davon jedenfalls", erwiderte er entschieden. „Könnten wir der Not und dem Elend abhelfen, so würde die Welt anders aussehn."

„Kinder sind sicher nicht böse", sagte Ditte grübelnd. „Es hat eine Zeit gegeben, wo ich streng gegen die Kleinen war und sie bestrafte, wenn etwas entzweiging – denn es ist ja alles so schwer zu beschaffen. Aber wenn sie nun eine schöne Tasse für eine Krone zerschlagen und man hat die Krone – dann braucht man doch nur eine neue Tasse zu kaufen. Wo bleibt da das Verbrechen? Es ist schlimm, arm zu sein."

„Aber wenn Kinder nicht böse sind, wie wird man es dann als Erwachsener?" fragte sie wieder.

„Erwachsene sind wohl auch nicht böse", sagte Karl. „Ob es nicht die Verhältnisse sind, die uns zwingen, schlecht zu handeln?"

„Doch, ich bin schlecht. Manchmal kann ich euch alle hassen und meinen, daß an nichts etwas dran ist. Als du krank lagst, da träumte mir, du könntest gesund werden, wenn ich mein Leben für dich hingeben würde; dann sollte daraus eine Wolljacke für dich gemacht werden – so 'n dummes Zeug zu träumen, du! Aber ich wollte nicht."

„Ich habe gegen dich auch schlechter gehandelt als irgendein andrer", sagte Karl.

„Wirklich?" Ditte sah ihn erstaunt an. Es hatte sie so oft geärgert, daß er so unangreifbar gut in seinem Benehmen war; nun freute sie sich darüber – der Kinder und der Alten wegen. Die würden es gut bekommen. Und sie selber – ja, daß sie an seiner Hand in den Tod hinüberglitt, rechtfertigte sie nach ihrer Ansicht.

„Findest du es schlecht von mir, daß es mir nicht leid tut, von euch gehn zu müssen?“ fragte sie eines Tages.

Karl schüttelte den Kopf. „Hast du gar niemand, von dem du dich ungern trennst?“ fragte er mit einer schwachen Hoffnung.

Ditte dachte nach. „Doch, Peter“, sagte sie dann. „Der kann einen lehren, gut zu sein.“

„Hast du nicht Lust zu sehen, wie groß Jens geworden ist?“ fragte Karl. „Soll ich ihn dir nicht heimholen?“

Nein, warum – Ditte kannte ihn ja nicht einmal. Fremde Kinder, an denen sie sich erfreuen konnte, gab es hier genug. „*Die* Tränen sind getrocknet“, sagte sie. „Ich glaube, es macht nichts aus, ob man die Mutter eines Kindes ist oder nicht. Die Hauptsache ist, daß man mit ihm zusammen lebt und die Verantwortung für das Kind hat. Die, mit denen man zusammen lebt und für die man die Verantwortung trägt, gewinnt man auch lieb.“

„Ja, und da du die Verantwortung für alles übernimmst, gewinnst du auch uns alle lieb“, sagte Karl und küßte sie.

„Nein, ich übernehme die Verantwortung für nichts mehr“, erwiderte Ditte. „Ich will nicht mehr.“

„Du bist müde. Aber nun sollst du dich ausruhn und wieder zu Kräften kommen – bedenke, du bist noch jung, erst fünfundzwanzig Jahre.“

„Bin ich wirklich nicht älter? Nein, es ist ja richtig!“ Ditte lachte glücklich. „Denk mal, ich hab gedacht, ich wär eine alte Frau – soviel hab ich erlebt. Ich bin gewiß schon verbraucht, glaub ich – ich muß umgeschmolzen werden wie die verschlissenen Gummiüberschuhe. Wenn ich an die Zeit zurückdenke, als ich selber klein war und an Großchens Hand umherlief und bei ihr saß und las, so kommt es mir vor, als wäre seitdem eine ganze Ewigkeit vergangen. Wie lang und schwer die Zeit doch gewesen ist, Karl! Und das auf dem Bakkehof und im Elsternnest – wie ist das alles so lange her!“

„Du hast auch ein tätiges Leben gelebt – hast wahrhaftig

nicht auf der Bärenhaut gelegen! Und vielem Bösen bist du ausgesetzt gewesen – so richtig gut hast du's eigentlich niemals gehabt! Aber jetzt sollst du's gut kriegen, das versprech ich dir."

„Ja, jetzt bekomm ich's gut. Ich hab es schon gut – es ist, als ob ich in eine andre Welt verpflanzt worden wäre, wo es keine Pflichten gibt. Nichts ruft mehr nach mir, kannst du das verstehn? Die Kinder sind zwar noch da und müssen versorgt werden – die lieben Kleinen, die mir nichts als Gutes erwiesen haben. Aber es ist, als ob alles in andre Hände gelegt wäre. – Weißt du, wie es ist? Als ob die Armut abgeschafft wäre! Oh, wenn es bloß keine Armut gäbe! Glaubst du, daß sie je ausgerottet werden kann? Geschieht etwas zu dem Zweck? Tut Pelle nicht etwas dafür?"

„Ja, er hat kommunale Säuglingsstuben vorgeschlagen", sagte Karl. „Sie sollen unter ärztlicher Kontrolle stehn, und alles soll modern eingerichtet sein mit Bad und Dampfwäscherei und Sterilisierung der Milch. Die Kinder sollen von Angestellten geholt und zurückgebracht werden, so daß es den Müttern erspart bleibt, mit ihnen hin und her zu rennen. In besonders dazu eingerichteten geschlossenen Wagen, glaub ich."

Dittes Augen leuchteten. „Das wird schön werden!" rief sie aus. „Wie bequem das sein wird!" Doch da fing sie seinen Gesichtsausdruck auf. „Ist daran auch was verkehrt?" fragte sie verdrossen.

„Ich will dir ja nicht die Freude darüber nehmen", erwiderte Karl. „Aber der richtige Weg ist das wohl nicht. Lieber sollte man es den Müttern erleichtern, zu Hause zu bleiben. Das da fördert nur die Ausbeutung."

„Ist auch wahr", sagte Ditte niedergeschlagen. „Weißt du, was das Entsetzliche ist? Daß man sich über nichts zu freuen wagt! Es steckt immer wieder was andres dahinter. Du siehst etwas hinter dem, was ich sehe, und vielleicht kommt ein andrer und sieht wieder etwas hinter deiner Auslegung und gibt wieder eine neue Erklärung."

„Ja, es scheint ein weiter Weg bis zum Richtigen zu sein", sagte Karl nachdenklich, „weiter, als er vielleicht in Wirklichkeit ist.“ Er streichelte ihre Hand, während sie sprachen, wie er es gerne tat.

„Jetzt darfst du sie küssen“, sagte Ditte, „denn jetzt sind sie ordentlich.“ Und er führte ihre beiden Hände an seinen Mund und verbarg sein Gesicht darin. Sie lächelte glücklich.

„Erinnerst du dich, daß ich mich einmal darüber beklagt habe, es sei unmöglich, ordentliche Hände zu haben, wenn man soviel grobe Arbeit verrichtet? Da küßtest du sie und sagtest, der Hände sollt ich mich nicht schämen, denn sie seien mein Freibrief im Himmel und auf der Erde. Damals verstand ich dich nicht und war bloß verlegen; aber jetzt versteh ich recht gut, was du damit sagen wolltest. Und heut nacht hab ich geträumt, daß auch der liebe Gott meine Hände geküßt hat – ist das nicht merkwürdig? Er stand am Garten des Paradieses, da, wohin alle die, die müde sind, kommen, um sich auszuruhen; und die andern wollten mich nicht einlassen. Sie ist zu jung, sagten sie, die kann recht gut noch etwas arbeiten. Aber der liebe Gott nahm meine Hände und sah sie sich an, und dann sagte er: ‚Sie hat sich genug abgemüht; schlimmer haben meine Hände damals nicht ausgesehn, als ich die Welt erschaffen hatte!‘ Und dann küßte er meine Hände; und ich hab mich gehörig geschämt, denn sie waren so verarbeitet. Aber gerade darum tat er es, und alle die andern verneigten sich vor mir.“

Mit geschlossenen Augen lag sie da, vom Sprechen müde. Karl saß ganz still, um sie nicht zu stören. Plötzlich hob sie den Kopf. „Hör, nun singen sie wieder Kirchenlieder!“ sagte sie. Es sah aus, als lausche sie zum Himmel hinauf.

„Das ist drüben auf dem langen Korridor – der neue Mieter“, sagte Karl. „Ist übrigens ’n alter Arbeitskamerad von mir, draußen von der Pumpstation, ein prächtiger Kerl. Aber er singt immer fromme Lieder, wenn er alleine ist. Er stammt von Bornholm, die Leute sind alle ein bißchen wirr im Kopf.“

Dittes Gedanken schweiften hierhin und dorthin; jetzt war sie wieder bei etwas Neuem. „Großchen sagte immer, wir Manns wären wie die Schafe – je ärger wir geschoren würden, desto mehr Wolle lieferten wir. Ist das richtig? Du bist ja selber ein Mann.“

„Ja, das ist gewiß richtig. Von den Manns hat man immer gesagt, sie hätten mehr Herz als Verstand – es fällt ihnen nicht leicht, das Ihre festzuhalten. Von der Sorte von Kultur muß man niedergedrückt werden, und das sind wir alle. So zahlreich die Manns sind, du wirst bemerken, daß sie alle Bodengeschöpfe sind. Es wächst gut auf uns, und ich hab nichts dagegen; dafür wird uns die Welt einmal segnen, glaub ich. Aber es ist nicht gleichgültig, wer einen schert. Bisher hat der Teufel die Wollschere gehalten, denk ich. Meinst du nicht auch?"

Aber jetzt schlief Ditte wirklich, ruhig und fest, wie sie seit langer Zeit nicht geschlafen hatte. Karl schlich aus der Stube. Er wollte die Zeit benutzen, während Ditte schlummerte, und ein paar arbeitslose Kameraden aufsuchen, um bei ihnen etwas Neues über die Lage zu erfahren. Es gärte, wie er wußte; die wachsende Not machte die Stimmung immer erbitterter. Man murrte gegen das Bestehende und gegen die eigenen Führer; es waren Vorschläge eingebracht worden, den Generalstreik zu erklären, wobei auch Gas, Wasser und Licht gesperrt werden sollten; und man drohte, sich selber sein Recht zu verschaffen. Ihn verlangte danach, sich genau zu erkundigen; in der letzten Zeit hatte er die Fühlung mit der Opposition verloren.

19

Der kleine Kohlensammler

Dennoch kam Ditte wieder auf die Beine, die alte Rasmussen behielt recht – wie immer. Sie war aus zu gutem Holz geschnitzt, das Ganze so im Stich zu lassen. Eines Tages setzte sie sich im Bett auf und erklärte, sie wolle der Alten helfen, Feueranzünder zu machen. Und als sie erst etwas zwischen die Finger bekommen hatte, kribbelte es ihr auch unter den Fußsohlen – sie mußte aufstehen. Viel los war nicht mit ihr, gegen Abend kroch sie wieder in die Federn. Aber ein Fortschritt war's dennoch; wenn sie sich beide gehörig abmühten, konnten sie fast eine Krone am Tag verdienen. Und das war doch endlich einmal eine Arbeit, die nicht versiegte; für Feueranzünder hatte man Verwendung bei dieser Kälte.

Auch Karl half, wenn er nichts Besseres zu tun hatte; und dann saßen sie schwatzend bei der Arbeit, und die Zeit verging großartig – besonders des Abends, wenn die Kleinen zur Ruhe gebracht waren. Ditte war auch im Bett; da fühlte sie sich am wohlsten; den Tisch mit der Arbeit hatten sie quer übers Bett gestellt. Der kleine Peter war in dieser Zeit sozusagen das wichtigste Mitglied der Familie. Er verdiente beinahe ebensoviel wie die anderen zusammen. Sobald er aus der Schule nach Hause kam und gegessen hatte, machten er und Ejnar sich auf den Weg mit ihren beiden Säcken und dem Gestell eines alten Kinderwagens, den sie zum Transport des Brennmaterials gebrauchten. Kehrte er am Abend nach Hause zurück, so hatte er zwischen einer halben und einer ganzen Krone verdient. Er war ein Junge, der seine Kräfte anzuwenden verstand, so schmächtig und in sich gekehrt er auch war.

Ein paar unternehmende Burschen waren sie, er und der Ejnar. Sie kannten die Stadt in- und auswendig mit allen ihren Möglichkeiten und wußten so ungefähr, wo die Fünf- und Zehnörestücke zu suchen waren, die zusammen einen Tagesverdienst ausmachten. Ganz einfach war die Sache nicht; oft lag das eine Zehnörestück draußen im Norden, das andere in Christianshavn oder in Valby. Es galt, die Beine zu gebrauchen. Aber es galt noch mehr, den Verstand zu gebrauchen; wenn man keine Grütze im Kopf hatte, verschliß man bloß nutzlos die Holzschuhe.

Wenn der Junge nach Hause kam und still, wie es seine Gewohnheit geworden war, seinen Verdienst auf den Tisch legte, ohne ein Wort zu sagen, schlug die Alte die Hände überm Kopf zusammen. „Jesses, ist der geschäftig – er wird noch mal Millionär“, rief sie. „Wo bist du denn nur gewesen und hast all das Geld verdient; hast es doch wohl nicht gestohlen?“

Ditte sah, daß er müde war, und fragte ihn nicht aus, sondern half ihm mit liebevoller Zärtlichkeit Fausthandschuhe und Jacke ausziehen. Sie hatte ihm etwas Warmes in den Ofen gestellt – oft etwas extra Gutes, denn er war ja gewissermaßen der Versorger – und half ihm ins Bett. Sobald er in den Federn lag, fiel er in Schlaf; manchmal nickte er auch schon beim Essen ein. Dann sah sie seine Kleider sorgfältig nach und brachte eine Tasche an, wo sie nur konnte. Es war sein Knabenstolz, viele Taschen zu haben – mehr als irgendein Junge in der Schule; in diesem Punkt sollte er sich nicht arm zu fühlen brauchen! Hatte sie etwas Neues für ihn, ein Halstuch oder ein Paar Fausthandschuhe, so legte sie es oben auf seine Kleider. Dann fand er es am Morgen und freute sich; dann war er wieder ausgeruht und frisch. Und er kehrte seine Sachen um, um zu sehen, ob über Nacht eine neue Tasche hinzugekommen war.

Peter liebte es nicht, von seiner Jagd nach Verdienstmöglichkeiten zu erzählen. Was sollte man darüber sagen? Daß man eine ganze Stunde auf dem Viehmarkt das Vieh für einen Treiber gehalten hatte, während der in einem Wirtshaus saß – daß einen dabei hundemäßig gefroren und daß man fünfundzwanzig Öre dafür bekommen hatte? Daß man zehn Öre damit verdient hatte, für einen Prahmschiffer im Gaswerkhafen Bier zu holen – und fünfzehn damit, daß man für den Steuermann ein Paket nach Nörrebro gebracht hatte? Daß man mit einem Eilbrief weit draußen in Valby gewesen war, ohne einen roten Heller dafür zu bekommen – weil man eine Rückantwort mitbringen sollte und der Mann weggegangen war, als man kam? Solche Fehlschläge kamen vor; Ejnar behauptete, derartige Aufträge wären ausgemachte Betrügereien – er verlangte sein Geld auf der Stelle; aber Peter war dumm und gutgläubig gewesen – sollte man so etwas erzählen? Nichts davon war erwähnenswert.

Und das, was wirklich etwas auf sich hatte, *ließ* sich nicht erzählen; jedenfalls nicht vor erwachsenen Menschen – die waren gar zu dumm. Darum behielten die beiden Bürschchen es für sich. Das, was etwas einbrachte, waren die Kohlen; aber auch dazu war etwas Glück und ein bißchen Kraft nötig – davon konnte man nicht viel Aufhebens machen. Wenn die beiden um die Mittagszeit mit dem alten Kinderwagengestell davonrollten, sahen sie aus wie zwei brave Knaben, die die Welt durch ihre Kindlichkeit erobern wollten – bloß erschöpft und todmüde. Aber es steckte etwas dahinter.

Sobald sie ihre Straße hinter sich hatten, fiel auch die Kindlichkeit von ihnen ab; sie verwandelten sich in zwei elastische Wesen, deren Sinne sämtlich auf der Wacht waren – zwei wache Raubtierjunge, denen nichts entging. Sie hatten die Stadt zwischen sich aufgeteilt. Der eine hatte seine Operationsbasis auf dem Halmtorvet, wo die Schlachthäuser lagen, im Gaswerkhafen mit seinen Arbeitern und Seeleuten und da herum; der andere hatte den Gammel und Nytorv mit der Universität und den Straßen, wo die Bauern zu finden waren. Sie wechselten ab, so daß sie jeden zweiten Tag hier, jeden zweiten Tag dort waren. Vor allem wegen des plundrigen Kinderwagens, des Kohlenwagens, wie sie ihn nannten; wer den Halmtorvet hatte, nahm das alte Gestell mit und versteckte es hinter einem der Viehpferche auf dem Markt. Schön war es nicht und auch nicht bequem zu handhaben, denn es fehlte an der einen Seite ein Rad. Aber es war doch gut, daß man dieses Fuhrwerk hatte, auf dem man die Kohlen transportieren konnte. Und die Kohlen waren, wie gesagt, das, was etwas einbrachte; schlug alles andere fehl, so konnte man immer darauf zurückkommen.

Sie trafen sich wie gewöhnlich um fünf Uhr hinter dem Pferch, wo der Kohlenwagen stand; es war ein schlechter Tag gewesen. Ejnar hatte dreißig Öre verdient, Peter nur zwanzig. Sie teilten das Geld in zwei gleiche Teile – wie sie's immer taten, und machten sich dann daran, das Versäumte wieder einzuholen. Das ließ sich nur auf *eine* Art machen: indem man Kohlen auflas und verkaufte. Auf dem Süderboulevard wohnte eine alte Frau, die einen kleinen Kramladen hatte; die gab ihnen fünfzig Öre für den Sack Kohlen – sie hatten schon oft an sie verkauft. Und Kohlen lagen ja überall verstreut, längs der Kais, um das Gaswerk herum und vor allem auf dem ungeheuren Güterbahnterrain. Dahin war der Zugang verboten, darum wählte man diesen Ausweg nur im Notfall! Mit den Müllplätzen von Lersö waren die beiden Jungen längst fertig; die lagen zu weit weg, und mit halbverbranntem Koks war nicht viel anzufangen.

Heut abend blieb nicht viel Zeit, darum wurde das Güterbahnterrain gewählt. Um dorthin zu gelangen, ohne entdeckt zu werden, mußte man bis zum Westergefängnis hinausgehen; da draußen war das Terrain schlecht beleuchtet. Die beiden Knaben trabten mit dem Kohlenwagen los; Ejnar schob ihn, und Peter stützte ihn auf der Seite, wo das eine Rad fehlte.

Unterwegs entwarfen sie den Schlachtplan. Die alte Frau sollte zwei Säcke bekommen; das gab eine Krone; dann konnte jeder fünfundsiebzig Öre nach Hause bringen. Mutter Ditte würde morgen mit dem Heizmaterial am Ende sein, aber Ejnars Mutter hatte gar nichts mehr, und sie sollte waschen. Zweieinhalb Sack bloß – das würden sie gewiß bald zusammenkriegen!

In der Nähe des Wiesenwegs schlichen sie sich auf das Terrain der Güterbahn. Den Kohlenwagen mußten sie auf der Straße stehenlassen. Als sie soviel aufgelesen hatten, wie sie schleppen konnten, brachten sie die Säcke mühsam zum Wagen und füllten alles in den einen Sack. Dann sammelten sie in den anderen, hielten ihn an beiden Seiten und schleiften ihn hinter sich her – und dann entleerten sie ihn wieder in den ersten Sack. So ging es einige Male hin und her, bis der eine Sack gefüllt war. Es war soviel darin, wie ein erwachsener Mann tragen konnte, aber nun waren sie auch müde. Der zweite Sack mußte dann immer wieder auf die Erde entleert werden, wenn soviel darin gesammelt war, wie sie ziehen konnten; und zuletzt wurde er gefüllt, wenn der Haufen groß genug war. Es war ein richtiges Rechenkunststück! Die alte Frau verlangte, daß die Säcke bis oben hin gefüllt waren, sonst zog sie etwas vom Preis ab. Na, auf all das war man eingerichtet. Aber hier draußen brauchte man Zeit, da das Terrain so weitläufig war und so schlecht beleuchtet. Man mußte weit fahren, und der Wagen konnte immer nur einen Sack auf einmal tragen.

„Du – wir gehen weiter vor", sagte Ejnar. „Da sind 'ne Masse Kohlen, und man kann besser sehen!" Längs des Zaunes fuhren sie weiter einwärts; als sie das eigentliche Bahnterrain erreichten, ließen sie sich mit ihrem Sack den Damm hinabgleiten.

Hier war überall ein Gottessegen von Kohlen verstreut; nutzlos lagen sie herum und wurden in den Schnee und Morast getreten. Aber es war ein gefährliches Verbrechen, sie aufzusammeln; wurde man erwischt, so bekam man Prügel, oder man wurde aufs Polizeirevier gebracht.

Das Terrain war hell erleuchtet; die großen Bogenlampen hingen hoch oben in der Luft, wie Feuervögel, die sich auf den Flügeln in der Schwebe hielten. Sooft sie einen Schlag mit den Flügeln taten, verdunkelte sich das Terrain. Die beiden Knaben hielten sich im Schatten hoher Eisenbahnwagen, nicht weit davon hörten sie Männer rufen und eine Signalpfeife schrillen – es wurde rangiert. Sie arbeiteten wie die Bienen, um fertig zu werden, sprachen nicht, flüsterten nicht einmal. Überall waren hohe Schienen, über die man stolpern konnte; Ejnar machte Peter auf sie aufmerksam, indem er ihn am Ärmel zupfte. Dann zitterte Peter. Eine spaßige Beschäftigung war es nicht, aber es mußte getan werden; und die beiden kleinen Burschen hatten sich daran gewöhnt, unter dem Rad des Schicksals ein und aus zu schlüpfen.

Auf einmal hörten sie dicht hinter sich rufen; ein Mann kam gelaufen. „Ihr verfluchten Diebsgören!“ rief er. Ejnar zog Peter mit hinüber in den Schatten der Güterwagen; aber Peters Händen entglitt der Sack, und er fiel gerade in einen Lichtstreif hinein. Und der Lichtstreif wanderte! Er hatte etwas in der linken Hand, etwas Weißes, um das er die Hand fest ballte, um es nicht zu verlieren. Peter mußte die Fäuste auf die vereiste Erde stützen, um aufzustehen, aber der eine Fuß saß in einer Weiche fest. Und ein gewaltiger Kohlenwagen rollte auf ihn zu, grauweiß und phantastisch groß – ohne Vorspann; es hing bloß ein Mann auf dem hinteren Tritt und spähte nach vorn. Der kleine Junge schrie vor Entsetzen.

Als man ihn aufhob, sah er Ejnar auf allen vieren den Damm hinaufkriechen, den Sack hinter sich herziehend.

Dann wurde alles dunkel um ihn – als flögen alle die großen Feuervögel auf einmal davon.

20
Gottes Herz

Paul war bei Mutter Ditte gewesen, um ihr Lebewohl zu sagen. Er hatte einen Brief von Christian bekommen, der mit einem Schiff in Hamburg lag und noch zwei Wochen da bleiben sollte; einen richtigen Brief von vier Seiten, worin Christian des langen und breiten erzählte, wie großartig es sei, auf See zu sein, und ihn aufforderte, sofort hinzukommen. Er solle bloß kommen, dann werde Christian schon für das übrige sorgen. In dem Brief war Reisegeld eingelegt, also reell gemeint war's. Und nun wollte Paul sich auf die Reise begeben, wie er ging und stand – es fuhr ein Schiff am nächsten Morgen. Aber weder sein Lehrherr noch die Eltern durften etwas davon erfahren, bevor er auf der anderen Seite des Meeres war. Kein anderer als Ditte durfte etwas davon wissen. – Ob sie finde, daß es verkehrt von ihm sei, so durchzubrennen, fragte er.

„Nein, zieh du nur in die Welt hinaus, wenn's dich danach verlangt", sagte Ditte. „Hier hängenzubleiben, dazu ist wohl kein besondrer Grund vorhanden. Dem Christian ist sein Auskneifen ja ganz gut bekommen."

Sie mußte versprechen, zu den Eltern zu gehen und es ihnen zu sagen, wenn er auf und davon war. „Aber Sine brauchst du nicht zu grüßen", sagte er.

„Wie kannst du nur", sagte Ditte. „Sie hat dir ja nie etwas getan."

„Nö – das nich, aber sie ist so – ich kann sie nu mal nich leiden! Sie sagt, wir wären 'ne dreckige Familie, bloß weil Hjalmar sich aus dem Staube gemacht hat."

„Was, ist Hjalmar nicht wiedergekommen? Und er hatte sich Vaters Geld geliehen, um damit zu reisen!"

„Ja – und Else ..."

„Was ist mit Else?" fragte Ditte ängstlich.

„Ach, es ..." Paul begann zu weinen. Nun, und dann mußte er aufbrechen, er hatte noch viel zu erledigen. Ditte kam es so wunderlich vor. Nun nahm der auch Reißaus –

ebenso wie seinerzeit Christian! Vielleicht sah sie keinen von beiden mehr wieder. Es war beinahe, als ob man einen Sohn in die Welt hinausschickte.

Das mit Else war freilich schade, aber eine Katastrophe war es doch nicht. Es war jedenfalls keine Veranlassung, Sine ernst zu nehmen, sie, die damals, als sie selber jung gewesen war, ihre Tugend in einem Sparkassenbuch angelegt hatte.

Dann kam die alte Rasmussen mit Schwester Anna nach Hause; sie waren bei Mutter Geismar zum Geburtstagskaffee gewesen. „Die is woll wieder soweit, daß sie 'nen andern Glauben annehmen will", sagte die Alte. „Die Religion, die sie jetzt hat – wie heißt die doch gleich – schmeißt wohl nicht mehr genug ab."

„Wie sie heißt, fragt Ihr, Mutter? Aber das ist ja dieselbe Religion wie Eure", sagte Ditte lächelnd.

„Soso, ist das wahr? Nee, von der is sie gewiß nich fett geworden – unsereins hat jedenfalls nie gemerkt, daß es Manna vom Himmel regnet. Nee, aber sie hat sicher 'n Auge auf die Mormonen geworfen!"

Ditte lachte.

„Jaja, lach du nur", sagte die Alte und lachte selbst mit, „aber jedenfalls is es was, wo sie noch mal getauft werden müssen. Wär es übrigens nich an der Zeit, daß der kleine Georg über die Taufe gehalten wird? Die Leute schwatzen darüber, es wär sonderbar, daß er nich getauft is, sagt die Mutter Geismar."

„Damit müssen wir schon noch etwas warten – bis es uns besser geht. Ihr sollt gewiß die Mütze halten dürfen, Mutter!"

„Ja, bin woll auch die nächste dazu, wo ich mit ihm zu tun gehabt hab, seit er geboren wurde. Dann könnt er ja auch einen richtigen Namen kriegen, einerlei, ob's nu Georg is oder ein andrer."

„Ja aber, Mutter, er heißt doch schon Georg", wandte Ditte ein.

„Ja, nennen tun wir 'n ja so, aber so heißen tut er doch nicht, solange er nicht getauft is – soviel weiß man doch! Man kann's übrigens auch umsonst kriegen", fuhr die Alte nach einer kleinen Weile fort, „wenn man zu denen gehört, die überhaupt nich bezahlen können. Denn dann müssen sie's ja umsonst tun, wenn nich 'ne Seele verlorengehen soll. Aber natürlich, können sie ihr Geld kriegen, dann . . ."

Ditte hatte ihr zu essen hingestellt. „Nun müßt Ihr essen, damit die Kleinen zu Bett gehen können", sagte sie. Karl war zum Fischen fortgegangen – zum erstenmal nach seiner Krankheit.

„Willst du denn selber nichts haben?" fragte die Alte.

„Nein, ich warte lieber, bis Peter kommt. Er kaut sein Essen am Abend immer so alleine – und schläft drüber ein. Das ist nicht recht."

„Aber du solltest lieber in dein Bett gehn, du! Denk daran, daß du krank bist!" sagte die Alte.

Nein, Ditte wollte aufbleiben, bis der Junge kam. Eine unbegreifliche Sehnsucht nach ihm hatte sie gepackt – danach, ihren Arm um ihn zu legen und ihm in die kindlichen, ernsten Augen zu blicken, während er vor ihr stand und ihre Schulter streichelte und zu jedem Satz sein „Und weißt du was, Mutter?" sagte. Viel Lachen war nicht in ihm, aber gut war er!

Schwester Anna dagegen war riesig spaßig, ein richtiges Äffchen war sie. Wenigstens wenn ihr der Sinn danach stand – denn sie konnte auch ins äußerste Gegenteil verfallen. Aber wenn sie so obenauf war wie jetzt, dann war sie unwiderstehlich. Sie schnitt Gesichter beim Essen, die fürchterlichsten Kobold- und Tiergesichter, und die alte Rasmussen fiel dabei vor Entsetzen fast vom Stuhl. Brüderchen lachte auch und hüpfte auf Dittes Schoß – die drei veranstalteten schönes Allotria.

Sie selbst nahm nicht daran teil, alles Lärmen war ihr zuwider. Nach ihrer Krankheit war sie so still geworden. Es war eine rechte Erleichterung, wenn die Kinder aus dem Wege waren; auch die Alte war müde und ging zusammen mit den Kindern zu Bett.

Ditte setzte sich an die Arbeit, während ihre Gedanken bei ihrem kleinen Peter waren. Es tat ihr so leid, daß er so lange fortblieb, da wurde er noch müder als sonst. Es mußte ihm bei seiner Arbeit irgendein unvorhergesehenes Mißgeschick zugestoßen sein; das kam manchmal vor; sonst war er immer sehr pünktlich. Es war ein Jammer, daß er immer arbeiten mußte und nie Zeit zum Spielen hatte; wenn sie erst wieder ganz gesund war, sollte das ein Ende haben. Sonst würde es ihm gehen, wie es ihr selber gegangen war, daß er keine Kindheit hatte – und nicht einmal wußte, wie er sich anstellen sollte, wenn er wirklich einmal ein paar Stunden Zeit zum Spielen zur Verfügung hatte. Unzufrieden oder vom Dasein ungerecht behandelt fühlte Ditte sich im übrigen nicht; aber sie empfand es als Versäumnis, nicht in der Jugend gespielt zu haben. Es war, als wären noch Löcher davon in Seele und Geist zurückgeblieben. Und dann mußte sie zusehen, daß ordentliches Spielzeug für ihn beschafft werden konnte; eine Lokomotive wünschte er sich – und Schienen. Die Zahnbürste hielt er immer in der Hand; sie war schon kohlrabenschwarz, und waschen durfte man sie nicht. Richtig zu spielen, dazu hatte er ja keine Zeit, darum sollte sie wohl in seiner Faust stecken als eine Art Ersatz. Und dann war es auch das einzige einigermaßen wertvolle Stück, das ihm je geschenkt worden war! Das übrige war altes Gerümpel vom Abladeplatz.

Als es auf dem Schloß Rosenborg zehn Uhr schlug, wurde Ditte ernstlich unruhig. Sie hätte viel darum gegeben, wenn Karl an diesem Abend zu Hause gewesen wäre. Nach dem Jungen zu suchen war aussichtslos; er konnte ebensogut an dem einen Ende der Stadt wie an dem anderen sein. Aber es fehlte ihr jemand, der sagte: Er wird schon kommen, du sollst sehn! Er hat sich nur verspätet! Vielleicht ist er mit Ejnar in den Zirkus gegangen, solche Bürschchen verfallen auf so vielerlei.

Sie sagte sich das alles selber; aber gerade weil sie nicht daran glaubte, verlangte es sie danach, daß irgendein anderer es sagte. Am liebsten Karl – er sagte nichts, was er nicht vertreten konnte!

Jeden Augenblick war sie am Fenster, um auf den Hof hinunterzusehen; sooft sie auf der Treppe Schritte hörte, öffnete sie die Tür nach dem langen Gang.

Jetzt wurde unten in der Stube des Arbeiters Andersen Licht angezündet; sie ging zu Selma hinunter, um zu fragen, ob sie etwas wisse. Selma war suchen gegangen, sie hatte noch den Schal um. Sie sah verweint aus.

„Können Sie das verstehn?“ sagte sie. „Nun bin ich zwei Stunden lang herumgejagt; an allen Stellen, die man sich denken kann, bin ich gewesen; denn wir sitzen ja und frieren; er sollte Kohlen mitbringen. Das is noch nie vorgekommen, denn er mag wohl ein wilder Junge sein, aber unordentlich ist er nicht. Und wir sitzen da und frieren und haben nichts zum Einheizen.“ Sie weinte wieder.

„Sie können Kohlen bei mir bekommen“, sagte Ditte. „Das ist nicht das schlimmste, aber . . .“

Doch Selma fuhr fort zu jammern, sie überhörte dabei ganz Dittes Angebot. Sie klagte bloß über die fehlenden Kohlen, um nicht der Wirklichkeit ins Auge sehen zu müssen.

Die beiden Frauen sprachen davon, daß sie zur Polizei gehen wollten; aber keine von ihnen wollte, daß die Polizei sich in ihre Angelegenheiten mischte; sie waren beide unverheiratete Mütter. Und die Jungen kamen ja doch, so daß es keinen Zweck hatte, sich selbst auszuliefern und zu erzählen, wie die Kinder vernachlässigt wurden – natürlich kamen sie! Es waren doch zwei gesunde, gewandte Knaben, die gewohnt waren, sich überall zurechtzufinden. Warum sollten sie denn nicht kommen?

„Es kann irgendwo Feuer sein“, sagte Selma, „dann vergessen solche Jungen alles.“ Sie hatte selber mit angesehen, wie Kinder vor einem Brand stehen und gaffen konnten – die ganze Nacht, ohne für irgend etwas anderes Interesse zu haben.

Ditte ging wieder in ihre Stube hinauf und wartete weiter. Sie saß mit der Hand vorm Mund da, als wollte sie gewaltsam etwas niederhalten, und starrte in die Lampe, mit Augen, die nichts verstanden. Dann nahm sie sich zusammen, sie wollte sich keinen traurigen Vorstellungen hingeben. Sie stand auf, ging hin und holte ein Kleidungsstück aus der alten Kommode, eine flauschige, gestrickte schwarze Weste. Die hatte sie noch aus ihrer Dienstmädchenzeit; sie wurde nur angezogen, wenn Ditte sich nett machen wollte, und war wie neu. Ditte machte sich daran, sie aufzuräufeln, nahm dann die großen Holznadeln zur Hand und begann zu strikken. Den ganzen Winter hatte Peter sich eine gestrickte Mütze mit einer Quaste gewünscht; es war bloß nie Geld dazu dagewesen, Wolle zu kaufen. Nun sollte er seine Mütze haben – und Pulswärmer und ein Halstuch aus der gleichen Wolle. Darüber würde er glücklich sein! Es schien ihr, wenn sie seinen liebsten Wunsch erfüllte, würde er kommen – müßte er bestimmt kommen.

Schließlich löste sich ihre Spannung, die Müdigkeit überwältigte sie, und sie schlief ein – fiel in einen glücklichen Schlaf. Peter war bei ihr. Er stand neben ihr, an sie gelehnt, wie immer, wenn sie beide allein waren, und legte den Tagesverdienst auf den Tisch. „Beinah hätten wir nichts verdient", sagte er auf seine drollige Art, „aber dann verdienten wir doch etwas."

Ditte erwachte davon, daß Kutscher Olsen die Treppe hinunterging, um die Pferde zu füttern; es war kalt in der Stube, und die Lampe blakte trübe. Nun war sie ihrer Sache sicher! Sie begann in der Stube aufzuräumen und die Sachen der Kinder nachzusehen; ihr Ausdruck war versteinert. Auch Karls Strümpfe sah sie nach – es durfte nicht zuviel Arbeit für die alte Rasmussen bleiben. Die dünnen Stellen zog sie mit Stopfgarn nach; dann hielten sie um so länger, und die Alte blieb eine Weile damit verschont. Sie fragte sich, wann wohl die Entscheidung kommen werde; wie ein böser Klumpen saß es in ihrem Herzen, wie ein Knöchel, der drückte. Sie mußte das Fenster aufmachen, um Luft zu bekommen.

Unten bei Selma war noch Licht, also wartete sie auch. Über den Hof tönten schleppende Schritte, eine Zeitungsfrau kam mit ihrer schweren Last angehumpelt und schob „Das Blatt" durch Selmas Tür. Kurz darauf erschollen Selmas schnelle Tritte auf der Treppe; Ditte wußte, was es bedeutete. Selma weinte und hielt die Zeitung vor sich hin; ihre Hand zitterte. „Hier steht es", sagte sie schluchzend. Aber Ditte konnte es ihrem Weinen anhören, daß es sich nicht um Ejnar handelte.

Ja, da stand es: Fürchterliches Unglück auf dem Terrain der Güterbahn, einem Kind wurden beide Beine zermalmt. Ditte las es automatisch, sie hatte es ja schon vorher gewußt – sie hatte schon das Ganze durchlitten. – Er kam sofort auf den Operationstisch, das arme kleine Wesen, und starrte mit offenen, erstaunten Augen auf Ärzte und Krankenpflegerinnen. Bei Bewußtsein war er, denn als eine Krankenpflegerin anfing, ihm den Anzug vom Körper zu schneiden, begann er zu weinen und sagte: „Ihr dürft meine Sachen nicht kaputtschneiden, denn dann wird Mutter traurig."

Das machte Ditte die Brust frei, als sie ihren kleinen sterbenden Buben das sagen hörte; es war, als hätte der böse Knochen endlich den Weg aus ihrem Herzen gefunden. Sie beugte sich vornüber; das Blut entströmte ihrem Mund.

21

Der Tod

Ditte schlug langsam die Augen auf. Sie sah ihre weißen dünnen Hände ausgestreckt auf einem weißen Laken liegen; um die Handgelenke hatte sie eine weiße Falbel. Auch um das Kissen war eine Falbel, und vorn auf der Brust – auf der Nachtjacke lief eine um ihren Nacken herum und auf der anderen Seite wieder hinab. Schon früher einmal war sie so in Weiß gekleidet aufgewacht – damals, als sie Jens bekommen hatte. Aber damals war ihr Haar ein rötliches Gewirr über dem Weiß – und neben ihr lag ein kleines Menschenkind und schrie; jetzt klebte das bißchen Haar, das noch übrig war, fest an Hals und Schläfe. Und sie hatte einen Vogelhals; sie wußte es, ohne hinzusehen. Die Sehnen strammten sich, wenn sie den Kopf drehte.

War sie tot, oder stand ihr der Tod noch bevor? Sie lag in der innersten Stube, das erkannte sie an den Rissen in der Decke; und sie lag in dem guten Bett mit der Federmatratze. Auch das Deckbett erkannte sie wieder an dem weichen Druck gegen die Knie – das gute Oberbett war's. Aber wer hatte den schönen weißen Überzug dafür gegeben? „Astrid Langhalm“ stand in der einen Ecke gestickt. Einen Augenblick tat es Ditte leid, daß sie nun nie und nimmer Frau Langhalm würde pflegen können, worauf sie sich so gefreut hatte. Es huschte an ihr vorbei.

Mit geschlossenen Augen lag sie im Halbschlummer. Es kam jemand an die Tür geschlichen und spähte hinein; sie merkte es, sah aber nicht, wer es war. Vielleicht war es Sörine – oder Lars Jensens Witwe? Es war auch gleichgültig. Aber nun ging in den Dünen der „Menschenfresser“ vorüber! Der halbe Kopf war ihm weggeschossen, und er war ausgegangen, um sich nach einem umzuschauen, dessen Hirnschale er gebrauchen konnte – nur gut, daß er *sie* nicht gewahrte. Christian kam, und der eine Fuß war ihm gespalten; Ditte nähte ihn zusammen, so gut sie konnte – er hatte Eile. Wir werden noch ein Paar Füße anschaffen müssen, damit der Junge wechseln kann, dachte sie. Der Krugwirt *muß* Kredit geben. – Aber da stand plötzlich die Frau vom Bakkehof in der Tür, groß und breit; in der Hand hielt sie das Gesetz. Nun wirst du verurteilt, sagte sie und schlug mit dem Gesetz auf den Türrahmen, und jeder Schlag war ein Jahr Zuchthaus. Wollte sie denn nie wieder aufhören? So viele Jahre gab es ja gar nicht in der ganzen Welt.

Ditte schlug mit Mühe die Augen auf; in der Tür stand Frau Langhalm und klopfte an, ganz leise. Sie lächelte, kam auf den Zehen herein und setzte sich ans Bett; Ditte fühlte, wie ihr das Gesicht getrocknet wurde. „Die Kinder sind drüben bei uns“, flüsterte eine warme Stimme ihr ins Ohr. „Sie können ganz ruhig sein.“

Die Kinder? Ditte strengte sich an, um den Sinn dieser Worte zu fassen. Die Kinder? Aber die waren doch überall!

Eine Hand legte sich auf ihre Stirn und brachte sie in die Wirklichkeit zurück – Karls Hand! Sie lächelte und schlug die Augen auf. „Geht es dir besser?“ flüsterte er und beugte sich über sie. Sie nickte schwach und hielt den Mund geschlossen – um seinetwillen; er glaubte, wenn sie nicht spreche, werde sie bald wieder zu Kräften kommen. Frau Langhalm winkte. „Ade und gute Besserung.“ Karl nahm ihren

Platz ein. Still saß er da und hielt Dittes durchsichtige Hand, sprach aber nicht zu ihr; es durfte ja nicht gesprochen werden!

Sie war wieder in ihren Halbschlummer gesunken, begleitete ein kleines Mädchen, das allein durch den Wald ging und an einen Bach kam. Und über den Bach führte ein Steg – ins Märchenland. Was war aus dem kleinen Mädchen geworden? Stiefel bekam sie, die waren zu groß für sie selbst und zu klein für Großchen. Aber wurde sie eine Prinzessin? Ditte hatte Lust, das Spinnlied zu singen, aber weder Worte noch Melodie fielen ihr ein.

„Jetzt muß ich gehn", flüsterte Karl dicht über ihrem Gesicht. „Aber die alte Rasmussen ist in der Küche, sie wird nach dir sehn."

Ja, danke schön, aber die alte Rasmussen kannte das Spinnlied nicht; sie konnte überhaupt nicht singen. Aber der Bornholmer, der konnte! Jetzt sang er drüben wieder seine frommen Lieder: „Hephata! Tu dich auf!" Ob er wohl soviel sang, weil er nicht ganz richtig im Kopf war? Ditte hätte gern gewußt, wie er aussah; sie hatte ihn noch nie gesehen.

Ob man ihm wohl ansehen konnte, daß er nicht ganz gescheit war – und ob wohl der liebe Gott den Unterschied sehen konnte? Vor ihm waren wir wohl alle gleich klug! Ob wohl das Leben noch schwerer für so einen ist, oder kommt er etwa leichter über alles hinweg? Nein, denn es ist die Verantwortung, die das Leben so schwer macht, und der Mann trägt an einer entsetzlichen Verantwortung für das Wohl der Menschen, hat Karl ihr erzählt. Vielleicht besteht darin seine Verrücktheit? – Ist sie vielleicht selber auch bloß einfältig gewesen?

Ditte findet, daß sie nichts ausgerichtet hat; und doch war's, als ob sie eine furchtbare Bürde einen Berg hinaufgeschleppt hätte – die Sorge für das bißchen Essen, Kleidung, Wärme. Und jeden Morgen war im Laufe der Nacht die Last hinabgerollt und mußte wieder mühselig auf den Gipfel gebracht werden! Entsetzlich!

Er fuhr fort mit seinem „Hephata! Tu dich auf!" Gott mochte wissen, wie lange er das aushalten konnte! Aber wenn es so war, wie Karl sagte, daß man schon vor dreitausend Jahren Richter und Propheten gehabt hatte, die gegen die Ausbeutung donnerten, ihre eigene und die des kleinen Peter, und die die Massen aufzurütteln versuchten – ja, dann geschah ja nichts, dann schliefen die Menschen ja! Und der Verrückte hatte recht mit seinem ewigen Hephata! Vielleicht waren ihm wirklich die Augen aufgegangen, vielleicht hatte er recht mit dem, was er sang. Dann war man also nicht weitergekommen, und wer das Rechte sagte, wurde für verrückt angesehen.

Ein Mensch steht an der Tür und starrt sie an mit sonderbar stechenden Augen, die tief unter der Stirn liegen; sie erinnern an flackernde Lichtpünktchen ganz fern in einem dunklen Gang. „Darf ich reinkommen?" fragt er behutsam. „Ich kenn dich gut. Karl hat soviel von dir erzählt; und ich komm, um dir Glück dazu zu wünschen, daß du sterben mußt. Du sollst gleich erfahren, warum!" Er schließt leise die Tür hinter sich und kommt und setzt sich, in geringer Entfernung vom Bett. Da sitzt er vornübergebeugt, die Arme auf die Beine gestützt, und starrt grübelnd auf den Fußboden. Und Ditte wartet gespannt darauf, was nun aus seinem Munde kommen wird, so gespannt, daß sie einen Stich im Herzen verspürt und stöhnen muß.

Er nickt zufrieden dazu, mehrmals, als wollte er sagen, so müsse es sein.

„Du hast vielleicht bemerkt, daß wir in einer großen Zeit leben?" sagt er, den Kopf hebend.

„Ja, eine böse Zeit", flüstert Ditte und denkt plötzlich mit Grauen an die Arbeitslosigkeit und die Not.

„Ich hab gesagt: eine große Zeit!" sagte er zurechtweisend. „Mit dem Bösen ist's jetzt vorbei; wir beide sollen ihm ein Ende machen; darum sollst du sterben. Gottvater hat das Böse auf uns herabgesandt, damit wir das Große daraus gewinnen; aber das ist nicht jedem gegeben. Weißt du, warum wir alle in der Wüste im Kreis gingen und nie aus dem Elend heraus konnten? Weil unsre Ohren nicht aufgetan, unsre Augen nicht sehend waren. Aber eines Tages berührte Gott der Herr meine Augen: Hephata! – und er rührte meine Ohren an: Hephata! – und da sah ich klar, wie das Ganze zusammenhing. Wir haben Erde in den Augen und Erde in den Ohren! Weißt du, wer ich bin?" Er betrachtete sie fanatisch.

Ditte nickte schwach – ganz sicher war sie nicht.

„Ich bin der Proletarier, ich bin tausend Jahre alt, und darum sind mir die Augen aufgegangen, und ich habe die Entdeckung gemacht. Die Kameraden draußen auf der Pumpstation haben sich über mich lustig gemacht wegen meiner Entdeckung. Karl war der beste von ihnen, aber er konnte auch nicht das Rechte sehen. Denn ich habe durch Grübeln festgestellt, daß die Seele ein selbständiges Wesen ist, das draußen im Raum für uns prozessiert! Es gibt Punkte, einen für jede gute Handlung. Ich hab den ersten Preis gekriegt, weil ich mehr als ihr andern gelitten und gekämpft habe in den entsetzlich vielen Jahren; aber du hast den zweiten Preis gekriegt, und damit bist du mir verfallen!" Er sieht sie gewichtig an und macht eine Pause, damit seine Worte Zeit haben, sich in ihr festzusetzen.

„Ich gehöre Karl", flüsterte Ditte; ihr war seltsam zumute. Angst hatte sie nicht, und doch fror es sie.

„Du mußt sterben, begreifst du wohl", sagt er, „und das ist die Lösung des Ganzen, du bist unsere Rettung. Niemand kann wie du den Prozeß da draußen führen und den Seelen erzählen, wie gut wir sind und wie unverschuldet wir leiden und daß wir stumm sind. Dazu ist einer wie du nötig – der kommen und gehn und doch immer dableiben kann. Karl hat mir von dir erzählt, und dich haben wir gesucht, Gottvater und ich. Du sollst zur Freude Gottes eingehn; und die Freude ist genau wie Krätze – sie steckt unter den armen Leuten nach allen Seiten hin an." Er begann plötzlich zu singen:

„Hephata! Tu dich auf!
Und der Taube steht erschüttert,
Und die stumme Lippe zittert,
Als es klingt: Spring auf, spring auf!
Und es schwillt in Himmelschören.
Seiner Zunge Fessel springt;
Er vermag es selbst zu hören,
Wie er Dankeshymnen singt."

„Ich bin stumm auf die Welt gekommen, und taub und blind war ich auch. Aber dann hab ich dieses Lied gedichtet und hab alles gesprengt."

„Das ist nicht wahr", sagte die alte Rasmussen drüben von der Tür her, „denn das Lied hat unsereins schon viele Jahre lang gekannt. Und nu is es das beste, du latschst dahin, wo du zu Hause bist, Ancher – und sitzt nicht hier und machst kranke Leute kollrig im Kopp mit deinem Gepredige." Sie machte Zeichen zur Tür hin.

Ancher erhob sich vom Stuhl. „Ich hab das Lied allerdings nicht selber geschrieben", sagte er stammelnd und schlich auf die Tür zu, „denn wir sind ja alle stumm. Und taub und blind sind wir auch gewesen. Aber Gott hat die, die es vermögen, dazu bestellt, für uns zu reden, bis wir selber die Sprache bekommen. – Sonnentöne hört man schallen: Hephata, entspring der Nacht!" sang er draußen auf dem Flur. Da fühlte er sich wieder tapfer.

„Puh! So ein verschrobener Kerl mit seinem ewigen Gepredige!" sagte die alte Rasmussen aufgebracht. „Um die Welt zu erlösen, dazu brauchen wir woll nich die Verrückten – das können die Klugen besorgen; und das Brot da zu nehmen, wo es zu finden ist, fällt keinem von ihnen ein. Da gehn sie und glauben, sie könnten die Mauern von Jericho umstürzen mit ihrem Lirum-Larum."

Sie wollte noch mehr sagen, aber sie erinnerte sich, daß Ditte Ruhe brauchte. „Jesses!" flüsterte sie und schlich ans Bett.

„Ihr braucht nicht auf Zehen zu gehn und zu flüstern, Mutter!" sagte Ditte.

„Geht es dir denn wirklich viel besser?" fragte die Alte froh. Ditte antwortete nicht.

„Fandst du nich, daß es schön ruhig war?" fragte sie dann wieder. „Hab auch ordentlich aufpassen müssen. Ja, der halbverdrehte Erd- und Betonarbeiter da hat sich allerdings an mir vorbeigeschlichen, aber sonst hab ich weiß Gott treulich an der Tür gestanden und immer nee gesagt. Die Frau muß Ruhe haben, hab ich gesagt. 'ne Masse Menschen sind hier gewesen und haben dir ihr Beileid bezeigen wollen; und das is, weil die Zeitungen schreiben, du wärst so eine gute, aufopfernde Mutter gewesen. ‚Das zerbrochene Mutterherz' schrieb eins der Blätter so schön, und dann is ein Leser gekommen mit fünfundzwanzig Kronen. Daß die Kleinen drüben bei Langhalms sind, weißt du wohl – denen geht nix ab! Und so viele Kränze sind gekommen! Karl sagt, der Sarg is ganz zugedeckt. Der arme Kerl muß immerfort laufen und laufen. Das wird morgen ein großes Begräbnis. Alle Arbeitslosen machen mit. Is zu schade, daß du nich dabeisein und den kleinen Peter zu Grabe tragen kannst."

„Ich werd dabeisein, Mutter", sagte Ditte und nickte bekräftigend. „Wenn ich den kleinen Peter nicht zu Fuß begleiten kann, dann flieg ich."

22

„Sink nur einsam ohne Scheuen . . ."

Sink nur einsam ohne Scheuen
Hin zur Tiefe, die behütet
Allzu schwere Leidgedanken,
Dorthin, wo die Leere brütet
Wie verhängnisvolles Dräuen!
Geh zurück zu Gott dem Herrn,
Oder flieg hinaus, wo fern
Du siehst Neulicht fliehend wanken!

Ditte hatte diesmal ihre Tropfen bereitwillig genommen und schlief den größten Teil der Nacht. Als sie die Augen aufschlug, war sie ganz klar bei Bewußtsein und erinnerte sich sofort, daß es der Tag des Begräbnisses des kleinen Peter war. Und sie wußte mehr als das – genug, ihre Seele von den letzten Spuren der Bürden und Entbehrungen des Lebens zu befreien. Sie fühlte sich kraftlos, aber leicht; der Körper mahnte nicht mehr durch Schmerzen und Schwere, und ihr Gemüt war in einem eigentümlichen Gleichgewichtszustand, der nichts mit Kummer oder Freude zu schaffen hatte. Nichts berührte sie im Grunde tiefer, weder Peters Tod noch Karls Sorge um sie. Sie hatte ausgekämpft.

Am Vormittag begannen die Leute mit Kränzen und Blumen zu kommen. Es waren Leute aus dem Viertel, Arme, die das notwendige Geld erst im letzten Augenblick zusammengebracht hatten. Die Kränze wurden zu Ditte hineingelegt, in eine Ecke des Zimmers; sie wollte sie gerne vor Augen haben. Nach und nach füllten sie Tisch und Stühle; ein ganzer Stapel war es – außer allen denen, die gleich nach der Kapelle auf dem Westerfriedhof gebracht worden waren. Kutscher Olsen hatte sich erboten, über Mittag ein Pferd beim Fuhrmann zu leihen und alles hinauszufahren. Es kamen fortwährend Leute, um mit Karl zu reden, Fahnenträger und andere. Nicht bloß die Arbeitslosen, sondern sogar die Gewerkschaften hatten beschlossen, dem kleinen Peter das letzte Geleit zu geben. Alles würde stillstehen, wie es aussah. Der Junge bekam ein Begräbnis wie ein Fürst.

Ditte hatte sich Kissen unterlegen lassen, so daß sie fast aufrecht im Bett saß; sie wollte gern allem, was vorging, folgen. Karl schaute von Zeit zu Zeit zu ihr hinein, verschwand aber immer wieder – er war sehr beschäftigt. Und die alte Rasmussen hatte auch viel zu tun – das war gut, so vergaß man Dittes Zustand. Von drinnen kam die ganze Zeit Kaffeeduft; jeder, der kam, sollte bewirtet werden.

Plötzlich, wie sie da lauschend saß, bekam sie einen ihrer Anfälle; sie hatte Atemnot und glaubte zu ersticken. Karl kam zu ihr hereingestürzt und gab ihr Medizin ein. Sie lag ein paar Minuten und starrte zur Decke mit Augen wie Glas; dann war es wieder vorüber, und sie verfiel in Halbschlummer. Verstohlen nahm Karl ihr die Kissen weg, damit sie wieder tiefer läge, setzte sich an ihr Lager und betrachtete gequält ihr abgezehrtes Gesicht. Sollte er sie diesmal verlieren? Auch sie?

Dann kam jemand, und er schlich wieder in die Stube nebenan. Es war Morten.

„Ich komme, um dich zu warnen", sagte er. „Es wird ein großes Begräbnis, vielleicht das größte, das die Stadt je gesehen hat. Wenn nun etwas geschieht? Wenn wir nun die Gewalt über die Leute verlieren?" Sein Gesicht war weiß.

„Willst du sprechen?" fragte Karl.

„Ja, das will ich. Oh, wenn ich mich zu sagen getraute, was ich auf dem Herzen habe! Sieh, jetzt steht die ganze Stadt kopf – Bürgerschaft, Presse, alles: sie triefen von edlem Gesabbere über den kleinen Burschen – und doch haben *sie* ihn ermordet. Oh, dürften wir die Flut anschwellen und ordentlich aufwaschen lassen; dann wäre doch wenigstens ein kleiner Märtyrer nicht vergebens geopfert worden."

„Ja", sagte Karl still. „Ich hätte nichts dagegen. Und man soll, glaub ich, nicht versuchen, Gottes Urteil abzuwenden."

„Nein, aber wir rennen mit der Stirn gegen die Wand – wir haben ja nicht mal die Gewerkschaften auf unsrer Seite. Bedenk, wie aufgepeitscht alle Gemüter infolge der Arbeitslosigkeit sind – und nun das Schicksal des kleinen Peter! Viel gehört nicht dazu, bis das Feuer entfacht wird. Und nach oben hin ist man vorbereitet und hat seine Vorsichtsmaßregeln getroffen, Regierung und Polizei. Zuerst wollte man das große Begräbnis verhindern, das hat man nun aufgegeben und zieht es vor, das Gesetz über die Arbeitslosigkeit einzubringen – gerade heut nachmittag. Ich weiß nicht, ob man nervös ist oder uns herausfordern will, aber Militär und Polizei stehen einsatzbereit. Man rechnet wohl damit, daß die Massen einen Demonstrationszug vom Friedhof nach dem Reichstag veranstalten. Glaubst du, daß wir das verhindern können?"

„Ich weiß nicht", erwiderte Karl düster. „Meine liebe Frau liegt im Sterben – ich behalte sie vielleicht nicht einmal mehr den Tag über. Das Unglück mit Peter ist ihr so nahegegangen."

„Dann ist dein Platz zu Hause, und wir müssen zusehn, wie wir ohne dich fertig werden", sagte Morten und reichte ihm mitfühlend die Hand. „Es muß ja auch ein entsetzlicher Schlag für eine Mutter sein. Wenn nur das Schicksal des Jungen uns selber jetzt ordentlich aufrütteln und den andern einen kleinen Schreck einjagen möchte! Dann wäre wenigstens eins der kleinen Wesen, die zu Tausenden durch unser brutales System zermalmt werden, nicht vergebens gestorben."

„Von jetzt an wird es ganz anders werden – die schlimme Zeit ist nun vorbei", sagte eine Stimme von der Tür her.

„Komm nur rein, Ancher", sagte Karl. „Das da ist einer meiner Kameraden – er glaubt, daß er das Proletariat befreien muß. Unter den verfluchten Verhältnissen ist er zerbrochen", fuhr Karl, zu Morten gewandt, trübe fort.

„Ja, und darum glauben die Leute, es wär nicht richtig bei mir im Oberstübchen", sagte Ancher und kam in die Stube herein. „Aber ich laß sie das ruhig glauben!" Unaufhörlich wandte er den Blick von einem zum andern, hin und her, regelmäßig wie ein Pendel.

„Natürlich bist du verdreht im Kopf", sagte Morten und betrachtete ihn mit einem Blick voller Güte. „Ist das vielleicht nicht verdreht von so ein paar kümmerlichen Ameisen, den Bau der Gesellschaft untergraben zu wollen? Und doch sind's die Ameisen gewesen, die das erste Stück der chinesischen Mauer zum Einsturz brachten. – Größenwahn ist es ja, daß der Erbärmlichste und Elendste von allen, der arme Hans in der Zwangsjacke, mit den Füßen nach allen Grenzen tritt und die Menschheit umspannen will. Wir sind *verrückt*, du – und darum gehört die Zukunft uns! Her mit der Hand, Kamerad!"

„Sagst du das?" rief der Verrückte mit strahlenden Augen und schüttelte ihm die Hand. „Darf ich dir nun was sagen? Dann möcht ich dir Glück wünschen, weil es dir vergönnt worden ist, die Sache so anzusehn. Die andern machen sich lustig über mich und verspotten mich. Aber nun sollst du mit mir sein – und damit sind wir zu dreien. Ditte soll in den Weltenraum hinausgehn und den Seelen von uns erzählen, und du sollst hier meine Sache führen. Darum ist dir die Gabe zu schreiben verliehn."

„Mach dir nie etwas daraus, was die andern über dich sagen", erklärte Morten. „Was ist das für ein schöner Gedanke, daß die Seelen unsre Sache da draußen führen! Hier auf Erden predigt man leider tauben Ohren und kalten Herzen!"

„Nein, nicht mehr – denn nun geht Ditte hinaus, und dann wird es anders werden." Hellen Auges sah er Morten an; und dann begann er mit seiner schönen Stimme zu singen:

„Durch das Totenreich wird beben
Brausend Gottes Hephata,
Und die offnen Gräber geben
Antwort im Halleluja.“

„Darf ich draußen am Grab sprechen?“ fragte er unvermittelt.

„Dazu wird wohl keine Zeit sein“, sagte Morten, „aber sing dein Lied am Grab. Wir alle werden Nutzen davon haben! Wenn wir's nur schnell drucken lassen könnten!“ Morten sah auf die Uhr.

„Es wird gerade noch gehn!“ sagte ein Fahnenträger. „Es sind noch vier Stunden. Soll ich zur Druckerei gehn und die Sache regeln?“

„Ja, danke schön“, erwiderte Morten.

Ditte pochte schwach an die Wand; Karl ging zu ihr hinein.

„Meine liebe Frau möchte dir gern guten Tag sagen, Morten“, sagte er von der Tür aus. Morten ging hinüber; der Verrückte folgte ihm auf den Fersen.

Mit vorgeschobenem Kinn lag Ditte auf dem Rücken; ihre Züge waren stark eingefallen, der Tod hatte bereits begonnen, ihren Kopf nach seinem Bilde zu formen. Sie machte ein flüchtiges Zeichen nach dem Stuhl an ihrem Kopfende hin, Morten setzte sich. Dann ließ sie den Kopf auf die Seite hinüberfallen, so daß sie ihn ansehen konnte. Ihr Atem ging kurz und schwer.

„Du bist Morten“, flüsterte sie mühsam. „Ich kenn dich wohl. Etwas von dir zu lesen, dazu hab ich nie Zeit gehabt; aber du hast viele Menschen froh gemacht. Du sollst so schön über uns schreiben. Glaubst du denn auch selber an alles das, was du über uns schreibst?“

Die Frage kam überraschend für Morten; und es dauerte eine Weile, bis er antwortete. „In meinen besten Augenblikken tu ich's“, sagte er dann.

„Ja, denn man muß viel Schmutz und Schlechtigkeit anfassen, wenn man arm ist. Kann man dann doch die Seele rein und gut erhalten?“

„Oft mag's schwer genug sein, du – und Armut ist ein Fluch. Aber ich will doch lieber zu den Unterdrückten gehören als zu den Unterdrückern."

„Ja, denn die Unterdrückten kriegen Punkte", fiel Ancher ein, „einen für jede gute Handlung. Ditte, die hat viele Punkte! Darum muß sie sterben!"

„Ich will hin und meinen Jungen suchen", sagte sie mit Anstrengung. „Glaubst du, daß ich ihn treffe?" Morten nickte.

„Ich hab ihn so vernachlässigt, aber jetzt..." Sie bekam einen ihrer Anfälle; Karl mußte die anderen bitten, sich zu entfernen. Er richtete sie auf und hielt sie in seinen Armen. Es war der fürchterlichste Anfall, den sie gehabt hatte; ihr Gesicht wurde blau, und die Augen traten ihr aus dem Kopf. Glücklicherweise kam gerade Dr. Torp, um nach ihr zu sehen; er gab ihr eine Spritze, so daß sie sich beruhigte. Der Schweiß stand Karl auf der Stirn, als es überstanden war.

„Ich muß weg und noch was wegen des Begräbnisses anordnen", sagte er flüsternd, „aber ich wage sie nicht der Alten anzuvertrauen. Du hast wohl nicht Zeit, eine Stunde hier bei ihr zu sitzen?" Torp nickte und nahm ein Buch aus der inneren Tasche.

Karl und Morten gingen zusammen. Es war mitten am Tag. Überall sah man die Arbeiter nach Hause gehen. Es war offenbar ein gewaltiger Zustrom zu der Beerdigung zu erwarten. Viele Geschäfts- und Privathäuser hatten geflaggt.

„Das ist doch ein schönes Zeichen von Mitgefühl", sagte Karl bewegt.

„Ja, oder 's ist Angst – vielleicht auch beides. Wer weiß? Das Herz ist ja der stärkste Sprengstoff, den es gibt. Aber mag es nun sein, wie es will, besser wäre es, wenn es ungeschehen geblieben wäre. Es ist ein unheimliches Mitgefühl, das den Umweg über eine Kinderleiche nimmt."

„Sag mal, Morten", erwiderte Karl zögernd, „glaubst du an ein Leben nach diesem hier? Oder hast du das bloß gesagt, um zu trösten?"

„Ich glaube an ein Leben nach diesem für uns alle, die wir für etwas Besseres kämpfen", antwortete Morten. „Nicht für die Satten, die Bäuche, die haben ja keine Seele, Karl! Natürlich glaube ich, das tust du ja auch – das tut mit Naturnotwendigkeit alles, was der Zukunft zugekehrt ist. Der Glaube ist unentbehrlich zum Leben; das, was sterben muß, bedarf bloß eines Schemas!"

„Aber die Leute wenden sich doch oft dem Glauben zu, wenn sie sterben sollen."

„Nein, sie wenden sich nicht dem Glauben zu – sondern irgendeinem Schema. Der Glaube ist für mich etwas Beständiges in dem, was erhofft wird, eine Überzeugung von dem, was nicht zu sehen ist; und ist das Wort nicht gerade auf den elenden armen Hans und seine hellen Zukunftsträume gemünzt?"

„Dann glaubst du also auch an Christus?" Karl hielt den Atem an, so gespannt wartete er auf die Antwort.

„Ich glaube an den Christus, der die Wechsler aus dem Tempel gejagt hat – nicht an den, der dazu auffordert, die andere Backe hinzuhalten. Ist das nicht ganz gleichgültig, ob Christus Gottes Sohn ist oder ob Menschen ihn gezeugt und geboren oder ob er nie gelebt hat, sondern nur eine Vorstellung der Menschen ist, wenn sie den höchsten Punkt erreichen? Ich glaube an den Aufrührer Christus, den Gott der Herzen! Jetzt gebietet der Verstand – der ist alles; unsre Aufgabe ist es, das Herz wieder auf den Thron zu setzen. Das arme, verwahrloste Herz, das bloß im Wege ist, wenn man sich mit dem Ellbogen vorwärtsarbeiten muß! Es ist etwas Schmähliches geworden, ein Herz zu haben, noch schlimmer, als bucklig zu sein; das hat unzählige Leiden verursacht. Es soll wieder ein Segen werden, wenn wir einmal siegen. Insofern kann man recht gut dem alten Wort recht geben: Selig sind, die da geistig arm sind. Klugheit und Verschlagenheit dürfen sich vor dem guten Herzen verneigen."

Morten schwieg.

„Sieh doch einmal, wie klug sie sind!" fuhr er nach einer kleinen Weile fort. „Sie können uns ganz genau sagen, woraus die Sterne bestehen, die Sonne vermögen sie aufs Pfund genau zu wiegen. Aber das Brot für die hungrigen Münder auszuwiegen, das vermögen sie nicht. Das hat Christus verstanden, der Freund der Armen. Er wußte, was Hunger war, darum scharen sich noch heute die Hungrigen um ihn. Bist du im Zweifel über Gottes Herz, Karl? Gottes Herz ist da, wo dem Armen das Brot gereicht wird."

„Dann ist Ditte auch eins mit Gottes Herz", sagte Karl hell. „Denn sie hat keine Not sehen können, ohne zu helfen. Sie hat sich für uns verbraucht! Könntest du sie nicht heute mit in deine Rede einflechten?"

„Ich hab auch schon daran gedacht – wo sie doch hinauszieht, um unsre Sache zu führen! Wie schön der Gedanke ist! – Wir müssen versuchen, der Seelen habhaft zu werden – eine entflammte Seele erlischt nie!"

Ditte lag im Todeskampf. Karl saß allein bei ihr; er hatte die alte Rasmussen mit zum Begräbnis geschickt – sie wollte ja sehen, mit welchem Pomp der kleine Peter beerdigt wurde.

Die Anfälle wurden immer häufiger, und zwischen den Anfällen lag Ditte in Fieberphantasien. Immer wieder richtete Karl sie auf, damit sie Luft bekam. Ob sie wohl wußte, daß er um sie war? Ob sie überhaupt fühlte, daß mitleidige Wesen ihr halfen, daß ein Herz um sie blutete? Sie schien so entsetzlich einsam in ihrem röchelnden Kampf; nichts an ihr verriet, daß sie seine Nähe spürte; sie hing in seinen Armen und starrte ihn an, ohne ihn zu sehen. Es war schwer, fast unerträglich schwer, einen Menschen, den liebsten, den man hatte, den letzten Kampf kämpfen zu sehen, ohne ihm die geringste Erleichterung verschaffen zu können, ohne ihm auch nur sagen zu können, daß man bei ihm war.

Nun ging es ihr wieder besser, sie holte tief Atem und phantasierte. „Ja, ja, ja", sagte sie, „so, so, so." Irgend etwas jagte und plagte sie. „Ja gewiß, nun komme ich!" murmelte sie halblaut in ungeduldigem Ton.

Karl legte die Hand auf ihre Stirn. „So, Liebste", sagte er beschwichtigend. „Du hast nichts zu tun, gar nichts! Wir werden schon alles besorgen." Ditte schlug die Augen auf und sah ihn wiedererkennend an.

„Warum weinst du?" fragte sie, seltsam teilnahmslos.

Karl schüttelte den Kopf. „Es ist alles so sinnlos!" sagte er.

„Was ist sinnlos?"

„Oh – alles!“ Er neigte den Kopf auf ihr Deckbett hinab.

„Du kannst doch wirklich nicht verlangen, daß ich die ganze Zeit auf dich achtgeben soll; die andern sollen auch ...“ Und dann wiederholte sie: „So, so, so – ja, nun komme ich.“

„Aber, liebes Kind!“ sagt Karl ängstlich, mit beiden Händen ihren Kopf umfassend, der von einer Seite auf die andere fällt. „Versuch doch, ruhig zu sein, liebe, liebe Ditte.“

„Ruhig, ruhig“, sagt sie. „Ja gewiß. Aber immer ruft einer nach mir. Oh, bald bin ich müde.“

Und dann kommt wieder so ein Anfall, ein entsetzlicherer Anfall; Karl kommt es so vor, als dauere er Stunden.

Irgendwo auf einem der Speicher weint ein kleines Kind; sein Weinen dringt durch die Stille, die so noch bodenloser wird für den, der in sie hineinlauscht. Jedesmal, wenn das Weinen anschwillt, zerrt etwas an Dittes Körper.

Karl geht still hinaus und schließt die Tür zu den Speichern.

„Das ist eins, das sich schmutzig gemacht hat“, sagte Ditte plötzlich mit lauter, glasklarer Stimme. „Seine Mutter ist gewiß nicht da. Aber ich helfe ihm nicht! Ich will nicht aufstehn und ihm helfen.“

Nein, nein – das will sie nicht! Karl schüttelt den Kopf und lacht mit verzerrten Zügen. „Ditte“, sagt er zitternd, „kannst du dich auf ein kleines Mädchen besinnen, dem im Dunkeln bange war und das doch im Finstern aufstand und der Katze Milch gab? Und kannst du dich besinnen ...“ Seine Stimme versagt; er legt den Kopf auf ihr Bett und schluchzt laut auf.

Es arbeitet etwas in Dittes erloschenem Gesicht, eine erwachende Erinnerung flackert darüber hin, und es bekommt einen gequälten Ausdruck. Sie hat sein Haar gepackt – er *darf* nicht weinen; mit einer schwachen Bewegung versucht sie, das Deckbett zurückzuschlagen und ihn an sich zu ziehen, seinen Kopf an ihrer Brust zu bergen. Ein mütterliches Wort will sie ihm sagen. Aber es wird nur ein Röcheln. Ein Stoß durchfährt sie, als ob ihr gequältes Herz hoch aufspringt vor Leid – und zerbricht. Karl zuckt entsetzt zusammen. Dann begreift er. Grau und tränenlos legt er ihre Hände über der Brust zurecht und faltet sie.

In der Ferne ertönte Gesang, der Sozialistenmarsch, und ein seltsames Geräusch, wie wenn Regen auf das Steinpflaster prasselt. Es schwoll an zu einem Brausen, einem endlosen Strom, einem Dröhnen von Tritten. Die Tausende des Leichengefolges waren es, die auf ihrem Marsch zum Reichstagsgebäude durch Dittes Straße zogen – um der Mutter des kleinen Kohlensammlers Trost zu bringen. Jetzt stimmten sie ein neues Lied an. Karl hörte die Stimme des verrückten Kameraden über allen anderen:

„Hephata! Tu dich auf!
Und der Taube steht erschüttert,
Und die stumme Lippe zittert,
Als es klingt: Spring auf, spring auf!
Und es schwillt in Himmelschören.
Seiner Zunge Fessel springt;
Er vermag es selbst zu hören,
Wie er Dankeshymnen singt.

Hephata! Tu dich auf!
Und des Heilands Worte tönen,
Bis die Bangen sich gewöhnen
An den Trost im Leidenslauf!
Öffnen nun des Ohres Kerker,
Taub vom leeren Lärm der Welt,
Machen mich nun immer stärker,
Froh im Wort, von Gott erhellt.

Hephata! Tu dich auf!
Das ist Schöpfungsworts Geschwister –
Zieht der Lenzwind die Register
Um des Waldes nackten Knauf.
Frühlingsregens Tropfen fallen
Auf die junge Buchenpracht;
Sonnentöne hört man schallen:
Hephata, entspring der Nacht!

Hephata! Tu dich auf!
Allmachtsworte hehrer Sage.
Schmetternd ruft am Jüngsten Tage
Die Posaune all zu Hauf!
Durch das Totenreich wird beben
Brausend Gottes Hephata,
Und die offnen Gräber geben
Antwort im Halleluja."

Noch lange dröhnten die Schritte dort unten weiter; und lange saß Karl still da, die Hände zwischen den Knien gefaltet, und starrte in das Dunkel.

Dann stand er auf – draußen kam die alte Rasmussen die Treppe hoch, ganz erfüllt von dem großen Erlebnis.

23

Ein Mensch ist gestorben

Es gibt anderthalb Milliarden Sterne im Himmelsraum und, soviel man weiß, anderthalb Milliarden Menschenwesen auf der Erde. Gleich viele von beiden! Man sollte fast glauben, die Alten hätten recht, die meinten, ein jeder Mensch werde unter seinem Stern geboren. Ringsum, in Hunderten von kostbaren Observatorien, die auf der ganzen Erde angelegt sind, bald in der Ebene, bald auf den hohen Bergen, sitzen hochbegabte Gelehrte, ausgerüstet mit den feinsten Instrumenten, und spähen Nacht für Nacht in den Himmelsraum hinaus. Sie schauen und photographieren, ihr ganzes Leben lang beschäftigt mit dem einen: unsterblich zu werden durch die Entdeckung eines neuen Sterns – oder die Feststellung, daß ein Stern verschwand. Ein Himmelskörper mehr oder weniger – von den anderthalb Milliarden, die da draußen umherwirbeln.

Jede Sekunde stirbt ein Mensch. Ein Licht erlischt, um nie mehr angezündet zu werden, ein Stern, der vielleicht ungewöhnlich schön geleuchtet, der jedenfalls sein eigenes, nie gesehenes Spektrum gehabt hat. Ein Wesen, das vielleicht Genialität, vielleicht Güte um sich ausgestreut hat, verläßt die Erde; das nur einmal Gesehene – das Wunder, das Fleisch und Blut ward – hört auf zu sein. Kein Mensch war eine Wiederholung anderer Menschen oder wird je selber wiederholt werden. Jedes Menschenkind gleicht den Kometen, die nur einmal in aller Ewigkeit die Bahn der Erde berühren und eine kurze Spanne Zeit ihren leuchtenden Weg über ihr dahinziehen – phosphoreszierend zwischen zwei Ewigkeiten von Finsternis.

Dann herrscht wohl Trauer unter den Menschen um jeder Seele willen, die die Erde verläßt? Um jede Bahre herum stehen sie wohl mit ernsten Gesichtern und sagen: Seht, was die Welt verloren hat und nie wiederbekommt! Seht, welch seltsames Wunder diesmal die Erde geküßt hat!

Ach, Ditte war kein erloschener Stern, dessen hinterlassener Platz im Weltraum für Zeit und Ewigkeit registriert werden mußte. Wie ein Schmarotzer kam sie an – jedenfalls wurde sie so empfangen. Mit Mühe und Not erzwang sie sich den Zugang zum Dasein. Als eine aus dem großen grauen Schwarm von anderthalb Milliarden nahm sie ihr Werk auf und machte sich nützlich. Die Erde wurde bereichert durch sie, doch ohne daß es ihr zugerechnet werden konnte. Sie war bloß eine von unzähligen Namenlosen – ein Menschenkind, dessen Kennzeichen die stets rauhen Hände sind.

In der Armenecke des Kirchhofs wurde sie begraben – da, wo die Gräber so schnell wie möglich wieder eingeebnet werden sollen, um neuen Gräbern Platz zu machen; auf öffentliche Kosten wurde sie begraben. Es war die einzige Ehrenbezeigung, die ihr in ihrem Leben erwiesen wurde – und sie war nicht freiwillig.

Gelang es ihr, Herzen zu erweichen?

Nachwort

Seit mehr als einem halben Jahrhundert ist die Literatur der nordischen Länder in Deutschland weit verbreitet. Den bedeutendsten Werken von Henrik Ibsen, Hans Christian Andersen, August Strindberg, Björnstjerne Björnson und anderen skandinavischen Schriftstellern erschlossen die deutschen Übersetzungen den Weg in die Weltliteratur. Diese Mittlerrolle spielte Deutschland zu Beginn unseres Jahrhunderts auch in bezug auf die Werke des ersten großen Vertreters der sozialistischen Literatur in Skandinavien, des Dänen Martin Andersen Nexö.

Kindheit und Jugend des 1869 geborenen Schriftstellers fielen in die Periode, als sich in Dänemark, wenn auch verspätet, der Industriekapitalismus durchzusetzen begann. Aber noch mußten die neuen kapitalistischen Kräfte in der Stadt und auf dem Land um die entscheidenden politischen Machtpositionen kämpfen; deshalb stellten sie sich vorübergehend an die Spitze einer breiten demokratischen Bewegung des dänischen Volkes gegen die herrschende feudale Gutsbesitzer- und Beamtenaristokratie. Die Klassenauseinandersetzungen bewirkten unter anderem eine geistige Emanzipation des Bürgertums, das in dieser Epoche eine bedeutende gesellschaftskritische Literatur schuf, die durch Namen wie Jens Peter Jacobsen, Holger Drachmann und Henrik Pontoppidan gekennzeichnet wird.

Durch die Kapitalisierung der Landwirtschaft verschärften sich die sozialen Gegensätze auf dem Lande, und durch die Teilnahme der ländlichen Schichten an den politischen Kämpfen wurde die Entwicklung des Selbstbewußtseins der

Kleinbauern und Häusler gefördert. Die moralische und soziale Bewußtseinsbildung dieser Schichten wurde um die Jahrhundertwende vor allem durch die Werke von Johan Skjoldborgs und Jeppe Aakjærs gefördert, die eine volksverbundene Literatur schufen, in der bereits sozialistische Ideen auftauchen.

Das städtische Proletariat begann sich in dieser Zeit seiner Kraft bewußt zu werden; es löste sich von der bürgerlichen Bevormundung, baute nach 1871 eigene starke Organisationen auf und trat in erbitterten Klassenauseinandersetzungen für eine sozialistische Gesellschaftsordnung ein. Doch während ein Holger Drachmann die englischen Sozialisten und die französischen Kommunarden in seiner bilderreichen Lyrik verherrlichte, fanden die Probleme der dänischen Arbeiterbewegung kaum einen Niederschlag im Werk der bürgerlichen Realisten. Das Proletariat brauchte eigene Schriftsteller, die seinen Idealen und Zukunftshoffnungen Gestalt verliehen. An Versuchen, den Proletarier zum literarischen Helden zu machen, hat es im ersten Dezennium dieses Jahrhunderts nicht gefehlt, aber nur einem gelang es, ihn künstlerisch überzeugend darzustellen, und dieser eine war Martin Andersen Nexö.

Als er sich in den neunziger Jahren mit seinen ersten Werken der Öffentlichkeit vorstellte, lagen hinter ihm die Erlebnisse und Erfahrungen einer harten Jugend, der Jugend eines Proletarierkindes. Er hat sie von 1932 bis 1939 in einer vierbändigen Autobiographie erzählt, weil er um die Allgemeingültigkeit seiner persönlichen Entwicklung wußte. Diese Selbstdarstellung ist eine der überzeugendsten künstlerischen Leistungen Nexös, ein Werk, dessen weltliterarischer Rang unbestritten ist.

Aus den „Erinnerungen" erfahren wir, wie sich die ersten drei Jahrzehnte seines Lebens gestalteten. Als Sohn eines Bornholmer Steinhauers wuchs er in einem Kopenhagener Arbeiterviertel auf. Die Hinterhöfe der Mietskasernen waren sein Zuhause, und die Eindrücke aus dieser Zeit blieben ihm unvergeßlich. 1877 übersiedelten die Eltern in das Städtchen Nexö auf Bornholm, dessen Namen Martin Andersen später seinem eigenen Namen beifügte. Statt enger, dunkler Straßenschluchten umfing ihn nun eine reiche und eigenartige Natur. In dem kleinen Ackerbürgerstädtchen schien die Zeit stillzustehen. Doch Armut und Not verließen die Familie des Steinhauers Andersen auch hier nicht. Die elf Kinder mußten frühzeitig zum Lebensunterhalt mit beitragen. Martin wartete die kleineren Geschwister, übernahm Botengänge, trug Zeitungen aus, beschaffte Brennmaterial, half dem Vater im Steinbruch, hütete Kühe, und so blieb ihm nicht viel Zeit für den Schulbesuch.

1883 wurde er aus der Schule entlassen; er arbeitete ein Jahr lang als Knecht bei einem Bauern und ging dann nach Rönne, dem größten Ort Bornholms, um ein Handwerk zu erlernen. Da keine andere Lehrstelle frei war, lernte er Schuster, doch nach bestandener Gesellenprüfung konnte er auf Bornholm keine Arbeit in seinem Fach finden. Durch Zufall kam er mit Anhängern der dänischen Volkshochschulbewegung in Berührung, unter denen einige wohlhabende Bürger waren, die Martin Andersen den Besuch verschiedener Kurse ermöglichten. Das war von außerordentlicher Bedeutung für seine weitere Entwicklung, denn für ihn, der oft nicht wußte, ob er das Brot für den nächsten Tag verdienen würde, erfüllte sich ein lange gehegter Wunsch: Er konnte lernen und sein Wissen erweitern, das er sich auf autodidaktischem Wege angeeignet hatte.

Dank seiner neuerworbenen Kenntnisse erhielt er eine Anstellung als Lehrer in Odense, doch er mußte diese Tätigkeit bald wieder aufgeben, weil er lebensgefährlich an Tuberkulose erkrankte. Nur seiner eisernen Energie und der Hilfe der Witwe des Dichters Molbech verdankte er seine Rettung. Frau Molbech ermöglichte ihm einen zweijährigen Aufenthalt in Italien, Spanien und Nordafrika, von dem er genesen in seine Heimat zurückkehrte.

Nexös Ansichten über die zentralen Probleme der gesellschaftlichen Entwicklung wurden durch drei Ereignisse entscheidend geformt: Ein deutscher Glasergeselle, als dessen Handlanger er 1891 an einer neuen Kirche in Östermarie auf Bornholm mitarbeitete, erteilte ihm den ersten Unterricht im

Marxismus. Unter dem Einfluß revolutionärer Schichten des spanischen Volkes, der Tabakarbeiterinnen und der Landarbeiter, mit denen er auf seiner zweiten Reise nach Spanien 1902/03 in Berührung gekommen war, befreite er sich von vielen rückständigen Auffassungen, die er im Umgang mit Vertretern bürgerlich-liberaler Kreise in Dänemark gewonnen hatte. Die russische Revolution von 1905 festigte seine Überzeugung, das Neue werde von den Massen kommen, die eines Tages die rote Fahne über ganz Europa hissen würden.

Während seiner Rekonvaleszenzzeit im Hause der Frau Molbech begann Martin Andersen Nexö zu schreiben. Als erste umfangreichere Arbeit entstand 1894 die Erzählung „Der Lotterieschwede“, die in seinem ersten Erzählungsband, „Schatten“ (1898), veröffentlicht wurde. Es ist die Geschichte eines Bornholmer Steinhauers, der vergeblich hofft, durch einen Lotteriegewinn seine Not zu überwinden. Das war ein völlig neues Thema; für diese Darstellung eines Arbeiterschicksals gab es in der dänischen Literatur kein Vorbild. Obwohl die Erzählung nicht frei von Mängeln und Schwächen ist und Nexö hier noch weitgehend der naturalistischen Gestaltungsweise verhaftet blieb, bewies er doch bei der Darstellung der Kinder und der Frau des Lotterieschweden bereits seine Begabung für realistische Menschenschilderung.

„Der Lotterieschwede“ war der Beginn einer umfangreichen und vielseitigen literarischen Tätigkeit. Nexö schrieb Reiseberichte, Erzählungen, Novellen und Romane. Da er noch von bürgerlich-liberalen Ideen beeinflußt war, erlag er gelegentlich der Versuchung, zeitgenössischen Modeströmungen nachzugeben, doch im Prozeß seines weltanschaulichen Reifens überwand er diese Gefahr.

In den Jahren von 1906 bis 1910 entstand sein erster großer Roman, „Pelle der Eroberer“; eines der besten Bücher von Henrik Pontoppidan, der Roman „Hans im Glück“, hatte ihn dazu angeregt. Pontoppidans bürgerlicher Held Per Sidenius muß erkennen, daß sich seine humanistischen Ideale in der kapitalistischen Gesellschaft nicht verwirklichen lassen; deshalb zieht er sich in die Einsamkeit zurück und findet hier sein seelisches Gleichgewicht wieder. Gegen diese resignierende Haltung wollte Nexö mit seinem „Pelle der Eroberer" protestieren. Er wollte zeigen, wie die Volksmassen, die Arbeiter, für die Verwirklichung der humanistischen Ideale kämpften.

Zum erstenmal in der Geschichte der dänischen Literatur wurde hier ein Proletarier zum Helden eines breitangelegten Entwicklungsromans: Pelle, der Sohn eines schwedischen Landarbeiters, zunächst verlacht und verspottet, wird zum beliebten und geachteten Führer der Kopenhagener Arbeiter. Er lebt in unterschiedlichen sozialen Milieus, begegnet immer neuen Menschen und lernte deren Schicksale kennen, so daß im Verlauf der Handlung ein reiches und farbiges Bild vom Leben in Dänemark um die Jahrhundertwende entsteht. An Pelles individuellem Weg vom Land in die Kleinstadt und von dort in die moderne Industriegroßstadt versinnbildlicht der Dichter den historischen Weg des besitzlosen Landarbeiters, der unter feudalen Verhältnissen lebt, vom unwissenden, sich in sein Schicksal ergebenden armen Mann zum aufbegehrenden, kämpfenden Revolutionär, zum klassenbewußten Proletarier. Von der kritisch-realistischen Literatur seines Heimatlandes lernend, ging Nexö mit diesem Werk zugleich über sie hinaus und setzte neue ästhetische Maßstäbe. Der bekannte dänische Literaturhistoriker Georg Brandes würdigte „Pelle" als „den ersten großen Proletarierroman der dänischen Literatur", wenn er auch bedauerte, daß „der Standpunkt des Buches ... leider einzig der des gemeinen Mannes" sei.

Die Wirkung dieses Buches blieb nicht auf Dänemark beschränkt. „Pelle der Eroberer" war der erste große Roman der westeuropäischen Literatur zu Anfang des 20. Jahrhunderts, in dem der Kampf des Proletariats vom Standpunkt eines Sozialisten aus künstlerisch überzeugend gestaltet wurde. „Pelle" war neben Gorkis „Mutter" von 1917 das von den deutschen Arbeitern am meisten gelesene Buch.

Vergleicht man Nexös Roman mit dem Gorkis, so zeichnen sich deutlich Unterschiede ab. Maxim Gorki lebte in einem Land, in dem die Klassengegensätze eine revolutionäre

Situation herbeigeführt hatten. Nexö dagegen war in einem Land zu Hause, in dem der Reformismus die organisierte Arbeiterklasse beherrschte. Wohl stand er den opportunistischen Thesen skeptisch gegenüber, um sie aber überwinden zu können, war er selbst theoretisch zuwenig gebildet. Daraus erklärt sich im wesentlichen der unbefriedigende Schluß des Romans; die utopische Perspektive, die Nexö hier konstruierte. Dabei verletzte er die Gesetze des Realisnus. Doch dieser Mangel vermochte den Erfolg des Buches nicht zu beeinträchtigen. Entscheidend bleibt, daß Nexö ebenso wie Gorki den unterdrückten Volksschichten ihre Kraft und ihre Menschlichkeit bewußt machte, sie in dem Glauben bestärkte, daß sie trotz schwerer Niederlagen am Ende siegen würden.

Um 1910 wurde Nexö Mitglied der Sozialdemokratischen Partei, trennte sich jedoch nach der Oktoberrevolution von ihr, weil sie auf den Positionen des Reformismus verharrte. Er schloß sich den Kräften an, die sich zur Kommunistischen Internationale bekannten, und war in den ersten Nachkriegsjahren in ihren Reihen als Redner und Publizist tätig. In dieser Zeit, von 1917 bis 1921, schrieb er sein zweites episches Meisterwerk, den Roman „Ditte Menschenkind“.

Als Hauptgestalt wählte Nexö eine dänische Arbeiterfrau unehelicher Herkunft, die später selbst zwei uneheliche Kinder zur Welt bringt. Der Platz, den Ditte im Leben einnehmen wird, ist bereits vor ihrer Geburt festgelegt: Sie muß bei fremden Leuten ihr Brot verdienen. Gegen die schicksalsmäßige Bestimmung ihres Lebensweges begehrt sie nicht auf, weil sie im ländlichen Milieu zu einer Zeit aufgewachsen ist, in der sich die besitzlosen Schichten noch fatalistisch in die Verhältnisse ergaben. Deshalb ist sie anfangs durchaus gewillt, alles in ihren Kräften Stehende zu tun, um ihre Herrschaften zufriedenzustellen.

Nexö wendet in diesem Roman die gleichen Gestaltungsprinzipien an wie in „Pelle der Eroberer“. Hier wie dort beeindruckt er durch die exakte Schilderung der Umweltverhältnisse und die differenzierte Darstellung des Werdens einer Persönlichkeit. Er wußte um den inneren Reichtum der armen Leute, wußte von ihrer Sehnsucht nach einem Leben, frei von materieller Not, und ihrer Hoffnung, durch fleißige und mühevolle Arbeit dieses Leben zu erringen. Seine Ditte ist eine tapfere Frau, deren Denken und Tun echter Menschlichkeit entspringt; aber sie lebt in einer Gesellschaftsordnung, in der sich gerade die besten Seiten ihrer Persönlichkeit nicht entfalten können. Diesen Widerspruch empfindet sie in ihren Kopenhagener Dienstmädchenjahren. Sie erkennt, daß sie ihre eigenen Interessen zu wahren hat, daß sie nicht mehr alles protestlos dulden darf. Dadurch verhärtet sich ihr Wesen, obwohl ihre Bereitschaft, Hilflosen zu helfen, nie nachläßt. Sie opfert sich für Alte, Kranke und elternlose Kinder auf, Wesen, die von der kapitalistischen Gesellschaft im Stich gelassen wurden. Mit fünfundzwanzig Jahren ist Ditte verbraucht, und die Nachricht vom Sterben des kleinen Peter bedeutet auch ihren Tod.

Konsequent hat Nexö seine Heldin einem tragischen Ende entgegengeführt, und dieses tragische Ende wirkt um so erschütternder, als es nicht durch den subjektiven Irrtum Dittes bedingt, sondern in den objektiven Gegebenheiten begründet ist. Dittes Lebensgeschichte spiegelt nicht nur das Schicksal der dänischen Arbeiterfrau gegen Ende des 19. Jahrhunderts wider, sondern zugleich das Schicksal der Proletarierin dieser Epoche. Mit dem symbolischen Familiennamen von Ditte hat Nexö selbst auf diese Allgemeingültigkeit hingewiesen. Ditte stammt aus dem „Geschlechte Mann“, zu dessen Kennzeichen es gehört, „daß alles, was es anrührte, lebte und gedieh“, dessen Angehörige aber nicht geschickt genug waren, „den Ertrag ihrer Arbeit festzuhalten“. Charakteristisch für die Angehörigen dieses Geschlechts ist auch, „daß ihre schlechten Eigenschaften sich meist auf bestimmte Ursachen zurückführen ließen, während das Gute in ihnen ... angeboren war“. Nexö nannte seine „Ditte Menschenkind“ einmal eine „Mater dolorosa“ des Proletariats, und wiederholt erklärte er, es sei seine Absicht gewesen, den Leidensweg der proletarischen Frau, ihre unendliche Güte, ihren nie endenden Opferwillen und ihre menschliche Würde darzustellen.

Maxim Gorki hatte mit Pelagea Wlassowa erstmals die zur Revolutionärin reifende Proletarierin literarisch überzeugend porträtiert. Ditte entwickelt sich nicht zur Kämpferin, denn sie lebt unter anderen historischen Bedingungen. Als ihr Leben sich dem Ende zuneigt, ist sie jedoch in ihrer Entwicklung so weit gekommen, daß sie nach den Ursachen ihres Elends zu fragen beginnt. Pelagea Wlassowa und Ditte Menschenkind haben einen unterschiedlichen Werdegang, gemeinsam aber ist ihnen die beispielhafte moralische Haltung, die ihnen menschliche Größe verleiht.

Eine entscheidende Voraussetzung, solche Persönlichkeiten gestalten zu können, ist die sozialistisch-humanistische Einstellung zum Menschen. Nexö hat ihr in „Ditte Menschenkind" dichterischen Ausdruck verliehen: bei der Geburt Dittes und bei ihrem Tod, in den kurzen Kapiteln „Ein Mensch ist geboren" und „Ein Mensch ist gestorben". In seiner bildhaften, poetischen Sprache vergleicht er hier die Menschen mit den Sternen. Für Nexö ist der Mensch der wunderbarste aller Sterne, und er fordert, daß man ihm Aufmerksamkeit schenke, denn jedes Wesen habe „sein eigenes, einmaliges Spektrum".

Nexös Verbundenheit mit den einfachen Menschen beweist auch die Darstellung vieler anderer Personen des Romans, wie die der alten Leute, der Großmutter Maren, der Witwe Rasmussen, des Lumpensammlers im Armenviertel. Er verschweigt keineswegs ihre Schwächen und Unzulänglichkeiten, er sieht den Schmutz, der an ihnen haftet, doch vor allem sieht er ihre „Menschenschönheit", die sich in ihrer ständigen Hilfsbereitschaft offenbart.

Neben Ditte gehört ihr Stiefvater, der „Schinder" Lars Peter Hansen, zu den schönsten Gestalten des Romans. In ihm verkörpern sich die unerschöpfliche Güte, der nie zu zerstörende Optimismus und die Zähigkeit des Menschen, der durch harte Arbeit und unermüdlichen Fleiß sein Leben verändern will.

Mit besonderer Liebe gestaltete Nexö auch in diesem Roman die Kinder. Für ihn war die Haltung zum Kind der Prüfstein für echte humanistische Gesinnung. Es gibt wohl kaum einen Schriftsteller, der das proletarische Kind so meisterhaft dargestellt hat wie er. Den Leser ergreift vor allem das Schicksal des kleinen Peter: Dieser Junge mit seinem früh entwickelten Verantwortungsgefühl, seinem Willen, zu helfen und Gutes zu tun, wird durch seinen schrecklichen Tod zu einem Symbol für die Proletarierkinder, die durch das kapitalistische System zugrunde gingen.

Nach „Pelle der Eroberer“ und „Ditte Menschenkind“ wollte Nexö in einem dritten Roman die Überwindung des Opportunismus durch die Arbeiterklasse behandeln. Doch erst nahezu zwanzig Jahre später verwirklichte er diese Absicht.

Nachdem er „Ditte“ beendet hatte, besuchte er zunächst 1922 Sowjetrußland, wo er am IV. Kongreß der Kommunistischen Internationale teilnahm. Nach der Rückkehr sprach er in vielen Vorträgen über die Erlebnisse seiner Reise. 1923 entschloß er sich, sein Land für längere Zeit zu verlassen. Auch in Dänemark war die revolutionäre Nachkriegsperiode abgeklungen, und das politische Klima deprimierte ihn. Für sieben Jahre übersiedelte Nexö nach Süddeutschland. Nachdem der Versuch, in Konstanz die Gründung eines Arbeiterverlags zu unterstützen, fehlgeschlagen war, nahm er ab 1925 seinen Wohnsitz in dem kleinen Ort Allensbach am Bodensee. Hier entstand der Roman „Im Gottesland“, in dem er die Spekulationsgeschäfte dänischer Bauern während des ersten Weltkriegs beschreibt. Einen großen Teil seiner Zeit nahmen Vortragsreisen durch Deutschland, Österreich und die Tschechoslowakische Republik in Anspruch, auf denen er aus seinen Werken las und von seiner Kindheit und Jugend erzählte.

Nexös Name hatte in Deutschland einen guten Klang. Bis 1933 wurden hier eine halbe Million Exemplare seiner Bücher gedruckt. Als Kind war er in der Angst vor den Deutschen aufgewachsen, der Krieg von 1864 war damals noch in frischer Erinnerung, und er berichtet, selbst die Versicherungen seiner Mutter, ihr Großvater sei ja auch ein Deutscher gewesen, hätten ihn nicht völlig von seiner Furcht befreien können. Entscheidend für sein Verhältnis zu Deutschland wurde jedoch das Zusammentreffen mit einem deutschen Sozialisten, jenem Glasergesellen, dem er in Östermarie begegnete. Durch ihn lernte der junge Nexö ein anderes Deutschland kennen, und fortan unterschied er zwischen diesem Deutschland der Arbeiterklasse und dem der herrschenden Feudal- und Industrieherren. War für ihn Bismarck das Symbol des preußischen Junkertums, dessen Regime ihm höchst zuwider war, so sah er in August Bebel die Personifizierung der „weltverbundenen deutschen Ideen – Frieden, Fleiß und Menschlichkeit".

So wie Nexö die Große Sozialistische Oktoberrevolution begrüßt hatte, begrüßte er auch die deutsche Novemberrevolution. Er stand in Verbindung mit Anhängern der Münchener Räterepublik, und besonders mit Erich Mühsam verband ihn eine herzliche Freundschaft.

1930 kehrte Nexö, der inzwischen das sechzigste Lebensjahr überschritten hatte, nach Dänemark zurück. Ein Zeitabschnitt unermüdlicher, aufopferungsvoller Tätigkeit im Dienst des Friedens und des Humanismus begann für ihn. Wie ein roter Faden durchzieht Nexös Leben der Kampf gegen den Krieg; schon 1913 erklärte er, daß der Weltfriede nur durch die Arbeiterklasse herbeigeführt werden könne, und von Anfang an verurteilte er das Völkermorden des ersten Weltkriegs. Es war für ihn selbstverständlich, sich 1933 sofort in die antifaschistische Front einzureihen. Er versuchte den Menschen die Augen zu öffnen über die barbarischen Ziele und Methoden des deutschen Faschismus. Von den Tribünen des Antikriegskongresses in Amsterdam, der Schriftstellerkongresse in Paris, Valencia und Madrid ertönte seine Stimme; in publizistischen Arbeiten entlarvte er die faschistischen Umtriebe in Finnland, rief zur Solidarität mit dem kämpfenden spanischen Volk auf, forderte Freiheit für Ernst Thälmann und alle Verfolgten in den Kerkern und Konzentrationslagern des Hitlerreiches. Als Vorsitzender der Roten Hilfe in Dänemark organisierte er die Unterstützung der deutschen Emigranten. Nie hat sich Nexö geschont, wenn es galt, Menschlichkeit und Wahrheit zu verteidigen. Weder Verfolgungen, Drohungen, Verleumdungen noch der Boykott seiner Bücher vermochten ihn je einzuschüchtern.

Im April 1940 besetzten faschistische deutsche Truppen Dänemark, und am 22. Juni 1941 wurde der zweiundsiebzigjährige Schriftsteller, wie viele seiner Freunde und Genossen, ins Gefängnis geworfen. Drei Monate später wurde seine Freilassung erzwungen. Um aber einer erneuten Verhaftung zu entgehen, flüchtete er 1943 mit seiner Familie nach Schweden und ging dann in die Sowjetunion. Über den Dänischen und Norwegischen Sender des Moskauer Rundfunks setzte er seine propagandistische Tätigkeit fort.

Als der Schriftsteller im Juni 1945 in sein befreites Land zurückkehrte, empfing ihn das dänische Volk mit Liebe und Verehrung. Doch auch jetzt gönnte er sich keine Ruhe. Noch war der Frieden nicht gesichert, und so stellte sich Nexö in der internationalen Weltfriedensbewegung in die vorderste Reihe der Warner und Mahner. Der kalte Krieg vergiftete die Atmosphäre in Dänemark, deshalb nahm er 1951 das Angebot seiner Freunde in der Deutschen Demokratischen Republik an, nach Dresden überzusiedeln. Die revolutionären Traditionen der deutschen Arbeiterklasse und der antifaschistische Kampf der besten Vertreter des deutschen Volkes waren ihm Gewähr, daß es möglich sei, ein neues und besseres Deutschland aufzubauen.

Bis zu seinem Tode arbeitete Nexö an dem mehrteiligen Roman „Morten der Rote“, den er 1940 begonnen hatte und der unvollendet blieb. Morten, der Schriftsteller und revolutionäre Sozialist, dem Nexö autobiographische Züge verliehen hat, kämpft gegen den Reformismus, den Nexö als das Grundübel der dänischen Arbeiterbewegung ansah. „Pelle“, „Ditte“ und „Morten“ bilden eine Trilogie, obwohl jeder Roman für sich allein steht. In diesem gewaltigen literarischen Gemälde ist eine Epoche des Kampfes des proletarischen Menschen für eine bessere gesellschaftliche Ordnung festgehalten.

Am 1. Juni 1954 starb Martin Andersen Nexö in Dresden; er wurde auf dem Assistens-Friedhof in Kopenhagen beigesetzt. Mit ihm starb einer der großen Volksdichter unserer

Epoche. Seine Bücher, die 1933 der faschistischen Bücherverbrennung zum Opfer fielen, erlebten nach 1945 in der Deutschen Demokratischen Republik viele neue Auflagen. Sie werden von Millionen gelesen, weil er stets ein Sprecher der breiten Volksmassen war. „Wenn du Schriftsteller bist, vergiß das Proletariat nicht!“ hatte ihn einst jener deutsche Glasergeselle ermahnt. Und der dänische Dichter hat das Proletariat zum Helden seiner Romane und Erzählungen gemacht. Mit seinen besten Werken hat er Eingang in die Weltliteratur gefunden, und zu Recht konnte Thomas Mann von ihm sagen: „Er ist Dänemarks Stolz und ganz Europas moralischer Besitz.“

Erika Kosmalla

Inhalt

Erster Teil
Eine Kindheit

Zweiter Teil
Mütterchen

Dritter Teil
Der Sündenfall

Vierter Teil
Das Fegefeuer

Fünfter Teil
Zu den Sternen